复旦大学中文系"双一流"学科建设经费支持

第十辑

周氏兄弟

主　　编　　陈思和　　王德威
执行副主编　　段怀清　　康　凌
主　　办　　复旦大学中文系　　复旦大学左翼文艺研究中心

复旦大学出版社

卷头语

《史料与阐释》是复旦大学中文系现当代文学学科建设的一个成果。意向策划于2007年,正式创办于2011年,依靠了学校"985三期""双一流"学科建设的经费资助,磕磕碰碰坚持了十三年,如今一共编辑出版九辑,第十辑也问世在即。敝帚自珍,同仁们希望我为第十辑写几句话。虽然只有区区十卷书,十几年过去了还是没有形成一个稳定的规模,不过我们——不仅仅是我们学科的同仁,还有学界从事史料研究的朋友们,都曾经很认真地哺育它、抚养它,为它付出了心血和辛苦。现在主持这项工作的段怀清、康凌两位同仁都向我提出邀约,我想,只能是恭敬不如从命了。

起初的计划中,《史料与阐释》是一个不定期的现代文学史料研究成果的结集,现在仍然是这样。这是它的特点,也是它的弱点。首先是不定期,原则上我们集稿成熟一本出版一本,不急于追赶出版周期,因为体量大,一本集刊差不多达到五十多万字的篇幅,邀集到好稿不甚容易,何况出版周期过长,许多稿子不得不中途退还,转发他刊。但是这样也慢慢地凝聚起一批不那么急功近利,愿意做长期研究规划的朋友,他们写稿并无急需达到的功利目的,只是为学术积累而做研究,而搜集资料。他们给《史料与阐释》长期投稿,没有什么功利企图;而我们手里攥着这些心血之稿,也没有心理负担。因为双方都是出于互相信任和学术兴趣,走到一起来了。其次是自我定位。《史料与阐释》开始就定位于一本不定期的学术集刊,它不是期刊,更不是高校评价体系中的核心刊物。这也许会使很多在高校里疲于内卷的学人不屑一顾,也无暇顾及,反过来,我们也省去了许多不得不面对的人情稿。潜心做史料研究,本来就是寂寞的、个性的、细琐的,荒江野老屋中二三素心人商量培养之事,既不必成为朝市之显学,也不必成为趋时之俗学。以刊登文献史料为主的书刊,唯有求真,唯有做实,朴朴素素,信服于人,便是正道。所以在《史料与阐释》创办之初,我就不指望它成为理论建构的巍峨大厦,去承担传播真理之千秋大业,只要能刊登一些扎实可信、分量充足的材料,能做到认真发掘史料,辑录佚文,整理目录,考辨文献,编制年谱等等,足矣。用当年傅斯年说的俏皮话,就是:上穷碧落下黄泉,动手动脚找东西。

不过傅斯年还有一句话更为要紧:"近代的历史学只是史料学,利用自然科学供给我们的一切工具,整理一切可逢着的史料……"这句话出自1928年傅氏所著的《历史语言研究所工作之旨趣》,差不多近百年过去,这句话放在今天互联网时代,大数据、新媒体、人工智能、遗传基因等等现代科技的大背景下,更有别一番意味。正是在我们这个时代,历史上许多云遮雾障之谜,因为现代科技的力量而真相大白。就现代文学学科而言,虽然只是当今百年未有之大变局、大格局下的沧海一粟,同样能够深刻反映这一时代变化的信息。随着近现代文献数据库以及网络工具的普遍应用,以前难以寻找的珍稀书刊现在唾手可得,历史真相很难再被深埋在天禄秘籍不见于世。新世纪以来,学术领域风气渐有变化,重视史料文献成为许多博士生撰写学位论文、学者申请国家项目的必要前提,空疏浮夸之论逐渐让位给实证考据的新材料、新发现。这是当前现代文学学科发展的一大趋势。记得四十多年前,学术领域百废待兴,中国社科院文学所集中全国高校学者之力,在废墟上建设学科,策划编辑了百十余种现当代文学资料丛书,不但为学科发展奠定基础,也在全国高校里培养了一批学有专攻的学术中坚。没有这样一个坚实基础,就很难会发生20世纪80年代的现代文学学科的盛兴和"重写文学史"理念的崛起。新世纪以来新一轮的史料学热,虽然还起于青蘋之末,但有了现代科技手段作助力推动,史料发掘更为完整、深入、优质,更加有助于对历史真相的探究,对盲目迷信的破除,因此,随之而来的学术盛兴可以想见。《史料与阐释》将在这样一个良好学术氛围下做出自己特色的努力。

现在回到《史料与阐释》第十辑。这一辑的主打内容是周氏兄弟的年谱编撰。缘于去年4月杭州师范大学举办一个主题为"中国现代作家年谱的编撰:方法、问题、前景"的学术研讨会,会议以周氏兄弟年谱为讨论中心,涉及中国现代作家年谱、传记编纂过程中的诸多问题,与会学者各抒己见,介绍各自的编纂实践与经验。会议讨论的周氏兄弟年谱以及与会者的发言,第十辑都有完整刊发。我没有参加会议,只是读了这辑内容,不由生发出一点感想:我以为编制作家年谱,因为谱主身份是作家,与一般谱主不同,难点在于如何呈现他的文学创作。如果仅仅记载作品的发表时间和刊物,或者仅仅记载作家本人对作品的言说是不够的。最难掌握的是介绍作品内容和艺术特点的详略分寸。太详则僭越年谱功能,喧宾夺主;太略又无法突出谱主的价值所在,"全人"风貌必流于琐碎。有的撰写者以记录谱主原话为主,这没有问题,但对文学作品的介绍概述,尤其是对艺术特色的把握,当有撰写者独特见解,不做人云亦云,这是最见撰写者解读文本功力之处。周氏兄弟同为文学大家,他们的创作,著译并重,意境深邃,是读者渴望了解的主要内容。不能因为他们的创作成就为学界熟知而放弃了撰写者的独特心得。其次,撰写者的年谱,不能与谱主日记、书信等同,这也是我前面所说,现在材料发现、运用都得到普及,读者阅读年谱的同时也可以读谱主日记、书信,但两者阅读功能是不同的。一般来说,作家的日记、书信都是编制年谱的基础,不必事事必录,日记可以琐碎,年谱不能太琐碎,而年谱对日记、书信的取舍,当取决于撰写者的研究视野和主观导向,绝不是有闻必录,臃肿即丰。由此看来,年谱撰写者的主体性是无法回避的,谱主行状的孰取孰舍、著述的概述介绍、原始材料的考辨真伪,都是撰写者学术能力的真实考量。理论上说,一个谱主可以有多种年谱,相异处不在资料多寡,而在于撰写者呈现给读者的不同的谱主风貌。其三,编撰年谱有简谱和长编之分,其差别主要不在正文的内容,而在于资料铺陈的多少。一般年谱长编,可以将相关资料尽可能丰富地附录于后,让读者知道正文内容的来源,以便检验撰写者的判断是否准确;更有甚者,撰写者可以将资料的考辨过程再附于附录之后,作为笺注。而简谱,为节省篇幅起见,就以正文条目为限,只要指出资料来源,其余皆隐。所以,同一本年谱,简谱为之核心,长编当视篇幅而定。

关于年谱问题,就谈些外行的意见,未必深思熟虑,仅供年谱撰写者参考。

一十三年十卷书,整整齐齐陈列于书架,颇为雄壮。我曾经负责了《史料与阐释》前五辑的编辑工作,后来虽然还与王德威兄同列主编之名,具体工作则由年轻的同仁负责,不问也久。这次为写这篇卷头语,我把十辑目录温习了一遍,也有感慨。特别要感谢十三年来坚持在《史料与阐释》写作的几位老作者。首先是晓风女士,她贡献了极为珍贵的全部胡风日记(1937年8月13日—1985年6月8日);因为这部日记,又引出了许俊雅教授长达二十万字的《胡风日记阅读札记》(1937年8月13日—1938年9月28日),先在集刊连载,后又正式结集出版(书名为《胡风日记疏证》)。可以说是一段跨越海峡的学术佳话。许教授在第十辑新发表了《陈独秀〈小学识字教本〉油印稿在台的出版经过及相关问题》,对于陈独秀身后一部学术著作在台湾的出版情况做了详细钩沉,令人读后心有戚戚然。秋石先生也是我们的老作者,他的新作《〈八月的乡村〉构建之探赜索隐》指出萧军的《八月的乡村》本事还有一个为人不知的来源,即来自亲历南满人民革命军英勇斗争的共青团满洲省委巡视员傅天飞烈士讲述的一部"腹稿",以此补充了已经出版的《东北抗日联军史》相关内容。还有李振声先生,他在我们最需要支持的时候,雪中送碳赐予两篇长文,一篇《谁愿意向美告别?》,分析诗人彭燕郊的作品,还有一篇《外来思想与本土资源是如何转化为中国现代语境的?》,讨论了刘师培的《中国民约精义》,两篇都是极有见解的学术论文,振声兄丝毫没有嫌《史料与阐释》不是C刊,从高校评估体系上说,也许刊登了也是"白登",他却没有犹豫,愿以最好的作品与我们相濡以沫,一起努力和追求。最后,还特别想感谢复旦大学出版社,几十年来从贺圣遂社长开始,一直到现在的严峰社长,对我们的学术探索道路都给予了极大的信任和支持。这十本集刊就是这种信任和支持的最好见证。

2024年8月30日

目 录

【专辑·周氏兄弟与中国现代作家年谱编纂】

编者说明 　　　　　　　　　　　　　　　　　　　朱晓江　康　凌（002）

周氏兄弟年谱长编

引言 　　　　　　　　　　　　　　　　　　　　　黄乔生　朱晓江（003）

鲁迅年谱长编（1921年） 　　　　　　　　　　　　　　　　黄乔生（008）

周作人年谱长编（1921年） 　　　　　　　　　　　　　　　朱晓江（031）

主题回应

　　年谱编撰中的取舍问题 　　　　　　　　　　　　　　　孙　郁（077）

　　编纂作家年谱长编之我见 　　　　　　　　　　　　　　陈子善（079）

　　丁酉年的周樟寿 　　　　　　　　　　　　　　　　　　董炳月（081）

圆桌讨论 　　　　　　　　　　　　　　　　　　　　　　与会学者（085）

现代作家文献的编纂和使用

文献史料工作中的学徒意识与工匠精神 　　　　　　　　　段怀清（103）

传记写作中的几个问题 　　　　　　　　　　　　　　　　周立民（106）

乡曲之见和丧乱之痛：从《知堂古籍藏书题记》谈起 　　　袁一丹（110）

编《郁达夫年谱》的经验与感想 　　　　　　　　　　　　李杭春（113）

史料工作的经验 　　　　　　　　　　　　　　　　　　　子　仪（116）

科幻作家的年谱问题 　　　　　　　　　　　　　　　　　詹　玲（118）

总结与评议 　　　　　　　　　　　　　　　　　　　　　赵京华（120）

【文献】

周作人事伪档案 　　　　　　　　　　　　　　　　　　　沈卫威（124）

"周沈交恶"补遗 　　　　　　　　　　　　　　　　　　　郭　刚（193）

《罗家伦先生文存》未刊诗文辑录 　　　　　　　　　　　钱益民　辑校（200）

傅斯年、陈受颐往来书信辑佚汇注 　　　　　　　　　　　赵靖怡（237）

汪静之四通书信略考 　　　　　　　　　　　　　　　　　金传胜（265）

新发现的穆时英三篇集外文 　　　　　　　　　　　　　　李　兰　辑校（272）

关于《新发现的穆时英三篇集外文》 　　　　　　　　　　李　兰（289）

【年谱】

张若谷著述年表　　　　　　　　　　　　　　　　　　冯仰操　谢维依（304）

【论述】

如何"赎前愆"？
　　——重写版《大波》的内在理路与外缘影响　　　　　　吴天舟（362）
陈独秀《小学识字教本》油印稿在台的出版经过及相关问题　　许俊雅（392）
《八月的乡村》构建之探赜索隐
　　——兼对《东北抗日联军史》相关内容的解读与补正　　秋　石（410）
胡道南"告密"案新探
　　——兼及蔡元培为胡辩诬原因　　　　　　　　　　　王新房（435）
创造社与上海艺术大学考论　　　　　　　　　　　　　　刘天艺（448）

【捐赠与特藏】

赵景深致谷兴云书简三十五通　　　　　谷兴云 辑　张宝元 整理注释（460）
钱君匋的签赠本
　　——赵景深藏书考之一　　　　　　　　　　　　　　陈丙杰（480）

【目录】

《史料与阐释》第1—10辑总目　　　　　　　　　　　　　　　　　（490）

专辑·周氏兄弟与中国现代作家年谱编纂

朱晓江　康　凌

编者说明

在中国现代文学研究领域中，作家年谱的编纂始终是一项基础性的工作。新世纪以来，随着相关档案、资料的陆续公布，尤其是数字技术的发展所带动的文献数据库的研发与使用，一大批基础性文献得以重新呈现。这为中国现代作家年谱的撰写提供了新的基础与条件，一些新的作家年谱与传记得以涌现，而由此带来的一系列新的经验与新的问题，也有待重新清理与讨论。2023年4月15日，由杭州师范大学文艺批评研究院主办，复旦大学中国现当代文学学科、杭州师范大学图书馆（学术期刊社）协办的"中国现代作家年谱的编撰：方法、问题、前景"学术研讨会在杭州举行。会议以在编的周氏兄弟年谱为中心，广泛涉及中国现代作家年谱、传记编纂过程中的诸多问题，与会学者各抒己见，畅所欲言，不仅介绍、总结了各自的编纂实践与经验，更为日后的相关工作提供了方法上的示范和启迪。

有鉴于这一议题的重要性，我们特将与会学者的报告与讨论编成一辑，供学科同仁参阅。本专辑分为两组，第一组以黄乔生、朱晓江分别在撰的《鲁迅年谱长编》和《周作人年谱长编》中1921年的同年样稿为中心，基于两份年谱初稿的参校对读，展开关于年谱编纂实践诸问题的探讨。第二组文章则从周氏兄弟延伸开去，就现代作家文献整理与使用中的个案经验和理论方法，展开了更为广泛的论析。借由这两组文章，我们不仅希望为周氏兄弟年谱的编纂工作提供实质性的帮助，更能推动学界展开更多关于年谱编纂的经验与方法的讨论。

本次会议的与会学者包括：孙郁（中国人民大学）、陈子善（华东师范大学）、黄乔生（北京鲁迅博物馆）、董炳月（中国社会科学院）、赵京华（北京第二外国语学院）、李杭春（浙江大学）、姚晓雷（浙江师范大学）、周立民（上海巴金故居）、子仪（嘉兴市税务局）、袁一丹（北京大学）、郜元宝（复旦大学）、张业松（复旦大学）、段怀清（复旦大学）、金理（复旦大学）、康凌（复旦大学）、邵宁宁（杭州师范大学）、朱晓江（杭州师范大学）、詹玲（杭州师范大学）、刘杨（杭州师范大学）等。本专辑文稿由熊静文、李若男帮助整理，并经与会学者修改校订，在此一并致谢。

周氏兄弟年谱长编

黄乔生　朱晓江

引　言

黄乔生：

各位老师，今天非常激动。感觉晓江和我成了研讨会的主角，大家来研讨我们编撰的年谱，很隆重，很有仪式感，让我非常感动。其实，这是因为两位谱主在中国现代文学史上的分量，他们才是主角。

这个项目原本是杭师大主持的浙籍现代文学名家年谱丛书工程，我承担了《鲁迅年谱》、晓江承担了《周作人年谱》的编写工作。我的《鲁迅年谱》大约50万字，出版以后，引起了一些注意，当然也存在很多问题。我收到了很多读者来信，大部分都是来自学界的，很客气地指出其中的错误，有的问题还不小。我当然非常紧张，著书立说其实是个很危险的职业，难免要出错。我做了一些修订，第二次印刷的时候改正了一些错误，但是还有错误。不妨用陈子善老师的话来自勉，无错不成书，确实是这样。

年谱原稿我写的篇幅有点多，大概有80万字，后来治纲说太长，限制在50万字左右，我就删到50万字，结果在删的过程中也出现错误了，有的就把整月的记录删去了，有些年份就没有记录。此外还删了很多东西，比如有些鲁迅的活动、鲁迅的文章在年谱中不一定找得到。现在看来，这个删是不应该的。鲁迅是著作家，著作总是都应该全面体现的。

我为什么会把一些内容删掉？就是一开始，这套年谱丛书着眼于现代作家，李老师、朱老师、刘老师，我们开了多次会，强调我们这套年谱是现代作家年谱，注意谱主是文学家，要多写文学上的事儿，像一些篇幅小的、短文、广告、说明之类的非文学文章，就删掉了。但是好在后来我把好多又找了回来，因为我意识到这样不行，第二次印刷的时候又补充了一次。

因为鲁迅跟周作人的紧密关系，晓江兄跟我也一直保持联系，有时候我们会交换一些意见。他告诉我他已经写到一二百万字了，我就跟他说我的《鲁迅年谱》删减的情况，最终的样貌，说是简谱嫌长了，说是长编又感觉短了，不上不下。晓江就建议我搞个长编。我们俩商量着能不能以周氏兄弟年谱长编的名义联袂出版。随即在北京问了好几家出版社，都说让我把鲁迅的拿出来出版，他的《周作人年谱》就没人要。但其实，他的已经成稿了，我的还没有成稿，只有80万字，正在补充。后来晓江兄说复旦大学的老师们听到这个项目以后非常感兴趣，觉得年谱编纂方面可能会有一些新意，想来推动一下。这一来，就让我们两个加快速度，照着长编的路子往前推进。先选出几年的谱文，拿出样稿给学界的老师们看看,成熟的话刊在《史料与阐释》这本刊物上,供学界研讨年谱长编编纂问题时参考。

今天我们拿出的是1921年。为什么是1921年呢？长编当然牵涉很多问题,我们当时想到底选哪一年比较好,还是选择两兄弟住在一起、交往合作比较多的年份,这样能看出我们两个年谱的侧重点。就是说,我写鲁迅,他写周作人,两兄弟在1921年的交往比较频繁,常一起参加活动。有一个时期,周作人在西山,鲁迅在八道湾坚守,有一些通信保存下来,可以对照看、联系看,这个时期是1921年前后。原来想选1922年,但牵涉到原始材料运用的问题。1922年鲁迅没有日记,周作人的日记全。（朱晓江：该年周作人的一部分日记也是没有的。陈子善：据说1922年的鲁迅日记在上海,但是我们从来没看到。）我们也期待这一年的日记还存在并能公布出来。我看晓江兄的年谱里日记的使用比较多,我最近也照这个体例补进不少条目,但是我的补法跟晓江的不同,他的谱文中,日记是直接引用,带引号的。我倾向于变换成撰写者的叙述语言。我觉得这是两部年谱需要统一的地方,当然,两部年谱体例要不要统一？这本身就是一个需要讨论的问题。

基于以上考虑,最终就确定了1921年。今天也算丑媳妇见公婆了,拿出来请各位批评。希望老师们多提意见。

另外我在想年谱到底要怎么编。年谱写完后,我写了篇文章,题目叫《向着"编年纪事的传记"》,就是讲年谱长编的定位。年谱当然要编年,要一天天来,但又要纪事。就像《资治通鉴》是编年史,但后来有人感觉编年叙述中有些事找不着头绪,就又搞了个《通鉴纪事本末》,那么,我们的年谱要不要有这种纪事本末？比如关于1921年《新青年》同人解散的争论怎么叙述？在哪个节点叙述？另外,人际交往方面,如鲁迅与郭沫若的关系是延续了一二十年的,在哪个位置做一个回溯和总结,讲讲他们关系的性质？我现在是放在1921年里讲了,可能有点早,但要等1936(年)郭沫若悼念鲁迅的时候来总结,又感觉有些晚。这篇文章我写出来后,浙江大学出版社的编辑说我这么写有点意思,在第二次印刷的时候就放在书的后边了,相当于后记。我提出这个的意思是,我想把它写成一个传记式的年谱,有学者讲到,年谱本身就有传记性质,应该说就是传记,外文翻译年谱就叫chronological biography,它的叙述应该是有线索可循的,不是一堆的断烂朝报。但是呢,有的老师提的意见也比较好,就是说当你在梳理这个线索的时候,是不是有自己的主观意识在里头,比如鲁迅跟郭沫若的关系,撰写者的总结和评论会不会偏袒鲁迅而贬低郭沫若,或者相反？我觉得都是要讨论的,要在写作过程中逐一解决的。因为周氏兄弟两人交集的时间比较长,我想我跟晓江兄有很多此类问题要解决。

今天来听老师们的发言,我很期待,一丹老师要讲的题目让我想到一个问题,就是谱主的藏书在年谱中如何处理。周氏兄弟都是读书人,少不了藏书、读书,从绍兴开始,有家藏书,购买了很多书,他们一生坚持读书,甚至有个时期日记每年都有记购书书目。现在晓江兄在年谱中把藏书情况放进每个月了,这是一个创举。（朱晓江：如果能落实到天,就放到天了。）对,每天讲读书情况,讲他们对书的评论或者受到的影响,这个非常好。但我还没想好怎么处理,这个也要和晓江商量。要不要将鲁迅每年的书目拆开,放在每月,每月做个小结？我看《周作人年谱》有每月小结。（朱晓江：周作人和鲁迅的记录方式是不一样的,鲁迅都是放到年末了,但是周作人有变化,有时候购书记录是放在一月日记的最后,有时候是在得书当天的日记中记录。所以我在处理时,如果是日记正文中有记录的,我就能够明确这本书是哪一天买进来的,就放到日了。如果确定不了是哪天购买的,我就按他自己的体例放到月末了。)还要估计他们对书的评价,这些评价入谱时,繁简要达到什么程度,恐怕也需要一个体例来规范。因为要是每本书都讲很多,就成书目提要或者研究性质的文本了。

另外,就是大事记。目前我撰写的《鲁迅年谱》有大事记,晓江兄的《周作人年谱》没有,但我想出版的时候也会有的,因为这套书要求有。但是长编要不要有?长编对行状本来叙述得已经很详细,但时代背景在谱文中不一定叙述得很明朗。这恐怕还需要商量。(陈子善:你们俩统一就可以了。)

还有就是附录的问题。来的路上京华先生对我说,他看了我的年谱,关于鲁迅的影响,我只讲了国内,没有讲国外的,因此建议国外影响要加上,这样就全面了。这意见很对。

要说缺憾,还有很多。再举一个例子。《鲁迅年谱》对新资料的运用还很不够,所以更见得撰写长编的必要。《鲁迅手稿全集》的一些材料我没有采用,因为当时写年谱的时候,《手稿全集》也正在编,杂编中的有些资料,还有古籍、金石等方面的一些资料没有来得及补进去。

说到《鲁迅手稿全集》,再说两句题外话。今天我跟炳月先生、元宝兄商量,还是要组织研究鲁迅手稿的学术讨论会,这样能交流一些新的发现。如炳月先生这次会上要发表的关于鲁迅抄录祖父诗集的论文,就是最新研究成果。78卷的《鲁迅手稿全集》出版一年多了,由于各种因素,推介活动不多。出版方国家图书馆今天晚上有一个读者见面活动,我要去参加一下,但这是迎接世界读书日的活动,学术活动还是要我们鲁研界来组织。

我先说这么多,不足之处由晓江兄来补充。

朱晓江:

我也汇报一下《周作人年谱》的写作情况和注意到的一些问题。我是在毫无准备的情况下做这件事的。2017年九十月份的时候,洪治纲老师给我打电话,说要做一个浙籍作家年谱的项目,其中有一本《周作人年谱》,希望由我来承担,我当时没怎么推辞就接受了,但在这之前确实是一直都没有计划要做这样的一本年谱。大概到2018年暑假的时候,我才真正进入到写作的状态之中,然后接下去的五年多时间,就全部投入到这项工作之中,直到去年8月完成初稿。这其实是一个长编的初稿,总的篇幅有200万字左右。8月份以后,我开始按照洪老师的要求来做简谱的删订工作,要求字数在50万到60万之间。我现在第一稿的删改工作差不多完成了,大概有80多万字的篇幅,接下去就是按照要求再做第二次的删减,达到50万—60万字的篇幅。在这之前,我也没有做年谱的经验,在这五年中,才渐渐有些思考,有几个相对集中的问题也想和大家讨论一下。

第一,我在写作过程中思考比较多的是关于客观性和主观性的问题。客观性立场大家都能够理解,因为年谱作为史书的一种,不能够有编撰者自己太主观的立场融入。但是如何才能确保,或者尽可能地保持一种客观性立场,这是一个问题。我看以前的年谱编写,在引用材料时,好些都是经过编撰者改写引用的。这个改写的过程,其实很有可能失去谱主自己想要表达的一些信息,甚至有时候是改写错了,从而影响到年谱的客观性立场。在这样的前提下,我的年谱长编在写法上就尝试采用直接引用,就像刚才黄老师所说的,我全都采用冒号、引号的方式来引用日记。只要是已经公开出版的那部分日记,我就打算都这样处理了,简谱另论,可能做不到这个程度,包括一些重要的文献,也想用冒号、引号的方式来加以处理,而不准备用我自己概述性的语言来带动材料。概述的过程中很容易出现个人自己的东西。这讲的是客观性,我尽量多引用一些材料,并且是直接引用,同时也注意到一些周边的材料,包括钱玄同的日记,也是采用直接引用的方式入谱。

但是,在年谱编写工作中,我又觉得,我们不能仅仅强调客观性立场,年谱编写者的主观融入——如何融入?怎样把握客观与主观之间的关系?——其实也是一个亟待考虑的问题。在《周作人年谱》编写中,除了材料取舍本身体现了我编撰者的主体立场,我更想通过材料的呈现,来带动某个特殊时段,比如文学革命时期、太平洋战争爆发以后等时段周作人的思想、立场,这是我想要追求的效果。落实到1921年的年谱,我其实想说两个问题。第一,我们经常说周氏兄弟和新文学之间的关系是怎样的,这个关系可能较多地从鲁迅创作的层面去加以描述和揭示。但是我在看了1921年的这些材料,尤其是周作人和茅盾、郑振铎的书信往来以后,发现在新文学运动发生的整个过程中,周氏兄弟其实是承担起了一定的组织、协调功能的。周作人通过文学研究会,包括茅盾主编的《小说月报》、郑振铎创办的《文学周报》这样一些刊物,对新文学运动的开展提供指导意见。而周作人的背后,又有着鲁迅的影子。我在年谱的编写中,是希望通过往来书信和当时的一些材料,在一个层面来描述周氏兄弟在新文学发生过程中所处的位置以及他们所起的作用的,我是有这样的意图在里面的。还有他们翻译弱小民族的文学,包括翻译武者小路实笃的《一个青年的梦》,通过相关材料的征引,我想要揭示五四时期"人的文学"的提出和第一次世界大战之间的关系。

这是我考虑的客观性和主观性的问题。总体上是要有材料,要有客观的立场,但是材料背后能够说明什么问题,我觉得编撰者本人还是要有预期的。

第二,我在编撰过程中考虑得比较多的,是语言问题。在我们的年谱写作中,已经有了几种范型,比如章太炎的《自定年谱》、梁启超的《三十自述》,又比如《胡适之先生年谱长编初稿》《梁任公先生年谱长编》这些。我读章太炎的《自定年谱》和梁启超的《三十自述》,总觉得他们的文字非常好,质朴有力,有种美感。我自己就在考虑,因为既有长编又有简谱,那我能不能够做成两个体例,在写法上略有区别。比如在50万字的简谱中,能否采用像章太炎《自定年谱》这样的语言形态,把我的一些想法或者比较成熟一点的判断,融入进去。但目前看来处理得很不成功。现在做的简谱也还是"年、月、日"的编排体例。在这样的体例下,像章太炎那样的文字好像没有办法去组织。他那种写法,时间上的追溯可以用一个"初"字来加以解决,但我们现在不可能这样,一定是用"×月×日","×月×日"一加进去,整个文气大变。

我现在觉得可以试一试的,是每一年前面做一个本年提要性质的文字。出版社要求简本中一定要附大事记,我有点犹豫,因为我在年谱的编撰中对这些是有交代的,比如太平洋战争哪天爆发,我是有交代的。我想把"大事记"的部分做成一个提要,在每一年的前面花一两百字或者三四百字的篇幅来记述他每一年的核心工作、思想,有点接近于《自定年谱》的体例。但这个工作也很难,要对每一年做提要和勾勒,要花很大的工夫,但我是有这么个想法的。这样的做法好不好?也想听听大家的意见。

第三个问题是手稿、印本和初次发表之间的关系问题。我在年谱编撰过程中,如果有手稿的话,基本上以手稿为主,包括日记,基本上读的都是手稿本,标点是自己加的。

我在使用的过程中总感觉还是手稿比较靠谱一点。周作人的文章大多先在报纸或期刊上发表，比如《晨报》中首发的文章，那时印刷条件不高，错别字确实比较多。周作人的文集，我目前手头使用的，感觉还是止庵校订的那套"周作人自编文集"比较靠谱。当然，这些资料都是可以相互参照的，比如报纸的首发版和初版本——现在电子资源很丰富，初版本基本都能找到，我们可以比照手稿、初发表的期刊或报纸、初版本，然后像止庵校订的那套书，四者参照以后，选择一个来加以引用。但有些资料还是需要考订的，比如《中国现代文学研究丛刊》发了一批安藤更生与周作人的往来书信，第一封就讲到在《艺文杂志》的创刊过程中，他跟张深切之间发生了很大的矛盾，说张深切把编委会的名单给提前透露了。《中国现代文学研究丛刊》发表本这封信标署日期是1943年3月22日，年份肯定是对的，但月份我直觉是不对的。我去找当年的报纸，找不到相关信息，要到5月份才见到所谓名单透露的消息，可见早了两个月。在我的年谱中，对于这样的一些信息，如果我有把握就直接改了，但我会交代期刊发表本的写作时间是几月几号。在这样的一些问题上，要是能有手稿来参照就好了，可惜我没有见到。这是关于手稿跟印本之间的关系问题。

第四个问题是：看不到原刊怎么办？在年谱的编撰过程中，能找到原刊的，我基本上都找了，每一篇都核对了，因为有些地方确实不放心。比如新中国成立后他在报纸上发的一些文章，查下去发现——当然准确率很高，但以前的年谱还是有几处错误。有一处是刊发日期早了，已有年谱中标注的日期早了一天，他应该是在第二天发表的。所以还是要把原始文献给摸一遍才好。但问题是不少材料现在找不到了，比如《新生活》，这个杂志在国图数据库提供的电子版中只有很少的几期，其他的就找不到了。现在大家普遍认为，《新生活》哪一天哪一期上发表了周作人的什么文章，但我看不到原件啊，这个问题如何处理？当然我现在也是照着大家所说的编进去，但我始终是标红的。包括他晚年在香港发的那些文章，我相信在整理过程中，大家一定是看过实物的，但是我们现在反过来再想去找这些资料的时候，有一些却已经找不到了。这些问题我们该如何处理？事实上还是应该去看原件，因为看了以后，很可能会发现有些地方有遗漏。

第五个是关于年谱长编和年谱的关系问题。一般来讲都说年谱长编是未定稿，是为写年谱做准备的，但我觉得经过最近十多年的发展，年谱长编事实上已经成为一个独立的文体了，所以未必要以"为写年谱做准备"的姿态来做年谱长编，年谱长编应该成为一个独立的文类。它在写法上可以有自己不同于年谱的体例。我就先汇报这些。

黄乔生

鲁迅年谱长编（1921年）

1921年（中华民国十年　辛酉）　41岁

▲1月，文学研究会成立于北京，主要发起人有沈雁冰、叶绍钧、郑振铎、王统照、周作人、许地山等12人，其宗旨是"为人生而艺术"。

▲5月5日，孙中山在广州就任中华民国非常大总统。

▲6月16日，胡适在给《吴虞文录》作的序中，提出要打倒孔子、儒学、后儒和礼教。

▲7月，郭沫若、郁达夫、田汉等组织的创造社成立。

▲8月，郭沫若《女神》由上海泰东书局出版。

▲10月，郁达夫《沉沦》出版，为中国现代文学史上第一部白话小说集。

▲10月30日，北京政府出席太平洋会议代表团抵达华盛顿。9月16日，各驻外公使联名电请南北政府停止对峙，派代表参加太平洋会议。北京政府允派南方代表。10月6日，正式委派施肇基、顾维钧、王宠惠及广州方面之伍朝枢为出席太平洋会议之全权代表，并于同日启程赴美。

1月

3日　复胡适之信。胡适来信是本年1月2日写给陈独秀的。这封关系到《新青年》前途的信件，在寄给陈独秀之前（当时陈独秀由上海赴广州），曾给在京的鲁迅、李大钊①、钱玄同等人传阅，征求意见。事情的原委是：1920年4月26日，陈独秀自上海致函在北京的李大钊、胡适等13位主要撰稿人，其中问到"编辑人问题"："（一）由在京诸人轮流担任；（二）由在京一人担任；（三）由弟在沪（继续）担任？"北京的主要撰稿人如何回答，不得而知。不过，最后采用了第三方案。从1920年9月起，《新青年》成了上海共产主义小组的机关刊物，由陈独秀在上海主编。《新青年》改刊后，编辑方针即相应改变，更多地宣传共产主义和马克思主义学说。同年12月中旬，上海当局下令邮局停寄《新青年》。陈独秀此时将赴广州，遂致函在京的李大钊、胡适等人说："此间编辑事务已请陈望道先生办理，另外新加入编辑者，为沈雁冰、李达、李汉俊三人。"12月16日，陈独秀离沪

---

①　李大钊（1889—1927），字守常，河北乐亭人。1913年留学日本，1916年回国，历任北京《晨钟报》总编辑，后任北京大学教授兼图书馆主任以及《新青年》杂志编辑。十月革命后，最早接受并积极传播马列主义。创办《每周评论》，领导五四运动。1920年建立北京共产主义小组。中国共产党成立后，负责地方区的工作。1922年中共二大当选为中央委员。1927年4月6日被逮捕，4月28日被杀害。

赴粤当天又专门致函胡适等人说:"新青年色彩过于鲜明,弟近亦不以为然,陈望道君亦主张稍改内容,以后仍以趋重哲学文学为是,但如此办法,非北京同人多做文章不可。"胡适于本月27日回信陈独秀:"《新青年》'色彩过于鲜明',兄言'近亦不以为然',但此事已成事实,今虽有意抹淡,似亦非易事。北京同人抹淡的工夫决赶不上上海同人染浓的手段之神速。现在想来,只有三个办法。"胡适提出的改变《新青年》性质的三种办法是:"1.听《新青年》流为一种有特别色彩之杂志,而另创一个文学的杂志,篇幅不求多,而材料必求精。我秋间久有此意……2.若要《新青年》'改变内容',非恢复我们'不谈政治'的戒约,不能做到。但此时上海同人似不便做此一着,兄似更不便,因为不愿示人以弱。但北京同人正不妨如此宣言。故我主张趁兄离沪的机会,将《新青年》编辑的事,自九卷一号移到北京来。由北京同人于九卷一号内发表一个新宣言,略根据七卷一号的宣言,而注重学术思想艺文的改造,声明不谈政治。孟和说:《新青年》既被邮局停寄,何不暂时停办,此是第三办法。但此法与《新青年》社的营业似有妨碍,故不如前两法。总之,此问题现在确有解决之必要……"信中特别注明:"此信一涵、慰慈见过。守常、孟和、玄同三人知道此信的内容。他们对于前两条办法,都赞成,以为都可行。"①

鲁迅本日复信中对《新青年》发表宣言不谈政治一节表示异议:"发表新宣言说明不谈政治,我却以为不必,这固然小半在'不愿示人以弱',其实则凡《新青年》同人所作的作品,无论如何宣言,官场总是头痛,不会优容的。"他赞同胡适主张的"注重学术思想艺文的改造",希望《新青年》今后"学术思想艺术的气息浓厚起来",明确表示不愿看到《新青年》转变为一种纯粹的政治读物。本月25日,鲁迅又"得胡适之信",该信是胡适1月22日写给李大钊、鲁迅等8人传阅的,胡适在信中解释说,他原先对《新青年》编辑方针的基本意见是主张移回北京,声明不谈政治,或另办一个"专关学术艺文的杂志",因为"今《新青年》差不多成了Soviet Russia的汉译本"。但为了避免陈独秀的误解,他现在只"盼望《新青年》'稍改变内容,以后仍以趋重哲学文学为是'(独秀函中语)。我为了这个希望,现在提出一条办法:就是和独秀商量,把《新青年》移到北京编辑"。对于胡适的意见,李大钊等人赞同,鲁迅看后,认为"《新青年》的趋势是倾于分裂的,不容易勉强调合统一","所以索性任它分裂":"《新青年》分裂为京、沪两家,甚至不必争《新青年》的'名目'或'金门招牌'"。周作人也同此意。鲁迅、周作人、钱玄同等虽然不赞成陈独秀的意见,但在同人分化后仍投稿给《新青年》。

4日 文学研究会在北京中央公园来今雨轩召开成立会,与会者21人。据茅盾回忆:"'文学研究会'成立前,是郑振铎写信给我征求我做发起人。当时我同郑振铎并不相识,北京方面有周作人等,但没有鲁迅。那时鲁迅在教育部工作。据说有一个'文官法'规定:凡政府官员不能和社团发生关系。鲁迅虽不参加,但对'文学研究会'是支持的,据郑振铎讲,周作人起草《文学研究会宣言》,就经鲁迅看过。他还为改革后我负责编辑的《小说月报》撰稿。"②

5日 午后往琉璃厂买王世宗等造象二枚,杂造象五种六枚;杂专拓片七枚;《豆卢恩碑》一枚,又以《李璧墓志》、龙门廿品、磁州六种换得《元景造象》《霍扬碑》各一枚。《王世宗等造像》拓本今不存。《豆卢恩碑》又名《慕容恩碑》或《少保豆卢恩碑》,刻于北

---

① 《胡适来往书信选》(上册),中华书局,1979年,第89页。
② 茅盾:《我和鲁迅的接触》,《上海鲁迅研究》1983年第1期。

周天和元年(公元566年),现藏陕西咸阳博物院。拓本不存。《元景造像》全称《平东将军营州刺史元景造像碑》,造于北魏太和二十三年(公元499年),在辽宁锦州义县西北万佛堂村万佛堂石窟,拓片目录记为《元景造石窟记》。《霍扬碑》刻于北魏景明五年(公元504年),民国时在山西临晋县出土,拓本不存。

10日 午后从陈师曾索得画一帧。这是日记所载最后一次与陈师曾的交往,也是最后一次得到陈师曾的画作。

本日,沈雁冰致郑振铎信,部分内容后以《讨论创作致郑振铎先生信中的一段》为题在《小说月报》第12卷第2期发表。沈雁冰提出,今后《小说月报》发表作品要从严,他一人不能决定,应由郑振铎"会商鲁迅启明"等"诸同志兄审量,决定后再寄与弟"。

11日 钱玄同来信(给鲁迅和周作人),转交李大钊信和陈独秀从广州寄来的关于《新青年》编辑事务的信件,钱玄同来信中说自己"近来'国故'得厉害,颇有罗遗老王遗少之风,对于文(按即甲骨文),颇想研究。不知待斋兄(指鲁迅——引者)近来又有新义发明否?"可见鲁迅当时对甲骨文也感兴趣。

15日 午后寄高师校信并名簿。据此判断,鲁迅可能加入了高师的文学研究会,但名簿今佚。

19日 上午得玄同信。午后往高师校讲。

21日 午后往北京大学讲。寄高等师范学校讲义稿并信。

25日 午后寄张伯焘信并国乐谱一份。下午同徐吉轩至护国寺市集游览。得胡适信,即复,就《尝试集》新版删改篇目发表意见。

《尝试集》第四版印行前,胡适先自行将《尝试集》增删一遍后,把删过的诗稿送给任叔永、陈衡哲、鲁迅、周作人和俞平伯,请他们"斧削"。鲁迅回信提出了具体的意见:

> 《江上》可删。
> 《我的儿子》全篇可删。
> 《周岁》可删;这也只是《寿诗》之类。
> 《蔚蓝的天上》可删。
> 《例外》可以不要。
> 《礼!》可删;与其存《礼!》不如留《失望》。①

因周作人在病中,鲁迅在信中转述了周作人的意见:"《去国集》是旧式的诗,也可以不要了。"但鲁迅认为《去国集》中有好作品,留着也好。信的最后说:"我觉得近作中的《十一月二十四夜》实在好。"随后,周作人也由周建人代笔写了回信,提出具体的删改意见。胡适对各位朋友的建议,有所采纳,也有所保留。稿本目录页上《蔚蓝的天上》后面有胡适的批注:"豫才、启明以为可存。莎菲删,叔永以为可删。"《例外》则保存下来,没有采纳鲁迅的意见。《礼!》抨击世俗社会的以礼责人:"你们串的是什么丑戏,也配抬出'礼'字的大帽子。"对礼教的批评固然是对的,但鲁迅可能认为议论入诗,缺少诗意,建议删掉。但胡适并未采纳鲁迅的意见,他在《〈尝试集〉四版自序》中解释:"又如《礼》一首(初版再版皆无),鲁迅主张删去,我因为这诗虽是发议论,却不是抽象的发议论,所以把他保留了。"同样,胡适回忆说,《江上》一首,"鲁迅与平伯都主张删,我因为当时印象太

---

① 陈平原:《鲁迅为胡适删诗信件的发现》,《鲁迅研究月刊》2000年第10期。

深了,舍不得删去"。鲁迅可能以为《江上》形式太近旧体。1921年2月14日,胡适致信周作人转达燕京大学的邀请后有一"附启",追加解释说:"你们两位对于我的诗的选择去取,我都极赞成。只有《礼》一首,我觉得他虽是发议论而不陷于抽象说理,且言语也还干净,似尚有可存的价值。其余的我都依了你们的去取。"可见,胡适很重视周氏兄弟的意见。他曾在《谈新诗:八年来一件大事》(《星期评论》1919年10月10日"双十节纪念号")说:"我所知道的'新诗人',除了会稽周氏兄弟之外,大都是从旧式诗、词、曲里脱胎出来的。"

鲁迅特别称赞《十一月二十四日夜》,让胡适感到遇见了知音,他自己也很看重这一首。他后来在《谈谈"胡适之体"的诗》(1936年《自由评论(北平)》第12期)中说:"《尝试集》的诗,我自己最喜欢的一首是许多选新诗的人不肯选的。那一首的题目是《十一月二十四日夜》。"胡适自认为这首诗"颇近于我自己欣慕的平实淡远的意境"。

26日 在德古斋买《元飚墓志》《元详墓志》各一枚,又杂专拓片三枚,《李苞题名》残刻一枚。《元飚墓志》,刻于北魏永平元年(公元508年),河南洛阳出土。拓片目录记为《彭城武宣王讳飚墓志铭》。《元详墓志》,刻于北魏永平元年(公元508年),洛阳出土。拓片目录记为《北海王元详墓志铭》。《李苞题名》,刻于三国魏景元四年(公元263年),在陕西褒城石门洞,拓片不存。

本月 作《故乡》,载5月1日《新青年》第9卷第1号,署名鲁迅,收入《呐喊》。作品用第一人称手法展现故乡的今昔对比和人物命运的变迁。"我"幼年时的玩伴闰土从少年到中年,在"多子,饥荒,苛税,兵,匪,官,绅"的重重压迫下苦苦挣扎,艰难求生。"我"在对其命运表示深切同情的同时,也对其精神的麻木感到忧虑和悲哀,并把改变现状的希望寄托于下一代。小说结尾写道:"我希望他们不再像我,又大家隔膜起来……然而我又不愿意他们因为要一气,都如我的辛苦展转而生活,也不愿意他们都如闰土的辛苦麻木而生活,也不愿意都如别人的辛苦恣睢而生活。他们应该有新的生活,为我们所未经生活过的。我想到希望,忽然害怕起来了。闰土要香炉和烛台的时候,我还暗地里笑他,以为他总是崇拜偶像,什么时候都不忘却。现在我所谓希望,不也是我自己手制的偶像么?只是他的愿望切近,我的愿望茫远罢了。我在朦胧中,眼前展开一片海边碧绿的沙地来,上面深蓝的天空中挂着一轮金黄的圆月。我想:希望是本无所谓有,无所谓无的。这正如地上的路;其实地上本没有路,走的人多了,也便成了路。"

郑振铎本年9月3日给周作人的信中说:"近来创作界产品虽多,好的却极少,鲁迅君的《故乡》可以算是最好的作品。"①

2月

2日 午后往蒯若木家吊其夫人。往师校讲。

---

① 郑振铎(1898—1958),原籍福建长乐,生于浙江温州,作家、文学史家,字西谛,有幽芳阁主、纫秋馆主、纫秋、幼舫、友荒、宾芬、郭源新等多个笔名。1917年入北京铁路管理传习所(今北京交通大学)学习。五四运动期间,与瞿秋白、耿济之创办《新社会》杂志,倡导新文化运动。1920年与沈雁冰、叶绍钧等人发起成立文学研究会,创办《文学周刊》与《小说月报》。四一二政变后,与胡愈之等人致信国民党当局,抗议屠杀革命群众,为此险遭逮捕。5月乘船到欧洲避难和游学。1931年,到北平任燕京大学和清华大学两校中文系教授。1935年春到上海任暨南大学文学院院长兼中文系主任。1937年参加文化界救亡协会,与胡愈之等人组织复社,出版《鲁迅全集》,主编《民主周刊》。著有《插图本中国文学史》《中国文学论集》《佝偻集》《取火者的逮捕》等。其1921年9月3日致周作人信见《中国现代文艺资料丛刊》第5辑。

3日 午后收去年十月份奉泉三百。付赈捐十五元。还齐寿山百元。寄日本京都其中堂信并泉四元四十钱购书。可知此时鲁迅的薪金领取和花费情况。其中堂书店在日本京都,以销售佛教书为主。

4日 上午收去年十一月上半俸泉百五十。还李遐卿泉卅。午后往大学讲,复在新潮社小坐。寄蟫隐庐信并泉四元四角购书。下午在学界急振会。晚收大学九月、十月薪水共泉卅六。可知教育部薪金发放情况在好转,而鲁迅在大学兼课也有收入。

5日 晴。上午寄阮宅信并奠仪三元。午后往琉璃厂买《霍君神道》一枚,段济、郭达、李盛墓志各一枚,《段模墓志》并盖二枚,梁瑰、孔神通墓志盖各一枚,《樊敬贤造象》并阴二枚。《霍君神道》,魏碑,在河北钜鹿,拓片目录记为《霍君之神道额》。《段济墓志》,隋大业十二年(公元616年),河南洛阳出土,拓片目录记为《段济君墓志铭》。《郭达墓志》,一九一七年十月五日已购此拓片。《李盛墓志》,刻于隋开皇十八年(公元598年),河北沧县出土,拓片目录记为《李盛及妻墓志铭》。《段模墓志》刻于隋大业六年(公元610年),河南洛阳出土,拓片目录记为《段模墓志铭—附盖》。《梁瑰墓志》拓片不存。《孔神通墓志》,一九一九年十二月三十一日已购一枚,本日所购有志盖一枚。《樊敬贤造像》全称《樊敬贤七十人等造像记》,刻于隋开皇五年(公元585年),拓片不存。

买商务书馆所印宋人小说五种七册。

6日 午后往琉璃厂买《元鸾墓志》一枚。《元鸾墓志》,北魏正始二年(公元505年),河南洛阳出土,拓片目录记为《元鸾墓志铭》。

又买商务馆印宋人小说十五种共二十二册。

7日 午后至山本医院为徐吉轩译。夜得胡适信。

8日 春节。上午寄新青年社说稿一篇。

12日 校《嵇康集》一过。

14日 午后至浙江兴业银行购汇券五十。略看琉璃厂。在商务印书馆买《涑水纪闻》一部二册,《说苑》一部四册。夜钱玄同送来《汉宋奇书》一部二十本。

16日 收到其中堂寄来《水浒画谱》二册、《忠义水浒传》前十回五册、书目一册。《水浒画谱》,日文,柳川重信作,日本京都芸草堂刻本。柳川重信(1787—1832)是日本江户时期浮世绘画师。

午后往高等师范校讲。

21日 午后寄大学讲稿,由周建人持去。晚得钱玄同信并代买《新话宣和遗事》四本,价泉四元。

22日 上午得阮宅信。得蟫隐庐信并《拾遗记》二本,认为版本甚劣。鲁迅其时在广泛搜集中国古代小说。

23日 上午寄蟫隐庐信。午后往高师校讲。过琉璃厂买《铁桥漫稿》一部四本。

25日 上午在途中捐急赈一元。下午往美术学校。得阮和孙信。

27日 星期休息。午后同羽太重九、建人和丰一游中央公园,又登午门,在楼上遇李遐卿,又同游各殿,饮茗。

28日 从张阆声假得《青琐高议》残本一册,托建人抄写。

3月

2日 午后往高师讲。是鲁迅在教育界索薪罢教前最后一次讲课。本月14日,北京教育界开始索薪罢教,鲁迅即停止在各校授课,直到下学期才重新开讲。买《邑义五十四人造象》一枚,据说来自山西大同,又《敬善寺石象铭》一枚。《邑义五十四人造像》,造于太和七年(公元 483 年),位于山西大同云冈石窟第十一窟东壁。拓片目录记为《邑义信士女等五十四人造象记》。《敬善寺石像铭》,造于唐代,位于河南洛阳龙门石窟宾阳洞南面的半崖处。铭文为唐代李孝伦撰写,拓片目录记为《敬善寺石象铭(并序)》。

以明刻六卷本《嵇中散集》校文澜阁本。

7 日　午后往徐吉轩寓,代为延医诊视。晚得李宗武①信。

10 日　下午访徐吉轩。晚宋子佩来并持来托购之宋人说部书四种七册,《艺术丛编》九册,又赠茶叶一袋、板鸭一个、笔四支。

12 日　午后往孔庙演礼。

14 日　收到李宗武代买的日文《北斋水浒传》,葛饰北斋绘,日本文政二年(公元 1819 年)江户竹川藤兵卫等刊行。葛饰北斋(1760—1849)为日本江户时期浮世绘大师,是鲁迅喜爱的日本浮世绘画师。

夜写《青琐高议》讫。

15 日　天未明即赴孔庙执事。

16 日　上午寄马幼渔信。收去年十一下半月奉泉百五十。付振捐廿七,煤泉廿八。下午至图书分馆补还紫佩泉六元二角四分,合前汇买书余泉,共还泉卅。往琉璃厂。寄邵次公以《域外小说集》一本。

17 日　午后蟫隐庐寄来《拾遗记》一本,又《搜神记》二本,不全。

18 日　上午寄蟫隐庐信并还《搜神记》。

20 日　夜校《嵇康集》,用赵味沧校本。

23 日　午后往琉璃厂买云峰山题刻零种三种四枚,杂专拓片三枚。又为历史博物馆买瓦当二个。

27 日　上午得马叔平信。

29 日　上午得李鸿梁信。从齐寿山假泉五十。下午周作人进山本医院。

30 日　午后往山本医院探视周作人。周作人于去年 12 月 24 日发病,29 日诊断为肋膜炎,本年 3 月 29 日起住院,5 月 31 日出院,6 月 2 日到西山碧云寺般若堂养病,至 9 月 21 日返家。住院期间,鲁迅频繁前去探视。5 月 24、27 日到西山碧云寺为周作人租屋,以供疗养。6 月 2 日又亲"送周作人往碧云寺"。4 月 7 日以 60 元卖掉所藏《四十种曲》筹措医疗费和家庭日用。他替周作人处理事务,如代其回信、修订稿件、购买书籍用品等,互相通信也很频繁。现存其间鲁迅给周作人信 17 封,报告家中情况和文界消息。因此时三兄弟正在共同翻译日本及东欧的短篇小说,故很多内容为通报工作进展。

31 日　午后往琉璃厂买《陃赤齐造象》三枚,《孙昨卅人等造象》三枚;《宋仲墓志》一枚。《陃赤齐造像》,北齐造像,拓片目录记为《邑义陃赤齐等题名》。《孙昨卅人等造像》,拓片目录记为《孙昨卅人等造象记》。《宋仲墓志》,刻于隋大业九年(公元 613 年),河南洛阳出土,拓片目录记为《仲墓志铭》。

4 月

2 日　午后往山本医院探视周作人,取回《佛本行经》两册。《佛本行经》一名佛本行

---

① 李宗武(1895—1968),鲁迅同乡,李霞卿之弟,时在日本留学。

赞传,西土贤圣撰集,刘宋宝云译,七卷。

周作人患病期间,为寻求精神慰安,开始阅读佛经。在随后几个月中,鲁迅经常为他带去佛教书籍,自己也购买阅读。如《出曜经》《起世经》《四阿含暮抄解》《楼炭经》《当来变经》《梵网经疏》《立世阿昆昙论》等。

5日 上午从齐寿山假泉五十。午后往山本医院视周作人。下午蟫隐庐寄来《毛诗草木鸟兽虫鱼疏》《永嘉郡记》辑本、《汉书艺文志举例》各一本。

11日 收到沈雁冰①、郑振铎来信。沈雁冰时任商务印书馆《小说月报》编辑,来信为约稿。鲁迅13日复信,18日将译稿《工人绥惠略夫》寄去。

同日译完日本森鸥外②的短篇小说《沉默之塔》,次日作"译后记",均载4月21至24日《晨报》第7版"小说栏",署名鲁迅。译文收入《现代日本小说集》。作品讲述派希族内部分裂,信仰自然主义和社会主义的青年被杀后,尸体被运往沉默之塔喂乌鸦的故事,反映了俄国社会的残暴。译后记说:"我们现在也正可借来比照中国,发一大笑。只是中国用的是一个过激主义的符牒,而以为危险的意思也没有派希族那样分明罢了。"

12日 上午寄孙伏园信并稿二篇。寄钱玄同等五人信。午后往山本医院看望周作人,带回《出曜经》一部六本。下午托齐寿山从义兴局借泉二百,息分半。寄沈兼士信。

16日 上午寄沈兼士信。寄李遐卿信。三弟往琉璃厂,托买来《青箱杂记》一本,《投辖录》一本。

18日 上午以《工人绥惠略夫》译稿一部寄沈雁冰。下午得沈兼士、钱玄同、沈雁冰信。

20日 午后往琉璃厂买得《严掾君刻石》二枚;《张起墓志》一枚,杂造象二枚。《严掾君刻石》,拓片不存。《张起墓志》,刻于北齐天统元年(公元565年),河北定县出土,拓片目录记为《张起墓志铭》。

24日 午后陶望潮来。孙伏园来。

26日 午后从齐寿山假泉廿。夜李遐卿与其弟宗武来。

27日 午后收九年十二月上半月奉泉百五十。还齐寿山泉廿。下午往山本医院看望周作人,取回《起世经》《四阿含暮抄解》。

28日 译俄国阿尔志跋绥夫的短篇小说《医生》并作"译者附记",均载9月《小说月报》第12卷号《俄国文学研究》,署名鲁迅,收入《现代小说译丛》。鲁迅认为这篇作品是对于"非人类行为的一个猛烈的抗争",并说,"在自己这中国",同样有上层统治者对异民族的压迫,但却找不出"一篇这样为弱民族主张正义的文章来"。

30日 寄其中堂信并泉三圆四十钱。午后往山本病院视周作人,持回《楼炭经》一部。下午小雨。晚寄沈雁冰信并译稿一篇,约九千字。寄沈兼士信。《楼炭经》又称《大楼炭经》,阿含部经典之一,二册。今收入大正藏第一册。内载须弥四洲之相状、世界之

---

① 沈雁冰(1896—1981),原名沈德鸿,笔名茅盾,浙江桐乡人。1920年参加了《小说月报》的革新工作并担任主编。1921年与郑振铎、叶圣陶等发起成立文学研究会。1923年到共产党领导的上海大学教授小说研究课。1927年大革命时期任《汉口国民日报》主笔。大革命失败后,东渡日本。1930年春返回上海,随即参加中国左翼作家联盟并与鲁迅等参与领导工作。著译甚多,代表作有短篇小说《春蚕》《林家铺子》,长篇小说《子夜》等。

② 森鸥外(1862—1922),日本作家、文学评论家、翻译家,著有小说《舞姬》《阿部一族》等。曾翻译歌德、莱辛、易卜生等的作品。

成立及其破坏时期等。本经有四部同本异译。

译日本芥川龙之介①的短篇小说《鼻子》并作"译者识",载5月11至13日《晨报》第7版"小说栏",署名鲁迅,收入《现代日本小说集》。译者识指出:"内道场供奉禅智和尚的长鼻子的事,是日本的旧传说,作者只是给他换上了新装,篇中的谐味,虽不免有才气太露的地方,但和中国的所谓滑稽小说比较起来,也就十分雅淡了。"

5月

1日　下午寄孙伏园信,内周作人诗三篇。周作人病中所作诗,有些经鲁迅之手寄出发表。周作人将这些诗称为《病中的诗》,后来《〈病中的诗〉小序》回忆在病院的阴沉和忧伤氛围中写诗的情景道:"傍晚发热,以及早晨清醒的时候,常有种种思想来到脑里,有的顷刻消灭,有的暂时存留,偶值兄弟走来看我,便将记得的几篇托他笔录下来,作一个记念,这结果便是我的《病中的诗》。"周作人所说的"兄弟"便是鲁迅。鲁迅在他的病床前朗读过其中的一首《过去的生命》。

2日　午后寄李遐卿信并书泉三元四角。下午得遐卿信,晚复。

3日　午后寄孙伏园信并稿一篇。还齐寿山泉百。

4日　午后往琉璃厂商务印书馆取《工人绥惠略夫》译稿泉百廿。买《涵芬楼秘笈》第九集一部八册。

5日　上午随母亲往山本医院诊。下午得李遐卿信。寄孙伏园信。作《"生降死不降"》,载5月6日《晨报副刊》,署名风声。文章指出,辛亥革命时汉族"怎样的不愿意做奴隶,怎样的日夜想光复,这志愿,便到现在也铭心刻骨的"。但现在却有人死去后讣告上大写特写"清封朝议大夫""清封恭人"之类头衔,因此讽刺"汉人有一种'生降死不降'的怪脾气"。

6日　上午得沈雁冰信。

9日　晚以书架一个还朱遏先。

10日　午后往山本医院视周作人,持回《当来变经》。

11日　午后赙蔡谷青家银四元。

13日　上午寄孙伏园信并三弟文稿。夜得沈雁冰信。

15日　星期休息。午后寄沈雁冰信并三弟译稿一篇。

17日　上午其中堂寄来《李长吉歌诗》三册,《竹谱详录》二册。得沈兼士信。

18日　午后往山本医院视周作人。得仲甫信。

19日　上午寄郑振铎信。寄李守常信。寄钱玄同信。

24日　上午齐寿山来。同往香山碧云寺,下午回。

27日　清晨携工往西山碧云寺为周作人整理所租屋,午后回,经海甸停饮,大醉。夜得孙伏园信。

30日　上午得宋子佩信并见假泉五十。下午从李遐卿假泉四十。

31日　上午寄沈兼士信。校《人间的生活》讫,寄还李遐卿。校完《人间的生活》。该书为日本武者小路实笃所著,李宗武和毛咏裳译出后请鲁迅校阅,1922年1月由中华书局出版。

---

① 芥川龙之介(1892—1927),日本小说家。曾参加新思潮派,创作上有怀疑主义和唯美主义色彩,后因精神苦闷自杀。著有短篇小说《鼻子》《罗生门》和随笔《点心》《百草》等。

午周作人出山本医院回家。午后往琉璃厂买《寇侃墓志》并盖二枚,《邸珍碑》并阴二枚,《陈氏合宗造像》四面并坐五枚。又《杨君则墓铭》一枚。《寇侃墓志》,刻于北魏孝昌二年(公元526年),河南洛阳出土,拓片不存。《邸珍碑》,立于东魏天平元年(公元534年),在今河北曲阳北岳庙,拓片目录记为《邸珍碑—连额》。《陈氏合宗造像》,拓片不存。《杨君则墓铭》,拓片目录中有《杨公则墓石》,疑为此铭。

6月

2日　下午送周作人往碧云寺,三弟周建人、大侄子周丰一同去,晚归。

4日　下午从齐寿山假泉五十。得沈雁冰信。夜得孙伏园信。

6日　上午得李遐卿信。午后往图书分馆还宋子佩泉五十。往琉璃厂买《比丘法朗造象》并阴共二枚。《比丘法朗造像》,造于北齐,拓片目录记为《比丘尼法朗造象记》。

下午寄刘同恺信。还齐寿山泉五十。

8日　译完日本芥川龙之介的短篇小说《罗生门》并作"译者记",译文载6月14—17日《晨报》第7版"小说栏",署名鲁迅,收入《现代日本小说集》,译者记载于6月14日译文标题之下。芥川龙之介1925年所写《日本小说的中国翻译》称赞鲁迅的译文道:"仅以我自己的作品为证,翻译非常正确。其中,地名、官名、用品等作了非常之好的注释。"①

9日　午后寄李遐卿信并文一篇。寄沈雁冰信。

11日　上午寄孙伏园译稿一篇。收一月、二月薪金六百元。付直隶水灾振十五,煤泉廿七,还义兴局二百,息泉六。

12日　星期天,晨往西山碧云寺看望周作人,晚归。

13日　上午寄汪静之②信。汪静之时为杭州第一师范学校学生,寄诗稿《蕙的风》向周作人求教。周作人在北京西山养病,故由鲁迅代收代复。据汪静之在《蕙的风·自序》中回忆:"《蕙的风》原稿在一九二一年鲁迅先生曾看过,有不少请他曾略加修改,并在来信里指导我应该怎样努力,特别举出拜伦、雪莱、海涅三个人的诗要我学习。"他还说:"我当时只请教了三位中国知名的文学家,胡适、周作人和鲁迅。"③

14日　上午寄大学注册部以试卷十七本。下午往卧佛寺购周作人所要佛书三种。夜得李遐卿信。

17日　午后往琉璃厂及青云阁买杂物。

18日　上午得孙伏园信。下午至卧佛寺为周作人购佛经三种,又自购《楞伽经论》等四种及《嘉兴藏目录》。

19日　星期休息。晨往西山碧云寺视周作人,晚归。

22日　上午往山本医院为潘企莘译。往卧佛寺为周作人购《梵网经疏》《立世阿毘昙论》各一部。午后得孙伏园信,即复。夜得周作人信。

24日　午后往琉璃厂电话总局及师范学校。在德古斋买《毌丘俭平高句骊残碑》并碑阴题记共二枚。《毌丘俭平高句骊残碑》,立于三国魏,拓片目录记为《毌丘俭残碑—附阴》。

---

① 日月:《鲁迅和芥川龙之介之译事》,《社会科学战线》1978年第3期。
② 汪静之(1902—1996),安徽绩溪人,诗人,"晨光文学社""湖畔诗社"创始人之一,著有诗集《蕙的风》等。
③ 汪静之:《我和胡适之先生的师生情谊》,杭州徽州学研究会编《胡适研究文辑》2001年。

27日 午后往山本医院。晚得周作人信并《大乘论》二部。

30日 译完日本作家菊池宽①的短篇小说《三浦右卫门的最后》并作"译后记",均载7月1日《新青年》第9卷第3号,署名鲁迅,收入《现代日本小说集》。译后记指出,"菊池氏的创作,是竭力的要掘出人间性的真实来。一得真实,他却又忧然的发了感叹,所以他的思想是近于厌世的,但又时时凝视着遥远的黎明,于是又不失为奋斗者"。对作品揭露和讥讽日本武士道精神表示赞赏,同时慨叹中国缺少抨击"名教"的作品:"武士道之在日本,其力有甚于我国的名教,只因为要争回人间性,在这一篇里便断然的加了斧钺,这又可以看出作者的勇猛来。但他们古代的武士,是先蔑视了自己的生命,于是也蔑视他人的生命的,与自己贪生而杀人的人们,的确有一些区别。而我们的杀人者,如张献忠随便杀人,一遭满人的一箭,却钻进刺柴里去了,这是什么缘故呢?杨太真的遭遇,与这右卫门约略相同,但从当时至今,关于这事的著作虽然多,却并不见和这一篇有相类的命意,这又是什么缘故呢?我也愿意发掘真实,却又望不见黎明,所以不能不爽然,而于此呈作者以真心的赞叹。"

同日寄周作人信,报告家中情形:"母亲已愈。芳子殿今日上午已出院;土步君已断乳,竟亦不吵闹,此公亦一英雄也。ハグ〔ガ〕公昨请山本诊过,据云不像伤风。"土步,即周丰二②,原名沛,又名伯中,周建人、羽太芳子(周芳子)的次子。鲁迅对丰二很关爱,丰二周岁前后患病时,鲁迅延医诊治,"为沛取药",1920年5月19日日记载:"沛大病,夜延医不眠",第二天"黎明送沛入同仁病院,芳子、重久同往,医云肺疾",至6月14日,鲁迅连续27天,天天"上午往部,下午往病院"或"夜在病院"陪护丰二。丰二病情略有好转后,他仍"往同仁病院视沛"十来次,直到7月13日"下午沛退院回家"。

信中还谈到自己翻译日本作家夏目漱石等的作品:"我已译完《右卫门の最期》,但跋未作,蚊子乱咬,不易静落也。夏目物〔語〕决译《一夜》,《梦十夜》太长,其《永日物语》中或可选取,我以为《クレイグ先生》一篇尚可也。"③

信中告知,八道湾十一号宅院的电话已经装好,号码为"西局二八二六"。

下午得汪静之信。

7月

2日 铭伯先生于昨亥刻病故,午前赴吊。得周作人信并佛书四部。

寄陈独秀信并文稿一篇,由李季收转。

3日 蒋抑之来。午后孙伏园来。

7日 上午寄沈雁冰信。寄孙伏园信。代周作人寄大学编辑部印花一千枚并函。商

---

① 菊池宽(1888—1948),日本作家,曾主编新思潮派的杂志《新思潮》。第一次世界大战末期的作品竭力挖掘人性真实。二战期间赞成日本军国主义,为日本军国主义服务。

② 周建人、羽太芳子两人长期两地分居,逐渐疏远,周建人在上海与王蕴如同居,形成实际上的婚姻关系,与芳子关系恶化。周丰二同情母亲,仇恨其父,因此也同鲁迅关系疏远以至断绝往来。周丰二早年就读于北京孔德学校。1940年,他从中法大学转入北平中国大学学习经济,毕业后曾任中国联合准备银行职员。中华人民共和国成立后,周丰二历任军队某仓库保管员、商业职工学校统计学教师、中学数学教师。鲁迅《鸭的喜剧》中有一段对话以土步与乌克兰盲诗人爱罗先珂的交往为素材。

③《右卫门の最期》,即《三浦右卫门的最后》,短篇小说,日本菊池宽作。鲁迅译文载《新青年》第九卷第三号(1921年7月1日)。夏目,即夏目漱石(1867—1916),日本小说家,著有《我是猫》《永日物语》等。《クレイグ先生》,即《克莱喀先生》,鲁迅译出后未即发表,后收入《现代日本小说集》。

务印书馆拟再版周作人的《欧洲文学史》,鲁迅代周作人将版税印花寄北大编译处转商务。编译处不允代转,次日退回。往卧佛寺为周作人购佛书五种,又自购《大乘起信论海东疏》《心胜宗十句义论》《金七十论》各一部。

8日　得周作人信并《人间的生活》序一篇,即附笺转寄李遐卿。

10日　星期休息。晨往香山碧云寺看望周作人。下午许寿裳来香山游,傍晚,鲁迅与母亲及大侄子周丰一乘许寿裳的汽车回家。

11日　译完芬兰亚勒吉阿的短篇小说《父亲在亚美利加》并作"译后记",载7月17、18日《晨报》第7版"小说栏",署名鲁迅,收入《现代小说译丛》。本篇从德国评论家勃劳绥惠德尔所编《在他的诗和他的诗人的影象里的芬兰》中译出。译后记介绍了原作者生平,并引用勃劳绥惠德尔的话,指出作品以"一种优美的讥讽的诙谐"衬托了"悲惨"。日记所载"夜寄孙伏园译稿一篇"即指此。

13日　致周作人信,讨论波兰作品的翻译问题,并摘译了凯拉绥克(通译卡拉塞克,1871—1951)①所著《斯拉夫文学史》第2卷第16节《最新的波兰的诗》。7月16日又摘译凯拉绥克《斯拉夫文学史》第2卷第17节《最新的波兰的散文》。此前,周建人翻译了波兰什曼斯奇的《犹太人》,周作人拟为之写译后附记,却感到资料不足。鲁迅两次摘译,正是为周作人提供参考资料,如7月16日信中所说:"《犹太人》略抄好了,今带上。""作者的事实,只有《斯拉夫文学史》中的几行(且无诞生年代)别纸抄上。"鲁迅将周建人所译《犹太人》校订后,又写了一段文字供周作人作跋语使用。

信中还谈到当时中国文坛对于外国文艺思潮的评介:"《时事新报》有某君(忘其名)一文,大骂自然主义而欣幸中国已有象征主义作品之发生。然而他之所谓象征作品者,曰冰心女士的《超人》《月光》,叶圣陶的《低能儿》,许地山的《命命鸟》之类,这真教人不知所云,痛杀我辈者也。"②

18日　上午收三月分奉泉三百。付直隶旱振十五,所得税二·七,碧云寺房租五十。夜寄李季子信退回。

19日　上午还许季市泉百。托周建人买《涵芬楼秘笈》第十集一部八册。夜仍寄陈仲甫信并稿一篇。代周作人寄沈雁冰稿一封。

27日　致周作人信,告知其所译日本诗人《一茶的诗》已寄给《小说月报》,并谈及稿

---

① 《黯澹的烟霭里》译记中有一段"克罗绥克说",是鲁迅由《深渊》和其他小说》中所收录的《黯澹的烟霭里》(In düstere Ferne)的题注翻译而来。鲁迅译中所说的"克罗绥克"即《深渊》和其他小说》的译者 Theo Kroczek。这个"克罗绥克"并非《斯拉夫文学史》的作者"凯拉绥克"。人民文学出版社2005年版的《鲁迅全集》将〈〈黯澹的烟霭里〉译者附记》中的"克罗绥克"注释为:"克罗绥克(J. Karasek, 1871—1951)通译卡拉塞克,捷克诗人、批评家。著有《死的对话》《流放者之岛》等,又编有《斯拉夫文学史》等。"所说的"卡拉塞克"是 Josef Karásek。鲁迅两次提及这位捷克诗人和评论家,一次直接称其名"Karásek",另一次将其译为"凯拉绥克"。本日写给周作人的信中说"Karásek 的《斯拉夫文学史》,将窦罗泼泥子街收入诗人中,竟于小说全不提起",鲁迅后来选取翻译了这本《斯拉夫文学史》的一部分,成《近代捷克文学概观》一文,1921年10月发表在《小说月报》第12卷第10号上,在译者附记中介绍该译文的来源道:"现在译取凯拉绥克(Josef Karásek)《斯拉夫文学史》第二册十一、十二两节与十九节的一部分,便正可见当时的大概。"《鲁迅全集》将这三处混而为一,认为其所指为同一人,误。

② 指洪瑞钊所作《中国新兴的象征主义文学》,刊于上海《时事新报·学灯》(1921年7月9日)。冰心即谢婉莹,笔名冰心,福建长乐人,文学研究会成员。《超人》,短篇小说,载《小说月报》第十二卷第四号(1921年4月)。《月光》,短篇小说,载《晨报》副刊(1921年4月19日至20日)。叶圣陶(1894—1988),名绍钧,江苏吴县人,文学研究会发起人之一。《低能儿》,短篇小说,载《小说月报》第十二卷第二号(1921年2月)。许地山(1893—1941),名赞堃,笔名落华生,台湾人,文学研究会发起人之一。《命命鸟》,短篇小说,载《小说月报》第十二卷第一号(1921年1月)。

费的使用问题:"波兰小说酬金已送支票来,计三十元;老三之两篇(ソログーブ及犹太人)为五十元,此次共用作医费。"ソログーブ,梭罗古勃(1863—1927),俄国作家。周建人译梭罗古勃《白母亲》和英国约翰·科尔诺斯《斐陀尔·梭罗古勃》,均载《小说月报》第十二卷增刊《俄国文学研究》(1921年9月)。

随信转交宫竹心①致周作人的信,并建议赠送宫竹心《域外小说集》《欧洲文学史》各一册。信中还说打算购买爱罗先珂的日文著作《天明前之歌》。

28日 上午往裘子元寓,去其从巨鹿归来为自己购买的宋磁枕,"已破碎而缀好者"。又见赠一碟,其足有一"宋"字,并一押。午后得李遐卿信,即复。晚得周作人信并译稿。

29日 午后往山本医院诊,并看望侄儿周沛。代周作人复宫竹心信,并寄赠《域外小说集》《欧洲文学史》各一册及杜威的演讲集。

30日 午代周作人寄宫竹心信并《欧洲文学史》《或外小说集》各一册。下午得李宗武信,二十日千叶发。

31日 致周作人信,交流关于翻译的意见,并附勃劳绥特尔在其所著《北方名家小说》中关于芬兰作家阿霍的论述的译文。

信中谈到文学研究会会员的来稿:"潘公的《风雨之下》实在不好,而尤在阿塞之开通,已为改去不少,俟孙公来京后交与,请以'情面'登之。"潘公,指潘垂统(1896—1993),浙江余姚人,文学研究会成员,周作人在绍兴第五中学任教时的学生,所作小说《风雨之下》,后改题《牺牲》,载1921年9月14日至19日北京《晨报副刊》。

8月

1日 将周作人译稿两篇寄孙伏园。下午宋子佩来。

2日 午得沈雁冰信。

4日 寄周作人信,晚得复并译稿二篇、佛书四种。

6日 致周作人信。7月20日,沈雁冰在给周作人的信中请鲁迅作《犹太新兴文学概观》,供《小说月报》刊登。鲁迅告知周作人,自己已婉拒。又告知已接到周作人5日所寄信和稿子,日内改定并寄给上海《小说月报》。

上午从许季市假泉百。下午得周作人信。

8日 小病休息。午后代周作人寄何作霖译稿一篇。

9日 仍休息。午后寄沈雁冰信附周作人译稿两篇,半农译稿一篇。

10日 午后从子佩借泉百,由三弟取来。高福林博士来。

郎损(沈雁冰)在《小说月报》第12卷第8期上发表《评四五六月的创作》,对《故乡》给予高度评价:"过去的三个月中的创作我最佩服的是鲁迅的《故乡》(《新青年》九卷一号),……我觉得这篇《故乡》的中心思想是悲哀那人与人中间的不了解,隔膜。造成这不了解的原因是历史遗传的阶级观念。《故乡》中的'豆腐西施'对于'迅哥儿'的态度,似乎与'闰土'一定要称'老爷'的态度,相差很远,而实则同有那一样的阶级观念在脑子里。不过因为两人的生活状况不同,所以口吻和举动也大异了。但著者的本意却是在表出'人生来是一气的,后来却隔离了'这一个根本观念,'那西瓜地上的银项圈的小英雄的

---

① 宫竹心(1899—1966),笔名白羽,山东东阿人。曾任北京《国民晚报》、天津《世界日报》《北洋画报》记者、编辑。当时在北京邮政局任职,后成为武侠小说作者。

影象,我本来十分清楚,现在却忽地模糊了,又使我非常地悲哀。'"

11日　上午赙许宅五元。下午沛退院回家。晚得周作人信。

12日　午后往图书分馆访子佩,借泉五十。晚得周作人信并译稿一篇,《文艺旬刊》一帖。夜李遐卿来。

13日　将昨天收到的周作人稿寄东方杂志社。复沈雁冰信。

14日　星期休假。午后赴长椿寺吊铭伯先生。晚得周作人信。夜得沈雁冰信。

15日　收三月上半月俸泉百五十。

17日　寄沈雁冰信。寄宫竹心信。得子佩信并《新青年》一册。晚得周作人信并译稿一篇。致周作人信,告知收到其所译英国作家劳斯的《在希腊岛》,建议投寄《小说月报》。鉴于《新青年》十分期待周作人的作品,鲁迅提出建议,并对兄弟三人的著译做了分工:"九之一后(编辑室杂记)有云:本社社员某人因患肋膜炎不能执笔我们很希望他早日痊愈本志次期就能登出他的著作。我想:你也不能不给他作或译了,否则《说报》之类中太多,而于此没有,也不甚好。我想:老三于显克微支不甚有趣味,不如不译,而由你选译之,现在可登《新青年》,将来可出单行本。老三不如再弄他所崇拜之Sologub也。"

同日译完芬兰女作家明那·亢德①的短篇小说《疯姑娘》,次日作"译后附记",均载10月10日《小说月报》第13卷第10号《被损害民族的文学号》,署名鲁迅,11月10日、11日,上海《民国日报》副刊《觉悟》分两次选载,收入《现代小说译丛》。附记认为,"亢德写这为社会和自己的虚荣所误的一生的径路,颇为细微,但几乎过于深刻了,而又是无可补救的绝望"。

同日译完保加利亚伐佐夫②的短篇小说《战争中的威尔珂——一件实事》,22日作"译后附记",均载10月10日《小说月报》第12卷第10号《被损害民族的文学号》,署名鲁迅,收入《现代小说译丛》。从札典斯加女士的德译本《勃尔格利亚女子与其他小说》译出。附记介绍了作者伐佐夫的生平、思想与创作成就,认为这篇作品是1885年保加利亚和塞尔维亚的战争引发的"悲愤的叫唤"。当时,《小说月报》编辑茅盾编辑《被损害民族的文学号》,原无刊登保加利亚作品的计划,但因"一时想不出何处有短篇",听说鲁迅准备翻译此篇,便在7月30日致周作人信中表示"再好也没有"了。

19日　夜遐卿来并赠《新教育》一本。

22日　晚赴沈尹默在中央公园招宴,沈士远、钱玄同、马幼渔、沈兼士、张凤举同席。

23日　上午往南昌会馆访张凤举。

25日　致周作人信,谈及自己翻译凯拉绥克的《斯拉夫文学史》的辛苦。附寄《新青年》第9卷第2号,并评价说,内容无甚可观,只有陈独秀的随感"究竟爽快"。信中还谈到对张凤举③的看法:"此人神经颇好。"

26日　致宫竹心信,对宫竹心兄妹的作品给予指导,并就青年人学业和职业的关系谈了看法:"其实以文笔作生活,是世上最苦的职业。"

---

① 明那·亢德(1844—1897),芬兰女作家。曾积极参加资产阶级民主改革运动,作品多揭露资本主义社会的罪恶和表现知识分子与小资产阶级的日常生活。著有短篇小说《女小贩洛鲍》等。

② 伐佐夫(1850—1921),保加利亚作家。曾因参加民族革命斗争,被迫流亡国外。作品充满爱国热情,歌颂人民斗争,揭露反动统治和异族侵略。著有诗集《旗帜与古琴》、长篇小说《轭下》和多部短篇小说集。

③ 张定璜,字凤举,江西南昌人。曾留学日本,后任北京大学、北京女子师范大学等校教授。鲁迅认为他写的《浮世绘》一文有见识,赞其"神经分明"。

28日　上午得季市信,即复。晚得周作人文稿一篇。

29日　下午张凤举来,赠以《域外小说集》一册。晚周建人回自西山,得周作人信并稿一篇,说目一枚,夜复。信中谈到创造社成员:"郭沫若在上海编《创造》(?)。我近来大看不起沫若田汉之流。又云东京留学生中,亦有喝加菲(因ァブサン之类太贵)而自称デカーダン者,可笑也。"ァブサン,苦艾酒,一种法国酒;デカーダン,颓废派。可见,鲁迅对郭沫若很早就有了成见。周作人也有差不多的意见。不过,周作人后来见了郭沫若,感觉不算坏。曹聚仁曾与周作人谈到鲁郭矛盾形成的一些原因:"许多人谈鲁迅,都是从他的文字上来推论的,所以有时越钻牛角尖,越觉得可笑。你那天说到鲁迅和郁达夫见了面,所以相处得很好。他和郭沫若先生,因为没见过面,所以有些闹别扭。你说,某君到了东京,见了郭先生,觉得郭先生对人完全和写文章不相同。这话很对。鲁迅在文章中那么尖刻毒辣,对朋友却和气得很,这是我所知道的。"鲁迅和郭沫若没有见过面,全靠文字揣摩,难免扭曲;而周作人与郭沫若实际交往后,原来的坏印象大大减少。曹聚仁认为:"其实,鲁迅南行,从厦门到广州。原想和郭沫若见面,谈谈携手文化运动的事,可惜他到了广州,郭氏已随着革命者北伐,不曾见面。而提倡革命文学的创造社朋友,对准了鲁迅作总攻击,乃有后面的别扭。文人在笔头上是不饶人的,鲁迅、郭沫若虽是贤人,也是不免的。"①

代周作人寄沈尹默《新村》七册。

30日　上午李宗武寄来《夜ァケ前ノ歌》一册。下午寄陈仲甫信并周作人文一篇,半农文二篇。寄沈雁冰信并文二篇,又周作人文二篇。

致周作人信,告知"盲诗人的著作已到"②,"我或将来译之"。"著作"系指爱罗先珂的童话集《天明前之歌》(又译作《夜明前的歌》,1921年日本丛文阁印行,鲁迅于该年7月订购)。信中说:"如此著作,我亦不觉其危险之至,何至于兴师动众而驱逐之乎。"

31日　晨得沈雁冰信。上午寄宫竹心信。收四月下半月份奉泉百五十。寄周作人信,下午得复。得张梓生信。

9月

1日　下午往图书分馆还子佩泉百。往琉璃厂。晚马幼渔招饭于宴宾楼,张凤举、萧友梅、钱玄同、沈士远、尹默、兼士同席。

2日　上午得孙伏园信。下午周建人启行往上海。得周作人信。晚得宫竹心信。

3日　上午往卧佛寺买《净土十要》一部。午后齐寿山往西山,托寄周作人《净土十要》一部,笔三支并信。寄宫竹心信。

4日　译完捷克凯拉绥克的《近代捷克文学概观》,次日作"译后记",均载10月10日《小说月报》第12卷第10号《被损害民族的文学号》,署名唐俟。《近代捷克文学概观》系凯拉绥克所作《斯拉夫文学史》第2册第11、12两节及第19节的一部分,论述自1848年欧洲革命到十九世纪末捷克民族文学的发展及著名作家的创作。译后记指出:

---

① 曹聚仁:《鲁迅逝世二十年纪念——与周启明先生书》,《鲁迅研究资料》第10辑。
② "盲诗人"即俄国诗人、童话作家爱罗先珂(1889—1952),幼时因患麻疹致使双目失明。1914年4月到日本,1916年至1918年曾流浪于泰国、缅甸、印度等国,1919年被英国殖民当局驱逐出印度,再回日本。他同情这些国家被压迫的人民,多次受到当地政府迫害。1921年被日本以"宣传危险思想"的罪名驱逐出境,即来中国,先后在北京大学、北京世界语专门学校讲学。1922年2月24日起借住八道湾十一号周宅,1923年4月回国。他在日本以日语创作了两部童话集《天明前之歌》《最后之叹息》。

"捷克人在斯拉夫民族中是最古的人民,也有着最富的文学。"

午后寄张梓生信。夜得周作人信并稿一篇。致周作人信,转交胡适的来信。胡适正为商务印书馆编辑《世界丛书》,向周氏兄弟约译作。后鲁迅和周作人合译的《现代日本小说集》,鲁迅、周作人和周建人合译的《现代小说译丛》均列入《世界丛书》出版。信中还谈到沈雁冰邀请鲁迅介绍小俄罗斯(乌克兰)文学。

5日　上午往大学代周作人取薪水。寄李季谷信并小為替三圆五十钱。晚得周作人信并稿一篇。寄潘垂统《小说月报》八号一册,又七号一册。

6日　上午寄李季谷信。寄宫竹心信并《小说月报》八号一册。下午得沈雁冰信两封并校稿一帖。得周作人信。

7日　午后代周作人寄大学信。下午孙伏园来。得周作人信。晚寄沈雁冰信并史稿一篇,校稿一帖。

8日　午后往琉璃厂买专拓片二十六枚;《甘泉山刻石》未剜本二枚;《上庸长刻石》一枚;《王盛碑》一枚;杂造象八种十二枚。《甘泉山刻石》,汉刻,清嘉庆年间出土,位于江苏江都甘泉山昭惠寺,拓片目录记为《甘泉山获石记》。《上庸长刻石》,汉刻,位于四川德阳县黄许镇西,只"上庸长"三字。《王盛碑》,立于东魏兴和三年(公元541年),拓片不存。

晚得阮久孙信。得沈雁冰信。

译完俄国安特莱夫(安特列夫)的短篇小说《黯淡的烟霞里》并作"译后记",均收入《现代小说译丛》。译后记引述捷克诗人、文艺评论家克拉绥克的评价:"这篇的主人公大约是革命党。用了分明的字句来说,在俄国的检查上是不许的。这篇故事的价值,在有许多部分都很高妙的写出一个俄国的革命党来。"并辨正道:"但这是俄国的革命党,所以他那坚决猛烈冷静的态度,从我们中国人的眼睛看起来,未免觉得很异样。"

致周作人信,对其译笔提出意见:"我看你译小说,还可以随便流畅一点(我实在有点好讲声调的弊病),前回的《炭画》生硬,其实不必接他,从新起头亦可也。"

9日　译完德国凯尔沛来斯的论文《小俄罗斯文学略说》并作"译后附记",均载10月10日《小说月报》第10卷第10号《被损害民族的文学号》,署名唐俟。附记称赞乌克兰德拉戈玛罗夫、弗兰柯、斯杰法尼克、科贝梁斯卡娅、卡布连斯卡娅等是近代"铮铮的作家"。

10日　译完俄国爱罗先珂的童话《池边》并作"译后附记",均载9月24日至26日《晨报》第7版,署名鲁迅,同年10月3日,上海《民国日报》副刊《觉悟》转载,后收入《爱罗先珂童话集》(商务印书馆,1922年)。鲁迅在8月底得到童话集《天明前之歌》,《池边》即收在其中。这是鲁迅翻译的第一篇爱罗先珂的童话。原作描写两只蝴蝶目睹黑夜降临,为追回沉没的太阳,使世界恢复光明,不惜牺牲生命。鲁迅在附记中说:"五月初,日本为治安起见",驱逐了盲诗人,但他的童话"含有美的感情与纯朴的心","看不出什么危险思想来。他不象宣传家,煽动家;他只是梦幻,纯白,而有大心,……这大约便是被逐的原因"。为了使人们不忘掉这位诗人,自己"由不得要绍介他的心给中国人看"。本日寄沈雁冰信并稿一篇,寄陈仲甫稿二篇,又郑振铎书一本,皆代周作人发。下午寄孙伏园稿二篇,一潘垂统,一宫竹心。

11日　未明赴孔庙执事。

上午致周作人信,告知周作人所作《病中的诗》和《山中杂诗》及所译小说已投寄《新青年》杂志。又告打算将自己所译《狭的笼》寄《新青年》,但报载陈独秀走出,不知去向。

本日译完俄国安特莱夫的短篇小说《书籍》并作"译后附记",收入《现代小说译丛》。作品写一个患心脏病生命垂危的作家,写了一本《为了不幸的人们》的书,但在沙皇统治下,这本书反为不幸者带来灾难:一个不识字的孩子因送书被警官抓去。附记说,这小说"意义很明显,是颜色黯澹的铅一般的滑稽"。

12日　晨朱六琴、朱可铭来。上午寄周作人信,晚得复信。

13日　上午寄伏园信并稿。得周建人信。寄宋子佩信。寄高等女师校信又章士英信,皆代周作人发。得沈雁冰信。下午高阆仙赠《吕氏春秋点勘》一部三本。

14日　午后往高师校授课。买《李太妃墓志》一枚。《李太妃墓志》刻于北魏熙平二年(公元517年),拓片目录记为《太妃李氏顿丘墓志铭》。

15日　上午寄还李遐卿《日文要诀》一册。

16日　中秋,休息。下午程叔文来。

本日译完俄国爱罗先珂的童话《狭的笼》并作"译后附记",均载同年8月1日《新青年》第9卷第4期,署名鲁迅,①后收入《爱罗先珂童话集》。本篇是《天明前之歌》的首篇,写一只不愿被囚于笼中的老虎为同类获得自由而奋斗的故事,责问"将人类装在笼里面,奴隶一般畜生一般看待的,又究竟是谁呢",表达了追求自由的思想。鲁迅在附记中谴责了英日等国政府对爱罗先珂的迫害,指出:这篇作品反映了作者"漂流印度时候的感想和愤激"。又说:"我爱这攻击别国的'撒提'之幼稚的俄国盲人埃罗先珂,实在远过于赞美本国的'撒提',受过诺贝尔奖金的印度诗圣泰戈尔;我诅咒美而有毒的曼陀罗华。"撒提,印度习俗,男人死后,妻子随丈夫尸体自焚。②

17日　上午得周建人信,下午复。寄宫竹心信。收五月分奉泉三百。付碧云寺房泉五十。

致周作人信,商定《现代日本小说集》所收作品目录,并就自己所译《狭的笼》中一些词语的翻译征求意见。此外还谈了对他们推荐给报刊的几位青年作者作品的看法:"潘太太之作尚佳,可以删去序文,寄与《说报》,潘公之《风雨之下》,经改题而去其浪漫チク之后,亦尚不恶也。但宫小姐之作,则据老三云:因有'日货'字样,故章公颇为踌躇。此公常因女人而バンダン,则神经过敏亦固其所,拟令还我,转与孙公耳。"浪漫チク,浪漫谛克。章锡琛踌躇的原因,是担心小说中抵制日货的观点招来麻烦。

18日　下午孙伏园来。因腹痛服补写丸二粒。

19日　晚得周作人信并稿三篇。

29日　上午得宫竹心信。午后往大学取薪水。

21日　上午得李宗武信。午后往高师讲。往图书分馆还子佩泉五十。晚得周作人信。夜周作人自西山归。得沈雁冰信。

22日　上午寄沈雁冰信。下午得羽太父信。得李遐卿信。得孙伏园信。

---

①　《新青年》发表的《〈狭的笼〉译后记》文末署"1921年8月16日",误。此处据鲁迅1921年9月17日致周作人信订正。

②　实际上,泰戈尔对于撒提这种戕害妇女的非人道酷行曾予以揭露和鞭挞。泰戈尔作品中涉及撒提制度的有三篇:短篇小说《摩诃摩耶》、叙事诗《丈夫的重获》和《婚礼》,从中很难得出泰戈尔在现实生活中主张和维护这种制度的结论。据统计,1921年8月之前泰戈尔著作的中文译文,除少量讲演词、介绍性文字外,多为诗歌、短篇小说,其中《哑女》《盲女》《河阶》《卖果者言》等篇与童婚、种姓制度有所关联,其余均不涉及撒提问题,从中看不出鲁迅通过中文译本解读和指认泰戈尔赞美该制度的结论。(王燕:《泰戈尔访华:回顾与辨误》,《南亚研究》2011年第1期)参见黄乔生:《从"但除了印度"到"除了泰戈尔"——略论鲁迅对印度的想象和认知》,《广西师范大学学报》2019年第3期。

23日　赴大学讲。

25日　星期休息。上午得周建人信片。得陈仲甫信。夜得宫竹心信。

26日　上午寄宫竹心信。寄周建人信并李虞琴稿一篇。寄陈独秀信并周作人、周建人稿及自译稿各一篇。下午孙伏园来。

27日　上午得李宗武信片。寄高师校信。夜得孙伏园信。

28日　下午宫竹心来。

30日　上午得周建人信，廿七日发。季市赠《越缦堂日记》一部五十一册。午后往大学讲。赙裘子元之祖母丧二元。

10月

1日　上午寄孙伏园信。许璇苏来。

2日　星期休息。上午马幼渔、朱遏先来。冀君贡泉送汾酒一瓶。下午得孙伏园信。章士英来，字飐斋，心梅叔之婿。

3日　午后寄李遐卿信。傅增湘之父寿辰，其徒敛钱制屏，与一元。

4日　上午得周建人信。夜得李遐卿信。

5日　午后往高师讲。往浙江兴业银行取泉十四。下午寄李遐卿信。寄许羡苏信。夜钞《青琐高议》。

7日　上午得遐卿笺。午后往大学讲。下午服补写丸二粒。高阆仙赠吴氏平点《淮南子》一部三本。寄遐卿、子佩、伏园信约饮。晚伏园来。

8日　下午至女高师校邀许羡苏，同至高师校为作保人。

9日　李季谷寄来英文书一本，共日金一圆三十钱，系周作人委托购买。自订书两本。晚孙伏园、宋子佩、李遐卿先后至，晚饭。

10日　休假。为李宗武校译本。

11日　夜得章士英信。寄马幼渔信。

12日　下午校李宗武译本毕，即封致李霞卿并附一笺。

13日　午后往琉璃厂买《石鲜墓志》连阴、侧一枚，《鞠遵墓志》《孙节墓志》各一枚，《杨何真造象》一枚，杂专拓片七枚。本日所购，除《杨何真造象》外，拓片均不存。

14日　译完俄国爱罗先珂的童话《春夜的梦》并作"译后附记"，载《晨报副刊》，上海《民国日报》副刊《觉悟》于25日、27日、28日分3次转载，署名鲁迅，后收入《爱罗先珂童话集》。作品讲述山的精灵为了占有美，盗骗了金鱼的鱼鳞和火萤的翅膀来装饰自己，让金鱼和火萤丧失生命。译后附记中说："作者曾有危险思想之称，而看完这一篇，却令人觉得他实在只有非常平和而且宽大，近于调和的思想。"

夜得宫竹心信并译稿二篇。

15日　午前寄宫竹心信。下午得周建人信，十一日发。晚服规那丸三粒。

16日　译日本中根弘所作报告《盲诗人最近时的踪迹》并作"译后附记"，载10月22日《晨报副刊·爱罗先珂号》，署名风声。报告记叙爱罗先珂被日本政府驱逐出境后在哈尔滨的生活片断。附记指出："我们可以藉此知道这诗人的踪迹和性行的大概。"

同日作《〈坏孩子〉附记》。载10月27日《晨报副刊》，署名鲁迅，收入《集外集拾遗》。《坏孩子》是俄国契珂夫的短篇小说，由宫竹心据英译本译出，鲁迅对照德文译本校改并撰"附记"。

19日 午后往高师校讲,收九月薪水十八元。在德古斋买萧氏碑侧并碑坐画象六枚,耿道渊等造象四枚。《耿道渊等造象》,拓片目录有《佛弟子道渊维那法义一百人等造卢舍那象》,疑即此拓本。

寄孙伏园稿一篇。还周作人买书泉六元。

22日 上午寄沈士远信。午蒋子奇至部来访。吴复斋病困,下午赠以泉五元,托雷川先生持去。晚孙伏园来。

23日 星期休息。上午得周建人信。下午蒋子奇来,送茶叶、风肉。

发表《智识即罪恶》,载《晨报副刊》"开心话"栏,署名风声,收入《热风》。北大哲学系学生朱谦之把德国伯格森的唯心主义哲学以及无政府主义、老庄的虚无思想杂糅在一起,称为虚无哲学,或无元哲学。他在1921年5月19日《京报》副刊《青年之友》上发表《教育上的反智主义》,说:"知识就是脏物,……由知识私有制所发生的罪恶看来,知识是脏物……"又说:"知识就是罪恶——知识发达一步,罪恶也跟他前进一步……可见知识是罪恶的原因,为大乱的根源。"作品以小说笔法叙述"我"受新文化思想影响,由崇尚智识而积极追求智识,某日看到出自一位虚无哲学家的新潮言论"智识即罪恶"后做了一个荒诞的梦,来到阴间,遇见无知者的"羊面""猪头"和成为阎王的邻居富豪,并因有智识而被阎王宣判入"油豆滑跌小地狱",遭受无休止的跌跤惩罚。

24日 午后游小市,买笔筒一、水盂一。下午往午门索薪。因中央政府财政困难,教育经费紧张,教育部机关及国立各校自1920年年初开始经常欠薪,鲁迅本年日记经常有借款的记载。10月16日鲁迅与教育部15名科长、主任因薪金被拖欠半载联合呈文府院说:"频年以来,国家财政支绌,俸薪每至积欠,……今岁十月间,本部俸薪欠至五月之久……部员之苦况既未蒙体恤,部务之整饬更未见端倪……今本部之现状至于此,实不忍唯阿取容,再安缄默。"21日,教育部开全体职员大会,决定一面通电全国,申明政府摧残教育之罪;一面上呈府、院,全体辞职并索还欠薪。

25日 午后往大学讲。下午同戴螺舲、徐思贻游小市,买陶器二事。

27日 上午教育部复暂还前所扣振捐泉六十。寄周建人译稿乙篇。下午往小市买白磁花瓶一,泉五百五十文。得宫竹心信。

译完俄国爱罗先珂的童话《雕的心》,载11月25日《东方杂志》第18卷22号,署名鲁迅,12月11日上海《民国日报》副刊《觉悟》选载,收入《爱罗先珂童话集》。作品将雕和人类的世界做了对比,歌颂了雕热爱自由,为追求光明而自强不息的坚强意志与战斗精神,抨击人类"借了自己的下属的力量和智慧,来争权夺利",欺侮和压迫弱者的恶行。

28日 晴。上午得三弟信,廿五日发,少顷又寄到《周金文存》卷五、卷六共四册,泉六元,又《专门名家》二集一册,二元,误买重出,又王辟之《渑水燕谈录》一册,五角也。下午略阅护国寺市。

30日 星期休息。晚孙伏园来。蒋子奇来。

11月

2日 午后往高师讲。吴又陵寄赠自著《文录》一本。译完俄国契里珂夫[①]的短篇小

[①] 契里珂夫(1864—1932),俄国作家。早期多写反映俄国小市民生活的小说,后在高尔基的影响下,参加作家团体"知识社",写作剧本。1905年革命失败后,创作中出现了颓废倾向和沙文主义思想。1914年写作自传体三部曲《塔尔哈诺夫的一生》,1917年移居巴黎,后死于布拉格。

说《连翘》并作"译后附记",收入《现代小说译丛》。作品以抒情的笔调,描写了一个爱情场景:青年同少女去旷野散步,归途中为少女爬上高墙采摘连翘花。两人依依不舍告别时,门丁突然出现,将少女叫进门去。附记说契里珂夫的作品"虽然稍缺深沉的思想,然而率直,生动,清新。他又有善于心理描写之称,纵不及别人的复杂,而大抵取自实生活,颇富于讽刺和诙谐。这篇《连翘》也是一个小标本"。还指出,契里珂夫"是艺术家,又是革命家;而他又是民众教导者"。

3日　晚从齐寿山借泉卅。夜得宫竹心信。

4日　上午得胡愈之信。午后往图书分馆访宋子佩。往琉璃厂买《清内府所藏唐宋元名迹》景印本一册。《清内府所藏唐宋元名迹》收唐宋元名人书画九幅,一九二〇年上海神州国光社影印。此书不存。

发表《事实胜于雄辩》,载《晨报副刊》"杂感栏",署名风声,收入《热风》。文章借用鞋店伙计不顾事实地推销商品的事例,说明西方思想家所谓"事实胜于雄辩"在中国往往行不通,意在批评打着"爱国"旗号粉饰落后现实的"爱国大家"。下午复宫竹心信。

5日　上午寄胡愈之信。午往许季市寓,假泉五十。午后游小市。赗蔡松冈家一圆。夜寄西泠印社信。

6日　星期休息。下午孙伏园来。

8日　午后往大学讲。

9日　午后往高师讲。下午从大同号假泉二百,月息一分。还齐寿山卅。

10日　译完俄国爱罗先珂的童话《鱼的悲哀》并作"译后附记",载次年1月1日《妇女杂志》第8卷第1号,署名鲁迅,收入《爱罗先珂童话集》。作品描写鲫儿追求"大家个个相爱",动物们都能幸福过活的理想,而终于失败,表达了"对于将一切物,作为人类的食物和玩物而创造的神明"的愤慨和对虚伪宗教的怀疑。附记说:"……这一篇对于一切的同情,和荷兰人蔼覃的《小约翰》颇相类。至于'看见别个捉去被杀的事,在我,是比自己被杀更苦恼',则便是我们在俄国作家的作品中常能遇到的,那边的伟大的精神。"

15日　上午得周建人信并《广仓专录》一册。《广仓专录》是《艺术丛编·专门名家》的第三集,金石图册,姬佛陀编,上海仓圣明智大学刊行。

午后往大学讲。下午寄周建人信并译稿一篇。得章士英信。

译完俄国迦尔洵的短篇小说《一篇很短的传奇》并作"译后附记",载次年2月1日《妇女杂志》第8卷第2号,署名鲁迅,均收入《译丛补》。作品写一位青年遵从恋人的劝说上前线作战,负伤截肢,装了木脚回来,发现爱人已和他人恋爱,遵从"与其三人不幸,倒不如一人不幸"的自我牺牲精神,离开恋人。附记说:"这篇在迦尔洵的著作中是很富于滑稽的之一,但仍然是辛酸的谐笑。他那非战与自我牺牲的思想,也写得非常之分明。""至于'与其三人不幸,不如一人——自己——不幸'这精神,却往往只见于斯拉夫文人的著作,则实在不能不惊异于这民族的伟大了。"鲁迅赞赏和肯定俄国作品中的人道主义和牺牲精神,隐含着对本国文化的批判。

21日　午后宋子佩来。晚寄宫竹心信。寄章士英信。

22日　午后往大学讲。

23日　午后往高师讲。晚得孙伏园信。

24日　上午得周建人信。

25日　晚孙伏园来。宫竹心来。

27日　星期休息。午李遐卿来。晚孙伏园来。

28日　上午得沈雁冰信并校正稿,晚复之,并寄阿尔志跋绥夫小象一枚。寄许季市信。

29日　上午周建人寄来《现代》杂志一本。午后往大学讲。

30日　上午得胡愈之信。午后往高师讲。

12月

1日　夜得沈雁冰信并爱罗先珂文稿一束。

3日　上午得孙伏园信。午后寄沈雁冰信并爱罗先珂文稿及译文,附复胡愈之笺一纸。"文稿"系爱罗先珂日文原作手稿,"译文"指鲁迅"照着作者的希望而译的"童话《世界的火灾》,载次年1月10日《小说月报》第13卷第1号,署名鲁迅,收入《爱罗先珂童话集》。作品描写一个亚美利亚的无政府主义者叙述他想在全世界点起大火,驱走寒冷与黑暗的故事,表达了作者对人间"无所不爱,然而不得所爱的悲哀"。

晚孙伏园来。

4日　《阿Q正传》开始在《晨报副刊》连载。第1章载该刊"开心话"栏,第2章起移载"新文艺"栏,至1922年2月12日刊完,共9期,署名巴人,收入《呐喊》。作品通过流浪雇农阿Q的命运,批判了以"精神胜利法"为核心的变态性格和心理。关于阿Q的原型,周作人举出绍兴老家附近的阿桂:"阿桂有一个胞兄,名叫阿有,住在我们一族的大门内西边的大书房里,专门给人舂米,勤苦度日,人很诚实,大家多喜欢用他,主妇们也不叫他阿有,却呼为有老官,以表示客气之意。阿桂穷极无聊,常去找他老兄借钱,有一回老兄不肯再给,他央求着说,这几天实在运气不好,偷不着东西,务必请给一点,得手时即可奉还。"①蒋梦麟从历史的角度谈到其与绍兴的师爷文化的渊源:"'刑名钱谷酒,会稽之美。'这是越谚所称道的。刑名讲刑法,钱谷讲民法,统称为绍兴师爷。宋室南渡时把中央的图书律令搬到了绍兴。前清末造,我们在绍兴的大宅子门前常见有'南渡世家'匾额,大概与宋室南渡有关。绍兴人就把南渡的文物当成了吃饭家伙,享受了七百多年的专利,使全国官署没有一处无绍兴人,所谓'无绍不成衙'。因为熟谙法令律例故知追求事实,辨别是非;亦善于歪曲事实,使是非混淆。因此养成了一种尖锐锋利的目光,精密深刻的头脑,舞文弄墨的习惯,相沿而成一种锋利、深刻、含幽默、好挖苦的士风,便产生了一部《阿Q正传》。"②1922年4月,沈雁冰在《小说月报》上答复读者的《通信》中说:"《阿Q正传》虽只登到第四章,但以我看来,实是一部杰作。"他在1923年10月发表的《读〈呐喊〉》一文中又说:"现在差不多没有一个爱好文艺的青年口里不曾说过'阿Q'这两个字,我们几乎到处应用这两个字,在接触灰色人物的时候,或听到了他们的什么'故事'的时候,《阿Q正传》里的片断的图画,便浮现在眼前了。"而那些灰色的人物,对于《阿Q正传》的问世,"都栗栗危惧",以为作品"就是骂他自己",待到知道作者同他们素不相识,并不知道他们的阴私的时候,"又逢人声明说不是骂他"。

7日　上午得许羡苏信。午后往高师讲。

8日　午后寄孙伏园信,内文稿。下午许羡苏来。

---

① 周作人:《鲁迅小说里的人物》,河北教育出版社,2002年,第127—128页。
② 蒋梦麟:《新潮》,传记文学出版社,1967年,第111—112页。

9日　上午得沈雁冰信,下午复。

13日　上午得胡愈之信片。午后往大学讲。

14日　午后往高师讲。

15日　晚孙伏园来。

16日　上午得沈雁冰信并阿尔志跋绥夫象一枚。许寿裳来访,赠以《湖唐林馆骈文》一册。午后得龚未生信并《浙江图书馆报告》一本。

作《〈一个青年的梦〉后记》,收入《一个青年的梦》。后记叙述自1919年8月2日以来翻译、印行该剧的过程,"给大家知道这本书两年以来在中国怎样枝枝节节的,好容易才成为一册书的小历史"。

17日　下午复沈雁冰信。

20日　午后往大学讲。夜校《一个青年之梦》讫,即寄沈雁冰。

21日　午后往高师讲。在德古斋买《伯望刻石》共四枚,又《广武将军碑》并阴、侧、额共五枚。《伯望刻石》,宋刻,在河南方城县,拓片不存。《广武将军碑》,即《广武将军张产碑并阴侧》《立界山祠碑并阴侧》《张产碑》,立于前秦建元四年(公元368年),现藏西安碑林,拓片目录记为《后秦广武将军碑》。

22日　译完俄国契里珂夫的小说《省会》,收入《现代小说译丛》。作品描写一个离开故乡20多年的作家重返故乡途中对往事的怀念和追忆。

24日　上午得宋子佩信,午后复。

25日　星期休息。晨乔大壮来,未见。下午寄心梅叔信。寄宋子佩信。

26日　得胡愈之①信,并收到爱罗先珂所赠《最后的叹息》。

27日　晨寄胡愈之信并译稿一篇。午后往大学讲。

28日　午后往高师讲。

29日　晨往齐耀珊寓。得沈雁冰信。译完爱罗先珂《为人类》并作"译者记",载次年2月10日《东方杂志》半月刊第19卷第3号,署名鲁迅,收入《爱罗先珂童话集》。作品描写解剖学者K使用动物进行科学实验,并以"为人类"的名义,计划在活人身上实行脑髓研究。K的儿子得知,表示愿意为人类牺牲自己。随着K的儿子、夫人以及家中小狗L先后失踪,K的试验获得成功。

30日　上午得周建人信。午后得李季谷所寄赠《现代八大思想家》一册。下午买玩具十余个分与侄子们。

译完《两个小小的死》并作"译者附记",载次年1月25日《东方杂志》第19卷第2号。作品描写病房里两个不同阶级的孩子等待死神的到来。穷人的孩子愿意以自己的生命换得富人孩子活下去;而富人的孩子却想以一切心爱的事物包括穷孩子朋友的生命换取生机。最终,死神把他们两个孩子全都带走。

31日　上午寄李宗武信。寄周建人信并《现代》杂志一册。午后往琉璃厂,收德古斋所赠专拓三种,为清末大臣端方藏品。下午收六月分奉泉三成九十元。

本月　译完俄国爱罗先珂的童话《古怪的猫》②,载1922年1月上海《民国日报》副

---

① 胡愈之(1896—1986),浙江上虞人,时任商务印书馆编辑,主编《东方杂志》。他最早译介爱罗先珂的作品《我底学校生活底一断片》《枯叶杂记》等。1933年与宋庆龄、蔡元培、杨杏佛、鲁迅等发起组织中国民权保障同盟。著有《莫斯科印象记》等。

② 本文未注明翻译日期,从《爱罗先珂童话集》序》所述推算,约译于本月内。

刊《觉悟》"新年号"第3张,收入《爱罗先珂童话集》。作品叙述一只"古怪的猫"因为同情老鼠而不捉拿它们,先被主人指责为游手好闲,进而又被视为发疯,最后惨遭屠杀。"我"在目睹这一切后,开始同情猫和老鼠。

本月得书目录(从略)

主要参考文献

《鲁迅全集》(18卷),人民文学出版社,2005年。
北京鲁迅博物馆编:《鲁迅译文全集》(8卷),福建教育出版社,2008年。
《鲁迅手稿全集》,国家图书馆出版社、文物出版社,2019年。
鲁迅纪念馆编:《鲁迅日文作品集》,上海文艺出版社,1981年。
《鲁迅辑校石刻手稿》,上海书画出版社,1987年。
《鲁迅辑校古籍手稿》,上海古籍出版社,1991年。
《鲁迅辑录古籍丛编》(4卷),人民文学出版社,1999年。
许广平:《欣慰的纪念》,人民文学出版社,1951年。
许广平:《鲁迅回忆录》,作家出版社,1978年。
许广平:《许广平忆鲁迅》,广东人民出版社,1979年。
周海婴编:《鲁迅、许广平所藏书信选》,湖南文艺出版社,1987年。
许寿裳:《亡友鲁迅印象记》,上海峨眉出版社,1947年。
许寿裳:《我所认识的鲁迅》,人民文学出版社,1952年。
周遐寿(周作人):《鲁迅的故家》,人民文学出版社,1957年。
周遐寿(周作人):《鲁迅小说里的人物》,人民文学出版社,1957年。
周启明(周作人):《鲁迅的青年时代》,中国青年出版社,1957年。
周作人:《知堂回想录》,香港三育图书有限公司,1980年。
周作人:《周作人日记》,大象出版社,1996年。
乔峰(周建人):《略讲关于鲁迅的事情》,人民文学出版社,1954年。
周建人:《回忆鲁迅》,上海人民出版社,1976年。
周建人:《鲁迅故家的败落》,湖南人民出版社,1984年。
许钦文:《彷徨分析》,中国青年出版社,1958年。
许钦文:《学习鲁迅先生》,上海文艺出版社,1959年。
胡今虚:《鲁迅作品及其他》,上海泥土社,1950年。
冯雪峰:《回忆鲁迅》,人民文学出版社,1952年。
李霁野:《回忆鲁迅先生》,上海新文艺出版社,1956年。
川岛:《和鲁迅相处的日子》,四川人民出版社,1979年。
孙伏园:《鲁迅先生二三事》,湖南人民出版社,1980年。
黄源:《忆念鲁迅先生》,人民文学出版社,1981年。
赵家璧:《编辑生涯忆鲁迅》,人民文学出版社,1981年。
曹聚仁:《鲁迅年谱》,生活·读书·新知三联书店,2011年。
内山完造著,尤炳圻译:《活中国的姿态》,敦煌文艺出版社,1995年。
内山完造:《上海漫语》,改造社1938年。

周冠五:《鲁迅家庭和当年绍兴民俗》,上海文化出版社,2006年。
北京鲁迅博物馆选编:《鲁迅回忆录》,北京出版社,1999年。
孙郁、黄乔生主编:《回望鲁迅》丛书(22卷),河北教育出版社,2000年。
北京鲁迅博物馆鲁迅研究室编:《鲁迅研究资料》(24辑),文物出版社(1976,1977,1979)、天津人民出版社(1980—1987)、中国文联出版公司(1987—1992)。
胡适:《胡适文存二集》,上海亚东图书馆,1928年。
张静庐辑注:《中国现代出版史料 甲编》,中华书局,1954年。
沈尹默等:《回忆伟大的鲁迅》,上海新文艺出版社,1958年。
《中国现代文艺资料丛刊》第五集,上海文艺出版社,1980年。
高平叔:《蔡元培年谱》,中华书局,1980年。
冯雪峰:《雪峰文集》,人民文学出版社,1981年。
蒙树宏:《鲁迅史实研究》,云南教育出版社,1989年。
何凝(瞿秋白)选编:《鲁迅杂感选集》,上海青光书局,1933年。
藏原惟人著,尤炳圻译:《日本民主主义文化运动》,天津知识书店,1950年。
刘益玺等译:《论鲁迅》,上海泥土社,1953年。
埃德加·斯诺:《我在旧中国十三年》,生活·读书·新知三联书店,1973年。
朱正:《鲁迅回忆录正误》,湖南人民出版社,1979年。
增田涉:《鲁迅的印象》,湖南人民出版社,1980年。
唐弢:《晦庵书话》,生活·读书·新知三联书店,1980年。
胡风:《胡风回忆录》,人民文学出版社,1993年。
鲁迅博物馆鲁迅研究室编:《鲁迅诞辰百年纪念集》,湖南人民出版社,1981年。

朱晓江

周作人年谱长编(1921年)

1921年(民国十年　辛酉)　37岁

一月,《新青年》内部分裂加剧,陈独秀居广州,与政治愈趋接近,北京同人,周氏兄弟以外,乃鲜有为《新青年》撰稿者;然周氏兄弟之发表阵地,终亦由《新青年》转向孙伏园编辑之《晨报副刊》与沈雁冰主持之《小说月报》。周作人于上年底因肋膜炎卧病,在家将养。三月初稍好,月底复因撰文病势恶化,入院治疗。五月底出院,旋往西山碧云寺养病,九月下旬返家。经此一病,周氏以新村理想为核心之思想激情,乃稍趋平静,一若一九〇三年南京求学时之思想变化。山居期间,周氏复读佛经,自谓"近来的思想动摇与混乱,可谓已至其极了,托尔斯泰的无我爱与尼采的超人,共产主义与善种学,耶佛孔老的教训与科学的例证,我都一样的喜欢尊重,却又不能调和统一起来,造成一条可以行的大路"。然仍作新诗,提倡美文,从世界语选译波兰等国小说。又与郑振铎、沈雁冰等人通信频繁,对《小说月报》之编辑出版,颇多指导,此亦周氏与中国新文学关系之一大端也。返家后,除仍关注弱小民族文学外,选译路基亚诺斯对话与日本狂言,其文学兴趣,乃开别一面向。

1月

1日　在《新青年》第八卷第五号发表《文学上的俄国与中国》(署名周作人)、译作《少年的悲哀》(署"日本国木田独步著,周作人译",收《日本现代小说集》)以及《随感录》三则(《(一〇四)旧约与恋爱诗》《(一〇五)野蛮民族的礼法》《(一〇六)个性的文学》,皆署名仲密,《野蛮民族的礼法》收入《谈虎集》,《旧约与恋爱诗》《个性的文学》收入《谈龙集》)。

日记:"晴,因肋膜炎卧病。"此后周氏一直在家养病,至三月初稍好。

2日　日记:"上午托乔风往大学收信件,买原文プテトーン《国家论》一本。"

郑振铎本日致周作人函:"来示敬悉,先生之病,谅已稍愈,《小说》稿如不能有,亦是无法,当即转函知雁冰兄,又先生处有 Sologub 的短篇小说集否?可否借来一译——或请伏园译——因第三期要用。文学会开成立会,如先生可以风,务请必至,时间为一月四日,地点在中央公园来今雨轩,——请注意,不在水榭——"

3日　鲁迅本日致胡适函:"寄给独秀的信,①启孟以为照第二个办法最好,他现在生

---

① 此处鲁迅所说"寄给独秀的信",参阅本谱1920年12月16日条目。

病,医生不许他写字,所以由我代为声明。我的意思是以为三个都可以的,但如北京同人一定要办,便可以用上两法而第二个办法更为顺当。至于发表新宣言说明不谈政治,我却以为不必,这固然小半在'不愿示人以弱',其实则凡《新青年》同人所作的作品,无论如何宣言,官场总是头痛,不会优容的。此后只要学术思想艺文的气息浓厚起来——我所知道的几个读者,极希望《新青年》如此,——就好了。"

4日 文学研究会正式成立,发起人为周作人、朱希祖、蒋百里、郑振铎、耿济之、瞿世英、郭绍虞、孙伏园、沈雁冰、叶绍钧、许地山、王统照十二人。

日记:"托重久取丸善小包,内书三册。"

5日 日记:"上午伏园来,下午托乔风买希腊文一册。"

7日 沈雁冰本日致周作人函:"今日得振铎兄信,始知先生患肋膜炎,卧病;听了这话,好生焦忧,深望先生的病能早一日痊好!……二号《小说月报》少了先生的一篇《日本的诗》,真是我们和读者的大不幸;第三号俄国文学号相差只有一月,想来先生那时精神未必就能大好,而且我也深望先生能多将息些日子,不过一个俄国文学专号里若没有先生的文,那真是不了的事;所以我再三想,还是把这专号移到第四号中,再把来分为上下两期①——本来稿子加倍,差不多有二期多的稿子——如此一本,既可多有一月的间隔,而且先生五文之中尽可移三篇登在专号的下期,便可有两个月的间隔。先生在四期的稿子,三月中寄不迟,五月的稿四月寄,不知那时成否,然我总是深信医生的话往前。"

9日 陈独秀本日致胡适、高一涵、张祖训、李大钊、陶履恭、鲁迅、周作人、王星拱、钱玄同函,系对胡适函中提及关于《新青年》三种处置办法之回应:"适之先生来信所说关于《新青年》办法,兹答复如左:第三条办法 孟和先生言之甚易,此次《新青年》续出弟为之甚难;且官厅禁寄,吾辈仍有他法寄出与之奋斗(销数并不减少),自己停刊,不知孟和先生主张如此办法的理由何在?阅适之先生的信,北京同人主张停刊的并没有多少人,此层可不成问题。第二条办法 弟虽离沪,却不是死了,弟在世一日,绝对不赞成第二条办法,因为我们不是无政府党人,便没有理由可以宣言不谈政治。第一条办法 诸君尽可为之,此事与《新青年》无关,更不必商之于弟。若以为别办一杂志便无力再为《新青年》做文章,此层亦请诸君自决。弟甚希望诸君中仍有几位能继续为《新青年》做点文章,因为反对个人,便牵连到《新青年》杂志,似乎不大好。"

10日 在《小说月报》第十二卷第一号发表《圣书与中国文学》(署名周作人,收入《艺术与生活》)、译作《乡愁》(署"日本加藤武雄著,周作人译",收入《现代日本小说集》)。同期《小说月报》刊发《改革宣言》一篇,并在《附录》栏刊发《文学研究会宣言》《文学研究会简章》。

11日 钱玄同本日致鲁迅、周作人函:"顷得李守常来信,附来信札三件,兹寄上,阅后,请直接寄还守常为荷。初不料陈、胡二公已到短兵相接的时候!照此看来,恐怕事势上不能不走到老洛伯所主张的地位。我对于此事绝不愿为左右袒。若问我的良心,则以为适之所主张者较为近是。(但适之反对谈'宝雪维几'②,这层我不敢以为然。)(1)我们做了中国百姓,是不配骂政府的;中国的社会决计不会比政府好。(2)现在社会上该

---

① 《茅盾全集》第三十六卷《书信一集》,人民文学出版社1997年第1版,第13页。函中"再把来分为上下二期"疑为"再把来稿分为上下二期"、"如此一本"疑为"如此一来",因未见手迹,且据人文社版本引用。

② 宝雪维几是Bolshevic的音译。

攻击的东西正多得很。(3)中国的该办人和皇帝一样的该杀。(4)要改良中国政治,须先改良中国社会。(5)徐博士固然是王老七的令弟,但若使'五四运动'的'主人翁'来做咱哩啾呎嘞①,也未必高明;因为佢们的原质是一样的。……所以一天到晚骂政府,骂什么峰,什么撲,什么帅,真是无聊;若骂他们而恭维'该办的人',更是不合。马克思啊,'宝雪维儿'啊,'安那其'啊,'德谟克拉西'啊,中国人一概都讲不上。好好地坐在书房里,请几位洋教习来教教他们'做人之道'是正经。等到略略有些'人'气了,再来开始推翻政府,才是正办。"

12日　新潮社本日致周作人函:"送上《新潮》二卷五号七册,请分致唐俟先生四册。"

15日　鲁迅本日致胡适函,谈《尝试集》删诗事宜:"今天收到你的来信。《尝试集》也看过了。我的意见是这样:《江上》可删。《我的儿子》全篇可删。《周岁》可删;这也只是寿诗之类。《蔚蓝的天上》可删。《例外》可以不要。《礼!》可删;与其存《礼!》,不如留《失[希]望》。我的意见就只是如此。启明生病,医生说是肋膜炎,不许他动。他对我说,'《去国集》是旧式的诗,也可以不要了。'但我细看,以为内中确有许多好的,所以附着也好。我不知道启明是否要有代笔的信给你,或者只是如此。但我先写我的。我觉得近作中的《十一月二十四夜》实在好。"②

18日　周作人本日致胡适函,也谈删诗事:"你的信和诗稿都已收到了;但因生病,不能细看,所以也无甚意见可说。我当初以为这册诗集既纯是白话诗,《去国集》似可不必附在一起;然而豫才的意思,则以为《去国集》也很可留存,可不必删去。集中《鸽子》与《蔚蓝的天上》等叙景的各一篇,我以为都可留存;只有说理,似乎与诗不大相宜,所以如《我的儿子》等删去了也好。关于形式上,我也有一点意见,我想这回印起来可以考究一点,本文可以用五号字排;又书页可以用统的,不必一页隔为上下两半。书形也不必定用长方形,即方的或横方的也都无不可。你近作的诗很好,我最喜欢最近所作的两首。"

22日　胡适本日致李大钊、鲁迅、钱玄同、陶履恭、张祖训、周作人、王星拱、高一涵函:"年底的时候,独秀有信寄给一涵与我,……我因答此信,曾提出两条办法,(原信附上)我自信此两条皆无足以引起独秀误会之处,不意独秀答书颇多误解。守常兄已将此书传观,我至今日始见之,未及加以解释,恐误会更深,故附加一函,并附独秀与孟和书一份,再请你们各位一看。第一:原函的第三条'停办'办法,我本已声明不用,可不必谈。第二:第二条办法,豫才兄与启明兄皆主张不必声明不谈政治,孟和兄亦有此意。我于第二次与独秀信中曾补叙入。此条含两层:1. 移回北京,2. 移回北京而宣言不谈政治。独秀对于后者似太生气,我很愿意取消'宣言不谈政治'之说,单提出'移回北京编辑'一法。理由是:《新青年》在北京编辑或可以多逼迫北京同人做点文章。否则独秀在上海时尚不易催稿,何况此时在素不相识的人的手里呢?岂非与独秀临行时的希望——'非北京同人多做文章不可'——相背吗?第三:独秀对于第一办法——另办一杂志——也有一层大误解。他以为这个提议是反对他个人。我并不反对他个人,亦不反对《新青年》。不过我认为今日有一个文学哲学的杂志的必要,今《新青年》差不多成了《Soviet

---

① 咱哩啾呎嘞是 President 的音译。

② 《尝试集》1920年3月由上海亚东图书馆初版,1920年底胡适自删一遍后,又请任鸿隽、陈衡哲、鲁迅、周作人、俞平伯再删。

Russia》的汉译本,故我想另创一个专关学术艺文的杂志。今独秀既如此生气,并且认为反对他个人的表示,我很愿意取消此议,专提出'移回北京编辑'一个办法。总之,我并不反对独秀,——你们看他给孟和的信,便知他动了一点感情,故轻信一种极可笑的谣言。——我也不反对《新青年》,我盼望《新青年》'稍改变内容,以后仍以趋重哲学文学为是'(独秀函中语)。我为了这个希望,现在提出一条办法:就是和独秀商量,把《新青年》移到北京编辑。这个提议,我认为有解决的必要。因为我仔细一想,若不先解决此问题,我们决不便另起炉灶,另创一杂志。若此问题不先解决,我们便办起新杂志来了,表面上与事实上确是都很像与独秀反对。表面上外人定如此揣测。事实上,老实说,我们这一班人决不够办两个杂志,独秀虽说'此事与《新青年》无关',然岂真无关吗? 故我希望我们先解决这个问题。若京沪粤三处的编辑部同人的多数主张把编辑的事移归北京,则'改变内容','仍趋重哲学文学'(皆独秀函中语),一个公共目的,似比较的更有把握,我们又何必另起炉灶,自取分裂的讥评呢? 诸位的意见如何? 千万请老实批评我的意见,并请对于此议下一个表决。"

对此,周作人的意见是:"赞成北京编辑。但我看现在《新青年》的趋势是倾于分裂的,不容易勉强调和统一。无论用第一、第二条办法,结果还是一样,所以索性任他分裂,照第一条做或者倒还好一点。"鲁迅的意见"与上条一样,但不必争《新青年》这一个名目"。钱玄同的意见"和周氏兄弟差不多,觉得还是分裂为两个杂志的好。……孟和兄主张停办,我却和守常兄一样,也是绝对的不赞成。……但《新青年》这个团体,本是自由组合的,即此其中有人彼此意见相左,也只有照'临时退席'的办法,断不可提出解散的话。极而言之,即使大家对于仲甫兄感情真坏极了,友谊也断绝了,只有他一个人还是要办下去,我们也不能要他停办。至于《新青年》精神之能团结与否,这是要看各个人的实际思想如何来断定,断不在乎《新青年》三个字的金字招牌!"

28日 陈望道本日致周作人函:"大著小说三篇已登八卷六期;九卷一期稿,请设法搜罗一点来。诗稿也很缺乏,也请先生尽力。胡适先生口说不谈政治,却自己争过自由:我们颇不大敢请教他了。但稿颇为难,在京一方面只有希望先生与豫才,守常,玄同诸先生努力维持了。先生病好点吗? 很记念着。"

2月

10日 在《小说月报》第十二卷第二号发表周氏1920年12月27日致沈雁冰函,其与沈氏复函一并总题《翻译文学书的讨论》。同期刊出《记者附白》一则,云:"周作人先生本允做的两篇文章,现在因周先生病了,不及做来登在第二期了;我们很不幸,不能早读周先生的文章,只得请大家等着一下了。"

11日 陈望道本日致周作人函:"大作《到网走去》和鲁迅先生《故乡》一齐收到了。新青年社在阴历年关被法捕房没收去许多书籍,又罚洋五十元,并且勒令迁移。这事究从何方推动,于今还未分明。但事业仍是要进行的。你以为怎样?"

13日 陈望道本日致周作人函:"来信敬悉。收到两大作后,曾有一函奉复,想也收到了。大作定当编入九卷一号。潘君作品,我已在编辑部中搜寻过一番,找不到。当写信去问仲甫先生,如果时间所许,定当编入九卷一号。我是一个北京同人'素不相识的人'(适之给仲甫信中的话),在有'历史的观念'的人,自然格外觉得有所谓'历史的关系'。我也并不想要在《新青年》上占一段时间的历史,并且我是一个不相信实验主义的人,对于招牌,无意留恋。不过适之先生底态度,我却敢断定说,不能信任。但这也是个人意见,团体进行自然听团体底意志。先生们在北方,或不很知南方情形。其实南方人们,问《新青年》目录已不问起他了。这便因为他底态度使人怀疑。怀疑的重要资料:《改造》上梁先生某序文,《中学国文教授》,《少谈主义》,《争自由》。胡先生总说内容不对,其实何尝将他们文章撤下不登。他们不做文章,自然觉得别人的文章多;别人的文章多,自然他有些看不入眼了。人们各有意志,各有所学,除非学问诚足以支配一世,如'易卜生',何能有'易卜生主义'足以范围一切。实则,'易卜生主义'也不曾范围一切。总之,所谓'周氏兄弟'是我们上海、广东同人与一般读者所共同感谢的。多如先生们病中也替《新青年》做文章,《新青年》也许看起来,像是'非个人主义','历史主义',却不是纯粹赤色主义或'汉译本的"Soviet Russia"'了!! 先生说,'自从钱刘噤口以后,早已分裂,不能弥缝'。诚然诚然。祝先生贵恙早日痊好!鲁迅先生有文来,我很欢喜。不但欢喜有文章给读者,因此便知他底病(据说曾有病)已经痊好了。"

14日　胡适本日致周作人函,为燕京大学请周氏出任国文门主任:"北京的燕京大学虽是个教会的学校,但这里的办事人——如校长Dr.Stuart及教务长Porter都是很开通的人,他们很想把燕京大学办成一个于中国有贡献的学校。上星期他们议决要大大的整顿他们的'中国文'一门。他们要请一位懂得外国文学的中国学者去做国文门的主任,给他全权做改革的计划与实行。可是这个人不容易寻找!昨天他们托我的朋友朱我农来和我商量。朱君和我都以为你是最适当的人,朱君便请我转达此意,并为他们劝驾。我细想了一回,觉得此事确是很重要。这个学校的国文门若改良好了,一定可以影响全国的教会学校及非教会的学校。最要紧的自由全权,不受干涉;这一层他们已答应我了。我想你若肯任此事,独当一面的去办一个'新的国文学门',岂不远胜于现在在大学的教课? 他们的条件是:(1)薪俸,不论多少,都肯出。他们的薪俸通常是二百元一月,暑假加北戴河避暑的费用。(2)全不受干涉。他们很诚恳的托我,我也很诚恳的请你对于这个提议作一番细细的斟酌,并望你给我一个回信。附启:你们两位对于我的诗的选择去取,我都极赞成。只有《礼》一首,我觉得他虽是发议论而不陷于抽象说理,且言语也还干净,似尚有可存的价值。其余的我都依了你们的去取。"

15日　陈独秀本日致鲁迅、周作人函:"《新青年》风波想必先生已经知道了,此时除移粤出版无他法,北京同人料无人肯做文章了,惟有求助于你两位,如何,乞赐复。"

陈独秀同日致胡适函:"六日来信收到了。我当时不赞成《新青年》移北京,老实说是因为近来大学空气不大好,现在《新青年》已被封禁,非移粤不能出版,移京已不成问题了。你们另外办一个报,我十分赞成,因为中国好报太少,你们做出来的东西总不差,但我却没有工夫帮助文章。而且在北京出版,我也不宜做文章。……"

20日　在《新生活》第四十五期发表译诗《追悼文一首》,署名仲密。

25日　周作人本日致李大钊函:"来信敬悉。《新青年》我看只有任其分裂,仲甫移到广东去办,适之另发起乙种杂志,此外实在没有法子了。仲甫如仍拟略加改革,加重文艺哲学,我以气力所及,自然仍当寄稿。适之的杂志,我也很是赞成,但可以不必用《新青年》之名。《新青年》的分裂虽然已是不可掩的事实,但如发表出去(即正式的分成广东、北京两个《新青年》),未免为旧派所笑。请便中转告适之。"

本日,《北京大学日刊》第八一六号刊发《出版部新到书籍》信息,《域外小说集》在列。该《域外小说集》当为群益书社1921年新版,封面标署"周作人译""上海群益书社印行,1921",版权页亦未标出版月份,据此条信息,则当在2月出版。新版《域外小说集》共收译作37篇,其中英国淮尔特1篇《安乐王子》、美国亚伦·坡1篇《默》、法国摩波商1篇《月夜》、法国须华勃5篇(即《拟曲》五篇:《婚夕》《舟师》《萨摩思之酒》《昔思美》《明器》)、丹麦安兑尔然1篇《皇帝之新衣》、俄国斯谛普虐克1篇《一文钱》、俄国迦尔洵2篇《邂逅》《四日》、俄国契诃夫2篇《戚施》《塞外》、俄国梭罗古勃11篇(即《未生者之爱》及《寓言》十篇:《屠儿》《冰糖》《糖块》《金柱》《误会之起原》《蛙》《石子之经历》《未来》《路与光》《烛》)、俄国安特来夫2篇《谩》《默》、波兰显克微支4篇《乐人扬珂》《天使》《鐙台守》《酋长》、波思尼亚穆拉淑微支2篇《不辰》《摩诃末翁》、新希腊蔼夫达利阿谛斯3篇《老泰诺思》《秘密之爱》《同命》、芬兰哀禾1篇《先驱》,译文前并有《序》及《旧序》各一篇,译文后附《著者事略》一份。

  27日 周作人本日致李大钊函:"来信敬悉。关于《新青年》的事,我赞成所说第二种办法;寄稿一事,我当以力量所及,两边同样的帮忙。我本赞成适之另办一种注重哲学文学的杂志,但名称大可不必用《新青年》,因为(1)如说因内容不同,所以分为京粤两个,但著作的人如仍是大多数相同,内容便未必十分不同,别人看了当然觉得这分办没有什么必要。(如仲甫将来专用《新青年》去做宣传机关,那时我们的文章他也用不着了;但他现在仍要北京同人帮他,则其内容仍然并不专限于宣传可做了。)(2)仲甫说过,《新青年》在沪既为'洋大人'所不容,在京也未必能见容于'华大人',这实才是至理名言。我看'华大人'对于《新青年》的恶感,已经深极了,无论内容编辑如何改变,他未必能辨别,见了这个名称当然不肯轻易放过。这并不是我神经过敏的话,前年的《每周评论》便是一个实例。所以我希望适之能够改变意见,采用第二种办法。但北京同人如多数主张用《新青年》的名称,我也不反对。以上所说,只是个人的意见,以备发挥而已。豫才没有什么别的意见。"

3月

  月初 日记:"三月初,病大愈,略从事于著述。"

  1日 俞平伯本日致周作人函:"到京后晓得你病还没大好。本想来看你,但听说现在还不能见客谈话,所以迟迟来问候,歉极!《新潮》三卷一号稿件已齐集没有?我想若欧美方面不寄稿来,单靠国内一面支持,总是为难的事。但国外社友既肯预备1920年新书特刊号,似乎还有积极进行的精神,望先生病好后,能给新潮社一个新生命。先生如病好了可以谈话,我想定一时间来八道湾。请你告诉我一个时间,并请指明八道湾在什么地段?因为西城路径不甚熟悉。"

  2日 作新诗《梦想者的悲哀——读倍贝尔的妇人论而作》一首,诗云:"'我的梦太多了。'/外面敲门的声音,/恰将我从梦中叫醒了。/你这冷酷的声音,/叫我去黑夜里游行么?/阿,曙光在那里呢?/我的力真太小了,/我怕要在黑夜里发了狂呢!/穿入室内的寒风,/不要吹动我的火罡。/灯火吹熄了,/心里的微焰却终是不灭,/只怕在风里发火,/要将我的心烧尽了。/阿,我心里的微焰,/我怎能长保你的安静呢?"

  胡适本日致周作人函:"我现在发起这小玩意儿,请你帮助。豫才兄处,请你致意,请他加入。你可以走动了吗?我现在已上课,尚不觉怎样,但尚不耐久坐作文。"①

---

  ① 耿云志、欧阳哲生编《胡适书信集》注此函云:"这封信是胡适写在《发起〈读书杂志〉的缘起》印件上的。信中说'这小玩意儿',即指《读书杂志》。"

3日 郑振铎本日致周作人函:"二·二八和三·二的两封来信都收到了。《日本文学史》极希望先生能着手编著。限制会员资格实是必要的事,我们的会,现在已有四十八人,如更加多,不惟于精神上显得散漫——这是必然的事——就是我印刷通告,份数愈多,手也要更累了。我想以后如有新会员加入,非(一)本人对于文学极有研究,(二)全体会员都略略看过他的作品或知道他的人的,决不介绍,先生以为如何,在下次开会时这个问题是必须讨论的。"

4日 周作人本日致陈中凡(斠玄)函:"日前承枉访,甚感,因病失迎为歉。弟患肋膜炎经两月之久,目下虽已可以起坐,但尚不能出外;国文二年级之功课,只得再续假两星期(祈转知教务课)。本学期上能否到校,现在还不能知道;将来所缺功课拟在下学期中补教,但又恐来不及,或者只能随时定之,容愈后与先生面谈酌定。"

7日 在《晨报》第七六三号第五版发表新诗《梦想者的悲哀——读倍贝尔的妇人论而作》,署名仲密,收入《过去的生命》。

15日 为穆敬熙译王尔德《自私的巨人》一篇作编辑附记一则,①云:"王尔德(Oscar Wilde,1854—1905)的喜剧,近来在中国也颇受欢迎,有几种的译本;他的机锋与词藻,的确有使人喜悦的魔力,这便是他的受欢迎的地方。但他又用了同一的机锋与词藻,做过两卷童话,将清新的愉乐供给儿童,——以及年老者,——那更是可以感谢的了。现在穆君译出的,便是《安乐王子》(The Happy Prince)里的第三篇;我从前曾用文言译了他的第一篇(篇名就叫《安乐王子》),收在《域外小说集》里,去年又在《东方杂志》上看见《莺和蔷薇》,也是五篇中之一;至于《柘榴之家》一卷里的四篇,似乎还未经人译出。"

顾颉刚本日日记:"五点许到启明先生处,并至护国寺购书二种。"

17日 译日本作家千家元麿小说《蔷薇花》一篇,并撰译后记一则,云:"千家元麿氏(Senke Motomaro)一八八七年生,是日本现代的诗人,但他又作小说戏曲,收在《青枝》(Aoi-eda,1920)里,共十三篇。我曾译过《深夜的喇叭》一篇,登在《新青年》八卷四号;现在所译的两篇,也都是《青枝》中的作品。"

18日 为潘垂统《贵生与他的牛》一篇作编辑附记一篇,云:"潘垂统君是民国五年前我在浙江第五中学校里当教员时候的一个同学。后来我到北京来了;过了好久,忽然得到他的信,说在一个小县里当小学教师。以后我们便时常通信,他将所做的论文诗和小说,随时寄给我看。我将几篇诗与论文都不客气的没收了,但是两三篇小说,一篇自述,总想寻个机会替他发表。他的小说里所写,多是他自己的实感,看起来有一种真挚朴实的气。我于是便将他的一篇《一个确实的消息》绍介给《小说月报》,《伊的疟疾》绍介给《新青年》,——只可惜稿子遗失了,不曾登出。这《贵生和他的牛》是他最早寄来的一篇,做的不及《伊的疟疾》那篇好,但是写出东南水乡的景物,也还有点特色,所以我将他编入《新潮》里了。"

周氏兄弟此外仍有为潘介绍稿子者,鲁迅7月31日致周作人函:"潘公的《风雨之下》实在不好,而尤在阿塞之开通,已为改去不少,俟孙公来京后交与,请以'情面'登之。"

19日 日记:"因感冒发热,病又作,请山本来诊。"

20日 作《日本的诗歌》发表附记一则,云:"这一篇稿子还是以前的旧作,这回拿去

---

① 按,此编辑附记以及为潘垂统等撰写得编辑附记,皆以《新潮》编辑身份撰写。穆敬熙即穆木天(1900—1971,吉林伊通人),象征诗派的代表诗人之一。

付印,本要稍加修正,并多加几篇译歌,适值生病,不能如愿,所以仍照本来的形式发表了。"

29日 因撰写《欧洲古代文学上的妇女观》一文病势恶化,乃入山本医院住院治疗。

日记:"上午进山本医院,信子送去。"

《知堂回想录·在病院中》:"我当初在家中养病,到了三月初头,病好得多了,于是便坐了起来,开始给《妇女杂志》做文章,这是头一年里所约定的,须得赶快交卷才好;题目是《欧洲古代文学上的妇女观》,结果努力写了几天,总算完成了前半篇,是说希伯来思想与希腊思想的,第三节乃是说中古的传奇思想,还没有来得及写,但是病势却因此而恶化,比起初更是严重了,遂于三月廿九日移往医院,一直住了两个月,于五月三十一日这才出院,六月二日往西山的碧云寺般若堂里养病,至九月廿一日乃下山回到家里。"

4月

1日 在《新青年》第八卷第六号发表译作《愿你有福了》《世界的徽》《一滴的牛乳》三篇,分别署"波兰显克微支著,周作人译""波兰普路斯著,周作人译""阿美尼亚阿伽洛年著,周作人译",其中《愿你有福了》是《新青年》首发,收入《现代小说译丛》(第一集)。另,本期《新青年》发布《本社特别启事》,云:"本社以特种原因已迁移广州城内惠爱中约昌兴马路第二十六号三楼,一切信件,均请寄至此处;所有书报往来办法,仍与在上海时无异,特此奉闻。"

2日 鲁迅本日日记:"午后往山本医院视二弟,取回《佛本行经》二本。"

4日 作新诗《过去的生命》一首,云:"这过去的我的三个月的生命,那里去了?/没有了,永远的走过去了!/我亲自听到他沉沉的缓缓的一步一步的,/在我床头走过去了。/我坐起来,拿了一支笔,在纸上乱点,/想将他按在纸上,留下一些痕迹,——/但是一行也不能写,/一行也不能写。/我仍是睡在床上,/亲自听他沈沈的,缓缓的,一步一步的,/在我床头走过去了。"①

《知堂回想录·在病院中》:"在医院里的时候,因为生的病是肋膜炎,是胸部的疾病,多少和肺病有点关系,到了午后就热度高了起来,晚间几乎是昏沉了,这种状态是十分不舒服的,但是说也奇怪,这种精神状态却似乎于做诗颇相宜,在疾苦呻吟之中,感情特别锐敏,容易发生诗思。我新诗本不多做,但在诗集里重要的几篇差不多是这时候所作。有一篇作为诗集的题名的,叫作《过去的生命》,便是'四月四日在病院中'做的,……这诗并没有什么好处,但总是根据真情实感,写了下来的,所以似乎还说得过去,当时说给鲁迅听了,他便低声的慢慢的读,仿佛真觉得东西在走过去了的样子,这情形还是宛然如在目前。"

5日 在《妇女杂志》第七卷第四号发表《欧洲古代文学上的妇女观》之第一、二节,署名周作人,此篇后在第七卷第十号续完,一并收入《艺术与生活》。其中云:"欧洲文学的渊源,本有三支,一是希伯来思想,二是希腊思想,三是中古的传奇思想。这三种潮流本来各自消长,不相一致,到了文艺复兴时代(十五六世纪)方才会合起来,便成了近代欧洲文学的基本","本来宗教的著作都可以作抒情诗观,各派的圣书也多是国民文学的总集,如中国的五经便是一例,不过《旧约》整理的最完全罢了。"②

---

① 按,此系根据《晨报》发表版录入,周氏后来对此诗略有修改。
② 《妇女杂志》,1915年创刊,系商务印书馆所属刊物。1919年底起实行改革,本年并由章锡琛(1889—1969,别名雪村,浙江绍兴人)出任主编。

6日 作新诗《中国人的悲哀》一首。

10日 在《小说月报》第十二卷第四号发表译作《到网走去》,署"日本志贺直哉著,周作人译"。

11日 鲁迅本日日记:"晚得伏园信,附沈雁冰、郑振铎笺。夜得玄同等五人信,问二弟病。"

12日 鲁迅本日寄孙伏园稿二篇,其一系周作人诗稿《过去的生命》。

鲁迅本日日记:"上午寄孙伏园信并稿二篇。寄玄同等五人信。"《鲁迅全集》第十五卷本条注释:"指《沉默之塔》及周作人诗《过去的生命》。"

16日 作新诗《歧路》一首,云:"荒野上许多足迹,/指示着前人走过的道路,/有向东的,有向西的,/也有一直向南去的;/这许多道路究竟到一同的去处么?/我的性灵使我相信是这样的。/而我不能决定向那一条路去,/只是睁了眼望著,站在歧路的中间。/我爱耶稣,/但我也爱摩西。/耶稣说,'有人打你右脸,连左脸也转过来由他打。'/摩西说,'以眼还眼,以牙还牙。'/吾师乎,吾师乎!/你们的言语怎样的确实啊!/我如果有力量,我必然跟耶稣背十字架去了。/我如果有较小的力量,我也跟摩西做士师去了。/但是懦弱的人,/你能做什么事呢?"

17日 在《晨报》第八〇二号第七版发表新诗《过去的生命》《中国人的悲哀》,署名仲密,皆收入《过去的生命》。

作《病中的诗》一篇,系住院以来所作新诗的引言,云:"自从三月底旧病复发,进了病院之后,连看书写字都被禁止,变成了纯粹的病人,除却生病以外,一件事都不能做了。但是傍晚发热,以及早晨清醒的时候,常有种种思想来到脑里,有的顷刻消灭,有的暂时存留。偶值兄弟走来看我,便将记得的几篇托他笔录下来,作一个记念,这结果便是我的病中的诗。或者有人想,躺在病室里,隔开世事,做诗消遣,似乎很是风雅的事。其实是不然的。因为我这些思想的活动,大概在发热苦痛中居多,并不是从愉快里来的。待到病苦退去的时候,这种东西也自然要渐渐减少的罢。"

18日 作新诗《苍蝇》一首,其中云:"我憎恶他们,我诅咒他们。/大小一切的苍蝇们,/美与生命的破坏者","我诅咒你的全灭,/用了人力以外的/最黑最黑的魔术的力。"

20日 作新诗《小孩》一首。

27日 鲁迅本日日记:"下午往山本医院视二弟,持回《起世经》二本,《四阿含暮抄解》一本。"

30日 鲁迅本日日记:"午后往山本病院视二弟,持回《楼炭经》一部。"

5月

1日 鲁迅本日日记:"下午寄孙伏园信,内二弟诗三篇。"

《新青年》第九卷第一号《编辑室杂记》之二云:"本社社员周作人先生近患肋膜炎,不能执笔,我们很希望他早日痊愈,本志次期就能登出他底著作。"但事实上,《新青年》第九卷第二、三两期,周作人都未能提供稿件。

3日 在《晨报》第八一八号第七版"杂感"栏发表《病中的诗》及新诗《歧路》,皆署名仲密,《歧路》收入《过去的生命》。《歧路》后又刊《新青年》第九卷第五号、《小说月报》第十三卷第四号。

4日 作新诗《小孩(一)(二)》。

5日 在《晨报》第八二〇号第七版发表收集的绍兴歌谣《群玉班》,并为之作注三条,署名仲密。

《妇女杂志》第七卷第五号《编辑余录》第一条云:"周作人先生在我国文学界的权威,是不用我们称扬的了。本社近来承周先生允许,常常替本志作文,这实在是本志读者非常庆幸的事情。可惜最近数月以内,周先生身体不十分健康,不能多作文字。前号所登《欧洲古代文学上的妇女观》一篇,是先生患肋膜炎新愈后替本志作的,后来因为医生禁止用脑,所以没有完篇;不料新近先生又因了感冒带起旧病,以致此文没有续成,本号中不能登载,真是缺憾。我们只有和读者同祝先生快快恢复健康,可以早点读他的大著!"

10日 在《小说月报》第十二卷第五号发表《日本的诗歌》,署名周作人,收入《艺术与生活》。其中云:"若说日本与中国的诗异同如何,那可以说是异多而同少。这个原因,大抵便在形式的关系上。第一,日本的诗歌只有一两行,没有若干韵的长篇,可以叙整段的事,所以如《长恨歌》这类的诗,全然没有;但他虽不适于叙事,若要描写一地的景色,一时的情调,却很擅长。第二,一首歌中用字不多,所以务求简洁精炼,容不下故典词藻夹在中间……"

作《批评的问题》一篇。

鲁迅本日日记:"午后往山本医院视二弟,持回《当来变经》等一册。"

12日 在《晨报》第八二七号第七版发表新诗《苍蝇》《小孩》,署名仲密,皆收入《过去的生命》。

14日 在《晨报》第八二九号第七版发表《批评的问题》,署名子严,收入《谈虎集》。

15日 在《少年中国》第二卷第十一期发表《宗教问题(周作人先生讲演)》。①

17日 在《晨报》第八三二号第七版发表新诗《小孩(一)(二)》,署名仲密,收入《过去的生命》。

24日 鲁迅本日日记:"上午齐寿山来,同往香山碧云寺,下午回。"

27日 在《晨报》第八四二号第七版发表《疑问五则》,署名子严。

鲁迅本日日记:"清晨携工往西山碧云寺为二弟整理所租屋,午后回,经海甸停饮,大醉。"

28日 译《日本俗歌五首》,并作译者按语一则,云:"这几首歌是从日本海贺变轩所编《端呗及都都逸集》内选译的。原本共有端呗五百五十首,都都逸一千七百首,现在只从端呗之部选了几篇。端呗用七五调叠成,长短没有一定,都都逸限定四句二十六字,都是可以歌唱的俗谣。歌中主旨几乎全说恋爱,也多有讲'花柳社会'的生活的,木下木太郎②所谓'鄙俗的但是充满眼泪的江户平民艺术',恰是这些俗歌的适当的评语。现在所选,并不是说最好,只拣可懂可译的罢了。有几篇花柳社会的歌,虽然我看了很以为好,已经将他译出,只因译语不能如原本那样柔软含蓄,恐怕有人误会,所以踌躇良久,终于删去了。其实江浙一带的山歌,也多是讲'私情'的,在明白的人看来,本来没有什么忌讳,但是现在当作一般的读物发表,还是注意一点的好,所以只留了这五篇。"

---

① 按,此篇张菊香、张铁荣编《周作人年谱》及陈子善编《周作人集外文》、钟叔河编《周作人散文全集》第2卷收录时皆作"张绳祖、曹刍笔述",应有误,张绳祖、曹刍系《少年中国》同期前一篇《宗教哲学(刘伯明先生讲演)》之笔述者。

② 按,"木下木太郎"当为"木下杢太郎"。

31日 出院。

日记:"晴,上午退院,信子来接。"

6月

2日 往香山碧云寺养病。

日记:"下午移住香山碧云寺养病,重君先在,大哥、三弟及丰一同乘自动车送来,五时回去。"

《知堂回想录·西山养病》:"我于六月二日搬到西山碧云寺里,所租的屋即在山门里边的东偏,是三间西房,位置在高台上面,西墙外是直临溪谷,前面隔着一条走路,就是一个很高的石台阶,走到寺外边去。……我把那西厢房一大统间布置起来,分作三部分,中间是出入口,北头作为卧室,摆一顶桌子弄①是书房了,南头给用人王鹤招住,后来有一个时期,母亲带了她的孙子也来山上玩了一个星期,就腾出来暂时让给她用了","我住在西山前后有五个月,一边养病,一边也算用功,但是这并不是什么重要的工作,主要的只是学习世界语,翻译些少见的作品,后来在《小说月报》上发表的从世界语译出的小说,即是那时的成绩,可是更重要的乃是后来给爱罗先珂做世界语讲演的翻译,记得有一篇是《春天与其力量》,说得空灵巧妙,觉得实在不错。"

5日 作《山中杂信(一)》,其中云:"般若堂里早晚都有和尚做功课,但我觉得并不烦扰,而且于我似乎还有一种清醒的力量。清早和黄昏时候的清澈的磬声,仿佛催促我们无所信仰,无所归依的人,拣定一条道路精进向前。我近来的思想动摇与混乱,可谓已至其极了,托尔斯泰的无我爱与尼采的超人,共产主义与善种学,耶佛孔老的教训与科学的例证,我都一样的喜欢尊重,却又不能调和统一起来,造成一条可以行的大路。我只将这各种思想,凌乱的堆在头里,真是乡间的杂货一料店了。"

钱玄同本日日记:"午到第一楼,在旧书摊上买得启明从前翻译的希腊小说《红星佚史》一本。"

6日 日记:"上午重久君来,下午去,携来药及食物,又《梵网经合注》一部。寄雁冰、振铎函,伏园函,子渊片。"②

7日 在《晨报》第八百五十三号第七版发表《山中杂信(一)》,署名仲密,收入《雨天的书》。

钱玄同本日日记:"今天底《晨报》上有启明给伏园的一封信,所说的话很耐人寻味。"

8日 在《晨报》第八百五十四号第七版发表《美文》,署名子严,收入《谈虎集》。其文曰:"外国文学里有一种所谓论文,其中大约可以分作两类。一批评的,是学术性的。二记述的,是艺术性的,又称作美文,这里边又可以分出叙事与抒情,但也很多两者夹杂的。这种美文似乎在英语国民里最为发达,如中国所熟知的爱迭生,阑姆,欧文,霍桑诸人都做有很好的美文,近时高尔斯威西,吉欣,契斯透顿也是美文的好手。读好的论文,如读散文诗,因为他实在是诗与散文中间的桥。中国古文里的序,记与说等,也可以说是美文的一类。但在现代的国语文学里,还不曾见有这类文章,治新文学的人为什么不去试试呢?我以为文章的外形与内容,的确有点关系,有许多思想,既不能作为小说,又不适于做诗,(此只就体裁上说,若论性质则美文也是小说,小说也就是诗,《新青年》上库普

---

① 按,手稿如此,或应为"算"字。
② 《梵网经》,佛教大乘戒律经典,全称《梵网经卢舍那佛说菩萨心地戒品第十》,后秦鸠摩罗什译。

林作的《晚间的来客》,可为一例,)便可以用论文式去表他。他的条件,同一切文学作品一样,只是真实简明便好。我们可以看了外国的模范做去,但是须用自己的文句与思想,不可去模仿他们。《晨报》上的浪漫谈,以前有几篇例有点相近,但是后来(恕我直说)落了窠臼,用上多少自然现象的字画,衰弱的感伤的口气,不大有生命了。我希望大家卷土重来,给新文学开辟出一块新的土地来,岂不好么?"

日记:"上午乔风来,下午二时去,携来《梵网经直解》一部、《生长する星の群》一册。……寄适之片。"

9日 在《晨报》第八百五十五号第七版发表《新诗》,署名子严,收入《谈虎集》。其中云:"现在的新诗坛,真可以说消沉极了。几个老诗人不知怎的都像晚秋的蝉一样,不大作声,而且叫时声音也很微弱,仿佛表明盛时过去,艺术生活的弹丸,已经向着老衰之坂了。新进诗人,也不见得有人出来。做诗的呢,却也不少,不过如圣经里所说,被召的多而被选的少罢了","新诗提倡已经五六年了,论理至少应该有一个会,或有一种杂志,专门研究这个问题的了"。《晨报》刊发时加记者跋语一则,云:"子严先生有慨于诗坛的沉寂,诚然诚然;近来作诗的人,'被召者多而被选者少,'更是千真万确。但说'老诗人们以为大功告成,便即退隐,'我却诚恳的希望此言不中。今天本报所载新诗坛健将胡适之先生的近作,似可表示他们的勇猛精进的精神,子严先生看了或者也觉快慰吧。那么我们现在唯一的要求,只是新进诗人的努力了。不过我想诗社及杂志的进行,还是要老诗人们赶紧出来提倡和赞助才好。"一公(俞平伯)《秋蝉底辩解》(6月12日《晨报》第八百五十七号第七版)一文系对周氏《新诗》之回应,其中云:"……消沈的景象由于诗人底懒惰,这是一半了;但剩下的那一半却不便如此笼统的推测。我们晓得一切进步底历程都不是直线似的陡然上去,都是曲曲折折带些波动式的线路。当学习技能时候更是明显,必有段停顿的状况在全历程中间。这种停顿的段落叫做Plateaus,普通都解释为进步底预备。这类状况自然是不自觉的(Unconscious)。本人一样的努力尝试,却总没有显著的效果跟著出来,但暗暗地正预备后来的猛进呢。……"

日记:"下午风,微雨,寄佛经流通处函、乔风函、伏园片。"

10日 在《晨报》第八百五十六号第七版发表《碰伤》,署名子严,收入《泽泻集》《谈虎集》。

作新诗《山居杂诗》四首。

《山中杂信(三)》:"但是我在这里不能一样的长闲逸豫,在一日里总有一个阴郁的时候,这便是下下午清华园的邮差送报来后的半点钟。我的神经衰弱,易于激动,病后更甚,对于略略重大的问题,稍加思索,便很烦躁起来,几乎是发热状态,因此平常十分留心避免。但每天的报里,总是充满着不愉快的事情,见了不免要起烦恼。"《知堂回想录·西山养病》:"所谓不愉快的事情大抵是中国的内政问题,这时大家最注意的是政府积欠教育经费,各校教员大举索薪,北京大学职教员在新华门前被军警殴伤事件了。事情出在六月上旬,事后政府发表命令,说教员自己'碰伤',这事颇有滑稽的意味,事情是不愉快,可是大有可以做出愉快的文章的机会,我便不免又发动了流氓的性格,写了一篇短文,名字便叫作《碰伤》,用了子严的笔名,在六月十日的《晨报》第五板上登了出来","我这篇文章写的有点别扭,或者就是晦涩,因此有些读者就不大很能懂,并且对于我劝阻向北洋政府请愿的意思表示反对,发生了些误会。但是那种别扭的写法却是我所喜欢的,后来还时常使用着。"

日记:"上午作诗四首。下午大风,得适之片,寄乔风及伏园函。"

《小说月报》第十二卷第六号"附录"栏刊发《文学研究会读书会各组名单》,分小说、诗歌、戏剧、批评文学、杂文五组,周作人为小说组及诗歌组成员。

12日 日记:"上午大哥来,下午去,携来《梵网经古迹记》一部及诸书函件。山本来诊,得乔风片、玄同函,……得半农寄来世界语《新约》一册。"

钱玄同本日致周作人函:"我现在觉得:要是生活不能维持,则精神必不能慰安;精神不能慰安,则思想、见解、学问都说不到。没有思想、见解、学问,那就什么改造,什么奋斗,什么……,都无从说起","这几天种种消息,我听得实在有些吃力了。我颇愧,我不能做君子;我此时谋未来之'食'之心甚炽;我总觉得原来之'食处'饭缘已满,非别谋一'食处'不可矣","我近来觉得'ㄅㄛㄉㄚㄝㄇㄧㄎㄧ'颇不适用于中国。何也?因为社会压迫个人太甚之故。中国人无论贤不肖,以众暴寡的思想,是很发达的。易卜生《国民之敌》中之老医生,放在中国,即贤者亦必杀之矣。这是我近来底'杂感',但不愿宣示于众,故但与兄私言之。"

13日 在《晨报》第八百五十八号第五版发表新诗《山居杂诗》四首,署名仲密,其中一、二、三首收入《过去的生命》,第四首未入集。其第四首云:"今天是旧年的端午,/山门外的肉店里,/清早里便将一只猪卖完了;/门口还站了许多人,/等著买正在屠杀的猪肉。/这猪还是刚才贩去的,/我正听他从门外叫著过去。/我叫人买了一串粽子和几个杏儿,/独自过我的山中的佳节;/粽子里的红枣多于江米,/但是杏儿却很新鲜,/要比故乡的黄梅更好吃了。"其自注云:"乡俗于端午日吃'五黄',其一是黄梅。"

日记:"得伏园函。"

14日 日记:"(下午)得玄同函、振铎函,流通处《缁门警训》等二部。"①

鲁迅本日日记:"下午往卧佛寺购佛书三种,二弟所要。"

15日 在《晨报》第八百六十号第七版发表《实在的情形》,署名子严。

日记:"上午家中差福寿来,携来《诸经要集》等三部及食物等。下午寄流通处函。"

17日 在《晨报》第八百六十二号第七版发表《廉耻与秩序》,署名子严;作新诗《山居杂诗》之五,入集时编号第四,系删除10日所作之第四首也。

日记:"上午晴,信子、芳子及小儿等五人来,下午三时去。又福寿送藤榻及箱架来。晚卧院子里作诗一章。"

18日 日记:"下午齐寿山君,邓、刘(邓仲澥康、刘仁静)二君来访。得雁冰函、伏园函,寄佛经流通处函,又乔风片。"

鲁迅本日日记:"下午至卧佛寺为二弟购佛经三种,又自购楞伽经论等四种共八册,《嘉兴藏目录》一册,共泉一元七角五分。"

19日 日记:"上午大哥来,携来《弥陀疏钞》等书三部。下午山本同永井来诊,六时皆去。寄雁冰函。"②

20日 日记:"午乔风、丰一、伏园来,下午五时半去。得佛经流通处寄来《禅林宝训

---

① 《缁门警训》,十卷。元皇庆二年(1313),释永中增补编者未详之《缁林宝训》,成《缁门警训》二卷;明成化十年(1474),释如卺续补并刊行于世。此书收录先圣古德之示众、警策、训诫、箴铭等共170余篇,收入《大正藏》第四十八册。

② 《弥陀疏钞》,(明)莲池大师(1535—1615,中国净土宗第八代祖师,俗姓沈,名袾宏,字佛慧,别号莲池,因久居杭州云栖寺,又称云栖大师)著。

笔说》三本一部。"①

21 日 作新诗《山居杂诗》之六,入集时编号第五。

日记:"下午寄适之函、乔风函,得瞿君寄《小说月报》六月号一本。晚邓君等来谈,作诗一首。"②

22 日 作新诗《山居杂诗》之七,入集时编号第六。

日记:"下午寄伏园函。"

鲁迅本日日记:"往卧佛寺为二弟购《梵网经疏》《立世阿毗昙论》各一部。"

23 日 作《山中杂信(二)》。

日记:"下午寄伏园函、乔风函,得来片、子渊函,流通处佛书二部。"

24 日 在《晨报》第八百六十九号第七版发表《山中杂信(二)》,署名仲密,收入《雨天的书》。

日记:"寄玄同函。"

25 日 在《晨报》第八百七十号第七版发表《山居杂诗(2)》两首,系第五、六首,署名仲密,收入《过去的生命》,入集时编号第四、第五;作新诗《山居杂诗》之八,入集时编号第七。

日记:"寄流通处函。晚齐君来谈。"

26 日 日记:"上午大哥来,携来《观佛三昧海经》等七部……又《赤い鳥》一册。下午山本来诊,五时大哥去。"③

27 日 鲁迅本日日记:"晚得二弟信并《大乘论》二部。"

28 日 在《晨报》第八百七十三号第七版发表《三天》,署名子严,收入《谈虎集》。

日记:"上午鹤招病,回去,王司务来代。下午阴,得流通处寄《大庄严经论》一部。寄家信,又伏园函。"

29 日 在《晨报》第八百七十四号第七版发表《山居杂诗(3)》两首(其七、其八)及译诗《日本俗歌五首》。前者署名仲密,收入《过去的生命》,入集时排序第六、第七;后者署"仲密译"。

作《山中杂信(三)》。

30 日 译日本作家佐藤春夫小说《雉鸡的烧烤》。

日记:"下午译佐藤春夫小篇了。寄家信,又伏园函。"

鲁迅本日致周作人函:"昨得来信了。所要的书,当于便中带上。……近见《时报》告白,有邹安之《周金文存》卷五六皆出版,又《广仓砖录》中下卷亦出版,然则《艺术丛编》盖当赋《关雎》之次章矣,以上二书,当于便中得之。汝身体如何,为念,示及。我已译完《右衛門の最期》,但跋未作,蚊子乱咬,不易静落也。夏目物〔语〕决译《一夜》,《梦十夜》太长,其《永日物語》中或可选取,我以为《クレイグ先生》一篇尚可也。"④

---

① 《禅林宝训笔说》,(清)释智祥撰,系《禅林宝训》之注说。《禅林宝训》又称《禅门宝训》《禅门宝训集》,四卷,(南宋)释净善重集。

② 瞿君当为瞿世英,邓君为邓中夏。

③ 《佛说观佛三昧海经》,东晋天竺三藏佛陀跋陀罗译;《赤い鳥》是铃木三重吉创办的日本儿童文学杂志,1918年7月1日创刊,1936年8月停刊。

④ 《クレイグ先生》即《克莱喀先生》。

7月

1日 译波兰作家戈木列支奇小说《燕子与蝴蝶》一篇,并作译后记一篇,云:"戈木列支奇(Wiktor Gomulicki)据诃勒温斯奇的《波兰文学史略》上说,'是在实证主义文学失败分散时代(案即近来三十年间)的一个诗人,唯理主义之子,所谓高蹈派的第一显著的优雅的代表。'关于他的小说,在本年一月号的《小说月报》上,有王剑三先生译的一篇《农夫》和说明,可以参考。这一篇原名《这是燕子蝴蝶们所不懂的》(Kion ne komprenas la hirundoj kaj papilioj),德国巴因(K. Bein)博士用世界语译出,收在所编的《波兰文选》(Pola Antologio,1909)里,现在便据这一本重译的。一九二一年七月一日记。"

日记:"上午译ゴムニツキ小篇了,下午得家信,又雁冰函,廿八日发。"

2日 在《晨报》第八七七号第七版发表《山中杂信(三)》,署名仲密,收入《雨天的书》。

日记:"寄雁冰函。"

鲁迅本日日记:"晚得二弟信并佛书四部。"

3日 译波兰作家普路斯小说《影》,并作译后记一则,云:"普路斯(Boleslaw Prus)本名格罗伐支奇(Glowacki),是波兰现代的人,我曾译过他一篇《世界之黴》,登在《新青年》八卷六号上,略附有说明。这一篇也是从巴因博士的世界语《波兰文选》中采取的。"

日记:"(下午)译プルース小篇了。下午梦麟、孟和、孟余三君来。"

4日 日记:"上午母亲同丰一来,暂住,鹤招亦回。"

5日 沈雁冰本日致周作人函:"顷奉七月二号手书。先生已译出之波兰小说拟在《新青年》发表欤,抑尚未寄,可就与《小说月报》发表否?第八期只有犹太宾斯奇的短剧一篇,如先生译的波兰小说能惠下,更好了。捷克小说,我尚未得到,三月前见告白,立即写信去买,但至今未到;二号《小说月报》的介绍短短的,是抄自纽约《太晤士书报周刊》上的介绍话的。想来不久总可以得到这部书了。据同书坊所出的《新希腊短篇小说》上后面的告白说续拟出者还有巨哥斯拉夫小说等,然至今未见广告,想来还没有出。至于捷克童话集两本则去年秋就已买到,可惜代不了。德国介绍外国文学似乎无论什么地方都比英美多些。我非常想学德文,但为工作所梗,年来屡试而不成功;下半年舍弟泽民要进上海同济的德文预备科去,专攻一年德文;据说一年本可以通的,但到底也欲到将来看哩。"

6日 在《晨报》第八八一号第七版发表《谈判》,署名子严;作佐藤春夫《雉鸡的烧烤》译后附记一则,云:"佐藤春夫(Sato Haruo)一八九一年生,有《田间之忧郁》一书最有名。这一篇从小说集《阿绢与其兄弟》中译出。篇中有不能了解的地方,承H S.君说明,甚为感谢。"

为李宗武、毛咏棠译《人的生活》作序。①

7日 译波兰作家显克微支小说《二草原》,并作译后记一则,云:"显克微支(Henryk Sienkiewicz,1846—1916)的小说,由我译出的,有《炭画》(单行)、《乐人扬珂》、《天使》、《灯台守》(《域外小说集》内,以上皆文言)、《酋长》(《点滴》内)、《你祝福了》(《新青年》八之六)共六篇。这一篇也是从世界语《波兰文选》译出,原注云印度故事,与《你祝福

---

① 《人的生活》1920年出版,武者小路实笃著,内收文四篇,系论文《人间的义务》《现代的劳动与新村的劳动》与剧本《未能力者的同志》《新浦岛的梦》,李宗武和毛咏棠的中文译本1922年1月由中华书局出版。

了》同属一类,是空想的诗的作品。格拉波夫斯奇(Grabowski)的《万国文选》里,又有他的一篇《宙斯的裁判》(La jugo de Zeŭs)也是这一类的希腊的故事。这种新作的古事,犹如旧酒囊里的新酒,有一种特别的风味,无论时地情事怎样的渺远荒唐,但现代人的心却在底下跳着,所以同写实作品一样的能够引动我们的心情。七月七日附记。"

日记:"下午译シエンキエヰチ小说了。"

鲁迅本日日记:"寄大学编辑部印花一千枚并函,代二弟发。往卧佛寺为二弟购佛书五种……"《鲁迅全集》第十五卷该条注释:"商务印书馆拟再版周作人的《欧洲文学史》,鲁迅代周作人将版税印花寄北大编译处转商务。后编译处不允代转,于8日退回。"

8日 鲁迅本日日记:"上午大学仍将印花退回。……晚得二弟信并《人间的生活》序一篇,即转笺转寄李霞卿。"

9日 在《晨报》第八八四号第七版发表译作《雉鸡的烧烤》,署名"日本佐藤春夫作,仲密译",次日续完,收入《现代日本小说集》。

日记:"下午得雁冰六日函。"

10日 《晨报》第八八五号第七版续完周作人译作《雉鸡的烧烤》。该期同时在杂感栏发表《编余闲话》一篇,署名"记者",系由阅读《雉鸡的烧烤》而论及周氏《碰伤》发表后遭遇读者误解之情形,周作人将此文附于《碰伤》之后一并收入《谈虎集》。①

日记:"得丸山函。"②

12日 校周建人译稿《犹太人》。

日记:"(下午寄)流通处函,为乔风校译稿,至晚了。"

13日 日记:"下午寄伏园函。"

鲁迅本日致周作人函:"Karásek的《斯拉夫文学史》,将寡罗泼泥子街收入诗人中,竟于小说全不提起,现在直译寄上,可修改酌用之,末尾说到'物语',大约便包括小说在内者乎?这所谓'物语',原是Erzählŭng,不能译作小说,其意思只是'说话''说说谈谈',我想译作'叙述',或'叙事',似较好也。精神(Geist)似可译作'人物'","大学编译处由我以信并印花送去,而彼但批'不代转'云云,并不开封,看我如何的说,殊为不届。我想直接寄究不妥。不妨暂时阁起,待后再说,因为以前之印花税亦未取,何必为'商贾'忙碌乎","我想汪公之诗,汝可略一动笔,由我寄还,以了一件事","由世界语译之波兰小说四篇,是否我收全而看过,便寄雁冰乎?信并什曼斯基小说已收到,与德文本略一校,则三种互有增损,而德译与世界语译相同之处较多,则某姑娘之不甚可靠确矣。德译者S.Lopuszánski,名字如此难拼,为作者之同乡无疑,其对于原语必不至于误解也。惜该书无序,所以关于作者之事,只在《斯拉夫文学史》中有五六行,稍缓译寄。"

14日 作《山中杂信(四)》;译波兰作家科诺布涅支加小说《我的姑母》。

日记:"连日译コノプニッカ小说,下午了。"

15日 在《晨报》第八九〇号第七版发表《宣传》,署名子严,收入《谈虎集》。其中云:"……人们只要能够晓得,那就好了。不过怎样能够使他们晓得,却是一个重大的难

---

① 这篇《编余闲话》钟叔河将其收入《周作人散文全集》,但从目前的证据看,其作者归属并不明晰;尤其是,《晨报》本年7月18日又发表署名"记者"的《工人与白手的人》一篇,也系由周氏《宣传》一文谈起,但此篇钟编《周作人散文全集》未收,而体其文风,亦颇不似周氏作品。故本谱以谨慎起见,暂不将此两篇署名"记者"的杂感归为周氏作品。

② 丸山,丸山昏迷。

问,是我与记者先生所深以为忧的。法国吕滂说,'大众的心理极不容易变换,即使纯学术的真理,如哈威的血液循环说,与他们的旧宗教伦理的思想没有交涉的,也须得经五十年,才能被大家所承认。'"

作《我的姑母》译后记一则,云:"科诺布涅支加(Marja Konopnicka,1846—)①是现代波兰的女诗人,但伊也做小说。诃勒温斯奇在《波兰文学史略》里说,'近代波兰诗界里的大人物是亚斯尼克(Adam Asnyk)。……但这是马理亚科诺布涅支加,波兰最大的女诗人,在诗人的竖琴上添了一枝新弦:便是现代意义的"平民"。从伊的伟大的材能产生出许多富美的各式的文学作品,最近的一书,名《在巴西的巴尔折耳先生》,是一篇平民的史诗,正如密支该微支(Mickiewicz)的《泰达思君》(*Pan Tadeusz*)是贵族的史诗一般。这不但是文学上的一个界牌,而且是民众教化上的边境的标柱;他表明国民已经超出阶级精神之上,容纳平民到全灵堂里去了。'凯拉舍克(J. Karasek)著《斯拉夫文学史》第二卷云,'科诺布涅支加在许多地方,是哲学的,对于古典世界有著特爱的一个确实的勇敢的人物。……伊是女子的苦楚和哀愁的诗人。伊的功绩,是在以民族的全灵堂——饶富其民众。伊以叙述移住民生活的,尚未完成的史诗《在巴西的巴尔折耳先生》引起颇大的惊异。……至于故事,则该尔支的旅行记载,尤其是抱了对于南斯拉夫的特爱而作的。但伊也识得诺曼的海岸。诗人之外又为动人的故事家;也做文学的论说和美文,虽然多是主观的,而构思叙述却都颇为奇特。'这一篇小说,从世界语《波兰文选》译出,虽然没有女诗人的那种特色,但别有一种殊胜的地方,为别人所不能及。这便是描写独身女人的感情的变化。那种细腻优美的描写,带着一点轻妙而且有情的滑稽,的确是女性的特长,不是一般男性文人所能容易学到的。我以为在这一点上,女小说家的独有的价值差不多就可以确定了。"

日记:"寄伏园函。"

16日 日记:"下午得大哥函、冈崎君函、菊农函,寄雁冰函、伏园函。"

鲁迅本日致周作人函:"《犹太人》略抄好了,今带上,只不过带上,你大约无拜读之必要,可以原车带回。作者的事实,只有《斯拉夫文学史》中的几行(且无诞生年代),别纸抄上;其小说集中无序。这篇跋语,我想只能由你出名去做了。因为如此三四校,老三似乎尚无此大作为。请你校世界语译,是狠近理的。请我校德译,未免太巧。如你出名,则可云用信托我,我造了一段假回信,录在别纸,或录入或摘用就好了。德译虽亦有删略,然比英世本似精神得多,至于英世不同的句子,德亦往往不与英世同,而较为易解,大约该一句原文本不易懂,而某女士与巴博士因各以意为之也。"

17日 在《晨报》第八九二号第七版发表《山中杂信(四)》,署名仲密,收入《雨天的书》。其中云:"近日因为神经不好,夜间睡眠不足,精神很是颓唐","《梵网经》里还有几句话,我觉得也都很好。……我们现在虽然不能再相信六道轮回之说,然而对于这普亲观平等观的思想,仍然觉得他是真而且美。……我们为自己养生计,或者不得不杀生,但是大慈悲性种子也不可不保存,所以无用的杀生与快意的杀生,都应该避免的。……但是爱物也与仁人很有关系,倘若断了大慈悲性种子,如那样吃醉虾的人,于爱人的事也恐怕不大能够圆满的了。"

作《山中杂信(五)》。

---

① 按,此处 Marja 当作 Maria。

日记:"得半农函件。"

18日 为周建人译《犹太人》作跋语一则,云:"'亚当式曼斯奇(Adam Szymanski)的散文小篇,有西伯利亚流人的歌的幽郁。'(诃勒温斯奇(T. Holewinski)《波兰文学史略》第五章)'式曼斯奇也经历过送往西伯利亚的流人的命运,是一个身在异地而向祖国竭尽渴仰的,抒情的人物,从他那描写流人与严酷的极北的自然相抗争的小说中,每飘出深沉的哀痛,他并非多作的文人,但每一篇出现时,在波兰却以多大的同情而被容纳。'(凯拉舍克(T. Katásek)《斯拉夫文学史》第二卷)关于式曼斯奇的事迹,我们所能知道的只有这一点。这篇小说收在英国般纳克(E. C. M. Benecke)女士所译的《波兰小说集》中,原名《卢巴耳妥夫来的斯鲁尔》(Srul-from Lubortów),序文有云,'此篇在式曼斯奇的西伯利亚小篇中,普通被人推为最动人之一。他的著作从个人经验而来,因为他自己也被流放在西伯利亚有许多年。'这篇依据英文本译出之后,因为巴音博士的世界语《波兰文选》里也有这一篇,所以由我校对一过,发见好几处繁简不同的地方,决不定是那一本对的。我知道鲁迅先生有德译式曼斯奇的小说集,所以便请他再校,当作第三者的评定。他的答信里说,'所寄译稿,已经用洛普商斯奇(S. Lopuszánski)的德译本校对一过,似乎各本皆略有删节,现在互相补凑,或者可以较近于足本了。……德译本在'Deva-Roman-Sammlung'中,也以消闲为目的,并非注重研究的书,只是译者亦波兰人,通原文自然较深,所以胜于英译及世界语译本处也颇不少,现在即据以改正;此外单字之不同者还很多,但既以英译为主,便也不一一改易了。……'这篇《犹太人》,我们能够得到三种译本,互相比较,作成汉译,希望他或能近于足本,对于著者及读者可以略少疚心,这是我们所很欢喜的。"

日记:"寄乔风函。"

《晨报》第八九三号刊发杂感《工人与白手的人》一篇,署名"记者",系由周氏《宣传》一文引发。文后附录该"记者"所译屠格涅夫著《工人与白手的人》一篇,周氏将其作为《宣传》的附录收入《谈虎集》。

19日 在《晨报》第八九四号发表《麝香》,署名子严,收入《谈虎集》。

日记:"下午寄菊农函,作文。"

20日 在《晨报》第八九五号发表《小杂感》两则,署名"严"。其一云:"客邮将要裁撤,爱国诸公必定欢欣鼓舞。这也是当然的。自此诸大老爷可以完全取缔我们愚民的通信自由了。"其二云:"江西人驱逐杨庆鋆,求助于张辫帅。听说他也赞成赣人长赣。但是我不知道,他为什么总想叫宣统先生出来长敝国呢?"该期《小杂感》共发表六则,文后有"记者附注"一则,云:"有许多感想,只须几句话可以表现的,不必组成长篇,于是乎小杂感尚矣。记者以为不但杂感之形式可以藉此扩充,即杂感之内容,亦可以因形式之扩充而扩充,杂感之作者,亦可以因形式及内容之扩充而扩充,杂感栏必将更加热闹了。此处每则起首两字并非题目,仍是本文,不过提空一格。这在日文报上是常见的,既说通了,吾国读者想也不至于看不惯罢。"

日记:"晴,作文。"

沈雁冰本日致周作人函,就《小说月报》拟出的"被压迫民族文学号"征求周氏意见并向周氏兄弟约稿,并论及人名、地名的翻译问题:"十六日函敬悉。承允寄波兰小说,甚感。……上次我想起一些计划,正想请教先生,乘如今便写:《小说月报》在十月号拟出一个'被压迫民族文学号'(名儿不妥,请改一个好的),里头除登小说外,也登介绍这些小民族文学的论文。现在拟的论文题目是:一、波兰文学概观(如此类之名而已);

二、波兰文学之特质(早稻田大学上日原文,已请人译出);三、捷克文学概观;四、犹太新兴文学概观;五、芬兰文学概观;六、塞尔维亚文学概观。其中除(二)是译,余并拟做。(一)(三)两篇定请先生做,(四)(五)(六)三篇中拟请先生择一为之,关于(四)的,大概德文中很多,鲁迅先生肯担任一篇否?(五)我只见《十九世纪及其后》一九〇四年十一月份上的一篇《芬兰文学》(Hermione Ramsden 著),似乎译出也还可用,但这是万一无人做的说法,如果先生能做更好了。(六)也只见 Chodo Mijatovich 著的《塞尔维亚论》中《文学》一章,略长些,如无人做,也只好把这个节译出来了。但不知先生精神适于作长文否?十月出版,离今尚有一月。日子似乎还宽,请先生酌示。此外译的小说拟:一、芬兰:哀禾,先生已译;二、塞尔维亚:即用巴尔干短篇小说集中之一,如无好的;三、波兰:先生已译;四、犹太:拉比诺维奇剧(在《六犹太剧》中);五、捷克;六、罗马尼亚等。上次鲁迅先生来信允为《小说月报》译巴尔干小国之短篇,那么罗马尼亚等国的东西,他一定可以赐一、二篇了。今不另写信给鲁迅先生,即请先生转达为感。先生对于人、地名译音主用注音字母,我也以为注音字母比汉字好;惟现今注音字母尚未普遍,一时行不出。但照现在推行注音字母的努力看来,普遍这事,也不远了。可决定三五年后,凡读书人总认得注音字母;振铎兄拟统一,弟亦极赞成人、地名之统一,外国地名听说本已有一个会,设已多年,但不见成绩。译外国人地名,我最怕,一则地名不熟,现成的也要记不得;二则俄人、波兰人、捷克……等等,竟不知如何读,只有乱写一个,很想在这上头研究研究,不知可有什么方法,也请先生便示。我想不知如何读的人,一定也很多,因此愈觉得译音是必要了。"“被压迫民族文学号”后定名“被损害民族的文学号”。

21日　在《晨报》第八九六号第七版发表《山中杂信(五)》,署名仲密,收入《雨天的书》。

续完《欧洲古代文学上的妇女观》,即其第三节文字,并作附记一则,云:"我动手做这篇文章,是在三月中旬的病后,才成了半篇,因为旧病又发,也就中止了。迁延日久,没有续作的机会,对于编辑者及读者诸君实在很是抱歉。现在病势略好,赶即续成此篇,但是前后相距已有四月,兴趣与结构计画多有改变,山中又缺少参考的便利,所以遗漏错误在所不免,笔法亦前后不同,须求读者的原谅。"

日记:"下午晴,作《妇女观》了,并前共万一千字。寄家信,守常、秩陵、士远、夷初、翼庭诸君来访。"

22日　日记:"上午齐明送书物来,下午寄玄同函、章雪村君函,得菊农函,西京穆君片。"

23日　在《晨报》八九八号第七版发表《国荣与国耻》,署名子严。

日记:"下午得雁冰快信,寄伏园函,作文。"

24日　日记:"得……流通处书一本。"

25日　作《日本诗人一茶的诗》一篇(其第二节系翻译日本沼波琼音《俳谐寺一茶》里的文章),并作附记一则,云:"第二节因系翻译沼波原文,将原引的句子一概列入,不敢加以删改。一茶佾有极好的句,但以我的贫弱的国语力,总不能表现其诗趣之百一,不得不废然而止;所以第一节里,只就较为可译的,勉强译出几首,以见一斑。入后既不能自由选择,便不免有许多困难的地方,因此译文更为竭蹶了。俳句言短意长,非依其暗示,加以想象,不易得到他的真味。倘敷演成文,或者更易明瞭,但未免得其意义而失其趣味,所以也不实行。小泉八云(1850—1904,本英国人,名 Lafcadio Hearn,后居美洲,最后至日本入籍,从妻姓为小泉。以英文著书甚多,为世所重。)书中译日本诗歌,先录罗马字的原文音读,次用散文直译其意,音义并列,法最完美。现在虽然不能照行,我总觉得这是译诗的正当的办法。关于俳句的性质,《小说月报》本年五月号《日本的诗歌》篇中,略有说明。"

日记:"上午作《一茶的诗》了。下午齐明送药来,寄雁冰、子渊函。"

26日　在《晨报》第九〇一号第七版发表《新文学的非难》,署名子严,收入《谈虎集》。翻译希腊作家蔼夫达利阿谛思小说《初恋》《凡该利斯和他的新年饼》两篇,并作《初恋》译后记一则,云:"蔼夫达利阿谛思(A. Ephtaliotis)是希腊现代小说家,这篇据英人劳斯译本译出。英译在一八九七年出板,那时原著者尚存。他的小说译成汉文的,《点滴》内有两篇,《域外小说集》内三篇。"

日记:"上午译エフタリオチス,至午后成二篇,共三千字。六时顷山本及永井来诊,七时去。"

27日　日记:"下午寄家信、伏园函。"

鲁迅本日致周作人函:"《一茶》已寄出。波兰小说酬金已送支票来,计三十元;老三之两篇(ソロゲーブ及犹太人)为五十元,此次共用作医费。有宫竹心者寄信来,今附上。此人似尚非伪,我以为《域外小说集》及《欧文史》似可送与一册……丛文阁已印行エロシエンコ之小说集《夜アク前ノ歌》,拟与《貘ノ舌》共注文,不知以丸善为宜,抑不如天津之东京堂(?)乎? 又如决定某处,则应先寄钱抑便代金引换耶?"①

28日　在《晨报》九〇三号第七版发表《小杂感》四则,署名"严",分别为:"那颇伦死了一百年了,法国人还是那样痰迷了心的崇拜他。然则更奚怪大中华共和国民的想念十年前的清朝呢?""鸦片烟的瘾,不容易戒除,皇帝瘾自然更不容易了。只看法国人现在不能抽正式的大烟,却还叫福煦大将替他们扎吗啡针呢!""段芝老与林琴老,现在总算是过去的人了。但平心而论,芝老的打下复辟,无论动机如何,我总是很感激的。""琴南孝廉晚年的行为,确已取消了他的老人格,但他也译过几部英国的好小说,而且用了史汉的古文,把当时对于小说的观念,提高一点,这个功绩我们也不能抹杀。"

日记:"得《小说月报》七月号一册。"

29日　在《晨报》第九〇四号第七版发表《天足》,署名子严,收入《谈虎集》。其中云:"我总是固执己见,以为以身殉丑观的缠足终是野蛮。我时常兴高采烈的出门去,自命为文明古国的新青年,忽然的当头来了一个一蹭一拐的女人,于是乎我的自己以为文明人的想头,不知飞到那里去了。"

30日　在《晨报》第九〇五号第七版发表《胜业》,署名子严,收入《谈虎集》《知堂文集》。其中云:"野生和登高座妄谈般若,还不如在僧房里译述几章法句,更为有益。所以我的胜业,是在于停止制造(高谈阔论的话)而实做行贩。别人的思想,总比我的高明;别人的文章,总比我的美妙:我如弃暗投明,岂不是最胜的胜业么?"

译芬兰作家哀禾小说《父亲拿洋灯回来的时候》及希腊作家蔼夫达利阿谛思小说《库多沙非利斯》。

日记:"连日译アホ小说,上午了。下午译エフタリオチス小篇了。寄雁冰、振铎函。"

---

① エロシエンコ即爱罗先珂(В.Я.Ерошенко,1889—1952)。宫心竹函后由鲁迅于29日回复,赠以《域外小说集》和《欧洲文学史》各一册。

沈雁冰本日致周作人函："二十五日手示敬悉。先生的意见：（一）加入保加利亚文学作品一篇，（二）新希腊小说；我都很赞成。保加利亚因弟一时想不出何处有短篇，故不入；如今鲁迅先生有，再好也没有。新希腊当就该集中选一二篇译出。论文务请先生担任波兰与捷克；鲁迅先生来信说新犹太论文打算不做，我去信又申前请，一面请先生再帮着一句。"

周作人本日致《小说月报》记者函："关于国语欧化的问题，我以为只要以实际上必要与否为断，一切理论都是空话。反对者自己应该先去试验一回，将欧化的国语所写的一节创作或译文，用不欧化的国语去改作，如改的更好了，便是可以反对的证据，否则可以不必空谈。但是即使他证明了欧化国语的缺点，倘若仍旧有人要用，也只能听之，因为天下万事没有统一的办法，在艺术的共和国里，尤应容许各人自由的发展。所以我以为这个讨论，只是各表意见，不能多数取决。"《小说月报》第十二卷第七号（7月10日）"最后一页"发布编辑部征集启事："因为有许多受时间拘留的先生们常常来信反对语体文的欧化，所以我们极希望大家来讨论（请以书信式），我们当一律在本报通信栏内发表——不论赞成与反对；但不根据讨论正规而作题外谩骂的书信，却不能登出。"此函系周氏应邀发表的意见。

31日 作哀禾《父亲拿洋灯回来的时候》译后记一则，其中云："哀禾早年著作，大抵是乡土艺术一流。因为芬兰虽为属国，但瑞典与俄国先后待他都颇宽和，不像波兰那样的受压，所以爱国思想趋重歌咏乡土，而怀慕古昔之情，也就自然而然的同时发生了。但到九十年代末，哀禾的著作便倾向于写实，与先前不同。"

作蔼夫达利阿谛思《库多沙非利斯》译后记一则，云："我译了著者的《凡该利斯和他的新年饼》之后，原想译他别的恋爱故事的，但是我的心里不知怎的总记念着那篇《库多沙非利斯》。我便暂时搁起，做了一点别的事，到今日拿起来看，终于觉得这一篇很好，所以终于将他译出，我望读者能够多少得点益处。著者原是医生，在他著作里很有几篇是记医生的见闻的，这篇里的叙事所以也是医生的口气。"

日记："士远、尹默、兼士、秩陵来谈。得雪村函。"

鲁迅本日寄周作人《东方杂志》《欧洲文艺复兴史》（蒋百里编撰）各一本、外文书三本，并有致周作人函："今日得信并译稿一篇。……《小说月报》也无甚好东西。百里的译文，短如羊尾，何其徒占一名也。"此函并抄译 Ernst Brausewetter《北方名家小说》（*Nordische Meisternovellen*）中论哀禾的文字与周作人。

8月

1日 译蔼夫达利阿谛思小说《伊伯拉亨》，并作译后记一则，云："蔼夫达利阿谛思（Argyris Ephtaliotis）生年事迹不详，但知其为医生，曾留学欧洲大陆。这一篇从英国劳斯（W. H. D. Rouse）译的《希腊诸岛的故事》中译出，原书一八九七年出版，云当时希腊文本尚未刊行，是从著者手稿翻译的。他虽然是爱国思想的作家，但仍是富于人情，描写希腊和土耳其人不分什么轻重，令人对于篇中的人物，一样的各自引起同情，这可以说是他的好处。"

日记："连日译イブテヒム，上午了。午往甘露旅馆赴士远、尹默招，下午六时返，稍困倦。得伏园天津函。"①

---

① イブテヒム即伊伯拉亨。

鲁迅本日日记:"晨寄孙伏园译稿二篇,二弟作。"

2日　在《晨报》第九○八号第七版发表译作《初恋》,署"希腊蔼夫达利阿谛思作,仲密译",次日续完,收入《现代小说译丛》(第一集)。

日记:"下午寄雪村函,大哥函……"

3日　日记:"(下午)得雁冰三十日函,寄张维周君函。"

沈雁冰本日致周作人函:"顷得卅日手示敬悉。刘半农先生稿件即请先生寄下王尔德的散文诗。不知此外还有何项佳作可以给《说报》,请先生酌寄。刘先生法国常住否?……新希腊小说已请人译出一篇,其余尚有多篇,拟择短者译之,今附上目录,先生已译的 Ephtaliotie 短篇请即寄下备十号用如何?因新希腊短篇集内的几篇,大概寓意不很好也。欧化国语讨论拟在九月号上辑集各方议论,先生的信便于此时一并登出。三十日寄上一信言十月号筹备事,想已寄到,捷克与波兰两篇论文,务请先生担任。"此函附言并谈及沈泽民下半年"拟改入北大的德文班。不知此班能否旁听?每星期科目如何?敢请先生便示一二,至为感激"。

4日　日记:"得《演说ニツ》一册、八月《日华公论》一册。寄士远、尹默片。"

郑振铎本日致周作人函:"……先生的病已痊愈,极慰! 但还须静养,不可多工作。……《文学旬刊》本为文学会一部分人所发起,用私人名义,与《时事新报》接洽的,等到接洽好,稿子却来得极少,只好在上海请几个人时常做些东西,所以内容非常不好。现在另封寄《旬刊》七张,尚有一与八期的,俟找到后即寄。尚望先生常常赐些零碎稿子来。……"①

5日　日记:"下午寄家信、武者君函,得子渊三十日函,遇兼士及夫人。"

6日　日记:"下午得雁冰三日函。"

鲁迅本日致周作人函:"得四日函俱悉,雁冰令我做新犹太事,实无异请庆老爷讲化学,可谓不届之至;捷克材料我尚有一点,但查看太费事,所以也不见得做也。译稿中有数误字我决不定,所以将原稿并疑问表附上,望改定原车带回,至于可想到者,则我已径自校正矣。……对于バンダン滑倒公不知拟用何文,我以为《无画之画帖》便佳,此后再添童话若干,便可出单行本矣","五日信并稿已到,我拟即于日内改定寄去,该号既于十月方出,何以如此之急急耶。脚短想比猾公较静,我以为《日华公论》文,不必大出力,而从缓亦可,因与脚短公说话甚难,易于出力不讨好也","他们翻译,似专注意于最新之书,所以略早出板的如レルモントフ,シユンキウエチ之类,便无人留意,也是维新维得太过之故。我这回拟译的两篇,一是 Vazov 的《Welko 的出征》,已经译了大半;一是 Minna Canth 的《疯姑娘》;Heikki 的《母亲死了的时候》因为有删节,所以不译也。"②

7日　日记:"寄雁冰函,得振铎四日函。"③

8日　在《晨报》第九一四号第五版发表译作《凡该利斯和他的新年饼》,署"希腊蔼

---

①　《文学旬刊》,1921年5月10日在上海创刊,附《时事新报》发行,创刊主编郑振铎。其于1922年5月22日第37期起,公开声明为文学研究会会定期刊物。1923年7月30日第81期起为第二卷,改名《文学》周刊,1925年5月10日第172期起改名《文学周报》,1929年12月23日出至第九卷第五期后休刊。

②　《鲁迅全集》第十一卷本函注释,"译稿"指周作人译哀禾《父亲拿洋灯回来的时候》,"五日信并稿"指周作人译蔼夫达利阿谛思《伊伯拉亨》,バンダン滑倒公指章锡琛(バンダン读若"邦当"),レルモントフ即莱蒙托夫,シユンキウエチ即显克微支。

③　从本月11日沈雁冰回函看,本日周氏寄沈氏函当谈及沈泽民北大德文班旁听事,并谈及拟成立文学讲演会事。

夫达利阿谛思作,仲密译",次日续完,收入《现代小说译丛》(第一集)。

日记:"上午译エフタリオチス,下午得《文学旬刊》七张。"

鲁迅本日日记:"午后代二弟寄何作霖译稿一篇。"

9日 译希腊作家蔼夫达利阿谛思小说《神父所孚罗纽斯》一篇,并作译后记一则,云:"蔼夫达利阿谛思(Argyris Ephtalictis)是希腊现代最大的小说家之一,曾在欧陆留学,本业医。这篇据英国劳斯(W. H. D. Rouse)的《希腊诸岛小说集》译出。我们读这一篇故事,不觉联想到二千多年前的谛阿克利多思(Theokritos)。他的描写物色,有如收获祭的那篇牧歌;神父的恋爱的苦甜,很有些类似愿化为胡蜂进阿玛吕利斯(Amaryllis)的岩室去的牧人和对月呵禁的魔术女(Marphakeutriä)。但是一样的悲哀,却没有那样的热烈了。侏儒(Punchinello)与舞姬之爱,我们在于俄(Hugo)及安兑尔然(Andersen)等的著作里,差不多看得很普通了,但这篇加上一个希腊的背景,又有别一种的情趣。著者是独立战争时代的人,所以富于爱国思想,而反抗异族的运动,即以怀慕古昔之情作根柢:这在被压迫的民族里,原是自然的趋势,如现代波兰和爱尔兰都是一例。在这篇里,所以怀古的思想也很丰富。但是革命精神的怀古,是一种破坏现状的方便,与对于改革而起的反动的保守的运动很不同,譬如布腊复活古语,貌似复古,其实却在驱逐闯入的土耳其语。中国革命以前的复古思潮也如此,与革命后的反动的复古完全是两样的;所以我们对于被压迫民族的怀古的思想要能客观的理解他,不可将他认作民族的传统精神。希腊民族的真精神,还是在于先代的异教的现世主义;劳斯在卷头的论文《在希腊诸岛》内说:'但没有运命女神,没有哈隆(Charon,渡人的魂灵到冥间之鬼),也没有疾病的恐怖,能够使希腊人忧郁。他应着必要尽力的工作,去得食物以活命。……希腊人将时常跳舞着,正如英国人高兴的时候,将唱一只滑稽歌一样。'"

日记:"上午译エフタリオチス了,下午寄雁冰函。"

鲁迅本日日记:"午后寄沈雁冰信附二弟译稿两篇,半农译稿一篇。"

10日 在《晨报》第九一六号第七版发表《小孩的委屈》,署名仲密,收入《谈虎集》。其中云:"小孩的委屈与女人的委屈,——这实在是人类文明上的大缺陷,大污点。从上古直到现在,还没有补偿的边缘,但是多谢学术思想的进步,理论上总算已经明白了","以前人们只承认男人是人,(连女人们都是这样想!)用他的标准来统治人类,于是女人与小孩的委屈,当然是不能免了。"

在《小说月报》第十二卷第八号发表译作《燕子与蝴蝶》《影》两篇,分别署"波兰戈木列支奇著,周作人译"、"波兰普路斯著,周作人译",皆收入《现代小说译丛》(第一集)。

11日 沈雁冰本日致周作人函:"……文学研究会分子只限对于文学有研究者,实际似狭一点;先生拟设一会之办法,极端赞成,财力不怕不足,就只怕少人。我想北京一定可以先举办一个讲演会(北京人也多些),就把讲演稿作为讲义,分发远处,似尚易行。《小说月报》投稿者亦常便问种种文学上的常识话头,又有特写信来问有什么中文本书可看者,……如北京能成立文学讲演会,则讲义印刷一事,商务定可办到。上海举行此会,很不容易,因上海漫骂之报纸太多,《晶报》常与《小说月报》开玩笑,我们要办他事,更成功少而笑骂多;且上海同人太少,力量亦不及","捷克材料缺乏,只好付缺。先生所云Mijatovitch之书乃塞尔维亚。我前信误写,前日记起,急函先生说明,故有'仍请先生任之'一语;今当从先生之说不如缺之。鲁迅先生说'像文学史上的一页,未必有益于国人',真痛快,彻底讲来,自是小说有影响于人心,文学史仅仅为研究者参考,但总觉这'声子的耳朵',不能忍得舍去。据实说,《小说月报》读者一千人中至少有九百人不欲看论文。(他们来信骂的亦骂论文,说不能供他们消遣了!)"

12日 在《晨报》第九一八号第七版发表译作《库多沙非利斯》①,署"蔼夫达利阿谛思作,仲密译",次日续完,收入《现代小说译丛》(第一集)。

日记:"得雁冰九日函。"

鲁迅本日日记:"晚得二弟信并译稿一篇,《文艺旬刊》一帖。"

13日 日记:"复习第一希腊书,今日了。"

鲁迅本日日记:"午以昨稿寄东方杂志社。复沈雁冰信。"

14日 日记:"下午得雁冰十一日函。"

15日 译英国学者劳斯编译《希腊岛小说集》的序文《在希腊诸岛》。

日记:"上午六时山本及永井来诊。……连日译《希腊岛小说集》序,今日了。"

16日 作《在希腊诸岛》译后记一则,云:"这篇本是劳斯(W.H.D.Rouse)所译《希腊岛小说集》的序文,因为他说新希腊的人情风土很是简要有趣,可以独立,所以我将他译出了。劳斯是研究古代希腊文学的,他在英国编订的希腊古典著作颇多。他作这篇文章还在一八九七年,但我们可以相信希腊现在大略也是如此,因为二三十年的时日,在民族文化的变化上是毫无影响的,虽然在都市上可以造成多少今昔的差异。希腊自六世纪以后,叠经斯拉夫民族的混入,十五世纪又受土耳其的并吞,但国民思想却仍然是希腊的,'有阿美洛思时代的风气余留着'。我们并不以为这样那样是国粹,可以怎么宝贵,不过因为民族的殊异的文化是个人与社会的遗传的结果,是自然而且当然的,我们如要知道一国的艺术作品,便有知道这特异的民众文化的必要。一个人的思想艺术无论怎样的杰出,但是无形中总受着他的民族的总文化的影响,——利益或是限制。这是一个不可否认的事实,所以我们不可看轻他;但若过于推重,如爱尔兰诗人雅支(W. B. Yeats)将他所记的民俗题名曰《开耳忒的微光》(*The Celtic Twilight*),却也觉得太过了。希腊是古代诸文明的总汇,又是现代诸文明的来源;无论科学哲学文学美术,推究上去无一不与他有重大的关系。中国的文明差不多是孤立的,也没有这样长远的发展。但民族的古老,历史上历受外族的压迫,宗教的多神崇拜,都很相像;可是两方面的成绩却大有异。就文学而论,中国历来只讲文术而少文艺,只有一部《离骚》,那丰富的想象,热烈的情调,可以同希腊古典著作相比,其余便无可称道。中国的神话,除了《九歌》以外,一向不曾受过艺术化,所以流传在现代民间,也不能发出一朵艺术的小花。我们并不以为这多神思想的传统于艺术是必要的,但是这为原始艺术根源的圣井尚且如此浑浊枯竭了,其他的情绪的干枯也就可以想见,于文艺的发生怎能没有关系呢。中国现在文艺的根芽,来自异域,这原是当然的;但种在这古国里,吸收了特殊的土味与空气,将来开出怎样的花来,实在是很可注意的事。希腊的民俗研究,可以使我们了解希腊古今的文学;若在中国想建设国民文学,表现大多数民众的性情生活,本国的民俗研究也是必要,这虽然是人类学范围内的学问,却于文学有极重要的关系。"

日记:"下午得雁冰十三日函,寄函,又家信,又孔德校王君函。"

17日 译《希腊的挽歌》一首,并作译后记一则,云:"这首歌据英人洛生(Lawson)著《现代希腊民俗与古代希腊宗教》中所引译出。哈罗斯(Charos)即古神话里的哈隆,是死

---

① 按,8月12日《晨报》初刊时标题漏字,作《库多沙非斯》,次日续刊时即作《库多沙非利斯》。

之主者,率引死人往冥土去。"

日记:"乔风来,下午五时去。"鲁迅本日日记:"得子佩信并《新青年》一册。……晚得二弟信并译稿一篇。"

鲁迅本日致周作人函:"老三回来,收到信并《在希腊岛》,我想这登《晨报》,固然可惜,但《东方》也头里忒罗卜,不如仍以《小说月报》的被压民族号为宜,因其中有新希腊小说也。或者与你的《波兰文观》同时寄去可耳。你译エフタリオチス小说已多,若将文言的两篇改译,殆已可出全本耶?子佩代买来《新青年》九の一一本(便中当带上),据云九の二亦已出,而只有一本为分馆买之,拟尚托出往寻。每书坊中殆必不止一本,而不肯多拿出者,盖防侦探,虑其一起拿去也。九ノ一后(编辑室杂记)有云:本社社员某人因患肋膜炎不能执笔我们很希望他早日痊愈本志次期就能登出他的著作。我想:你也不能不给他作或译了,否则《说报》之类中太多,而于此没有,也不甚好。我想:老三于显克微支不甚有趣味,不如不译,而由你选译之,现在可登《新青年》,将来可出单行本。老三不如再弄他所崇拜之Sologub也。……我译Vazov,M.Canth各一篇已成,现与齐寿山校对,大约本星期中可腾[誊]清耳。"①

18日 译波兰作家推忒玛耶尔小说《故事》一篇。

日记:"译テトマエル小品了。寄家信,尹默片。"

胡适本日致周作人函:"你近来怎样了?我希望你已完全恢复你的健康了。你的兄弟建人的事,商务已答应请他来帮忙,但月薪只有六十元,不太少否?如他愿就此事,请他即来。来时可到宝山路商务编译所寻高梦旦先生与钱经宇先生(《东方》主任,此事之成,钱君之力为多)。"

19日 作《故事》译后记一则,云:"推忒玛耶尔(K. Tetmajr)是波兰现代的诗人,他的诗最能表出现代人对于不可得的幸福的悲哀的怀慕。这篇小品收在德国巴音(K. Bein)博士的世界语《波兰文选》里,现在即据此本译出。宙斯在希腊神话里是宇宙大神,因为他能手发辟雷,所以称作投雷者;他的宫殿在阿林坡思山上。潘是山林牛羊之神,容貌丑陋羊脚而有角。在本篇内,神话的分子本来不很重要,不过顺便说明一句罢了。"

日记:"下午得大哥函。"

20日 在《晨报》第九二六号第七版发表译诗《希腊的挽歌》,署名仲密,收入《陀螺》。

作《杂译日本诗三十首》题记一则,云:"今年春间卧病,偶看日本诗,译出若干首,近时转地疗养来西山中,始能整理录出,并加入旧译数则,共十三人,诗三十首。这并不是正式的选粹,只是随意抄译;有许多好诗,因为译语不惬意,不能收入,所以仍旧题作杂译诗。"

《杂译日本诗三十首》刊《新青年》第九卷第四号,署名周作人,收入《陀螺》,内含石川啄木5首(《无结果的议论之后》《科科的一瓢》《激论》《旧的提包》《飞机》)、与谢野晶子1首(《野草》)、千家元麿6首(《苍蝇》《军队》《草叶》《卖纳豆的女人》《他》《小诗》)、武者小路实笃1首(《诗》)、横井国三郎1首(《小儿》)、野口米次郎1首(《小曲》)、冈田哲藏1首(《诗匠》)、堀口大学3首(《重荷》《故乡》《叹息》)、北原白秋2首(《望火台》

---

① 《鲁迅全集》第十一卷本函注释:"新希腊小说"指《伊伯拉亨》、《波兰文观》指周作人译《近代波兰文学观》、エフタリオチス即蔼夫达利阿谛思、Vazov,M.Canth指伐佐夫的《战争中的威尔珂》和明娜·康特的《疯姑娘》。

《凤仙花》)、木下杢太郎 4 首(《路上》《睡醒》《刳青》《石竹花》)、生田春月 2 首(《小悲剧》《燕子》)、奥荣一 2 首(《鸽子》《写信问母亲索钱的晚上》)、西村阳吉 1 首(《中产阶级》)。《新青年》该期出刊日期标 1921 年 8 月 1 日,实际延误甚久。

译日本作家志贺直哉小说《清兵卫与壶卢》,并作译后记一则,云:"志贺直哉(Shiga Naoya)一八八三年生,他的小说,有《到网走去》一篇经我译出,登在本年三月的《小说月报》上,①附有一点评论,所以现在不重说了。这一篇原本,收在他的第二小说集《大津顺吉》里。近出的一卷《荒绢》,是他的第四集了。"

日记:"近日译志贺小说,上午了。"

21 日　日记:"上午大哥来,下午山本来诊。"

22 日　日记:"寄雁冰、振铎函。"

24 日　译完波兰学者诃勒温斯奇著《近代波兰文学概观》。

日记:"连日译文,今日了。"

25 日　作《近代波兰文学概观》译后记一则,云:"这一篇原是诃勒温斯奇(Jan de Holewinski)所著《波兰文学史略》的第五章,原题《自一八六三年革命至现时的波兰文学》。原书系用英文所著,一九一六年初版,为波兰报告委员会所刊行的甲种丛书之一。"

鲁迅本日致周作人函:"廿三日信已到。……我译カテセク《斯拉夫文学史》译得要命了,出力多而成绩恶,可谓黄胖搿年糕,但既动手,也不便放下,只好译下去,名词一纸,望注回。你为《新青年》译イバネヅ也好,其实我以为ゴーゴル,显克ヴェチ等也都好,雁冰他们太骛新了。……《或日ノ一休》略翻诸书未见,或其新作乎? 我们选译日本小说,即以此为据,不知好否? ……我们此后译作,每月似只能《新》,《小》,《晨》各一篇,以免果有不均之诮。《新》九の二已出,今附上,无甚可观,惟独秀随感究竟爽快耳。《支那学》不来,大约不送矣,尹默说,青木派亦似有点谬。"②

26 日　日记:"上午信子来,士远、尹默偕张凤举君(黄)来访,五人同往甘露午餐。买《万松言善录》一册。……得武者君十六日函、尹默函。"③

鲁迅本日日记:"晚得二弟文稿一篇。"

27 日　日记:"寄大哥函,得乔风函。"

28 日　作日文诗《小供への祈リ》一首,后译为国语,题《对于小孩的祈祷》。日文诗及 30 日所作日文散文,系因武者小路实笃约稿而作,诗刊《生长的星之群》第一卷第七号。

日记:"下午仲侃、承澋二君来访,……寄大阪山本君函。晚作一首,十四行,系初次

---

① 按,周译《到网走去》刊《小说月报》第十二卷第四号,时在本年 4 月。
② カテセク,捷克作家凯拉绥克(1871—1951);イバネヅ,西班牙作家伊巴涅支(1867—1928);ゴーゴル,果戈理。
③ 《万松野人言善录》,英敛之(1867—1926,名华,字敛之,号万松野人,满族正红旗,1902 年在天津创办《大公报》)撰,是宣传天主教教理的文集。周作人《山中杂信(六)》:"我在甘露旅馆买了一本《万松野人言善录》,……我老实说,对于英先生的议论未能完全赞同,但因此引起我陈年的感慨,觉得要一新中国的人心,基督教实在是很适宜的。极少数的人能够以科学艺术或社会的运动去替代他宗教的要求,但在大多数是不可能的。我想最好便以能容受科学的一神教把中国现在的野蛮残忍的多神——其实是拜物——教打倒,民智的发达才有点希望。不过有两大条件,要紧紧的守住:其一是这新宗教的神切不可与旧的神的观念去同化,以致变成一个西装的玉皇大帝;其二是切不可造成教阀,去妨害自由思想的发达。"张凤举(1895—1986),名黄,字定黄,江西南昌人,1922 年起任北大国文系教授。

之尝试也。"

鲁迅本日日记:"代二弟发寄李守常信。"

29日 拟《现代日本小说集》篇目与鲁迅商议。

日记:"得仲甫函,……寄长岛君函。"

鲁迅本日日记:"晚三弟回自西山,得二弟信并稿一篇,说目一枚,夜复。寄沈尹默《新村》七册,代二弟发。"①

鲁迅本日致周作人函:"老三来,接到稿并信,仲甫信件当于明日寄去矣。我大为捷克所害,'黄胖搚年糕''头里忒罗卜'悔之无及,但既已动手,只得译之。雁冰译南罗达作之按语,译著作家Céch作珊区,可谓粗心。《日本小说集》目如此已甚好,但似尚可推出数人数篇,如加能;又佐藤春夫似尚应添一篇别的也。张黄今天来,大菲薄谷崎润一,大约意见与我辈差不多,又大恶数泡メイ。而亦不满夏目,以其太低徊云。"

30日 以日文作《一个乡民的死》《卖汽水的人》两篇,刊《生长的星之群》第一卷第九号。

日记:"上午以日文作小品二首,拟与《星ノ群》。下午寄家信,又仲甫函。"

鲁迅本日日记:"上午李宗武寄来《夜アケ前ノ歌》一册。下午寄陈仲甫信并二弟文一篇,半农文二篇。寄沈雁冰信并文二篇,又二弟文二篇。"

鲁迅本日致周作人函:"大打特打之盲诗人之著作已到,今呈阅。虽略露骨,但似尚佳,我尚未及细看也。如此著作,我亦不觉其危险之至,何至于兴师动众而驱逐之乎?我或将来译之,亦未可定。捷克文有数个原字(大约近似俄文)如此译法,不知好否?汝或能有助言也。"②

胡适本日致周作人函:"今天得你十五日的信(此信半个月始到),谈起令弟的事。这事我十几日前已有信给你,托孙伏园转交,不知此信曾寄到否?……你病后,千万不要太劳。我看见你又已动手大译小说了,故作此忠告。我想你们兄弟做的小说已可以成一集,可否汇集起来,交'世界丛书社'出版?又《点滴》以后,你译的小说也不少了,我希望你能把这一集交世界丛书社出版。《点滴》排印错误太多,殊使人失望。商务印刷,可无此病。此两事,确系我替你的身体计的。此两事皆不须你自己劳心力,并且可得较好的酬报,并且于读者大有益。千万回我一信。"

31日 日记:"上午抄小文了。……得《夜明ケ前ノ歌》一册。下午风,寄雁冰函,得来函并《妇女评论》三枚,又大哥函。"

鲁迅本日日记:"晨得沈雁冰信。……寄二弟信,下午得复。"

9月

1日 在《晨报》第九三八号第七版发表《买药》,署名仲密,收入《谈虎集》。

日记:"寄武者君稿。"

2日 译西班牙作家伊巴涅支小说《颠狗病》;周建人赴上海商务印书馆就职。

日记:"连日译イバニエズ,下午了。……得乔风函,云今日往上海。"

顾颉刚本日日记:"兼士先生谓周启明先生卧病碧云寺,恐系肺病。医禁其看书,而

---

① 《鲁迅全集》第十五卷该条注"说目"云:"指与周作人合作编译的《现代日本小说集》拟收作品篇目。鲁迅又建议增补。"

② 《鲁迅全集》第十五卷注"盲诗人之著作"云:"指爱罗先珂的童话集《天明前的歌》。"

彼不能。又谓周豫才评圣陶小说,谓无论看什么东西,便是一颗白菜,也看出大道理来。盖不满之辞也。"

3日 作《山中杂信(六)》。

日记:"寄武者君函。晚寿山君来,带来《净土十要》四本。"

鲁迅本日致周作人函:"今因寿山先生到西山之便,先寄上《净土十要》一部,笔三支,《妇女杂志》八号尚未到。"①

鲁迅本日日记:"上午往卧佛寺买《净土十要》一部,一元二角。午后齐寿山往西山,托寄二弟《净土十要》一部,笔三支并信。"

郑振铎本日致周作人函:"两次来信并稿子一篇均拜读了。……《小学校里的文学》一书,是我要借的,因为编《儿童世界》(一种儿童文学的杂志)要参考,便时请先生检出寄下","《文学旬刊》不得不尽力从攻击方面做去,《小说月报》出版太迟缓,不便多发表攻击的文章,而现在迷惑的人太多,又急需这种激烈的药品,所以我们都想把《旬刊》如此的做去,但同志做文的太少,奋斗的力量总觉得不充足","上海现在的黑幕书愈出愈多,专做黑幕生意的书铺又开了几间,新文学运动的效果未见,……这种以小说为消遣的习惯,不知已相袭有多少年了,前一二年的黑幕书的沉寂,不过是暂时的现象,现在我们提倡文学的重要,他们更趁机复活起来了,他们无论做什么事情本来是没有目的的,他们的目的便是金钱,译安特来夫与作艳体小说,消遣的黑幕的小说是一样的","近来创作界出产品虽多,好的却极少,鲁迅君的《故乡》可以算是最好的作品,其余如冰心、圣陶,似乎都稍不如前。圣陶作品最近转入讥讽一流,我劝他变更方向,他也以为然。冰心太纤巧,太造作,在《晨报》上的浪漫谈,更显出雕凿的斧痕,远不如她初作的动人。日人某君,在《读卖新闻》上,有一篇批评中国创作的文字,骂得很利害,尽力讥笑中国现在的创作是平凡的,做作的,不是写实的,能动人的。可见这种观察是人人所同了。"郑氏此处提供的《读卖新闻》上的批评,后来很触动周作人,曾委托鲁迅查阅《读卖新闻》上的批评原文(见鲁迅9月11日致周作人函),并萌生将中国新文学作品译介给日文读者的想法(参见本谱1922年5月28日条)。

4日 鲁迅本日致周作人函,婉拒胡适8月30日致周作人函中建议,但《现代日本小说集》《现代小说译丛》两册后仍列入"世界丛书"出版:"某君之《西班牙主潮》送上。《小说月报》前六本尚在季市处,倘某君书中无伊巴ネヅ生年,则只能向图书馆查之,因季市足疾久未到部也。……胡适之有信来(此信未封,可笑!),今送上。据说则尚有一信,孙公藏而居于浦镇也。彼欲印我辈小说,我想我之所作于《世界丛书》不宜,而我们之译品,则尚太无片段,且多已豫约,所以只能将来别译与之耳。《时事新报》乞文,我以为可以不应酬也。捷克罗卜,已于今日勉强忒完,无甚意味,所以也不寄阅,雁冰又曾约我讲小露西亚,我实在已无此勇气矣。"

鲁迅本日日记:"夜得二弟信并稿一篇。"

5日 作《病中的诗》小引一则,系对4月17日《小引》的增补,云:"原诗计六首,现在又添上了首尾的两首,一总八篇。第八首本为日本的杂志《生长的星之群》而作;武者小路君替他们所办的这杂志来要材料,我译了几首诗,又新作了这一首寄去。现在译出,便附在这后面。"

---

① 《净土十要》,(明)智旭(1599—1655,字蕅益,俗姓钟,江苏吴县人,被尊为净土宗九祖)编,共十卷。

作《颠狗病》译后记一则,云:"伊巴涅支(Vicente Blasco Ibanez)是西班牙现代的文人,现年五十余岁,关于他的生活沈雁冰君有一篇评传,登在今年《小说月报》上,这里不重说了。伊巴涅支最著名的著作是《启示录里的四骑手》(Los Cuatro Jinetes del Apocalipsis),关于欧战的一部长篇小说。现在这一篇原文在他小说集《月女》(Luna Benamor)里边,据戈耳特堡(Isaac Goldberg)博士英译本译出。这是他描写故乡伐伦契亚生活的作品之一。美国福特(J. D. M. Ford)教授在《西班牙文学的主流》里批评这些作品说,'没有一点愉快的事物来减轻这些图画上悬著的阴暗;他是这样的一个画家,专将阴影和悲苦的景色移到画布上,不取那些含有光明与喜悦的。但他是一个有确实的技艺的艺术家,虽然他的材料和色彩的选择只能显出一个凄厉的印象。'我们读这一篇也可以看出这特质,只是他虽然'过于喜欢左拉(Zola)的技工',但他又是社会的宣传家,因此他的著作于自然派的气息以外很有理想派的倾向了。"

新诗《病中的诗》《山居杂诗》及译作《颠狗病》皆刊《新青年》第九卷第五号。《病中的诗》含《梦想者的悲哀》《过去的生命》《中国人的悲哀》《歧路》《苍蝇》《小孩》《小孩(一)(二)》《对于小孩的祈祷》八首,署名周作人,收入《过去的生命》;《山居杂诗》共七首,署名周作人,收入《过去的生命》;《颠狗病》署"西班牙伊巴涅支作,周作人译",收入《空大鼓》。① 这是周作人在《新青年》的最后一次发表。

日记:"得适之函,时事新报馆函。"

鲁迅本日日记:"上午往大学代二弟取薪水。……晚得二弟信并稿一篇。"

6日 在《晨报》第九四三号第七版发表《山中杂信(六)》,署名仲密,收入《雨天的书》。其中云:"我的思想实在混乱极了,对于许多问题都要思索,却又一样的没有归结,因此觉得要说的话虽多,但不知道怎样说才好。现在决心放任,并不硬要统一,姑且看书消遣,这倒也还罢了。"

日记:"寄适之、雪村函,得雁冰廿二日函。"

7日 日记:"连日校乔风译文,上午了。……得汪静之君三日函、振铎三十日函、尹默函,寄武者君函、伏园函。"②

8日 日记:"寄振铎、静之、伏园函,又家信。得雁冰寄《新希腊小说集》第一本、伏园函(附适之函)。"

鲁迅本日致周作人函:"イバネヅ的生年,《小说月报》中亦无,且并'五十余岁'之说而无之。此公大寿,盖尚未为史家所知,跋中已改为'现年五十余岁'矣。……光典信附上,因为信面上还有'如在西山赶紧转寄'等等急煞活煞的话。现代少年胜手而且我侭,真令人闭口也。署签'断乎不可'!我看你译小说,还可以随便流畅一点(我实在有点好讲声调的弊病),前回的《炭画》生硬,其实不必接他,从新起头亦可也。"光典,邰光典,《鲁迅全集》第十一卷该篇注释:"当时他因准备筹办《妇女之桥》函请周作人寄稿和题刊头

---

① 《新青年》第九卷第五号出版日期标"一九二一年九月一日",实际延误甚久(其选录《觉悟》的《共产主义与基尔特社会主义》一文的标注时间已在1921年11月11日,而《觉悟》1922年3月2日又有《新青年》该期出刊消息,故其实际出刊日期当在1922年2月底3月初,以此本谱将本期周氏发表信息系于写此《小引》与《译后记》的条目之下。其中《山居杂诗》第一、二、三篇的写作日期,《新青年》发表时作"一九二一年八月十日",当系排印错误,实际应为1921年6月10日;第四篇写作日期只标"月十七日晚",系漏字,应为"六月十七日晚"。

② 汪静之(1902—1996,原名立安,字静之,安徽绩溪人),1922年3月与应修人、潘漠华、冯雪峰等在杭州组织湖畔诗社。

(故鲁迅下有'署签"断乎不可"'语)。"

鲁迅本日所附邵光典致周作人函:"我们现在集和几个同志,取义先生翻译那篇《沙漠间的三个梦》;出版一种定期间刊物,叫《妇女之桥》。不过我们几个人,人微言轻,很难得社会的相信;很想先生能在最近一礼拜中,——赶得及第一期付印——赐寄一点短文,或诗歌;有关于妇女问题者。不然,能由你署一个签,也好。从那方面说,想你也不至于拒绝罢。我们将来的趋向,很想在文艺方面注意;来日方长,借重于先生之处也正多哪。"

9日 译完铃木三重吉小说《金鱼》。

日记:"连日译铃木三重吉小说,今日了。寄雁冰函,又遏先函。"

10日 在《小说月报》第十二卷第九号发表译作《二草原》、关于语体文欧化的通信及周建人译《犹太人》跋语一则。《二草原》署"波兰显克微支著,周作人译",收入《现代小说译丛》(第一集);《犹太人》跋语署名周作人;关于语体文欧化的通信即周氏本年7月30日致《小说月报》记者函,署名周作人。

在《文学旬刊》第十三号发表译作《故事》,署"波兰推式玛耶尔作,仲密译"。

在《东方杂志》第十八卷第十七号发表译作《神父所孚罗纽斯》,署"希腊蔼夫达利阿谛思著,周作人",收入《现代小说译丛》(第一集)。

作《金鱼》译后记一则,云:"铃木三重吉(Suzuki Miekichi)是夏目漱石(Natsume Soseki)的弟子。漱石在二十世纪初年日本自然主义最盛的时候,提倡他的低徊趣味的文学,独立一派,可以说是新古典主义。三重吉从他受业,但并不是低徊派,同时也便不是自然派了。派别原是不易定的,有人称他为理想派,不过聊以别于他派罢了。他最擅长描写男子的对于理想的女人的追求与幻灭的悲哀,又写少年时代传奇的情绪也很美妙,如《栎》《黑血》《鸟》及长篇《小鸟的巢》都是。现在所译的这一篇,收在他小说集第八卷《金鱼》(Kingyo,1915)里,是他得意著作之一。今年土岐哀果编罗马字的日本小说集,请各作家自选一篇,三重吉的便是这《金鱼》。三重吉的文章非常优美,因此不容易译。他又有特别的修辞,如青的雨,黑的心情之类,是他的一种特色,现在都仍沿用,因为不好去更改他,以致失了原有的趣味。"

日记:"上午往寺外访孟余,……寄家信,又适之函,得大哥函。"

鲁迅本日日记:"寄陈仲甫稿二篇,又郑振铎书一本,皆代二弟发。"

11日 日记:"上午孟余来谈,下午山本同永井来诊。寄伏园、光典函。"

鲁迅本日致周作人函:"你的诗和伊巴涅支小说,已寄去。……现在译好一篇エロ君之《沼ノホトリ》拟予孙公,此后则译《狭ノ笼》可予仲甫。你译的'清兵卫卜胡盧'当给孙公否,见告。……批评中国创作,《读卖》中似无之,我从五至七月皆翻过(内中自然有缺)皆不见,重君亦不记得,或别种报上之文乎?"①

13日 将前以日文所作之《西山小品》(《一个乡民的死》《卖汽水的人》)译回中文。

日记:"寄伏园函,抄译前作《西山小品》了。得乔风上海函、伏园函、女高师陈君函。"

14日 译《希腊的挽歌》三则,并作附记一则,云:"这三首歌表面上虽然不同,——

---

① "你的诗"据《鲁迅全集》第十一卷本函注释,指《病中的诗》和《山居杂诗》,后皆刊《新青年》第九卷第五号。鲁迅查《读卖新闻》,当系周作人因有感于郑振铎9月3日函中提及"日人某君"对中国新文学创作的批评而委托鲁迅查阅也。

一是老人,二是母亲悼女儿,三是悼儿子的,——但有一个中心思想,便是将死与结婚并在一处。这个思想起源于宗教上的神人合一的希望,成为希腊古代秘密宗的奥义,经了新柏拉图派的醇化,愈益高上,流入欧洲造成后来的神秘主义。在现代希腊民间,这是一种活的思想,但是没有抽象的意义,所以仍然沿了古代密宗的譬喻,将死与结婚合成一物,以为现世的死便是彼世的结婚。俗语有一句话,'哀中有喜,乐中有泪',很能表示出他们对于结婚与死两件事的意见。因为希腊结婚还沿用著三千年前的媒婆制,女人全然是家庭的奴隶,所以下半句是那样的说。九月十四日记。"

15日 为汪静之诗集作序。

日记:"寄乔风、伏园、静之函,作汪君诗序一篇。"

16日 刘半农本日致周作人函:"你病中写给我的信收到了。……离伦敦时寄给你几首诗,你见了么?如今又有几首,另纸写寄。还有几首旧体诗,是做了顽儿的。你若是说:'这是半农复古之征',那就冤枉了。……仲甫可恶,寄他许多诗,他都不登,偏把一首顶坏的《伦敦》登出。……"

17日 日记:"得乔风十三日寄《教育杂志》一册。"

鲁迅本日致周作人函,讨论《现代日本小说集》选目:"查武者小路的《或日ノ一休》系戏剧,于我辈之小说集不合,尚须别寻之。此次改定之《日本小说》目录,既然如此删汰,则我以为漱石只须一篇《一夜》,鸥外亦可减去其一,但《沉默之塔》太轻ィ,当别译;而若嫌页数太少,则增加别人著作(如武者,有岛之类)可也。该书自然以今年出版为合,但不知来得及否耳。"

18日 在《晨报》第九五四号第七版发表译作《希腊的挽歌》三首,署名仲密,收入《陀螺》;又刊1921年10月4日《民国日报·觉悟》。

日记:"(下午)得女师函、大哥函,性远和尚来访。"

19日 译日本作家长与善郎小说。

日记:"连日译长与小说,下午了。……得雪村函。"

鲁迅本日日记:"晚得二弟信并稿三篇。"

20日 在《晨报》第九五六号第五版发表译作《清兵卫与壶卢》,署"日本志贺直哉作,仲密译",22日续完,收入《现代日本小说集》;又刊1921年9月26日《民国日报·觉悟》。

日记:"下午打电话至家,约后日回去。得武者君十四日片,寄大哥、乔风、子渊、伏园函。"

21日 结束碧云寺疗养,回家。

日记:"下午齐坤来,六时后山本及永井来诊,同乘自动车回家,已七时半矣。得张维周君函,《生长する星の群》一册。"

沈雁冰本日致周作人函:"两信奉悉。《伊伯拉亨》一篇之后即排《在希腊诸岛》而低一字;本想托人把法文杂志中一个《希腊文学近信》译出,也放进这号里,但如今已来不及,又兼稿子已足,可以敷衍过去了","如今人反对新文学,未必全是看不懂欧化的语体文之故,实在恐怕也因为未明近代思想大概情形的缘故。……他们看《说报》,一则可以消闲,二则可以学点滥调","《小说月报》出了八期,一点好影响没有,却引起了特别的意外的反动,发生许多对于个人的无谓的攻击"。

22日 在《晨报》第九五八号第七版发表《感慨》,署名仲密,收入《谈虎集》。

23日 在《晨报》第九五九号第七版发表《国语》,署名仲密。

日记:"上午得乔风十九日片、伏园附仲澥函。……得实业之日本社寄《小唄传说集》一册,横滨支部片。"

24日 日记:"上午得遏先函、雁冰廿一日快信。托重君取丸善十日小包,内プラトン等二册。……下午得九月分《新しき村》五册。……寄瞿、张二君函。"

本日周氏得书:《ローマ字書き小説集》(土岐哀果编)、《ソクラテスの辯解》(久保、阿部译)。

25日 日记:"上午得振铎廿二日函。"

26日 日记:"上午寄静之函,得仲甫廿二日上海函。下午寄仲甫函,稿三件,乔风函。伏园来谈,……得守常函。"

鲁迅本日日记:"寄陈仲甫信并二弟、三弟稿及自译稿各一篇。"

《李大钊全集》第五卷收李大钊1921年9月下旬致周作人函一通,或即周氏本日收阅者,云:"你的病好了么?前次你给我写信,问仲甫的通信处,我那时亦跑在昌黎山中去了,所以未曾答你。今天接他的信,知道他已回沪,仍住渔阳里二号,有稿即寄这个地方罢。"

27日 日记:"上午寄振铎函、伏园函。"

29日 在《晨报》第九六五号第七版发表《新希腊与中国》,署名仲密,收入《谈虎集》。其中云:"近来无事,略看关于新希腊的文艺和宗教思想的书,觉得很有点与中国相像。第一是狭隘的乡土观念。……第二是争权。……第三是守旧。……第四是欺诈。……第五是多神的迷信。"

10月

1日 在《妇女杂志》第七卷第十号发表《欧洲古代文学上的妇女观》(续第四号),即本文之第三节,署名周作人,收入《艺术与生活》。

在《新潮》第三卷第一号发表译作《蔷薇花》《热狂的小孩们》,皆署"日本千家元麿著,周作人译",《蔷薇花》收入《现代日本小说集》。同期并刊发为潘垂统小说《贵生与他的牛》、穆敬熙译作《自私的巨人》所写的编辑按语各一则,署名周作人。[①]

日记:"(上午)得子渊、丸山、玄同函,士远、伏园,山口、福永君片,属写字。下午伏园来谈,饭后去。"

孙伏园本日致周作人函,谈及《晨报》的扩版:"无意中在包书纸里得到几页满汉孟子,特附一页呈阅。先生或要笑我太眼光气浅罢。《晨报》想扩篇幅了,前天致豫才先生一信不知收到否,写范爱农的一篇如不给《时事新》则可给《晨》。"

顾颉刚本日致孙伏园函:"……我想我们的会要不要等启明先生全愈后再开罢?他说,'你们开会的结果,反正没有不赞成的',这句话颇有些不负责任。要是大家存了这般心思,还开什么会呢。研究所正在筹备成立,使我非常忙迫,我再没有时间顾到自己的事和新潮社的事。使我非常抱歉。"

3日 译日本作家有岛武郎小说《潮雾》。此篇《东方杂志》发表时附有译后记一则

[①] 按,这期《新潮》的出刊事实上也有延期。1921年10月12日《晨报副镌》第四版有《新潮社紧要启事》,内有"新潮第三卷第一号准于三星期内出版,绝不再延"消息,此《启事》直至10月31日一直刊登;而周作人11月2日日记则有"下午得《新潮》五本"的记载,是则其实际出刊时间当在10月底。

（未署写作日期），云："有岛武郎（Arishima Takeö）生于一八七七年，[①]本学农，留学英国。一九一〇年顷，杂志《白桦》发刊，有岛寄稿其中，渐为世间所知，历年编集作品为《有岛武郎著作集》，至今已出到第十三辑了。这一篇当初载在东京《时事新报》上，又收在《白桦之森》里，其后编入《著作集》第七辑。关于他的创作的要求与态度，他在《著作集》第十一辑里，有一篇《四件事》的文章，略有说明。他说，——'第一，我因为寂寞所以创作。在我的周围，习惯与传说，时间与空间，筑了十重二十重的墙，有时候觉得几乎要气闭了。[但是]从那威严而且高大的墙的隙间，时时[望见]惊心动魄般的生活或自然，忽隐忽现。得见这个的时候的惊喜，与看不见这个了的时候的寂寞，与分明的觉到这看不见了的东西决不能再在自己面前出现了的时候的寂寞呵！在这时候，能够将这看不见了的东西确实的还我，确实的纯粹的还我者，除艺术之外再没有别的了。我从幼小的时候，不知不识的住在这境地里。那便取了所谓文学的形式。第二，我因为爱着，所以创作。这或者听去似乎是高慢的话。但是生为人间而不爱者，一个都没有。无因了爱而收入的若干的生活的人，也是一个都没有。这个生活，常从一个人的胸中，想尽量的扩充到多人的胸中去，我是被这扩充性所克服了。爱者不得不怀孕。怀孕者不得不产生。有时[产生]活的小儿，有时死的小儿，有时双生儿，有时月份不足的儿，而且有时母体自身的死。第三，我因为欲爱，所以创作。我的爱被那想要如实的攫住在墙的那边隐现着的生活或自然的冲动所驱使。因此我尽量的高揭我的旗帜，尽量的力挥我的手巾。这个信号被人家接应的机会，自然是不多。在我这样孤独的性格，更自然不多了。但是两回也罢，一回也罢，我如能够发见我的信号被人家的没有错误的信号所接应，我的生活便达于幸福的绝顶了。为想要遇着这喜悦的缘故，[所以创作的。]第四，我又因为欲鞭策自己的生活，所以创作。如何蠢笨而且缺向上性的我的生活呵！我厌了这个了。应该蜕弃的壳，在我已有几个了。我的作品做了鞭策，严重的给我抽打那顽固的壳。我愿我的生活因了作品而得改造！'"

日记："连日译有岛，上午了。往大学，同幼渔、玄同闲谈，以《域外》一册送蔡先生。午返，收《晨报》来洋八元半。"

钱玄同本日日记："上午十一时至第一院晤周启明，我和他尚未见过，他的病（肋膜炎）现在好了，双十节以后可以上课了。他给我看一部用罗马字拼日本语的小说，写得很好看，因此更动我制造拼音新汉文的兴味。"

4日　日记："上午得乔风一日函，伏园函，即复。寄振铎函。"

5日　日记："（上午）往日邮局取丸善支店小包，内《文艺史论》等三册。至大学交印花千枚，午返。下午阅书。"

周氏本日得书：《近代文艺史论（上）》（高须梅溪）、《兔の電報》（北原白秋）、《乞食桃水》（宫崎安右卫门）。

7日　日记："（上午）得雁冰四日函，……（下午）伏园来。"

8日　参加新潮社会议。

日记："下午至大学访守常，赴新潮社之会，四时半返。得……《东方》一册。"

9日　日记："上午寄黎锦晖君函、雁冰函，下午校讲义一部分了。得李宗武代买《シエリゴトキン與其團體》一册。晚请子佩、仲侃、伏园饭。"

---

① 此处有岛武郎生年有误，收入《两条血痕》时修正为一八七八年。

10日 在《小说月报》第十二卷第十号发表译作《近代波兰文学概观》《我的姑母》《伊伯拉亨》《在希腊诸岛》《父亲挈洋灯回来的时候》。《近代波兰文学概观》署"波兰诃勒温斯奇著,周作人译";《我的姑母》署"波兰科诺布涅支加著,周作人译",收入《现代小说译丛》(第一集);《伊伯拉亨》署"新希腊蔼夫达利阿谛斯著,周作人译",收入《现代小说译丛》(第一集);《在希腊诸岛》署"英国劳斯作,周作人译",收入《永日集》;《父亲挈洋灯回来的时候》署"芬兰哀禾著,周作人译",收入《现代小说译丛》(第一集)。本卷《小说月报》为"被损害民族的文学号",周氏兄弟用力甚多。

日记:"下午得乔风寄《ルーキアノス集》四册。"①

11日 日记:"上午译独步小说,未了。"

12日 《晨报》扩版,《晨报副镌》独立出版,作为"晨报附刊"发行。

日记:"托重久君至日邮局取来《惑溺と禁欲》一册,略一阅。"②

沈雁冰本日致周作人函:"……仲甫先生已出,……《新时代丛书》已交两稿,一为高畠素之的《社会主义与进化论》,一为堺利彦的《女性中心说》,此外没有了。先生的两部不知已着手否?何日可望成?祈函示之。……关于《小说月报》编辑一事,……我也决意再来试一年。但明年体例,究竟如何,我没了主意。请先生开示一些意见!前天见仲甫先生,他说可以放得普通(通俗)一些,望道劝我仿《文章俱乐部》办法,多收创作而别以'读者文艺'一栏收容之。我觉得这两者都是应当的。先生意见以为怎样?译件自然不可无,我以为译剧或者不妨少些。一切都盼先生尽情指教。"同函附言中又云:"我想译Wedekind的《春醒》,但此书没有,不知先生有否?想和你一借。再此剧尚嫌其长,先生想得起有其他短篇可译,尚望指示。"

13日 译完日本作家国木田独步小说《巡查》。

日记:"上午译独步了。往大学,晤适之,午返。下午伏园来。"

14日 日记:"下午托重久君至日邮局取丸善支店件,内《荒绢》一册。"③

15日 作《巡查》译后记一则,云:"国木田独步(1871—1908)的著作,我曾译过一篇《少年的悲哀》,登在《新青年》第八卷内。这一篇从小说集《运命》(一九〇六年出版)中选出,据江马修在国木田独步评传中说,是一九〇一年寄寓在西园寺侯爵邸内的时候所作。'在这期间,他做了两篇佳作,《牛肉与马铃薯》及《巡查》。……《巡查》是以侯爵邸内的巡查为范本而作的,虽然很短,他自己却很中意,曾说,"这是我的杰作,像这样写的如意的作品,还不曾有过。不能容于现今的读书界也未可知,但我自己相信这是杰作。"这两篇都载在大阪的文学杂志《小天地》上。……'当时他预料《巡查》一篇的酬金至少当有五元,所以约定朋友去上饭馆,等到送来的时候,却只有三元,他心里很不高兴。这也是关于这篇小说的一则轶闻。"

日记:"上午得雁冰十二日快信,寄函,……晚阅《荒绢》内数篇。"

沈雁冰本日致周作人函:"九日手书接到了。仲甫先生的事大概罚金及逐出租界可以了局,……《说报》出版稍迟,排字人赶不及之故;……十二号拟借纪念法国Flaubert百年生日纪念,出一自然主义号,请先生发表一些意见;自然主义小史最好能有一篇,别人

---

① 《ルーキアノス集》即《路吉亚诺思集》,周氏一九二一年书目记编者为"ﾛﾃﾞﾌ"。
② 《惑溺と禁欲》,[日]寺田精一著。
③ 《荒绢》,[日]志贺直哉著。

都不敢动手,不知先生有空闲做否?日子已经不多,大概十一月十号前要稿子。以吾想来,做一篇短篇论文,大概还从容,有劳先生做一篇,小史则只好唯先生便了。……俄国文学号内容很不行,但销场倒还好,大概一般读者被厚重的篇幅迷昏了。……辞职事现在取消,再试一年看;先生教我奋斗,我不知怎的,求效心甚急,似乎非一下成功,就完全无望。……对于明年《说报》,先生有何见教,我意每月附一个'文学家研究',如'太戈尔研究'之类,较详的介绍此位作家。拟表如下,请指正:……"

16日 日记:"(上午)寄乔风函,又ペロール等二册。……(下午)伏园来。"

17日 译古希腊路吉亚诺思《大言》,并作译后记一则,云:"路吉亚诺思(Lukianos)二世纪时叙利亚人,讲学雅典,以希腊文著作。其问答体诸篇最佳,具喜剧、拟曲、讽刺诗、哲学问答诸种分子。此篇系其《妓女问答》(Hetairikoi Dialogoi)之一。原第十三,别无篇名。古今相去千七百余年,①但人情没有变化,读古文书,仍有现代文艺的趣味,所以译他出来。我想古典之有生命者,不以古而遂湮灭,正犹今'典'之无生命者不以今而得幸存。"

18日 日记:"上午得雁冰十五日快信。"

19日 在《晨报副镌》发表译作《巡查》,署"日本国木田独步作,仲密译",次日续完,收入《现代日本小说集》;又刊1921年10月21日《民国日报·觉悟》,23日续完。

20日 译《日本俗歌八首》,并作小引一则,云:"五月辑译了几首俗歌,登载本报上,承读者来信要求发表删去的那几篇,我因为稿已不存,不能如命。现在从《日本歌谣类聚》《俗曲大全》《俗曲文库》诸书中选出八首,重新译述,□以塞责。"

日记:"下午伏园来,得《星の群》一本。"

21日 译路吉亚诺思《兵士》一篇,并作译后记一则,云:"这篇也是《娼女问答》之一,原列第十五。海罗达思拟曲第二,述娼家主人巴达洛思诉水手泰勒思劫娼女密耳达勒,大略近似。巴云,'我在这泰勒思手里,受了多少苦恼,正如掉在沥青里的老鼠。我被打了,我家的门捣破了,我的门楣烧掉了——我却一年拿出四个斯达台耳(值银三十元)做房租,老爷们。密耳达勒,前来,给大家看,不要害羞,只当你所见的那老爷们都是你的父亲和兄弟们便好了。老爷们,请看伊的柔嫩的身体,给那恶棍在拖伊出去的时候,怎样的都被抓破了。'他又对泰勒思说,'我想,你爱密耳达勒罢。那是不足为奇,我也爱麦。给我那个,你就得到这个了。否则,凭了上帝,倘若你胸中有情火烧着,将伊的身价塞到巴达洛思的手里来。那么伊是你的了,你可以去随意的捶伊了。'"

22日 译路吉亚诺思《魔术》一篇,并作译后记一则,云:"这是《娼女问答》的第四篇,与谛阿克列多思《牧歌》第二相似,而较轻妙,盖所言系外宅,所以没有那样的真挚而猛烈。文中魔法轮原云Rhombos,陀螺之一种,如原始民族所用的牛鸣板,挥舞之作大声。牧歌中云,'正如这青铜的轮之旋转,他也将因了爱神的禁厌,这样没有安息的转转于我门外。我的魔法轮呵,牵引我所爱的人回我这里来。'又说,'兑耳菲思从他的外衣上落下这条花边,我现在将他撕碎,投入凶残的火焰里。'这便是用硫磺熏鞋子的意思,想因了感应之力伤害衣物的主人。"自17日以来,周氏共译成路吉亚诺思对话三篇。

---

① 按,"千七百余年"《晨报副镌》《民国日报·觉悟》发表时均作"七百余年",止庵编订《周作人译文全集》收录时作"千七百余年",本谱从止庵编订本改。

日记:"上午得静之十九函,寄雁冰、士远函,……近日译ルーキアノス问答,下午止得三篇。得瞿君寄《小说月报》一本。"

沈雁冰本日致周作人函:"十五日函敬悉。文艺迁就社会,万不能办到;先生之论,鄙意正会;……先生前月信中亦曾说及'有许多中学程度之人,尚不得其门,而没有书可给他们看',拟发起演讲会;我现在想:《月报》如欲便利初学,……不如竟添《西洋小说发达史》一门;……听说鲁迅先生在高师讲的就是这一种,可否请鲁迅先生把这讲义给《月报》排。即请先生转商,不另写信给鲁先生了。"

23日　在《晨报副镌》发表译作《日本俗歌八首》,署"仲密译",后又并入《日本俗歌四十首》发表于《诗》第一卷第二号,收入《陀螺》时题《日本俗歌八十首》,系其第5、7—9、11、16—18首。又刊1921年10月27日《民国日报·觉悟》。《晨报》版发表时有小引一则,《觉悟》无小引。

日记:"收说报社洋四十元,……得时事新报馆函、《新しき村》五册。"

25日　日记:"上午得雁冰廿二日函。"

26日　日记:"上午至日邮局取丸善支店小包,内《日本民谣集》等四册。……得圣陶廿三日函、儿岛二十日函。"

周氏本日得书:《美しき町》(佐藤春夫)、《埋れてるもの》(武者小路实笃)、《野天の光リ》(千家元麿)、《日本民谣集》(生田春月编)。

27日　日记:"上午寄乔风函,稿二篇,附雁冰函。……得《日本国语辞典》第一册、《东方》一本。"《日本国语辞典》,上田松井编。

28日　在《晨报副镌》"古文艺"栏目发表译作《大言》,署"古希腊路吉亚诺思作,仲密译",收入《陀螺》;又刊11月1日《民国日报·觉悟》。这是《晨报副镌》首次开设"古文艺"栏目,《晨报副镌》"记者"为此同时发表《古文艺》杂感一篇,云:"新思想的要点便是注重研究,比较,讨论;而第一步重要的功夫,便是搜求研究,比较,讨论的材料。……我因为被仲密先生这篇《大言》忽然打动,发生上面的一篇感想。我想希腊是现代思想的渊源,介绍自然特别要紧,就是那埃及,印度,和我们住著的中国,也都有介绍的价值。譬如仲密先生是通古希腊文的,可以常常介绍希腊一方面的古文艺,再有那一位通古埃及文的,或通古印度文的,或通古中国文的,也都可以择要介绍。"这篇记者杂感《觉悟》11月1日同期转发,并加按语曰:"按仲密先生这篇译文,载北京晨报附镌'古文艺'栏。这栏是新辟的——或许是特为仲密先生这篇辟的:晨报记者更作《古文艺》这个题目的'杂感'一则,今一并转录于下。"周作人后来关于古希腊及日本狂言一类的译作,皆在该栏目发表。

日记:"上午往大学,收新青年社洋百元,访适之,午返。……得雁冰廿五日函。"

30日　在《晨报副镌》发表《资本主义的禁娼》,署名仲密,收入《谈虎集》;又刊1922年1月1日《妇女杂志》第八卷第一号。

日记:"午至大陆饭店应藤原、丸山二君招午餐,同坐十六人。……(下午)伏园来,饭后去。得《文艺十二讲》一册。"①

---

①　藤原,藤原镰兄;丸山,丸山昏迷。本次宴会系为筹办《北京周报》事。《北京周报》系1922年1月在北京创刊的日文周报,是藤原镰兄负责编辑发行的报纸《极东新信》的周日版,周作人后来为这份周刊译介过一些中国新文学的作品。《近代文艺十二讲》,周氏一九二一年书目标"生田、森田等"著。

31日 日记:"上午往大学,吴又陵君赠《文录》一册,午返。借来《南美文学史》一本。"①

11月

1日 《北京大学日刊》第八八〇号发布《注册部布告》,云:"周作人先生所授之国文系《外国文学书选读》一课,因讲义未能印就,本星期暂行停课。此布。"

2日 致竹林函,系对1921年10月27日《觉悟》"通信"栏竹林《为苏曼殊先生辩白》一文的回应,其中云:"据我所知,苏君的艺术的进步,实由于太炎先生的影响,那时出入于新小川町的民报社的人们,大抵是知道的。《文学因缘》以前的著作,不免于芜杂与无结构,正是不足为奇,也不足为病。"

日记:"上午往大学,访守常,午返。……下午得《新潮》五本。"

3日 郑振铎本日致周作人函:"九·二七和十·四的来信都收到了,……文学小丛书,我总想能积极进行,雁冰兄说,可以归入《新时代丛书》出版,我想这倒不生问题。……不过做此种丛书的人恐怕太少了,北京方面能找到几个人?……得济之兄来信,北京文学会同志似乎稍散慢,会报编辑已举伏园东华二兄,而出版尚无期,丛书付印者也只有四五种,各地会员也不大通音问,如此现象,殊为可悲,即比之破碎之少年中国学会恐亦有不及。如果我们的文学会也是虎头鼠尾,陷入中国人办会通例的阱中,那真是大可痛哭的事了!上海会员尚团结,最好北京方面亦能如此,……Gibson的籍贯,俟《每日的面包》付印时,当改正。郭沫若、田汉登的《创造》的广告,实未免太可笑了。郭君人极诚实,究不知此广告为何人所做。先生对于他们的举动,真是慨乎言之!他们似乎过于神秘了,我以为就是新浪漫派,也应以实写的精神作骨子。他们于写实的精神,太为缺乏,……但此尚且趋向稍差耳。现在青年之倾倒于礼拜六体的烂污文言,较崇拜他们的作品尤多数十倍。……写至此,觉得国内尚遍地皆敌,新文学之前途绝难乐观,不可不加倍奋斗也。"

6日 在《晨报副镌》发表译作《兵士》,署"古希腊路吉亚诺思作,仲密译",收入《陀螺》;又刊11月24日《民国日报·觉悟》。

7日 在《民国日报·觉悟》"通信"栏发表《致竹林》的信,总题《关于〈悲惨世界〉来历的两封信》,其第一函为钱玄同致力子、晓风,第二函即周作人致竹林。

日记:"下午至新潮社与宗君闲谈,四时回家。得乔风、圣陶四日函,《东方》'太平洋号'一册。"

9日 日记:"下午至商务书馆买《法文学史》等两本,收《晨报》社送来银十一元。晚作小文,九时睡。"

周氏本日得书:《法国文学史》(ムヲアクセカー)、《ㄅㄛㄉㄉㄟㄦ诗文集》(ムㄇーム编)。按,《ㄅㄛㄉㄉㄟㄦ诗文集》当为《波特莱尔诗文集》。

10日 在《小说月报》第十二卷第十一号发表《日本诗人一茶的诗》,署名周作人。

日记:"上午寄伏园函,得乔风六日片,武昌冯君稿一本。下午许君来,借去太平洋二本。校大学用稿八纸,稍倦。"

11日 作《三个文学家的记念》,其中云:"今年里恰巧有三个伟大人物的诞生一百

---

① 吴虞(1872—1949),原名姬传、永宽,字又陵,亦署幼陵,号黎明老人,四川新繁(今属成都)人。

年的记念,……但是现在所说的三个人,并非文艺史上的过去的势力,他们的思想现在还是有生命有意义,是现代人的悲哀而真挚的思想的源泉,……这三个人是法国的弗罗倍尔(Flaubert),俄国的陀思妥也夫斯奇(Dostoievski),法国的波特来耳(Baudelaire)","……但我相信在中国现在萧条的新文学界上,这三个人所代表的各派思想,实在是一服极有力的兴奋剂,所以值得记念而且提倡。……在日本西京的一个朋友说,留学生里又已有了喝加非茶以代阿布散酒(absinth)的自称颓废派了。各人愿意提倡那一派,原是自由的事,但现在总觉得欠有切实的精神,不免是'旧酒瓶上的新招帖'。我希望大家各因性之所好,先将写实时代的自然主义人道主义,或颓废派的代表人物与著作,略加研究,然后再定自己进行的方针。便是新传奇主义,也是受过写实的洗礼,经由颓废派的心情而出的,所以对于这一面也应该注意,否则便容易变成旧传奇主义了。"

日记:"上午因放假至商务买《万－ㄌㄛㄅ诗》一本,……得新潮社寄《幻灯》一册。"

周氏本日得书:《万－ㄌㄛㄅ诗集》(ㄠㄥㄅ)、《幻灯》(佐藤春夫)。

12日 日记:"上午寄乔风函,稿二件。……得雪村、雁冰九日函、丸山函,下午寄雪村、丸山函。"

13日 译法国作家波德莱尔散文小诗六章,并作小引一则,云:"波特来耳(Ch. Baudelaire,1821—1867)于一八五七年发表诗集《恶之华》,在近代文学史上造成一个新时代。他用同时候的高踏派的精炼的形式,写他幻灭的灵魂的真实经验,这便足以代表现代人的新的心情。他于诗中充满了一切他自己的性格的阴影,哲学的苦味,和绝望的沈痛。他的幻景是黑面可怖的。他的著作的大部分颇不适合于少年与蒙昧者的诵读,但是明智的读者却能从这诗里得到真正希有的力量。他又有《散文小诗》一卷五十章,原名《巴黎之忧郁》,也是同类的精湛的文字。现代散文诗的流行,实在可以说是他的影响。现在据英国西蒙士诸人的译本,并参考德人勃隆译全集本,译出六章。"

日记:"上午董秋芳君来访,……译ボドレール散文小诗四首。……伏园来,还借去文人照片。"

14日 在《晨报副镌》发表《三个文学家的记念》及译作《魔术》。《三个文学家的记念》署名仲密,收入《谈龙集》,又刊11月17日《民国日报·觉悟》;《魔术》署"古希腊路吉亚诺思作,仲密译",收入《陀螺》。

日记:"得李石岑君十一日函,使齐坤往买ダンセニ著《梦想者之故事》一本。"①

18日 日记:"得孙俍工君十二日长沙函,并语法讲义一册。下午寄俍工函、圣陶函。得本月分《新しき村》及《星の群》,茶谷君十四日函。"

19日 日记:"下午得茶谷君寄有岛译《ホヰットマン詩集》一册。"②

20日 在《晨报副镌》发表译作《散文小诗》六章(《游子》③《狗与瓶》《头发里的世界》《你醉!》《窗》《海港》),署"法国波特来耳原作,仲密译",收入《陀螺》;又刊1922年1月9日《民国日报·觉悟》。其中《窗》《头发里的世界》又刊《妇女杂志》第八卷第一号,《窗》并刊《小说月报》第十三卷第三号,《游子》又刊《小说月报》第十三卷第六号、《妇女杂志》第八卷第八号。

---

① ダンセニ,爱尔兰作家丹绥尼(Dunsany)。李石岑(1892—1934,原名李邦藩,字石岑,湖南醴陵人),时任商务印书馆编辑,兼任《时事新报》"学灯"副刊主笔。
② 《ホヰットマン詩集》,《惠特曼诗集》,本日周氏所得系第一辑,有岛武郎译。
③ 《游子》后改题《外方人》。

译古希腊作家台阿克利多思《情歌》一篇,并作译后记一则,云:"台阿克利多思(Theokritos)生于基督前三世纪,以牧歌著名后世。所作凡三十章,以第二第七及十五等数篇为最有名。今所译者系第三章,虽然足以见牧歌之一斑,但不足包括作者优美的艺术。诗人惠忒曼(Whitman)尝说,'我(所见所感)之最佳者,常遗留而未能说出。'译者感于自己能力的薄弱,每致不能将最优胜之作译出,也常有这一种抱歉的心情。"

日记:"上午译杂文,下午伏园来。"

21日　日记:"(上午)寄乔风书四本及函。……订《晨报附刊》。"

22日　日记:"下午译小文了。"

23日　日记:"下午往德国医院访蔡先生,四时返。"

24日　译爱尔兰作家丹绥尼《乞丐》一篇。

日记:"上午译ダセニ小说,下午了。"①

25日　作古希腊作家台阿克利多思《割稻的人》译后记一则,云:"这是台阿克利多思牧歌的第十章,四年前曾译过,登《新青年》上,今又加以改正,再行发表,较前译似稍确实了。"

作日本作家柳泽健《儿童的世界》译后记一则,云:"这一篇是从论文集《现代的诗与诗人》(1920)中译出的,题下原注论'童谣'一行小字,但他实在只说诗人的童谣,未及童谣的全体。大抵在儿童文学上有两种方向不同的错误,一是太教育的,即偏于教训,一是太艺术的,即偏于玄美,教育家的主张多属前者,诗人多属后者;其实两者都是不对,因为他们都不承认儿童的世界。这篇小文里很有许多精当的话,可以供欲做儿歌者参考。柳泽生于一八八八年,原是法学士,但又是一个诗人。"

作丹绥尼《乞丐》译后记一则,其中云:"丹绥尼勋爵(Lord Dunsany)本姓普棱该忒(Edward J. Plunkett),生于一八七八年,为英国陆军军官,曾参与南非及欧洲的战争。所作除戏曲外,有短篇集六种,都是梦幻神异的作品,但与耶支(Yeats)的神秘主义又是不同;他并不主张什么主义,只是尊重想象,随其变幻,造成种种奇美的景象,与凡俗的现实相抗","这一篇小说,从《梦想者的故事》(*A Dreamer's Tales*, 1910)中选出,可以见他的思想与文章之一斑。……他的文体有两个源流,一是希伯来的《旧约》,一是希腊的诃美洛思(Homeros)的史诗与海罗陀多思(Herodotus)的历史,即如这篇里乞丐的举动,便很有古以色列先知的威严的态度。"

日记:"上午寄乔风、适之函。……(下午)得董秋芳君函件、瞿菊农君函。"

26日　日记:"上午寄圣陶函、稿,菊农函。"

27日　在《晨报副镌》发表《体操》及译作《情歌》。《情歌》署"古希腊台阿克利多思作,仲密译",收入《陀螺》,又刊12月2日《民国日报·觉悟》;《体操》署名式芬,收入《雨天的书》。

日记:"上午校大学用稿十纸,瞿菊农、耿济之二君来访,仲侃来。下午得乔风函、《啄木全集》三及《觉悟》各一册,圣陶、雁冰函、《说报》十一月分一册,伏园来。"《啄木全集》第三册,新潮社编。

郁达夫本日致周作人片:"Very Esteemed Mr. Chou: Pardon me for my ungentlemanliness! With this card I send you a book of short stories, which was published last month, *Drowned*. I

---

① 按,ダセニ当为ダンセニ。

hope that you will criticise it as candid as your conscience allows. All the literary men in Shanghai are against me, I am going to be buried soon, I hope too that you will be the last man who gives a mournful dirge for me! Your Admirer T. D. Yuewen"①

29日　译爱尔兰作家丹绥尼小说《朦胧中》。

日记:"上午译ダンセニ小说,下午了。寄适之函。"

30日　日记:"得郁达夫君片,清华校文学社函。"

12月

1日　在《智林》发表译作《乞丐》,署"爱尔兰丹绥尼作,周作人译",收入《现代小说译丛》(第一集)。《智林》,刊期不详,智林社编辑发行,或仅出刊一期,北京大学新知书社承印。

日记:"得新しき村《ニウス》一枚。"

孙伏园本日致周作人函:"……昨日未将开会时地告明,今已确定:明日下午准四时,地点第一院本社;请届时莅会可也","《小说月报》稿,郑君已来催过;我正愁无稿可应。先生既以那篇《熊猎》为可用,并允两三天内可以送给我,那是再好没有的事。不过那篇东西,翻译文句甚不满意,还望先生给我痛改一下,我宁愿仔细的抄过一遍。先生自己既无兴致做文,身体又稍有不适,我想也不妨没有;不过第一期没有先生之稿,大家一定很可惜罢了。……"同函附言又云:"宣言书我已函告郑君暂缓发表,并暂且寄还先生,以便为朱先生一看,未知已寄来否?"

2日　日记:"由校借来モーパサン小说二册,备选读之用。"②

3日　日记:"山本、丰岛二君来访,山本君赠《ホヰットマン自选日记》一册,贻照片一枚。"

4日　在《晨报副镌》发表《割稻的人》③,署"古希腊台阿克利多思作,仲密译",收入《陀螺》;又刊12月8日《民国日报·觉悟》。

参加文学研究会会议;得郁达夫寄赠《沉沦》一册。

日记:"上午得郁君寄赠《沈沦》一本、雁冰一日函,……下午赴文学研究会,三时半返。"

5日　译古希腊作家朗戈思小说《苦甜》,并作译后记一则,其中云:"朗戈思(Longos)的事迹无可考,只知道大约是四世纪时的人罢了。他所著的一部《达夫尼思与赫洛蔼》,是后世田园小说的始祖,正如台阿克利多思之于牧歌。现在牧羊人与牧羊女的那种拟古的小说虽然已经不再流行了,但是在描写田园生活的作品里,一切的清新优美之气,差不多仍然从这个源泉里出的。原书凡四卷,共一百四十余节,现在所译系第一卷十六至十八节,是全书中有名的处所之一。丹麦尼洛布(Nyrop)教授在《亲吻与其历史》中说,'最初的亲吻以后的感情,曾记述在那古代的纯朴而又极优雅的恋爱故事,《达夫尼思与赫洛蔼》的里边',所指便是这几节。"

日记:"上午往大学,访章洛生君。下午丸山送云岗石窟来,即持至蔡先生处。又往

---

① 郁达夫(1896—1945),原名郁文,字达夫,浙江富阳人。此函张德强译文为:"非常尊敬的周先生:请原谅我缺乏绅士风度!随同这封明信片给你寄去上个月刚出版的短篇小说集《沉沦》。我希望你出自内心对我的作品进行坦率的批评。上海所有文人都反对我,我正在被迅速埋葬,我希望你是给我唱悲哀的挽歌的最后一个人。你的敬慕者 T.D.郁文。"

② モーパサン,法国作家莫泊桑(Henri René Albert Guy de Maupassant,1850—1893)。

③ 《割稻的人》后改题《农夫》。

厂甸,得ダンセニ等二本。"

6日 译西班牙作家伊巴涅支小说《意外的利益》。

日记:"上午寄伏园、丸山函。连日译イバニエズ小说,下午了。……托重君取丸善支店小包,内《啄木全集二》等四册。"

周氏本日得书:《啄木全集》第二册、《因羅陀の子》(长与善郎)、《日本の小唄》(藤泽卫彦)、《日本の俗謠》(藤泽卫彦)。

8日 日记:"(上午得)《妇女》十二号一本。下午寄静之函,武昌冯君函,寄还稿一本。译シエンキエヰチ,未了。收东方社洋廿一元。"

9日 日记:"寄黄英、菊农两君函。"①

10日 作《意外的利益》译后记一则,云:"伊巴涅支(V. B. Ibáñez)生于一八六七年,是现代西班牙著名的小说家之一。美国福特教授在他的《西班牙文学的主潮》上说,'他有过一个风暴的经历。他的对于西班牙政府及教会的攻击的政策,使他监禁了几次,又使他不得不逃走以免危难。像许多加达洛尼亚人一样,他不喜欢马德里特的中央集权的方法;他以伐伦契亚的民主党代表的资格,在议会里抗议现在大家承认的秩序。他的忠于主义的态度,使他成为记者,编辑人,外国的科学社会学书译本的发行者,又成为小说家;他的社会与政治上的(改革的)宣传,在先前几乎带了他到无政府的边际去了。'又评他的描写地方生活的小说道,'没有愉快的东西减轻悬在这些著作里的图画上的暗影;他是一个艺术家,只将阴暗与穷苦的景色,放到画布上去,排除所有表示光明与悦乐的东西。但他终是一个有确实的技工的艺术家,虽然他的题材与色彩的选择只要给与一种惨淡的印象。'这一篇小说大约是他下狱中见闻的回忆,可以看出他的特色的一斑。他最著名的长篇小说,是欧战中所作的《启示录中的四骑士》。"

日记:"上午寄郁达夫君函。"

11日 在《晨报副镌》发表《苦甜》,署"古希腊朗戈思作,仲密译",收入《陀螺》。

日记:"(上午至商务分馆)买ウオルテル一本。"

12日 译完波兰作家显克微支小说《波尼克拉的琴师》。

日记:"上午译前文了,得乔风九日片,又《说报》四本。……阅ウオルテル小说了。收世界丛书社来洋四百元。"

13日 日记:"(上午)得秋芳函,寄答。又平伯函。下午托重久君寄还山本君稿一件,……得《星の群》一册。"

14日 译完日本古狂言《骨皮》。

日记:"上午译狂言《骨皮》了,寄伏园函。下午托重君取丸善小包,内《貘之舌》一册。俞平伯、王星汉二君来访。"②

15日 作《骨皮》译后记一则,云:"狂言是古代日本的一种小喜剧,发达于室町时代,正当十五六世纪;现在共存二百余篇,至于作者姓名,都失传了。狂言是高尚的平民文学之一种,用了当时的口语,描写社会的乖谬与愚钝,但其滑稽趣味很是纯朴而淡白,所以没有那些俗恶的回味。这一篇曾经英国的日本学家张伯伦译出,收在《日本古诗》里边,摩尔顿教授在他的《文学之现代的研究》里也曾说及。现在据名著文库本《狂言二十

---

① 黄英即庐隐(1898—1934),原名黄淑仪,又名黄英,福建闽侯人。
② 《貘の舌》,[日]内田鲁庵(1868—1929,其所译《罪与罚》《复活》给当时的日本文坛以很大影响)著。

番》译出,系'鹭'派的本子,与《狂言记》的'大藏派'稍有不同。"

将原以日文写就的《一个乡民的死》和《卖汽水的人》两篇译回汉语,并撰题记一则,云:"这两篇小品是今年秋天在西山时所作,寄给几个日本的朋友所办的杂志《生长的星之群》,登在一卷九号(十二月发行)上,现在又译成中国语,发表一回。虽然是我自己的著作,但是此刻重写,实在只是译的气分,不是作的气分。中间隔了一段时光,本人的心情已经前后不同,再也不能唤回那时的情调了。所以我一句一句的写,只是从别一张纸上誊录过来,并不是从心中沸涌而出,而且选字造句等等翻译上的困难也一样的围困着我;这一层虽然不能当作文章拙劣的辩解,或者却可以当作他的说明。"

日记:"阅《貘之舌》了。"

16日 日记:"下午往厂甸,得《现代小说》等二本。……得圣陶、佩弦函。"《现代小说》(こてかせむ)。

17日 参加新潮社会议。

日记:"上午寄雁冰函,稿二篇。下午往大学,赴新潮会,五时返。"

《"北大生活"写真集》出版,其中"北大的人物栏"刊出包括校长蔡元培在内31人的照片,周作人在列。

18日 在《晨报副镌》发表译作《骨皮》,署仲密译,收入《狂言十番》;又刊12月23日《民国日报·觉悟》。

校译稿《波尼克拉的琴师》,并作译后记一则,云:"显克微支(Henryk Sienkiewicz,1846—1916)在他本国以革命首领著名,在世界上却更以小说家著名;世人单佩服他的历史小说,识者却更佩服他的短篇。丹麦勃兰兑思博士著《波兰十九世纪文学论》,说他短篇最好,'天才美富,文情悱恻而深藏讽刺。……写景至美,而感情强烈,至足动人',是极适切的评语。这一篇写琴师的冻死,出以轻妙之笔,造出一幅美而悲哀的画,是《乐人扬珂》与《天使》一类的杰作,可以看出他的特色。他的著作译成汉文的有《炭画》(单行本)、《乐人扬珂》、《天使》、《灯台守》(《域外小说集》)、《酋长》(《点滴》)及这里的三篇。长篇历史小说《你往何处去》(*Quo Vadis*)也已经有人译出,不久可以出版了。""这里的三篇",指收在《现代小说译丛》(第一集)里显克微支的三篇小说。

日记:"上午校小说译稿,下午伏园来。"

19日 日记:"上午往厂甸,得《短篇小说史》一本,……又往大学,以云岗石窟价交丸山君。……得叔雅函、乔风十四日函,旷野社寄仓田君著《佈施太子の入山》一册。"

周氏本日得书:《英国短篇小说史》(ㄎラㄅㄧ)、《佈施太子の入山》(仓田百三)。

20日 译完日本狂言《伯母酒》,并作译后记一则,云:"这篇也是从《狂言二十番》中译出,所云伯母(Oba),本兼指父母的姊妹与父母的兄弟之妻;今姑从原用汉字写作伯母,不强为分别。狂言虽用口语写成,但系四百年前的话,而且又非江户地方的言语,与近代的东京话颇多差异;有疑惑的地方承H.S.君代为查考说明,特表感谢。"

日记:"译狂言《伯母酒》,下午了。"

21日 日记:"上午寄伏园、丸山函,雁冰《青年的梦》译文一本,还《希腊小说集》一本。……王剑三君来,借去《爱尔兰文艺复兴》一本。……阅王君所作《夏芝评传》。"①

22日 作《现代小说译丛第一集·序言》,其中云:"这三十篇小说,凡作家十八人,代

---

① 王统照(1897—1957),字剑三,山东诸城人。

表八国;虽然少的一国只有一篇,多的也不过八九篇,但我相信那诸国的文艺思想在这里却已经可以看见大概。完备而且有系统的专门著述,当然是最可尊重的;但在我们才力与时间都不充足的人,对于这种大事业却有点不胜任,不得不以这小小的介绍暂且满足了。我们的不胜任,固然因为没有专门的学力,但据我想,一面又由于趣味的太广泛,也未可知的。我不相信艺术上会有一尊或是正统,所以不但是一人一派的主张觉得不免太陋,便是一国一族的产物,也不能说是尽了世间的美善,足以满足我们的全要求。而且我们生活的传奇时代——青年期,——很受了本国的革命思想的冲激,我们现在虽然几乎忘却了《民报》上的文章,但那种同情于'被侮辱与损害'的人与民族的心情,却已经沁进精神里去:我们当时希望波兰及东欧诸小国的复兴,实在不下于章先生的期望印度。直到现在,这种影响大约还很深,终于使我们有了一国传奇的异域趣味;因此历来所译的便大半是偏僻的国度的作品。好在英法德诸国的文学,中国研究的人一定很多,可以希望别有胜任的专门的介绍与研究会出现;我们对于本集的这一个缺点,也便在这里得到辩解与宽慰了。"

日记:"得静之十九日函并稿、《东方杂志》一本。"

23日 将《现代小说译丛》(第一集)稿交胡适。

日记:"上午往大学,以小说集稿交适之,午返。"

24日 作《日本俗歌四十首》小引一篇,其中云:"俗歌这个名称,是我所假定的,包括日本民间合乐或徒歌的歌词,以别于文学上的短歌,或一般合乐的长段的俗曲,如《义大夫》及《清元》等。这俗歌里的种类本来颇多,如形式上的端呗与都都逸等,性质上的盆踊歌、插秧歌以及'花柳社会'的歌,现在不加分别,只统称俗歌,因为我的目的不是在分析的研究,只是想介绍一点日本俗歌的思想与文词的大略罢了","我的翻译,重在忠实的传达原文的意思,——原文所无而由译者加入的文句,加方括号为记号,——但一方面在形式上也并不忽略,仍然期望保存本来的若干风格。这两面的顾忌使我不得不抛弃了做成中国式的歌谣的妄想,只能以这样的散文暂自满足。倘若想保存了原诗的内外之美而又成为很好的五七言绝句或古风,那是'奇迹中的奇迹',决不是我们所能做到的事情。日本有一卷古书名《艳歌选》,其中抄录俗歌,各附以汉译的五绝一章,……虽然著者自己谦逊,在序里说,'但供和俗顾笑,假使华人见之,则不知何言之比也',(原序汉文)实在却是很漂亮的子夜歌:不过成了一首汉诗,已经不是日本的俗歌了。俗歌的特色,同别种的日本诗歌一样,是'言简意赅',富于含蓄,能在寥寥的两三句话里,包括一个人生的悲喜剧。第三六首本是插秧歌之一,只写男子对他的故妻的'未练',(未能忘情的心情)却藏着一个悲凉的背景,亲权家风或习俗逼迫的不自主的离婚;言词愈简,含意也愈深,实在超过德富芦花的一部《不如归》。正如中国的一篇《蘼芜行》,日本可以译成诗的散文,而不能译成俗歌,所以我们也不能将俗歌译成中国的子夜歌。欧洲人译《旧约》里的《雅歌》只用散文,中国译印度的偈别创无韵诗体,都是我们所应当取法的。我们翻译介绍外国作品的原意,一半是用作精神的粮食,一半也在推广我们的心目界,知道我们以外有这样的人,这样的思想与文词;如果不先容纳这个意见,想在翻译中去求与中国的思想与文词完全合一的诗文,当然是不免失望:但这责任却不是我们的。为他们计,已经有许多中国的古诗在那里了。"

日记:"上午寄圣陶函,抄日本俗歌,下午了。得《新しき村》十二月号五册。……晚阅《俚谣集》。"

25日 在《晨报副镌》发表译作《伯母酒》,署仲密译,收入《狂言十番》;又刊12月

29 日《民国日报·觉悟》。

在《东方杂志》第十八卷第二十四号发表译作《金鱼》,署"日本铃木三重吉作,周作人",收入《现代日本小说集》。

日记:"上午寄振铎函,附日本俗歌四十首与《诗》者。"

26 日　日记:"上午往大学,寄玄同、尹默(士远代交)《新しき村》各三册。……代收《说报》致董秋芳君洋八元。寄乔风函、静之函。"

27 日　日记:"得雁冰廿四日函,……下午往大学,访颉刚,借来《昨日之花》一册。寄雁冰函。"

28 日　日记:"上午译ゲールモン诗五首,下午寄圣陶、伏园函。……(晚)阅《小说月报》十二号。"

顾颉刚本日日记:"到所,启明先生及介石来谈。"

29 日　译希腊作家海罗达思拟曲《媒婆》一篇。

日记:"下午译拟曲一篇,即寄与伏园。"

30 日　译佐藤春夫小说。

作《媒婆》译后记一则,云:"海罗达思(Herodas)大约是基督前三百年的人,事迹不详,但存所作拟曲数篇。'拟曲者亦诗之一种,仿戏曲之体而甚简短,多写日常琐事,妙能穿人情之微。古作者中以海罗达思为最胜,生当中国汉初,著作尽逸;二十年前始于埃及败棺中得其残写本,仅存七章,及断简三四而已。'八九年前我曾将其中《媒媪》及《塾师》译成'古文',登在《中华小说界》上,上面的一节便是当时序言的一部分。现在将《媒媪》重译一过,有几处与古文译本颇不相同了。"

日记:"连日译佐藤春夫小说,成二篇。"

31 日　译波特莱尔散文小诗二章,即《穷人的眼》与《月的恩惠》两篇。

日记:"译散文诗二章。"

本月　周氏购书信息尚有以下四种:《惊异之书》(ㄉㅊㅁㅂㄋㄧ)、《ㄉㄠㅁㄣ诗文集》、《ㄎㄇㄉㄧㄉ》(万ㄛㄉㄜㄢㄦ)、《现代法国诗人》(ㄉㄨㄇㄣ)。

主要参考文献

一、文集

周作人著、止庵校订:《周作人自编文集》(36 种),河北教育出版社,2002 年。

钟叔河编订:《周作人散文全集》,广西师范大学出版社,2009 年。

陈子善、张铁荣编:《周作人集外文》(上、下册),海南国际新闻出版中心,1995 年。

陈子善、赵国忠编:《周作人集外文:1904—1945》(全三册),上海人民出版社,2020 年。

止庵编订:《周作人译文全集》(全 11 卷),上海人民出版社,2012 年;修订版共 12 卷,2019 年。

周作人译、止庵编:《苦雨斋译丛》(11 种),中国对外翻译出版公司,1999—2003 年。

止庵主编:《周氏兄弟合译文集》(4 种),新星出版社,2006 年。

周作人著、止庵、戴大洪校注:《近代欧洲文学史》,团结出版社,2007 年。

周作人校订、止庵整理:《明清笑话集》,中华书局,2009 年。

周作人著、丰子恺图、钟叔河笺注:《周作人丰子恺儿童杂事诗图笺释》,中华书局,1999 年。

周作人:《知堂回想录》(手稿本),香港牛津出版社,2021年。
谢冬荣整理:《知堂古籍藏书题记》,国家图书馆出版社,2023年。
《鲁迅全集》(全18卷),人民文学出版社,2005年。
《鲁迅手稿全集》(全78册),国家图书馆出版社,2021年。
陈独秀:《陈独秀文集》(全4册),人民出版社,2013年。
李大钊:《李大钊全集》(全5册),人民出版社,2013年。
胡适著,欧阳哲生编:《胡适文集》(共12卷),北京大学出版社,1998年。
蔡元培:《蔡元培全集》(全18册),浙江教育出版社,1997年至1998年陆续出版。
茅盾著,钟桂松主编:《茅盾全集》(全42册),黄山书社,2014年。
刘半农著,书林编:《刘半农文集》,线装书局,2009年。

二、期刊、报纸

《新青年》(含《青年杂志》,第1—9卷共54期,又《新青年季刊》4期、新编号《新青年》第1—5号,1915年9月—1926年7月)
《晨报副镌》(1921年10月—1924年10月)

三、资料

《周作人日记》(影印本,上、中、下册),大象出版社,1996年。
孙玉蓉编:《周作人俞平伯往来通信集》,上海译文出版社,2013年。
张菊香、张铁荣编:《周作人年谱(1885—1967)》,天津人民出版社,2000年。
张菊香、张铁荣编:《周作人研究资料》(上、下),天津人民出版社,1986年。
陶明志编:《周作人论》,北新书局,1934年。
孙郁、黄乔生主编:《回望周作人》系列(8种),河南大学出版社,2004年。
陈子善编:《闲话周作人》,浙江文艺出版社,1996年。
北京鲁迅博物馆鲁迅研究室编:《鲁迅研究资料》(24辑),文物出版社(1976,1977,1979)、天津人民出版社(1980—1987)、中国文联出版公司(1987—1992)。
孙旭升:《苦雨斋背后的故事》,上海书店出版社,2018年。
《关于〈新青年〉阵营"分化"的信件综合存档》,《史料与阐释》(总第三期),复旦大学出版社,2015年。
鲁迅博物馆、鲁迅研究室编:《鲁迅年谱长编》(第一卷,1881—1921),河南文艺出版社,2012年。
黄乔生:《鲁迅年谱》,浙江大学出版社,2021年。
胡松平编:《胡适之先生年谱长编初稿》(增补版),联经出版事业股份有限公司,2015年。
胡适著,曹伯言整理:《胡适日记全集》(全10册),联经出版事业股份有限公司,2015年。
耿云志、欧阳哲生编:《胡适书信集》(上、中、下册),北京大学出版社,1996年。
潘光哲主编:《胡适中文书信集》(全5册),"中央研究院"近代史研究所,2018年。
杨天石主编:《钱玄同日记》(整理本,全3册),北京大学出版社,2014年。
余连祥:《钱玄同年谱》,浙江大学出版社,2021年。
《朱希祖日记》(全三册),中华书局,2012年。
《朱希祖书信集 郦亭诗稿》,中华书局,2012年。

唐宝林：《陈独秀全传》，社会科学文献出版社，2013年。

杨琥：《李大钊年谱》（上、下），云南教育出版社，2020年。

王世儒编：《蔡元培年谱新编》（上、下），北京大学出版社，2019年。

陈福康：《郑振铎年谱》（修订本，共3册），上海外语教育出版社，2017年。

刘育敦整理：《刘半农日记》（1934年1—6月），《新文学史料》，1991年。

王风、夏寅整理：《刘半农书简汇编》，《中国现代文学研究丛刊》，2021年。

顾颉刚：《顾颉刚日记》（共12卷），联经出版事业股份有限公司，2007年。

孙玉蓉编：《俞平伯年谱》，天津人民出版社，2001年。

刘勇、李怡总主编：《中国现代文学编年史》（共11卷），文化艺术出版社，2015年至2017年陆续出版。

四、著作/论文

钱理群：《周作人传》，北京十月文艺出版社，2005年。

止庵：《周作人传》，山东画报出版社，2009年。

止庵：《风月好谈》，商务印书馆，2015年。

孙郁：《周作人和他的苦雨斋》，人民文学出版社，2003年。

黄乔生：《八道湾十一号》，生活·读书·新知三联书店，2015年。

王锡荣：《周作人生平疑案》，广西师范大学出版社，2005年。

陈子善：《双子星座——管窥鲁迅与周作人》，中华书局，2015年。

黄开发：《周作人研究历史与现状》，辽宁人民出版社，2015年。

朱正：《鲁迅的人际关系：从文化界教育界到政界军界》，中华书局，2015年。

周运：《乘雁集》，上海文艺出版社，2021年。

袁一丹：《此时怀抱向谁开》，上海文艺出版社，2020年。

曹聚仁：《文坛五十年》，东方出版中心，1997年。

王翠艳：《燕京大学与"五四"新文学》，文化艺术出版社，2015年。

桑兵：《交流与对抗：近代中日关系史论》，广西师范大学出版社，2015年。

《桑兵自选集》，中山大学出版社，2017年。

陈以爱：《中国现代学术研究机构的兴起》，江西教育出版社，2002年。

乔丽华：《朱安传》，九州出版社，2017年。

李冬木：《越境："鲁迅"之诞生》，浙江古籍出版社，2023年。

［日］伊藤德也著，文萍译：《周作人研究在日本》，《鲁迅研究月刊》，1993年第8期。

［日］波多野真矢：《周作人与立教大学》，《鲁迅研究月刊》，2001年第2期。

［日］中里见敬：《冰心手稿藏身日本九洲大学——〈春水〉手稿、周作人、滨一卫及其他》，《中国现代文学研究丛刊》，2017年第6期。

周吉宜：《冰心与我祖父周作人的早期交往》，《中国现代文学研究丛刊》，2018年第4期。

周吉宜：《关于周作人研究史料——周作人后人保存的部分》，《现代中文学刊》，2018年第6期。

陈言：《周作人印章中的趣味、学问、交往和政治》，《新文学史料》，2019年1期。

宋雪：《周作人落水事件再解读——以燕京大学档案为中心的新发现》，《中国现代文学研究丛刊》，2023年第4期。

主题回应

年谱编撰中的取舍问题

孙 郁

谢谢主办方的邀请。关于年谱的写作,我其实一点经验都没有,只能简单说两句。浙江朋友们寄来的这几本作家年谱让我喜出望外,我感觉有几本读完后特别受启发,觉得这一套书对于现代文学研究来讲是具有推动作用的,能够大规模地出版这么多的年谱,十分难得。

我自己在主持鲁迅博物馆工作的时候,曾经搞过一次集体的项目,就是重新写鲁迅年谱,但是启动以后开展不起来,就发现年谱不适宜集体写作。20 世纪 80 年代的时候,鲁迅博物馆搞过一个鲁迅年谱,对鲁迅研究是有推动作用的,但是也留下了几个问题,特别是集体写作当中出现的一些瑕疵,王彬彬教授曾经写过文章批评这个年谱的不足。所以我觉得年谱的确属于个体化的学术劳作。乔生兄最近自己一个人完成了《鲁迅年谱》,这个真的值得祝贺。

年谱的写作有一个取舍的问题,因为作家的生平非常丰富,怎么样来写好年谱,这里面要有一个学术眼光。我在 20 世纪 80 年代随着我的导师到东北哈尔滨给一个抗日的作家编过一次年谱,那次留下了一些教训,我一会儿也想给大家分享一下。

看了一下主办方寄来的几本新作,印象很深。我注意到《郁达夫年谱》的作者下了很大的功夫,我觉得作者的学术眼光是很独特的,如果我来编,我就不会像这样来做。比如 1921 年 11 月 30 日,年谱写道:"周作人日记称'上午往大学,下午返,得郁达夫片'。"这里就完了,但是其实还是挺重要的,比如说陈子善老师在研究《沉沦》的珍贵资料时,曾经把郁达夫这封信的内容考证出来,就是说把他得到的材料披露出来。这个年谱没有把这封信放进去,我觉得有作者的道理。但是在 1928 年 1 月 25 日,这里提到郁达夫看到了蒋光慈的《短裤党》,认为"实在是零点以下的艺术品","若这一种便是革命文学,那革命文学就一辈子也弄不好了"。这一段引用是有编者的用意的,就是体现了郁达夫和左翼的这些红色作家间的那种差异性。把周作人的部分省略了,强调了对于蒋光慈作品的印象,这个很好,这是一种学术眼光,所以这个取舍我觉得是特别值得称赞的。

还有前几年我看过陈建军先生的《废名年谱》,他的取舍也特别有意思。他很注重作家创作的成绩,突出的重点在于对文本的那种同时代人的反应。比如长篇小说《桥》出版时,他就附上自述、周作人的文章和余冠英的评论,以及报刊的评论,这样就扩展了内涵,轻重缓急也都出来了。所以这是一种学术的眼光。

还有《茅盾年谱》,我这次读了以后也是受益匪浅,有很多珍贵的资料。他这个选择也很有意思,就是"文革"期间的茅盾,年谱上基本没有什么东西,每年就这么几个简单的陈迹,但是有几个重点他把它勾勒出来了。比如茅盾1974年12月份记载臧克家来访,涉及1935年他与鲁迅电贺红军长征事,他这个回答对于认清鲁迅与共产党的关系非常重要。其实这个现在还是有争论的,我觉得茅盾的回答今天给我们的启发是非常大的,因为他说他没有列名。还有一个就是关于《译文》停刊的事情,他认为和周扬无关,涉及茅盾晚年和周扬之间的那样一种复杂的关系。所以这种选择其实都是突出重点,我觉得年谱的编撰里边,它其实就是一个编纂者的学术思想的体现。

另外,就是我们在年谱的编撰当中有一些不可抗的因素,有些年谱的内容不太好写进去。比如我在20世纪80年代编《鲁琪年谱》的时候(我和我的导师一起编,主要是以导师为主,我帮他修改),遇到一些难点。鲁琪先生很有传奇色彩,他1945年因为写诗反对日本在伪满洲国的罪行被判死刑,本来要在8月15日那天枪毙。当日日本战败,他就从监狱里出来了,他把监狱里写的这些诗都出版了,很感人。我在做年谱的时候就详细写了他在伪满洲国时期抗日的事情,后来他成为"胡风分子"的事情也写了进去。鲁琪知道后不同意写"胡风事件",因为当时他是黑龙江文联主席,他觉得这是一个政治问题,年谱里不能更多地显现这些。当时那种条件就属于不可抗的因素,编不进去(现在当然可以写了,因为这个时间已经过去了)。所以年谱写作的确是有一些外在因素的,比如去年出版的《孙犁年谱》,作者用了几十年编这个年谱,非常好,但是涉及1989年孙犁的文字就舍掉了,我知道的一些东西就没有编来,这是有些不可抗的因素在里面的。年谱的编撰与学术眼光、我们周围的语境都有很大关系。

我看了乔生先生的《鲁迅年谱》,也十分高兴。他增加了很多新的东西,比如他增加了郜元宝、宋声泉等人的新的研究成果,比如他还有些部分写到了鲁迅的一些丢失的文章及其对文坛的意义,这个我原来没太注意,还有他对美国记者巴特勒斯访问的资料,我也是第一次知道,另外也有荆有麟的材料,过去都未曾接触过,他增加了很多有价值的东西。

年谱写作中,对于人物评价与事件的评价,我们应当用当事人的材料还是年谱编撰者自己的观点,这是一个难题。乔生写到萧军、萧红到鲁迅家,鲁迅很高兴,他用的是自己的判断。其实也可以用梅志和许广平这些亲历者的判断,我觉得或许更客观。还有荆有麟1951年被杀,是用"被杀"好还是用"被镇反"好,我觉得要斟酌。就是说评价历史旧迹的时候,我们用什么材料来做,这个也值得研究。有人用他人的材料来评价人物,作者的影子是隐去的,有的是作者研究成果的直接表达,这都可以。我觉得乔生这样做也显示了自己的特色,但是每个人的情况不一样。所以为了避免主观化的写作,考据在写作当中非常重要。我记得陈子善老师在给夏春锦的《木心考索》这本书写的序里面也谈过类似的问题。夏春锦在《木心先生编年事辑》里边,就通过采访、档案搜集和文本对照纠正了很多错误,使《木心年表》更为准确了。这种考索带有版本学田野调查的意味,是值得提倡的。

以上所谈关系到年谱如何处理好史料与史实之关系的问题,这里自然要以史料为主,史实渗透在史料之中。我个人认为年谱有各种各样的写法,学术年谱倾向于学术活动和学术成就,创作年谱是描绘创作轨迹的,而生平年谱则顾及方方面面,这些要考虑到综合性和平衡性。总之,我觉得杭州市的朋友们搞的这一套丛书,对于基础研究而言,是功德无量的事情。感谢各位学者的辛苦努力,我从中吸取了很多的养分,也修订了我的一些想法和思路,对于未来的研究深化也很有帮助,谢谢大家。

编纂作家年谱长编之我见

陈子善

康凌邀请我来参加会议,我说我很愿意来学习。但是他说让我报个题目,我就报了这样的题目,但是我没想到就把我放在这个位置上来讲,所以有点忐忑,因为我没有编过年谱,我只编过年表或者简谱,当然编法就不一样。因为年表,比如一个作家,就把他各个不同时代的作品给收集起来,做一个系统的排列,那就是年表了,最简单的一个。在这个基础上进一步充实作家的生平、交友,一些值得入谱的事情,那么这就是一个简谱。我当年编过年表、编过简谱,但对于年谱,说老实话,我不太敢尝试,因为这是非常复杂的、烦琐的工作。晓江应该有亲身体会,这里面涉及方方面面,因为你不可能把他所有的作品都放进这个年谱里面,每一篇都来引用。你要引用哪些,这就是一个取舍、一个选择,就体现了年谱编撰者自己的学术眼光,这个问题很复杂。我不是一个知难而进的人,而是一个知难而退的人,很喜欢看别人编的年谱,但自己轻易不敢尝试,所以对乔生、对晓江不但能够编年谱,而且能编年谱长编非常钦佩。

因为我们今天讨论的题目是"方法、问题、前景",我的一个粗浅的想法就是:方法对了,问题就解决了,前景就一片光明了。当然,周作人是例外,前面两个问题解决了,前景还是搞不清楚,对吧?所以我想回过头,从年谱开始谈。

新文学以来给作家或者说学者写年谱,我看到的比较早的就是丁文江的《梁任公先生年谱长编》。后来,在1949年以前编年谱的,一本就是鲁迅逝世以后,许寿裳编了一份《鲁迅年谱》,但我们今天看,它等于是个年表,很简单的,因为他急于要收入《鲁迅先生纪念集》里面,所以很简单,当然,对一些比较敏感的问题怎么来处理,他在编的过程当中征求了许广平、周作人的意见。接下来就是陈从周编的《徐志摩年谱》,编完的时候是1949年上海刚解放,印出来已经是上海解放以后了,我原来一直以为它是1949年5月以前印出来的,后来看到了一封信,这个信证明它是1949年5月上海解放以后印出来的。因为当时现代作家基本上都还健在,除了徐志摩、郁达夫、王鲁彦这些比较有代表性的作家去世以外,大部分都健在,我们有一个前提就是必须作家死了以后才能编年谱,盖棺认定,所以这个工作在改革开放以前基本上没有什么大的进展,直到改革开放以后,编年谱才成为一种风气。鲁迅的年谱就有好几种,你现在去统计一下的话,这个量就很大,最近还有吴中杰先生写了他的回忆,他当年是怎么编他那套《鲁迅年谱》的,有很多我们以前不知道的事情,还有人来抢年谱这样的事。所以在这个基础上,刚才孙郁兄也谈到,就有了当时的鲁迅博物馆编的四卷本——我等一下要讲,年谱的四卷本非常有意思的,四卷本的年谱确实有相当的作用,当然也有很多不足。因此在这个基础上修订四卷本,出了一个第一卷,出来以后后面三卷就没了,是不是?这个我都买来认真学习了,当然也有很多不同意见。然后现在乔生就从年谱到年谱长编。孙郁先生得出一个结论,就是说年谱一定要个人来编,刚才是不是这个意思?我觉得稍微可以变动一下,两个人、三个人也可以呀,对不对?不必拘泥于一个人编,两个人就群策群力嘛!

然后很多作家都有年谱了,是吧?鲁郭茅巴老曹都有年谱了,年谱的一个繁荣时代已经出现了。艾丁赵有吗?也有了,《丁玲年谱》很长的。在这个基础上又开始出现年谱长编,田本相先生编《曹禺年谱》,不知道是177页还是180页,只有一个小册子,但还是命名为《曹禺年谱》。后来他编《曹禺年谱长编》,1 200多页,增加了6倍多,所以说长编一定要长,但也不绝对,《刘师培年谱长编》就是一本,是吧?所以还是看有多少材料。(朱晓江:"《刘师培年谱长编》现在也有80多万字了。")对,那么就是在原来的基础上增加了。

在这之后,《蔡元培年谱长编》就是四卷本了,《郭沫若年谱长编》倒是有五卷本,但好像年谱长编以四卷本为宜,当然四卷本也有篇幅差别,你设计一卷20万字,一卷30万字,篇幅上就很不一样,这里面,你要谈取舍,到底多大的篇幅更加符合谱主,是吧?郁达夫为什么不可以编一个年谱长编,对不对?郭文友那个《千秋饮恨——郁达夫年谱长编》是比较早的,体例比较陈旧,因为他毕竟不是专门搞学术研究的。这个年谱长编的编辑过程非常有意思。我的老朋友商金林先生的《叶圣陶年谱长编》也是四卷本,它们都不约而同地,都是四卷本,既不是三卷本,也不是五卷本,什么原因?(赵京华:"李何林先生他们开的头嘛,但它不叫长编,就叫《鲁迅年谱》,也是四卷本。")当然这都是一个现象,说明我们在编的过程当中,好像是不约而同地选择了,非常有趣。

洪老师主持的这套年谱,我到现在只看到一种,就是郁达夫的,确实是编得不错,很有创意。但是还有一条我必须要指出来,年谱长编永远是未完成时,再好的年谱长编出来以后,一定会有人来纠正或者增补,这一条你无法避免,你功力再深,也总有遗漏,或者说会被人家批评,是吧?所以有一个人是很聪明的,就是胡颂平,编《胡适之先生年谱长编初稿》,我是初稿,欢迎批评,对吧?你现在看他这个年谱长编,很不全了,遗漏实在太多,因为后来发现了胡适大量的中英文资料,还涉及大量的英文演讲、英文文章。它初版印了10册,后来又增补了一册。当然,台湾的书本来就印得比较宽松,我估计如果在我们这里出,也可能是四卷本。

接下来我要讲的是年谱长编某种意义上扮演了一个工具书的角色。你要了解这个人的生平,你就要去看他的长编,主要的内容都要有。而且年谱长编要尽可能地吸收已有的研究成果,不可能所有的都是你自己独立的发现,你要吸收和综合现有的研究成果,把大家公认的结论放进去,是吧?当然如果有争议,你也要把争议的两个方面或者三方面的看法放进去,尽可能客观地来呈现谱主丰富多彩或者说是矛盾的一生。这个工作确实是比较辛苦,比较繁复的,有时候为了一封信,为了一段话,你可能要做很多阐释,解释这封信到底写给谁的、谈的是什么内容诸如此类的问题。

这里面还要提出来的就是,年谱跟年谱长编到底区别在哪里?和简谱的区别在哪里?是不是仅仅因为篇幅的增加?这个问题我也没想好。篇幅的增加是理所当然的,是吧?这个作家写了几百篇作品,我年谱里面可能大部分只能提到篇名,重要的我做一个简介,而年谱长篇我简介多一点,还可以用原文,我们两位的样稿里面都已经有了,这就体现了区别。乔生引用了,晓江可能没引用。所以很多问题可能需要讨论,不一定求得完全一致,但是通过讨论能受到启发。

接下来我就要谈谈看两位的年谱初稿,就是对1921年年谱初稿的一点粗浅的感想。因为两位都是老朋友,我就直言不讳了,讲得不对,大家可以批评。

《鲁迅年谱》,乔生这一年写得细致,非常有意思,很多我都不知道。但这里碰到一个问题,实际上这个问题是非常好解决的,你是按照传统年谱的做法,每一年之前有一个大事记,高屋建瓴的一个大事记,晓江没有。大事记里面,乔生第一个就是"1月,文学研究会成立于北京,主要发起人有沈雁冰、叶绍钧、郑振铎、王统照、周作人、许地山等12人,其宗旨是'为人生而艺术'",提纲挈领,非常有意思。然后在进入这年年谱正文里面,又用了相当的篇幅讲。用相当的篇幅来讲这个问题,我是赞同的,只不过你和前面大事记的第一条重复了。这样大事记的第一条就可以不要。你的大事记主要是写你年谱正文里面不写的,但是你觉得很重要的,这种必须要在大事记里面列出来。后面这部分我感到不满足的,或者说还不够满足的——你介绍了文学研究会,它的发起人主要成员、会址、宣言,跟礼拜六旧派文坛的关系,然后茅盾回忆提到鲁迅虽然没有参加,但是积极支持,这很重要,否则的话你编《鲁迅年谱》,鲁迅没有参加的,你放进去干吗呢?但是有一点我觉得不满足的,就是作为一个文学社团,它的存在价值是它的刊物,《小说月报》这里你没介绍,"小说月报丛书""文学研究会丛书",你这里是不是需要增补?提一下它的主要出版物,否则的话,怎么体现文学研究会的存在价值?你就说宣布成立了一个文学团体,但是没有刊物,没有出版,或者说没有活动,这个我觉得应该适当做一个增补。那么相比较而言,晓江你这里可能文学研究会就弱了一点,但实际上你这里应该要比《鲁迅年谱》更突出,因为《文学研究会宣言》是周作人起草的,对吧?跟文学研究会的关系,周作人比鲁迅更密切。我看你这里几句话就带过了,1月4日,文学研究会正式成立,发起人为12个人,就没了,这个我认为要大大加强。

同时我还注意到一个比较有意思的问题,乔生这一年的注蛮多的,我就觉得注是一个很好的方式,有一些不一定在正文里面出现的,可以用注。但是用注,我吹毛求疵了,在讲到郑振铎的时候,郑振铎用了八行,讲到茅盾的时候只用了四行,对不对?鲁迅和茅盾的关系显然是,至少是不比和郑振铎的差,对不对?那么你既然郑振铎用了八行,茅盾也要给他八行了,要不就把郑振铎的八行减下来,也减四行。

乔生的方式,我认为晓江可以采纳,当然晓江也有注,但是没有像乔生那么多。乔生的方式,就是说第一次出现的人物,重要的都要在下面加注,省得读者自己去检索,我觉得这个方法原则上来讲是非常好的。

通过这两个样稿的呈现,乔生还是比较精炼,晓江比较具体、细致,从篇幅上面来看,同样是一年嘛,对不对?这里就可能会涉及又一个问题,年谱长编的篇幅怎么样更加合适、合理的问题。

我发言只能提出一些问题,自己阅读后的一些粗浅的想法,不一定对,叫仅供参考。时间差不多了,到此结束,谢谢大家。

丁酉年的周樟寿

董炳月

参加这个会,而且得到了8本珍贵的年谱,我非常高兴,谢谢!本来是乔生让我来开这个会,我说我也没编过年谱、不懂年谱,来干什么,他说还是要来,因为他一直是我的领导,所以我就说来吧。他说"你要报一个题目",我想了好多天,才想出现在这么个题目,叫《丁酉年的周樟寿》,因为很不成熟,所以没想到要在大会上讲,所以我下面讲的内容,大家姑妄听之,仅供参考。

我为什么选这个题目?实际上和年谱写作的前提有关,因为既然是年谱,你必须把每一年的事情都给它弄清楚,对吧?这一年的事情弄不清楚,那就变成空白了,对作家的理解就不完整。在鲁迅研究当中,丁酉年恰恰是一个空白。比较早的年谱,像曹聚仁的年谱,就两句——十七岁。他仍在三味书屋读书,习作八股文及试贴诗。2005年版的《鲁迅全集》当中,丁酉年1897年就是空白,什么都没有。所以研究早期鲁迅的时候,我就一直对这个很好奇,到底这一年是怎么回事?特别是和前一年的丙申年1896年,后一年的戊戌年1898年相比,那是大为逊色。前一年1896年10月份他父亲去世了,这是大事;后一年1898年5月份他到南京去读书了,也是大事。那1897年,什么事都没了,对不对?所以我就选这个题目,叫《丁酉年的周樟寿》,丁酉年就是1897年,周樟寿就是鲁迅。我为什么不说"1897年的鲁迅",而说"丁酉年的周樟寿"呢?就是一个修辞,要呈现一种历史感。(陈子善:"那个时候也没有鲁迅。")那个时候不仅没有鲁迅,连周树人都没有,周树人是1898年他到南京读书才给他的名字,公元纪年是民国以后的事情了,所以我就选了这么一个题目。

我是带着对丁酉年的一个困惑来读乔生的年谱的,我先去翻,一看很有收获,他把鲁迅这一年抄《二树山人写梅歌》记到年谱里去了,而且对鲁迅当年的活动做了一个偏于归纳性的表述,不是具体哪一个月哪一天干什么事情,但是我觉得有一个问题,是什么呢?《鲁迅手稿全集》的材料你没用,《鲁迅手稿全集》2021年刚出的,这个也是乔生他让我去当专家委员会的委员,我参加编了,所以就到《鲁迅手稿全集》中去看1897年能不能找到一点东西,结果找到了。第一是《镜湖竹枝词百首》,鲁迅的叔祖周兆蓝写的,鲁迅抄的。《鲁迅手稿全集》编者加的注就是"约1897年",那就是一件事。然后结合乔生的年谱中有关《二树山人写梅歌》的内容和《镜湖竹枝词百首》来看,我认为鲁迅抄他祖父的《桐华阁诗钞》也是在1897年,这是我的一个基本判断。

所以我要讲的《丁酉年的周樟寿》,就是作为周福清的诗集《桐华阁诗钞》和他的叔祖《镜湖竹枝词百首》的抄写者的鲁迅,这两者应当写到年谱中去。这个重要性在哪里?因为他抄这两本书,在我看来,比他父亲的去世,比他到南京去读书,对鲁迅的影响还要大。根据是什么呢?我从《桐华阁诗钞》和《镜湖竹枝词百首》摘了几首诗,大家来看,这些个都是17岁的鲁迅抄过的。这里涉及一个问题,我是凭什么来判断,说这些个肯定是丁酉年1897年抄的?乔生的《鲁迅年谱》,在1897年的部分,介绍《二树山人写梅歌》的时候,你那个篇末写了,说是鲁迅他注明了,叫"光绪丁酉七月下浣抄竣 桐华阁人珍藏",对吧?"丁酉七月"就是1897年的农历七月,"下浣"就是七月下旬抄完的。为什么叫"桐华阁人珍藏"?"桐华阁"是他祖父的诗集的名字。这个时候他刚刚抄完《桐华阁诗钞》,这是我的一个判断。还有一个,1896年他给他的父亲抓药治病,他父亲死,那个时候可能未必有抄诗的心境,而且抄这么多,抄《桐华阁诗钞》,抄《镜湖竹枝词百首》,抄《二树山人写梅歌》。还有一个,《桐华阁诗钞》第一行,写的就是"会稽周福清介孚著,长孙樟寿录,光绪戊戌以前",就是1898年之前,1898年之前不会是1896年,他在《二树山人写梅歌》最后写"光绪丁酉七月下浣抄竣 桐华阁人珍藏","光绪丁酉七月"就应当是1897年。这是一个基本的判断。然后根据他的笔迹,你现在看他的手稿,因为是高清版的,一看他笔迹那个字不应当是15岁的小孩写的,1896年他是15周岁,然后他自己已经说了,不是1898年写的,那就应该是1897年。还有竹枝词,他叔祖周兆蓝写竹枝词,是

1895年写完,1896年定稿的,所以他抄还有一个时间。再一个,他是为了参加科举考试学做试帖诗,也是在1897年,他的祖父给他写了一个学诗的帖子,周作人的回忆是1898年前后,但是根据他参加科举考试的情况,也应该是1897年,所以1897年是有重要事情发生的。

下面就涉及为什么说《桐华阁诗钞》这么重要。对周福清(周介孚)到目前为止的研究很少,有两篇文章研究,但是连一些基本事实都弄错了。研究鲁迅,因为他的父亲去世早,我的一个结论是,如果不研究周福清,你是不可能理解鲁迅的成长史的,这个人太重要了。

第一是我看了《桐华阁诗钞》发现,周福清是一位非常了不起的诗人。他的诗歌艺术到了什么程度?我举一首,这是《秋兴四首》当中的第二首:"关山极目渐萧条,千古兴衰酒一瓢。马当风乘牛渚月,广陵涛接浙江潮。倚楼遗韵传长笛,横槊豪情付洞箫。投笔从戎怀往事,玉门今已老班超。"太厉害了,特别是他起笔那两句"关山极目渐萧条,千古兴衰酒一瓢",诗人主体的位置是怎么变的,你看一下就可以做一个比较细的分析。然后是"马当风乘牛渚月,广陵涛接浙江潮",用典用得漂亮,文脉顺畅。"倚楼遗韵传长笛,横槊豪情付洞箫",诗意极其高。《桐华阁诗钞》一共是109首,我是一首一首给他数下来的,漂亮的诗非常多,当然很一般的诗也很多。

第二就是他对现代事物的描写,《桐华阁诗钞》有23首是写现代事物、现代生活的。大家看《电气灯》:"智能烛理辨微茫,积气成天即化光。不夜有城因电白,通明无殿奈昏黄。线传日报千盘曲,车走雷声万里长。三百由旬泡影速,传灯慧解让西方。"智能手机大家都在用,周福清在那个时候已经用这个词了,"传灯慧解让西方"。"线传日报千盘曲"写的是电报。他是十分关注现代事物的。你谈鲁迅现代性的时候,如果不看他从《桐华阁诗钞》当中接触的现代问题,你怎么来理解呢,对不对?因为时间关系我就不多说了。《水月电镫》,镫是马镫子的意思,实际上他写的是无轨电车,《电气灯》就是写电灯的。这是第二,他写现代事物写得很多。

第三是他有爱国情怀,是爱国诗人。这里举一个例子,他在写《山茶花》的时候,他跟日本人较着劲呢。日本不是樱花之国吗?所以他写《山茶花》:"团香簇锦滇川路,赤玉丹砂富贵家。为问瀛洲三岛客,海红花可胜樱花。"就是我这个山茶花比你樱花怎么样,对不对?他是个爱国主义者,而且他在《水月电镫》十之十有一句,叫"五兵销尽蚩尤雾",就是代表黄帝讲话的。鲁迅的《自题小像》中"我以我血荐轩辕",它至少和"五兵销尽蚩尤雾"构成了一个对应关系。因为《自题小像》写作时间的问题,我有一个单独的考证,就是这里为什么要写道"我以我血荐轩辕",它与军国民教育会的徽章有关系。徽章的一面就是黄帝像,另一面叫"帝作五兵,挥斥百族,时维我祖,我膺是服"。到目前为止,研究《自题小像》写作时间的人,都没有注意到这首诗和军国民教育会徽章的关系。我是偶然看一个展览的时候,看到军国民教育会居然有徽章的,铸得很漂亮。

第四是我注意到《桐华阁诗钞》中写南京的,叫《金陵杂咏》的就有9首。这是1897年鲁迅从《桐华阁诗钞》当中读到了他祖父写金陵的9首诗,然后,1898年他就到金陵去了。就说他对金陵,对南京的了解,对南京的向往,与他抄《桐华阁诗钞》当中的《金陵杂咏》是有关系的。把《金陵杂咏》九之三和九之四,与鲁迅1931年、1932年写南京的两首诗对照起来看,写英雄,写春兰秋菊,这都是他祖父诗中出现过的。这好像没人注意过,对吧?也可能是我的牵强附会,大家姑妄听之。

这是《桐华阁诗钞》的问题。具体的我就不讲了,下面的大家拿回去看。然后是《镜湖竹枝词百首》,整整100首。我这里给大家提出一个问题,就是我在看《镜湖竹枝词百首》的时候发现周兆蓝大量用了"棹"这个字,就是船的一个符号嘛,对不对?我给大家举几个例子,先讲第一个问题,就是周兆蓝他不仅自己写诗,而且在第十一首竹枝词后面加了一个注,"先太高祖韫山公讳璜以集诗举于乡"。对于鲁迅来讲意味着什么?首先,他抄了祖父的诗,他知道祖父能写诗,抄了叔祖的诗,知道叔祖能写诗,然后他还知道他的先太祖也写诗,周家就有一个文学传统了,这样一来,文学家鲁迅,不应当仅仅把他放在现代文学的脉络当中看,也应当把他放在周家的文学传统当中来看,这是我的一个想法。回到刚才讲的"棹"字句,第一首末句"终日时闻放棹声",第五首末句"一棹烟波访钓徒",第八首后两句"烟波一棹西施去,山色空辉范蠡祠",第十二首后两句"我来访棹寻名胜,东跨湖桥西跨湖",后面还很多,第十二首之前就有这么多。鲁迅在诗当中为什么老是用"棹"字句?他给他弟弟写的《和仲弟送别元韵》中就有"一棹烟波夜驶船","一棹烟波"就是前面周兆蓝的"一棹烟波",周兆蓝用了好多次。

所以结论是什么呢?就是对于丁酉年的周樟寿来说,抄写他祖父的《桐华阁诗钞》和他叔祖的《镜湖竹枝词百首》是重要的,鲁迅的文学起点应当往上追溯到1897年。这是我的一个结论。好,谢谢各位。

圆桌讨论

赵京华：

我就简单说一下，我非常期待周氏兄弟年谱长编早日完成。改革开放40年，发展到今天，我们现当代文学的年谱编撰已有一定的规模和发展，但在此基础上，形成长编的还不多。来之前我看了汤志钧做的《章太炎年谱长编》，就比较成规模，现当代文学的作家年谱能否向着这个方向再往前走，走到长编阶段，我觉得两位如果能做好，可以立一个典范。

然后，我想说的涉及两位年谱里的一些具体问题。晓江刚才自己也讲到了，你年谱里前边没有时代背景、文坛信息等背景交代，你说想尽量通过原始资料把这些带出来，但是你要带出来的话，前面和中间得有照应，否则大家会注意不到。所以我觉得前边还是要像乔生那本，哪怕只用三五行，把时代背景、文坛环境和与周作人有关的内容加进去。当然周作人活了80多岁，每一年都加的话，恐怕量也不小，你的字数就更超了。这是第一个问题。

第二个问题是你引用的日记。引用日记，1937年前的应该没问题，1937年后的本质上也没问题，周作人去世已经超过50年，日记已经成为公版，但问题是你必须得到家属同意。我提供一点信息，疫情前，我把周吉宜介绍给三联书店的叶彤，叶彤已经把1937年以后的日记版权全买了。在疫情第一年，这套日记的影印排版都做完了，定价是一万元，因为量大，又全是照排的，如果能出就最好。因为前期的排版都做完了，资金投入很大，不出的话损失很大，三联还有个备案，就是转给香港三联书店，但可能就要花更长时间。晓江你年谱里1937年以后的日记是不是也都直接引用了？（朱晓江："简本我都改掉了。"）改掉好，不然很麻烦，因为周家对这个很看重。但1937年以后有几年的日记是发出来的，在《中国现代文学研究丛刊》上，这几年的就可以用。还有几年的是给了鲍耀明，鲍耀明又给了木山英雄，木山英雄写《北京苦住庵记》的时候也用过，应该是1941年的。所以日记恐怕是个问题。

第三个是关于身后影响的，我看乔生的年谱里有这个部分，好像我们这套书里都有？晓江准备怎么处理？我目前看到你1921年这一年是没有的，周作人的影响怎么来说？

还有就是著译编年，我看《章太炎年谱长编》是把书和单篇作品的目录独立列出来放在年谱的后边，晓江是都融合到正谱里去了，怎样做更好？周作人的文章太多，把目录放进去后，量就很大了，这是个问题。张铁荣他们编的是分开的，把年谱和著译编年分成了两本。

接下来就是乔生的，乔生的我看了也很激动，因为鲁迅的年谱20多年来就没有动静。鲁博的四卷本，八九十年代我们用的，真觉得特别亲切，内容也很丰富。可是鲁迅研究发展到现在，是需要有新的年谱和新的比较丰富的资料汇编的。所以我觉得鲁迅年谱长编,不怕多,四卷八卷都可以,规模大一点,国外的影响也可以放进来。因为我是做鲁迅在日本的传播研究的,对鲁迅的翻译,1937年日本有《大鲁迅全集》,到了1985年出了《鲁迅全集》,依据的是1981年人民文学出版社出的《鲁迅全集》,它集合了日本全国学者的力量来注释。后世影响,我想就包括鲁迅作品在海外的翻译,一些重要的评论可以放进来。日本最重,然后是韩国,然后是英语世界,还有俄语世界、东欧。

最后一个,就是对鲁迅著作原文的引用。晓江的年谱引用原文稍微多一些,我觉得乔生可以再选一些对了解鲁迅的思想、文学、人生有直接参考价值的经典文字。我就说这些。

张业松:

我真的是你们二位年谱的受益者,作为周氏兄弟教学的工作者,从年谱中学到了很多,乔生先生的年谱出来后,我觉得用起来顺手多了。时间关系,我就简单讲三个意思。

第一个是说,年谱作为一种著作门类,为什么这些年会越编越长,越编越多?我想这个应该是随着我们文学研究的拓展和深入产生的需要。最初我们只是以作家作品为中心去研究作家、学习文学。再往下的话,我们去研究这些作品怎么产生出来的,基本上就聚焦到作家的文学活动,由作品拓展到文学活动。年谱长编应该是进一步扩大,我们对作家的了解不能仅限于作品,也不能仅限于所谓文学活动。而要了解这个"全人",实际上是要以作家的生活史为中心,作家的方方面面都要考虑进去,作家的家族史、学习史、阅读史、交游史,现在的条件下还包括图像史等,这些方面的史料都要包含进来。这方面的扩展当然也跟整个人文学术研究的总体倾向相关,比如新文化史、微观史等等这些的发展。我们对人类自身活动的方方面面产生更深入的兴趣,想要做更深入的探讨,所有的物质文化遗产层面的东西我们都想去摸一摸。所以,年谱越编越长,实际上是研究越来越深入的一个表现,是研究成就的展示,也体现了我们在新的条件下的求知需要。

第二,在这样的前提下,我们确实要思考年谱的功用到底是什么。首先它要作为工具书,准确地提供关于作家的一些基础信息。说到工具书,其实有一个问题,不同的读者需要的工具书是不一样的,我们的年谱是不是能全面满足不同层次读者的需要?简单说,是写给专家看的还是写给公众看的?定位的问题需要思考。考虑定位问题,实际上也是思考年谱著述体例的问题。晓江是谈到这个问题的,他心仪的是章太炎《自定年谱》这种著述体例,这种文体的表述就很有味道。我们的年谱是不是也要建立一种文体,形成一种风格,或者说是不是应该有一个大家都认同的体例?比如刚才讨论的,每一年的前面要不要做史实提要?作家这一年方方面面的活动,最重要的是哪些方面,把它做个提要,然后后面做附录,比如说著述目录、阅读书目、年度购书目录等。是不是要形成这样的体例?再到具体的条目上面,是乔生老师的可作为典范还是晓江的可作为典范?他们俩的年谱风格很不一样,乔生的实际上是编者的主观体现比较充分,有各方面的评断、附注、引述,还有注释,晓江的看起来更传统规范一点,他一上来就引写了个什么信,信是什么内容,引材料。这两者如何取舍?实际上著者对年谱的功能定位是不一样的,可能乔生老师的定位更注重公众性、普及性,晓江以披露自己发掘的一手文献资料为重。

第三,体例差异一方面有著者自身的考虑,另一方面也和对象本身性质不一样有关。鲁迅的基本史实我们知道得多,你今天编《鲁迅年谱》,提供新的关于鲁迅的史料,那最好不过,但肯定没法成为主要的方面。所以我们不能要求《鲁迅年谱》成为一个以提供新资料为主的年谱,但是对《周作人年谱》我就有这样的要求,因为周作人的资料传播情况跟鲁迅的传播情况完全不一样。周作人的年谱长编出来,可能就变成一个资料集成,它首先是文献性突出,可能很多没法公开印的,或者我搜集不到的内容都在长编里,这样工具性就大大加强了。对象的不同对年谱的面貌、年谱的功能定位,还有著述体例都会形成影响。所以我们有没有必要强求一致?就说鲁迅,我们鲁研界的学者比较熟悉鲁迅的材料,但普通读者可能不熟悉,如果体例都定为资料性优先的话,编一个年谱长编,把研究者知道但普通读者不大知道的鲁迅的基本材料都收进来,会变成集大成之作。这样一来,可能学术个性被淹没了,同时也碰到一个时代性的问题,就是在今天所谓数据文献时代,要怎么办?这些基本史料我们可以通过数据库的方式去呈现,对于作家年谱的工具性之实现,是不是也得考虑这些新的问题?

以上分别从学术环境、学术追求和学术对象三方面,尝试对作家年谱功能定位、编撰体例和呈现形式等需要落实在实际操作层面的问题有所思考,要说有什么结论的话,大致是,作家年谱作为作家研究之成果的一种载体,是学术环境、学术个性和学术对象等多方面的因素综合作用的结果,著者借以呈现其学术追求、个性和成果,在著述体例上各有取径,亦各有面向、抱负,最终可能是各擅胜场、百花齐放,恐怕没办法也没必要强求一律了。也就是说,作家年谱在著述体例上最终可能是有典范、不一律的。至于在资料集成和工具性等基础功能实现方面,数字化时代正在向我们提供技术便利,同时也提供了一些新的思考面向,值得重视。总之,年谱编撰貌似是个学徒的活儿,但其实问题还真的很多,从这个地方起步去做学徒的话,前途无量。我就说这么多。

姚晓雷:

非常感谢杭师大举办的这个会,我是一个史料研究的门外汉,我主要是做现当代文学批评的。今天听各位老师的发言很受启发,看到两位老师编撰的年谱我也感到非常好,我想赞美一下,但我又不敢赞美,不到点子上的赞美反过来可能是一种贬低,所以我就不再多说好话。我就谈一下在听的过程中的一点启发和疑问。

首先是接着业松的话谈,关于年谱编撰的视角问题。今天大多数老师在发言时都是站在编者立场,其实我觉得站在接受者的立场非常重要。年谱编出来时,你是要给什么层次的读者看的?在这点上,我对业松刚才说的分不同类型的年谱有不同看法,我认为年谱编出来就是给研究者看的,不从事研究的人不会看年谱。比如我想了解周作人,想了解鲁迅,如果想要一种大众阅读,我可以看他的传记或是其他方面的介绍,而要想做一些专门化的研究,怕别人的介绍有断章取义现象或基本事实不够准确,我才会找年谱。所以年谱很大意义上是供研究者看的。

那么从研究的角度来说需要一个怎样的年谱呢?我可能比较认同晓江的观点。我觉得年谱不需要编者提供太多的个人评价和判断,而是尽可能地给研究者提供一种可靠的事实依据,就是工具书的作用。甚至年谱里可能有很多矛盾的问题,比如对同一现象大家认识不一样,像对周作人的某个阶段,你这样看他那样看,在这时我觉得编者也不需要把它纯洁化,把它梳理得很清楚,只要把一些材料客观地呈现出来就好,甚至年谱里充满了各种语言的混乱,各种观点的争锋,这样的年谱对研究者来说才是一座宝库。我在寻找自己需要的材料的过程中,不想受编者或者其他人的观点影响。"编者已死",这个说法可能有点极端,因为任何一种年谱的编撰都是由编者梳理材料,编者肯定是藏在材料里边的,编者就是隐藏的作者,他不可避免地在传达自己的一种价值观,但我认为这种价值观的干预越少越好,尽可能给我们提供一些逼近客观事实的判断,让研究者根据这些史实来寻找自己的答案。这是我作为接受者对年谱编撰的一些个人化的想法。

再一个我想谈的是以文证史的问题。我们在研究时经常强调文史互证,文史互证包括以史证文和以文证史两个内容。可能一些文学研究者需要找一些史料来证文,但对年谱编撰者来说需要的则是以文证史。像黄乔生老师的年谱,1921年1月,他引了一大段鲁迅《故乡》里的文字,我感觉这就是以文证史,用作者的文字体现他的思想感情——你可能从他的日记或者其他材料里看不到的感情,因为日记记录的也未必是真的,但有时候文学体现出的一种真实的心理,是没法伪装的。英国历史学家卡莱尔说:"历史都是假的,除了名字;小说都是真的,除了名字。"这句话固然有些绝对,但保留在文学里的一些真实的情感体验,通常是非常有价值的。在特殊的阶段引用一些文学性的东西到年谱里,我觉得很有意思。另外,今天董炳月老师讲到鲁迅抄他祖父和叔祖父的诗,尽管这不直接对他发生影响,但对于了解鲁迅的创作很有帮助,我觉得也很有意思。你看《桐华阁诗钞》里这句"关山极目渐萧条,千古兴衰酒一瓢",和鲁迅的气质非常相似。这其实也是一种间接的以文证史,以他祖父的文字来印证鲁迅诗歌创作的家学渊源。

但这种以文证史也有危险性,就是很难找出彼此之间发生实际联系的细节,往往都是一种外部推测,未必符合真相。我举个例子,前几年我们老家修族谱,还找出了我一个先祖当时科举考试的文章,如果谈影响,可能就会说你祖上的传统如何如何影响了你,但事实上,我原来都不知道这个先祖的名字,也根本没接触过他的东西,只是他们拿出族谱找我的时候,我才知道他的事,对我根本没有影响力。所以,对于一些作家的研究,如果提供了类似这样的一些材料,研究者肯定要把它当成一个研究线索,但这个线索显然会误导研究者。以文证史时,也要充分防范这种似是而非的想当然。

我就提这些疑问,在这方面我是个门外汉,提的问题可能也是门外汉式的。谢谢。

金理:

我也要谢谢活动主办方以及晓江老师,给我这样一个机会来向各位老师学习。因为我不做史料,可能谈不到点子上,主要感谢两位老师给我们贡献巨著。

这确实是特别有难度的工作,就像刚才几位老师所讲的,年谱到底如何做到详略得当,既要以谱主为中心,又要照顾到方方面面,尤其不能以谱主单方面的言行为依据,要避免以他的是非为是非,这是非常困难的。并且我们今天谈的"二周"(鲁迅、周作人)不仅是文学史,而且是现代史上的枢纽人物,无往而不在,他们身处一张又一张人事关系的网络当中。我想起以前跟陈思和老师读书的时候,陈老师对史料很强调。当时他给我的建议是,刚入门的话,像"二周"这样的可能处理不了,太小的人物又大概率发现不了资料,那么就找一个中间人物。当时他建议我研究徐祖正,但我进去后才发现根本处理不了,涉及的人事网络实在太多。后来我的硕士论文研究施蛰存,后面也附了一个自己撰的年表,陈老师看了后有个批评,说太以施蛰存本人的意见为意见了。我觉得也难免,和自己的研究对象耳鬓厮磨太长时间,不免日久生情,总以他的视野为视野。所以我觉得既要以谱主为中心,又要方方面面地去看本身就是件很难的事。

年谱和长编这两者体例完全不同,长编不是年谱的升级版。长编本来是为年谱来做准备的。但我觉得可以分而治之,我理想的长编是宁繁毋简,甚至可以做些考异的工作。

我喜欢翻胡文辉的《陈寅恪诗笺释》，他就擅用考异的方式，在正文下注释，一条一条的材料，我觉得这很好。长编应该把所有的资料都堆上去，不一定要有头绪，把能到手的资料分类、排异、比较，作为注释，我觉得这是个很好的工作。

第二个看法，我们今天谈的是作家年谱，作家以创作为业绩，是特别擅长通过创作来经营自我形象的一类人，那么他们的创作，除了编入创作年表外，到底该如何引入年谱撰述中？比如郁达夫，一个留下很多自叙传作品的作家。我前段时间也在读郁达夫，受益于杭春老师的年谱，得到了很多教益。我翻到早年的一些研究者给他写的年谱，甚至是传记，就发现关于他留日期间经验的撰述基本上笼罩在以《沉沦》为代表的小说影响下。我觉得这挺成问题的。我读郁达夫时，经常会想到这样的概念——"文学人设"。郁达夫是能敏锐感知到自己人设压力的作家，现实当中的郁达夫经常会反过来认领他笔下文学人物的某种标签，也由此影响到他写的传记。你读他写的自传，留日期间呈现出的形象就是一个零余者的形象，这个形象甚至进入他的日记当中，等他著作等身、享有大名后，他在日记中还经常哭穷喊苦、多愁多病。所以有经验的读者在读他日记的时候就会给他算账，他说自己很苦很穷，但根据他三个月的消费记录——入住哪家酒店，上了哪个馆子，算出来后得出的结论是我们社会根本就没亏待作家。这是我们要注意的。到底如何引一个作家的创作？哪怕是我们觉得真实性比较高的，像日记类的材料，也要考异。

最后一个，也是我读郁达夫时的感受，比如我们对郁达夫留日期间经验的还原，除了《沉沦》这样的创作外，我觉得还有两种材料值得重视。一是他在留日期间交往的友人留下的回忆。那些友人看郁达夫写的自传后都很失望，觉得没有把当时他们交往的情形保留下来。二是郁达夫的旧体诗。之前董老师也带着我们读了旧体诗，旧体诗是很重要的。旧体诗所呈现的郁达夫留日期间的形象，和我们借助《沉沦》呈现的郁达夫形象其实是大相径庭的。但是我觉得这里面又有问题，它也谈不上真实效力谁高谁低，旧体诗和小说都有自身的折射率。小说就不用说了，旧体诗有很多格套，要用典，比如郁达夫在日本期间写的旧体诗，主题很多是酬唱、交游，这是中国古典文学中经常采用的，比较容易呈现跟人交往其乐融融、逸兴飞扬的形象，这个形象跟他在自叙传中所呈现出来的形象是完全分裂的，我觉得还是要推敲的。所以我们对文字材料本身应该有敏感性。子善老师早年发现了郁达夫写给周作人的那张明信片，那才是所谓《沉沦》争论的缘起。明信片是用英文写的，陈老师翻译过来的，我看《郁达夫全集》中有影印原文，但有些选集就是中文呈现。我觉得很耐人寻味，他为什么用英文给自己的同胞写信？他要掩藏什么？好像是既要求助于文坛的权威，又不愿自降身价，我觉得跟这个可能有关系。所以这封信就不如前面杭春老师说的给胡适的那封受重视。总之，就是对媒介本身的曲折性、折射率，我们可能还要更敏感些。

康凌：

谢谢杭州师范大学的招待和晓江老师费心的安排。我很长时间没有做具体的史料工作了，方法、问题、前景好像都谈不了，我就谈一个词，叫作家，或者说作家年谱和全人年谱的区别。对周氏兄弟来说，这两者的分歧尤其关键，因为他们都是多面手，都有各种各样不同的身份，而且这种身份对我们理解现代文学非常重要。我读黄老师这一年的年谱，注意到一个细节，他提到了鲁迅为什么不参加文学研究会，实际上是因为教育部有相关规定，这个就牵涉到鲁迅当时在教育部的官员身份，但是在1921年的年谱里，我感觉鲁迅作为官员的日常工作涉及不多。我们知道他晚上与朋友往还写信,但他整个白天的工作在干什么,好像这一部分里面没有,不知道是不是有材料可以补充进去?(黄乔生:"有的,这在前面叙述得比较多,从 1912 年就开始上班什么的,但都是些重复性的工作,到 1921 年他基本上跟教育部的关系很疏远,应付差事的,但每天还要去点卯,整个的心态是比较消极的。")我觉得鲁迅的官员身份是个很重要的信息,在他的整个创作,尤其是在他和文学研究会的关系中已经被呈现出来了,如有新的材料,我觉得还是可以补充进去。

看这两份年谱,我还有个很明显的感觉,就是近几十年以来的"二周"研究对我们的年谱编撰助益非常大。我比较了这两份年谱和之前年谱的区别,一个增补非常明显的方面就是周氏兄弟的翻译工作。像黄老师在年谱里专门有个注释,纠正了《鲁迅全集》(2005 年,人民文学出版社)在凯拉绥克译名上的错误。就是说,我们的年谱对译本的原著、作者介绍都比之前的年谱要丰富很多。晓江老师也是做了非常多这方面的工作,我看了 1921 年的年谱,专门对照了下张菊香、张铁荣老师的研究,晓江老师增补最多的就是翻译部分,尤其是各种各样的译后记,几乎是全文照录,这样就把作为翻译者的周作人的形象充分地传达出来。我觉得这也是我们对近几十年来这方面研究的很好的回应。

从这一点出发我在想,我们的年谱一方面反映了近几十年来对于周氏兄弟不同身份研究的积累,另一方面,它是不是也可能对未来的研究具有一点引导的作用,就是把研究界不太注意的,把他们在其他身份上的一些经历实践也放进去。比如我注意到"二周"都是藏家,收藏各种各样的东西,最明显的当然是藏书。买书有强迫症,像是同乡的作品,虽然写得不好,也要买下来。藏家的心态对研究他们的阅读史来说也是非常重要的,这个是不是可以再增补一些?然后,我注意到黄老师的年谱里专门介绍了鲁迅对佛经的收藏,而且对佛经的内容也有简单的介绍。(黄乔生:"对,这是刚加的,因为我也不太懂佛经。")这是很新的做法,既然是长编,我个人感觉可以多放点,因为我们不太重视,它可以引导我们去注意这些佛经的内容和他在同一年或同一个月做的事之间的关系,有更多的这种信息,我们对鲁迅的了解会更丰富。再就是他艺术方面的收藏,董炳月老师在这方面了解很多,写了很长的文章讲鲁迅和美术的关系。黄老师在鲁博里有天然的优势,是不是可以多向我们介绍些这方面的知识,也引导我们关注艺术学,包括日本的、西洋的各种绘画,也包括拓片。其实黄老师也讲了鲁迅收到了什么样的拓片,但这方面的信息如果还有的话,我们是非常希望多了解一些的。

除此以外,他们最重要的一个身份就是教师。教师的身份我们已经了解得比较多了,可能在 1921 年之后的年谱中会有更多的信息,尤其是讲义的编纂,什么时候开始编,编到什么程度,这和他们后面系统的著作之间是有直接血缘关系的。这本身其实也是学术研究的工作,如果能够通过长编呈现出来的话,可以提供更多的线索。这是一个问题。

第二个我想讨论的问题是业松老师讲到的年谱多重的用途、多重的读者。有一类读者是非常重要的,就是我们的学生。我接业松老师的班,在上周作人的课,业松老师、元宝老师在上鲁迅的课,我们一定会让学生读年谱。在让他们读年谱的时候也会告诉他们,比如说年谱的一些基本阅读方法,至少要区分三个层面的信息:谱主自己提供的信息,先行研究积累下来的信息,还有年谱编撰者自身的一些研究发现。三个层面要区分开来看。在两份年谱里,三个方面的材料都用到了。比如日记,两位老师用的方法非常不一样。黄老师比较传统,他把日记作为一个客观材料,根据日记的记录,把这些内容放进去。鲁迅的文风我们非常熟悉,买什么书,泉(钱)多少,他就把这些放进去了。但晓江老师很不一样,他把日记全文照引,即便日记的信息和他前面叙述的信息是重复的,他也把它引一遍。刚刚听晓江老师的说法,好像这样是想比较客观地呈现周作人,是吧?作为读者,我觉得这个做法也有意思,它提供了一个参照,就是周作人日记里记的和他白天实际干的有时候是不太一样的,这种不太一样反而呈现出日记材料的某种主观性。他有一个自我身份的设计,而这种设计有可能也影响到他写日记,像周作人、胡适、鲁迅这样的人,可能他们也知道自己的日记以后会被别人看到。所以会有这样一个参差,而这也呈现了日记作为谱主自身材料的独特性。如果版权条件允许,我很希望看到晓江老师持之以恒这样做,尤其是他后期,日记是怎么写的,实际这天干了些什么,通过当中的差异,我们能读出很多信息,这是个很有意思的线索。

再者,很多老师讲到年谱的主观性和客观性,我的理解倒不是主观和客观,而是先行研究和撰主自身研究间的区别。倒不是说先出来的研究更客观,我想说的其实是我的一个问题,就是有没有可能利用注释的体例,对先行研究和撰主自身的研究做一个区分?我感觉晓江老师可能做周作人时间长了,文风有点像周作人,喜欢用文抄体,这里抄一段那里抄一段,拼起来呈现自己的意见。文抄体当然有它的好处,但是对于学生来说读起来就比较困难,他们不一定有分疏的能力,可能就把你所有抄引的材料全部接受下来了。这对教学也提出了更高的要求,对于年谱也要做精读,判断哪些是晓江老师的意思。但从作者的角度,我们在写的时候,是不是能把个人的考证放到注释里,然后把学界积累下来的一些公认的信息作为正文出现,或者完全反过来,正文里是我自己的主观想法,而把学界积累的公认的观点或不同的意见放到注释里。这样我们可以有意识地知道这一部分是先行研究、其他人的研究,那一部分是编撰者自己的研究。当然,在具体的写作中,可能会有很多困难,但会给我们教学工作提供一些方便。

我就讲这两个问题。

黄乔生:

刚才康老师说到的佛经问题,前几天我才把它加上去,因为我考虑到晓江的年谱,这是两兄弟间的佛经交流。读佛经,以前也出现了,1916年,疑似和许寿裳他们猛读了一段时间,但在1921年突然又读了一段时间,我就想提醒晓江兄注意他们俩到底读的是什么。鲁迅抱着这些书上香山,然后又从香山取回来,读了哪些?他送给周作人的书自己读了没有?在送给周作人的同时自己又买了几种,也没给周作人。中间的区分是个很细的活儿,但我不怎么懂佛经的分类,像什么律宗、唯识宗,可能下一步得做这个工作了,现在这只是个很初步的名目引用。

刘杨:

各位老师已经讲得很细致了,我结合自己编年谱的体会谈一谈。加注释是有好处的,可能也会有问题。例如鲁迅批评泰戈尔赞美本国的萨提(印度的种姓压迫)问题,注释里说鲁迅搞错了,泰戈尔没有说过类似的话。这容易给人留下鲁迅不严谨的印象。即便鲁迅搞错了,也说明周作人的《人的文学》对他有影响,而不是他主观臆断的。周作人说泰戈尔写的小说里面赞美萨提,鲁迅信任周作人的判断。

《周作人年谱》让我想到年谱编纂中的材料取舍的问题。我编年谱时一开始也是用朱老师的方法,把原始材料尽可能放上。后来我发现放原始的日记、书信,看起来是让作者自己说话,实际上还是我们的主观态度在起作用,因为篇幅限制我们不可能直接放上所有原文。我选了这几句话或者这一段话,其实就代表了我的一种态度,也不是绝对客观。因此我觉得年谱还是要处理这些原始材料才更像年谱而不是资料集。

还有一个问题,有些作品比如《歧路》发表在《晨报副刊》上,年谱里标注收入《过去的生命》,又写到《歧路》在《新青年》上发表。那么,作品多次发表要不要都标注?还是统一都标注原始发表的杂志就可以了?我个人觉得,在《晨报》发表后又在《新青年》发表的,都标注出来有好处。这对于后人考察理解《新青年》的稿件来源,是一个启发;对于读者了解当时报刊之间的关系、办报人之间的关系、社团与刊物的关系也有启发。

郜元宝:

大家都有备而来,讲的都很精彩。我不知道还有什么特别的问题大家没有讲到。避免重复,就提几个小问题,供正在撰写年谱长编的几位参考。

第一个问题:子善老师为什么不做年谱?他是资料大王、考据大王,最适合做年谱啊。他现在产量很高,经常发表令人耳目一新的资料辨析、史实考订和梳理的文章,都是做年谱的人求之不得的成果,但子善老师自己为何不做年谱呢?我没有征求他本人意见,但我想在座的熟悉他的人都可以代他回答这个问题:年谱是系统工程,许多内容不可能都需要从零开始进行原创。现在修年谱,是将已有成果和自己的新发现认认真真整理一遍,做成值得信赖的工具书,供别人使用。年谱工作量大,责任重(不能弄错),会占用大量时间。一旦进入做年谱的工作状态,很难再离开谱主,轻松游走于其他领域,进行创新性探索。当然还有一个原因就是年轻的子善老师没赶上大修年谱的时代。如果他三四十岁时接到一个做年谱的项目,我想很可能也会做的。

今天确实是做年谱,特别是做年谱长编的好机会。但刚才大家也都认为这一方面是好事,另一方面也有无奈之举。撇开这点不谈,既然今天有条件大规模做年谱和年谱长编,不言而喻,大家肯定希望能超过前人。刚才好多位都提到,要从不同的读者角度出发来决定年谱的写法。如果把读者设定为研究者,或者有较高学术要求的读者(比如在导师指导下去查阅年谱的本科生或研究生),那么单就《鲁迅年谱》而言,就必须超过鲁博四卷本,要容纳这以后几十年鲁迅研究的成果,尤其是鲁迅史实考订方面的成果。这样工作量会一下子就膨胀了,因为即使是学术界公认的新发现史料,你自己也得再去摸一遍,看看是否仍有争议,并非铁板钉钉,比如一部分暂时尚未收入2005年版《鲁迅全集》的所谓鲁迅佚文。从1981年版《鲁迅全集》到2005年版《鲁迅全集》,光注释引起的问题就不得了。2005年版一问世,指谬正误的文章就像雪片一样飞来。所以趁着做年谱的机会,不仅可以吸收以前的成果,还不妨将许多悬而未决的遗案梳理一下。

比如说年谱主要依赖的谱主日记。"周氏兄弟"很多日记都是"错"的,跟大家公认或熟知的事实不统一。鲁迅日记1927年4月3日"作《眉间赤》讫",对这个记录,鲁研界过去讨论较多的是《铸剑》的写作时间(厦门说/厦门与广州两地说),但还有一个问题:倘若1927年4月3日定稿于广州,亦即都作"讫"了,而且1927年4月25日、5月10日就连载于《莽原》,那为何临发表时又改为《眉间尺》?1935年编定《故事新编》时,又再次改为《铸剑》?鲁迅日记1935年11月29日"夜作《治水》讫,八千字",也是作"讫"了,也是在出版之前,那为何后来又改为《理水》?手稿上有无改动痕迹?这都不是鲁迅日记"记错"的问题,而涉及鲁迅不断为小说"改名"的过程。年谱长编应该如何交代这些细节呢?

我看到晓江的《周作人年谱长编》书稿有一个细节:鲁迅在周作人床前朗读《过去的生命》。我觉得这个细节应该加注释。相比之下,像郑振铎的简介之类就可以不注。注和不注,都要看今天的读书环境。郑振铎简介毕竟容易看到,但鲁迅为病中的周作人朗读《过去的生命》,究竟是怎么回事?需要一条注释,甚至在正文中做个简单的交代。如果把这个问题搞清楚了,那鲁迅1927年写《野草·题辞》"过去的生命已经死亡"就很好理解,原来至少在字面上,"过去的生命"跟周作人有关。

今年陈思和老师有个博士生写田汉,他用了田汉回忆录,说田汉参加鲁迅50岁寿辰时,鲁迅跟他讲"快点跑,要抓你了"。为何鲁迅消息这么灵通?我就查四卷本年谱,讲到那天的参加者,根本没有田汉的名字。田汉肯定参加了,他大概提早离席,但年谱里这个细节没有,而且就连50岁寿辰策划人是谁、目的是什么,都没讲。刚才大家说,年谱"查得率"很重要,不能大家都知道的一个都不少,大家想知道的却往往缺胳膊少腿。

还有引文问题。即使是长编,但鲁迅《故乡》要不要引?要不要概述其内容?我看不必,因为这个容易得到。不管是简谱还是长编,如果属于事件的勾连,不写不行,肯定要写。但如果属于展开部分,又是现在比较容易得到的信息,那就干脆不用讲。包括每一年前面的"大事记",必须回避正文部分的内容,选择一些跟正文(尤其谱主活动)"没关系"的才好。"没关系"是打引号的,指没有直接关系。若有直接关系,正文部分就会提到,不必放在"大事记"里。

金理和康凌刚才讲的是对年谱提出更高的要求。他们也回应了两位作者关于主观与客观、详与略的问题。不管是主观还是客观,你总得力求给读者一个更完整的谱主形象,这里就考虑到文与史的关系。像金理讲郁达夫的"文学人设",竹内好在20世纪40年代也说鲁迅写自传,不一定真实,往往是在讲一个文学的故事。"幻灯片事件"就属于此类。如果我们只引用鲁迅的话,不说明这是一个迄今为止尚未查实的故事,可能就不够立体化。但这个尺度很难掌握,讲多了,"论文气""研究气"太浓,就不像年谱。年谱毕竟不是研究性的,最后还得用差不多伪装的客观的语言将丰富的内容糅合起来,使人看了不那么膈应。如果你一会儿交代得很流畅,一会儿又提出很多问题来讨论,那就不是年谱的写法。

晓雷讲"编者已死",我想在年谱的叙述语言上不妨树一个标准,叫作"编者已史",年谱的叙述语言最好像史家的语言,是对文学家生活史尽量进行客观、准确而简洁的叙述。

取舍问题,也与时代有关。丁文江《梁任公先生年谱长编》在他那个年代可能认为收集得够全了,暂时不太会有人能超过。但我们现在是否就可以追求将年谱写成一个博物馆,所有资料都要按编年方式汇集起来?这么大的信息量怎么处理?当然我可能穷操心,如果出版社愿意,十几卷、几十卷都无所谓,当然就不成问题。

两位作者都用了大量篇幅讲《新青年》分裂,我感觉这是否有点超出谱主生活范围了?如果将"周氏兄弟"之外的所有来往信件一网打尽,是否合适?与《新青年》解体有关的所有来往信件都附上去,这当然更能看出"周氏兄弟"在其中的地位与处置方式。但既然这些信件大家现在都能见到,就不必太求全。

邵宁宁：

关于年谱，我了解得不多，但是听了前面老师们的高见，也有一点感想。我就随便说一点。我在想为什么这几年编年谱这么多，好像形成了一种风气，好像写传记的少了，编年谱的多了，为什么会出现这种情况？一个可能和整个现代文学研究朴学化的倾向有关，对于思想性或是论述性的兴趣好像降低了。现在大家都去做史料、年谱，这背后是什么？我觉得大家对年谱的兴趣，一方面是对研究对象研究深化的一种体现，另一方面，一定程度上也是出于对传记的失望。现在稍微专业点的人都不大读作家的传记了，传记水分太大，如果你真要靠近那个人，年谱肯定比传记更可靠。这就说到年谱的特点——客观。另外，年谱的文体比较节制，不论是客观叙事还是主观意识的渗透，都是用一种比较克制的方式来表达，所以更可信，更能呈现问题意识。

但年谱确实有一个读者对象的问题，就是给谁看的？这里确实存在着不同层次的读者，即便是专业的读者，也有不同的层次。一种是非常专业的读者，从年谱中是想获取资料或者解决问题的线索。还有一种是有一定专业性的读者，就是一般的文化人，比如说不专门研究周作人、鲁迅，但对现代文学、对现代中国的思想文化感兴趣的读者。他们也希望从这里获得一些有用的信息，不光是获取周氏兄弟的信息，也可能是找寻相关的一些事、一些问题的线索。还有康凌老师说到的学生，读年谱的学生一般都是中文系的，或是相关专业的学生。还有一般的有文化兴趣的人，就是最普通的读者。读者层次不同，就决定年谱确实有不同的编纂方法，也有不同的写作方法。

今天我们谈的年谱已经涉及两种，一种是简谱，一种是长编。简谱的说法，我觉得其实"简"字都可以不要，一般来说年谱就是比较简单的，是大事记的扩展，肯定是挑选谱主的生平中比较重要的事情来叙述的。这样一种年谱，首先面对的就是专业程度不是特别高的读者，所以这种年谱一定要有叙事性、引证性、说明性。我看年谱不光是看线索，还想从中求证一些内容。很多时候，我们不是要年谱解决问题，而是想通过年谱找到解决问题的途径和线索。在这个意义上，年谱不一定是非常详尽的，真正显示出史家眼界和见识的主要是剪裁，年谱一定是有取舍、有选择、有安排的，在什么地方说哪些，这就是年谱写作艺术性高低的体现了。我觉得这种年谱一定要有可读性，虽然不像传记那么完整，但确实要有一个整体性，要突出重点，也要有简约性。我没有考察过"编年事辑"这种体例和年谱的关系，但是我想当然觉得也是不一样的。"编年事辑"虽然用了编年体，但可能更接近纪事本末。当初蒋天枢先生编《陈寅恪先生编年事辑》，不叫它年谱，不叫它长编，而叫编年事辑，肯定是有他的考虑。所以我觉得年谱就是简谱，当然也可以非常简，像大事记那种，一般意义上的年谱我觉得是要有简约性的。年谱不是解决问题的，是提供解决问题的线索和途径的，可以给你提示，这样就行了，年谱本身用不着进行展开性的研究。

我觉得年谱和长编存在分工，长编不是年谱的扩大版。长编一开始其实叫资料长编，资料长编一开始确实是为年谱的编撰做准备的。我要写年谱，先把有用的东西都放到一起，但到后来它已经有独立的价值了，对我有用的可能对别的研究者也有用。所以长编肯定是给真正的专业读者看的。长编一方面要长，另一方面，长中也要有选择，年谱中讲的很多东西其实是不需要进入长编的。长编和年谱，我觉得应该有分工，年谱中可以说清楚的，长编里就不用多说了，长编也不要面面俱到，它不是传记，而恰恰是要呈现编者的一个视野和问题意识，这需要特别提出来。在这里面，既可以有存录的东西，也可以有考辨的东西，各个段落之间，月、日之间的篇幅也不一定都是匀称的，长编本来就是资料长编,现在就具有了学术价值。我觉得这两种对研究者都是很有意义的。

另外,去年说起开这个会的时候就说要编合谱,今天来开会,才发现还是两个各自的年谱。我觉得合谱还是有必要编的,很有价值!因为功能是不一样的。不管是年谱、长编,还是合谱,都不是盖棺定论,过去可以编,现在可以编,将来的人还可以编。尤其是在年谱中,我觉得不一定要把所有问题都解决了才写进去,没解决的、有意思的问题,也可以写进去。就像黄老师刚才说的佛经问题,你用不着讲佛经本身是什么,也不用去解析它对鲁迅的意义,就说清楚他在读什么经、是谁介绍给他的、在什么样的情况下读的就行了。有问题的东西在年谱中就让它以问题的形式存在,做年谱的人不可能在年谱中把它解决掉,把它都呈现出来就行了。我之所以觉得合谱有意思,是因为合谱也不是把两个人的年谱简单地合并到一起。编合谱本身是个研究过程,很多问题分开看时是一种感觉,对照着看的时候完全不一样,很多问题就出来了。甚至我觉得合谱在形式上可以这页是鲁迅的,这页是周作人的,形成对照。在这个过程中可以做点技术上的处理,时间都在同一页上,详略可以做一点选择和安排。从出版上讲也有利。周作人的麻烦问题主要在1937年以后,1937年恰好鲁迅不在了,那就先做合谱的上编。这段时间的周作人按理说也没有太大问题,有问题的留到后边再说。这也是一种方法。

我觉得不管是哪一种年谱,都是我们进入研究对象的途径。看了两位老师的年谱,我觉得这肯定是非常有突破性的成果,但可能更大的功德还在于它们展示出了各种各样的可能,特别是对照性的可能。我就说这么多。

周立民:

邵老师刚才说的这种对照性,我不知道在排版技术上存不存在困难,不然的话是挺好玩的。我在上海档案馆看到过一本日记,是民国某一位要人的,三年的同一日的日记写在一页上。比如说1938年1月1日,下面是1939年,然后是1940年,三年的日记,同一天的,写在同一页上的。(董炳月:"日本的专用的日记。")三年连着,三年比较,挺好玩的。

关于这两个年谱,我把感兴趣的一些相关的话题,跟各位老师交流一下。

首先,应该感谢所有的年谱的编撰者,因为他们的呕心沥血才有我们的坐享其成。指出某一个年谱的某一处错误,或者不完全,似乎并不太难,年谱是史料的海洋,一个编者难以穷尽所有资源,这很正常。但是,年谱的价值也正在于此,在没有边际的海洋中,编者能够把大量可见的资料聚集起来,别人才可以利用了,才有了进一步丰富和完善的可能,否则,它们都散在波涛滚滚的各处,抓也抓不到,找也没有方向和目标。

其次,目前鲁迅和周作人这两份年谱,可能是按照丛书的体例来编写的,这个体例如果有,我还是建议把它印给大家讨论。对于年谱编撰来说,体例是根本性的问题,是纲领。在座的各位老师提出的各种问题,都可以通过体例的完善、修正和补充来解决。年谱的编撰是在一个基本的规范下进行的,体例决定了编写方式和呈现的样态。虽然名为"年谱",必然有共同的规范和大体一致的体例,然而,年谱也是各式各样的。我不认为只有一本年谱,以此为宗,再不能有别的什么了。如果说有各式各样的年谱,那么体例则是体现年谱编撰者思想、建构很重要的存在。体式、范畴以及各种建构,都是通过体例来规范的,体例会告诉大家这些问题你是怎么处理的,很多规范性的东西,比如加不加注、详略、是否引原文,在体例里就把这些都梳理好了。对于年谱写作者来讲,体例上的梳理是在资料基础上的,是对年谱最后形成的一个自我完善。体例中把一些问题说清楚了,很多问题就迎刃而解,只要你言之成理,一切都未尝不可。

第三,年谱编撰中的一些具体的问题,比如,年谱的叙述语言,我认为还是有一定规范的,它决定了为什么这是年谱,而不是传记,不是小说。虽说有各式各样的年谱,但名之曰"年谱",它的质的规定性也不能视而不见。除了引证的史料外,叙述语言、叙述方式是年谱呈现在大家面前的核心。对于叙述语言,我有一个可能没有道理的感觉,无论是章太炎先生、梁启超先生,还是蒋天枢先生,今天读他们书写的谱文,感觉语言清楚、准确、有条理、要言不烦,我认为可能他们读过《左传》,《左传》的语言是这种述体写作的源头和典范。有这种传统的底子和没有,在叙述方面的差距很大,哪怕是写白话文,也有差距。谈到具体的叙述,刚才邵老师提到一个问题,我也非常赞成,就是年谱里边有一些内容,其实是可以用提示、暗示或埋伏线索的方式来体现的,不一定要大篇幅专门去辨析或说明,以造成旁枝逸出。对此,我倒是倾向用注释的方式,不妨用注释的方式来补充。事实的陈述,这是年谱最主要的文字主体,如果你还想引证的话,那是接下去的一个层次,有些补充引证,就可以考虑用注释的方式补充。这样,年谱的层次就比较清楚了。

说到结构层次,我不知道大家有没有注意到,唐金海、张晓云编的《巴金年谱》(初版本),在叙述层次上很有值得借鉴之处,虽然这部年谱内容现在显得老了一点,可以有很多补充,但是,它的层次很清楚:第一层是主谱,叙述谱主生平和创作的,先是概括叙述,让读者一目了然,即此时此地发生了什么事情。接下来会有适当的引证,补充前面的概述,带引号的,引用文字根据事件重要与否决定详略,总体来说,不烦琐。第二个层次是以月为单位,"当月",记录这个月对谱主的介绍、评论、研究文字。第三个层次是"本月",非常简略地交代本月发生的社会上的大事和文化界的大事,是谱主的活动背景。这个年谱信息含量较大,层次又很清楚,没有混同在一起。做年谱,尤其做长编,是不是也要考虑叙述层次,免得各种内容混在一起,读者查用起来,感到很凌乱。

最后是引文详略的问题。我也不太建议引得太详,或毫无节制,尤其是经典作家。有些引文,标明出处,读者可以去查考的,而引用的部分都是能够最精炼说明谱主观点,并能与年谱整体叙述协调的部分。这里包括人物简介的注释,我认为能简略尽量简略,这是年谱的辅助和提示部分,如果反客为主把这些做得很详细,既没有必要,又会干扰总体的叙述,也可以说,出力不讨好。

郜元宝:

晓江老师,有个问题,就是你引日记,"今日得××函",后面就没有了。这个函是什么函,要交代清楚的。还有乔生老师,比如脚注中已经注了茅盾的文章出处,正文里就不用再写"茅盾认为"了,可以省掉不少字。

陈子善:

你说的这个函的问题有难度,他可能认为写信的这个人很重要,所以注明,但函的具体内容大概已经找不到了。

周立民:

有些事情我觉得不用非得写清楚,可以标注参见××的文章。提示性的信息可以补充一些,但不必都写出来。

邵宁宁：
　　我觉得即使这样，也要节制。不是所有观点都引证。

周立民：
　　对的，或者是两种观点相悖，我把两者引出来，告诉大家这个没有结论性的看法。

张业松：
　　会议开到现在，渐入佳境，问题越来越多。现代文学研究搞了这么多年，专门开现代作家年谱编撰学这样的会议没有过，有的话就从今天开始。现在成立一门专门的学问，叫年谱编撰学，探讨年谱编撰的基本规范，甚至可能由此建立一个年谱的标准体系。文体应该是什么样的？基本结构应该是什么样的？年谱、编年事辑、资料长编，是不是一回事？这个都要进一步去思考。如果还要进一步编合谱，合谱要怎么呈现？比如刚才说鲁迅1936年就去世了，编周氏兄弟合谱的话，好像编到1936年就可以停止了。但是前面我们还讨论到一个问题，就是年谱还要体现作家的后世影响，或者是社会反响。

陈子善：
　　我编过《郁达夫与鲁迅交往年表》。鲁迅活着的时候，他们交往的过程、往来书信什么的，当然都有。1936年鲁迅去世了，但是郁达夫还在，他还在写关于鲁迅的文章，我就写到1945年为止，到1945年郁达夫去世了。但郁达夫写的其他的我就不管了，关于鲁迅的，不管是直接的还是间接的，我看到了就全部弄进来。

张业松：
　　那至少周氏兄弟合谱可以写到周作人去世，对吧？他也在不断写鲁迅，而且他写了鲁迅，别人还有关于鲁迅的反应，鲁迅被写的材料很多。

陈子善：
　　但是周作人写了那么多，你怎么能全部放进去呢？对不对？

郜元宝：
　　还有一个问题，我们过去经常碰到，就是鲁迅发表了一个作品，若干年之后，他对自己的作品又有评价，然后很多人就把后面的东西拉到前面来了。比如《阿Q正传》就是这样，鲁迅后来写过很多关于《阿Q正传》的文章，《〈阿Q正传〉的成因》，他1926年写的，你提到1921年、1922年去，那么到了1926年他写这个文章的时候怎么办？又得要加一笔，那就重复了。而且很重要的是他写《〈阿Q正传〉的成因》，是有成因的，是因为郑振铎他才写这个文章，有一个语境，你把这个语境提前到1921年到1922年，就是《阿Q正传》发表的时候，是不是妥当？

董炳月：
　　这个肯定不妥当，因为当时在那个时间这篇文章还没出现。
　　我刚才又翻了下，发现乔生受鲁迅的影响比较大，比如说"往图书分馆还宋子佩泉五十",这个不是引文,是你自己的叙述,你为什么写"钱"要用"泉"?还有"琉璃厂"写成"留黎厂"。这个肯定不对,"泉"是"钱"的旧称,如果有引号就没问题。还有,你写"夜得孙伏园信",这也是受鲁迅的影响,是鲁迅的口气。"夜濯足",这也不对,他是晚上洗脚,不是夜里洗脚的,对不对?实际上这是从金理、康凌、刘杨他们的发言中引出来的。

还有刚元宝提到的,我现在对大量引用文章、日记也有疑虑。比如说晓江老师的年谱,1921年9月11日,你直接引周作人的文章,但他都是日文,这肯定要加注释,如果不懂日文,根本不知道他说什么。或者你给他转换成自己的语言,讲清楚他这一天干了什么就完了,为什么要全引他的话呢?而且他有日记出版,有文集出版,像这种引用岂不和日记、文集重复了,怎么处理?乔生用的那个"泉",因为鲁迅小时候太穷了,所以他对这个钱的记忆很深刻。1898年他到南京去的时候,他妈妈给他弄了8块钱,他记了20多年,到写《呐喊·自序》的时候还记得清清楚楚,就是8块钱,一分都不差。所以他写钱的时候用"泉",不用"钱",因为"泉"是"钱"的旧称嘛。还有一个,我怀疑鲁迅用"泉"来表示"钱",是和他对钱的一种期待有关系的,源源不断嘛。所以"泉",肯定要改,如果不改的话,那就是乔生他也在用"泉"了。

郜元宝:

晓江,还是1921年9月10日这里,你写"《犹太人》跋语署名周作人",这句话实际上还可以扩充一点点,因为跋语里面鲁迅帮他抄了很多材料,实际上是鲁迅和周作人一起合作写的,这个倒是可以把它讲清楚。因为我看到这个"《犹太人》跋语署名周作人",我以为后面肯定会有交代的。它等于是三兄弟合着把这个《犹太人》给翻译出来了,而且写了一个跋语,这是他们三兄弟唯一合作翻译的作品。

周立民:

这个问题我插一句,是不是凡例里面可以交代一下,凡是署名周作人的文章,在本年谱里边就不要再说署名周作人了。《鲁迅年谱》也是,凡是署名鲁迅的文章,就不要再写署名鲁迅了。

董炳月:

我看乔生的年谱,引用了《故乡》,《故乡》你引用这么多干什么,对吧?没有必要嘛。还有一个,晓江你刚才说体例是统一的,对吧?我看乔生的年谱,鲁迅1881年出生,然后1881年0岁,但是你的年谱出生当年是1岁呀?

朱晓江:

这个问题也是争议蛮多的。其实我们本来是,出生当年是0岁,下一年是1岁,但如果这么一改,周作人五十自寿诗,就变成49岁了,他自己计算的是虚岁。

陈子善:

你要虚岁就一虚到底,你要实岁就一实到底,就只能这样搞了。

郜元宝:

还有文学研究会成立这个事情,也要选择跟他们有关系的写,你要写全的话,材料太多了。还有炳月讲的《自题小像》和军国民教育会徽章有关系。鲁迅在《阿Q正传》里提到的自由党的"银桃子"党徽,也发现了实物,不知道黄老师有没有处理到这个。

段怀清:

我插一句,就是我们的研究对象和古代文学的研究对象还是有一个很大的不同,他们生活在现代,叙述他们一生的方式,不仅仅是文字,还有照片,甚至包括视频影像等文献资料。到目前为止,我们年谱修撰的一个体例形式,无论是有意的还是无意的,大家基本上遵循的还是以文字叙述为中心。但我们都知道,年谱的"谱"字在汉语里面,事实上表示的不仅是文字,应该还有其他的一些表现形式,而这些应该也都是可以引入的。比如说各种类型的表格,我们看家谱,它一定会用很多图表形式来表现,而不仅仅只是文字的平面叙述。传记呈现文献的形式,某种意义上讲要比我们现在见到的年谱更为丰富一些,至少形式上要更为丰富一些。

我举一个例子。上个月,《华东师范大学学报》有一个约稿,我写的是清末口译—笔述式翻译模式的讨论,这种翻译模式至少有两个人或两种人,一个是口译者,另一个是笔述者。多数情况下,来华的传教士或者西方人士,他们是口译者,而本土的中文助手,他们承担的是笔述工作。事实上这些口译者与笔述者当年也留下了一些照片,有些甚至还是他们在一起开展口译—笔述翻译活动的工作照片。所以我就跟学报编辑说了,我手头有一些照片,你们学报发这种文章可不可以配图?编辑回复说可以的,而我还是第一次听说学报论文可以配照片或图片。后来在具体写作过程中,我发现,我讲这个东西时,做PPT有图片,效果就很好,你不叙述,听众仅仅从图片里面就能够看出很多信息,因为非常直观。你在论文里面用文字说半天,还不一定有那个照片或图像呈现的内容丰富,而且你还极有可能把读者可以直观从照片或图像中获得的丰富信息给遮蔽掉了。

所以我的意思是说,我们现代的谱主,形成他们一生的材料,事实上在形式上是多种多样的,而我们现在选择的还依然只是文字叙述这一种形式,或者说以文字叙述为中心的一种形式。当然其他一些辅助性形式也有,比如说《鲁迅全集》前面配了几张鲁迅的照片,这是有的。传记里面其他的形式会更多一点。但是在年谱的写作上,我和立民有同感,我们不是在古代的语境里面,现代社会确实给我们留下了大量的非常丰富的材料。比如我们看鲁迅在1924年的一张照片,带给我们的鲁迅形象及时代环境的认知,和我们看了半天关于鲁迅1924年的作品,包括他的方方面面的事迹,最后所形成的印象,可能是不一样的。我不是说要相互替代,而是材料的差异性、形式的差异性本身,也许会带给我们对谱主的一些差异性或者多样性的认知。

所以从这个意义上讲,我觉得如果真像业松说的那样,我们今天这次会议有那么重要的话,那么在现代作家年谱的编撰方面,至少在书写形式或者体例上,我们能不能真的带来一些实验性的尝试。从前面的介绍说明来看,我觉得黄老师和晓江他们已经把传统意义上的年谱写作推向极致了,不断在扩大数据,从数据到大数据。但是,哪怕是我们把现代的、当代的学术研究的最新成果都征引进去,这也还只是在不断地扩大、增补。如果表现形式本身还是强调单一性,强调传统的延续性,那么数据再大,大到无穷,对我们要完成的工作来说,是不是就真的是最有效的一种方式?毫无疑问,这肯定是一种有效的方式,但是不是唯一的或者说排他性的一种方式?特别是我们研究的是现代人,跟研究苏东坡还不太一样。再举一个简单的例子,董老师提到鲁迅的祖父,因为我们最近在编"海派文学大系",我觉得董老师提供的鲁迅祖父这一段写洋场的竹枝词,我们编进去是蛮好玩的,因为可以为我们提供对清末上海这样一个地理空间或者文化空间的不同经验的表达。比如外滩的文字描写或文本描写,清末王韬1849年到上海的时候,从苏州河拐出来到十六铺码头,他看到的外滩,他诗歌描述的,还有文字叙述的外滩,真的就像是那个人生活在空中一样,跟周福清"贝阙与珠宫"那样一种表述,就形成了一个隔着时空的文本对照,这非常有意思,但他们都是文字叙述,旁边我们是不是可以配一张那时候外滩的照片或者其他什么?这是不是我们现在可以尝试并引入的一种新的形式?应该可以再讨论。当然,我们这一种尝试,极有可能马上就会遭到一些非常正统的受到古典学训练的学者的批评。但是我觉得现代文学也罢,现代文学史的发展也罢,不就是在这样一个传统和现代不断对话,甚至相互批评的过程当中,一点一点走到今天的吗?

陈子善:
　　其实这个插图,文学史和传记都有做过,吴福辉那个《中国现代文学发展史》就有插图,是做过的。问题是你这个年谱,如果能做到,当然非常好,但可能有一个平衡的问题。

刘杨:
　　其实我们现在也在做尝试。比如说你要插图插进去,印书不可能印成彩色的,所以我们现在就是插二维码,你可以扫码看。

康凌:
　　加州大学出版社前段时间出了一本研究中国舞蹈的书,他们把影像上传到网站上,一扫二维码就出来了。

陈子善:
　　对,插二维码。周作人声音已经没有了,但有的人还有声音留下来,你插二维码就可以解决这个问题。

周立民:
　　据说钱理群老师新出的文学史,插了很多他读的音频。
　　我之前说起过一个影像集,就是译林出版社出的加缪的女儿编的加缪的影像集,给我印象很深。我觉得她编得特别好,因为她有个人的叙述视角,不是简单地把照片放进去的,她的说明文字和她选的照片构成了有机的整体。后来他们又出了普鲁斯特的影像集,还有海明威的。我觉得和我们今天的话题有一定的关联性,大家可以翻一翻。

袁一丹:
　　我想跟晓江老师提一个小的问题,就是年谱里面可能需要补充一个小细节,就是印章。我在读周作人日记手稿的时候,发现他每刻一方印,基本上当天他都会盖。为什么印章特别重要?印章,除了他的藏书章,还有他的闲章,有的时候选用印章跟他那一段的心境有很大关系。比如说我在看藏书题记的时候就会注意到,他盖什么样的一个闲章。

确认藏书时间,我们除了可以看他题记里标注的时间外,还可以通过他加盖的印章来判断。好像目前还没有人做这样的工作,就是我们能不能把他的印章——可能找不到,个别有实物存在,把他印章刻制的时间点给确定下来,那以后我们看到实物,书信也罢,藏书也罢,大致可以判断一下时间区间。所以我觉得这个印章还蛮重要,特别是他在战争期间刻印章还挺多的。

朱晓江：

周作人日记当中提到的这些印章,都入谱了。确实,有好多印章的释读太麻烦。比如魏建功帮他刻的一个印章,是由注音字母和汉字结合在一起刻成的,一开始怎么都认不出来,幸好有陈言的文章。但基本上,他日记中出现的印章,都入谱了。

袁一丹：

那太好了！还有一个问题,就是关于书信的使用。刚才我重新再看1921年的年谱,您特别强调两个人的信,一个是郑振铎,另一个是茅盾。周作人的往来书信其实是个大问题,目前公开的包括整理出来的其实只是冰山一角。这么多信就会带来一个问题,您大量援引这两个人的书信,其实是有意图的,会谈到他和文学研究会的关系,包括他在新文学发生期的参与,但书信的面这么广,那么您的选择,您呈现哪一个脉络,就会影响我们读者的认知,您现在呈现的是1921年的,我不知道您后面怎么处理书信的引用问题？

朱晓江：

是这样,凡是和周作人有直接书信往来的,年谱基本上都有注录,但是如果说这封信和文学有关,或者和周作人的某个理解有关,就会选录一部分书信内容。目前书信还是有个问题,之前也讲过,就是一大部分还没有公布。现在确确实实通过拍卖市场,一批书信都在公布,拍卖的信经过考证,时间基本上都能够确定,但也有一些考证不了。我自己在浙江博物馆的展览中,也拍有几封周作人和龙榆生的往来信函,那几封信我现在都考证不出具体的时间,只有月和日,没有年,也没法根据书信内容来断定写作年份。另外像他和张次溪的信函,也有好几封是不能确定年份的,这些都在我的手机里,但是我没办法把它们录到年谱中。还有周作人和曹聚仁的往来信函,香港南天书业公司出版的,手稿影印本,非常好,但它也只影印,不考证,好多是没有年的。有一个学者在网上考证这批书信的写作年代,他的功夫很深,在没有见到日记的情况下,仅凭内容对这批书信的年份做出推测,三分之二是对的。我经过日记的比照,对这批书信做了一个写作年代的校订,现在除了一两封,大致都标注写作年份了。

袁一丹：

朱老师,还有一个问题想了解一下,就是沦陷时期,1937年以后没有整理出来的那部分日记,在您年谱里处理的详略程度和以前张铁荣他们的年谱相比有多大的推进呢？

朱晓江：

我只能说,1937年以后的年谱,也差不多精确到天了。首先是书信,所有的书信,他今天收到了谁的信,给谁写了信,这些信息都注录了。其次是他买的书,就是他在这一天买了什么书、收到什么书，都入谱了。这个条目可能比较简单，但是我觉得这个信息是很重要的。周作人在20世纪50年代的阅读量，他见到的书，我如果不读日记根本没法想象，通过松枝茂夫和鲍耀明这些渠道，他可以从日本得到书，而且他是能够第一时间掌握日本最新的出版信息的，这在20世纪50年代的时代背景下，很难想象。这些内容，年谱中也收录了。最后，抗战以后的年谱编写中，他每天的主要行程和人际交往，包括他跟谁吃饭了，这些我都录入了。

我在做年谱的过程中，从20年代到抗战时期，又到50年代、60年代，看到他周围的人不断地在变，内心其实还是蛮有感慨的，对这个过程做一个梳理，其实也是很有意思的课题。

赵京华：

晓江，我插一句，就是周作人和松枝茂夫的通信，包括大量的图书信息，非常重要。因为在20世纪50年代，日本就开始规划要系统翻译鲁迅的著作了，他们也需要原本，那就要通过周作人，周作人当时就把鲁迅的译文集和著作集两套发给他们。我还看到那里面还有文学研究所编的《红楼梦研究集刊》，松枝茂夫也要，当时国内正在进行《红楼梦》批判，他们也关注。在两国没有国交的情况下，这种交流非常特殊。

朱晓江：

黄老师因为还有个活动，先走了，他让我代表我们俩做个回应。首先非常感谢大家，收获很多，我们会议的含金量是很高的。原来我和康凌设计这个会议的时候，还想要不要请大家报一个讲题，这样会比较集中、深入地讨论。但是现在看起来完全没这个必要，我们的讨论相当充分。从我和黄老师的角度来说，我们确实还有很多问题需要进一步思考，包括立民讲的叙述的层次，都需要考虑。从我自己的年谱讲，会先做从80万字到50万字的删节工作，在删的过程应该会考虑叙事的语言及层次问题，然后通过这个删节本，再反过来修订200万字的长编。我会考虑先把一些脉络性的东西增加到长编中去，然后有可能的话，我和黄老师再做合谱。但先要把各自的长编做完、做好，再进一步考虑合谱的编撰工作。

陈子善：

你们出合谱的时候，我们再来。

现代作家文献的编纂和使用

段怀清

文献史料工作中的学徒意识与工匠精神

我还沉浸在前面各位老师非常精彩的发言当中,从中确实知道了很多跟年谱编撰有关的基本知识,或者说是常识,包括从个案的角度,或者说从方法的角度,怎样去开展年谱的写作,非常受益。我个人做的一点学术工作,多少跟史料也有一定关系,你想说话,你总得要有基本的材料,还得对材料做一些初步的分析,在这个基础之上,才可能形成一点自己想说的内容。

很凑巧,我来之前,四五月份是我们中文系本科生的前沿学术系列讲座的时间,这次我们准备请的几位美国的学者,其中有两位都是讲材料、讲方法的。我跟引驰老师在一起谈,他还特别提到说,我们这个系列讲座里面要不要安排我们自己的老师做一些基础性的导言,请的这些海外学者确确实实都是名家大家,但是这些名家大家上来之后讲的那些东西,如何有效传递到我们的本科生那里,我们对本科生的听讲效果是很难掌握的。引驰老师还提到,现在感觉我们的学生在最基本的学术传统,在最基础的专业知识和最基本的理论概念这些方面的功夫不扎实,或者说非常有限。我们的学生有时候做出来的论文也罢,发言也罢,看上去好像很好看,也很好听,但是你稍微再有一些追问,或者说希望他们能够更自主地说一些话的时候,就会发现他们在现有的基础上再要展开,其实是有一定困难的。那原因到底是什么呢?是不是跟我们今天讨论的主题,比如说方法或者问题以及前景等等,特别是前面两个关键词,就是方法和问题,是不是有所关联呢?我想就此谈点不成熟的看法。

我们在座的几位同事,当年都从思和老师那里受教。当年跟着思和老师读书的时候,有一个比较深刻的印象,就是思和老师学术的起点——在我的理解当中——也是从史料研究或者说从文献研究开始的。虽然我们今天笼统地说,巴金研究是他学术的起步,或者说是他学术起步的非常重要的一部分、一个领域或者一个方向,但是他的巴金研究,其实也是从最基本、最原初的文献开始的,或者说从这种阅读和研究中开始的。在当时,一般人不读或者读不到甚至也还没有想到去读的那些文献,恰恰成了思和老师的巴金研究的真正的学术起点,尤其是关于无政府主义这一部分文献。在20世纪70年代末、80年代初,有意识地带着学术研究目的去阅读这部分文献,在当时的青年学生或学者当中也还不是很多见。思和老师在介绍他当年起步阶段的学术经历的时候,还特别讲到了协助贾植芳先生完成中国社会科学院组织编辑的那一套研究资料。

在复旦中文系现当代文学学科里面,文献资料这部分的基本训练,或者说基本学术意识及学术能力的培养,确实是我们学术传统里面蛮重要的一部分。所以我今天想跟老师们分享的个人的第一个看法,或者说个人的一点点小体会,就是史料的整理与阐释,事实上是最能够激发和强化学术研究的学徒意识的。

我们现在的学术工作,有时候给人一种印象,好像一上来就奔着一个很清晰的培养目标,要成为什么样的一个学者,甚至说将来要成为什么样的人,这当然是非常好的一种激励方式,或者说自我激励方式。但是我想在人文学科,尤其是现当代文学学科,毕竟我们跟古代文学或者说古典学研究有一个很大的不同,我们的学科历史很短,或者说还不够长,虽然子善老师强调了长编的长度问题,但是我们这个学科的历史确实很短,我们的研究对象跟我们几乎生活在同一个世纪,或者说稍微早一点,但绝对不早于古代文学研究语境里面那样一个时间。我今天听了子善老师的一个中国现代文学学科年谱编纂史的简要介绍,才了解到我们学科的年谱编撰兴起时间还是在20世纪80年代,跟我们的现代文学研究对象肯定有一定的关系,主要的一些现代作家这时候基本都离世了,在此之前则是一些重要的、主要的作家还在世。事实上这也说明,到我们现在为止,年谱编撰的40年,跟改革开放是有关系的。而恰恰在我们现当代文学学科这40年里,文献史的重视、史料工作的重视,与思想、方法的研究和推进,几乎是齐头并进的。在我个人的理解当中,就是说在40年代、50年代出生的学者中,像董老师、黄老师、子善老师、赵老师他们这一代学者,史料的功夫和史料的意识,或者我们所说的学徒意识,都是比较自然和显著的。我注意到刚才孙郁老师就提到了,他跟着他的导师一起去开展史料工作,所以我想,包括董老师、黄老师、赵老师,可能当初读研阶段都有过跟自己的导师一起做史料工作的经历。我把它理解成我们每个人做学术的一个起点,就是做学术研究的学徒。强化我们的学徒意识,或者说训练跟学徒相关的一些基本的学术技能,我觉得是从事学术研究非常重要的一个阶段。

我再举一个简单的例子。之前康凌跟我说把我放在这个单元来交流的时候,我就问他理由是什么。他说这个单元的发言人都是做过年谱的。完整的年谱我还真没做过,不过我编过《邹弢著述编年初稿》,我用的也是"初稿",有点类似子善老师特别提醒的。我不是编年谱,我只是把邹弢的著述,即每一年写了哪些东西,发表了哪些东西,整理出来,基本上不涉及他的学习、交游、生平以及其他一些相关事迹。因为当时编的时候,还没有办法查阅到这么多的相关文献资料。今天来到这里,从前面几位老师的发言中,我觉得跟我的有一个想法好像是基本契合,我很高兴。我也觉得我们要起步,要想做这一部分工作的话,可能著述编年是我们起步阶段所能做的,慢慢地再发展到事迹考、交游考、留学考等,逐渐构成我们有关谱主的整体性形象或叙述,也可以说关于谱主的主体性、结构性的东西慢慢地就出来了。但在起步阶段,我觉得做一个学徒,做一个学术研究的学徒的意识必须要强,也要清晰。

跟这个相关,在开展学术研究工作的学徒意识基础之上,我们还应该强调工匠精神,也就是说,我们学术工作也需要有工匠精神。在我们现有的学科考评体系里,好像做文献资料比较吃亏,不管是评职称也罢,科研成果考评也罢,文献资料整理方面的工作及成果,似乎不大受重视,也经常会听到一些专注于文献史料整理工作的老师们的"抱怨"。

不妨再举一个例子。到目前为止,正如刚才子善老师所言,胡适的相关文献还在不断被发现。我们《胡适全集》都出了,花了很大的精力,包括财力,出了40卷的《胡适全集》。而现在胡适在海外的演讲、用英文发表的一些著述,最近几年不断地被发现,当然还有其他的一些相关文献也不断被发现,这些文献资料大大丰富了我们对胡适的认识,这些资料也确实没有在胡颂平的《胡适之先生年谱长编初稿》里面出现过。我也在想他为什么用"初稿",刚才子善老师提到了,我想是不是还有一个原因,是因为胡适当初出道的时候,写了《文学改良刍议》,他用了"刍议",所以胡颂平的这个年谱后面加了一个"初稿"。我最近在看胡适《四十自述》以及一些相关文献,包括他在上海这段时间的日记,胡适都提到他在中国新公学毕业之后做的第一份工作,就是在上海华童公学任国文教员。这段经历,如果我们仅看《四十自述》,仅看胡适上海期间的日记,是看不大出跟胡适后来的文学改良思想有什么直接关联的,但是后来在网络上稍微检索了一下华童公学,突然发现胡适研究好像也可以去关注一下这一部分材料,比如说当年华童公学招考国文教员的时候,每一次招考在上海都好像是一个非常轰动的事情,至少有报纸会去关注并报道,因为华童公学当时是租界办的一个非常好的学校,实行双语教育,虽然国文教育不受重视,但是它的华董沈敦和是在剑桥大学留学回来的知识分子。他去主持华童公学国文教员的考试,而出的那几个考题,恰恰是后来胡适在《文学改良刍议》里面要回答、解决的几个问题。换言之,在1909年左右,就是胡适在上海期间的这段经历——我们读他的《逼上梁山》也罢,读他的《四十自述》也罢,都读不到——他把这一部分经历几乎给抹去了,我们看到的是他在留学美国期间的一部分经历,还有此间的一些读书经历。但是你如果看一看当时华童公学招考国文教员的试题,你会注意到那些题目和胡适后来的文学改良思想之间的关联,我觉得其中的关联性还是蛮直接的。就此而言——我只是从一个文献的增补或者文献的发现这个角度,还不一定直接涉及我们的年谱长编,或者年谱的编撰——子善老师说的年谱哪怕是长编,事实上依然是开放的,依然需要不断增补、不断丰富,我觉得这一点是我们在编撰年谱的时候应该有的一种认识和态度。

我就先说这些。谢谢!

周立民

传记写作中的几个问题

我对传记书写十分有兴趣,兴趣点在哪里呢?我不太喜欢写学术论文,学术论文大多由一个问题引起,或是一个比较集中的、单线式的探讨,这些年呢,论文写作又有了很多"规范",束缚越来越多。传记写作就不一样了,它的发挥空间比较大,史料的处理,一些必要的印象、感性的认识,还有写作者的一些个人看法,都可以容纳进来。它可以多层次、多方面地透视一个人,进入历史,写作的过程中也有一种探险感,很诱惑人。

这些年,我一直在做这个事情。我写过《巴金画传》,虽然规模不是很大,但是尽量避开之前的巴金传里涉及的主要内容,在他们没写的内容上,我稍微多写了一点。后来,在对巴金和他的朋友和同时代人的研究中,采用了学术随笔,其实也是传记式的写作来表达自己的看法。比如从书简谈现代作家在特定历史时刻心态的,写过一本《简边絮语》,前年出了增补本,叫《巴金书信中的历史枝叶》。我也曾在《收获》杂志上开过一个"星水微茫"的专栏,后结集出书《星水微茫驼铃远》,写了七位现代作家,写沈从文、李健吾、卞之琳等人。2020年在《传记文学》上也开过一个专栏,写过傅雷、汝龙等十个人。最近我在写作家的故居,从人文地理的角度看作家们的生存环境、写作环境,也是围绕着人。……这些研究和写作,采取的都是传记式的写法。

在写作和阅读中,关于传记写作,有几个问题值得关注,从我自身出发,这不一定都是经验,反倒可能有很多教训。

第一个问题,传记写作必然涉及史料问题,那么,史料和观点怎么平衡?说实话,我在读大学时,不大佩服那种史料性特别强的传记,直观的感觉好像它只做了搜集、整理史料的工作,而这些似乎只是基础工作。远不如那些有观点的传记,穿透了什么,概括了什么,评定了什么,我对这种传记特别迷信。尽管,观点和史料从来不是刻意、任意割裂的。可是,后来,尤其是这些年来,在我使用传记、阅读传记的过程中,我发现自己当年的想法很幼稚,甚至认为没有丰富史料的传记,哪怕作者的观点鲜明和研究"深入",它也是极其单薄的。最近就有一个对比很触动我,我要写关于钱锺书的一个东西,便把几种钱锺书的传记都看了,其中有两种传记印象比较深刻。一种是我读书的时候,特别崇拜的张文江先生写的《营造巴比塔的智者:钱锺书传》,里面谈《管锥编》的四种结构啊,钱锺书的一些什么问题啊,我认为传记就应该超越作者的具体生平和琐碎的史料,能够思考一些东西。但是,我去年年底重读它,我又感觉特别失望,作者谈论的这些问题,并不是我作为一个读者和研究者所关心的,也许并未最大限度地让我们认识钱锺书本身。我反倒对李洪岩先生的《智者的心路历程——钱锺书生平与学术》有了不同的看法,在史料的掌握和运用上,它显然更胜一筹。李洪岩在钱锺书史料的挖掘上下了很扎实的功夫,史料掌握全面、细致。他写这本传记不是没有观点,他的观点建立在扎实的史料基础。我重新翻阅钱锺书的生平,我关心的大问题、小细节在这本传记中都能找到对应点和回应处,这令我对于史料扎实的传记另眼相看,只有这样才最大程度还原了钱锺书,至于传记作者对于钱锺书的很多看法,对于读者而言,也许很重要,也许并没有想象得那么重要。记得陆谷孙先生谈编英汉大词典,他说词典编得好坏主要体现在查得率上。就是说,一部词典,我想查的东西,一个也查不到,你能说它编得好吗?或者,我知道的它都有,我想知道的东西它都没有,这样的词典有什么用?所以,陆先生一直在强调"查得率"。人物传记似乎也是这样,年谱更不用说了。从一个传记的阅读来讲,我们都在期待这个高查得率,而查得率的高低,我认为与史料的掌握有很大关系。在史料掌握充分的情况下,才有接下来的你对史料的运用,对历史的看法。

我在强调史料的运用,并不主张史料的堆积,这两个不是一个概念,其中有作者的认识和判断。记得有一位先生写信来质疑的一篇文章,他说你谈论的这个事情我早已写了文章,你为什么不引用我的文章,却引用了别人?我当时没回答他,但是,如果要回答他,大概会这么说:不引用你的文章,本身就说明了一个问题,我对你这个史料不太信任,里面夹缠的个人恩怨太多,影响了史料的客观性。传记写作中也到处是这样的"坑",倘若没有取舍、辩证、查考,很容易掉到这个坑中。

第二个问题,也跟史料有关,就是传记写作中资料的搜集和运用的"孤岛现象"。什么是"孤岛现象"呢?一切仅仅依靠传主的叙述和传主本身的世界来搜集史料,运用史料。写某个人的传记,肯定是以传主为中心,传主的叙述当然有权威性,然而,不能以传主为唯一。很多的传记基本上是以传主为唯一,甚至传记里的观点和喜好都来自传主。前几年有一个很流行的传记,别人让我评价的时候,我说作者对这个传主太喜欢了,喜欢到恨不得成为传主。这样做的好处,是能够充分地体察到传主的心境,但是因此产生的自我束缚和限制也是巨大的。一切以传主为出发点,还会派生出另外一个问题:如果传主有自传,特别是写得十分精彩的自传,你这本传记就是他自传的注释版,白话版,翻译版?如果是这样,还要再写一部传记干什么呢?事实上,我们会发现这样的传记特别多,尤其是涉及传主的童年或少年时代,因为他史料有限,很多传记的写作只能依赖传主的个人自述,连参证资料都找不到。问题是传主的回忆都准确都可靠吗?

在巴金研究和传记写作中,这种"孤岛现象"也十分明显。比如对于巴金所在的李氏家族的系统研究和调查,特别是与《家·春·秋》有关的调查,一直没有。这些在20世纪五六十年代还是有条件做到的,哪些人是小说中的原型人物,在现实生活中他们是什么样子,包括他们对巴金和他的作品的看法。目前,关于这个家族的认识和看法,几乎只有依靠巴金一个人的叙述,他的倾向性和局限性,即便我们意识到,也没有可以对比与参证的史料,那么也只好依赖巴金的叙述。倘若有这样的意识的话,史料搜集就要充分打开,不能局限于一个视角。如果不打开的话,我们永远会处于孤岛的状态。

这几年,有一个可喜的现象:中国的出版界大量引进外国的优秀传记,给我们的传记写作提供了可贵的范例和借鉴。广西师大出版社近年来"文学纪念碑"丛书中连续推出重头的传记作品,包括一些大型传记,如陀思妥耶夫斯基,有五大卷百万字的传记,卡夫卡到青年时代就有厚厚的两大卷传记。还有写过经典的《乔伊斯传》的艾尔曼,《乔伊斯传》之外,他的另外两部有影响的《王尔德传》《叶芝传》也都引进来了。这些传记,在写法上十分多元,对史料的掌握丰富且开阔。他们对传主的个人档案的调阅和搜集力度、幅度远远超出我们中国传记作者。日记,书信,笔记,私人交往的记录,生活细节的记录,等等,都是传记作者必然要掌握和挖掘的材料。而我们这里,往往浅尝辄止。我还可以举一个关于巴金的例子,他本人很少谈他从事编辑、出版工作的事情,只是谦虚地说做出版,是为了能替朋友出书,也能有书送送朋友。其实,他创办的出版社、编辑的刊物,大大影响和推动了20世纪中国文学的发展。举一个具体的例子,如果没有巴金创办的平明出版社,很可能就没有我们今天看到的查良铮(穆旦)。对于这些,根据巴金的性格,他本人是不会谈太多的,而传记写作者和研究者不去深入挖掘的话,可能就被我们自然而然地忽略了。这也是困在传主所设置的岛屿中之失。

第三个问题,传记写作中的田野考察与微观生活的缺失。可能像笑话,事实上却不是笑话,很多学者研究了一辈子杜甫,没有去过杜甫草堂。我看过藤井省三的一本小书,叫《鲁迅的都市漫游》,这本书对于中国读者来讲可能不太新奇,有些简单,书中触动我的是,他第一次来中国就去了绍兴,把绍兴逛了个遍,书中还谈了不少对1979年的绍兴印象。日本学者做学问的方式是这样,只要有条件,他一定要实地去看一看。这种田野考察非常重要,它有助于我们重新认识传主,突破文本带给我们的局限,还能够感受到很多传主的微观生活。

传记中微观生活的缺失,也是一个很普遍的问题。比如传主的居住地,很多年谱和传记里面都没搞清楚,或者含含糊糊一笔带过,这不重要吗?他的那些有名的作品都诞生在哪里呢,这些作品的诞生跟作家的具体生活环境没关系吗?我有一次查王元化、师陀等人的居住地,尤其是要弄清楚,在什么时间节点上他们搬家的情况,查年表、传记,一无所得。没有办法,我只好从他们的书信里自己去查找,幸运的是,他们有的书信留了下来,比如通知朋友搬家,写信地址换了的,还留下了新的地址……只有这样才能弄明白。弄清楚这些,我才知道王元化先生晚年居住的地方有一段时间天天施工,噪声很大,加上酷暑,让他寝食难安,情绪很烦躁。那是20世纪90年代初期,社会在发生变化,外界的人文环境也并非尽如人意,在这样的一种环境下,王先生在工作、在思考、在坚持,了解了这些,才能意识到他的了不起,才会明白他在90年代的反思也不是从天而降的,而来自历史和现实的具体感触。

很多微观的生活状态不能忽略,他是一个人天天要面对的日常状态,怎么会不影响一个人的心境、思想呢?对于微观环境的描述,很多国外作家的传记都有,《乔伊斯传》里边,乔伊斯搬家的时候书架上有什么书,传记作者都列出来了(记得他是用注释的方式来列的),以及他任教的学校在哪,拿的薪水是多少,后来,作家生活处境又发生什么变化,这种变化对他有什么影响,都在传记作者研究和考察的范畴中。很多田野考察、实地考察也是在发现微观生活。当我知道这个人跟他妻子是睡一个房间还是不睡一个房间,可能就推断出他们之间工作的相互干扰和不干扰的情况,那么对他写这篇文章,到底能写长文章还是写短文章,都可能会有一个推断。这种实感性的经验,对于传记写作来说,完全没有的话,我认为很难理解传主的心境。

第四个问题,图像如何参与传记的叙述。打开的传记可能都有图片,可是这个图片无论从作者、编辑,还是从学术界的角度,都仅仅是插图,没有被看作图像参与叙述。这两者的功能和认识是有差别的,比如作为插图来处理,很多图注写得三心二意,图片中时间、地点和次要人物,写得含含混混,缺乏认真的考证。对图像元素的轻视,从编辑跟我约稿时就能看出,我问要图片吗?他回答:来个三五张,十张八张,二三十张……都可以,反正你看着来吧。说实在的,有些图片我还舍不得给他呢,那些图片才第一次公布了某些重要的学术信息,三张五张和十张八张完全不是一个概念。2001年台南县文化局主编的一套《刘呐鸥全集》,其中一卷设置了影像集,把刘呐鸥很多生平图片放到全集中,不是正文前的插图,单独成"集",当时看到这一卷我很惊讶,竟然会这么编,但是立即领会到图片在一个人的生平中的重要位置。不是吗,那么多熟悉的名字,我们研究了一辈子的一些人,如果连他什么样子都不清楚,这是不是一种缺憾?在古代,尚无照相术一说时,古人们都很重视图像,比如《三才图会》这样的图书,就是图像的汇集。更何况,现在是图像时代、读图时代,更不能轻视图像所起到的学术作用。传记写作,是历史的还原,图像恐怕比文字更容易让人进入历史情境中,它与文字相互补充,相互提示,如果充分地利用好,一定会让一部优秀的传记如虎添翼。

  第五个问题,资料来源的规范问题,还是应该强调的。资料是天下做学问的公器,但是资料的发现、整理和阐释,甚至某些独家发现的资料,发现者功莫大焉。资料从知识产权上看也许不属于发现者或最初的使用者,但是它也是有胎记的,发现者的敏锐性、眼光、学术背景,激活了某些资料,让它们不再寂寞地躺在图书馆的库房里无人问津。因此,在传记写作中,也有一种学术伦理,不能把它的发现者这一部分作用给抹去,至少要做一些必要性的交代,尤其是,你并非从原刊引用,而是从发现者的文章中转引的资料,不要抹煞发现者的痕迹,把它打扮成自己的发现,这也是违背学术道德的。这个在传记写作中表现得也很明显,传主是同一个人,传主的人生某些经历也是唯一的,那么难免使用同样的资料来叙述,这个时候,还是要注意这一层关系的,这也是对史料发现者的基本尊重。而这一点,也应当成为学术规范的一部分。我就遭遇过这种奇怪的现象,有一本《巴金:浮沉一百年》,里面引用巴金的原话,居然出自周立民的《巴金画传》,而有些我使用过的独家材料,却注着引自英文原文,而不是我的书。怎么说这是我独家的东西?那一段英文是我自己译成中文的,大家知道,如果两个人分别翻译同一段英文,他的中译文,无论如何也不能连标点符号都是一样的,这本书上居然就是这样,也出色地露出自己的马脚。还有从我的书里翻拍了一些照片,为了遮掩这些劣迹,对图片做了裁剪,可是,怎么裁剪图片的核心面孔都在啊,那是我自己扫描出来的图片,原书中哪个地方有个折痕都一清二楚啊。——其实,你要想借用,打个招呼嘛,加个注释嘛,不说尊重,就说礼貌吧,我也不会拦着不让用的呀。

  我们的传记写作,我总觉得注释太少,有些传记中的对话或传主的发言,作者都不标明来源和出处,这是你编的,还是他当年说的,或者是你采访得来的,总该有个交代吧。相比之下,国外的传记作品,这些都做得很规范,包括图片的来源和出处都有几十页说明。我们翻译的时候经常说这个对我们没有什么用处,翻译者说我把它省掉了,或者出版社说好像浪费篇幅把它处理掉了,不是这么回事儿!那些资料的来源,要交代清楚的,这是责任,也是义务。有时候出版社叫我写东西,我经常跟他只讲一个条件:不要删我的注释,如果你删了我的注释,我就不写了。很多编辑总认为注释可有可无。我还说过这样的话:一个没有注释的传记,我基本上是不看的,因为那简直是小说。

袁一丹

乡曲之见和丧乱之痛：
从《知堂古籍藏书题记》谈起

  谢谢晓江老师的邀请。刚才段老师谈到"学徒"，其实在年谱材料的搜集和传记写作方面，我连学徒都称不上。所以今天发表的是一个特别具体的题目，是对新近出版的《知堂古籍藏书题记》的一点读后感，主要围绕"乡曲之见"和"丧乱之痛"这两个话题展开。
  从周作人的藏书史和阅读史来探索他思想的形成过程，是我一直关心的一个问题。此前写过一篇小文章，经陈子善老师之手发表在《现代中文学刊》上，当时主要讨论的是国图收藏的知堂西文藏书。最近谢冬荣先生整理出版的《知堂古籍藏书题记》，为我们还原周作人的阅读世界，提供了一些新的线索，所以今天主要是想基于这本书所披露的一些新材料进行一点初步的探索。
  在翻阅《知堂古籍藏书题记》的时候，首先引起我注意的是里面有大量的乡邦文献，而且是以清代为主。周作人对自己的藏书偏好，其实有一番夫子自道，他一方面特别留意搜集乡邦文献，以清代为主，还会兼及宋代和明代，除了像陆游、徐渭、陶望龄、王思任、张岱这些大家的文集和著述之外，还会刻意搜罗一些不知名的乡贤的诗文集。如果说周作人的西文藏书呈现的是一个广博的知识结构和世界视野的话，目前发现的这些中文典籍则流露出明显的"乡曲之见"。世界视野和乡曲之见，或者说世界性与地方性的张力，是我们从阅读史的角度在周作人身上发现的一个显著特点。
  周作人对于乡邦文献的偏好和他中文藏书的另外一个特点又有所交集，他特别关注近世中国，尤其是乡土社会遭遇的变乱，所以他搜集的乡邦文献除了普通的诗文集以外，还集中于近世中国我称之为"丧乱纪事"的历史文献。这些"丧乱纪事"大概集中在两个阶段：一是明清之际的社会动荡，二是清末的太平天国运动。周作人对丧乱纪事的特殊嗜好，流露出他思想深层的某种"幽暗意识"，这种历史的忧惧又形成了他对于革命、战争，还有对于国民性的基本判断，自然也会影响到他在特殊历史时刻的选择。
  《知堂古籍藏书题记》披露的这批书，购买时间主要集中在20世纪30年代到40年代，事实上周作人对于乡邦文献的关注肯定远早于此。在《文饭小品》这篇文章里面，周作人说大概从民国初年开始，他在绍兴教书的时候，就开始有意识地搜集越人的文献，是以山阴和会稽为限，他日后购买的乡邦文献大都钤有这方印，就是以"知堂所藏越人著作"作为标志。我把《知堂古籍藏书题记》里面属于乡邦文献的部分大致整理出来，大概有二十来种，打上星号的这些书目是盖有"知堂所藏越人著作"这方印的，一共有12种。
  所谓"乡曲之见"是周作人自家的说法，这个词在他的藏书题记里反复出现，比如说他谈他购买陶崇道的《拜环堂文集》的原因，固然是出于"乡曲之见"，也因为这册残本正好是尺牍,我们知道周作人对尺牍这类小品文字是特别关注的。陶崇道的《拜环堂文集》作于明末,其实也是一种丧乱纪事。周作人在1935年发表的《明末的兵与虏》里,援引了陶崇道《拜环堂文集》里的部分书信,明显带有借古讽今的意味。比如陶崇道写给毛文龙的这封信,就是批评当时的主战派虚张声势,不顾敌我双方实力悬殊,他说好比是一个破落的世家,苦苦要维持一个门面,但是被邻人看破了其中的虚实,一举不胜,墙垣户牖尽为摧毁,然后紧闭门户,面面相觑,各各相讥。周作人引这封信其实是暗讽抗战前夕唱高调的主战派。基于对中日两国国力的判断,周作人对于抗战前景的预判是极为悲观的。

20世纪30年代周作人的政治意见大部分隐藏在文抄公体的读书笔记当中。在知堂藏书里面,我想以陶葆廉《求己录》为例。我之所以注意到这本书,是因为藏书题记里面有初读、重读、再读的记录,这在目前看到的藏书题记里面是比较少见的。根据他的题记,在1934年初,他在厂甸买到这本书,他说《求己录》"作于甲午之后,良药苦口,忠言逆耳,今日展读,不禁叹息,四十年来如一辙也"。北平沦陷之后,周作人分别在1937年11月和1939年3月重读了这本书,说明这本书里的一些观点仍然牵动着他。在1936年发表在《自由评论》上的《谈策论》里面,周作人特别抄录了《求己录》里的这段话,这段话谈的是什么? 说"公论难从"。他说所谓"公论"就是一个时代的主流意见,其实大部分是掺杂着偏见,不能作为国策的依凭。当时的中国是百病婴身,根本没有作战的能力,但是因为畏惧公论,姑且试之,而且说主战者是胸无定见,惑于公论,"不敢毅然负谤,早挽狂澜"。这些话完全可以作为抗战前夕周作人的政论来读,当然周作人自己也知道这种论调是不合时宜的。

周作人在文献搜讨上的"乡曲之见",甚至会盖过他对于作者思想及书籍良莠的判断。章锡光的文集就是一个很好的例子。章锡光在民国以后是以遗民自居的,周作人原本看不起这个人的思想和文章,称他为"越中文苑之末人"。而且文集本身校刊不精、印制粗劣,"种种离奇,无一可取",但就是这样一本书,周作人还是把它收入囊中,他说是看"青山"的面子,也就说明这种乡曲之见是何其顽固。

接下来我想主要以李圭的《思痛记》为例,简单地来谈一谈周作人如何从近世中国的丧乱纪事当中形成我所谓的"幽暗意识"。

一开始谈到周作人他是有意要搜集明清之际,以及太平天国运动中的丧乱纪事,在这些纪事当中,他说跟自己情分最深的是《思痛记》。周作人自称看这本书前后有40多年,有韦编三绝之慨。这本书对他的触动过于深切,这种深切的程度让他不知道从何处说起,很难诉诸文字。根据周作人的日记和他的藏书题记,我们看到从1898年开始,他就多次购买《思痛记》,并且是从绍兴、北平、上海、杭州多地搜求,到了抗战前后,购买的频率更是直线上升。这是周作人日记手稿当中1898年他初次购买《思痛记》的记录。在其后的40余年间,他说他反复在读这本书,并且有"鞭尸之痛"。

《思痛记》是作者李小池也就是李圭,在太平天国运动时期陷于太平军中的见闻。周作人称这本书是世间难得的"鲜血之书",在1930年他做的题记里面说,中国近三百年来内乱频繁,从明末张献忠、李自成起义到洪杨之乱,再到庚子义和团运动,无不证明中国人好像有一种"嗜杀性"。这些保存在文字当中的斑斑血迹,不过是乡土社会所遭遇到的劫难的冰山一角。即便如此,我们看起来也会触目惊心。周作人预感到隐伏在流民阶层的这种"嗜杀性",可能将来随时会以革命或者战争的名义复发,所以他才说"后之视今,亦犹今之视昔"。周作人把《思痛记》视为"鲜血之书",确实,这本书里记录的杀戮和蹂蹦是惨不忍睹的,无论强弱、老幼、男女,他说死于乱刀乱枪之下还是幸运的,有的活着就被摘取了心肝,或者系首于树,积薪胯下焚灼,女性的遭遇更是悲惨,所以才称其为"鲜血之书"。

周作人购买了这么多的近世中国丧乱纪事的文献,为什么偏偏对《思痛记》情有独钟呢?他说《思痛记》是可以跟《扬州十日记》"竞爽"的鲜血之书。抗战前后,周作人购买《思痛记》不仅是为了自己收藏自己读,还要分赠友人,寻求同好。他曾经把自己的一本《思痛记》借给胡适,但是可惜胡适没有做出十分有效的回应。有意思的是,胡适这边留存的材料跟周作人的记述是矛盾的。1937年1月胡适看完这本书以后,当天晚上就写信给周作人谈了他读《思痛记》的感受。因为胡适的老家绩溪也遭遇了洪杨之乱,而且死伤惨痛,他说中国最大的问题就是"人命不值钱",所以才会视杀人如同儿戏,一切不忍人之心、不忍人之政都成了废话,救济的办法只有发展工业和社会主义双管齐下,才能够保证人的基本尊严。其实胡适的读后感跟刚才周作人提及的"嗜杀性"完全是同调,有意思的是为什么会出现这个差错呢?这是比较奇怪的,因为周作人反复多次说胡适没有对《思痛记》作出有效的回应,但是胡适当天的日记就抄录了他写给周作人的《思痛记》读后感的部分内容,可是有趣的是,在《胡适遗稿及秘藏书信》里面却没有这部分信的内容,不知道是胡适写了这封信没有寄出,还是周作人在接受的过程中出了什么差错。

除了胡适之外,周作人还把自己的《思痛记》送给了松枝茂夫,让他翻译成日文,发表在《中国文学》杂志上,并且还在战争时期应纪果庵之请,把他收集的第十一本送给了纪果庵。在这封信里面他谈到《思痛记》和《扬州十日记》还是有区别的,《扬州十日记》我们可以把它归结为满汉之间的种族矛盾,但《思痛记》完全是自家人干的事情。而且太平天国运动跟明末的张献忠、李自成相比时间更为切近,更有一种切肤之痛,看了让人气闷。在赵京华老师翻译的松枝茂夫和周作人的通信里面,其实谈到了《思痛记》的日译问题,当时松枝茂夫翻译得比较仓促,最初发表在《中国文学》上,周作人还特地写信去纠正他翻译中的一些问题,后来想要出单行本,不太顺利,好像最后委托给了竹内好,最后是有日译本的单行本出现。

周作人对于《思痛记》这样的丧乱纪事,如此念兹在兹,我想是跟他思想深层的幽暗意识有关,这种幽暗意识就是对于内乱或民变的恐惧。周作人的政治立场不是基于某种信仰或主义,而是源于一种恐惧不安,这种恐惧和不安跟中国历史上反复发生人吃人的特殊经验有关。信仰可以被摧毁,但这种源于历史经验的惘惘的恐惧和不安是很难被驱散的。从历史中滋生的幽暗意识也会影响到周作人对国族前途及个人命运的判断。

最后我想以周作人的这首打油诗来作结:"读书五十年,如饮掺水酒。偶得陶然趣,水味还在口。终年不快意,长令吾腹负。久久亦有得,一呷识好丑。冥想架上书,累累如瓦缶。酸甜留舌本,指顾辨良否。世有好事人,扣门乞传授。舌存不可借,对客徒搔首。"

《知堂古籍藏书题记》的出版为我们探索周作人的阅读世界又打开了一个新的窗口。除了今天谈到的"乡曲之见"和"丧乱之痛"以外,我感兴趣的话题还有:反道学的读书趣味、作为小品文的藏书题记等。当然周作人的中文藏书远不止于此,期待以后有更多的苦雨斋藏书浮出水面,让我们研究者有可能在阅读史和思想史之间搭建起更为坚实的桥梁。今天的发言就到这里,请各位老师批评。

李杭春

编《郁达夫年谱》的经验与感想

感谢复旦段老师和杭师大晓江老师的邀请，因为这样的一个会可以畅所欲言，所以特别让人受益。刚才前面几位前辈老师都已经就年谱编撰或者说史料征集做了许多关于方法和问题的理论探讨，我可能更多的是一个操练者，或者说实践者，而且其实很盲目，因为子善老师讲他都不敢做年谱，我简直是误打误撞进了这个领域。大概五六年前我完成了《竺可桢国立浙江大学年谱：1936—1949》，去年出了《郁达夫年谱》，是现代浙籍作家年谱系列当中的一部，是跟峻峰合作的。抽屉里还有一部，是蒋礼鸿、盛静霞合谱，蒋礼鸿先生是我们浙大中文系的一位老学者，盛静霞先生也是一位非常出色的诗人、词人，这两位先生可以媲美于南大的程千帆、沈祖棻两位先生，所以参照他们做了一个合谱，基本上完成了。这个合谱基本上是和我现在在做的杭州大学校史同步进行的，因为很多材料可以互通，很多这种档案材料就进入年谱里面。所以我想现在就先放在抽屉里吧，等合适的时间再让它和大家见面。

刚才周立民老师讲到了很多年谱编撰或者说传记写作的一些经验，其实这些问题我们在年谱编撰当中也碰到过。前面老师已经讲了很多方法，可以说都是一些理论建设，我讲的可能就是实践过程中悟出来的一些感受，跟大家分享一下。

围绕我们的郁谱，我大概可以讲两个小问题。

一个就是子善老师提到的年谱是一个工具书，我非常认同这个说法，年谱就是一个工具书，是拿来给大家使用的。其实我们讲现代文学史料学这样一个学科领域，已经在陈子善老师的开拓下，有了非常大的长进，作家年谱、史料征集等这些可以说是现在学术界的一个热点，这不仅仅是因为我们现代文学的研究已经进入一个可以对前期的一些现代作家做年谱或者史料总结的这样一个阶段，我想可能也跟我们身处的时代环境有关系，因为对于很多现代作家，尤其是延伸到当代领域的——我们做郁达夫、鲁迅没有碰到这个问题，但许多作家，像周作人，晓江老师可能就意识到有很多问题是没有办法从文学的角度或者说从一个比较常规的角度进行探讨的，那么以史料方式来呈现的"年谱"，或者说史料征集本身，它可能可以规避一些风险。所以，在今天它成为我们学术界的一大热点，我觉得非常欣慰，我们至少可以通过这样的一种方式来面对一些可能用其他方式不能面对的时代和问题，用这种方式来探讨真理，来截留真相。它是我们坚持学术独立和自在的一种方式。

关于周氏兄弟年谱，我觉得黄老师和晓江老师做的都特别专业，在史料运用和信息采集上都特别厚重，特别扎实。尤其一点，我觉得特别需要我学习的，他们非常注重作为一个作家年谱的学术规范。我们的郁谱在这方面可能相对就比较游离一些。洪治纲老师也一直强调作家年谱就是以文学创作、以作家创作为主,要突出这样的一条主线,但是我觉得我们的郁谱有点特殊。为什么呢?我当时就有一个想法,我觉得不管是作家年谱还是学人年谱,它首先应该是一个全人年谱,也就是说我们如果把年谱看作传记的一种的话,那么其实它也是勾勒一个人的一生,勾勒一个人一生的状貌行实,勾勒他的整个人生经历,通过这些方方面面的信息,让我们感受到他和他的文学创作,和他的文学理想之间的一种关联。郁达夫是一位比较特殊的作家,他非常强调所谓自叙传,"把艺术和生活紧抱在一块儿",所以他的生活是和他的艺术紧密相关的,或者说他的文学创作和他的生活,包括他的交游,他的整个任职经历,可能都有非常密切的关系。所以当他模糊了艺术和生活的界线的时候,他写人记事的散文看起来就像小说,他的一些虚构的小说倒是有更多自叙传的色彩。

因此我们在编撰郁谱的时候,就比较多地运用了"全人年谱"的理念,对郁达夫文学创作以外的一些生活经历,包括游山玩水、人情来往都做了一些记录,所以我们史料的信息来源可能就比较多元。比如刚才老师们提到的一些,日记、书信、档案、报刊文献,以及现有的研究成果,等等,都是年谱的史料、信息来源。然后呈现在年谱当中的则比较简单,我们没有就像孙郁老师说的做很多引录,引文这方面尽量精简,我们可能更多的是提供一些线索,希望这些线索可以让后来的研究者顺藤摸瓜,让他们自行做一些延展,做一些解读。我们的郁谱比较多呈现了郁达夫的全人形象,我给了他一个说法,就是"现代作家当中的全能选手"。因为他除了文学创作以外——并且他的文学创作也涉及方方面面,诗人、小说家、编辑家、翻译家等,除了这样的一些文学身份以外,他还有很多其他的身份,比如说教师、军人、实业家、出版家、农场主、书法家,他还是一个旅行家,也是一个慈善家,还是戏曲、音乐、美术各个艺术领域的鉴赏家,是这样的一个全能选手。所以我想我们的郁谱出来以后,这些方面的信息可能就得到了一个呈现,我们希望后来的研究者能够在这些方面对郁达夫有一个更深入的研究。我们认为年谱作为工具书,它提供的就是这样的一种线索的功能。

那么第二个感受就是,年谱应该也是传记的一种。虽然它跟传记的写法不一样,或者说传记更多需要一个我称之为"挺身而出的叙述者",也就是说传记可能需要一个叙述者来整理材料,来勾勒传主的人生,来跟读者呼应,需要考虑把传主打造成什么形象。在这个过程当中,它对材料会有一些取舍,或者说会有比较多的剪裁。年谱作为传记的一种,它的不同在于它的作者是隐身的,或者说是退隐在幕后的,它是让材料自己说话。从这一点上,我觉得年谱虽然也是让我们认识谱主的人生经历和状貌行实,但它更多的是一种展示,一种呈现,也就是让材料自己来讲述故事,勾勒谱主的状貌。所以年谱工作者的工作其实就是拉起一条时间的线索,在这个时间线索当中把点滴的碎片串联起来,贯通起来,通过各种方式,打破周立民老师刚才讲的那种"孤岛现象",让史实尽可能得到完整的还原。

这里有一个感受,就是你的证据链越完善,细节越丰富,那么谱主形象能够被清晰还原的可能性也就越大。有一个例子大概能够说明这个问题。我们在很多郁达夫传记当中可能都读到,大概在1919年,郁达夫曾经给胡适写过信,郁达夫几乎是把自己放到了尘埃里,向文坛大佬求教,言辞非常恳切。那么之前我们只知道有这样的一封信,很多传记作者就此推断,说郁达夫可能没有得到回信,胡适这个时候跟他也没有交集。事实上不是这样,郁峻峰在达公日记里面就看到了郁达夫曾经得到胡适的回信,而且很快有了见面,他们甚至见了两次。所以,我们现在知晓这两次见面的情节后,可能就能对郁达夫后来和胡适的交谊,有一个新的了解。比如说紧接着不久的文坛骂战,争论过程当中呈现出来的那种书生意气,你就可以发现,可能跟他们之间已经有过交集,已经被胡适这样的"大佬"所接受,从而在这个过程当中建立了一种相当的文学自信,是有关系的。包括后来我们在徐志摩的《西湖记》里也读到,1923年10月郁达夫去北京以后,胡适在杭州待了一段时间回上海,跟徐志摩、朱经农一起去访问创造社,当时见到了郭沫若。徐志摩有一个非常有意思的记录,他说胡适"甚讶此会之窘","云上次有达夫时,其居亦稍整洁,谈话亦较融洽"。非常有意思,胡适第一次来创造社,郁达夫在场,胡适和他们的见面非常融洽,郁达夫不在,只有郭沫若,虽然也见过面,但是就有一点距离了。说明什么?说明跟郁达夫更投缘,郁达夫更有亲和力,这些都没问题,但我觉得如果我们回过头去看的话,前面那次见面可能也是非常能够引人联想的一个伏笔。所以我觉得,这些细节如果被补充得更完善,我们对这个人物的认识可能就更真实,还原真相的可能性也就越大。

所以,我想我们的年谱作为一个工具书,更多的时候就是去连缀这些细节,记录这些细节,使它们成为人物证据链当中的一个环节。当然,作为工具书另外的一层意思是什么?我的理解是,它是未完成的,就像子善老师说的,它应该是一个永远未完成的谱书,人们可以在阅读、使用过程当中随时补充,随时完善。

这就是我在做的过程当中的一些小的感想,谢谢大家批评指正。

子　仪

史料工作的经验

今天有机会来到这里,我感到非常荣幸,我主要是来学习的。虽然前面出版了《陈梦家先生编年事辑》,但是我也说不出什么经验来,我就讲讲我在文学研究上的经历,因为我可能算一个特例。

刚才周老师讲到田野考察,我觉得我可能就是从田野中来的。因为一方面我走过很多地方,我当时写方令孺的传记,走过很多方令孺生活、工作过的地方,后来转入陈梦家研究,又走过陈梦家生活、工作过的地方;另一方面我来自嘉兴的民间,没有接受过专业系统的学术训练,我能够进入文学研究这个领域,完全是因为20年前我认识了周立民老师。

我认识周老师的时候,他还是复旦大学的博士生,最早周老师建议我从嘉兴名人故居着手,虽然我当时心里没底,但是很喜欢,然后开始写这个嘉兴名人故居系列。周老师非常及时地谈到了陈思和教授关于文本细读的观点,刚才段老师也讲到这点,这样我就开始了一个全新的阅读体验。因为以前不是学文学的,也没有好好读作家的作品,那么这个时候我开始稍微系统一点地读了,还看了一些传记、年谱和日记等。周老师也多次谈到关于史料的运用,他还特别强调写文章或是要有新观点或是要有新材料,再或者有新的见解,如果什么新意也没有,这样的文章是不必写的。所以我当时写的时候,也特别注意这一点。还有一些细节,比如尊重原资料的发现者,这个观点,我觉得是很诚恳务实的学术态度。嘉兴名人故居的系列文章写成之后,周老师又给了我很多建议,我作了修改。文章后来大多数发表在北京的《人物》杂志上,正是这些文章训练了我,让我对文学研究有了初步的认识。

差不多这个时候,我第一次读到方令孺的文字,并知道她这个人。我很喜欢她的文风,于是转入方令孺的研究,写了《新月才女方令孺》一书,再次得到周老师的指导。当时写的一篇文章,谈方令孺的家事和出身,还在《新文学史料》上发表了。因为方令孺和陈梦家的关系,我又知道了陈梦家这个人,读到了他的诗文,然后对陈梦家产生了浓厚的兴趣。我在搜集方令孺资料的时候,跑了很多图书馆,主要是上海图书馆,南京、安徽、浙江周边的一些图书馆我都去过,当时都是复印资料,然后我搜集方令孺资料的时候,也搜集了陈梦家、方玮德的资料,所以后来我就转入陈梦家的研究了。

我编年谱其实什么也不懂,因为周老师说编年谱是比较基础的学术训练,我就决定编年谱了,真正属于无知者无畏。年谱初稿完成之后,周老师又提了很多意见,其中很多是学术规范方面的。譬如当时我用的语言是带有感情色彩的,后来根据周老师的意见就改成描述性的客观性的文字。还有,比如说史料需要查证,不能单凭陈梦家个人的描述,刚才周老师又提到这个问题。他给了我很多建议,但是有些我觉得难度很高,就没有修改。比如说一些与陈梦家相关的背景性资料,周老师建议作为副谱单列,我觉得如果要做副谱的话,可能每年都要考虑一些背景资料,我担心自己把握不好,所以没有修改。再比如说某首诗的发表时间、收录作品时间,我就是纯粹按那个年代来分的,我也不懂,周老师的意见是要写在一起,然后如果没有收入集子的,就写出未收入,说明是集外文,但我想我已经全部完成了,如果再修改,工作量非常大,我就没有修改。还有一些引文的注释,周老师的意思是先要列出单篇的文章名字,再写出某个人的文集,我只列了文集。反正还碰到了很多问题,因为我感觉如果都修改的话,工作量非常大,所以我很多就没有改,留下了不少遗憾。但是周老师建议的在年谱前补凡例,在年谱后面附参考文献,这一点我做到了。

  经过对方令孺和陈梦家多年的研究,关于这方面的史料真伪,我开始具有一定的辨别能力。去年上海一位作家朋友发来托名陈梦家的书画作品两幅,说是文物公司的旧货,拍卖公司准备上拍,让这位作家帮忙看看,他就发来让我看看,我一看,造假也太假了,因为我看过很多陈梦家的书信,对他的笔迹是比较熟悉的,这笔迹根本就不是陈梦家的,还有年代、印章什么的,都是问题。还有一次,有一个人完全照着陈梦家的书信模仿着书写了一遍,几乎可以乱真,但是我看过真迹,知道这个也是造假。这里我再插一句,就是我目前搜集到的陈梦家的书信450多封,我想接下去编一个《陈梦家书信集》,正在寻求出版。

  陈梦家除了才情高、帅气之外,还是一个温情的人,他对生病的妻子百般呵护,对友人及学生多有提携和帮助。这么多年来,我也时时感受到来自学术界的温情。方令孺传完成之后,我先后得到台湾蔡登山先生和青岛臧杰先生的帮忙,分别在台湾和大陆出版。当陈梦家年谱初稿完成后,我对陈思和教授说起,陈教授就在《史料与阐释》上分两期刊出,这是对我的极大的肯定和鼓舞。其实当时我并不知道有这样一本刊物,后来《陈梦家先生编年事辑》能在中华书局出版,我想肯定是与前期在复旦大学的刊物上发表有很大关系。我庆幸自己总是这么幸运,书出版之后还得到了很多反响,得到子善老师、周老师和金理老师等很多老师的推荐。洪治纲教授还曾想把陈梦家年谱收录在他主编的现代作家年谱系列中。从这些中,我都感受到来自当今学术圈的温暖。每当我走进大学校园的时候,心里总是充满着喜悦,现在见到这么多专家学者油然而生一股敬意。谢谢各位给了我这么好的学习机会,我相信自己会有一个提升,谢谢大家。

詹 玲

科幻作家的年谱问题

今天非常荣幸能够跟各位交流，其实我是纯粹的外行，因为我年谱也没做过，传记也没有编过，唯一能够说的可能就是文学史方面有过一些历练，所以今天真的是抱着学习的态度来向各位专家请教的。

前面大家讲的这些内容给了我非常多的启发，因为我自己是做科幻的，我这些年都在做科幻。所以我在想，我们整个的20世纪中国文学，其实不管是作家的创作，还是说他整个的生活变化，等等，这些跟整个现代科技的这种发展应该是有一个密不可分的关系。从这个层面上来讲，我们有没有可能去考虑，比方说现代科技的一些变化，尤其是晚清到民国的时候，有没有可能对作家的创作，包括他从事哪一个方面的活动等，产生过什么影响。

董炳月老师的《丁酉年的周樟寿》这篇文章提到，鲁迅祖父的《桐华阁诗钞》里面讲到现代事物。我非常佩服董老师做学问的细致功夫。我就在想它在那个时候会对鲁迅或者说周樟寿形成什么样的影响，会让他后面怎么去从事西学方面的学习。因为我关注到，比方说《桐华阁诗钞》里面所讲到的现代事物，讲到电这一块——它主要就是讲到两大块，一个电，一个铁路——其中电这一块应该说对晚清国人的影响是非常大的。我们如果查一下资料，就知道，电首先进入上海市是1879年，也就是说中国第一次有电是在1879年，到紫禁城也就是北京的时候是1888年，然后进入江苏，相对来说江苏比浙江早，进入江苏是在1895年，而进入绍兴是在1912年，也就是说当鲁迅读到《桐华阁诗钞》的时候，我感觉他应该根本就不清楚电是什么样子的。铁路也一样。铁路进入上海是1876年，进入杭州和南京都是1900年以后了，而张之洞在1894年的时候曾经提出过想要建沪宁铁路，所以鲁迅会选择去南京，有没有现代化这样的科技因素在里面？然后，鲁迅在抄《桐华阁诗钞》的时候，电以及与电相关的这些东西，包括铁路等，完全是他想象中的存在，但是这样的一种存在会给他留下极其深刻的印象，那么他是不是因为这个，会想去看，会想努力做些什么。

南京最早的西医医院是1892年建立的，虽然在南京的陆师学堂、水师学堂等这些地方，没有建医学馆，但是李鸿章在建北洋水师学堂的时候，很快就意识到培训军医的重要性。李鸿章在考察了西方的军事制度后，发现西洋各国行军以医官为最重，所以在中国海军创建之初，他一开始是雇洋医到各个舰队里面，后面又提出要新建西医学堂，造就人才，实为实务之极。所以尽管陆师学堂、水师学堂没有建医学馆，但是我们看到鲁迅在矿务学堂的时候，有学到生理、卫生以及相关方面的知识，那么李鸿章的思想——因为无论是北洋的学堂还是江南的这些学堂，其实都是在李鸿章的倡议下建的——有没有可能会影响到鲁迅对医官重要性的认识,或者影响到1904年他学医的选择,等等。这只是我的一个粗浅的想法,毕竟这方面的研究我没有很深入地去做,也请各位多多指教。

  第二个,我想说的其实是我的一个小问题,想向各位请教。我们在座的都是在编文学名家年谱,而我是做科幻的,自然而然会想到科幻作家的年谱,它跟纯文学的这种作家年谱有很不一样的地方,是什么呢?因为很多科幻作家写科幻小说创作只是一时兴起,写着写着就不写了,他们本身也不是文学家,而是工程师、建筑师、天文学家等。如果要做科幻作家的年谱,把他的科学活动放进去的话,我怎么放?并且,我对他科学的那些东西,很多是不了解的,因为涉及理、工、医、农各个方面,所以对于材料的取舍也好,或者说它跟文学的关系也好,或者说它占的比重多少,怎么样写,等等,其实我感觉比较难操作。因为我是一个门外汉,从来没写过这些方面的东西,所以向各位请教。谢谢。

赵京华

总结与评议

各位发言人都有非常精彩的呈现,我先尽量归纳一下,然后再谈谈我自己的一些感受。

首先是段老师的发言,我注意到两个关键词。一个是学徒意识,我们进入大学要从事学术研究,首先你要从最基本的一些学习做起,比如做文学史,我们要从基本的史实做起,那么在这个意义上,文献资料包括年谱的编撰非常重要。记得当初我是1984年去吉林大学读研究生的,刘柏青、刘中树两位老师带我,我说我要研究周作人,导师说周作人现在材料还不充分,你就从做年谱开始吧,所以我就跑到北京去查《京报副刊》之类的。《新青年》《晨报副刊》《语丝》在吉林还能找到,《京报副刊》就比较短缺,所以我的经验就是做学问应该首先从一手资料做起。即便今天我在带学生,我也还是强调研究生第一年就到图书馆去翻旧期刊、旧报纸,不一定要有什么目标,你先翻,翻了以后会有一些感觉,对那个时代的物质性媒介有了感受以后,再进入某一个作家、某一段文学史的学习。但是现在好多学生对这种方法不以为然,他从本科写论文就开始先有一个观点、一套理论,然后演绎一下。其实这个做起来很简单。这也造成我们现在好多青年学生做起来,往往是理论过剩而材料不足,毛病很多。

第二个就是段老师讲的工匠精神,就是说我们的年谱,包括传记等,如何下大功夫把它做好,用一种工匠精神把它做精、做细、做全,然后以客观的方式来呈现一段历史和一个作家一生的经历。这些其实都是我们当今无论教学还是从事研究,依然面临的问题。

下面是周老师。周老师主要是从传记方面,特别是传记和年谱的关系这个角度,介绍了好多经验。比如他讲到史料和观点的平衡,其实这个问题我在读晓江和乔生的年谱时,也有这个感觉,就是说你如何用材料去呈现编者的观点。比如晓江你年谱前面没有时代背景的说明,我不知道是不是每年都没有,因为你只选了1921年。比如说周作人的一段经历,或者说每一年,年谱开头要不要时代背景、周围环境的简单交代?然后这个史料和观点如何来平衡?这是周老师讲的一个问题。另外,资料的搜集如何达到整全和客观?我觉得周老师讲的这一点特别好,就是说我们肯定是以传主为中心,但是不是唯传主的材料才可以入谱?实际上好多周边的材料如何取舍后进入年谱,这恐怕也是做年谱的非常重要的一个方面。还有田野考察和微观生活,如何在年谱里得以呈现,这些恐怕都是我们编年谱、写传记必须面临的问题。

接下来是袁一丹老师,我知道一丹这些年讲阅读史,把它作为一个研究视角,来深化对作家的研究。周作人是读书大家,你刚才从两个方面来解读这本《知堂古籍藏书题记》,一个是乡邦文献,一个是丧乱纪事。你后一部分讲得尤其打动我,我以前读周作人也知道他不断提到李圭的《思痛记》,但是你今天把版本都列出来了,他哪年买了哪一版,我没想到他买了那么多版,包括20世纪30年代他经常去琉璃厂搜集清代笔记什么的,所以他有机会碰到不同的版本。确实,把《思痛记》和《扬州十日记》做比较以后,可以呈现出周作人的关注点,而且在20世纪30年代、40年代这样一个大的历史背景下,在周作人思想观念和人生经历发生重大变化之下,才有了他对《思痛记》的特别关注。我觉得晓江做年谱,也需要考虑这些东西如何来呈现。一丹这里实际上提出了一个问题,就是说不同的阶段,传主或者说谱主的那些微妙的思想波动,如何用文献和史料在年谱里呈现,这恐怕也是一个非常大的问题。

李杭春老师的发言,我也觉得很好,很有意思。她与我们分享了编撰《郁达夫年谱》的感受和体会,有两点最重要。一个是年谱最终还是工具书,我们在编辑过程中必须把它作为工具书所要求的客观性、普遍性这样一些特点呈现出来。这恐怕还涉及刚才讲的编写者主观的一些想法怎样在年谱里呈现的问题,你不能呈现过多,它毕竟是一个工具书,更主要的是以材料来呈现,这是一个。另外讲到郁达夫的特殊性,讲到郁达夫年谱是一个全人年谱,不单纯注意他的文学活动,我觉得这个也很有意思,就是说我们编作家年谱肯定是要以他的文学活动为主,但是要了解作家的作品,就得了解他的全人。这里同样面临年谱编撰的取舍问题,在以文学活动为中心的同时,还要对他的整个人做一个呈现。当然,生活经历的呈现要有一定的限度。两者之间比例如何平衡,这恐怕也是一个问题。

子仪老师是强调田野调查的经验,尊重原始资料,这些都是我们编年谱最基本的。我觉得有意思的是所讲到的周老师的建议,即不能过多地流露感情。我们编一个年谱,如果把它定义为工具书,就要求客观性,如果在年谱里面有过多的编者的感情表达,恐怕不一定合适,要有所抑制。这点也非常好。

最后詹老师讲的是科幻作家的年谱如何来编。我个人觉得标准应该是一样的,一般作家的年谱和科幻作家的年谱都一样,那就是要坚持客观性和工具书的定位,尽可能整全地把相关资料纳入年谱中来,这些都是一致的。当然,里面会涉及科技方面的问题,可能我们不太理解。不太理解也没关系,我们就是客观地呈现,原始资料的梳理,包括档案材料,直接呈现在年谱里,我觉得就可以了。

听了六位老师的发言,我也是感受很深,就是说作家、文学史研究,最基本的就是文献资料包括年谱的整理、编辑。刚才段老师讲过,我们基本上是20世纪80年代才起步。是的,我们现当代文学作家年谱的编撰的确如此,我记得当初读大学的时候,看到邵华强和陈子善老师编的沈从文、郁达夫的资料、简谱,还有年表等,那就成为我们当时的一个标杆。40年走过来,其实这样一个基础文献资料的整理工作,还远远没有达到比较规范的或者是比较成熟的阶段。我最近注意到国家社科基金的项目,特别是重大项目,所通过的基本上都是"资料整理与研究",就是说这一方面属于学术的基础建设,国家也是大力支持的。从这个意义上讲,我们今天的会议非常重要。希望晓江老师和乔生兄的周作人、鲁迅的年谱包括长编,也可以尽早印出来。

我没有更多的想法,只是就上述六位老师的发言做一点延伸性的解说。好,谢谢大家。

文 献

沈卫威

周作人事伪档案

目　录

导　引
凡　例
一九三八年
一九三九年
一九四〇年
一九四一年
一九四二年
一九四三年
一九四四年
一九四五年
一九四六年
征引档案、书目

导　引

一

原以为用五年的时间，可以摸清这里所藏现代作家的相关文献资料，哪知仅仅是个开始。

我自 2017 年 8 月始，驻足中国第二历史档案馆。六年来，先后起获现代（1949 年之前民国时期）学人未刊手札 8 000 多件，作家未刊手札 3 000 多件，未刊手稿（这里指已写成的文章稿本，未公开出版，以示与手札信函区别）或已刊书稿（已经出书，原手稿留在档案里，如朱自清的《经典常谈》稿本 330 多页、朱光潜的《诗论》稿本 440 多页、老舍《大地龙蛇》稿本 104 页、王亚平《二岗兵》手稿 60 页）100 多部。同时，我所带领的研究团队 30 多人，共同参与了中国第二历史档案馆所藏现代作家手稿的整理、利用工作。特别是一些具有特殊身份的作家，在原国民政府或侵华日军扶植的汪精卫伪政府及伪华北政务委员会任职，都留下了专门档案。如驻美大使、北京大学校长胡适，国民政府军事委员会政治部第三厅中将厅长郭沫若，侵华日军扶植的伪华北政务委员会教育总署督办周作人。已知胡适、郭沫若在国民政府档案中所留下的各类文稿、手迹均数以百计。还有未开放和行将开放的大量档案。

下面简要介绍周作人（1885—1967）档案的整理工作。

南开大学张铁荣教授 2000 年 4 月签名赠我的《周作人年谱》（张菊香、张铁荣编著，天津人民出版社，2000 年）是目前最权威的年谱，也是我整理周作人档案的参考、互证依据。这是继钱理群（《周作人传》）利用北京鲁迅博物馆所藏周作人日记后，又一征引原始日记史料的重要著作。位于南京的中国第二历史档案馆所藏日军侵华战争期间扶植的伪华北政务委员会档案 6423 卷，于 2016 年 12 月 26 日开放。日军侵华期间，周作人出任日军扶植的伪华北政务委员会官职的历史事实，记录翔实。特别是他作为伪华北政务委员会常务委员（有完整的常务会议议事录手稿本、打印本）、伪教育总署督办期间的活动，都详细记录在案（先后出任伪教育总署督办的汤尔和、王揖唐、周作人、苏体仁、王谟、王克敏、文元模都有相关档案）。与周作人相关的档案就有 300 多卷，大量文稿在档案中留存，这里只是重点列举一部分文稿。在后续整理工作中，将分类以专题文章方式呈现出来。

在这批档案未开放之前，有关周作人出任日伪华北政务委员会教育总署督办的研究文章，多是依据周作人日记、报刊报道或相关人员回忆，现在有完整的档案呈现，事实更加清楚。特别是可以用精准的档案记录与周作人日记互证，与相关报刊文章互证，与其他当事人回忆文章互证。

档案是现场呈现，是直接的第一手史料，看到即真相大白。更有藏在其中，过去一直不为人知的机关。这是真正的文史互证，也是二重证据法的最好体现。

二

1940 年 12 月 19 日，日军扶植的伪南京汪精卫伪政府中央政治委员会第三十一次会议上，通过"特派周作人为华北政务委员会委员，并指定为常务委员兼教育总署督办"的人事议案。

1941 年 1 月 1 日，周作人收到伪华北政务委员会转送到的南京汪精卫伪政府特任状："特派周作人为华北政务委员会委员并指定为常务委员兼教育总署督办。此令。"1

月4日,周作人正式就任此职。1943年2月8日,周作人被免职。

周作人任职期间政务工作的往来信函,对上级官员多以呈文出示,对下有指令、批示等,少数是私信。他作为伪华北政务委员会常务委员兼教育总署督办,有秘书为他誊抄信函、呈文、指令,并签章。

就已经查阅到的300多卷档案来说(后续整理中,还会有新的文稿被发现),涉及周作人的部分,依照现在开放的档案及分卷宗内容,大致分为五类。

第一类,来往书信(散落在各卷)。如伪华北政务委员会委员长王揖唐与伪教育总署督办周作人来往通信。

第二类,完整事件的呈现(专门卷)。如1942年5月2日至5月15日,周作人陪同汪精卫大连、长春、南京之行。1942年4月26日,王揖唐密函,令周作人以伪华北教育总署督办身份,陪同汪精卫赴新京长春(参加日军扶植的伪满洲国成立十年庆典)的经费核拨文书卷中,就有周作人计划带一人(伪教育总署秘书黄公献)前往大连迎接汪精卫并陪赴新京长春前,于4月30日领取5 000元后的密呈。随后,周作人带随员陪同汪精卫转赴南京,又有5月4日密函显示领取3 000元旅杂费。同卷还有周作人5月7日到达伪新京长春后,8日给伪华北政务委员会委员长王揖唐的电报。行踪及费用则有多份文书详细记录在案。此前,伪华北政务委员会教育总署署长、秘书主任方宗鳌在1940年5月3日曾遭"抗日锄奸团"与军统行动二组联手刺杀,击中面颊。1939年1月1日曾遭"抗日锄奸团"燕京大学小组组长宋显勇(大一学生,化名卢品飞)刺杀过的周作人,在1942年这次陪同汪精卫行动前的准备工作,都是在秘密状态下进行的,涉及行踪、金钱的往来均为密函、密呈。在文书传递的"事由"一项中,特示为"密不录由"。周作人5月2日赴大连途中,又有日本官员同行,他的行动处在日军保护之下。

又如1942年12月18日,伪教育总署学术文化审议会成立及全体委员常务委员名单,包含周作人向伪华北政务委员会呈送的全体委员暨常务委员名单,以及会议现场记录稿等。

第三类,日常政务呈文及相关文书(合卷)。如1941年2月12日周作人为北京大学点收李盛铎(号木斋)木犀轩藏书系列呈文、藏书目录;1941年7月24日,为北京大学呈送点收李盛铎(号木斋)木犀轩藏书详细目录事;1941年1月10日周作人为呈报接收北京大学图书馆经过情形并迅筹恢复开馆由;1942年2月11日周作人为呈送北京大学图书馆组织大纲草案暨预算书等。

第四类,周作人个人署名签发。如:

"事由:为奉令以准日本兴亚院华北联络部函荐日籍人员"

"事由:为奉令开准日本兴亚院华北联络部函荐日籍人员"

"事由:为奉令准日本兴亚院华北联络部函荐日籍人员"

"事由:为准日本兴亚院华北联络部函荐日籍人员"

是为北平各大专院校、华北观象台聘请日籍教学、科研人员,如顾问、教授、副教授、专任讲师、专任教员、讲师、特别讲师、助教、研员、技术员、技正、职员等。

其中呈报聘用顾问、教授、副教授、专任讲师、专任教员时,用"为奉令准",特别是聘用顾问、教授、副教授,有时用"为奉令以准""为奉令开准",均需附呈打印或手书的履历书,或详或略;呈报聘用讲师、特别讲师、助教、研员、技术员、技师、技士、职员时,用"为准",且需附呈履历书,多较为简略。

周作人任职期间,盐泽清宣先是兴亚院华北联络部次长、联络部长官心得(行使职权,代部长),1942年11月升任在北京特命全权公使,所有日籍人员出任北京管高校、研究机构的职位,都是由他推荐的。如1941年12月3日为奉令准日本兴亚院华北联络部函荐日籍人员中野义照充任北京大学文学院教授事(11月8日,盐泽清宣先行致函华北政务委员会委员长王揖唐)。

这类材料显示周作人三个基本的工作重点:一是服从并执行日军侵华战争期间全面推行的日化教育;二是帮助日军强化对华北教育、科技、文化的殖民统治;三是宣传并推行日军对亚洲各国军事侵略的所谓大东亚圣战是反抗英美殖民者入侵的大亚细亚主义,是解放亚洲各国人民。

周作人多次演讲、撰文,倡导国人"确立国民中心思想",在1942年7月13日《树立中心思想》(刊9月1日《教育时报》第8期)的演讲中,他说"所谓中心思想,就是大东亚主义的思想"。这正是日本军国主义者发动战争的主导思想。所以说此时周作人的思想与日本侵略者是一致的,同时,他又故意附加上中国传统文化的包装。

第五类,周作人作为伪华北政务委员会常务委员,出席常会及讨论决议实录(专门卷)。其中时间、地点、参会人员、议案、决议,都有翔实记录。

第六类,周作人与日军统治下北京大学、北京市政府、各学术团体(如东亚文化协会)及各总署相关人事来往文书,或参与其相关活动记录(合卷)。

这类纷杂的事务性往来公文、私函,以及相关的应酬,档案中分门别类,都有相应的记载。

第七类,文稿。这些保留在档案的文稿有多篇,如周作人在汤尔和追悼会的《致词》全文。

从各类呈文编号看,本书收集、解读的只是保存下来、已经查得的部分,还有一批无法看到,或没有看到。这只能期待在以后继续工作时增补。

同时,从这些档案文稿中可以看出周作人与汪精卫的特殊关系,即"特派周作人为华北政务委员会委员,并指定为常务委员兼教育总署督办"(1940年12月19日);"拟选任周作人为国民政府委员"(1943年2月11日);"拟特派周作人为华北政务委员会委员一案"(1943年4月1日),都是汪精卫"主席交议"后通过的。周作人陪同汪精卫大连、长春、南京之行,参加伪满洲国成立十周年庆典(1942年5月2—15日);应汪精卫之邀,到南京就任伪国民政府委员(1943年4月5—16日),并得汪精卫"赠旅费六千元"。随之有汪精卫要周作人出任南京中央大学校长一事,周作人推辞不就。

三

周作人出任日军扶植的伪华北政务委员会教育总署督办的实际月俸所得如下。

周作人的伪华北政务委员会常务委员兼教育总署督办一职,是汪精卫伪南京政府的特任官。特任官1941年之前的月俸为800元,高出当时大学校长(最高月俸600元)200元。华北政务委员的月俸自1941年1月起,为1 200元。委员及各总署长官公费为每月3 000元。周作人是领取这个数的公费——"常务委员兼教育总署督办三千元"。档案中每月都有显示。

自1943年1月起,伪华北政务委员会委员及各伪总署长官公费提升为每月5 000元。"教育总署督办(周督办)五千元。"

周作人在2月8日被免职,9日交接,2月份公务费领取九天。档案显示"前教育总署督办(周督办)一千六百零七元一角四分元。一日至九日计九天"。

学术研究,特别是人物研究,是动手动脚的劳动型接力,需要脚下功夫,行脚不到,就有盲区。我把这种四处奔波查阅档案的工作及收获,视为后见之明。

就周作人档案的发现而言,在相关历史真相大白的同时,我可以从"现场"出发,对他重新进行历史叙事与文学叙事。学术研究者的话语权是建立在历史事实之上的,已有"心理史学"的推测、假设(历史本来是不容假设的)在事实真相面前自然被消解。自传或回忆录更是不可靠,约只有百分之五十的可信度。这是我多次利用档案互证后得出的结论。

如1941—1942年间,周作人每月的月俸和公费所得为4 200元,1943年1月的月俸和公费所得为6 200元,2月月俸1 200元,并领取九天公费1 607.14元(本月是28天)。由此实际的金钱所得,可以与他的日记互证。他白天应对伪教育总署督办的公务,开会、签呈签发公文、视察、接待、走访,等等,半数以上的中午或晚上都是在与日本军政要人或友朋的宴会饭局上应酬,特别宴请日军官员或出席日军酒会,多有军警保护,艺伎陪酒,可谓花天酒地。这正是周作人两年多真实的生活。

平时如有公务出行,另有公务费,还要受到当地的招待、宴请。如1942年5月2—15日,周作人陪同汪精卫大连、长春、南京之行,《周作人年谱》对其活动有详细呈现,我这里则利用档案,披露背后的经费支出、联系方式及秘密行动安排。互证、互补,事实更加清晰。在看到周作人出任官职,依附侵华日军所扶植的傀儡政权,14天大连、长春、南京之行获取8 000元,1943年4月13天北平、南京之行,获取6 000元民脂民膏时,我同时在档案中看到1937年8月16日后,南京国民政府军事委员会所制定的抗日将士阵亡埋葬费列表(军事委员会颁发第五五一八五号训令,规定《埋葬费给与数目表》):上校200元、中校150元、少校120元、上尉80元、中尉60元、少准尉40元、军士(一、二、三等公役)20元、兵伕(四、五、六等公役)15元。一个兵伕阵亡的埋葬费是15元。阵亡一、二等兵一次性抚恤金是80元。也就是说一个士兵抚恤金加埋葬费共100元,等于生命的价值。这是苦难中国人的底层真相。

周作人1941—1942年间每月得4 200元(两年实得100 800元);1943年1月得6 200元,2月的月俸1 200元,公费得1 607.14元。合计为109 807.14元。也就是说,周作人出任日军扶植的伪华北政务委员会教育总署督办,有明确记录的账面、日记显示,共获取109 807.14元。赴日及出京视察所得未见显示。加上随汪精卫长春之行时所得8 000元,南京就任国民政府委员之行时所得6 000元,合计123 807.14元。这自然是一笔不小的数目。这份民脂民膏,相当于前线8 254位抗日兵伕同胞被日军屠杀后埋葬费的总数。

周作人在1941年4月率领伪东亚文化协会评议员代表团访问日本期间,两次到医院"慰问"侵华日军的伤病员,并捐款1 000元。(《周作人年谱》第614页)

周作人的实际收入远远高于当时北京大学校长钱稻孙。1941年4月8日,周作人署名签发呈务字第二三二号,即伪华北政务委员会教育总署呈伪华北政务委员会,为北京大学校长钱稻孙事,依照大学或独立学院暂行教职员规定,将该校长俸叙给一等一级,月支国币600元。

尽管物价在上涨,周作人的实际收入也高于稍后出任北京师范大学校长的黎世蘅。1941年12月4日,周作人署名签发呈务字第六○二号,即伪华北政务委员会教育总署呈伪华北政务委员会,为北京师范大学校长月支俸叙一等一级国币700元事。

1941年间,北京大学的教授最高薪水为一等一级600元,这个数只有校长才能拿到,其他中方教授(日方日籍教授是另外一个标准)只能是240元至400元之间,以资历分等级领薪。

第二年开始,随物价上涨,北京大学教授的薪水才有相应的提高。

珍珠港事件后,美国对日宣战,美国教会在华资助的燕京大学被日军占领后,校长司徒雷登及一批教授被日军抓进监狱。原燕京大学教授容庚,因生活所迫,到北京大学就职。据《容庚北平日记》(中华书局,2019年)所示,他的教授薪水是较高的,1943年1月27日得北京大学支月薪470元,旧历年年终加薪800元(这个应是1942年度的教授补助金)。但他说这份收入"差强人意",因为"付小米一包已二百四十元矣"。第二天,他又买了一袋面,骑自行车而归。当时的计量包装,通常是每包小米50斤,每袋面粉50斤。8月30号日记中记录有是月起加薪50元,共得津贴650元。

至于物价,伪满洲国、北平、上海、南京、重庆、昆明、延安各不相同。特别是从东北到东南沿海,经济相对较好的口岸城市,都被日军所侵占,导致重庆等国统区物价迅速高涨,由一月一价,到一日一价。北平的物价较重庆低许多。我专门查看过重庆的物价统计表,以重庆四口之家每月最低生活费计算,1941年12月为693元;1942年12月为1 860元;1943年12月为4 797元。以容庚1943年8月650元薪水养家来看,他还能节俭一部分出来购买古董。这里简单对比后,大致可得出重庆物价高出北平七倍以上的结论。

有下面的事实作比较,就更能显示出周作人落水这两年多所得金钱的丰厚与生活的奢靡。这其中的多人都是周作人的原同事或有往来的学者。

抗战时期,中华民国国民政府教育部自南京迁至重庆,相对于随后由日军扶植成立的南京汪精卫伪政府,出现所谓"重庆国民政府"与"南京国民政府"之说。重庆国民政府教育部对失业老教授的专门救助,被河南大学校长、教育部督学许心武称为"礼敬耆老,奖励气节"①之大举。

1939年4月,经教育部高教司司长吴俊升6日签呈,政务次长顾毓琇6日、教育部长陈立夫7日先后批示,教育部决定在"文献征存委员会"成立之前,给流亡迁徙道途中失业的老师宿儒,健在而生活困顿之耆彦,予以急速之救助,"先在高等教育救济费项下拨款救济"。根据各方推举上来的急需救助老教授名单,4月22日,常务次长张道藩、政务次长顾毓琇、部长陈立夫共同签发落实。第一批一次性被救济人员如下:

姚永朴　400元
熊十力　400元
柳诒徵　400元
李光炯　400元
马裕藻　400元
高步瀛　400元
张国淦　400元
鲍奉宽　400元

---

① 中国第二历史档案馆五-13918《教育部关于救济补助教育界人士的有关文书》第322页。

顾燮元　400 元
吕凤子　400 元
江　暲　400 元
张孟劬　400 元
徐　曦　400 元
徐皋浦　200 元
宗　威　200 元
蒋维乔　400 元
仇述庵　400 元①

在发出救助金的同时，都分别附有部长陈立夫署名信函，对这些有名望的教授，因受日军恣肆荼毒，或避乱或隐居时的艰难处境，传达中央政府眷念，以赠国币，"藉伸尊敬之谊"②。

1904 年自日本留学回国的高步瀛（阆仙，1873—1940），曾与周树人（鲁迅）同在教育部社会教育司任职多年，并出任司长。1915 年 9 月 6 日，社会教育司主管通俗教育研究会正式成立并召开第一次大会，会长袁希涛、经理干事高步瀛。其内部分工明确，设置小说、戏曲、讲演三个股。小说股主任周树人。随之新文化运动兴起，高步瀛又积极参与戏剧改革及白话新文学运动。后来转高校执教，因为有留学日本和教育部任职经历，"卢沟桥事变"后，特别是在汤尔和、周作人相继落水出任日军扶植机构官职之时，他居家称病不出门，失业无助。

这种一次性救助，每年只能一次。1940 年 6 月 19 日，教育部决定，已有工作者如吕凤子不再馈赠。在上年被救助失业老教授基础上增加了十位：

黄果劢　200 元
高语罕　400 元
顾惕生　400 元
程筱苏　400 元
汪东木　400 元
陈含光　400 元
徐慕云　400 元
卢锡荣　400 元
尚秉和　400 元
张叔平　400 元③

对于京、津、沪、宁、杭的知名教授来说，战前，这 400 元，只是一个月的实际收入。抗战初期，这笔钱当时在重庆、成都、桂林，只能补助或暂时解决流亡、失业老教授的吃饭大事。但对于成渝有房的普通四口之家来说，在 1939 年，400 元却是他们大半年的最低生活费。1940 年，这个数只够他们四口之家一个多月的费用。

---

① 　中国第二历史档案馆五-13917《教育部关于战区教职员救济补助及登记证明的有关文书》第 9—18 页。
② 　中国第二历史档案馆五-13917《教育部关于战区教职员救济补助及登记证明的有关文书》第 2—3 页。
③ 　中国第二历史档案馆五-13917《教育部关于战区教职员救济补助及登记证明的有关文书》第 27—31 页。

1941年,失业老教授救助金为600元。前两年获得救助者高步瀛1940年11月11日病逝,未查得全部获救助者名单,只能从部分获救助者回执中,得知金额。但可见这一年8月5日平津"虽受伪方威胁利诱,均能坚拒其罗致,忍受艰苦生活"被救助教授名单,体现教育部"激励忠良",以及对其"矢志不渝,忠贞不苟"的表彰。这份名单中说明,因各地生活程度日高,将上年的救济做出调整,并按月支付,"俾得勉度目前最低限度之生活":

姓　名	原支生活费数或奖金数	新增数	备注
王桐龄	100元	200元	
王仁辅	100元	200元	
傅　铜	100元	200元	
李　浦	100元	200元	
余荣昌	100元	100元	
马裕藻	150元	200元	
左宗纶	150元	200元	
侯　堮	150元	200元	
陈君哲	80元	200元	
陈健吾	80元	200元	
牟　谟	70元	200元	
胡壮猷	100元	200元	
陈　慧	150元	200元	
童德禧	120元	200元	
蓝公武	180元	250元	在狱
缪金源	250元	250元	
崔诵芬	70元	100元	
杨玉濂	50元	100元	
李凌符	50元	100元	
李欧丽阁	50元	100元	
余少白	50元	100元	
吴纪元	40元	100元	
沈家栋	80元	100元	
赵肖川	50元	100元①	

随之,因战事进一步吃紧,对上述沦陷区失业老教授也就无法按月救助。

1942年10月,物价上涨,失业老教授年度一次性救助金增加到1000元,29人名单如下:

　　熊十力、高语罕、张孟劬、仇述庵、陈含光、顾惕生、汪东木、卢锡荣、徐慕云、尚秉和、张叔平、程郁廷、凌简侯、陆规亮、唐文治、柳诒徵、程寅生、杨大钊、孙闻园、马　瀛、王东培、张承绪、光宣甫、徐方汉、吴雷川、杨乃康、马幼渔、王伯沆、白季眉②

---

① 中国第二历史档案馆五-13913《教育部关于战区专科以上学校教职员登记证明及救济补助生活费的有关文》第38—42页。
② 中国第二历史档案馆五-13918《教育部关于救济补助教育界人士的有关文书》第95—97页。

1943年6月23日,救助金增加到1 500元,上述名单,停发徐慕云,唐文治单独另发,增加李则纲、宗受于。①

1944年6月16日,救助金增加到3 000元,在1943年名单上增发徐慕云、洪泽丞、张衣言、鲍芹士。②

1944年12月6日,朱家骅接替陈立夫出任教育部长,1945年5月继续救助失业老教授,金额为10 000元。由教育部常务次长田培林建议,在1944年原被救助名单之外,集中增加平津教授17人:

> 王桐龄、李飞生、马裕藻、李浦、王之相、左宗纶、石志泉、邓以蛰、陆志韦、周学章、张子高、洪煨莲、陈垣、徐侍峰、余嘉锡、傅铜、蓝公武③

这10 000元,在当时只能买100斤左右的大米,或者面粉。

卢锡荣曾出任东陆大学副校长;傅铜先后出任西北大学、安徽大学校长;陈垣为辅仁大学校长;吴雷川、陆志伟先后为燕京大学校长。

上述被救助教授中,中国大学的蓝公武和燕京大学教授陆志韦、周学章、洪煨莲,都因抗日罪名,被日军抓进了监狱。

查阅档案,从事文学研究,如同开"盲盒"、抓"纸牌",未完全打开之前,根本无法知道藏在其中的,到底是什么。我在档案馆坐了六年之后,最为切实的体会是,这项学术工作如同玩纸牌,多次抓到"同花顺",先后起获郭沫若档案400多卷、周作人档案300多卷,即是抓到两把"同花顺"。

用真实的档案史料,在纯粹比较中叙事,是非更加分明。

---

① 中国第二历史档案馆五-13918《教育部关于救济补助教育界人士的有关文书》第95页。
② 中国第二历史档案馆五-13918《教育部关于救济补助教育界人士的有关文书》第141—144页。
③ 中国第二历史档案馆五-13918《教育部关于救济补助教育界人士的有关文书》第152—153页。

凡　　例

对周作人档案的解读,以年谱形式呈现。这样可以确保时间的连续性,及事件的完整性。

中国第二历史档案馆的这 300 多卷周作人档案,保留下的多是公文与工作日志,这是由周作人出任伪华北政务委员会教育总署督办的职业所决定。因此,对其解读,必须将这一特殊时期公文的基本格式展示清楚。

呈文编号分为:

政字、育字、务字、化字、总字、教字、文字、礼字

呈文事由分为:

呈请、呈报、呈送、呈复、呈解、密呈

【】为印章标识。其中为内容。如:

【内务总署督办】

【教育总署督办】

【实业总署督办】

【华北政务委员会教育总署印】

随文中简注档案如(二史馆二〇〇五-200)即中国第二历史档案馆全宗号-卷宗号。

各类呈请、呈报、呈送的公文,多有附呈,这里只是将题名摘录下来。特别是聘用日籍教员、科研人员时,多附有应聘者简历的日文及中文译本。

出任伪华北政务委员会的官员与个别著名的日籍教授,据附件内容简注。

一九三八年

2月

9日,周作人与汤尔和、张仁乐(1898—1971,字燕卿)、钱稻孙等到北京饭店参加日本大阪每日新闻社举行的"更生中国文化建设座谈会"。

3月

28日,军统枪手在北平刺杀日军扶植的伪中华民国临时政府行政委员会委员长王克敏(1876—1945)未遂,与王克敏同车的日本顾问山本荣治被打死。

10月

7日,因周作人出任北平日军扶植的伪中华民国临时政府删定教科书委员会主席,戴笠自武汉发出电文,说"此等汉奸罪大恶极,请即查明,予以制裁为要"。要求部下"限即刻到天津"。(台北"国史馆"档案)

一九三九年

1月

1日,"抗日锄奸团"燕京大学小组组长宋显勇(大一学生,化名卢品飞)组织、策划,成员李如鹏(南开中学)、赵尔仁(天津新学中学)与范旭(燕京大学大一学生)到八道湾周作人家中开枪刺杀周作人,未遂。(宋雪:《周作人落水事件再解读——以燕京大学档案为中心的新发现》,《中国现代文学研究丛刊》2023年第4期。)

2日,日军扶植的伪华北警察署侦缉队派三名便衣警察进驻八道湾周作人大院"护院",并随时保护周作人出行,直到日军投降。

3月

20日,汪精卫(1883—1944)在越南河内躲过军统枪手的刺杀,其秘书曾仲鸣(1896—1939)被打死。

一九四〇年

5月

3日,日军扶植的伪华北政务委员会教育总署署长方宗鳌遭"抗日锄奸团"枪击,被击中面颊,轻伤。

9月

27日,周作人被聘为"中国文化学会"名誉顾问。(二史馆二〇〇五-218,第14页)

11月

14日,下午,周作人以东亚文化协议会评议员身份,参加伪华北政务委员会常务委员兼教育总署督办汤尔和的追悼会(二史馆二〇〇五-6376,第4—5页),并发表《致词》。(二史馆二〇〇五-6376,第13—15页)

> 汤尔和(1878—1940),浙江杭州人,留学日本、德国,此前是日军扶植的伪华北政务委员会常务委员兼教育总署督办。

12月

19日,上午九时,日军扶植的伪南京国民政府中央政治委员会第三十一次会议,在南京颐和路三十四号(汪精卫公馆)举行,会上:

主席交议:行政院院长提:拟特派周作人为华北政务委员会委员,并指定为常务委员兼教育总署督办,请公决案。

决议:通过,送国民政府任命。

主席交议:拟推选周作人为宪政实施委员会常务委员,请公决案。

决议:通过。

[中国第二历史档案馆编《汪伪中央政治委员会暨最高国防会议会议录》(四)第85—89页,广西师范大学出版社,2002]

一九四一年

1月

自本年1月起,华北政务委员的月薪由800元,提升为1 200元。(二史馆二〇〇五-3244,第101页)

华北政务委员会委员及各总署长官公费提升为每月3 000元。"常务委员兼教育总署督办三千元"。每月都有显示。(二史馆二〇〇五-4595,第10—49页)

1日,周作人收到日军扶植的伪华北政务委员会转送的南京汪精卫伪政府特任状:"特派周作人为华北政务委员会委员并指定为常务委员兼教育总署督办。此令。"

4日,周作人正式就任此职。

6日,伪华北政务委员会第72次常务会议,周作人出席。讨论临时费汇报各件、伪河南省年度临时费收支概算书审核、北京师范学院院长王谟呈学生膳食费津贴案、调派伪教育总署参事毛颂芬代理总署局长案、伪教育总署局长刘士元代理该署参事案等事项。(二史馆二〇〇五-1114,第3—7页)

伪教育总署督办周作人提案,本署参事毛颂芬拟调任教育总署总务局局长,所遗参事一职,拟以伪总务局局长刘士元调任,提请公决。通过。(二史馆二〇〇五-2657)

9日,伪华北政务委员会第73次常务会议,周作人出席。讨论临时费汇报各件、选拔留日学生及补助案、东亚经济恳谈会华北本部增加经费案、教育总署呈转外语专科学校年度概算审核、原农事试验场改为园艺实验场专办园艺提倡改良案等事项。(二史馆二〇〇五-1114,第8—14页)

14日,周作人向伪华北政务委员会签发署名呈文。"呈为呈报事:据本署代理总务局毛颂芬局长,代理参事刘士元先后报称案,因就任新职,请钧会鉴核备案。教育总署督办周作人【教育总署督办】中华民国三十年一月十四日【华北政务委员会教育总署印】"(二史馆二〇〇五-2657)

16日,伪华北政务委员会第75次常务会议,周作人出席。讨论临时费汇报各件、教育总署呈年度征用外稿一次性临时费支出概算书、北京大学农学院冬季煤火临时费用案、北京大学内分泌研究所日籍研究员赤沼顺四郎来华费用案、蒙藏学校冬季煤火等经费案、北京艺术专科学校经费追加案、禁烟暂行办法等事项。(二史馆二〇〇五-1114,第16—28页)

周作人向伪华北政务委员会签发署名呈文。"呈为呈复事案：为该总署呈送委任公务员王纯厚任官叙俸案,敬请钧会鉴核。附呈资历审查表一份清单一纸。教育总署督办周作人【教育总署督办】中华民国三十年一月十六日【华北政务委员会教育总署印】"(二史馆二〇〇五-2513)

17日,周作人向伪华北政务委员会签发署名呈文。"呈为呈送事：查三十八年《华北教育统计》,现已编印完竣,理合检呈三册。恭请鉴察。附呈《华北教育统计》三册。教育总署督办周作人【教育总署督办】中华民国三十年一月十七日【华北政务委员会教育总署印】"(二史馆二〇〇五-5446)

20日,周作人向伪华北政务委员会签发署名呈文。"呈为呈请事：为华北政务委员会训令颁发行政院咨转教育部拟定之《太极操图说及推行》等,根据需求,请钧会转咨行政院补寄五百份。呈请鉴核祗遵。教育总署督办周作人【教育总署督办】中华民国三十年一月二十日【华北政务委员会教育总署印】"(二史馆二〇〇五-228)

23日,伪华北政务委员会第77次常务会议,周作人出席。讨论临时费汇报各件、伪河北省年度概算书审核、伪河南盐务管理局年度收支费审核、人事任免等事项。(二史馆二〇〇五-1114,第29—33页)

25日,周作人向伪华北政务委员会签发署名呈文。"呈为呈送事案：为向华北政务委员呈送本署职员录。敬请钧会鉴察。附呈送本署职员录三十份。教育总署督办周作人【教育总署督办】中华民国三十年一月廿五日【华北政务委员会教育总署印】"(二史馆二〇〇五-3613)

30日,伪华北政务委员会第78次常务会议,周作人出席。讨论伪治安总署军事顾问办公费增加案、黄河决口治理经费案、人事任免等事项。(二史馆二〇〇五-1114,第35—37页)

2月

2日,周作人向伪华北政务委员会签发署名呈文。"呈为呈请事案：为历史博物馆呈称传闻出售郑成功遗像事,向华北政务委员呈送郑成功历史事实。伏祈鉴核示遵。教育总署督办周作人【教育总署督办】中华民国三十年二月二日【华北政务委员会教育总署印】"(二史馆二〇〇五-232)

3日,伪华北政务委员会第79次常务会议,周作人出席。讨论伪建设总署济南工程局参事山本弘恩请辞职案。(二史馆二〇〇五-1114,第38—39页)

4日,周作人向伪华北政务委员会签发署名呈文。"呈为呈报事：为设置国立华北编译馆一案。敬请鉴察备案。附呈送本署职员录三十份。教育总署督办周作人【教育总署督办】中华民国三十年二月四日【华北政务委员会教育总署印】"(二史馆二〇〇五-2652)

12日,周作人向伪华北政务委员会签发署名呈文。"呈为呈请事：为国立北京大学点收李盛铎(号木斋)木犀轩藏书系列呈文、藏书目录(略)。呈请鉴察示遵。附抵补未来＝交书目、残缺卷册目各一份。教育总署督办周作人【教育总署督办】中华民国三十年二月十二日【华北政务委员会教育总署印】"(二史馆二〇〇五-200)

李盛铎(1859—1934),字义樵、椒微,号木斋,江西省德化县(今九江市),1889年进士,与曾广钧、丘逢甲、陈三立同科,曾任山西布政司、陕西巡抚。1912年后,曾任参政院议长。著名藏书家,有木犀轩藏书。

周作人向伪华北政务委员会签发署名呈文。"呈为呈送事:为国立华北观象台统计调查表事案。附呈统计调查表六份。教育总署督办周作人【教育总署督办】中华民国三十年二月十二日【华北政务委员会教育总署印】"(二史馆二〇〇五-533)

13日,伪华北政务委员会第80次常务会议。讨论伪实业总署据矿商李星元、刘浩然与其公司联名呈请转移继承临榆滦县境内矿山案。(因缺页,内容不全,未显示周作人出席会议记录)(二史馆二〇〇五-1114,第40页)

15日,周作人向伪华北政务委员会签发署名呈文。"呈为呈报事:为国立华北编译馆筹备处主任瞿益锴、副主任张心沛呈报小官章印模一案。敬请钧会鉴核备案。附呈送印模一份。教育总署督办周作人【教育总署督办】中华民国三十年二月十五日【华北政务委员会教育总署印】"(二史馆二〇〇五-780)

瞿益锴(1894—1973),原名瞿宣颖,此为别名,字兑之,晚号蜕园。湖南长沙人,晚清军机大臣瞿鸿禨之子。

张心沛(1896—?),广西永福人。

周作人向伪华北政务委员会签发署名呈文。"呈为呈请案:为国立北京大学呈请医学院设立中药研究所一案。呈请鉴核备案。附呈抄录《中药研究所暂行组织规程》一份。教育总署督办周作人【教育总署督办】中华民国三十年二月十五日【华北政务委员会教育总署印】"(二史馆二〇〇五-5472)

16日,伪华北政务委员会第81次常务会议。讨论伪山东省省长唐仰杜呈送山东省修筑公路征地案、伪财务总署呈复审核北京大学文学院成立文史研究所整理处年度经费概算案等事项。(因缺页,内容不全,未显示周作人出席会议记录。)(二史馆二〇〇五-1114,第41页)

17日,周作人向伪华北政务委员会签发署名呈文。事由-呈送华北观象台日籍技术员加纳允之酒白佑一等二员资历审查表及登录册请备案。"呈为呈报事:据国立华北观象台台长文元模呈称案准兴亚院华北联络部森岗长官推荐日籍技术员加纳允之酒白佑一等二员,经本台呈请钧署转呈 华北政务委员会准予委用在案。查该员业经分别到差,理合检同资历审查表各二份计四纸、公务员登录册各四份计八纸暨清单一纸备文呈送,仰祈鉴核存转等情,除将上项表册各留一份存查外,理合检同资历审查表各一份计二纸、公务员登录册各三份计六纸暨清单一纸备文呈送,敬请 钧会鉴核备案,谨呈 华北政务委员会。附呈送审查表二纸(登录册六纸)清单一纸。教育总署督办周作人【教育总署督办】中华民国三十年二月十七日【华北政务委员会教育总署印】"(二史馆二〇〇五-2524)

加纳允之(33岁),日本岐阜县人,日本岐阜县海津中学校卒业,曾任日军气象部观测班长、陆军中尉,技士,代行兖州测候所长职务。

酒白佑一(26岁),日本札幌市人,札幌市北海中学校第五学年卒业,曾任伪第一野战气象队无线通信士,步兵上等兵,技佐。

18日,周作人向伪华北政务委员会签发署名呈文。"呈为呈请事:为华北文化事业协会森冈会长关于日本人教员各费事案。呈请钧会鉴核。附呈抄件一纸。教育总署督

办周作人【教育总署督办】中华民国三十年二月十八日【华北政务委员会教育总署印】"（二史馆二〇〇五-5508）

周作人向伪华北政务委员会签发署名呈文。"呈为呈报事：为国立华北观象台台长文元模呈称本台职员二十九年考绩事。敬请钧会鉴察备案。附呈送考绩表一份。教育总署督办周作人【教育总署督办】中华民国三十年二月十八日【华北政务委员会教育总署印】"（二史馆二〇〇五-3102）

> 文元模（1890—1946），字范村、范臣，贵州贵阳人，留学日本、德国，曾在中央大学、北京大学等高校任教。

20日，周作人向伪华北政务委员会签发署名呈文。"呈为呈报事：为国立华北观象台呈称下属五家测候所钤记五颗案。敬请钧会鉴察备案。附呈送印模五份。教育总署督办周作人【教育总署督办】中华民国三十年二月二十日【华北政务委员会教育总署印】"（二史馆二〇〇五-780）

25日，周作人向伪华北政务委员会签发署名呈文。"呈为呈报事：为呈送本署荐任公务员阮文同等二员、委任公务员卢松安等三员登录册案。敬请钧会鉴察备案。附呈送公务员登录册计十五张。教育总署督办周作人【教育总署督办】中华民国三十年二月二十五日【华北政务委员会教育总署印】"（二史馆二〇〇五-6057）

27日，伪华北政务委员会第84次常务会议。讨论伪治安总署函请增加年度军事顾问办公费一案。（因缺页，内容不全，未显示周作人出席会议记录。）（二史馆二〇〇五-1114，第42页）

3月

4日，周作人向伪华北政务委员会签发署名呈文。"呈为呈报事：为本年春丁祀孔典礼事。仰乞鉴核备案。附呈议事录一份、祀孔礼节印刷品全份。内务总署督办王揖唐【内务总署督办】教育总署督办周作人【教育总署督办】中华民国三十年三月四日【华北政务委员会教育总署印】"（二史馆二〇〇五-4142）

> 王揖唐（1877—1948），安徽合肥人，1904年进士，留学日本，北洋政府安福系主将。此时为伪华北政务委员会委员长兼内务总署督办。1948年9月10日，因汉奸罪被处以死刑。

6日，伪华北政务委员会第86次常务会议，周作人出席。讨论伪治安总署下属军官学校附设通讯训练班费用、北京师范学院冬季学生制服经常费等事项。（二史馆二〇〇五-1114，第44—45页）

周作人向伪华北政务委员会签发署名呈文。"呈为呈送事：为呈送二十八年度、二十九年各项教育统计，及本署各机关相关统计调查表。呈送鉴核。附呈国立华北观象台、教育总署直辖编审会、教育总署直辖历史博物馆、教育总署直辖中国辞典编纂处、国立清华大学保管处各类备文共四十四份。教育总署督办周作人【教育总署督办】中华民国三十年三月六日【华北政务委员会教育总署印】"（二史馆二〇〇五-519）

8日，周作人向伪华北政务委员会签发署名呈文。"呈为呈报事：为呈报本署代理简任秘书陈佶事。敬请钧会鉴察备案。教育总署督办周作人【教育总署督办】中华民国三

十年三月八日【华北政务委员会教育总署印】"(二史馆二〇〇五-2652)

11日,伪华北政务委员会第87次常务会议,周作人出席。讨论新民印书馆费用、故宫警卫津贴等事项。(二史馆二〇〇五-1114,第47—48页)

13日,伪华北政务委员会第88次常务会议,周作人出席。讨论伪实业总署呈中日实业公司股东大会决议案、伪青岛盐务局征税案、伪河北省部分地市棉花检验案、北京大学法学院开办概算案、北京大学组织大纲修正案等事项。(二史馆二〇〇五-1177,第30—31页)

14日,周作人向伪华北政务委员会签发署名呈文。"呈为呈报事:为兼代国立北京大学总监督瞿益锴呈称法学院筹备主任方宗鳌就职视事案。敬请钧会鉴察备案。教育总署督办周作人【教育总署督办】中华民国三十年三月十四日【华北政务委员会教育总署印】"(二史馆二〇〇五-2652)

> 方宗鳌(1885—1950),字少峰,广东普宁人,留学日本,娶日籍古贺政宇为妻。此时为伪华北政务委员会教育总署署长。

15日,周作人向伪华北政务委员会签发署名呈文。"呈为呈送事:为完成教育部要求的填写新民教育馆等四种调查表,报送北京、天津、青岛三特别市暨山东、河北、河南三省汇报案。送请鉴核咨转。附抄原咨二件、表四册。教育总署督办周作人【教育总署督办】中华民国三十年三月十五日【华北政务委员会教育总署印】"(二史馆二〇〇五-5439)

17日,伪华北政务委员会第89次常务会议,周作人出席。讨论临时处理伪司法政务厅司法官养成所学员经费审核、伪北京第一监狱增加费用等事项。(二史馆二〇〇五-1114,第54页)

18日,周作人向伪华北政务委员会签发署名呈文。"呈为呈报事:为派许雨香为本署秘书、关卓然为本署教育局社会教育科科长事。敬请钧会鉴核任命。附呈送资历审查表二份、清单一纸。教育总署督办周作人【教育总署督办】中华民国三十年三月十八日【华北政务委员会教育总署印】"(二史馆二〇〇五-2516)

周作人向伪华北政务委员会签发署名呈文。"呈为呈报事:为本署教育局高等教育科科长陈佶代理简任秘书、调任本署教育局普通教育科科长陈础涵为高等教育科科长、社会教育科科长陈菩缘普通社会教育科科长、秘书刘家壔为文化局审查科科长事。敬请钧会鉴察备案。教育总署督办周作人【教育总署督办】中华民国三十年三月十八日【华北政务委员会教育总署印】"(二史馆二〇〇五-2652)

周作人向伪华北政务委员会签发署名呈文。"呈为呈送统计调查表事。为国立华北观象台呈报相关统计调查表事。呈送鉴核。附呈统计调查表一份。教育总署督办周作人【教育总署督办】中华民国三十年三月十八日【华北政务委员会教育总署印】"(二史馆二〇〇五-519)

19日,周作人向伪华北政务委员会签发署名呈文。"呈为呈请事案:为国立北京大学呈称法学院筹备处成立所有该处组织简章事。敬乞鉴核备案。附呈组织简章一份。教育总署督办周作人【教育总署督办】中华民国三十年三月十九日【华北政务委员会教育总署印】"(二史馆二〇〇五-5473)

20日,伪华北政务委员会第90次常务会议,周作人出席。讨论本会周年纪念费用、土木工程学校营造费用、伪教育总署秘书主任赵之成因病辞职等事项。(二史馆二〇〇五-1115,第4—6页)

决议通过"聘任钱稻孙为国立北京大学校长案"。(二史馆二〇〇五-1115,第6页)

> 钱稻孙(1887—1966),浙江吴兴人,留学日本、意大利。

21日,周作人向伪华北政务委员会签发署名呈文。"呈为呈报事:为本署代理秘书主任赵之成因病辞职事。请钧会鉴察。教育总署督办周作人【教育总署督办】中华民国三十年三月廿一日【华北政务委员会教育总署印】"(二史馆二〇〇五-2652)

周作人向伪华北政务委员会签发署名呈文。"呈为呈报事案:为派陈佶代理该总署秘书事。敬请钧会鉴核转请简命。附呈送资历审查表一份、清单一纸。教育总署督办周作人【教育总署督办】中华民国三十年三月廿一日【华北政务委员会教育总署印】"(二史馆二〇〇五-2652)

22日,周作人向伪华北政务委员会签发署名呈文。"呈为呈请事:为华北政务委员会摊付东亚文化协会经费事。呈请鉴核赐予饬发。附呈送资历审查表一份、清单一纸。教育总署督办周作人【教育总署督办】中华民国三十年三月廿二日【华北政务委员会教育总署印】"(二史馆二〇〇五-226)

24日,伪华北政务委员会第91次常务会议,周作人出席。讨论伪警察学校费用、历史博物馆经费、古物陈列所费用等事项。(二史馆二〇〇五-1115,第8—10页)

周作人向伪华北政务委员会签发署名呈文。"呈为呈报事:为上年五月改前临时政府教育部制定之行政会议规程丞应略加修改,以期适应事。请钧会鉴核备案指令祇遵。附呈送资历审查表一份、清单一纸。教育总署督办周作人【教育总署督办】中华民国三十年三月廿四日【华北政务委员会教育总署印】"(二史馆二〇〇五-5449)

26日,兴亚院华北联络部次长盐泽清宣致华北观象台台长文元模公函,推荐金川治三郎代行总务科长一职。(二史馆二〇〇五-2649,第9—10页)

> 盐泽清宣(1892—1969),长野县人,日本陆军大学毕业,1938年任日军华中派遣军特务部建设课长,1940年晋升为少将后,始任兴亚院华北联络部次长、联络部长官心得(行使职权,代部长),1942年11月升任在北京特命全权公使。

27日,伪华北政务委员会第92次常务会议,周作人出席。讨论伪青岛统税分局经费、伪长芦盐务管理局津贴、伪山东区统税局支出费用、派伪教育总署署长方宗鳌兼代该总署秘书主任等事项。(二史馆二〇〇五-1115,第12—15页)

周作人提案、议决:为"国立北京大学法学院筹备处三月至七月五个月经费概算"。(二史馆二〇〇五-1115,第13—14页)

29日,钱稻孙接到伪华北政务委员会任命其北京大学校长函。(二史馆二〇〇五-2652)

周作人署名签发第二三四七号文,华北政务委员会教育总署呈华北政务委员会。事由-遵将本署未结悬案事由调查表填齐送请查核。"呈为呈报事案奉:钧会秘文字第一四四六号训令内开查本会成立行将周载,所有推行各项政务悬案未结事件亟应汇总查核分谋解决,兹经制定调查式令发各总署,务应于文到七日内照表填报以备稽考,除分令外合行检发该项表式,仰即遵照办理具报勿延,再该总署如无悬案,亦应依限呈明等因,附发调查表式一份。奉此,兹将本署各科尚有悬案未结事件遵照来表依式填齐,理合备文呈送,故请钧会察核,谨呈 华北政务委员会。 附呈调查表一份。教育总署督办周作人【教育总署督办】中华民国三十年三月廿九日【华北政务委员会教育总署印】"

附表如下:

本会各总署未结悬案事由调查表 教育总署填报

来文机关	文别	文到年月	事　由	办理情形	未结原因	备考
政务委员会	训令	二十九年九月十四日	为准行政院咨以教育部呈请调查各教育机关因事变所受损失检同原附表式仰遵照转属填报以凭核转由	二十九年十二月二十四日通令各省市教育厅局填报	各省市填报未到齐	
同上	密令	二十九年八月二十七日	不摘由	正在计议中		
同上	训令	二十九年九月十日	据河北省长提议请在京设立华北仪器制造所令仰核夺遵办由	提案意义本关重要,但以事属创办且华北范围广阔,关于经费之筹划、内容之组织及制造种类之调查等问题均属关系重要,非经多方面之研讨不能拟具方案,是以仍在讨论核办间		
同上	训令	三十年一月三十一日	为抄发中国孔学总会原呈及招生简章仰会同内务总会核议具复由	正在行文山东省公署查询间	因本署及钧会均属无案可稽	
教育部	咨	二十九年六月五日	为咨送修正学校学年学期及休假日期规程请查照案	于二十九年七月五日列表签注意见请示遵行	未奉指令	
政务委员会秘书厅文案处	函	三十年二月十九日	奉委员长交下改进北京市教育意见书一件谕送贵署核议签复请查照办理案	内容有应行调查事件业于二月二十八日转行北京市教育局正在查询间	尚未据切实查复	
河北省公署	公函	二十八年一月三日	为各县民众教育馆及民众学校改为新民教育馆及新民学校事变更行政系统未便擅自处理函请查核见复由	已于二十八年一月十三日由前教育部咨呈前行政委员会核示饬遵矣	咨呈去后迄未奉到指令	

注:第二条所谓密令"不摘由"指的是"关于中小学日语案"。

(二史馆二〇〇五-584)

4月

1日,瞿益锴正式就任伪华北编译馆馆长一职,原筹备处结束。(二史馆二〇〇五-2652)

2日,钱稻孙就任日军扶植的北京大学校长。(二史馆二〇〇五-2503)

3日,伪华北政务委员会第93次常务会议,周作人出席。讨论伪山东省借款、伪山西省借款、伪青岛盐务局购车、新民学院第五期学员赴日视察费用、北京大学文学院建筑新校舍费用、北京大学法学院筹备处费用等事项。(二史馆二〇〇五-1115,第16—19页)

6日,周作人率东亚文化协会评议员代表团赴日。

7日,伪华北政务委员会第94次常务会议,周作人请假。(二史馆二〇〇五-1115,第21页)

8日,周作人署名签发呈务字第二三二号,伪华北政务委员会教育总署呈华北政务委员会。"事由-呈为呈报事:为国立北京大学校长钱稻孙事,依照大学或独立学院暂行教职员规定,将该校长俸叙给一等一级,月支国币六百元。敬请钧会鉴察备案。教育总署督办周作人【教育总署督办】教育总署署长方宗鳌代【教育总署署长】中华民国三十年四月八日【华北政务委员会教育总署印】"(二史馆二〇〇五-2503)

伪教育总署督办与伪委员长共同签发丙字第0765号"华北政务委员会令",公布了修正后的北京大学组织大纲。事由-公布修正国立北京大学组织大纲:"兹修正国立北京大学组织大纲公布之,此令。委员长教育总署督办"

(二史馆二〇〇五-198)

9日,周作人署名签发呈务字第二三六号,伪华北政务委员会教育总署呈华北政务委员会。"事由-呈为呈报事:为国立华北编译馆馆长瞿益锴本年4月1日正式就职,原筹备处结束事。敬请钧会鉴核备案。教育总署督办周作人【教育总署督办】署长方宗鳌代【教育总署署长】中华民国三十年四月九日【华北政务委员会教育总署印】"(二史馆二〇〇五-2652)

周作人署名签发呈务字第二三九号,伪华北政务委员会教育总署呈华北政务委员会。"事由-呈为呈报事:为国立华北观象台台长文元模赴日开会,往返需十六日,拟派秘书杨敬慈代理执行公务事。敬请钧会鉴核备案。教育总署督办周作人【教育总署督办】署长方宗鳌代【教育总署署长】中华民国三十年四月九日【华北政务委员会教育总署印】"(二史馆二〇〇五-2657)

周作人署名签发呈务字第二四〇号,伪华北政务委员会教育总署呈华北政务委员会。"事由-呈为呈报事:为国立华北编译馆馆长瞿益锴正式就职办公,呈请华北政务委员会迅予刊发小官章事。敬请钧会鉴察颁发。教育总署督办周作人【教育总署督办】署长方宗鳌代【教育总署署长】中华民国三十年四月九日【华北政务委员会教育总署印】"(二史馆二〇〇五-780)

10日,伪华北政务委员会第95次常务会议,周作人请假。讨论伪河南省民权县改名明县、伪山东盐务管理局追加费用、伪北京警察局增加费用、设置法曹图书馆及营造概算等事项。(二史馆二〇〇五-1115,第27—30页)

王揖唐、周作人联合向伪华北政务委员会签发署名呈文。"呈为呈复事:为华北演艺协会事。呈请鉴核。内务总署督办王揖唐【内外总署督办】教育总署督办周作人【教育总署督办】中华民国三十年四月十日【华北政务委员会教育总署印】"(二史馆二〇〇五-7)

无呈文编号

周作人向伪华北政务委员会签发署名呈文。"呈为呈请事：为华北文化事业协会盐泽会长来函，有关日本人教员各种费用事。呈请钧会鉴核。教育总署督办周作人【教育总署督办】署长方宗鳌代【教育总署署长】中华民国三十年四月十日【华北政务委员会教育总署印】"（二史馆二〇〇五-5508）

无呈文编号

周作人署名签发呈务字第二四六号，伪华北政务委员会教育总署呈华北政务委员会。"事由-呈为呈报事：为国立华北观象台补送公务员清单事。呈请钧会鉴察备案。附呈清单一份。教育总署督办周作人【教育总署督办】署长方宗鳌代【教育总署署长】中华民国三十年四月十日【华北政务委员会教育总署印】"（二史馆二〇〇五-2652）

12日，周作人署名签发呈务字第二五五号，伪华北政务委员会教育总署呈华北政务委员会。"事由-呈为呈请事：为华北观象台推荐日籍副台长、科长各一人事。呈请钧会鉴核示遵。附呈抄件译文各一件。教育总署督办周作人【教育总署督办】署长方宗鳌代【教育总署署长】中华民国三十年四月十二日【华北政务委员会教育总署印】"（二史馆二〇〇五-2649）

周作人署名签发呈务字第二五九号，伪华北政务委员会教育总署呈华北政务委员会。"事由-呈为呈请事：为历史博物馆购存郑成功遗像钱款事。呈请鉴核俯予饬拨发。教育总署督办周作人【教育总署督办】署长方宗鳌代【教育总署署长】中华民国三十年四月十二日【华北政务委员会教育总署印】"（二史馆二〇〇五-232）

14日，伪华北政务委员会第96次常务会议，周作人请假。（二史馆二〇〇五-1115，第32页）

15日，周作人署名签发呈务字第二六一号，伪华北政务委员会教育总署呈华北政务委员会。"事由-呈为呈请事：为确认国立北京大学校长钱稻孙3月29日接到华北政务委员会任命。4月2日正式上任事。敬请钧会鉴察备案。教育总署督办周作人【教育总署督办】署长方宗鳌代【教育总署署长】中华民国三十年四月十五日【华北政务委员会教育总署印】"（二史馆二〇〇五-2652）

17日，伪华北政务委员会第97次常务会议，周作人请假。（二史馆二〇〇五-1115，第36页）

21日，伪华北政务委员会第98次常务会议，周作人请假。（二史馆二〇〇五-1115，第44页）

22日，周作人署名签发呈务字第二七六号，华北政务委员会教育总署呈华北政务委员会。"事由-呈为呈报事：为国立华北编译馆馆长瞿益锴正式呈报该馆小官章一方事。敬请鉴核备案。附呈送印模一份。教育总署督办周作人【教育总署督办】署长方宗鳌代【教育总署署长】中华民国三十年四月廿二日【华北政务委员会教育总署印】"（二史馆二〇〇五-778）

23日，周作人自日本返回北平后，到伪教育总署视事。

24日，伪华北政务委员会第99次常务会议，周作人请假。（二史馆二〇〇五-1115，第56页）

周作人署名签发呈务字第二八一号，伪华北政务委员会教育总署呈华北政务委员会。"事由-呈为呈报事：为自日本返回北平到教育总署视事事。敬请钧会鉴察备案。教育总署督办周作人【教育总署督办】中华民国三十年四月廿四日【华北政务委员会教育总

署印】"(二史馆二〇〇五-2462)

28日,伪华北政务委员会第100次常务会议,周作人出席。讨论本会周年纪念运动治安费用、修正伪北京市警察局组织规则、伪华北电力公司修正电费案、伪威海卫地方法院及看守所开办等事项。(二史馆二〇〇五-1115,第59—61页)

29日,周作人署名签发呈务字第二九四号,伪华北政务委员会教育总署呈华北政务委员会。"事由-呈为呈报事:为国立北京大学呈报启用新小官章日期及缴销旧官章事。敬请鉴核备案。附缴旧官章一方。教育总署督办周作人【教育总署督办】中华民国三十年四月廿九日【华北政务委员会教育总署印】"(二史馆二〇〇五-778)

5月

1日,伪华北政务委员会第101次常务会议,周作人出席。讨论园艺试验场维修费用、山东灾害救济费用、修正旧通货处理办法提案等事项。(二史馆二〇〇五—1117,第2—4页)

5日,伪华北政务委员会第102次常务会议,周作人出席。讨论伪济南地方法院津贴费用、伪青岛新建监狱建筑费用、伪河南高等法院修缮费用、山东灾害救济等事项。(二史馆二〇〇五-1117,第5—8页)

8日,伪华北政务委员会第103次常务会议,周作人出席。讨论伪烟台监狱经费、伪北京地方法院津贴、高等考试试务处开办费及经费概算、伪建设总署概算、伪山东龙口警察署经费收支概算等事项。(二史馆二〇〇五-1117,第9—14页)

12日,伪华北政务委员会第104次常务会议,周作人出席。讨论伪山东盐务管理局永利盐场追加费用、伪华北禁烟局概算、故宫博物院及古物陈列所守警津贴、伪山西盐务管理局费用支出等事项。(二史馆二〇〇五-1117,第15—18页)

13日,周作人署名签发呈务字第三一八号,伪华北政务委员会教育总署呈华北政务委员会。"事由-呈为呈报事:为代理教育总署简任秘书调任监察院秘书长后,请辞该署职务事。敬请钧会鉴察核示。教育总署督办周作人【教育总署督办】中华民国三十年五月十三日【华北政务委员会教育总署印】"(二史馆二〇〇五-2649)

15日,伪华北政务委员会第105次常务会议,周作人出席。讨论中联银行垫付华北盐业公司股款事。(二史馆二〇〇五-1117,第19—20页)

周作人署名签发呈务字第三二三号,伪华北政务委员会教育总署呈华北政务委员会。"事由-呈为呈报事:为国立华北观象台管理科科长、技师金川治三郎调任总务科长,历数科科长王法维兼代管理科科长事。转呈华北观象台台长文元模呈文。敬请钧会鉴核示遵。教育总署督办周作人【教育总署督办】中华民国三十年五月十五日【华北政务委员会教育总署印】"(二史馆二〇〇五-2649)

周作人署名签发呈务字第三二四号,伪华北政务委员会教育总署呈伪华北政务委员会。"事由-呈为呈报事:为前临时政府教育部公布之直辖编审会组织规程修正事。敬请钧会鉴核备案。附呈送规程一份。教育总署督办周作人【教育总署督办】中华民国三十年五月十五日【华北政务委员会教育总署印】"(二史馆二〇〇五-215)

19日,伪华北政务委员会第106次常务会议,周作人出席。讨论伪华北观象台职员宿舍建筑工事、新民学院校舍建筑费用概算、古物陈列所费用概算、警察队服装费用、庆

王府修缮费用等事项。(二史馆二〇〇五-1117,第21—24页)

22日,伪华北政务委员会第107次常务会议,周作人出席。讨论伪治安总队经费、伪物资调节委员会经费、伪实业总署经费、伪济南与青岛地方法院概算、伪河北省局势、伪青岛监狱建筑费用、黄河决口治理工程费用等事项。(二史馆二〇〇五-1117,第25—28页)

23日,周作人署名签发呈务字第三三二号,伪华北政务委员会教育总署呈伪华北政务委员会。"事由-呈为呈报事:为本署科员陆家伦资历表等事项。敬请钧会鉴核备案。附呈送资历表一份、登录册三份、清单一纸。教育总署督办周作人【教育总署督办】中华民国三十年五月廿三日【华北政务委员会教育总署印】"(二史馆二〇〇五-2516)

周作人署名签发呈育字第三三五号,伪华北政务委员会教育总署呈华北政务委员会。"事由-呈为呈复事:为呈复审核山西省立新民教育馆组织规程意见及修正条文事。敬请钧会鉴核备案。附呈送修正条文一份。教育总署督办周作人【教育总署督办】中华民国三十年五月廿三日【华北政务委员会教育总署印】"(二史馆二〇〇五-739)

26日,伪华北政务委员会第108次常务会议,周作人请假。(二史馆二〇〇五-1117,第30页)

29日,伪华北政务委员会第109次常务会议,周作人出席。讨论伪开封地方法院修缮费、伪山东盐务管理局下属矿区经费概算、相关人事任免及抚恤费用等事项。(二史馆二〇〇五-1117,第32—34页)

周作人署名签发呈务字第三四一号,伪华北政务委员会教育总署呈华北政务委员会。"事由-呈为呈复事:为派参事孙季瑶赴南京参加教育部六月三日教育行政会议事。呈请钧会鉴核转复。教育总署督办周作人【教育总署督办】中华民国三十年五月廿九日【华北政务委员会教育总署印】"(二史馆二〇〇五-1111)

周作人署名签发呈务字第三四二号,伪华北政务委员会教育总署呈华北政务委员会。事由-呈为呈报复事:"为派参事孙季瑶赴南京参加教育部六月三日教育行政会议,派本署科员沈承怡随同事。呈敬钧会鉴核。教育总署督办周作人【教育总署督办】中华民国三十年五月廿九日【华北政务委员会教育总署印】"(二史馆二〇〇五-1111)

6月

2日,伪华北政务委员会第110次常务会议,周作人出席。讨论伪河北地方监狱及看守所费用、伪济南监狱费用审计、东亚经济恳谈会华北本部访日视察团费用预算、伪华北各省新监狱预算等事项。(二史馆二〇〇五-1117,第35—38页)

3日,周作人署名签发呈务字第三四八号,伪华北政务委员会教育总署呈华北政务委员会。"事由-呈为呈复事:为呈送修正编审会规程事。呈敬钧会鉴核。教育总署督办周作人【教育总署督办】中华民国三十年六月三日【华北政务委员会教育总署印】"(二史馆二〇〇五-215)

4日,周作人署名签发呈育字第三五三号,伪华北政务委员会教育总署呈华北政务委员会。"事由-呈为呈报事:为陈明办理日本语文检定试验经过情形事。呈敬鉴核备案。教育总署督办周作人【教育总署督办】中华民国三十年六月四日【华北政务委员会教育总署印】"(二史馆二〇〇五-3)

5日,伪华北政务委员会第111次常务会议,周作人出席。讨论伪山西高等法院经费

预算、伪山西盐务管理局购车及建设开支、治安署购置兵器费、居民居住证办理等事项。(二史馆二〇〇五-1118,第2—4页)

6日,周作人署名签发呈务字第三五七号,伪华北政务委员会教育总署呈华北政务委员会。"事由-呈为呈送事:为呈送二十九年度教育总署直辖各机关概括统计事。恭请鉴察。附呈统计表三册。教育总署督办周作人【教育总署督办】中华民国三十年六月六日【华北政务委员会教育总署印】"(二史馆二〇〇五-5446)

7日,兴亚院华北联络部次长盐泽清宣致华北观象台台长文元模公函,推荐进高桥勇悦任职。(二史馆二〇〇五-2649,第85页)

9日,伪华北政务委员会第112次常务会议,周作人出席。讨论留学日本学生津贴、华北合作社与联合准备银行合作等事项。(二史馆二〇〇五-1118,第6—7页)

12日,伪华北政务委员会第113次常务会议,周作人出席。讨论华北赈灾、华北农事试验场牛疫防治等事项。(二史馆二〇〇五-1118,第8—16页)

周作人署名签发呈务字第三六四号,伪华北政务委员会教育总署呈华北政务委员会。"事由-呈为呈请事:为国立北京大学拟办助学基金事。呈请鉴核示遵。附国立北京大学助学基金条例拟案一份。教育总署督办周作人【教育总署督办】中华民国三十年六月十二日【华北政务委员会教育总署印】"(二史馆二〇〇五-5468)

16日,伪华北政务委员会第114次常务会议,周作人请假。(二史馆二〇〇五-1118,第20页)

18日,周作人署名签发呈务字第三七一号,伪华北政务委员会教育总署呈华北政务委员会。"事由-呈为呈报事:为华北观象台接收华北亚院华北联络部推荐日籍技士高桥勇悦事。敬请钧会鉴核示遵。附呈送抄函一件、履历书一份。教育总署督办周作人【教育总署督办】中华民国三十年六月十八日【华北政务委员会教育总署印】"(二史馆二〇〇五-2649)

高桥勇悦(大正五年八月二十九日—?),宫城县石卷市人。

19日,伪华北政务委员会第115次常务会议,周作人请假。(二史馆二〇〇五-1118,第23页)

21日,兴亚院华北联络部次长盐泽清宣致王揖唐公函,推荐小山松吉任职。(二史馆二〇〇五-2575,第8—9页)

23日,伪华北政务委员会第116次常务会议,周作人出席。讨论伪天津统税局追加经费、伪山东盐务管理局收支审计等事项。(二史馆二〇〇五-1118,第26页)

26日,伪华北政务委员会第117次常务会议,周作人出席。讨论核销各伪署收支计算书、处理伪地方治安组织规则及概算、伪华北劳公协会条例、伪华北河渠建设委员会组织条例、伪教育总署秘书谭祖任辞职及派寿得天代理等事项。(二史馆二〇〇五-1118,第31—33页)

28日,周作人署名签发呈务字第三八五号,伪华北政务委员会教育总署呈华北政务委员会。"事由-呈为呈请事:为本署署长兼秘书主任方宗鳌呈请辞职专报事。转呈钧会鉴核示遵。教育总署督办周作人【教育总署督办】中华民国三十年六月廿八日【华北政务委员会教育总署印】"(二史馆二〇〇五-2651)

30日,伪华北政务委员会第118次常务会议,周作人出席。讨论核销计算书汇报各件、伪教育总署呈请修正编审组织会组织规程一案、伪修正北京市警察局组织规则等事项。(二史馆二〇〇五-1118,第40—41页)

通过周作人提案。即本署教育局局长兼文化局局长张心沛已有另用,拟请普通教育科科长陈菩缘代任教育局局长,高等教育科科长陈础涵代理文化局局长。(二史馆二〇〇五-1118,第41页)

通过周作人提案。即本署署长兼秘书主任方宗鳌辞职,所遗署长及秘书主任各职拟由本署教育局局长张心沛继任。(二史馆二〇〇五-1118,第41页)

7月

2日,伪华北政务委员会教育总署署长张心沛始兼代本署秘书主任。(二史馆二〇〇五-2561)

3日,伪华北政务委员会第119次常务会议,周作人出席。讨论核销计算书汇报各件、伪华北劳工协会条例改为华北劳工协会暂行条例案、华北伪满洲蒙藏劳务联络会议及劳工协会与各方之间协商草案等事项。(二史馆二〇〇五-1118,第43—45页)

10日,伪华北政务委员会第120次常务会议,周作人出席。讨论核销计算书汇报各件、吸食鸦片人员登记领照案、修正华北保护名胜古迹暂行条例、伪华北防共委员会年度经费概算、设立日华俱乐部经费筹备基金、现任官员积劳病故优恤等事项。(二史馆二〇〇五-1118,第47—49页)

14日,伪华北政务委员会第121次常务会议,周作人出席。讨论黄河决口担负经费案、伪开封统税局追加概算核算书、冀东灾情审查等事项。(二史馆二〇〇五—1116,第2—5页)

17日,伪华北政务委员会第122次常务会议,周作人出席。讨论伪司法图书馆职员津贴、验发公司知照、伪高等警官学校学员津贴等事项。(二史馆二〇〇五-1116,第7—8页)

18日,周作人署名签发呈育字第四〇三号,伪华北政务委员会教育总署呈华北政务委员会。"事由-呈为呈请事:为国立北京大学工学院佐野名誉教授推荐茂木亮为该院讲师事。呈请钧会鉴核备案。教育总署督办周作人【教育总署督办】中华民国三十年七月十八日【华北政务委员会教育总署印】"(二史馆二〇〇五-2574)

　　茂木亮(明治二十八年三月二十日—?),群岛县势多郡人,东京帝国大学工学部土木工学科卒业。

19日,周作人署名签发呈务字第四〇四号,伪华北政务委员会教育总署呈华北政务委员会。"事由-呈为呈报事:为呈送本署寿得天等代理该总署秘书、听候简命事。敬请钧会鉴核转请简命。附呈送资历审查表一份、清单一纸。教育总署督办周作人【教育总署督办】中华民国三十年七月十九日【华北政务委员会教育总署印】"(二史馆二〇〇五-2651)

周作人署名签发呈务字第四〇五号,伪华北政务委员会教育总署呈华北政务委员会。"事由-呈为呈报事:为本署署长兼代秘书主任张心沛就职任职日期事。敬请钧会鉴核备案。教育总署督办周作人【教育总署督办】中华民国三十年七月十九日【华北政务委员会教育总署印】"(二史馆二〇〇五-2651)

周作人署名签发呈务字第四〇六号,伪华北政务委员会教育总署呈华北政务委员会。"事由-呈为呈报事:为本署局长陈菩缘就职任职日期事。敬请钧会鉴核备案。教育总署督办周作人【教育总署督办】中华民国三十年七月十九日【华北政务委员会教育总署印】"(二史馆二〇〇五-2651)

周作人署名签发呈务字第四〇七号,伪华北政务委员会教育总署呈华北政务委员会。"事由-呈为呈报事:为本署局长陈础涵就职任职日期事。敬请钧会鉴核备案。教育总署督办周作人【教育总署督办】中华民国三十年七月十九日【华北政务委员会教育总署印】"(二史馆二〇〇五-2651)

22日,周作人署名签发呈育字第四〇八号,伪华北政务委员会教育总署呈华北政务委员会。"事由-呈为呈复事:为奉令以准日本兴亚院华北联络部函荐日籍人员小山松吉任国立北京大学法学院筹备处顾问事。呈请钧会鉴核备案。教育总署督办周作人【教育总署督办】中华民国三十年七月廿二日【华北政务委员会教育总署印】"(二史馆二〇〇五-2575)

> 小山松吉(明治二年九月二十八日—?),东京市人,特别认可独逸学协会学校卒业,曾任司法大臣、法政大学总长。

24日,伪华北政务委员会第124次常务会议,周作人出席。讨论伪山东盐务管理局王官场重建概算、教育总署学务专员重松龙觉来华旅费案、河南省公署经费抵补等事项。(二史馆二〇〇五-1116,第12—26页)

周作人署名签发呈务字第四一一号,伪华北政务委员会教育总署呈华北政务委员会。"事由-呈为呈报事:为本署调派科长事。敬请钧会鉴察备案。教育总署督办周作人【教育总署督办】中华民国三十年七月廿四日【华北政务委员会教育总署印】"(二史馆二〇〇五-2651)

周作人署名签发呈化字第四一四号,伪华北政务委员会教育总署呈华北政务委员会。"事由-呈为呈请事:为国立北京大学呈送点收李盛铎(号木斋)木犀轩藏书详细目录事。转请钧会鉴核备案。教育总署督办周作人【教育总署督办】中华民国三十年七月廿四日【华北政务委员会教育总署印】"(二史馆二〇〇五-200)

28日,伪华北政务委员会第125次常务会议,周作人出席。讨论整理市容、保存古迹二案,英美冻结中日两国资产对策案,临时特别交易所取缔办法案等。(二史馆二〇〇五-1144,第56—57页)

周作人署名签发呈务字第四二〇号,伪华北政务委员会教育总署呈华北政务委员会。"事由-呈为呈请事:为准东亚文化协议会函请发我方应摊该会三十年度经费款项事。呈鉴核,赐予饬发。教育总署督办周作人【教育总署督办】中华民国三十年七月廿八日【华北政务委员会教育总署印】"(二史馆二〇〇五-226)

8月

4日,伪华北政务委员会第127次常务会议,周作人出席。讨论留学日本学生津贴支出、新民学院临时费用概算、伪华北统税总局组织条例、伪山东省公署年度概算审核、伪财务总署改定烟叶面纱面粉火柴水泥啤酒火酒汽水统税率、改定各矿煤炭价格及纳税额表、特别交易取缔后特殊追加事项、华北金融管理等事项。(二史馆二〇〇五-1116,第27—29页)

8日,周作人署名签发呈务字第四三六号,伪华北政务委员会教育总署呈华北政务委员会。"事由-呈为呈请事:为华北文化事业协会函送上年度第一次国立北京大学农学、医学、工学三学院建筑、手术、设备仪器经费款项事。呈请钧会鉴核。附呈抄件一纸。教育总署督办周作人【教育总署督办】中华民国三十年八月八日【华北政务委员会教育总署印】"(二史馆二〇〇五-202)

9日,周作人署名签发呈务字第四四〇号,伪华北政务委员会教育总署呈华北政务委员会。"事由-呈为呈请事:为华北文化事业协会函送上年度第一次日本人教员聘用事。呈请钧会鉴核。附呈抄件一纸。教育总署督办周作人【教育总署督办】中华民国三十年八月九日【华北政务委员会教育总署印】"(二史馆二〇〇五-5508)

11日,伪华北政务委员会第129次常务会议,周作人出席。讨论东亚经济恳谈会华北本部年度支出计算书核销案、北京大学理学院年度支出计算书核销案、女子师范学院年度支出计算书核销案、山东堵口护岸工程经费核算案等事项。(二史馆二〇〇五-1116,第31—33页)

14日,周作人署名签发呈务字第四四六号,伪华北政务委员会教育总署呈华北政务委员会。"事由-呈为呈报事:为华北观象台准华北联络部函荐技士日浅寅吉事。敬请钧会鉴核示遵。附呈送原函件一件、履历书一份。教育总署督办周作人【教育总署督办】中华民国三十年八月十四日【华北政务委员会教育总署印】"(二史馆二〇〇五-2651)

18日,伪华北政务委员会教育总署文化局局长陈础涵开始兼任师资讲肄馆馆长。(二史馆二〇〇五-2651)

20日,兴亚院华北联络部次长盐泽清宣致王揖唐公函,推荐山越邦彦任职。(二史馆二〇〇五-2575,第28页)

周作人署名签发呈务字第四五二号,伪华北政务委员会教育总署呈华北政务委员会。"事由-呈为呈复事:为新民学院续办官吏再教育班事。敬请钧会鉴察。教育总署督办周作人【教育总署督办】中华民国三十年八月二十日【华北政务委员会教育总署印】"(二史馆二〇〇五-2371)

21日,兴亚院华北联络部次长盐泽清宣致王揖唐公函,推荐北川清治理任职。(二史馆二〇〇五-2575,第39页)

兴亚院华北联络部次长盐泽清宣致王揖唐公函,推荐渡边龙三任职。(二史馆二〇〇五-2575,第50页)

教育总署督办周作人出席伪华北政务委员会省市长会议,"各督办说明对应方针",教育总署周督办作人"说明教育与治安之关系,应以孔子学说为中心,加以世界新常识而为教育之方针,教育发展治安自然巩固"。(二史馆二〇〇五-5967,第60页)

25日,伪华北政务委员会第132次常务会议,周作人出席。讨论伪天津济南石门等地所有新市区土地征用租用案、商品检验经费案、官员人事任免等事项。(二史馆二〇〇五-1116,第34—35页)

27日,周作人署名签发呈务字第四五七号,伪华北政务委员会教育总署呈华北政务委员会。"事由-呈为呈报事:为送秘书刘骏资历表等事项。敬请钧会鉴核施行。附呈送资历审查表一份、清单一纸。教育总署督办周作人【教育总署督办】中华民国三十年八月廿七日【华北政务委员会教育总署印】"(二史馆二〇〇五-2521)

周作人署名签发呈务字第四五八号,伪华北政务委员会教育总署呈华北政务委员会。"事由-呈为呈报事:为送本署科长孙访渔资历表等事项。敬请钧会鉴核施行。附呈送资历审查表一份、清单一纸。教育总署督办周作人【教育总署督办】中华民国三十年八月廿七日【华北政务委员会教育总署印】"(二史馆二〇〇五-2521)

9月

2日,周作人署名签发呈务字第四六二号,伪华北政务委员会教育总署呈华北政务委员会。"事由-呈为呈报事:为本署兼代师资讲肄馆馆长陈础涵接任视事日期事。敬请钧会鉴察备案。教育总署督办周作人【教育总署督办】中华民国三十年九月二日【华北政务委员会教育总署印】"(二史馆二〇〇五-2651)

周作人署名签发呈务字第四六三号,伪华北政务委员会教育总署呈华北政务委员会。事由-呈本年高考及格分发本署试用人员王玉民初名玉增声明更名缘由事。"呈请鉴核,伏乞训示祗遵。教育总署督办周作人【教育总署督办】中华民国三十年九月二日【华北政务委员会教育总署印】"(二史馆二〇〇五-2866)

周作人署名签发呈育字第四六五号,伪华北政务委员会教育总署呈华北政务委员会。"事由-呈为呈请事:为准日本兴亚院华北联络部盐泽次长函荐日籍人员秋草勋充任国立北京大学工学院特别讲师事。呈请钧会鉴核备案。附呈抄履历书一份。教育总署督办周作人【教育总署督办】中华民国三十年九月二日【华北政务委员会教育总署印】"(二史馆二〇〇五-2575)

秋草勋(明治卅七年八月廿一日—?),群马县山田郡人,东京帝国大学工学院土木科卒业。

6日,周作人署名签发呈育字第四七八号,伪华北政务委员会教育总署呈华北政务委员会。"事由-呈为呈请事:为拟举办华北各省市教育人员短期讲习班事。呈请鉴核备案。附件社教人员短期讲习班办法一份、各省市选送学员数目清单一纸。教育总署督办周作人【教育总署督办】中华民国三十年九月六日【华北政务委员会教育总署印】"(二史馆二〇〇五-221)

8日,伪华北政务委员会第135次常务会议,周作人出席。讨论核销计算书汇报各件、北京大学拟办助学金为本大学清贫学生资助条例、伪山西临时政府筹备委员会委员长曾纪纲病故从优表恤等事项。(二史馆二〇〇五-1116,第36—39页)

10日,周作人署名签发呈育字第四八五号,伪华北政务委员会教育总署呈华北政务委员会。"事由-呈为呈复事:为奉令以准日本兴亚院华北联络部函荐北川清治充任国立北京大学医学院副教授兼中药研究所副研究员事。呈请鉴核备案。教育总署督办周作人【教育总署督办】中华民国三十年九月十日【华北政务委员会教育总署印】"(二史馆二〇〇五-2575)

北川清治(明治四十二年三月六日—),福井县阪井郡人,京城帝国大学医学部(朝鲜汉城)卒业。

12日,周作人署名签发呈育字第四八八号,伪华北政务委员会教育总署呈华北政务委员会。"事由-呈为呈复事:为奉令准日本兴亚院华北联络部函荐山越邦彦充任国立北京大学工学院教授事。呈请鉴核备案。教育总署督办周作人【教育总署督办】中华民国三十年九月十二日【华北政务委员会教育总署印】"(二史馆二〇〇五-2575)

山越邦彦(明治三十三年六月二十三日—?),千叶县市原郡人,东京帝国大学工学部建筑学科卒业。

兴亚院华北联络部次长盐泽清宣致王揖唐公函,推荐木村静雄任职。(二史馆二〇〇五-2575,第71—72页)

13日,周作人署名签发呈育字第四九一号,伪华北政务委员会教育总署呈华北政务委员会。"事由-呈为呈复事:为奉令以准日本兴亚院华北联络部函荐渡边龙三充任国立北京大学医学院副教授兼任内分泌研究所所员事。呈请鉴核备案。教育总署督办周作人【教育总署督办】中华民国三十年九月十三日【华北政务委员会教育总署印】"(二史馆二〇〇五-2575)

渡边龙三(明治四十四年九月十九日—?),大分县宇左郡人,京城帝国大学医学部(朝鲜汉城)卒业。

15日,伪华北政务委员会第137次常务会议,周作人出席。讨论本年度祭孔各省官员名单案、部分司法所毕业学员津贴案、经营塘沽新港之谅解事项等。(二史馆二〇〇五-1116,第41—45页)

16日,周作人署名签发呈务字第四九三号,伪华北政务委员会教育总署呈华北政务委员会。"事由-呈为呈报事:为复三十年度分发高考及格人员张绍伊等三员分在本署各局任职、阎锡作舟一员在华北编译馆任职事。敬请钧会鉴察。教育总署督办周作人【教育总署督办】中华民国三十年九月十六日【华北政务委员会教育总署印】"(二史馆二〇〇五-2866)

周作人署名签发呈务字第四九四号,伪华北政务委员会教育总署呈华北政务委员会。"事由-呈为呈请事:为复驻日办理留学事务专员方念慈俸薪事。呈请钧会鉴核备案。教育总署督办周作人【教育总署督办】中华民国三十年九月十六日【华北政务委员会教育总署印】"(二史馆二〇〇五-2502)

兴亚院华北联络部次长盐泽清宣致王揖唐公函,推荐多田贞一任职。(二史馆二〇〇五-2572,第33页)

兴亚院华北联络部次长盐泽清宣致王揖唐公函,推荐中富贞夫任职。(二史馆二〇〇五-2572,第44页)

兴亚院华北联络部次长盐泽清宣致王揖唐公函,推荐食塚太喜治任职。(二史馆二〇〇五-2572,第54页)

兴亚院华北联络部次长盐泽清宣致王揖唐公函,推荐高松亨明任职。(二史馆二〇〇五-2575,第81页)

18日,伪华北政务委员会第138次常务会议,周作人出席。讨论核销计算书汇报各件、华北新市区建设暂行条例等事项。(二史馆二〇〇五-1116,第47页)

19日,周作人署名签发呈育字第五〇二号,伪华北政务委员会教育总署呈华北政务委员会。"事由-呈为呈请事:为据国立北京大学呈请延聘日籍人员斋藤道雄伟该大学农学院特别讲师事。呈请鉴核备案。附呈履历书一份。教育总署督办周作人【教育总署督办】中华民国三十年九月十九日【华北政务委员会教育总署印】"（二史馆二〇〇五-2575）

斋藤道雄（明治二十九年三月三十日—？），东京市人，东京帝国大学农学部农艺化学科卒业，农学博士，曾任宫崎高等农林学校教授。

周作人署名签发呈育字第五〇三号，伪华北政务委员会教育总署呈华北政务委员会。"事由-呈为呈请事：为准日本兴亚院华北联络部函荐日籍人员今堀诚二、佐藤昌世、渡边瑞枝三人充任北京女子师范学院讲师事。呈请鉴核备案。附呈履历书三件。教育总署督办周作人【教育总署督办】中华民国三十年九月十九日【华北政务委员会教育总署印】"（二史馆二〇〇五-2575）

渡边瑞枝（明治四十二年六月十日—？），富山县中新川郡人，日本体育会体操学校女子部高等科卒业。

今堀诚二（大正三年十月二十七日—？），广岛市人，广岛文理科大学史学科东洋史专攻卒业。

佐藤昌世（明治四十年十一月十五日—？），东京市人，东京女子高等师范学校附属高等女子学校卒业。

22日，伪华北政务委员会第139次常务会议，周作人出席。讨论临时费核销汇报各件、各机关暂行决算章程规定执行情况、司法官养成所学员追加经常费案等事项。（二史馆二〇〇五-1116，第59—60页）

临时动议：周作人提出北京师范学院与女子师范学院合并改组为北京师范大学，并附具办法，提请公决。通过。（二史馆二〇〇五-1116，第59页）

周作人署名签发呈育字第五〇五号，伪华北政务委员会教育总署呈华北政务委员会。"事由-呈为呈请事：为拟具华北各省市考选送留日工费生办法纲要事。呈请鉴核指令示遵。附呈华北各省市考选送留日工费生办法纲要草案一份。教育总署督办周作人【教育总署督办】中华民国三十年九月廿二日【华北政务委员会教育总署印】"（二史馆二〇〇五-951）

25日，伪华北政务委员会第140次常务会议，周作人出席。讨论伪济南机场建设案、伪华北合作事业总会暂行条例等事项。（二史馆二〇〇五-1116，第62页）

周作人署名签发呈育字第五〇九号，伪华北政务委员会教育总署呈华北政务委员会。"事由-呈为呈请事：为据国立北京大学呈该大学工学院佐野名誉教授推荐该学院讲师奈良冈良二改为专任讲师事。呈请鉴核备案。附呈抄履历书一纸。教育总署督办周作人【教育总署督办】中华民国三十年九月廿五日【华北政务委员会教育总署印】"（二史馆二〇〇五-2572）

奈良冈良二（明治四十一年四月三日—？），青森县南津轻郡人，日本大学法文学部法律学科卒业。

26日，兴亚院华北联络部次长盐泽清宣致王揖唐公函，推荐丸良夫任职。（二史馆二〇〇五-2572，第66页）

27日，周作人署名签发呈务字第五一二号，伪华北政务委员会教育总署呈华北政务委员会。"事由-呈为呈报事：为呈送本署科员陈树春等五员登录册事。敬请钧会鉴察备案。附呈送公务员登录册计十五张。教育总署督办周作人【教育总署督办】中华民国三十年九月廿七日【华北政务委员会教育总署印】"(二史馆二〇〇五-3659)

29日,伪华北政务委员会第141次常务会议,周作人出席。讨论核销计算书各件等事项。(二史馆二〇〇五-1116,第64页)

30日,周作人署名签发呈育字第五一五号,伪华北政务委员会教育总署呈华北政务委员会。"事由-呈为呈请事:为据国立北京大学呈拟聘日籍人员菅顺之助为法学院讲师事。呈请钧会鉴核备案。附抄履历书一份。教育总署督办周作人【教育总署督办】中华民国三十年九月卅日【华北政务委员会教育总署印】"(二史馆二〇〇五-2572)

菅顺之助(明治卅九年八月十八日—?),山形县西村山郡人,法政大学经济学部经济科卒业,曾任法政大学中国留学生日本语教授。

10月

1日,兴亚院华北联络部次长盐泽清宣致周作人公函,推荐浅居彻太郎任职。(二史馆二〇〇五-2577,第59页)

2日,伪华北政务委员会第142次常务会议,周作人出席。讨论核销计算书汇报各件、发行天坛祈年殿图样新式印花税票一案等事项。(二史馆二〇〇五-1116,第66页)

周作人、王荫泰、王揖唐共同署名签发呈政字第四四三号,华北政务委员会教育总署、实业总署、内务总署呈华北政务委员会。"事由-呈为呈复事:为钧会政法字第三三〇八号训令开,会同审议华北演艺协会股份有限公司之意见。呈请钧会鉴核。教育总署督办周作人【教育总署督办】实业总署督办王荫泰【实业总署督办】内务总署督办王揖唐【内务总署督办】中华民国三十年十月二日【华北政务委员会教育总署印】"(二史馆二〇〇五-7)

无呈文编号

周作人署名签发呈育字第五一七号,伪华北政务委员会教育总署呈华北政务委员会。"事由-呈为呈请事:为奉令准日本兴亚院华北联络部函荐日籍人员木村静雄充任北京师范学院副教授事。呈请鉴核备案。教育总署督办周作人【教育总署督办】中华民国三十年十月二日【华北政务委员会教育总署印】"(二史馆二〇〇五-2572)

木村静雄(明治四十四年四月二十二日—?),和歌山县和歌山市人,日本体育会体操学校卒业。

4日,周作人署名签发呈育字第五一九号,伪华北政务委员会教育总署呈华北政务委员会。"事由-呈为呈请事:为拟具国立专科以上学校学术生活指导委员会组织大纲八条事。呈请鉴核备案。教育总署督办周作人【教育总署督办】中华民国三十年十月四日【华北政务委员会教育总署印】"(二史馆二〇〇五-5356)

周作人署名签发呈育字第五二〇号,伪华北政务委员会教育总署呈华北政务委员会。"事由-呈为呈请事:为奉令准日本兴亚院华北联络部函荐日籍人员高松亨明充任北京艺术专科学校专任教员事。呈请鉴核备案。教育总署督办周作人【教育总署督办】中华民国三十年十月四日【华北政务委员会教育总署印】"(二史馆二〇〇五-2572)

高松亨明(大正二年三月一日—?),青森县上北郡人,大东文化学院高等科卒业。

7日，兴亚院华北联络部次长盐泽清宣致王揖唐公函，推荐布村安弘、古田扩、片冈良一任职。（二史馆二〇〇五-2572，第84—85页）

9日，兴亚院华北联络部次长盐泽清宣致王揖唐公函，推荐井上秀夫任职。（二史馆二〇〇五-2573，第10页）

伪华北政务委员会第143次常务会议，周作人出席。讨论统税及印花矿产两税案、伪华北各道区设置卫生讲习所十四处一案、伪华北合作实业总会暂行条例草案等事项。（二史馆二〇〇五-1116，第67—69页）

周作人署名签发呈育字第五二七号，伪华北政务委员会教育总署呈华北政务委员会。"事由-呈为呈请事：为奉令准日本兴亚院华北联络部函荐日籍人员石塚太喜治充任北京艺术专科学校专任教员事。呈请鉴核备案。教育总署督办周作人【教育总署督办】中华民国三十年十月九日【华北政务委员会教育总署印】"（二史馆二〇〇五-2572）

> 石塚太喜治（明治四十一年七月五日—？），千叶县山武郡人，东京帝国大学文学部美学美术史科毕业。

周作人署名签发呈育字第五二八号，伪华北政务委员会教育总署呈华北政务委员会。"事由-呈为呈请事：为奉令准日本兴亚院华北联络部函荐日籍人员多田贞一位外国语专科学校专任教员事。呈请鉴核备案。教育总署督办周作人【教育总署督办】中华民国三十年十月九日【华北政务委员会教育总署印】"（二史馆二〇〇五-2572）

> 多田贞一（明治三十八年一月四日—？），兵库县武库钧人，御影报德商业学校毕业。

11日，周作人署名签发呈育字第五三一号，伪华北政务委员会教育总署呈华北政务委员会。"事由-呈为呈请事：为拟具国立专科以上学校聘任教职员办法事。呈请鉴核备案。附呈国立专科以上学校聘任教职员办法一份。教育总署督办周作人【教育总署督办】中华民国三十年十月十一日【华北政务委员会教育总署印】"（二史馆二〇〇五-5456）

周作人署名签发呈育字第五三二号，伪华北政务委员会教育总署呈华北政务委员会。"事由-呈为呈请事：为据国立北京大学拟聘日籍人员冈大路为工学院专任讲师、小岛康功为讲师、船槁英夫为技术员事。呈请钧会鉴核备案。附抄呈履历书三份。教育总署督办周作人【教育总署督办】中华民国三十年十月十一日【华北政务委员会教育总署印】"（二史馆二〇〇五-2572）

> 冈大路（明治廿二年十一月十七日—？），宫城县仙台市人，东京帝国大学工学部建筑科毕业。

周作人署名签发呈育字第五三四号，伪华北政务委员会教育总署呈华北政务委员会。"事由-呈为呈请事：为拟具国立北京师范大学组织大纲草案事。敬乞鉴核公布。附呈组织大纲草案一份。教育总署督办周作人【教育总署督办】中华民国三十年十月十一日【华北政务委员会教育总署印】"（二史馆二〇〇五-203）

13日，伪华北政务委员会第144次常务会议，周作人出席。讨论伪华北各行政机关公用佣役抚恤办法案、消防制度拟定案等事项。（二史馆二〇〇五-1116，第72—74页）

14日，周作人署名签发呈务字第五三六号，伪华北政务委员会教育总署呈华北政务委员会。"事由-呈为呈报事：为送本署荐任待遇科员汪懋勋事。敬请钧会鉴察备案。附呈送资历审查表一份、清单一纸。教育总署督办周作人【教育总署督办】中华民国三十年十月十四日【华北政务委员会教育总署印】"（二史馆二〇〇五-6364）

周作人署名签发呈育字第五三七号，伪华北政务委员会教育总署呈华北政务委员会。"事由-呈为呈请事：为奉令准日本兴亚院华北联络部函荐日籍人员中富贞夫充任国立北京大学农学院教授事。呈请鉴核备案。教育总署督办周作人【教育总署督办】中华民国三十年十月十四日【华北政务委员会教育总署印】"（二史馆二〇〇五-2572）

中富贞夫（明治二十六年二月三日—？），福冈县久留米市人，东京帝国大学农学部农学科卒业。

16日，伪华北政务委员会第145次常务会议，周作人出席。讨论核销计算书汇报各件、北京师范学院与北京女子师范学院合并改组为北京师范大学一案暨该大学组织大纲草案、民初元年以来法院文书保存暂行草案、聘任黎世蘅为北京师范大学校长案等事项。（二史馆二〇〇五-1116，第74—78页）

周作人署名签发呈务字第五四〇号，伪华北政务委员会教育总署呈华北政务委员会。"事由-呈为呈报事：为本署助理员吴梦柔辞职事。敬请钧会鉴察备案。教育总署督办周作人【教育总署督办】中华民国三十年十月十六日【华北政务委员会教育总署印】"（二史馆二〇〇五-2651）

20日，伪华北政务委员会第146次常务会议，周作人出席。讨论临时费汇报各件、伪华北高等以下各级法院销毁文卷暂行办法草案应详细审核以示慎重案等事项。（二史馆二〇〇五-1116，第82—85页）

23日，伪华北政务委员会第147次常务会议，周作人请假。（二史馆二〇〇五-1116，第92页）

27日，伪华北政务委员会第148次常务会议，周作人出席。讨论伪产烟叶统筹案、伪河北省水上警察局组织暂行草案、伪北京统税局补编驻北支烟草株式会社费用概算案、地方治安强化运动费用案等事项。（二史馆二〇〇五-1116，第95—100页）

周作人署名签发呈务字第五四六号，伪华北政务委员会教育总署呈华北政务委员会。"事由-呈为呈报事：为呈送本署最近公务员变动清册事。敬请钧会鉴察备案。附呈本署最近公务员变动清册一本。教育总署督办周作人【教育总署督办】中华民国三十年十月廿七日【华北政务委员会教育总署印】"（二史馆二〇〇五-3659）

周作人署名签发呈育字第五四八号，伪华北政务委员会教育总署呈华北政务委员会。"事由-呈为呈报事：为拟具储备农事教育人员选拔托生办法等事项。敬请钧会鉴察备案。附呈选拔托生办法、补修科目持数分配表、经费概算各一份。教育总署督办周作人【教育总署督办】中华民国三十年十月廿七日【华北政务委员会教育总署印】"（二史馆二〇〇五-950）

周作人署名签发呈育字第五四九号，伪华北政务委员会教育总署呈华北政务委员会。"事由-呈为呈请事：为奉令准日本兴亚院华北联络部函荐日籍人员丸良夫为国立北京大学法学院专任讲师事。呈报鉴核备案。教育总署督办周作人【教育总署督办】中华

民国三十年十月廿七日【华北政务委员会教育总署印】"(二史馆二〇〇五-2572)

28日,周作人署名签发呈务字第五五三号,伪华北政务委员会教育总署呈华北政务委员会。"事由-呈为呈请事:为呈请颁发国立北京师范大学关防及校长小官章事。呈请鉴核,准予颁发。教育总署督办周作人【教育总署督办】中华民国三十年十月廿八日【华北政务委员会教育总署印】"(二史馆二〇〇五-778)

29日,兴亚院华北联络部次长盐泽清宣致王揖唐公函,推荐高月丰一任职。(二史馆二〇〇五-2573,第29页)

兴亚院华北联络部次长盐泽清宣致王揖唐公函,推荐木田文夫任职。(二史馆二〇〇五-2573,第39—40页)

兴亚院华北联络部次长盐泽清宣致王揖唐公函,推荐后藤初藏任职。(二史馆二〇〇五-2573,第49—50页)

兴亚院华北联络部次长盐泽清宣致王揖唐公函,推荐茂木亮任职。(二史馆二〇〇五-2574,第79页)

周作人署名签发呈务字第五五五号,伪华北政务委员会教育总署呈华北政务委员会。"事由-呈为呈请事:为据本署已故科员程徐瑞之妻程王树华呈请照准例发给先夫积劳病故恤款事。呈请鉴核赐转,准予核发。附呈遗族请恤事实表五份、服务文件一件。教育总署督办周作人【教育总署督办】中华民国三十年十月廿九日【华北政务委员会教育总署印】"(二史馆二〇〇五-3490)

周作人署名签发呈育字第五五六号,伪华北政务委员会教育总署呈华北政务委员会。"事由-呈为呈请事:为据外国语专科学校呈拟聘池田末利、今堀诚二为兼任教员事。呈请钧会鉴核备案。附呈送履历书二件。教育总署督办周作人【教育总署督办】中华民国三十年十月廿九日【华北政务委员会教育总署印】"(二史馆二〇〇五-2573)

池田末利(明治四十三年三月二十九日—?),福冈县久留米市人,广岛文理科大学哲学科伦理学专攻卒业。

今堀诚二(大正三年十月二十七日—?),广岛市人,广岛文理科大学史学科东洋史专攻卒业。

31日,周作人署名签发呈育字第五五八号,伪华北政务委员会教育总署呈华北政务委员会。"事由-呈为呈请事:为奉令准日本兴亚院华北联络部函荐日籍人员布村安弘为北京女子师范学院教授、吉田扩为北京师范学院教授兼附属中学教员、片冈良一位北京师范学院教授事。呈请鉴核备案。教育总署督办周作人【教育总署督办】中华民国三十年十月卅一日【华北政务委员会教育总署印】"(二史馆二〇〇五-2573)

布村安弘(明治三十二年十一月二十八日—?),福山市人,东京高等师范学校文科第一部卒业、东京帝国大学文学部史学科卒业。

吉田扩(明治廿九年六月廿一日—?),爱媛县周桑郡人,爱媛县周桑郡立农蚕学校卒业。

片冈良一(明治三十年一月五日—?),神奈川高座郡人,东京帝国大学文学部国文学科卒业。

11月

1日,日军扶植的北京师范大学校长校长黎世蘅就职。(二史馆二〇〇五—2650)

黎世蘅(1898—?),安徽当涂人,日本京都帝国大学经济部毕业,先后出任民国大学校长、日军扶植的伪华北政府教育部次长兼秘书长、东亚文化协会评议员。著有《中国历代户口通论》等。

3日,伪华北政务委员会第150次常务会议,周作人出席。(二史馆二〇〇五-1116,第103页)

5日,周作人署名签发呈务字第五六二号,伪华北政务委员会教育总署呈华北政务委员会。"事由-呈为呈报事:为据国立北京师范大学校长室呈报校长黎世蘅11月1日就职日期事。敬祈钧会鉴察备案。教育总署督办周作人【教育总署督办】中华民国三十年十一月五日【华北政务委员会教育总署印】"(二史馆二〇〇五-2650)

周作人署名签发呈务字第五六三号,伪华北政务委员会教育总署呈华北政务委员会。"事由-呈为呈送事:为呈送二十九学年度华北专科以上学校学生生活状况统计表事。恭请鉴察。附呈统计表三册。教育总署督办周作人【教育总署督办】中华民国三十年十一月五日【华北政务委员会教育总署印】"(二史馆二〇〇五-5446)

6日,兴亚院华北联络部次长盐泽清宣致王揖唐公函,推荐奈良冈良二任职。(二史馆二〇〇五-2573,第59—60页)

兴亚院华北联络部次长盐泽清宣致王揖唐公函,推荐奈菅顺之助任职。(二史馆二〇〇五-2573,第69—70页)

兴亚院华北联络部次长盐泽清宣致王揖唐公函,推荐安田正明任职。(二史馆二〇〇五-2573,第77页)

兴亚院华北联络部次长盐泽清宣致王揖唐公函,推荐宫崎格任职。(二史馆二〇〇五-2574,第10—11页)

8日,兴亚院华北联络部次长盐泽清宣致王揖唐公函,推荐中野义照任职。(二史馆二〇〇五-2574,第21页)

10日,伪华北政务委员会第152次常务会议,周作人出席。讨论伪教育总署呈送编纂会年度追加设备费案、北京师范学院年度新生木床桌椅支出概算案、伪山东高等法院建筑办公费案、伪北京警察服装费用案、伪青岛统税局新设驻地追加费用案、伪华北交通公司调整票价案、行政官员人事任免等事项。(二史馆二〇〇五-1119,第2—4页)

13日,伪华北政务委员会第153次常务会议,周作人请假。(二史馆二〇〇五-1119,第6页)

周作人署名签发呈育字第五七〇号,华北政务委员会教育总署呈华北政务委员会。"事由-呈为呈请事:为奉令准日本兴亚院华北联络部函荐日籍人员井上修夫为国立北京大学医学院教授事。呈请鉴核备案。教育总署督办周作人【教育总署督办】中华民国三十年十一月十三日【华北政务委员会教育总署印】"(二史馆二〇〇五-2573)

井上秀夫(明治二十七年二月二十八日—?),大分县下毛郡人,九州帝国大学医学部卒业。

15日,兴亚院华北联络部次长盐泽清宣致王揖唐公函,推荐沼波守任职。(二史馆二〇〇五-2574,第33页)

17日,伪华北政务委员会第154次常务会议,周作人出席。讨论伪华北农事试验场请追加经费事项。(二史馆二〇〇五-1119,第8页)

20日,伪华北政务委员会第155次常务会议,周作人出席。讨论伪青岛高等法院另建新监狱工程费概算、统矿税印花税增加额及卷烟税案、临时军用土地买收费预算案、华北合作实业总会经费案等事项。(二史馆二〇〇五-1119,第9—10页)

周作人署名签发呈务字第五七五号,伪华北政务委员会教育总署呈华北政务委员会。"事由-呈为呈报事:为呈报科员张万鸾辞职照准事。仰祈鉴察备案。教育总署督办周作人【教育总署督办】中华民国三十年十一月廿日【华北政务委员会教育总署印】"(二史馆二〇〇五-2650)

21日,周作人署名签发呈文,伪华北政务委员会教育总署呈华北政务委员会。"事由-呈为呈报事:为据国立北京师范大学呈报启用关防日期并附印模事。转呈鉴核备案。附呈国立北京师范大学关防及该大学小官章印模一份。教育总署督办周作人【教育总署督办】中华民国三十年十一月廿一日【华北政务委员会教育总署印】"(二史馆二〇〇五-778)

无呈文编号

22日,周作人署名签发呈育字第五八二号,伪华北政务委员会教育总署呈华北政务委员会。"事由-呈为呈请事:为准日本兴亚院华北联络部函荐日籍人员濑川次郎充任国立北京大学法学院讲师事。呈请钧会鉴核备案。附抄送履历书一件。教育总署督办周作人【教育总署督办】中华民国三十年十一月廿二日【华北政务委员会教育总署印】"(二史馆二〇〇五-2574)

> 濑川次郎(明治廿七年八月七日—?),京都市人,京都帝国大学经济学部卒业,曾任同志社大学法学部教授。

周作人署名签发呈育字第五八四号,伪华北政务委员会教育总署呈华北政务委员会。"事由-呈为呈请事:为奉令准日本兴亚院华北联络部函荐日籍人员后藤初藏外国语专科学校专任教员事。呈请鉴核备案。教育总署督办周作人【教育总署督办】中华民国三十年十一月廿二日【华北政务委员会教育总署印】"(二史馆二〇〇五-2573)

> 后藤初藏(明治三十四年十月一日—?),宫崎县诸县郡人,东洋大学文学部支那哲学支那文学科卒业。

周作人署名签发呈育字第五八五号,伪华北政务委员会教育总署呈华北政务委员会。"事由-呈为呈请事:为准日本兴亚院华北联络部函荐日籍人员平等文成、平石錬二、大枝益贤、占野靖平为国立北京大学农学院讲师事。呈请鉴核备案。教育总署督办周作人【教育总署督办】中华民国三十年十一月廿二日【华北政务委员会教育总署印】"(二史馆二〇〇五-2574)

> 平等文成(明治四十年三月十七日—?),神奈川县横滨市人,新潟高等学校文科卒业,东京帝国大学文学部东洋史学科三学年退学,曾任北支派遣军特务部总务科勤务。
>
> 平石錬二(明治三十五年八月三十一日—?),高知县高知市人,东京帝国大学农学部农业土木卒业。
>
> 大枝益贤(明治三十年十月十九日—?),埼玉县川越市场人,东京帝国大学农学

部农学科卒业。

占野靖平(明治三十八年十一月十日—?),佐贺县三养基郡人,九州帝国大学农学部农学科卒业。

周作人署名签发呈育字第五八六号,伪华北政务委员会教育总署呈华北政务委员会。"事由-呈为呈请事:为据本署直辖师资讲肄馆呈拟修正组织大纲请讲该馆酌予升格等事项。呈请鉴核备案。附呈修正师资讲肄馆组织大纲一份。教育总署督办周作人【教育总署督办】中华民国三十年十一月廿二日【华北政务委员会教育总署印】"(二史馆二〇〇五-5460)

24日,伪华北政务委员会第156次常务会议,周作人出席。讨论临时费汇报各件、教育总署直辖各院校两年度选送留学日本学生补充津贴案、修正选送日本内务省警察讲习所留学规则、东亚经济恳谈会华北本部在京举行会议费用概算等事项。(二史馆二〇〇五-1119,第11—12页)

周作人署名签发呈育字第五八八号,伪华北政务委员会教育总署呈华北政务委员会。"事由-呈为呈请事:为准日本兴亚院华北联络部函荐日籍人员加贺田芳一、德永正美国立北京大学工学院讲师事。呈请钧会鉴核备案。附抄履历书二份。教育总署督办周作人【教育总署督办】中华民国三十年十一月廿四日【华北政务委员会教育总署印】"(二史馆二〇〇五-2574)

加贺田芳一(明治三十八年一月廿九日—?),大阪市人,旅顺工科大学附属专门部机械工科卒业。

德永正美(大正二年三月四日—?),熊本县玉石郡人,京东帝国大学经济学部卒业。

26日,周作人署名签发呈育字第五九一号,伪华北政务委员会教育总署呈华北政务委员会。"事由-呈为呈请事:为奉令准日本兴亚院华北联络部函荐日籍人员木田文夫充任国立北京大学医学院教授事。呈请鉴核备案。教育总署督办周作人【教育总署督办】中华民国三十年十一月廿六日【华北政务委员会教育总署印】"(二史馆二〇〇五-2573)

木田文夫(明治四十一年十二月二日—?),冈山县真庭郡人,东京帝国大学医学部医科卒业。

27日,华北政务委员会第157次常务会议。讨论组设汽车驾驶训练所暨陆军军官学校特别班组织教育规程及开办费用案、华北各级法院监所员役津贴案等事项。(因缺页,内容不全,未显示周作人出席会议记录)(二史馆二〇〇五-1119,第13—21页)

周作人署名签发呈育字第五九二号,华北政务委员会教育总署呈华北政务委员会。"事由-呈为呈请事:为准日本兴亚院华北联络部函荐日籍人员奥山笑参充任国立北京大学农学院讲师事。呈请钧会鉴核备案。附抄呈原函暨附表履历书一份。教育总署督办周作人【教育总署督办】中华民国三十年十一月廿七日【华北政务委员会教育总署印】"(二史馆二〇〇五-2574)

奥山笑参(明治廿七年十二月廿七日—?),山形县北村山郡人,东京帝国大学农科大学兽医学实科卒业。

29日,周作人署名签发呈育字第五九六号,伪华北政务委员会教育总署呈华北政务委员会。"事由-呈为呈请事：为奉令准日本兴亚院华北联络部函荐日籍人员安田正明充任国立北京大学文学院专任讲师事。呈请鉴核备案。教育总署督办周作人【教育总署督办】中华民国三十年十一月廿九日【华北政务委员会教育总署印】"（二史馆二〇〇五-2574）

  安田正明（明治卅八年十月月廿三日—？），爱知县叶栗郡人，东洋大学文学部支那哲学支那文学科卒业。

本月，兴亚院华北联络部次长盐泽清宣致周作人公函，推荐渊上定男、任职。（二史馆二〇〇五-2577，第43页）

兴亚院华北联络部次长盐泽清宣致周作人公函，推荐木村逸夫任职。（二史馆二〇〇五-2577，第45页）

兴亚院华北联络部次长盐泽清宣致周作人公函，推荐伊藤克己任职。（二史馆二〇〇五-2577，第48页）

12月

2日，周作人署名签发呈育字第五九七号，伪华北政务委员会教育总署呈华北政务委员会。"事由-呈为呈复事：为奉令准日本兴亚院华北联络部函荐日籍人员宫崎格充任国立北京大学农学院教员事。呈请鉴核备案。教育总署督办周作人【教育总署督办】中华民国三十年十二月二日【华北政务委员会教育总署印】"（二史馆二〇〇五-2574）

  宫崎格（明治四十四年十二月十三日—？），鹿儿岛县人，东京帝国大学农学部兽医学科卒业。

3日，周作人署名签发呈育字第六〇〇号，伪华北政务委员会教育总署呈华北政务委员会。"事由-呈为呈复事：为奉令准日本兴亚院华北联络部函荐日籍人员中野义照充任国立北京大学文学院教授事。呈请鉴核备案。教育总署督办周作人【教育总署督办】中华民国三十年十二月三日【华北政务委员会教育总署印】"（二史馆二〇〇五-2574）

  中野义照（1891年10月5日—1977），日本爱媛县人，东京帝国大学文科大学卒业，专攻印度哲学。曾任九州帝国大学法文学部讲师、高野山大学教授、伪天津日本图书馆馆长，此时出任北京大学文学院教授，专长佛学。兴亚院华北联络部次长盐泽清宣函荐。战后回日曾任高野山大学校长。

4日，伪华北政务委员会第159次常务会议。讨论伪青岛统税局增设驻日华酿造厂办事处及追加年度概算案、伪威海卫专员公署年度补助费案等事项。（因缺页，内容不全，未显示周作人出席会议记录）（二史馆二〇〇五-1119，第22—25页）

兴亚院华北联络部次长盐泽清宣致周作人公函，推荐片桐诚司任职。（二史馆二〇〇五-2574，第89页）

周作人署名签发呈务字第六〇二号，伪华北政务委员会教育总署呈华北政务委员会。"事由-呈为呈报事：为国立北京师范大学校长黎世蘅俸叙一等一级国币柒百元事。敬请钧会鉴察备案。教育总署督办周作人【教育总署督办】中华民国三十年十二月四日【华北政务委员会教育总署印】"（二史馆二〇〇五-2501）

5日，周作人署名签发呈务字第六〇三号，伪华北政务委员会教育总署呈华北政务委员会。"事由-呈为呈报事：为令准本署科员陆家伦呈请辞职事。敬请钧会鉴察备案。教

育总署督办周作人【教育总署督办】中华民国三十年十二月五日【华北政务委员会教育总署印】"(二史馆二〇〇五-2650)

8日,伪华北政务委员会第160次常务会议。讨论补修滦河旧铁桥改为伪国道桥梁工程费用案、伪山东盐务管理局下属地方口岸税收稽查走私案等事项。(因缺页,内容不全,未显示周作人出席会议记录)(二史馆二〇〇五-1119,第26—28页)

周作人署名签发呈育字第六〇八号,伪华北政务委员会教育总署呈华北政务委员会。"事由-呈为呈复事:为奉令准日本兴亚院华北联络部函荐日籍人员沼波守充任北京师范大学教授事。呈请鉴核备案。教育总署督办周作人【教育总署督办】中华民国三十年十二月八日【华北政务委员会教育总署印】"(二史馆二〇〇五-2574)

  沼波守(明治二十六年一月七日—?),名古屋市人,东京帝国大学文学部国文学科卒业,曾任帝国女子专门学校国文科讲师、法政大学高等师范科汉文科讲师。

9日,兴亚院华北联络部次长盐泽清宣致王揖唐公函,推荐一谷清昭任职。(二史馆二〇〇五-2576,第8—9页)

11日,伪华北政务委员会第161次常务会议,周作人出席。讨论核销计算书汇报各件、东亚经济恳谈会华北本部此次参会费用案、钱业账庄业兑换业监督暂行条例等事项。(二史馆二〇〇五-1119,第29—30页)

13日,兴亚院华北联络部次长盐泽清宣致周作人公函,推荐柿原不器郎任职。(二史馆二〇〇五-2576,第35—36页)

17日,兴亚院华北联络部次长盐泽清宣致王揖唐公函,推荐柿原不器郎任职。(二史馆二〇〇五-2576,第21页)

18日,伪华北政务委员会第163次常务会议,周作人出席。讨论会计师技师技副证书登记整理办法、整备消防机构办法大纲、禁烟暂行条例、伪天津市公署持有电业股票案、官员人事任免案等事项。(二史馆二〇〇五-1119,第31—33页)

20日,兴亚院华北联络部次长盐泽清宣致周作人公函,推荐长谷川常次任职。(二史馆二〇〇五-2576,第39页)

周作人署名签发呈育字第六二四号,伪华北政务委员会教育总署呈华北政务委员会。"事由-呈为呈请事:为呈送本署所拟各省市封关英美等国籍人所办各级学校善后处置要纲事。祗请鉴核备案。附呈华北各省市封关英美等国籍人所办各级学校善后处置要纲一件。教育总署督办周作人【教育总署督办】中华民国三十年十二月廿日【华北政务委员会教育总署印】"(二史馆二〇〇五-5457)

24日,周作人署名签发呈育字第六二五号,伪华北政务委员会教育总署呈华北政务委员会。"事由-呈为呈请事:为准日本兴亚院华北联络部函荐日籍人员片桐诚司为国立北京大学医学院助教事。呈请钧会鉴核备案。附抄呈原函暨附表履历书译文一件。教育总署督办周作人【教育总署督办】中华民国三十年十二月廿四日【华北政务委员会教育总署印】"(二史馆二〇〇五-2574)

  片桐诚司(大正三年六月二十六日—?),新潟县中头城人,东京齿科医学校卒业。

30日,周作人署名签发呈育字第六二九号,伪华北政务委员会教育总署呈华北政务委员会。"事由-呈为呈请事:为准日本兴亚院华北联络部函荐日籍人员柿原不器郎为国立北京大学医学院技师事。呈请钧会鉴核备案。附抄呈原函暨附表履历书译文一件。教育总署督办周作人【教育总署督办】中华民国三十年十二月卅日【华北政务委员会教育总署印】"(二史馆二〇〇五-2576)

柿原不器郎(明治三十五年十月十三日—?),宫崎县儿汤郡人,东京齿科医学专门学校卒业。

31日,周作人署名签发呈务字第六三七号,伪华北政务委员会教育总署呈华北政务委员会。"事由-呈为呈请事:为转呈冯樊瑾先夫冯祖旬恤金已领到,请转教育部将该款仍照前请准交沈赤维代领事。呈请钧会鉴核转咨。附抄呈原函暨附表履历书译文一件。教育总署督办周作人【教育总署督办】中华民国三十年十二月卅一日【华北政务委员会教育总署印】"(二史馆二〇〇五-3387)

一九四二年

1月

本年1月起,伪华北政务委员会委员及各总署长官公费为每月3 000元。"常务委员兼教育总署督办叁仟元正"。(二史馆二〇〇五-4596,第3—4页)

5日,伪华北政务委员会第165次常务会议,周作人出席。讨论伪太原统税局呈送增收卷烟麦粉火柴三种半额统税案、大东亚战争宣传预算案等事项。(二史馆二〇〇五-1119,第34—35页)

7日,周作人署名签发呈总字第三号,伪华北政务委员会教育总署呈华北政务委员会。"事由-呈为呈请事:为华北文化事业协会函送上年度第四回华北派遣教员现地练成费事。呈请钧会鉴核。附呈抄件一纸。教育总署督办周作人【教育总署督办】中华民国三十一年一月七日【华北政务委员会教育总署印】"(二史馆二〇〇五-5508)

8日,周作人署名签发呈总字第八号,伪华北政务委员会教育总署呈华北政务委员会。"事由-呈为呈请事:为华北文化事业协会函送上年度寄赠金及年终奖金事。呈请钧会鉴核。附呈抄件一纸。教育总署督办周作人【教育总署督办】中华民国三十一年一月八日【华北政务委员会教育总署印】"(二史馆二〇〇五-5508)

9日,周作人署名签发呈教字第九号,伪华北政务委员会教育总署呈华北政务委员会。"事由-呈为呈请事:为本署直辖编审会呈拟修正组织规程事。呈请鉴核指令祗遵。附呈修正编审会组织规程一份。教育总署督办周作人【教育总署督办】中华民国三十一年一月九日【华北政务委员会教育总署印】"(二史馆二〇〇五-215)

10日,周作人署名签发呈文字第十号,伪华北政务委员会教育总署呈华北政务委员会。"事由-呈为呈报事:为呈报接收国立北京大学图书馆经过情形事。呈请鉴核备案。教育总署督办周作人【教育总署督办】中华民国三十一年一月十日【华北政务委员会教育总署印】"(二史馆二〇〇五-224)

周作人署名签发呈教字第十一号,伪华北政务委员会教育总署呈华北政务委员会。事由-呈为呈请事:"为奉令准日本兴亚院华北联络部函荐日籍人员一谷清昭为北京师范大学副教授事。呈请鉴核备案。教育总署督办周作人【教育总署督办】中华民国三十一

年一月十日【华北政务委员会教育总署印】"(二史馆二〇〇五-2576)

> 一谷清昭(明治四十年一月二十一日—?),山形县人,法政大学文学部文学科卒业。

12日,伪华北政务委员会第167次常务会议,周作人出席。讨论核销各机关计算书各件、土地法案及办理土地陈报纲要等事项。(二史馆二〇〇五-1119,第36—48页)

13日,兴亚院华北联络部次长盐泽清宣致王揖唐公函,推荐加藤静夫任职。(二史馆二〇〇五-2576,第45页)

兴亚院华北联络部次长盐泽清宣致王揖唐公函,推荐武末知一任职。(二史馆二〇〇五-2576,第56页)

兴亚院华北联络部次长盐泽清宣致周作人公函,推荐圆林三郎任职。(二史馆二〇〇五-2576,第63页)

14日,兴亚院华北联络部次长盐泽清宣致周作人公函,为北京大学工学院技术员芳中贵义辞职归国服兵役事。(二史馆二〇〇五-2574,第86页)

周作人署名签发呈总字第十二号,伪华北政务委员会教育总署呈华北政务委员会。"事由-呈为呈报事:为呈报本署秘书左鸿勋改叙四等八级俸事。敬请钧会鉴察备案。教育总署督办周作人【教育总署督办】中华民国三十一年一月十四日【华北政务委员会教育总署印】"(二史馆二〇〇五-2501)

15日,兴亚院华北联络部次长盐泽清宣致周作人公函,为北京大学医学院技士松山贡献辞职事(二史馆二〇〇五-2577,第54页)

周作人署名签发呈教字第一七号,伪华北政务委员会教育总署呈华北政务委员会。"事由-呈为呈请事:为准日本兴亚院华北联络部函荐日籍人员长谷川常次为国立北京大学工学院特别讲师事。呈请钧会鉴核备案。附抄呈原函暨附表履历书译文各一件。教育总署督办周作人【教育总署督办】中华民国三十一年一月十五日【华北政务委员会教育总署印】"(二史馆二〇〇五-2576)

> 长谷川常次(明治三十九年三月二十六日—?),东京市人,早稻田大学理工学报建筑学科卒业。

19日,兴亚院华北联络部次长盐泽清宣致王揖唐公函,推荐山添三郎任职。(二史馆二〇〇五-2577,第20—21页)

伪华北政务委员会第168次常务会议,周作人出席。讨论伪华北棉产改进会年度预算追加案、拟定办理土地陈报章程暨施行细则、河南黄河决口救济赈灾款办理程序案、官员人事任免案等事项。(二史馆二〇〇五-1119,第50—52页)

24日,周作人署名签发呈总字第二一号,伪华北政务委员会教育总署呈华北政务委员会。"事由-呈为呈请事:为华北文化事业协会函送上年度第二次日本人教员关系各费寄赠金事。呈请鉴核,赐予备案。教育总署督办周作人【教育总署督办】中华民国三十一年一月廿四日【华北政务委员会教育总署印】"(二史馆二〇〇五-5508)

26日,兴亚院华北联络部长官盐泽清宣致王揖唐公函,推荐山田外夫任职。(二史馆二〇〇五-2576,第68—69页)

27日,周作人署名签发呈总字第二二号,伪华北政务委员会教育总署呈华北政务委员会。"事由-呈为呈报事:为呈送本书秘书张则之荐任待遇科员卢松安资历表事。敬请钧会鉴察,分别荐任核示。附呈资历表二份、清单一份。教育总署督办周作人【教育总署督办】中华民国三十一年一月廿七日【华北政务委员会教育总署印】"(二史馆二〇〇五-2507)

周作人署名签发呈总字第二五号,伪华北政务委员会教育总署呈华北政务委员会。"事由-呈为呈请事:为呈报准华北文化事业协会函送上年度第二回国立北京大学充实费事。呈请鉴核,赐予备案。教育总署督办周作人【教育总署督办】中华民国三十一年一月廿七日【华北政务委员会教育总署印】"(二史馆二〇〇五-202)

29日,伪华北政务委员会第171次常务会议,周作人出席。(二史馆二〇〇五-1120,第5页)

30日,兴亚院华北联络部次长盐泽清宣致周作人公函,推荐米田茂男任职。(二史馆二〇〇五-2577,第66页)

31日,周作人署名签发呈总字第三二号,伪华北政务委员会教育总署呈华北政务委员会。"事由-呈为呈请事:为呈送华北文化事业协会上年度日本人教员聘用诸费八至十二月份寄赠金、年终奖金分配清单事。送请鉴核备查。附呈上年度日本人教员聘用诸费八至十二月份寄赠金及年终奖金分配清单一份。教育总署督办周作人【教育总署督办】中华民国三十一年一月卅一日【华北政务委员会教育总署印】"(二史馆二〇〇五-5508)

周作人署名签发呈总字第三四号,伪华北政务委员会教育总署呈华北政务委员会。"事由-呈为呈报事:为呈送本署继驻日办理留学事务专员办事处各级职员年终考绩清册事。敬请钧会鉴察备案。附呈考绩清册一本。教育总署督办周作人【教育总署督办】中华民国三十一年一月卅一日【华北政务委员会教育总署印】"(二史馆二〇〇五-3118)

2月

1日,周作人出任伪"东亚文化协会会长"。(二史馆二〇〇五-3636,第101页)

2日,伪华北政务委员会第172次常务会议,周作人出席。(二史馆二〇〇五-1120,第7页)

周作人署名签发呈教字第三七号,伪华北政务委员会教育总署呈华北政务委员会。"事由-呈为呈复事:为呈复编审会现拟修正组织规程所增员额俸薪津贴已包含在三十一年度概算事。敬请鉴核示遵。教育总署督办周作人【教育总署督办】中华民国三十一年二月二日【华北政务委员会教育总署印】"(二史馆二〇〇五-215)

3日,周作人署名签发呈总字第三八号,伪华北政务委员会教育总署呈华北政务委员会。"事由-呈为呈请事:为转呈国立北京大学医学院已故职员茅介寿之妻茅宋韵莒请领遗族一次性恤金事。呈请鉴核,准予颁发。附呈任用书、薪俸封套、履历及恤金事项单各一份。教育总署督办周作人【教育总署督办】中华民国三十一年二月三日【华北政务委员会教育总署印】"(二史馆二〇〇五-3387)

4日,兴亚院华北联络部次长盐泽清宣致王揖唐公函,推荐深井宗吉任职。(二史馆二〇〇五-2576,第81—82页)

兴亚院华北联络部次长盐泽清宣致王揖唐公函,推荐冲山政一任职。(二史馆二〇〇五-2577,第8页)

兴亚院华北联络部次长盐泽清宣致周作人公函,推荐矢野常彦任职。(二史馆二〇〇五-2576,第71页)

5日,周作人署名签发呈总字第四四号,伪华北政务委员会教育总署呈华北政务委员会。"事由-呈为呈请事:为呈送国立华北观象台日籍职员加薪表及薪俸修正表事。呈请鉴核示遵。附呈国立华北观象台日籍职员加薪表及薪俸修正表各一份。教育总署督办周作人【教育总署督办】中华民国三十一年二月五日【华北政务委员会教育总署印】"(二史馆二〇〇五-3252)

6日,周作人署名签发呈教字第四五号,伪华北政务委员会教育总署呈华北政务委员会。"事由-呈为呈报事:为准华北体育协会函以经会议决公推重松龙觉、李洲二员代表出席参加全国体育代表会议事。呈请鉴察核转。教育总署督办周作人【教育总署督办】中华民国三十一年二月六日【华北政务委员会教育总署印】"(二史馆二〇〇五-5533)

7日,周作人署名签发呈教字第四九号,伪华北政务委员会教育总署呈华北政务委员会。"事由-呈为呈请事:为准日本兴亚院华北联络部函荐日籍人员圆林三郎为国立北京大学理学院助教事。呈请钧会鉴核备案。附抄呈原函暨附表履历书译文一件。教育总署督办周作人【教育总署督办】中华民国三十一年二月七日【华北政务委员会教育总署印】"(二史馆二〇〇五-2576)

圆林三郎(大正七年年九月二十七日—?),鹿儿岛县人,武藏高等工科学校机械科卒业。

9日,伪华北政务委员会第174次常务会议,周作人出席。(二史馆二〇〇五-1120,第9页)

10日,兴亚院华北联络部次长盐泽清宣致周作人公函,强调北京大学农学院附设农村经济研究所是独立机构,直属北京大学。列举以下人员为兼任研究员:

三浦虎六	教授
锦织英夫	教授
盐田定一	教授
斋藤武	教授
熊代幸雄	副教授
山县千树	副教授
金森孝一郎	副教授
渡边兵力	副教授
鞍田纯	教授
西村甲一	教授
大桥育英	副教授

(二史馆二〇〇五-2577,第84—85页)

10日,周作人署名签发呈总字第五一号,伪华北政务委员会教育总署呈华北政务委员会。"事由-呈为呈复事:为奉令据三十年高考事务处处长何昌泗呈本署工作人员年终奖励、各机关学校考试录取等事项。敬请钧会鉴察。教育总署督办周作人【教育总署督办】中华民国三十一年二月十日【华北政务委员会教育总署印】"(二史馆二〇〇五-3122)

11日,周作人署名签发呈文字第五二号,伪华北政务委员会教育总署呈华北政务委员会。"事由-呈为呈送事:为呈送国立北京图书馆组织大纲草案暨预算书事。呈请鉴察核转。附呈国立北京图书馆组织大纲草案一份、预算书草案一份。教育总署督办周作人

【教育总署督办】中华民国三十一年二月十一日【华北政务委员会教育总署印】"(二史馆二〇〇五-224)

12日,伪华北政务委员会第175次常务会议,周作人出席。(二史馆二〇〇五-1120,第25页)

周作人署名签发呈总字第五四号,伪华北政务委员会教育总署呈华北政务委员会。"事由-呈为呈送事:为呈送二十九年学年华北教育统计事。恭请鉴察。附呈统计表三册。教育总署督办周作人【教育总署督办】中华民国三十一年二月十二日【华北政务委员会教育总署印】"(二史馆二〇〇五-5446)

14日,周作人署名签发呈总字第六〇号,伪华北政务委员会教育总署呈华北政务委员会。"事由-呈为呈请事:为呈送华北文化事业协会上年度第二回赠国立北京大学充实费分配数目事。呈请鉴核备查。附华北文化事业协会上年度第二回赠国立北京大学充实费分配数目表一纸。教育总署督办周作人【教育总署督办】中华民国三十一年二月十四日【华北政务委员会教育总署印】"(二史馆二〇〇五-5510)

周作人署名签发呈总字第六一号,伪华北政务委员会教育总署呈华北政务委员会。"事由-呈为呈请事:为拟具私立燕京大学暨协和医学院学生及教职员善后处置要纲事。敬乞鉴核备案。教育总署督办周作人【教育总署督办】中华民国三十一年二月十四日【华北政务委员会教育总署印】"(二史馆二〇〇五-209)

周作人署名签发呈总字第六三号,伪华北政务委员会教育总署呈华北政务委员会。"事由-呈为呈送事:为呈送华北文化事业协会上年度第二次寄赠金一万一百十元五角分配清单事。伏乞鉴核。附呈上年度第二次寄赠金一万一百十元五角分配清单一份。教育总署督办周作人【教育总署督办】中华民国三十一年二月十四日【华北政务委员会教育总署印】"(二史馆二〇〇五-5508)

19日,伪华北政务委员会第176次常务会议,周作人出席。(二史馆二〇〇五-1120,第36页)

兴亚院华北联络部次长盐泽清宣致周作人公函,推荐中野三郎任职。(二史馆二〇〇五-2577,第79页)

23日,伪华北政务委员会第177次常务会议,周作人出席。(二史馆二〇〇五-1120,第38页)

25日,周作人署名签发呈教字第六七号,伪华北政务委员会教育总署呈华北政务委员会。"事由-呈为呈请事:为奉令准日本兴亚院华北联络部函荐日籍人员加藤静夫为国立北京大学理学院副教授事。呈请钧会鉴核备案。教育总署督办周作人【教育总署督办】中华民国三十二年二月廿五日【华北政务委员会教育总署印】"(二史馆二〇〇五-2576)

加藤静夫(明治三十九年五月十五日—?),东京市人,北海道帝国大学农学部农业生物学科昆虫学分科卒业,曾任北海道帝国大学助教绶。

26日,周作人署名签发呈总字第六九号,伪华北政务委员会教育总署呈华北政务委员会。"事由-呈为呈复事:为奉令派兼华北救灾委员会服务王云浩一员业经本署汇入三十年年终考绩事。敬请钧会鉴察。教育总署督办周作人【教育总署督办】中华民国三十

二年二月廿六日【华北政务委员会教育总署印】"(二史馆二〇〇五-3122)

27日,周作人署名签发呈总字第七二号,伪华北政务委员会教育总署呈华北政务委员会。"事由-呈为呈报事:为呈送华北观象台及编译馆三十年年终考绩表册事。敬请钧会鉴察备案。附呈观象台、编译馆考绩清册各一份。教育总署督办周作人【教育总署督办】中华民国三十二年二月廿七日【华北政务委员会教育总署印】"(二史馆二〇〇五-3122)

28日,兴亚院华北联络部次长盐泽清宣致华北观象台台长文元模公函,推荐进藤恒二、百濑俊仁任职。(二史馆二〇〇五-2650,第84页)

3月

2日,伪华北政务委员会第179次常务会议,周作人出席。(二史馆二〇〇五-1120,第40页)

周作人署名签发呈总字第七六号,伪华北政务委员会教育总署呈华北政务委员会。"事由-呈为呈请事:为呈报华北文化事业协会上年度第五回寄赠金分配表事。呈请鉴核,赐予备案。附呈华北文化事业协会上年度第五回寄赠金分配表一纸。教育总署督办周作人【教育总署督办】中华民国三十一年三月二日【华北政务委员会教育总署印】"(二史馆二〇〇五-5508)

5日,伪华北政务委员会第180次常务会议,周作人出席。(二史馆二〇〇五-1120,第44页)

6日,周作人署名签发呈总字第七八号,伪华北政务委员会教育总署呈华北政务委员会。"事由-呈为呈送事:为呈送华北编译馆馆长瞿益锴呈本官筹备处事情完结,筹备处关防及小官章收回案。敬请钧会鉴察注销。附呈华北编译馆筹备处关防一颗、主任小官章一方。教育总署督办周作人【教育总署督办】中华民国三十一年三月六日【华北政务委员会教育总署印】"(二史馆二〇〇五-778)

7日,兴亚院华北联络部次长盐泽清宣致周作人公函,推荐佐藤宽政任职。(二史馆二〇〇五-2576,第31页)

9日,兴亚院华北联络部次长盐泽清宣致王揖唐公函,推荐胜又宪治郎任职。(二史馆二〇〇五-2577,第32页)

兴亚院华北联络部次长盐泽清宣致周作人公函,推荐仓桥义博任职。(二史馆二〇〇五-2577,第74页)

伪华北政务委员会第181次常务会议,周作人出席。(二史馆二〇〇五-1120,第48页)

13日,兴亚院华北联络部次长盐泽清宣致周作人公函,为北京大学医学院技士秋谷光男辞职事(二史馆二〇〇五-2577,第55页)

18日,周作人署名签发呈教字第九四号,伪华北政务委员会教育总署呈华北政务委员会。"事由-呈为呈请事:为奉令准日本兴亚院华北联络部函荐日籍人员深井宗吉为国立北京大学工学院教授事。呈请钧会鉴核备案。教育总署督办周作人【教育总署督办】中华民国三十一年三月十八日【华北政务委员会教育总署印】"(二史馆二〇〇五-2576)

深井宗吉(明治十八年三月二十二日—?),东京府北多摩郡人,东京帝国大学电气工学科卒业。

19日,伪华北政务委员会第183次常务会议,周作人出席。(二史馆二〇〇五-1120,第50页)

20日，周作人署名签发呈教字第九八号，伪华北政务委员会教育总署呈华北政务委员会。"事由-呈为呈请事：为奉令准日本兴亚院华北联络部函荐日籍人员山添三郎为国立北京大学医学院教授事。呈请钧会鉴核备案。教育总署督办周作人【教育总署督办】中华民国三十一年三月廿日【华北政务委员会教育总署印】"（二史馆二〇〇五-2577）

山添三郎（明治四十一年十月二十日—？），新潟市人，新潟医科大学毕业，医学博士。

21日，周作人署名签发呈总字第一〇一号，伪华北政务委员会教育总署呈华北政务委员会。"事由-呈为呈请事：为据华北观象台文元模呈准日本兴亚院华北联络部函荐日籍人员百濑俊仁、进藤恒二为观象台技士事。敬请钧会鉴核示遵。附呈原函一份、履历书各一份。教育总署督办周作人【教育总署督办】中华民国三十一年三月廿一日【华北政务委员会教育总署印】"（二史馆二〇〇五-2650）

百濑俊仁（明治四十四年七月一日—？），长野县人。

进藤恒二（明治三十年九月十三日—？），新潟县人，电信协会管理无线电讲习所毕业。

24日，周作人署名签发呈教字第一〇六号，伪华北政务委员会教育总署呈华北政务委员会。"事由-呈为呈请事：为准日本兴亚院华北联络部函荐日籍人员渊上定男、木村逸英、伊藤克己三人为国立北京大学工学院技术员事。呈请钧会鉴核备案。附抄呈原函暨附表、履历书译文三件。教育总署督办周作人【教育总署督办】中华民国三十一年三月廿四日【华北政务委员会教育总署印】"（二史馆二〇〇五-2577）

渊上定男（大正七年十一月二十三日—？），大阪府池田市人，私立日本大学大阪专问部二部商科毕业。

木村逸英（明治四十四年四月二十八日—？），青森县人，日本大学高等师范部英语科毕业。

伊藤克己（大正十一年四月一日生—？），爱媛县人，南满洲工业专门学校（大连）毕业。

26日，周作人署名签发呈教字第一〇九号，伪华北政务委员会教育总署呈华北政务委员会。"事由-呈为呈请事：为奉令准日本兴亚院华北联络部函荐日籍人员武末知一为国立北京大学工学院教授事。呈请钧会鉴核备案。教育总署督办周作人【教育总署督办】中华民国三十一年三月廿六日【华北政务委员会教育总署印】"（二史馆二〇〇五-2576）

武末知一（明治三十二年六月一日—？），宫崎县人，东京帝国大学工学部应用化学科毕业，曾任室兰高等工业学校教授。

周作人署名签发呈教字第一一〇号，伪华北政务委员会教育总署呈华北政务委员会。"事由-呈为呈请事：为奉令准日本兴亚院华北联络部函荐日籍人员冲山政一为国立北京大学医学院教授事。呈请钧会鉴核备案。教育总署督办周作人【教育总署督办】中华民国三十一年三月廿六日【华北政务委员会教育总署印】"（二史馆二〇〇五-2577）

冲山政一（明治三十六年八月四日—？），东京市人，金泽医科大学医学科毕业，医学博士，曾任金泽医科大学讲师。

27日,周作人署名签发呈教字第一一一号,伪华北政务委员会教育总署呈华北政务委员会。"事由-呈为呈请事:为奉令准日本兴亚院华北联络部函荐日籍人员山田外夫为北京艺术专科学校专任教员事。呈请钧会鉴核备案。教育总署督办周作人【教育总署督办】中华民国三十一年三月廿七日【华北政务委员会教育总署印】"(二史馆二〇〇五-2576)

  山田外夫(明治三十六年十一月二十九日—?),大阪市人,东京高等工艺学校工艺图案科卒业。

  周作人署名签发呈教字第一一二号,伪华北政务委员会教育总署呈华北政务委员会。"事由-呈为呈请事:为据国立北京大学呈请改聘工学院兼任讲师冈大路、长谷川常次、浅居彻太郎为特别讲师事。呈请钧会鉴核备案。附抄呈原函暨附表、履历书译文一件。教育总署督办周作人【教育总署督办】中华民国三十一年三月廿七日【华北政务委员会教育总署印】"(二史馆二〇〇五-2577)

  浅居彻太郎(明治三十三年一月二十日—?),横滨市人,东京帝国大学工学部航空学科卒业。

  长谷川常次(明治四十四年四月二十八日—?),青森县人,日本大学高等师范部英语科卒业。

28日,周作人署名签发呈总字第一一四号,伪华北政务委员会教育总署呈华北政务委员会。"事由-呈为呈报事:为呈送本署助理员谭承煦、刘玉铭事。呈请钧会鉴核备案。附呈送资历审查表二份、清单一纸。教育总署督办周作人【教育总署督办】中华民国三十一年三月廿八日【华北政务委员会教育总署印】"(二史馆二〇〇五-2550)

31日,周作人署名签发呈总字第一一七号,伪华北政务委员会教育总署呈华北政务委员会。"事由-呈为呈请事:为华北文化事业协会函送寄赠社会教育协进会办理日本事情介绍材料之费用事。呈请钧会鉴核。附呈原办法译文一件。教育总署督办周作人【教育总署督办】中华民国三十一年三月卅一日【华北政务委员会教育总署印】"(二史馆二〇〇五-5509)

4月

2日,伪华北政务委员会第186次常务会议,周作人请假。(二史馆二〇〇五-1120,第52页)

  周作人署名签发呈总字第一二一号,伪华北政务委员会教育总署呈华北政务委员会。"事由-呈为呈报事:为呈送华北观象台改叙科员程伯恒、技佐吕烈扬等五人俸级事。敬请钧会鉴核。附呈国立华北观象台公务员改叙俸级清单一份。教育总署督办周作人【教育总署督办】中华民国三十一年四月二日【华北政务委员会教育总署印】"(二史馆二〇〇五-2501)

  周作人署名签发呈教字第一二三号,伪华北政务委员会教育总署呈华北政务委员会。"事由-呈为呈请事:为筹设农事教育人员养成所具计划及组织大纲事。呈请钧会鉴核示遵。附呈设置农事教育人员养成所计划一份、组织大纲草案一份。教育总署督办周

作人【教育总署督办】中华民国三十一年四月二日【华北政务委员会教育总署印】"(二史馆二〇〇五-191)

3日,周作人署名签发呈教字第一二四号,伪华北政务委员会教育总署呈华北政务委员会。"事由-呈为呈请事:为奉令准日本兴亚院华北联络部函荐日籍人员佐藤宽政为国立北京大学农学院讲师事。呈请钧会鉴核备案。附抄呈原函暨附表履历书译文一件。教育总署督办周作人【教育总署督办】中华民国三十一年四月三日【华北政务委员会教育总署印】"(二史馆二〇〇五-2576)

佐藤宽政(明治四十年七月二十六日—?),东京市人,东京帝国大学工学部土木工学科卒业。

9日,周作人署名签发呈总字第一三三号,伪华北政务委员会教育总署呈华北政务委员会。"事由-呈为呈报事:为呈报本署科员吕纯德、耿本正、李靖堂三员资历表事。敬请钧会鉴察备案。附呈送资历审查表三份、清单一纸。教育总署督办周作人【教育总署督办】中华民国三十一年四月九日【华北政务委员会教育总署印】"(二史馆二〇〇五-2523)

周作人署名签发呈教字第一三四号,伪华北政务委员会教育总署呈华北政务委员会。"事由-呈为呈请事:为奉令准日本兴亚院华北联络部函荐日籍人员胜又宪治郎为北京师范大学专任讲师事。呈请钧会鉴核备案。教育总署督办周作人【教育总署督办】中华民国三十一年四月九日【华北政务委员会教育总署印】"(二史馆二〇〇五-2577)

胜又宪治(明治三十四年十月二十八日—?),宫城县人,东京帝国大学文学部支那哲学科卒业。

周作人署名签发呈总字第一三七号,伪华北政务委员会教育总署呈华北政务委员会。"事由-呈为呈请事:为呈报准华北文化事业协会函送上年度第六回分日本人教员关系各费寄赠金事。呈请鉴核赐予备案。教育总署督办周作人【教育总署督办】中华民国三十一年四月九日【华北政务委员会教育总署印】"(二史馆二〇〇五-5508)

周作人署名签发呈总字第一三九号,伪华北政务委员会教育总署呈华北政务委员会。"事由-呈为呈报事:为呈报本署科员赵岷生病故事。呈报钧会备案。教育总署督办周作人【教育总署督办】中华民国三十一年四月九日【华北政务委员会教育总署印】"(二史馆二〇〇五-2650)

10日,周作人收到伪华北政务委员会委任书,兼代伪北京图书馆馆长。

11日,周作人署名签发呈教字第一四九号,华北政务委员会教育总署呈华北政务委员会。"事由-呈为呈请事:为收容前私立燕京大学暨协和医学院两校学生办理经过情形,检具各校院编入人数清单事。敬乞鉴核备案。教育总署督办周作人【教育总署督办】中华民国三十一年四月十一日【华北政务委员会教育总署印】"(二史馆二〇〇五-209)

周作人署名签发呈教字第一五〇号,伪华北政务委员会教育总署呈华北政务委员会。"事由-呈为呈请事:为准日本兴亚院华北联络部函国立北京大学工学院日籍人员芳中贵义因故声请辞职事。呈请钧会鉴核备案。附抄呈原函译文一件。教育总署督办周作人【教育总署督办】中华民国三十一年四月十一日【华北政务委员会教育总署印】"(二

史馆二〇〇五-2574)

周作人署名签发呈教字第一五一号,伪华北政务委员会教育总署呈华北政务委员会。"事由-呈为呈请事:为准日本兴亚院华北联络部函国立北京大学医学院日籍技士松山贡献、秋谷光男先后声请辞职事。呈请钧会鉴核备案。附抄呈原函译文二件。教育总署督办周作人【教育总署督办】中华民国三十一年四月十一日【华北政务委员会教育总署印】"(二史馆二〇〇五-2577)

周作人署名签发呈教字第一五二号,伪华北政务委员会教育总署呈华北政务委员会。"事由-呈为呈请事:为呈送补助小学校附设农业补习班计划书事。呈请钧会鉴核备案。附呈送补助小学校附设农业补习班计划书一份。教育总署督办周作人【教育总署督办】中华民国三十一年四月十一日【华北政务委员会教育总署印】"(二史馆二〇〇五-191)

14日,周作人就任北京图书馆馆长。

15日,周作人署名签发呈教字第一五六号,伪华北政务委员会教育总署呈华北政务委员会。"事由-呈为呈请事:为准日本兴亚院华北联络部函荐日籍人员米田茂男为国立北京大学农学院讲师事。呈请钧会鉴核备案。附抄呈原函译暨附表履历书译文一件。教育总署督办周作人【教育总署督办】中华民国三十一年四月十五日【华北政务委员会教育总署印】"(二史馆二〇〇五-2577)

米田茂男(明治四十二年七月二十六日—?),京都市人,京都帝国大学农林化学科毕业。

周作人署名签发呈教字第一五七号,伪华北政务委员会教育总署呈华北政务委员会。"事由-呈为呈请事:为呈中等学校添授农业课程计划书事。呈请钧会鉴核备案。附呈中等学校试行添授农业课程计划书一份。教育总署督办周作人【教育总署督办】中华民国三十一年四月十五日【华北政务委员会教育总署印】"(二史馆二〇〇五-191)

16日,华北政务委员会第189次常务会议,周作人出席。(二史馆二〇〇五-1120,第55页)

周作人署名签发呈总字第一六一号,伪华北政务委员会教育总署呈华北政务委员会。"事由-呈为呈请事:为呈请颁发国立北京图书馆馆长周作人关防及馆长小官章事。以资信守而利办公。教育总署督办周作人【教育总署督办】中华民国三十一年四月十六日【华北政务委员会教育总署印】"(二史馆二〇〇五-779)

周作人署名签发呈教字第一六二号,伪华北政务委员会教育总署呈华北政务委员会。"事由-呈为呈请事:为奉令准日本兴亚院华北联络部函荐日籍人员仓桥义博为国立北京大学医学院讲师事。呈请钧会鉴核备案。附抄呈原函译暨附表履历书译文一件。教育总署督办周作人【教育总署督办】中华民国三十一年四月十六日【华北政务委员会教育总署印】"(二史馆二〇〇五-2577)

仓桥义博(明治四十五年六月十日—?),东京市人,大东文化学院本科毕业。曾任中央日本语学院教授。

周作人署名签发呈教字第一六三号,伪华北政务委员会教育总署呈华北政务委员会。"事由-呈为呈请事：为准日本兴亚院华北联络部函荐日籍人员矢野常彦为国立北京大学医学院附设中药研究所助教事。呈请钧会鉴核备案。附抄呈原函译暨附表履历书译文一件。教育总署督办周作人【教育总署督办】中华民国三十一年四月十六日【华北政务委员会教育总署印】"（二史馆二〇〇五-2577）

  矢野常彦（大正三年年九月三日—？），爱媛县人，东京药学专门学校毕业。

  17日，伪华北政务委员会委员长王揖唐致电南京国民政府主席汪精卫，就五月四日访问伪满洲国事，"兹派周督办作人届期赴大连代表恭迎，随节前往"。（台北"国史馆"）

  兴亚院华北联络部次长盐泽清宣致周作人公函，推荐田町正誉任职。（二史馆二〇〇五-2577，第88页）

  19日，伪华北政务委员会委员长王揖唐及殷汝耕致电南京伪国民政府主席汪精卫，就五月四日访问伪满洲国事，定周督办作人代表，随节前往，并进一步落实在大连的地点、电报码。（台北"国史馆"）

  20日，伪华北政务委员会常务会议谈话会，周作人请假。（二史馆二〇〇五-1150，第5页）

  21日，周作人署名签发呈教字第一六六号，伪华北政务委员会教育总署呈华北政务委员会。"事由-呈为呈请事：为准日本兴亚院华北联络部函荐日籍人员中野三郎为国立北京大学医学院助教事。呈请钧会鉴核备案。附抄呈原函译暨附表履历书译文一件。教育总署督办周作人【教育总署督办】中华民国三十一年四月廿一日【华北政务委员会教育总署印】"（二史馆二〇〇五-2577）

  中野三郎（明治四十三年二月二十七日—？），横滨市人，东京齿科医学专门学校毕业。

  周作人署名签发呈总字第一六八号，伪华北政务委员会教育总署呈华北政务委员会。"事由-呈为呈请事：为据本署已故科员赵岷生之孙赵炳骅呈请准照例发给祖父积劳病故恤金事。呈请鉴核恩准。都城遗族请恤金事实表五份证明文件八件。教育总署督办周作人【教育总署督办】中华民国三十一年四月廿一日【华北政务委员会教育总署印】"（二史馆二〇〇五-3490）

  周作人署名签发呈教字第一六九号，伪华北政务委员会教育总署呈华北政务委员会。"事由-呈为呈请事：为准日本兴亚院华北联络部函荐日籍教员为国立北京大学农学院附设农村经济研究所研究员事。呈请钧会鉴核备案。附抄呈原函译暨附表履历书译文一件。教育总署督办周作人【教育总署督办】中华民国三十一年四月廿一日【华北政务委员会教育总署印】"（二史馆二〇〇五-2577）

  周作人署名签发呈总字第一七一号，伪华北政务委员会教育总署呈华北政务委员会。"事由-呈为呈请事：为据国立北京大学转呈前北平大学工学院职员王锡龄伯麒请领养老金事。祈鉴核转咨给领。教育总署督办周作人【教育总署督办】中华民国三十一年四月廿一日【华北政务委员会教育总署印】"（二史馆二〇〇五-3388）

  25日，周作人署名签发呈教字第一七五号，伪华北政务委员会教育总署呈华北政务委员会。"事由-呈为呈复事：为奉令审议侨务委员会委托北京特别市公署办理失血华侨学术登记一案。敬乞鉴核施行。教育总署督办周作人【教育总署督办】中华民国三十一年四月廿五日【华北政务委员会教育总署印】"(二史馆二〇〇五-210)

30日,周作人署名签发呈总字第一八一号,伪华北政务委员会教育总署呈华北政务委员会。"事由-呈为密呈事:为周作人带秘书黄公献密随汪精卫赴长春之行,领取伍仟圆公务费事。尚乞鉴察。教育总署督办周作人【教育总署督办】中华民国三十一年四月卅日【华北政务委员会教育总署印】"(二史馆二〇〇五-114)

5月

2日,周作人带秘书黄公献离开北平。

3日,周作人带秘书黄公献抵达大连。

4日,周作人在大连拜见汪精卫。

伪华北政务委员会常务会议谈话会,周作人请假。(二史馆二〇〇五-1150,第10—11页)

周作人署名签发呈总字第一八二号,伪华北政务委员会教育总署呈华北政务委员会。"事由-呈为密呈事:为周作人带秘书黄公献密随汪精卫赴长春之行后,将转南京,又领取叁仟圆公务费事。尚乞鉴察。教育总署督办周作人【教育总署督办】中华民国三十一年五月四日【华北政务委员会教育总署印】"(二史馆二〇〇五-114)

5日,周作人随汪精卫在大连参加活动。

6日,周作人随汪精卫在大连参加活动。

7日,周作人随汪精卫抵达长春。

伪华北政务委员会常务会议谈话会,周作人请假。(二史馆二〇〇五-1150,第13页)

周作人署名签发呈教字第一八九号,伪华北政务委员会教育总署呈华北政务委员会。"事由-呈为呈请事:为准日本兴亚院华北联络部函荐日籍人员田町正誉为国立北京大学农学院特别讲师事。呈请钧会鉴核备案。附抄呈原函译暨附表履历书译文一件。教育总署督办周作人【教育总署督办】中华民国三十一年五月七日【华北政务委员会教育总署印】"(二史馆二〇〇五-2577)

> 田町正誉(明治二十五年六月七日—?),东京市人,东京帝国大学农学部农学科毕业,曾任九州帝国大学教授。

8日,日军扶植的伪满洲国皇帝溥仪接见汪精卫、周作人等。周作人致电王揖唐,报告随汪精卫到达长春事。(二史馆二〇〇五-114)

周作人署名签发呈总字第一九二号,伪华北政务委员会教育总署呈华北政务委员会。"事由-呈为呈报事:为国立北京图书馆呈报启用关防日期连同印模事。敬请钧会鉴察备案。附呈印模一份。教育总署督办周作人【教育总署督办】教育总署署长张心沛代【教育总署署长】中华民国三十一年五月八日【华北政务委员会教育总署印】"(二史馆二〇〇五-779)

9日,周作人在长春参加日军扶植的伪满洲国十年庆典活动。

10日,周作人随汪精卫到大连。

11日,周作人随汪精卫飞抵南京,是受王揖唐指派,参加日军扶植的南京伪政府为汪精卫举行祝寿活动。

12日,周作人参加日军扶植的南京伪政府为汪精卫举行的六十生日祝寿宴会。

13日,周作人参加汪精卫的家宴。

14日,伪华北政务委员会常务会议谈话会,周作人请假。(二史馆二〇〇五-1150,第17页)

周作人乘车离开南京。

15日,周作人回到北平。

周作人署名签发呈总字第二〇二号,伪华北政务委员会教育总署呈华北政务委员会。"事由-呈为呈报事:为呈解本署三十年度一至六月所得税款事。呈送钧会核收。附所得税款国币1 919.54元金城银行支票一张、税书报告表暨扣缴清单一份。教育总署督办周作人【教育总署督办】教育总署署长张心沛代【教育总署署长】中华民国三十一年五月十五日【华北政务委员会教育总署印】"(二史馆二〇〇五-4480)

周作人署名签发呈总字第二〇三号,伪华北政务委员会教育总署呈华北政务委员会。"事由-呈为呈解事:为呈解本署直辖各机关院校三十年度一至六月所得税款事。呈送钧会核收。附本署直辖各机关院校三十年度一至六月所得税款国币5 789.9元金城银行支票一张、税书报告表暨扣缴清单各81份。教育总署督办周作人【教育总署督办】教育总署署长张心沛代【教育总署署长】中华民国三十一年五月十五日【华北政务委员会教育总署印】"(二史馆二〇〇五-4480)

16日,周作人署名签发呈总字第二〇五号,伪华北政务委员会教育总署呈华北政务委员会。"事由-呈为呈请事:为呈缴前师范学院职员陈敬承、附中职员王钦恤金及遗族墨领事。呈请鉴核示遵。附呈陈敬承、王钦恤金证书各一纸遗族墨领各一纸。教育总署督办周作人【教育总署督办】教育总署署长张心沛代【教育总署署长】中华民国三十一年五月十六日【华北政务委员会教育总署印】"(二史馆二〇〇五-3388)

18日,伪华北政务委员会第194次常务会议,周作人出席。讨论伪华北卫生研究所保险费、伪华北境内土制卷烟管理及取缔案等事项。(二史馆二〇〇五-1120,第60页)

周作人署名签发呈总字第二〇七号,伪华北政务委员会教育总署呈华北政务委员会。"事由-呈为呈报事:为报赴满公事返京到署照常办公日期事。敬请鉴察备案。教育总署督办周作人【教育总署督办】中华民国三十一年五月十八日【华北政务委员会教育总署印】"(二史馆二〇〇五-2471)

20日,周作人署名签发呈育字第二〇九号,伪华北政务委员会教育总署呈华北政务委员会。"事由-呈为呈报事:据华北观象台呈奉令准委日籍人员百瀬俊仁、进藤恒二等为技士事。呈请钧会鉴核备案。附呈送资历书审查表各一份、《公务员登录册》各三份、清单各一份。教育总署督办周作人【教育总署督办】中华民国三十一年五月廿日【华北政务委员会教育总署印】"(二史馆二〇〇五-2507)

周作人署名签发呈教字第二一〇号,伪华北政务委员会教育总署呈华北政务委员会。"事由-呈为呈复事:为令饬由本总署将天津地方扣留图书委员会整理之图书标本接收保管等因遵守将办理经过情形事。敬乞鉴察。附呈送资历书审查表各一份、《公务员登录册》各三份、清单各一份。教育总署督办周作人【教育总署督办】教育总署署长张心沛代【教育总署署长】中华民国三十一年五月廿日【华北政务委员会教育总署印】"(二史馆二〇〇五-237,第19—21页)

21日,伪华北政务委员会常务会议谈话会,周作人请假。(二史馆二〇〇五-1150,

第 24 页）

25 日，伪华北政务委员会常务会议谈话会，周作人出席。讨论伪财务总署密呈年度应付中联银行垫支利息等事项。（二史馆二〇〇五-1150，第 21 页）

28 日，伪华北政务委员会常务会议谈话会，周作人出席。讨论华中旧通货价格修正处理办法等事项。（二史馆二〇〇五-1150，第 29—30 页）

6 月

1 日，兴亚院华北联络部次长盐泽清宣致华北观象台台长文元模公函，推荐大野三郎任职。（二史馆二〇〇五-2653，第 13 页）

6 日，周作人署名签发呈总字第二四一号，伪华北政务委员会教育总署呈华北政务委员会。"事由-呈为呈请事：为国立北京大学医学院文书股股员李岷初积劳病故缮具请恤事。呈请钧会鉴核示遵。附呈国立北京大学医学院文书股股员李岷初病故恤恤表六份、服务证八件、证明书二件。教育总署督办周作人【教育总署督办】中华民国三十一年六月六日【华北政务委员会教育总署印】"（二史馆二〇〇五-3388）

周作人署名签发呈教字第二四二号，伪华北政务委员会教育总署呈华北政务委员会。"事由-呈为呈请事：据国立北京师范大学呈请中等学校师资应尽先由师大毕业生派充，呈请通令各省市公署事。呈请钧会鉴核，指令祗遵。教育总署督办周作人【教育总署督办】中华民国三十一年六月六日【华北政务委员会教育总署印】"（二史馆二〇〇五-5511）

8 日，伪华北政务委员会第 196 次常务会议，周作人出席。讨论伪河北高院呈外寄犯人收容所年度司法图书馆各支出计算书核销等事项。（二史馆二〇〇五-1120，第 65 页）

11 日，周作人署名签发呈总字第二五〇号，伪华北政务委员会教育总署呈华北政务委员会。"事由-呈为呈报事：据华北观象台呈准奉令兴亚院华被联络部推荐日籍人员大野三郎审查资料堪委技士转报核示事。敬请钧会鉴核示遵。附呈送原函及履历书各一份。教育总署督办周作人【教育总署督办】中华民国三十一年六月十一日【华北政务委员会教育总署印】"（二史馆二〇〇五-2653）

大野三郎（明治四十一年三月三日—？），东京市人。

16 日，周作人署名签发呈教字第二五五号，伪华北政务委员会教育总署呈华北政务委员会。"事由-呈为呈请事：为将 1938 年 3 月所建立的以日本语为主科，本署直辖部立外国语专科学校改为国立北京外国语专科学校事。呈请鉴核备案。教育总署督办周作人【教育总署督办】中华民国三十一年六月十六日【华北政务委员会教育总署印】"（二史馆二〇〇五-5455）

18 日，兴亚院华北联络部次长盐泽清宣致华北观象台台长文元模公函，推荐村上勇任职。（二史馆二〇〇五-2653，第 45 页）

19 日，周作人回复王揖唐信，为董绶经主持影刻宋黄唐本周礼疏全书尚有尾欠伍仟元，拟由国家给付，所有书版及余书给国有一事。（二史馆二〇〇五-238）

董康（1867—1947），字绶经，号诵芬，江苏武进人，1890 年进士，与文廷式、俞明震、廖平、夏曾佑同科，藏书家、法律专家。曾任此时为日军扶植的伪华北政务委员会委员。其独爱收藏、刊印戏曲书目文献。

22日,伪华北政务委员会第199次常务会议,周作人出席。讨论大东亚产业贸易调查团会计划设立大东亚资源馆及图书馆一案、新京大东亚建设博览会华北分馆建筑等事项。(二史馆二〇〇五-1120,第67页)

25日,周作人署名签发呈教字第二六七号,伪华北政务委员会教育总署呈华北政务委员会。"事由-呈为呈送事:为呈送华北预选会田径赛及球类选手名单事。仰祈鉴察核转。附呈华北预选会田径赛及球类选手名单二份。教育总署督办周作人【教育总署督办】中华民国三十一年六月廿五日【华北政务委员会教育总署印】"(二史馆二〇〇五-5532)

29日,伪华北政务委员会第201次常务会议等事项。讨论伪河北省银行及冀东银行改组一案、修正伪邮政总局组织暂行条例、人寿保险暂行条例等事项。(因缺页,内容不全,未显示周作人出席会议记录)(二史馆二〇〇五-1121,第2页)

30日,周作人署名签发呈教字第二六九号,伪华北政务委员会教育总署呈华北政务委员会。"事由-呈为呈报事:为拟举办第一届华北农事教育人员暑期讲习班厘定简章等事项。仰祈鉴核备案。附呈第一届华北农事教育人员暑期讲习班简章一份、各省选派听讲人数单一份。教育总署督办周作人【教育总署督办】中华民国三十一年六月卅日【华北政务委员会教育总署印】"(二史馆二〇〇五-5499)

周作人署名签发呈教字第二七〇号,伪华北政务委员会教育总署呈华北政务委员会。"事由-呈为呈报事:呈报参加东亚运动大会全国预选会华北代表团名单事。呈报钩会鉴核备案。附呈参加东亚运动大会全国预选会华北代表团名单一纸。教育总署督办周作人【教育总署督办】中华民国三十一年六月卅日【华北政务委员会教育总署印】"(二史馆二〇〇五-5532)

7月

8日,周作人署名签发呈总字第二七九号,伪华北政务委员会教育总署呈华北政务委员会。"事由-呈为呈报事:呈送本署科员夏承楹资历表事。敬请钩会鉴察备案。附呈送资历陈查表一份、清单一纸、登录册三份。教育总署督办周作人【教育总署督办】中华民国三十一年七月八日【华北政务委员会教育总署印】"(二史馆二〇〇五-2520)

9日,伪华北政务委员会第204次常务会议,周作人出席。讨论修正扰乱金融暂行治罪法修正案、伪教育总署直辖外国语专科学校创设案、官员人事任免等事项。(二史馆二〇〇五-1121,第4—5页)

13日,周作人署名签发呈教字第二八九号,伪华北政务委员会教育总署呈华北政务委员会。"事由-呈为呈请事:为准日本兴亚院华北联络部函荐日籍人员铃木德卫为国立北京大学工学院技术员事。呈请钩会鉴核备案。附抄呈原函暨附表履历书译文一件。教育总署督办周作人【教育总署督办】中华民国三十一年七月十三日【华北政务委员会教育总署印】"(二史馆二〇〇五-201)

15日,周作人署名签发呈教字第二九三号,伪华北政务委员会教育总署呈华北政务委员会。"事由-呈为呈复事:为奉令开准日本兴亚院华北联络部函荐日籍人员三藤正为国立北京大学法学院教授事。敬乞鉴核备案。教育总署督办周作人【教育总署督办】中华民国三十一年七月十五日【华北政务委员会教育总署印】"(二史馆二〇〇五-201)

周作人署名签发呈教字第二九四号,伪华北政务委员会教育总署呈华北政务委员会。"事由-呈为呈复事:为奉令开准日本兴亚院华北联络部函荐日籍人员小山田小七为国立北京大学法学院教授事。敬乞钧会鉴核备案。教育总署督办周作人【教育总署督办】中华民国三十一年七月十五日【华北政务委员会教育总署印】"(二史馆二〇〇五-201)

16日,周作人署名签发呈总字第二九五号,伪华北政务委员会教育总署呈华北政务委员会。"事由-呈为呈报事:为据华北观象台台长文元模呈准日本兴亚院华北联络部推荐日籍人员村上勇为观象台技士事。敬请钧会鉴核示遵。附呈原函一份、履历书各一份。教育总署督办周作人【教育总署督办】中华民国三十一年七月十六日【华北政务委员会教育总署印】"(二史馆二〇〇五-2653)

20日,伪华北政务委员会第207次常务会议,周作人出席。讨论临时费汇报备件、商会统制纲要及工商同业公会统制纲要、伪华北航运统制暂行办法草案、成立伪渔牧局暨聘用町山博多及篠永节二郎充任技术官等事项。(二史馆二〇〇五-1121,第6—8页)

周作人署名签发呈总字第二九七号,伪华北政务委员会教育总署呈华北政务委员会。"事由-呈为呈报事:为呈送华北观象台台长文元模呈日籍科员大野三郎资历表事。敬请钧会鉴察备案。附呈送资历书审查表一份、公务员登录册三份、清单一纸。教育总署督办周作人【教育总署督办】中华民国三十一年七月廿日【华北政务委员会教育总署印】"(二史馆二〇〇五-2507)

周作人署名签发呈教字第二九八号,伪华北政务委员会教育总署呈华北政务委员会。"事由-呈为呈请事:为准日本兴亚院华北联络部函荐金城顺英为国立北京大学医学院助教事。呈请钧会鉴核备案。附抄呈原函暨附表履历书译文二件。教育总署督办周作人【教育总署督办】中华民国三十一年七月廿日【华北政务委员会教育总署印】"(二史馆二〇〇五-201)

周作人署名签发呈教字第二九九号,伪华北政务委员会教育总署呈华北政务委员会。"事由-呈为呈复事:为奉令准日本兴亚院华北联络部函荐日籍人员原田正已为国立北京大学农学院专任讲师事。仰祈鉴核备案。教育总署督办周作人【教育总署督办】中华民国三十一年七月廿日【华北政务委员会教育总署印】"(二史馆二〇〇五-201)

23日,伪华北政务委员会第208次常务会议,周作人出席。讨论核销计算书汇报备件、华北窒素肥料公司事业计划及成立股份有限公司纲要草案等事项。(二史馆二〇〇五-1121,第10页)

25日,周作人署名签发呈教字第三〇一号,伪华北政务委员会教育总署呈华北政务委员会。"事由-呈为呈请事:为自下学年起国立北京艺术专科学校暨国立北京外国语专科学校之专简任教员得称教授讲师事。祗请鉴核备案。教育总署督办周作人【教育总署督办】中华民国三十一年七月廿五日【华北政务委员会教育总署印】"(二史馆二〇〇五-2653)

31日,周作人署名签发呈总字第三〇五号,伪华北政务委员会教育总署呈华北政务委员会。"事由-呈为呈报事:据秘书刘骏呈为现应国立北京大学法学院之聘辞去秘书职务事。敬请钧会鉴察备案。教育总署督办周作人【教育总署督办】中华民国三十一年七月卅一日【华北政务委员会教育总署印】"(二史馆二〇〇五-2657)

8月

5日,周作人署名签发呈教字第三〇九号,伪华北政务委员会教育总署呈华北政务委员会。"事由-呈为呈请事:为准兴亚院华北联络部盐泽次长函荐日籍人员篠原祐一充任国立北京师范大学附小教员事。呈请鉴核备案。附呈抄译原函一件、履历书各一件。教育总署督办周作人【教育总署督办】中华民国三十一年八月五日【华北政务委员会教育总署印】"(二史馆二〇〇五-201)

10日,伪华北政务委员会第213次常务会议,周作人出席。讨论伪河南各县征收田赋考成暂行条例、伪教育总署转呈北京大学医学院年度经费支出概算书审核、北京师范学院建筑校舍费用一案等事项。(二史馆二〇〇五-1121,第12页)

14日,兴亚院华北联络部次长盐泽清宣致华北观象台台长文元模公函,推荐相场贞治、古川武夫、横仓治作任职。(二史馆二〇〇五-2653,第83—84页)

20日,伪华北政务委员会第216次常务会议。讨论伪长芦盐务管理局年度支出概算书。(因缺页,内容不全,未显示周作人出席会议记录)(二史馆二〇〇五-1121,第13—14页)

26日,周作人署名签发呈教字第三二八号,伪华北政务委员会教育总署呈华北政务委员会。"事由-呈为呈请事:为准兴亚院华北联络部函荐日籍人员佐佐木德治郎充任国立北京大学理学院技士事。呈请钧会鉴核备案。附抄呈原函暨附表履历书译文二件。教育总署督办周作人【教育总署督办】中华民国三十一年八月廿六日【华北政务委员会教育总署印】"(二史馆二〇〇五-201)

29日,兴亚院华北联络部次长盐泽清宣致周作人公函,推荐浅川保任职。(二史馆二〇〇五-2578,第7页)

31日,伪华北政务委员会第219次常务会议。周作人请假。(二史馆二〇〇五-1114,第16页)

9月

2日,周作人署名签发呈总字第三四三号,伪华北政务委员会教育总署呈华北政务委员会。"事由-呈为呈请事:为致函兴亚院华北联络部将聘任编审会总纂长冈弥一郎、副总纂长森下真男转请日本内阁总理大臣允许转任事。呈请钧会鉴察施行。教育总署督办周作人【教育总署督办】中华民国三十一年九月二日【华北政务委员会教育总署印】"(二史馆二〇〇五-2653)

3日,伪华北政务委员会第220次常务会议,周作人出席。讨论地方宗教卫生行政社会事业会谈一案、举办第五次伪华北治安强化运动案、官员人事任免等事项。(二史馆二〇〇五-1121,第18页)

周作人署名签发呈教字第三四四号,伪华北政务委员会教育总署呈华北政务委员会。"事由-呈为呈请事:为准兴亚院华北联络部函荐日籍人员中村孝义为国立北京大学农学院技士事。呈请钧会鉴核备案。附抄呈原函暨附表履历书译文二件。教育总署督办周作人【教育总署督办】中华民国三十一年九月三日【华北政务委员会教育总署印】"(二史馆二〇〇五-201)

4日,周作人署名签发呈教字第三四九号,伪华北政务委员会教育总署呈华北政务委员会。"事由-呈为呈复事:为遵令拟定《第五次治安强化运动实施办法》事。呈请鉴核,指令祇遵。附呈教育总署《第五次治安强化运动实施办法》五份。教育总署督办周作人【教育总署督办】中华民国三十一年九月四日【华北政务委员会教育总署印】"（二史馆二〇〇五-459）

5日，北京大学校长钱稻孙兼任农学院院长及农村经济研究所所长。（二史馆二〇〇五-2653）

周作人署名签发呈教字第三五一号，伪华北政务委员会教育总署呈华北政务委员会。"事由-呈为呈请事：为奉令准兴亚院华北联络部函荐日籍人员冈部平太为国立北京师范大学教授事。呈请钧会鉴核备案。教育总署督办周作人【教育总署督办】中华民国三十一年九月五日【华北政务委员会教育总署印】"（二史馆二〇〇五-201）

7日，伪华北政务委员会第221次常务会议，周作人出席。讨论伪保定设立高等分院及地方法院案等事项。（二史馆二〇〇五-1122，第2—3页）

周作人署名签发呈总字第三五三号，伪华北政务委员会教育总署呈华北政务委员会。"事由-呈为呈送事：为呈送华北编译馆公务员动态统计各表事。呈请钧会鉴察备案。附呈送华北编译馆本年公务员一至七月动态统计、服务年限统计表、教育程度统计表、年龄统计表各一份。教育总署督办周作人【教育总署督办】中华民国三十一年九月七日【华北政务委员会教育总署印】"（二史馆二〇〇五-3742）

9日，兴亚院华北联络部次长盐泽清宣致周作人公函，推荐矢野知任职。（二史馆二〇〇五-2578，第38页）

10日，伪华北政务委员会第222次常务会议，周作人出席。讨论居住证及旅行证颁发办法等事项。（二史馆二〇〇五-1122，第4—5页）

11日，周作人署名签发呈教字第三六七号，伪华北政务委员会教育总署呈华北政务委员会。"事由-呈为呈报事：为呈报举办第一届农事教育人员暑期讲习班经过情形附送课程表等事项。仰祈鉴核备案。附呈课程时间表一份、讲师任课时数表一纸、讲师学员名册一本。教育总署督办周作人【教育总署督办】中华民国三十一年九月十一日【华北政务委员会教育总署印】"（二史馆二〇〇五-5499）

12日，周作人署名签发呈教字第三六九号，伪华北政务委员会教育总署呈华北政务委员会。"事由-呈为呈请事：为准兴亚院华北联络部函开国立北京大学医学院教授木田文夫、副教授吉野正文、助教木间一夫呈请辞职事。呈请钧会鉴核备案。附抄呈原函译文二件。教育总署督办周作人【教育总署督办】中华民国三十一年九月十二日【华北政务委员会教育总署印】"（二史馆二〇〇五-201）

14日，伪华北政务委员会第223次常务会议，周作人出席。讨论临时费汇报备件、伪华北邮政总局副局长兼任伪华北邮政资金局局长白井修一辞职及中村松次郎代理案等事项。（二史馆二〇〇五-1122，第6—7页）

16日，周作人署名签发呈总字第三八〇号，伪华北政务委员会教育总署呈华北政务委员会。"事由-呈为呈报事：呈为师资讲肄馆毕业学员呈控山东教育厅厅长郝书暄任用私人、公私不分、参与宗教迷信事。呈请钧会核办。附呈送原呈一件。教育总署督办周作人【教育总署督办】中华民国三十一年九月十六日【华北政务委员会教育总署印】"（二史馆二〇〇五-3076）

周作人署名签发呈总字第三八一号，伪华北政务委员会教育总署呈华北政务委员会。"事由-呈为呈请事：为前国立北北京大学退休职员李维钧发三十一年度养老金事。呈请鉴核示遵。附呈前国立北北京大学退休职员李维钧养老金证书一纸。教育总署督办周作人【教育总署督办】中华民国三十一年九月十六日【华北政务委员会教育总署印】"(二史馆二〇〇五-3388)

周作人署名签发呈总字第三八二号，伪华北政务委员会教育总署呈华北政务委员会。"事由-呈为呈请事：为前国立北平大学工学院教授许继绳请继续发给养老金事。呈请鉴核示遵。附呈前国立北平大学工学院教授许继绳请继续发给养老金证书一纸。教育总署督办周作人【教育总署督办】中华民国三十一年九月十六日【华北政务委员会教育总署印】"(二史馆二〇〇五-3388)

17日,伪华北政务委员会第224次常务会议,周作人出席。讨论伪青岛特别市农事合作事业辅导委员会年度财务核算等事项。(二史馆二〇〇五-1122,第7—12页)

周作人署名签发呈总字第三八四号,伪华北政务委员会教育总署呈华北政务委员会。"事由-呈为呈请事：为前国立北平大学工学院退休职员王锡龄伯麒呈催发给三十年度十二月、三十一年三月度两期养老金事。呈请鉴核示遵。教育总署督办周作人【教育总署督办】中华民国三十一年九月十七日【华北政务委员会教育总署印】"(二史馆二〇〇五-3388)

18日,兴亚院华北联络部次长盐泽清宣致周作人公函,为北京大学医学院教授冲山政一、学院技术员尾崎芳雄辞职事。(二史馆二〇〇五-2578,第29页)

19日,兴亚院华北联络部次长盐泽清宣致周作人公函,推荐大沼喜久男任职。(二史馆二〇〇五-2578,第34页)

21日,伪华北政务委员会第225次常务会议,周作人出席。讨论治安宣传及公务员退职金等事项。(二史馆二〇〇五-1122,第13—14页)

周作人署名签发呈总字第三八七号,伪华北政务委员会教育总署呈华北政务委员会。"事由-呈为呈报事：为呈报国立北京大学校长钱稻孙兼任农学院院长及农村经济研究所所长各职日期事。呈请鉴核备案。教育总署督办周作人【教育总署督办】中华民国三十一年九月廿一日【华北政务委员会教育总署印】"(二史馆二〇〇五-2653)

周作人署名签发呈总字第三八八号,伪华北政务委员会教育总署呈华北政务委员会。"事由-呈为呈请事：据华北观象台呈兴亚院华北联络部推荐日籍人员相场贞治、古川武夫、横仓治作三名为本台职员事。呈请钧会鉴核示遵。附呈送原函一件、履历书各一份。教育总署督办周作人【教育总署督办】中华民国三十一年九月廿一日【华北政务委员会教育总署印】"(二史馆二〇〇五-2653)

相场贞治(明治三十五年十月十二日—?),秋田市人,秋田市立工业学校机械科毕业。

古川武夫(大正五年十一月十三日—?),东京市人,官立东京外国语学校特修科支那语部毕业。

横仓治作(明治三十八年三月二十日—?),东京市人。

22日,周作人署名签发呈教字第三八九号,伪华北政务委员会教育总署呈华北政务委员会。"事由-呈为呈请事:为呈送国立北京大学暨北京师范大学研究院组织规程事。呈请鉴核备案。附呈国立北京大学、北京师范大学研究院组织规程两份。教育总署督办周作人【教育总署督办】中华民国三十一年九月廿二日【华北政务委员会教育总署印】"(二史馆二〇〇五-5470)

周作人、王揖唐署名签发呈礼字第四八一号,伪华北政务委员会教育总署呈华北政务委员会。"事由-呈为呈报事:为呈报本年秋丁祀孔筹备完竣情形并检同议事录及印刷品事。呈报鉴核备案。附呈议事录一份、祀孔礼节印刷品全份。教育总署督办周作人【教育总署督办】内务总署督办王揖唐【内务总署督办】中华民国三十一年九月廿二日【华北政务委员会教育总署印】"(二史馆二〇〇五-4141)

23日,周作人署名签发呈总字第三九四号,伪华北政务委员会教育总署呈华北政务委员会。"事由-呈为呈报事:为规定日本语文检定试验举行日期除分咨各省市转饬遵照办理事。呈报鉴核备案。教育总署督办周作人【教育总署督办】中华民国三十一年九月廿三日【华北政务委员会教育总署印】"(二史馆二〇〇五-3)

25日,周作人署名签发呈教字第三九七号,伪华北政务委员会教育总署呈华北政务委员会。"事由-呈为呈请事:为准日本兴亚院华北联络部函荐日籍人员浅川保为国立北京大学工学院讲师事。呈请钧会鉴核备案。附抄呈原函暨附表履历书译文二件。教育总署督办周作人【教育总署督办】中华民国三十一年九月廿五日【华北政务委员会教育总署印】"(二史馆二〇〇五-2578)

浅川保(明治四十年二月二十五日—?),山梨县北巨摩郡人,日本大学高等师范部国语汉文本科卒业。

29日,周作人回复王揖唐信,关于中小学讲课时重新审定事。(二史馆二〇〇五-216)

10月

2日,周作人署名签发呈总字第四〇二号,伪华北政务委员会教育总署呈华北政务委员会。"事由-呈为呈请事:为国立北京大学理学院教授杨杰解聘请发退职金事。呈请鉴核示遵。教育总署督办周作人【教育总署督办】中华民国三十一年十月二日【华北政务委员会教育总署印】"(二史馆二〇〇五-3392)

5日,伪华北政务委员会第226次常务会议,周作人出席。讨论伪山东盐务管理局藤县矿区收支概算、伪天津市公署分得华北电业公司股票入股现款等事项。(二史馆二〇〇五-1122,第15—16页)

8日,伪华北政务委员会常务会议谈话会,周作人出席。讨论诉讼费征收规则暨施行应注意事项。(二史馆二〇〇五-1150,第34—35页)

10日,兴亚院华北联络部次长盐泽清宣致王揖唐公函,推荐石津诚任职。(二史馆二〇〇五-2578,第12页)

兴亚院华北联络部次长盐泽清宣致周作人公函,推荐加唐胜三任职。(二史馆二〇〇五-2578,第23页)

12日,伪华北政务委员会第227次常务会议,周作人出席。讨论核销计算书汇报各件等事项。(二史馆二〇〇五-1122,第17—18页)

周作人署名签发呈总字第四一六号,伪华北政务委员会教育总署呈华北政务委员会。"事由-呈为呈报事:据华北观象台呈送技术员养成所管理员郑维城资历表等事项。呈请钧会鉴察备案。附呈送资历审查表一份、公务员登记册三份、清单一纸。教育总署督办周作人【教育总署督办】中华民国三十一年十月十二日【华北政务委员会教育总署印】"(二史馆二〇〇五-6364)

15日,伪华北政务委员会第228次常务会议,周作人出席。讨论伪山东省年度收支概算书审核等事项。(二史馆二〇〇五-1122,第19—20页)

16日,周作人署名签发呈教字第四二六号,伪华北政务委员会教育总署呈华北政务委员会。"事由-呈为呈请事:为拟将前燕京大学研究院及协和医学院研究生编入国立北京大学研究院作为特别研究生检具名单事。敬乞鉴核备案。附呈名单一纸。教育总署督办周作人【教育总署督办】中华民国三十一年十月十六日【华北政务委员会教育总署印】"(二史馆二〇〇五-5474)

20日,周作人署名签发呈教字第四三二号,伪华北政务委员会教育总署呈华北政务委员会。"事由-呈为呈请事:为准日本兴亚院华北联络部函荐日籍人大沼喜久男为国立北京大学法学院讲师事。呈请钧会鉴核备案。附抄呈原函暨附表履历书二件。教育总署督办周作人【教育总署督办】中华民国三十一年十月廿日【华北政务委员会教育总署印】"(二史馆二〇〇五-2578)

大沼喜久男(明治卅三年七月廿二日—?),明治大学法学部卒业。曾任北支军司令部陆军教授。

周作人署名签发呈教字第四三三号,伪华北政务委员会教育总署呈华北政务委员会。"事由-呈为呈请事:为准日本兴亚院华北联络部函荐日籍人矢野知为国立北京大学医学院助教兼内分泌研究所所员事。呈请钧会鉴核备案。附抄呈原函暨附表履历书译文一件。教育总署督办周作人【教育总署督办】中华民国三十一年十月廿日【华北政务委员会教育总署印】"(二史馆二〇〇五-2578)

矢野知(大正元年八月七日—?),爱知人,京城医学专门学校(朝鲜汉城)卒业。兴亚院华北联络部次长盐泽清宣函荐。

周作人署名签发呈教字第四三五号,伪华北政务委员会教育总署呈华北政务委员会。"事由-呈为呈请事:为准日本兴亚院华北联络部函以国立北京大学医学院教授冲山政一及技术员尾琦芳雄呈请辞职事。呈请钧会鉴核备案。附抄呈原函译文二件。教育总署督办周作人【教育总署督办】中华民国三十一年十月廿日【华北政务委员会教育总署印】"(二史馆二〇〇五-2578)

22日,伪华北政务委员会第229次常务会议,周作人出席。讨论伪省公署组织大纲、伪华北中支两行合资对照核算、伪青岛市警察局局长傅鑫辞职及游伯麓代理局长案、伪京津两市现银保管会所保管之现银处理办法案等事项。(二史馆二〇〇五—1122,第21—23页)

周作人署名签发呈文字第四三七号,伪华北政务委员会教育总署呈华北政务委员会。"事由-呈为呈报事:为谋教育之全部刷新及文化暨思想之健全发展,拟设立学术文化审议会,延揽人才共同审讨,谨将设立缘由连同组织规程呈请事。呈请钧会鉴察备案。附呈学术文化审议会组织规程一份。教育总署督办周作人【教育总署督办】中华民国三

十一年十月廿二日【华北政务委员会教育总署印】"（二史馆二〇〇五-7）

23日，兴亚院华北联络部次长盐泽清宣致周作人公函，推荐鹫见秀芳、三上谛听、吉田忠常任职。（二史馆二〇〇五-2578，第65页）

兴亚院华北联络部次长盐泽清宣致周作人公函，推荐吉田忠常任职。（二史馆二〇〇五-2578，第70页）

周作人署名签发呈教字第四四〇号，伪华北政务委员会教育总署呈华北政务委员会。"事由-呈为呈请事：为奉令准日本兴亚院华北联络部函荐日籍人员多田贞一为国立北京大学医学院专任讲师、四宫春行为国立北京外国语专科学校教授、小泉藤造为国立北京师范大学教授及国立北京外国语专科学校教授事。呈请钧会鉴核备案。教育总署督办周作人【教育总署督办】中华民国三十一年十月廿三日【华北政务委员会教育总署印】"（二史馆二〇〇五-2578）

26日，伪华北政务委员会第230次常务会议，周作人出席。讨论伪北京特别市呈送本年度留日学生津贴预算书等事项。（二史馆二〇〇五-1122，第24—25页）

周作人署名签发呈总字第四四二号，伪华北政务委员会教育总署呈华北政务委员会。"事由-呈为呈请事：呈为国立北京师范大学前任物理系讲师顾熙民请退职金事。呈请钧会鉴核示遵。教育总署督办周作人【教育总署督办】中华民国三十一年十月廿六日【华北政务委员会教育总署印】"（二史馆二〇〇五-3354）

周作人署名签发呈总字第四四三号，伪华北政务委员会教育总署呈华北政务委员会。"事由-呈为呈请事：呈为国立北京大学医学院文书股股员李岷初因病身故请发退职金附送证明文件事。呈请钧会鉴核示遵。教育总署督办周作人【教育总署督办】中华民国三十一年十月廿六日【华北政务委员会教育总署印】"（二史馆二〇〇五-6085）

周作人署名签发呈总字第四四六号，伪华北政务委员会教育总署呈华北政务委员会。"事由-呈为呈送事：为据师资讲肄馆呈送第三季职员录等事项。呈请钧会鉴核备案。附呈送师资讲肄馆职员录十份。教育总署督办周作人【教育总署督办】中华民国三十一年十月廿六日【华北政务委员会教育总署印】"（二史馆二〇〇五-3623）

周作人署名签发呈总字第四四七号，伪华北政务委员会教育总署呈华北政务委员会。"事由-呈为呈请事：为据国立北京大学转呈前北平大学工学院职员王锡龄伯麒二人请领三十年十二月三十一年三月及三十一六月九月四期养老金事。呈请钧会鉴核转咨。教育总署督办周作人【教育总署督办】中华民国三十一年十月廿六日【华北政务委员会教育总署印】"（二史馆二〇〇五-3388）

30日，兴亚院华北联络部次长盐泽清宣致王揖唐公函，推荐岛方武夫、兼子一、稻田正次、高桥勇治任职。（二史馆二〇〇五-2578，第45—46页）

31日，周作人署名签发呈总字第四五八号，伪华北政务委员会教育总署呈华北政务委员会。"事由-呈为呈送事：呈送本署三十一年第二季职员录事。敬请钧会鉴察备案。附呈送三十一年第二季职员录十本。教育总署督办周作人【教育总署督办】中华民国三十一年十月卅一日【华北政务委员会教育总署印】"（二史馆二〇〇五-3623）

11月

10日，周作人署名签发呈教字第四六五号，伪华北政务委员会教育总署呈华北政务委员会。"事由-呈为呈请事：国立北京艺术专科学校拟于民国三十二年度增设音乐科事。敬乞鉴核备案。教育总署督办周作人【教育总署督办】中华民国三十一年十一月十日【华北政务委员会教育总署印】"（二史馆二〇〇五-5480）

13日，周作人署名签发呈教字第四六八号，伪华北政务委员会教育总署呈华北政务委员会。"事由-呈为呈请事：为奉令准日本兴亚院华北联络部函荐日籍人员加唐胜三为国立北京大学农学院教授事。呈请钧会鉴核备案。教育总署督办周作人【教育总署督办】中华民国三十一年十一月十三日【华北政务委员会教育总署印】"（二史馆二〇〇五-2578）

　　加唐胜三（明治三十七年十一月三十日—？），东京市人，东京帝国大学农学部农学科卒业。

周作人署名签发呈教字第四七〇号，伪华北政务委员会教育总署呈华北政务委员会。"事由-呈为呈请事：为准日本兴亚院华北联络部函荐日籍人员鹫见秀芳、三上谛听为国立北京外国语专科学校、吉田忠常为国立北京大学理学院技士事。呈请钧会鉴核备案。附抄呈原函暨附表履历书译文二件。教育总署督办周作人【教育总署督办】中华民国三十一年十一月十三日【华北政务委员会教育总署印】"（二史馆二〇〇五-2578）

　　鹫见秀芳（大正三年八月十八日—？），兵库县人，东京帝国大学文学部印度哲学梵文学科卒业。

　　三上谛听（明治四十四年二月二十八日—？），滋贺县人，龙谷大学文学部卒业（史学）。

　　吉田忠常（大正五年七月十三日—？），福岛县人，福岛县立岩濑农学校卒业。

周作人署名签发呈教字第四七一号，伪华北政务委员会教育总署呈华北政务委员会。"事由-呈为呈请事：为奉令准日本兴亚院华北联络部函荐日籍人员石津诚为国立北京师范大学教授事。呈请钧会鉴核备案。教育总署督办周作人【教育总署督办】中华民国三十一年十一月十三日【华北政务委员会教育总署印】"（二史馆二〇〇五-2578）

　　石津诚（明治三十七年十二月一日—？），千叶县人，文部省指定日本体育会体操学校高等科卒业，曾任日本体育专门学校教授。

17日，周作人署名签发呈总字第四八〇号，伪华北政务委员会教育总署呈华北政务委员会。"事由-呈为呈报事：据华北观象台呈送技士村上勇资历表专报备案事。呈请钧会鉴察备案。附呈送资历审查表一份、公务员登录册三份、清单一纸。教育总署督办周作人【教育总署督办】中华民国三十一年十一月十七日【华北政务委员会教育总署印】"（二史馆二〇〇五-2507）

　　村上勇（明治廿五年十二月二十四日—？），宫城县人，宫城县立水产学校制造及养殖科卒业。

19日，伪华北政务委员会常务会议第236次常务会议，周作人请假。（因缺页，内容不全，未显示周作人请假记录）（二史馆二〇〇五-1123，第2—11页）

自本日始，周作人偕同本署署长张心沛代表伪华北政务委员会视察石门、井陉、彰德、正定等处第五次治安强化运动实施状况。（二史馆二〇〇五-2466）

20日，伪华北政务委员会政法字第七七四八号指令，准予学术文化审议会备案。

（二史馆二〇〇五-217）

21日，周作人署名签发呈总字第四八八号，伪华北政务委员会教育总署呈华北政务委员会。"事由-呈为呈送事：为呈送本署本年六七八九十等月公务员动态统计表及第二第三季等五种统计表事。敬请钧会鉴察备案。附呈送三十一年公务员六七八九十等月公务员动态统计表五份、三十一年第二第三季等五种统计表各一份。教育总署督办周作人【教育总署督办】中华民国三十一年十一月廿一日【华北政务委员会教育总署印】"（二史馆二〇〇五-3744）

23日，伪华北政务委员会常务会议谈话会，周作人请假。讨论核销各伪机关计算书各件、彰德棉花检验分处开办费支出核算、伪开封法院年度支出核算等事项。（二史馆二〇〇五-1150，第39—40页）（二史馆二〇〇五-1123，第16页）

24日，周作人署名签发呈育字第五八九号，伪华北政务委员会教育总署呈华北政务委员会。"事由-呈为呈请事：为奉令开准日本兴亚院华北联络部函荐日籍人员高月丰一为国立北京大学农学院教授事。呈请鉴核备案。教育总署督办周作人【教育总署督办】中华民国三十一年十一月廿四日【华北政务委员会教育总署印】"（二史馆二〇〇五-2573）

高月丰一（明治廿九年七月二十八日—？），爱媛县北宇和郡人，东京帝国大学农科大学农学科毕业，曾任京都帝国大学教授。

25日，周作人、张心沛等返回北平。（二史馆二〇〇五-2466）

26日，伪华北政务委员会常务会议谈话会，周作人请假。（二史馆二〇〇五-1150，第44页）（二史馆二〇〇五-1123，第17页）

27日，周作人署名签发呈总字第四九〇号，伪华北政务委员会教育总署呈华北政务委员会。"事由-呈为呈报事：呈报视察视察石门、井陉、彰德、正定等处事。呈报鉴察备案。教育总署督办周作人【教育总署督办】中华民国三十一年十一月廿七日【华北政务委员会教育总署印】"（二史馆二〇〇五-2466）

30日，伪华北政务委员会第237次常务会议，周作人出席。（二史馆二〇〇五-1123，第14—15页）

周作人所呈提案，议决通过：北京师范大学附属第二小学添设二部教学实验班追加本年度九月至十二月收入概算书，计划列学生费肆佰伍拾元。（二史馆二〇〇五-1175，第48—50页）（二史馆二〇〇五-1123，第14—15页）

12月

2日，周作人署名签发呈总字第四九二号，伪华北政务委员会教育总署呈华北政务委员会。"事由-呈为呈送事：呈送三十学年度华北专科以上学校学生生活状况统计表事。呈报鉴察备案。附呈统计表三册。教育总署督办周作人【教育总署督办】中华民国三十一年十二月二日【华北政务委员会教育总署印】"（二史馆二〇〇五-5446）

周作人署名签发呈总字第四九五号，伪华北政务委员会教育总署呈华北政务委员会。"事由-呈为呈请事：为国立北京师范大学第一附属小学教员郑其毅请呈请发给养老金检同事实表事。呈报鉴察备案。附呈国立北京师范大学第一附属小学教员郑其毅履历事实表一纸。教育总署督办周作人【教育总署督办】中华民国三十一年十二月二日【华北政务委员会教育总署印】"（二史馆二〇〇五-3389）

4日,周作人署名签发呈教字第五〇四号,伪华北政务委员会教育总署呈华北政务委员会。"事由-呈为呈复事:为奉令开准日本兴亚院华北联络部函荐日籍人员岛方武夫、兼子一、稻田正次三员为国立北京大学法学院教授,高桥勇治为该学院副教授事。敬乞钧会鉴核备案。教育总署督办周作人【教育总署督办】中华民国三十一年十二月四日【华北政务委员会教育总署印】"(二史馆二〇〇五-2578)

  岛方武夫(明治四十年八月十六日—?),枥木县人,东京帝国大学法学部法律科卒业。

  兼子一(明治卅九年十二月十八日—?),东京市人,东京帝国大学法学部法律科卒业,曾任东京帝国大学教授。

  稻田正次(明治三十五年八月十六日—?),岛根县人,东京高等师范学校文科第一部卒业,曾任东京文理科大学助教授。

  高桥勇治(明治四十二年十二月十五日—?),高知县人,东京帝国大学法学部政治学科卒业。

7日,周作人署名签发呈教字第五一〇号,伪华北政务委员会教育总署呈华北政务委员会。"事由-呈为呈复事:奉令发山西省选留日学生办法饬审议具复等因,检同审核意见,请鉴核示遵。教育总署督办周作人【教育总署督办】中华民国三十一年十二月七日【华北政务委员会教育总署印】"(二史馆二〇〇五-197)

8日,周作人署名签发呈总字第五一二号,伪华北政务委员会教育总署呈华北政务委员会。"事由-呈为呈报事:呈送国立华北观象台本年七至九月份职员录事。敬祈鉴察备案。附呈送职员录十份。教育总署督办周作人【教育总署督办】中华民国三十一年十二月八日【华北政务委员会教育总署印】"(二史馆二〇〇五-3623)

10日,伪华北政务委员会第240次常务会议,周作人出席。讨论核销各机关计算书汇报各件,共有伪中国词典编纂处年度经常费支出计算书、伪北京大学校长办公处年度经常费支出计算书、伪河南高等法院年度支出计算书。(二史馆二〇〇五—1123,第18—19页)

14日,伪华北政务委员会常务会议谈话会,周作人出席。讨论核销计算书汇报各件,共有伪中国词典编纂处年度经常费支出计算书、伪北京大学校长办公处年度经常费支出计算书、伪河南高等法院年度支出计算书。(二史馆二〇〇五-1150,第50—52页)(二史馆二〇〇五-1123,第22页)

15日,在北京特命全权公使盐泽清宣致王揖唐公函,推荐高牟礼盛夫任职。(二史馆二〇〇五-2578,第78—79页)

17日,伪华北政务委员会第241次常务会议,周作人出席。讨论伪华北振济会呈请援照上年成案加拨冬季特别济贫款案。(二史馆二〇〇五-1123,第20—21页)

18日,上午,学术文化审议会在伪东亚文化协会召开成立大会。产生学术文化审议会委员名单:

聘任委员	文元模、方 擎、全绍清、宋 介、周冠卿、周肇祥、马 良、孙世庆、殷 同、夏莲居、陈 绵、曹汝霖、黄宾虹、邹泉荪、喻熙杰、傅增湘、童德禧、管翼贤、黎世蘅、刘志扬、齐树芸、钱稻孙、瞿益锴
当然委员	周作人、张心沛、陈菩缘、陈础涵

常务委员　陈　绵、孙世庆、童德禧、齐树芸、张心沛、陈菩缘、陈础涵

下午,周作人作为学术文化审议会主席委员主持召开第一次全体委员会议。出席大会的有:

主席委员　周作人
委员　文元模、方　擎、全绍清、宋　介、周冠卿、周肇祥、马　良、
孙世庆、夏莲居、陈　绵、曹汝霖、黄宾虹、邹泉荪(牟葵中代)、
喻熙杰、傅增湘、童德禧、管翼贤、黎世蘅、刘志扬、齐树芸、
钱稻孙、瞿益锴、张心沛、陈菩缘、陈础涵

缺席委员　殷　同

讨论事项:
1. 树立国民中心思想案;
2. 关于华北教育、学问、艺术等一般文化如何振兴案;
3. 中日文化交流具体之方案;
4. 如何救济失学学术案。

(二史馆二〇〇五-217)

26日,周作人署名签发呈文字第五四二号,伪华北政务委员会教育总署呈华北政务委员会。"事由-呈为呈报事:呈本署学术文化审议会成立日期并呈送全体委员名单、常务委员名单事。敬祈鉴察备案。附呈学术文化审议会全体委员名单、常务委员名单各一份。教育总署督办周作人【教育总署督办】中华民国三十一年十二月廿六日【华北政务委员会教育总署印】"(二史馆二〇〇五-217)

31日,周作人署名签发呈总字第五四八号,伪华北政务委员会教育总署呈华北政务委员会。"事由-呈为呈请事:呈为将本署日籍学务专员臼井亨一、重松龙觉两员于年终考绩增加月薪事。呈请钧会鉴核示遵。附呈清单一件。教育总署督办周作人【教育总署督办】中华民国三十一年十二月卅一日【华北政务委员会教育总署印】"(二史馆二〇〇五-3133)

周作人署名签发呈教字第五五二号,伪华北政务委员会教育总署呈华北政务委员会。"事由-呈为呈报事:为呈报派员分途视察农事教育并检同视察计划等事项。呈仰祈鉴核备案。附呈送视察农事教育计划一份、视察员名单一纸。教育总署督办周作人【教育总署督办】中华民国三十一年十二月卅一日【华北政务委员会教育总署印】"(二史馆二〇〇五-5512)

一九四三年

1月

自本年1月起,伪华北政务委员会委员及各总署长官公费提升为每月5 000元。"教育总署督办(周督办)五千元。"(二史馆二〇〇五-4580,第3—4页)

周作人被聘为1943年度伪华北政务委员会咨询委员。(二史馆二〇〇五-6439,第9页)

7日,周作人署名签发呈育字第七号,伪华北政务委员会教育总署呈华北政务委员会。"事由-呈为呈请事:为厘定伪华北各省市简易师范学校简易乡村师范学校及简易师

范科教学科目时数表,呈请钧会鉴核备案。有附件三份。教育总署督办周作人【教育总署督办】中华民国三十二年一月七日【华北政务委员会教育总署印】"(二史馆二〇〇五-5482)

9日,周作人署名签发呈务字第拾号,伪华北政务委员会教育总署呈华北政务委员会。"事由-呈为呈请事:为奉令学校教授解聘者不能援引退职金暂行规则第十一条条文,其学校尚有副教授、讲师、助教等,是否视同一律。请予解释,以便遵办由。呈请钧鉴赐予解释,俾便遵办。教育总署督办周作人【教育总署督办】中华民国三十二年一月九日【华北政务委员会教育总署印】"(二史馆二〇〇五-3377)

11日,伪华北政务委员会第248次常务会议,周作人出席。讨论华北粮食问题及相关增产增收及政府补助案等事项。(二史馆二〇〇五-1123,第23—24页)

13日,周作人署名签发呈育字第一五号,伪华北政务委员会教育总署呈华北政务委员会。"事由-呈为呈请事:为奉令准在北京日本大使馆公函推荐高牟礼盛夫为北大医学院副教授,仰核办一案,除令照聘外,呈请钧会鉴核备案。教育总署督办周作人【教育总署督办】中华民国三十二年一月十三日【华北政务委员会教育总署印】"(二史馆二〇〇五-2578)

> 高牟礼盛夫(明治四十四年八月廿八日—?),鹿儿岛市人,京都帝国大学医学部卒业。

14日,周作人署名签发呈务字第一六号,伪华北政务委员会教育总署呈华北政务委员会。"事由-呈为呈请事:呈为国立北京师范大学退职音乐导师王义山请发退职金,附呈事实表,呈请鉴核示遵。附呈国立北京师范大学退职音乐导师王义山事实表一份。教育总署督办周作人【教育总署督办】中华民国三十二年一月十四日【华北政务委员会教育总署印】"(二史馆二〇〇五-3354)

周作人署名签发呈务字第一七号,伪华北政务委员会教育总署呈华北政务委员会。"事由-呈为呈送事:呈送本总署三十一年十一、二月份公务员动态统计表及三十一年第四季公务员五项统计表,敬请鉴察备案。附呈送本总务署三十一年十一、二月份公务员动态统计表各一份。三十一年第四季公务员五项统计表各一份。教育总署督办周作人【教育总署督办】中华民国三十二年一月十四日【华北政务委员会教育总署印】"(二史馆二〇〇五-3744)

周作人署名签发呈务字第一八号,伪华北政务委员会教育总署呈华北政务委员会。"事由-呈为呈报事:呈送本总署各级职员年终考绩清册,敬请钧会鉴察备案。附呈考绩清册一本。教育总署督办周作人【教育总署督办】中华民国三十二年一月十四日【华北政务委员会教育总署印】"(二史馆二〇〇五-3133)

16日,周作人署名签发呈育字第二二号,伪华北政务委员会教育总署呈华北政务委员会。"事由-呈为呈报事:为呈报定期举办集团勤劳增产指导人员讲习会,附呈办法,恭请鉴核备案。附呈集团勤劳增产指导人员讲习会办法一份。教育总署督办周作人【教育总署督办】中华民国三十二年一月十六日【华北政务委员会教育总署印】"(二史馆二〇〇五-5459)

22日,在北京特命全权公使盐泽清宣致王揖唐公函,推荐相良德三任职。(二史馆

二〇〇五-2578,第92—93页)

23日,周作人署名签发呈化字第三一号,伪华北政务委员会教育总署呈华北政务委员会。"事由-呈为呈报事:为呈报遵照令接收本市监警察局所存陶瓷器罐等件,拨归历史博物馆保存,业于本月十一日,由该馆全数运还,分别整理陈列理合将办理情形,呈请鉴核备案。附清件一份。教育总署督办周作人【教育总署督办】中华民国三十二年一月廿三日【华北政务委员会教育总署印】"(二史馆二〇〇五-239)

周作人署名签发呈务字第三二号,伪华北政务委员会教育总署呈华北政务委员会。"事由-呈为呈请事:呈为本署退职秘书刘骏退职金贰千伍百陆拾元,因本署上年经费结余挪作他用,并无余款可拨,呈请钧会酌夺发给,尚祈鉴核指令示遵。教育总署督办周作人【教育总署督办】中华民国三十二年一月廿三日【华北政务委员会教育总署印】"(二史馆二〇〇五-3316)

28日,伪华北政务委员会常务会议谈话会,周作人出席。讨论核销各机关计算书各件、华北农产物增产方策纲要暨所需经费数额一案、多项官员人事任免等事项。(二史馆二〇〇五-1150,第56—61页)

决议通过　一、北京特别市市长兼警察局局长余晋龢奉令调任应免案。
决议通过　三、派苏体仁代理北京特别市市长案。
决议通过　四、派冯司直代理陕西省省长案。
决议通过　七、派教育总署参事孙季瑶代理总署局长案。
决议通过　八、派教育总署局长陈础涵代理总署参事案。
决议通过　九、兼代国立北京图书馆馆长周作人请辞兼职应照准案。
决议通过　十、派教育总署署长张心沛兼代国立北京图书馆馆长案。
(二史馆二〇〇五-1150,第58—60页)

29日,周作人署名签发呈务字第四二号,伪华北政务委员会教育总署呈华北政务委员会。"事由-呈为呈请事:呈为国立北京艺术专科学校佐理员刘秉均因病呈请退职,恳予发给退职金。呈请鉴核示遵。教育总署督办周作人【教育总署督办】中华民国三十二年一月廿九日【华北政务委员会教育总署印】"(二史馆二〇〇五-3354)

2月

本月8日被免职,9日交接。领取九天的公务费。

"前教育总署督办(周督办)一千六百零七元一角四分元。一日至九日计九天"。(二史馆二〇〇五—4580,第5—6页)

2日,周作人署名签发呈务字第五〇号,伪华北政务委员会教育总署呈华北政务委员会。"事由-呈为呈请事:据北京大使馆来员声称,本总署学务专员臼井亨一、重松龙觉二员,拟仍请自三十二年一月起各予增加月薪等语,呈请钧会鉴核示遵。教育总署督办周作人【教育总署督办】中华民国三十二年二月二日【华北政务委员会教育总署印】"(二史馆二〇〇五-3133)

3日,周作人署名签发呈务字第五二号,伪华北政务委员会教育总署呈华北政务委员会。"事由-呈为呈请事:呈为国立北京师范大学退职职员郑祐培等六员暨第一附小退职教职员郑其毅等二员退职金,全因无款可拨,拟请赐拨另款,敬祈鉴核指令示遵。教育总署督办周作人【教育总署督办】中华民国三十二年二月三日【华北政务委员会教育总署印】"(二史馆二〇〇五-3338)

周作人署名签发呈务字第五四号,伪华北政务委员会教育总署呈华北政务委员会。"事由-呈为呈请事:呈为国立北京艺术专科学校佐理员陶凤章因病呈请退职,恳发退职金,呈请鉴核示遵。教育总署督办周作人【教育总署督办】中华民国三十二年二月三日【华北政务委员会教育总署印】"(二史馆二〇〇五-3354)

周作人署名签发呈务字第五五号,伪华北政务委员会教育总署呈华北政务委员会。"事由-呈为呈请事:呈为国立北京师范大学附属中学事务员王懋勋请发退职金,检同原表,呈请鉴核示遵。附呈国立北京师范大学附属中学图书馆事务员王懋勋退职事实表一份。教育总署督办周作人【教育总署督办】中华民国三十二年二月三日【华北政务委员会教育总署印】"(二史馆二〇〇五-3354)

4日,伪华北政务委员会第254次常务会议,周作人出席。讨论核销各伪机关计算书各件、伪内务总署、伪财务总署、伪建设总署、伪北京特别市公署、伪陕西省公署多项官员人事任免等事项。(二史馆二〇〇五-1124,第2—8页、17—19页)

周作人署名签发呈务字第六一号,伪华北政务委员会教育总署呈华北政务委员会。事由-呈为呈请事:"呈为据国立北京大学呈请核发医学院辞职助教刘治汉退职金,呈请鉴核示遵。教育总署督办周作人【教育总署督办】中华民国三十二年二月四日【华北政务委员会教育总署印】"(二史馆二〇〇五-6087)

周作人署名签发呈务字第六二号,伪华北政务委员会教育总署呈华北政务委员会。事由-呈为呈请事:"呈为国立北京大学附设农村经济研究所退职书记伊宜英请领退职金,检同证件,呈请鉴核示遵。附呈伊宜英证件二纸。教育总署督办周作人【教育总署督办】中华民国三十二年二月四日【华北政务委员会教育总署印】"(二史馆二〇〇五-3330)

8日,伪华北政务委员会常务会议谈话会,周作人请假。(二史馆二〇〇五-1150,第65页)

王揖唐、周作人被免职,王克敏继任伪华北政务委员会委员长,苏体仁继任伪华北政务委员常务委员兼教育总署督办。

> 苏体仁(1888—1979),字象乾,山西朔州人,留学日本,此时由日军扶植的伪山西省省长调任华北政务委员常务委员兼教育总署督办。

9日,周作人领取本月公务费1至9日,共1 607.14元。

11日,上午九时,汪精卫伪国民政府中央政府最高国防会议第8次会议,在南京颐和路三十四号(汪精卫公馆)举行,通过周作人为国民政府委员案:

> 主席交议:拟选任周作人为国民政府委员,请公决案。
> 决议:通过。

[中国第二历史档案馆编:《汪伪中央政治委员会暨最高国防会议会议录》(十六)第233—236页,广西师范大学出版社,2002]

3月

11日,汪精卫致电周作人,要其到南京出任伪国民政府委员。(台北"国史馆")

4月

1日,上午九时,南京汪精卫伪政府中央政治委员会第122次会议,在南京颐和路三十四号(汪精卫公馆)举行,通过"追认周作人为华北政务委员会委员"案:

  主席交议:行政院院长提:拟特派周作人为华北政务委员会委员一案,已送国民政府明令特派,请追认案。

  决议:通过,追认。

[中国第二历史档案馆编:《汪伪中央政治委员会暨最高国防会议会议录》(十六)第212—217页]

3日,周作人被日军扶植的伪华北政务委员会任命为华北政务委员会委员。
5日,周作人应汪精卫邀请乘车赴南京,就任日军扶植的汪精卫伪国民政府委员。
6日,周作人抵达南京,受到汪精卫接见。
15日,汪精卫赠周作人旅费六千元。(张菊香、张铁荣编著:《周作人年谱》,第659页)
16日,周作人离开南京,北返。
17日,周作人回到北京。

6月

6日,因樊仲云辞南京中央大学校长一职,汪精卫致电周作人,请其出任南京伪中央大学校长。周作人不就。

一九四四年

9月

18日,周作人被聘为伪华北政务委员会咨询会议委员。(二史馆二〇〇五-1142,第5页)

28日,周作人参加祭孔典礼。

一九四五年

12月

5日,董康被捕入狱。
6日,周作人被捕入狱。
25日,王克敏狱中自杀身亡。

一九四六年

6月

17日,国防部二厅厅长兼保密局局长郑介民向蒋中正呈报将北平巨奸王荫泰、江亢虎、唐仰杜、文元模、周作人、陈曾杧、王模、余晋龢、潘毓桂、刘玉书、齐燮元、殷汝耕、邹泉荪、汪时璟十四人,移送首都南京审判。(台北"国史馆")

7月
 9日,首都高等法院第一次公审周作人。

8月
 9日,首都高等法院第二次公审周作人。

10月
 13日,首都高等法院第三次公审周作人。

11月
 16日,首都高等法院"三十五年度特字第一〇四字号"文判决"周作人共同通谋敌国图谋反抗本国处有期徒刑十四年褫夺公权十年,全部财产除酌留家属必须生活费外没收"。

征引档案、书目

A. 已出版档案整理本
南京市档案馆编:《审讯汪伪汉奸笔录》,凤凰出版社,2004年。
中国第二历史档案馆编:《汪伪中央政治委员会暨最高国防会议会议录》(四),广西师范大学出版社,2002年。
中国第二历史档案馆编:《汪伪中央政治委员会暨最高国防会议会议录》(十六)。

B. 已出版图书
容庚著、夏和顺整理:《容庚北平日记》,中华书局,2019年。
张菊香、张铁荣编著:《周作人年谱》,天津人民出版社,2000年。

C. 可查阅档案
中国第二历史档案馆在馆阅览(南京)

档号	全宗
二〇〇三	汪伪政府行政院
二〇〇三(2)	汪伪政府行政院
二〇〇三(4)	汪伪政府行政院
二〇〇四	汪伪政府清乡委员会暨清乡事务局
二〇〇五	华北政务委员会
二〇一〇	汪伪政府内政部
二〇一二	汪伪政府实业部
二〇三八	汪伪政府军事委员会

"国史馆"档案(台北)

郭 刚

"周沈交恶"补遗*

抗战后期搅动华北文场的周沈事件,学界历经多年发掘清理,多数情况和基本事实已然清晰,但遗憾的是部分看似"确凿"的关键证据尚未补齐,这当然包括了引发周沈直接冲突的那篇重要的杂文《杂志新编》以及刊载该文的《文笔》周刊。除此之外,沈启无回应周作人《一封信》的《另一封信》,学界虽周知刊载于1944年4月21日南京版《民国日报》,但信中沈启无是如何回应周作人的"破门声明"和《一封信》的,原文未见刊载。还有,片冈铁兵不但就"扫荡反动老作家"问题对周作人进行了回信,亦应沈启无希望澄清事实的要求对其复信,但信件何在,是否公开刊载,均不甚了了。

其实若重读黄开发先生整理发表于2006年《新文学史料》的《沈启无自述》,则会发现端倪。在沈写于1968年4月30日"我所接触过的日本人"中,提到片冈铁兵:

> 周作人公开发表文章攻击我,我写信问片冈,片冈给我回信,说明情况,辨正事实。这信曾登在南京报刊上。①

黄开发先生此处加注"待查",表明黄先生未查明片冈铁兵回信所刊在何时、何处。不过沈启无接下去在写于5月31日的"补写材料"中进行了细节补充:

> 在南京时,除胡兰成外,常来看我的有曹宝琳、时秀文夫妇(时是过去我在女师学院教过的学生)。曹宝琳和关永吉是中学同学,很要好。关永吉后来也到了南京。曹又介绍他的朋友孔昆(?)佐和我见面,孔是南京《民国日报》的总编辑,他们都是属于胡兰成一派。②

此处的关永吉,即《文笔》周报主编。而曹宝琳,则是关永吉的同学,也即沦陷区著名的剧评家司徒珂,同时也在南京担任《新动向》旬刊的主编。此处的孔昆佐实为孔君佐,时任南京《民国日报》主笔,也即沈启无《另一封信》刊载时的经手人。在1944年5月5日出刊的《新动向》第98期中涉及周沈交恶的文章有两篇,其一为署名何焚的《关于周作人破门事件》,其二为甘玲的《周作人是怎样的一个人》。

何焚的《关于周作人破门事件》一文主要介绍破门事件经过,夹杂作者看似旁观者的个人感受,一方面对周作人表达不满,一方面对沈启无抱以同情,这其实都无甚可观,重

---

* 本文为教育部哲学社会科学研究重大课题攻关项目《中国现代文学批评史料编年整理与研究》(项目编号19JZD037)子课题"抗战时期华中华北沦陷区文学批评资料集目汇编"阶段性成果。
① 黄开放整理:《沈启无自述》,《新文学史料》,2006年第2期。
② 同上。

要的是,作者何焚节录了一段童陀《杂志新编》中的文字,由此我们得见《杂志新编》的真容,现抄录如下:

> ……其实为了扩充篇幅,维持杂志的局面,老作家,新作家,都是必要的,小说以外的作稿一样是必要的。现在对于新作家的努力吸收,还有一个好处,就是可以少付稿费,或者迳不付稿费亦无伤,这对于青年学生尤为相宜,因为青年人是不爱钱的,而爱名的,平常习作,一旦能得杂志上登载出来,已经是无上光荣了,你就是连一本杂志都不赠与,他也是甘心情愿,绝无怨言,他会自己买了的,而且还要买了送朋友的,你看这多有意思,还愁杂志没有前途?至于老作家,据说不可不多送稿费的,自然老作家的素怀并不要如此,但是你稿费越送得多才能够藉口请他们多写文章,那末你就以给青年的稿费省下,给老作家加倍的送了来去,岂不大妙。这不但"挹兹注彼"于好几方面有利益,而且在哲理上也确乎有所依据,五千言的道德经上不是说过吗,"天之道,损有余以奉不足,人之道,损不足以奉有余",天何言哉,我们自然是讲人道的。你想,老作家在现在又能有几个,你的杂志如能抓住一两个老作家,便可一生吃着不尽了。假如你还怕人家不相信,那大可以设法登出他的亲手笔迹或亲身像片,于是你更可以大捧大吹一阵,虽然所谓老作家者流,大抵早已有了地位,本无待再用你来吹嘘,不过,你要知道,人总是喜欢受人恭维的动物,即使你恭维他不是个地方,他亦未必就不高兴,总而言之不寂寞就是了。我还没有看见过这样人,曾经为了被人恭维而恼怒的呢,中国的笑话书里有的说起,实际在社会上本也就是如此。何况中国的老作家,多少又兼做阔人,按惯例也是爱坐轿子的,你只要给他轿子坐,不管你抬得洋洋得意,或是抬得昏天黑地,那就悉听尊便,无可无不可了。再说一句不负责任的话,万一闹出什么祸事来,你尽可全推到老爷的身上,反正抬轿子的不担干系。假如再有这样的机会,能够挟天子令诸侯,同时也能挟诸侯逼天子,那你的手腕运用更妙,而你的利益也就更多了。①

节录者何焚是谁,现不可考,但从内容上看,系沈启无、柳龙光一系的圈内人无疑,该文写作时,沈启无尚未收到片冈铁兵回信,因而何焚还煞有介事的说:"最近,我们也许可以见到一些下文,看热闹也可以看得有始有终。"如果说何焚之文尚有旁观的意味,那么甘玲之文则是对周作人大打出手了。现全文抄录如下:

> 近来看到了周作人氏的破门声明,我只觉得虽然周氏已活到花甲之年,可是仍然没有改变他以往的作风,真是所谓绍兴的刑名师爷到了老年还是不能放弃刀笔吏的笔尖的,这次的文章是一封信(上海中华日报三月廿七日发表),提到片冈铁兵的骂中国老作家,他硬把这事拉到自己身上,而把罪加之于某甲或某乙,其实周氏要是聪明的话,应该自省一下是否自己正如别人所骂的那样,要是你就应该承认,否则骂的当然不是,我们要是不健忘的话,总还记得民国十五年的晨报副刊上周作人与陈西滢骂仗的那回事吧,周氏这次给片冈氏的信内有一句话:"请其以男子汉的态度率真的答覆。"那还是照抄陈西滢给他信内的口气,陈西滢因为周作人在晨报副刊上骂了他,所以他写了一封信给周作人,内中有一句是:"如果先生还有半分人气请先生清清楚楚的回答我。"骂仗的结果呢还是周作人托人向陈西滢道歉赔罪,说是因为错

---

① 何焚:《关于周作人破门事件》,《新动向》(南京)旬刊98期,1944年5月5日。

听了话,周作人的耳朵常常是听了AB的话就大做文章攻击甲乙,周氏就捉定了中国人的通病多半是爱看文章而不大管事实的,这次对于沈杨的声明破门,当然更可以大耍笔尖,因为对别人还得要有点考虑,对于自己大小徒不是很容易的可以随意处置么,他自命为恩师,他骂你,你是不可以还骂的,否则当时就坐实了不逊以下欺上的罚名了,我还要劝告沈杨,你还得赶快改行,不然你仍靠师父的手法与家伙,那是一辈子也脱不了那个紧脑箍的,而且以后凡有对周氏不利的文字,也就永远枷上你的颈子上,这面枷就够你背的了,我说不管那行要是拜师父,你总得睁开眼睛多方面考察一下,譬如周作人吧,我可以引几件事实来凭明周作人到底是这样的一个人:

一 他有一位自在太太,他的后院终年奉养着他的岳父岳母,而他自己的生身母亲却孤单的个人住在另外的一个地方,那地方原是鲁迅先生的另一所小房子,这位老太太在一年之中也难得见到儿子及媳妇一面的,关于老太太的生活费,以前一向都由鲁迅先生担负的,从他故去以后,先由许广平女士负担,后来因为许女士经济不够分配,又值事变,于是老太太的生活问题出人意外的倒由未名社李霁野和几位鲁迅先生生前的好友来维持,听说有一年的年下周作人已经做了督办了,差人奉送廿元到母亲那边去,这个数目对于母亲实在太伤心了,所以在年初一的早晨孙子去拜年的时候,便把这廿元原封送还,做为拜岁钱,他的怎样对待生母可以借用柳雨生风雨后谈内(风雨谈第八期)一句话,是在鲁迅先生逝世的第二天在北大课堂上对学生说的:"对不起下一点钟我不来了,我要到鲁迅的老太太那里去。"可知道老太太是鲁迅先生的,鲁迅先生既与周作人结下了不可解的怨仇,所以把母亲也看成了不可解的怨仇,虽然到了母亲那里去充孝子的还是周作人,谁都知道鲁迅先生是周作人的亲兄长,可是他们结的仇至死仍不能解,鲁迅先生已死去好几年了,但是活着的周作人一直到现在只要在他曾写过文章的刊物上有了一篇捧鲁迅先生的稿子,那他就将不再为那个刊物写文章了,这同现在"凡有沈杨参与的团体或事业刊物鄙人一律敬谢不敏"还不是一贯的作风吗?

二 有的时候你总可以看到他的文章内提到章太炎先生,其实这正表示他伪君子之态,是的,章太炎先生曾做过他的老师,可是已经在民国十五年八月廿一日的那一天脱离关系了,在语丝第九十四期内有他写的一篇《谢本师》,他反对章太炎先生好作不大高明政治活动,反对出书斋而赴朝市,反对先生太轻学问而重经济,他还说:"我相信我的师不当这样,这样的也就不是我的师。"你看他对老师尚敢这样非难,这在他当然不算为言动不逊肆行攻击的行为吧,至于对付小徒那不是更容易多多了么,有人说沈杨未免太笨,应该在独门手艺学得以后赶快来一篇谢本师,何必等他来破门呢,我说不然,周作人不像章太炎先生那样好对付的,他公开在语丝上骂老师,不叫攻击,他看到了人家骂老作家可以以硬指为吃老师,你没有看见中华日报上他的切齿痛恨破口大骂么,看了周氏的骂街文章以后,原来他们师徒在那里争抢文坛上的首领,最近一年来沈杨(现改名沈启无)忽然改变了以往的态度,很活动,这个月东京,下个月南京,不是开会,就是讲演,说要人不是要人,说教授不像教授,听说是为了什么文学运动,可是我们也没有看见运动出什么来,有时什么新文化协会主任理事,报上也常常有名提起沈启无,在现在南北的文化界也大大的有名,倒也难怪周作人看了生气,霹雳一声来了破门这个霹雳,打得沈启无不说话,不写文,不到学校,不办杂志,这真是出于我们意料之外,我觉得私人见面是师徒,可是在学校公事上你是主任教授,与周作人是平等的地位,你应该出来说话,我们当然不希望你来骂街,可是事实的真像不能单看一方面的,让社会上的人来定公理吧,你的不说话难道是等周作人骂完以后消了气,你去请罪再赏你一碗饭吃么?这未免太没有出息了吧?

三 廿八年夏天周作人作了北京大学文学院院长,就请他的老朋友罗震去当会计主任,后来升兼教育总署督办的时候,又把这位罗震带到教育总署去,周氏身兼二职而罗氏也一身挑着教育总署及文学院的财政,周氏倚罗氏为左右手有四年之久了,罗震替周氏广置产业,大兴土木,翻盖房屋,以前的苦雨斋早已失去了本来面目,活像一所衙门了,一直到去年的年底,不知道为了什么原因,大概总是经济问题吧,在除夕的前二天,他突然以权力把罗震送进警察局去,后来听说罗震在警察局内有凭件及口供都登了记,这样于自己很不利,又偷偷用文学院的名义给保了出来,周氏的居心可怕,手段的毒辣,是普通人所意想不到的。

以上的几件事实,知道的人当然不少,不知道的人也很多,尤其是外埠的人,只看见他所写的文章,看不见他做人的行为,当然是容易被欺骗的,朋友!你以为周作人是个圆圆的脸,对着人常作揖的好好先生么?那你就受了骗,现在的苦雨斋你要是不常去的话,胆小的还是不去好,一进门就有壮伟的侦缉队(南方所谓保镖),先到拦住盘问,告诉你他们的身上都带着实弹的手枪呢!你要是不想登龙门还是以少去为妙,周氏出门是带侦缉队坐新式汽车的,说起汽车我又想起这汽车的笑话来了,当周氏做文学院长的时候,有一部旧的汽车,兼当上督办以后,添上了一部新式的新汽车,周氏上衙门当然坐新汽车,旧汽车留着太太上菜市买菜用,督办下台以后,当然应该退还那部新式的新汽车,但是周氏觉得新汽车坐着特别舒服,所以就赖着新车交还旧车,这中间当然出了不少笑话,结果还是新督办厚道,觉得周作人已年老,坐舒服的车出门是有益的,也就不再追讨,直到今日周作人所坐的还是那部赖下来的新汽车。

末尾,我借用陈西滢先生给张凤举先生信内的几句话作为收梢:"我实在瞧不起自己偷了东西却冤枉人作贼的人,揭穿一两个假面具也许于世不为无益吧,何况周作人先生是实际上永远以正人君子自居的人呢"?①

甘玲在此处攻击周作人有四点,一是为子不孝,二是欺师在先,三是暗算罗震,四是贪图享乐以公肥私。此处的罗震,即《沈启无自述》中周作人江南水师学堂的老同学罗子余。此四点指控均涉及私德,且第三点加害老同学的罪名亦相当严重。但是,此文影响如何实难评估。目前看到的影响还是在沈启无所说的胡兰成一派中,即1945年1月1日《大楚报》元旦特刊中有署名士陶的《一年来的文化界》,其中论及周沈事件,节录如下:

周沈事件,是怎样的呢?这是今年的"文坛"事,说起来话长。仍旧是那大东亚文学者大会,去年在日本召开的时候,有一位片冈铁兵先生的演说对中国的老作家发表了意见,其后文笔社的文笔周刊创刊号又有童陀写过一篇《杂志新编》,这文章里曾指出一个笑话,就是刚才说过的艺文杂志,把一个什么毫不相关的相片,当成巴尔扎克的玉照了。这两桩事周作人氏都以为是沈启无氏在攻击他,"童陀即沈启无"

---

① 甘玲:《周作人是怎样的一个人》,《新动向》(南京)旬刊98期,1944年5月5日。

这是实在的,而片冈铁兵的演说,据周氏的想法也是由于沈氏授意,他的理论是当这演说时沈氏恰好在场,为什么竟"洗耳恭听"不加以辩驳呢,沈氏曾经跟他读过书,是他的弟子,这样的事情都对他不太恭敬了,他印了许多名片,声明"断绝一切公私关系",并且"详细事情如有必要"将"再行发表"(见《破门声明》)。这时候他更写了信给日本的文学报国会,转问片冈氏那指斥的老作家是不是说的他,是不是由于沈氏的授意,如果是的时候,他将"自当洁身引退,不再参加中国之文学协会等,对于贵会之交际亦当表示谨慎(案犹云谢绝)。如至四月中旬未得任何示覆,即认为已经默认"(见《一封信》,三月二十日周氏发)了。

这一下子很引起一点波动,也有反对外国人的,说无论中国的老作家如何如何,也不该轮到片冈铁兵一个日本人来教训我们,也有人说中国人不挣气的,以为"扫荡老作家"应该早由我们自己提出来,为什么竟让别人代了我们的劳呢? 不是太可怜了么! 也有唉声叹气的,说因为沈氏和周氏的关系,竟使"中国"的"文坛""分裂",有位夏侯渊先生(自然是化名)还辛辛苦苦假冒了在天津的通信寄给中华日报副刊,征伐分裂这文坛的罪人。还有要维持道德的,呼号人心不古,弟子何敢打倒恩师。更有一位陶晶孙先生是过激派,他主张"现在时候已到,希望片冈铁兵为周先生切腹,因为日本人是爱爽直的国民"。(见《关于大东亚文学者》五月号《杂志》)……总之叽里咕噜,煞有介事,很热闹了一阵子。

一直到周氏要求片冈答覆的哀的美敦书的期限一过,这风潮才平息下来。第一,北平民众报,南京新动向旬刊同时发表了北京大学职员甘玲告发周氏"未便发表"的私隐,使这案件颇有转化到另一阶段的趋势。这些事情与文学无关,使帮腔者也不便开口。第二,周氏自动结束了他的攻势,他在"一封信的后文"中有云:启者,顷承在南京的友人寄示本月廿一日贵报(按:此是给民国日报的信),见载有沈某的另外一封信,对于鄙人质问片冈铁兵之信有所辩解。按鄙人该信重在查问日本文学报国会的责任,如片冈所攻击者确为鄙人,或过期不答,则鄙人对于该会及其会员均谢绝交际,至于沈某攻击鄙人最确实的证据为其所写文章,假如无人能证明该文作者童陀并非沈某,则虽有林房雄片冈铁兵等人为之后援,代为声辩,此案总无可翻也,第三,这时候大局已定,沈启无氏已被北京大学文学院解聘(院长是周作人),和沈较有关系的作者林榕(原在文学院服务)也被□到别的地方去了,不必再把事情扩大,更引起外人的反感。

其实最大的原因还是由于日本军队进攻洛阳长沙使中国人也顾不得开什么文学者协会,文章已经写到这里,弓在弦上,不得不发,爽快把全盘内幕都写出来罢,原来这次周沈风潮,都是由这文学者协会闹出来的,去年大东亚文学者大会在日本开会,决定今年这个会议在中国召开,我们还没有一个全国性的文学团体,无以主持这个大会的场面,只好临时搭班,张三李四,也凑他一个这样那样的会出来,然而又这个要当领袖,那个要想指导,意见纷纭,不得要领,而对于周作人氏当会长,都是一致欢迎完全赞成的,此所以没有分歧的意见,据说却是为了因为关系方面也这样主张的原故。这时候和周氏有关的艺文社同人,有来南京旅行的,大概和官方已经有了底稿,回去之后不久,就有一位宣传部的龚持平司长到北平来,据他说他是代表官方来促成这个会,而且南京和上海也都已经筹备妥当了。而且还从皮包里掏出几张印好的草案。文学者究竟是文学者,不是由衙门指派一个皮匠两个车夫就可变成的事,而且老百姓也看的明明白白，如果这些什么会被官方包办，则将毫无结果无疑，北平原有的作家协会就主张以该会为主，发展成北方的支会，然后取得联络，派代表去开大会。这样一可顾及协会的历史，二可避重就轻，易于进行，三可成为民众团体，不染官僚主义的毒。想不到这位龚司长主张强硬办法，参加的是文学者，不参加的将来就不能当文学者了，他的主张，于是有一张名单，那是早就商量好了的，都是"文学者"无疑。主其事者围在周氏左右，而据许多青年人看来，他们和文学的关系，实在很小。

先是这样作家协会和周氏被龚持平司长弄成了僵局，不知道怎么一来沈启无氏被冻结在作家协会这一边，这大概还是艺文杂志和文学集刊不能调和的原故罢，另一方面好像因为去年他曾经出席在日本召开的大东亚文学者大会，好像他应该负有筹备在中国召开大会的一点责任。而日本的许多作家，也确是有许多对周先生的态度，不大佩服的。龚持平回了南京，周作人才发表破门声明，这僵局转到周沈的二人私身上去了。

就当时的情形说，周氏无疑的是代表着一种腐败势力，利用权柄，因私废公，周氏用私人的名义要求停止文学集刊在新民印书馆发行，他的目的都达到了。在作家协会方面，是一些年青人，整体发表"暴论"，看"老作家"们往来奔走狼狈不堪的笑话。不过周先生和沈先生是被牺牲在另外的一些"文学政治家"身上的，沈氏虽然只不过精神上弄得很不愉快，周作人先生的声誉——尤其在青年人的心目中却为此而一败涂地，更糟的是这片冈铁兵竟覆了信来，他除了说他的演说决非由沈氏的授意外，而且他不大和沈先生相识，他演说的时候，沈氏也没有在场。同时他还认为周氏的抗议，"勿宁是一种过分的小孩话"，"简直可笑之至"（该信曾在南京的《国民公论》发表）——也许他们现在都已经觉察到了。是那些"文学政治家"呢？计开：

第一种：想藉周作人氏之力以占得文坛的。

第二种：想藉沈启无氏之力以占得文坛的。

第三种：想打倒周沈二氏之力以占得文坛的。

他们都没有成功白费了心思，大势已去，又转回来当作家协会的朋友，文学者究竟不能以腰贴一张聘任状可以充数，而且官们都忙着他们的事情去了，也顾不得文学不文学，文学者的事情，还是等着文学者们自己来作罢。

笑话已经说得太多，可以就此打住。刚说到文学集刊因为周沈事件而被停刊，这是春天的事，夏天的时候，华北作家协会本身也发生了分裂。

原因很简单，和周作人对立的时候，它是有进步意味的，以后不对立了，进步的意味就逐渐缩减，主持人也不再顾及会员的意见，渐渐形成一个空骸。作家协会变成完全是依赖在武德报社——这是仅次于新民印书馆的印刷所，和日本北支那军报道部有关系的发行三四种杂志。——身上的附属品，主持人也有二分之一以上是该社的职员，机关志也由该社发行，《中国文学》可以销售一万份，本来很可以自给自足的团体，这样一来反弄得经费也毫无着落了，主持人既与会员隔离，会的性格也逐渐含混，为此有许多人退出了协会。不过该会的势力，总算是很难得的，因为别的文化团体除去开会（计有欢迎会联欢会，只吃茶点不发表意见的座谈会等等名目）之外，还没有做出什么事，该会意见出版和就要出版的文艺丛书，包括张金寿的《京西集》……①

---

① 士陶：《一年来的文化界》，《大楚报·元旦增刊》1945年1月1日。

在士陶笔下,身为北大职工的甘玲在南北两地同时披露了周作人的所谓"私隐",造成了"全国"影响,杀伤力巨大,几乎要毁掉周的人设,于是周作人"自动"结束了"攻势"。此说基本颠覆了今人的惯常看法,周作人"大获全胜"的结论似乎不妥。在士陶看来,周作人不但遭到"网暴"而狼狈不堪,成了年轻人的笑柄,甚至周沈都成了所谓"文学政治家"斗争的牺牲品,这暗指柳龙光等华北作家协会的实控人。其次,前文提到黄开发先生"待查"的南京刊物,士陶也明确指出就是南京出版的《国民公论》。但是遗憾的是,此刊笔者查阅多时一无所获,目前仅有的信息是该刊和出版机构于 1944 年 9 月 25 日因"捏造事实,诬蔑政府"被周佛海下令封闭。① 但是值得注意的是,文中提及片冈铁兵给沈启无的覆信内容竟然与日本学者木山英雄的记录有着相当的一致性,这表明此信真实存在。再次,文章作者士陶值得稍作分析。从文章内容来看,似乎出自胡兰成手笔,理由是士陶在述及张爱玲时的看法和表述都类似胡兰成。但从文章谈及周沈事件来看,似乎更像关永吉。理由是 1944 年 2 月出刊的《文笔》周刊和 1944 年 6 月出刊的《文艺者》都预告有上官筝(关永吉)关于周作人的文字,且《文艺者》的编辑黄军正是文笔社成员。但遗憾的是两刊都是出刊即终刊,我们无缘目睹上官筝的周作人论。但到了 1944 年底,身为《大楚报》总编辑的关永吉是否化名士陶将周作人论改头换面发出呢?不得而知。值得注意的还有,在整个周沈事件中,沈启无除了公开发表《另一封信》乞片冈铁兵做出澄清外,始终保持沉默。沈启无单纯认为是"流言所入,生出误会",那么,这个流言是何人传与周作人,查第二届大东亚文学者的北方代表同时结合《中国文学》第 5 期柳龙光的编辑后记,我们似乎会有模糊的判断。最后,南京版《国民公论》周刊第 17 期于 1944 年 9 月 24 日刊载了片冈铁兵覆周作人信,希望引起相关研究者的关注。

---

① 见《中华民国史档案资料汇编》第 5 辑第 2 编,第 583 页。

钱益民 辑校

《罗家伦先生文存》未刊诗文辑录

辑 录 说 明

  罗家伦先生(1897—1969)去世后,台北"国史馆"、国民党中央委员会党史委员会组成了《罗家伦先生文存》(以下简称《文存》)编辑委员会,收集其存世的文稿。《文存》第一至四卷于1976年12月21日罗家伦先生八十岁诞辰日出版。1989年12月,罗家伦先生逝世二十周年,《文存》出版第五到十二卷。《文存》将收录的文字性质分为十四类,即(一) 论著,包括政法与党务、教育与文化、史学与哲学、边政与外交,(二) 译著,(三) 演讲(附谈话),(四) 函札,(五) 日记与回忆,(六) 艺文,(七) 诗歌(附联语),(八) 记传,(九) 序跋,(十) 评论,(十一) 游记,(十二) 杂著(附题词),(十三) 英文著述,(十四) 附录。另依著述年代先后编写《著述年表》(初稿)一种。这是笔者目前所知收集罗家伦先生已发表文章最全面的文集。《文存》第一卷以罗家伦1919年5月4日那天写就的《北京学界全体宣言》(《文存》中将该文的标题写作《五四运动宣言》)开篇。不无遗憾的是,《文存》仍有遗漏,其中罗家伦在中学期间的文章仅收录一篇,即《廿世纪中国之新学生》,且仅有存目,没有收录正文。2009年,罗久芳、罗久蓉增补的《罗家伦先生补遗》也未收录罗家伦中学时代的文章。目前出版的几本罗家伦传记,对他的中学时代一笔带过,也没有使用他中学时代发表的文章。

  罗家伦是五四运动中涌现出来的北大学生领袖,与傅斯年齐名。以前我们很少追问:罗家伦为什么能在北大脱颖而出?这与他进入北大之前的求学经历有没有关系?由于五四运动在近代史研究中的强大话语权,也由于研究者依据的主要材料是《文存》和《新潮》等主流史料,导致学界对罗家伦进入北大之前的经历缺乏兴趣,往往把他登上历史舞台的时间从1919年创办《新潮》开始算起,或者说从他参加五四运动开始算起。事实果真如此吗?确实,罗家伦的组织能力、办刊能力和文字表达能力在五四运动中表现无疑,但是这些能力早在中学时代就已经充分表现出来了。从笔者辑录的罗家伦在复旦公学求学期间发表的文章中,可以略窥一二。

  据吕芳上、夏文俊编《罗家伦先生大事年系》,罗家伦于1914年入上海复旦公学就读,"同学有余井塘、黄季陆、吴南轩等,先生在校成绩优异,为《复旦杂志》编辑,时有文字发表。在上海且与国民党人士如黄兴、戴季陶等常有往还。"[①]复旦公学地处上海西郊华界的法华镇徐家汇路,毗邻法租界。由归国华侨、耶鲁大学毕业生李登辉(1872—1947)

---

① 吕芳上、夏文俊《罗家伦先生大事年系》《罗家伦先生文存》第十二册,"国史馆",1998年,第962页。

长期担任校长。复旦公学于1917年创办商科,设立本科,改称复旦大学。1919年方有第一届大学文科本科生(当时称大学正科文科)七人毕业,即瞿宣颖、俞厚阶、曹德樾、杨锋、徐世坤、张揆让、俞大伦。1914年罗家伦入学时候,复旦公学尚处于大学预科,还没有设立大学本科,分为中学部和大学部。罗家伦就读的是复旦公学的中学部。罗家伦在复旦公学求学三年,于1917年7月毕业。据《申报》报道,1917年7月1日,复旦公学举行大学预科及中学毕业式,中学毕业班有学生60余人,得文凭者42人。这是复旦公学第七届中学毕业生,毕业生分甲乙丙三等。中学甲等毕业生13人,他们是罗浩、吴毓骧、洪辂、顾宝书、汪楫、杨遵矩、李瀛、罗家伦、梁廷光、余英杰、殷绥万、汪继荫、闵宏章。① 罗家伦位列甲等毕业生之一。《申报》的报道与复旦校史记载略有差异,据1933年编印的《复旦附中历届毕业同学名单》,1917年(民国六年)第7次中学毕业学生45名,②比《申报》的报道多3人,原因未详。45名毕业生名单依甲乙丙三等排列如下:罗浩、吴毓骧、洪辂、顾宝书、汪楫、杨遵矩、李瀛、罗家伦、梁廷光、余英杰、殷绥万、汪继荫、闵宏章、吴冕、徐树声、谢沛、梁桂苓、陈璜、潘有年、金明远、郑联璧、钱树培、闵宪章、胡茂钦、余中楫、毛瑞仪、胡宏猷、戚其章、鲍思信、朱宝钧、王躬良、沈时彦、陈啸风、黄光表、宋渠、冷鑑、何炳生、黄季陆、张之扬、王学海、陈子倩、陈福光、贺芳、司徒昂、陈斯开。班级同学日后成名者甚多,其中同班同学吴冕(吴南轩)曾任清华大学、复旦大学校长,同班同学黄季陆日后曾担任四川大学校长。比他高一班的有程天放(程学愉),曾任浙江大学校长,低一班的有余井塘(余愉),高三班(1914年毕业)的有俞大维。

　　罗家伦1914年进入复旦,已经18岁,1917年毕业时已经21岁。从生理心理发育来看,这个年龄已经十分成熟。类似于今天大学生的年龄。罗家伦在复旦公学的中学时代接受了复旦自由学风的熏陶,打下了扎实的国学、史地和西学功底,少年老成,闻名校园,被同学称为"孔夫子",③另一位姓汪的同学被称为"孟夫子"。中学时代罗家伦与黄兴、宋教仁、邵力子、王宠惠等多位国民党重要人物时有过从,深受这些人物的熏陶,对他今后的政治倾向和学术取向产生重要影响。在复旦公学期间,罗家伦的宿舍就在宋教仁之子宋振生宿舍的对面。黄兴生前,罗家伦曾见过两次。1916年10月10日,黄兴突患胃血管破裂而大吐血,病危。黄兴病危的消息,罗家伦知道较早。黄兴当时住在徐家汇福开森路,与复旦公学很近。黄兴在临终前曾与宋振生谈话。罗家伦很可能从宋振生那里得知黄兴病危和去世的消息。罗家伦在黄兴生前见到两次,很可能是宋振生的引荐。黄兴去世后,罗家伦最早到黄兴床边悼念,罗家伦《从墨迹中体认到的黄克强先生》有具体描述。④ 邵力子是复旦国文部教师,王宠惠是法律政治部教师,均对他产生很大影响。罗家伦对复旦也念念不忘。1935年复旦大学三十周年校庆之际,罗家伦曾为复旦附中三十周年纪念特刊题词:"在李鸿章铜像下清早起来读书,在荷花厅上上课,在饭堂前踢小皮球之生活,已成过去之黄金时代,思之尤有余甘。望后来者积极努力,勿留事后之追悔。"言语间流露出对母校浓浓的怀念。罗家伦先生在晚年也曾多次回忆在复旦度过的难忘中学岁月,《逝者如斯集》中多有体现。

---

① 《申报》1917年7月1日,第3张。
② 《附中历届毕业同学名单》,《复旦同学会会员录》,1933年印刷,非公开出版,第29页。
③ 黄季陆《忆志希——一个并不懦弱的人》,"中华民国"史料研究中心编印《罗志希先生传记暨著述资料》,1976年,第2页。
④ 罗家伦《从墨迹中体认到的黄克强先生》,罗家伦《逝者如斯集》,传记文学出版社,1981年,第127页。

据笔者查考,罗家伦在复旦公学求学期间留下了30余篇诗文,主要诗文发表在《复旦杂志》,共计28篇,在《复旦公学浙江同学会学生杂志》发表4篇。要说明的是,罗家伦在《复旦杂志》发表的文章目录已经收入上海图书馆编《中国近代期刊篇目汇录》(上海人民出版社,1984年),但是学界没有引起重视,《文存》也未及收录。1915年12月《复旦》杂志(*The Fuh Tan Journal*)创刊,封面及目录均题《复旦》,书眉则标《复旦杂志》。这是笔者迄今看到的复旦公学创校以来第一本公开出版物,是一本综合性的校内出版物。初为半年刊,第八期改为季刊,封面及书眉仍标《复旦》,目录则改为《复旦季刊》,至1925年,卷期重新编排。① 此后,复旦大学的校内出版物陆续有年刊、旬刊、五日刊、周刊等多种形式。由于当时复旦是一所私立大学,经费不足,因此大多数出版物持续时间不长。《复旦杂志》的保存也不理想,零星散处于全国数十个图书馆之中,收集颇不容易。

1915年12月《复旦》杂志创刊,开设栏目有弁言、图画、文选、别史、诗词小说,其中文选、诗词占绝大部分。栏目的内容大部分是复旦公学学生的中英文课堂的习作和杂录。第一期《复旦》杂志,是学生自己编排的,时间仓促,缺乏经验,校长李登辉审定后,认为第一期系"裒辑中西课艺及他种杂著"编辑而出,"所辑仅文艺一部,而科学阙然","不完不备"(李登辉《弁言》),但是李登辉校长为诱掖奖劝起见,仍然予以支持,同意出版。从1916年6月刊发的第2期《复旦》杂志开始,由国文教师蒋兆燮主持编务,杂志开始走上正轨。蒋兆燮于1912年5月到上海,兼任复旦公学和大同学院国文教师。蒋兆燮在复旦公学国文部任职长达十余年,对复旦国文教育颇有贡献。他对复旦公学学生的国文水平曾有评价,认为学生中"最高级学生颇有窥见古文途径者"②。蒋兆燮主持编务后,栏目发生变化,设有卷首、摄影、论说、著述、科学、文苑(诗、词)、课艺、记事、杂俎、小说等。杂志也不偏废外文,专设外文栏目。此后这些栏目固定下来。著述栏目发表的是教师的讲义,如第2、3期著述栏目发表了蒋兆燮的《学诗法》,注明这是一份"复旦公学讲义",第3期著述栏目发表了王宠惠(时任复旦公学副校长)的《宪法危言》、曹惠群的《德国之科学教育与工业》,第3、4两期的著述栏目发表了蒋兆燮的《国文法教本》,第5期著述栏目发表了蒋兆燮的《庄子浅训》。正是从第2期开始,罗家伦开始发表文章,直至他毕业为止。

第2期新设的论说栏目共计发表文章四篇,是蒋兆燮从学生习作中精心挑选出来的,"选其尤者四篇,综为社论一卷,冠诸篇首",分别是《敬告今日中国之学生》(罗家伦)、《国民今后自救之方案》(刘慎德)、《教育蠹言》(狄侃)、《说自由平等博爱之关系》(金国宝)。罗家伦在第2期的文苑栏目发表四篇文章,即《伪传梁任公噩耗挥泪成二律》《二诗既竟余哀未竭再成二绝》《前诗书未竟忽闻噩耗不确惊喜之余复成二绝》《某公招饮谈时局有感即席赋此》,课艺栏目发表文章一篇,即《送梁任公赴美养疴序》。

1917年1月出版的《复旦》第3期论说栏目共计发表四篇文章,罗家伦一人发表了两篇,即《二十世纪中国之新学生(未完)》《我之阳明学说观》,其他两篇是《苦乐篇》(刘慎德)、《论国家主义之社会政策适于中国之现势》(孙镜亚)。第3期文苑栏目罗家伦发表了7首诗词,即《甲寅除夕杂感》《春江一碧春草凄凄黯然销魂者非别也耶不才寓都村六阅月忽别故旧去惆怅良深急书四绝以志鸿爪》《得友人书书中事不胜感慨口占一偈漫书其后》《乙卯双十节想赋》《吴淞望海兼吊熊烈士成基》《舟过樵舍》《乙卯七月感事(调寄

---

① 上海图书馆编《中国近代期刊目录篇目汇录》第三卷(下册),上海人民出版社,1984年,第1662页。
② 《复旦杂志》第3期,第2页。

水调歌头)》。

1917年7月出版的《复旦》杂志第4期,罗家伦在论说栏目发表两篇文章,即《二十世纪中国之新学生(续完)》《大盗与民德》,课艺栏目发表《移殖工人之新救国策》,记事栏目发表两篇速记稿,即《余日章先生说讲(速记稿)》《全绍文先生演说(速记稿)》。文苑栏目发表诗歌5首,即《招魂》《吊龚汇初烈士》《渡江》《塞外》《登景山望清宫有感成二绝》。由于笔者没有见到这期杂志,晚清民国数据库里也没有收录这期的文章,因此这期的文章暂时无法收录。

1915年复旦公学浙江同学会创办了一本杂志,仅出一期。这是一本以绍兴籍同学为主体的同仁刊物,罗家伦在这本刊物上发表四篇文章,论著栏目发表《国家前途与国民自觉》《危哉中国今日之教育权》,杂俎栏目发表《屑录》,记载栏目发表《本校十周年纪念会》。

总之,罗家伦在复旦期间发表的各类诗文共计30余篇,均未收入《文存》和《补遗》,也未被学界使用,因此对研究罗家伦的生平、交友、思想与学术取向有较大的学术价值。从这些文章看来,罗家伦已经有较为丰富的办刊物经验,对政论类文章的写作已经相当熟悉。因此到北大以后,办理《新潮》杂志得心应手。整理者按照原先发表时的栏目名称,将这些诗文分为论说、文苑、杂俎、记载、课艺五类,由竖排改为横排,将繁体字改为简体字,并加上标点,酌加分段无法辨识的字辄用□代替,其他未做改动。1918年7月1日罗家伦在《申报》发表一份函电,电文谈及罗家伦救国宗旨,具有较高史料价值,也未收入《文存》,因此一并收入。

2024年1月5日于袁成英楼227

论　　说

危哉中国今日之教育权①

昔德人胜法,俾士麦归功于小学。今欧战开幕,德人奋其雄师,转战邻国。小戎驷马之什,沙场醉卧之概,人复叹为威廉第二提倡纯粹国民教育。国内鲜外人所设学校之所养成。夫德人之教育权必自握,学校多自办者,岂真至愚不肖,不乐外人之为彼灌输文明哉?诚以教育为国家永久存立之要素,必须身任教职者,平日以国家主义潜移默化其青年心理,告以立国之不易,邻邦谋己之日迫,增其爱国心,固其团结力,使众晓然于国家与我之关系,乃能通力合作,以共蕲于富强也。使教者心中稍存国际界限,效果其何能淑?此以甲国人教乙国人,而乙国必渐式微者。盖民族精神丧失,有莫之为而为之者矣。伤哉。今日若德若法,皆日日以提倡其民族精神为事,何我民族精神反任人挈去而不顾耶?谓余不信,曷观今日岌岌垂危之教育权。

英人以教会偿款设大学于太原,各国即闻风而起。上海之约翰、沪江、震旦,宁之金陵,姑苏之东吴,浔阳之同文,鄂渚之文华,燕京之汇文,中州之圣安得烈,皆假大学之名,扬镖揭橥,而日人于五月七日,复以条件思在我全国皆设日本学校矣。要其借口,则慈善

---

① 刊于《复旦公学浙江同学会学生杂志》第一期,1915年12月。

事业也、宗教性质也、与政治无丝毫关涉也。吾独怪乎彼邦人士,纵多金钱,胡不远千里来教我异邦异族之民,而不及已国未受完全教育之同胞,何为也?

不佞于教会大学,亦曾为一度勾留矣。其狡黠者每增加国文钟点,以示形式的注重,其实则泯泯棼棼,毫不过问。校长对国文教授,敬礼毫无,故稍负时望者,每多避之若浼。学生英文不及格者不得升级,而中文则不然。推其用心,无非欲尽灭我国民精神,使东亚大陆不费彼一人垦殖,而化彼殖民地。我四百兆民族,只须彼数十人导化,皆养成彼殖民而已。今执教会大学生询以西字而不知,则形若忸怩,询以华字而不识者,则反莫不为怪,视为当然。彼数十年惨淡经营之欲养成一般伥鬼,至今已明效大验矣。若再不图抵御,则十年后,势不至尽丧国粹不已也。

吾闻一国之国粹丧,则一国之精神死。国粹一日不丧,则我具本来民族精神之国民,虽暂屈于优势强敌之下,终能以精种奋斗,而还我故邦。意大利独立于十八世纪,今希腊之继承旧统,其已事也。若国粹消灭殆尽,是民族之奴隶根性已成,其后虽有哲人杰士奔走呼号,以图挽救,然已沦于万劫不复之境矣。其祸不较夺军权、督财政为尤烈耶? 俄之迫波兰不用波兰语,英人胁印度人必习英文者,其非殷鉴耶? 元祖谓余非不欲习汉文,但恐染汉人之柔脆性,斯言虽不足道,然彼蒙古族强毅不挠之风,亦足表现一二。今我华人反模仿西土人士之笑貌音容,惟妙惟肖,其巧合逢迎者,亦惟屈惟恭,设一旦国事不堪问,则为异族吮痈舐痔,将无所不至矣。司空图诗曰:"汉儿尽作胡儿语,争向城头骂汉人。"今日流弊之极,为吾人伤心酸鼻所不忍道者,当不止是也。

高明之家,鬼瞰其室,为丛殴爵,厥有鹰鹯。吾国兴学以来,靡巨款,大都归诸中饱,于教育方面,毫无实际,且校舍之筑不良,教员之材不选,规模凌替,风纪荡然,民间子弟之趑趄不前者,良非无以。一日见教会学校规模之肃、学费之廉、讲授之勤、卫生之纤悉也,咸趋之若鹜。其太阿倒持之故,适有所酿成者矣。故为今之计,莫若教育当局,于各中小学校整顿扩充,四大学之议,速为实行。然后与各国交涉,仿照日本收回早稻田成例,一律改归国办,以免外人再有所增设。民间如有杨斯盛、叶澄衷诸先生其人者,速投巨资于教育事业,其亦救亡之一道乎!

主权丧失,神州陆沉,披发阳阿,行将为戎百年矣。我同胞闻各国将夺我军权,督我财政,则皇皇然忧之。惟此附骨之疽,反漠不为意者,是亦不佞所大惑不解也。

国家前途与国民自觉[①]

天地闭塞,寰宇昏沉,群阴构煽,晦冥失时,伤心哉。我歌斯哭斯之祖国,其将已矣。黄霾蔽日,举国阴森,寒沍憯慄,冷冷清清。纵观山河,满目惨黯,几若纥干冻雀,无丝毫生趣。呜呼! 岂我歌斯哭斯之祖国,竟一瞑而不复视耶? 吾国人也,国亡吾必无幸也。吾亦常察其致弱之源,及其可亡之道矣。吾亦念念虑其将亡矣。昔胡后秉国,折鼎覆𫗧,联军互入,辱国舆尸。吾虑其不免亡也,而终不亡。其后清廷豪贵,争弄国权,苍蠰赤岬,甘心断送。吾畏其亡也,而竟不亡。辛壬之交,天下骚动,邻国眈眈,思取而代。吾惧其亡必矣,而其不亡亦如故。吾以历此数劫而不亡,则我堂堂中华,当长此立于大地矣,孰意今兹世事泯棼,外患迭至,晦盲否塞,人心未苏,而灭亡之象,竟有不可讳者耶! 呜呼,古之亡国多矣,江黄邓柏犹太波兰之惨,吾一言及,犹恻恻哀焉,戚戚吊焉,吾又安忍坐视

[①] 刊于《复旦公学浙江同学会学生杂志》第一期,1915年12月。

我五千年赤县神州,为吾祖宗披草莱、斩荆棘、寸攘尺有之土地,行将自侪于高句丽、耶路撒冷?我四百兆神明种族,行将吮痈舐痔,步武于印奴黑奴,伤哉!何莫非天骄?何莫非华胄?忍令他人则凌霄奋翮,而我独卵覆巢倾耶?亡国奴非人为,吾辈苟有人心,忍若越人视秦人肥瘠耶?胡为欧风美雨,咄咄逼人,而反不自振拔,萧索万端,萦菀裘于冰山,羌视我而梦梦为也?传曰:"哀莫哀于心死。"呜呼!国人心其真死矣!国其真无望矣!吾渊渊然思,吾悁悁然悲,吾于百无聊赖之中,觉国人待亡心理凡三,不揣愚昧,一一疏陈。揆匹夫有责之义,作披心沥血之词,以冀同胞之自觉。吾知必有见而垂哀者矣。

夫国家之积为人民,人民主宰为心理。今问吾国人之心理何如耶?暮气沉沉,沦于无底,将亡之叹,万众一辞,岂我华人以亡国荣耶?亡国乐耶?其实皆缘种种感触,逼迫而成。所成三派:曰促亡,曰浑噩,曰悲愤。中国之大,外此者鲜矣。

吾今先大声疾呼以为促亡派告者。夫促亡派中非多足能重轻吾民者耶?吾闻彼辈中人,亦颇具世界知识,觉天演潮流,何于国之危亡,竟漠然置之。不惟置之,而且有以促之。吾实怪若叔宝者,何竟无心肝?虽然,吾亦闻彼辈之言矣。彼辈固中国之人,初未尝不欲置中国于治也,其后见国师之理日难,外患之来日迫,千钧一发,终费支持,巨厦飘零,聊延旦夕,遂不得不作国亡后退隐藏身之策。于是观近日金钱万能,几成公例。使我而无金钱则已,苟有金钱,则可立化阿鼻之区,现雷音之塔。一念及此,志决心坚,于是凡可固彼置产蓬岛巴黎之费者,遑恤他故,百事不足问,国亡不足哀。吾知未始非此一念之萌有以害之也。呜呼,吾于是知公等误矣。夫亡国之人,公究未身历其所受之痛苦耳。彼对上国之纳税义务,公等试一检各国岁入表,其担负为如何?如云此数区区,吾席丰履厚犹足以担负,则其他更有惨酷者,莫若兵役义务矣。今兹欧战,德奥启衅于俄,波兰昔日之亡,固或分于德奥,或分于俄焉。是三国者,今各驱波兰之民,使当前敌,波人其何怨于彼同种同族之前敌同胞耶?揾血泪,遏良知,枪一发则心碎手颤,马前进而肝摧肠断,以残杀其血统一系者,其所遭之痛苦为何如耶?孰知同病相怜,遭分于英俄法德奥之犹太人,亦同受此机械的动作。今皆从事奔走于战场,而屠戮至亲至爱同为无依之旧族,其心之难受可知矣。人道云乎哉!生命云乎哉!去年青岛之役,我国巨公某以隶德籍故,几使之执殳前驱。瓜分之乐,奴隶之昧,可深长思矣。公思我国二万里土地,四百兆民族,岂一国能效巴蛇之吞?几有不可,势不能不豆剖金瓯、瓜分玉阙,如公等仍以外人吓我以豆剖瓜分而终不能成为事实也,则某以中国瓜分为研究,而促公等之自省。吾谓列强对华之手段,因时而变。庚子以前,持瓜分之说也;庚子以后,持保全之策也;辛亥之间,持观望之策也。辛亥迄兹已四年,彼见我华人四年间,确无自新能力。于是乘均势破局之后,巴尔干问题解决之后,又将以太阿新铓,指我远东睡国矣。彼外人不云乎?全球有二痈,二痈不溃,世界和平,皆妄谈耳。二痈者,一非近东巴尔干,一非远东中国耶?巴尔干解决在即,彼外人以一痈虽溃,而不去其第二痈。四十年后,又当兵戎相见,为永久和平计,不若乘大战之余,并第二痈而剖之,于是世界安矣。野心之谈,令人不寒而栗。公如谓余不信,徒据撼他人大言以相欺也,则更请证之实事。夫西国日日供债款于我国者果为何?日日索铁路于我国者果为何?民国成立四年间,各国运其妙腕,以操纵我财权,借款之多,几及二百兆,抵押之品,及美国订约不许挪移专供留学之庚子赔款,并北京大学校址(见英国卜兰特士调查)。今罗雀薰鼠,抵押皆穷。彼债权国岂不知我难偿耶?英国卜兰特士已著为论文以警英人矣。其言曰:"各国逆料中国之必须破产,故先事筹划,以为瓜分后之基础,吾英人其急进乎?"列强阴谋,为彼一语道破。然彼所谓瓜分后之基础,又有与一千八百九十八年同出一辙之攫取铁路心矣。数年来吾国铁路丧失至一万零五百七十六英里,闻之未有不心惊舌咋者。日人之心,何必取南满安奉洮热诸路耶?法人之心,何眈眈北海至南宁抵重庆铁路权未果,而终得由贵州经重庆达成都之线耶?英人何竞取滇缅滇邕宁湘南韶诸路耶?何俄人亦攫去青爱海吉诸路为耶?其余各国,思染指以尝兹脔者不一而足。项庄之意,马昭之心,稍具眼光,谁不共见?鸿沟划界,布置已成,如肉在俎,待曲逆侯之平分而已。吾以为中国不亡则已,如亡则未有不亡于瓜分者,吾诚不欲多作空谈。但公等试思我国而终瓜分,或受治于德、于法、于英、于俄、于美,虽欲免犹太波兰之痛苦,又安可得?痛苦且不免,遑问财产之享受否耶?放下屠刀,回头是岸,我泱泱大风故国,公辈苟能竭诚为之,何事不可成?故吾甚望苍苍启尔良知。鉴立国之不易,祸至之无日,奋尔精神,竭尔道力,以最后针石,对此沉疴,则尽一分力未有不收一分效者。慎无如病者自以为无疗,遂不节饮食,思速戕其身以为快也。风云日急,大难临头,惨黯神州,谁实为之?昔某大师说法,问:"猛虎项下金玲,谁能解得?"其幼徒昂然答曰:"何不令系铃人解之?"呜呼,吾今甚望于系铃人矣。如公辈真鉴于犹太波兰青岛某巨公之覆辙,而肯舍身脱吾辈于兹厄,吾虽泥首为苍生请命,亦不敢辞矣。

吾所谓之第二派曰浑噩。夫是派亦有一部分非真浑噩,且具一知半解之世界知识,但未明群己权界,而自甘暴弃者。然吾揆阳明知行一致之说,谓知而不行,不得为真知。此仍以浑噩之名赐之,而痛我国今日何浑浑噩噩者之多也。彼浑噩派之病,既在未明国家与我之界限,则不佞谨以当头一棒相飨。乃问彼辈知中国者谁氏之中国?为中国主人翁者谁耶?如彼知中国固我四万万人之中国,而主人翁仍我四万万人也,则试问彼辈之身,在此四万万数内否?如犹自认在四万万数内也,则固堂堂主人翁,而当尽主人翁之天职矣。吾悲吾国事如此,亦常执浑噩派之主人翁责以天职,彼慨然应我曰:"吾虽闻尔辈絮聒我以国家危亡,然令我一人往救,亦愚妄耳。国家之大,兆民之众,岂待我一人而往救耶?即我一人往救,亦岂能有丝毫裨益耶?徒自苦耳,吾何若丰我资产,乐我天年,保我子孙。国如真亡,则自有英才奇士,应天命以挽之。若届时而英才奇士不生,亦天命耳,气运耳,于我何尤?济人利物非吾事,自有周公孔圣人也。"呜呼!全国中心理如此者,迨十之八九矣。国家可亡之点,以此为最著者矣。吾实怪彼辈昧于国家思想若斯之甚。今谨就浅义贡说于彼辈曰:"公等亦知先哲创造国家者何耶?以人类对外,独力难支,爰联全体以自卫耳。然以个人之积,乃成全体,则个人即全体,主人之对于全体,固当负一分子之责也。如巨室然,家属者,均主人也。其长者纪一分子,家政、理财产,幼者司洒扫、应门户,而家大治。若长者荒淫,幼者怠嬉,财产不检,门户不修,任奴婢之偷窃,盗贼之劫掠,而不思抵御,即有人告以当图自御,彼反父诿其子,子诿其父,兄诿其弟,弟诿其兄。一家长幼尊卑,互以相诿,终无一人毅力向前处治之,迨偷窃尽、劫掠尽,而主人辈亦长辞兹室,露宿萍飘矣。吾国之势,孰犹异此耶?彼辈对于国事,宛若巨室诸主人,以国家之事,非吾一人之任,四万万中,吾一人不任,尚有三万九千九百九万九千九百九十九人在,不知人之作是想也,谁不如汝?汝一人可弃其责任,则三万九千九百九十九万九千九百九十九人孰不作汝之想而同弃其责任乎?众弃责任,则国家痿痹脆弱,不复成为国家。于是外人之攫我铁路,握我财权,割我土地,而我不敢抗。非真不敢抗也,以四万万人尔诿于我,我诿于尔,互相推诿,终无一人肯出而抗耳。一误再误,造成如此局势,皆浑浑噩噩辈之不知国家存亡,对我有切肤之痛,而置之不闻不问之厉阶也。"

吾友某氏,韩人也。与我述韩事颇悉,云:"韩之未亡于日,国力非甚弱。不过全体人民漠不关心国事,熙熙攘攘,酣酣沉沉,以我即图国事,于国何益?天不绝韩,冥冥中自有主张,我且图我目前稻粱锦绣,育子抱孙之乐。孰知天心视民意为转移,民意如此,天心不眷。"韩人所恃冥冥中天命所属之未来英雄,至危亡之际,竟以推诿之故,终无一人发现。于是如荼如锦山河,随伊藤博文马蹄蹂躏,铁鞭一击而俱碎矣。耗矣哀哉!今韩人受日人惨酷之压制,如三人同行,且犯律法。各户用铁,不允私藏。繁征苛敛,为马为牛。于是曩之醉生梦死者,乃恍然大悟,自怨自艾曩日未问国事,未尽天责,而思图之今日。然已无及矣。呜呼!吾闻此而痛韩人自觉之迟,而我国浑噩中人,虽往者不及,而来者之可追也。吾今正色厉声以告公等曰:"公等如真脑僵心死,如醉如梦,了此残生,不畏作亡国奴则已,如犹畏也,则风云已满神州,可以起矣。我尽一分力,即于国有一分补。韩人之覆辙,大足戒。当今之世,未有平治天下者。如欲平治天下,则舍我其谁?吾不问他人,问我而已。人人之责在我,则群策群力,国事立治,驱我之左鹰右虎,及酣睡我卧榻之群狼。国威之扬,汝之功而汝自食其赐也。设不然,则亡国之辱之惨,汝之过,汝亦无可逃也。"时急矣!势迫矣!如扁舟飘泊于重洋,非人人尽力维持,无达彼岸之希望。如孤军被围于强敌,非人自为战不为功。晨钟动矣,梦其觉乎?慎无如鸭泳釜中,觉汤之将沸,误为春江水暖。燕巢幕底,见火之已燃,叹为半角斜晖也。

至第三派则多全国之哲人杰士,为吾平日至亲至慕者,徒以国事不堪问,而激成一种极悲愤极厌世之心理。吾屡思竭诚收泪,以一贡刍荛,而欲诸公之容纳也。夫今日极悲愤极厌世者,非当日热忱至高,爱国至殷者耶?何昔若云蒸雾涌者,而今竟斗转星移耶?他人有心,余忖度之。不揣冒昧,谨从诸公眼光中观察焉。夫诸公之蹈此漩涡者,以愤激耳。世事昏迷,万人如梦,廉耻沦丧,伊与胡底,此神州之污,倾东海而不能洗者也。届此时间稍有人心,谁不痛心疾首?故诸公亦始之以呼号矣,呼号不灵而厌倦,厌倦之余,复受种种环境之激刺。恶社会之影响,转念我爱国家,必以有可爱之道耳,今国家事事与我可爱之道背驰,我爱之益急,彼背驰也愈甚。国家国家,吾于公已失望矣。夫失望之人,抛尽其以前之种种希望,心中自有大难受者。此暴秦肆毒,仲连蹈海,荆楚失德,左徒葬身汨罗。有识之士,争图一暝而不复视也。呜呼,孰意此等心理,竟浸浸于我至亲至爱之哲人杰士胸中而难拔耶!吾以公等不善处失望地位,吾思所以慰公等,然公等之反诘我曰:"子亦非今之自认有心肝者耶?子视国事为何如?内忧外侮,横飞而来,欧陆风云,行及亚土,国家资格,愈驱愈下,人心卑污,莫可究诘。沧海横流,谁为底柱。瓜分之象,在目前矣。吾昔于清季之世,忍辱苟活,以清政不纲,人心未觉,而脑海犹存前途复兴之望,故毅然以除清政、觉民心自任耳。今清政改矣,其效何如?人心经千百唤矣,其不醒如故,茫茫前途,来日大难,阴森之象,咄咄逼人。吾忝为国民,其何以自解耶?人非木石,对此能不感伤耶?'隰有苌楚,猗傩其枝。夭之沃沃,乐子之无知',吾恨非沃沃之苌楚矣。佛说天堂,天堂无路,耶谈天国?天国难寻,四路袭人,无非魔道。吾欲求灵魂之超解,惟有一暝而已。"

呜呼,吾闻公等之言,吾实心酸泪落,吾不忍卒闻矣。然吾思果如公等之即立一暝,固得精神之愉快。然今之势,果能一暝否耶?如其果然,则亦如梁任公所谓"一棺附身,万事都了",但吾恐一棺未得附身,而即有最难受之痛苦,先此而至矣。若公等果虑此痛苦之先至,则不可不有以拒之。公等平心回想,我国虽无一满意处,然较之已受亡国之惨之犹太、波兰人为何如耶?彼已沦万劫不复之波兰犹太人,犹不肯作一棺附身之想,思经百折、排万难,而希万死一生之光复,则我辈对此之感想,当何如耶?吾谓吾国今日犹吾国人之吾国,国虽不良,吾国人挽之救之,可也。因其难挽难救而竟弃之不顾,求一瞑以塞责,不可也。夫他人之国家,非亦曾遭分裂,历艰苦而卒经人力造成者耶?我观柏拉图、黑智儿辈铺张其国家之盛迹,吾滋爱焉。然吾思彼人也,余亦人也,大丈夫鼓其热诚,奋其毅力,何事不可为?岂真彼可有造于彼国,而我独不然?我国民之自菲薄,岂应如是耶?呜呼,吾知公等具热诚、奋毅力,非深自菲薄者,不过以失望之心,成此景况耳。则吾又闻失望为成功之母,成功大,失望亦愈多。昔玛志尼之复意也,经奥俄多方禁阻,失望甚矣。玛志尼不以失望沮,而意卒复。噶苏士之救匈也,受奥国百计罗织,失望甚矣。噶苏士不以失望沮而功卒成。使玛志尼、噶苏士当此失望,而气沮神伤,急求一死以自解,则此日意匈仍陷奴隶之域,无可如何,安有最后成功哉?世人观其成功,亦可以神气一皇矣。人纵不乐生,何苦与草木同腐,以天下事委诸不顾耶?吾闻烈士之殉国也,当与烈妇之殉夫异。烈妇殉夫,乃以期于其夫者至殷至切,一旦夫弃彼长逝,则死者终不可复生。故彼之所期,亦与之俱尽。天长地久,此恨绵绵,万种悲象,逼其自裁。若国家之亡,则非如人之躯壳,一死即休而希望遂绝也。苟希望未绝,则玛志尼、噶苏士何人不可期,而必若匹夫匹妇之自经沟壑为耶?此又吾之所望于悲愤派中人及早自觉而已。

呜呼,吾疏三派心理至此,吾音哓矣,吾口瘏矣。吾岂好作多言以渎公听?不过觉全国惨黯,日甚一日,对外人瓜分之举,几有万木无声待雨来之概。爱本区区愚衷以妄自献替于公等,公等其皆能悬崖勒马否耶?国危已极矣,盲人骑瞎马,夜半临深池。今深池已临,所差未堕者,仅一间耳。欲早回马首,必骑者自觉前有深池,并深池之危险而后可。甚矣,觉之为义大矣。《阿音王经》载,如来之圣,犹待大觉于菩提树下而后成其圣,况凡人也。庄生曰:"当其梦也,不知其梦也。觉而后知其梦,有大觉而后知此其大梦。"呜呼,吾同胞其犹大梦乎?外忧已迫,大梦当苏。一铲从前待亡心理,依赖根性,百无聊赖之厌世思想,以造我庄严璀璨、如火如荼之新国家,则我睡狮奋吼,海水震涌,天池鹏举,其翼垂天,冲破文明发达之障物,世界和平之恶魔,如飑飓勃起,靡远勿届,火山暴裂,沙石横飞,步成吉斯汗伟业,执茫茫世界牛耳,可立待矣。但欲享兹时荣誉,亦维同胞及早自觉。自觉维何?即觉以前种种譬如昨日死,以后种种譬如今日生也。若因循泄沓,失此不图,则庖人之不治庖,而祝者眈眈思代者久矣。锦绣河山,能免四分五裂,零落劫炭耶?其时同胞为舆为台,历万劫岂能复耶?故吾以失此不图,将无偷生之望。舍我同胞不言,则微衷将谁与语?

和墨及泪,草为斯篇,肝肠寸裂矣。回顾中原,瞻乌谁屋?临风陨涕,泣不成声,同胞其哀之否耶?诸公无以我拾他人唾余,强聒公等。吾闻昔南泉大师常遣人呼其侧曰:"主人翁常惺惺否?"则应曰:"常惺惺。"某虽不敏,窃附斯义焉。

敬告今日中国之学生①

铜驼没,羽书急。东亚大陆,日光惨淡。克房之炮,震荡耳根。异色之纛,辉映天末。独坐漆室,忧思如焚。含蘩纬之悲,抱灵均之痛。伤国之将亡,种之将灭,我黄帝神明之胄,将弗克立足太平洋上天府奥区也。爰攘臂奋呼,含羞抆泪。捃摭昔贤之学说,杂以愚虑,竭诚敬告我三千万方里神州之同志学生。

嗟嗟!我学生乎,今日之中国,若何之中国。二十世纪之舞场,若何之舞场。天演之

---

① 刊于《复旦杂志》第二期,1916年6月。

例,愈出愈酷。物竞之烈,靡所底止。倮虫缘虱,尔噬我吞。惟弱者龃,惟强者存。若此沉沉酣酣脑僵心死之震旦,其复何恃以自立耶?夷考有清败马江,败大沽,残喘相延,以至民国元气尽矣。战满洲,战青岛,卧榻之侧,他人酣斗,国耻深矣。学战寂,商战寂,工战复寂,我四百兆民族,伈伈睍睍,其何颜立于人间世耶?况处此天地晦冥,狂飙怒袭之时,彼舵师舟人者,不尽力以拯全舟之人,而反自相残杀,置舟之颠覆于不顾,众之鱼也必矣。矧彼蕞尔扶桑,挟朦胧铁舰,以与我相撞击,宁有幸乎?嗟夫!风景不殊,河山颇异,向红羊以浩劫,对黑子而酸心。亭亭枯桑,向海风以摇落。凄凄坏墉,受疾雨而崩颓。锦绣中原,他人囊括。神明胄裔,降为舆台。披黑奴吁天之录,无限凄凉。读三韩亡国之编,怛然气沮。黑奴黑奴,三韩三韩,我步君后尘之日至矣。念天地之悠悠,不禁怆然而涕下,但回视我国学生之感想为何如。

吾闻吾族黄帝,整陆军,奋武烈,擒蚩尤于涿鹿之野,实为吾民族开幕之曙光。其后舜伐九黎,周平猃狁,武功有足多者。至汉孝武,复宏此大愿。血喋阏氏,头悬可汗,幕南无王庭,交趾贡重译。我民族此时如旭日方升,朝霞初蔚矣。唐太宗逐回鹘,征朝鲜,汉声益壮。乃数百年后,而我元太祖以渺渺一身,奋铁鹞,提劲旅,横磨十万,光寒太白之铓,貂锦五千,气盖飞黄之队。于是一战俄人胆裂,遁迹穷荒。溯中夏之版图,自黑海而北,回疆以西,过莫斯科,经地中海,至小亚细亚,无往而不慑服。扶摇鹏击,捣碎天池,水底蛟腾,掀翻碧落。而我太东民族如春潮新涨,秋水方生,决东海之波,激滟荡出五千年之历史。吁,嗟乎!雄矣,伟矣,虏魄慑矣!试一翻成吉斯汗侵略史,能不拍案叫绝,砍地狂歌,以一吐我黄族数千年困顿悲结抑郁不伸之气也耶?明无奇功足述,而清犹能征朝鲜,县琉球,服台湾,定西藏,平蒙古,讨伊犁,封交趾,屈缅甸,赫赫烈烈,威武四加。奈何近五十年来,乃有不堪闻问者。自鸦片战后,我国家岂尚有丝毫国家资格乎?抑我人民岂尚有几微幸福乎?朝鲜割,琉球失,台湾弃,西藏处英人之掌握,蒙古、伊犁,在俄族之唇吻。交趾、缅甸之不堪问,则不待今日。讵至今日而此一块中原,为我祖宗披草莱、斩荆棘、寸攘尺有之土地,亦将如风卷残云,倏然而去。吾不知滔滔江水,何无情若是,而必淘尽我藩倾篱缺、稍颠即覆之国家为也?嘅尘世之沉沉,对苍天而梦梦。长歌当哭,披发明心,视剑门道上,扬子江头之鸟啼花落,水绿山青,罔非劫临肯见。伤哉!我国何竟至于斯极耶?岂我国民谋之不臧耶?抑循佛氏因果之说,祖宗陵人子孙,陵于人耶?不然,何古亦民族,今亦民族,古亦国家,今亦国家。岂强弱之悬殊,一至于此。嗟,我学生可以思矣。

于是有进而告我者曰:"国危已极,民耻已深。吾既闻命,但子若以此嬲临民者,则彼行动与国家所关甚钜,或可因子语而稍出天良,至以此告学生。学生何人,无拳无勇,即知之熟而思之审,复何益耶?"虽然,不佞亦闻诸昔贤曰:"弱国有必伸之理,匹夫无不报之仇。"又闻勾践之图霸也,十年教训,而吴为沼。由前之说,吾知仇之当复,且强弱无门,惟人自召;由后之语,吾知复仇之道,难期仓卒,而在平时之训练。盖七年之病,求三年之艾,苟为不蓄,终身不得也。至我国今日之人材,岂尚有曾受德义之训者乎?天降鞠凶,专制之毒,祸我华夏四千年。独夫民贼,既以君尊臣卑之义,絮聒吾民,而伪学者流,复争扬其波。于是父训其子,兄勉其弟,妻勖其夫,莫不以得独夫之一颦一笑为荣,而固一己之权利为贵。举滔滔中国,不知爱国为何事,保种为何因,义务责任为何名词者,已非一朝一夕矣。彼以奴隶思想倚赖根性为第二灵魂者,一旦见共和建设,未尝不窃高位以临民。然彼昔日所为卑鄙龌龊陶钧而成之心理,岂曾去其丝毫耶?此心理之未革,无怪其以法律为弁髦,以军队为护符,以公帑为私囊,无论事之有利于国,有福于民,苟不利其私者,悉掉头不顾,而昀昀禹甸,几化修罗之场,阿鼻之狱矣。嗟夫!以共和国家而若修罗之场,阿鼻之狱,尚安望其振威而雪耻耶?今欲振威雪耻,必以高尚德义化此心理,然将举此德此义以训临民者乎?彼辈私心自牗,故智自封,魔道已深。虽生公感石之辞,达摩粲花之舌,亦无如之何。不佞何人,彼且唾我。况即不佞有生公之辞,达摩之舌,幸而感彼,顾此事亦非仓卒可奏效者。姚江先生所谓"攻山中贼易,攻心中贼难也"。吾知彼辈攻克心魔之日,即北邙埋骨之年。不佞于彼更复何望。临民者既如此,若工若商若军,其无德无义,罔知国家与己责任,亦莫不如此。然则明媚山河,将任作残荷败荻乎?抑吾又闻诸昔贤矣。昔贤以人生进德之功,少年最易。俾士麦曰:"一国之盛衰,恒视其少年。"盖少年时代者,如大木之萌蘖,大河之发源,实国内各种人材休养培成之时代也。萌蘖不培,宁成翻风动日之豫章;河源不浚,安有一泻千里之盛轨。然则少年时代,不以德义相砥砺,又安望他日有高尚纯洁忠贞为国之人材耶?无高尚纯洁忠贞为国之人材,则中国虽历百世,犹之今日,振威雪耻之念,不过昙花泡影耳。苟今日少年果能奋发也,则弹指光阴,瞬息即转。此日少年,他日壮夫,尽取若政若商若工若军各界之腐朽人物而代之,未始不可造我龙跳虎挐之未来新中国也。设不然者,则清夜胡笳,声声吹入我国门,哥萨克之霜鞭,将并此剩水残山而击碎矣。吾思至此,吾胆为裂。吾知彼辈之皆不足恃,故不得不倾一腔热血,以向我少年。我少年之英才惟学生,故我更不得不倾一腔热血,化作千言万语以转向我学生。

呜呼,我国之学生!呜呼,我国今日之学生!尔亦知尔之幸福,远出若德若英若意若美若法学生之上,而尔之责任,亦远甚若德若英若意若美若法学生耶。吾闻若德若英若意若美若法之学生中,怀英才、拥伟抱者,比比皆是,而思异日学成一献其身,以大有为于祖国。然环视彼祖国,内力已充,外虞已泯,万事万物,俱承其先人余荫,既无一足供彼手创,而展彼英才伟抱者。此无怪彼咄咄书空肠一日而九回。想当年俾士麦、格兰斯顿之成功文明未盛时代,不禁叹英雄遇时势与不遇时势,适以判其幸不幸也。嗟,我学生,试一念之。我国之文明,岂竟能凌驾欧美也耶?政象棼乱如故也,军权纷扰如故也,财政凌杂如故也,科学草昧如故也,地利未辟如故也。凡此所述,无一不待我学生他日赤手经营,则我学生又何虑无地展其英才哉?使我学生而果有才也,则他日为卢骚可也,为毛奇可也,为亚当斯密可也,为奈端瓦特可也,为摩根克虏伯可也,又何蹉跎既复蹉跎,踌躇复踌躇,一步三回顾为耶?我学生乎,英雄不遇,千古同嗟。卢骚、毛奇、亚当斯密、奈端、瓦特、摩根、克虏伯,其遇者也,犹以国土不宏,民族不盛,物质地产不繁,而未竟其设施。今我国举兹数者皆过之,使我学生而真有英才,凭以有为,则其成功又安得不汗流卢骚、毛奇、亚当斯密、奈端、瓦特、摩根、克虏伯,而使走且僵耶?故我歌我所遇之时势,我赞我所有之凭藉,我无他语,我惟谢彼苍之不先不后不东不西,而置我身于亚洲大陆之片土,二十世纪之津梁而已。我学生乎,今日之时势不为不急矣。三千万方里国土,四百兆民族,凭藉不为不厚矣。我学生者,患不英不雄耳。苟英苟雄,则时势愈险愈巇,凭藉愈浑愈厚,愈足供我他日之发泄。海风怒号,群鸟敛翼,蛟龙乘之而横绝南天;苍波渺溟,天地变色,鯈鳖失措,而鲲鲸御之,一挚千里。今我学生其有意乎?不佞常谓,二十世纪无历史,惟我学生之传记。二十世纪无人物,惟我学生之仆从。二十世纪无天地,惟我学生之舞场。我为我学生祝,我为我学生豪,然我学生既蒙祝焉,既自豪焉,抚心一思,亦知我辈之责之重于若德若英若意若美若法之学生乎?若德若英若意若美若法之学生,虽无如许时势,如许凭藉,以展其才,然彼国内政已理,国基已固,若渠渠夏屋,已足庇十万孤寒,即无彼辈之设施,亦复何害?至我国则如不佞所述各事,何一不待我学生为之?我学生者,亦若凭颓厦而事改建。家中长老皆衰弱而不胜,必有待于少年。使少年而勤焉黾焉,则室亦轮焉奂焉,固足以傲睨彼旧式之建筑。设不然者,则日炙风飘,榱崩栋折,众且骈死,而望彼居旧式建筑中者,反若神仙中人矣。故我学生欲为开国元勋,抑为己国隶役,惟我之自择。可不审慎乎哉?我知我学生之责之重,于是望学生急,盼学生切,以学生卜中国之前途。然我中国今日之学生究何如?

我,学生也,我与学生之接最亲密。然我察学生之内幕,竟有伤心酸鼻,为吾所不忍道者矣。吾今忘其愚戆,一一列陈,以示友生规过之义,乞我同志学生谅之。嘻!余何人?余何人?执德不宏,信道不笃,恔求为性,动而得谤,反敢昂首信眉,与天下学生论道义,不亦愚且妄乎?虽然,吾闻诸佛法矣。已先自度,转而度人,是为佛行。己未得度而度人,亦为菩萨发心,故吾附此义而有所欲言。且吾闻子路,人告有过则喜,高山仰之,景行行之。虽不能至,窃仰望之。人之好善,谁不如我,吾知人不特如我之乐闻过,其改过亦必胜于我,则我或见人之勇于改过而益自励乎?则我之此言,不特可尽攻错之责,且可书绅以自戒。言之匪艰,吾又安能已于言。

今我所言于吾至钦至慕至爱之学生者,则吾见吾学生中,近有二根性焉,为万恶之源,万祸之门,而亡国灭种之先导。日相氤氲,相生聚,相盘结,支配我学生之全体,而蛊其脑,而食其心,至今益形膨胀发达者,惟昏庸与厌世。我学生自道行至高上者外,不受其毒者鲜矣。

嗟嗟!我学生中之昏昏庸庸者乎,尔朝而作焉,夕而游焉,乐则歌焉,哀则号焉,时势非所问,国家非其责,三五友生,呼啸成侣,群居终日,言不及义,是其中之一种也。日守寒窗,咿唔旦夕,义务之何在,目的之何归,举不得而知焉,吾此日之所顾者,积分而已,吾他日之所望者,衣食而已,苟我能长得糊口之费,蓄我妻子之资,吾复何求?故我之所以肆方言者,不过遂我他日翻译买办之愿之利器,国与民于我何与焉?吾曩读任公词中"更有那婢膝奴颜流亚,趁风潮,便找定他的饭碗根芽。官房翻译大名家,洋行通事龙门价"数语,常怪其谑而虐,今吾适见其为学生心理中铸奸之鼎,烛怪之犀矣。是又其中之一种。吾学生中,受其毒者过半矣。此二种者,虽志趣不同,而不明国家与己之责任则一。吾今不辞唾骂以语公等,则公等果存此心,其何以立于二十世纪之舞场乎?公等乎?十八世纪之文明,岂十七世纪之文明,十九世纪之文明,岂十八世纪之文明,二十世纪之文明,则更非十八十九世纪之文明矣。文明之进也愈速,则天演之竞也愈烈。其始也,个人与个人争,其继也,社会与社会争,今则国家与国家争。设不胜者,则此庞然大物,亦将摈诸天壤矣。积个人成社会,积社会成国家,然则国家一败,个人宁有幸理?斯义也,举三尺童子皆知之,公等岂未闻乎?不然,何犹存此心,而不思异日有补我国丝毫为也。抑公等以我国固足以当此竞争耶?则曷视我国内,我今日之国内,岂政府之足恃乎?军队之尚可赖乎?抑财政之有裕乎?彼外人之逐逐耽耽,非一日矣。轮声飚影,民族霸国之风潮,路政矿权,剥髓敲肤之政策,物竞之酷,较水火而更深,强权之横,惟铁血为可恃。若我积病已久,弱不胜衣之中国,其何道以自立耶?兵之强,如塞尔维亚止矣,地之广,如俄罗斯止矣,财之众,如比利时蔑以加矣。兹数国者,皆康强而不免。若我国,无塞之兵,无俄之土,无比之财,而人民中犹含无爱国心之公等,则如此孩提者,又安能冀其成立耶?国且不存,公安能免?如公等,以国即沦亡,而第一派有积产可恃,第二派可作奴隶以自活耶？则吾劝公等其早觉此偷生痴梦矣。夫亡国之后，岂有公理？韩国之富家翁，不为不多，曾几何时，而产已数易其主。"至今重过乌衣巷，不见王孙见落晖"矣。春申江上殖边银行阍者犹太某垂涕以告人曰："吾之产曾数百万。"众曰："然则汝何乐而为阍者？"则复咽呜曰："不数年，为英人剥夺尽矣。"言次，似不胜悲者。公等亦曾闻此活菩萨现身说法否耶？如一睹其凄楚状，则他日境遇可以思矣。至第二种，心存乎衣食住，故甘作他日之奴隶而不惜。此思想者，久为历代相沿之遗传性，然只可行之海境未开时，而断不能容于今日。盖今日之竞争，实本族与异族之竞争，而非本族与本族之竞争。使本族与本族竞争，则竞争虽败，不过本族奴本族，其间尚有同种之感。至败于异族，则非我族类，其心必异之语，公其不闻乎？罗马役奴之史，英人役印人之陈迹，公其未觉乎？吾闻罗马英人之役奴也，身兼数役，虽疾病亦强之工作，以至于死。则以公等兰蕙秀质玉树临风者，又安能胜此耶？嗟夫！当众虱集肥腯之身，以鬣为舍，争相夸尚其居住之美，衣食之富，一旦屠者宰豕，而彼等亦与之俱尽。吾未始不怜其愚而叹其不悟也。西哲曰："设国不存，断无能附丽之民族。"叹我学生曷其三思。

至若我学生中所谓悲愤厌世者，此辈之理想，我敬焉，此辈之才力，我慕焉。我悲其遇，我怜其心，我安能不洒一掬同情之泪，以言于其前曰："呜呼！公等之厌世，岂真与世有所嫉耶？不过境遇迫而成耳。方诸公之初受高尚教育，未始不雄心勃发，冀自效于他日之中国也。其后纵观世事之变幻，社会之近情，暗黑昏沉，凶残卑劣，极吴道子地狱之图，不足以穷其变相。人心未革，五浊迷身，逐逐名山，熙熙利海，凡极诈伪极贪鄙极阴险极佞恶之事，莫不演自人类。吾生彼辈之中，已觉无可生之趣。况物腐虫生，外人操刀以待者，不知凡几。我身此日无力以逐此魑魅魍魉，复无力以补我宗邦毫末。茫茫天地，渺渺古今，叹税驾之无从，嗟私衷之如捣。无端歌哭，山鬼何言，幽介啸吟，薜萝见志。已矣已矣，吾已厌居尘世间矣。"嗟嗟！吾言至此，吾心亦裂，顾犹欲含悲为公等进一解者。则公等见此溷浊之世，果能弃之乎？抑亦因厌弃之心，而反生挽救之念乎？使果弃之也，则我恨天地之不速灭，人类之不早亡，一切万物万念之不亟同归于尽。顾吾闻佛法矣，佛法谓天地虽有微生灭，而实不生不灭。天地既不生不灭，则我一人之厌之者，亦徒愚妄。我愈厌之，而我生愈增苦恼，则厌之又何益？故我佛如来之厌世则不然。我佛者，非厌世之最著者乎？我佛之大圆镜智，岂忍鉴此不平不善之世界乎？然我佛谓，世界之不平，万物之不善，固也。但不平任其不平，不善任其不善，则世界万物将昏昏黯黯，永沦千古，而我胞与之颠连困苦，亦将历万劫而不复矣。如是者，谁之咎耶？于是，以积极厌世之心，发为不忍之念，而求证道之果，以度众生。阎浮树下，悲及伤虫，见头白腰曲支杖羸步之老人，而长叹人世之浮沉，众生之罪恶，宵夜辞阙，立志精进，至毕波罗树下之烂然悟道，而恒河沙数之民族，经其感觉。是佛之厌世，适以济世。则尔辈者，奈何仅存厌世之心，而不因此心以发我佛之宏愿也。我辈以生以息以歌以吟，皆与我群关系甚切。我何恨于我群，而必咒之使速亡耶？设我群因我厌弃不救而致亡致奴，我亦必因之而亡而奴。其时求生不得，求死不得，万种困苦，适此日之厌世心所增进。我何苦而有此无益之厌世心也耶？使我以厌世之心转而为救世之行，则他日轰轰烈烈之世界幸福，未始非此日厌世一念所造成。我悲愤厌世之学生，既攻破第一重难关，曷不并此第二重难关而攻破之乎？

乃有进而谓余者曰："子之说，以国亡种奴警人，实以苦乐主义警人。设人能参破苦乐主义，以质诸子曰：'人生上寿不过百年，此百年间，吾孳孳焉早作夕辍者，果何为耶？'吾亦闻诸佛矣。茫茫世界，无限罪恶，实由众生妄生一念，以造成之。我又闻宇宙间含化学的作用,合之为一物,析之为多数分子。人之中有我,我之中有人。何所为人,即何所为我。我何畏人之陵?人之陵我者,我适见其自陵而已。我空我相,则官体心魂,有何苦乐。若子之刺刺不休,徒执迷不悟者耳。"呜呼!是说撮佛氏及科学家之唾余,而昧其真道。设此说不破,则国家社会,诚属妄谈,众生苦恼,永沦无极。顾我欲明此说,当先明我之有无,然后及我与国家之责任,则一切疑团,迎刃而解。此姚江所谓"杀人须从咽喉下刀"也。今请先论我之有无。夫无我之说,由来久矣。庄生之言曰:"察其始也,本无生。非徒无生也,而本无形。非徒无形也,而本无气。杂乎芒芴之间,变而有气。气变而有形,形变而有生。今又变而之死,是相与为春秋冬夏四时行也。人且偃然寝于巨室,而我噭噭然随而哭之,自以为不通乎命。"又曰:"庄子之楚,见空髑髅,髐然有形,击以马捶,曰:'吾使司命复生子形,为子骨肉肌肤,反子父母妻子,闾里知识,子欲之乎?'髑髅深矉蹙頞曰:'吾安能弃南面王乐,而复为人间之劳乎?'"是庄生之无我,实以生为忧,以死为乐。是无生之我,犹有死之我,无我之身,犹有我之天地。既有我之天地,则不能不保此天地,保此天地仍不脱于我矣。儒家墨家亦倡无我,故墨家曰:"爱人者,人必从而爱之,恶人者,人必从而恶之,害人者,人必从而害之。"儒家曰:"杀人之父,人亦杀其父,杀人之兄,人亦杀其兄。"此就社会之近情,而最深切著明者。则无我之我以护人之我,复借人之我以资我之我,则其言我,无异为我也。德儒菲斯的明格物之理,以为"虽无躯壳之我,而有性理之我。"故其说谓:"我曷为而生,我为我而生。我曷为而存,我为我而存。我曷为而勤动,我为我而勤动。人类一切责任,更无所谓对世责任。所有者,惟对我责任而已。所谓我者,有理性之我,有感觉之我。理性为人类所独有,感觉则与他生物同之。故得名为真我者,惟此理性而已。"又谓:"外界之非我,有时固若为害于我,有时亦大有益于我。即所谓害者,按诸究竟,仍不外为相益之作用。"盖其说绝似阳明,而镕庄生儒墨为一炉。最切众生实用者,皆世法而非出世也。至谈出此法者,有列子焉,不敢避烦,谨列其说。"子列子适卫(《庄子·至乐篇》作'子列子行'),食于道。从者见百岁髑髅,攓蓬而指。顾弟子百丰曰:唯予与彼知而未尝生,未尝死也。此过养乎?此过欢乎?种有几?若蛙为鹑,得水为继,得水土之际,则为蛙蠙之衣。生于陵屯,则为陵舄,陵舄得郁栖,则为乌足,乌足之根为蛴螬,其叶为胡蝶,胡蝶胥也,化而为虫,生竈下,其状若脱,其名曰鸲掇,鸲掇千日化为鸟,其名曰乾余骨……厥昭生乎湿,醯鸡生乎酒,羊奚比乎不笋,久竹生青宁,青宁生程,程生马,马生人,人久入于机,万物皆出于机,皆入于机。"观其说,则子列子无我相,且无众生相。此说也,几近于佛,但精微犹不及佛。佛之说,吾亦稍闻之,今以浅说申焉。夫佛之无我,身为大圆镜,为平等性智,举法执我执形色领受名号作业心识五蕴而空之,更何所谓世界,何所谓国家。蜗角一隅,蛮触相斗,众生不悟,妄立国家等名词,如春蚕吐丝,适以自缚,蜘蛛织网,适以自维而已。然欲达大同之运,未有不空我相,及一切众生相者。呜呼!此说精矣至矣,蔑以加矣。众生观之,惶焉惑焉,以为人我可无分焉,国家可无立焉,而我今日遂大同矣。呜呼!孰知此有不可以骤蕲者,必先求其程序。吾求其程序,而知所为大圆镜智平等性智者,必先断法执。欲断法执,必先断我执。断我执,必先转妙观察智。欲转妙观察智,必先诚我意。至于诚我之意,是仍归于我相焉。不由我诚意,则永不能转第六识。不转第六识,则不能转第七识。不转第七识,则不能转第八识。是未有离我而能转入无我而大同者也。况转言之,有目之我,而后有五色有耳之我,而后有五声有舌之我,而后有五味有鼻之我,而后有五香。举世界一切芸芸众生,草木山川,咸由我亭毒。是我者,又安得不先众成立耶?以佛之圣,犹以"日月流迈,时变岁移,老至如电,身安足恃"数语而悟道。是佛亦先有佛之我矣,则我辈此时安能不先保我之我,而欲遂妄欲空我执法执耶?所谓保我之我者,犹炎夏将税驾箱根丛山以避溽暑,隆冬欲就浴瑞士温泉以御严寒。云山万叠,道阻且长,中途必宿逆旅。设不然者,则绿林豪客,从而乘之,奴隶牛马其人。其人无丝毫自由处,而犹谓能达此山此泉,不亦愚且谬乎!故我谓世界之大同可期也,我执法执可空也,而此日之我不可无也。使奋此日之我以与人争,则终至人悟焉,我亦悟焉,众生同悟,然后达于无所为人,无所为我,我即是人,人即是我之域矣。明是大同之程序,则安能不以此日之我为真我,与我相敌者为非我,我肉体之苦即我之苦,我理性之乐即我之乐,以小我为具,大我为的,无我为归也。若夫徒拾佛氏无我我空之说,而不按其程序者,皆非非幻想,根性浅薄者耳。嗟我学生,闻此说焉,当不为虚骛之言之所惑,而谋所以保此世界之真我矣。

是故大同之极,无我之至,皆须先有严格之我之阶级。盖有我必有彼,有我有彼,则必有争。争之愈烈,则我与彼之觉悟愈速,而大同之进也愈敏。则我苟欲大同,又安得不速以高尚之我,与彼作最后之决斗耶?故直谓我之战斗,为大同之开幕可矣。伯伦知理留其世界之我,倡国家主义,自是国与国知争,则他日大同,伯氏与有力焉。佛兰克林留其世界之我,发明电学,而人群藉此以相斗,则他日大同,佛氏不为无功也。然则欲留世界之我,果出何道乎?吾细察昔圣昔贤成大功立大业之秘,约有四焉,谨举其义,以告我学生。当此风云日急之会,我学生苟能奋我之身,与他人之身斗,即能奋我之国与他人之国斗。则我中国何至委靡颓堕,听命于人而使世界永不能归于大同之域也耶?

此四义者,一曰立志,二曰自立,三曰慎微,四曰勇猛。行之行之,圣域通之,即出其余绪,亦足以平治而有余。若不佞者,何尝得其一道哉?所以举之者,盖亦自励励人之意耳。我同志之学生,苟有心救国乎?苟有志望大同乎?盍闻不佞之言而警惕哉?慎毋以人废言,曰斯人也,能言之而不能行也,是则不佞之所馨香顶礼者矣。

宋儒曰:"志不立,直无从着力处。"甚矣,志之为义大矣。吾闻立志者,实凝聚人精神之妙法,而大英雄大豪杰大圣大贤,常循此妙法以有为。盖人心者,实至不定者也。如泛舟沧海,舟本无定,然必有舵。如发电全球,电本无定,而必有机。然则为心之所主,又安得不有志乎?吾闻成吉思汗之横跨欧亚,不自知其能成功也,然而终成者,志之所注也。亚历山大之喋血波斯,亦不自知其能成功也,然而竟成者,志之所帅也。华盛顿之血战八年,曰志在复美也,而美果复。玛志尼之起仆数十次,曰志在救意也,而意卒苏。彼大英雄大豪杰者,夫岂不知自暇自逸之为乐哉?盖其见民族衰颓,国威不振,以不忍人之心,立救国救民硕大无朋之志。是志也,实足以壮民族发扬之力,餍人类上进之心。悬此志以为程,则萃其精神以谋之,竭其全力以赴之,日夜奔走于莽莽无极之前途,务求一达其志而后已。故其成功,亦随其志之大小为消长。呜呼!观成吉思汗、亚历山大、华盛顿、玛志尼,立志之效既如此,则我辈苟诚心以救国,又安得不以救国为志也耶?况少年之立志也,成功大于壮年。班定远少时,投笔长叹,即立建功绝域之志,其后卒慑鄯善,通西域,断匈奴之右臂,以扬汉族之威灵。项王少时,不学一人敌,而学万人敌,终走降王,逐秦鹿,成不可一世之人豪。范文正为秀才时,有天下为己任之志。范孟博登车揽辔,而志在澄清中原。嗟我学生大丈夫不当如是耶?使我志不立,则我虽能知救国之义,济世之责,而我心忽忽如无机之电,泛泛若不系之舟,而外邪乘之矣。外邪之乘人也,亦少年时易于壮年。盖少年者,实心志未定之时代也。耳际之淫声,目际之美色,口际之异味,鼻际之奇香,心际之邪念,是为五贼。五贼窥人未有已时。一念之善为彼丧尽。惟立志足以与争,惟立坚决之志足以胜之。我学生果欲为国家乎?果欲步英雄之后尘乎?苟无此志,万事皆虚,我又何贵此口头之爱国家爱民族为也?学生学生,其可忽乎哉?

至于自立问题,则我学生界存以为心者鲜矣。盖我学生当少年之时,每受家庭之庇荫。父母作焉,我食焉游焉。祖宗之遗产,我享焉。子弟席丰履厚,英气消沉。而为父母者,亦只以子弟保守家产,为独一无二之希望。于是久之久之,青年界之自立精神,消磨净尽,视父母之作彼马牛为当然。噫!吾言至此,不禁叹吾国家庭之愚,为我青年学生痛哭长太息也。吾闻西国之遇子弟,虽赡以资财,而幼时未尝不养其活泼自治之精神,练习世事。父母不以附属品视子弟,子弟亦不以附属品自居。父母不以资财授子弟,子弟亦不惟父母之资财是赖。故其弱冠后出而任事也,别具一种刚毅不挠独立无依之性,而尽有健全国民之人格,无怪英人以"吾人不以金钱财产贻子孙,所遗于子孙者,金钱所不能购,财产所不能蓄之敢为活泼之精神,独立自治之能力"自夸也。然则家庭不以自立励吾学生,而我学生遂以附属品终吾身乎?将亦自知所振拔乎?吾闻待文王而后兴者,凡民也。若夫豪杰之士,虽无文王犹兴,则吾学生苟有能力,未始不可奋自旧日颓恶俗风中也。且昔卢骚之倡民约也,固非有获于庭训也。卢骚能以自立不倚之精神,卒发自立不倚之理论。奈端之创物理也,亦非有获于庭训也,奈端奋其自之不倚之精神,终构自立不倚之学说。是我学生者,又安可因家庭之以保财产承余荫为责,而遂自丧其自立之资格与自立之精神哉?嗟乎!天下成大功立大业之大政治家,大思想家,何一不自一己内断冥行孤索得来,未有依草附木,扶墙缘壁而能成事者也。我学生乎,我有脑力,我自能思,我有手足,我自能动,我有耳目,我自能听视。我奈何废我之脑力,縶我之手足,屏我之耳目,而倚赖与我同脑力同手足耳目之他人耶?使我而终惟他人是赖也,则我无成功,惟他人之成功,我无事业,惟他人之事业,我无名誉,惟他人之名誉,我无责任,惟他人之责任。所谓我者,不过牵丝之傀儡,目虾之水母,世间又安贵此枯骨顽石之我为哉?况世间无可恃,所恃者惟我而已。使我而恃他人也,他人胜则我听命于彼,他人一败,我亦随之。我若植物寄生虫耳,人而虫也,岂不大可耻耶?且国者人之积,我国人既不能自立,而尔倚于我,我倚于尔,以此群而为国,岂有幸理?盖盲群相牵,必迷其道,众跛相扶,必蹶于山,势使然也。此无怪我国鸦片战争后,无一事不仰给于他人。忽闻联英,忽闻联日,而终至国权丧失,莫可究也。嗟我学生乎!尔亦知原社之陵夷,而欲挽救之乎?尔亦慕英人之风乎?则亦虽处家庭倚赖教训之下,尔固有自立之道矣。尔不倚赖前人陈腐之理论,是尔思想之自立也。不同庸夫俗子之言行,是尔行动之自立也。不为环境恶风俗之所移,家庭倚赖教训之所动,是尔视听上之自立也。聚此种种精神上之自立,则他日必能发挥光大,为自立之国民。设不然,而谓我国犹能以自立夸于大地间,是亦謦说寝语而已矣。

今学生之行事也,多戒于大而忽于细,以为大行不顾细谨,大礼不辞小让,圣人犹以"大德不踰闲,小德可出入"为训,则我又何必若老师宿儒,拘拘繁文末节,顾及至微之事为耶?呜呼!即此一念之萌,遂使我学生界,举有智识无智识者之人格,丧绝殆尽,君又安能不为我学生告?夫我学生之荒怠者,无非以微细之节,不足道耳。故昼寝者,以宰我且若此也。宰我不以昼寝易其贤,于我何伤?其饕餮也,以曾皙且嗜羊枣,曾皙不以嗜羊枣被摈于孔门,我独何虑?其跳荡不羁也,以为无害于俾士麦者,宁有害于我。其喑呜叱咤,以为无害于楚霸王者,宁有害于我。是故在学生时,举一切圣贤英雄小节咸萃其躬,遂成一憪怠饕餮狂放不羁之人,而其长也,遂成国之蠹,民之贼。涓涓不塞,将成江河。绵绵不绝,将寻斧柯。荧荧不救,炎炎奈何。此吾以几微之差,而深为我学生痛也。学生乎,尔亦知人心与道心战,而道心之败,常在几微之间乎。人心亦常曲自圆饰,以纵汝之欲乎。吾观曾湘乡戒烟早起诸日记,吾于是知统百万军易,而克此一念难也。盖几微之恶,约束稍不周则起。其起也,又常使人忽略,而致易蔓延,如政府之统治各地然。统治失当,盗起空山。设不注全力以平之,则他山从而响应。盗力本弱,然不数月间,可遍满全国。虽至有力之政府,亦难为力。此赤眉黄巾之所以亡汉也。如医者之治疾然,元气稍亏,则外邪侵入,在腠理而不治,其疾固轻,然稍假日月,则血脉肠胃骨髓,汤熨之所不能,针石之所不及,酒醪之所不至,扁鹊望而疾走,司命之神无可如何矣。推其原则,纤微之盗也,毫末之疾也,犹足以丧国丧身,无怪我微行之不谨。至丧其故我,而使我之人格不可收拾也。钱绪山曰:"平时一种姑容因循之念,常自以为不足害道。由今观之,一尘可以矇目,一指可以蔽天,良可惧也。"刘蕺山曰:"吾辈偶呈一过,人以为无伤,不知从此过而勘之,先尚有几十层,从此过而究之,后尚有几十层,故过而不已必恶。"又曰:"为不善,却自恕为无害,不知宇宙尽宽,万物可容,容我一人不得。"呜呼! 此当头棒喝,吾安得不与我学生共砥砺。我学生乎,人心惟危,道心惟微,一念之差,足以致弑父卖国之恶而有余。设我辈不从此处下手,则高尚之志愿,自立之精神,吾知其必为此小不谨诸节所蚀尽矣。

　　吾学生既立志矣,既知自立之义,及慎微之道矣。然不鼓大勇以殿之,则亦五分钟之昙花耳。盖世间有一善念,必有一魔乘之。道高一尺,魔高一丈。善念有时歇,魔障无已时。非具极大之勇力,难与酣战求胜。此为山九仞之所以功亏一篑也。兹弊在儒家谓之志行薄弱,在佛谓之道行不坚,而我学生中蹈此缺憾者,实更仆而难数。吾常见我学生中之分子矣,今日志此学,明日即转,今日志此行,明日遂更。随波逐流,安冀其身之有成也耶? 吾闻孔子自十五志学,以至七十从心。此五十五年间,伐檀削迹,叹凤嗟麟,其困厄不知有几,而孔子卒得磨不磷涅不缁者。此孔子之大勇,而孔子之所以为孔子也。佛氏自闻忧陀夷之说,而思度也,以至只身远遁,寄迹空山,感万物之悠然,对山川而岑寂。其时摩登伽不知几扰阿难矣,而佛氏勇猛精进,誓"不成道我不复起",卒得恍然大悟。此佛氏之为佛氏也。且孟德斯鸠倡万法精义也,历二十五年而始成。达尔文之种源论,积十六载而始就。千古大圣大贤之成其为大圣大贤者,何一不自千辛万苦中得来? 经过千辛万苦者,舍大勇诚莫属矣。我学生又安可晏居淫逸,泰然安焉? 而妄冀救国救民之事也耶? 佛典以勇猛精进为大雄,为无畏,为狮子吼。曾子曰:"士不可以不弘毅,任重而道远。仁以为己任,不亦重乎? 死而后已,不亦远乎?"颜渊曰:"舜何人也,予何人也,有为者亦若是。"吾愿与吾学生三复之。

　　以上四事,义博而精,切实行之,诚为保真我之道而治平之基。若不佞之文辞,岂能明其真义于万一哉? 不过举以自励,而为我同志学生述之。其他不赘者,慕守约也。若我学生中有持而训我者,是亦不佞所泥首拜祝者矣。

　　嗟夫! 吾之反覆申辩,刺刺不休,已至此矣。由前之说,吾知国家之耻辱,民族之危机,及各界之不可恃,而责任之在吾学生。次证以佛氏大同之运,则知我学生不得不保真我与我之国家。由后之说,吾知欲保我与我之国家,则不能不蹈此四义。然吾犹有数语,为我学生告者。则我学生将仅知之乎? 抑将知之而更行之乎? 使仅知而不行也,则仍若未知。吾悔吾失言,使知之而思行之也。则风云日急,无却顾周章之余地矣。夫中国局势之急,岂有更甚于今日耶? 吾民之颠连困苦,抑有至于斯极耶? 欧洲战潮,澎湃洋溢,我国当此,岂能幸免? 即使幸免,则大战之后,其余愤必以亚陆为尾闾,其损失必以神皋为桑榆。东邻之窥,未有已时,加之国内不靖,满目劫灰,黄尘匝地,群盗满山,悠悠前途,靡所底止矣。稍一迁延,其何以立于人世耶?诸公慎无以国待我救之无及也。须知羲和扬鞭,岁月如逝,今日学生,明日主人(西谚曰:The student of today is the master of tomorrow, 吾学生可三思之)。国事愈危之日,即我身与有为之秋,是自我救我未亡之国之望仍未全绝也。即使我国不幸而今日已暂屈于优势强敌之下,则意大利中兴之烈,德意志再造之功,宁非玛志尼辈少数学生之所成乎?我学生又何为而自馁。使我学生而一自馁者,则禹甸畇畇,永沦浩劫。子有庭内勿洒勿扫,子有钟鼓勿鼓勿考,宛其死矣。他人是保矣。灭亡之惨,念之能不寒心耶?且我更有为我学生进一解者,则使我而不自振拔,即中国不亡,我身不死,亦何异中国已亡,己身随之已死耶?盖昏庸辈役于衣食,悲愤厌世者役于意气,此庄生所谓"一受其成形,不亡以待尽,终身役役而不见其成功。薾然疲役,而不知其所归,可不哀耶?人谓之不死,奚益也?"。嗟夫!以生之形,有死之实,其苦可胜言哉?陈白沙又曰:"人具七尺之躯,除了此心此理,便无可贵。浑是一包浓血里一大块骨头,饥能食,渴能饮,能著衣服,能行淫欲。贫贱而思富贵,富贵而贪权势。忿而争,忧而悲,穷则滥,乐则淫,凡百所为,一任血气。老死而后已,则命曰禽兽。"呜呼!何其言之针针见血,直刺入我国人之心理,而为我学生前途之写影片也。不佞尝谓我中原此日,已不免为禽兽中原,盖政界中人,多无脑气筋,若北海道之大鲸。商界中人,多无竞争力,若意大利之盲鱼。工界中人,无血气,无知识,直似大东洋上之蚊母。而军界之暴厉恣睢,直不啻阿尔太山之豺狼。今前途一线希望,惟此可善可恶立于人禽界上之学生。使我学生他日仍不免白沙先生之呵,而复坠入畜道者,则中国前途尚可问乎?我祖宗庐墓之间,能不致满蒙西来之马乎?嗟夫!不自奋则国亡而身亡,国不亡而身亦亡。不但身亡,且沦入禽兽之域,则我学生又因何势何力何心何理,而尚不自奋发,甘心亡国而作禽兽为也。呜呼!我学生果振作精神,以二十世纪主人翁自待乎?西望星宿,雪山溶溶,东眺大海,黄河淙淙,鸟飞鱼跃,海阔天空,明媚河山,固我绝好建设之舞台。设一蹉跎者,则印驴澳奴,悬黑旗志哀之日,亦逐我至矣。生死关头,存此一着。中原回顾,血与泪并。吾言至此,吾哀不胜,吾管为落。盖将萎之花,痛深槁木,危幕之燕,哀切飘摇也。虽然,吾言有尽而意难竭,吾学生其鉴之否耶?

二十世纪中国之新学生(未完)[①]

仆愚不揣,于周刊中辄妄有所论列,夸而无当,迂而无功,参军祭獭之讥,博士卖驴之诮,知不免也。今年长夏,镇日无事,偶一阅及,愧悔欲死。乃积极忏悔,一心皈依我姚江先生,从根本上学做人道理,誓不欲再大言炎炎,以欺世欺人。无如道行浅薄,口业难除,近月以来,种种不忍之心,又迫我成兹篇矣。兹篇立言之旨,阅者见题当明。虽然,吾不文,不足以动人,世人能以不动人之文而动者,宁有几耶?即具坚忍心以阅我不文之文终篇者,复有几耶?蚍蜉欲撼大树,撮土欲塞孟津,徒见其不自量耳。

"驱车上东门,遥望郭北墓。白杨何萧萧,松柏夹广路。下有陈死人,杳杳即长暮。潜寐黄泉下,千载永不寤。"吾作《二十世纪中国之新学生》,而诵此诗以开吾篇,岂谓我中国今日之新学生,竟陈死人耶?则吾亦陈死人之一也。陈死人语陈死人,倘亦眇者不忘视,跛者不忘履耶?

[①] 刊于《复旦杂志》第三期,1917年1月。

吾友剑青曰："天呼冤哉！今日中国学生，而竟谓之陈死人也。煌煌金丝镜，橐橐吉莫靴，开口即'爱皮西底'之字，倾耳皆'哑倍车兑'之声。一言一动，使抱兔园册子之老学究，莫不惊顾而走僵。固浑然一欧美式之新学生矣，谓之陈死人也冤哉。"吾闻此言，嗒然无以应。乃潜心戢虑，就其所质之点而察之。于是复喟然曰：嗟嗟！今日学生，新则新矣，其模仿欧美新学生，亦至矣尽矣。欧美新学生与中国新学生，固同一金丝镜也。然吾见欧美新学生，能从此镜，上窥哲理之根蕴，明人生之天职，下穷理化之道，树国家富强之基础。吾国学生能之否耶？所以然者，多以供彼美秋波一盼耳。同一吉莫靴也，欧美新学生能着此靴，远以捍国难而安社稷，近以辅实践而振矿工。吾国学生能之否耶？所以然者，供其征逐奔走，高视阔步之具耳。同一爱皮西底之字与哑倍车兑之声也，而欧美学生能从此保国学，且于其旧文明中发扬其新文明，而铸其新国魂。至吾国新学生肆此之宗旨，与其吐弃国学之事实，得毋为他人作嫁衣乎？此非吾之崇拜西方学生也，乃事有彰彰不可讳者。呜呼！此固同一金丝境，同一吉莫靴，同一爱皮西底之字，与哑倍车兑之声，且同附丽于同一之新学生也，乃其相异已如此。欧美新学生而是，则我国之新学生非。是非之间，不辨当明。嗟夫，窃新之形，获陈之实。纵我不以陈人自命也，人其谓我何？"

今我此篇，以新学生为标题矣。虽然，新之界说有定乎？昔之为新者，今以为陈，今之为新者，他日以为陈。新盖至无定也。今不才所举，乃定此日之陈腐者为陈，而以此日所当新者为新，附《汤铭》日新之义耳。袁了凡先生曰："以前种种，譬如昨日死。以后种种，譬如今日生。"昨日为死即为陈，今日为生即为新。故吾愿吾辈学生，毋以昨日之陈死人为虑，而以今日新学生为归。

虽然，不才岂敢妄谈新与陈哉？不过见此日学风日堕，暮气日深，若薤露歌于墟墓，别含一种阴森之气，于是惧异日大难来集，我学生将以陈死人终也。爰就良知之所照者，拉杂述之，以与我辈陈死人相劝勉。惟甘受和，惟素受采。吾知学生中或不之罪也，若不才者，亦不得不因此自励而已。今谨就此日学生应新之点而申说焉。

明求学之宗旨

吾开宗明义第一章，即以明宗旨为言。吾知学生界中，必有人闻之掩耳而疾走，嚣然讥我为迂腐者。然吾以宗旨二字，在我辈学生中，非必尽无。但其所谓宗旨，则已成"衣""食""住"三者之大本营，非一朝一夕矣。溯"衣""食""住"宗旨之由来，厥惟庭训与自愿二者。夫我国父母之遣子弟入学也，岁糜巨资，相鼓励，相劝勉。即其真因，不过曰：近日生计愈迫，老身为若辈将来谋一啖饭所耳。故他日见子一登舞场，即以囊括金钱为第一要义，国事非所顾也。此庭训之大概也。至子弟心目中求学之宗旨，多数羡他人衣锦之荣，怡养之乐，而欲藉求学为进身之阶，如桓荣谓车马印绶，稽古之力也。乃百计千端，谋有以赴之。毕业也，给凭也，憧憧往来，咸为此故。此子弟之自愿。综此二因，乃成恶果。举无量才智学生，咸醉心权利一途，而惟衣食住之是务。其学政治也，非欲以其精深之学理，澄清政本也，不过欲得此过渡以攫政权也。其研财政也，非欲以其名言至论，疏源节流也，不过思藉此名义以纵囊括也。其肆矿也，工也，农也，铁路也，无一存心以为国家振实业致富强也，乃思获此位置以图中饱也，虚縻巨薪也，事之治否不问也。吾固不欲吾言之尽实，无如默察既往学生之行动，此日学生之心理，竟多数如是，吾几不幸而言中，悲夫！此无怪近日社会，各种学生日多，而社会日就衰颓，道德日就堕落也。嗟夫，西国多一学生，多受一分利,我国多一学生,多受一分害。此旅华某名西人语。我国学生非不精明也,强干也,有血气也。何以日受舆论之掊击,西人之笑骂而不顾乎?盖宗旨先误。若弈棋然,生死关头,失去一着,其后虽百计弥缝,终无可如何也。美国某大学教授艾迪游建业,演说于某大学云:"辛亥之春,吾作汗漫游。道经日本,讲演中国积弱之因于东京某大学。座中志士某者,华人也,闻吾说若有所感,而鼓舞,而流涕,而痛哭至失声。吾心异之。吾说既尽,吾乃与此志士通款曲而思结纳焉。今华人共和政府成立矣,某志士者,亦现身舞台上之红氍毹矣。吾闻其今乃食前方丈,侍姬数人,友朋征逐,酒肉笙歌,置国事于不顾。夫斯人者,非不精明也,强干也,有血气也,而其一变至此者,乃其宗旨根本谬误既深,致积重难返,而一时之血气不足以胜之也。"嗟夫,吾闻此言,若冷水浇背,惴惴而慄,未尝不为吾辈将来立身惧,而太息痛恨宗旨背谬之误国至于斯极也。且宗旨背谬之弊,不止于是,乃更足使学术亦同归于尽。盖学子既视权利为归,其求学术不过欲达权力之津之一种过渡手段。权利一得,则学术弃如敝屣矣。吾闻昔之学子,固迂腐也,青灯帖括,固无当也。然犹有笃学老儒,抱残守阙,焚膏继晷,矻矻穷年。其余释褐脱颖之士子,亦非经莫道,非圣莫举。其学之有用与否不具论,要不失书生本色也。今国中负毕业头衔之大人物,于古学固曰"吾所不屑学也",然叩其所屑学者,则十载寒窗之功以既已,任事目的已达,而举一切弃之,不过剩一纸文凭相夸尚而已。呜呼!学绝道丧一语,今足当之。而连带之累,亦宗旨不正之所遗。长此不改,学校之害,且有胜于科举矣。今不才睹来日大难,敢与我同志申宗旨曰:"吾辈当作一利国之民,不愿作一肥家之子,当以所学为致用之目的,不当以为求用之手段,则我二十世纪新学生之面目,或可一新乎!"

学生时代之结婚

今日学生中,更有一种流行病焉,曰结婚。是病也,堕壮志,戕生命,败道德,害生计,直使高尚纯洁、志气拏云之学生,为卑鄙龌龊、颓唐无耻之罗刹鬼。是不特害及其身,且影响及于国家。不才袖手旁观,忍无可忍,不辞唾骂,而思一罄其说焉。夫学生之结婚,其意果何居乎?今日何日?今时何时?独非中国处惊涛骇浪之中,而我学生枕戈待旦之时耶?风雨飘摇,户牖将覆,为学生者,正宜凝神定气,砥砺磨钝,以攫得优胜位置于天演潮流中。固人同此心,心同此理。铜驼埋棘,王导有新亭之泪;胡骑遍野,陆游有跨漠之心。今英德学生,或沙场喋血,或中夜彷徨者,岂有他哉?诚以国难未纾,英雄原无死所。匈奴不灭,男儿何以家为也?乃我辈当此国步艰难,四郊多垒,反若釜鱼群戏,幕燕相夸,是非别有肝肠,即属血凉心死。此迫于公义不可者一也。宇宙不灭,大地同仁,天下己任,丈夫分内事耳。天下饥溺,为己饥溺,故大禹过门不入,孔席不暇暖者,诚能奋其良知,持大仁,视一体,而有众生不成佛我不成佛之真义也。今我国外患日迫,内忧频仍,秦陇川滇生民之流离者几何?来日大难,众生之不免者几何?设我不谋出至仁以救之,则不免同归于尽。设我谋有以救之,则不能于预备时代,以室家之累,戕我天才,以速不仁不智之罪戾。此迫于良知而不可者二也。或曰,如子前之说,壮矣,子后之说,亦高矣。然世之作此想者,宁复有几?盖动人者,惟其个人之利害,真理不逮也。今子背驰,是恶影而疾走,不亦迂哉?吾于是拓纸以论其关于个人之利害。

夫人之求学也,无论其以此为目的为手段,然自立其身之志,故尽人皆同。无如学生时代之结婚,实任何志愿之大敌。即以此为手段者,亦多因此失其手段焉。盖学生之求学,实如老僧之入定,必须阒除万虑,无丝毫俗务之搅心,乃克有济。设一负室家之累,则寒窗寂坐之心,终不免移于燕语莺啼之际。以乐羊子之大贤,犹不免恋家而弃学。设无其妻之一呵,则乐羊子之为乐羊子,亦殆矣。

　　客岁上海肇和兵舰之役,学校学生之忽整归装者,比比皆是。据余所知,则因心怀畏葸,或家无主持而归者,固非无人,然反是而因艳妻方少,久旷思聚者,正大有人在。非余诬言,当有知其内幕者。世无乐羊妻,此学生学业之所以不振也。嗟夫,大丈夫不为李西平上马杀贼,而学信陵君醇酒妇人,以温柔乡为老死处,其几希之志已无存,遑□□者已而已,而今之学生殆尔。况天才者,实与妻不两立。此非余之謷言,乃欧洲大文豪摆伦所语,而摆伦又以平生艳福闻也。可见,情绪之间,移人才志,不期然而然。此加富尔、梭马、笛卡尔、奈端、亚当斯密辈之终身独处也。噫,加公辈以命世之才,恢闳之志,犹恐以儿女情累风云气。今我辈学生处求学时代,而反加公辈之戒,以缠绵歌泣,斲丧他年发展新萌芽,奈之何其有成哉！此结婚堕落志气之罪也。且人之至爱,莫过于身,而学生时代之结婚,实违背生理学之原理,适有以促其身之速衰。因一人之身,实有若威蕤之质,发育早者,凋零亦早。近世医学家证明此说者实多,决非架空之理论也。故各国禁止早婚,垂为律令。据英德最近统计,男子三十而婚,既同惯例。今我国少年学生,乃悍然抗此神圣公理,无怪其年未五十而视茫茫,而发苍苍,而牙动摇,龙钟老迈,若承蜩之叟也。西人年逾古稀而健步如飞者实多,我国人大都五十以外咸衰颓不可。问西医某,曾详察其因,著文论早婚之遗害,虽间有一二矍铄翁,终属例外（某医名偶忘之,当补考）。况少年血气未定时,因男女相悦而夭者,固多见诸载籍耶。嗟夫,为父母者,徒欲早见佳儿佳妇,为子弟者,徒贪一时之情欲,近之致夭折之祸,远之受拘挛之苦,此结婚破坏生理之罪也。不特此也,父母之为子弟早婚也,固欲享抱孙之乐,即子弟自身,又孰不欲育宁馨儿以亢其宗。顾早婚之效果,适与此愿相反。盖经世界医学会之调查,凡多疾者、夭折者、衰颓早者,皆幼年父母所育。则一家之中,又安需此秀而不实之稚子为也？况据天演学家之考中国民族,以前实魁梧奇伟。汤九尺,文王十尺,曹交九尺四寸,防风氏骨节专车,巨无霸腰大十围,其尤著者也。今则渐次退化,日趋弱小,且发育不完,江以南犹甚焉。大都风俗淫靡,婚嫁期早,不能不尸其咎。长此不救,每况愈下,种族前途,莫可收拾。人种学家已有为之抱隐忧者。此少年学生早婚且有害及种族也。抑其流毒,犹足伤人道而败道德。盖少年虽赋结褵,势不能坐守闺闱。而学生游学,其尤著者也。伯劳飞燕,各自西东,人孰无情,谁能遣此？《随园诗话》载金陵女徐氏,适桐城张某,夫久客不归,寄诗云:"残漏已摧明月尽,五更如度五重关。"此足以代表楼头思妇。而庾子山为上黄侯世子赠妇诗,亦足代表天涯荡子也。忧郁之积,思妇之贞婉者,以恋结而伤身,若袁简斋述诗人王次岳妻席氏,以夫久客,于端阳寄诗云"菖蒲斟玉斝,独泛已三年,亡何以此夭。"此能以诗达其情者也,至不能诗而饮恨无闻者,宁知有几？稍佻达,则成中菁之羞矣。男儿虽胸襟较豁达于女子,然"有情芍药含春泪,无力蔷薇卧晚枝",秦少游犹不免元遗山之讥。意中人不在,于是风月迷楼,丧道德、败风化之事,由是兴焉。胡澹庵,一代理学名臣也,逆耳批鳞,早置此身于度外。然谪身远戍,犹恋梨涡。朱子咏之曰:"十年浮海一身轻,归对梨涡却有情。世上无如人欲险,几人到此误平生。"以胡公之道德文章,朱子犹讥其误于人欲。况我辈少年学生,血气未定,几何其不流连忘返,丧尽人格,而戕其身耶？此学生时代结婚伤及人道,且摧残道德之不能免也。更有一事焉,在理论上无讨论之价值,在事实上生莫大之影响,曰生计问题也。夫今日中国社会之贫乏极矣,然推原其故,盖大家族主义盛行。生利之人寡,分利之人众,以数人或数十人,咸仰给一二人也。考其何以能造成若大家族,则因为父母者,多乐于为子弟在幼稚时代结婚。夫子弟在幼稚时代、学生时代也,无论其为中学生、大学生,然求学时期之不能自活,可断言也。顾父母既为之结婚,则势不能不有生育。既娶既生,则绿鬓之妇,黄口之儿,势不能不有以养。有养而不养,势不能不仰仗于父母。为父母者,复一视同仁,一子命之娶焉,他子亦命之娶焉,一子之眷属有养焉,他子之眷属亦有养焉。于是,百数十人仰给一人之势成矣。生生不已,则嗷嗷待哺者愈多。待哺者愈多,则父母之担负愈重,积重难返,欲罢不能。不才目击以此倾家者数数矣,可不哀哉!况子弟之授室者,以室家累志,俗务撄心,如上所论,则成就实寡。即有成就,亦多限于局部,且有局部之成就未告终,而家已罄悬者,岂不更可哀哉!此有害于现在之生计也。且其子弟之所生,不但有养,且必有教。责幼稚父母以良善家庭教育,实系难事。稍长,势不能不乞灵于学校。而此日学费书籍之资,幼稚父母既无生利之势,又不能不转乞灵于其父母。故为父母者,不特须负教子弟之责,且须负教孙曾之责矣。为父母者,何曾不乐以祖父母资格教其孙曾哉?然苟非素封之家,此责实有所难负。素封之家,宁复有几?于是力不从心,而致稚子失学者,比比皆是。稍熟中国社会内情者,当知余言之不谬也。以稚子求学之年,而失其学,致他日陷于一事无成之境,为国之蠹,为民之贼,而家益不振矣。此并害及国家与社会将来之生计也,能不谓之学生时代结婚侵害生计学原则之罪耶?嗟夫,综而观之,颓唐人之志气也,戕及人之生命也,危害将来之种族也,背驰人道而摧残道德也,违反生计原则而堕落社会生活程度也,皆早婚一事所铸错,致陷我学生人格于不可收拾也。乃我辈浑浑沌沌,恬不为怪,痛哉!今我学生界之结婚潮,益弥漫澎湃,而日进无疆矣。据不才所知,则高等学生之未婚者,十不三四也。中学生之未婚者,十不五六也。及内地高等小学生之未婚者,亦十不七八也。嗟嗟!当此国事飘摇,民生涂炭,茫茫大难,迫在眉睫。五月九日,曾几何时,而我卧薪尝胆之有志学生,乃有此歌舞承平,点缀风月之盛事。吾不悲其个人之将来,吾悲国破后,吾辈无死所耳。昔义山锦瑟,韩偓香奁,其铺张豆蔻春苞芙蓉秋帐者,淋漓备至。呜呼!孰知所谓豆蔻苞,芙蓉帐,诗人传为佳话者,今乃将我新学生界之新空气斫丧殆尽耶?吾辈新学生,果欲以二十世纪新主人翁自待乎?滚滚爱河,渺渺情天,其速于此红粉髑髅队中有所振拔。

作者目击颓波日下,心伤遗害无穷。爰泚笔沉痛述之。虽中有数点,已经时贤论及,而犹赘之者,亦南泉大师遣人呼主人翁,常惺惺之意也。

书至此,由友人处得北京清华学校致该校学生家族书,云:"青年早婚一事,历经多数教育家讨论限制之法。惟我国法章,既未定嫁娶年龄,习俗又有子孙繁衍之尚,是以迄今尚无妥定限制之法。敝校有鉴于此,窃欲挽此颓风,先从本校创其始。拟于本学年起,严厉禁止学生早婚。凡在本校未毕业,及已毕业而受本校官费游美留学期内,一概不得婚娶。违者即令退学,或停给官费,决不姑与优容。查早婚之弊,见诸书籍者累矣。既碍英年身心之发育,又妨学业之进步。推其祸害,必至德智体三育,一无增进,人种薄弱至不可思议之点为止。本校为国储材,应即培养完全人格,事事务求其远者大者。当学生在校,虽不惜苦口劝诫,而习尚所及,实际上仍未全见效果。是不得不仰赖贵家庭与学校协力进行,杜此弱国病种之弊。想贵家长爱护子弟,期望子弟之盛心,当不亚于忝为师长之人。特此专函通告,务希毅力赞助,以匡不逮。他日果若德智体各育并进,蔚为全材,不独身受获益匪浅,且亦贵家庭教育之善果。推而至于扶世导俗,尤端赖此以为初基。耿耿愚忱,诸希详察,并乞鼎力乐成云云。"一字一句,见识深沉,无非为救国之真谛,仁人之言,其利溥哉!故愚意教育部如诚为国家十年树人计,当不避嫌怨,挽此颓风,明定学生结婚律令,以垂久远。其余无论公私学校,当鉴国家之多难,人材之不易,实力遵守,反覆告诫,如或有违,一律罢斥。而为学生者,亦当早自觉悟。其家庭亦须觉世界之潮流,知子弟即国家之人材,非一家所得私,而不为过事迫胁。三面进行,中国将来人材,或有幸乎?中国一线国脉,其在兹乎?

保全祖国文言之必要

一国之立,必有特别语言文字。盖语言文字,所以表其国民之特质,而传其典章文物,实一国国魂之所系也。人无长幼,失魂必死;国无大小,失魂必亡。奈之何我国人竟将五千年来国魂所托之文字,而思弃之也。夫伏羲画卦,文治神州,仓颉作书,鬼神夜哭,雅音单字,纯洁堪夸,妙谛名言,精诚犹在。盖我国文字之沦浃民心既深,而我民族特性,经五胡十六国诸乱,犹不致变夏为夷者,亦以此也。海禁初开,国人思通外情。司教育者,定英文为中学主科。且科学不谋自译,以英文授之。城中好高髻,四方高一尺。自是风会所趋,视西文佳者为佳,西文劣者为劣,且教会学校,益扬其波。由是煌煌国学,遂鞠为茂草矣。莘莘学生,嗜西文若脍炙,吐国学如糟糠,杳杳冥冥,莫知所极。国文主教之登坛,则视若老僧礼佛,菊部现身,了此一番虚故事。而西文教授主讲,莫不侧目倾听,全神贯注。且有沪上某名校之学生某,于上中国历史课前,指教本谓余曰:"惜此为中文,设系英文,宁不大佳?"吾闻此言,未尝不骇而却走,叹其设想之奇,而伤我辈学生之不同欧化者几希也。嗟夫,已有精神寄托之优美文字,弃而不顾,则民族精神已丧失矣。使丧失其本来民族精神,徒明西语之人导其本族而能淑,则碧眼紫髯之外国博士,不为不多,但能蒲轮东来,则我国岂不已富已强耶? 何古德诺、有贺长雄辈之翻来误我也? 稍有心肝,一思即得。乃更有妄人,思改汉文,效日本五十一字母,而组织简字者。不知日文原出中土,碎简零缣,断潢绝港,补屋牵萝,支离琐碎,孰备孰简,孰犀锐,孰繁枝,知此中三昧者,类能言之。迁乔木而入幽谷,吾不知其何心矣。总之,国学凋零,莫今为甚,影响所及,且至语言。夫语言代表民族特习之广,较文字尤甚。今吾辈学子,乃思代以西语,非其乐于西语也。盖或有醉心欧化,欲藉此娴习西语者,或亦以非此不足显其西文智识也。不才近亦落此漩涡而不能振拔矣,悲夫! 此风于沿海一带学校及教会学校为尤甚,行将延入内地。五十年后,中国语或将先绝迹于学校乎! 吾见有紫宸君者,今之有心人也,其著《学校运动改良之急务》一篇,披露于《进步》云:"今吾国各学校,每涉游艺,辄用西文。如足球越境,技员必曰'Outside'而不曰'出界'。斯虽细事,然亦大有关系。盖游戏而尚用西语,不啻中国人无自己之语言,如山林之猿猴矣。"呜呼! 何其言之沉痛若斯也。举四万万聪秀之民,而尽为无语言文字之猿猴,此耻岂倾东海之波所能洗耶? 夫吾之此论,非反对任何人肄习西文,即不才亦西文世界之一小苍头也。实见吾国中小学校,于西文特别偏重。夫中小学生时代,国学根本巩固者有几? 一旦尽以英文灌注之,势不尽弃其本而同化外人不止。使我慕西国之科学,译之可也。以大学生有通世界智识与文字之必要,则中学稍与以西文智识,待他日研深可也。至普通国民,固无尽人精通西文之必要,何必尽推其本? 小学亦兼治西文,而中学更尽采西文课本,且西文听讲为也。对于采西文课本及西文听讲之利害,当另文论之。今举高等小学、中学生,尽偏重此科而丧其本,是何异代西人作螺蠃,而以学生为螟蛉,日祝以似我似我也。且德之内国,尊重其国语,未闻中学、大学以英文听讲也。德霸且全欧。日人虽凡百科学,博采他邦,惟鳃鳃虑西文之篡其国文之统,而日亦不失称雄东亚之资格。瑞典、挪威者,岛国耳,科学器物,惟德是效,惟语言不稍假借。今欧战方殷,而瑞典、挪威犹能守其民族特性,不抗不依,不致卷入漩涡而为他人俘虏者,良有以也。且一国之亡,设其语言文字不同归于尽,则鲜有不能收复旧物者。意之四分五裂也,文字不亡。但丁以国语铸为诗歌,而卒唤醒其国梦。塞尔维亚于其国语,斤斤自守,亦以此倡大塞尔维亚主义,而脱土厄。今虽麦刚森大军压境,塞社已墟,然德苟非屠塞至最后一人,则二十世纪终有大塞尔维亚之片影,可断言也。伤哉！墨西哥其真亡乎？自弃其国之语言文字,而尽取班人。今吾眷焉东顾,但见墨希根高原下有班人而无墨人。盖养子几自忘其宗,无从自辨其为某姓儿。其民族精神既丧失,其对祖国已具厌弃之念,无怪墨人祸乱相寻,莫可究诘也。且吾闻国之中有尼固者,尽弃语言文字而从美,今美人且不以人视之。今我国人不自省察,而争播此恶种。是神州之沦胥,不为墨西哥,亦为尼固也。他日虽有哲人杰士挺生,思步但丁辈之后尘,赋楚些而大招国魂者,亦无适当可用之文字矣。痛哉！痛哉！夫复何言。改弦更张,敢望我教育当局。然勒马悬崖,尤敢望我新学生于今日。

　　近时民族运动激烈,已与吾人最后之觉悟。觉悟惟何？即曰：国之可贵者非土地,而惟国之性。盖土地可以强权相夺取,国性若存,则水火不能败,武器不能灭,强权不能篡,民族之精神,当垂之霄壤而无穷。近代社会学大家揭特氏《亡国论》曰："凡灭国者,灭其国民性而已。"又曰："有灭人国而反被灭于人者。盖国民性薄弱之族,虽一时偶产一二豪杰,挥其武力以灭彼文明之国,然不旋踵则入而与之俱化,反将其固有特性消灭无余,而反见灭于人矣。"一针见血,言之有余悲也。国民性之所托,不外语言文字、哲学教义诸要点,而要以语言文字应用最广,而表示特点亦最著。近日列强灭国新法,凡亡国者,必亡其文字。如英之于印度、埃及,俄之于波兰,咸禁其国语。即德之获奥尔赛斯、鹿林于法,亦代法兰西语以日耳曼文矣。埃及近日民族运动颇发展,一九〇五年及一九〇六年间,已于小学中添入亚拉伯语一科,现民气之盛,迥非昔比。英人嫉视,无可如何。波兰于一八六八年,俄国下禁波兰语令。一时波文教员既逐,俄人咸取而代之。波人痛心疾首,搥胸饮泣,甚于亡国时。盖以国亡可再造,精神亡则万劫不能复也。近欧战既起,俄人见好波人,解除此禁,波人好自为之,光复大勋,必非遥遥。由此观之,语言文字关系亦重矣。世之国有奥匈者,两民族倾轧特甚,奥用德语,匈采买狄阿尔语。今匈人虽有通德语者,然在国内则绝对不用。他国人旅行其国中者,即有问讯,如用德语,即毅然不答,或以英语对之。德人百计调和,不稍奏效,政府重忧之。盖以语言文字不同,民族痕迹,终难消灭也。至揭氏所谓亡人国而反自亡者,考之历史,亦不乏先例。如马基顿之灭波斯、希腊,突厥之灭东罗马,尽弃其语言文化而从之。故至今所谓马基顿、突厥者,已成历史之名词,而非民族之名词也。回溯吾国金、元、满洲之内主,亦同此覆辙。宋明亡也,如司空图所谓"汉儿尽作胡儿语,争向城头骂汉人"。然入主不久,习焉同化。金太祖常谓诏令宜选善属文者,令所在访求博学雄文之士,敦遣赴阙。《金史·太祖本纪》又以女真无字,令希尹仿汉人楷字。《金史·希尹传》而王子勗、宗翰、宗雄,均精通汉文。见《勗及宗翰、宗雄传》熙宗之嗜《尚书》,海陵亲题"立马吴山第一峰"之句。各见本纪上行下效,于是本来民族特性顿失。元祖提铁鹞劲旅,横行中夏,固不以汉文为务。而后裕宗从窦默受《孝经》,《默传》令阿八赤肄汉文。裕宗为太子时,中庶子伯必以其子阿八入见太子。谕令入学,伯必即令入蒙古学。逾年再见,问所读何书,以蒙古书对。太子曰："我命汝学汉人文字耳。"事见《元史》。仁宗之留心《大学衍义》,见《本纪》已多潜化于不期然而然。清之一代,更举不胜举矣。读揭氏之论,观兴亡之迹,阅者当有所感也。可敬哉犹太人也。犹太虽亡,而流离四方之犹太人,每年犹聚大会,刊杂志,不失其民族特性,而谋有以恢复之。故吾谓犹太人不死尽,谓犹太不亡,可也。我堂堂炎黄遗胄,反望尘莫及,可哀也哉!况近有持文字帝国主义者,若俾士麦尝挟欧洲盟主之威,公然于照会俄政府时,代法文以德文。其他各国亦亟亟惟扩张其国文国语之是务,政府主之,学者鼓吹之,商旅力行之。吾友人中归自欧洲者,目击情形,而谓余曰:"吾自此国入彼国,一入其境,虽鸡犬相闻,然语言习尚,刹那变易,即商贾广告招贴,亦从未有杂入一异国字者。"若我国轮船、火车中,时闻华人作英谈,而相谈者,且以此为荣而自傲。即政府、商家之邮票、钞票、银币,大书特书 The Republic of China, 及 One Dollar 诸西字恬不为怪者,是实亡国之征,民族之耻,而西方所未闻也。呜呼!人保之,而我弃之,人扩张之,而我漠焉不省。我民族精神无形中已一落万丈,再不挽救,则当此孱弱之国势,设一旦不幸屈于优势武力之下,则呼牛应牛,呼马应马,不待敌国之禁令下,而我民族已早堕入九渊矣。高岸为谷,深谷为陵。哀今之人,胡憯莫惩。披发而为戎百年,吾实心摧肠断也。(未完)

我之阳明学说观①

民德不钧,国有负之而驱者。礼义之防,决于六合。廉耻之维,蔑于四竟。人丧其我,人役于私。举芸芸众生,莫不若傀儡登场,有牵丝者在。人冠之猴,有沐之者存。行其不当行,语其不当语,久之久之,一点良知,欲蔽殆尽。于是有以不忍人之心,思逐牵傀儡与沐猴者,而还其自由。其志佳矣,吾以其愿终不达。盖逐牵傀儡与沐猴者易也,牵傀儡与沐猴者之既逐,而遂欲使傀儡与猴之周辄中规,旋辄合矩,则不能。盖此二者,已丧其故我。非牵者沐者不为功。既非牵者沐者不为功,是一牵者沐者之既逐,亦必有他牵者沐者起而代之。故欲从根本解决,必使造化之主,司命之神,傅以周中规旋中矩之一物。是一物也。何物也,致之者何术也。明是物与是术,久为中西哲学宗教家所聚讼。然其精辟独到,惟我王阳明。今自忘其谫陋,谨三薰三沐以诵其说,以告逐牵傀儡与沐猴者,亦即所以告我国民也。

今中国之扰扰,皆以人尽欺诈弄术耳,是不明宇宙与己身观也。宇宙与己之关系,张子倡之,西铭一篇,首以万物为一体,其说犀锐绝伦。后伊川、晦庵辩理与气之不同,已失其真。在西方亦有天演学者言其说,证躯壳之我,蜕生蜕灭,原为一体。其于心志方面,则少说明。流弊之多,不可究诘。惟阳明屏一切物质,以至仁之心言之,而还承西铭之绪,曰:"仁人之心,以天地万物为一体,䜣合和畅,原无间隔。"然则人之心,何以与天地万物为一乎?阳明乃为之释曰:"大人者,以天地万物为一体者也。"其视天下犹一家,中国犹一人焉。若夫间形骸而分尔我者,小人矣。大人之能以天地万物为一体也,非意之也,其心之仁本若是。其与天地万物而为一也。岂惟大人?虽小人之心,亦莫不然,彼顾自小之耳。是故见孺子之入井,而必有怵惕恻隐之心焉,是其仁与孺子而为一体也,孺子犹同类者也。见鸟兽之哀鸣觳觫,而必有不忍之心焉,是其仁与鸟兽而为一体也,草木犹有生意者也。见瓦石之毁坏,而必有顾惜之心,是其仁与瓦石而为一体也,是其一体之仁也。虽小人之心,亦必有之。是乃根于天命之性,而自然灵昭不昧者也,是故谓之明德。"此语实宣自来未有之秘,使今之作伪者,知此心既与万物同具,则何乐而为小人,何为出卑鄙龌龊之手段以欺世耶?宇宙分内之事,即我分内之事,又何必弊弊营私为?

---

① 刊于《复旦杂志》第三期,1917年1月。

夫此明德者,果何物乎?须知明德即天理,天理即良知(按:姚江所谓明德、天理、道心者,皆良知之变名)。而此良知者,即灵昭纯洁,充塞宇宙而不为空间时间所缚之真我也。阳明之说,以人生有二我,一为真我,一我则缚于现象。盖一即人心,一即道心,亦即佛家所谓真如无明两种子也。真如无明互相薰陶,惟真如薰无明,乃得为纯智。此说朱子亦主之。然朱子曰:"明德者,人之所得乎天,而虚灵不昧,以受众理而应万事者也。"朱子之说,分心与理为二。心与理可为二乎?以虚灵之心陷于事事物物之中,吾徒见不堪其扰耳。惟阳明谓:"虚灵不昧,众理具而万事出。"此说也,求诸内而不求诸外,心际高明纯洁,无私欲蔽之,即是理。故谓物理不外于吾心,外吾心而求物理,无物理矣。使我清明在躬,则万事万物,咸自示以天然之标准,吾复何求于外哉?故我返心自照,乃于良知中生道德之责任,而使现象之我循此不可避之理焉。此菲斯的所谓更无所谓对世责任,惟对我责任。其谓我者,即阳明所谓良知,所谓真我也。阳明曰:"一点良知,是汝自家的准则。汝意念着处,他是便知是,非便知非,更瞒他些子不得。汝只要实实落落依着他做,善便存,恶便去。"其说服从此良知之道,前无千古矣。今者,户外瞠然有以争自由闻者,不佞窃惑之。夫世间果有真自由乎?是说也,辩之者众。法律家柏哲士等以小己无自由,必先由国家赋之,定自由之范围及境界,然后自由之界,随文化而弥漫,文化愈进,斯自由益广。物理家赫胥黎以物理推之,以凡事之兴,必有前因后果,无能脱其范围者,纳自由于此范围之中,是仍不得为真自由也。论理家穆勒辈之论自由,先标一理,而循此理以发明。夫自由之理,既凭他理以生,则亦不能谓真自由也。则世间果无真自由乎?此皆缚于空间时间之论,而不知其真自由。盖真自由即良知,超出空间时间之外,无过去,无现在,无未来,横无尽而竖不灭也。自良知而生道德之命令。设人不对良知负责,则法律家虽能划自由之界,其谁遵之?此良知为真自由,非法律家自由论所可缚也。物理家测自由于不可避之理,然良知即不可避之理也。良知具,则众理备而万事出,更何理足以缚良知之自由。此良知自由,物理家之自由论亦不可缚也。名学家既举此理以明他理,不知舍良知之外,更无他理。名学家更何求焉。此良知之为真自由,而名学家之论,更不足以尽良知也。良知既充塞空间时间,不为空间时间所缚。虚灵不昧,皎然不淬,以明德天理,赫然临吾心,历万劫而不变。明德天理,有谁足以限之者乎?此良知之所以为真自由也。吾人心中既有纯粹真自由,是以行一事焉,曰是当为为也,是不当为也,为之者为现象之我,而命之者即良知。良知为纯粹的、绝对的。舍此纯粹的、绝对的,而求世界间之真自由,宁有是理乎?人而不服从良知之无上命令,不能保其真我,以私欲蔽良知,以人心篡道心,则正丧我之自由。丧我自由,是谓天囚。余谓今之人有两痛苦焉,一为天囚,一为人囚。苛政之缚,此人囚也;受良心上之痛苦,此天囚也。今有发大愿以释人囚而还其自由者,其奈天囚不释。何也?人囚解而天囚不释,吾知所争之自由,直假自由耳。即幸而获之,亦淮南子所谓鹦鹉能言而不能长也。

况今之为人争自由者,其人心地间,果已获真自由乎?吾意其隐微间,必有所谓功利主义沦浃其间矣。功利之说,法国孔特倡之,而配列边沁、弥尔继焉,其说以公众之快乐为目的。虽然,人人处宇宙,人人服从良知之命令,自然人人快乐,何必假公众之快乐相揭橥?以公众快乐相揭橥,已求诸外矣。况此公众快乐之说,又不免为利己主义所利用耶。即使公众快乐之说,为纯粹的,为绝对的,然既骛其名,则必有从而侵之、从而夺之者。既侵既夺,其主义已无存矣。然其人犹以其名足以欺世欺人而假之,久假而不归,恶知其非有耶?阳明曰:"圣人之学,日远日晦,而功利之习,愈趋愈下。盖至于今,功利之毒,沦浃于人之心髓也,几千年矣。记诵之广,适以长其敖也;智识之多,适以行其恶也;闻见之博,适以肆其辩也;辞章之富,适以饰其伪也。其称名借号,未尝不曰'吾欲以共成天下之务',而其诚心实意之所在,以为不如是,则无以济其私而满其欲也"。呜呼!世之称为公众快乐相号召者,清夜扪心,能无闻此说如芒刺在背耶?阳明又曰:"王道息而霸道行,功利之徒,外假天理之近似,以济其私,而欺于人曰:天理固如是。不知既无是心矣,而尚何有所谓天理者乎?"噫!其心既丧其天理,即丧其良知,即丧其自由矣,而犹欲为人争自由,吾叹其不自量耳。

呜呼!人能尽良知以循天理,复何罪恶?除尽良知以觅自由,夫复何自由?苟尽良知以为国,又焉至狃于功利也。今国人不悟。中英战后,见外人军器之利,而遂欲军器为国。迨见军器之坚利,非科学不为功,又移其心于学务,以造科学人材。今见人材虽众,必有完全保障自由之政府,以利用之,此辛亥及今之役。以政法问题,而牵入自由战争也。嗟夫!人失其良知上之真自由,则政治之组织、法律之条文,不过空谈与废纸,吾前既言之矣。乃有仁人,怜兹众生,而发宗教救国论者。呜呼!吾恐其策亦有未尽。盖宗教之说,以灵魂动人耳。世间重灵魂之教,惟佛与耶。佛说灵魂,其言过幻,且求其明所谓吾心者,又多遗弃人伦事物。人固知其难淑此五浊之世也。耶之说,事事以其心魂赖其教主,不知我心间自有无上命令以加之。此心清明,行事自当,何必假教主之名以迫心魂,而转失其真自由耶?若此者,皆所谓舍内而求外。既舍内而求外,则外物从而蔽之矣,无怪流弊之极,有以险诈手段妨人自由,而娱其外界之我者。又有以保障自由为念,而功利主义因之袭之,致丧其真我者。滔滔中国为天囚世界,而大乱不息,此必非宗教家之始料所及也。今群言庞杂,争发救国之论,吾因叹其舍本而齐末,爰举鞭辟近里之阳明学说进。世之君子,有志救兹浊世人民,其亦知真自由之所在,而致此真自由之术矣。阳明之学,广博精深,浩如渊海,不佞所举,不过太仓一粟耳,且不文,辞多害意者。如欲窥其精义,则自有《阳明全书》在也。

文　苑

伪传梁任公噩耗,挥泪成二律　（《复旦杂志》第二期）

一电飞传四海惊,五羊魑魅扰乾坤。空余热泪酬先觉,别有伤心恸国魂。始信苍天真愦愦,何堪赤县竟昏昏。含愁强拭龙泉剑,当取鉏麑首作樽。

海疆半壁起悲笳,引望南天泪若麻。公岂来君真被贼,我同刘季早忘家。（公耗至沪,各报适纷传江西独立。余家侨赣,然心已置之度外矣。）文成倚马才无敌,志切屠龙愿转赊。百幅鲛绡齐湿透,公仇私愤两交加。

二诗既竟,余哀未竭,再成二绝　（《复旦杂志》第二期）

洒泪看天天哽咽,国门痛苦哭难伸。缘何一电惊传到,遍地鉏麑竟噬人。（公诗:君看十万头颅价,遍地鉏麑欲噬人。）

为哭公亡泪眼枯,江山烟雨太模糊。思将伐我仁人弹,拟彼当朝莽大夫。

前诗未竟忽闻噩耗不确,惊喜之余,复成二绝　（《复旦杂志》第二期）

一闻新野未遭戕,广武原头笑欲狂。可恨子虚重译字,累侬热泪万千行。

疑死疑生原是幻,杯蛇市虎那成真。珠海未照苌弘碧,留得神州第一人。

公扬生花之笔,宣木铎之声,觉我痴迷,灌以常识,中心藏之,何日忘之。丙辰四月,海珠变生,《大陆报》专电传公殉焉。嗟夫,天柱忽崩,地维斯折。薄海传遍,人尽含哀。况私淑如余者乎?泪竭声嘶,成诗四章,书未及竟,又有以公耗不确闻者。盖正西报之句读误也。余为之狂喜,再成二章。嗟乎,数行西报,使我忽啼忽笑,不啻孩提被弄于掌股之上,公闻之,得无嗤其愚乎?六诗皆类巴人下里,然语出至诚,或亦文字因缘中一段佳话。爰录之并志颠末。

某公招饮,谈时局有感即席赋此 (《复旦杂志》第二期)

坏云暧叇遍长空,杯酒同浇垒块胸。天下纵虚王猛虱,世人几辨叶公龙。祸飞弱水三山外,心逐关河百战冲。俾相挈皇长已矣,尊前惆怅拭青锋。

甲寅除夕杂感 (《复旦杂志》第三期)

燕云消息竟如何?羯鼓声中一岁过。狂饮气吞穷索虏,长歌声撼大名河。雄心频跃猿公剑,壮愿犹存孤父戈。燕颔虎头奇骨相,忍令窗牖坐销磨。

东风吹绿旧神洲,杯酒难浇浩荡愁。肉食群英燕雀智,锦衣奇士稻粱谋。边才几遇敖曹虎,军事空推李牧牛。塞外铁鹞新振旅,何时大计定澶州。

十万黄金又筑边,北平形势控幽燕。金风落日盘雕塞,短褐轻弓射虎天(借)。漫说单于朝渭水(章嘉活佛有入朝说),难俘颉利过居延(哲布丹顽梗如故也)。誓当磨剑阴山顶,浩浩天风月冷然。

春江一碧,春草凄凄,黯然销魂者,非别也耶。不才寓都邮六阅月,忽别旧去,惆怅良深,急书四绝,以志鸿爪 (《复旦杂志》第三期)

江湖隐隐梦迢迢,带酒乘槎看怒潮。无限兴亡无限泪,天涯那得不销魂。

风涛鞺鞳惊沉梦,破碎山河剧可哀。底事中原成逐鹿,苔痕无限尽英才。(时中日交涉方急)

长天深碧水茫茫,披发骑龙吊大荒。英气消沉愁鹤市,睡狮无奈哭东方。

满腔热血向谁诉,说与江南杜宇听。歌哭江关正摇落,烽烟遍地一身行。

得友人书,书中事不胜感慨,口占一偈,漫书其后 (《复旦杂志》第三期)

菩提树下悟真禅,浩劫凄迷遍大千。惜我惺惺真有愧,怜他昧昧到何年。泥犁重入原吾任,神剑宵鸣叹彼喧。愿祝如来还本相,广长舌底现金莲。

乙卯双十节想赋 (《复旦杂志》第三期)

无端沧海叹横流,痛说中原万事休。遮道虎豺惊白日,带霜鸿雁入清秋。一腔旧痕兼新恨,满腹家忧更国忧。拭目细看天下士,几人滔海几封侯。

吴淞望海兼吊熊烈士成基 (《复旦杂志》第三期)

天风浩浩挟惊雷,一望沧溟眼界阔。大海黄疑浮地去,远汀青欲渡江来。仲连正气存遗墨,杨仆楼船渺战才。凭吊英灵空惆怅,潮声呜咽大招哀。

舟过樵舍 (《复旦杂志》第三期)

年华心事两蹉跎,回首中原竟若何。游兴十年萧寺月,离心万里大江波。频居漆室忧宗国,重向荒邱吊劫驼。热泪满腔愁万斛,一回击楫一悲歌。

年来国情反复,众生益苦。千年古国,心痛沦胥。对苍天而无言,惟中宵以雨涕。无端歌哭,颠沛行吟。偶一检束,亦足以觇世变。情动乎中,非嗜学新亭故态也。——著者自志

乙卯七月感事 调寄水调歌头 (《复旦杂志》第三期)

十年忧国泪,北望一何多。满目人皆心死,无奈哭和歌。十一日来变幻,风光黯黯。

憔悴山河,六贼犹鸣异。四塞已称戈。　昆仑剑,长沙策,久蹉跎。醉后发狂自捣。中夜涕滂沱。不信自由去也,只恐玛公心事,强半消磨。祝众生脱苦,身愿塞颓波。

塞外　(《复旦杂志》第六期)

击筑高歌猛虎行,碧天如水暮云清。不知今夜阴山月,可似轮台旧日明。

渡江　(《复旦杂志》第六期)

从戎素志总蹉跎,击楫中流发浩歌。豪气徒横魏武槊,壮怀空握鲁阳戈(借)。纵观海内须眉少,极目天涯涕泪多。莽莽神州人似梦,一腔孤愤诉烟波。

登景山望清宫有感成二绝　(《复旦杂志》第六期)

凄迷云树郁阴霾,甬道千寻吐碧阶。帝子不归鹃血尽,景阳钟冷落宫槐。

无限兴亡拂眼过,伤心一片懊侬歌。紫禁烟树煤山月,送尽朱家送觉罗。

课　艺

孤　愤　随　笔[①]

罗家伦

镇日作蠹鱼生活,了无兴趣,拉杂书此,聊以舒我勃郁云耳。

海禁初开时,士夫昧于外情,惶惑不知所措,李合肥遂以外交家见称于当时。吾闻其轶事一则,亦我利权丧失史中一段伤心话也。当日本渐强时,清廷患之,思联俄拒日,商于俄皇,俄皇许焉。时俄皇方行加冕礼,我国循例遣使往贺。清廷乃任某侍郎为公使。俄皇拒之曰:"加冕大礼,某侍郎何人,敢参特典。必尔国之公相而后可。"于是我国所谓第一流外交家,汽笛一声,衔全权公使命,向冰天雪窖进发矣。李抵圣彼得堡时,适俄皇举大礼未毕,遽进谒。俄皇下阶迎之,甚谦抑,且誉其名于众曰:"此固与德铁血内阁,我国缁衣宰相齐名,而称世间外交界三怪杰者也。"李不知其为外交手段,心德之,益信俄人待我之诚,遂与订割让胶州湾,协力御日之密约,而各国咸莫之知。事毕,李漫游全欧,英皇、法总统遇之慢。至德,德威廉第二欲其订购克虏伯厂大宗军械也,敬如上宾。而李遂以德俄心移而向德,语次,阴以俄约泄威廉。威廉固思扩其势力于远东,而未能忘情于胶州者。于是复以二教士之故,进兵鲁省,强挟清廷以订胶州让德约焉。德约既定,俄复以密约来责。清廷无奈,允偿以大连,藉与德相持。俄以大连之险不及胶州,请益,益以旅顺。后十余年间,日俄、日德之酣战我卧榻侧者,未始非此黑幕中一段恶因,有以成之。物蠹虫生,念之能不潸焉出涕耶! 此事吾闻诸某国际法家,盖深悉此中内情者。

国际要事,荟集成编,以各编之色命其名。各国各编,固非尽同也。合肥死,奕劻继之,见德之所赠白皮书甚详悉,于是通电各国,令各赠白皮书一。各政府见之,咸相匿笑。而中政府外交知识之薄弱,遂益暴露当世矣。

今日西欧所谓新科学,我国数千年前皆有所发明。如张衡之地动说,固早于哥白尼,且哥白尼不过空理想,而张衡则有地动仪之作,是确切且远过哥白尼矣。公输之飞鸢,巧于徐柏林。祖㫤之轮船,先于富士敦。诸葛之木牛流马,过于此日输送机。元顺帝之自

[①]　刊于《复旦杂志》第二期,1916年6月。

鸣钟,宇文恺之行城,皆巧擅一代。郭守敬能创大统历,且测吉州谦州。则今日文明进化时数学,亦不过如此。况指南针一物,实发明自四千七百年前,其时仍为欧洲犷獉时代耶! 不佞尝谓《列子》"苦竹生青宁,青宁生程,程生马,马生人"数语,宛似达尔文人种进化论,惜后世学者不能由此说研精覃思,致让西人独步耳。

近更有出人意表一事,则钵仑新闻报载舍路埠依云博士,在该埠长老会礼拜堂讲演历史曰:"予研究亚罅士架人之风俗沿革,及墨西哥与智利国搜得之多种证据,证明一千年前,已有中国佛教徒至墨西哥,遗有各种古迹。又中国北京某藏书楼中,存有西半球之地图,为佛教徒归中国时带回者,虽不完美,亦可令人辨别,可知西半球是中国人首先寻出云云。"若然者,则哥伦布安敢不退避三舍,让此奇绩于我华人耶?但所云中国北京某藏书楼之地图,北游时当细访之。

林文忠则徐首倡绝鸦片之害,卓识冠当时。后陷于权奸,受谪远戍,天下冤之。其出塞四首云:

雄关百尺背天西,万里征人驻马蹄。
飞阁遥连秦树直,缭垣斜压陇云低。
天山巉削摩肩立,瀚海苍茫入望迷。
谁道崤函千古险?回看只见一丸泥。

东西尉候往来通,博望星槎笑凿空。
塞下传笳歌敕勒,楼头倚剑接崆峒。
长城饮马寒宵月,古戍盘雕大漠风。
除是卢龙山海险,东南谁比此关雄!

敦煌旧戍委荒烟,今日阳关古酒泉。
不比鸿沟分汉地,全收雁碛入尧天。
威宣贰负陈尸后,疆拓匈奴断臂前。
西域若非神武定,何如此地罢防边?

一骑才过即闭关,中原回首泪痕潸。
弃繻人去谁能嗣,投笔功成老亦还。
夺得燕支颜色冷,吹残杨柳鬓毛斑。
我来别有征途泪,不为衰龄盼赐环。

气节可以想见矣。

沈定扬为明季烈士,初识洪承畴时,承畴尚幼,以为非常人,善遇之。后承畴降清,宠日隆。定扬起义海上,事败被执。承畴以师生谊,亲往说降。沈佯不识,以手奋击承畴脑,且詈曰:"贼奴何人,敢诈我洪公,洪公早为大明死节矣。"承畴惭而退之,定扬旋亦遇害。定扬部下五百人栖海上,闻耗,即不屈自刎而死,无一偷生者。此事足与田横岛争光。然定扬人格,尤出田横上。田横事知之者众,独此鲜有闻者。爰重述之,以彰奇节。

人生出处有不可不慎者。吴梅村于明亡时,不能作首阳一饿,复不听侯壮悔三不必五不可之言,遂一生悔恨以终。睹其绝命词,可想见矣。但梅村之悔,不仅在绝命时,其中年《吊古兼怀侯朝宗》一律,云:

> 河洛风烟万里昏,百年心事向夷门。
> 气倾市侠收奇用,策动宫娥报旧恩。
> 多见摄衣称上客,几人刎颈送王孙。
> 死生总负侯嬴诺,欲滴椒浆泪满樽。

愤恨之情,溢于言际。壮悔泉台有知,当惜其已无及也。昔贤曰,人生作事,慎毋为怨我者之所笑,爱我者之所惜,旨哉。

坡公《都昌即景》云:

> 鄱阳湖上都昌县,灯火楼台一万家。
> 水隔南山人不渡,东风吹老碧桃花。

吾每叹其末句设想之奇。客岁游都昌,见南山与县城,仅隔一衣带水,驾扁舟往谒者屡矣。山中林木阴翳,怪石巉严,有野老泉在焉。泉长逾丈,广七八尺,水清冽甘芬。摩崖"野老泉"三字,犹坡老遗迹,惟碧桃花则渺不可睹。吾意几历沧桑,名花已憔悴尽矣。后阅县志,见碧桃花乃一妓,坡公狎之。春涨新添,欲渡不得,遂有睹物怀人之作。此老何多情若是也。

余频年浪迹江南,所至之处,每览其名胜,然尤注意其题壁诗及楹联。所见楹联之佳者颇鲜,而集句楹联之佳者尤鲜,惟忆昔时见滕王阁一集句联云:"枫叶荻花秋瑟瑟,闲云潭影日悠悠。"天衣无缝,诚超脱不可思议者矣。惜忘其集者之姓名,今则兵燹后,已不可复觅。

安庆城隍庙一联云:"任凭你无法无天,到此孽境高悬,还有胆否?全仗我能宽能恕,且把屠刀放下,回转头来。"不问其辞之工拙,即气已足夺万夫矣。后闻此上联成于彭刚直玉麟。盖其时彭公转战小孤,返旆安庆,沿途除暴安良,风行雷厉,舟中有所触而成。此实隐寓自负意也,惟难属对。舟既泊,皖藩吴竹庄来迎(字坤脩,曾湘乡幕中四圣七贤之一),即以此告之,竹庄乃为续下联。彭大喜,握手相狂笑。后以其语气绝似城隍神,爰镌于该地城隍庙。

俄人之利用犹太人也,笼之以赏,挟之以威,逮功成,则弓藏狗烹矣。近北美《新世纪》杂志 *The Century Magazine* 载《犹太人之呼吁》一篇,一字一泪,令人不忍卒读。其中一轶事云,俄彼得大帝时,一犹太兵颇著战功,退伍后,以行窃罪处死。行刑时,彼得过其侧。此兵哀呼曰:"大帝乎,小人今以偷窃罪来断头台上矣。念小人昔日斩将搴旗以此手,今以微罪送尽残生亦此手,惟大帝哀之。"彼得曰:"汝手固有功。"乃吻其手,而仍置之死。呜呼,亡国民之恩遇,如是而已。亟转录之,以广传布,而动国家最危险时国民最后之自觉。(按:此篇全文已由胡思愚君译登《东方》,有心人不可不读也。)

孤愤随笔[①]

心术邪正,往往流露于不知其然而然。沈起凤先生谓老僧辨严分宜之祸国,于读《荆

[①] 刊于《复旦杂志》第三期,1917年1月。

轲传》时,亦观微而知著者也。项城幼时就外傅,一日,文成,中有二语曰:"杀人者,必杀人之子。"师阅竟,掩卷长太息而已。项城正式总统就任日,各界行庆礼。都中某名士撰一联云:"四世三公绳祖武,一朝总统继孙文。"妙语天成,匪夷所思。其殁也,挽联中佳作绝多,读之有如亲听祢正平渔阳三挝者。惟沪上某君一联云:"三五年事业真奇,只因多士上书,趁此欧风美雨之中,及时孟晋。八十日英名犹在,倘为我公作传,应于本纪世家而外,新例别开。"遣辞虽未能云妙,然饶有含蓄。呜呼!吾亦虑他年国史馆中,无术以处此八十三日洪宪皇帝也。

关东胡匪披猖,令人咋舌。然其中亦有法令。令执于魁,其魁必具绝技。一经推戴,生死以之。众有违犯,魁令之死,则立自到魁前,不稍回顾。日本报载匪魁钻天燕子,能日行八百里,黄四、嫩王,则手发二枪,命中不爽。盗亦有道,非无能而窃高位者。

松禅老人力引新进,而以改革大政为己责。戊戌变法后,受忌归隐,构精舍三楹于常熟祖茔侧,实平生所好书画以自娱。忽一日,大书榜其门曰:"原宪陋巷,泄柳闭门。"盖其时弟子某适任苏抚,欲谒函丈,故书以拒之。此事清江裴鉴臣太史亲为家大人言。裴亦老人弟子。

桂伯华先生潜心佛典,著作等身,龙象才也。闻其奔父丧归,不泣,掩棺面以芝麻,而手叩棺诵佛典,昼夜不辍。此乃其乡人某告余。

伯华先生今年三月圆寂,海内痛之。沈子培先生挽以联曰:"无佛无涅槃,性海沤空,今日了然常住理。一花一世界,金刚固在,他方或现大明神。"陈伯严先生曰:"海水纳毛孔中,升天已了寻师愿。诗卷作骨董具,结习难磨照世痕。"盖伯华固证澈涅槃也。余见贞先生亦有联云:"道德文章传后世,晦明风雨哭斯人。"颇称桂先生身分。

近世哲学日昌,研究灵魂学者日众,且有灵魂可量之说焉。(见《东方》某卷)伍秩庸博士近于此学极有得,且与已死英国驻美总领事某君共摄影。此见已死之魂也,然见生魂者实鲜。今年长夏,嵇君毅士供职南昌高等检察厅。公余假寐长廊下,觉身惝惝出门,经一衙署,组织一若新法庭。甫欲入内观开庭,闻人证未集,宣告延期,遂罢。复经一路,路旁一巨宅,百两盈门,彩舆将集,昏者也。君伫立久之。一声爆竹,惊破黄粱,则身仍卧长廊下,日已曛矣。翌日,嵇太夫人住谒通家许夫人。寒暄毕,许夫人问曰:"公郎昨日为吾邻家理昏事,得毋劳顿。"曰:"未也。"曰:"何得言未?吾昨午偕家人某倚门立,咸见公郎短褐伫吾门首,方欲与接谈,而昏家爆竹声作,疾驰入。设非代婚家治事,何短褐伫吾门?且闻爆竹声疾驰也?"乃详述衣履,一一皆卧时服。太夫人大诧失色。此事乃毅士君封翁亲为家外祖总蓉公言,故敢泄笔记之,以求教于世之哲学家,为世间求真理。毅士当能恕我冒昧也。但吾不解者:哲学家多谓梦乃五识停止六识用事所成,何此梦乃实有其境?灵魂原幻影,何此君灵魂,乃独为众所见若常人?且人之精气所积为灵魂,岂衣服亦有精气耶?不然,何其衣即卧时衣也?此事之不可解者。

上海民立中学教授仇君,演讲哲理,谓其执友某,素不通西文。一日病,卧榻上,忽操英语至纯熟。阖家大异,某固素无西友。惟二十年前,识戈登将军,然彼此交谈,咸赖舌人,不知脑海间何以回溯二十年前事也。吾以人皆有灵根,但多为业力所蔽。病时,脑海业根稍净,故灵根偶现耳!

江苏某令,清贫鲠直,有木强人称。偶触怒豪强,豪强陷之。江督令江宁上元两县令查复。二令固颟顸,不为致辞。令名逐登白简,愤而自到。其友悯之,挽以联云:"鬼如有灵,明月清风应访戴。魂将焉往,江流石转恨吞吴。"其时江宁令为戴某,而上元适吴姓也。联为大府所见,恻然终日,厚赙之,令家遂得活。联界佳话也。

梅花岭史阁部祠,楹联佳者绝多。殆造化有灵,假文人手笔以褒忠魄耶。中有史公降乩一联云:"一代兴亡归气数,千秋庙貌傍湖山。"颇庄重。其余联之佳者,有曰:"一代英雄双血泪,二分明月万梅花。"又曰:"生有自来文信国,死而后已武乡侯。"末十四字,可作史公小传读。

狄根氏当英法大乱之会,著《二城谈》,以描摹社会之惨状、人心之险诈、盗贼之横行。中述行路艰难、旅客疑忌,谓:"所可恃而保无异心者,不在人,而在马。"伤心之言,闻之酸鼻。悼红轩主身历世变,托辞《红楼梦》中曰:"宁国府中,舍门前一对石狮外,实无干净者。"痛哉痛哉! 此文人一滴伤心泪也! 今世乱未已,人心卑污阴险,倾轧欺诈。吴越萧墙,同舟敌国。莽莽神州,岛蹄兽迹。茫茫大难,山震谷崩。世有狄根氏与悼红轩主,吾不知其又抱若何感想耳!

世之无耻者,毋过我国民。世之善忘者,亦毋过我国民也。溯五月九日之巨创深痛,人人孰不搥心泣血,慷慨激昂。拒日货,图雪耻,急电横飞,义气薄云。其中尤以北京总商会一电,感人至深。电曰:"日本利用欧洲战事,乘我新造国家,提出吞并朝鲜同一之条件,逼我承认。五月七日,竟以武力为最后之要求:四十八钟内倘不承认,立即进兵。以五千万同文同种之人,忍加刃于我四万万同胞之颈,强夺我之生命财产,以灭我国家,而供其贪欲。呜呼痛矣! 趁我国家初创,人民屡遭离乱,元气未复,政府内顾民力,不能不委曲求全,让步媾和。权利丧失,国几不国。呜呼痛深矣! 顾我国民受此奇辱,尚有何面目以自存于社会! 夫我中国素称强大,甲午以后,外患因以纷来。联军之役、日俄之役、青岛之役,屡受侮辱,得步进步,东南屏蔽,为之尽撤。今且深入我济南之腹地,竟以亡国条件相要挟矣! 我国民苟尚欲自侪于人,数五月七日之耻。此生此世,我子我孙,誓不一刻相忘。今请自本年五月七日始,我四万万人立此大誓,共愤全力,以图国家。时日无尽,奋发有期。此生可灭,此志不死! 挥泪哭告,不知所云。"当时此电风传,阅者相率涕下。曾几何时,星移斗转。今国人中购日货如故,靦颜事仇如故,且尤甚焉! 吾见《神州报》载日本玩具之流入中国,昔年不过两百余万,今年增至五百余万。吾实洒泪以看此新闻也! 呜呼! 吾国人真无耻耶! 真善忘耶! 抑真不欲自侪人数耶! 人心已死,不亡何待? 搔首问天,遇吾何酷? 中原回首,复何言哉?

屑 录

屑 录①

霜风削面,寒月砭肌,残烛荧荧,倚小窗汇录平日所闻及见者,以遣旅怀,并公同好。

曩阅任公诗话,见谭浏阳临刑时有"去留肝胆两昆仑"句,任公以"两昆仑"者,一为南海,一指大刀王五。余初不知王五为何如人,观其能得浏阳钦折,想亦一代人豪矣。今偶阅近人笔记,始知王五固幽燕大侠,居镖局首席,声威南震运河,北极山海关。有轶事一则,大足记载:一日王啜茗茶肆,见对座某客,坐椅屡易屡折,客愤然曰:"此间乃真无可坐者耶?"顾仆曰:"速将吾坐具来。"已立而待之。王心异焉,与通姓名,知客张姓,川中人新客都门者。俄而八人舁一大铁墩至,重约五百斤。张即前挽其旁孔,双手举之,绕座

---

① 刊于《复旦公学浙江同学会学生杂志》第一期,1915年12月。

三匪,面不改色。王大赞赏,就其手夺之,擎以一臂,绕座五匝,置而大笑。张伏地曰:"今而后知公之神威矣。"王大喜,与订交。噫!即此一端,已足与髯参军并传。

明季江湖奇士,气节凛然,若苏昆生、柳敬亭皆有足多者。闻柳苏二人,昔同客宁南左侯幕,待遇优渥,故宁南讨马士英,敬亭为之投檄。宁南卒,昆生为葬于杭州西湖上。冒辟疆赠柳云:"忆昔孤军鄂渚秋,武昌城外战云愁。如今衰白谁相问,独对西风哭故侯。"吴梅村赠苏有曰:"西兴清曲深闺夜,绝似南朝汪水云。回首岳王坟下路,乱山何处葬将军。"即指此二事。

> 按梅村赠昆生诗共四首,所录者其第三首也。其一云:"楼船诸将碧油幢,一片降旗出九江。独有龟年卧吹笛,暗潮打枕泣篷窗。"其二云:"有客新经堕泪碑,武昌宫柳故垂垂。扁舟夜半闻萧管,犹把当年水调吹。"其四云:"故国伤心在寝邱,蒜山北望泪交流。饶他刘毅思鹅炙,不比客今忆蔡州。"(自注:昆山固始人,即楚相寝邱也。)

洪承畴之兵败也,京师闻其已死,思宗作文祭之,并亲祭十三坛。一代完人,荣宠极矣,孰意祭未毕而承畴降耗忽至,思宗废然而返。明社既屋,承畴经略中原,见宠于清愈盛,曩日门下士某羞之,走千里往谒,阍者拒之。某诡称有要事上白,及见承畴,袖出思宗祭文,对之朗诵。诵毕,痛哭出门去。吾谓此事大快人意,祢正平痛骂阿瞒,不是过也。

近日书札阅之足解颐者,莫过王湘绮致易哭盦书。书云:"有一语奉劝,必不可称哭盦。上事君相,下对臣民,行止坐卧,何以为名?臣子披昌,不当至此,所谓可惜函楼无板凳者,此之谓也。若遂隐而死,朝哭夕哭可矣,且事非一哭可了,况不哭而冒充哭乎?"趣语横生,字字如跃,超妙极矣。是书成于清季。

闻韩国女杰某昔年易男服来沪,夜寄宿妓院间,翌晨即不知其所之。惟案上留二十八字云:"国仇未报寸心愁,尺铁横空动斗牛。假弁易钗聊遁迹,踦蹰又到海洋洲。"浩气纵横,足泣鬼神而动天地。其殆红线聂隐娘之留裔耶?三户亡秦,一成复夏,日人难安枕矣。

吾忆昔年报载日本伊藤博文任朝鲜统监时,祖饯国门者数千人,大隈重信称觞谓曰:"今子之行荣矣。子善自珍摄,行将见十年后老夫任支那统监。其时祖饯国门者将十倍于子,而我手腕之开展,亦将十倍于子也。"吾观近日大隈对华政策,事事抱此主义,然其语则吾人忘之久矣。爰录之,聊当夫差庭前之呼声。

袁简斋嘲集句诗颇中肯,然集句中亦有奇妙不可思议者,如《尧山堂外纪》载杨光溥《香奁集》句云:

> 垂柳阴阴昼掩扉,流莺百啭最高枝。
> 春闺几许关心事,夫婿多情亦未知。
>
> 宿雨厌厌睡起迟,晓莺啼断绿杨枝。
> 梦中无限风流事,尽在停针不语时。
>
> 红芳落尽井边桃,病酒恹恹日正高。
> 百尺朱楼闲倚遍,静看燕子垒新巢。

细草春莎没绣鞋,闲寻女伴过西家。
东风不管人憔悴,开遍蔷薇一树花。

冰雪肌肤力不胜,酷怜风月为多情。
自惭不及鸳鸯侣,双宿双飞过一生。

倚阑无语倍伤情,夜合花开香满庭。
羌管一声何处笛,斜风细雨不堪听。

郎上孤舟妾上楼,感时伤别思悠悠。
离心不异西江水,流到瓜洲古渡头。

晚角昏钟为底忙,怕黄昏后又昏黄。
近来欲睡兼难睡,半是思郎半恨郎。

尽日无人独倚楼,愁来对镜懒梳头。
深知身在情长在,嫁得萧郎爱远游。

郑妥娘之名时见明季诸稗史,然余亦未知其能诗也。惟《龙禅室随笔》一则云:"读虞山《金陵杂题》:'旧曲新诗压教坊,缕衣垂白感湖湘。闲关《闺集》教孙女,身是前朝郑妥娘。'即知妥娘之能诗矣,然传者绝罕。"余所见者,《雨中送期莲生》云:"执手难分处,前车问板桥。愁从风里长,魂向别时销。客路云兼树,妆楼暮与朝。心旌谁复定?幽梦任摇摇。"《春日寄怀》云:"月露西行夜色阑,孤衾不耐五更寒。君情莫作花梢露,才对朝曦湿便干。""沉沉无语意如痴,春到窗前竟不知。忽见寒梅香欲褪,一枝犹忆寄相思。"清辞丽句,置之柳夫人集中,亦无能辨其真伪矣。"

记　　载

本校十周纪念会记[①]

本校创设,时在庚子。初名震旦学院,而教授多借材法兰西人。主之者,为马先生相伯。法人欲我之同化于彼也。乃迫学生崇奉天主,学生不甘违良知、背本心,顶礼膜拜于非所信仰者之前。爰全体退学,重复改组,自立学规,自聘贤师,自赁校舍。一洗宗教臭味,脱外人缚束。几如日月重光。以其本自震旦也,爰名复旦。阅十年,家伦负笈来校,见精神之肃穆,规则之整肃,心窃敬之。不意刹那间,即九月廿四本校改建日矣。校长李先生腾飞告于众曰:本校成立虽久,然离外人羁绊实自十年前之今日,继往开来,自不可无盛会以志不忘。惟今筹备已无及。曷定十月廿三为会期乎?众大悦,且多编演新剧伸庆忱者。届时天忽雨,会期乃展延二日。然先是日之夕,余更阑梦醒,犹闻风声雨声,檐际飞瀑声,纷然来枕畔。心度次日晴霁已绝望矣。孰意至开会前三时,湿云为微风卷尽

[①] 刊于《复旦公学浙江同学会学生杂志》第一期,1915年12月。

空际。斑斑现鸭腹纹,而枝头禽鸟争喧新霁,似苍苍亦为我伸庆者。众入会席,由校长报告年来之进步,并谢来宾之盛情,勉学生以往者之不易,来日之方长。复由王先生亮畴,代表董事部演说此次纪念会之宗旨。蒋先生梅笙代表教授部演说诸教授希望于学生者,最后由同学会代表本校教授邵先生仲辉,告于众曰:沪上名校虽多,若不计国立者,则其余鲜不仰给私人大宗基本金。澄衷之于叶氏,浦东之于杨氏,南洋之于王氏,大同之于胡氏。各巨族之嘉惠士林,固堪钦羡,然未有若我复旦之无一毫公费,及私人基本金,徒赖学生之团结,董事之维持,而若巍巍灵光,屹然不颓也。噫,复旦虽屹然不颓,然其所历难关多矣。当最初吾同学之思脱外人奴隶教育也,外人似度我舍震旦外,无复能力集团体以讲学,冷嘲热讽,如矢交集。而众虽处万难中,志气不少沮,故复旦卒能涌现。其后复困于经济者屡矣,幸群力维持,终致不败。辛亥之岁,校舍据于军队,而昔日同学复百计重组,使归复兴。癸丑之岁,本校几再罹于厄,乃维持者亦再接再厉,此其有今日,是历此数劫而不散。吾知复旦之昌,正未有艾。他日同学中,必有踵昔日创校诸氏之志而光大之。言未几,四座肃然,余亦容为动矣。夫外人者,非曰以宗教及教育饵我而思磨灭我国民性于无形耶? 本校诸先觉,眼光犀锐,识见深沉,勒马悬崖,回头断岸,非大勇猛大决心孰能如是? 十年之间,又赖其始终维持者,则其坚忍性、团结力,更不可及矣。先觉既奋此坚忍性团结力以思扩充母校,母校之兴,可立而待。昔英之剑桥、美之哈佛,初亦数十百人,讲学团体耳。徒以提倡者克尽其力,遂达领袖大学之望。复旦又安知数十年后,不若剑桥哈佛而成中国领袖大学耶? 使今日学生中有处西人所设学校,能行本校诸先觉之行者,彼西人亦不敢耽耽我教育权矣。吾因感邵先生之言,且叹本校诸先觉识远见深,虽历险而不挫,有人所难能者。爰并开会详情,泚笔记之。五时会散,是夜新剧焰火提灯诸游艺,皆酣畅尽致,以事涉余兴,兹不赘。

函　电

罗家伦来函(《申报》1918年7月1日)

记者足下:顷阅六月二十四日《时报》,知上海有救国联合各界大会,由蒋观云先生主席,北京学界当考试之时,得闻此耗,莫不欢欣鼓舞,感慨激昂。以十年来不问时事之蒋先生,竟毅然挺身,成此盛举,足征卫国之念,尽人皆同,而保育青年之心,在贤者为尤切。中国一线之望,其在兹乎。惟救国之举,手续綦繁,非可决于片言,更非可举于一会。窃思扼要之举有二端焉:

(一)在联合全国青年学生,作一有机体之组织,以爱之朝气,按分功之原理,赴同一之目标。

(一)在成立一种光明正大之言论机关,以惊醒国民之痴梦,而灌以应有之常识。

今第一事已有(大中华民国民国学生爱国会)之发动。惟第二事则尚寂然无闻。曾杰君在联合会之提议,实确有见地,而不容须臾缓者也。为今之计,莫若请朱少屏先生竭力提倡,及经理一切筹款事宜。我京津学界,亦必竭力呼号,为其后盾。再请蒋观云先生在沪主笔,办理一《爱国报》,秉不偏不倚之精神,摅觉世觉民之宏愿,而贯彻下列五项之宗旨:

(一)鼓励青年学子及一般国民之爱国心与自觉心,而施以适当之指导。

（二）研究列强对华政策及其在华之实力。

（三）灌输国民常识，且旁及高深之学问，以立中国新文化之基础。

（四）随时以舆论作外交后援。

（五）提倡国货。

以上五者皆救国之真谛，以蒋先生之才智，必能发扬光大，为我言论界放一异彩，而植我国民他日一线之新生机。吾知先觉如蒋先生者，亦必能奋其"我不入地狱，谁入地狱救众生"之志，以拯我辈沉沉古墓中之陈死人也。兹事发端甚大，收效必宏。吾闻意之建国也，以但丁。德之报法也，赖菲斯的。今敢以但丁、菲斯的之伟业，望于蒋先生，且以望于全国之哲人杰士。若我京津学界虽不敏，亦将励志掬诚，以随其后焉。谨恳我言论家赐以提倡，共策进行，则言论之幸，国民之幸，中华民国之幸也。迫切陈词，伏希鉴察。

北京大学 罗家伦谨白。

赵靖怡

傅斯年、陈受颐往来书信辑佚汇注

引　言

傅斯年与曾任北京大学历史系主任的陈受颐是情谊深厚、志趣相投的好友。他们相识于20世纪20年代末，在30年代前中期同为北京大学和"中央研究院"历史语言研究所的发展献力，其友情和学术交流也持续终身。直至今日，陈受颐并未得到国内学界的重视，他与傅斯年的交往也并不为人所知，甚至有人认为他们别后再无联系。其实，陈受颐不仅是北大中兴时期史学系的柱石，也是傅斯年甚为看重的挚友，他留存于美国加利福尼亚州克莱蒙特联校波莫纳学院的个人档案"陈受颐文书"中有大量与傅斯年相关的书信史料。此前由于相关史料的缺乏，人们不仅对于陈受颐其人了解有限，更没有意识到在傅斯年学术交流、人际交往的系谱中缺失了陈受颐这一角色。

为还原傅斯年与陈受颐的交往真相，增补傅斯年研究的书信史料，本文汇辑傅、陈之间散佚于世的19封直接通信，并加以整理、注释和解说。其中，识读手稿后全文录入的书信共有15封，包括"陈受颐文书"中的傅斯年致陈受颐书信11封、①拍卖平台上搜得的傅斯年致陈受颐书信3封、②《胡适遗稿与秘藏书信》中陈受颐致傅斯年书信1封。③另外，本文还以摘要的形式，汇辑了现存于台湾大学傅斯年图书馆的陈受颐致傅斯年书信4封。

经与《傅斯年全集》④《傅斯年遗札》⑤和《傅斯年往来书信选手稿集萃》⑥比对发现，在笔者搜集的19封傅、陈直接通信中，只有一封陈受颐写给傅斯年的书信，作为"陈受颐致胡适书信"的附件收录于《胡适遗稿与秘藏书信》第35册，⑦其余18封均为未曾公开出版的佚信，其史料价值不必赘言。

---

① *Chen Shouyi Papers*, in Special Collections, The Claremont Colleges Library, Claremont, California.
② 《傅斯年致陈受颐函》(1934年10月9日)，北京保利国际2017年春季拍卖会；《傅斯年致陈受颐书信》(仅公布一页内容，信末日期为7月30日)，西泠印社2017年秋季"中外名人手迹专场暨长言联书法专题拍卖会"拍卖会；《傅斯年至陈受颐函》(1936年9月28日)，孔网2021年春季"名人墨迹·西文经典专场"拍卖会。
③ 《陈受颐致傅斯年(1931年3月29日)》，见耿云志主编：《胡适遗稿与秘藏书信》(第35册)，合肥：黄山书社，1994年，第399—405页。
④ 欧阳哲生主编：《傅斯年全集》(共七卷)，长沙：湖南教育出版社，2002年。
⑤ 王汎森、潘光哲、吴政上主编：《傅斯年遗札》(共三卷)，北京：社会科学文献出版社，2015年。
⑥ 聊城市傅斯年陈列馆编：《傅斯年往来书信选手稿集萃》，郑州：中州古籍出版社，2018年。
⑦ 《陈受颐致傅斯年(1931年3月29日)》，见耿云志主编：《胡适遗稿与秘藏书信》(第35册)，合肥：黄山书社，1994年，第399—405页。

除二人的直接通信以外,本文还收录了1封《傅斯年遗札》中的傅斯年致朱家骅、并转李惟果与陈雪屏的书信,①内容与陈受颐紧密相关,故一同录入,为读者提供更全面的参考史料。

傅斯年与陈受颐有迹可查的交往,最早可以追溯到1927年。但二人存世的通信却是从1931年开始的,在此之前并未见书信留存。此外,陈受颐寄给傅斯年的绝大部分信函也了无踪迹,殊为遗憾。

接下来,笔者将梳理傅、陈交往始末,并逐一对傅、陈通信进行释读和分析。

傅斯年、陈受颐交往情况概述

傅斯年1896年生于山东聊城,后进入北京大学学习;陈受颐1899年生于广东番禺,在广州岭南大学完成基础学业。二人在童年和青少年时期当未曾晤面。

1919年底,傅斯年赴欧留学,先后在英国伦敦大学大学院、德国柏林大学哲学系就读,早期钻研心理学,也曾学习数学、物理、化学,经过几次兴趣转换,最后择定历史语言研究和教育为其终身志业。期间曾在法国巴黎与胡适会面谈话。1926年底归国,1927年春季起任教于广州中山大学。同年秋季,说服蔡元培放弃在"国立中央研究院"创办"心理学研究所"的计划,转而倡议并亲自创办了历史语言研究所。1928年10月,史语所正式成立,《历史语言研究所集刊》创刊,傅在其上发表《历史语言研究所工作之旨趣》。1929年春,将史语所迁往北平。同年秋,兼任北京大学教授。②

1920年,陈受颐毕业于岭南大学,留校任教于中国文学系。1920年与同学共同创办《南风》杂志,关注白话新文学的创作。1923年7月,与陈荣捷、梁宗岱等八人组织"文学研究会广州分会",认同"为人生而艺术"的主张。1924年升为副教授。1925年休假,赴美国芝加哥大学深造,研习比较文学,专攻18世纪中欧文化交流史。1927年获得芝加哥大学推荐,在芝大开设中国语言文字课程的讲座。1929年夏,回到岭南大学任中国语言文学系主任,参与创办《岭南学报》。③ 1931年秋,受到胡适、傅斯年和蒋梦麟的邀聘,就任北大历史系主任、中华教育基金会讲座教授。④

由于对陈受颐其人的忽视,有些人认为他入职北大之后才与傅斯年结识。⑤ 但在王汎森先生的《傅斯年:中国近代历史与政治中的个体生命》一书中,有关于傅斯年和陈受颐交往的记载:

> 作为中山大学副校长朱家骅(1893—1963)的密切伙伴,又是国民党积极分子,傅斯年在1927年12月共产党员张太雷(1898—1927)领导的政变中,险遭灭顶之灾。……他被共产党人划入逮捕的范围内,幸亏有人告密,他逃到陈受颐(1899—

---

① 《傅斯年致朱家骅、李惟果、陈雪屏(1948年2月14日)》,见王汎森、潘光哲、吴政上主编:《傅斯年遗札》(第三卷),北京:社会科学文献出版社,2015年,第1337页。
② 欧阳哲生主编:《傅斯年全集》(第七卷),长沙:湖南教育出版社,2002年,第404—409页。
③ 该学报1952年因岭南大学的解散而停刊。1999年在时任岭南大学中文系讲座教授马幼垣教授的带领下曾尝试复刊,唯在出版三期后因种种原因再次停刊。直至2015年才由香港岭南大学中文系讲座教授、伊利诺伊大学香槟分校比较文学教授蔡宗齐教授主持正式复刊,与美国杜克大学出版的《中国文学与文化》结为姐妹杂志,两刊互载优秀学术成果。
④ 吴相湘:《陈受颐精研中西文化史实》,载《传记文学》,第46卷,第6期。
⑤ 参见西泠印社拍卖网站"中外名人手迹专场《傅斯年(1896~1950)致陈受颐信札》"页面上对于这封信函的错误考证,网址 http://www.xlysauc.com/auction5_det.php?id=119349&ccid=854。

1977)家中并藏在那里。他后来回忆这一事件时写道,自那以后,他再也不像以前那样珍惜自己的生命了。①

但是,1927年时陈受颐还在美国,"傅藏陈处"的真实性应当存疑,所以不能断言这个时间点就是二人结识的开端。笔者在台湾刊物《新时代》中发现了一篇陈受颐口述的《时人自述:大学教育与文化交流》,为"傅、陈交往起点"问题提供了最直接的证据。

> (我)一九二八年回到母校②,担任中国文学系主任。这时候,台湾大学故校长傅孟真先生任中央研究院历史语言研究所所长,住在广州,我们住的地方很近,时相过从,他比我大三岁,两个人都是刚从国外回来,而且年青,谈话的范围极广,而且毫无拘束。傅先生是刚从欧洲留学回来,我是美国留学生,但在研究的范围内,我偏重欧洲中古时期的东西。由于这一点,更使我和傅先生谈得来。现在(按:1961年)偶然会想起三十多年前和孟真先生在广州相聚时的情形,还历历在目。一九三一年,我由岭南大学转到北京大学教书,就是由孟真先生推荐的!③

在多种证据之中,笔者认为陈受颐本人的叙述在逻辑上更为可靠。但无论如何,他们二人显然在成为北大同事之前就已经颇为熟知且互相欣赏,所以傅斯年才会将陈受颐视为"重振北大"的重要人选。陈受颐入职北大不过两月,就接替了朱希祖担任历史系主任,同时被聘为中华教育基金会讲座教授,除了自身能力过硬,傅斯年等人的推重也有很大关系。④

自1931年陈受颐入职北大,到1936年他赴美访学,这一时期是胡适、傅斯年与陈受颐交往蜜月期。陈受颐入职后,不仅与诸位同人共挑北大中兴的大梁,而且加入了"独立评论社",为《独立评论》《历史语言研究所集刊》等刊物提供稿件,受聘成为历史语言研究所通信研究员,⑤参与史语所、中央博物院筹备处等工作,与傅斯年合作密切。

首先来看北大教学工作。陈受颐在北大的正式职位是历史系主任和授课教授,经与傅斯年商议,开设"西洋中古史""文艺复兴与宗教改革""欧洲十七八世纪史""中欧文化接触史"等必、选修课程。⑥ 其次,他还曾受命兼任外国文学系主任,直至1934年梁实秋接任主任为止。在兼任期间,陈受颐曾为外国文学系聘得朱光潜作为授课教授。另外,他也主持推进了一些现代教学改革,比如与其他专业合开课程——与哲学系合开中国哲学史、中国佛教史,请胡适与汤锡予讲授;与国文系合开中国文学史、中国上古文学史,请胡适与傅斯年讲授;与政治系合开中国政治思想史、中国社会史、中国外交史,请陶希圣

---

① 王汎森:《傅斯年:中国近代历史与政治中的个体生命》,北京:生活·读书·新知三联书店,2017年,第79页。转引自《国立中山大学日报》,1927年6月27日。
② 即广东岭南大学。
③ 陈受颐口述,董瑛笔记:《时人自述:大学教育与文化交流》,载《新时代》,1961年,第1卷,第9期。
④ 陈受颐加盟北大之前已经发表了几篇重要论文,如《鲁滨逊的中国文化观》《十八世纪欧洲文学中的中国园林》《好逑传之英译》,在学界内已经有了一定声望基础。但是陈受颐似乎并未与胡适有直接联系,于蒋梦麟而言则更为陌生。因此,尽管聘请陈受颐是经胡适与傅斯年主张、蒋梦麟首肯的,但最先提出、最热心推进的人,恐怕还是与陈氏早已结识的傅斯年。
⑤ 可参看历史语言研究所官网"通信暨兼任研究人员"页面,网址为 https://www1.ihp.sinica.edu.tw/People/CorrespondingAndAdjunct/PastCorresponding。
⑥ 吴相湘:《陈受颐精研中西文化史实》,载《传记文学》,1985年,第46卷,第6期。

和张忠绂讲授。① 又比如,陈受颐通过幻灯片向学生展示欧洲文艺复兴前后文艺作品的特征变化,增加学习趣味,也扩展了现代教学手段,为时人所侧目。②

在史学系的教学上,还有一段关于傅、陈二人的小插曲。据邓广铭先生的回忆,陈受颐主持"中国通史"中的商周史课程,请傅斯年来讲开场白,二人没有沟通明白,结果傅斯年准备不足,使学生有"盛名之下,其实难副"之感,日后才发现原来傅斯年学问如此深厚:

> 我到北京大学读书的第一年③,正赶上胡适先生做文学院长,他聘请了各方面的专家来教《中国通史》课。……商周史也请史语所的人来讲。北大历史系主任陈受颐第一堂课就请来了傅先生,想让他讲个商周史的开场白,但陈先生没把话说明白,傅先生以为是来和北大历史系的同学们随便座谈,所以没做任何准备,来到一看,北大二院大礼堂里坐满了人。他说,"没想到这么多人来听课。"那堂课他讲得杂乱无章。④

除了教学工作,陈受颐还在其他辅助教学方面有显著贡献,如购置书籍、开辟良好的学习环境、沟通师生之间的思想和情感交流等。1933年2月26日的《北平周报》有报道《史学系大购新书》,称赞陈受颐接任史学系主任以来,"极谋发展",致力于扩充史学系阅览室中的西文书籍,"年假期间由欧美订购大批最近出版名著",分两批送抵北平,共计一百余本。⑤ 1934年,北京大学为招生计,发布了一系列院系简介,史学系在其《北京大学史学系概况》中将陈受颐作为"名师资源"加以推介:

> 陈受颐,主任,对西洋史极有研究,并对中国初期之天主教研究尤有心得。先生为粤籍,为人和蔼可亲,于同学间感情融洽非常……主任陈受颐先生对本系同学爱护备至,近与政治系接洽,将该系研究班教室与本系旧阅览室对调,辟成新的阅览室……并又特雇工友一名,专司其事,的是几明窗净,好个读书所在也。……(他)竭力提倡师生接近,要填平过去师生间一条隔膜的鸿沟,而史学系的"师生谈话会",便应此种需要而产生了。⑥

陈受颐在北大的身影也有其他文字记载,如茜蘋在《学人访问记:历史学家陈受颐》中记述了在北大采访陈受颐时的印象:

> 他很和蔼的与我们接谈,微笑时常显露在他面容上,使着人觉得他特别的可亲近。说话还带着广东口音,不过他来北平的时间很短促,能够说得使人容易听懂,也就很可以的了。那间屋子,虽然是挂着"主任室"的牌子,但是陈设得很简单,除去桌椅书橱以外,只有地上立着几幅图,算是特别的陈设。……好像一个穷秀才的住处一样。
>
> ……起初我们谈着时局,大家交换着自己所知道的消息,当他说出每一个消息,

---

① 陈受颐口述,董瑛笔记:《时人自述:大学教育与文化交流》,载《新时代》,1961年,第1卷,第9期。
② 《北大史学系主任陈受颐演放历史幻灯》,载《益世报(天津版)》1934年12月17日。
③ 即1932年。
④ 邓广铭:《邓广铭全集》(第十卷),石家庄:河北教育出版社,2005年,第301—302页。
⑤ 《史学系大购新书》,《北平周报》,1933年2月26日,第9期。
⑥ 《北京大学史学系概况(1934)》,原载《北京大学四川同乡会会刊》(创刊号),后收入王应宪编校:《现代大学史学系概览(1912—1949)》(下),上海:上海古籍出版社,2018年,第677—680页。

都要附带着举出一个证据的,这或许是他引用研究历史方法的。①

作者为乐也撰有一篇简短的《陈受颐的历史教学法》,称赞陈受颐历史教学能力:

> 他虽是一个广东人,但他是北平话讲得极为清楚明亮,他研究的西洋史也堪称精神博洽。
>
> ……陈先生在北大史学系担任得有好几样功课,我都曾去听过。他对于问题的研究,他不守一隅,博采众说,间或又加以自己的批判和论断,讲论起来源源尾尾、头头是道,这真不是一件容易的事情。普通讲历史的总是将历史的事实按年按月一一的背诵出来,将历史当成死的流水式的账簿,完全将它的活动性及其重大意义忘掉了,结果弄得教者、学者都干燥无味、吃苦非常,陈先生能逃出这个窠臼,站在学者的立场来研究历史、运用历史,这是难能而可贵的呵!
>
> ……惟陈先生却懂好几国文字,书籍材料在他似不大成问题。我们希望陈先生本他过去的治学精神继续努力,在中国荒芜黑暗的史学园地中下一番垦殖的功夫。②

这些记述为我们勾画了一个更具体、更鲜活的陈受颐形象。

总的来看,无论陈受颐在校时,还是离校后,他的教学成绩和治系能力都受到学生和同事的肯定。1948年,陈受颐回国访问,受到南北学界的热烈欢迎。在北方,傅斯年、胡适等旧同事格外希望他能留在北大工作;在南方,时任广州岭南大学代理校长的陈序经,也曾请陈受颐参与复校建设、选聘教师。③ 在本文中读者还将看到,陈受颐此次回国访问时,傅斯年甚至希望将其引荐给蒋介石,似有使其成为国内学界领袖之意。此时,陈受颐已经离开北大12年了。

傅斯年对于陈受颐的看重,早在1940年就有所表现。该年8月14日,傅斯年写信给胡适汇报抗战危局中国内学界情况,并提醒胡适,为北大战后的师资力量考虑,应与陈受颐保持联络:

> ……此外如毅生、公超、膺中皆热心,只有从吾胡闹。此人近办青年团,自以为得意。其人外似忠厚,实多忌猜,绝不肯请胜己之教员,寅恪断为"愚而诈",盖知人之言也。近彼大骂受颐无学问,我真不能忍耐,即与之绝交。……受颐总算对得北大起。他当年不就港大之富而忍北大之穷,且彼自始即负洋债,其情尤可感。此人聪明,有事务才,望先生能与之通信也。……④

姚从吾的"愚而诈"或许是傅斯年一时气话,但最终他"真不能忍耐"而"即与之绝交"的原因,还是因为姚"大骂受颐无学问",傅待陈之敬重可见如此!值得注意的是,在这封信里,傅斯年再次提到了陈受颐与香港大学之事。这件事发生在1934—1935年,香港大学

---

① 苜蓿:《学人访问记:历史学家陈受颐》,载李孝迁、任虎编校:《近代中国史家学记》(上),上海:上海古籍出版社,2018年,第48—54页。原载《世界日报》,1935年12月12、13、15、16、17、18日,第7版。

② 为乐:《陈受颐的历史教学法》,载李孝迁、任虎编校:《近代中国史家学记》(上),上海:上海古籍出版社,2018年,第45—55页。原载《大学新闻周报》,第2卷第9期,1934年11月12日。

③ 傅斯年的意愿在后文有所体现,陈序经与陈受颐关于战后岭南大学工作的合作,可以参看何国强:《民国广州的疍民、人力车夫和村落——记伍锐麟对华南城乡的田野研究》,载王铭铭主编:《中国人类学评论》,北京/西安:世界图书出版公司,2011年,第235页;中山大学图书馆编:《陈序经图录》,广州:中山大学出版社,2014年,第37页;郭存孝编著:《胡适与罗尔纲经纬录》,合肥:安徽教育出版社,2015年,第99—106页。

④ 欧阳哲生主编:《傅斯年全集》(第七卷),长沙:湖南教育出版社,2002年,第216—222页。

决意进行现代化改革,曾一度十分中意陈受颐作为中文系主任的人选,但陈受颐始终未就。最后,香港大学只得在胡适和陈受颐的建议下转聘了许地山。① 傅斯年称许陈受颐"不就港大之富而忍北大之穷",侧面反映出傅斯年对陈受颐的敬重,一定程度上也反映了他思想中的传统"忠义"观念。

当然,傅斯年也绝非仅仅感念于陈受颐的"义气"。如傅函评价,陈受颐"聪明,有事务才",其踏实做事、认真教学的作风造就了他的良好声誉,是赢得傅斯年高看的主要原因。1934年4月,北大正处在辞退马裕藻、林损等守旧教授的风波之中,陈受颐始终没有卷入乱局,而是专心处理史学系本职,这份踏实被傅斯年看在眼里。5月8日,傅斯年致信蒋梦麟,除了再申驱逐马裕藻的决心,还提到了陈受颐的表现:"文学院计划书,斯年并未见此物,仅受颐先生交斯年一稿,其中仅史学系课程,记得已还。若未还,恐须斯年回后自找。其中大旨受颐先生或仍记得。"②这封信本来是讨论"驱逐马裕藻"的,傅斯年却在结尾处特意提到"文学院计划书"和"史学系计划书",有表彰陈氏踏实本分之意。另外,1934年12月底,胡适离京赴港前,也将文学院长的工作交由陈受颐代理。③ 这都是证明陈受颐行事可靠、"有事务才"的具体例子。

除北大事务以外,陈受颐还有一系列在其他机构的职务。他先后被聘为史语所通讯研究员、中瑞(典)西北科学考察团理事会成员、北平史学会编委、北平图书馆理事会理事、故宫博物院理事会理事。在这几项工作中,史语所和故宫博物院理事的工作都与傅斯年有密切联系。后文将有详述。

在创办刊物方面,陈受颐和傅斯年、胡适等人也有相当程度的合作。1932年,《独立评论》创刊。张太原先生在《〈独立评论〉的社员及其主要撰稿人》④中指出,这个以自由主义知识分子为主体、以《独立评论》周刊为主要阵地的同人组织,以1936年3月为界,可分为前后两个半期,而陈受颐正是后补成员之一。1935—1936年之间,陈受颐曾在《独立评论》上发表《西洋汉学与中国文明》《中国的西洋文史学》《再谈中国的西洋文史学》《费次者洛德的〈中国文化小史〉》(书评)等学术性文章,鲜少直接表示对于政治时局的看法。

1936年陈受颐向北大请假出国访学,原计划一年回国,但次年中日战争全面爆发,校方建议陈受颐续假一年。自此之后,陈受颐孤悬海外,再难归国。战争期间,傅斯年不仅忙于处理史语所和西南联大的工作,还要作为国民参政会参政员为国家服务,与陈受颐通信并不频繁。但根据仅存的几封信,我们可以看到傅斯年的平民意识、教育思想、民族主义精神和个人身心状态的种种蛛丝马迹,是傅斯年研究的一笔宝贵资源。

随着中国抗战和世界大战的局势转向明朗,傅斯年有意提早规划史语所的发展和国内教育的重建。他认为陈受颐堪当学界领导者,称"北大的前途,非适之先生回来不可。史学系的前途,非兄(按:即陈受颐)回来不可"⑤。这一时期,傅斯年给陈受颐的信里主要强调三点:第一,需要领导人才。傅斯年提出战后的北京大学、史语所乃至整个学界,

---

① 可参阅拙文《胡适、陈受颐往来通信考释》,《鲁迅研究月刊》,2021年第4期。
② 欧阳哲生主编:《傅斯年全集》(第七卷),长沙:湖南教育出版社,2002年,第130—131页。
③ 《胡适今日赴港,北大校务由周炳琳负责,文学院长职陈受颐暂代》,载《益世报(天津)》,1934年12月29日。
④ 张太原:《〈独立评论〉的社员及其主要撰稿人》,载《安徽史学》,2007年第4期。
⑤ 原信存于"陈受颐文书"(*Chen Shouyi Papers*, in Special Collections, The Claremont Colleges Library, Claremont, California),原编号为Box 1, Folder 2, Fu 003。

都需要有人才来主持,但自己的身体状况并不乐观,他希望陈受颐能够分担这个沉重的担子。第二,培养青年力量。傅斯年提前向陈受颐介绍北大及史语所的现状和发展规划,督促陈受颐早做打算、多加考虑,提前搜罗人才。第三,学术界发展规划。1940年代,傅斯年曾动念将"历史语言研究"划分为"史学""语学"两个方向,在史语所或北大另设部门。

至1947年、1948年,傅斯年仍旧没有放弃将陈受颐拉回国的努力,一度希望将陈受颐引介给政府教育部官员,甚至希望能促成蒋介石与陈受颐的会面。但是陈受颐家庭负担沉重,无法回国定居。① 尽管如此,傅、陈仍然"里外配合",为国内年轻学人争取了宝贵的留学机会和资金援助。

1947年6月,傅斯年为治疗高血压等疾病,携妻儿前往美国,大部分时间住在纽黑文和波士顿,即美国东岸。此时陈受颐正在加利福尼亚州克莱蒙特市的波莫纳学院任教,即美国西岸。1947年夏,傅斯年特往西岸访陈受颐,但陈受颐不幸在赴约路上发生车祸,二人终未得见。梁建东先生在《被遗忘的先驱——陈受颐及其18世纪中西文化接触史研究》中提到,陈受颐曾出过一次车祸,此次车祸的后遗症最终夺去他的生命。② 梁文所说的是否就是这次"为赴斯年之约"而致的车祸? 就目前的史料来看,尚难断言。但是读者可以在后文看到,傅斯年本人极为自责,认为陈氏的无妄之灾是自己造成的,甚至搬出年轻时热衷的"弗洛伊德理论"来自剖心迹。

尽管陈受颐一生大部分时间都在美国,他对于中国学术发展却并非"百无一用"。在国内,他是中国比较文学、中西文化交流史研究的先驱,且为北大历史系的初期建设打下了基础;战后许多中国学人出国留学、各校访问的机会也与他有关。在国外,他著有 *Chinese Literature: A Historical Introduction*(《中国文学史略》,1961年)、《中欧文化交流史事论丛》(1970年),增进了西方对中国的了解,并教育出了一大批研究中国文化历史和中西文化交流史的学子。

在战争期间,陈受颐积极翻译中文典籍,参加美国当地的演讲和活动,寻求一切机会向国际社会展示中国文化的魅力、中华民族的气节,营造西方社会对中国的尊敬和好感;有感于华侨只会英语和家乡话(以粤语为主),却听不懂国语普通话,陈受颐还与赵元任等人组织发起了"华侨国语运动",在当地华侨学校开设国语班,利用课余时间授课。陈受颐的努力汇入战后美国汉学崛起的大潮,成为其中不应忽视的一部分。

从这些方面看,陈受颐的确不应被埋没。但他既关切中国抗战和战后局势,又要顾及本职教学工作,还肩负着沉重的家庭压力,以致治学精力不足;加之常年流落海外,与本国学术圈互动有限,最终难以在国内学术界获得与其能力相匹配的地位。

总的说来,傅斯年与陈受颐互相敬重,互相欣赏,在学术旨趣、民族气节、人格脾性等方面都颇为投契。于公,他们合作默契,勠力同心;于私,他们惺惺相惜,互相勉励。对于性格耿介的"傅大炮",陈受颐当得起他一句恭敬的"受颐先生";对于隔海遥望的陈受颐,傅斯年是处理纷杂事务的极优人选,"假如孟真兄此时犹在,则一切好办了!"③ 相信读

---

① 陈受颐战后被困海外的缘由,在拙文《胡适、陈受颐往来书信考释》中有详细讨论。
② 梁建东:《被遗忘的先驱——陈受颐及其18世纪中西文化接触史研究》,载《深圳大学学报(人文社会科学版)》,2015年3月,第2期。
③ 《陈受颐致胡适函(1952年11月5日)》,存于"陈受颐文书"(*Chen Shouyi Papers*, in Special Collections, The Claremont Colleges Library, Claremont, California),原信无年份信息,考证过程已在拙文《陈受颐、胡适往来书信辑佚汇注》中详细说明,见《中国现代文学研究丛刊》,2022年,第7期。

者看到这些信函时,当也会有此感受。

信 函 汇 注

【1931年2月8日】傅斯年致陈受颐①

受颐先生:

两年不见了,想一切更好!

记得我们在北平见面时,先生表示很愿意到北平住几年。弟当时很赞成此意。去年因阎丑作乱,我们也几乎糟了,北大更谈不上。所以未向先生提起。

现在都不同了。蒋孟邻先生此次回北大,抱改进之决心,而外边的空气也向好的方面一转,如文化基金会之帮助,即其例也。先生如能于暑假后北来襄助此举,是再好没有的事!弟以此事与胡适之先生谈,他与我同向孟麐先生处推荐。承他答应,大致情形如下:

薪至少四百元大洋(北大现欠两百元,暑假后必可改正)
(不能兼他职)
名称:教授
任课:六时至八时

并希望先生担任的功课偏于西洋史学及文学之类? 但此只弟之设想,一切请先生自择之也。

我们知道先生在岭南的重要,我们并没有意思要拆岭南的台。但我们愿意北大更多一位学者,促成他的进步,并盼望北平朋友的环境中,多一位志同道合的人。北平确有一种学术的空气,为中国一切地方所无的。书籍、日志、机关及安逸的生活,舒服的居处。在此读书,觉得暇日当多,朋友可谈,旧材料、新知识皆可接触。果先生不忍舍岭南,则速则二年而后,迟则五年而后,再回去,不为不妥。

如何,乞先生早覆一信!最感!再此信是得梦麐先生看过、同意后发的。

敬颂

著祺!

弟傅斯年 敬上
廿年二月八日

此信为毛笔竖列书信,写于"国立中央研究院"历史语言研究所的信纸上,共计四页,存于"陈受颐文书"。

傅斯年与陈受颐的交情开始得很早,但是招揽陈受颐来北大,却是1931年前后才正式向陈本人提出的。正如傅斯年自己所说,"现在都不同了"。政局上,1930年10月中原大战结束,国民政府拥有华北的实际控制权,"阎丑作乱"不再构成问题,北京的文化教育拥有了一个相对和平稳定的发展环境。

具体到北大的情况,也与以往大不相同。1930年蒋梦麟接到北大校长任命时本不情愿就任,最大的忧虑就在于教育经费短缺、设备极逊。经胡适与傅斯年向中华文化教育

---

① 原信存于"陈受颐文书"(*Chen Shouyi Papers*, in Special Collections, The Claremont Colleges Library, Claremont, California),原编号为 Box 1, Folder 2, Fu 001。

基金会(以下简称"中基会")争取到了每年30万元(本校20万元、中基会10万元)、共七年的经费资助,共提出合作款项195万元,才使蒋梦麟"教授治学,学生求学,职员治事,校长治校"的改革方针切实推行下去。在此经费充足、方针科学的前提下,傅斯年才正式向陈受颐提出邀请。

在信中,傅斯年提到了薪酬问题,"薪至少四百元大洋"。我们可根据《"国立北京大学"核发薪金清册俸给簿民国二十四年二月份》来估量"四百元"的分量。1934—1935年北大教职员的最高实际月薪为校长薪资,每月600元;文学院长胡适,每月500元;兼职教授傅斯年,每月400元。而陈受颐作为史学系教授,月薪400元,真可谓"高薪聘请"了。

值得注意的是,这只是承诺下去的月薪。实际上,根据1940年8月14日傅斯年致胡适函和"陈受颐文书"中的"国立北京大学工资单"可知,陈受颐可能多次没有收到足额月薪,生活并不富裕,以至于1937年困于海外时"穷得不得了"。①

【1931年3月15日】傅斯年致陈受颐②

受颐先生:

信收到五天了,因想遇到梦麐先生谈后再覆,故延至今日。

承先生答应北来,这是使我们再高兴没有的。北平学界,年来腐化太甚。此次北大决心改革,是一件难得的事。有先生来赞助,帮助与荣幸均再大不过。

北大聘先生手续上事,明白晤梦麐先生后当电告。此时有一事可以奉告者,即文化基金常委会所补助之款,用以设研究讲座者,目下已趋具体化。其办法二三星期即可成立。其人选似乎接连即可办下去。适之先生及弟极推荐先生补其一额,此事当可办到。如此可有一较便当之处,即薪俸得其保障,而永无拖欠之事。(此等事自不关大体,然如此方可一切有个预先的计画。工作可以更有秩序。)其名称为"研究教授",每位并附有每年一千五百元光景之助理备置等费。其薪数自每月四百元起。故先生之薪数,亦至少如此也。(此项任者大约是三年约。)

至于先生所任之科目,如先生所开示者,弟甚感佩服。自当如先生所自感觉便当者。弟当有一小条陈,此时在中国作学问,非找一条出路不为功。而出路在乎凭借,材料顺手,方是出路。先生本于文化迁流接触有浓厚之兴味,与深切之研究。(北平图书尚好,共同有此性味者亦当有人。)如凭借北平之环境,而作例如下列之研究:

十八世纪中国文学美术在西欧之影响(此本先生前所研究之一题)
耶稣会士在中国之贡献(此但举例以明弟意而已,非谓即此也)

等等。殊为便当。且就学生之需要而论,英文系者,须于第一年级教有一种 Philological Sense,此可为其教整训练之造端,否则泛无所归。史学系者,尤应知文化迁流,以为开扩意解之基。故弟提议,先生可否任为史学系之西洋史学教授,其功课之一部分仍可在英文系(如三科,即分一于英文系)。其西洋史学亦断不需括全部。(此实不可能。如当做大学功课去办)如专以近代或古代史为限,或更涂去其政治一

---

① 《胡适致江冬秀函(1937年10月19日)》,潘光哲主编:《胡适全集:胡适中文书信集》(第3册),台北:"中央研究院"近代史研究所,2018年,第4页。
② 原信存于"陈受颐文书"(*Chen Shouyi Papers*, in Special Collections, The Claremont Colleges Library, Claremont, California),原编号为Box 1, Folder 2, Fu 002。

面,而专注中古近代之文化史,似与先生研究之方向,更无相左。好在 academische Freiheit,①梦麐先生知之最甚也。

盖如此有下列几层便当:一,此讲座正无人,提出后可补入文化基金所设之研究教授讲座,不成问题。二,史学系功课,从此大振作(史学系现只有马叔平先生一位,下半年请先生及顾颉刚、姚从吾两先生,另有一位俄国人古代史讲师。)弟对此兴味较多,亦与有荣焉。然此只是弟随便设想。先生如感不便,侭无关也。

寄到此地,晤梦麐先生,将大示请他一看,他极其感谢高兴!今日即当电达左右,聘书即日赶办寄上。聘书式中未说明薪数(照例如此),当由梦麐先生专函通知。此时所定为四百元(下半年如有更动自当照加),梦麐先生并同意弟前页所说提出补基金会讲座之议。

约而定之,此事及两件:其一为北大聘先生为教授,其聘书及函一二日内即寄(故此事此日已为定局)。其二为由北大校长提补基金会讲座,此事大约(至多)三个星期可以定成其办法(现正在计画中),人选即可讨论。弟觉先生事不成问题。惟此事本年度系初创,此项办法须待六月廿日之基金董事会大会追认,然后发聘。故此项残函不能早发。然其非公式之定局可以早告也。(好在此手续只是另一节,与北大聘请事无涉。)

相见不远,快何如之。敬颂 著安!

弟傅斯年 敬启
三月十五日

傅斯年发此信前,陈受颐已经来信,表示接受北大的聘请。但是此信已经不存。傅斯年在此信中主要告知陈受颐北大聘请事和中基会研究讲座事。傅首先向陈受颐交代了研究讲座教授的薪金数额,承诺必不至于拖欠;其次分享了自己对于史学系功课的安排,认为应当注重北大学生的基础训练,形成一种 Philological Sense(语感),也希望陈受颐的教学、研究科目较专一一些。傅斯年表示,北大聘书即日即到,算是尘埃落定;中基会文化讲座研究教授虽然直至6月才能正式在中基会董事会上追认,但傅斯年已胸有成竹,自信"已成定局"。

【1931年3月19日】傅斯年致陈受颐②

(信封)
北平 北京大学第一院 史学系教授 陈受颐先生
南京 傅缄
(正文)
受颐先生:

昨函计达。关于提补文化基金会讲座事,其手续当待奉白。此事章程正在拟计中(五人商议,弟亦在其中)其补入之手续,纯以著作交来为断。(不如此,无法对付北大旧教员。其中多有无长进,不知何事者。)请看草案便知。(此事尚未发表,乞勿示人)

---

① 德语,"学术自由"。
② 原信存于"陈受颐文书"(*Chen Shouyi Papers*, in Special Collections, The Claremont Colleges Library, Claremont, California),原编号为 Box 1, Folder 2, Fu 009。

先生之补入,当无问题,惟手续上自亦必一同办理。乞先生即将在美之Dissertation,及以后各文,并近著有之稿子,如元胎兄所说,一齐寄弟,便交梦麐先生提出。(未完之稿子亦可)此举但以表示一种客观之标准,并不严格,故先生未成之稿,亦请一并寄来。愈速愈妙!

敬请

著安!

弟斯年
三月十九日

这封信透露了关于"陈受颐补入中华文化教育基金会研究教授"之事。在这封信前,二人显然还有其他通信,但已经不存。在胡适的努力下,北京大学获得了中华文化教育基金会的资金,用以设置研究教授职位,意在吸引优秀学人入职北大,带领青年学子在各领域做深入的研究。研究教授要指导学生、保证授课课时,薪金条件优渥,非常诱人,新旧派学人大多有意图之。傅函中所谓"补入之手续"尚且未定,但为了"客观之标准",傅斯年仍建议陈氏"纯以著作交来为断"。虽然这一要求合情合理,但傅斯年仍很注意措辞,不愿让陈受颐有"学术能力不被信任"的感受,更是打足保票,称陈氏之补入"当无问题",足见傅氏的诚恳和对陈受颐的回护。

【1931年3月29日】陈受颐致傅斯年①

孟真先生:

三月十五日与十九日的手示,同于前天拜读了。北大的聘书与梦麐先生的惠教,也同时接到。感激欢喜,殊难言喻。弟自北美回国,倏忽三年,久矣不闻学术上的鼓励的声音,独年垂七十的曼利教授(Manly)偶一来书询问近况而已。然亦以道路阻隔,莫能助也。岭南大学空气如何,先生所知。弟一连三年天天为教书匠,苦况可想。研究固然谈不到,即有时偷暇做点小小的考据,亦不免于被骂为pedant,愤懑之余,忽得先生恳勤奖掖,招使共学,多年盼望的机会一旦来到,幸运何如!

承先生及适之先生的厚意,拟荐弟为"研究教授",尤感。另包呈上:

(一)论文一本。原稿因被水渍,模糊难读,此是重钞本,打字颇有舛误,末附书目表,缺漏尤多。

(二)一七〇九至一七一十年,伦敦剧场戏目日表。此表是一九二六年在芝加哥大学研究院时所作,用来补苴他书的缺漏的。教授辈以为可供参考,故付油印,以赠同学。

(三)英文《〈东方〉诗选》序一篇。(全书已成未印)

(四)英文杂稿一篇。回国后,参考无书,故只好看看Spectator也。

(五)《岭南学报》杂稿三篇。(另《思思学社集》旧文一篇)

(六)《岭南学报》二卷一号,新稿一篇。

均乞詧收,并希教正。

---

① 《陈受颐致傅斯年(1931年3月29日)》,见耿云志主编:《胡适遗稿与秘藏书信》(第35册),合肥:黄山书社,1994年,第399—405页。

此外尚须陈明者:

(一)《岭南学报》的几篇,都是根据英文论文的一部,添进些少新得材料而重写的。(二)近三年来的工作,已无成绩之可言。只有钞录较近所搜集的材料之四寸×六寸咭片①一箱,以邮寄困难,未以呈览。然只是原料,不能当著述论也。(三)未成之稿(如一、初期教士著述考,二、中西交通史料拾遗,三、十七八世纪西欧人士的中国古史观等)故均散碎未成段落。

先生与适之先生的推荐,意极可感。如办得到,固大佳事。即办不到,弟亦不敢觉到失望。因弟自问实在尚无著述之足言也。以先生提携之殷,故敢尽情奉告。

致于担任功课一层,先生的意见,是弟所觉到尚未敢言的。(因弟在研究院时虽曾选修史学,究竟不是主修历史的)北大如能以西欧近代文化史见委,弟当乐意从命。一则藉此可以多谢侍教的机会,二则弟之研究文学,原用文化史的立场,诚如先生所言,与弟研究更无相反也。

岭南合约,暑假满期,一俟此间功课结束之后,鞘事拥挡,即当北来侍教也。专此敬颂,

著祺

弟陈受颐拜手
三月廿九日

这是陈受颐回应北大招揽的信件,被他整齐地书写在七页纸上。从陈氏信中,我们得知1930年代初期"岭南大学空气"——即岭南地区学术风气——令陈受颐感到不满,这是他愿意离开母校、北上任教的主要原因。据陈函,学风不佳的表现有这几种:第一,教授受困于日常教学,不能做深入的研究。第二,陈受颐偏爱"考据"之类的实证研究,与该校师生的学术志趣相异。第三,岭南大学缺乏教授之间的勉励、竞争氛围。

其实,陈受颐早就有感于岭南地区学术空气的窒塞,曾经做过数次尝试。1920年,陈受颐还是岭南大学的学生,与同学们创办了《南风》杂志,介绍新的文学样式和文化思潮,与北方文学革命和新文化运动遥遥呼应。1923年,陈受颐参与创办了文学研究会广东分会,该分会提倡现实主义文学,认同文学"为人生"的主张,以《文学》旬刊为主要刊物。1929年,陈受颐留学归来,与岭南大学有志于尝试新文化、新文学的同事共同创办了《岭南学报》。在征文启事中,他们沉痛指出,广东虽然"开风气之先,为革命策源之地,南中国之文化中心",但"及其学术空气,异常沉寂;研究刊物,寥若晨星",陈受颐们"每念及此,良用痛疚",认为"敝校(按:岭南大学)为南方最高学府之一,提倡学术,促进文化,不敢后人",故而创办该学报。启事还要求"来稿格式最好横行,缮写必须清楚,并用新式标点符号",也可侧面看出,此时广东地区还远没有普及白话文写作的风气。② 显然,他们的努力并未能击碎广东地区的保守氛围。

胡适1935年的《南游杂忆》也记载了岭南地区进展缓慢的学术风气。在该文中,胡适称香港大学"完全在那变动大潮流之外",文科教学薄弱;广东地区在文化上十分保守,连白话国语尚未普及,当局甚至要求中小学继续读经;胡适带着一筐"膏药"南下,却没有

---

① 即名片,粤语叫法,此处应作"小卡片"解。
② 《征文启事》,《岭南学报》,1929年,第1卷,第1号。

兜售之地。① 1935年尚且如此,陈受颐20年代末、30年代初在岭南大学的教学经历自然是"苦况可想"。种种努力未见成效,而北大的推重和优渥待遇翩然而至,陈受颐显然无法拒绝这个机会。

这里,我们要简单介绍陈函提到的曼利教授。曼利,全名约翰·马修斯·曼利(John Matthews Manly,1865—1940),是陈受颐在芝加哥大学留学时的导师。曼利教授的学术生涯和社会经历充满传奇色彩——他是名文理兼通的神童,18岁就获得数学硕士学位,有五年数学教学经验。但最后曼利就进入哈佛大学学习,并于1890年获得了语言学的博士学位,以语言、文学研究为终身志业,先后在布朗大学、哈佛大学任教,又被芝加哥大学校长威廉·哈珀(William Rainy Harper)挖去做英文学院院长,专注于莎士比亚研究、乔叟研究等课题。一战期间,他还曾为美军做过密码情报工作,密码学方面的知识和技巧后来则被他应用到乔叟作品的研究之中。陈受颐的博士论文选题"18世纪中国对英国文化的影响"正是在曼利教授的指导之下确定并完成的。陈受颐因在喑哑的学术氛围中而格外珍视曼利教授与傅斯年等人的殷勤奖掖,实则是自有学术追求,并非池中之物。

【1934年10月9日】傅斯年致陈受颐②

受颐先生:

　　来书敬悉。博物院筹备处,今春弟辞,济之先生继。弟本可推荐,然彼处并无固定经费,用人实谈不到耳。实情如此,敬以奉闻。乞告杨樾亭兄为感!

　　专此敬颂

著安

弟斯年
十月九日

此信原本未写明年份,但是据信中所说"博物院筹备处,今春弟辞"一句,可大致断定是1934年。

"博物院筹备处"全称为"国立中央博物院筹备处"(即今南京博物院),于1933年4月在蔡元培的倡议下成立,首要任务是将北平文物抢救至沪,以免毁于日军炮火。博物院建设初期,傅斯年任筹备主任,率领"中央研究院"为其提供了人才和经费上的援助。但可能是因为史语所本职和北大兼课的任务太繁重,傅斯年于1934年辞去筹备主任职,请李济继任。③《南京民国建筑》一书中有对于博物院筹备处历史的详细记载,但认为傅斯年辞职时间为1934年7月夏间,其史料来源很可能是1934年7月26日博物院筹备处第一次会议的会议文件,与傅斯年此函云"今春弟辞"有所出入。然而,傅斯年所说的"今春弟辞",可能是在春季已经决定辞职并开始工作交接,7月第一次会议上正式辞职,因此并非根本冲突。

傅斯年致信陈受颐告以筹备处的用人和经费,"实情如此,敬以奉闻",可知陈受颐曾关注博物院筹备处的建设工作。据吴相湘的《陈受颐精研中西文化交流史实》记载,陈受颐担任过"国立故宫博物院理事会理事",④这一职位可能也与傅斯年有关。

---

① 胡适:《南游杂忆》,欧阳哲生主编:《胡适文集》(第5册),北京:北京大学出版社,2013年,第555—586页。
② 原信手稿图片来自2017年北京保利十二周年春季拍卖会,拍卖方为北京保利国际拍卖有限公司。
③ 卢海鸣、杨新华主编:《南京民国建筑》,南京:南京大学出版社,2001年,第127—132页。
④ 吴相湘:《陈受颐精研中西文化交流史实》,载《传记文学》,第46卷,第6期。

信函最后提到的杨樾亭是个谜一般的人物，承台湾大学中国语言文学系介志尹博士帮助，笔者得以捉到杨樾亭的蛛丝马迹。据吴正上先生提供的史语所职员录来看，杨樾亭出生于 1901 年，广东潮安人，和陈受颐一样毕业于岭南大学；他颇受傅斯年看重，于 1928 年 11 月加入史语所，直至 1933 年辞职；在所期间，他还受到傅斯年的热情夸奖，被赞为"全所第一好职员"，"最努力"，"办事最有秩叙"，并因此得到加薪二十元的奖励；① 据说他还曾在北大旁听陈受颐的"近代中欧文化之接触研究"和蒋廷黻的"中国外交史"。不过 1930 年代后他便在整个中国现代史中销声匿迹，"隐姓埋名"，"与原来的'中央研究院'史语所人员再无瓜葛"。② 这些信息先后被刘经富③、周言等学者应用到了他们对于陈寅恪佚信的考证过程中。周言对于杨樾亭进行了深入考证，发现杨樾亭二十年代末曾在《东方杂志》《南大思潮》等刊物上发表过文章；此外，还有一位 1905 年出生于辽宁、曾做过军医的内科专家，也叫做杨樾亭，但二人似乎并无关联。至于史语所的杨樾亭，则"至今无法找到他在 1933 年离开史语所之后的任何一丝讯息"。

笔者另行考证后，也只发现杨樾亭 1933 年以前的踪迹，如 1928 年曾编辑过由广东岭南大学政治研究会发行的《政治研究》杂志。④ 另外，在 1937 年 8 月 29 日的《卞白眉日记》中，笔者还发现一条相关记载："杨樾亭自南归，所述南方战况颇详，尚不必悲观。"⑤ 不过，我们仍然无法确定卞白眉所说的"杨樾亭"究竟是谁。

现在说回到傅斯年的信函。傅斯年向陈受颐回答博物院筹备处的人事变动，表示自己因为现实条件的限制，不能"推荐"，并请陈受颐转告杨樾亭。为何傅斯年嘱咐"乞告杨樾亭兄为感"？难道有意求职的人其实是杨樾亭？在确凿史料面世之前，这些疑问都只能暂悬。但我们可以确定此时杨樾亭和陈受颐同在北京。综合以上信息，1934 年杨樾亭很可能正在北大作旁听生，或在北京谋生，且并未完全脱离文化圈，方才有权限、或有需要打探"博物院筹备处"的人事空缺。这样，这封佚信的发现，就将杨樾亭的"失踪日期"延后至 1934 年 10 月。

【1936 年 3 月 19 日】傅斯年致陈受颐⑥

受颐兄、环才嫂惠鉴：

别来想一切安好，为念。弟到此，其寒无似。昨晨更大下其雪。平日此已近于江南落花时节，今乃如此，差天气亦发狂也。学校情形，想是所谓"惨苦的平安"。暑假后各界如何，恐谁也不敢说。

弟到此后，每日八时半到所，六时返家，家中如旅馆然，一切皆在箱子中。报也不看了。理乱不知，或可念些书也。

---

① 王汎森、潘光哲、吴政上主编：《傅斯年遗札》（第 1 卷），北京：社会科学文献出版社，2015 年，第 146—147 页。
② 周言：《陈寅恪佚函中的"失踪者"》，载郭长城著，周言编：《陈寅恪研究：新史料与新问题》，北京：九州出版社，2014 年，第 214—225 页。
③ 刘经富：《陈寅恪未刊信札整理笺释》，载《文史》，2012 年，第 2 期。
④ 参见《政治研究》，1928 年 6 月第 1 号，广州：岭南大学政治研究会。转引自《上海图书馆馆藏近现代中文期刊总目》，祝均宙主编，上海图书馆编，上海：上海科学技术文献出版社，2004 年 2 月，第 795 页。
⑤ 中国人民政治协商会议天津市委员会文史资料委员会、中国银行股份有限公司天津市分行合编：《卞白眉日记》（第 2 卷），天津：天津古籍出版社，2008 年，第 381 页。
⑥ 原信存于"陈受颐文书"（Chen Shouyi Papers, in Special Collections, The Claremont Colleges Library, Claremont, California），原编号为 Box 1, Folder 2, Fu 010。

下月底或五月初当北上。专即

俪安

弟 斯年

大绥同候

三月十九

此信并未注明年份,只能得出几条信息:① 傅斯年已经经过一次大搬家,到一新处。② 校内(应指北大)的局势仍属平稳,但前景无法估量。③ 史语所在此地,傅斯年每日在史语所和住处之间往返。④ 傅斯年本人处于心绪混乱的状态。

欲确定此信年份,我们可以分析文本内容,加以推断。

首先,傅斯年提到"别来一切安好为念",可以确定写这封信时,傅、陈二人并不在一处。其次,傅斯年说此地寒冷异常,"平日此已近于江南落花时节",可以推测此地也在较为温暖的南方。同时,傅斯年说过天气之后,推想"学校情形,想是……"揣摩信件第一段的语气,可知陈受颐此时仍在北大。

对照《傅斯年全集》中的傅斯年年谱,我们很容易将此信发生的年份确定在1936年。这一年春季,傅斯年辞去北大的兼职,搬到南京,全心投入到史语所的工作中。与此同时,陈受颐正在北大进行他最后一学期的教学,几个月后,他将携妻女踏上赴美留学的旅程。而1936年3月的北方情形,也与傅斯年信中"惨苦的平安"相符。

尽管傅斯年在信中自称"理乱不知",似乎每天过着"每日八时半到所,六时返家"的消极、麻木的生活,实际却绝非如此。到达南京后,傅斯年即着手推进故宫博物院和北平图书馆的善本古籍、文物器具的南迁,使其免于战火的损坏。这一年,他主持史语所所务,完成殷墟第十三次发掘;推进湖北方言调查工作;在《大公报》《独立评论》《国立中央研究院历史语言研究所集刊》等刊物上发表十余篇学术和时论文章,①并未放任学术事业和社会事务被内心的煎熬痛苦所扰乱。另一方面,傅斯年愿意将自己的痛苦煎熬向陈受颐倾诉,也是二人相知相扶的表现。

【1936年9月28日】傅斯年致陈受颐②

受颐先生:

弟在此工作已全部恢复,前拟刊丛书之计划,不久可以实现,《清署经谈》一书拟即列入,怕若无先生叙即不足出版,便中如承分神一写,感幸何如。专教

颂

著安

弟 斯年上

九月廿八日

此信简短,是傅斯年为请陈受颐为《清署经谈》写序而作,原函并未注明年份。陈受颐应邀所作的序言《三百年前的建立孔教论——跋王启元的〈清署经谈〉》发表于《国立中央研究院历史语言研究所集刊》1936年第6卷第2期,"全国报刊索引"平台上收录了全文,可助我们确定傅斯年此函的时间。

---

① 欧阳哲生:《傅斯年一生志业研究》,北京:北京大学出版社,2016年,第268—269页。
② 原信手稿图片见于孔网拍卖网站。

陈受颐在序言中简单交代了《清署经谈》善本的来历,并对全书内容做简要评述。据陈所言,傅斯年是在1931年冬,于北平一家书肆购得《清署经谈》这一海内孤本的,因见其内容"与明末中西教争颇有关系",所以特意邀请陈受颐前来研读,并作此序跋。① 傅斯年信中所说的"拟刊行丛书"可能就是日后由张元济主持出版、傅斯年给予极大协助的《国藏善本丛书》。②

前文提及,傅斯年邀请陈氏北上时,曾推荐了两个研究方向,即"十八世纪中国文学美术在西欧之影响"和"耶稣会士在中国之贡献"。(见上文《1931年3月15日傅斯年致陈受颐函》)前者是陈受颐原本的治学方向,后者则是陈受颐加盟北大之后的新增课题,而《三百年前的建立孔教论——跋王启元的〈清署经谈〉》正是其成果之一。傅斯年对于陈受颐治学方向的影响可见如此。

王启元,字心乾,生于明代嘉靖三十八年(1559年),卒年不详。柳州府马平县(近柳州市)人,明万历十三年举人(1585年),天启二年(1622年)进士,选庶吉士,授翰林院检讨。陈受颐称王启元为"儒家的卫道护教者",指出其思想特点在于自成系统、不赖前人,通过比附天主教,"从新建设一个整齐的儒教神学","使天子成为'教皇'",所以王氏严厉地批评天主教,以"人事六项"证明天主教教义之不当。他甚至提出了"儒教的三位一体",使"圣道原本天地""圣教原尊天子""神品原集大成"这几个中心思想得到充分的象征。陈受颐虽不认同王氏的具体主张,但是特意指出王著的宗旨在于报国而非争名,是希望在明代重新建立社会和宗教的秩序。

在序跋最后,陈受颐还特意向胡适致谢:"此文初稿写成后,曾请胡适之先生一看,得他指正的地方很多,书此志谢。"简单的一句话,将胡适、傅斯年、陈受颐三位学者论学、交谊的图景勾画了出来。

【1937年5月15日】傅斯年致陈受颐③

受颐先生著席:

别后想一切安善为祷。北平又一大紧,平中友人想均感不快。国家如此,复何谈哉!弟仍以为日本人未必到北平,只把河北省东北隅闹个乱糟糟的,待中国人自己变化耳,然此等设想谁也不敢谈说定也。

北大下半年计划想均谈不到,弟觉除非万不得已,北平环境最难舍去,就先生居处而论,纵北平陷落,北大谅必仍留先生在他处,即北大完结,在京亦必有法可想。想先生决不虑及此样个人事,弟冒然言之耳。承嫂夫人赠以烟糖,感谢之至。

专此

敬叩

远安　并叩

嫂夫人俪安

弟　斯年

五月十五

---

① 陈受颐:《三百年前的建立孔教论——跋王启元的〈清署经谈〉》,中央研究院历史语言研究所:《国立中央研究院历史语言研究所集刊》,1936年,第6卷,第2期。

② 《书里书外:张元济与现代中国出版》,上海:上海交通大学出版社,2017年,第495—496页。

③ 原信存于"陈受颐文书"(*Chen Shouyi Papers*, in Special Collections, The Claremont Colleges Library, Claremont, California),原编号为Box 1, Folder 2, Fu 003。

此信原未注明年份,笔者疑为1937年傅斯年给陈受颐的复信。信中所说"只把河北省东北隅闹个乱糟糟的"即指1937年卢沟桥事变前夕的骚乱。1936—1937年,陈受颐休假一年,携眷在欧美游学。1937年5月陈受颐正要归国,因知中日局势紧张,故先行来函询问。1937年9月2日,胡适与傅斯年相商后正式向陈受颐回复,校方准许陈受颐"续假一年"。①

【某年7月30日】傅斯年致陈受颐(残稿)②

……青岛大学方面,弟已去函介绍令弟受荣先生,言之恳切。待其回信再以奉闻。此上

受颐先生 撰安

弟 斯年

这封信也未曾著名年份,且为残稿,发布于西泠印社拍卖网上。全函仅有此页可供阅览,涉及为陈受荣在青岛大学谋职之事。拍品说明中有两处错误:其一是误识"受荣"为"受业",而陈受颐只有"受荣""受康""受华"三个弟弟,③此信所提到的应是陈受荣。其二,拍卖方根据陈受颐学成归国和休假出国的时间,将傅斯年和陈受颐交往的起始点定为1929年至1936年——整理者误以为陈受颐加入北大之前,二人没有交集;陈受颐离开北大之后,双方再无来往。但这个假设显然是错误的。

经查,陈受荣于1937年受聘为英国国立山东青岛大学教授,这封信也应发生于1936年下半年至1937年7月之间。学者孟庆波在其论文《美国汉语教学与研究学术史概述(1912—1949)》中曾提及陈氏兄弟的学术踪迹:"与邓嗣禹的学术经历类似,赵元任、李方桂、罗常培、杨联陞、陈衡哲、陈受颐、陈受荣、沙志培、董作宾等,也都在40年代与美国学者通力合作,推动美国汉语教学与研究产生了强大的加速度,为迎接50、60年代的第一个高潮做好了准备。"④

【1944年5月29日】傅斯年致陈受颐⑤

受颐吾兄左右:

七年不见,亦未通信,极念念。每次朋友由美国来,总打听你们的消息,故你们的行踪,三年前我还知道。近三年为病,许多消息隔绝了。前听说嫂夫人生病,须长期休养,甚为悬念,后又听说兄已自夏岛返美国本土,而嫂夫人病已大好,转为放心。去年又听Fairbank说兄又转校,思写信而未果,想近来情形,必大好也。

国家的事,社会的事,问序经先生罢,不必弟说了。真可佩服的是我们的农民,他们出钱出丁,忍受自有历史以来不曾有的苦痛而无怨。中国的力量就在他们。知识阶级,实在没出息极了。其他更不足责了。我想,我们这一辈学人如曾在二十年中写成一百部好书,译成五百部好书,或者不至于有今日"心灵之空虚"罢。这个空

---

① 《胡适致陈受颐函(1937年9月2日)》,潘光哲主编:《胡适全集·胡适中文书信集》(第3册),台北:"中央研究院"近代史研究所,2018年,第520—521页。
② 原信手稿图片见于西泠印社拍卖会。
③ 陈受颐口述,董瑛笔记:《时人自述:大学教育与文化交流》,《新时代》,1961年,第1卷第9期。
④ 罗宗宇、傅湘龙主编:《多维视角下的海外汉学风景》,长沙:湖南大学出版社,2017年,第258页。
⑤ 原信存于"陈受颐文书"(*Chen Shouyi Papers*, in Special Collections, The Claremont Colleges Library, Claremont, California),原编号为Box 1, Folder 2, Fu 004。

虚,还是一切恶势力之 easy prey①,然而我们岂可辞今日之责也。

三年前,我生了一场大病,当时多认为不能行了,至少是残废了。这两年,一年比一年好,今年大有恢复到 90% 之感觉。自然仍要小心,因为我的病是血压高,无所谓真好的!我的近况除生病以外自然是"穷"与"愤"二字。这都是我辈一般的现象。穷的情形可以如此说:目下每月计入,等于战前之一石米(坏的多)及十元钱左右。幸而房子不要钱。弟的书籍搬出不少,几乎以卖书为生,在朋友中算是很幸运者。所以穷(穷而乐)是理所当然,此处无所用其愤,愤别有所在,可问序经兄也。无论悲观乐观,无论今日感想如何,总不免想到战后的事,如说"做梦",就是"做梦"罢。这个梦如下:

北大与研究所(史语所)治学之风气,尚未恶化,其惟一可恋者(者)②在此。为我们尽我们应尽之责任计,不能不想想将来。研究所之前途,有史学语学分而为二之可能,假如分,自是第一种办法。无论如何,兄返国后,必于北大、研究所两处中担任其一之行政责任,此一无可如何之牺牲也。为此似可留神下列两事③:

一、想想一切办法。

二、假如史语所或北大,设一近代史组,或外国史组,如何办法,有适宜之人选否?

三、随时留意治文史学之人才。

四、欧洲传统(正统)的史学及 Philology,其作风固须保存,恐亦有因时代变迁,发展些其他趋势,例如经济社会史之类,此事盼兄仔细想想。

一时说不清楚,而序经兄又不能留待多写,匆匆结束,盼兄早给我一信。我的通信处如下:

四川南溪李庄邮政信邮五号
Post Box 5, Li-Chuang, West Szechuan, China
但中文总要写上,免得遗失。问

你们都好

弟 斯年谨上
33/5/29
重庆。

我的家庭中情景一如当年,仍只有 Jackie 一个儿子,他长得较高大(在他的年龄中说),似乎聪明是中等或中上,而天性很慈善,已经有了 moral indignation!可笑也。这也不必怨天尤人了。未多生者,一战时无法养,而内子生产便甚危险,非在大城市不可,而我们又偏住在乡下也。现在弟为公事一人在重庆,不日而回李庄去了。

此信匆忙作于 1944 年。这一年 8 月,陈序经接到美国国务院的邀请赴美讲学,傅斯

---

① "猎物"之意,引申为"易被利用之物"。
② 手稿即有两个"者"字,重复两字分别是前页最后一字和后页第一字,或因傅斯年写完前页、换到下页后,误以为前页只写到"可恋",故重复写了一个"者"字。
③ 手稿为"两事",但后文却列有四条事项。疑似傅斯年手误,或是写下"两事"之后,临时又想起后两条,全部写完之后,又忘记更改前文"两事"处,因此手稿前后矛盾。

年此信便是托陈序经代为捎去。第二次世界大战正处于盟军反攻阶段,中国抗日战争也开始全面反攻,这是世界大势。但就底层民众而言,日常生活质量已经跌到谷底。在这封信中,我们可以看到傅斯年对底层民众的关切。

已经有研究者指出,傅斯年的平民意识和经济上的民主社会主义主张有两个主要思想来源,一是傅斯年贫困艰难的童年经历,家道中落、饱尝冷眼的痛苦回忆使他能始终重视底层人民的平等权利和地位,二是英美国家社会主义政策的示范效果。① 他赞扬农民"真可佩服",断言"中国的力量就在他们",有超脱于阶级局限的眼光,也是他一度对社会主义产生好感的心理基础。称许农民之后,他又立刻自责"知识阶级,实在没出息极了",而自责的原因则是知识阶级没能守住本职,未曾专心著述、译书。对于傅斯年来说,是否在自己的职业上付出了足够的努力、做出了拿得出手的成绩,是同等适用于农民和知识阶级的一条衡量标准。

讲述抗日时景只是阐发个人感受,而最终目的是拢住陈受颐这一学术人才。傅斯年向陈受颐简述战后史语所"史学"和"语学"分科发展的计划,并请陈受颐帮忙一同构想,盼他战后尽快归国,在史语所或北大担任行政职务。七年未见,陈受颐在傅斯年的用人名单上仍排在前列。

在附言中,傅斯年提到了自己的独子"Jackie",大名傅仁轨,生于1935年9月15日,正值华北局势紧张关头。为儿子起名时,傅斯年没有按照家谱从"乐"字,而是以唐代抗日名将刘仁轨之名相与,实为父亲民族气节的体现和对儿子的殷切期待。

关于傅仁轨日后的发展,有两种截然不同的观点。有些人认为傅仁轨不但在学术成就上远远无法望其父项背,而且"染上恶习,学业荒废,穷困潦倒,一生未婚"。持这种观点的主要是当代记者、作家岱峻,和《齐鲁晚报》记者魏敬群。岱峻的著作《走进李庄》出版后吸引了傅仁轨本人的注意,唤起了他在李庄的童年记忆,遂越洋寄来一封中文书信表示欣赏和感谢。岱峻认为傅仁轨不熟练、不优美的中国字,就是他"学业荒废"的证据。②

针对这一说法,有人自称傅仁轨亲属,予以强烈反驳。他们说傅仁轨学业出色,从哈佛大学毕业,是微软公司的高级工程师,是个颇有成就、怀有民族归属感的爱国华侨。③

但这两种观点均缺乏确实的证据,笔者曾就此问题搜集了一些史料。1953年6月15日,李田意致信胡适,称自己一周前参加了傅仁轨的中学毕业典礼,"他的成绩特别好,不仅名列全毕业班第二,而且还是三名最优等学生之一,他实在不愧为孟真先生之后,而且也真为我国在美留学之青年学生争光不少"。④ 这封信验证了傅仁轨确曾有出色的学业成绩。

但是,1958年10月6日,也有外国友人詹姆斯·韦恩·库伯太太(Mrs. James Wayne Cooper)写信给胡适,表示傅仁轨因为美国陆军(the U. S. Army)的原因而"重归正途"

---

① 可参看欧阳哲生:《傅斯年政治思想片论》,载《北大史学》,2001年12月;马亮宽:《傅斯年评传》,北京:中国社会科学出版社,2014年;王汎森:《傅斯年:中国近代历史与政治中的个体生命》,北京:生活·读书·新知三联书店,2017年。
② 魏敬群:《侄辈出三位历史学家儿子却学业荒废——傅斯年子侄轶事》,载《齐鲁晚报》,2014年6月5日第B01版。
③ 可参见Kina Liu的自述《"傅斯年家族的毁灭"一章与事实严重不符!》,网址为https://book.douban.com/review/7158169/;《沉默并非总是金——傅斯年家族从未灭亡》,网址为http://www.weituzhai.com/article/37804.html。
④ 《李田意致胡适函》(1953年6月15日),手稿藏于胡适纪念馆,馆藏号为HS-US01-070-009。

(Jack Fu has come right side up again.),具体表现是"又变成了曾经那样快乐、富有感染力、最具洞察力的人……我们很高兴看到他又变回了他自己"(He is once more the gay, affectionate, most perceptive person he used to be ... We are so happy to see him once more himself.)①。这似乎暗示了傅仁轨曾经"不在正途"。然而,傅仁轨究竟是"染上恶习"、走入歧途,抑或只是短暂的低落、沮丧、迷茫,根据目前已知的信息并不能确定。

不过,傅斯年对儿子的期许似乎不仅着眼于成绩的优劣、成就的多寡,而更强调个人情操和道德品行。这也为我们思考傅斯年的教育理念提供了一个角度。傅仁轨幼时抄习文天祥的《正气歌》《衣带赞》,傅斯年为其题跋曰:"……念兹在兹,做人之道,发轫于是,立基于是。若不能看破生死,则必为生死所困,所以异于禽兽者几希矣。"②在儿子的纪念册上,傅斯年还题词曰:"做人的道理,不止一条,然最要紧的一条是:不可把自己看重。凡事要考量别人的利害,千万不可自己贪便宜;做事要为人,不是为自己。自己为众人而生存,不是众人为自己而生存。小时养成节俭的习惯,大了为众人服务。"③有这样的父亲,傅仁轨果如信中所说,九岁便显露出"道德义愤"(moral indignation),令傅斯年颇为得意。

陈受颐对于傅斯年的民族情绪当有相当程度的共鸣,他也是颇具民族气节的学者。初到夏威夷时,陈受颐曾多次公开演讲,从文化思想角度向美国公民介绍中日之间的矛盾所在。1936—1937年间,陈受颐的演讲主题有如"中国的文化危机""义和团运动兴起的思想背景""美国对现代中国的影响""中西方现代文化交流"等。此时陈受颐仍是访问学者的身份,故没有涉足太多中日政治问题。但由于这些演讲的铺垫,陈受颐已经小有名气,被称为"中欧文化影响研究的专家"。④ 随着中日战争局势逐渐紧张,陈受颐也开始发表与中日关系有关的演讲,如1937年六七月间在国际关系学会(International Relations Institute)上所讨论的"远东的权力斗争"(The Struggle for Power in the Far East)就是针对中日关系而发。⑤ 对于当地华侨"以美国人自居"的行为,陈受颐更十分鄙弃,称其为"没思想没心肝的""土生儿"。⑥ 在浓厚的孤立主义氛围中,夏威夷当地的美国人、华侨和日商都不欢迎关于中日关系的演讲,⑦这使陈受颐郁郁难安,曾向胡适写信表达这份痛苦:

(一)弟两年来,时好说话,不肯对于中日问题"严守中立"。在无线电华语广播时间,屡次苦劝华侨抵制日货,若干以美国人自命的土生,早已不表同情。此外中国人同事中,有租赁日本人的房子的,暗中买日本货的,弟也直言规谏。(二)弟之严格的不与日本人往还,大抵也全得Sinclair⑧不高兴……东方学院招待日本名人过檀的饭局,也始终拒绝参与,原因是除了不愿看日本人的面孔外,两年以来,东方学院

---

① 《Mrs. James Wayne Cooper致胡适函》(1958年10月6日),手稿藏于胡适纪念馆,馆藏号为:HS-US01-088-014。
② 傅斯年:《为傅仁轨书文天祥〈正气歌〉〈衣带赞〉诸诗题跋》,欧阳哲生主编:《傅斯年全集》(第5卷),长沙:湖南教育出版社,2002年,第510页。
③ 傅斯年:《为傅仁轨纪念册题词》,欧阳哲生主编:《傅斯年全集》(第5卷),长沙:湖南教育出版社,2002年,第511页。
④ Chinese Professor to Speak at U. C. L. A., in *The Los Angeles Times*, Mar 10, 1937, p. 27.
⑤ Mills College to Conduct Institute Again This Year, in *Santa Cruz Evening News*, Apr 28, 1937, p. 4.
⑥ 赵靖怡、席云舒:《胡适、陈受颐往来书信考释》,载《鲁迅研究月刊》,2021年第4期。
⑦ 同上。
⑧ 即夏威夷大学东方学院院长。

从来没有拿学院的名义,设饭局招待过半个中国人也!弟曾这样想过:纵然学不到陶渊明的不为五斗米折腰,也应该努力做到不为五斗米磕头。看了一、二中国同事们的曲意奉承,患得患失,又是肉麻,又是生气,又是伤心!然以此故,Sinclair 遂觉得弟有怪脾气。(三)弟不肯作有辞无意的类于 entertainer(助兴者)的演讲。这里社团宴会,例有一刻钟的演讲,讲题由他们定的为多,如"中国美术"、"中国哲学"、"中国幽默"、"观世音菩萨"之类!弟有一次硬要讲中日问题,便遭了挡驾……①

同有如此强烈的爱国情怀,傅、陈二人自然彼此欣赏、彼此信任。

【1945年3月8日】傅斯年致陈受颐②

李庄,三十四年,三月八日

受颐吾兄赐鉴:

一别八年,时时想念!弟前四年是搬家忙,搬了好些地方,一万里地。后四年是生病。四年前,生了一次大病,血压过高,几乎不起,一直休息两年,才算好些。这个病没有好的,目下只是维持而已。所以一切事只能从消极方面打算,恐怕以后只能是社会上一个赘疣而已。偏偏性情不能改,依旧多事,所以身体更不能好!这真是无可奈何之事!前四年与联大同在一起,时常与从吾及他友谈及吾兄,他说,他每年总写报告给兄。初闻兄改往 Pomona,甚喜,又渴盼兄能早返。但国内情形,家中有病人,是很不易支持的,所以也不敢冒冒然劝兄返国,只与适之先生信中,常提到与兄谈谈北大事而已。目下嫂夫人身体好些否?极以为念!有几个小孩?兄近治何一种题目,便中乞示知一二。

北大的前途,非适之先生回来不可。史学系的前途,非兄回来不可。这些事希望常和适之、金甫③等谈谈;莘田近来专闹各种 complexes,使人失望,和他谈不出道理来的。战争结束后之局面,太复杂,北平是何状态,不可知,但目下只能从好处想,因为不如此一切无从计画也。在现在,很盼望兄留意在美的人才,北大及本所,自然都可请。只是目下太苦了,除非甘愿吃苦,以预约战后为宜,如甘愿此时吃苦者(有家者,虽甘愿,亦支持不下,弟每日进款,约当战前十数元而已)此时可来,自然极其欢迎。研究所事,可与元任谈商。

近来在美习史学与 Philology, Orientalistics 者,如有好的,乞随时示知。研究所在战后,似应有近代史一门(或与北大合作),此种人才,必在美打算,<u>盼兄特别留意</u>。战前研究所无此,亦因开始设备需款。此科终不可缺,战后总当想法子。

研究所之大幸,是把图书室搬出来,故工作至少可以维持战前之 70%,这几年,出版未断,旧人未散,也有些科目有进步,但是有些人也衰老了!弟即是其中之一。

曾上兄之课,在研究所诸人,略说如下:

全汉昇(兄已见到)

---

① 《陈受颐致胡适函(1940年3月11日)》,耿云志主编:《胡适遗稿及秘藏书信》(第35册),合肥:黄山书社,1994年,第386—388页。

② 原信存于"陈受颐文书"(*Chen Shouyi Papers*, in Special Collections, The Claremont Colleges Library, Claremont, California),原编号为 Box 1, Folder 2, Fu 005。

③ 亦作"今甫",即杨振声,曾任青岛大学校长、西南联大教授,1928年与傅斯年、顾颉刚同为史语所常务筹备委员,与傅斯年交往融洽,共事多年。

高去寻(详下)

张政烺,天资甚高,学问大进步,极有希望,也有些坏皮气。

傅乐焕,此兄所特别赏识,在研究所"打杂"好几年,写了一篇很 brilliant 文章,得本院杨铨奖金,升副研究员,忽于二年内闹神经病,以为自己有"不治之病",其实全无此事也。其病即所谓"idée fixe"①,近似稍好。

王崇武,治明史很有进步。

(以上均已升为副研究员。)

此外尚有杨志玖,未知上过兄课否?将来很有希望。

汉昇来一封信,云兄告他,可为所中人谋在美之 scholarships,盛意甚感,所中有好些位,很希望出去一下。我觉得目前最有此需要者,是高去寻君。他治考古学,旧书根柢还可以,富有调查发掘之经验,也能运用思想。他如此时有一在美之 scholarships,广广眼界(其实亦只是广眼界而已,学问还要在国内弄,然广眼界已是一大要吃事②),或在某一博物院服务(关系远东考古者)必有好成就。我很希望吾兄为他一设法。如果此项 scholarships 可不止一人,弟可再推荐他位,目下只盼望兄能为高君一设法。

我很想把研究所的出版品寄兄一份,(兄为通信研究员,本有一份)但这事很难办到。托美国人,亦只有送国会图书馆一份,他处正在设法中。

我很希望兄在国外多留意回国后几事,① 北大史学系必须办好(全文学院亦然) ② 史语所必须有将来的生命!我辈解事者,实在不多,弟已因身体不行,不能算入,故适之先生与兄所负之责任,更大也。

北大因联合而萧条,也是我们自己办理不善。史语所目下仍是国内治文史学之中心,但必须有新的推动力量。此时的物质环境,谈不到,然也不可不如此想。希望战事一结束,兄嫂可即时返国!并希望常给我们以好消息。敬候兄嫂均安!

弟 斯年　34/3/8
内子附候

弟之通信处如下:

重庆,国府路中央研究院总办事处 The Secretariat, Academia Sinica, Chungking, China.

西川李庄五号信箱(研究所所在) P. O. Box 5, Li-Chuang, West Szechuan, China.

这封信作成时,抗日战争的胜利已经近在眼前,傅斯年的情绪显然放松许多。他主要谈论了史语所和北大的战后规划,第一是添设新科,第二是聘请新人,第三是培养旧人。

傅斯年对于添设新科目的构想彰显了他始终超前的学术眼光。他此时比较关注的学科是近代史研究、哲学研究和东方学研究,这三大门类无论在史语所还是在北大都相对薄弱,也是世界大战之后必然产生大变动、大进步的科目。

聘请新人方面,傅斯年并未多谈,诚如他本人所说,现有的条件太苦了,薪资待遇一

---

① 即"偏执"。
② 手稿即为"要吃事",疑似傅斯年落笔时将"要紧事"和"吃紧"两个词搞混,以致笔误。

应无法确定,唯能提前搜寻人才而已。

傅斯年花费笔墨详谈的是对于"旧人"的培养。原来在此信之前,全汉昇曾致信傅斯年云陈受颐为史语所同人争取留学奖金之事。陈受颐一直为自己不能如期回国"与同事诸公一起捱苦"①而恼恨,所以战时就曾为国内西南联大和报刊出版社筹款,所求款项基本用于资助贫困学生、支持《今日评论》等社论刊物。大战将歇,陈受颐又开始襄助人才出国留学。

傅斯年也十分愿意送年轻学人出国历练,开开眼界。他提名的几位候选人都是史语所颇有前途的青年——全汉昇1935年由陈受颐推荐进所,在傅斯年指导下专研经济史,闭门读书,朴实求真,1944年即在陶孟和的推荐下赴美留学。张政烺精于古文字学,借史语所挖掘的甲骨文、金文等最新材料,跳出窠臼,开创不同于《说文解字》等传统的新说;但按傅斯年的口气,似乎认为他还不够成熟,不适宜现在出国。傅乐焕是傅斯年的侄子,颇受陈受颐看重,所以傅斯年交代得详细一些;傅乐焕的学术成绩大有进步,但是心理上的"idée fixe"(妄想症)令傅斯年有所顾忌。综合来看,傅斯年推荐高去寻出国。

高去寻,字晓梅,在北大读书时即被傅斯年慧眼相中,是按"拔尖主义"拔到史语所的人才之一。② 史语所研究员杜正胜先生称高去寻先生为通才、史语所(80年代)精神之所系。"从他治学的格局和方向,我似乎体会到史语所创所的真正企图,他也正是史语所创办人傅斯年先生要物色的学问种子。"③

1945年傅斯年写此信时,高去寻已经在史语所研究、工作十年之久。但由于种种障碍,高去寻未能成行。至1957年,"中基会"决定给史语所奖学金资助,可选派一名研究员出国留学。史语所原本推荐芮逸夫,但胡适认为"高去寻是十分好的人才,可比芮逸夫的方面更多更广阔一点,不要埋没了此人"。④ 胡适、赵元任商量认为,可将"中基会"留学机会留给高去寻,而芮逸夫可先通过"加利福尼亚大学访学项目"(U.C. Program)出国,在加利福尼亚大学深造;待一年留学期满,再将高、芮二人调换,这样,两人都能在外留学两年。⑤ 与此同时,李济也向赵元任写信,请他帮助高去寻在美寻求留学机会:"孟真在时久有送他出国之意,以时代非常,屡遭挫折,只能怨命了。此次若有成功的希望,亦算我们完成了傅公一生未完之愿也。"⑥在李济、胡适、赵元任的帮助下,这位杰出的以中亚文化互相影响为主要研究课题的考古学家,终于在48岁时走出国门,圆了傅斯年1945年的夙愿。

【1945年3月22日】傅斯年致陈受颐⑦

受颐吾兄:

  月前寄上一信,计达。友人李惟果先生(外交部总务司长,蒋先生秘书)素慕兄

---

① 《陈受颐致胡适函》(1945年9月18日),耿云志主编:《胡适遗稿及秘藏书信》(第35册),合肥:黄山书社,1994年,第393—394页。

② 梁柏有编著:《思文永在——我的父亲考古学家梁思永》,北京:紫禁城出版社,2016年,第160页。

③ 杜正胜:《通才考古学家高去寻》,载《中国文化》,2001年第17、18期。

④ 《胡适致赵元任函(1957年2月14日)》,潘光哲主编:《胡适全集·胡适中文书信集》(第4册),台北:"中央研究院"近代史研究所,2018年,第353—355页。

⑤ 《胡适致赵元任函(1957年2月14日)》,潘光哲主编:《胡适全集·胡适中文书信集》(第4册),台北:"中央研究院"近代史研究所,2018年,第353—355页。

⑥ 杜正胜:《通才考古学家高去寻》,载《中国文化》,2001年第17、18期。

⑦ 原信存于"陈受颐文书"(Chen Shouyi Papers, in Special Collections, The Claremont Colleges Library, Claremont, California),原编号为Box 1, Folder 2, Fu 006。

名,托弟介绍,他此次赴旧金山之会,很希望与兄快谈一下。弟之近况,寄信彼处得之也。(今年为国家危急存亡之年,兄静极可一动乎哉?)一切盼与惟果兄详谈之,无异与弟谈也。

　　专此敬叩

俪安

弟斯年敬上
三月廿二日

　　这封信没有注明年份,但可根据信函内容确定为1945年所作。

　　1945年4月25日,联合国组织会议在旧金山开幕,又称"旧金山会议"。全世界共有50个国家派出代表、顾问、专家、秘书,共商《联合国宪章》。国民政府派出以外交部长宋子文为首席代表的十人代表团,李惟果也在其中。李惟果(1903—1992)自1945年起先后任"中央宣传部"副部长、部长,1948年6月改任国民政府行政院秘书长。

　　按傅函所说,李惟果早有结识陈氏之意。但是从"今年为国家危急存亡之年,兄静极可一动乎哉?""一切盼与惟果兄详谈之,无异与弟谈也。"几句话中可以看出,促使陈受颐在某种程度上参与此次旧金山会议,也是傅斯年自己的愿望。

　　尽管雅尔塔会议已基本确定了战后世界格局,中国代表团很难在旧金山会议上为中国争取更多利益,但是傅斯年似乎仍对这次会议怀有期待。傅氏亲身经历了两次世界大战的战后和会:二十六年前,第一次世界大战后的巴黎和会上,中国政府的失败外交直接导致了五四运动的爆发,学生罢课、工人罢工、商人罢市,政府威信摇摇欲坠,教学秩序遭到冲击。那场运动中,傅斯年是在游行队伍前头擎着大旗的学生领袖。二十六年后,彼时青年已近五旬,在教育界、文化界执掌牛耳,眼界和格局已经超越了当时身为学生的自己。他敏锐地认识到:"今年为国家危急存亡之年。"中国能否在旧金山会议上获得公正待遇、能否享有独立主权国家的权利,与中国战后的国际地位、国内局势紧密相连,将会深刻影响着中国战后重建的前途。正是在此前提下,傅斯年介绍李、陈相识的举动,才显得别具意味。

　　陈受颐自1920年代起就致力于中西文化交流方面的研究,在美期间也参与过多次中西文化讲座,傅斯年或许认为他能够帮助中国代表团了解美国具体情况,或为代表团提供外交意见,这或许就是傅斯年促成李、陈相识的良苦用心所在。

【1947年7月11日】陈受颐致傅斯年(存目)①

　　陈受颐此件短函,表达了对于傅斯年一家来美疗养的欢迎,和十年阔别、今又重逢的欣喜。他说自己通过张紫常②夫人得知傅斯年将抵旧金山,询问他是否有大致的行程计划,如果能相约会面,则愿意驱车前往。

【1947年7月15日】傅斯年致陈受颐③

受颐兄、嫂惠鉴:

　　惠示敬书,一切极感。十年之别,良会不远,喜可知也。弟因怕东美天气之热

---

① 台湾大学图书馆,傅斯年档案 Ⅲ-40。
② 时任中华民国驻旧金山总领事。
③ 原信存于"陈受颐文书"(*Chen Shouyi Papers*, in Special Collections, The Claremont Colleges Library, Claremont, California),原编号为 Box 1, Folder 2, Fu 007。

（西服与热天更不相宜），故拟于九月初再东去。东去之前，拟必①赴尊处快谈一切。可谈者多，十天谈不完也。弟此行实为治血压高症，究在何处入医院，尚未可定。小儿同来，拟先将其置之 Boarding School，以便暑假后可有一处入学。此虽是其就学全程中之打岔，然一年回国后，英语总有益也。明日往三十里外之处一试，如不成（均已开②），再想法。Pomona 天气如何，是否夏天亦凉爽，如此地小儿入学不易，Pomona 易于入学否（夏季）？房子易租否，便中乞示知，以为弟此时一切毫无主意之一计也。相见不远，一切面罄。专叩

俪安

弟 斯年 大绥
敬上
七月十五日
姪辈均好

此信忘了发。迟云。小儿在此入学，似太迟，一时不易有眉目。Pomona 有夏期住校之小学否？如稍贵些，亦无所谓也，弟年又及。盼一询惠示。

这封信写于傅斯年抵美之前，主要为了咨询傅仁轨在美入学之事。

【1947年某月19日】傅斯年致陈受颐③

受颐兄：

昨天待兄不至，甚急，恐有意外。晚紫常兄至，知兄出事，为之惊极。幸紫常兄云兄受伤不重，以能走去打电话云云（他人无伤）。无论如何，弟万分惭愧，不特未能见，反招如许事。弟本思改车票，然为时太近，且在华府纽约芝加哥均约定日子，而向后延，即有若干错节处，内子与其弟于华府见，亦只有一日之可能。情形如此，只好未晤而东去！心中真万分沉重不安矣。虽云小伤，终须细心，恐须一检查也。留下茶叶一罐，非佳者，然是北平所造香片。笔二枝，红砚一④（此物曾随弟作川、滇、湘、桂万里之行）红墨半块，俾兄读中国书之用，外毛边纸一包，此皆北平风味，一笑。故人今有山寺当归，弟明春西返，必到罗省与兄快晤也。

留候

旅安

嫂夫人安

弟斯年 留上
十九日
上东君

按1947年7月15日函所说，傅斯年由于热天难挨，计划九月初拜访友人，为此密集安排了几处会友行程，"在华府纽约芝加哥均约定日子"，而与陈受颐的约会，应该是定在

---

① 傅氏手稿此处有删改，可见傅氏面见陈受颐的恳切。
② 手稿似有漏字，按句意应为"均已开学"。
③ 原信存于"陈受颐文书"（*Chen Shouyi Papers*, in Special Collections, The Claremont Colleges Library, Claremont, California），原编号为 Box 1, Folder 2, Fu 011。
④ 原文如此，似应为"红砚一块"。

洛杉矶——一是因为张紫常是代陈受颐传信之人,他是1938—1946年的驻洛杉矶领事,1947年时仍在洛杉矶;其次,傅斯年也在信函结尾承诺,明年(即1948年)一定到西岸的洛杉矶与陈受颐会面,可见这次不成功的会晤地点就是在洛杉矶。

此时,傅斯年与陈受颐已经十一年未见,激动欣喜自不必言。傅斯年为陈受颐留下了一系列礼物——北平香片一罐,两支笔,一方砚,一块墨,一包毛边宣纸——颇有文人雅趣,其中那砚台还是被傅斯年带着"作川、滇、湘、桂万里之行"的"旧物",以此物赠老友,收受双方想必都是五味杂陈。

【1947年12月8日】陈受颐致傅斯年(存目)①

这是陈受颐针对前一封傅函的回信。他首先感谢傅斯年赠送纸笔砚台和北平香片的情谊,随后回应了傅斯年耿耿于怀的车祸意外。陈受颐说,妻子和两个女儿都未留下后遗症,他本人则只有头部左侧常感到"周期性的麻痹",直至四五星期前才停止治疗,基本痊愈。

随后,陈受颐欢迎傅斯年来南加利福尼亚小住养病,表示愿意帮忙为其寻觅住处。

最后,他表示自己感到"海外久住之无聊",计划明年三月回国一次。

【1948年2月14日】傅斯年致陈受颐②

受颐吾兄左右:

弟一直不写信,心理上只是"明天一定写",何以如此,恐其中有一道理。今夏弟本当早到Pomona,不特未去,且累兄出一大事,幸未到最坏地步。但弟心中着实不安之至,不知写信如何说好。结果,去年曾在紫常兄处写信打听兄以后复原情形,而与兄直写之信,迟之又迟,实是良心上有所责备,故如此也。此弟之一段心理分析,恐舍此外无他说,弟固极懒写信,然此次实当不至如此,所以如此,只有此心理在焉。此一resistance既已克服(爽性用Freud名词),仍不知去年累兄之事如何说好。兄在受伤之后,何时方不觉得,嫂夫人情形如何,车子之损失可好?极念念。

弟上月尚想与兄一同回去,但为最后检查,明天去Boston重住医院,弟恐须五月后方归矣。如能同时去,岂不大妙。

上次接兄信,弟误以为兄是回国一年,与淬廉谈起,弟以为如此极易办也。淬廉云是半年,并告弟以彼之计划。弟觉,如一年或北大或研究院均当设法,如半年则较困难,尤以此时外汇困难已极之时。弟还在想如何办好,淬廉告弟以外汇方面已有办法,弟觉如此甚好。至于在国内用法币部分,弟以为当无问题。已写信与骝先兄商量,当可由教育部或他机关资助。国内用款,可以不太多,不必换外汇而为之。兄到国内后,是否先到南京,或先回广东一看?如到南京时,骝先兄当已想好办法也。弟较望兄能多住一时,住到明年三月,如何?如有一年之谱,中央研究院当去设法,因一年可以作计,半年而值暑假不易措施也。弟无论如何七月必到国内,届时希望在南京或北平见到。弟意,为天气计,兄似可先到广东,再到南京,再到北平,此亦弟之私愿,因如此可多盘聚也。假如兄到南京前弟已回南京,住处及一切,当由弟办理之。渴望此次不再失之交臂矣。

---

① 台湾大学图书馆,傅斯年档案 Ⅲ-410。

② 原信存于"陈受颐文书"(*Chen Shouyi Papers*, in Special Collections, The Claremont Colleges Library, Claremont, California),原编号为Box 1, Folder 2, Fu 008。

兄到上海后,或可先一到南京,再作一整个计画。弟未返时,夏作铭兄(名鼐)代理弟事,弟已告之矣。一切乞随时示及。
　　　弟在医院七周只是dieting成绩绝佳,当然不是根本治疗,亦无根本治疗。闻贵处之Dr. Soldblate此前甚有研究,此间大夫皆称道之,不知近有何治疗新法否?假如兄行前尚有暇时,为弟一问,最感。然亦非绝对也。一切续陈,敬颂
近安 并叩
嫂夫人安

弟斯年 谨上
内子附候
二月十四日

根据傅斯年此信,可确定前一封问候陈受颐车祸情况的书信作于1947年。1947年傅斯年与陈受颐约见于洛杉矶,后者在途中发生车祸,此事前函已叙。对此,傅斯年怀有一种自责感,并因此产生了弗洛伊德精神分析理论中所说的"阻抗"(resistance)现象,即抗拒回忆那些让自己感到焦虑、忧伤的事物。傅斯年20年代留学英国时曾醉心弗洛伊德精神分析论,此刻便用来自剖心迹。

此时傅斯年的高血压治疗快要结束,正在策划归国行程,再次招呼陈受颐一同回国,在史语所中多留些时日。

【1948年2月14日】傅斯年致朱家骅、李惟果、陈雪屏①

骝先尊兄并转惟果、雪屏两兄赐鉴:
　　陈受颐兄最近回国一行,秋后仍返,弟劝其先至南京。受颐学问及物望雪屏兄所熟知,不待言。彼在西美甚有力量,一言为重。弟颇觉以后多少解释此邦误会之处,可以借重(在社会上),彼到京后,乞诸兄一为招待,一事也。如可与蒋先生一晤,借悉国内情形,更佳,二事也。彼回国川资,虽已措置,但在国内旅行,尚须用费,此为法币部分,且为数不大,盼有以设法,此非彼之所请,乃弟意也,此三事也。总之,受颐观点确实,议论信人,不易得之人才,尤此时所应借重者也。余不尽,敬颂
政安

弟 斯年 谨启
二月十四

　　弟明日又去Boston住医院一周,作最后检查,出来即作归计矣。

此信虽非寄给陈受颐,但与致陈受颐函同日完成,为陈受颐谋划回国川资、设计回国行程,希望朱、陈、李等人重视陈受颐在美的声望地位。

收信人朱家骅时任国民政府教育部长;1948年12月30日陈雪屏以次长头衔代梅贻琦履教育部长职;李惟果更是"蒋先生秘书"。这三人都是在国民政府中对于学界发展举足轻重的人物。傅斯年郑重向此三人介绍陈受颐,赞曰"观点确实,议论信人,不易得之人才",甚至希望此三人能将陈受颐引介给蒋介石,显然已有将自己肩头领导国内学界之重担交接给陈受颐的念头。

---

① 《傅斯年致朱家骅、李惟果、陈雪屏(1948年2月14日)》,见王汎森、潘光哲、吴政上主编:《傅斯年遗札》(第3卷),北京:社会科学文献出版社,2015年,第1337页。

【1948年3月22日】陈受颐致傅斯年(存目)①

这是陈受颐的回信,表示自己已经通过友人何廉(淬廉)得知傅斯年一家已经在美东定居下来、傅仁轨已经成功入学,不胜喜慰。陈表示自己受助于罗氏基金的资金支持,决定利用当年例假回国,"向诸位好友请罪",并简要汇报了自己的行程安排。

陈受颐也提出,此次回国很希望能参观战败的日本,询傅斯年能否通过中研院或教育部,获得短期考察许可。

陈受颐也提到了自己经过旧金山时与赵元任夫妇见面之事。

【1948年5月26日】陈受颐致傅斯年(存目)②

陈受颐简要回顾了自己回国经行马尼拉、香港、广州、台湾、上海、南京、北平的旅程,提及岭南大学为新任校长人选向他咨询之事。之后,陈受颐在南京停留数日,却并未向朱家骅要求解决"川资"问题,因为自己在战时"未与同人一共吃苦",战后又"蹉跎海外",不应再向国家索取资金援助。

最后,陈受颐表示自己计划八月初回到美国,希望届时能与傅斯年常常碰面。

结　语

由于现存的傅、陈通信大部分发生于中国抗战之后,所以傅氏信中所表现出来的民族气节、对学术的坚守和谋划、对国家和民族的赤子之心是这批书信的亮点。此外,傅斯年言语之中对于陈受颐的尊敬和亲密,都从侧面证明,陈受颐也是学术能力出色、待人处事周到、民族气节贵重的学者,当得起"傅大炮"尊称一句"受颐先生",也应该在民国学术图景中享有一席之地。

这些书信的重见天日,不仅为傅斯年的人际网络补上了一位重要友人,也一定程度上反映了傅斯年的学术思想、社会思想,为傅斯年研究增补了书信史料。其中,"陈受颐文书"久存于美国高校图书馆中而无人问津,这一事实提醒我们,那些因为时局动荡而不得不寄身海外的学人前辈,可能早就在某个大学、某座城市留下了珍贵的史料资源。傅斯年所说的"上穷碧落下黄泉,动手动脚找东西",似乎仍然是当下文史研究的重要格言。

---

① 台湾大学图书馆,傅斯年档案 Ⅲ-411。
② 台湾大学图书馆,傅斯年档案 Ⅲ-329。

金传胜

汪静之四通书信略考

正如研究者指出,"汪静之与胡适、周作人、鲁迅、郭沫若、郁达夫等大量新文化名人有过交往并留下了资料,可以说,他是研究中国文学史、思想史的一个重要资料点"①。虽然汪静之交游广泛,但他与友朋之间的来往函札目前留存下来的算不上丰富,大量书信已经散佚。编者飞白在《汪静之文集》(下文简称《文集》)"书信卷"前言《不消逝的涟漪》中说明:"本卷收录汪静之的书信,时间跨度是从20世纪20年代初直至90年代,由于历经沧桑,保存下来的资料有限,所收录的只占全部书信的小部分。"②又谓:"除《漪漪讯》外,保存下来的书信较少。这里收录的其他书信,是静之难得留下的一些信稿或复印件,少数收信人提供的信件,以及静之偶然离家时的家信。"③经笔者统计,《文集》"书信卷"除《漪漪讯》(以汪静之、符竹因两人的往来情书为大宗)之外,另收入"40—90年代书信"共56通,包括汪静之致曹珮声等人(机构)的书简,致符竹因、汪晴的家信等。还有少数书简被编者辑入"回忆 杂文卷"。《文集》出版以来,李辉、许宏泉、子张等先后整理过汪静之的函札。与其他作家类似,汪静之的函札经常只有落款日期而没有年月,甚至没有署日期,这给书信的整理与研究工作带来了一定难度。《文集》编者对大多数书信作了系年考订,但仍有少数没有年份。此外,先于《文集》问世的《胡适遗稿及秘藏书信》亦收录汪静之的书信手稿影印件十二通(附致三叔函一通),未见《文集》"书信卷"辑入。本文将对《胡适遗稿及秘藏书信》《文集》"书信卷"和《复旦大学档案馆馆藏名人手札选 续集》中的四封汪静之书信进行考订,以冀推进相关研究。

一、致胡适

较早讨论汪静之与胡适关系的文章是习五一的《汪静之与胡适》。汪静之本人在读过这篇文章后,于1992年撰写《我和胡适之的师生情谊》专门回忆自己与胡适的交往史,试图"完全真实地写出我和恩师胡适之的师生之情,写出我对恩师的感激之情"④。两年后,黄山书社出版了耿云志主编的《胡适遗稿及秘藏书信》,其中第27卷影印收录了汪静之书信。学者黄艾仁、陈漱渝曾根据这些书信分别撰文梳理过汪静之与胡适的交往。

---

① 施晓燕:《对汪静之研究现状的一些看法及建议》,《上海鲁迅研究》2012年第4期。
② 飞白:《不消逝的涟漪》,载飞白、方素平编《汪静之文集》"书信卷",杭州:西泠印社,2006年,第1页。
③ 同上书,第8页。
④ 飞白、方素平编:《汪静之文集》"回忆•杂文卷",第81页。

2009年,汪静之1922年3月24日致胡适一通函札被发现。① 这批书信作为汪静之与胡适交往的第一手资料,不仅具有极高的文献价值,而且构成了汪静之研究、胡适研究的史源性材料。然而,《胡适遗稿及秘藏书信》第27卷所收十二通信函中没有时间落款的信件占去一半,对研究者造成了一定程度上的困扰。学者此前对这些书信作过初步考证与介绍,或失之简略,或偶有误判。笔者拟对其中一通没有落款日期的书信进行考略,以局部还原汪静之与胡适交往的细节。先将此函整理如下(无法辨识之字以□标示):

适之先生:

　　我去年在上海厌倦了繁华的城市生活,很想回到清丽的西湖滨来,且菉漪君的读书问题要我来帮忙伊解决;但那时我已负了不少的债,穷困之至,幸汪梦周先生肯借我念元,得来此处。在此,精神上得到无限的愉快,不受物质的压迫了。爱人和爱湖很殷勤地赐给我无数诗料,我怎能不如得珍宝地笑纳呢?虽然世上的语言文字太笨拙了,不能表其万一,但也只得聊以自慰了。拿起笔来一写就写了好几十首了,我想就出第二诗集。《蕙的风》我自己已非常不满意了,懊悔不已!现在贡献第二集,或者可以赎一点罪罢。寒假以来忙得要命,故诗集还不曾抄好,待抄成时寄与你□。我想赶早出版,因为满身的债,急待归还。

　　我家中日穷一日,甚至无以为炊了。父母不但不能负我受完全教育的责任,反要我去供养他们。未婚妻(我家中父母代定的未婚妻曹氏已退婚了。)菉漪家中亦极贫贱,下半年不能再读书。我怎忍对着父母饿死?怎忍眼看着爱人辍学?我情愿自己饿死,决不让他们如此!但我两手空空,靠借债生活,明天吃的饭尚无把握,那有能力救他们!我简直是无家可告的孤儿,只有告之于敬爱的师友,但我的好友都是相仿佛的穷鬼,(我觉得交富贵的朋友总是可耻的。)心有余而力不足。我想自食其力,我愿为父母为爱人做工,谁知到处找不到工做!寒假中友人介绍我到一个中等学校教国文,本当是可以的,但因我无资格而被拒绝了。惯吃大菜的留学生要得位置是极容易的,刻苦读书的青年却是没个安插处呵!唉!"谁怜越女颜如玉,贫贱江头自浣纱?"愁来天地窄,我欲击碎天地!哦!说远了,话归本题罢:我望你替我赶快找一件工作(或教书或编辑,听说教育改进社有事做),只要我做得来的工作。若南方无事做,就请寄点车费来,我来北大旁听半年国学(你家中或努力报社可借住否?),下学期找教员位置或者便当些。先生呵!现在只有你能救我,求你从速为我设法!诗愈穷而愈工,大概是势所必然,但生活十分不安定时,又那有工去创作?

　　我去做工于我前途无碍,每日做工时间少些,仍可自己读书。

　　找工作这件事决不是你所做不到的,定要求你救助!

　　因为上天天没路,入地地无门,所以流落湖上,暂在母校借住。衣裳当尽,书籍没人来买。几个同样苦寒的爱友竭力节省,勉强维持了我的膳费,幸得继续生活。危在旦夕,望马上回信!

　　我们几个朋友因作品苦于无处发表,拟出一种文艺季刊,名《支那二月》,社员作品,大都个性很强的,请你介绍,托亚东出版,我们不收稿费,想他总可以的。请快些通知亚东。

---

① 参见许宏泉《湖畔风景蕙的风——汪静之致胡适札》,边平山主编《品逸 艺术专辑12》,南昌:江西美术出版社,2009年。

马孝安去年寄你有一部诗集请你序,他嘱我带便说一句,请你快替他做。他说,如你以为他的诗可以出版,就请寄回杭州浙江英文专修学校马孝安收。

引颈以盼好言!

学生静之

陈漱渝在《他第一个应该感谢的人是胡适——纪念汪静之诞生110周年》中认为:"因信中提及请胡适联系《支那二月》文艺季刊的出版问题,估计写于1924年夏秋之际。"实际上,仅通过一条信息作出判断有时并不完全靠得住。这封书信包含了丰富信息,若将其与其他材料进行勾连式对读,不难确定其写作时间。

根据首句和"流落湖上,暂在母校借住",上一年的汪静之曾在上海生活,此时已返回杭州,借住在母校浙江一师。1922年暑假,汪静之在吴淞中国公学补习英文。9月以后在上海宏文英文专修学校学习英文。不久,汪静之父亲因被人卷款潜逃而破产,无法再供儿子在上海读书。1923年1月,汪静之由沪回杭,选择到母校上学。信中说:"我家中日穷一日,甚至无以为炊了。父母不但不能负我受完全教育的责任,反要我去供养他们。"反映的正是当时汪静之家境惨淡、穷困潦倒的情形。"几个同样苦寒的爱友竭力节省,勉强维持了我的膳费"中提到的爱友资助一事,汪静之1930年的《出了中学校以后》亦有写及:"我的生活费便全靠仁与浩川等的几百元的帮助,和《蕙的风》的稿费。"①据《汪静之自述生平》中的"我就是靠这两个好朋友,应修人同胡浩川,我还是可以过日子"②一句,"仁"指的是作家应修人,浩川即后来成为著名茶学家的胡浩川。《应修人日记》即留下了应修人、胡浩川共同救济汪静之的记录,如1923年1月5日的日记记有:"去静信,问几时往杭。附去书,通信册,又二十元(内十六元是浩给他的)。"③

由"拿起笔来一写就写了好几十首了,我想就出第二诗集"可知,此时汪静之有出版第二本诗集的念头,并提出抄好后请胡适帮忙审阅。1923年2月,汪静之致女友符竹因信中提到要将她写的诗歌附在自己的第二本诗集中:"我要为你删改附在我的第二诗集出版,你允许我不?"④4月20日,汪静之在给符竹因的信中写道:"我第二诗集拟改名《柳儿娇》,因为《漂泊者》三字不美丽,而《柳儿娇》三字却极美曼可爱也。且《柳儿娇》一诗正宣了我的唯美主义、享乐主义。"⑤可见,汪静之回到杭州后,虽然家里经济状况举步维艰,但在甜蜜爱情与西湖美景的双重催化下,创作灵感不断,写了不少诗歌,于是萌生出版第二本诗集的计划,以便用稿费来还债。他最初将诗集取名《漂泊者》,不久觉得此名不佳,拟改成《柳儿娇》。据《出了中学校以后》叙述,1923年暑假过后,由胡适写信要亚东图书馆寄钱给汪静之,"预约半年后寄一本诗集去出版,亚东便陆续寄了两百元来"⑥。结果汪氏并没有交诗集去,而是标点了一部书去抵。汪的第二本诗集《寂寞的国》直至1927年9月才由开明书店出版。

1923年2月20日,汪静之写信告诉符竹因,汪的父母已依儿子意愿向曹家提出退

---

① 飞白、方素平编:《汪静之文集》"回忆·杂文卷",第11页。
② 同上书,第191—192页。
③ 应修人著、上海鲁迅纪念馆编:《应修人日记》,上海:上海书画出版社,2003年,第312页。
④ 飞白、方素平编:《汪静之文集》"书信卷",第171页。
⑤ 同上书,第195页。
⑥ 飞白、方素平编:《汪静之文集》"回忆·杂文卷",第11—12页。

婚,"此事算很平和地了结了"①。在符竹因看来,汪静之有婚约在身,不利于自己的名声。所以汪静之当是第一时间告诉了符,又在给胡适的信中特意提及此事:"我家中父母代定的未婚妻曹氏已退婚了。"综合上文的考证,这封汪静之给胡适的书函应写于1923年2月下旬至3月间,而非"1924年夏秋之际"。此时正值寒假,因友人介绍工作没有成功,汪静之只得向胡适驰函求助。

最后再谈谈《支那二月》。学界通常认为"因创刊于1925年2月,即以《支那二月》为刊名"②。这种说法当然可以成立,但明乎汪静之上函的写作时间,则有必要对该刊作出如下补充:早在1923年2月,湖畔社社员"因作品苦于无处发表"而决定出版文艺季刊《支那二月》,由汪静之函请胡适向亚东图书馆联络出版事宜。此事的进展似乎并不顺利,经过两年的周折后,该刊迟至1925年2月始以月刊面世,编辑者署"湖畔诗社",实际负责人是应修人。

二、致黄来生

《文集》"书信卷"第377页至378页为《致来生》一函,眉注"1981年,杭州"。此函信息颇为丰富,主要包括三个方面的内容:第一,面对写信者的约稿,汪静之表示自己没有工夫写,但可告诉对方一点材料。第二,告知写信者可以去看看汪氏给余村大队和余村小学的信,借以知道老家房子被堂弟侵占的事情。第三,自己年事已高,不能多用脑目,很少会客、回复来信,余生"要把时间用在比较有意义的事情上"。

信中提道:"最近《新文学史料》(1981年第1期97页)有曹聚仁写的《诗人汪静之》,香港《大公报》1981年3月16、17两天连载有涓生写的《湖畔诗人汪静之近影》。"③据此可知,此函应写于1981年3月中旬后。《新文学史料》1981年第1期出版于本年2月22日,刊有茅盾《创作生涯的开始——回忆录〔十〕》等回忆文章。《诗人汪静之》一文,实际上应指曹聚仁在该期发表的《我与我的世界〔选载·一〕》中的一节。《我与我的世界》是曹的回忆录,在《新文学史料》连载结束后,1983年由人民文学出版社出版单行本,列入"新文学史料丛书"。

信中还言道:"你到余村取《诗刊》时,可看看我给余村大队的信和我给余村小学的信,可以知道我老家的房子被堂弟侵占的事。"这里涉及晚年汪静之鲜为人知的一件往事。好在知情人章亚光、葛春光曾撰文《汪静之八十岁打官司》,详细还原了汪静之因"老家的房子被堂弟侵占的事"而与堂弟汪能安对簿公堂的经过。据文章叙述,1981年3月16日汪能安在回汪静之的信中表示不同意将老家房子赠给许爱莲,于是"汪静之在写信告知汪能安的同时,也写了封信给余川大队"④。随即还给村小学教师、村里老人等写信,请他们提供证明。4月23日,汪静之正式向绩溪县人民法院起诉,请求确认自己在老家余川村的房屋所有权。可知《致来生》函的写作时间约在1981年3月中旬至4月下旬间。

关于收信人"来生",编者未作说明。来生,原名黄来生,1954年生,安徽绩溪人,是

---

① 飞白、方素平编:《汪静之文集》"书信卷",第176页。
② 丁景唐:《应修人、潘漠华烈士和〈支那二月〉》,《郑州大学学报(哲学社会科学版)》1979年第3期。
③ 飞白:《不消逝的涟漪》,载飞白、方素平编《汪静之文集》"书信卷",第378页。
④ 章亚光、葛春光:《汪静之八十岁打官司》,《访徽文集》,杭州:杭州徽州学研究会,1998年,第107页。

汪静之的老乡。1980 年毕业于徽州师范专科学校中文系。1980 年至 1983 年在绩溪浩寨中学、华阳中学任教。1984 年后在县委宣传部、缫丝厂、县政府办、光明集团、荆州乡、县政务中心、县旅游局、县政协文史委等单位担任干事、副科长、办主任、副乡长、副局长、主任等职务①。现为安徽省徽学会理事、安徽大学徽学研究中心和黄山学院徽文化研究中心特聘研究员、黄山市委党校徽州文化研究院研究员、宣城市历史文化研究会常务理事、绩溪县徽文化研究会会长。黄来生长期致力于"挖掘整理徽州地方文史资料，为宣传家乡绩溪乃至古徽州的历史文化做一点具体的事情"②，先后编著出版《中国名山小九华》《中国徽派三雕》《风采绩溪人》《蜀马 悠悠古韵》等书，并发表若干研究文章。关于他与汪静之的交往，暂时未见专文记之，不过他与耿培炳曾合写过一篇《湖畔诗人汪静之》，收入王景福主编、中国人民政治协商会议宣城市委员会 2007 年编印出版的《宣城历代名人》一书。

三、致马蹄疾

《文集》"书信卷"第 377 页至 399 页为《致马蹄疾》函，这是一封残简，年份存疑。为便于讨论，转录如下：

马蹄疾同志：

我于 1921 年分别写信给周氏兄弟二人，鲁迅先生很快就回信，周作人过了几个月才回信，说他病了几个月，故迟复。对拙作很赞赏，但未寄回原稿，故我不知道他也曾改过我的诗。我本来曾请胡适、周作人、朱自清三位先生替《蕙的风》写序，因为胡适、周作人是当时新文坛声望最高的大家，朱自清是最了解我的老师。"五四"初期鲁迅每篇文章换一笔名，因而声望不如胡适、周作人，故我未请鲁迅写序。

后来我的老师刘延陵自己提出要替《蕙的风》写序，我当然不好拒绝。我马上想到共有四篇序，实在太多了。就写信告诉周作人，说已有三篇序，序太多了很不安，请他不要写序了。

直到前几年，有人来信，说发现周作人遗稿中有一篇《蕙的风》序，问我为何《蕙的风》中未印周作人的序。我从来不知道周作人已写好序文，如他已将序文寄来，我当然一定要印上去。

如果你因编鲁迅大词典之便，见到周作人遗稿，可否请代复印周作人的《蕙的风》序寄给我看看？

《蕙的风》上海书店已照出版本影印。［下缺］

信中的"《鲁迅大词典》"当即 2009 年 12 月由人民文学出版社最终出版的《鲁迅大辞典》。它是 1981 年鲁迅诞辰 100 周年之际由著名学者李何林、王士菁等倡议编撰的大型项目，得到文化部与新闻出版总署的支持。1984 年林溪在《谈谈〈鲁迅大词典〉相关词条的释文撰写》中云："由中国鲁迅研究学会、北京鲁迅博物馆、四川人民出版社发起编写的《鲁迅大词典》目前已经完成了索引编制的工作，为整部辞典的释文撰写奠定了可靠的基础。1983 年年底和 1984 年全年，是《鲁迅大词典》各分册词条释文初稿的撰写阶段。"③

---

① 洪鹏华、曹健斌主编：《绩溪书目》，合肥：黄山书社，2008 年，第 20 页。
② 黄来生：《风采绩溪人》，北京：光明日报出版社，2008 年，第 2 页。
③ 林溪：《谈谈〈鲁迅大词典〉相关词条的释文撰写》，《辞书研究》1984 年第 1 期。

《马蹄疾简历年表》显示,马蹄疾1983年"年初起全力投入《鲁迅大辞典》编制索引卡片,去上海图书馆徐家汇库、北京图书馆皇城根报库、柏林寺库查资料,并访葛琴、冯其庸、刘炽等"。6月起开始写词条。7月去厦门参加《鲁迅大辞典》编写工作会议与编委会,参加者有李何林、王士菁等。1984年"主要参加《鲁迅大辞典》的编写工作,通过通信、走访、查阅旧报刊,搜集资料和照片"①。马蹄疾在编写《鲁迅大辞典》的过程中,显然曾向文坛前辈汪静之写信请教过。《致马蹄疾》一函正是汪静之对马蹄疾来信的回复。

"我从来不知道周作人已写好序文,如他已将序文寄来,我当然一定要印上去。"这里的描述并不符合史实,属于晚年汪静之的误记。周作人为汪静之诗集《蕙的风》写序一事,有相关文献资料可以佐证。鲁迅1921年7月13日在给周作人的信中谓:"我想汪公之诗,汝可略一动笔,由我寄还,以了一件事。"②即督促周作人为诗稿《蕙的风》作序。同年9月15日,周作人日记出现"寄静之函,作汪君诗序一篇"③的记录。1922年7月22日,汪静之在给符竹因的信中有"关于此事,适之、作人、自清三人替我做的序内里说得很明白,今寄给你看"和"三篇序文,周作人一篇看后请寄回,余的不必寄来,诗稿也不要寄来了"④的记载,证明周作人确实作了序并寄给了汪静之,但最终出版的《蕙的风》并未采用周序。关于背后的原因,有学者认为"周作人的序言做得太早了,不能涵盖汪静之全部的意思"⑤。

1984年9月,上海书店据亚东图书馆1922年8月《蕙的风》初版本"原本重印",列入"中国现代文学史参考资料"。由《蕙的风》上海书店已照出版本影印"一句推测,汪静之作此信时,上海书店版《蕙的风》正在印行或已经问世。结合上述两条线索,《致马蹄疾》一函写于1984年的可能性最大,具体日期待考。

四、致郭绍虞

徐忠主编、复旦大学出版社2005年出版的《复旦大学档案馆馆藏名人手札选 续集》第131至第132页影印收录汪静之书信一通,释文如下:

> 关于参加土改的事,我和我的妻子再三商量,终于无法克服困难。我的胃病和便秘痼疾都可设法解决,但我的九岁的女儿和十二岁的侄孙女无人照管这一困难是无法解决的。我的妻子符竹因自本学期起在江湾中学任教,每天早晨六点多钟动身到学校里去,晚上七点钟才回家,每周还要轮流值日住在校中管理学生晚间的自修。而且她体弱多病,中学里职务繁重,每日忙于校务,已觉体力不支,只能勉强带病任教,家务无法照顾。在这种情形之下,我如果不顾一切,毅然去参加土改,便无异不顾儿女的健康与安全,不顾妻子的死活。我的妻子自从在中学任教一月以来,凡有认识的人都说她已瘦得可怕,已经辛苦得不能支持,如果再把家务堆在她身上,她不堪负担,势必要累得她病倒。我再三考虑之后,觉得实在不能去参加土改。虽然我是极愿参加土改的,现在为了实际上的困难,只好牺牲这可贵的机会了。请代转报

---

① 陈漱渝主编:《马蹄疾纪念集》,成都:四川人民出版社,1998年,第522页。
② 鲁迅:《鲁迅全集》第11卷,北京:人民文学出版社,2005年,第392页。
③ 周作人:《周作人日记》中册,郑州:大象出版社,1996年,第200页。
④ 飞白、方素平编:《汪静之文集》"书信卷",第22页。
⑤ 耿宝强:《"〈蕙的风〉论争"及其它》,《关东学刊》2016年第4期。

上级,体谅我的困难。此上
郭主任

汪静之上 国庆节

这封书信的受信人"郭主任"应系当时的复旦大学中文系主任郭绍虞,汪静之的"顶头上司"。汪静之写此函的主要目的是向复旦领导解释无法参加土改的原因,故而其写作日期可根据复旦师生参加土改运动的时间来推断。

1951年10月23日《复旦大学校刊》第65、66期合刊登有《本校文法学院师生六五〇人参加土改工作》。据本文报道,复旦校务委员会于1951年9月19日公布华东教育部关于文法学院各系组本年度二三四年级同学和文法两院教师参加皖北土改工作三个月的指示后,得到了全校师生的拥护和文法两院师生的热烈响应。9月21日开始,学校发放有关土改的学习资料,布置学习任务。第五十一次校委会通过参加土改的教员名单,中文系有陈子展、刘大杰、蒋天枢、赵宋庆等九人,并无汪静之。参加土改的复旦师生于10月9日上午到达皖北五河县,随即开始集中学习,同月下旬参加实际工作。可见,汪静之的这封信发挥了作用,他的实际困难得到了上级的体谅,最终没有赴皖北参加土改。此后,《复旦大学校刊》对师生参加土改活动进行了跟踪报道。如1951年11月19日第68期、12月17日第70期相继刊出《参加土改同志已经愉快地走上了工作岗位》《在爱国主义、革命英雄主义鼓舞下 参加土改师生第一期工作胜利完成 现在已到达灵璧县进行第二期土改》等文。因此,汪静之致郭绍虞函的写作日期应是1951年10月10日。信中"我的九岁的女儿"当指1941年出生于贵州独山的汪伊虹。

汪晴整理的《汪静之自述生平》显示,汪静之1947年至1952年间在复旦大学中文系任教,初期"还在南屏女子中学兼课"①。《汪静之年表》关于汪氏在复旦任教的时间交代得更清楚:"1947年8月至1952年7月在上海复旦大学任中文系教授。"②汪静之在复旦的工作时间并不算短,但第一手文献并不多见。除上述这封书信,《汪静之文集》"书信卷"已收《致复旦大学》一函,系汪静之向复旦校长章益写信请求安排住宅,但标注的时间"1947年7月21日"似有误判。此信首句为:"客秋到校之初即向总务处登记住宅,该处未予登记,但处以B区。"③既然汪静之1947年秋开始任教于复旦,"客秋到校之初"表明此函应作于一年之后,即1948年。

---

① 飞白、方素平编:《汪静之文集》"回忆·杂文卷",第213页。
② 同上书,第308页。
③ 飞白、方素平编:《汪静之文集》"书信卷",第354页。

李　兰　辑校

新发现的穆时英三篇集外文

一

论英国古典文学

W. S. 毛姆 著　　霍昆 译

【译者附志】本文原名为《书与阁下》(Books and You)，载于《星期六周报》①，内容除了抒述怎样研读文学作品以外，都是对于英国古典文学的评介。前一部份的见解并不十分卓越，后一部分的议论却颇为精湛，故删其前者，而易以今名。

我要介绍给阁下的第一本书是戴孚(Dofoe)的《荡妇自传》(Moll Flanders)。没有一个英国作家的作品比戴孚的更富于真实性；的确，你在读这册书的时候，很难使你觉得自己是在读一册小说；它更像是一篇完美的报告文学。《荡妇自传》不是一册道德问题的小说。它是杂乱，朴野而粗鲁，但它有一种我以为是英国人的特性的，蓬勃的精力。戴孚的想象力不大丰富，也没有什么幽默感，但他的生活经验却很宽广而繁杂，并且对于插话和细部有锐敏的眼光。

其次，我希望阁下能读一读司惠夫德(Swift)的《格里佛游记》。我以后还要谈到约翰生博士(Dr Johnson)，但在这里，我必需提一下他所说的，关于这本书的话：只要你一想到大人和小人，其余便迎刃而解了。约翰生博士是非常卓越的批评家，也是非常聪明的人，但在这里他却说着没有意义的话。《格里佛游记》有□②智和潇洒，精细的创造性，明晰的幽默，粗野的讥刺精力。它的风格是可钦佩，没有人会把我们的不能驾御的文字，写得更致密。更简洁，并且更洗练。

费尔定(Fielding)的《汤姆琼士传》(Tom Jones)也许是英国文学最健全的小说。这是一册爽直，勇敢而明快的书，元气充足而魄力宏伟。我以为没有一个人能读《汤姆琼士传》而不感到喜悦。史端纳(Sterne)的 *Tristram Shandy*③ 是一册完全不同性质的小说。如果你是为了故事而读这本书，你会跑去上吊。它缺乏呼应。主要的人物在后半部才露面。整篇都是题外话，但它却非常富于创造性，幽默感和感动力。

现在，让我们先把小说……④

---

① 此处原文有误，当为《星期六晚邮报》。
② 原文此处难以辨认。
③ 现通译为《项狄传》。
④ 此段文字原文被覆盖，无法看到字迹。根据英文原著，缺失部分为介绍包斯威尔《塞缪尔·约翰逊传》《赫布雷德群岛游记》与约翰逊博士《诗人传》，这两部传记可以让读者了解约翰逊博士和包斯威尔。

……明自传》①是一本非常可读的书：简裁，文笔典雅，有尊严又有幽默。关于后者，我禁不住要举一个例。当他正在闹恋爱，但他的父亲用取消他的承嗣权的方法来威胁他。他用底下这样的句子来结束这一段对话：作为一个恋人，我太息，作为一个儿子，我服从；而我的创伤是被时间，割离和新的生活的习惯所治愈了。我以为，即使这本书除此而外空无所有，但有了这句令人叫绝的句子，也就值得一读。

《块肉余生述》(David Copperfield)和白德赖(Butler)的《如此人生》(Way of All Flesh)是两册伟大的小说。我这样说，不仅仅因为它们是显著地属于英国小说的传统，并且因为它们保有英国文学的特征。除了 Tristram Shandy 可能是例外，我直到这里所提起的那些书都有一种豁达、爽直、幽默和健全的气质，这我以为是代表英国人的。它们没有特殊的微妙表现，多少又欠缺些精致。这比较是喜欢行动的人的文学，而不是擅长思想的人的文学；富于常识，有一些感伤主义，和很多的人性。关于《贼史》，除了是狄更斯最好的小说以外，没别的话可说。《如此人生》以后出版了不少小说，但我以为，在一切重要作品里边，这是最后一部不受俄法作家的影响的作品。

狄更斯是英国最伟大的小说家，但琴奥斯丁(Jane Austen)是英国最完美的小说家。她的范围狭窄；她专描写乡下绅士，乡下教士和乡下的中产阶级：这些都是真的。但，谁会及得上她对于人物的洞察力，谁会超过她在探讨人物的深处这一点上的精巧和合理？现在我唯一的困难是她的稀少的作品里边，那一部值得特别推荐的问题。我最喜欢的是《曼殊斐尔公园》。

哈士立德(Hazlitt)的声誉为查尔斯兰勃(Charles Lamb)所掩盖，但我以为他是比兰勃更优秀的散文家。他的佳作多见于《桌上偶谈集》(Table Talk)，可是他的选集很多，这些选集没有一册会漏了《我对于诗人们的初次认识》的。这篇《我对于诗人们的初次认识》不但是他的绝作，并且是英国文学里最好一篇散文吧。

当然，每一个人都应该读一读莎士比亚的悲剧作品。但对于这些作品非常熟悉的我，却希望能智与才华卓绝之士把莎士比亚的戏剧和诗另选一集，不但尽收我们所应熟读的章节，并且把断片，甚至单篇也采摘进去，使我在需要享受诗的精华的时候，便可以把这卷帙适中的书翻开来。

原载香港《星岛日报·星座》第253期 1939年4月18日

二
《闲话日本天皇》与《论日本天皇》②

闲话日本天皇(上)

约翰根室 作　　霍昆 译

日本天皇也是人，他吃，睡，喝，并且像我们其余的人一样，有他的个人生活，他是生

---

① 即吉本《自传》。
② 《论日本天皇》系列刊于1939年《星岛日报·星座》，《闲话日本天皇》系列刊于1939年《作者通讯》，两文均为穆时英对约翰·根室 The Emperor of Japan 一文的翻译。现存《星岛日报·星座》和《作者通讯》均有缺期，故此处据原文顺序，将两个译本结合起来，以呈全貌。具体情况请见后文说明。

出来的；他生孩子；他会死。但他的人的性质，虽然也许很有趣味，却完全被他的神的性质所盖住了。日本天皇是"生"出来的，但当然不是像仅仅一个凡人那样生出来的。日本天皇会"死"，但他的死亡，正像他的诞生一样，只是一个宇宙中的永久的历程里边一段插曲而已。他是人，但他也被当作一个实际的神。

日本天皇，因为是神圣的，所以不仅仅是国家的元首，他就是国家。正统派相信统治权存在于天皇这人身上，而不是在任何政府机关里边。天皇和人民是同一的事物。一切日本人，不单是天皇，都以为他们自己是神圣的或半神圣的种族；天皇是统治的神，家长之流，团结全民族于其庄严、辉煌而非个人的存在之中。

欲说明日本天皇的神样的特性是易陷于难于描述的概念中。首先，我们容易陷入神秘主义。但在皇室的地位没有弄得合理地清楚以前，对于日本的了解是不可能的。日本的皇室和西方的任何皇室没有一些相同的地方，最大的原因是宗教的因素和宗教的神秘主义。其次，我们冒了触犯日本人的危险，对于他们，天皇不是观察和描述的适宜对象。

忠君爱国的日本人——这意思是指日本民族里边最大部份的人——对天皇的尊崇和确切的敬畏是近代史上罕见的现象。对于西方人，这也许是一个莫明其妙的现象。可是，信仰科学探索的效力，信仰自由头脑的自由使用，信仰经验的合理性的多数西方人，在日本神秘主义中，会发现许多莫明其妙的东西，我说神秘主义，意思并不是指自我欺骗，我是指一个民族随便接受不能由纯粹理智的思维来解释的现象的本能而言。

多数日本人民对于他们的天皇非常敬畏，但很少人曾看见过他。这是因为在庆祝巡行的场合，当天皇走近来的时候，他们会垂下了眼睛来的。最严格地说：他们是不准看天皇一眼的，虽然有些勇敢的人会偷看一下，但这是大逆不道，这禁例的来源是出于直视天子会使目盲这神学的信仰上面。

天皇的像比较少见，普通的习俗，脸是用绢或玻璃纸盖起来的，天皇旅行的时候，即使要横越日本数百里，沿路的窗户必须关闭，——这使谨慎的警察忙得不得了。

谁也不准从上而俯视天皇。东京警局的新厦的塔从来没有完成，因为塔上的窗会看到御园。在另一方面，现代的需要却强迫修正了这条规例；举例说：天皇召集议会的时候，旁听席上的新闻记者们的确是俯视着他的。

一九三六年，泰晤士画报在封面上印了全页的天皇像，编辑们被要求去向读者恳请，别把杂志颠倒拿，或者把任何东西放在杂志上面。漫画家威廉葛罗伯曾经在虚荣市场月刊上发表了一幅天皇的漫像，——不十分酸刻，华盛顿的日本大使即刻提出了正式的抗议。幸福杂志日本版，一件可敬佩的事业，在日本被禁止发卖，并不因为它的内容，而是为了它在封面上印了皇室菊花，一个珍贵的日本象征物。

一位有名的外国大使在出席了御园宴以后，问他的日籍秘书对于天皇的风采（那是很好并且很正常）的意见。那秘书拒绝答复，因为回答便是冒渎。

有一次，在乡村巡礼中，一个交通警察把天皇的仪式行列带错了路。他因羞愧而自杀。

医生们是不准接触天皇的父及祖的身体的，除非带了丝手套。据说连御裁缝也不得不从相当远的距离去测度故皇的衣服，——这使适度的长短阔狭变成非常困难。

皇室的仆人们在接近天姿之前，用特殊的仪式来洁身。

一个非常出色的法学家和教授，曾经在国立东京帝大任教席二十年的美浓部博士，失去了职业，并且险遭暗杀，因为在二十年前出版的一册书上，他们把皇室认为仅是国家机关。

从许多可用的例子里选择出来的,上述那些琐事,是对于环绕着天皇的晕光的透明性的足够而初步的指示,同时也是其暧昧性的指示,我们得确定这晕光,切入这晕光。我们担心伤害日本人的感情,但以下的文章都是对日人的敏感性特殊留意而写下的。天皇是日本民族命运的活象征,标识,与人格化。但日本命运也许就是大部亚洲的命运,——并且需要完全而公正的探讨。

原载 1939 年 7 月 20 日《作者通讯》第 5 号

闲话日本天皇(中)

约翰根室 作　　霍昆 译

裕仁天皇,万世一系皇朝里边的第一百二十四代日本天皇,是一九〇一年八月二十九日下午十时十分在东京诞生的。他童年时由家庭教师教导,后来进了贵族学校,并且到欧洲去过一次。一九二二年,当他的父亲,一个不大强壮的人,被疾病所牵缠时,他便成了摄政皇子。一九二四年,他与良子郡主结婚,跟她生了五个子女。一九二六年耶稣诞日,裕仁登了皇座,一九二八年,就正式加冕。

先让我们把名字弄清楚。据日本神学家和历史家所说,日本在二千五百九十八年中只有一个朝代;所以氏族或朝廷的名称是不必要的。从字面上说,裕仁的训义是"豁达"和"崇高"。这名字里的第二个字"仁",是大部份天皇的名字里边都有的,只第一个在变换。在日本,除了天皇以外,谁也不能用仁字来做自己的名字;法律并不禁止,但牢不可破的习惯禁止在名字里用仁字。据说,有一个僻远地方的农夫替他儿子取名裕仁;当他发现了这就是天皇的名字时,便把全家杀死,再切腹自杀。

每个天皇一登基,就换了另一个名字。这是他生时的年号;死了以后,这名字便成了他的谥法。前一代的天皇,裕仁的父亲,本名是裕仁,现在却被称为大正,这名字也就是他的朝代的年号。现在的天皇名其年号曰昭和,义为——真是够古怪的——"辉煌的和平"。他死后,他的朝代将被称为昭和朝,他也不再被称为裕仁,而被称为昭和。日本是以这种年号纪年的;一九三八年是昭和十二年。

日本人从来不用天皇的名字来称呼天皇。这是一种冒渎。实际上,如果他们能够避免提起他的话,他们就从不提起他;如果他们能不提起他的话,就简单地说皇室来代表他,或称陛下,或称天子样。天皇死后,日本人还是继续像生死一样敬崇他,正像他们尊崇一切祖先一样。

在日本 Mikado,这字是从不用来指天皇的。这样用法完全是外国的用法。从字义上说 Mikado 的意思是"门",再加上敬称号而成为"天门"(译者按,Mikado 的日文应该为御门;天门大概是作者的误解),这与我们的 Sublime port 差不多意思。

天皇很少写自己的名字;事实上,在一八六八年以前,政府公告是不署天皇的名字的。现在天皇用日本文裕仁这两个字在有些文件上签名,但通常是用印铃来代替签名。政府公报上代发表法令的时候,只印着"御名"这两个字来代表印铃。有一两次,在赐赠礼物给外国人的场合,天皇曾经用英文签过名。

当日本,在经过了二百五十一年完全锁国时期,忽然用世上从未见过的突飞猛进的姿态重新加入国际关系的一八六八年明治维新以来,到现在为止,有过三个天皇。那位"维新的"天皇是睦仁,现在被称为明治。他是当今天皇的祖父,并且是亚洲伟人之一;他在位四十四年,一八六八至一九一一。他的儿子嘉仁即大正,当今天皇的父亲,×××

××××××。(原文在香港被检)。

但,今皇裕仁的世系当然不止这三代。这世系绵延不断,一直可以追溯到二千五百九十八年以前,追溯到纪元前六百六十年,当第一代天皇神武建立皇朝的时候。这世系甚至还可追溯上去,因为神武本身是日本主神天照大神的第五代孙,而天照大神又是其他神明的后裔。

皇朝从没有中断过。它持续了二千五百多年。日本人天生多产是理由之一。在日本,螟蛉子与嫡子的法律地位相同是另一理由。还有一个理由,在过去,不少日本天皇是多妻的。无论如何,今日的日本皇族的支派决不会少过十四支。男性嗣续的规律是被遵守着的,女子不得继承皇位;可是缺乏男性子嗣的危险却没有。奇怪的事情不在于皇室的子孙世世不绝,倒在于它居然没有被推翻过。在许多世纪中,天皇×××××(同上),完全没有统治权,可是从没有一个日本权臣或幕府敢推翻皇朝。

日本天皇不用加冕。他们就这样登上皇位。日本没有皇冕。新皇一登基,马上发表他的第一次诰示。裕仁的登基诰示是这样的:

"朕沐皇祖遗泽,继承大统,以治我邦国,自当遵照国家法典,光大列祖圣德,确保光明传统,以至无穷。"

相当于加冕礼者是在登基后,举行于旧都京都的隆重仪式,御大礼和大尝祭。就像威斯敏斯德寺(译者按:英皇加冕处)里的加冕礼一样,御大礼和大尝祭是一种世俗的及宗教的仪式的混合物,只是宗教的成份更浓重一些。

原载1939年8月20日《作者通讯》第6号

论日本天皇(四)

约翰根室 作　　霍昆 译

不多几月以前,我站在明治神宫的大门附近。没有几件事能比观看在祝祷着的日本人更有趣味了。是下雨天,但穿了和服的绅士淑女却沿着碎石,小步走进去,站在两旁,毫无遮盖地冒着雨。祝祷者都是在户外举行的。祝祷者走进去,鞠躬,然后合紧他们的手掌。这是在召唤他想和他会谈的那个祖宗的神灵。于是,与祖宗会谈几分钟。——用一种迅速,诚恳而可以听得清楚的低语。于是,又一鞠躬,把铜币投在草席上,最后又一鞠躬,才向后退走。我一到日本,便因我的天真而出丑。只为了我问了一个我觉得是很简单的问题:"如果天皇本人是个神,他向谁祝祷呢?"

当然,他向他的祖先祝祷。可是亵渎地①,我提起了一个复杂的,神学上的论争点,天皇本人的确是神吗?他当然是神圣的,但他是"神"吗?

权威方面各有各的说法。有些正统派日本人的意见,认为天皇本人毫无疑问地是"一个真正的,活着的神"。还有些正统派日本人仅以为,在日本人的思想中,天皇是"日本宇宙中的至高存在,就像在诸神论哲学家的思想中,上帝是宇宙的至高存在一样"。他是"全族的代表"一个已经变成了具体而明显的象征的抽象形态……从不可记忆的古代起直至时间的终结。

神道,日本的国教,是一种极难下界说的观念,最近,有一个政府任命的委员会,花了三年功夫想给它下一个界说,终于还是把这企图放弃了。在本质上,它实在就是对于日

---

① 原文难以辨识,近似"亵渎"。

本民族本身的崇拜,它存在于两种形式中,世俗与宗教的;一切爱国的日本人都是神道的信徒,但他们同时也许也是佛教徒,甚至是基督教徒,一种祖先崇拜和爱国主义的混合物是神道的明显的表志;每一个日本人都是天照大神的后裔,而他们都尊崇他们的祖先;因此,我们可以推论开去,说一切日本人都是同一家族里的一份子,而天皇是族长。日本的神国中有八万万天神。每一个战死的士兵都受他后代的奉祀和尊崇,而变成,如果不是一个真正的天神的话,至少也是那宗教机构中一个固定的脚色。

乔治赛孙爵士①在他那本漂亮而重要的书,《日本文化简史》②中说:"神道教一切仪式的根本观念是纯洁,而神道教一切信仰的根本观念是蕃殖。这后来才被称为神道教的宗教,在最初期好像是一种原始的多神教……如果说原始的日本人以为一切自然的事物都附有精灵,或者说他们的宗教是一种拜物教,那是等于用确切的说明,来解释因过于暧昧错综而不能下简洁的界说的事物。"

原载《星岛日报·星座》第 236 期 1939 年 4 月 1 日

论日本天皇(五)

约翰根室 作　霍昆 译

关于神道教的最重要的一点是它在近代的复兴,成为一种宗教势力,同时也成为一种政治势力。像天皇本人的世俗权利一样,在一八六八年明治维新以前,神道是在日趋衰落中。渐渐地,明治维新的中坚人物发现这种宗教爱国主义的象征物在实用上的功效。如果神道教被信奉的话,国家元首的天皇,也就是一个大家族的族长了,这样——不怕宣扬③地说——神道就可以利用来实践一种政治目的,即是国家的统一团结的概念。日本人对天皇的崇拜很早就存在着,但这崇拜最近却日益加重这一点,是非常重要的。举例说,明治天皇是第一个在登基时,到伊势神宫去祝祷的近代天皇。

当你问一个有现代思想的日本人,例如研究生物学的学生或是曾到国外留学的政治记者,他究竟是否相信天皇是神圣的。他也许会回答——如果门是关着的话——他并不相信。天皇是天照大神的后裔这官方的说法,实在是太难接受了。但多数日本人甚至那些有很现代化的头脑的少数人,都以为使日本大众相信天皇的神圣性是一件有利的事。所以,甚至怀疑论者也宣扬这神话,而他们实现他们目标的最好办法,便是装做也相信这种话。

这里,我们到达了主要的一点。天皇神圣说,是日本统治阶级手中非常有效的统治武器。

天皇现在住在全世界最壮丽的建筑物之一东京"宫城"深进的殿堂里。几世纪以来,

---

① 即英国作家乔治·桑瑟姆(G. B. Sansom),《日本文化简史》将西方的日本史研究提升到了新高度。
② 原文没有加书名号。
③ 原文难以辨认,也可能是宣告。
④ 此标号"三"和后续标号"四""五""六"为穆时英译文所标。根室的英文原文内容分为序言和九部分,笔者在阐释文章中也提到了。穆时英翻译时采取节译,有删节,将根室序言和九部分内容重新分为六部分,就是《星座》上看到的数字"三"到"六"。如《星座》连载的第五节出现的"三",包含了根室英文著作中 Personal Life of the Emperor (天皇的生活)和 Emperor as Poet(诗人天皇)两部分内容。现在我们看到的《论日本天皇》(四)到(九)的分段,是《星座》分九期连载时的分段,每一期都有起承转合。笔者在阐释时按照根室的英文原文和《星座》上每一期内容展开叙述。

这宫殿是藩阁们的要塞与堡垒,皇室在一八六八年君权复兴时把它收了回来,这座建筑很堂皇,象征皇室的尊严。一条流着碧水的城河,(从前有三条城河),水流反映着雨旁柯枝交叉的古松,围绕着一道瑰玮的花岗石城墙。这道几英里长的城墙有四十座城门,一大串瞭望灯,城墙是由灰色的大方石造的,就这样在地上堆起来,不用桐油石灰,所以不怕地震。墙内是青色的草地,花园,别墅,宫殿,及各种皇室住宅的附带建筑物。除了特请的宾客以外,谁也不准进去。

夏天,裕仁和他的家属照例总是到镰仓附近的一个避暑地,叶山去,离开东京约三十英里。在这里,天皇游泳,(他是一个出色的泳手),不游泳就休养。他时常搜集海水生物标本,以供实验研究之用,他的海滩当然是私有的,但在邻接的海滩上,别的男浴客必须连上身也穿游泳衣,这在日本别的地方是不一定要穿的。皇室有许多别墅散布在日本东部——全部也许有五十座。天皇很少到那些别墅去。

他的日常工作,他的公务都由旧日的习文①规定,并且有严格的限制。每年有二十一次祝祷典礼要领导。每年有一次,天皇要到供奉着历代日本阵亡将军的靖国神社去参加祈祷,每年有一次他要参加海军军校的毕业检阅典礼;他参加国会开幕典礼和其他类似典礼;他还要接见首相和军部首领。他还要接见新任外国大使,有时,也招待其他重要外宾。

新大使的呈递国书是一种非常繁重的仪式。新大使是独自一个人被接见的。他的随员一个也不能进去。他走进去,三鞠躬,读他的国书。天皇于是诵读他的答词。这以后,也许有几分钟的谈话。天皇的话由一个译人传译,译人的眼必须望着地,必须低声悄语。新大使于是再三鞠躬,然后向后退走。

当美国副总统加纳在赴菲律宾旅程中,路过东京时,高兴地告诉他的朋友说,他去觐见天皇时,他预备把口袋里的美国一元挂表掏出来,告诉天皇,说"陛下,还是件你们没法模仿,没法用低价倾销的东西!"在东京的所有美国人都大吓一跳,要他千万别做这件事,因为,如果他这样做了,在那间房间内的天皇侍卫会以为××××××××××。后来加纳找到几只日本伪冒的,只卖三角钱的美国挂表,便打消了这主意。

原载《星岛日报·星座》第238期 1939年4月3日

论日本天皇(六)

约翰根室 作　　霍昆 译

天皇登基后,曾接见过三次外国新闻记者。其中之一,裘尔士·苏□②,不是当作一个新闻记者,而是当作一个法国贵宾而被接见的;其他两个,每日新闻的华德·普赖士和司克列普霍华系报馆的罗安③。霍华获得了几分钟投机的谈话,但没有获得什么新闻。美国的编辑们打④赏一百元,要求⑤驻东京记者的天皇访问记。可是没有一个人能见到天皇。

天皇每年举行两次盛大的园游会——四月里的赏樱会和十一月里的赏菊会——这

---

① 原文此处空白,此处也可能为"习惯"。蒋学楷译本译为习惯。
② 此处英文为 Jules Sauerwein。
③ 此处英文为 Roy W. Howard of the Scripps-Howard newspapers。
④ 应为"打"。
⑤ 此处可能是"要求",原文较为模糊。

两次会记者是准许与七千个其他宾客一同参加的。宾客们穿了下午礼服聚集在园里,天皇与皇后从皇宫里走出来,缓缓地经过花园。男人准许戴帽子,(在天皇经过时当然是除下的),却不许穿外套,无论天气是怎么冷。在一九三七年和一九三八年,园游会是取消了,为了中日战争,或者,照日本人的说法,"中日事变"。

有时天皇也举行宴会,例如英国皇太子来访东京那样的场合。入宴会时,天皇坐在小□①上,比他的宾客们高。如果是普通宴会,他的椅子是和别人的一样高低,天皇相当通晓英文和法文,但即使是在普通的宴会里,他也还是用日文谈话,而由译人传译。皇室宴会席上的宾客们,按照日本向例,必须把食物带走,从前,他们是带走作为天皇的主谊的象征的水果和白□②的;现在是每一个宾客分一小盒糕饼。这小盒糕饼应该谨慎地保存起来,在日本,食物,一切食物,都是珍贵的;在历史上,它是一个饥饿的国家,这制度就是由这一点来的。阁员和大使每年收到小巧的茶杯,作为天皇馈赠的礼物;从放③在餐室里安全而显着的地方;那些茶杯的数目上,你可以说出无论那一位外交官吏在东京的年数。

天皇爱网球与高尔夫球,但他的主要兴趣却在海水生物学上。(在这里顺便提一下:他的高尔夫球记录是被热心地关注着的秘密)。到东京来的,超卓的生物学家是时常能够觐见□的。虽然这觐见官方从不宣布。

皇宫里的几间屋子开作了实验室,当他用他的显微镜来工作,观察细微的有机体时,是天皇最快乐的时候。他喜欢亲自去收集那些微生物。摄影是他的第二心爱的玩艺,就像差不多所有的日本人都喜欢摄影一样。他有时也喜欢骑马,他的白马,白雪,是有名的。

他照例在六点钟起床,睡得很早。他不喝酒也不抽烟。他的身体据说很健康,虽然他幼年时是很衰弱的。就像每个人都知道的一样,他是一个近视眼。有一件古怪的琐事是,任何衣服他绝不穿两次,甚至连亵衣也是这样。穿过的衣服是赏赐给低级官吏,地方执议者及其他类似的人的;这是一种珍贵的礼物。当他为了参加某些典礼而必须离开宫殿时,他是坐在一辆栗色轿车里的;栗色是皇室专用的颜色,在日本只有这一辆栗色汽车。他的护卫非常谨慎。街道肃清了行人;沿路房屋都被严密地看守着。

天皇□④时,有好几个家庭导师,其中之一,日俄战争时攻克旅顺的乃木大将,在明治大帝驾崩时与其妻同殉。所以,还在童年时,天皇就很强烈地受到以身殉国的日本传统的渲染了。继乃木之后的导师是东乡元帅,当时日本的最大英雄。据记载,天皇在学生时代便显示了卓越的才能,他早期的热中⑤事物之一是伊索寓言,在十岁以前他就照伊索的格式来写作寓言了。1921 年,当继承的地位已经确定了的时候,他便赴海外留学——一件二千五百年来日本所有皇太子都不曾有过的事。当他出国的消息宣布了以后,一百个东京男童联合献身剖腹,要求他取消行意。他还是去了,那些男童们大约都还活着。

大部分关于天皇的逸话是发生在他的旅行途中,在军舰上,天皇带着的一只猴子吞下了一个螺旋。谁也没有办法使它吐出来,这时,裕仁出了个聪明的主意,用一块糖把它的螺旋换出来了。在伦敦的地下火车站边,不准接触金钱的裕仁没有车票,用足资模范的从容态度来对付售票员的责难。诸如此类,在吉布罗陀,皇太子赌了跑马,他赢了,伦

---

① 此处英文为 dais,蒋译本译为小桌。
② 当为白食。此处原文模糊,此处英文原文为 rice。
③ 原文如此。
④ 当为幼时或儿时。此处英文原文为 The Emperor had several tutors as child。
⑤ 原文如此。

敦泰晤士报摘录了一个亲眼看见他赢钱的日本人的投函道:"太子陛下拿了一大束钞票,马上交给小栗孝三郎元帅,以免胡花。"

原载《星岛日报·星座》第239期 1939年4月4日

论日本天皇(七)

约翰根室 作　　霍昆 译

天皇是勤勉而颖□——日本以为他的其他特性是勇敢□□①——他直到今日还是继续他的学术研究。各种科目的讲师,各部门的专家,都有经常的钟表②到宫内去讲授。教授们的姓名和他们讲授的详情是遵守秘密的。谨慎地③——非常谨慎地——统治阶级是怀取了把天皇"人"化的企图。他从不会在无线电里□□④过,也从不曾拍过巡视工人住宅或在运动场上向得锦旗者祝贺的照片,但渐渐地他是被当做一个人,正像他是一个神一样,介绍给日本人民了。举例说,宫内大臣最近发表了一些文件——这是破例的举动——说起天皇对于检阅军队的勉励,对于政治工作的热忱,并且用"温和,近人情而亲切"的辞句来书写他的日常工作。

每年元旦,宫内省的诗词局宣布诗歌年赛的结果,中选的诗是在仪式盛大的庆祝会里大声朗诵的。日本帝国的任何人民不论性别职业,都可以参加这年赛。天皇和他的家属也时常写诗参加这竞赛。虽然他们并不会拿奖品,天皇的诗最先诵读,⑤随后是前十名的作品。通常每年有一万七千首诗寄来参加。但去年寄来的诗却有三万首之多,据推测,一半是因为在战场上的士兵只能用这方法来向天皇□⑥诉,而没有其他方法。

天皇在一九三八年写的诗是这样:

宁谧的是神社园中的清晨;

望天下亦如此和平。

而就像地下的怒吼一样,全日本流传着这样的话:天皇因战事而忧虑,天皇要士兵们回国,天皇要和平。

四

从某一观点看来,虽然传统的他是从不管理银钱的,日本天皇无疑地是全世界最富有的一个人。因为他拥有日本。整个国家是他的。这说法也许好像使人吃惊,但这是日本当局所支持的说法。

这观念,虽然由日本宪法所承认,却没有资格执行;日本的大部分森林地带实际是皇室的财产,而且是被当作财产在开发;耕种地带——虽然理论上是属于天皇的——实际上是属于各个地主的。在古代,天皇把耕地赏赐给封建贵族,他们又把这租给农户。农户到现在还保有这些耕地。日本是充满了小农的国家。很大农场,很少大地产。

---

① 或为宁静,蒋学楷译本将此处英文 tranquility 译为沉毅。
② 也可能是钟点。
③ 原文此处为空白,当为谨慎地。
④ 此处当为发言,英文原文为 he has never spoken on the radio。
⑤ 这句话的英文原意是天皇和皇族中人也会参加写诗竞赛,但他们的作品作为荣誉之作,不参与评奖。
⑥ 原文此处空白,当为讲诉。

实际的皇室经费并不是额外地高——每年四五〇〇〇〇〇日元。但当然,皇室有它的私人投资。皇室投资的正确内容,种类和数目,外面不详细知道。但权威方面认为皇室是帝国内第三四名的大资本家,在许多民间工业中握有股权。

一般传说,都说皇室拥有东京最大的旅馆,帝国旅馆。可是,在日本,这传说是被否认的。也有人说,在如南满铁道会社,大阪汽船会社一类的公司里边还有巨大的投资。但在东京没有人会说一句关于这事情的话。

五

在所有的皇帝中间,天皇差不多是最独特的一个;他的婚姻是自由恋爱的结合,××××××××××××××××××××,自由,爱的结合。

在东京的一个招待宴上,年青的皇太子碰到了久迩宫邦彦亲王的长女良子郡主。那位年青的郡主当然是有着高贵的血统;例如,她的母亲是助成明治维新的两大族之一的萨①的门第中人。但——良子郡主却不是直接出身于那个有名的世家,藤原家的;由于一千三百年来的传统,日本的皇后必须由这唯一的藤原氏族里选择出来。虽然这样,他却恋上她了,并且定了婚宴。正统派的人反对得非常厉害;如果英国的爱德华七世和一个血统不高贵的英国妇人□②婚,便会发生同样的局势。可是,良子郡主虽然不是藤原家五大族里任何一房的女儿,却总算还留着点藤原家的血统,多数日本贵族其实是多少带着些藤原血统的,人们的不满,由于这个事实,便消散了。

原载《星岛日报·星座》第240期 1939年4月5日

论日本天皇(八)

约翰根室 作　　霍昆 译

皇后是非常俏丽的女人,在她定聘以后,蕃嫁以前,在公众地方出现过不少次,例如,参观画展,参加东京妇人俱乐部茶话会之类。那时候,她是时常穿和服的;做了皇后以后,她在公众场所出现时,差不多总是穿着西服。但,现在她很少在公众场所出现。皇后是一九零三年出生的,所以是比天皇小两岁。是一个纯熟的音乐家和网球手。

天皇一共生了六个孩子。头三个都是女儿,其中已经死了一个。一九三三年,十月二十三日,生了一个男孩子,皇太子继宫,全日本都高兴得发狂。这以后又生了一个男的,义宫皇子。长女照宫今年十三岁,正在贵族学校□③书,腿生得很长,时常穿着水手服。最近,她被允许独身一个人去搭电车。(但有轨电车,别人是不许坐的。)

皇太子有他自己的家庭。按古俗他三岁时就离开天皇和皇后,而搬入他自己的住所,大御所,在东京另一皇室住区里边。他经常不断地去省视他的父母,但不和他们住在一起。明年,他将到贵族学校的幼稚园去上学了。

皇室里最超卓的人物是皇太后贞子,大正天皇的未亡人,天皇的母亲。当天皇坚持要和他自己看中的女子结婚的时候,支持着他的就是皇太后;和竭力反对这门亲事的朝

---

① 即萨摩族人。
② 当为结婚或成婚。
③ 当为读或念。

贵,如山县皇子之流相搏斗者,就是皇太后。一位能干的太太,有明锐的政治意识,颇通西方文学与中国经籍,贞子皇太后依然是一个势力,当然在国事上她已经没有显着的地位。大正死后,她曾接见过几个外国人。现在的皇太子就住在她的宫殿里,虽然皇太子是有他自己的住屋的。

宫内省长用□①很多宫东□②,事实上在宫内工作者有五千人,职业名录上要十一页地位才够登载主要职员的名单的名字,而外交部登载的主要职员却只要十页就够了。有一部分职员是专门管理皇室森林的,另一部分却是玩古乐□内□③乐队的队员。日本共有一百二十一所皇陵,每一间都有看守者;有一位天皇的坟却意外地从来没有发现。另一件怪事是天皇是一百二十四代天皇,他的父亲大正却是第一百二十二代天皇。解释是这样,在一九二六年,官方决定把十四世纪时一个在位不久便禅让了的古怪天皇也算到皇室谱系中去。

如果有人问,当今的天皇有没有真正接近而密切的朋友呢,那回答是他没有。

六

按照一八八九年日本宣布的宪法,天皇拥有的权力要比普通"立宪"君主大得多。像多数国家元首一样,他是海陆军的最高统帅,有权宣战并议和;他可以决定海陆军的平时编制和战时动员,他也可以召集或停开议会,他可以起草和否决紧急法令,而在非常时,他还可以停止全部宪法。

但,天皇是在政治以外的这一点,在日本也是确立着。由于不可触犯的前例,他不能活跃地参加政治纠纷。举例说,当一九三六年二月东京兵变时,许多人都以为天皇应该挺身而出了;如果他能骑了白马出现在叛变者前面,他们就会烟消云散。可是他没这样干,他的顾问主张他别这样干。也许他们是不想皇室威信置于如此严重的试验之下。更近似的理由是,即使在这样的场合,天皇亲自出来过问这件事也是不能想象的。

所以,这里有一个□论。××××××××××××××××××××××

天皇是一个人,就像我们所已经知道的一样;他是一个神,就像我们所已经知道的一样;他是一个象征,就像我们所以经知道的一样;他是密集着理论,传统和影响的一块宝贵的形象化,具象化;然而不是一个独裁者。他不是彼得大帝,不是史太林,不是克伦威尔,不是墨索里尼。

正像幸运杂志所说一样,日本政治斗争的目的就在于"统制与天皇个人相接触的道路"。说的冒昧一些,便是从五百三十六年以来,任何有真□的重要性的日本政治问题是这一问题,即×××。④

我到日本还不到二十分钟,就听到"他们"这个字的古怪的用法。人家告诉我"他

---

① 此处无法辨认,可能为用着。
② 此处英文原文为 The imperial household maintains a large secretarial staff。
③ 当为古乐器内廷。英文原文为 Another of the orchestra which plays old court music。
④ 此处被省略内容,原文大意为:现在是谁在利用天皇?依据宪法,可以使任何强大而有野心的天皇,变成合法的独裁者;但这种事情,从未发生过。天皇是国家;然而是别人拿他的名义来运用国家。参见[美]约翰·根室著,时与潮社译:《亚洲内幕》,重庆时与潮社印刷所,1939年,第36页。

们"决定了这样那样;"他们"决定了战争到底。"他们"建议了最近的政治改革;"他们"决定国家应该这样而不应该那样做。"他们"决定了任命近卫为首相;"他们"对他很满意。

前任首相林,为了一件日常事务跑到宫里去请印。他回来后告诉他的内阁,连内阁,连他自己在内,已经完了。"他们"看中了近卫。

"他们"是谁呢?

这是日本最难解答的问题。除了这问题以外,比较困难的问题,例如法西斯日本是怎样的之类,都算是简单的。没有人确切的知道"他们"是指谁,因为"他们"自己也不确切地知道究竟"他们"是指谁。统治的集团是流动而有弹性的;可是它的却永远不变。"他们"是谁也许不知道,但他们的做法却可以断定,就像"□球"①一样,滚来滚去,总是维持着均衡。

原载《星岛日报·星座》第二四一期 1939年4月6日

论日本天皇(九)

约翰根室 作　　霍昆 译

日本人对于间接统治有一种深切爱好。从五百三十六年②到一千八百六十八年止,这国家多数是由栽在世袭的天皇后面的,世袭的藩阁们统治的。这个对于间接的热情达到了过度的尖锐的形式。例如,乔治赛孙爵士所写的十三世纪某一时期的情形:"这使我们看到了国家形态的万古③奇观:国家的□④上站着一位有名无实的天皇,他的实际权职是由一位禅让了天皇所掌握的,那位天皇的实权又是在名义上委托给一位世袭的军事独裁者的,而这实权实际久归那位独裁者的一个世袭的顾问的支配。"

就像每个人所知道一样,近代日本的"他们"里边的领导份子是日本陆军,但若说影响天皇的只有日本陆军而没有别人,这话是错的,即使是现在,这话也是错的。陆军是最重要的单位。但它不是唯一的因素。

接近天皇的还有一群文官和顾问,他们,这是不说也知道的,××××××××××,这样才不致发生冲突,但他们对于陆军的国□⑤独裁依旧是一种阻碍。在某一意义上,他们是皇室,陆军和人民中间的裁判人。

在这皇宫的一圈人里面,毫无疑义地,那位老政治家,最后的一个元老,西园寺公望皇子,是最重要的一个人。生于一八四九年的这位老绅士,在六岁时就做了维新前的那个天皇的侍童,一八六八时他穿了绿盔甲拿了红旗,为废除藩国而战;他做了三任首相;他在法国过了十年,认识并且崇拜盖彼太(Gambetta);他是一个彻底的自由主义者和民主主义者,至少是照日本人的解□⑥的自由主义者和民主主义者;他是欧洲许多国家的驻在大使,并且是凡尔赛和约的签订者,他逃过了五次暗杀。

---

① 当为皮球。此处英文为:like a ball rolling slightly from side to side。时与潮社译本译为皮球。
② 初版本为536—1868年,后期版本改为 from 1185 to 1868。
③ 也可能是"历古"。
④ 当为"头"或"顶",此处英文为 at the head of which stands a titular emperor。
⑤ 当为策,此处英文为 policy。
⑥ 当为释,此处英文为 definition。

西园寺的□长①的经历，最值得注意的一点，是在于就像休·皮亚士所说一样："它把封建时代和二十世纪□映②在一生里边。"西园寺最初期的公开活动是提倡废除弓箭，而用枪炮来训练军队。

有一位有地位的外国记者来到东京时，他问□③能不能见见□④三位天皇？满洲国"傀儡皇帝"，和西园寺皇子。外交部发言人很客气的聆听着，然后说，这三个人里面最不容易见到的是西园寺。

元老会本来是曾经参加维新工作，后来又变成了天皇的非正式的顾问的，前□政治家们的组合，宪法里并没有提起这机关，而且也没有合法的地位；它是近似太上内阁一流的东西，有推荐首相的权力，会员死亡后，并不指定从继者××××××××××。本来的元老会里：有井上皇子，山县皇子，松方皇子，西园寺是最后加入的一个，也是唯一的还活着的元老。

在八十九岁的高龄，西园寺是没有在政治上活跃的精力了。很健康，住在兴津一个简朴的渔村里；他已经很久没有到东京去。他依旧受咨询——例如一九三七年时他赞助任命近卫为首相——但他已经不能直接影响局面了。

另一位老政治家，一个没有像西园寺那样的富有历史意义，但在目前是更有势力的人物，是牧野伸显伯爵。生于一八六一年（他父亲是萨摩的族长），他做了好多年宫内大臣，对于宫内的工作非常熟悉，在宫殿里有着根深蒂固的势力。大正天皇病笃时，和裕仁摄政的初期，统治日本者实际上是牧野和西园寺。

牧野是自由主义者，××××。他曾被狙击三次而未中，在一九三六年陆军叛变时，就像西园寺一样，他间不容发地幸免了暗杀，在他进入宫内省以前——他也做过掌玺大臣——牧野曾做过文官，省长和外交官。他应该已经成了元老之一员的，如果"他们"决定了元老会还得保留下去的话。他被称为日本的埃立和·罗德⑤。如果西园寺有什么意见要发表，他就用牧野的□来发表⑥。

此外在宫内有势力的人们是：松平桓雄，现任宫内大臣，曾做过驻英和驻美大使，被目为当今自由主义主要的力量；掌玺大臣汤浅仓平，据说是目前较日本人任何人都更接近天皇的一个人；还有平沼骐一郎，枢密院院长（译者按：平沼现已任首相，室根此文想系在平沼组阁前写成者）一个极端国家主义者。平沼男爵的思想的特性，可以从他就任枢密院副院长的演辞中看出来。

（说日本国策是帝国主义的，侵略的，这□⑦的胡说实堪惋惜。此类谣言之发生，乃对于日本真正动机不明了所致……凡略悉日方历史者，都能记得日本自立国以来，其目标即为和平。日本国策在乎为天下之一"福范"与发展而施仁政。我们希望首先推广此精神于我国民，其次及于远东，"最后遍及全世界。"）

括号是我加的。这些字可应该有括号。

---

① 当为漫长，此处英文为 long career。
② 此处当为反映，此处英文为 it telescopes the feudal age and the twentieth century in one lifetime。
③ 当为问询。此处英文为 asked。
④ 当为这。
⑤ 即 Elihu Root（1845 年 2 月 15 日—1937 年 2 月 7 日），美国著名的律师和杰出的政治家。
⑥ 根据英文，这句话大意为：西园寺如要发表政见，总是通过牧野代发。
⑦ 可能为这般或这样。

一九三八年一月,当中国,虽然南京业已陷落而依然拒接谈判和平时,天皇召集了自一九一四年以来的第一次,在日本历史上第五次的御前会议。在这次会议中,他们议决了"收复"对于国府的承认,因为蒋委员长在不肯停战这一点上不够绅士风度。

同时,一种称为帝国大本营的组织成立了,作为在非常时期中,天皇的永久顾问机关。上一次帝国大本营的设立是在本世纪初期日俄战争时。这可以说是统治者日本的"他们"的最后结晶。现在,每一个重要决定都是由这一集团作主的。

明显地,主要的海陆军权威,重要的文官和宫内官吏都是收罗在这帝国大本营里边。可是——这一点是重要的——即使是现在,也还没有一个人正式地知道帝国大本营的干部究竟是谁。(全文完)

原载《星岛日报·星座》第 242 期 1939 年 4 月 7 日

三

The Birth of a God

Huo Kun

The sky was high and clear and placid. Alight with the bright sunshine of late July, clouds hung low over the horizon like fancy, transparent silk lanterns. Neither the roar of the guns nor the tramping feet of the soldiers marching to the front could be heard. War had left the old city of Peiping and life had resumed its peaceful tranquility. Although it was announced that the Japanese army would enter the city and parade through the streets in a few days, yet no one seemed to be either stirred or bored. The people ate and breathed and carried on their business as calmly as they had always done, as if nothing had happened; as if they had already forgotten the war. The sun continued to rise and the wind to blow … and the day of occupation approached.

It was a sunny day. From early in the morning, crowds idled and wandered along the streets where the Japanese troops were expected to pass. They chatted and joked and laughed gaily and leisurely as though they were waiting for a ceremonial procession on a festival day. The policemen kept driving them back to the pavement as they persisted in stepping forward in the streets, and the whole morning slid away in this childish game.

About half past eleven, a low rumbling sound came unmistakably through the dry, warm air. It seemed to rise from under the ground, heavy and shaking. The crowd stirred; thousands of mouths spoke together all at once.

A motorcycle appeared at the far end of the street.

"Here they come!" some one cried, and suddenly the crowd quieted down.

The motorcycle approached and drove by slowly. On it were mounted not Japanese but two policemen. The crowd again burst into clamour. Another followed at a distance, and then a third, while the rumbling sound grew louder and louder like dull long-drawn out thunder rolling nearer. At last, from under the horizon emerged a large Japanese national flag, so large that it seemed unreal. At the sight of it, the crowd became utterly silent and still as though stupefied. Their faces turned into rows of curious clay masks, without a trace of animation or feeling. The flag was flying above a tank which trundled clumsily along the ground with a leaden, menacing sound as though it were singing a song of victory, or as though it were threatening to crush the earth to pieces. A Japanese sergeant stood on its tower, holding the rough pole of the flag in his hands and looking straight forward. Immediately after it, a square block of Japanese soldiers marched along in German goose step. They were all alike, short and broad shouldered, with serious yet comic expressions; and they looked straight ahead like the sergeant on the tower as though they were blind and could see nothing before them. They seemed to be built of iron, awesome and irresistible.

After the soldiers came another ugly tank and after the tank another square block of soldiers. Tank and flag and soldiers. Tanks and flags and soldiers flooded the whole length of the street. The city was deadly quiet as if its inhabitants, awed at the presence of the Japanese troops and shrinking into dark corners, had deserted it. Suddenly, into the suffocating silence, burst a clear and high-pitched boy's soprano:

"Down with Japanese Imperialism!"

Every one was startled, the crowd and the policemen and even the Japanese. The dead street came to life all at once. Someone sighed as if relieved from the tension caused by the threatening tanks; someone spoke; all the policemen began to run along the crowds, and the Japanese soldiers turned their heads to look aside; when another sharp, thrilling shout cut through all the noise:

"Down with Japanese Imperialism!"

And then, a little lad about nine years old broke through the people and came out into the street. He stood there against the Japanese soldiers, firm and steady, holding his left arm aloft and shaking it in the air to summon the crowds to follow him, while, with cheeks flushed and voice choked with passion and anger, he yelled with all his strength:

"Long live the Chinese Republic!"

The parade halted and the crowd quieted. A Japanese officer and four soldiers came out of the ranks to the boy. The crowd gazed calmly at them. No one spoke, none whispered, none coughed. But the lad did not tremble. He was not afraid. He was furious, and he began to sing the "March of the Volunteers,"

"Come! You who do not want to be enslaved.

Build a new Great Wall with our flesh and blood.

Our fatherland is in danger ..."

He looked like a giant and his voice seemed very loud, so loud that it was heard by the whole street. As he sang, the Japanese officer stabbed him through the chest with his sabre. The boy groaned. Low and brief, yet so loud that everyone heard it clearly as they had heard his shouting and his song. The crowd was curiously calm. They were not angry, nor sad, nor excited. They just stood there and looked at the boy and the Japanese officer and the soldiers, — mute and still.

The Japanese officer threw the dead child in the middle of the street. The parade started again. The tanks rolled over the boy and the soldiers tramped over his crushed body. The soldiers looked straight ahead as though they were blind and could see nothing before them, and the crowd looked at them; and they, both the soldiers and the crowd, were silent.

An hour later, the procession was over. But another procession took place. It was a long procession, for it was a religious one. The people carefully lifted the crushed flesh and bones of their hero, and buried them, and built for him a shrine beside the street.

And a god was born.

原载香港《中国作家》(*Chinese writers*)1939年9月第2期

译文:

神 之 诞 生

穆时英 著　　李兰 译

  天空高迥、澄澈而宁静。七月下旬明媚的阳光照亮天空,云朵低垂悬挂在地平线上,像绚丽的透明丝质灯笼。大炮的轰鸣声、士兵们向前线行进的脚步声都听不到了。故都北平城的战争已经结束,生活又恢复了平静。尽管已经宣布日本军队将在几天后进城并会在街道上游行,但似乎没有人被触动或感到厌倦。人们一如既往地吃和呼吸,若无其事地做着自己的事,就像什么事也没发生过一样。好像他们已经忘记了战争。太阳照常升起,风依旧在刮……占领的日子迫近了。

  它是一个晴朗的日子。从清晨开始,人群就在日本军队可能经过的街道上闲逛。他们谈笑风生,快活而悠闲,仿佛在等待节日里的游行仪式。当他们在街上坚持往前走时,警察把他们赶回人行道,整个上午就在这种孩子气的游戏中消磨过去了。

  十一点半左右,毫无疑问地,干燥温热的空气中传来低沉的隆隆声。它仿佛是从地下冒出来的,沉重而颤动。人群骚动起来;成千上万张嘴同时说话。

  一辆摩托车出现在街道的尽头。

  "他们来了!"有人喊道,人群突然安静下来。

  摩托车驶近,慢慢驶过。骑在车上的不是日本人,而是两个警察。人群又爆发出一阵骚动。远处传来一声巨响,之后巨响接二连三传来,轰隆声越来越大,就像沉闷绵长的雷声越来越近。最后,一面巨大的日本国旗出现在地平线上,如此大以至于让人觉得不真实。一看到它,人群鸦雀无声,仿佛呆住了。他们的脸变成了一排排奇怪的陶土面具,没有一丝生气与感情。日本国旗在一辆坦克上方飘扬,坦克笨拙地在地面上行驶,伴随着阴郁的、恐吓的声音,仿佛在唱胜利之歌,又好像要把这片土地碾成齑粉的威胁之声。一名日本中士站在塔顶上,手里拿着粗糙的旗杆,眼睛直视前方。紧接着,一个方队的日本士兵以德国人的正步前进。他们都一个样,身材矮小,肩膀宽阔,表情严肃又滑稽;他们像高塔上的中士一般直视前方,仿佛他们是瞎子一样,眼前什么也看不见。他们看起来像钢铁建成的,令人敬畏,不可抗拒。

  士兵们身后又来了一辆丑陋的坦克,坦克后面又来了一群士兵。坦克、旗帜、士兵。坦克、旗帜、士兵像洪水一样弥漫着整条街。这座城市如死一般的沉静,仿佛它的子民们抛弃了它,他们对日本军队的出现满是畏怯,缩进黑暗的角落里。突然,一声清脆而尖厉的男童高音打破令人窒息的寂静:

"打倒日本帝国主义!"

每个人都吓了一跳,人群、警察,甚至是日本人。死气沉沉的街道突然恢复生机。有些人叹了口气,仿佛从坦克的威胁中解脱出来;一些人说话;所有的警察开始沿着人群奔跑,日本士兵也转过头去看。这时,又一声尖锐而激动的喊叫划破了所有的喧闹声:

"打倒日本帝国主义!"

然后,一个大约九岁的小男孩冲出人群,走到街上。他面对着日本士兵站立,表情坚定而平静,他高高举起左臂,在空中摇晃着,召唤人群跟着他,同时,他的脸涨得通红,声音因激动和愤怒而哽咽,他用尽力气喊道:

"中华民国万岁!"

游行停止了,人群安静了。一名日本军官和四名士兵从队伍中走出来,向男孩走来。人群平静地注视着他们。没有人说话,没有人耳语,没有人咳嗽。但小男孩没有颤抖。他没有害怕。他怒不可遏,开始唱起《义勇军进行曲》。

起来! 不愿做奴隶的人们!

把我们的血肉,筑成我们新的长城!

中华民族到了最危险的时候……

他看起来像个巨人,他的声音很响亮,以至于整条街都能听到。就在他唱歌的时候,日本军官用军刀刺穿了他的胸膛。小男孩呻吟着。低沉而短促,但声音很大,每个人都听得很清楚,就像他们听到他的喊叫和歌声一样。人群出奇地平静。他们既不生气,也不悲伤,更不激动。他们只是站在那里,看着那个男孩、那个日本军官和那些士兵——沉默而不动。

日本军官把死去的孩子扔在街道中央。游行又开始了。坦克从男孩身上碾过,日军踏过被压碎的孩子尸身。日本兵径直地望着前方,好像他们是瞎子一样,眼前什么也看不见似的,人群看着他们;士兵和群众都沉默了。

一个小时后,游行结束了。但是另一个游行队伍开始了。这是一个很长的队伍,因为这是一只虔诚的队伍。人们小心翼翼地抬起他们英雄的血肉和骨头,埋葬了它们,并在路边为他建造了一座神龛。

即神之诞生。

李 兰

关于《新发现的穆时英三篇集外文》

一、《穆时英全集》集外文概述

2008年,严家炎、李今编写的《穆时英全集》由北京十月文艺出版社出版,严家炎在编后记中提到"用笔名写的文章无法确定而没有编入外,肯定还会有遗漏"①。自全集出版以来,陈建军、杨霞、刘涛、王贺、杨新宇、李欣、赵国忠等多位研究者在《世界展望》《中央日报·文学周刊》《光华年刊》《小晨报》《晨报》《社会日报》等报刊陆续发现多篇穆时英集外文,达四十余篇,笔者将这些研究者发表的文章信息收集整理。需要指出的是,一些研究者在论文中提到表格之外的穆时英集外文,有些因既未确认是否为穆时英所作,而且原文未刊载,遂暂未收录。②

《穆时英全集》集外文目录

序号	体例	穆时英作品名	原 载 刊 物	集外文发表刊物
1	理论批评	《内容与形式》	《中央日报·文学周刊》第20期,1935年8月10日	刘涛辑校:《穆时英集外文两篇》,《为艺术形式申辩——穆时英的两篇文学评论小议》,两篇论文同载《中国现代文学研究丛刊》,2009年第2期③
2		《戴望舒简论》	《中央日报·文学周刊》第27期,1935年9月28日	
3	序	《少陵画展序》	《王少陵画展目录》1936年11月10日	赵国忠:《穆时英的一篇集外文》,《博览群书》2009年第9期
4	散文	《下午》④	北平《华北日报·每日文艺》,1935年9月29日第294期	赵国忠:《〈每日文艺〉及穆时英的一篇集外文》,《博览群书》2011年第3期

---

① 严家炎、李今:《穆时英全集》第三卷,北京:北京十月文艺出版社,2008年,第579页。
② 一些研究者在文章中确认为穆时英所作的集外文,虽未刊原文,亦收录。
③ 这两篇论文后收录于刘涛《现代作家集外文考信录》,北京:人民出版社,2012年。
④ 杨新宇认为,此篇《下午》很可能是抄袭者所投,署名穆时英。见《上海〈晨报〉上的刘呐鸥、穆时英集外文》,《中州大学学报》,2022年第39卷第6期第6页。

续　表

序号	体例	穆时英作品名	原 载 刊 物	集外文发表刊物
5	散文	《忆》	上海《小晨报》，1935年9月13日第2版	李欣：《〈小晨报〉上的三篇穆时英集外文》，《新文学史料》，2011年第4期 杨新宇、李欣：《从穆时英集外文看他的情感生活和都市文学观》，香港《文学评论》，2012年第20期；含《小晨报》上三篇集外文，并加入《谈宁波人》
6	散文	《下午》	上海《小晨报》，1935年9月25日第2版	
7	短论	无题名：配图短文	上海《小晨报》1936年，1月28日第2版	
8	杂文	《谈宁波人》	《上海宁波日报》副刊"文学周刊"创刊号，1933年8月29日	
9	小说	《弱者怎样变成强者》	《中国学生》月刊，1931年第3卷第3号第26期	刘涛：《1931—1933年：光华大学时期的4篇集外文》，见刘涛《现代作家集外文考信录》，北京：人民出版社，2012年 陈建军：《〈光华文人志〉附识》，《现代中文学刊》2011年第5期
10	散文	《双喜临门后》	《光华附中半月刊》，1933年1卷第9期	
11		《别辞》	《光华年刊》，1933年第8期	
12		《光华文人志》	《光华年刊》，1931年第6期	
13—16	短论	《社中偶语》四篇（署名编者）①	汉口《世界展望》创刊号1938年3月5日、第2期3月20日、第3期4月5日、第4期5月1日	陈建军：《穆时英与〈世界展望〉》，《博览群书》，2011年第6期。后收录陈建军《掸尘录——现代文坛史料考释》，太原：北岳文艺出版社，2015年 刘涛：《1938年：汉口〈世界展望〉上的集外文》，见刘涛《现代作家集外文考信录》
17		《扉语》	汉口《世界展望》创刊号，1938年3月5日	
18		《靡语》（应为《扉语》）	汉口《世界展望》第4期，1938年5月1日	
19	译文	《中国苏维埃的蜕变》②	汉口《世界展望》第2期，1938年3月20日	
20	译文	《艺术与生命——恩斯特·托勒的札记抄》	《六艺》第1卷第3期，1936年2月15日	刘涛：《1936年：一份计划与一篇译文》，见刘涛《现代作家集外文考信录》（未刊两篇集外文原文）
21	随笔	《我的计划》"文化人的计划"栏目	上海《文化生活》周刊，1936年1月16日，第2卷第1期"特大号"	

---

① 除了《社中告白》《〈摩登时代〉小感》《致林柏生函》三篇集外文无署名，表格中其他未标明署名的作品均署名穆时英。

② 译自美国《亚细亚》(Asia)1938年二月号。

续 表

序号	体例	穆时英作品名	原载刊物	集外文发表刊物
22	小说	《苍白的彗星》	上海《人生画报》,1935年12月25日,第2卷第2期	陈建军:《穆时英全集》补遗说明①,《中国现代文学研究丛刊》,2012年第4期
23	散文	《死亡之路》	上海《人生画报》,1936年3月1日,第2卷第4期	
24	小说	《浮雕:上海一九三一》	《大地》月刊,1936年第1卷第1期	杨新宇:《穆时英集外文〈浮雕〉及其他》,《现代中文学刊》,2015年第2期
25	书信	《来函照登并致答覆》	《中外书报新闻》第六号,1933年7月7日	
26	杂文	《辟谣》	《社会日报》,1935年10月6日第3版	
27	杂文	《说人情世故》	《社会日报》,1935年9月21日第3版	
28	书信	《致胡适函》	中国社会科学院近代史研究所胡适档案,1928年作	杨霞、陈建军:《新发现的穆时英集外文佚简考释》,《中国现代文学研究丛刊》,2019年第3期
29	书信	《穆时英答:关于"尘无随笔"》	《社会日报·每周电影》第6期,1935年9月8日	
30	散文	《社中偶语》	上海《晨报·晨曦》第6版,1935年11月13日	
31	杂文	《论战时颓废》(署名龙七)	《国民新闻》综合版"每日座谭",1940年3月22日	
32	手稿	穆时英手迹缩影:《国民新闻》启事稿	上海《青年良友》画报,1940年8月	
33	译文	《Roberta.之话——时装 tap 爵士、琴述罗吉斯及其它》	上海《大晚报·火炬》,1935年7月11日第6版	王贺:《穆时英集外文新辑》②,《中国现代文学研究丛刊》,2016年第3期 王贺:《穆时英〈初夏小草二章〉补注》,《现代中文学刊》,2017年第2期
34	译文	《初夏小草等二章》Serenada	上海《大晚报·火炬》,1935年7月18日第6版	
35	译文	《约翰·陶士·帕索斯》	上海《大晚报·火炬》,1935年8月1日、4日第6版	
36	译文	《芳邻》	上海《大晚报·火炬》,1935年9月27日第6版	

① 该文在陈建军《掸尘录——现代文坛史料考释》一书中更名为《〈穆时英全集〉补遗》,并刊出两篇集外文《苍白的彗星》《死亡之路》原文,以及《我的计划》《谈宁波人》《弱者怎样变成强者的故事》《别辞》《双喜临门后》原文,太原:北岳文艺出版社,2015年。

② 王贺这篇文章也收录 Traumerei,但笔者目前没有找到此文出处,王贺在文中也未说明,遂未收录。

续 表

序号	体例	穆时英作品名	原载刊物	集外文发表刊物
37	短论	《影坛一言录》一则言论	上海《妇人画报》，1935年8月25日第31期	王贺：《穆时英研究三题》，《汉语言文学研究》，2018年第4期
38	题词	题侣伦纪念册	侣伦：《悲剧角色的最后》，见《向水屋笔语》，香港：香港三联书店，1985年	王贺：《"常见书"与现代文学文献史料的开掘——以穆时英作品及研究资料为讨论对象》，《探索与争鸣》，2018年第3期
39	回函	《清客的骂》	《朝报》，1936年2月10日第709号第三张第十版《副刊》	陈建军：《穆时英〈清客的骂〉及黎锦明信》，《书屋》，2020年第6期①
40	小说	《珮珮姑娘》出版广告②	《申报》，1935年10月10日	王贺：《穆时英〈珮珮姑娘〉出版史臆测——兼论近现代"佚书非佚"现象》，《鲁迅研究月刊》，2021年第12期
41	影评	《血腥》	《晨报·每日电影》1935年8月8日	
42	短论	《我们的一个要求》（署名编者）③	《晨报·晨曦》，1935年9月30日	杨新宇：《上海〈晨报〉上的刘呐鸥、穆时英集外文》，《中州大学学报》，2022年第39卷第6期
43	短论	《社中告白》	《晨报·晨曦》，1935年10月5日	
44	影评	《〈摩登时代〉小感》	《时报·电影时报》，1936年4月5日第1376号	杨霞、陈建军：《新发现的穆时英集外文佚简考释》，《中国现代文学研究丛刊》，2019年第3期
45	书信	《致林柏生函》	南京《新命月刊》，1940年12月20日第2卷第7、8期合刊	
46	书信	《致中外书店经理函》1933年7月3日	上海《中外书报新闻》周刊，1933年7月7日第6号	陈建军：《故纸新知：现代文坛史料考释》，武汉：华中科技大学出版社，2022年

通过以上整理发现，穆时英在香港时期的集外文至今尚未被发掘，笔者看到1939年9月《中国作家》第2期刊有署名霍昆的英文原创小说 THE BIRTH OF A GOD④（《神之诞

---

① 后收录陈建军《故纸新知：现代文坛史料考释》，武汉：华中科技大学出版社，2022年。
② 王贺考证《佩佩姑娘》今已散佚，内容与穆时英小说集《圣处女的感情》中的《五月》完全吻合。
③ 杨新宇认为，《穆时英全集》中收入《关于〈我们的要求〉》，原刊于《晨报》1935年10月26日和27日，署名"本社同人"，《关于〈我们的要求〉》就是《我们的一个要求》《社中告白》的后续，既然《关于〈我们的要求〉》被收入《穆时英全集》，上述两篇属于"编务"的文章也应收入《全集》。参见杨新宇：《上海〈晨报〉上的刘呐鸥、穆时英集外文》，《中州大学学报》，2022年第39卷第6期第4页。
④ Huo Kun, The Birth of A God, *Chinese Writers*, Vol. 1. no. 2, September, 1939, p.54. Hoover Institution Library & Archives.《中国作家》第2期9月排刊，印刷出版为当年10月15日，穆时英离港日期为10月28日。

生》),第2期的扉页上阐明撰稿人霍昆是作家穆时英并详细刊登他的生平简介和发表的作品①,而《神之诞生》未见于《穆时英全集》。《中国作家》是由戴望舒、叶君健、冯亦代、徐迟等在香港编辑的第一个宣传抗战的英文刊物,1939年12月,芬平在《文艺新闻》上发表《"中国作家"与穆时英》一文,翻译 Chinese Writers 上对穆时英的英文介绍,大意是,中日战争把他拉回文坛,他重新为祖国而写作,是《中国作家》中用英文写作的作家。《中国作家》作如此介绍并无异议,穆时英在《星岛日报·星座》上发表多篇文章称呼上海、大陆为祖国。芬平还提到,"穆氏最近据说已来上海,为'祖国'有所活动。此次不知是否又是'放逐'而来者。"②从这份简报可以看出芬平对《中国作家》出版与编撰者极为熟悉,似对穆时英的行动有所警觉,然而笔者查阅《文艺新闻》,暂未找到作者具体身份。另,1940年3月《中国作家》发布申明:"查本刊9月号第2期载有霍昆(即穆时英)小说《神之诞生》THE BIRTH OF A GOD 一篇……中国作家英文月刊社香港办事处谨启。"③1980年代,徐迟、冯亦代、叶君健的回忆录散文不约而同记录穆时英这一创作和他在香港时期的活动,因而可以确认《神之诞生》为穆时英所作,霍昆为穆时英在香港发表文章时使用的笔名。

同时,笔者在《星岛日报·星座》上看到两篇署名霍昆的译文《论日本天皇》与《论英国古典文学》,可以确定均为穆时英所作。这三篇文章是穆时英在1939年乃至去世前的重要作品④,均未收入《穆时英全集》。1938年3月,在香港的穆时英参加由大风社召集的《留港著作家开茶话会》,学士台成为穆时英人生转捩点,和众多到港聚集在学士台的南来作家一样,穆时英也加入主编刊物、翻译外国作品的行列。作家用何种方式书写对抗战与时事的关注,构成抗战文学阐释的焦点。战争带来文学实践的改变,从早期的小说创作转向文学翻译,三篇集外文意味着穆时英写作上的转变与突破,也宣告穆时英与以往写作素材的疏离。穆时英的译笔既有干净利落、流畅出色的一面,也有婉转细腻、生动翔实的一面。这三篇集外文的挖掘为穆时英的文学译介研究增添新的史料,对于研究穆时英整体文学创作实践也是有意义的。

二、《论英国古典文学》

1938年3月,穆时英与朱旭华筹办的《世界展望》杂志在汉口出版,穆时英撰写多篇发刊词积极宣传中国人民英勇抗战,号召粉碎日本法西斯侵略,并编发多篇介绍八路军的文章与抗战作品的译文,张乐平、丁聪、特伟、叶浅予为《世界展望》创作多幅抗战漫画与插图。8月,《星岛日报》创刊,穆时英主编"娱乐版"。上海"八一三"会战一周年之际,穆时英在《星座》上发表《血的忆念》《我的墓志铭》《死亡》等一系列散文,从中可以看出这一时期他的思绪处于激烈动荡中,《疯狂》一文唱响的《义勇军进行曲》穿越时空产生遥远绝响。这些文章产生二元对立互为悖论的穆时英形象,一方面对抗战能否胜利、战后民族国家重建的旷日持久、无法改变自己一代人命运的微茫,连同过早生华发的中年

---

① Among our contributors, *Chinese Writers*, Vol. 1. no. 2, September, 1939, p. 50. Hoover Institution Library & Archives.
② 芬平:《"中国作家"与穆时英》,《文艺新闻》,1939年12月17日第8期。
③ 《〈中国作家〉社启事》,香港《星岛日报·星座》,1940年3月3日第519期。
④ 李今在《穆时英年谱简编》中罗列穆时英可能用笔名在1939—1940年发表不少译作,但多为笔名,不能确考。参见严家炎、李今:《穆时英全集》第三卷,第568—571页。

之忧与个人虚无主义弥漫笔尖;另一方面又让咏叹祖国抗战、抒发怀乡之思、赶走侵略者呐喊、高唱爱国主义等成为他1938—1939年作品的主旋律。如果说这三篇集外文中《论日本天皇》《论英国古典文学》是穆时英在英文翻译领域的实践,那么《神之诞生》便是穆时英直接用英文写作的新尝试,笔者对这三篇文章分别展开叙述。

毛姆在1919—1920年到访中国,写下《在中国的屏风上》一书,《东方杂志》刊登胡仲持的中译本,同时在译文附记中介绍毛姆生平。穆时英翻译的《论英国古典文学》(毛姆作),载1939年《星岛日报》4月18日第253期。1938年,毛姆应《星期六晚邮报》之约撰写三篇文章,分别为《英国文学》《欧洲大陆文学》《美国文学》,《英国文学》为第一篇,主要以毛姆的阅读体验和生命经验向读者分享读书建议与推荐阅读书目。三篇读书随笔后结集为 Books and you(《书与阁下》)出版,今译《书和你》。由《论英国古典文学》刊登时间可知,穆时英当时在香港读到《星期六晚邮报》上的毛姆文章,进而翻译为中文。

值得注意的是,毛姆年少时一举成名,收入丰厚,生活奢华,和穆时英早年相似。毛姆接受基督教教育却想摆脱基督教,这与穆时英《怀乡小品》中的想法不谋而合。一战期间毛姆曾受雇于英国情报部门去瑞士和俄国从事间谍活动。① 穆时英后来是否受这一影响,未为可知,嵇希宗(康裔)发表在《掌故》的文章难以为穆时英翻案,也在于一般舆论认为书生从事卧底工作,多少让人难以置信,但穆时英是如毛姆一般出于好奇还是想试试自己是否有这方面的才能,难下定论。毛姆虽在1965年才去世,且为国内作者熟知,但他出生于19世纪,接受英国传统教育,读书随笔推荐的作家多半出生于18、19世纪,因而穆时英将题目定为《论英国古典文学》是建立在熟谙英国文学的基础上。

穆时英在《论英国古典文学》开头的译者附志写道,《书与阁下》的前言部分抒述怎样研读文学的见解并不十分卓越,而对于英国古典文学的评介颇为精湛。毛姆在《英国文学》前言中大篇幅书写阅读当为一种享受,穆时英删去前言部分,就文本主体内容节译为《论英国古典文学》。《星座》四月份多次刊发启事,要求作者寄稿在千字左右。② 这也意味着当时刊登在《星座》上的译文常常节译,长篇分多次连载,战时文章受到篇幅限制在所难免。这也可能源自作家自身的考量,穆时英翻译时对毛姆《英国文学》内容删繁就简,提炼毛姆推荐书目的具体内容和对作品的评价(包括正面与负面),而将毛姆对一些作家的性格与生平的概括予以删削。稍显遗憾的是,这篇译文中有一小部分字迹被掩盖,笔者结合英文原文及刘文荣的译本③,对被掩盖部分内容予以简要补充。另外,因为读书随笔本身的文体性质,被掩盖部分并不影响随笔完整性与读者们阅读,笔者按照《论英国古典文学》文本顺序,依次简要介绍毛姆推介的书目内容。

小说:戴孚《荡妇自传》(即笛福《摩尔·弗兰德斯》)、斯威夫特《格列佛游记》、费尔定《汤姆琼士传》(即菲尔丁《汤姆·琼斯》)、史端纳的 Tristram Shandy(即斯特恩《项狄传》),译文删去斯特恩《感伤的旅行》。

人物传记:文字被遮掩部分为介绍包斯威尔《塞缪尔·约翰逊传》《赫布雷德群岛游记》与约翰逊博士《诗人传》;这两部传记可以让读者详细了解约翰逊博士和包斯威尔生平。吉本的《自传》、狄更斯的《块肉余生述》(即《大卫·科波菲尔》)和白德赖的《如此人

---

① [英]W. S. 毛姆著,刘文荣译:《毛姆随笔集》,上海:文汇出版社,2022年,第4页。
② 参见《星岛日报·星座》1939年4月3日第238期、8日第243期、18日第253期《启事》。
③ [英]W. S. 毛姆著,刘文荣译:《毛姆随笔集》,第188—190页。

生》(即勃特勒的《众生之路》),译文删去狄更斯与其他作家的对比叙述,着重介绍简·奥斯汀的《曼殊斐尔公园》(即《曼斯菲尔德庄园》)。

散文:哈士立德散文集《桌上偶谈集》(即赫兹里特《桌边漫谈》)以及散文《我对于诗人们的初次认识》(今译《初识诗人》)。关于兰勃(即兰姆)、赫兹里特性格与两人作品阅读感受不同的部分被删去。在英文原著中,毛姆宕开一笔,再次回到小说萨克雷的《名利场》和艾米丽·勃朗特的《呼啸山庄》介绍,译文删去这部分介绍,连同毛姆只提到名字的《利己主义者》等三部小说;毛姆在前言中着重讨论《利己主义者》,前言未采用也意味着文本中涉及相关部分也会相应删去。毛姆对为何未提及诗歌的阐释以及一笔带过推荐的帕格雷夫、布莱特选编诗选的叙述亦被删去。《论英国古典文学》以推介莎士比亚戏剧和诗歌作结。

必须承认,毛姆的阅读感受和五四以来国内翻译的英国文学作品稍显不同。如毛姆没有推荐笛福的《鲁宾逊漂流记》、简·奥斯汀的《傲慢与偏见》,遮蔽兰姆的重要性。但作家随笔本可以见仁见智,毛姆在《总结》一书中提到哈代和梅瑞迪斯等作家已被英国读者遗忘,想必也是《英国文学》未推荐的原因之一。《论英国古典文学》呈现毛姆文章生动灵活的语言特点,提炼的作品能够代表英国人豁达、爽直、幽默和健全的气质①,让读者清晰看到英国古典文学的概况。毛姆读书随笔用语幽默诙谐又直言不讳,既不回避推介作品的缺陷,也不掩饰自己的赞扬,对推介的作家、作品有自己独到的看法和敏锐的眼光,避免读书随笔流于平庸的命运。这种文风容易"惊动"读者,这与穆时英作品流露的个人色彩和裹挟着的个人主义似乎有所呼应。专有名词《块肉余生述》、曼殊斐尔公园的翻译有着五四文学翻译的遗韵;有所取舍的删削反映出当时受众的阅读习惯,考量英国作家在中国的接受程度,如当时英国诗歌在国内翻译"力度"有所欠缺,主要集中于拜伦、雪莱、济慈等诗人的诗歌。抗战时期是继五四之后又一次翻译高峰,涉及外国文学的引进来与中国文学的走出去。学界一直以来强调横光利一等新感觉派作家对穆时英的影响,但《论英国古典文学》的翻译也指向穆时英与毛姆诸多相似之处。穆时英参与合译的美国好莱坞音乐教父阿尔弗雷德·纽曼(Alfred Newman)创作的《那种人是危险的》(八幕剧)收入《穆时英全集》,此篇《论英国古典文学》亦当收录。

三、《闲话日本天皇》与《论日本天皇》

如果说《论英国古典文学》展现穆时英在翻译方面简洁凝练、有的放矢的风格,那么《论日本天皇》则表明他在翻译语言方面细腻生动、详略兼具的另一面。查《星岛日报·星座》,《论日本天皇》的刊期与陈建军、陈海英两位研究者的提法,即"1939年3月30日至4月7日,分九次连载于第234期至第242期"有所出入。② 《论日本天皇》分九期刊载,第四到第九期登载于《星座》第236期至242期,日期为1939年4月1日,4月3日至7日,每一期有四到九标号加以区别。4月1日的《星座》启事写道:明天是"十日新诗",各连载均暂停一天。③ 查阅《星座》4月2日第237期,根据标号、译文和 The Emperor of Japan 原文,可知这期确未连载《论日本天皇》。另外,《论日本天皇》第一到第三期缺失,

---

① [英]W. S. 毛姆著,霍昆译:《论英国古典文学》,香港《星岛日报·星座》,1939年4月18日第253期。
② 参见陈建军:《〈穆时英全集〉补遗说明》,《中国现代文学研究丛刊》,2012年第4期,第133页。陈海英:《民国浙籍作家穆时英研究》附《穆时英创作年表》,杭州:浙江工商大学出版社,2015年,第224页。
③ 《启事》,《星岛日报·星座》,1939年4月1日第236期。

1939年《星岛日报》基本上每天出一期,缺失的三期当为3月29日至31日连载,或更早的日期,因为事实上《星座》并没有做到每天出一期。卢玮銮提道,"《星岛日报》(1938年创刊)某一年其中一两个月不见了,很可能这两个月内有很重要的资料,我们便会错失了"。① 这便包括1939年《星岛日报》第205期至235期(即1939年3月刊),香港中文大学目前只存有6期《论日本天皇》。

不过幸运的是,1939年7月20日、8月20日浙江省战时作者协会出版的《作者通讯》第五号、第六号刊登署名"约翰根室作,霍昆译"的《闲话日本天皇》(上)和《闲话日本天皇》(中)。《作者通讯》设有"日本与日本人之页"专栏,介绍日本情况。《闲话日本皇》清晰写着"××××××××"是"原文在香港被检"②,《星座》上刊发的《论日本天皇》原文也出现多处如此的情况。香港沦陷前,英国政府对中日战争采取中立态度,对抗日言行明令禁止,因而很多香港出版物受到严格审查③,为了避开当局检查,许多刊物涉及"日本""日寇"等内容往往用"××"代替,戴望舒曾在《星座》上开"天窗",借之表达对当局报刊检查的不满与抗议。④ 然而到后来连开"天窗"都无法做到。约翰·根室的 The Emperor of Japan 初版发表在1939年的美国 Reader's Digest(《读者文摘》)上,穆时英便是根据这一版本翻译的《论日本天皇》。比对《星座》和《作者通讯》上的译文内容以及英文原文,发现两篇译文为同一篇,《作者通讯》修改标题再次刊出。此外,1939年的《作者通讯》上的《闲话日本天皇》(下)也没有保存下来。但是,结合《星座》和《作者通讯》上的内容,竟可以呈现一篇近乎完整的 The Emperor of Japan 译文。因而笔者在誊录原文时,将这两个刊物上的译文结合,同时文本阐释也以这两个刊物登载的译文为依据。

The Emperor of Japan 为约翰·根室撰 Inside Asia 第一篇,Inside Asia 是继他的《欧洲内幕》后又一力作。关于 Inside Asia,当时国内主要有两个译本,一个是1940年1月香港大时代书局出版的复旦文摘学社丛刊,题为《亚洲内幕》,由文摘社编委蒋学楷翻译,他也是《欧洲内幕》译者;另一个是1939年12月30日至1940年3月重庆时与潮社出版,由多人翻译的《亚洲内幕》。从刊出时间而言,穆时英当为 The Emperor of Japan 最早译者。卜少夫等人文章提到穆时英在香港时研究国际问题⑤,译著《论日本天皇》当为佐证之一。

The Emperor of Japan 叙述天皇的生活起居、日本的政治权力架构以及不为人知的国情,文本包括序言和 Son of the Sun(太阳之子),Personal Life of the Emperor(天皇的生活),Emperor as Poet(诗人天皇),Richer Than Croesus?(富可敌国),Imperial Family(天皇的家庭),"L'Etat, C'est Moi!"(朕即国家),Who Are "They"?(他们是谁),the Palace Group(宫臣团),Imperial Headquarters(帝国大本营)九部分。⑥ Son of the Sun 一节最长,最后四部分为核心内容,直接关乎第二次世界大战与侵华战争。《星座》上缺失的《论日本天皇》前三期为文本的序言与 Son of the Sun 部分内容,而这些可以通过《作者通讯》上的两期《闲

---

① 黄继持、卢玮銮、郑树森:《早期香港新文学资料三人谈》,《南方文坛》,1999年第4期,第62页。
② [美]约翰·根室著,霍昆译:《闲话日本天皇》(中),1939年7月20日《作者通讯》第六号。
③ 陈智德:《板荡时代的抒情:抗战时期的香港与文学》,香港:中华书局(香港)有限公司,2018年,第104页。
④ 刘登翰:《香港文学史》,北京:人民文学出版社,1999年,第83页。
⑤ 参见卜少夫:《穆时英之死》,1940年7月23日《重庆时事新报》。
⑥ 蒋学楷译本将九部分标题译为:天子、天皇的私生活、天皇御诗、天皇的财产、天皇的家庭、朕即国家、他们是谁、宫臣团、大本营。时与潮社译本将序言部分取名为《国王的糟粕,胜于上帝的慈悲》;九部分标题译为:昭和天皇、天皇的私生活、天皇为一诗人、富有四海、皇室、朕即国家、彼辈是谁呢?、官廷中人物、帝国大本营。穆时英未翻译小标题,笔者结合上述两个译本和穆时英译本内容提取小标题。

话日本天皇》加以补充。

　　The Emperor of Japan 序言写道,1939 年,日本禁止《哈姆莱特》上演,因为易于促成不忠君的行为。面对日本民众对天皇的尊重、崇拜与敬畏,约翰·根室概述天皇对于日本国民的意义,表达自己的书写绝无触犯日本人民感情之意,是带着应有的敬意下笔。序言部分可以看出美国等西方国家忌惮日本,而西方国家绥靖政策也将给本国带来严重后果。1965 年,约翰·根室出版 *Procession* 一书收录 *The Emperor of Japan*(节选),他在文章开头撰写导语,写到日本发动对中国的丑陋却不承认的战争,以及日本即将袭击美国——偷袭珍珠港。

　　Son of the Sun 简要叙述昭和天皇(裕仁)的家族史、婚姻状况、名字含义以及外国对天皇的称呼。约翰·根室追溯裕仁的祖父明治天皇(名睦和)让日本重新入于世的革新意义以及父亲嘉仁天皇的相关历史,称赞日本是一个有条理的民族,同时带着西方人的视角审视亚洲。日本天皇有名无权,因而没有人篡权,皇权得以更迭绵延;天皇的登基典礼、祭天仪式与象征皇权神圣三件法器的阐释,恰是中国读者所熟悉的。每遇国家大典或重大事件时(如对外发动战争),天皇便前往供奉天照女神的伊势神社朝拜或昭告天照神。饶有意思的是,约翰·根室一方面称赞日本国民精神,一方面讲述触犯皇权威严与神圣的日本人动辄切腹、被杀的逸闻轶事。以上为《论日本天皇》缺失的前三期主要内容。关于这部分,不得不略为提及白林的翻译。

　　1939 年 4 月《现代中国(上海 1939)》创刊号介绍《亚洲内幕》概况,第 6—11 期连载白林[①]翻译的 *The Emperor of Japan*。从译题《日本的统治者》来看,一些专有名词似有欠妥之处,天皇作为民族与国家象征,而非日本实际统治者,虽然明治维新后皇权有所加强;白林译本通篇称呼天皇为皇帝,但天皇更为贴合,蒋学楷、时与潮社译本均称为天皇。天皇定期参加园游会,白林译为花园聚餐会,称呼天皇的名字为弘仁,存在常识性错误。当然,不可否认的是,白林译本古典意蕴深厚。穆时英译本婉转细腻,生动有趣。

　　《论日本天皇》分九期登载于《星座》,每期并非与相应章节对应,每节长短不一,*Son of the Sun* 之外章节篇幅较短。《论日本天皇》(四)衔接 *Son of the Sun* 中间部分,以"不多几月前以前,我站在明治神宫的大门附近"[②]开始。1937—1938 年,约翰·根室造访亚洲,他在 *Procession* 一书提到写作此文时并未见过天皇,文本根据听到的情况书写而成。之后他在 1950 年见到天皇。[③]

　　《论日本天皇》(五)讨论日本神道教、天皇神圣说以及天皇作为日本统治阶级有效的政治武器。主体为《天皇的生活》部分,这部分书写天皇的宫殿、游泳等生活起居,罗列天皇每年参拜靖国神社,参加海陆军校毕业检阅、国会开幕等典礼,接见首相、军部首领、新任外国大使、重要外宾等活动。《论日本天皇》(六)继续介绍天皇的生活,国家层面的公务如接见记者、阁员,将食物作为礼物赠送给内阁官员,每年举行两天盛大的园游会(1937—1938 年因中日战争取消);个人层面如裕仁的爱好、去国外留学惊人之举、在国外地铁站传奇经历。《论日本天皇》(七)承接天皇生活序曲,主要翻译 *Emperor as Poet* 和 *Richer Than Croesus* 两部分,前者以全民参与诗歌创作为例,后者管窥皇室拥有的财产,

---

[①] 笔者检索《中国现代作家笔名录》,暂未查询到白林是哪位作家或者译者的笔名或本名。
[②] 约翰·根室著,霍昆译:《论日本天皇》(四),《星岛日报·星座》,1939 年 4 月 1 日,第 236 期。
[③] John Gunther, *Procession*, Harper & ROW, New York, 1965, p.139.

Imperial Family 勾勒天皇与藤原家族的婚姻。《论日本天皇》(八)翻译 *Imperial Family* 主体部分(介绍皇后和皇室成员),"*L'Etat, C'est Moi!*" 和 *Who Are "They"?* 两部分构成二元对立互为悖论关系,一方面"朕即国家"强调天皇为神,天皇作为国家的代表,是战争直接发动者;另一方面"他们是谁呢?"将国家和发动战争的权力归属诉诸"他们",而"他们"牵涉的群体含混不清、边界不明,既而泛化日本法西斯中"他们"一词的所指与能指。"他们"的概念不明也意味着对战争缺乏应有的反思。模糊概念、混淆定义预示着战后天皇及日本法西斯推卸战争责任。不得不说,在这一点上约翰·根室的书写有着先知洞见,穆时英译本直指日本文化内核与精神旨归。

《论日本天皇》(九)翻译 *Who Are "They"?* 结尾、*the Palace Group* 和 *Imperial Headquarters* 三部分,探究天皇身边的大臣西园寺公望、牧野伸显、平沼骐一郎生平与思想。值得注意的是,平沼任枢密院副院长时发表的言论如下:

"说日本国策是帝国主义的,侵略的,这□的胡说实堪惋惜。此类谣言之发生,乃对于日本真正动机不明了所致……凡略悉日方历史者,都能记得日本自立国以来,其目标即为和平。……我们希望首先推广此精神于我国民,其次及于远东,最后遍及全世界。"①

而在 1939 年 *Inside China* 一书中,约翰·根室修改并删去了平沼的话,修改后的内容为:For some years he was head of the Kokuhon-Sha, one of the most powerful chauvinist organizations. Baron Hiranuma is the reactionary among the intimate palace advisers, and is a close friend of the army group. Openly he has been called a Fascist. He became prime minister early in 1939.② 因此蒋学楷译本、时与潮社译本没有平沼这部分言论。但笔者发现白林译本保留平沼的话③,可知白林和穆时英译本均据初版本翻译而成,这部分内容揭示日本法西斯打着和平旗号,试图掩盖日本法西斯真面目与发动侵略战争的真相,和 *Emperor as Poet* 部分天皇在 1938 年写的"呼吁和平"诗遥相呼应。

更为吊诡的是,*Imperial Headquarters* 结尾写道:"1938 年,南京陷落,中国依然拒绝和平谈判,天皇召集了 1914 年以来第一次御前会议,会议上通过决议收回对国民政府的承认——因为蒋介石拒绝停战;同时成立帝国大本营。"④这些无疑昭告了日本掩盖血写的事实,妄图以惨绝人寰的南京大屠杀作为让中国人屈服的谈判筹码,将战争的责任推卸给国民政府,以和平为幌子,势必激起中国人民乃至亚洲人民更激烈的抗争。约翰·根室显然意识到 1938 的书写并不准确,在 *Procession* 一书中删去"*L'Etat, C'est Moi!*"到 *Imperial Headquarters* 四部分,当然这也与二战后天皇概念发生巨大变化,对天皇的神圣化、工具化祛魅,尝试实现由神到人的转变相关。⑤

遑论穆时英附逆与否,这篇译文在当时有着重要的现实意义,在揭露日本侵华事实方面抢占舆论高地。创办英文刊物《中国作家》,由中国作家书写和揭露日本发动的侵华战争,有着跨越历史时空的重要意义。《论日本天皇》表露日本罔顾发动战争事实,试图掩盖法西斯本质,这些文字到今天依然有着警示意义。作为新感觉派作家,穆时英笔下

---

① [美]约翰·根室著,霍昆译:《论日本天皇》(九),《星岛日报·星座》,1939 年 4 月 7 日,第 242 期。
② John Gunther, *The emperor of Japan* in Inside Asia, Harper & Brothers, New York and London, 1939, p.23.
③ [美]根室著,白林译,《亚洲的内幕:日本的统治者(续第六节)》,《现代中国》1939 年第 11 期。
④ [美]约翰·根室著,霍昆译:《论日本天皇》(九)。参见 John Gunther, *The emperor of Japan* in Inside Asia, Harper & Brothers, New York and London, 1939, p.23.
⑤ John Gunther, *Procession*, Harper & ROW, New York, 1965, p.154.

不只是上海摩登世界,他对时政、社会有着敏感认知与作家的先锋精神。

1938年5月15日,穆时英翻译的美国记者爱德华·亨特《亚洲的法兰西与德意志》(节译)发表在《大风》第8期上。爱德华在文章中将中国人称为亚洲法兰西人,对中日两国的论述始终赓续人性、思想、爱国主义的探讨,并涉及日本天皇、神道教、中日两国在亚洲的地位等。此篇收录《穆时英全集》。而《论日本天皇》进一步延展探讨日本的文学疆域,与《亚洲的法兰西与德意志》构成更为完整的阐释日本的序列,亦当收入全集中。

蒋学楷译本序言写道:"本书叙述中国部分,间似有得诸传闻与事实真相不符者,有轻重倒置主客易位者,此等处本社不得不略予删除,或变更章节,以求适当,幸读者谅之。《复旦大学文摘社谨启》。"①当时不少文章批判《亚洲内幕》,认为表现中国精神的中国战士的优点却没有表现出来,包括斯诺的《西行漫记》同样面临这样的问题,书写个体多于大众。②而《中国作家》恰恰强调中国大众,只有由中国作家书写的抗战,才能真正让世界看到中国抗战实况与中国人民百折不挠的精神,从而赢得反法西斯国家对中国人民抗战的支持。因而穆时英发表英文小说 The Birth of God 既有着现实必要,也与《论日本天皇》构成关联。

四、《神之诞生》

《神之诞生》(The Birth of A God)是穆时英在香港发表的最后一篇作品,小说讲述日军进驻北平,众人面对日军车辆和队伍的进城麻木且沉默,九岁孩子站出来高唱《义勇军进行曲》被日军尖刀刺穿的故事。小说截取北平横断面,文本夹杂个人英雄主义的书写,在个人命运和整个民族命运休戚相关之际,通过众人的觉醒试图实现作家主张的从个人的英雄主义向集团的英雄主义的变革,③进而表达对国家苦难的关注与人性的思考。小说反复用日军仿佛瞎了一样来表达日军对生命的漠视与屠戮。置身香港的穆时英在《神之诞生》中依赖于文学想象;有别于《中国作家》上的大多数作品,《神之诞生》同《中国作家》第三期刊登的端木蕻良《青弟》构成互文与指涉。《神之诞生》带有电影镜头感的刻画,天气的铺陈与日军铁蹄声不断迫近,经过氛围的营造和情绪渲染来传达思想,沉默隐忍的群众犹如看客(观众)观看小男孩从队伍中站出来,在街道中心被日军残忍杀害;作家犹如导演,选取摄影角度,试图传递一种电影画面中共同的情绪,并将目下的客观现实转化为一种主观上的情绪表达,"从而最终使得民众对同一客观存在构成同一的情绪认识"④——牺牲的孩子即神之诞生。

穆时英定义为国家、为民族牺牲的孩子为"神",众人建立纪念英雄的庙宇,与天皇祭祀神庙大相径庭。《论日本天皇》(四)详细书写天皇祭祀时的祝祷仪式与约翰·根室的发问:"如果天皇本人是神,他向谁祝祷呢?……天皇本人确是神吗?他当然是神圣的,但他是神吗?"⑤一些日本人认为天皇是活着的神,而另一些人认为天皇是日本宇宙里的至高存在,是大和民族的代表与具体而抽象的形态存在;日本的祖先崇拜与神道教紧密关联,而日本爱国主义和祖先崇拜混合着神道,天皇的神性贯穿 The Emperor of Japan 全

---

① [美]约翰·根室著,蒋学楷译:《亚洲内幕》,香港大时代书局,1940年,第12页。
② 黄文:《评根室的〈亚洲内幕〉》,《战时青年》,1940年第5期。
③ 穆时英:《战斗的英雄主义》,上海《晨报》,1935年9月30日。
④ 严家炎、李今:《穆时英全集》第三卷,第169页。
⑤ [美]约翰·根室著,霍昆译:《论日本天皇》(四)。

文始终。《神之诞生》书写中华民族崇拜的内容与形式与之相反,崇尚为民族事业奉献与牺牲的民族英雄,小说尝试诠释真正的民族之神。《怀乡小品》对上海受难的忧愤与香港歌颂基督诞生日的批判构成对比张力,《神之诞生》将民族英雄定义为神,对 The Emperor of Japan 构成有力反拨。约翰·根室在 Procession 中提到 The Emperor of Japan 不同章节先后见于 Reader's Digest(《读者文摘》)①, the Atlantic Monthly(《大西洋月刊》), The Saturday Evening Post(《星期六晚邮报》), The Nation②(《国家》)等报纸杂志③。此类外国报刊在香港兜售,让穆时英了解世界战争形势与时政,1940年3月纽约版 China Today(《今日中国》)转载穆时英的 The Birth of A God,穆时英的《神之诞生》在海外发挥正面的舆论作用。

卜少夫在《穆时英之死》中提及,穆时英曾写作英文小说《十字架》向《天下》投稿,据温源宁说他英语造诣在水准之上④。李今在《穆时英年谱简编》提道:"这表现了穆时英打算像林语堂那样,用英文写作的努力。"⑤ 笔者认为这些回忆和论述是站得住脚的,徐迟回忆录提到 The Birth of A God 由穆时英用英文写的,而且写得并不错⑥。徐迟负责 Chinese Writers 第二期主要翻译工作,这些也正面肯定了穆时英的英文水平。徐迟还回忆当时从上海来港的流亡文人定期在"蓝鸟"咖啡座和"聪明人"地下室以文会友,《天下》杂志社的温源宁、全增嘏、叶秋原等也时常参加。⑦

结语

与诸多南来作家有所不同,穆时英1936年4月离开上海到香港,南来作家的到来,让穆时英更加深刻地感受到七七事变前后香港的变化。穆时英的《前哨:英帝国的香港》鞭辟入里地剖析香港与新加坡的地理位置在太平洋战争中的重要性,让读者想到《亚洲内幕》中关于《新加坡据地》的叙述。民族战争让更多作家转向对人性的思考与对世界抗战文学的关注,民族战争终止了作家的小说创作,世界观与人生观被重新建构。值得注意的是,穆时英翻译的作品与徐迟、叶君健、冯亦代、戴望舒等翻译的外国抗战文学作品有所不同,如戴望舒精通法文、西班牙文翻译西班牙抗战文学作品。同样以创办刊物作为文章出国的译介实践,穆时英与叶浅予、楼适夷、叶君健等有着武汉第三厅工作背景文艺工作者显然也有着明显区别,或许这正如穆时英在《世界展望》第四期《社中偶语》中提到的,"如果所有文章一律用同一公式写出来,那么不但我们的杂志成为一块僵硬的化石,这世界也不免太枯燥了"。⑧

作为没有真正经历过上海淞沪会战的作家,赴港之前未经历抗战宣传,穆时英走上回上海的人生路亦属必然。但从对日本文学的学习到对英美文学的关注,从小说、电影到作品译介,对文学形式和生命的不懈探索,呈现出一个更加立体全面的新感觉派作家

---

① 重庆的时与潮社经售美国的《读者文摘》(Reader's Digest),并征求自由订户。
② 《国家》(The Nation)是美国的一份左翼新闻杂志,创刊于1865年。
③ John Gunther, Procession, Harper & ROW, New York, 1965, p.139.
④ 卜少夫:《穆时英之死》,1940年7月23日《重庆时事新报》。笔者查询《天下月刊》,虽未看到《十字架》这一篇,但当时《天下月刊》迁到香港编辑,穆时英也在港,笔者认为这一说法是可靠的。
⑤ 严家炎、李今:《穆时英全集》第三卷,第569页。
⑥ 徐迟:《我的文学生涯》,天津:百花文艺出版社,2007年,第193页。
⑦ 同上书,第182页。
⑧ 刘涛:《现代作家集外文考信录》,人民出版社,2012年,第123页。

穆时英。据陈海英编写的《穆时英创作年表》和李今整理的《穆时英年谱简编》,1939年穆时英在3、4月发表《论日本天皇》《论英国古典文学》后,到10月15日发表《神之诞生》,中间半年没有发表作品,他是否有宏大计划翻译《书与你》和《亚洲内幕》两本书,目前没有穆时英日记或史料可以证明。如果《穆时英全集》有再次修订出版或者出版集外文的计划,这三篇集外文当收录进去,前两篇意义不再赘述,《神之诞生》是目前发现的唯一可以确认的穆时英用英文创作的作品,它们呈现作家在文学创作场域中新的写作可能与更为完整的生命构架。

年谱

冯仰操　谢维依

张若谷著述年表

张若谷(1905—1960),上海南汇人,原名张天松,字若谷,圣名马尔谷,笔名若谷、马哥、马尔谷、张大公、百合、曲、摩矩、欧阳忠正、南方张、司马长、马思南、马可可、初盦、虚怀斋主人、匿谿、罗汉等,民国海派作家、新闻记者、副刊编辑、天主教徒、翻译家、艺术评论家。自1921年发表第一篇文章至1951年公开出版最后一本著作,张若谷发表了不计其数的文章,并出版了多达二十六种各类著作(其中随笔五种、游记五种、传记四种、艺术研究四种、小说两种、翻译三种、编辑三种)。1949年以来,张若谷几乎默默无闻,当代学界偶尔关注,多是在鲁迅论敌、金屋-真美善作家群、海派散文等脉络上展开,近年来扩展到其音乐研究、报人生涯、文学翻译。返回历史现场,张若谷是民国上海文坛中极为活跃的人物,其创作历程、交游世界、艺术趣味等均可谓标本式的存在。从创作历程看,可分为三阶段:1921—1931年,以音乐鉴赏、文学评论、法文翻译、都市文学创作为主,以《申报·艺术界》《艺术界周刊》《真美善》等报刊为平台,显示出初代海派作家的风采;1932—1941年,以战地报道、名人采访、海外游记、上海掌故、宗教研究为主,以《时报》《大晚报》《神州日报》《中美日报》等大小报纸为阵地,彰显了战时一代报人的努力;1942—1951年,以天主教文化事业为主,折射出沦陷区文人的现实一种。从交游世界看,可划分四个有交集的群体:一是海派文人群落,以傅彦长、朱应鹏、邵洵美、徐蔚南、曾氏父子等为核心,以都市生活、法国文艺、新奇艺术为共同旨趣;二是右翼文学群落,以傅彦长、朱应鹏、叶秋原、黄震遐、卢梦殊等为中心,以民族主义文学、官方意识形态为契合点;三是现代报人群落,以《大上海人》为媒介,以现代新闻事业、抗战宣传为共同追求;四是震旦大学、天主教师友群落,以马相伯、于斌等为主导,以师生情谊、教会事务为连接。从艺术趣味看,大致有三大特色:一是多样化,对文学、音乐、电影、摄影、集邮等都保持浓厚的兴趣,并不以文学家自限,"我不是一位文学家,我也不希望做成功一位文学家。……但是,我却并不否认我是文学与艺术的爱好者"①。二是兼顾异域与本土,不仅对法国文学、异域社会进行大量的译介,并且对上海掌故、都会生活流连忘返。三是兼顾书斋与现场,不仅从事象牙塔内的研究、批评和写作,也走向咖啡馆、战场、海外等十字街头。

1905 年

生于江苏省南汇县周浦镇西八灶(今上海市浦东新区康桥镇沿南村)一天主教家庭。"因为我的家族,历代信仰天主教"②,从小便成为天主教徒,并接受拉丁文系统的教育。

---

① 张若谷:《关于我自己》,《文学生活》,金屋书店,1928年,第21页。
② 张若谷:《若谷自谱》,黄心村编《我们的音乐朋友》,商务印书馆,1930年,第32页。

"余生之岁,适逢震旦学院创立,时先父杏笙府君,助校长马相伯先生教拉丁文于是校。"①其父(1928年去世)是他的"第一个文学启示者","在我童年时代送给我以这珍贵的恩物——童话,就启示我以对于西方文学的趣味。现今愧我没有别的报答,就把本书初版的第一本,呈现给我的父亲,当作启示我文学趣味的一个小小的孝敬"。②

1912年　七岁

就读邻家一所教会女子小学。读书期间阅读国文教科书、天主教祈祷经文等"书经",课外阅读父亲购买的时新书刊(包括孙毓修编的童话集等)。

1913年　八岁

就读上海城内老天主教堂附设的小学。

1914年　九岁

九岁开始就读法租界天主堂街的类思两等小学(后改名汇师小学),待了十年之久。期间受校长杨振铎先生影响接近音乐,跟随"第二个文学启示者"吴石钧先生学习白话文写作,跟随顾石室先生学习《法文进阶》,跟随朱云侣先生阅读法文本《爱国二童子传》(原名《环游法国记》),"写作基础,是在这个时期打定的"③。

1923年　十八岁

7月

13日　发表《朱斌侯演说飞艇》,载《圣教杂志》第12卷第7期,署名虚怀斋主人。该文被张若谷视为"初次公开发表的处女座"。④

本月　发表《论国人宜乘机推广国货为积极之抵制》,载校刊《汇学杂志》第3期,署名张若谷。

8月

17日　发表小说《XO》,载《红杂志》第2卷第2期,署名若谷。

本年

升入天主教系统的徐汇公学,插入中学二年级班,读了两年书。期间,跟随蒋镜如、吴伯寅两位国文教师学习古文,跟随"第三个文学启示者"法文教师郑神父学习惠神父编的《法文菁华》(涉及孟德斯鸠、莫里哀、雨果、拉封丹等法国作家代表作品约一百篇)。

在《申报》国外要闻德国通讯栏目中得知音乐家王光祈(1892—1936),后经傅彦长介绍相识。

1924年　十九岁

2月

发表《Le Reglementaire》《触詟谲谏论》,载《汇学杂志》第3期,署名张若谷。

5月

发表《中国之致命孩童》,载《圣心报》第38卷第5期,署名匿谿。

---

① 张若谷:《十五年写作经验》,谷峰出版社,1940年,第48页。
② 张若谷:《关于我自己》,《文学生活》,第23、26页。
③ 张若谷:《十五年写作经验》,第11页。
④ 同上书,第19页。

7月

发表《欢迎刚主教纪盛》,载《汇学杂志》第4期,署名张若谷。

12月

19日　发表《出席音乐会须知》,载《申报》,署名张若谷。该文隶于本埠增刊的"游艺丛刊"栏,栏目后演化为"艺术界"副刊。

本年

中学结业前决定,"此届投考震旦,使侥幸蒙录,则将继续肄读法政文科,冀卒业后,可以为我国教育前途稍宣绵力,尽大中华国民之责分。苟不逢时,名落孙山,亦将联合同志,创办报纸,阐扬真道,攘斥异端,为圣教之保障,作社会之前驱"①。

考入震旦大学,就读文学法政科,次年毕业。期间,遇到"第四个文学启示者"法文教授乔相公。"因为我们法政科课程的时间不但比其他的姊妹科冗长,而且名目巧立百出……为了点缀文学两字起见,总算每天有一二小时的法文,所教授的除应有的文规修辞外,关于法国文学的读物,有拉风丹纳的寓言、赛微桌夫人的信札两种。至于关于中国文学的方面,则昔有某某秀才举人的古文八股,近来却有某法学博士的中国文学,这就是所谓文学法政科的内容了。""我最喜欢的课目,是法国文学,而在那个时期所崇拜的文学家是拉风丹纳。他的十二卷寓言全集,差不多给我窥读过半。"②

《申报》本埠增刊为出版音乐特刊征求音乐文字,张若谷为应征而写《国内音乐刊物述评》,直到一年后被新任主编朱应鹏先生发表,并被邀请为《申报·艺术界》特约撰述。

1925年　二十岁

1月

发表"警世小说"《活地狱》,载《圣教杂志》第14卷第1期,署名若谷。

翻译《戒怒借鉴录》,载《圣心报》第39卷第1期,署名匿谿。

4月

15日　翻译《华兰氏国葬典礼志盛(译法国巴黎时报)》,载《音乐季刊》第5期,署名张若谷。

5月

10日　发表《东大易长笔战中之平议》,载《时报》,署名若谷。该文系新闻时评,文末注明"投稿"。

11日　发表《学生与烟禁》,载《时报》,署名若谷。

18日　发表《评欧洲音乐进化论》,载《鉴赏周刊》第2期,署名张若谷。由此结识郑振铎等文学研究会同人。"我要感谢郑振铎先生,他鼓励我在《小说月报》《文学周报》等刊物上做文章。我第一次用真姓名发表的文章,是在郑振铎先生主编的《鉴赏周刊》上刊登的。因为郑先生,我也就认识文学研究会的同人:叶圣陶、徐调孚、傅东华、谢六逸、樊仲云、赵景深、刘大白、夏丏尊、胡愈之、丰子恺……诸位先生等。"③

29日　发表《百潮》,载《时报》,署名若谷。

30日　发表《谁?》,载《时报》,署名若谷。

---

① 张若谷:《十五年写作经验》,第28页。
② 张若谷:《关于我自己》,《文学生活》,第39、42页。
③ 张若谷:《关于我自己》,《文学生活》,第49页。

6月

2日　发表《流血》，载《时报》，署名若谷。

3日　发表《再三流血》，载《时报》，署名若谷。

7日　发表《交涉开始之前》，载《时报》，署名若谷。

本月　翻译《热心生活的引进》，载《圣心报》第39卷第6期，署名若谷。

7月

翻译《热心生活的引进》，载《圣心报》第39卷第7期，署名若谷。

8月

30日　发表《评"天方诗经"》，载《文学周报》第188期，署名张若谷。收入《艺术三家言》。

本月　翻译《热心生活的引进》，载《圣心报》第39卷第8期，署名若谷。

9月

11日　发表《国内音乐刊物述评》，载《申报》，署名张若谷。由此结识朱应鹏等艺术家，并成为《申报》副刊《艺术界》(1925年9月22日诞生)的长期投稿者。"大约是十四年九月九日的一天吧？《申报》本埠增刊忽然发表了我在一年前所写的《国内音乐刊物述评》一文。当夜收到署名申报本埠增刊朱应鹏的一封信……当夜我就到申报馆。""从民国十四年起，一直到十八年止，我变成了申报《艺术界》副刊长期的投稿者。""在投稿申报的初期，我写的是偏于介绍西洋音乐方面的文字，……第二个时期，则倾向于文艺读物的介绍及批评方面。""最近你又辟出了一块小小园地，设立了一个珈琲座。"①

13日　发表《国内音乐刊物述评(二)》，载《申报》，署名张若谷。

18日　发表《宗教乐概述(一)》，载《申报》，署名张若谷。

19日　发表《宗教乐概述(二)》，载《申报》，署名张若谷。

21日　发表《明末西教士华文著述之一斑》，载《鉴赏周刊》第16期，署名张若谷。

23日　发表《音乐家解》，载《申报》，署名张若谷。

25日　发表《宗教乐补述》，载《申报》，署名张若谷。

26日　发表《宗教乐补述》，载《申报》，署名张若谷。

27日　发表《上海市政厅之音乐会(一)》，载《申报》，署名张若谷。

28日　发表《上海市政厅之音乐会(二)》，载《申报》，署名张若谷。

29日　发表《上海市政厅之音乐会(三)》，载《申报》，署名张若谷。

发表《明末西教士华文著述一斑》，载《鉴赏周刊》第17期，署名张若谷。

本月　翻译《戒怒借鉴录》，载《圣心报》第39卷第9期，署名若谷。

10月

4日　发表《外人之中国音乐观》，载《申报》，署名张若谷。

6日　发表《明末西教士华文著述补遗》，载《鉴赏周刊》第18期，署名张若谷。

11日　傅彦长发表《一封讨论天方诗经的信》，载《文学周报》第194期。该文是对张若谷《评"天方诗经"》的讨论。

17日　发表《记东亚第一大风琴开幕礼》，载《申报》，署名张若谷。

18日　发表《现代世界钢琴名家》，载《申报》，署名张若谷。

---

① 张若谷：《十五年写作经验》，第31页。

发表《论"吠陀"经》,载《文学周报》第 195 期,署名张若谷。收入《艺术三家言》。

27 日　发表《"马哥孛罗游记导言"》,载《鉴赏周刊》第 21 期,署名张若谷。收入《艺术三家言》。

30 日　发表《现代法国之音乐家(一)》,载《申报》,署名张若谷。

31 日　发表《现代法国之音乐家(二)》,载《申报》,署名张若谷。

本月　翻译《友爱论》,载《圣心报》第 39 卷第 10 期,署名若谷。

发表《近今文化趋势之痛言》,载《圣教杂志》第 14 卷第 10 期,署名若谷。

11 月

1 日　发表《现代法国之音乐家(三)》,载《申报》,署名张若谷。

3 日　发表《印度音乐》,载《申报》,署名张若谷。

4 日　发表《中古宗教乐家四百年生辰纪念》,载《申报》,署名张若谷。

7 日　发表《日本音乐之概观(一)》,载《申报》,署名张若谷。

8 日　发表《日本音乐之概观(二)》,载《申报》,署名若谷。

9 日　发表《日本音乐之概观(三)》,载《申报》,署名若谷。

10 日　发表《"马哥孛罗游记导言"》,载《鉴赏周刊》第 23 期,署名张若谷。收入《艺术三家言》。

11 日　发表《上海市政厅之音乐会(四)》,载《申报》,署名若谷。

12 日　发表《如何作艺术评论》,载《申报》,署名马哥。

18 日　发表《研究音乐的步骤》,载《申报》,署名马哥。收入《艺术三家言》。

20 日　发表《西洋乐式剖要(一)》,载《申报》,署名若谷。

22 日　发表《西洋乐式剖要二》,载《申报》,署名若谷。

24 日　发表《西洋乐式剖要(三)》,载《申报》,署名若谷。

发表《观舞记(一)》,载《申报》,署名马哥。

25 日　发表《观舞记(下)》,载《申报》,署名马哥。

26 日　发表《观舞杂感》,载《申报》,署名马哥。

发表《舞曲的乐式》,载《申报》,署名若谷。

28 日　发表《歌剧"蝴蝶夫人"略说》,载《申报》,署名马哥。

发表《歌剧的乐式及其他(一)》,载《申报》,署名若谷。收入《艺术三家言》。

29 日　发表《歌剧的乐式及其他(二)》,载《申报》,署名若谷。收入《艺术三家言》。

30 日　发表《记上海市政厅之音乐会》,载《申报》,署名马哥。收入《艺术三家言》。

本月　翻译《友爱论》,载《圣心报》第 39 卷第 11 期,署名若谷。

12 月

1 日　发表《歌剧"露雪阿提拉美莫亚"略说》,载《申报》,署名马哥。

3 日　发表《歌剧"浮士德"略说》,载《申报》,署名张若谷。收入《艺术三家言》。

4 日　发表《歌剧"歌唱者"略说》,载《申报》,署名虚怀。

5 日　发表《歌剧"弥浓"略说》,载《申报》,署名马哥。

6 日　发表《再说歌剧"浮士德"》,载《申报》,署名马哥。

9 日　发表《听音乐会后》,载《申报》,署名马哥。收入《艺术三家言》。

12 日　在夏令配克戏院欣赏意大利歌剧团的《浮士德》,并于剧院门口初次遇见诗人白采。据张若谷《郭译歌德的浮士德(一)》记载,"至于我自己,在第一次知道浮士德的名字,是在民国十四年十二月十二日。……那一天,在戏院门,我却碰着了诗人白采,那天是我们初次的会面,但不幸的是也是我们最后一次诀别"。

13日　发表《谈"马哥孛罗游记"》,载《文学周报》第203期,署名张若谷。

15日　《"艺术思潮"读书随笔》,载《申报》,署名张若谷。

18日　《"游地狱"传说的种种》,载《申报》,署名马哥。收入《艺术三家言》。

21日　《读沈乙夫君的"评浮士德"后》,载《民国日报》,署名张若谷。

发表《三论遵主圣范译本》,载《语丝》第58期,署名张若谷。该文系经过《语丝》编辑周作人的接纳而发表,并被周作人《自己的园地》摘录。有关《遵主圣范》译本的讨论,前后有子荣《遵主圣范》,《语丝》1925年第50期;陈垣《再论遵主圣范译本》,《语丝》1925年第53期;方豪《四论遵主圣范译本》,《圣教杂志》1936年第25卷第10期。

本年　夏天在徐家汇天主堂藏书楼自修读书,助理《圣教杂志》编辑。

张若谷将之作为自己写作的元年。

结识傅彦长、田汉。"其中交谊最深而相识时期最长的,是傅彦长先生。……我以一篇音乐文字的因缘,得结识傅先生,……他第一个给我介绍的朋友就是他的同乡田汉。"(张若谷《湖南文人与女儿兵》,《永安月刊》1939年第6期)张若谷与傅彦长、朱应鹏交往最密,成为上海艺术界的铁三角,共同出版《艺术三家言》、倡导民族主义文学运动等。1926年田汉组织南国剧社后,张若谷借机认识更多同好者,如吴家瑾、顾梦鹤、黎锦晖、黎明晖、欧阳予倩、王人美等(张若谷《田汉在南京》,《时代》1935年第8卷第12期)。

1926年　二十一岁

1月

3日　发表《上海邮政局之美术雕刻》,载《申报》,署名若谷。

发表《市政厅第十三次音乐会》,载《申报》,署名马哥。

4日　发表《音乐家之罗曼罗兰》,载《申报》,署名张若谷。

5日　发表《马哥孛罗游记》,载《申报》,署名张若谷。

6日　发表《说"翠艳亲王"》,载《申报》,署名马哥。

10日　发表《市政厅第十四次音乐会》,载《申报》,署名马哥。

发表《拉风歹纳寓言序》,载《文学周报》第207期,署名张若谷。

翻译《拉风歹纳寓言》,载《小说月报》第17卷第1期,署名张若谷。

12日　发表《记上海图书馆展览会(文学随笔)》,载《申报》,署名张若谷。

13日　发表《法国奇女贞德故事》,载《申报》,署名马哥。

14日　发表《韦贝尔百年纪念》,载《申报》,署名张若谷。收入《艺术三家言》。

15日　发表《黎明女神考》,载《申报》,署名张若谷。收入《艺术三家言》。郑振铎针对此文章专门写《黎明女神考补遗:一封给张若谷君的信》,载《申报》1月19日。

16日　发表《缪斯考》,载《申报》,署名张若谷。

17日　发表《市政厅第十五次音乐会》,载《申报》,署名张若谷。

20日　发表《贝多芬译名之种种》,载《申报》,署名若谷。

24日　发表《市政厅第十六次音乐会》,载《申报》,署名张若谷。

26日　发表《成吉思汗》,载《申报》,署名马哥。

28日　发表《市政厅第四次特定交响乐会》,载《申报》,署名若谷。

31日　发表《市政厅第十七次音乐会》,载《申报》,署名张若谷。

本月　据《上海文艺界发起的消寒会》(《申报》1926年1月27日)记载,田汉、欧阳予倩、叶鼎洛、张若谷、傅彦长、周佛海、左舜生、唐有壬、黎锦晖、郭沫若、谢六逸、唐琳、方光焘、日本人支那剧研究会全体会员等将于28日发起艺术界消寒会。

2月

2日　发表《记市政厅第十七次音乐会》,载《申报》,署名张若谷。

7日　发表《市政厅第十八次音乐会》,载《申报》,署名张若谷。

10日　翻译《拉风歹纳寓言》,载《小说月报》第17卷第2期,署名张若谷。

16日　发表《记市政厅第十九次音乐会》,载《申报》,署名张若谷。

发表《漫郎摄实戈》,载《申报》,署名马哥。收入《文学生活》。

17日　发表《太阳神话研究》,载《申报》,署名张若谷,收入《艺术三家言》。

18日　发表《室内乐与独奏会》,载《申报》,署名张若谷,收入《艺术三家言》。

21日　发表《市政厅第二十次音乐会》,载《申报》,署名张若谷。

28日　发表《市政厅第二十一次音乐会预告》,载《申报》,署名若谷。

3月

7日　发表《市政厅第二十二次音乐会预告》,载《申报》,署名若谷。

10日　翻译《拉风歹纳寓言》,发表《小说月报》第17卷第3期,署名张若谷。

14日　发表《市政厅二十三次音乐会预告》,载《申报》,署名若谷。

21日　发表《市政厅之二十四次音乐会》,载《申报》,署名若谷。

28日　发表《市政厅之二十五次音乐会》,载《申报》,署名若谷。

30日　发表《风琴输入中国考》,载《申报》,署名若谷,收入《艺术三家言》。

31日　发表《蒙古艺术家到沪后之谈话》,载《申报》,署名若谷。

4月

1日　针对朱应鹏的两篇论文,发表《读"弹词与大鼓"及"小调"后的几句话》,载《申报》,署名若谷。

2日　发表《高内里乌斯的名画》,载《申报》,署名若谷。

4日　发表《大卫百五十年死忌》,载《申报》,署名张若谷。收入《艺术三家言》。

6日　发表《赛会与竞技》载《申报》,署名若谷。

10日　发表《关于今日之民间传说》,载《申报》,署名若谷。

翻译《拉风歹纳寓言》,载《小说月报》第17卷第4期,署名张若谷。

11日　发表《市政厅之二十六次音乐会》,载《申报》,署名张若谷。

18日　发表《市政厅之二十七次音乐会》,载《申报》,署名张若谷。

20日　发表《十诫及其他》,载《申报》,署名若谷。收入《艺术三家言》。

21日　呼应徐蔚南发表的《谚语研究》,发表书报介绍《沪谚外编》,载《申报》,署名若谷。此前与徐蔚南结识。"徐蔚南先生是傅彦长先生的多年的朋友。他原来是我的先辈同学,不过我们互相认识,是在出离震旦大学以后,在上海市政厅的音乐会场里,没有什么人介绍而交谈认识的。"①

22日　发表《听麦氏歌唱记》,载《申报》,署名张若谷。

---

① 张若谷:《关于我自己》,《文学生活》,第48页。

24日　　发表《听麦氏歌唱再记》,载《申报》,署名若谷。

25日　　发表《市政厅第二十八次音乐会》,载《申报》,署名若谷。

5月

2日　　发表《莫泊三的一生》,载《申报》,署名若谷。该文介绍徐蔚南的翻译作品《莫泊三的一生》。

发表《市政厅第二十九次音乐会》,载《申报》,署名马哥。

6日　　发表《恋爱与文学》,载《申报》,署名若谷。

9日　　发表《市政厅第三十次音乐会》,载《申报》,署名若谷。

发表《斯脱剌斯蒲尔的宣誓:法兰西古代文残简》,载《文学周报》第224期,署名张若谷。

10日　　翻译《拉风歹纳寓言》,载《小说月报》第17卷第5期,署名张若谷。

16日　　发表《市政厅第三十一次音乐会》,载《申报》,署名若谷。

发表书评《刘半农的瓦釜集》,载《申报》,署名若谷。该文刊于"书报评论"栏,此栏目之后成为张若谷长期投稿的专栏。

20日　　发表书评《王光祈先生的音乐丛刊》,载《申报》,署名若谷。收入《艺术三家言》。文中提及,"不久我想和傅彦长合作出版几种关于研究西洋音乐的书报,第一种拟名做《到音乐会去》,里面专门介绍西洋著名音乐家的生平和作品,另外关于著名的乐曲都有精细的解释。此外有《西洋音乐史纲》《歌剧大观》等,都在编纂中"。

23日　　发表《市政厅第三十二次音乐会》,载《申报》,署名若谷。

27日　　发表《读"芥川龙之介氏的中国观"有感》,载《申报》,署名若谷。

30日　　发表《市政厅第三十三次音乐会》,载《申报》,署名若谷。

6月

4日　　发表《太平天国有趣文件十六种》,载《申报》,署名若谷。

6日　　发表《关于"女儿国"的考证》,载《文学周报》第228期,署名张若谷。

10日　　翻译《拉风歹纳寓言》,载《小说月报》第17卷第6期,署名张若谷。

21日　　发表《朝畲山记》,载《申报》,署名张若谷。收入《艺术三家言》。

27日　　发表《鲁迅的华盖集》,载《申报》,署名若谷。

7月

10日　　翻译《拉风歹纳寓言》,载《小说月报》第17卷第7期,署名张若谷。

12日　　发表《江南民歌的分类》,载《申报》,署名若谷。收入《艺术三家言》。该文是对徐蔚南《建设中国小歌剧》的回应。

13日　　发表《法兰西国乐"马赛曲"》,载《申报》,署名若谷。

18日　　发表《一个艺术家的供状》,载《文学周报》第234期,署名若谷。

20日　　发表《威廉退尔》,载《申报》,署名若谷。

发表《读者通信》,载《申报》,署名张若谷。

22日　　发表《马赛歌逸话》,载《申报》,署名若谷。

8月

3日　　发表《黎烈文的"舟中"》,载《申报》,署名若谷。

10日　　翻译《拉风歹纳寓言》,载《小说月报》第17卷第8期,署名张若谷。

22日　　发表《异端》,载《申报》,署名若谷。该文介绍郭沫若的翻译作品《异端》。

发表《世界文学家列传》,载《申报》,署名若谷。

发表《骆驼》,载《申报》,署名若谷。该文介绍文学刊物《骆驼》。

27日　发表《滑稽预言》,载《新闻报》,署名若谷。

28日　发表《语丝》,载《申报》,署名若谷。该文介绍文学刊物《语丝》。

31日　发表《文学周报》,载《申报》,署名若谷。该文介绍文学刊物《文学周刊》。

发表《前梦》,载《申报》,署名若谷。该文介绍叶鼎洛小说《前梦》。

发表《列那狐的历史》,载《申报》,署名若谷。该文介绍傅东华翻译作品《列那狐的历史》。

9月

2日　发表《沉钟》,载《申报》,署名若谷。该文介绍文学刊物《沉钟》。

6日　发表《中国民众音乐》,载《申报》,署名张若谷。收入《艺术三家言》。

9日　发表《读少年维特之烦恼后》,载《申报》,署名若谷。

10日　翻译《拉风罗纳寓言》,载《小说月报》第17卷第9期,署名张若谷。

12日　翻译《马赛歌》,载《文学周报》第241期,署名若谷。

17日　发表《出了象牙之塔》,载《申报》,署名张若谷。该文介绍鲁迅的翻译作品《出了象牙之塔》。

10月

10日　发表《市政厅第一次音乐会》,载《申报》,署名若谷。

翻译《拉风罗纳寓言》,载《小说月报》第17卷第10期,署名张若谷。

17日　发表《市政厅第二次音乐会》,载《申报》,署名若谷。

24日　发表《市政厅第三次音乐会》,载《申报》,署名若谷。

28日　发表《昨今两天的音乐会》,载《申报》,署名若谷。

本月　张若谷提议与傅彦长、朱应鹏合刊一本书,即后来的《艺术三家言》。"印行《艺术三家言》的发动机,是在去年十月的某夜上,我们三家子,恰巧聚会在一起,依照日常的态度,指东话西,谈天说地,不知怎样地会谈到我一年来在《申报·艺术界》上发表过的文章上去……我回说:'我的文章不多,最好大家来合刊一本,而且我发表的文章,大半是写在你们的以后,彼此有连带关系,有些完全是受彦长兄的感应的,要是能聚合起来,如田汉、郭沫若、宗白华的《三叶集》一样岂不很有趣?'于是,我们就分头整理各人自己的旧稿,都曾在报章杂志上发表过的,如《艺术评论》《音乐界》《文学周报》《鉴赏周刊》《申报》《创造日》等。稿子的年代从民国十二年起指导十五年为止。"①

11月

1日　发表《记昨晚市政厅音乐会》,载《申报》,署名若谷。

6日　发表《市政厅第五次音乐会》,载《申报》,署名若谷。

10日　翻译《拉风罗纳寓言》,载《小说月报》第17卷第11期,署名张若谷。

13日　发表《市政厅第六次音乐会》,载《申报》,署名若谷。

14日　发表《市政厅第六次音乐会》,载《申报》,署名若谷。

18日　发表《美童公学第一次音乐独奏会》,载《申报》,署名若谷。

发表《今晚市政厅的提琴独奏会》,载《申报》,署名若谷。

---

① 张若谷:《珈琲座谈》,真美善书店,1929年,第78页。

20日　　发表《今晚市政厅的提琴独奏会》,载《申报》,署名若谷。

21日　　发表《市政厅第七次音乐会》,载《申报》,署名若谷。

25日　　发表《市政厅第二次青年乐会》,载《申报》,署名若谷。

28日　　发表《市政厅第八次音乐会》,载《申报》,署名张若谷。

29日　　发表《昨晚市政厅第八次音乐会》,载《申报》,署名若谷。

12月

5日　　发表《市政厅第九次音乐会》,载《申报》,署名若谷。

13日　　发表《昨晚市政厅第十次音乐会》,载《申报》,署名若谷。

14日　　发表《听了两处音乐会后》,载《申报》,署名若谷。该文包括麦氏演唱会和同文秋季演唱会两部分,《同文秋季演唱会》收入《异国情调》,《听麦氏歌唱后》收入《艺术三家言》。

20日　　发表《补记昨夜市政厅音乐会》,载《申报》,署名若谷。

22日　　发表《"玻璃鞋"》,载《申报》,署名若谷。

23日　　发表《"玻璃鞋"》,载《申报》,署名若谷。

本年

因傅彦长介绍开始担任上海艺术大学法文兼音乐教授,至1927年,并兼任复旦实验中学音乐教职。据《上海各校音乐教授之联合》(《申报》1926年11月6日),其同事有刘欣平、李恩科、潘伯英、汉傅炜、傅彦长、谭抒真、宋居田等。与之作邻居的,有郁达夫、谭抒真等。

结识叶秋原。据1928年叶秋原《若谷与我》记载,"说起,若谷与我的认识,是三年前的事。那时我还在美国仅有一华生的印地安那大学里读书。……我写的文章就给他们转投到《艺术界》里去。编者若谷,就承他采用了"。①

1927年　二十二岁

1月

1日　　发表《电影与圣经》,载《银星》第5期,署名张若谷。

4日　　发表《市政厅第十二次音乐会》,载《申报》,署名若谷。

5日　　发表《市政厅第十二次音乐会(续昨)》,载《申报》,署名若谷。

9日　　发表《市政厅第十三次音乐会》,载《申报》,署名若谷。

10日　　翻译《拉风歹纳寓言》,载《小说月报》第18卷第1期,署名张若谷。

11日　　发表《市政厅第十三次音乐会》,载《申报》,署名若谷。

15日　　《一年来的申报艺术界》,载《艺术界周刊》第1期,署名张若谷。该文梳理《申报·艺术界》自创刊至1926年9月一年的发生发展,逐月进行归纳和概括。

16日　　发表《市政厅第十四次音乐会》,载《申报》,署名若谷。

23日　　发表《市政厅第十五次音乐会》,载《申报》,署名若谷。

发表《郑编"文学大纲"》,载《申报》,署名若谷。该文介绍郑振铎《文学大纲》第一册,主要是纠正错误和疏漏。

本月　　发表《刺戟的春(随笔之一)》,载《上海生活》第4期,署名张若谷。《上海生

---

① 张若谷:《关于我自己》,《文学生活》,第18页。

活》系叶秋原等人编辑,1926年10月创刊。

开始编辑良友图书公司《艺术界周刊》,最初与朱应鹏、傅彦长、徐蔚南四人合编,后独自编辑。据钟毓《艺术界周刊》(《一般》1927年3月号)介绍,"这种杂志是有他们自己的主张的,并不是一种泛泛的讲艺术的杂志,所以乐于介绍在这里"。

2月

5日　发表《歌剧"波希米亚人"》,载《申报》,署名若谷。

6日　发表《市政厅第十七次音乐会》,载《申报》,署名若谷。

发表《歌剧"波希米亚人"》,载《申报》,署名若谷。

7日　发表《歌剧"蝴蝶夫人"》,载《申报》,署名若谷。

9日　发表《歌剧"阿意大"》,载《申报》,署名若谷。

12日　发表《歌剧"歌唱者"》,载《艺术界周刊》第4期,署名张若谷。

3月

5日　发表《关于艺术三家言》,载《艺术界周刊》第7期,署名张若谷,收入《珈琲座谈》。

13日　发表《顾颉刚的吴歌甲集》,载《申报》,署名张若谷。

26日　发表《"到音乐会去"代序》,载《艺术界周刊》第10期,署名若谷。篇末按,"《到音乐会去》全书约八万言,附插图三十余幅。现在排印中,本年六月初可出版,归良友图书印刷公司发行"。

4月

9日　发表《对于天主教出版事业的一个讨论》,载《艺术界周刊》第12期,署名若谷。

16日　发表《艺术文化的创造》,载《艺术界周刊》第13期,署名傅彦长、若谷。

23日　发表《讲话:欣赏品与病态美》,载《艺术界周刊》第14期,署名若谷。

25日　发表《一星期一讲话》,载《申报》,署名若谷。该文介绍圣佩韦的文学批评集《一星期一讲话》。

28日　发表《文学生活》,载《申报》,署名若谷。收入《文学生活》。该文介绍法郎士的文学批评集《文学生活》。

30日　发表《新俄文学之曙光期》,载《艺术界周刊》第15期,署名若谷。

发表《苏活年儿 Souvenir(随笔之二)》,载《良友》第14期,署名张若谷。所谓 Souvenir,即纪念,该文是对过去的回忆。

5月

1日　发表《第八艺术(随笔之三)》,载《银星》第8期,署名张若谷。该文为"第八艺术"即电影进行辩护。

7日　发表《革命歌?》,载《民国日报》,署名若谷。

9日　发表《世界革命歌的作者"一"》,载《申报》,署名张若谷。

10日　发表《世界革命歌的作者"二"》,载《申报》,署名张若谷。

11日　发表《世界革命歌的作者"三"》,载《申报》,署名张若谷。

16日　发表《革命歌?》,载《民国日报》,署名若谷。

21日　发表《再论国民革命歌》,载《民国日报》,署名张若谷。

28日　发表《乐圣贝多芬百年祭(一)》,载《申报》,署名张若谷。

发表《米启安其罗论》,载《艺术界周刊》第18期,署名张若谷。

29日　　发表《乐圣贝多芬百年祭（二）》，载《申报》，署名张若谷。
6月
1日　　发表《茶花女》，载《银星》第9期，署名张若谷。
5日　　发表《一个紧要的提议》，载《民国日报》，署名若谷。
12日　　发表《三论国民革命歌》，载《民国日报》，署名张若谷。
本月　　与南国剧社同去南京，因田汉介绍与王新命、倪贻德、林克熙等人一起担任国民革命军日报社编辑。期间在南京《革命军日报》上发表大量文章，后结集为《新都巡礼》一书。
7月
1日　　发表《茶花女》，载《银星》第10期，署名张若谷。
8月
14日　　发表《"到民间去"》，载《申报》，署名若谷。该文介绍田汉编剧的《"到民间去"》，并提出异议，认为"民间"不仅是乡村，还可以是都会。
18日　　发表《编者讲话》，《艺术界》第22期，署名若谷。提及"本刊向由我负责主编，近以事在南京勾留了两个多月"。
25日　　发表《沪宁道上》，载《申报》，署名张若谷。
9月
3日　　发表《创造社访问记》，载《申报》，署名若谷，收入《珈琲座谈》。该文提及，8月29日张若谷同郁达夫等人一起去创造社报馆，遇到王独清、成仿吾、成绍宗等人。
30日　　发表《若谷随笔自序》，《良友》第19期，署名张若谷。文后有"编者识"，"《若谷随笔》分四卷，（一）文学生活，（二）音乐讲话，（三）新都巡礼，（四）珈琲座谈，全书约共二十万言，内容提要见每卷卷头导言，将由金屋书店出版，约年内可以发行"。
10月
1日　　发表《茶花女》，载《银星》第12期，署名张若谷。
9日　　发表《五月的讴歌者：介绍一个青年诗人》，载《申报》，署名若谷。该文介绍诗人邵洵美。收入《异国情调》。
13日　　翻译法郎士《我们为什么悲伤》，载《申报》，署名张若谷，收入《文学生活》。
30日　　发表《天发祥关于特刊之谈话》，载《大罗天》，署名若谷。
11月
1日　　发表《希望中国第八艺术之将来》，载《银星》第14期，署名百合。
4日　　发表《珈琲》，载《申报》，署名若谷，收入《珈琲座谈》。
本月　　出版合著《艺术三家言》，良友图书印刷公司。该书由傅彦长、朱应鹏、张若谷合著，书前有徐蔚南《艺术三家言序》，下卷为张若谷著，包括《研究音乐的步骤》《上海市政厅之音乐会》《听音乐会后》《王光祈的音乐丛刊》《天方诗经》《马可波罗游记》等32篇文章。

出版《到音乐会去》，良友图书印刷公司。该书扉页有"呈本书序者傅彦长先生"，涉及对71位音乐家的介绍。傅彦长作序称，"张先生的文章，尤其关于音乐方面的，差不多在现代中国是独一无二"。张若谷在代序中介绍，"全书约八万言附插图三十余幅。现在排印中，本年六月初可出版。归良友图书印刷公司发行"。张若谷最初且最稳固的朋友圈，就是傅彦长、朱应鹏二人。据1927年的傅彦长日记，与傅彦长交游最频繁的是张若谷,一年多达131次。

本年

在上海艺术大学教授法文课。田汉应黎锦晖邀请接办上海艺术大学,主持文学科,请张若谷帮忙教授短期的法文文学课程。兼办比利时丽耀电气公司及婚姻代办所半年。

结识邵洵美。"我和洵美结下文学因缘是靠了他的处女作《天堂与五月》做媒介的。"(张若谷《新文人的旧诗》,《永安月刊》1939年第5期)"假使上海容得下我,我绝不会去英国;假使我不去英国,我绝不会认识纪文;假使我不认识纪文,我决不会去南京,假使我不去南京,我绝不会遇到若谷,假使我不遇到若谷,我便绝不会写这篇东西。"将张若谷视为寿康、道藩、常玉、滕固、纪文之外的"第六个朋友"(邵洵美《第六个朋友》,收入张若谷《文学生活》)。张若谷后来在邵洵美主持的《金屋月刊》《时代画报》《人言周刊》《自由谭》等刊物上发表文章。

结识梁得所。"最初相识是在良友图书公司。他编《良友》,我编《艺术界》,那是民国十六年事。"(张若谷《梁得所的遗书》,《自由谭》1938年第3期。)

1928年　二十三岁

2月

21日　发表《郭译歌德的浮士德(一)》,载《申报》,署名若谷。该文介绍郭沫若的翻译作品《浮士德》。

25日　发表《编者讲话》,载《中国摄影学会画报》(又名《卷筒纸画报》)第127期,署名若谷。该文提及,张若谷受主编林泽苍的邀请担任画报的编辑。

26日　发表《关于我自己(一)》,载《申报》,署名张若谷,收入《文学生活》。

27日　发表《关于我自己(二)》,载《申报》,署名张若谷,收入《文学生活》。

29日　发表《关于我自己(三)》,载《申报》,署名张若谷,收入《文学生活》。

本月　翻译乔治苏利爱特莫朗《留沪外史》,真美善书店。书前有王夫凡《序》、张若谷《译者序》,包括《夜饭后》《伪牧师的客厅》《圣救主堂》《夜乐会》《福州路》《四大金刚》《两人间的秘密》《可怜虫》《幻象》《西湖一夜》《密约》《忏悔》《女总会》《江西路》《骚扰》《礼查饭店》《结婚》《缴械》《大出丧》《自杀》《中毒》《结束》22篇。据张若谷《译者序》,"适文友王夫凡先生,主持《时事新报》附刊《青光》笔政,缺少长篇小说,向我索稿,……每天在报上发表。……其实我自己只译了一半,其余的差不多完全是同学胡鸟衣、韩奎章两兄助译的"。

3月

3日　发表《编者讲话》,载《中国摄影学会画报》第128期,署名若谷。

10日　发表《编者讲话》,载《中国摄影学会画报》第129期,署名若谷。

17日　发表《编者讲话》,载《中国摄影学会画报》第130期,署名若谷。

24日　发表《编者讲话》,载《中国摄影学会画报》第131期,署名若谷。

31日　发表《编者讲话》,载《中国摄影学会画报》第132期,署名若谷。

4月

7日　发表《编者讲话》,载《中国摄影学会画报》第133期,署名若谷。

21日　发表摄影作品《张伟奇女士》,载《中国摄影学会画报》第135期,署名若谷。

26日　发表《都会之诱惑》,载《申报》,署名若谷,收入《异国情调》。

29日　发表《狄宝氏昨晚出席法总会》,载《申报》,署名若谷。

本月　结识曾朴、曾虚白父子。张若谷《初次见东亚病夫》(1928年5月5日,收入《异国情调》)提及,一直希望请曾朴做他的"法国文学导师",直到4月16日在《真美善》上读到曾朴《复胡适的信》,才给曾朴写信希望登门请教,次日接到回信,并于周日相见。之后张若谷与曾氏父子进行了密切交往,在《真美善》上发表了大量作品,并为之编辑《女作家号》,并在曾虚白主持的《大晚报》等报刊上担任编辑等。

5月

5日　发表《他与伊》,载《中央日报》,署名张若谷。

本月　出版《文学生活》,金屋书店。该书卷首有朱应鹏画"著者肖像",扉页有"献呈亡父之灵",书前有多人所作序,如傅彦长《张若谷论》、邵洵美《第六个朋友》、叶秋原《若谷与我》、张若谷自序《关于我自己》。全书包括《文学生活》《月曜讲话》《我们为什么悲伤》《出了象牙之塔》《芥川龙之介的中国游记》《你往何处去》《漫朗摄宝戈》《少年维特之烦恼》《为豫言者的艺术家》《异端》《一生》《文学大纲》等12篇文章。据张若谷《关于我自己》介绍,"这十几篇札记式的文章,题材方面都是偏趋于文学,差不多大半是讲到西方文学方面的,而且都是漫无统系,更没有作研究标准的零散东西"。

8月

11日　发表《忒珈钦谷》,载《申报》,署名若谷,收入《异国情调》。

12日　发表《从郁达夫说到珈琲店—女侍》,载《申报》,署名若谷,收入《珈琲座谈》。该文评论郁达夫,并介绍郁达夫翻译作品《一女侍》。

14日　发表《巴黎的珈琲店》,载《申报》,署名若谷,收入《异国情调》。

16日　翻译娄曼德《法国的女诗人与散文家》,载《真美善》第2卷第4期,署名张若谷。

20日　发表《为"文学生活"辩护:答北平益世报徐景贤君》,载《申报》,署名张若谷,收入《珈琲座谈》。该文是对徐景贤《一封公开的信:写给文学生活的著者》(《益世报》7月29日)的回复。

28日　发表《圣奥斯定的忏悔录》,载《申报》,署名若谷,收入《珈琲座谈》。

31日　发表《世纪病与忏悔录:答诗人邵洵美》,载《申报》,署名张若谷,收入《珈琲座谈》。该文是对邵洵美《一封关于忏悔录的信》(《申报》8月30日)的回复。

9月

16日　翻译娄曼德《法国的女诗人与散文家》,载《真美善》第2卷第5期,署名张若谷。

20日　发表《关于漫郎摄实戈:答文学周报赵景深君》,载《申报》,署名若谷。赵景深提及张若谷翻译中的问题,该文系对其的回复。

29日　发表《日出之印象》,载《上海漫画》,署名若谷。

10月

10日　发表《南欧文学是富于革命精神的文学》,载《申报》,署名张若谷。

16日　发表小说《中秋黄昏曲》,载《真美善》第2卷第6期,署名张若谷,收入《都会交响曲》。

31日　翻译法郎士《异国情调:给菊子夫人译者徐霞村君》,载《申报》,署名若谷。收入《异国情调》。

本月　出版《歌剧 ABC》,世界书局,1928 年 4 月再版。为徐蔚南主编 ABC 丛书的一种,该书包括《绪论》《歌剧之定义》《歌剧之生命》《歌剧之情调》《歌剧之分类》《歌剧与神剧》《歌剧之音乐》《歌剧之作词》《歌剧之作曲》《歌剧之表演》《歌剧之起源》《歌剧之勃兴》《歌剧之改革》《歌剧与乐剧》《歌剧与派别》《歌剧之本事》《意大利之部》《德意志之部》《法兰西之部》《奥大利之部》《匈牙利之部》《俄罗斯之部》《斯拉夫之部》《附录参考书目》,基本是译作。

开始为《真善美》筹办《女作家号》。《真美善》杂志筹划出版女作家专号,由张若谷负责编辑,计划作为"一周年纪念号外"于 1928 年 11 月左右出版,但实际出版时间为 1929 年 2 月。张若谷在《编者讲话》中提及筹办过程中文坛各方面的关注,"本志的主干者病夫虚白两位先生,肯信任我叫我担任编辑;苏梅女士,不但为本号向诸位女作家征稿,而且自己还写来了许多文章;章衣萍先生,在病中为本号搜集了多位女作家的像片;朱应鹏先生为本号作封面;傅彦长,徐蔚南,邵洵美先生等,从忙中抽出空闲特地为本号做文章;赵景深先生与叶鼎洛先生,帮助拉拢稿件。还有几位文坛上的名流,也曾给本号以不少精神上的鼓励;譬如周作人先生与田汉先生颇赞同本号的发刊,都答应为本号撰稿,后因事忙不及践诺;鲁迅先生,则据赵景深先生的口传,他听见我们有筹备《女作家号》的动机,他就说:'何不也来出一个男作家号呢?'《小说月报》编者郑振铎先生方从英国回,托赵先生向我转意,他以友谊来劝我不要出这样的一个专号。虽则到如今我还莫测他们两位的好意所在,但是鲁迅先生的谐谈,与郑振铎先生的忠告,却都恰巧成了一种反面间接的激励"。

11 月

8 日　发表《目录》,载《益世报(天津)》,署名卢伽、若谷。

发表《为文学生活辩护》,载《益世报(天津)》,署名若谷。

11 日　发表《写在异国情调卷头》,载《申报》,署名张若谷,收入《异国情调》。

16 日　发表小说《寂寞独奏曲》,载《真美善》第 3 卷第 1 期,署名张若谷,收入《都会交响曲》。

发表《狮吼邮箱》,载《狮吼》复刊第 10 期,署名张若谷。该通信的对象是邵洵美,是对《狮吼》第 9 期的评论。

25 日　发表《许贝德百年祭乐会》,载《申报》,署名若谷。

28 日　发表《许贝德的生涯》,载《申报》,署名若谷。

12 月

5 日　发表《震旦大学廿五周纪念聚餐后留影》,载《图画时报》第 518 期,署名张若谷。《图画时报》系《时报》副刊,为戈公振主编。

16 日　翻译屠格涅甫《抒情回想曲》,载《真美善》第 3 卷第 2 期,署名若谷。

翻译亚甘当《五分钟小说:南国佳人》,载《真美善》第 3 卷第 2 期,署名若谷。

本年　编辑《艺术十二讲》,昆仑书局。该书收张道藩《画与看画的人》、唐槐秋《交际跳舞》、田汉《影戏与文学》、李金发《今后中国到文艺复兴之途径》、傅彦长《中西艺术思想不同的要点》、徐蔚南《法国国民性及近代文学》、陈抱一《写实与美学》、丁衍镛《美术与社会》、田二舟《如何研究艺术》、仲子通《音乐教育》、乐嗣炳《歌谣的来源及其价值》、张若谷《中国民众音乐》等 12 篇论文。

任上海法政大学法学教师,兼任中华艺术大学法文教师。同年春季起,继承父亲遗职,任普莱梅英法律所中文兼法文秘书。

1929年　二十四岁

1月

15日　发表《通信》,载《第八艺术》第1期,署名若谷。该通信涉及与《银星》《第八艺术》主编卢梦殊的相识过程。"我们的相识,是由《银星》为媒介,从通信到文字,从文字交到同事,从同事到知交,现在又将从知交到文字交了——因为你要求我常替《第八艺术》做文章。"

16日　发表小说《月光奏鸣曲》,载《真美善》第3卷第3期,署名张若谷,收入《都会交响曲》。

翻译亚甘当《五分钟小说:意外事》,载《真美善》第3卷第3期,署名张若谷。

23日　发表《珈琲座谈代序:致申报艺术界编者》,载《申报·艺术界》,署名张若谷。

28日　发表《与日本无产作家的对话》,载《雅典》第2期,署名张若谷。该文称,"早上旧日同窗蒋南庵先生来了一张字条'敝日友中岛洋一朗(万华镜主编人)今晚六十时为文学漫谈会设宴日本人俱乐部,谈起阁下,特请一同驾临,未识有与否？温席间俱日本文学家,并有鲁迅郁达夫等……'"

2月

1日　编辑出版《真美善》《女作家号》。专号刊登冰心、绿漪、庐隐、陈学昭、袁昌英、苏雪林、白薇等女作家以及邵洵美、孙席珍、徐蔚南、崔万秋等男作家的文学作品或评论。刊出后引起文坛的轩然大波。

5日　发表《罗斯当的西哈诺》,载《申报》,署名若谷。该文介绍方于女士翻译的《罗斯当的西哈诺》。

16日　发表《留沪外史译者序》,载《真美善》第3卷第4期,署名张若谷。

21日　发表《嚣俄的欧那尼》,载《申报》,署名若谷。该文介绍东亚病夫的翻译作品《欧那尼》。

3月

16日　发表《关于留沪外史译者序的话》,载《真美善》第3卷第5期,署名张若谷。该文是与赵景深讨论翻译的通信。

25日　发表《都会交响曲(一)》,载《申报》,署名罗汉,收入《都会交响曲》。

26日　发表《都会交响曲(二)》,载《申报》,署名罗汉,收入《都会交响曲》。

28日　发表《都会交响曲(三)》,载《申报》,署名罗汉,收入《都会交响曲》。

本月　出版《珈琲座谈》,真美善书店。书封面为周大融画,书前有《代序:致申报艺术界编者》,正文有《珈琲座谈》《郁达夫与一女侍》《创造社访问记》《圣奥斯定的忏悔录》《世纪病与忏悔录》《我的回忆一叶》《关于艺术三家言》《新都巡礼归来》《为文学生活辩护》《关于漫朗摄宝戈》《浪漫主义与南欧文学》,书后附录邵洵美《一封关于忏悔录的信》、胡鸟衣《柬若谷洵美》、徐景贤《写给文学生活的著者》、赵景深《谁都免不了有错》。在代序中,张若谷表示对朱应鹏的感谢,并指出所属的一个文人团体,"你与傅彦长、邵洵美、徐蔚南、叶秋原、周大融、黄震遐,诸位兄长都是有资格的珈琲座上客。最近又得到东亚病夫父子两人,参加进我们的团体"。

4月

1日　发表《都会交响曲（四）》，载《申报》，署名罗汉，收入《都会交响曲》。

4日　发表《都会交响曲（五）》，载《申报》，署名罗汉，收入《都会交响曲》。

5日　发表《都会交响曲（六）》，载《申报》，署名罗汉，收入《都会交响曲》。

6日　发表《都会交响曲（七）》，载《申报》，署名罗汉，收入《都会交响曲》。

16日　发表《关于女作家号》，载《真美善》第4卷第1期，署名张若谷。

发表《写给留沪外史的作者莫郎先生》，载《真美善》第3卷第6期，署名若谷。

本月　出版《异国情调》，世界书店。扉页题"献给本书序者东亚病夫先生"，书前有曾朴《东亚病夫序》、张若谷《写在卷头》，全书包括《异国情调》《都会的诱惑》《刺戟的春天》《忒珈钦谷小坐记》《巴黎的珈琲店》《纸门里的风味》《同文秋季音乐会》《初次见东亚病夫》《五月的讴歌者》9篇。曾朴《东亚病夫序》坦言道"究竟我和若谷情调绝对的一致在哪里？老实说，老实说，都倾向着Exotisme，译出来便是异国情调"。张若谷《写在卷头》指出，"在这里收集的九篇文章，却稍微脱离了书卷气息，倾向到生活享受的一方面了"。依旧声称"我不是文学家，也不是艺术家"。"我是文学与艺术的爱好者，我不想在中国文坛上得到什么地位。"

5月

9日　发表《婚礼进行曲（一）》，载《申报》，署名罗汉。

10日　发表《婚礼进行曲（二）》，载《申报》，署名罗汉。

13日　发表《婚礼进行曲（三）》，载《申报》，署名罗汉。

24日　发表《婚礼进行曲（五）》，载《申报》，署名罗汉。

30日　发表《婚礼进行曲（六）》，载《申报》，署名罗汉。

16日　发表小说《都会交响曲前奏曲》，载《真美善》第4卷第1期，署名张若谷，收入《都会交响曲》。

23日　发表《悼亡友韩奎章》，载《申报》，署名张若谷。

6月

6日　发表《婚礼进行曲（八）》，载《申报》，署名罗汉。

10日　发表《婚礼进行曲（九）》，载《申报》，署名罗汉。

11日　发表《婚礼进行曲（十）》，载《申报》，署名罗汉。

本月　出版《新都巡礼》，金屋书店。书前有序《前奏曲》，全书包括《上海出发》《沪宁道上》《初次入都》《图画标语》《沿途所见》《国民旅馆》《总司令部》《秀山公园》《怪信二封》《巡礼归来》10篇。在《前奏曲》中，张若谷认为中国新文化的发祥地应当集中于大都会，而南京是最有希望的。后王新命为之写《新都巡礼回来以后的张若谷："若谷散文选页"序》（《星期文艺》1931年第6期）。

8月

出版小说集《都会交响曲》，真美善书店。扉页题"给邵洵美"，书前有曾虚白作《曾序》、张若谷《前奏曲》，全书包括《都会交响曲》《月光鸣奏曲》《寂寞独奏曲》《中秋黄昏曲》4篇小说。《曾序》指出，"若谷是生长在都会中，从未有一天脱离过都会生活，所以这四部小说全都充分地表现出都会中的色彩，丰富，迷魅，活动。他是沉醉中都会生活中，眷恋着物质享受的，所以这部书可以算是都会的颂诗"。张若谷《前奏曲》中将该书视为"处女作"，"就是这一本小册子里所收集的，也只是从读书随笔蜕化出来的文章，连自己都不敢相信是创作"。

9月

编著《音乐ABC》,世界书局。为徐蔚南主编ABC丛书的一种,该书包括绪论、乐谱(释音、谱表、音符、节拍、音阶、音程、记号、术语)、声乐(声乐的分类、歌唱的技术、歌曲的种类)、器乐(乐器的分类、小提琴、风琴)、乐式(声乐乐曲、器乐乐曲、舞蹈曲、其他)、乐曲(绝对音乐、描写音乐、标题音乐、乐曲的组织、乐曲的种类、许贝德的名曲)、结论(音乐史、十大乐家小传、音乐会)、文献(小言、中文书目、日文书目、德文书目、法文书目)等八章,基本系译作。

11月

18日　发表《南宋之都市生活》,载《申报》,署名若谷。该文介绍小竹文夫《南宋之都市生活》。

12月

4日　翻译许弟高谛蔼夫人《塔之香味及其他》,载《申报》,署名若谷。

12日　发表《我爱读的文学译品》,载《申报》,署名若谷。

本年

发起上海音乐会生活互助社,并担任社长(胡鸟衣、黄警顽《上海音乐会生活互助社发起人张若谷近影》,《图画时报》1929年第561期)。

办完"女作家号"后独资创办《女作家杂志》(《女作家杂志发售预约》,《申报》1929年6月6日;《女作家杂志将出版》,《申报》1929年6月13日;《女作家杂志优待预约定户》,《申报》1929年6月11日)。

1930年　二十五岁

1月

6日　发表《女优泰倚思的前身》,载《申报》,署名若谷。

7日　发表《浪漫主义的文学》,载《申报》,署名若谷。

10日　发表《浪漫主义》,载《申报》,署名若谷。

3月

20日　发表《现代艺术的都会性》,载《申报》,署名张若谷。

23日　发表《今夜西人管弦乐队演奏》,载《申报》,署名张若谷。

4月

11日　发表《忧郁女诗人:虞琰的"湖风"》,载《申报》,署名百合。

15日　翻译雷郎《我的初恋》,载《白鹅艺术》第2期,署名若谷。

5月

10日　发表《艺术文化论》,载《草野》第2卷第6期,署名张若谷。该文显示出民族主义文学的论调,"请大家要牢记着国家政治上的自由,是要从帝国主义者的铁蹄下挣扎奋斗出来的,艺术文化的创造,也应该由全民众联合起来,要从礼教文化毒牙之下去谋解放"。

15日　发表《对于女性的饥渴》,载《时代》第4期,署名张若谷,收入《战争饮食男女》。《时代》图画半月刊系《上海画报》与《时代画报》合组而成。

17日　发表《给知我者:不是诗》,载《草野》第2卷第7期,署名张若谷。

6月

《民族主义文艺运动宣言》发表,主要参与者多为张若谷的密友,如朱应鹏、邵洵美、黄震遐、叶秋原、傅彦长等人。据施蛰存回忆,"黄震遐大约有政治背景,民族主义文艺运动可能是他最初奉命发动,而邀约张、傅、朱三人参加,凑成一个班子的"。① 与朱应鹏、傅彦长相比,张若谷并没有系统的理论或公开的宣言。

8月

24日　发表摄影作品《陈圆照女士》《古巴驻华公使之女公子毕安达女士》,载《图画时报》第691期,署名张若谷。

9月

7日　发表《到公园去》,载《图画时报》第695期,署名张若谷。

14日　发表《张纳宝女士》《金碧华女士》,载《图画时报》第697期,署名张若谷。

15日　发表《热情》,载《时代》第10期,署名张若谷,收入《战争饮食男女》。

发表《东南西北》《形形色色》《画家钟独清女士》,载《时代》第10期,署名若谷。

18日　发表《十字路口》,载《图画时报》第698期,署名张若谷。

21日　发表《朱氏三姊妹》,载《图画时报》第699期,署名张若谷。

24日　发表《犹太人庆祝元旦》,载《时报》,署名若谷。

10月

1日　发表《秋之点缀》《出街》《残夏挽歌》《洋画界》,载《时代》第11期,署名张若谷。

12日　发表《都市美姿》,载《图画时报》第705期,署名张若谷。

发表《闵翠英女士》,载《图画时报》第705期,署名张若谷。

15日　发表《十字街头》,载《时代》第12期,署名若谷。

16日　发表《阳伞底下》,载《图画时报》第706期,署名张若谷。

发表《刘茵女士》,载《图画时报》第710期,署名张若谷。

11月

1日　发表诗词《秋月》《离别》,载《旭光》第2期,署名若谷。

发表《郑毓秀论中国女人》,载《时代》第2卷第1期,署名张若谷。

发表《儿童乐园》,载《时代》第2卷第1期,署名若谷。

2日　发表《务本女校廿九年校庆纪念会表演话剧"白蔷薇"》,载《图画时报》第711期,署名张若谷。

16日　发表《务本女校朱仲芬女士》,载《图画时报》第715期,署名张若谷。

23日　发表《三百年前上海老天主堂考》,载《公教周刊》第84期,署名时报张若谷。

27日　发表《复旦大学龚秀芳女士》,载《图画时报》第718期,署名张若谷。

12月

10日　发表《上海复旦大学校合前静坐之龚秀芳女士》,载《时事新画》18期,署名张若谷。

本年　兼任古巴驻华公使秘书。

"十九年起,预备着一个很大的著作计划,已在印刷中的,有《浪漫主义》,列图影百科

---

① 施蛰存:《我和现代书局》,《沙上的脚迹》,辽宁教育出版社,1995年,第60页。

全书中;已编好的,有文学论集:《中国现代女作家论》及《古典浪漫与无产》;在编著中的,大约分四类:(一)长篇创作小说:《婚礼进行曲》《陈圆圆》。(二)历史:《中国艺术史》《西洋艺术史》《中国音乐史》《西洋音乐史》《法国革命史》《上海小史》。(三)翻译戏曲:日本谷崎润一郎的《永久的偶像》,法国缪塞的《少女何所思》。(四)随笔集:《电影漫谈》《乳房礼赞》《音乐讲话》等等。"

1931年　二十六岁

1月

6日　发表《张学良之印象》,载《时代》第2卷第2期,署名张若谷。

15日　发表《新嫁娘刘茵女士》,载《图画时报》第730期,署名张若谷。

2月

1日　发表《儿童世界》,载《时代》第2卷第3期,署名张若谷。

发表《序程幻慈的"荒烟"》,载《申报》第20771号,署名张若谷。

22日　发表《道旁所见》,载《图画时报》第741期,署名张若谷。

3月

28日　发表《"法公园之夜"序》,载《申报》,署名张若谷。

30日　发表《十颗活跃的心》,载《今代妇女》第26期,署名张若谷。

5月

17日　发表《畬山为云间名胜山巅有大堂本月中上海天主教友往该山朝圣者络绎不绝此为停泊于山麓之船只日凡数百艘》,载《图画时报》第754期,署名张若谷。

本月　编著《畬山》,畬山天主堂。该书封面题字为马相伯所题,书前有编者《卷头献词》,全书包括《编者赘言》《畬山史蹟》《教堂建业》《朝圣团体》《山上景物》《朝圣一瞥》《畬山游记》《祈祷经选》《畬山圣母歌》等。《编者赘言》中称去松江畬山朝拜圣母是江南一带天主教徒的重要活动,其中文章主要是由1926年的《朝畬山记》修改而成,并加入了三篇朋友的《畬山游记》。

7月

19日　发表《给一位新嫁娘》,载《草野》第5卷第12期,署名若谷。

8月

1日　发表《鲁迅的华盖集》,载《新时代》第1卷第2期,署名张若谷。收入《从嚣俄到鲁迅》。《新时代》杂志为曾今可编辑,该文认为"与其当鲁迅先生是小说作家,毋宁说他是随笔作家的更来得恰当","鲁迅先生的作风,可以用'嬉笑怒骂'四个字来包括一切",并从冷嘲、警句、滑稽、感愤四个方面分析《华盖集》。

发表《时代男人所要求的女性》,载《时代》第2卷第6期,署名张若谷。

9日　发表《苏烈莫郎的"中国艺术史"》,载《新时代(上海1931)》第5期,署名张若谷。

发表《龙华采桃》《现代最活跃的批评家》,载《草野》第5卷第15期,署名张若谷。后一篇介绍日本当代文学批评家新居格等人。

10日　发表《十年来的上海法租界》,载《世界杂志》增刊,署名张若谷。

22日　发表《当代中国文学的检阅(上篇)》,载《草野》第6卷第1期,署名张若谷。该文只有上篇,介绍"主持新文坛的有力分子",包括文学研究会、创造社、南国社。

9月

5日　发表诗歌《我辜负了你》,载《星期文艺》第8期,署名张若谷。

13日　发表《张若谷君信》,载《民国日报》,署名张若谷。

10月

1日　发表《谷崎润一郎的富美子的脚》,载《新时代》第1卷第3期,署名张若谷。文后附《从嚣俄到鲁迅》的广告,"是张先生的文艺论集,共包括中,法,德,日,四国的近代作家八人,代表作品八种。关心世界文学趋势的人应该人手一册!书已赶印,不日出版。"《新时代》为曾今可主编。

本月　发表诗歌《女中尔为赞美》,载《女学生》第1期,署名张若谷。

发表《女人的眼泪》,载《良友》第62期,署名张若谷。

11月

1日　发表《万国安夫人》,载《图画时报》第775期,署名张若谷。

14日　发表《电影的诱惑魅力:裸体的诱惑、眼睛的诱惑》第18期,载《星期文艺》,署名张若谷。

15日　发表《一个女教徒的忏悔》,载《当代文艺》第2卷第5期,署名张若谷。

12月

2日　发表《最近上海的音乐会》,载《申报》,署名张若谷。

7日　发表《世界名提琴家海菲慈独奏会》,载《申报》,署名张若谷。

13日　发表《本年十二月初》,载《申报》,署名张若谷。

本年　出版《从嚣俄到鲁迅》,新时代书局。该书属于《新时代文艺丛书》,书前有《小叙》,书后附录《与日本无产作家的对话》,正文包括《嚣俄的欧那尼》《小仲马的茶花女》《法郎士的女优泰倚思考》《谢多布良的少女之誓言》《歌德的浮士德》《厨川白村的出了象牙之塔》《谷崎润一郎的富美子的脚》《鲁迅的华盖集》8篇。张若谷在《从嚣俄到鲁迅序》中介绍,"在这一本小书里所收集的,都是我在五六年来对于文学批评方面的文章。共包括中法德日四国的近代作家八人,代表作品八种:计小说四种,戏曲两种,论文一种,随笔一种。关于东西文学的介绍,除了曾在《文学生活》《异国情调》《咖啡座谈》几本小书中发表过一部分文字以外,现在在这里所收集的,都是我自己认为尚能满意的近作。"

与朱应鹏、徐蔚南、谢六逸、赵景深、李青崖等上海文艺界同人组织文艺界救国会(《反日运动中文化界的表示》,《读书月刊》1931年第2卷第6期)。

加入世界笔会中国分会,并参加相关集会,到者有邵洵美、舒新城、李青崖、曾今可、章衣萍、方光焘、何炳松、全增嘏、徐蔚南、章克标、庐隐、虞岫、陆晶清等人(《笔会近讯》,《新时代》1931年第1卷第4期)。

1932年　二十七岁

1月

1日　发表《送志摩升天》,载《新月》第4卷第1期"志摩纪念号",署名张若谷。该文系悼念死去的诗人徐志摩。

21日　发表《关怀祖国之陆征祥》,载《申报》,署名若谷。

28日　"一·二八事变"的午夜,在南市董家渡火政会进行战地采访。

2月

10日　《大晚报》拟提前发行国难特刊,总主笔曾虚白邀黄震遐、张若谷一同做战地采访。"若谷战地特写,别有作风,运用文艺笔调刻绘火线上将士动态,'另有一只弓',纸面真真,读之欲出。"(玖君《报人外史·摩登记者张若谷》,《奋报》1940年6月25日)

11日　与时事新报馆随军记者万国安到吴淞前线采访。

12日　与黄震遐同去闸北战区访问七十八师第六团将士。后来有某外报记者要求张若谷领他到吴淞去,张若谷于是又到吴淞前线做第二次冒险采访。

本月　发表《关怀祖国之陆征祥》,载《台州教区月刊》第1卷第2期,署名若谷。

发表《作家们的欲壑》,载《新时代》第2卷第1期"无名作家专号",署名张若谷。

开始担任《大晚报》(1932年2月12日发行《国难特刊》,4月15日正式发刊)记者,负责编辑第一版电讯要闻。卜少夫在1942年《战地记者讲话》中称"中国之有正式的战地记者,据我所知道,大概以一·二八为嚆矢。那时候,最活跃而具相当成绩的,是所谓上海大晚报的'三剑客'——黄震遐,张若谷和万国安。"

3月

5日　发表《共奏凯旋曲》,载《时事画报》,署名张若谷。

6月

1日　发表《我们是时代的主人》,载《时代》第2卷第7期,署名张若谷。

15日　发表《淞沪抗日阵亡将士追悼大会速写》,载《国际现象画报》第1卷第6期,署名若谷。

25日　发表《文艺丛谈其一:一封信》,载《斗报》第2卷第10期,署名若谷。该文主张各文学派别的调和,"我创立阿波罗社,就抱这个思想,不管是布尔乔亚,不管普罗列塔里亚,不管是在象牙塔里,不管是在十字街头,我们大家都应当携手起来"。

9月

1日　发表《摩社考》,载《艺术旬刊》第1卷第1期,署名张若谷。所谓摩社,即缪斯。本年8月倪贻德与刘海粟、傅雷、张若谷等人创办摩社,《艺术旬刊》即机关刊物。

发表《徐家汇展望》,载《时代》第3卷第1期,署名张若谷。

发表《浦东龙王庙炮台沪战时被日机掷弹炸毁图为炮台废址之一角》,载《时代》第3卷第1期,署名张若谷。

10月

1日　发表《婆汉迷》,载《大晚报》,署名张若谷。该小说系长篇小说,连载至1933年3月29日,后结集出版。

发表《新时代的中国》,载《时代》第3卷第3期,署名张若谷。该文介绍法国作家夏杜纳的中国游记。

11月

1日　发表《艳遇》,载《时代》第3卷第5期,署名张若谷。

1933年　二十八岁

1月

16日　发表《梦想的中国》,载《东方杂志》第30卷第1号,署名《大晚报》记者张若谷。该文系应征而写,1932年11月1日《东方杂志》策划征求"新年的梦想"活动,张若谷反馈中提及"我要踏进这现实的世界,出汗流血,劳力奋斗"。

17日　发表《上海夜话:霞飞路》,载《申报》,署名张若谷。

18日　发表《上海夜话:黑眼睛》,载《申报》,署名张若谷。

22日　发表《上海夜话:异国青年》,载《申报》,署名张若谷。

23日　发表《吃饭主义》,载《申报》,署名百合。

本月　发表《天堂地狱的界线》《文艺茶话会在法国公园》,载《新时代》第3卷第5/6期,署名张若谷。

2月

4日　发表《同居学ABC》,载《申报》,署名百合

发表《上海夜话:新夏威夷》,载《申报》,署名张若谷。

7日　发表《好的都变坏了》,载《申报》,署名百合

11日　发表《上海夜话:小男人》,载《申报》,署名张若谷。

12日　发表《国际大亨》,载《申报》,署名百合。

17日　发表《萧伯讷游华》,载《申报》,署名百合。本日萧伯纳来华,张若谷除了发表评论外,还写了一篇新闻报道《五十分钟和伯纳萧在一起》。

18日　发表《古希腊酒屋》,载《申报》,署名张若谷。

20日　发表《男女不平等》,载《申报》,署名百合。

21日　发表《"化"》,载《申报》,署名百合。

23日　发表《顽妻劣子》,载《申报》,署名百合。

25日　发表《橡皮线》,载《申报》,署名百合。

28日　发表《死话》,载《申报》,署名百合。

3月

1日　发表《门牌》,载《大晚报·辣椒与橄榄》,署名若谷。

2日　发表《吃辣椒》,载《大晚报·辣椒与橄榄》,署名若谷。该文攻击鲁迅是"一个喜欢造假名而无真姓的老文人",讽刺其"深懂得'此一时彼一时'的革命精神,摇身一变,变了姓又变了名,甚至连灵魂都变了"。

3日　发表《拥护》,载《大晚报·辣椒与橄榄》,署名若谷。后来鲁迅发表《不负责任的坦克》,专门引该文的内容。

4日　小报指出鲁迅"三嘘"的对象是杨邨人、梁实秋和张若谷(《鲁迅的"三嘘"揭晓》,《艺术新闻》第3期)。

发表《上海夜话:半夜弥撒》,载《申报》,署名张若谷。

发表《一些小意思》,载《申报》,署名百合。

5日　发表《不痛快》,载《大晚报·辣椒与橄榄》,署名若谷。

发表《思想万能》,载《申报》,署名百合。

6日　发表《悲愤》,载《大晚报·辣椒与橄榄》,署名若谷。

7日　发表《幸灾乐祸》,载《大晚报·辣椒与橄榄》,署名若谷。

8日　发表《一举两得》,载《大晚报·辣椒与橄榄》,署名若谷。

9日　发表《恶癖》,载《大晚报·辣椒与橄榄》,署名若谷。对此,鲁迅发表《文人无文》进行回击。

10日　发表《自杀》,载《大晚报·辣椒与橄榄》,署名若谷。

11日　发表《霓虹灯下散步》,载《申报》,署名张若谷。

发表《娱乐》,载《大晚报·辣椒与橄榄》,署名若谷。

12日　发表《盟约》,载《大晚报·辣椒与橄榄》,署名若谷。

13日　发表《无办法时期》,载《申报》,署名百合。

14日　发表《航空捐》,载《大晚报·辣椒与橄榄》,署名若谷。

15日　发表《歌女救国》,载《大晚报·辣椒与橄榄》,署名若谷。

16日　发表《姓张的》,载《大晚报·辣椒与橄榄》,署名若谷。之后鲁迅在《文人无文》《不负责任的坦克车》等文章中均用"姓张的"代指张若谷。

18日　发表《美男子》,载《大晚报·辣椒与橄榄》,署名若谷。

20日　发表《往者已矣》,载《大晚报·辣椒与橄榄》,署名若谷。该文介绍王夫凡译作《往者已矣》。

21日　发表《新推背图》,载《大晚报·辣椒与橄榄》,署名若谷。

24日　发表《上海晨话:晨行太保的黎明三景》,载《申报》,署名百合。

发表《关于婆汉迷:答谢同业作家》,载《大晚报·辣椒与橄榄》,署名张若谷。该文连载至30日。《艺术新闻》3月11日第4期刊登《上海文人"礼拜五派"》,记述鲁迅、茅盾等人在天马书店招待会上议论张若谷,田汉认为《婆汉迷》是瞎编、无耻,鲁迅建议将张若谷大名改为朱如空,茅盾提议将张若谷等文人暂名为"礼拜五"(有礼拜六派的无聊,文章没有礼拜六派的好),共同将《婆汉迷》判为"下下作"。该文便是对上文各种攻击的系统回击,"用《婆汉迷》作者张若谷个人的名义,根据那篇记事文,用书面来答谢田汉,鲁迅,茅盾三位同业的作家"。

25日　发表《上海夜话:都会咖啡楼》,载《申报》,署名张若谷。

本月　出版《战争·饮食·男女》,良友图书印刷公司。该书书前有《代序》,全书分三编,上编《抗日战争素描》,包括《从军乐(小引)》《一二八之午夜》《在吴淞炮火线下》《吴淞第二次冒险》《不怕死的同志们》《无情的铁鸟蛋》《神勇三连长》《白衣女郎礼赞》《在救护院里》《沪西巡礼》《吊今战场》《第二道防线》《蓝衣的兄弟们》《战地之雪》《哈尔滨炮火线下》《李杜丁超的访候》;中编《灵与肉的饮食》,包括《饮食男女(小引)》《文学家的趣味与娱乐》《刺戟美与破调美》《现代艺术的都会性》《赛会与竞技》《到民间去》《苦生意》《巴黎书店渔猎记》《诗人的儿女》《刘大白及其遗书》《送志摩升天》《俄商复兴馆》《古典主义与浪漫主义》;下编《男女两性的苦闷》,包括《对于女性的饥渴》《热情》《初恋》《处女的心》《忧郁的女诗人》《加茶诺华》《恋爱八段经》《秋四娘上演序曲》《私奔》《忏悔》。张若谷《代序》主要介绍他在1932年"一·二八事变"后成为战地记者的见闻。

4月

8日　发表《上海夜话:吃烟店》,载《申报》,署名张若谷。

发表《上海夜话:西班牙舞女》,载《申报》,署名张若谷。

9日　发表《复辟》,载《申报》,署名百合。

13日　发表《废两改元》,载《申报》,署名百合。

15日　发表《上海夜话:波兰作曲家》,载《申报》,署名张若谷。

19日　发表《做一行怨一行》,载《申报》,署名百合。

22日　发表《咖啡馆诗人》,载《申报》,署名张若谷。

24日　发表《上海人的哲学》,载《申报》,署名百合。

28日　发表《笨?》,载《申报》,署名百合。

29日　发表《上海夜话:五月音乐会》,载《申报》,署名张若谷。

5月

3日　发表《五十分钟和伯纳萧在一起》,载《南星杂志》第2卷第6期,署名张若谷。该文是对欢迎萧伯纳来华聚会的记录。施蛰存《沙上的脚迹》、鲁迅《看萧和"看萧的人们"记》都提到张若谷。

6日　发表《上海夜话:水晶宫》,载《申报》,署名张若谷。

12日　离开上海前往法国(直至1934年12月21日返回上海)。张若谷母亲、妻子费志仁以及朋友傅彦长、朱应鹏、钱九威、饶谷公、姚志崇、伍冘冰、叶秋原、周大融、黄震遐等前来送行,乘坐"万德伯爵"号快邮。行旅见闻后结集为《游欧猎奇印象》。

13日　发表《救火》,载《申报》,署名百合。

18日　发表《使之不能生育》,载《申报》,署名百合。

19日　发表《风凉话》,载《申报》,署名百合。

30日　发表《柏油赤道带:夏日马路所见》,载《盘石杂志》第1卷第2/3期,署名张若谷。

6月

1日　发表《独身汉自白》,载《千秋(上海1933)》第1期,署名张若谷。

3日　经历22天海行,历经中国香港、新加坡、锡兰、印度、埃及、南洋、印度洋、红海、地中海等地,到达意大利罗马。

5日　发表《不可思议》,载《申报》,署名百合。

7日　发表《儿身愿来生化作女》,载《申报》,署名百合。

11日　发表《重男轻女》,载《申报》,署名百合。

16日　发表《欧游通讯:从上海到香港》,载《中央日报》,署名张若谷。

22日　发表《倾销》,载《申报》,署名百合。

发表《教皇与新闻记者》,载《我存杂志》第1卷第3期,署名张若谷。

24日　发表《灾》,载《申报》,署名百合。

29日　发表《裸体运动》,载《申报》,署名百合。

本月　出版《儒林新史:婆汉迷》,上海益华书局。分上下两册,上册包括《丧礼进行曲》《安乐王子》《大大娘》《大陆巡礼》《新文化运动》《从离婚到结婚》《左派与右派》《浪漫诗人》《诗人游西湖》《颓唐小说家》10章;下册包括《艺术清党运动》《黄昏音乐会》《婆汉迷剧团》《三山五狱大会》《国民革命成功》《戏法人人会变》6章。张若谷后来介绍:"民国廿一年元旦,在我去国前年,我在上海《大晚报》上发表连载长篇小说《婆汉迷》,我写那篇东西原来的动机,是为了纪念一个猝死的诗人。借这位诗人短促的一生作为线索,描写和这个假想主人公同时代许多文人艺士的逸闻趣事。那篇所写的人物故事,大半都出于我个人的幻想,虽曾连载有一年工夫,后又付印出单行本两册,但是至多只能当作一种即兴式的试作而已。"(张若谷《张若谷启事》,《礼拜六》1936年第623期)该长篇小说可谓现代文坛影射小说,多以现代文人为原型,如齐诗慕即徐志摩,罗无心即鲁迅,郭得富即郁达夫,郁海如即郭沫若,章放鹅即成仿吾,吴式之即胡适等。鲁迅在《文学的折扣》(《申报》1933年3月15日)中批评,"有一种无聊小报,以登载诬蔑一部分人的小说自鸣得意,连姓名也都给以影射的"。

7月

1日　抵达巴黎。

2日　发表《走路姿式之研究》,载《申报》,署名百合。

3日　到达比利时鲁汶。在此地待了十六个月,主要在鲁汶大学学习,直到1934年10月24日离开。

13日　发表《"大""小"之间》,载《申报》,署名百合。

29日　发表《从白林地到罗马》,载《中央日报》,署名张若谷。

8月

4日　发表《窖》,载《申报》,署名百合。

19日　发表《人兽圆场与殉教墓道(上)》,载《中央日报》,署名张若谷。

21日　发表《战争与和平》,载《申报》,署名百合。

21日　发表《人兽圆场与殉教墓道(下)》,载《中央日报》,署名张若谷。

9月

4日　发表《优待囚犯》,载《申报》,署名百合。

5日　发表《恋情》,载《中央日报》,署名百合。

6日　发表《唯勤劳能致富》,载《申报》,署名百合。

7日　发表《飞》,载《中央日报》,署名百合。

13日　发表《盗贼》,载《申报》,署名百合。

16日　发表《调查》,载《申报》,署名百合。

17日　发表《九一八小史》,载《崇民报》,署名张若谷。

30日　发表《辟谷丹》,载《申报》,署名百合。

本月　发表《教皇与新闻记者》,载《圣教杂志》第22卷第9期,署名张若谷。该文记述作者代表中国记者出席国际公教新闻记者团公会,随同一起晋谒教皇第十一世。

10月

1日　发表《公开的秘密:莫梭里尼日尔常生活素描》,载《社闻周报》第2卷第4期,署名张若谷。

8日　发表《公开的秘密:莫梭里尼日尔常生活素描(二)》,载《社闻周报》第2卷第5期,署名张若谷。

本年　上海小报风传鲁迅将出版《北平五讲与上海三嘘》,其中"三嘘"的对象即杨邨人、梁实秋、张若谷(何雄《鲁迅"骂人的艺术"出世即北平五讲与上海三嘘》,《小日报》1933年7月8日)。后来鲁迅在《答杨邨人先生公开信的公开信》中说,"至于所谓《北平五讲与上海三嘘》,其实至今也没有写,听说北平有一本《五讲》出版那可并不是我做的,我也没有见过那一本书。不过既然闹了风潮,将来索性写一点也难说,如果写起来,我想名为《五讲三嘘集》,但后一半也未必正是报上所说的三位。先生似乎是与梁实秋张若谷两位先生为伍,我看是排起来倒也并不怎么辱没先生,只是张若谷先生比较差一点,浅陋得很,连做一嘘得材料都不够,我大概要另换一位"。

1934年　二十九岁

1月

发表《小夜曲:外一章》,载《新时代》第6卷第1期,署名张若谷。

3 月

19 日　　发表《欧罗巴洲巡礼：几句开场白》,载《申报》,署名张若谷。

20 日　　发表《欧罗巴洲巡礼：碧蓝海岸的尼斯》,载《申报》,署名张若谷。

21 日　　发表《欧罗巴洲巡礼：尼斯的狂欢假节》,载《申报》,署名张若谷。

22 日　　发表《欧罗巴洲巡礼：尼斯的嘉年华会》,载《申报》,署名张若谷。

4 月

2 日　　发表《某画报之再三紧缩》,载《小日报》,署名若谷。

7 月

16 日　　发表《山寺归鸿瘦》,载《申报》,署名张若谷。

17 日　　发表《欧罗巴巡礼：从伯林寄来的信(上)》,载《申报》,署名若谷。

18 日　　发表《欧罗巴巡礼：从伯林寄来的信(下)》,载《申报》,署名张若谷。

12 月

21 日　　回到上海。

1935 年　　三十岁

1 月

7 日　　发表《印度洋上(上)》,载《申报》,署名张若谷。

19 日　　发表《做了五十天的海员》,载《人言周刊》第 1 卷第 49 期,署名张若谷。

本月　　发表《现代趣味：搜藏邮票》,载《妇人画报》第 25 期,署名张若谷。该文提及自求学时代开始,便热衷于收藏各国古旧邮票,"到欧洲去漫游的动机,也是为了收藏邮票而促成的"。

2 月

1 日　　发表《雾之国伦敦》,载《时代》第 7 卷第 7 期,署名张若谷。

9 日　　发表《莫沙里尼(人物记之一)》,载《人言周刊》第 2 卷第 2 期,署名张若谷。

15 日　　发表《良友读者海外观光团：巴黎一昼夜》,载《良友》第 102 期,署名张若谷。发表《影评人单恋高倩苹》,载《电声(上海)》第 4 卷第 6 期,署名若谷。

16 日　　发表《世界都会猎奇记之二：巴黎欢乐乡》,载《时代》第 7 卷第 8 期,署名张若谷。发表《陆征祥(人物记)》,载《人言周刊》第 2 卷第 3 期,署名张若谷。

17 日　　发表《星期日在罗马》,载《时报》,署名张若谷。

20 日　　发表《问女人要照片》,载《时代漫画》第 14 期,署名张若谷。发表《从爱因斯坦被逐谈到犹太人》,载《时报》,署名张若谷。

22 日　　发表《自称征服犹太人的狮子王"阿比西尼亚"》,载《时报》,署名张若谷。

23 日　　发表《去年今日：比王雷奥堡第三登基典礼》,载《时报》,署名张若谷。发表《雷奥堡第三(人物记之三)》,载《人言周刊》第 2 卷第 4 期,署名张若谷。

24 日　　发表《欧游回忆的一段：别了鲁文(上)》,载《时报》,署名张若谷。

25 日　　发表《欧游回忆的一段：别了鲁文(下)》,载《时报》,署名张若谷。

本月　　发表《黑舞娘约瑟芬》《现代趣味：茶,咖啡,麦酒》,载《妇人画报》第 26 期,署名张若谷。

开始担任《时报》记者。

3 月

1 日　　发表《世界都会猎奇记之三：斧钺下的罗马》,载《时代》第 7 卷第 9 期,署名张若谷。

2日　发表《马相伯(人物记之四)》,载《人言周刊》第2卷第5期,署名张若谷。

4日　发表《八十天可以周游世界　地球缩小了!》,载《时报》,署名张若谷。

5日　发表《赌博式的趣味旅行》,载《时报》,署名张若谷。

6日　发表《科学万能！法文学家汝万纳》,载《时报》,署名张若谷。

7日　发表《人力可以胜天　"抱膝足不出户"》,载《时报》,署名张若谷。

8日　发表《中国人足迹遍天下》,载《时报》,署名张若谷。

9日　发表《翁文灏(人物记之五)》,载《人言周刊》第2卷第6期,署名张若谷。

发表《我们来提倡新兴的摄影》,载《时报》,署名张若谷。

发表《写在欧游记之前》,载《时报》,署名张若谷。该文强调"我这一次出游,除了略赏一二山水名胜之外,主要的部分还是在考察各地各国的文物制度,风俗人情,尤其留意海外华侨的生活状态"。

15日　发表《访问欧阳予倩》,载《时报》,署名张若谷。该文是欧阳予倩的采访记,涉及欧阳予倩新剧《油漆未干》。

16日　发表《郎威：罗斯福的劲敌(人物记之六)》,载《人言周刊》第2卷第7期,署名李戴

发表《世界都会猎奇记之四：小巴黎白露塞》,载《时代》第7卷第10期,署名张若谷。

发表《摄影素人介绍(一)》《戏剧介绍油漆未干》《中国画家是写实派的证据》,载《时报》,署名张若谷。

17日　发表《苏州东吴大学吴语科教员戴清松女士》《金石书画家赵含英女士(左)戴清松女士(右)》,载《图画时报》第1042期,署名若谷。

20日　发表《黄莺与蔷薇》,载《时代漫画》第15期,署名张若谷。

23日　发表《航空摄影新利器机关枪式的摄影箱》,载《时报》,署名张若谷。

发表《凯末尔(人物记之七)》,载《人言周刊》第2卷第8期,署名张若谷。

24日　发表《企慕异方情调做了两年自由人》,载《时报》,署名张若谷。

25日　发表《海行二十三天：从上海到罗马》,载《时报》,署名张若谷。

26日　发表《文人旅客教徒毕集：永久之都"罗马"》,载《时报》,署名张若谷。

28日　发表《法西斯的意大利竭力诱致旅客》,载《时报》,署名张若谷。

30日　发表《溥仪(人物记之八)》,载《人言周刊》第2卷第9期,署名张若谷。

31日　发表《意国新生活运动成绩》,载《时报》,署名张若谷。

4月

1日　发表《世界都会猎奇记之五：维也纳新横颜》,载《时代》第7卷第11期,署名张若谷。

12日　发表《欧游记(六)：意大利法西斯政府保障人民的社会事业》,载《时报》,署名张若谷。

13日　发表《摄影素人介绍(二)》,载《时报》,署名张若谷。

14日　发表《欧游记(七)：法西斯社会事业之一公立妇孺保养院》,载《时报》,署名张若谷。

15日　发表《一个中国人对于安德烈马尔路的感想》,载《文艺画报》第1卷第4期,

署名张若谷。该文按语中介绍原文为法文,发表于法国杂志,经作者本人翻译为中文。

16日　发表《世界都会猎奇记之六:蒙德卡罗赌城》,载《时代》第7卷第12期,署名张若谷。

张若谷发表《新生活,新夫妇,新纪录:五十七对新郎新娘参加上海市首届集团结婚的俪影》,载《时代》第7卷第12期,署名张若谷。

20日　发表《欧游记(八):法西斯社会事业之二男童院与少女院　巴利拉与比谷儿》,载《时报》,署名张若谷。

发表《漫画家眼光中之李维诺夫》,载《时代漫画》第16期,署名张若谷。

24日　发表《欧游记(九):法西斯社会事业之三前锋队与女青年部》,载《时报》,署名张若谷。

本月　发表《坪内逍遥(人物记之九)》,载《人言周刊》第2卷第10期,署名张若谷。

发表《巴黎新星婀娜蓓拉:欧洲女性剪影之二》,载《妇人画报》第27期,署名张若谷。

5月

5日　发表《五十四年前英皇游沪逸事　留上海四日观剧驾舟驰骑》,载《时报》,署名张若谷。

本月　发表《上海城隍庙》,载《时代》第8卷第1期,署名张若谷。

发表《美丽的新娘们》,载《妇人画报》第28期,署名张若谷。

6月

1日　发表《荣宗敬(人物与事业)》,载《人言周刊》第2卷第12期,署名张若谷。

8日　发表《王云五(人物与事业之二)》,载《人言周刊》第2卷第13期,署名张若谷。

15日　发表《刘鸿生(人物与事业之三)》,载《人言周刊》第2卷第14期,署名张若谷。

20日　发表《法国十九世纪的漫画》,载《时代漫画》第18期,署名张若谷。

28日　发表《上海公益事业的新发展》,载《时报》,署名张若谷。

29日　发表《隐遁海外的前国务卿陆征祥今日祝圣为神父》,载《时报》,署名张若谷。

发表《虞洽卿(人物与事业)》,载《人言周刊》第2卷第16期,署名张若谷。

本月　发表《意大利的迷信与德国的反迷信》,载《时代》第8卷第2期,署名张若谷。

发表《陆征祥比国出家记》,载《万象》第3期,署名张若谷。

翻译保尔莫郎《回声,请你答应》,载《万象》第3期,署名张若谷。

7月

6日　发表《马君武(人物与事业之五)》,载《人言周刊》第2卷第17期,署名张若谷。

7日　发表《陆征祥今日祝圣为神父》,载《公教周刊》第7卷第12期,署名张若谷。

13日　发表《郭顺与黄焕南(人物与事业之六)》,载《人言周刊》第2卷第18期,署名张若谷。

14日　发表《陆征群今日祝圣为神父》,载《公教周刊》第卷7第13期,署名张若谷。

20日　发表《胡文虎(人物与事业之七)》,载《人言周刊》第2卷第19期,署名张若谷。

27日　发表《郑正秋的一生(人物与事业之八)》,载《人言周刊》第2卷第20期,署名张若谷。

8月

3日　发表《陆伯鸿(人物与事业之九)》,载《人言周刊》第2卷第21期,署名张若谷。

5日　发表《异国恋爱与中外婚媾》,载《时代》第8卷第4期,署名张若谷。

17日　发表《王景歧(人物与事业之十)》,载《人言周刊》第2卷第23期,署名张若谷。

20日　发表《三位姊妹女博士:王长宝,王锡民,王亚征》,载《时代》第8卷第5期,署名张若谷。

31日　发表《再关于王景歧(人物与事业之补正)》,载《人言周刊》第2卷第25期,署名张若谷。

本月　发表《游欧初归之胡蝶会见记》,载《妇人画报》第31期,署名张若谷。

发表《比国的古都与新城:白露日与夏试汤》,载《中华(上海)》第36期,署名张若谷。

9月

1日　发表《关于比王与比后的史料》,载《时报》,署名张若谷。

5日　发表《九六老人马相伯的私生活》,载《时代》第8卷第6期,署名张若谷。

发表《包围梅兰芳的群众:一个中国名优的社交生活》,载《时代》第8卷第6期,署名若谷。

19日　发表《看"四姊妹"后》,载《时报》,署名若谷。

20日　发表《胡蝶口述欧洲游踪》,载《时代》第8卷第7期,署名张若谷。

发表《文学家曾孟朴作古》,载《时代》第8卷第7期,署名张若谷。该文将曾朴视为"当代中国新旧文坛之巨擘"。

23日　发表《追念戈公振先生》,载《时报》,署名张若谷。

29日　发表《小西游记:开场对白》,载《立报》,署名张若谷。该文称张恨水为北方张,自称南方张,两人见面后,张恨水(担任《立报》副刊《花果山》主编)约请撰写《西游记》。

10月

1日　发表《震旦大学院与博物院》,载《时代》第8卷第8期,署名张若谷。

5日　发表《小西游记(二):红伯爵与绿伯爵》,载《立报》,署名南方张。

10日　发表《回忆比王与比后》,载《十日杂志》创刊号,署名张若谷。

发表《新意大利考察记:绪言(上)》,载《大上海人》第1期,署名张若谷。

发表《中国的国歌》,载《文化建设》第2卷第1期,署名张若谷。

发表《墨索里尼论漫画》,载《独立漫画》第2期,署名张若谷。

11日　发表《西司令台快镜》,载《时报》,署名南方张。

12日　发表《司令台上的要人与女性》,载《时报》,署名南方张。

13日　发表《女宿舍邂逅李森记》,载《时报》,署名南方张。

14日　发表《全运会是属于女人的!》,载《时报》,署名南方张。

17日　发表《大会中的纪念册》,载《时报》,署名南方张。

18 日　　发表《全运女选手茶会快镜》,载《时报》,署名南方张。

19 日　　发表《马华总领队胡文虎剪影》,载《时报》,署名南方张。

30 日　　发表《哀悼戈公振先生》,载《十日杂志》第 3 期,署名张若谷。

本月　　任《大上海人》(本年 10 月 10 日创刊)编辑。该报宣言中声称:"以新闻记者的立场,埋头于新闻事业的工作,我们都要保持公正超然的态度,以服务社会,宣传公益事业,同时报告读者们以正确的新闻,及灌输有意义的知识为我们唯一的任务。"张若谷在其中发表文章,均署名时报张若谷。

11 月

1 日　　乘六中全会开会之便去南京,遇到田汉。

5 日　　发表《我向戈公振先生宣誓》,载《大上海人》第 2 期《追思戈公振先生特辑》,署名张若谷。该文号召"我希望全国新闻界同人,大家都向戈公振先生不死的精神宣誓,彼此携手合作,抱着殉道的精神,把新闻事业视为一种神圣不可侵犯的义务"。

发表《一小时会见胡文虎》,载《大上海人》第 2 期,署名张若谷。

28 日　　发表《六中全会南京一周见闻:一个新闻记者的日记》,载《大上海人》第 3 期,署名张若谷。

12 月

5 日　　发表《田汉在南京》,载《时代》第 8 卷第 12 期,署名张若谷。该文记述与田汉交往的历史,并叙述田汉在南京的近况。

10 日　　发表《菲律宾首任总统奎松印像记》,载《十日杂志》第 7 期,署名张若谷。

18 日　　发表《一小时会见马相伯》,载《大上海人》第 4 期,署名张若谷。

20 日　　发表《西洋人郎世宁:清初意大利御画师》,载《十日杂志》第 8 期,署名张若谷。

1936 年　　三十一岁

1 月

1 日　　发表《圣诞节私感》,载《礼拜六》第 622 期,署名张若谷。

发表《蓝的地中海》,载《旅行杂志》第 10 卷第 1 期,署名张若谷。

5 日　　发表《一小时会见潘公展》,载《大上海人》第 5/6 期,署名张若谷。

11 日　　发表《写在"火·烟·灰"前面(上)》,载《礼拜六》第 623 期,署名张若谷。文后有《张若谷启事》,声明"自民国二十五年元旦起,鄙人除服务时报馆工作之外,将专心办理大上海人社务,并撰述长篇小说《火·烟·灰》"。

18 日　　发表《写在"火·烟·灰"前面(下)》,载《礼拜六》第 624 期,署名张若谷。

25 日　　发表小说《火·烟·灰》,载《礼拜六》第 625 期,署名张若谷。

本月　　前往南京担任《朝报》外勤记者,一月有余便辞职回上海。

2 月

7 日　　发表《启》,载《社会日报》,署名若谷。

8 日　　发表《火·烟·灰二:火是奇怪的东西》,载《礼拜六》第 626 期,署名张若谷。

15 日　　发表《火·烟·灰二:火是奇怪的东西》,载《礼拜六》第 627 期,署名张若谷。

22 日　　发表《火·烟·灰四:改造未婚妻》,载《礼拜六》第 628 期,署名张若谷。

29 日　　发表通讯《山本实彦在南京》,载《礼拜六》第 629 期,署名张若谷。

3 月

7 日　　发表《略谈王光祈氏的音乐著作》,载《礼拜六》第 630 期,署名张若谷。

14 日　　发表《有田八郎的横颜》,载《礼拜六》第 631 期,署名若谷。

21 日　　发表《总理忌辰谒陵记》,载《礼拜六》第 632 期,署名张若谷。

4 月

4 日　　发表《南京的新脏腑》,载《礼拜六》第 634 期,署名张若谷。

13 日　　发表《七百年前的英名还在》,载《申报》,署名若谷。

5 月

1 日　　发表《西游记:小开篇》,载《社会日报》,署名张若谷。

2 日　　发表《西游记:脚踏车的城市》,载《社会日报》,署名张若谷。

3 日　　发表《西游记:真是一座贞节城吗?》,载《社会日报》,署名张若谷。

4 日　　发表《西游记:诱惑人心的橱窗?》,载《社会日报》,署名张若谷。

5 日　　发表《西游记:地下的卖淫窟》,载《社会日报》,署名张若谷。

6 日　　发表《西游记:台基式的小客栈》,载《社会日报》,署名张若谷。

7 日　　发表《西游记:隐秘的酒吧间》,载《社会日报》,署名张若谷。

8 日　　发表《西游记:陌生女人的微笑》,载《社会日报》,署名张若谷。

9 日　　发表《西游记:从荷兰飞到德国》,载《社会日报》,署名张若谷。

10 日　　发表《西游记:德国第二大都市》,载《社会日报》,署名张若谷。

11 日　　发表《西游记:近代的巴比伦》,载《社会日报》,署名张若谷。

12 日　　发表《西游记:街头不良少年》,载《社会日报》,署名张若谷。

13 日　　发表《西游记:酒店中的隔离室》,载《社会日报》,署名张若谷。

14 日　　发表《西游记:表演武技的女人》,载《社会日报》,署名张若谷。

21 日　　发表《西游记:汉堡跑马场》,载《社会日报》,署名张若谷。

22 日　　发表《西游记:请给我一枝香烟》,载《社会日报》,署名张若谷。

23 日　　发表《西游记:这回她拒绝了》,载《社会日报》,署名张若谷。

24 日　　发表《西游记:禁娼的德国》,载《社会日报》,署名张若谷。

26 日　　发表《西游记:风化警察局》,载《社会日报》,署名张若谷。

27 日　　发表《西游记:最后一个指环》,载《社会日报》,署名张若谷。

29 日　　发表《西游记:马上仰跌的诡计》,载《社会日报》,署名张若谷。

30 日　　发表《西游记:驾驭男人的女人》,载《社会日报》,署名张若谷。

31 日　　发表《西游记:黔首纹身馆》,载《社会日报》,署名张若谷。

6 月

1 日　　发表《西游记:大逍遥路》,载《社会日报》,署名张若谷。

2 日　　发表《西游记:亚司德湖的乞丐》,载《社会日报》,署名张若谷。

3 日　　发表《西游记:势利的饭店侍者》,载《社会日报》,署名张若谷。

4 日　　发表《西游记:觊觎》,载《社会日报》,署名张若谷。

5 日　　发表《西游记:月夜泛小艇》,载《社会日报》,署名张若谷。

7 日　　发表《西游记:说谎的女人》,载《社会日报》,署名张若谷。

8 日　　发表《西游记:高等的私娼》,载《社会日报》,署名张若谷。

10 日　　发表《西游记:一种奇妙的统计》,载《社会日报》,署名张若谷。

11日　　发表《西游记：家庭咖啡馆》，载《社会日报》，署名张若谷。

15日　　发表《西游记：汉堡的天真姑娘》，载《社会日报》，署名张若谷。

16日　　发表《西游记：柏林的街头公主》，载《社会日报》，署名张若谷。

17日　　发表《西游记：逃出了柏林地狱》，载《社会日报》，署名张若谷。

7月

3日　　发表《西游记：柏林的娼妓》，载《社会日报》，署名张若谷。

5日　　发表《西游记：巧妙的媚术》，载《社会日报》，署名张若谷。

7日　　发表《西游记：同性爱的怪剧》，载《社会日报》，署名张若谷。

10日　　发表《西游记：一群雌雄莫辨的人》，载《社会日报》，署名张若谷。

15日　　发表《西游记：阴阳颠倒的男倡女妓》，载《社会日报》，署名张若谷。

17日　　发表《继捷克女短跑家变形后英女运动员化身为男》，载《社会日报》，署名张若谷。

24日　　发表《西游记：柏林女人俱乐部（上）》，载《社会日报》，署名张若谷。

25日　　发表《西游记：柏林女人俱乐部（中）》，载《社会日报》，署名张若谷。

26日　　发表《西游记：柏林女人俱乐部（下）》，载《社会日报》，署名张若谷。

8月

15日　　发表《上海的湖心亭面面观》，载《良友》第119期，署名张若谷。

22日　　发表《读"二十世纪的经济学说"后》，载《华年》第5卷第33期，署名若谷。

26日　　发表《三十年前上海浮世绘：花烟间》，载《社会日报》，署名张若谷。

27日　　发表《三十年前上海浮世绘：烟花女子》，载《社会日报》，署名张若谷。

28日　　发表《三十年前上海浮世绘：野鸡茶馆》，载《社会日报》，署名张若谷。

29日　　发表《三十年前上海浮世绘：四马车兜风》，载《社会日报》，署名张若谷。

30日　　发表《三十年前上海浮世绘：女总会》，载《社会日报》，署名张若谷。

31日　　发表《三十年前上海浮世绘：野鸡拉客》，载《社会日报》，署名张若谷。

9月

1日　　发表《三十年前上海浮世绘：鸦片烟馆》，载《社会日报》，署名张若谷。

发表《继捷克女短跑家变形后：英女运动员化身为男》，载《性科学》第2卷第2期，署名张若谷。

4日　　发表《三十年前上海浮世绘：看影戏》，载《社会日报》，署名张若谷。

15日　　发表《七十年前上海掌故：沪游杂记中的花烟间（上）》，载《社会日报》，署名张若谷。

16日　　发表《七十年前上海掌故：沪游杂记中的花烟间（下）》，载《社会日报》，署名张若谷。

30日　　发表《支那人底气质》，载《南歌旬刊》第2期，署名若谷。

本月　　发表《马相伯长寿不老诀》，载《中华（上海）》第46期，署名张若谷。

10月

8日　　发表《五十年前上海吴门三名妓：李三三张盈盈姚婉卿》，载《社会日报》，署名张若谷。

9日　　发表《五十年前上海吴门三名妓：李三三张盈盈姚婉卿（下）》，载《社会日报》，署名张若谷。

10日　发表《在外国过了一次双十节》,载《社会日报》,署名张若谷。

发表《纪元前五年上海北京画报之一瞥》,《神州日报复刊纪念册》。

13日　发表《九十五年前上海第一只轮船》,载《社会日报》,署名张若谷。

25日　发表《五十年前已有电影:关于上海影戏院的掌故》,载《时代电影》第10期,署名张若谷。

本月　开始担任《神州日报》(朱应鹏任总主笔,叶秋原任要闻编辑,本年10月10日复刊,1937年12月1日被迫停刊)编辑,负责编本埠新闻。

11月

4日　发表《观世音的性别研究》,载《社会日报》,署名张若谷。

10日　发表《一千岁的龙华古塔上海话》,载《社会日报》,署名张若谷。

本月　发表《摄影的掌故》,载《华昌影刊》第14期,署名张若谷。

12月

25日　发表《创设中国电影图书馆建议》,载《时代电影》第11期,署名张若谷。

本月　出版《游欧猎奇印象》,中华书局,1939年再版。该书书前有《序》,全书分六部分,包括《猎奇开篇》《海外印象》《法兰西巡礼》《蒙德卡罗赌城》《小巴黎白露塞》《雾之国伦敦》。张若谷在《序》中介绍,"在这一本书里所收集的,是我旅行欧洲的游记,曾发表于国内数种报刊,如《申报》的《欧罗巴洲巡礼》,《时报》的《欧游记》,《大晚报》的《游欧印象》,《时代画报》的《世界都会猎奇记》,《小晨报》的《欧陆猎奇记》等。其中所记的地方,都依我的游踪,先后列为顺序"。

出版《西游记》,上海千秋出版社。该书书前有张若谷《序》,全书包括《脚踏车的城市》《真是一座贞洁城吗?》《诱惑人心的橱窗》等四十篇游记。张若谷在《序》中介绍,"至于在这本《西游记》里所发表的,是关于荷兰和德国几个大城市中的所见所闻。曾逐日刊载于《社会日报》,今应千秋出版社要求,集印成册"。"我在欧洲旅行时,只是本乎私人猎奇的兴趣,从事于观察社会民俗。……但是自信这本小书,付印问世,多少能引起读者们对于研究西方社会或风俗的兴趣。"

1937年　三十二岁

1月

15日　发表《国际时人素描其一:罗马教皇庇护第十一世》,载《良友》第124期,署名张若谷。

21日　翻译米尔希《我的小说家职分》,载《社会日报》,署名张若谷。

22日　翻译米尔希《我的小说家职分(下)》,载《社会日报》,署名张若谷。

2月

3日　发表《曾孟朴谈渔夫生活》,载《社会日报》,署名张若谷。

5日　发表《上海老天主堂考》,载《我存杂志》第5卷第2期,署名张若谷。

21日　发表《徐志摩泄漏天机　胡适之倾倒汪精卫　汪精卫不敢尝试新诗》,载《社会日报》,署名张若谷。

22日　发表《胡适之走访郭沫若　郭沫若窘见徐志摩　田汉成仿吾默不作语》,载《社会日报》,署名张若谷。

26日　发表《曾虚白办报试才能》,载《社会日报》,署名张若谷。

3月

6日　发表《中委兼内政部次长张道藩的艺术履历》,载《社会日报》,署名张若谷。

10日　翻译米尔希《我的小说家职分》,载《好文章》第6期,署名张若谷。

本月　发表《影坛旧事:张织云"失恋"座上客》,载《时代电影》1937年第3期,署名张若谷。

4月

15日　发表《教皇庇护十一世小史》,载《我存杂志》,第5卷第4期,署名若谷。

本月　发表《华帝宫的今昔》,载《中华(上海)》第53期,署名张若谷。

5月

发表《上海市通志馆参观记》,载《时代》第118期,署名张若谷。该文记述在编纂主任徐蔚南引导下参观上海通志馆。

发表《国画新题材:陈路加的宗教画》,载《时代》第118期,署名马尔谷。

发表《我所见闻的马相伯先生》,载《文藻月刊》第1卷第5期,署名张若谷。

6月

1日　发表《贞女之血》,载《文文》第1卷第2期,署名张若谷。

29日　发表《信箱:华帝宫的今昔》,载《文藻月刊》第1卷第7/8期,署名张若谷。

7月

9日　发表《罗马今古奇:谈罗马进行曲》,载《社会日报》,署名张若谷。

10日　发表《巴黎国际博览会》,载《新生画报》第1期,署名张若谷。

发表《罗马今古奇观:罗马进行曲》,载《社会日报》,署名张若谷。

15日　发表《罗马今古奇观:永久之都的创立》,载《社会日报》,署名张若谷。

发表《老外交家陆征祥》,载《月报》第1卷第7期,署名摩矩。

19日　发表《罗马今古奇观:珍视香烟的关吏》,载《社会日报》,署名张若谷。

25日　发表《罗马今古奇观:圣伯多禄圆场》,载《社会日报》,署名张若谷。

30日　发表《罗马今古奇观:引敌入城的女国贼》,载《社会日报》,署名张若谷。

31日　发表《罗马今古奇观:引敌入城的女国贼》,载《社会日报》,署名张若谷。

8月

1日　发表《朱砂痣》,载《绸缪月刊》第3卷第11期,署名张若谷。

11日　发表《罗马今古奇观:统一纪周殿》,载《社会日报》,署名张若谷。

22日　发表《朱斌侯访问记》,载《辛报》,署名张若谷。

9月

1日　发表《华帝宫的今昔》,载《天主公教白话报》第21卷第17期,署名张若谷。

22日　发表《浦江炮战目睹记》,载《火线》第1期,署名张若谷。

10月

1日　发表《一个英雄式的看护》,载《中国红十字会月刊》第28期,署名张若谷。

6日　发表《从上海到松江》,载《火线》第3期,署名张若谷。

发表《一个英勇式的看护》,载《抗日画报》第8期,署名张若谷。

11日　发表《华特维尔大佐访问》,载《汗血战时特刊》第15期,署名摩矩。

发表《敌军不能越过闸北》,载《汗血战时特刊》第15期,署名若谷。

23日　发表《绥远抗战序幕:红格尔图之役》,载《汗血周刊》第9卷第16期,署名张若谷。

30 日　发表《在中国活跃的日本女间谍》,载《汗血周刊》第 9 卷第 17 期,署名张若谷。

11 月

1 日　发表《血的飓风》,载《总动员画报》第 1 期,署名张若谷。

7 日　发表《比京白鲁塞风景线》,载《汗血周刊》第 9 卷第 18 期,署名张若谷。

20 日　发表《上海北火车站巡礼》,载《火线》第 2 期,署名张若谷。

本月　发表《邮票上的火药味》,载《中华(上海)》第 59 期,署名张若谷。

发表《抗战中天主教的后援工作》,载《主心月刊》,第 1 卷第 11 期,署名若谷。

12 月

4 日　发表《豁出去的雷鸣远》,载《火线》第 4 期,署名张若谷。

19 日　发表《沪南怀旧录小引》,载《社会日报》,署名若谷。

20 日　发表《沪南怀旧录:外马路与里马路》,载《社会日报》,署名若谷。

21 日　发表《沪南怀旧录:也是园》,载《社会日报》,署名若谷。

22 日　发表《沪南怀旧录:文庙》,载《社会日报》,署名若谷。

23 日　发表《沪南怀旧录:同仁辅元堂》,载《社会日报》,署名若谷。

24 日　发表《沪南怀旧录:群学会》,载《社会日报》,署名若谷。

25 日　发表《沪南怀旧录:龙华寺》,载《社会日报》,署名若谷。

26 日　发表《沪南怀旧录:海潮寺》,载《社会日报》,署名若谷。

27 日　发表《沪南怀旧录:大同大学》,载《社会日报》,署名若谷。

28 日　发表《沪南怀旧录:市警察局》,载《社会日报》,署名若谷。

29 日　发表《沪南怀旧录:半淞园》,载《社会日报》,署名若谷。

30 日　发表《沪南怀旧录:董家渡火政会》,载《社会日报》,署名若谷。

31 日　发表《沪南怀旧录:王三和酒店》,载《社会日报》,署名若谷。

本年　在八一三事变之后,应母校震旦大学中学部邀请担任国文法文教职,任教至 1940 年。

1938 年　三十三岁

1 月

1 日　发表《金陵雅游篇》,载《旅行杂志》第 13 卷第 1 期,署名张若谷。

发表《文学家与新闻记者》,载《战时记者》第 5 期,署名张摩矩。该文讨论文学与新闻的关系,以梁启超、鲁迅为例。

9 日　发表《我与上海人报》,载《社会日报》,署名张若谷。该文介绍担任《上海人报》的经历。

翻译汤麦松《上海在炸弹微光里:巴黎人描绘的中日战争》,载《社会日报》,署名张若谷。

10 日　翻译汤麦松《上海在炸弹微光里:巴黎人描绘的中日战争》,载《社会日报》,署名张若谷。

11 日　翻译汤麦松《上海在炸弹微光里》,载《社会日报》,署名张若谷。

13 日　翻译保录威廉斯《比王亚尔培的抗战榜样》,载《社会日报》,署名张若谷。

14日　翻译保录威廉斯《比王亚尔培的抗战榜样》,载《社会日报》,署名张若谷。

15日　翻译保录威廉斯《比王亚尔培的抗战榜样》,载《社会日报》,署名张若谷。

16日　翻译保录威廉斯《比王亚尔培的抗战榜样》,载《社会日报》,署名张若谷。

17日　翻译保录威廉斯《比王亚尔培的抗战榜样》,载《社会日报》,署名张若谷。

18日　翻译保录威廉斯《比王亚尔培的抗战榜样》,载《社会日报》,署名张若谷。

19日　翻译保录威廉斯《比王亚尔培的抗战榜样》,载《社会日报》,署名张若谷。

20日　翻译保录威廉斯《比王亚尔培的抗战榜样》,载《社会日报》,署名张若谷。

本月　开始担任《上海人报》编辑。

4月

1日　发表《百龄老人马相伯先生的家庭和健康秘术》,载《健康家庭》创刊号,署名张若谷。

29日　发表《我们现在应该做些什么:于斌主教昭示我人应有的工作》,载《华美》第2卷第1期,署名张若谷。

5月

16日　发表《梁启超初会马相伯》,载《幽默风》第1卷第1期,署名张若谷。

6月

7日　发表《哀雪心》,载《社会日报》,署名张若谷。该文记述1938年"一·二八事变"后个人生活的遭遇,雪心即其女儿。

8日　发表《哀雪心》,载《社会日报》,署名张若谷。

9日　发表《哀雪心》,载《社会日报》,署名张若谷。

10日　发表《哀雪心》,载《社会日报》,署名张若谷。

11日　发表《哀雪心》,载《社会日报》,署名张若谷。

12日　发表《哀雪心》,载《社会日报》,署名张若谷。

13日　发表《哀雪心》,载《社会日报》,署名张若谷。

本月　发表《古文家李问渔传》,载《圣教杂志》第27卷第6期,署名张若谷。

7月

25日　发表《马赛曲怎样产生的》,载《现实》第1期,署名张若谷。

9月

1日　发表《一百年前的"七·七"事变》,载《自由谭》创刊号,署名张若谷。《自由谭》发行人为项美丽。

发表《为国宣劳的于斌主教》,载《自由谭》创刊号,署名马尔谷。

10月

1日　发表《清代学术史的整理工作》,载《自由谭》第2期,署名张若谷。

6日　发表《中日战争中间谍史料之九》,载《上海报》,署名若谷。

10日　发表《莫忘老人言追记马相伯的国庆谈话》,载《社会日报》,署名张若谷。

发表《一则过了时的笑话》,载《社会日报》,署名张若谷。

11日　发表《捷克与捷克人》,载《社会日报》,署名张若谷。

13日　发表《捷克与捷克人》,载《社会日报》,署名张若谷。

14日　发表《捷克与捷克人》,载《社会日报》,署名张若谷。

15日　发表《捷克与捷克人》,载《社会日报》,署名张若谷。

16日　发表《捷克与捷克人》,载《社会日报》,署名张若谷。
18日　发表《捷克与捷克人》,载《社会日报》,署名张若谷。
19日　发表《捷克与捷克人》,载《社会日报》,署名张若谷。
20日　发表《捷克与捷克人》,载《社会日报》,署名张若谷。
21日　发表《捷克与捷克人》,载《社会日报》,署名张若谷。
22日　发表《中日战争中间谍史料之十六》,载《上海报》,署名若谷。
23日　发表《捷克与捷克人》,载《社会日报》,署名张若谷。
24日　发表《中日战争中间谍史料之十八》,载《上海报》,署名若谷。
发表《捷克与捷克人》,载《社会日报》,署名张若谷。
25日　发表《捷克与捷克人》,载《社会日报》,署名张若谷。
26日　发表《捷克与捷克人》,载《社会日报》,署名张若谷。
27日　发表《捷克与捷克人》,载《社会日报》,署名张若谷。
28日　发表《捷克与捷克人》,载《社会日报》,署名张若谷。
29日　发表《捷克与捷克人》,载《社会日报》,署名张若谷。
30日　发表《捷克与捷克人》,载《社会日报》,署名张若谷。

11月

1日　发表《文学家与新闻记者:〈集纳〉创刊前奏》,载《中美日报·集纳》,署名张摩矩。该篇文章声明《集纳》的编辑方针与稿件要求,"我们所负的使命,是'报'与'导'的并重"。"我们采用的文化在哪个,不单是要能使读者发生读的趣味便是满足,我们还有更进一步的要求,就是希望读者读了每篇文章后,能够多少得到益处才好。"《中美日报》(吴任沧创办,国民政府中宣部孤岛时期的直属报纸)于是日创刊,该报坚持新闻独立性,力图在沦陷中"抢救人心",张若谷担任其副刊《集纳》(集纳为法语"日报"一词的译音)的编辑。该刊有庞大的作者群,包括朱应鹏等早年同道、徐蔚南等上海通志馆同仁、新闻界友人、邵洵美及其周边文友、天主教会或震旦师友以及投稿青年等,被学者评价为"在孤岛大型报纸副刊中存续最长、编辑最为稳定、内容和文类特色最为鲜明、地方色彩浓重,战斗姿态最为激进而无愧其党报地位"。①

发表《捷克的民族运动与文学》,载《中国青年》第1卷第1期,署名张若谷。

发表《梁得所的遗书》,载《自由谭》第3期,署名张若谷。该文悼念死去的梁得所,引用两封给作者的书信。

发表《中国国歌沿革考》,载《华南公论》第1卷,署名张若谷。

2日　发表《我们需要批评家:征求书报及文学评论》,载《中美日报·集纳》,署名摩矩。该篇文章提出"因感于时代的需要……特辟书报评论一栏"。

发表《捷克与捷克人》,载《社会日报》,署名张若谷。

3日　发表《捷克与捷克人》,载《社会日报》,署名张若谷。

4日　发表《战争与邮票》,载《大公报(香港)》,署名若谷。

7日　发表《三百年前中国第一个留学生:南京主教罗文藻》,载《中美日报·集纳》,署名张若谷。

11日　发表《上海沦陷一周年》,载《中美日报·集纳》,署名摩矩。张若谷在这篇文

---

① 郭刚:《〈中美日报·集纳〉与上海孤岛时期的文艺抗战》,《文学评论》2019年第1期。

章首次披露了自己的女儿雪心,"因为受了恐怖战事的影响,她已经到另一个世界中去享福了"。家庭的变故和抗战的炮火,使得他描述自己近况"在过去一年中,我虽然受了许多非言可喻的困苦和磨难;弄得有'家破人亡'的感想。但是我仍旧咬住牙根,决心重新起头做人,要堂堂正正地做一个新中国的国民,旦夕准备做着恢复事业的工作"。

发表《浪荡诗人魏兰纳》,载《中国青年》第1卷第2期,署名张若谷。

14日　发表《第一个习中文穿华服的外国教士》,载《中美日报·集纳》,署名张若谷。

21日　发表《第一批输入中国的西书》,载《中美日报·集纳》,署名张若谷。

发表《捷克民族运动与文学》,载《中国青年》第1卷第3期,署名张若谷。

28日　发表《第一部译成西文的中国书》,载《中美日报·集纳》,署名张若谷。

30日　发表《〈集纳〉弥月的话》,载《中美日报·集纳》,署名摩矩。《集纳》发表一个月的总结,称《集纳》还在"试啼"阶段。

本月　发表《张一麒修士小传》,载《慈音》第4卷第11期,署名张若谷。

12月

1日　发表《清代学术史的整理工作》,载《自由谭》1938年第4期,署名张若谷。

5日　发表《上海第一座天主堂》,载《中美日报·集纳》,署名张若谷。

10日　发表《葛乐德七十诞辰纪念:象征派诗人·法兰西大使·天主教徒》,载《中美日报·集纳》,署名张若谷。

11日　发表《葛乐德七十诞辰纪念:象征派诗人·法兰西大使·天主教徒》,载《中美日报·集纳》,署名张若谷。

15日　发表《葛乐德七十诞辰纪念:象征派诗人·法兰西大使·天主教徒》,载《中美日报·集纳》,署名张若谷。

16日　发表《葛乐德七十诞辰纪念:象征派诗人·法兰西大使·天主教徒》,载《中美日报·集纳》,署名张若谷。

17日　发表《葛乐德七十诞辰纪念:象征派诗人·法兰西大使·天主教徒》,载《中美日报·集纳》,署名张若谷。

23日　发表《追念樊国栋神父:震旦大学二十七年的老教师》,载《中美日报·集纳》,署名张若谷。

25日　发表《圣诞夜记抄:五年来的个人回忆》,载《中美日报·集纳》,署名张若谷。

30日　发表《中华民国二十八年集纳三大贡献》,载《中美日报·集纳》,无署名。该文预告第二年将推出的三大贡献,即文化谈座、马相伯年谱、集纳日历,在文化谈尘中为邵洵美、徐訏、胡道静等人专门开辟每周一次的报话、剧话、诗话等专栏。

31日　发表《年底的话》,载《中美日报·集纳》,署名摩矩。

本年　加入中华全国文艺界抗敌协会。[①] 张若谷在《两年来的中国文化界》(《中美日报·集纳》1940年11月1日)中指出"许多有地位有名望的'灵魂的工程师',在'三民主义'的旗帜下,不分宗派,不限门户,联合团结起来,组织了'全国文艺界协会',……这是文艺界统一战线的第一次告成,也是战期中产生'集体'行动的一种好现象"。

---

① 邓牛顿:《中华全国文艺界抗敌协会会员索考》,《新文学史料》1995年第2期。

1939年　三十四岁

1月

1日　发表《节约救难》,载《中美日报·集纳》,署名摩矩。

发表《马相伯先生百岁年谱》,载《中美日报·集纳》,署名张若谷。该文一直连载至8月31日,后结集出版。

2日　发表《第一个防倭的上海人》,载《中美日报·集纳》,署名张若谷。

9日　发表《第一个在上海飞行的航空家》,载《中美日报·集纳》,署名张若谷。

16日　发表《第一家外商洋行的前身》,载《中美日报·集纳》,署名张若谷。

23日　发表《上海天主教第一个女恩人》,载《中美日报·集纳》,署名张若谷。

28日　发表《在南京瞻望闸北天空》,载《中美日报·集纳》(淞沪抗战七周年特辑),署名张若谷。

2月

1日　发表《林则徐烧鸦片一百年纪念》,载《自由谭》第6期,署名张若谷。

5日　发表《世界名曲解说》,载《中美日报·集纳》,署名马哥。

6日　发表《眼镜输入中国考(上)》,载《中美日报·集纳》,署名张若谷。

8日　发表《一百期小言》,载《中美日报·集纳》,署名摩矩。

10日　发表《回忆中的南京》,载《申报(香港)》,署名张若谷。

12日　发表《世界名曲解说》,载《中美日报·集纳》,署名马哥。

13日　发表《眼镜输入中国考(下)》,载《中美日报·集纳》,署名张若谷。

16日　发表《忆教皇庇护十一世》,载《中美日报·集纳》,署名张若谷。

27日　发表《上海的博物馆》,载《中美日报·集纳》,署名张若谷。

28日　发表《四月的话:又是两种新贡献》,载《中美日报·集纳》,署名摩矩。

3月

1日　发表《我所见闻的于斌主教》,载《中国青年》第2卷第1期,署名张若谷。

发表《我国的第一种画报》,载《战时记者》第7期,署名张若谷。该文指出《小孩月报》(1875)为我国第一种画报。

发表《川岛芳子的一生》,载《自由谭》第7期,署名张若谷。

6日　发表《选举教皇的法制及仪式》,载《中美日报·集纳》,署名张若谷。

13日　发表《教皇加冕典礼考》,载《中美日报·集纳》,署名张若谷。

21日　发表《我所见闻的于斌主教》,载《中国青年》第2卷第2期,署名张若谷。

27日　发表《马相伯与梁启超》,载《中美日报·集纳》,署名张若谷。

31日　发表《五月底话》,载《中美日报·集纳》,署名摩矩。

本月　发表《抗战杀敌的英雄:雷明远神父》《上海难民的保母:饶家驹神父》,载《中华(上海)》第75期,署名张若谷。

发表《马相伯先生百龄大庆:马相伯先生百岁谱序》,载《中华(上海)》第75期,署名张若谷。

4月

3日　发表《梁启超去世十周年》,载《中美日报·集纳》,署名张若谷。

11日　发表《新教皇庇护十二世》,载《中美日报·集纳》,署名张若谷。

17日　发表《两个有意义的大会》,载《中美日报·集纳》,署名摩矩。

6月

2日　发表《复刊小言》,载《中美日报·集纳》,署名摩矩。

发表《于斌抗战言论集》,载《中美日报·集纳》,未署名。

3日　发表《慰劳孤军特辑:慰劳孤军漫笔》,载《嘤鸣》第7期,署名百合。

27日　发表《日本是怎样创建了现代国家?(上)》,载《民力周刊》第2卷第18期,署名若谷。

7月

13日　发表《一首千年不朽的革命歌:法国国歌马赛曲,纪念一百五十年前的艺人黎斯勒》,载《中美日报·集纳》,署名张若谷。

14日　发表《一首千年不朽的革命歌:法国国歌马赛曲的产生,纪念一百五十年前的艺人黎斯勒》,载《中美日报·集纳》,署名张若谷。

15日　发表《介绍马赛歌的两种译词》,载《中美日报·集纳》,署名摩矩。

发表《日本是怎样创建了现代国家?(下)》,载《民力周刊》第2卷第20期,署名若谷。

8月

5日,发表《本刊又一新贡献 后日起开小集纳》,载《中美日报·集纳》,署名编者。解释《小集纳》的创刊,原因是《集纳》的投稿过多。

9月

1日　发表《新文人的旧诗:雅明苏活年之一》,载《永安月刊》第5期,署名张若谷。该文记述邵洵美的旧体诗。

10月

1日　发表《湖南文人与女儿兵:雅朋苏活年之二》,载《永安月刊》第6期,署名张若谷。该文记述交往的傅彦长、田汉、欧阳予倩等湖南文人以及丁玲等湖南女作家。

9日　发表《二次复刊小言》,载《中美日报·集纳》,署名摩矩。

10日　翻译葛乐德《献给民主国阵亡的军士》,载《中美日报·集纳》,署名张若谷。

13日　发表《拉封丹纳小传》,载《中美日报·集纳》,署名张若谷。

15日　翻译拉封丹纳《狼群与羊群》,载《中美日报·集纳》,署名张若谷。

翻译马斯顿《欧战西线目击纪》,载《锡报》,署名若谷。

17日　发表《郎静山的西南旅行影展》,载《中美日报·集纳》,署名张若谷。

20日　发表《读者与编者》,载《中美日报·集纳》,署名摩矩。

22日　翻译拉封丹纳《狼与狗》,载《中美日报·集纳》,署名张若谷。

25日　发表《艺术的真谛》,载《中美日报·集纳》,署名老张。

27日　发表《儿童文学容易写吗》,载《中美日报·集纳》,署名老张。

28日　发表《福开森博士一席谈:醉心中国文化赞美四川建设》,载《中美日报·集纳》,署名摩矩。

11月

1日　发表《父女艺术家:雅朋苏活年之三》,载《永安月刊》第7期,署名张若谷。该文记述摄影家郎静山和歌唱家郎毓秀。

发表《〈集纳〉周岁回顾:发起合印〈集纳选集〉出版丛书建议》,载《中美日报·集纳》,署名摩矩。该文向邵洵美、徐泽人、朱海万、徐訏、吴山青、胡道静等基本撰述作者致敬,并提议作者和读者们合作发起组织一个出版社,用来预约认印《集纳选集》。

2日　发表《杂文的社会价值》,载《中美日报·集纳》,署名老张。

5日　发表《问女人要照片》,载《世风》第3期,署名张若谷。

9日　发表《苦斗了一百年的马相伯先生:一、叫了一百年要把中国叫醒》,载《中美日报·集纳》,署名张若谷。

10日　发表《苦斗了一百年的马相伯先生:二、从炮火瘟疫中逃出来》,载《中美日报·集纳》,署名张若谷。

11日　发表《苦斗了一百年的马相伯先生:三、有其母必有其子》,载《中美日报·集纳》,署名张若谷。

12日　发表《苦斗了一百年的马相伯先生:四、只身留到上海读书》,载《中美日报·集纳》,署名张若谷。

13日　发表《苦斗了一百年的马相伯先生:五、14岁当学生又做教员》,载《中美日报·集纳》,署名张若谷。

14日　发表《苦斗了一百年的马相伯先生:六、一种重病连字都不识了》,载《中美日报·集纳》,署名张若谷。

15日　发表《苦斗了一百年的马相伯先生:七、研究算学账顶现数学》,载《中美日报·集纳》,署名张若谷。

16日　发表《苦斗了一百年的马相伯先生:八、讲求学问注重实验不厌其解》,载《中美日报·集纳》,署名张若谷。

17日　发表《苦斗了一百年的马相伯先生:九、六十四岁创办震旦学院》,载《中美日报·集纳》,署名张若谷。

18日　发表《苦斗了一百年的马相伯先生:十、惨淡经营创立复旦公学》,载《中美日报·集纳》,署名张若谷。

19日　发表《苦斗了一百年的马相伯先生:十一、群雄争功妙喻平纠纷》,载《中美日报·集纳》,署名张若谷。

20日　发表《苦斗了一百年的马相伯先生:十二、反对帝制著论痛斥袁世凯》,载《中美日报·集纳》,署名张若谷。

21日　发表《苦斗了一百年的马相伯先生:十三、国难时期唤醒民众共赴国难》,载《中美日报·集纳》,署名张若谷。

22日　发表《苦斗了一百年的马相伯先生:十四、鞠躬尽瘁死而后已》,载《中美日报·集纳》,署名张若谷。

12月

1日　发表《没有到过西洋的洋画家:雅朋苏活年之四》,载《永安月刊》第8期,署名张若谷。该文记述画家陈抱一。

31日　发表《过去与今后的〈集纳〉》,载《中美日报·集纳》,署名摩矩。该文声称"本刊并不是一种纯粹的文艺副刊,而是一种文艺与学术交流的综合刊物,我们不但要使读者得到文艺的欣赏,而且希望要在知识方面多得一点收获,在思想方面多受一点磋磨的机会,所以在材料方面,文艺性的创作,和批评社会的杂感,国际时事报导等,都是兼顾并重的"。

本月　发表《悼马相伯先生》,载《杂志》第5卷第4期,署名张若谷。

编著《马相伯先生年谱》,商务印书馆出版。该书属于"中国史学丛书"第一种,书前有张元济、于斌主教、徐若瑟所作序与张若谷《自序》,附录张若谷四篇关于马相伯的文章,书末有张若谷《跋》。据张若谷《跋》介绍,年谱初稿先在《中美日报》发表以为先生百岁大寿纪念,"本欲将谱稿汇寄谅山,冀能就正于先生,不谓先生不及目睹祖国河山光复,而遽溘然长逝于域外,向之以寿先生者,乃竟成为恸悼先生之行状矣"。

1940 年　三十五岁

1月

1 日　　发表《国师与国父》,载《永安月刊》第 9 期,署名张若谷。

2 日　　发表《年高德劭的林主席》,载《中美日报·集纳》,署名张若谷。

3 日　　发表《年高德劭的林主席》,载《中美日报·集纳》,署名张若谷。

8 日　　发表《一群节约救难的好少年》,载《中美日报·集纳》,署名摩矩。

10 日　发表《"集纳茶室"的动机》《编者的总答复》,载《中美日报·集纳》,署名摩矩。

27 日　发表《马相伯先生年谱跋》,载《中美日报·集纳》,署名张若谷。

2月

10 日　发表《天主教之战争观》,载《中美周刊》第 1 卷第 20 期,署名摩矩。该文介绍其老师徐宗泽 1939 年的著作《天主教之战争观》。

14 日　发表《三次复刊小言》,载《中美日报·集纳》,署名摩矩。

15 日　发表《检讨〈中国文艺〉挞伐周作人辈》,载《中美日报·集纳》,署名摩矩。

18 日　发表《孙雄君事略》,载《中美日报·集纳》,署名张若谷。

20 日　发表《蔡廷锴两鬓添霜重膺国命》,载《好莱坞日报》,署名百合。

21 日　发表《政治纲领》,载《督导旬报》第 18 期,署名曲。

3月

4 日　　发表《某戏院辟谣》,载《中美日报·集纳》,署名摩矩。

11 日　发表《关于文人落水》,载《中美日报·集纳》,署名摩矩。

14 日　发表《新书推荐〈中华民族的人格〉》,载《中美日报·集纳》,署名张若谷。

26 日　发表《宣传中国艺术与文化》,载《中美日报·集纳》,署名老张。

4月

13 日　发表《徐天任与酒》,载《艺海周刊》第 27 期,署名曲。

5月

18 日　发表《比利时鸟瞰》,载《中美周刊》第 1 卷第 34 期,署名张若谷。

19 日　发表《比利时与比利时人:四国怀抱中的中立国》,载《中美日报·集纳》,署名张若谷。

20 日　发表《比利时与比利时人:德国与法国的分裂》,载《中美日报·集纳》,署名张若谷。

21 日　发表《比利时与比利时人:比京小巴黎白露塞》,载《中美日报·集纳》,署名张若谷。

22 日　发表《比利时与比利时人:德国不义的要求》,载《中美日报·集纳》,署名张若谷。

23日　发表《比利时与比利时人：一篇有历史性的演说》，载《中美日报·集纳》，署名张若谷。

24日　发表《比利时与比利时人：列日与守将雷猛》，载《中美日报·集纳》，署名张若谷。

25日　发表《比利时与比利时人：文化古城鲁文》，载《中美日报·集纳》，署名张若谷。

26日　发表《比利时与比利时人：鲁文的浩劫》，载《中美日报·集纳》，署名张若谷。

6月

1日　翻译帅白龙《魏刚将军论》，载《中美周刊》第1卷第36期，署名马尔谷。

6日　发表《集纳选集代序》，载《中美日报·集纳》，署名摩矩。

8日　翻译帅白龙《魏刚将军论（下）》，载《中美周刊》第1卷第37期，署名马尔谷。

11日　发表《十五年写作经验　开篇（上）》，载《中美日报·集纳》，署名张若谷。

12日　发表《十五年写作经验　开篇（下）》，载《中美日报·集纳》，署名张若谷。

13日　发表《十五年写作经验　一笔流水账》，载《中美日报·集纳》，署名张若谷。

14日　发表《十五年写作经验　十五部作品》，载《中美日报·集纳》，署名张若谷。

15日　发表《十五年写作经验　小学时的作文》，载《中美日报·集纳》，署名张若谷。

16日　发表《十五年写作经验　习作白话文》，载《中美日报·集纳》，署名张若谷。

17日　发表《十五年写作经验　中学时的作文》，载《中美日报·集纳》，署名张若谷。

18日　发表《十五年写作经验　学习作古文》，载《中美日报·集纳》，署名张若谷。

19日　发表《十五年写作经验　学习作法文》，载《中美日报·集纳》，署名张若谷。

20日　发表《十五年写作经验　我的处女座（上）》，载《中美日报·集纳》，署名张若谷。

21日　发表《十五年写作经验　我的处女座（中）》，载《中美日报·集纳》，署名张若谷。

22日　发表《十五年写作经验　我的处女座（下）》，载《中美日报·集纳》，署名张若谷。

23日　发表《十五年写作经验　愿作新闻记者》，载《中美日报·集纳》，署名张若谷。

24日　发表《十五年写作经验　不做空头作家》，载《中美日报·集纳》，署名张若谷。

25日　发表《十五年写作经验　涉猎法国文学》，载《中美日报·集纳》，署名张若谷。

26日　发表《十五年写作经验　学作写景文》，载《中美日报·集纳》，署名张若谷。

27日　发表《十五年写作经验　学作写真文字》，载《中美日报·集纳》，署名张若谷。

28日　发表《十五年写作经验　学作写真文字（下）》，载《中美日报·集纳》，署名张若谷。

29日　发表《十五年写作经验　写应征文字》，载《中美日报·集纳》，署名张若谷。
　　　　发表《关于〈集纳选集〉》，载《中美周刊》第1卷第40期，署名摩矩。

30日　发表《十五年写作经验　我与〈艺术界〉》，载《中美日报·集纳》，署名张若谷。

本月　编辑《集纳选集》，集印出版社出版，署名摩矩。该书书前有《编者小言》《集纳创刊前奏：文学家与新闻记者》，正文分《创作》《素描》《评论》三大辑，各辑之下又分若干小辑。张若谷在《编者小言》中介绍，该集为纪念《集纳》一周年而编，"第一年的《集纳》，是倾向于造成为一种学术与文艺汇流的大众园地","并随时刊载增进正确知识及坚强民族抗战意识的各种图画文字"。

21日至7月2日，玖君在《奋报》上刊登《报人外史·摩登记者张若谷》，讲述张若谷走向报界的完整历程。

7月

1日　汪伪政府发布对83人的通缉令，其中新闻工作者32人，《中美日报》的张若谷名列其中。

发表《十五年写作经验 写音乐批评文》，载《中美日报·集纳》，署名张若谷。

2日　发表《十五年写作经验 写作的环境》，载《中美日报·集纳》，署名张若谷。

3日　发表《十五年写作经验 写文学批评》，载《中美日报·集纳》，署名张若谷。

5日　发表《十五年写作经验 写文学批评（下）》，载《中美日报·集纳》，署名张若谷。

6日　发表《十五年写作经验 写文学随笔》，载《中美日报·集纳》，署名张若谷。

7日　发表《"一个敏锐的国际战局观察家"：吴逸志将军印象记之一》，载《精忠导报》第2卷第5期，署名若谷。

发表《家庭阵线与抗战建国》，载《七七抗战建国三周年纪念刊》，署名若谷。

发表《十五年写作经验 写游记文》，载《中美日报·集纳》，署名张若谷。

8日　发表《十五年写作经验 写游记文（下）》，载《中美日报·集纳》，署名张若谷。

9日　发表《十五年写作经验 心理描写的手法》，载《中美日报·集纳》，署名张若谷。

10日　发表《十五年写作经验 心理描写的手法（下）》，载《中美日报·集纳》，署名张若谷。

11日　发表《十五年写作经验 两性心理的描写》，载《中美日报·集纳》，署名张若谷。

12日　发表《十五年写作经验 两性心理的描写（下）》，载《中美日报·集纳》，署名张若谷。

13日　发表《十五年写作经验 女性心理的描写》，载《中美日报·集纳》，署名张若谷。

14日　发表《十五年写作经验 女性心理的描写（中）》，载《中美日报·集纳》，署名张若谷。

15日　发表《十五年写作经验 女性心理的描写（下）》，载《中美日报·集纳》，署名张若谷。

16日　发表《十五年写作经验 都会生活描写》，载《中美日报·集纳》，署名张若谷。

17日　发表《十五年写作经验 都会生活描写（中）》，载《中美日报·集纳》，署名张若谷。

18日　发表《十五年写作经验 都会生活描写（下）》，载《中美日报·集纳》，署名张若谷。

19日　发表《十五年写作经验 写战地报告》，载《中美日报·集纳》，署名张若谷。

20日　发表《十五年写作经验 写战地报告（中）》，载《中美日报·集纳》，署名张若谷。

21日　发表《十五年写作经验 写战地报告(下)》,载《中美日报·集纳》,署名张若谷。

22日　发表《十五年写作经验 揣摩旧小说》,载《中美日报·集纳》,署名张若谷。

23日　发表《十五年写作经验 揣摩旧小说(中)》,载《中美日报·集纳》,署名张若谷。

24日　发表《十五年写作经验 揣摩旧小说(下)》,载《中美日报·集纳》,署名张若谷。

25日　发表《十五年写作经验 写传记研究》,载《中美日报·集纳》,署名张若谷。

26日　发表《十五年写作经验 写传记研究(中)》,载《中美日报·集纳》,署名张若谷。

27日　发表《十五年写作经验 写传记研究(下)》,载《中美日报·集纳》,署名张若谷。

28日　发表《十五年写作经验 写新闻文艺》,载《中美日报·集纳》,署名张若谷。

30日　发表《十五年写作经验 写新闻文艺(下)》,载《中美日报·集纳》,署名张若谷。

31日　发表《十五年写作经验 尾声》,载《中美日报·集纳》,署名张若谷。

8月

2日　发表《第一块砖头》,载《中美日报·集纳》,署名摩矩。

3日　发表《追思雷鸣远神父》,载《中美周刊》第1卷第45期,署名马尔谷。

5日　发表《扫荡"中国现代公司"的毒菌 斥冯雪奇钱力行辈》,载《中美日报·集纳》,署名摩矩。

15日　发表《挞伐"影迷服务社"化装跳舞大会及其他》,载《中美日报·集纳》,署名摩矩。

18日　发表《除非他自己觉悟》,载《中美日报·集纳》,署名摩矩。

24日　发表《马相伯与马君武》,载《中美周刊》第1卷第48期,署名张若谷。

26日　发表《本刊征求读者意见》,载《中美日报·集纳》,署名摩矩。

9月

2日　发表《不一定要到内地去》,载《中美日报·集纳》,署名摩矩。

4日　发表《民族人格的表现》,载《中美日报·集纳》,署名摩矩。

7日　发表《十五年写作经验跋》,载《中美日报·集纳》,署名张若谷。

8日　发表《到内地的又一条路》,载《中美日报·集纳》,署名摩矩。

10日　发表《珍爱战士!赶制寒衣!》,载《行健》第1卷 第11期,署名曲。

11日　发表《义卖第一号旧报》,载《中美日报·集纳》,署名摩矩。

18日　发表《关于内地报道通讯》,载《中美日报·集纳》,署名摩矩。

21日　发表《上海报人苦斗经程:一年来孤岛新闻界受难史料》,载《中美周刊》第2卷第1期,署名马尔谷、章乐谷。该文为纪念《中美周刊》举行创刊一周年而作,详细记录一年来上海新闻界同人的受难和奋斗历程。

28日　发表《上海报人苦斗纪程:一年来孤岛新闻界受难史料》,载《中美周刊》,署名马尔谷、章乐谷。

本月　出版《十五年写作经验》,谷峰出版社出版,本年10月再版。该书书前有徐蔚南《序》与张若谷《自序:十五年写作生活回顾》,书后有附录《写作文体举例》,正文分《学生时代习作》《记者时代习作》《写作技术经验》《写作文体研究》四辑。张若谷《自序》介绍,"我并没有企图把写作当谋生唯一的技能,我也并不打算把自己变成一个大量生产著作等身的作家。在十五年中,我做过法国吕氏帮办,做过外国公使馆秘书,当过国内大学教授,还在欧洲度过两年流浪的生活。但是我大部分的时间,都是兼着新闻记者的职务"。"我的写作,几乎都是离不了报纸,大半都是急就章式的文字,收印在集子里的,都是没有失去时间性的作品。""从民国十六年起,才正式当新闻记者,一直到如今。"

10月

5日　发表《上海报人苦斗纪程:一年来孤岛新闻界受难史料》,载《中美周刊》第2卷第3期,署名马尔谷、章乐谷。

12日　翻译蒙雅滕《"最后一课"的作者都德百龄诞辰祭》,载《中美周刊》第2卷第4期,署名马尔谷。

26日　发表《追思虎痴张善孖博士》,载《中美周刊》第2卷第6期,署名张若谷。

27日　发表《我所见闻的巴特莱夫斯基　波兰民族英雄一代钢琴名手》,载《中美日报·集纳》,署名张若谷。

28日　发表《我所见闻的巴特莱夫斯基(中)　波兰民族英雄一代钢琴名手》,载《中美日报·集纳》,署名张若谷。

29日　发表《我所见闻的巴特莱夫斯基(下)　波兰民族英雄一代钢琴名手》,载《中美日报·集纳》,署名张若谷。

11月

1日　发表《回顾与展望:集纳二周年纪念》,载《中美日报·集纳》,署名摩矩。该文指出,"从第二年起,集纳除了执行'报导'任务之外,还曾用过最大的努力,暴露孤岛社会黑暗的内幕,揭破上海文化界败类的丑态"。还声称"今后的动向,将更进一层,接触人间现实的生活,希望改造为一份有'战斗性的综合副刊'"。

发表《两年来的中国文化界》,载《中美日报·集纳》,署名张若谷。该文梳理抗战以来新闻界、话剧界、电影界、歌咏界、美术界、摄影界、书画界的历史。

3日　发表《怀念雅典神庙》,载《中美日报·集纳》,署名张若谷。

4日　发表《马文敏公辞世一周年祭　马相伯先生年谱补遗》,载《中美日报·集纳》,署名张若谷。

5日　发表《马文敏公辞世一周年祭　马相伯先生年谱补遗(下)》,载《中美日报·集纳》,署名张若谷。

9日　发表《中美读讯会、文艺写作组通告第一号》,载《中美日报·集纳》,署名摩矩。该文称"本会已于十一月五日成立"。

15日　发表《答灵犀谈小型报》,载《中美日报·集纳》,署名张若谷。该文回应《社会日报》13日刊登的陈灵犀《自说》,解释《两年来的中国文化界》未提及小型报的原因。

16日　发表《蒋委员长印象》,载《中美周刊》第2卷第9期,署名张若谷。

发表《答灵犀谈小型报》,载《中美日报·集纳》,署名张若谷。该文指出大报与小报的区别不仅在于版式,更在于内容,将篇幅虽小却内容丰富、立场严正的小报称为"小型报",举《立报》《辛报》《救亡日报》等为例。

18日　发表《解剖"和平文学"的尾巴　跃然而起的狗尾巴》,载《中美日报·集纳》,

署名摩矩。该文批评日人主持《新申报》上的文章,包括《最近新中国之作家及其倾向》《现阶段的中国文艺》等,斥之为"中国的文奴写给东洋主子们看的翻版谍报"。

19日　发表《解剖"和平文学"的尾巴(中) 狗嘴里吐不出象牙》,载《中美日报·集纳》,署名摩矩。

20日　发表《解剖"和平文学"的尾巴(下) 狗嘴里吐不出象牙》,载《中美日报·集纳》,署名摩矩。

24日　发表《怀念罗曼罗兰》,载《中美日报·集纳》,署名张若谷。

25日　发表《挞伐文奴檄 文奴文妖文奸的分类》,载《中美日报·集纳》,署名摩矩。

26日　发表《我们需要实践的伙伴 再告灵犀先生》,载《中美日报·集纳》,署名张若谷。该文继续回应《社会日报》主编陈灵犀的批评文章。

27日　发表《"和平文学"的哀鸣及尾声》,载《中美日报·集纳》,署名摩矩。

29日　发表《大家要从大处着想 与楞伽笔谈》,载《中美日报·集纳》,署名张若谷。该文是与周楞伽的笔谈,周楞伽试图为张若谷与陈灵犀之争做调解。

12月

2日　发表《支解一个人的骨和心》,载《中美日报·集纳》,署名张若谷。

9日　发表《我与鲁迅:撕开巴人的面具》,载《中美日报·集纳》,署名张若谷。张若谷提及作文的原因,其《十五年写作经验》中有关鲁迅的批评文字引发巴人(王任叔)的批评《论鲁迅的杂文》,试图"卸下了他背上的'鲁迅牌位',撕破他的面具"。

10日　发表《我与鲁迅(二):装的什么都知道的巴人》,载《中美日报·集纳》,署名张若谷。

11日　发表《我与鲁迅(三):顶用鲁迅笔名的巴人》,载《中美日报集纳》,署名张若谷。

12日　发表《我与鲁迅(四):分裂统一战线的巴人》,载《中美日报集纳》,署名张若谷。

13日　发表《我与鲁迅(五):〈华盖集〉读后感》,载《中美日报·集纳》,署名张若谷。该文重申巴人批评的张若谷论鲁迅的文章,实际早在十多年前发表,并指出"那一辈子勇于私斗,畏怯真正仇敌的狐鼠之辈,向我'袭击'的唯一法宝,只是'不值一嘘'这一道咒符。但是要知道'正能克邪',他们不知就里,满以为这四个字可以压倒站在战斗行列中的一员,这种伎俩,不但可笑而且真是可怜的很"。

22日　发表《新闻文艺导言》,载《中美日报·集纳》,署名张若谷。

25日　发表《耶稣圣诞半夜札记》,载《中美日报·集纳》,署名摩矩。

31日　发表《一年来的总结账 战时报纸的责任》,载《中美日报·集纳》,署名摩矩。该文声称"从明年起,我们还是要努力抢救无数将堕落者的灵魂,要不断地扯破奸商市侩们的假面具,暴露无耻之徒的丑行,尽力发扬公道正义,予□□者及叛徒们以无情的打击,以赢取胜利年的来临"。

本年　发表《新闻文艺作法》,载中美日报读讯会编《新闻学的基础知识》。该文包括新闻文艺解说、新闻文艺的分类、新闻文艺作法等。

1941年　三十六岁

1月

1日　发表《一年来的上海新闻界:真理战士和牛鬼蛇神的殊死搏斗》,载《中美周刊》第 2 卷第 15 期,署名马尔谷。该文指出"在今日的上海,只有两条新闻阵线,一条是由同情中国抗战的英美两国人士经营支持的洋商报社,他们是真理展示的伟大堡垒;一条是日本人及卖国叛徒组织的反动报社,是牛鬼蛇神狐群狗党的谣言机关"。列举洋商报有《新闻报》《申报》《中美日报》《正言报》《大美晚报》《华美晚报》《神州日报》《大晚报》《大英夜报》,日商报及奸徒报有《新申报》《平报》《中华日报》《新中国报》《国民新闻》《上海时报》。

发表《集纳又一新供献　集纳笔会征求会友》,载《中美日报·集纳》,署名摩矩。

8 日　发表《向全上海学生建议　利用假期合作出版事业　寒假集募筹备基金　暑假正式组织社团》,载《中美日报·集纳》,署名摩矩。

20 日　发表《编者献词》,载《中美日报·集纳》,署名摩矩。"从今天开始,以后的'集纳'将以三种姿势和读者们相见:(一)每逢星期日,出版纯文艺的《集纳文艺》周刊;(二)每月五日及二十日发刊'集纳笔谈'半月刊,为集纳笔会会友的自己园地;(三)除此之外,每日照常发刊战斗性综合副刊《集纳》。"

2 月

4 日　发表《悼金华亭先生》,载《中美日报·集纳》,署名摩矩。

8 日　发表《法国最佳的小说》,载《中美日报·集纳》,马尔谷译。

10 日　发表《贝当上将访问记》,载《中美日报·集纳》,劳若纳作,马尔谷译。

12 日　发表《为集纳革新告读者》,载《中美日报·集纳》,署名摩矩。该文归纳,"从创刊到现在,经过三次的蜕化:从专门化而通俗化而斗争化;从学术性的副刊,改为文艺与杂文的交流,再进而为报道现实的杂文综合;此后,我们仍旧准备遵循文艺和杂文合流的这一条大道迈进!"

13 日　发表《关于科学小说家威男:纠正鲁迅的一个错误》,载《中美日报·集纳》,署名马尔谷。

16 日　发表《援助希腊独立的拜伦》,载《中美日报·集纳》,马尔谷译。

22 日　发表《集邮与人文史地》,载《中美日报·集纳》,署名张若谷。

3 月

20 日　发表《读书的法则》,载《中美日报·集纳》,莫洛亚著,马尔谷译。

21 日　发表《给几个青年人的信》,载《中美日报·集纳》,莫洛亚著,马尔谷译。

22 日　发表《三十年来的报纸副刊:一、报纸与文艺副刊》,载《中美日报·集纳》,署名张若谷。

24 日　发表《三十年来的报纸副刊:二、副刊的滥觞时期》,载《中美日报·集纳》,署名张若谷。

25 日　发表《三十年来的报纸副刊:三、副刊的胎化时期》,载《中美日报·集纳》,署名张若谷。

26 日　发表《三十年来的报纸副刊:四、副刊的独立时期　五、副刊的成熟时期》,载《中美日报·集纳》,署名张若谷。

27 日　发表《三十年来的报纸副刊:六、抗建时期中的副刊》,载《中美日报·集纳》,署名张若谷。

28 日　发表《三十年来的报纸副刊:七、重庆报纸的副刊》,载《中美日报·集纳》,署名张若谷。

29日　发表《三十年来的报纸副刊：八、上海报纸副刊一瞥》，载《中美日报·集纳》，署名张若谷。

31日　发表《三十年来的报纸副刊：九、毒素副刊的没落》，载《中美日报·集纳》，署名张若谷。

4月

1日　发表《三十年来的报纸副刊：十、今后副刊的动向》，载《中美日报·集纳》，署名张若谷。

12日　发表《一个半路出家的新闻记者（我的投稿时代）》，载《中美周刊》第2卷第29期，署名张若谷。该文记述读书期间和《申报·艺术界》时期的投稿生活。

13日　发表《高芬的比国的悲剧》，载《中美日报·集纳》，署名张若谷。

14日　翻译罗佩高芬《比国的悲剧》，载《中美日报·集纳》，署名张若谷。

15日　翻译罗佩高芬《比国的悲剧》，载《中美日报·集纳》，署名张若谷。

16日　翻译罗佩高芬《比国的悲剧》，载《中美日报·集纳》，署名张若谷。

17日　翻译罗佩高芬《比国的悲剧》，载《中美日报·集纳》，署名张若谷。

18日　翻译罗佩高芬《比国的悲剧》，载《中美日报·集纳》，署名张若谷。

19日　翻译罗佩高芬《比国的悲剧》，载《中美日报·集纳》，署名张若谷。

26日　发表《访问谢晋原回忆》，载《中美日报·集纳》，署名张若谷。

发表《第一次当随军记者（十五年记者生活实录）》，载《中美周刊》第2卷第31期，署名张若谷。该文记述1927年南京期间做随军记者的经历。

5月

4日　发表《好好度着生命的春天》，载《中美日报·集纳》，署名张若谷。

7日　发表《你要做自己的主宰》，载《中美日报·集纳》，署名张若谷。

8日　发表《勉一个被人中伤的青年》，载《中美日报·集纳》，署名张若谷。

9日　发表《游戏人间的恶果》，载《中美日报·集纳》，署名张若谷。

16日　发表《告几个文艺习作青年》，载《中美日报·集纳》，署名张若谷。

19日　发表《答征求友伴的青年们》，载《中美日报·集纳》，署名张若谷。

23日　发表《勖孤岛在学的青年》，载《中美日报·集纳》，署名张若谷。

26日　发表《某某仁兄足下》，载《中美日报·集纳》，署名张若谷。

27日　发表《某某仁兄足下》，载《中美日报·集纳》，署名张若谷。

本月　发表《三十年来报纸副刊的演变》，载《文艺月刊》11卷5月号，署名张若谷。文末有编者注，"若谷兄远从'孤岛'寄来这篇文章，居然没有被扣，真是奇迹"。

6月

30日　发表《怎样纪念秋瑾女士》，载《中美日报·集纳》，署名摩矩。

7月

6日　发表《心不死的巴特莱夫斯基》，载《中美日报·集纳》，署名摩矩。

7日　发表《读上武诗钞》，载《中美日报·集纳》，署名摩矩。

13日　发表《蒋夫人文学奖金》，载《中美日报·集纳》，署名摩矩。

28日　发表《哲人之言》，载《中美日报·集纳》，署名摩矩。

8月

7日　发表《泰戈尔病危》，载《中美日报·集纳》，署名摩矩。

24日　　发表《发动爱的运动》,载《中美日报·集纳》,署名摩矩。

25日　　发表《生活在重庆和上海》,载《中美日报·集纳》,署名摩矩。

28日　　发表《上海的前途》,载《中美日报·集纳》,署名摩矩。

本月　　出版《当代名人特写》,谷峰出版社出版。该书书前有胡朴安题字、十五幅插图,正文分两辑,"中国之部"包括《年高德劭的林主席》《蒋委员长印象》《蒋委员长夫妇战时生活》《为国宣劳德于斌主教》《在比国修道德陆征祥》《英文作家林语堂》《林语堂晤谈记》《和梅兰芳在一起》《摄影家郎静山》,"外国之部"包括《英王乔治六世》《比王雷奥堡三世》《贝当上将访问记》《菲律宾总统奎松》《奎松访问记》《钢琴圣手巴特莱夫斯基》《心不死的巴特莱夫斯基》《悼念罗曼罗兰》《难民之父饶家驹神父》等,书后有附录《追思爱国三志士》和作者《跋》。据《跋》介绍,"从民国二十一年我当《大晚报》本埠新闻编辑起到目前为止,我担任过四种报纸的编辑,我在国内外报纸杂志上发表过不少关于人物访问的特写文字,现在选出一部分比较没有失却时效而在私人认为值得重印的文字,印成这一本《当代名人特写》。里面包括国家元首五人,大政治家二人,文学家二人,艺术家三人,宗教家四人,教育家一人,共计国际著名人物十七人"。

9月

1日　　发表《马相伯·泰戈尔·萧伯纳:三个维护人道主义的老人》,载《永安月刊》第29期,署名张若谷。

　　　　发表《记者节》,载《中美日报·集纳》,署名摩矩。

2日　　发表《胜利后的中国》,载《中美日报·集纳》,署名摩矩。

3日　　发表《薪水阶级的苦痛》,载《中美日报·集纳》,署名摩矩。

5日　　发表《关于职业经验征文》,载《中美日报·集纳》,署名摩矩。

6日　　发表《生不容易死亦难》,载《中美日报·集纳》,署名摩矩。

7日　　发表《悼张季鸾先生》,载《中美日报·集纳》,署名摩矩。

8日　　发表《广告上的国旗问题》,载《中美日报·集纳》,署名摩矩。

9日　　发表《美术节特辑献词》,载《中美日报·集纳》,署名摩矩。

10日　　发表《记者的新责任》,载《中美日报·集纳》,署名摩矩。

11日　　发表《一幕活剧》,载《中美日报·集纳》,署名摩矩。

12日　　发表《张季鸾论》,载《中美日报·集纳》,署名摩矩。

13日　　发表《友情的回忆》,载《中美日报·集纳》,署名摩矩。

14日　　发表《周末版创刊小言》,载《中美日报·集纳》,署名摩矩。

15日　　发表《巧取豪夺者流》,载《中美日报·集纳》,署名摩矩。

16日　　发表《电车卖票员的暴行》,载《中美日报·集纳》,署名摩矩。

17日　　发表《老实话》,载《中美日报·集纳》,署名摩矩。

18日　　发表《九一八十周年》,载《中美日报·集纳》,署名摩矩。

19日　　发表《推广爱字献金运动》,载《中美日报·集纳》,署名摩矩。

22日　　发表《职业经验征文揭晓》,载《中美日报·集纳》,署名摩矩。

23日　　发表《武者小路实笃之言》,载《中美日报·集纳》,署名摩矩。

24日　　发表《又是一出活剧》,载《中美日报·集纳》,署名摩矩。

　　　　在上海法租界被日方会同法捕方探警逮捕,舆论哗然,《中美日报》反复交涉。(《中美日报编辑张若谷被捕》,《申报》1941年9月26日;《中美日报同人营救张若谷》,《中央

日报》1941年10月6日）

25日　发表《谈尾巴主义》，载《中美日报·集纳》，署名摩矩。

10月

1日　发表《徐悲鸿教授》，载《永安月刊》第30期，署名张若谷。

11月

发表《漫谈孤岛文坛》，载《文艺月刊》第11期，署名张若谷。该文系统介绍孤岛时期文坛的概括，包括文艺创作与副刊、洋画界、话剧界、木刻与漫画以及一群笔的战士，其中提及自己，"自被伪方'通缉'后，闭户专心著述，二年来著有《十五年写作经验》《马相伯先生年谱》，并以欧阳忠正笔名译福禄特尔的《成吉思汗》（即《中国孤儿》），经常为《中美日报》，《中美周刊》执笔选稿"。

12月

7日　日本偷袭珍珠港，太平洋战争爆发，日军悍然进入中区和西区，占领整个公共租界，上海新闻界彻底失去自由，张若谷所在《中美日报》《中美周刊》等被日军报道部查封。

1943年　三十七岁

2月

2日　之前数月内四度进出监狱，终于被释放。

3月　翻译福禄特尔（伏尔泰）《中国孤儿》，重庆商务印书馆出版，1942年6月、1945年5月再版。该书书前有张若谷《译者自序》，正文为五幕剧《中国孤儿本事》。据1940年11月《译者自序》介绍，"此剧译本初稿，曾逐日刊登《中美日报》，易名《成吉思汗》，现仍袭用原名"，"演译为白话脚本，投寄菊生先生，其亦有春蚓秋蛇之感也夫"。

4月

20日　发表《梵蒂冈秘话》，载《新申报·千叶》，署名司马长。关于张若谷的去向问题，各小报风传其任《新申报》（1945年8月18日终刊）编辑，并有笔名"司马长"等。（虚怀《张若谷近况》，《力报》1942年4月21日；见石《不值鲁迅一嘘的张若谷》，《海报》1942年5月17日；虚谷《张若谷署名之幽默》，《力报》1942年5月20日）翻检《新申报》，本月20日创办副刊《千叶》，首期便有司马长《梵蒂冈秘话》，证明传闻属实。《梵蒂冈秘话》每日一个话题，连载至本年7月29日，共101篇。

5月

1日　曾朴遗著长篇小说《恋》在《新申报·千叶》上连载，每日一片段并配一幅图（曹涵美画），一直到1943年2月25日截止，共295篇。

8月

10日　翻译《甘地自叙传》，载《新申报·千叶》，署名马思南。该译文连载至1943年2月28日，共198篇，后结集出版。

1943年　三十八岁

3月

1日　发表《中国邮票讲话》，载《新申报·千叶》，署名初盦。该文连载至4月30日，每日一篇，共60篇。在最后一篇《尾声》中介绍，"五六年来，说也惭愧，我是天天非病即痛，心里说不出的难受；……这六十篇'讲话'的成绩，便是去报告远近的朋友，我虽然身体痛苦，精神却依旧健全如常。所以这些'讲话'可以当作是我的'自白'，也可以当作是我的'消息'"。

15日　　发表《简易苦路经》,载《公教白话报》第26卷第6期,署名若谷。

7月

21日　　发表《从上海到罗马》,载《新申报·千叶》,署名马可可。该系列游记连载至本年8月7日。

10月

16日　　发表《音乐名曲讲座》,载《新申报·千叶》,署名张大公。该系列讲座连载至本月24日。

1944年　三十九岁

6月

30日　　《新申报》副刊《千叶》最后一期,7月1日新办《北斗》副刊,仅持续到8日便终止,直到1945年1月1日重新复刊《千叶》,之后时断时续。

11月　　去南京出席第一届中国文学年会、第三届大东亚文学者大会。据张大公《六度游览南京印像》(《大陆画刊》1945年第6卷第3期)记载,"为了无法拂逆友人的盛情,报社的嘱托及中宣部的美意,我打破了蛰居陋巷的习惯而观光南京,出席第一届中国文学年会和第三届大东亚文学者大会"。据时人观察,"他正是一位守正不阿的报人,后来被捕过后,初传其被害,后来却证实了他已入敌人所主持的《新申报》中任记者,惟已不名张若谷而改名张大公了。张大公在《新申报》里,并没有什么建树,但也出席过什么'全国作家会议',及什么'大东亚文学会'之类的集会,做出文章来,虽然'掩袖遮半面',藏头露尾,但明眼总看得出是他的笔法,究竟是甘心从伪呢?那只有他自己心中明白了"。(徐大风《张若谷集邮致富》,《万花筒》1946年第3期)

1945年　四十岁

1月

16日　　发表《集邮的乐趣》,载《申报月刊》复刊3第1期,署名张大公。

2月

16日　　发表《邮票的分类》,载《申报月刊》复刊3第2期,署名张大公。

3月

15日　　发表《六度游览南京印像》,载《大陆画刊》第6卷第3期,署名张大公。文后注明身份,"《新申报》副刊主编"。

16日　　发表《"好癖"与集邮法》,载《申报月刊》复刊第3卷第3期,署名张大公。

4月

16日　　发表《政治家与政治邮票》,载《申报月刊》复刊第3卷第4期,署名张大公。

5月

16日　　发表《国父遗像邮集(上)》,载《申报月刊》复刊第3卷第5期,署名张大公。

6月

16日　　发表《国父遗像邮集(下)》,载《申报月刊》复刊第3卷第6期,署名张大公。

7月

31日　　发表《暂售陆圆复盖之来源去踪》,载《国粹邮刊》第4卷第2期,署名张大公。

10月

10日　发表五言诗《赠陈子志川》,载《国粹邮刊》第4卷第3期,署名张若谷。

本年

加入新光邮票会,列入普通会员,会员号码为2000号,署名张大公(《新光邮票会会员录》,《新光会刊》1945年第3期)。"他后期在《新申报》里,只发表些搜集邮票的'集邮'文字,并不为敌方文学会张目,据说张亦在业余经营邮票业,生意很好,仅短短时期,居然能和邮票商角逐争利。"(徐大风《张若谷集邮致富》,《万花筒》1946年第3期)

抗日战争胜利后,赴南京任南京总教区总主教于斌的私人秘书,担任天主教《益世报》南京报社编辑。

1946年　四十一岁

10月

15日　发表《别字辞典》,载《华声》第1卷第2期,署名张大公。

12月

出版《梵蒂冈一瞥》,北京上智编译馆出版,署名张天松,1951年大众文化服务社再版。该书书前有方豪《我国与梵蒂冈教廷之关系(代序)》、张若谷《自序》,全书包括《圣城外围风景线》《大教堂的外观》《大教堂的内部》《流血的故事》等篇。《自序》中介绍,"作者撰写这本小册子的旨趣,无非是要使读者明了梵蒂冈真相,至少在作者自己是认为所叙述的,是很忠实的"。

1947年　四十二岁

2月

发表《李问渔司铎手扎跋注》,载《上智编译馆馆刊》第2卷第1期,署名张若谷。

3月

31日　发表《欲望与满足》,载《益世报(上海)》,署名于总主教讲、张天松笔记。

4月

9日　发表《欲望与满足》,载《益世报(重庆)》,署名于总主教讲、张天松笔记。

本月　发表《记张菊生先生校序马相伯先生年谱事》,载《上智编译馆馆刊》第2卷第2期,署名张若谷。

20日　发表《人生哲学概论》,载《益世报(上海)》,署名于总主教讲、张天松笔记。

5月　编著《畲山导游》,南京出版社出版,署名张天松。该书近于旅游手册,书前有《编者小言》,全书分《云间九峰》《东山古迹》《西山建筑》《朝圣散记》四辑。《编者小言》介绍,"兹应《益世周刊》主编刘宇声司铎嘱,凭耳目所及,搜集文献资料,编成《畲山导游》,为求觅'心旷神怡'的朝圣游山者们,权充一个临时向导"。

9月

当选首都集邮学会首届理事(金问涛《也谈花图新报与画图新报》,《上海集邮》2012年第10期)。

10月

8日　发表《中国今日面临的课题:于总主教在沪教友欢送会上讲词》,载《益世报(上海)》,署名张天松。

12月

编辑《国民日用手册》,张天松。该书书前有南京出版《编辑凡例》,全书分《甲篇法令》《乙篇时节》《丙篇交际》《丁篇法律》《戊篇经济》。《编辑凡例》介绍,"本社为适应新时代国民需要,特搜集各种有关日用之参考资料,……,汇为手册,借供翻检"。

1948年　四十三岁

3月

翻译路易韦尧《少女之心》,载《文藻月刊》新1卷第3期,署名张天松。

5月

翻译 Gandhi《甘地自叙传》,世界书局出版,署名张天松。该书列入《世界名人传记丛书》,书前有牛若望《序一》、杨家骆《序二》、阿特里雅《序三》、《英文译本序》、《法文译本序》,书后有《译者跋》。《译者跋》介绍,"直到民国三十一年二月二日释放出狱,那时整个的上海已经沦陷在日军铁蹄下了,当初我有意将我被捕的经过和我的狱中生活记录下来,写成一本回忆录。……觉得若把我那次在狱中所经历的种种和甘地的囹圄生活互相比较起来,其相差不可以道里计;我便打消我的原来计划,而决心把这一位亚洲伟人的狱中自述译成为中文"。

6月

25日　发表《邮票别名信印考:介绍六十八年前的集邮文献》,载《新光邮票杂志》第15卷第3期,署名张若谷。

11月

3日　发表《高逸鸿画展序》,载《益世报(上海)》,署名张天松。

本年　任中国纺织建设公司职员。

1949年　四十四岁

1月

15日　发表《马相伯的出生地:镇江》,载《时代学生(香港)》创刊号,署名张若谷。

2月

15日　发表《马相伯诞生的时代》,载《时代学生(香港)》第1卷第2期,署名张若谷。

发表《贝多芬的第九交响曲》,载《时代学生(香港)》第1卷第2期,署名摩矩。

3月

15日　翻译莫洛亚《读书的艺术》,载《时代学生(香港)》第1卷第3期,署名马尔谷。

4月

1日　发表《谈采购物品》,载《新语》第14卷第7期,署名若谷。

15日　发表《货币常识:美国货币的种类及其鉴别方法》,载《新语》第14卷第8期,署名若谷。

7月

1日　发表《为人民服务的银行家》,载《新语》第14卷第13期,署名若谷。

9月

1日　发表《打开艰难的局面》,载《新语》第14卷第17期,署名若谷。

12月

15日　发表《上海老天主堂》,载《圣心报》第63卷第1期,署名张天松。

1951年　四十六岁
1月

出版《马相伯学习生活》,署名张天松,上智编译馆出版。该书书前有黄炎培《序》、张介眉《序》和张若谷《自序》,全书分为《童年生活》《学习生活》《人格训练》上中下三编,共13章,书后有《后记》。《自序》介绍,"两年前我花了一个多月功夫,写成了十三章的马相伯先生传,先寄二章到香港,刊载在《时代学生》上。后来因为俗务繁忙,把草稿束之高阁,一直放到现在,偶和张介眉博士谈起,承他美意协助,先把关于马公童少年时代生活部分,付梓问世"。

1955年　五十岁

因宗教问题被抄家,正在撰写的《耶稣传》《徐光启传记》《陆征祥传记》等手稿全被抄。

1960年　五十五岁

去世。

【本研究得到"中央高校基本科研业务费专项资金"(2020SK03)资助】

论　述

吴天舟

如何"赎前愆"？
——重写版《大波》的内在理路与外缘影响

一、引言

在李劼人的历史小说中，重写版《大波》不仅体量最为宏大，作为共和国时期倾注了作家最多心血的作品，它也成了考察像李劼人这样"一身经二世"的人物进入全新历史阶段和社会语境后进行主观调适时的重要参照。不过，与小说规模以及作家春蚕吐丝般的创作执念相反，学界对于重写版《大波》的评价和研究兴趣并不高，它通常被视作一次适得其反的回炉。李劼人被诟病过分拘泥于四川保路运动历史真相的还原，他让在初版中大显身手的虚构人物退居二线，真人真事则从背景跃居上前台。而如此书写策略又同李劼人努力追赶时代潮流，特别是向主流意识形态青睐的革命靠拢的愿望息息相关。作家曾经表示："由于解放后我参加了政治学习（我对政治学习是用了功的），回头再看辛亥革命运动，比前二十年更清楚，更透彻了。这次写《大波》，就想深入运动的本质。"[①]对此，部分意见这样予以解释："所谓'深入运动的本质'，就是试图用历史唯物主义和辩证唯物主义的观点，用阶级斗争的眼光和阶级分析的方法来重新审视四川保路运动全过程，而这种阶级分析的方法、社会政治学的视角，正是当时社会政治思想及社会主义现实主义文艺创作所提倡的。其结果就导致'他的重心从人物转向历史本身，事的关切战胜了人的关切，这使他的小说更像是历史。'"[②]《大波》的变化并不孤立，在巴金等同样接受了思想政治学习及运动改造的作家身上，似乎也能捕捉到类似不甚成功的旧作修改现象，两版《大波》的差异因此具有了见证知识分子同共和国政治环境及思想文化体制摩擦的代表性。

一定程度上，上述论断有其合理部分，但如果将重写版《大波》同共和国时期的社会体制、文化规范和意识形态要求过分迅速地捆绑起来，多少会显得急切，流于刻板印象。事实上，鲜有论者真正结合小说的生产过程和文本形态展开论析。具体地，应如何把握重写版《大波》的文类特征，它与初版的主要区别何在？李劼人重写的目的与目标分别是

---

① 李劼人：《谈创作经验》，《李劼人全集》第9卷，成都：四川文艺出版社，2011年，第250页。
② 雷兵：《李劼人改写〈大波〉时的创作心态——对当代文学创作一种现象的聚焦》，《西华大学学报》2006年第4期。李劼人本人也的确直接提到过阶级分析和历史唯物主义，他曾在写给刘白羽的信上说："我原有一种妄想，拟将六十年来之社会生活（包括政治、经济和思想生活，在各阶级、阶层中之变化），以历史唯物观点，凭自己经历研究所得，用形象化手法，使其一一反映于文字。《死水微澜》到《大波》，是期间一段落。"参见李劼人：《致刘白羽》（1961年3月23日），《李劼人晚年书信集（增补本1950—1962）》，成都：四川大学出版社，2012年，第244页。然而，这种向共产党的文艺干部表决心的话在多大程度上体现了李劼人的真实心理，又多大程度上可以反映其以历史唯物主义的思想指导自身小说创作的能力，多少都惹人疑惑。

什么,他为此事先铺垫了哪些准备?如果从虚构写实向实录历史倾斜的确可以视作两版《大波》的一大核心差异,那么,为了强化小说的历史性,史料上,两版的材源发生了哪些调整?这些繁杂的素材又是怎样在重写时得到配置的?倘若共和国时期外部环境的变化果真对于小说的重写造成了决定性影响,这些影响体现在何处,又是如何被转化到文本层面的?除此之外,重写是否尚有值得关注的其他原因?最后,假使我们将《大波》不甚成功的重塑理解为历史小说古今演变过程中一次值得反思的顿挫,那么,怎样适当地评价李劼人的失败所提供的意义和教训?下文拟在初版《大波》的讨论基础上①回应上述问题,以期为深化李劼人研究,并丰富对于中国长篇小说叙事转型和共和国时期知识分子改造问题的认识,增添思考。

二、重写版《大波》的生产过程

在正式进入文本内部的讨论前,首先有必要梳理一下小说的生产过程。因为,严格意义上,重写版《大波》并不是一部修饬有序、拥有着设计周密的统一结构和整体感的作品。相反,贯穿合计四部的写作,李劼人不断根据自身的思考和读者的反馈调整着组织材料和推进情节的方式。这相应使得文本的内部裂隙重重,存在明显的阶段性痕迹。另一方面,重写《大波》期间,中国社会的政治气候以及包括文学和史学在内的思想文化要求亦大起大落,李劼人自然不可能同这些变化绝缘,从起意到最后的绝笔,外部世界俨然今非昔比,将之简单地同质并论,有欠妥当。

1954年5月,由作家出版社建议,李劼人首次获得了修改《大波》并将之重印出版的机会。② 7月,此事开始着手。③ 9月,赴京参加全国人大一届一次会议的李劼人正式与出版社商妥。起初,重写相当顺利,不久便积累起了十几万字的初稿。李劼人将之寄给艾芜,并得到了"可以"的评价。然而,当他再将稿件寄给儿子审阅时,却被这个外行"批评得一塌糊涂"。儿子的意见最终占据上风,作家决定放弃初稿,并于11月开始了依次修改旧作的庞大计划。④ 1955年8月后⑤,结束《死水微澜》和《暴风雨前》修订的李劼人重拾《大波》,但十多万字的第二稿仍因难以令其满意而再遭废弃。1956年7月26日,《大波》的重写第三次启动,⑥此次李劼人终于坚持下来,1957年5月5日,重写版

---

① 参见拙文:《"吾书则处处顾到事实"——初版〈大波〉中的史事、虚构和历史图景》(待刊)。
② 李劼人:《〈死水微澜〉前记》,《李劼人全集》第9卷,第243页;亦见雷兵:《李劼人任市长期间行事资料编年》,收《"改行的作家":市长李劼人角色认同的困窘,1950—1962》,四川大学博士论文,2004年,第132页。雷兵在李劼人之女李眉编写的《李劼人年谱》基础上,补充了大量党内档案,下文涉及官方同李劼人关系的文献基本来源于此。
③ 《深居菱窠,重写〈大波〉——访老作家李劼人》,《成都日报》1956年12月15日第3版。
④ 李劼人:《谈创作经验》,《李劼人全集》第9卷,第249页。据艾芜回忆,其与李劼人相识于全国人大一届一次会议,参见艾芜:《回忆李劼人先生》,《新文学史料》1992年第2期。因此,李劼人的这份初稿应该完成在人大会结束的1954年9月28日至11月间,写作时间不超过四个月,速度可谓惊人。当然,在出版社提议前,李劼人恐怕已于资料上有所储备,这样看,《大波》的重写还有更早的缘由;另据李眉回忆:"我兄弟当时对这篇初稿的主要意见是,要他在分析历史事件时加强历史唯物主义观点,在一些问题和人物的处理上避免流于自然主义;同时对作品的结构也提出了一些意见。"参见李眉:《辛勤耕耘五十年——追忆作家李劼人的创作和生活》,转引自雷兵:《李劼人改写〈大波〉时的创作心态——对当代文学创作一种现象的聚焦》。这似乎可以有力支撑上文谈到的重写版《大波》的修改方针,可李劼人究竟在多大程度上理解并吸收了儿子的意见,其实不易判断,至少从之后先行修改的《死水微澜》里,看不到多少"历史唯物主义"的影子。
⑤ 《〈死水微澜〉前记》中,李劼人称《大波》"或者今年八月以后可以开笔",《李劼人全集》第9卷,第243页。
⑥ 李劼人:《致石泉》(1956年9月30日),《李劼人晚年书信集(增补本1950—1962)》,第56页。

《大波》上卷(1960年再版时改称第一部,下文沿用再版名)完成,①1958年3月正式出版。

关于《大波》第一部的重写,有几重背景需要交代。首先,它与1954年夏起李劼人的主要工作由成都市副市长重新回归文艺有关。1957年鸣放期间,李劼人曾就自己"从有职有权到有职无权的经过"表达过不满,他说:"1954年夏天我从朝鲜回来后,就逐渐走入真空地带,下面的干部不向我谈工作,也不和我接触,开会才叫我去。"前后,"领导上同意我以大部分时间摆在写小说上,小部分时间兼理行政工作"②。换言之,创作小说成了名义上将李劼人的实权架空的交换,在共产党一侧,化副市长的实职为虚衔乃是1954年的工作调整真正的目标,是"紧"的方面,而支持本就对于文学事业抱有热情的李劼人写作,则是为了安抚其情绪而进行的代偿,要义在"松"。如此局面下,就《大波》的写作方式再提出过于苛刻的要求,并不符合统战工作的一贯方略。

其次,在李劼人一侧,似乎也没有感到《大波》等作同共产党的文艺路线过于扦格。当形势向"反右"方向急转后,李劼人检讨了上述关于"有职无权"的不当言论,称其"完全违背事实,迹近诬蔑;一笔抹杀了党为了照顾我写作而特别批准我抽出全部时间和全副精力,不以繁琐行政事务来纷扰我的良图,造成一个假象:好像党从一九五四年起,逐渐不信任我了,疏远我了;给党在群众中的影响,带来极为恶劣的后果"。他转而正面地说:"我是受到党的特别重视和培养的。从一九五〇年起,党就信任我,让我在重要工作上负责,给我学习机会,希望我能在工作实践中,改造自己,可以为人民做一点事。并从一九五四年夏天起,因我在文艺上尚有一点写作技能,尚能批判地反映一些旧社会的形形色色,使人们认识资产阶级民主革命的完成和社会主义社会的建设,是如何地艰难困苦,得来不易,因又批准我用绝大部分时间和全副精力进行写作,还鼓励我订出一个十二年的写作计划。"③此时,鸣放期间屡屡失言的李劼人处境已相当险峻,在不慎便有右派之虞的情况下,李劼人仍在检讨中正面评价自己的创作,尽管话里包含明显的迎合之意,但也足见其对官方关于自己旧作的定位心中有数,《大波》等反映"旧社会"和"资产阶级民主革命"的小说,在双方看来,都是无伤大雅的安全牌。

其三,至少在重写《大波》第一部期间,整体的政治思想文化都处在"双百"方针的宽松氛围下。1956年5月2日,毛泽东在最高国务会议上公开提出了"双百"方针,5月26日,中宣部部长陆定一作了《百花齐放,百家争鸣》报告,标志着方针的正式实施。6月1日,中国作协书记处书记刘白羽来蓉召开"双百"方针座谈,李劼人与会并发言谈到了《大波》。他说:"我没有想到人民出版社54年来信要印。我吓到了,不敢麻人。老树子要长出来,而我只是黄桷树,生了虫的黄桷树。要百花齐放,我就只有修改了,修改了……但水平有限,没有天赋,实在只写到那个样子。没有鞭子打我,也没有箍箍,也没要和社会希望相一致。百花齐放总要让老黄桷树开一朵花。大家要喊老作家拿经验,但我写第三部……平生没有吃过这个苦头。手头资料有,但要恰如其当的,有时还要艺术夸张来表

---

① 李劼人:《关于重写〈大波〉》,《李劼人全集》第9卷,第253页。文中亦称:"我从一九五六年七月下旬开始,确又第四次从头写了起来",所谓"第四次",包含了初版《大波》在内,结合当时的其他材料,重写版《大波》第一部为三易其稿,应该无误。
② 《在我部整风座谈会上的发言》(1957年5月18日),《"改行的作家":市长李劼人角色认同的困窘(1950—1962)》第160—161页,"我部"指四川省委统战部。
③ 李劼人:《"我已走到泥坑的边缘上了"》,《李劼人全集》第8卷,第177、181页。

现,就恼火了。好在,'百花齐放'的方针提出来了。从《三国演义》《水浒传》构成到现在,我没有看到这样的好作法。"①可以感到,重写《大波》的确令李劼人颇为棘手,但困难似乎主要还是来源于艺术层面,来自官方的压力并不明显。"没有鞭子打我,没有箍箍,也没要和社会希望相一致"的说法有一定的虚辞嫌疑,但一个多月后,李劼人再度提笔也的确是事实。直到第一部完稿的1957年5月5日,四川的开放空气一直延续。截至6月8日《人民日报》社论《这是为什么?》出炉为止,在文艺和行政两方面,李劼人都有不满的声音流出,且尺度也放得越来越大。② 在此背景下,将《大波》第一部视作被动妥协于主流意识形态的产物,恐怕太过牵强。

政治对重写《大波》的阻碍是从第二部开始的,该部的写作始自1958年3月初③,距离第一部的完成隔了近一年。期间,李劼人由于鸣放中的表现,将时间基本耗在了检讨上。从1957年8月20日在省人大预备会议成都小组会议上检查开始,到1958年2月11日在全国人大一届五次会议上作书面发言为止,他频频在各类场合就过去的不当言论作自我批判。但需要注意的是,李劼人在文艺方面的主要"错误"集中在认为党批判《草木篇》小题大做以及在文联会议上引用右派观点影响恶劣等问题,同其本人的创作无涉。④在中央和四川党内均有意保护李劼人过关的前提下,这些检查肯定经过了有关方面的事先审查,由此可以推断,即便到了"反右"后,党内也未针对《大波》提出明显的负面意见。在1957年11月23日成都市委统战部的鉴定中,与李劼人"中右"的政治态度相反,对其小说的评价是比较肯定的,称"《死水微澜》《暴风雨前》《大波》三部小说是其生平代表作品,乡土色彩很浓,独具艺术风格,颇有艺术价值。其文艺创作路线,基本上属于批判现实主义范畴,所有翻译和著作,带有比较浓厚的自然主义色彩,缺乏积极的现实革命意义,但对揭露封建统治阶级及其社会的黑暗和丑恶较为深刻,因而在某些方面也起过它一定的积极进步作用"。"李创作态度认真、严肃,把解放几年来党对他的教育看成是他能大胆进行创作并取得成绩的源泉。因此,经过修改而已出版的《死水微澜》《暴风雨前》两部长篇小说,其政治、艺术价值均较前有所提高,而受到了各方面人士的赞誉。"⑤

不过,《大波》上卷出版后,李劼人却自觉颇为失败。在为重写版《大波》第二部写作后记时,他全面回顾了前作的各色问题:

> 有朋友亲切地批评说:"看完'大波'上卷,酷似看了一出编排得不大好的大戏。但见人物满台,进进出出,看不清哪是主角,哪是配角。甚至完场了,也没看见一点缓歌慢舞,令人悠然神往的片段。"也有人批评:"不是戏,倒像是辛亥年四川革命的一本纪事本末。人物既缺乏血肉生气,而当时社会的真实情形也反映得不够充分。说它是小

---

① 《文艺座谈会记录整理资料》(1956年6月1日),《"改行的作家":市长李劼人角色认同的困窘(1950—1962)》第147页,省略号为原文,"人民出版社"即作家出版社,"第三部"指《大波》。
② 关于李劼人从"双百"方针到"反右"期间经历的分析,参见雷兵:《"改行的作家":市长李劼人角色认同的困窘,1950—1962》,第四章。
③ 李劼人:《〈大波〉第二部书后》,《李劼人全集》第4卷,第768页。
④ 这些检查中的一部分包括:《在省人代会预备会议成都小组会议上的一些检查》《"我已走到泥坑的边缘上了"》《我坚决要爬出泥坑!转变我的立场!》《我要坚决改正错误》等,收《李劼人全集》第8卷,第173—194页。李劼人鸣放期间唯一被记录在案的同小说创作有一定关系的"错误"是抱怨《死水微澜》和《暴风雨前》的印数过少,参见《答〈成都晚报〉记者》,《李劼人全集》第8卷,第161页。
⑤ 《中共成都市委统战部鉴定》(1957年11月23日),《"改行的作家":市长李劼人角色认同的困窘(1950—1962)》第203—204页。

说,还该努力加工。"第三类朋友则说:"小说倒是小说,只是散漫得很,结构得不好。"①

  这些"朋友"未必实有其人,他们更像是作家自己意见的化身。无论如何,上述批评的确一针见血,基本都戳中了小说叙事方面的弊端,这令李劼人颇为苦恼。1958年5月因病修养期间,他对重写版《大波》的结构和写作方法进行了大幅调整。同出版社协商后,原本的上下两卷改分为数部。不过,1958年的写作并不顺利,"七个多月内也只写了十多万字,但是一多半都成了废品",到隔年1月重新开笔时"只整理出不到八万余字"②。第二部主要是在1959年完成的,透过当时的通信可以一窥其过程。1月28日,李劼人在给作家出版社副社长楼适夷的信上报告:"《大波》中卷一至四章约一十五万字之谱,已于今日抄出,大约明后日即可另包寄上。第五章已动笔,只是近周以来,会事稍多,二月二日至六日又将带队出发近市几县慰问解放军,并钢铁工人,必须春节之后,方能专意写作也。"③7月3日,他又去信:"《大波》中卷第六章甫抄录完竣","六月中,小病了一场。兼以参加了几次会,耽搁相当大,第七章的初稿方才命笔,希望能如预期,在八月底寄出"。④"为了国庆献礼,希望八月底能全部交稿",第二部最后的七、八两章写得心急火燎,"有时硬赶到夜深人静,头昏脑胀"。可即便如此,小说仍未如期完成,直到"十一月下旬",第二部方才告竣。⑤

  之所以不吝笔墨作此番回顾,目的在于强调重写版《大波》的写作方式。它并非像初版那样相对一气呵成之作,而是类似报章连载,突击赶工,随写随交,除了部与部之间过于漫长的间隔,李劼人基本缺乏根据深思熟虑的框架修剪沉淀的时间。如此片段式的写作,对于小说的结构,特别是章节之间的连缀势必会造成影响,作品艺术上的缺陷,很大程度上即与之有关。对此,作家自己亦深有体会,1960年1月4日的一次谈话中,他便抱怨社会活动影响了创作:"最恼火的是,有时正写得笔酣墨舞,兴会淋漓,一下通知你去开他几天会,回来什么也完了,一切都得从头搞起,有时甚至影响前后风格的一贯性。"⑥

  进入1960年,受困于宿疾、杂务和"三年困难时期"的物质生活,重写版《大波》第三部姗姗来迟。在给楼适夷的报告中,李劼人表示:"直至八月中,始渐动笔写初稿。究因头昏心跳,精力不支,写得不多,也不好。到十月七日精力恢复,方专意写作,到十一月十三日(中间也为了开会,有几天耽搁)已写出定稿第一、二章,约计五万一千余言。"⑦第三

---

① 李劼人:《〈大波〉第二部书后》,《李劼人全集》第4卷,第767页。
② 同上书,第770页。
③ 李劼人:《致楼适夷》(1959年1月28日),《李劼人晚年书信集(增补本1950—1962)》,第66页。
④ 李劼人:《致楼适夷》(1959年7月3日),同上书,第67页。
⑤ 李劼人:《〈大波〉第二部书后》,《李劼人全集》第4卷,第770页。
⑥ 中共成都市委统战部办公室编印《思想动态》(1960年1月22日),《"改行的作家":市长李劼人角色认同的困窘(1950—1962)》第222页。事实上,这种情况在第一部时便已存在。1956年12月,李劼人就曾经谈道:"最近开会、写报告的时间多,耽搁大,更恼火。比如写一个人刚要说话,忽然得到通知要开会,就不得不让人物张着口等我。会开完了,再写他,就得重头看一遍,这样才把思想感情接续起来,话才说得下去。可是,有时候还是把人物写得来歪歪扭扭的。拿现在写完的七章看来,人物形象很就不统一。"参见李劼人:《谈创作经验》,《李劼人全集》第9卷,第250页。此后,上述情形非但没有改善,反而愈演愈烈。
⑦ 李劼人:《致楼适夷》(1960年11月16日),《李劼人晚年书信集(增补本1950—1962)》,第71页。另在1961年2月6日写给张颐的信中,李劼人称"《大波》第三部,于六〇年九月半间动笔",参加李劼人:《致张颐》(1961年2月6日),《李劼人晚年书信集(增补本1950—1962)》,第233页。

部的前三章写得较为畅快,可随后却陷入停滞,"非病非事有所耽搁,只是忽然鼓不起劲而已"。① 原因出在第四章"四易稿,仍尚未知如何起头方好"②。1961年3月中旬,李劼人终于卷土重来,③并于12月28日完成了该部。④ 1962年4月,第四部开笔。5月下旬,完成第一章。⑤ 8月,第二章行将卒业,第三章子目亦出。⑥ 然而,实际动手又拖了两个月。⑦ 11月中旬,小说进入第四章。⑧ 12月12日,李劼人在写完第四章第五节后病发,并于12月24日去世。各色摆脱不了的会议仍是影响第四部进度的重要原因,李劼人多次在信内抱怨1962年为"会年","耽搁太大"⑨。大抵上,第二部"续写续寄"⑩的"连载"模式基本在此后得到延续,三、四两部中,存在着一些文气相对通畅的部分,可整体上的割裂感仍未得到有效解决。当然,任何写作都无法彻底在无干扰的状态下进行,导致重写版《大波》结构缺陷的原因还有其他,其中,史料便是一个必须认真检讨的环节。

三、重写版《大波》材源考

初版《大波》中,大幅调用前出文献已经构成了李劼人写作的一大基本特点。不过,虽然小说几乎到了离开材源便无法成立的地步,初版的文献来源毕竟还相对集中,特别是骨干史料《蜀辛》,本就拥有随线性时间演进的完整叙事线,这都为后续的二度加工提供了便利,以免故事陷入杂乱失重、片段间各自为政的困境;同时,对于视角、立场和历史观各异的材料,李劼人亦根据自己的历史认知进行了取舍编排。通过虚构人物在舞台上的活跃,李劼人更进一步为故事呈现的历史图景打上了自己的烙印。因此,尽管初版《大波》在结构上难言完美,但瑕不掩瑜,故事的整体感和可读性都还可圈可点。但到了重写版,情况发生了很大变化。一方面,支撑初版的旧材料的权重和功能俱有所调整,另一方面,为了更加准确地还原历史,多种全新的材源又被导入到文本当中。材料的此消彼长使得小说的叙事结构脱胎换骨,彻底成了一本新书。以下试分条予以讨论。

(1)《辛亥逊清政变发源记》与《蜀辛》

初版《大波》的诸材源中,郭沫若的《反正前后》已从重写版里彻底退场。不过,该书当初的作用本也相对较小,真正对于李劼人成书举足轻重的是彭芬的《辛亥逊清政变发源记》和秦枏的《蜀辛》。前者不仅是初版摘录的大量历史文献的源头,同时也给小说中历史真人的形象勾画出了基本的轮廓,而后者则为全书、特别是故事中后部分的情节展开奠定了框架。然而,到了重写版,二者的作用却发生了程度不一的改变。先看《辛亥逊清政变发源记》。重写版保留了从该书旁征博引的既有特点,详见下表:

---

① 李劼人:《致张颐》(1961年2月6日),《李劼人晚年书信集(增补本1950—1962)》,第233页。
② 李劼人:《致仲舜湖》(1960年12月22日),同上书,第207页。
③ 李劼人:《致刘白羽》(1961年3月23日),同上书,第245页。
④ 李劼人:《致张颐》(1962年1月4日),同上书,第235页。
⑤ 李劼人:《致王仰辰》(1962年5月21日),同上书,第274页。
⑥ 李劼人:《致张颐》(1962年8月17日),同上书,第235页。
⑦ 李劼人:《致张颐》(1962年10月11日),同上书,第239页。
⑧ 李劼人:《致张颐》(1962年11月11日),同上书,第240页。
⑨ 同上。
⑩ 李劼人:《致人民文学出版社中国现代文学编辑部》(1961年3月30日),同上书,第249页。

重写版《大波》中章节位置	《辛亥逊清政变发源记》中的出处
第一部第一章二	《宣统三年四月六日上谕》
第一部第一章二	《十一日上谕》
第一部第三章四	《川路今后处分议》
第一部第九章四	○《赵督院札铁路公司文》
第一部第十一章一	○《副都统将军总督提督暨司道等电奏请缓收川路文》
第一部第十二章二	○《川人自保之商榷书》
第二部第三章一	○《钦命头品顶戴尚书衔督查院都御史会办盐政大臣署理四川总督部堂兼理粮饷管巡抚武勇巴图鲁赵为晓谕事》（原文无题，取首句代替）
第二部第三章二	●《赵督批股东总会公恳明示以释群疑案》
第二部第五章五	○《岑宫保电告蜀中父老子弟文》
第二部第六章一	○《七月二十三日上谕》 ○《岑春保自沪来电》 ○《岑宫保电告蜀中父老子弟文》
第三部第三章六	《九月五日上谕》 ○《钦差大臣端告示》
第三部第三章七	○《提法使周善培上端方禀》
第三部第五章二	○《资政院奏部臣违法侵权激生变乱据实纠参摺》 ○●《督办川汉粤汉铁路大臣致内阁请代奏电（九月初四日）》
第三部第七章五	○《四川绅商学界通告全川伯叔兄弟函告》
第三部第七章七	○《大理院奏遵旨判拟要案请饬按名解京讯取确供以成信谳摺》
第三部第八章六	《宣布四川地方自治文》

○为大段或全文征引，●为初版未有的新增

在初版的基础上，重写版删去了8则引用文献，却也新增2则，大部分的既有材料都得到保留。这一决策与李劼人对彭书一贯的高评价有关。1961年，负责四川省志铁路篇编纂工作的蓝子玉曾向李劼人去信求教川汉铁路的历史问题。回信时，李劼人表示："我比较熟悉者，为争路事件，而于川汉铁路本身历史，则知之甚少也。关于此项记载，我所收集抄录虽有若干，然于公之编写，都无裨益。兹特介绍二种文件如后，庶几略有帮助。"①"二种文件"之一即《辛亥逊清政变发源记》，其在李劼人心中的分量可见一斑。另一方面，重写版《大波》亦吸收了不少彭芬关于保路运动的补充说明，段落间的对应关系详见下表：

---

① 李劼人：《致蓝子玉》(1961年3月20日)，《李劼人晚年书信集（增补本1950—1962）》，第242页。

重写版《大波》中章节位置	《辛亥逊清政变发源记》中的出处	主要情节
第一部第一章三	总论	端方靠行贿数十万任铁路督办大臣,以为开复总督铺路
第一部第二章六	总论	王人文因对赵尔巽不满而放任同志会发展
第一部第三章三	总论+第一期说明	载泽与奕劻为回扣争权;盛宣怀掌邮传部后重提张之洞向四国银行借款旧议,借款初无日本参与,后被强行介入,载泽起先反对,后因回扣答应
第一部第三章四	总论+第二期说明三	铁路国有涉及四省对策不均,粤湘还本,四川不还,王人文上奏屡遭申饬;奕劻因不得借款回扣而请假
第一部第五章四	第二期说明四	唐豫桐获彭县经征局局长经过
第一部第八章一	第二期说明六、九	彭芬祝贺赵尔丰任四川总督时与之冲突,经曾培斡旋,赵尔丰答应为绅方说话
第一部第九章三	第二期说明八	颜楷顶撞赵尔丰
第一部第十一章五	总论	七月七日彭县百姓打经征局,唐豫桐妻(田征葵女)田小姐被抢走
第一部第十二章一	总论+第二期说明四	田小姐从彭县回省哭诉,赵尔丰集团议论此事,赵尔丰思考后决定不将其与同志会挂钩,田征葵和同志会结下梁子
第二部第一章二	第二期说明二	被捕绅士视角下的七月十五
第二部第一章五	总论	七月十四夜,铁道学堂学生从洋人处得悉赵尔丰或将对绅士不利,前来报信
第二部第三章二	总论	路广锺在联升巷放火;玉昆等人阻止赵尔丰杀害绅士
第二部第四章一	第二期说明五	□路广锺发迹史
第三部第七章一	第三期说明三	□端方派朱山、刘师培动员川人自治

□为初版已有内容,其余为重写版新增

与初版类似,重写版依然在复原史实细节方面对彭书多有倚重。不过,在人物形象的塑造上,其影响则有所淡化。初版屡屡透过彭芬的视角对路广锺、周善培、邓孝可、端方等历史人物展开描写,但到了重写版,这种内聚焦已相当罕见(路广锺是为数不多的例子),彭芬的说明基本被降格为需要客观对待的史料中的一种,一旦出现更加扎实可信的记录,它便会被取而代之。

但总体上,《辛亥逊清政变发源记》在重写版里扮演的角色仍相当重要。而另一部初版的中流砥柱《蜀辛》,戏份却遭到了明显的削弱。采自该书的情节详见下表:

重写版《大波》中的章节位置	主　要　剧　情
第一部第一章一	川汉铁路商办概要
第一部第五章四	前巡警道周肇祥因查封报馆受谘议局弹劾去职
第一部第十章三	王人文为回避同志会欢送行程改期
第一部第十二章四	七月十四夜成都城内有兵马过道
第二部第一章一	督院内部视角下的七月十五
第二部第四章四	■△新繁因县令答责小孩引发暴动，县城被占
第二部第五章四	凤凰山新军夜间巡查放枪，虚惊一场
第二部第六章五	岑春煊文告来蜀，绅士拟"望公速来"电报催其入川，被电报局退回
第二部第六章六	九少爷练枪伤臂；周善培寄托家眷，各公馆撕去门榜，或搬家避祸
第二部第七章五	百姓失火，路广锺称其要烧制台衙门而捕人，徐樾将其释放
第二部第七章七	官军攻占新津
第二部第八章六	邛州知州文德龙被同志军杀害； ■郫县县令李远荣病故，妻女殉死
第二部第八章七	武侯祠附近被劫炮
第二部第八章八	孙锵、楼藜然、徐珣辞职；土桥缉私队溃逃回城报警；黄澜生抄回竹枝词十四首
第三部第六章三	赵尔丰礼遣蒲殿俊、罗纶等，准备官绅合作
第三部第七章二	■端方旌节所驻接待豪奢
第三部第七章三	七月十五后，除《成都官报》外，原有诸报皆被查封，俞大鸿新办《正俗白话新报》为官方鼓吹
第三部第八章一	■七月初一后的戏园情况
第三部第八章三	赵尔丰回答众绅士关于大局的询问，并出示上谕，众绅劝其自治，杨嘉绅怂恿，田征葵反对
第三部第八章四	端方电邀绅士赴资州被赵尔丰阻止；城内谣言四起，居民纷纷往北门搬家；绅方提出独立条件十一条，赵尔丰提出条件十九条
第三部第九章二	军政府确定国旗，令百姓派代表出席成立仪式；市面议论剪发
第三部第九章三	王桢、路广锺、周善培于军政府成立典礼露面
第四部第一章三	巡防兵军纪废弛，引发多起丑闻

■为重写版新增，其余为初版既有，△为扩充性改写

有剧情出自《蜀辛》的章节数由初版的 49 节缩至重写版的 23 节,减少了一半有余。应该说,该书原本的支柱地位已不复存在,它被降格为了补充细节的普通史料之一,且这些细节有不少是花絮性质的。秦枏身处的督署衙门不仅决定着保路运动的走向,在成都长期戒严的历史背景下,它又几乎是唯一可能获悉成都以外局势变化的消息渠道。这都让李劼人在写作初版时对于《蜀辛》萌生了非同一般的依赖。但到创作重写版时,成都已不再是小说叙事的唯一中心,城外的乡场战事以及重庆风云变幻的政治斗争,都被李劼人赋予了毫不逊色的历史意义。在另有其他史料帮助实现全新叙事抱负的前提下,《蜀辛》地位的下滑可想而知。另一个值得关注的变化在于虚构。初版的许多情节都是在《蜀辛》所供素材的基础上通过想象创造的。但到了重写版,这种扩充性改写仅仅保留了第二部第四章第四节一处。从对虚构的敬而远之中,能够发现小说由文向史偏移的明显痕迹。

(2) 报章

尽管在写作初版《大波》时,李劼人已将不少报章史料引入了小说,但其所占篇幅尚且不大。但到了重写版,新闻的重要性明显得到增强,俨然成了第一部的核心材源之一,详见下表:

重写版《大波》中的章节位置	主 要 情 节	报 章 出 处	原　　题
第一部第二章一	□蒙裁成演说痛哭	《四川保路同志会报告》第三十四号①	《同志接洽代表会志略》
	□黄学典发起同志会	《西顾报》第十九号②	《少年爱国》
	□朱山演说时激动破碗,手指出血	《四川保路同志会报告》第二号③	《朱布衣之爱国热》
第一部第二章三	郭焕文因法官养成所甄别考试痛骂周善培	《四川保路同志会报告》第九号④	《郭烈士传》
第一部第三章四、第五章三	□杨素兰给同志会捐田六十亩	《四川保路同志会报告》第三号⑤	《小伶官之爱国热》
第一部第四章二	郭焕文跳井自杀	《四川保路同志会报告》第六号⑥	《嗟乎郭君竟先死》
第一部第五章二、三	同志会追悼郭焕文及送刘声元等入京请愿大会	《四川保路同志会报告》第八号⑦	《本会大会志祥》

① 戴执礼编:《四川保路运动史料汇纂》,台北:"中央研究院"近代史研究所,1994 年,第 1047 页。
② 同上书,第 1042 页。
③ 同上书,第 1016 页。
④ 同上书,第 1021—1022 页。
⑤ 同上书,第 1071—1072 页。
⑥ 同上书,第 1020 页。
⑦ 同上书,第 732 页。

续表

重写版《大波》中的章节位置	主 要 情 节	报 章 出 处	原 题
第一部第五章二	同志会会员破指表决心	《四川保路同志会报告》第八号①	《爱国烈士之椎血书》
	同志会会员赶路一千一百多里赴会	《四川保路同志会报告》第五号②	《军人之爱国热》
	蒙裁成愿为同志会亡身	《四川保路同志会报告》第二号③	《冷教官之爱国热》
	十三岁女孩愿赴京请愿	《四川保路同志会报告》第六号④	《十三岁蹁跹稚女之爱国热》
	几岁孩童为同志会捐款	《四川保路同志会报告》第八号⑤	《小国民之爱国热》
	胡嵘为争路丢官	《四川保路同志会报告》第三号⑥	《胡太守之爱国热》
第一部第五章三	甘大璋等四川京官反对同志会	《四川保路同志会报告》第八号⑦	《甘奴卖国之一束》
	赵熙等四川京官抗议甘大璋等捏造民意	《四川保路同志会报告》第二十号⑧	《旅京川人会争路股》
	决定赴各地请愿代表	《四川保路同志会报告》第七号⑨	《爱国热代表有人》
第一部第八章二	闰六月十一股东大会	《四川保路同志会报告》第三十号⑩	《股东大会志略》
第一部第八章三	李稷勋转端方电	《西顾报》第十五号⑪	《驻宜李总理转端佳电》
	股东大会声讨端方	《四川保路同志会报告》第三十一号⑫	《股东特别大会志略》

---

① 戴执礼编:《四川保路运动史料汇纂》,台北:"中央研究院"近代史研究所,1994 年,第 1018 页。
② 同上书,第 1017 页。
③ 同上书,第 1016 页。
④ 同上书,第 1045 页。
⑤ 同上书,第 1045—1046 页。
⑥ 同上书,第 1015—1016 页。
⑦ 同上书,第 751 页。
⑧ 同上书,第 755 页。
⑨ 同上书,第 731 页。
⑩ 同上书,第 811 页。
⑪ 同上书,第 821 页。
⑫ 同上书,第 821—822 页。

续 表

重写版《大波》中的章节位置	主 要 情 节	报 章 出 处	原 题
第一部第八章三	闰六月十四会	《四川保路同志会报告》第三十二号①	《股东特别会志略三》
	闰六月十五会	《四川保路同志会报告》第三十二号②	《特别会志略四》
第一部第九章四	闰六月二十八李稷勋电报	《西顾报》第三十号③	《宜昌来电》
第一部第十章二	□七月初一股东会	《民立报》辛亥年七月廿一第三页	《川路股东之风云会》

□为初版已有内容,其余为重写版新增

在对重写版《大波》第一部自我批评时,李劼人曾表示:"在上半部,尚不慌不忙,反映了一些当时社会生活,多写了一些细节。""但是到下半部,进入主流的同志会运动,却完全从正面去写会场争论,只用了很少笔墨,写到会场以外的社会活动。本已安排要将妇女同志会、优伶同志会、儿童同志会的种种活动,写一些以增加气氛,就因了要节省篇幅,把许多烘托手法,(这是中国古典小说最值得学习的一种手法)一例省去";"以致干巴巴地凑成一副骨头架子,而缺乏生人气。""设若再照上卷下半部那样写法,失败当然更厉害,结果必是一部不成样子的记事文。"④

这番反思涉及报章材料的使用问题,值得在此稍作展开。大体上,第一部前半段(即"上半部")延续着初版利用报端上的小故事反映社会生活、烘托气氛的做法,故而显得相对成功。可在"完全从正面去写会场争论"的第五章和第八章,李劼人却采用了全盘照录新闻的直白处理。在小说中容纳新闻材料本无可厚非,但问题在于,报头文章到底自成一格,它既与故事的前后情节缺乏内在关联,又不为小说致力塑造的人物性格服务。倘若不作进一步加工,仅仅将之生硬地植入文本,相关段落势必只留有就事论事的报道作用,沦为缺乏血肉的"骨头架子"。初版主要将新闻用以点缀,由于篇幅较短,马脚不会暴露得特别明显,甚至可能反倒受惠于细节上的活色生香而为故事增色。可重写版却选择大段地依样画瓢,这样,新闻在整体结构上的突兀感便一览无余了。当然,李劼人的选择背后也有一定的客观理由。在创作接连遭到打断的情况下,独立成章的新闻的确可以迅速而精简地转化为相对完整、不受其他人物和前后剧情制约的叙事段,这不但有助于便捷地推动情节,又在表面上强化了小说同过去发生的历史事实之间的联系。面临此种诱惑,形式失败的风险便被李劼人抛诸脑后了。

(3)《四川保路运动史料》

前引致蓝子玉的信中,除《辛亥逊清政变发源记》外,李劼人所开列的另一种文献是

---

① 戴执礼编:《四川保路运动史料汇纂》,第828—829页。
② 同上书,第834—835页。
③ 同上书,第884页。
④ 李劼人:《〈大波〉第二部书后》,《李劼人全集》第4卷,第768页。

由戴执礼编写、1959 年出版的《四川保路运动史料》。戴执礼毕生居于成都,1944 年起供职于四川省图书馆,1956 年调入四川大学历史系。惠于地利,他自 1950 年代初即潜心搜集保路运动的各类相关史料,《四川保路运动史料》及其花费四十载方最终完成的集大成作《四川保路运动史料汇纂》,都是后学无法绕过的奠基性研究。李、戴二人订交甚早。1954 年 4 月 14 日,李劼人就给戴执礼回信:"示悉。""关于辛亥资料,早闻伍非白先生言尊集不少,正欲访候借抄,以作印证。""敝处搜集资料不多,或亦可供清览。"①此时,重写《大波》尚未开始,虽然戴执礼的前信已佚,但不难看出,其内容应该是为征集史料而向李劼人寻求帮助,二人建立联系当在此时。数月后,李劼人正式将重写《大波》提上日程,双方的互动也随之变得更为频繁。据戴执礼回忆,李劼人 1954 年曾与其多次往来,并"借阅未出版时的拙编《四川保路运动史料》全部稿件"。"他也向我提供了一些史料。"②李劼人对于戴书的使用基本与《辛亥逊清政变发源记》类似,详见下表。需要说明的是,尽管戴执礼辑佚了保路运动相关的一手文献 475 件,但其当时实际掌握的史料数量其实更多。由于李、戴二人交换资料的详情已无可考,表中的列举或许是不完整的。③

重写版《大波》中的章节位置	《四川保路运动史料》中的文献名称
第二部第六章一	《瑞澂致盛宣怀商劾赵尔丰电》
	《盛宣怀致赵尔巽请与瑞澂会奏改派岑春煊赴川查办电》
第二部第八章七、第三部第五章二	○《清帝令袁世凯补授湖广总督岑春煊补授四川总督谕》
第二部第八章七	○《清帝令撤销王人文侍郎衔及川滇边务大臣职并令赵尔丰任川滇边务大臣仍暂任川中剿抚事谕》
	《盛宣怀致端方清帝仍令其入川拟以原路归商改线为国有电》
	○《赵尔丰通饬各属详细演说共守秩序札》
	○《川督于克复新津后劝谕川人解散告示》
第三部第二章六	《邮传部致端方主张用招抚和募勇两种办法削弱同志军的势力并请川绅商议改线电》
第三部第三章七	○《赵尔丰致内阁请代奏评端方济乱电》
第三部第五章二	○《赵尔丰奏劾端方诡谲反覆只图一人安危并逗留不进牵掣剿办电》
	○《清帝派端方暂署四川总督谕》

---

① 李劼人:《致戴执礼》(1954 年 4 月 14 日),《李劼人晚年书信集(增补本 1950—1962)》,第 47 页。伍非白,时任四川省图书馆馆长。
② 戴执礼编:《四川保路运动史料汇纂》,第 1909、2216 页。
③ 例如第二部第二章第二节关于《川人自保之商榷书》的作者与散发及革命党投放"水电报"的情节,即很可能取材自戴执礼对同盟会员刘季刚 1953 年 4 月所做的口述访谈,小说中提到的"姓刘的朋友"即刘季刚。该文并未收入《四川保路运动史料》,访谈笔记参见戴执礼编:《四川保路运动史料汇纂》,第 1109—1110 页。

续 表

重写版《大波》中的章节位置	《四川保路运动史料》中的文献名称
第三部第八章四	《四川提督田振邦奏陈四川事变及独立经过文》
第三部第九章一	○《成都四川军政府宣布独立书》 ○《四川军政府都督蒲殿俊、朱庆澜告各界共守旧日社会秩序同志民团急释兵归农文》
第四部第四章三	《蒲殿俊等与赵尔丰订立之四川独立条约》

○为大段或全文征引,其余为概述大意

除辑录历史文献外,《四川保路运动史料》还附有戴执礼完成于1957年6月9日的序言。值得关注的是,该文在出版前经过了吴玉章的审阅。① 吴玉章不但是共产党高层,同时还拥有保路运动亲历者的身份,他的看法在很大程度上代表着官方对于保路运动以及参与其事的各个群体的权威定论,影响极大。② 然而,在序言中,戴执礼的表述却与吴玉章1961年在自著《辛亥革命》里的观点存在着微妙的差异。后者明显受到1954年由胡绳首倡、并得到马克思主义史学界较多认同的"三次革命高潮"理论及"革命史"研究模式的影响,强调人民群众的主体性和革命斗争,对资产阶级立宪派则基本持负面评价。③ 另一方面,戴执礼的序文却在指出立宪派两面性的同时,仍肯定其"所起的积极作用",而对"广大人民的反抗"谈得较为泛泛,未能充分突出其历史创造者的作用。④ 或许是吴玉章在审阅时并未提出过多干涉性的意见,或许是其本人当时对于保路运动的表述也还未彻底定型,无论如何,至少在1957年,有关保路运动规范性的"阶级分析"方法和"历史唯物主义"视角似乎颇为模糊,其对李劼人的创作构成实质影响,恐怕无从谈起。⑤ 从文献上看,重写版《大波》引自《四川保路运动史料》的素材也基本集中在清廷和立宪派方面,后文将对李劼人与当时史学界主流的保路运动认识之间的关系,作进一步讨论。

(4)《蜀党史稿》

《四川保路运动史料汇纂》中,收有熊克武等人撰写的《辛亥四川革命纪事》一文。根据戴执礼的按语,"此件系李劼人藏抄本,据云:录之陈古枝先生,陈系熊克武旧部,此件盖即熊克武等所撰《蜀党史稿》之辛亥革命部分。编者访问陈先生,又承以原稿见借。

---

① 戴执礼编:《四川保路运动史料》,北京:科学出版社,1959年,封底。
② 正如章开沅的概括:"人民出版社印行的吴玉章《辛亥革命》一书,由于作者不仅是辛亥革命的重要当事人,而且具有很高的理论素养和丰富的社会阅历,他以娴熟的马克思主义观点深入地论述了辛亥革命的全过程,从而使此书的意义超越个人回忆录的范围,赢得了史学界的相当重视。"参见章开沅:《50年来的辛亥革命史研究》,《近代史研究》1999年第5期。
③ 关于"三次革命高潮"理论,参见赵庆云:《"三次革命高潮"解析》,收《20世纪中国马克思主义史家与史学》,北京:北京师范大学出版社,2019年。
④ 戴执礼编:《四川保路运动史料》,第2—3页。
⑤ 微妙的是,在1994年出版的《四川保路运动史料汇纂》中,戴执礼不但以群众运动来定性四川保路同志会起义,还称"八十年来,近代史学工作者都以为四川保路运动是纯由君宪人士所领导,只知道向清政府叩头乞求赐赐,使四川保路运动在辛亥革命史上的重要性,蒙受到很大的歪曲,同时也给辛亥革命史造成了很大的缺陷"。"革命史观"化的痕迹相当明显。参见戴执礼编:《四川保路运动史料》,编者序第1页。

原稿眉批和旁注系张颐先生所加,兹一并移入正文"。① 熊克武长期活跃于四川的军政舞台。早在1905年,他便在日本加入了同盟会,后多次领导了革命党在四川方面的起事行动,包括《暴风雨前》触及的1907年成都起义。1949年底,熊克武与刘文辉等策动川西起义拥护共产党政府,解放后受到礼遇。出于辛亥元老的历史经验和政治立场,《蜀党史稿》所描述的保路运动进程明显围绕革命派展开,②这是李劼人本人以及其他的小说材源所不具备的视角,因此格外受到重视,例如一度令李劼人头疼不已的第三部第四章,最后便是以翻写熊克武的记录完成的。重写版《大波》出自该文的情节详见下表:

重写版《大波》中的章节位置	主　要　剧　情
第二部第二章三	曹笃、朱国琛准备"水电报"
第二部第二章七	向迪璋在红牌楼聚集同志军
第二部第三章五	同志军领袖名单
第二部第四章三	姜登选等新军内党人与同志军消极作战
第二部第七章二	新军内党人陈锦江率部于三渡水遭同志军李树勋、冯时雨部伏击,陈部投诚
第二部第七章三	陈锦江部被同志军领袖孙泽沛下令杀害
第二部第七章四	新军听闻三渡水惨案群情激奋,奋勇进攻
第三部第二章一	端方抵渝,重庆官绅迎接
第三部第三章	尹昌衡在赵尔巽面前自夸并称赞周道刚
第三部第四章	夏之时部自龙泉驿兵变至率军赴渝经过
第三部第五章三至六	重庆反正③
第三部第十章三至七	端方从驻军资州至被杀经过
第四部第二章三	姜登选在革命派中失去名望

---

① 戴执礼编:《四川保路运动史料汇纂》,第21—22页。《蜀党史稿》曾以《辛亥四川革命纪事》为题收录于1940年3月的《中国国民党四川党史材料》,参见"国史馆"编:《辛亥年四川保路运动史料汇编》(下册),第517页,1982年。可知该文的完成应不晚于1940年。李劼人何时入手该材料,不明。

② 熊克武在文章伊始即开宗明义:"辛亥四川革命告成,基于同盟会人之艰难缔造,与夫群众之同心戮力。"参见戴执礼编:《四川保路运动史料汇纂》,第3页。

③ 学界经常引用李劼人在抗战期间不惜冒轰炸风险拜访杨庶堪(杨沧白)的故事作为其勤勉搜集保路运动史料的佐证。这则故事出自《沙汀日记》,原文如下:"后来,我把话题转到熊、但身上,这样好多所谓闻人,也就一个接一个成了我们的评价对象。他很佩服杨沧白,瘦小,温文尔雅。抗战期中,每去重庆,他总要到江北杨的家里去,看望杨并向其请教。杨很欣赏他写的几部书,说:'等我慢慢跟你谈吧,将来你好接着再写下去!'杨向他提供了不少政治上的内幕新闻。但他赶快声明,他去的次数并不多,因为杨成天在烟灯旁边,从来不跑警报,这叫他有了顾虑。"参见《沙汀日记》(1962年3月17日),《沙汀文集》第9卷,成都:四川文艺出版社,2017年,第226页。然而,重写版《大波》中杨庶堪的戏份完全出自熊克武的记录,不应夸大杨本人对于小说成书的作用。上述引文中的"熊"即熊克武,"但"为但懋辛。

（5）口述资料

除《蜀党史稿》外，《四川保路运动史料汇纂》中还收有李劼人对彭光烈的访问记录以及王右瑜向李劼人提供史料的两封书信。另在《李劼人全集》中，亦可见其访问彭光烈的另一份笔记、1956年10月7日对王蕴滋的访谈稿以及为重写版《大波》的写作所准备的札记。① 书信部分，亦存有李劼人1960年8月10日通过四川省委统战部转致易宇昌请教问题的函件。这些访谈、信件和札记涉及的内容皆可在故事中找到对应，详见下表：

重写版《大波》中的章节位置	主　要　剧　情	材料来源
第二部第二章二	正西路同志军及所属学生军成立	王蕴滋
第二部第二章六	学生军各分队概况	王蕴滋
第二部第二章七	郫县同志军领袖会议，蒋淳风领导的学生军和孙泽沛领导的袍哥产生分歧	王蕴滋
第二部第二章八	犀浦之战	王蕴滋②
第二部第三章五	陆军各部将官概括及陆军思想	彭光烈
第二部第四章三	向阳场战事，易排长被砍死；陆军六十五标周骏部攻克新繁	彭光烈
第二部第七章一	孙泽沛率西路同志军攻打崇庆，周启检、陈锦江率部运送子弹至三渡水	彭光烈
第三部第三章四	陆军十七镇概况	彭光烈
	尹昌衡借秋操成为川籍军官领袖	王右瑜
第三部第十章一、二	两位学生将武昌起义消息传至资州端方所带鄂军	易宇昌③
第四部第一章一	罗纶任军政府交涉局局长，负责和同志军交涉	彭光烈
第四部第二章五	一位川籍同盟会军官劝尹昌衡响应武昌起义，被其拒绝	王右瑜④
第四部第三章三	十月十八兵变	彭光烈

---

① 《〈大波〉札记》中部分片段的出处不难判定，如"四川陆军第十七镇"出自彭光烈，"重庆反正（二）""端方之死"的大部分出自熊克武等。另有部分出处亦可推测。如第二部第二章六、七节学生军的内幕便极有可能由亲历者王蕴滋提供，故下文亦将之纳入统计。结合通省师范学堂、同盟会、郫县联络袍哥、学生军骨干等履历判断，王蕴滋或为小说人物"汪子宜"的原型。

② 犀浦之战虽不见于王蕴滋访谈，却见于其回忆录《同盟会与川西哥老会》，参见王蕴滋：《同盟会与川西哥老会》，收《四川文史资料集萃》第1卷，成都：四川人民出版社，1996年。由于回忆录的许多内容也在同李劼人的访谈内出现，故李劼人被告知相关情况的可能性很高。

③ 易宇昌即小说中的学生"伊雨苍"，另一位学生"刘滋大"的原型为柳子达。

④ 该军官即王右瑜。本节及第四部第二章第三节所述新军内部本外省籍军官矛盾亦或由其提供素材，王右瑜在写给李劼人的信中谈道："后又循明叔的劝，才勉予参加蒲、朱等的反正大会，又从而调停省外两籍军的对立，此等经过，已详培甫所存件中，不再赘了。"参见戴执礼编：《四川保路运动史料汇纂》，第1931页。"培甫"，指李培甫，存件内容不详。

续 表

重写版《大波》中的章节位置	主 要 剧 情	材料来源
第四部第三章五	兵变后尹昌衡、周骏、彭光烈等收拾局面	彭光烈
第四部第四章一	十月十八夜"打启发"场景	彭光烈
第四部第四章三	尹昌衡、罗纶被推举为军政府新任正副都督	彭光烈

彭光烈,字植先,同盟会员,川军重要将领。保路运动期间任陆军六十七标管带,在重写版《大波》有过登场,解放后被安排到四川省文史研究馆工作,1956年病逝于成都;王右瑜,同盟会员,保路运动期间任陆军六十七标教练官。民国阶段曾任国民政府参军处中将参军,解放时拥护共产党,后任成都市政协常委;王蕴兹,同盟会员,保路运动时为通省师范学堂学生,后任学生军分队长兼川西同志军第一、二军参谋。1948年参加民革,为四川解放做出了贡献;易宇昌经历不详,但从李劼人所提问题、小说情节以及委托省委统战部代转信件推断,其身份当与前三人类似,属于保路运动时的革命派和解放后的党外民主人士。之所以介绍上述背景,目的在于就这个为小说提供历史素材的人际网络同李劼人的关系提请注意。某种意义上,熊克武以及李劼人的老友、在熊文原稿上批注的老同盟会员张颐亦可归入这个圈子。部分代表性的观点认为,重写版《大波》加强了资产阶级革命派的描写,这是李劼人思想"进步"、向共产党方面的历史叙事靠拢的表现。① 但事实上,小说涉及革命派的情节基本都出自上述人际网络,李劼人在材料基础上的主动发挥并不多。而这一圈子的共性也很明显,他们往往很早便通过同盟会介入政治,民国时期的活动却不属于共产党阵营,甚至与之不乏冲突。可在历史转折的关键点上,这批人又都选择了新政府,并由此在解放后分配到人大、政协、文史馆等机构,成为统战工作的对象。

更加符合李劼人这些访谈定位的,其实是稍后机制性出土的文史资料。1959年,周恩来号召60岁以上的政协委员,记下自己的经历、见闻、掌故。从此,全国各地政协通过文史馆积极搜集史料,整理出版了众多"文史资料选辑",其中大部分带有口述性质。李劼人虽至迟于1956年就已开始访问保路运动的亲历者,但其访问对象的性质和收集素材的方式都同后来的文史资料编纂非常接近。事实上,这些对象也往往同时投身于后者的写作。而文史资料一经推出也很快进入了李劼人的视线之内。他在写给张颐的信上谈道:"四川省政协并未出有《辛亥革命》,而是《四川文史资料选辑》第一辑《纪念辛亥革命五十周年专辑》一册,此书对内发行,每人限购一册,市面当然没有卖的。兄弟的一册正在使用,目前实在不好奉借。且待三月初来京开会时随身带来,在大会开幕之前,翁尽可拿去一阅。"②《四川文史资料选集》第一辑收有王右瑜的《大汉四川军政府成立前后见闻》、王蕴兹的《川西风云与英勇学生军》以及向楚、朱必谦等人的《蜀军政府成立前后》等回忆文章,其内容与重写版《大波》交叉甚多,③"正在使用",无疑是指小说创作。

---

① 雷兵:《李劼人改写〈大波〉时的创作心态——对当代文学创作一种现象的聚焦》,《西华大学学报(哲学社会科学版)》2006年第4期,第12—15页。
② 李劼人:《致张颐》(1962年1月4日),《李劼人晚年书信集(增补本1950—1962)》,第234—235页。
③ 向楚等人的文章与《蜀党史稿》内容大量重合。

在此有几点值得略作展开。首先,李劼人之所以得以接触这些对重写版《大波》意义不凡的素材,与其同为党外民主人士的身份密不可分。倘若离开统战的背景(包括李劼人因此获得的副市长光环)以及人大、政协等将统战对象聚集到一起的现实平台,李劼人要想同彭光烈这样四川地缘政治曾经的要角展开互动几无可能,①甚至连入手仅仅"对内发行"的文史资料,都将变得无从谈起。归根结底,李劼人在共产党规划中的位置,其实与彭光烈等人只有"进步"程度之分,却无根本性质之别。让其远离具体工作、转而写作记录历史见闻的小说的安排,亦与文史馆中的政协委员如出一辙。在官方眼里,重写版《大波》,未尝不可视作另一本更加包罗万象的"文史资料选辑"。

事实上,小说的其他读者也不乏以阅读文史资料的眼光对作品加以审视。张颐即在读后感中评价:"《大波》第三部已收到,其组织与线索,似比第二部要好些。所写夏部与重庆独立之关系,比四川文史资料尤好。"②而在谈到第三部第五章时,张颐又以文史资料为标准质疑李劼人写作的历史性:"朱四部,似是率'持有快枪'之'学生军'到通远门,翁所化名的刘滋大当时亦在持枪学生中,这是我所亲见的,而朱四部列名作者(五人共写)在四川文史资料中所发表之《蜀军政府成立前后》一文中也说是'体育学堂学术',讵朱四部亦记不清邪?"③李劼人并不满意此种将重写版《大波》几乎等同于文史资料的读法,他专门向张颐解释:"朱四爷曾率领体育学生打破城门一事,虽不合乎当日史迹,但《大波》非历史记载,又本文艺必须高于事实原则,只要能概括当日情况,而又未违背史迹演变过程,则亦足矣!何况那样写法,(即是以徒手之体育学术,竟能轰倒持武器的丘八。)据愚见,似更接近现实主义,更富有文艺性,更能烘托出当日学生之革命气概,以及朱四爷之叱咤风云,此亦《三国演义》之所以有别于《三国志》,而更为人所喜爱地方,翁以为如何?"④然而,李劼人却也同时无法对于复现历史的精度毫不介怀。李眉曾委婉地就《文艺报》上阎纲、沈思的评论涉及的"历史小说如何塑造真实人物形象"问题向父亲提议:"小说到底是小说,和历史或传记不同,小说是需要人物的塑形,形象的描写和情节结构。"⑤这些意思与李劼人回复张颐的话无甚区别,可吊诡的是,此时作家却拾起了张颐的标准为自己辩护:"熟知四川史事的人,非常注意我对夏之时的写法,认为比任何历史记载都合乎事实。""总之,《大波》的内容极其广泛,各有各的看法,也各有各的取舍,阎纲、沈思二君,只能说看到了一面,而遗漏的面尚不少。尔与远岑所见,大概亦同。"⑥李劼人的自我矛盾可以理解,他既试图证明重写版《大波》拥有着不亚于文史资料的存史功能,却又希望其能拥有前者不具备的艺术魅力。可两厢兼顾的结果,却招致了文史双侧的批评。

(6)《辛亥四川事变之我》与《辛亥四川争路亲历记》

在周善培的问题上,文史之间的尴尬体现得更加突出。初版《大波》问世后,周善

---

① 王右瑜写给李劼人的信开篇如下:"劼人市长:闻你在组织小说,我再供给你点材料……"倘若面对写作初版时的李劼人,这种客气的语气很难想象。参见戴执礼编:《四川保路运动史料汇纂》,第1930页。
② 张颐:《致李劼人》(1962年8月13日),《李劼人晚年书信集(增补本1950—1962)》,第236页。
③ 张颐:《致李劼人》(1962年8月23日),同上书,第238页。"朱四部",即《蜀军政府成立前后》的作者之一朱必谦。
④ 李劼人:《致张颐》(1962年8月27日),同上书,第236页。
⑤ 李眉:《致李劼人》(1962年11月5日),同上书,第137页。
⑥ 李劼人:《致李眉》(1962年11月12日),同上书,第136页。

培旋即自印小册子《辛亥四川事变之我》同李劼人展开公开辩论,特别是其中41条"正大波之误"的猛烈攻势,令自诩"吾书则处处顾到事实"的作家长期耿耿于怀。① 1957年,周善培又以白话出版了《辛亥四川争路亲历记》,尽管语气已由愤激转为和缓,李劼人的名字也不再提及,但前作的基本思路仍一以贯之,仅仅在细节上有所增删。在前言里,出版方称:"本书虽系从官方人物的身份,从个人的角度所记叙的清廷内部斗争的一些片段,但都是周先生亲阅亲见,是某些史料所没有的。因此,我们特地出版这本小册子,目的是给历史研究工作者和读者提供若干资料。"②可以看到,其定位亦与文史资料相去不远。

尽管李劼人对于周善培毫无好感,但后者历史亲历者的身份毕竟如假包换,这也使得其有的放矢的辩驳事实上给李劼人带来了不小的压力。结果,重写版《大波》同周善培的二书构成了既对话又对峙的互文关系,李劼人一方面吸收了大量论敌提供的证言,另一方面又不忘伺机戳穿其文过饰非的假面,具体的文本互动详见下表:

重写版《大波》中的章节位置	主要剧情	出处
第一部第二章三	郭焕文因法官养成所考试痛骂周善培	"正大波之误"
第一部第二章六	五月二十一日王人文演说支持绅士	《辛亥四川路事亲历记》
第一部第四章二	草堂寺旁公园由来	"正大波之误"
第一部第五章三	邮传部电饬各省电报局禁发路事电报	《辛亥四川路事亲历记》
第一部第七章一	周善培与邓孝可、叶秉诚一同迎接赵尔丰不遇,谣传周善培从中作梗	"正大波之误"
第一部第七章二	尹良先行迎接赵尔丰	"正大波之误"
第一部第九章四	七月初一夜,各街正会商维持秩序之法,司道亦至	"正大波之误"
第一部第十章二	七月初一夜,周善培演说受到民众肯定	"正大波之误"
第一部第十一章一	七月初二,成都首府两县赴劝业场劝民开市	"正大波之误"
第一部第十一章二	周善培劝民开市演说无果(删去初版其被骂场面)	"正大波之误"
第一部第十二章一	七月初九,英国领事与周善培谈罢市,同意协助解决问题,周报告赵尔丰后,赵尔丰同意再打联名电报	《辛亥四川路事亲历记》
	七月十二,周善培演说劝民开市,行将成功之际,遭一烟气满面者破坏,舆论重新激化	"正大波之误"《辛亥四川路事亲历记》

---

① 尽管在周善培的批判付梓后未见李劼人的公开回应,但其心中淤积的不甘,当毋庸置疑。即便早已时过境迁,李劼人还在写给张颐的信上刻薄地说:"《大波》第三部挖掘成都假独立之根源,使掩饰五十余年真面目之周退,暴其丑恶于光天化日之下(此人幸而早死一年,否则又将同我大打笔墨官司,或者如王朗之羞死,亦可能之中)。"参见李劼人:《致张颐》(1962年8月17日),《李劼人晚年书信集(增补1950—1962)》,第235页。
② 周善培:《辛亥四川争路亲历记》,重庆:重庆人民出版社,1957年,"出版者的话"。

续 表

重写版《大波》中的章节位置	主 要 剧 情	出 处
第一部第十二章三	七月十四,尹良以《川人自保商榷书》煽动强硬处置路事,遭周善培等反对,赵尔丰亦不以为然	"正大波之误"
第二部第二章三	《川人自保商榷书》为朱元慎手笔	"正大波之误"
第二部第三章二	七月十五事件中周善培的角色	《致陈子立书》①
第二部第四章二	尹良与路广锺捏造以王人文为首、周善培为次的十路造反名单和木刻大印;七月十五周善培护书被查	《辛亥四川路事亲历记》
第二部第六章五	外县同志军登出"只杀周赵,不问平民"布告	"正大波之误"
第二部第二章八	删去攻击周善培的竹枝词内容	"正大波之误"
第三部第六章一、三	经周善培斡旋,赵尔丰释放被捕绅士	《辛亥四川路事亲历记》
第三部第七章八、九	吴璧华、周善培、陈子立等动员赵尔丰解柄	《辛亥四川路事亲历记》
第三部第九章一	赵尔丰交印前夕,有人上院要求交印于罗纶,周善培解决风波	"正大波之误"
第四部第二章四	叶荃不满朱庆澜仅任副职,架炮威胁	"正大波之误"

  周善培提供的史料固然有助于重写版《大波》丰满细节,但过分在意对方而造成的文本伤害也历历可睹。第一部涉及郭焕文的段落便是一例。讲述这则故事的本意是揭露同志会为煽动民气不惜捏造事实的政治操弄,替这个一闪而过便迅速消失于文本的配角作背景铺陈实无必要。可由于周善培在正误时言之凿凿,称初版《大波》掺入了大量法官养成所考试淘汰者炮制的谣言,以致污名化了自身的历史形象。作为回应,李劼人特意花费整整一节,借郭焕文之口交代了这番私怨。然而,这些无关痛痒的插话到底同主线故事关系薄弱,鸡肋感十足。又如第二部第三章第三节赵尔丰要求全城官员签名支持自己正法绅士的剧情。初版的描写基本脱胎于《辛亥逊清政变发源记》。不过,这些回忆内容却遭到了周善培的质疑。李劼人对此既无法无视又不愿采信,两难之下,他选择在重写版安排郝达三和葛寰中分别充当彭、周双方的代言人,并将判断的权力交给读者。如此一来,叙事自然变得冗长,对于不明作者意图的读者而言,阅读体验委实不佳。从材料上看,初版《大波》在塑造"周善培"这一人物形象时主要依托于彭芬的立场,视角上的单一对于李劼人无所顾忌地施展讽刺才能其实是有利的。但到了重写版,为了显示还原历史的客观性,李劼人将周善培的自我辩解大幅填充到了文本中。可这位晚清遗老的叙事声道不仅与小说的既有基调格格不入,而且在主观上也无法唤起作家的认同。对周善培

---

① 收于《辛亥四川事变之我》。

如此不情不愿的形象提升让这些史料成了叙事端的异物，原本出彩的人物塑造也因此稀释，失去了淋漓尽致的表现力。

四、"当代文学"中的"新小说"

面对上述林林总总的材源，如何整合无疑成了决定作品成败的关键。在此问题上，重写版《大波》耐人寻味地脱离了"当代文学"的语境。从小说内部，很难觅得当时受到追捧的社会主义现实主义之踪影，真正与李劼人的形式经营意气相投的，反倒是遥远的晚清"新小说"经验。上文已经触及重写版《大波》近乎报章连载的写作方式，以及在素材上大量拾掇新闻轶事的特点。这种小说"新闻化"的倾向，李伯元、吴趼人等"新小说家"实为其先驱。李伯元创作《庚子国变弹词》，公开声明"是书取材于中西报纸者，十之四五；得之诸朋辈传述者，十之三四；其为作书人思想所得，取资敷佐者，不过十之一二耳。小说体裁，自应尔尔，阅者勿以杜撰目之"。包天笑向吴趼人当面请教，《二十年目睹之怪现状》"何从得这许多材料？"吴趼人给他"瞧一本手抄册子，很像日记一般，里面抄写的，都是每次听得友人们所谈的故事。也有从笔记上抄下来的，也有从报纸上剪下来的，杂乱无章地成了一巨册"。然后加以整理，"用一个贯穿之法"，写成小说。① 可以看到，无论是对于历史真实锱铢必较的态度，还是犹如记者写新闻一般的取材手腕，重写版《大波》同"新小说"之间的亲缘，或许远较通常想象来得深刻。事实上，在晚清亦曾一度作为报人和"新小说家"活跃的李劼人，恐怕对李伯元、吴趼人始终青睐有加。他的学生钟朗华在解放后向其求教创作经验。在李劼人为之开列的"一二十种书目"中，便包含有《二十年目睹之怪现状》和《官场现形记》。② 《大波》重写期间，情况亦然。当有读者批评小说出场人物太多面目不清时，李劼人即拿出《二十年目睹之怪现状》为自己辩护。③ 将重写版《大波》置于"新小说"的脉络下予以观照，并不奇怪。

当然，师法"新小说"，便同时意味着复制其叙事缺陷的风险。在此重温一下鲁迅和胡适的著名论断或有意义。鲁迅率先指出了李伯元和吴趼人作品结构上的弊端，不客气地将之贬作"话柄""类书"④。胡适虽肯定《官场现形记》"是一部社会史料"，却也基本同意鲁迅的看法，在结构和人物塑造方面均提出了严厉批评，称"这部书确是联缀许多'话柄'做成的，既没有结构，又没有剪裁，是第一短处。作者自己很少官场的经验，所记大官的秽史多是间接听得来的'话柄'；有时作者还肯加上一点组织点缀的工夫，有时连这一点最低限度的技术都免去了，便成了随笔记账。这是第二短处。这样信手拈来的记录，目的在于铺叙'话柄'，而不在于描摹人物，故此书中的人物几乎没有一个有一点个性的表现，读者只看见一群饿狗嚷进嚷出而已。""这是第三短处。"⑤两位新文学旗手的观点难免囿于立场，但相当程度上，这些批评仍有助于检视重写版《大波》的形式弊病。

---

① 袁进：《中国小说的近代变革》，桂林：广西师范大学出版社，2009年，第48—49页。
② 钟朗华：《缅怀李劼人先生》，收《李劼人研究：2007》，成都：巴蜀书社，2008年，第145页。
③ 李劼人：《〈大波〉第三部书后》，《李劼人全集》第4卷，第1166页。既有研究往往过分强调托尔斯泰对于重写版《大波》的影响，但应该看到，李劼人其实是以阅读古典文学的眼光理解托尔斯泰的，正如其在写给儿子的信中所言："我从写作《大波》的实践中，愈益懂得中国这些古典作品之所以能永垂不朽，而外国的许多古典作品之所以可议（老托尔斯泰除外）。他的每一个作品，都可与我国古典作品相媲敌）。"参见李劼人：《致李远岑》(1962年8月17日)，《李劼人晚年书信集（增补本1950—1962）》，第203页。
④ 鲁迅：《中国小说史略》，《鲁迅全集》第6卷，北京：人民文学出版社，2005年，第293、295页。
⑤ 胡适：《〈官场现形记〉序》，收《胡适古典文学研究论集》，上海：上海古籍出版社，2013年，第1018、1027页。

第三部创作谈里,李劼人有过如下这番自我批评:

> 我在《大波》第一部中,用过一些取巧手法(也可说是偷懒手法),把某种应该描写的比较有关系的事件,或情节,都借用一个人的口,将其扼要叙说一番,便交代过了。这手法,也是一种艺术,偶一为之,未始不可。但我多用了几次,因就引起了朋友的批评。在写《大波》第二部,我已改正了,把有些可以从一个人口中叙述的事情,改为正面描写,例如第七章前三节,陈锦江和一百多名陆军士兵血染三江口一事,就是从头到尾,具体的将其描写出来,而不光借彭家骐的口来说。在第三部里,更是这样。如第二章、第五章、第七章、第十章,对于那个风云人物端方,我便没有放松过一笔,从他的形象,到他的内心,差不多没有借重另一个人的口,和另一个人的眼,叙述他,描绘他。①

"借用一个人的口",即是鲁、胡二人所谓的"话柄"。确如李劼人事后认识到的,重写版《大波》,尤其是第一部,几乎与话柄的集锦无异。连带着,初版里生龙活虎,承担着表现作家历史观功能的虚构人物也相应沦为了讲述话柄的傀儡。为此,李劼人甚至不惜破坏自己原本塑造得颇为成功的形象。以葛寰中和楚用为例。重写版的葛寰中仿佛周善培材料的传声筒,在缺乏前情铺垫的情况下,他被强行编排成了黄澜生的老友。尽管借此,葛寰中得以于大量场合现身,交代话柄的叙事功能顺利完成,但《暴风雨前》中其有声有色的性格,却也因为工具化的使用而荡然无存;楚用更是如此,为了把学生军的史料编织进文本,李劼人驱赶楚用跟随汪子宜踏上了逃亡之旅。此种"旅行者"的设定,乃是"新小说"的惯用套路。诚如陈平原指出的:"在一个风云变幻的年代里,旅行者同时也可能成为历史大事变的目击者或者社会变迁的见证人。而'补史之阙'历来又是中国文人的神圣职责。因而,新小说家很可能从'补史'这个层面选择'旅行者',利用其相对广阔的视野以及其不断变迁的角度这一便利,使小说获得某种'史'的意义。"②可问题在于,楚用对革命本就抱着游戏心态,让其参加学生军,明显缺乏动机。对此,李劼人也无法很好地予以解释,他只得牵强地让楚用自我埋怨:"昨天准是碰了鬼,不然的话,我平日说话总要想一想的,为啥昨天竟自两回两回地冲口而出?"(471)③值得玩味的是,楚用随后继续说:"为什么不出南门到簇桥彭家骐家里去住一个时期?岂不比跟汪子宜跑到这里来革命更妥当些?为什么那时就没想到?"去簇桥彭家骐家,恰是初版七月十五血案发生后楚用的选择。目的地的变换,体现的乃是两版《大波》写作意图上的分道扬镳。事实上,重写版基本以全名"楚用"称呼初版的"楚子材",这已在提醒读者,两版《大波》的人物,不应一视同仁。但尴尬的是,重写毕竟无法根本摆脱《暴风雨前》和初版《大波》的情节基础(一定程度上,前作和初版其实亦充当着重写版《大波》另类的材源),为了服务于话柄的插入而刻意更改人设,其结果只能是人物性格的支离破碎和前后矛盾。

更可惜的是,重写版《大波》的"话柄化"亦使得初版中许多李劼人对于历史独具慧眼的观察一并消失。最能体现这一倒退的,莫过于饭局的刻画。初版的饭局意义非凡,它不仅是各路人马相会的场所,同时也象征着剧变的时代背后那抹不变的底色。黄太太是饭局的不二核心,借由性的纽带,黄太太与她掌握各色社会权力的情人们构成了一个

---

① 李劼人:《〈大波〉第三部书后》,《李劼人全集》第4卷,第1164页。
② 陈平原:《中国现代小说的起点:清末民初小说研究》,北京:北京大学出版社,2010年,第227页。
③ 本文对于重写版《大波》的引用俱依据《李劼人全集》第4卷,下不另注,仅在括号中标注页码。

固若金汤的小集团。透过黄太太饭桌上的游刃有余,李劼人巧妙地点出了轰轰烈烈的保路运动其实没能真正颠覆既有牢不可破的社会秩序,宏大事件的进步性不过是皮相,日常生活的世界里,还有着历史另外一张面孔。然而,到了重写版,几次饭局仅仅剩下了交换话柄的功能,日常生活完全被家国大事挤压到了边缘的位置。第一部第三章黄家宴客,"为了要在嘉宾面前一显女主人的标格"。(64)黄太太早早精心打扮。倘若在初版,她将当仁不让地成为场上的唯一焦点。起初,推杯换盏也的确围绕着黄太太的风姿展开。然而,从葛寰中开始挑起保路的话题起,"谈话的中心就不再是黄太太"(66)。通过一连串的"据说",李劼人将时事新闻的话柄接二连三地塞入文本。这当然是有意为之的,叙事者的声音适时响起:"黄公馆请客不算稀奇事","但是像今天这样的应酬,既不打牌,又不搳拳闹酒,自始至终光谈国家大事,好像近年来还是头一次"。(89—90)尽管女主人的不悦溢于言表,但故事的走向却在其无可奈何的失宠里明确地改了道。第二部第六章周宏道和龙竹君的婚礼也是如此。此桩婚事乃是黄太太一手促成,婚礼本该是这位媒人大出风头的舞台。然而,大婚之日,当黄太太被众人怂恿着上台演说时,一贯伶牙俐齿的她却尴尬地失语了。待得邵明叔携岑春煊来蜀的爆炸消息姗姗来迟,众人的心思已被其一番侃侃而谈彻底转移到了国家大事上。"最后的四座菜和尖刀圆子汤业已端上桌子。周宏道还在两桌之间,来回劝酒。但大家已一迭声在催饭了。因为都想散席后,赶快到街上去看一看岑春煊的那张告蜀中父老文,到底说了些什么。"(637)不能责怪吃席的众人不识抬举,毕竟,安排这场婚宴的意义本就是给邵明叔传递话柄,一旦叙事功能达到,舞台便自然失去继续存在的价值了。

另一方面,尽管李劼人自诩可以通过正面描写"改正""借用一个人的口"的弊端,但要想真正在艺术上扭转乾坤,单凭这一修正恐怕杯水车薪。的确,以限制视角进入某一人物的内心世界正面展开描写,较之单单让其转述话柄的"见闻录"式写法,更具真实感。李劼人所列举的第二部第七章三渡水之战,也的确堪称重写版《大波》故事中最惊心动魄,表现力最强的段落之一。然而,这种局部的进步并不足以弥补小说结构整体感匮缺的毛病,作品的"类书"味道依然相当浓厚。以第二部为例,除了第七章的新军视角,第二、四、五章分别主要以楚用、路广锺、顾天成的视角独自从正面加以描写。每个章节皆乃独立成篇的小故事,但故事之间的相互关联却很薄弱,无法统摄在一个统一的艺术情境下。

结构上的松散不应仅从形式层面加以理解,文本的"类书化"同样意味着身为叙事者的李劼人驾驭历史全局能力的衰退。拙文曾尝试以"演义"定位初版《大波》的文体,目的之一即是强调李劼人在写作时"以己意饰增"历史的控盘能力。传统白话小说的叙事中,全知的叙述者或说书人于象征层面复制了庙堂精英统治的机制,文本的叙事声音代表着在作者和读者之间分享的共同价值、观点和态度,特别是对深受史传传统影响的历史小说而言,这一实际由说书人道出的共同话语模拟着史官在诠释历史时所下的定语,它超越了一己私见的层次,以幻觉的方式体现着对历史集体性的共同认知。换言之,文本的全知视角与写作者纵览历史全局的自信是一体两面的,它保障了所叙历史以及其背后的历史观念、历史教谕之于文本受众的共通性和可理解性。[①] 晚清"新小说"之所以尤

[①] 对此问题的详细讨论可参考商伟:《礼与十八世纪的文化转折:〈儒林外史〉研究》,北京:读书·生活·新知三联书店,2012年,第234—265页。

重历史题材,背后也汹涌着这种言述全面历史的野心。

然而,小说家要想僭越到史官的位置却并非易事。史料上的不足不过是表面的理由,更核心的问题在于,类似《三国演义》那种俯瞰历史、并对人物及事件给出明确是非评断的叙事权威,无法被看不透时势变化的"新小说家"轻易模仿。是以,历史小说很快便下滑为"时事小说""社会小说"甚至"黑幕小说",这些文本多少都可通过纂集的话柄反映历史的一鳞片爪,但若论及凭借作者的史观和史识将各个社会阶层在历史进程中扮演的角色链接到一起,进而提供一个贯穿全局的"主叙事"的能力,则明显每愈况下。初版《大波》的叙事主要通过全知视角展开,尽管材源的意义至关重要,但作品对于历史演变因果动力的理解,仍基本是由李劼人自己提供的。小说端出的历史图景究竟有多少深刻性或准确性当然可资商榷,但敢于为历史提供叙事架构,本身即体现出作者心态上的乐观。换言之,在选择主要以全知视角进行创作的时刻,李劼人对于保路运动的看法底气十足,他相信自己所展示的历史真实可信、是能够全面反映阅读这本小说的四川读者对于过去的集体记忆的。但到了重写版,随着李劼人不停变换一个又一个限制视角,当初的底气已然锐减。因为,这些限制视角完全是小说的材源提供的,李劼人很少能在其基础上通过"己意"饰增出新的历史认识。越是收集更多的材料,越是"正面地"沉浸到材料的视角中,其实反而越发暴露出李劼人在把握历史全貌时的举棋不定。他无力凭借自己的判断占据那个传统说书人代言共同话语的权威位置,所能做到的只是紧紧跟上历史亲历者们的步伐,借由他者的眼光再现过去,至多是作出一定程度的微小修正。就像第三部第四章的龙泉驿兵变一节,纵使李劼人宣称凭借自己克实的研究纠正了"一般记载"的看法,但整个章节的框架,归根结底还是由熊克武赋予的,李劼人可以对之提出质疑,却无法从根本上撼动材源内嵌的叙事权柄。在此意义上,再用"演义"定位重写版《大波》的文类特征已不太合适,毕竟李劼人所做到的,事实上并未超越"时事小说"或"社会小说"以类书的形式打捞历史碎片的范畴,他未能真正以自己的方式为历史提供全方位的诠释。

当然,为保路运动的诸多历史碎片附加一个整体性的寓意,甚至去给出一个带有盖棺论定意味的宏大叙事,在重写《大波》的历史语境下,事实上也不是凭李劼人党外民主人士的身份可以妄想逾次超秩的。真正有资格完成该任务的,只有吴玉章这样背靠政治权力的历史叙事者。值得关注的是,在李劼人与吴玉章再现的保路运动记忆之间,事实上不乏文内文外隐而不发的紧张。透过比照二者所给出的辛亥前后历史画面的异同,不仅得以审视李劼人自称"用了功"的政治学习究竟在多大程度上影响到重写版《大波》的历史书写,同时借由把握作家与主流意识形态主导下的历史书写的距离,亦可为研究"当代文学"体制下知识分子和国家权力的实际互动,提供另一番有别于刻板二元对立印象的判断。

五、在主流历史书写的边缘

在切入上述问题前,首先有必要回顾一下主流意识形态主导下的保路运动图式的建立过程和基本形态。前文提到,截至1957年,有关保路运动的规范性论述尚在生成过程中。这多少同研究基础的薄弱有关。毕竟,解放初期,辛亥革命其实并不属于史学界关心的重点领域,1951年辛亥革命40周年之际纪念活动的缺失可以为证。直到1956年毛泽东发表《纪念孙中山先生》,辛亥革命史研究才在1956年下半年至1957年上半年出现了短暂热潮。但好景很快就在1958年被"大跃进"影响下的"史学革命"中断。随着激进政治的冷却,史学界终于有机会恢复元气,1961年10月16日至21日召开的辛亥革命50周年学术研讨会即以此为背景。这是以辛亥革命为主题的第一次全国性学术会议,规格极高,吴玉章主持会议并发表讲话,范文澜、李达、翦伯赞、吕振羽、吴晗等权威俱参加了会议。对辛亥革命史研究来说,该会有着"筚路蓝缕,以启山林"之功。① 提交的学术论文中,包括隗瀛涛的《四川保路运动》,这可视作史学界阐述保路运动的阶段性标志。

需要说明的是,隗瀛涛的工作深受吴玉章思路的直接影响。据其在"文革"后追忆,1959年6月13日,隗瀛涛参加了吴玉章在四川召集的辛亥革命史研究座谈会:"这次会议上,吴玉章同志曾详细地介绍了辛亥革命在四川的情况,指出:'辛亥革命时期四川最突出的事件就是保路运动。这个运动对辛亥革命起了巨大的作用。这次运动的特点是群众性的,动的面很宽,政治性强,一开始就是反对帝国主义的。说明人民有力量来办铁路。'他希望史学工作者尽快地把这段历史整理研究出来。在吴玉章同志的启示下,在张秀熟同志的关怀下,我开始了四川保路运动史的资料收集和初步的研究工作。"②看来,至迟到1959年,吴玉章已经形成了对保路运动群众性反帝运动的明确定位,并开始以此指导实际的历史书写。

隗瀛涛的论文开宗明义:"四川保路运动是中国资产阶级民主主义革命的一环,也是中国近代第三次革命高潮中的一支突出的先锋力量","四川人民在辛亥革命时期,以自己的英勇斗争沉重地打击了穷凶极恶的帝国主义,粉碎了他们掠夺川汉铁路的可耻阴谋,使帝国主义的走狗清王朝的专制统治首先在四川被冲破,并为武装起义创造了重要的客观条件,从而加速了全国革命运动的发展进程,为革命立下了不朽的功勋。"③单从这番概说中,"三次革命高潮"理论的印痕已清晰可辨。具体地,文章除花费大量笔墨对帝国主义侵略的线索予以勾勒外,在阶级分析方面,对立宪派的评价也远较戴执礼的序言来得苛刻。隗瀛涛基本将立宪派归入"反动"阵营。在群众问题上,"立宪派分子害怕群众甚于朝廷。他们在企图利用群众力量压迫清廷让步的同时,更注意控制保路运动的领导权,极力想把群众运动控制在温和的和平请愿范围","根本不理会群众不可遏制的反帝反清的情绪和意志。"而龙鸣剑等革命党人则从"一开始就看透了立宪派人争路的实质,采取了'明同暗斗'的策略",其通过会党势力与劳动群众相结合,实现了对这场"人民革命"的领导。吴玉章自己完成于1961年的《辛亥革命》,所表达的意思基本与之类似,他这样对立宪派、革命党和人民群众的历史角色盖棺定论:"以蒲殿俊、罗纶为首的立宪党人,则代表着四川地主阶级和上层资产阶级的利益,虽然他们也曾假借革命群众的力量,向清朝反动统治者作过一定程度的斗争,但是,他们最害怕的是群众真的革起命来,动摇了封建统治的社会基础,所以,他们对赵尔丰等清朝反动统治的代表者总是特别'宽大',而对起义群众却格外的残忍无情。至于起义的民军,它基本上是由自发参加斗争的广大下层群众所组成的,其领导成员多半为会党首领,只有少数是革命党人,他们当中有不少的优秀分子(如龙鸣剑等)在残酷的斗争中牺牲了,而剩下来的人后来却上了立

---

① 赵庆云:《辛亥革命学术研讨会与辛亥革命史研究》,《当代中国史研究》2011年第6期,第7—16页。
② 隗瀛涛:《四川保路运动史》,成都:四川人民出版社,1981年,第3页。
③ 隗瀛涛的《四川保路运动》一文,初收于湖北省哲学社会科学学会联合会编:《辛亥革命五十周年纪念论文集》,北京:中华书局,1962年,第473—495页。后经个别字句修改,收录于《四川文史资料选辑》第一辑,李劼人肯定读到过后书中的版本。本文引文所涉及的部分,二书没有区别,引文下不另注。

宪党人的圈套,无形中成了替他们争夺江山的工具。但是,无论是争路运动,还是推翻清朝的功劳,都应该归之于这般下层群众和他们的领导者身上。"①从胡绳、吴玉章到隗瀛涛这一不断细化具体的表述脉络,代表着当时马克思主义史家对于保路运动的主流认识,它从"革命史"的研究模式出发,正面突出下层民众及其领导者革命党人的作用,立宪派的改良路线则基本被作为对立面打入另册,不仅其历史意义被农民、新军和会党的光芒完全掩盖,甚至还往往会以群众运动绊脚石的面目登场。

另一方面,1959年6月13日的座谈会并不见于李劼人的年谱,其参加座谈的可能性并不高。对官方而言,相较于历史包袱厚重的李劼人,像隗瀛涛这样的后起之秀恐怕才更值得期待。倘若该猜想属实,就在写作重写版《大波》第二部的当口,李劼人其实正在同主流历史叙述渐行渐远。尽管这一点缺乏实证,但能够断言的是,李劼人和吴玉章之于对方的观点都并不陌生。1962年8月23日,张颐在给李劼人的信中谈道:"吴老所写,关于四川辛亥革命,实太隔膜,可将翁作送他一本。"②这指的当然是《辛亥革命》一书。对此,李劼人回复道:"吴老今春在京曾与我谈过辛亥事,自信甚坚,说我多有疏忽,故未便再以《大波》扰之。"③11月,张颐再度来函提及:"《大波》写至何处?关于但、吴诸老处写得惬心吗?"④李劼人复信表示:"目前写到'打启发'次日。重庆方面事,太难着笔,将来拟从侧带过,不作正面描写,免得罪老人,妨我著述也,尊意如何?"⑤可以看到,在吴玉章自信满满地认为重写版《大波》不足为训的同时,李劼人也对吴玉章采取了退避三舍的态度,心底里,他恐怕与张颐一样对于吴玉章的辛亥论述多有腹诽,但碍于对方可能"妨我著述"的权威,李劼人不得不收敛自己争辩的锋芒。

从文本内部观照,重写版《大波》的"阶级分析"也的确与吴玉章、隗瀛涛的视角和价值取向大异其趣。在"革命史"框架下,同志军只有响应革命这一个向度,会党同革命派之间的摩擦无疑是必须回避的禁忌。但李劼人却对这些内容毫不掩饰,他浓墨重彩地正面直击了三渡水惨案。面对革命党人领导下投降过来的新军,同志军为抢夺军火背信弃义,残忍地屠杀了一百余人:"三株老黄桷树的四周,几乎遍地都是用马刀,用腰刀,用各种刀,斫得血骨令当的死尸。绝大多数的死尸都被剥光衣服,有的尚穿着黄咔叽布的军裤,有的却是把裤脚拽到腿弯上的大裤管蓝布裤。而且都是用各种找得到的绳子——麻的、棕的、裹腿布一破两开扭成的,把两只手臂结结实实反剪在背上。就这样,也看得出临死时那种挣扎斗争痕迹。因为每个死尸都不是一刀丧命的,从致命的脑壳、肚腹、两胁、腰眼这些地方,无一具死尸不可数出十几处刀伤,或者梭镖戳的窟窿。因此,流的血也多,到处都看得出一洼一洼尚未凝结的鲜红的人血。"(675)这段描述当然也受到熊克武的启发,但材源的笔调是相对克制的,它试图将此事件塑造成一桩令人遗憾的误会:"朴斋、泽沛、庆熙诸部,素不知锦江为革命党人,以为官兵皆吾仇敌,集众围之,树勋、时雨力阻不从,遂戕锦江,恣杀全连兵,并戮时雨家属。"⑥相反,李劼人却在此处罕见地凭借

---

① 吴玉章:《辛亥革命》,北京:人民出版社,1961年,第136页。
② 张颐:《致李劼人》(1962年8月23日),《李劼人晚年书信集(增补本1950—1962)》,第238页。
③ 李劼人:《致张颐》(1962年8月27日),同上书,第236—237页。
④ 张颐:《致李劼人》(1962年11月),同上书,第241页。书中将张颐的来函时间错植为1962年12月,现根据李劼人的回信日期,改作11月。"但"指但懋辛。
⑤ 李劼人:《致张颐》(1962年11月11日),同上书,第240页。
⑥ 戴执礼编:《四川保路运动史料汇纂》,第6页。

自身的历史洞见冲破了史料的束缚,他添油加醋,用特写镜头细致地呈现了尸横遍野的惨状。增加艺术表现力固然是选择该处理的部分理由,但更为根本的原因恐怕还在于,李劼人对以农民和会党为主要构成的反清群众武装始终无甚好感,初版中,他便屡屡以"土匪"冠之,到了重写版,负面的态度事实上没有反转,这与"革命史"框架下对于群众运动过度浪漫的刻画显然判若两途。

当然,初版《大波》并非不存在可以同"革命史观"相对接的内容。尽管对群众运动绝非无条件信任,但单论民众参与路事的政治热忱,李劼人的敬意却是毋庸置疑的,它集中投射在了伞铺掌柜傅隆盛这一角色身上,初版倾注了大量心血刻画其被时势激荡出的正义、勇气和民间智慧。相反,对那些自以为能够轻易操纵民气的立宪派绅士,李劼人则透过邓孝可等人面对睽睽众目时骑虎难下的内面视角予以了辛辣的讽刺。这些内容无疑将会受到"革命史观"的欣然欢迎。但在重写时,李劼人非但没有在上述可以融入主流意识形态且艺术水准也不低的段落上大做文章,甚至为了迎合自己全新的写作意图,对之进行了艺术和政治双输的处理。傅隆盛的戏份遭到大幅删减,初版那个在历史舞台上神气活现的市民领袖几乎消失了,所剩下的只有在部分场合作为民众代表列席的功能性作用。立宪派面对激昂群情时的进退维谷尽管经由压缩得到了最低程度的保留,但原本的内部视角却被革命党人口中"今天的人民已经变成一座火山!在这种熊熊烈焰之前,谁来耍狡猾,谁就会遭殃。除非你能决天河之水,你休想把它扑灭!"(280)这样乏味的外部评论所取代,感染力一落千丈。归根结底,重写版《大波》的聚焦点并不落在人民群众的抗争之上,李劼人也对深入批判立宪派兴趣阑珊,真正能够吸引作家目光的,还是那些历史事件表面上的走向以及推动事态发展的头面人物的作为。这也是其之所以前期将立宪派主导的同志会与赵尔丰阵营台前幕后的较量视作剧情纲目的原因。① 类似的,到了第三部,端方与赵尔丰的勾心斗角被李劼人理解为引发四川独立的"主要矛盾"。相较之下,龙鸣剑、吴玉章等革命党人的斗争只有局部性的次要意义,被一笔带过甚至销声匿迹,也顺理成章。

无论从文内文外观察,重写版《大波》都同吴玉章等人示范的历史书写分歧明显,这让人很难相信,主流意识形态果真在思想观念层面直接干涉了李劼人的重写过程,甚至,后者的规范能力恐怕远远不如刻板印象所想象的那样强势。应该说,虽然"革命史"范式引领着彼时塑造辛亥革命和四川保路运动历史记忆的风尚,其对李劼人的叙事造成影响的可能性也无法排除,但至少,它还不是一种唯我独尊、完全压制其他观点的话语。造成这一现象的原因很多,以下两点尤其值得重视。其一,即便在马克思主义史学阵营内部,对辛亥革命的阐释也并非铁板一块。例如在中国近代史分期讨论中有力冲击了胡绳强调阶级斗争的"三次革命高潮"理论的范文澜,就主张立宪派具有既"参加革命"又"破坏革命"的两面性,并明确提出"辛亥革命,是资产阶级革命派和立宪派共同的行动"。② 有意思的是,范文澜对于重写版《大波》的一、二部评价颇高,他"曾极力向高级党校同学推荐此二部书,说是对了解辛亥革命面貌很有价值"③。小说之所以能够吸引范文澜的注

---

① 尽管在重写版中,李劼人的确加强了同志会中革命派的作用及其与立宪派绅士的斗争,但正如其自己所承认的"引起同志会分歧的革命党与立宪派、维新派的斗争,也没有用力去描写"。参见李劼人:《〈大波〉第二部书后》,《李劼人全集》第4卷,第768页。
② 赵庆云:《辛亥革命学术研讨会与辛亥革命史研究》,《当代中国史研究》2011年第6期,第7—16页。
③ 李眉:《致李劼人》(1962年11月5日),《李劼人晚年书信集(增补本1950—1962)》,第137页。

意,除了后者在治学时要求掌握并钻研大量史料的个人风格外,①李劼人所展示的历史图景拥有"革命史"模式不具备的芜杂性,大概也是原因之一。

其二,共和国体制下对于知识分子的改造乃是一个非常复杂的治理过程,在分析时采取一个相对长程的连贯视角或将更为有效。从长远看,早在1954年,虚化李劼人实权的政治目标就业已达成,而在"反右"的运动压力下,作家曾经的批判棱角也被基本磨平,虽说未必到了躲进小楼成一统的境地,但在菱窠寓所陶醉于辛亥往事的李劼人,同现实世界之间的关联实际上已相当稀薄,他不会再对共产党辖下的社会秩序构成威胁了。面对如此局面,额外对其历史书写施以高压不仅意义不大,甚至还可能影响到统战工作的顺利开展。在诸如辛亥革命这样相对次要的领域,放任李劼人等旧式人物给予其一定的表达空间,使其能够以类似文史资料的形式贡献余热,对处理知识分子问题而言,其实是更加有效的治理方式。围绕知识分子的改造必须松弛有道的推进,刚性操作不过是其中的一个环节,只有同时注意怀柔的面向,才能相对立体地还原知识分子政策实际展开的样貌。在此,不妨将巴金与李劼人作一个简单的比较。同为党外民主人士,巴金在青年群体当中影响极大,又在思想层面与无政府主义这一异端思想存在着高度密切的关联,这些都触碰到了共产党方面难以容忍的红线。是以巴金必须对自己的旧作做出伤筋动骨的修改,甚至当其修改没有达到官方所期待的程度时,通过运动对其进行敲打便会被提上议程。②但李劼人的小说创作并不涉及这些麻烦,甚至在共产党文艺方面的布局规划中,他也没有巴金这样的重要性,只要李劼人能够完成好自己装点门面的任务,在划定的范围内让其自由发挥,不仅无伤大雅,甚至是可以不遗余力加以支持的。就连周善培这样被吴玉章直接抨击为"反动立场""无耻妄说"③的著作,都能够在写作和出版时畅行无阻,区区重写版《大波》,又何足挂齿呢?

六、小结

迈入共和国的阶段后,李劼人的生活方式、社会身份与创作环境均发生了天翻地覆的变化。当重写《大波》的良机来临,政治社会体制和思想文化气候方面的变动当然会通过各种直接、间接的途径渗透到作品的生产过程和文本形态上。然而,一味聚焦外缘影响、特别是过分放大思想观念层面压力的诠释路径多少有欠妥当。对于旧作的涤故更新毕竟与完全根据时代要求定制新章不同,特别是对李劼人这样经验丰富的作家和《大波》这样背负着沉甸甸历史包袱的作品来说就更为如此。在重写《大波》开始前和第一部完成后,李劼人都曾用"以赎前愆"④来形容自己的创作动机和写作目标。创作第三部期间,他也留下了诸如"经数年政治教育,思想学习,反观从前,迥异畴昔,构思落

---

① 关于范文澜在1954—1957年中国近代史分期讨论中的主张以及马克思主义史学界内部同胡绳"三次革命高潮"理论之间的分歧,可参见李怀印:《重构现代中国:中国历史写作中的想象于真实》,岁有生、王传奇译,北京:中华书局:2013年,第114—136页。

② 对于巴金面临的知识分子改造,可参考拙著:《历史转折中的巴金与文艺界:1958—1963》,复旦大学博士论文,2022年。

③ 吴玉章:《辛亥革命》,第137页。

④ 李劼人:《〈死水微澜〉前记》,《李劼人全集》第9卷,第243页。

墨,固自不同"。① 这样容易将两版《大波》之间的变化引向意识形态层面的说辞。但"前愆"事实上并不能被"政治""思想"维度的"缺陷"一言以蔽,作品仍存在着李劼人认为有必要大刀阔斧改进的内在问题。特别是在政治和思想文化环境都较为宽松的创作初期,重写《大波》的动力首先还是内生性的。

初版《大波》本就是一部对于材源高度依赖的作品。借由演义文体,李劼人在纪实与虚构危险的平衡点上创造出了有关四川保路运动的历史记忆独具魅力的文学表达。不过,初版对于过去的呈现形式毕竟受制于彼时相对简陋的创作条件,一旦有机会调度更多方面的史料为自己服务,李劼人内嵌于作品的存史冲动便愈发膨胀,它驱使作家打破既有平衡,有意无意地让《大波》由历史小说朝历史实录一端滑动,特别是初版面世后周善培措辞刻薄却又并不全无道理的攻击的刺激,更进一步加剧了李劼人历史化旧作的决心。随着解放后戴执礼等人的史学研究所带来的文献推进,以及李劼人利用党外民主人士的人际网络完成的口述工作,重写版《大波》可以运筹的材源范围已同初版不可同日而语,作品呈现的历史景观的不同,首先便是既有材源和新资料的重组整合所引发的。但也必须看到,材源上的"大跃进"并没能激发出小说历史识见层面上的突破。即便李劼人自己不愿承认,但从重写版《大波》的文本里浮现出的,其实是一个在材料大海里越陷越深、最终迷失自我的写作者形象。李劼人如夸父逐日一般追逐着视角立场迥异的史料,却渐渐在跋涉中不仅消磨了作品原本的文学魅力,初版原本自成一体且不乏慧眼的历史解释,也几乎被切割得支离破碎,只剩吉光片羽。重写版《大波》不仅没有与时俱进地受到彼时统治文坛的社会主义现实主义风气的洗礼,相反,在过分迷恋史料的反噬下,一般被归入新文学家阵营的李劼人反而吊诡地落入了晚清"新小说"的窠臼。尽管小说形式的"现代化"无疑是一种迷思,但重写版《大波》所经历的"倒退",仍堪称是历史小说古今演变过程里一段令人惋惜的弯路。

当然,单凭内在理路同样无法充分解释两版《大波》诸多方面的反差,外部世界的变化毫无疑问给重写版《大波》文本的实际面貌造成了深远的影响。尽管党外民主人士的身份在获取资料方面为李劼人提供了不少便利,但相应地,他也必须履行好这一角色所需要承担的政治义务。面对自己的全新身份,李劼人显然没有做到游刃有余,结果不仅让其创作因为"反右"的震荡一时陷入停滞,老作家本就不甚充沛的精力也一点一滴地被消磨在日复一日的文山会海中。在创作时间屡屡遭到打扰又需要以近乎连载的方式向出版社交卷的情况下,相对独立的新闻话柄便构成了对李劼人的创作一种致命的诱惑,重写版《大波》最终难逃"类书"之弊,选择了趋于"新小说"的陈旧形式,同这重背景息息相关。另一方面,思想观念层面的外部要求之所以并不构成两版《大波》变化的核心要素,亦掺杂了多方面的外因。尽管在"革命史观"的影响下,马克思主义史家的确生产出了一套阐释辛亥革命和四川保路运动的规范性论述,但这套论述不仅在形成时间上基本与重写版《大波》的写作保持同步,同时在其内部,不同观点之间的分歧也并未完全消除。

---

① 李劼人:《致黄仲苏》(1961年2月6日),《李劼人晚年书信集(增补本1950—1962)》,第231页。当然,本文并无否认李劼人参加政治学习的认真程度之意,该板块的确构成了共和国时期李劼人生活的重要面向,例如他曾在写给刘白羽的信上提及:"自学规划,则是每天必看报纸四种(其中《人民日报》航空版),必读重要文件一篇(有时是半篇),此外,则阅读重要理论杂志(如《红旗》,如此间之《上游》),阅读其他杂志及作品,若旧书籍,亦辄翻看。要之,每天以大部分时间学习阅读,暇则翻书自娱,已成习惯,不可更改;尤其《人民日报》,一天不看,一天不快!"参见李劼人:《致刘白羽》(1961年3月23日),《李劼人晚年书信集(增补本):1950—1962》,第244页。

此外,针对李劼人这样一位早早淡出政坛、在"反右"后也基本能够较好地配合官方要求的统战对象,似乎也没有过分禁锢的必要,作家那些对一个并不特别重要的时段多少显得不够"标准"的历史叙事,完全处在共产党方面可以容忍的范畴内,而作为一个合格的统战对象,李劼人局部上的自由事实上也并非孤例。

重写版《大波》采取了同初版大相径庭的书写策略,并最终表现为"新小说"和文史资料杂糅的古怪文体,这乃是形式与内容、文学与历史、内因与外因综合化学反应的结果。尽管单就艺术成就而论,重写版《大波》或许很难称得上是一部成功的作品,但李劼人"以赎前愆"的曲折际遇,依然可以为文学和知识分子问题的研究提供一定的有益反思。文学史毕竟存在自主的演绎逻辑和有待消化的内部课题,正所谓"唐有宋诗,宋有唐诗",即便置身于一个政治思想压力相对较大的历史语境下,对于外缘影响作用的评估也需谨慎,"文学的历史"终究不可简单地同"历史上的文学"画上等号。而在知识分子改造的议题上,二元对立的僵硬图式乃是一个必须时刻警惕和努力挣脱的分析框架,迫不及待地在研究对象同社会体制、文化规范和意识形态要求之间建立未必真实存在的紧密联系,结果可能适得其反。只有对于具体政策充满弹性的展开过程和每一个对象的独特位置予以充分尊重,历史才可能在一定程度上微微揭开自己神秘的面纱。

2023 年 10 月 8 日一稿

许俊雅

陈独秀《小学识字教本》油印稿在台的出版经过及相关问题

一、陈独秀《小学识字教本》油印稿

陈独秀(字仲甫)是中国近代史上叱咤风云的人物,五四新文化运动的主帅,中国共产党的创始人之一,同时也是一位有深厚造诣的语言文字学家,在文字学、声韵学研究及汉字改革探索领域有一定的成就①,但向为五四新文化、新文学成就掩盖,有关他的文字声韵学的学术研究则较少②。其中《小学识字教本》是陈独秀晚年倾数十年功力的绝笔之作,可说是他一生中最为重要的学术著作之一③。1942年5月27日陈独秀逝世后,此书稿由当时设在重庆的编译馆"油印五十册,分赠关心人士,并未对外发行"④,直到1970年,才由设在台北的中国语文研究中心根据油印本重描复印出版,中国语文学会发行,书名改为《文字新诠》。

在大陆则要等到1995年5月才由巴蜀书社依据重抄本出版,书名虽作《小学识字教本》,却加了副标题"同源词研究",同时改动极多,但正式冠上"陈独秀遗著",由刘志成整理校订,巴蜀书社出版发行。此书底本是1946年严学宭教授从王星拱所藏油印稿本的誊抄本,1982年将该抄本交与刘志成校勘整理。1989年,刘氏又从沙少海教授处得到了油印本,二者互相比勘。至2017年,新星出版社又根据台北版再次出版了《小学识字

---

① 陈独秀固然早期曾倡言废汉字,代以世界语,但后来对中国文字研究有很多著作,如《说文引申义考》《字义类例》《中国古代语音有复声母说》《荀子韵表及考释》《古音阴阳入互用例表》《屈原韵表及考释》《实庵字说》《连语类编》《晋吕静韵集目》《干支为字母说》《广韵东冬钟江中之古韵考》等。

② 少量的研究成果中,大部分是从文献角度对该书进行梳理。至于从语言学角度对该书进行研究的文章,有黄河《语言文字作新诠——陈独秀语言文字学著述审视》《失意哲人的精神家园——陈独秀与语言学》、余国庆《剖字形明根由 探语源析词族——读陈独秀〈小学识字教本〉》、崔为《逸韵余霞,斯人独秀:陈独秀〈连语类编〉及其他》、王闰吉《论陈独秀的联绵字观》、何刚《郭沫若与陈独秀——以〈实庵字说〉为中心的考察》、高雅靓《〈小学识字教本〉与〈说文解字〉释义比较——以"象人动作"字根为例》、熊彦清《陈独秀〈小学识字教本〉研究》、曾露珠《陈独秀〈小学识字教本〉研究》、李明《陈独秀〈小学识字教本〉编排和释义得失——以童蒙识字教材研究为视角》等学位论文。

③ 全书分上下两篇。上篇阐释字根及半字根,分为象数、象天、象地、象草木、象鸟兽虫鱼、象人身体、象人动作、象宫室城郭、象服饰、象器用十类,共释字544。下篇阐释字根孳乳之字,分为字根并合者和字根或字根并合之附加偏旁者两类。第一类又分(甲)复体字、(乙)合体字、(丙)象声字。原拟释字464个,其中甲、丙部分223字已完成,乙原拟释243字,然仅阐释115个字,写至"抛"字时,尚未来得及注释就一病不起,遂成绝笔。

④ 梁实秋《文字新诠序》:"此稿当时仅由馆方油印五十册,分赠关心人士,并未对外印行;本人亦分得一册,随带来台,磨损蛀蚀,恐难保存久远。中国语文研究中心同人以该稿为有价值之研究资料,提议加以影印,藉供学者参考,庶使作者心血不致混没。惟原稿字迹多有模糊之处,影印亦颇困难;爰请专人逐页以毛笔将模糊之处细心描过,历时四月,始告竣事。"《文字新诠》,台北:中国语文研究中心出版,1971年11月校订再版,第4页。

教本》,但删了梁实秋的序文,改换龚鹏程新写序文。

然此书虽在两岸顺利出版面世,启动了后续相关的研究,但也留存若干问题亟待解决。本文拟讨论以下几个问题:陈独秀两篇《小学识字教本自叙》及梁实秋两篇《文字新诠序》透露了什么讯息?新发现的赵友培手稿"文字新诠有关节略"报告书的价值,以及印行《文字新诠》的"中国语文研究中心"单位的设置及其组织条例,最后讨论《小学识字教本》的稿酬与印行过程相关问题,就陈立夫、王云五是否阻挠《小学识字教本》出版予以辨正。

二、《小学识字教本自叙》与《文字新诠序》

1932年10月至1937年8月,陈独秀被国民党政府羁押于南京第一模范监狱。在狱中,他曾对人说,要用历史唯物主义的观点探索一条文字学的道路,并称从文字的形式和发展,可以看到社会和国家的形式和发展,于是着手写《文字初阶》。出狱后,他居住在武汉重庆一带,1939年夏,蒙江津士绅的帮忙,居于距江津城三十多里的鹤仙坪,在《文字初阶》的基础上,继续撰写增补,后来易名为《小学识字教本》。陈独秀在江津期间给台静农先生的百余封信件中,大部分内容涉及《小学识字教本》的修订及印行情况。一般以1940年6月15日给台静农的书信,披露其上卷写竟时间,"该书已告一大段落,即此此不再写给编译馆"。但从后来给台静农书信,叮咛抄写及反复修正、增补的内容来看,足见陈独秀晚年心血多耗在此书,随抄校随修改,其修订状况可透过与台静农、魏建功等人的书信及早些年已发表的《实庵字说》①核对。

至于其持续增修的认真严谨态度,从两篇《小学识字教本自叙》可查知。《小学识字教本自叙》第一次发表时间是1939年1月22日,刊登在重庆的《时事新报》第四版,同时《时事新报》同一版面的"编辑后语"云:

> 前年在南京时,有一次同胡小石先生到狱里去访陈独秀先生。胡先生是研究文字学的,陈先生就说起中国的学生因认识中国文字底困难,枉费了许多时间精力于文字,耽搁了学术的研究。所以他想从习用之字三千余中,提出字根及半字根几百字,这是一切字的基本形义,熟习了它们,则其余生字之认识可以迎刃而解。……这对于中国教育学术的前途关系非小,不仅仅是有益于中小学生,尤能推动民众教育。昨天接到独秀先生从江津寄来这篇自叙,即为发表出来,希望教育界注意这本重要的书,尤希望这书能早日出版②。

可见1937年时陈独秀已提到撰述动机。其后,阿过《陈独秀的新作》亦录了此篇自叙文,该文先云:"陈独秀近从四川的江津,给其友人一信,说近来已不再写政论文,致力于写学术文章了,他正在埋首编著一本小学识字教本,行将杀青,信内并附他一篇自序——是新春试笔的。"③但这篇写于新春的自叙文中,作者将"一月十日"误作"三月十

---

① 《实庵字说》计五回,刊《东方杂志》1937年第34卷第5—7、10、13期,页码依序为第51—60、79—86、47—57、71—78、241—253页。据魏建功说,仲甫在狱中写成《实庵字说》,在《东方杂志》上发表,钱玄同先生即于东安市场书摊"争先寻求,津津乐道,喜至功家清谈。从违取舍,间有发明"。《魏建功文集3》,南京:江苏教育出版社,2001年7月,第399页。
② 《时事新报》1939年1月22日,第4版。"学灯"渝版第34期。
③ 《杂志》1939年第4卷第4期,第64—65页。

日"。《小学识字教本自叙》刊登后,有关陈独秀编写《小学识字教本》的消息就传开了,在4月16日《正报》有报导,题为《陈独秀编小学识字教本 不敢再写政论文章》(4版),直到来年(1940)2月19日《时事新报》"学灯"的"编辑后语"又再次说《希望它能早点出世》(第73期)。4月13日《好莱坞日报》陆续有报导,标题作《陈独秀编著小学识字教本》(1版)。从1939年1月10日完成自叙文,直到1940年2月,《小学识字教本》仍未出版面世。《小学识字教本自叙》于陈独秀病逝后,收入编译馆油印本,这是第二次发表。这两篇自叙文大同小异,字数相近,约770字,最大的差异有两处,一处是字根数约增百字,此文云:"本书取习用之字三千余,综以字根及本字根凡四百数十,是为一切字之基本形义,熟此四百数十字,其余三千字乃至数万字,皆可迎刃而解,以一切字皆字根所结合而孳乳者也。"但油印本的自叙,为"字根及本字根凡五百余,是为一切字之基本形义,熟此五百数十字,其余三千字乃至数万字,皆可迎刃而解……(同前)",后一篇自叙距离告知台静农的写竟时间1940年6月15日,应有一年多的时间。这段时期,陈独秀实则多病体弱,但仍勉力撰述,这天信函就提道:"此次续写之稿,约为期月余(日写五六小时,仲纯若在此必干涉也)。甚勉强,至于左边耳轰外,又加右边脑子时作阵痛,写信较长,都不能耐,势必休息若干时日不可,下卷略成,虽非完璧,好在字根半字根已写竟,总算告一大段落。"①从1940年5月18日给静农的信,可见除请抄稿外,同时也增补遗漏之字。信云:

　　上卷大约在下月内可以完成,兄带去之稿亦望能于下月半抄好,届时建功兄倘能偕兄来江津城一游,即可将原稿带来,弟亦可将续写之稿交兄带去也。兄等如能来游江津城,务于动身前十日函告我,以便按期入城也。兄带去之稿尚遗漏一字,今附上,望加在甲介字前后。

陈独秀在28日书信仍挂念着书稿,询问台静农:"日前奉上一函,内附字稿一条(加入鸟兽虫鱼类介甲前后)并收据一纸,已收到否?"介字之前是"节"字,甲字之后是"兆"字。从文义来看,应该书写介甲之后,又续写了与龟相关的"兆"字释义。

两篇序文的第二处差异,刊登在《时事新报》的自叙特别交代说:"本书解字颇采用王段以来诸人之说,而悉未称其名,从简略也。"油印本的自叙则改为:"本书解字颇采用黄(生)顾(炎武)以来诸人之说(以下同)"。将段玉裁和王念孙、王引之父子改作黄生、顾炎武。段、王是清代训诂学之巨擘,黄生与陈独秀同是安徽人,黄生作为有清一代朴学之先驱,对清代小学的开启有着重要意义。以字的形义分析为入手点,以假借、同源分析展开因声求义。《四库全书字诂提要》称其"致力汉学,而于六书训诂尤为专长"。顾炎武,江苏昆山人,标举经世致用之实学,在文字学、声韵学、训诂学方面都取得了很高成就。采用参考之说,由段王改为黄顾,可能在全书的释字上,不拘许慎之说解,而援引大量甲骨文、钟鼎文、古玺、陶瓦、钱币等资料,黄顾之说多于段王的缘故。

自叙文早在1939年初就刊登了,但《小学识字教本》最后只油印了五十本送人,终究未能正式出版。直到梁实秋来台,《小学识字教本》改名为《文字新诠》,并且隐去了作者的姓名和书前的序文,才得以出版。学界谈及此书的出版时间,全厘定在1971年12月。然则透过梁实秋《文字新诠序》可证其出版时间要再提早一年,即1970年,距离陈独秀过

---

① 台静农教授手稿资料。台大图书馆网址:https://dl.lib.ntu.edu.tw/s/mf0003/manuscript?q=&limit%5Bdcterms_creator_ss%5D%5B0%5D=%E9%99%B3%E7%8D%A8%E7%A7%80。检索日期:2023年9月8日。

世已经 28 年。

研究者多疏忽了梁实秋的《文字新诠》序文亦有两篇,且亦有出入。第一次刊登在《中国语文》1970 年 9 月 1 日 27 卷 3 期。题文因手民之误,目次及内文均作《文字新铨序》,"诠"字误作"铨"。如若参考赵友培《文字新诠有关节略》报告书,此时"文字新诠"之题应是赵友培冠上的,梁实秋在赴美前写下"序",其时书名尚未确定。文末有梁实秋写作时间"(民国)五十九年三月 台北",但此文直到九月才刊登。其原因在于梁氏赴美后就音讯不通。1966 年 8 月梁先生自台师大退休,1970 年 4 月 21 日偕夫人前往美国补度蜜月,寄居西雅图女儿家,8 月 19 日返台。因补度蜜月,游踪不定,所以赵友培报告书云:

> 一、本书曾拟改名文字津梁,先生认为需再斟酌,未能确定。嗣因先生赴美,未蒙留得通讯处,无从请示;而本书延搁已久,决定在先生返国之前印出。同人商量书名时,有坚主用石庵字说者,其理由为:
>
> (1) 在抗战期间,石庵所著此书引经据典,可见其所受传统文化之熏陶,至晚年已在精神上发生重大之作用,等于向民族文化投诚。
>
> (2) 来台以后,此间曾公开发行其最后的思想与见解一书(小册子),那是政治性的,受到的重视不如预期。本书是学术性的,且完全系自动写成,正应该用他的名字出版才对。
>
> (3) ……石庵此书则维护中国文字,以行动表示其觉悟。——甚至比别人彻底,还替形声字想办法另加新解,真是煞费苦心。我们不应埋没。

就报告书内容观察,《文字新诠》最初拟名有"文字津梁""石庵字说"(即"实庵字说"),前者因梁先生认为需再斟酌,后者因仍有顾忌,因而改用《文字新诠》为书名。因《文字新诠》与其他三种研究丛书必须赶在梁实秋先生返台之前印出,而从 4 至 8 月因"先生赴美,未蒙留得通讯处,无从请示"书名,后来中心研究员只好自行商议,最终定了书名《文字新诠》,这才避免其他三种书被累及而延搁出版。梁氏之序文才于 9 月这期刊出。很快地,10 月的《中国语文》月刊即出现这四本书的广告:赵友培《国字基本结构》、祁致贤等《国语基本句式》、王寿康《国语发音图说》、未署名《文字新诠》四种。出版者即中国语文研究中心,《文字新诠》标价每本收工本费 50 元(校订再版者 100 元),其他三本售价依序是每本 10、6、8 元,可见《文字新诠》印制成本不低,高于其他三种五六倍,邮政汇款账户:八六八中国语文学会。27 卷 4 期出版时间是 1970 年 10 月 1 日,已在刊物上见到发售信息,《文字新诠》出版时间自然不是 1971 年。

第一次刊登的序文较短,与第二次序文差异较大[①],二文之间模糊不明之处,需以赵友培"文字新诠有关节略"报告书来说明。二文相同点是揭示本书特点有三:(一)用科学方法将中国文字重新分类。(二)对若干文字的解说采取新的观点。(三)内容简明扼要,易于了解。并说"此稿对中国文字有独到之研究,有很多新的诠释,发前人之所未发"。为了避免惹上麻烦,二序都肯定此书独到的研究及新解,钦佩作者研究之精神,但声明"并不完全同意作者之观点"。差异点则在于原拟"对外概不发售",改为收取工本

---

① 第二次《文字新诠序》刊登《中央日报副刊》,1972 年 2 月 12 日。后《中国语文》月刊 30 卷 3 期(177 期)转载,1972 年 3 月 1 日,第 12 页。此文即 1971 年 12 月修订再版的《文字新诠》的序文,梁实秋写于 1971 年 11 月。

费,但序文不提发售事。1971年12月《文字新诠》校订再版,书前序文云:

> 影印本初印五百册,较原稿缩小。其原来模糊之字迹经重描后虽已清晰,但相形之下,原来清晰之字迹因系油印,反而模糊。且其中有若干处,亦有因油印及重描而致讹误者。为便利读者,经赵友培教授就影印本加以校阅改正,复请李立中先生费十个月时间将全稿重描,使各页清晰无误,并决定照原稿十六开本再行影印发行。

可见1970年的《文字新诠》初印500册,版式较原稿缩小,而1971年校订再版者恢复原稿十六开本,且经赵友培校阅改正,李立中全稿重描。因而油印清晰者较重描者反而模糊了,这从再版本各页墨色浓淡不一可知此言不假。初印的《文字新诠》(缩小本)于今已不可得见,少数可见的悉为1971年12月的校订再版本,以此之故,台湾出版的《文字新诠》一书遂被认为首次出版时间是1971年[①],唯就相关材料判读,《文字新诠》在1970年已有初印缩小本,殆无疑义。

三、赵友培"文字新诠有关节略"报告书

1971年1月6日赵友培致信给梁实秋先生,专门报告此书出版的相关过程及出版后外界的反应,及就缺憾处再补救,遂有当年度(1971)12月的校订再版。

赵文对梁实秋首次序文的解读极有帮助,也对第二次序文的理解有补充作用。除前述外,其中提到的发售问题,在报告书第四点有说明:

> 四、本会此次共印研究丛书四种,以本书成本最高,同仁基于财务观点,建议公开发售。惟因先生在序文中写明"对外概不发售",故未同意。折中的办法是分别处理:如另外三种的编辑例言,即与本书不同。（另剪附,请对照!）

赵友培此份报告的时间是1971年1月6日,在这之前与梁实秋先生虽有两次见面机会,但因时间匆促,并未详陈《文字新诠》命名过程及出版事宜。此次中国语文学会共印研究丛书四种,初时采取"对外概不发售",但由于此书成本最高,因此与其他三种不同,非中国语文研究中心的研究员拟购《文字新诠》一书者,"当照印刷成本收费,以资推广"。同时也考虑因中心经费有限,如能逐渐收回成本,可再印其他需要印刷之数据。从所署时间及标题《文字新诠》有关节略及文中称"全书印出后""语文月刊广告""研究员反应颇佳"、上月已开始补描(预计1971年4月始能竣事),已说明1970年出版的书是有实际售价的。

报告书又云,由于研究员遗憾尚有许多地方印得不清楚,所以需要补描。梁实秋11月提供序文后,补描本旋即在12月校订再版。从1970年8月返台后,梁先生似乎没再赴美(是年农历腊八为梁先生寿辰,台师大同仁宴于济南路华侨宾馆),赵友培方能在1971年年初寄送此份报告书,而梁先生二度序文所述重描、影印油印本等情况,即赵友培之报告事项。其中"全书印出后,复经详细审阅,有小问题的一处,如十五页三四两行,于发行前逐本以墨笔涂去"。而1971年12月的校订再版本仍依一贯体例,每页13行,未见墨笔

[①] 如余国庆:《探语源析词族——读陈独秀〈小学识字教本〉》,沈寂主编《陈独秀研究》第1辑,东方出版社,1999年3月,第199页。吴铭能:《历史的另一角落 档案文献与历史研究》,台北:台湾商务印书馆,2010年6月,第136页。龚鹏程:《陈独秀先生〈小学识字教本序〉》,陈独秀:《小学识字教本》,北京:新星出版社,2017年1月,第1页。

涂去痕迹。

另外,报告书提到陈独秀(实庵)的著作在台湾出版的情况。"来台以后,此间曾公开发行其最后的思想与见解一书(小册子),那是政治性的,受到的重视不如预期。"特别说明其书已有"公开发行"者,所指之书即《陈独秀的最后见解》(另题《陈独秀最后对于民主政治的见解(论文和书信)》)①,所谓陈独秀的"最后见解",是指 1940 年 3 月 2 日至 1942 年 5 月 13 日期间,陈独秀发表的四篇文章和写给朋友的六封信中表达的观点,在其逝世后的辑结成书。该书首列胡适 1949 年 4 月 14 日(在太平洋船上)序言云:

> 我觉得他的最后思想——特别是他对于民主自由的见解,是他"沈思熟虑了六七年"的结论,很值得我们大家仔细想想。陈独秀在一九三七年十一月写信给他的朋友们说:"我只注重我自己的独立思想,不迁就任何人的意见。我在此发表的言论,已向人广泛的声明主张,自负责任。将来谁是朋友,现在还不知道。我绝对不怕孤立。"(给陈其昌等的信)
>
> 在那时候,人们往往还把他看作一个托洛斯基派的共产党,但他自己在这信里已明白宣告他"已不隶属于任何党派,不受任何人的命令主使"了。一九三九年九月欧洲战事爆发之后,中国共产党在重庆出版的新华日报特别译登列宁反对一九一四大战的论文,天天宣传此次战争是上次战争的重演,同是帝国主义者的战争。中国托派的动向月刊也响应这种看法。独秀很反对这样抄袭老文章的论调,他坚决主张:"赞助希特勒,战反希特勒,事实上,理论上,都不能含糊两可。反对希特勒,便不应同时打倒希特勒的敌人。否则所谓反对希特勒和阻止法西斯胜利,都是一句空话。"(一九四〇年三月二日给西流的信)
>
> ……

虽然陈独秀此书已有公开发行,且有胡适序文背书,陈独秀晚年的政治理论已与托派的政治主张背道而驰,但中国语文研究中心对陈独秀的名字仍持谨慎态度,在报告书第二点说:"但用《石庵字说》,本会仍有顾忌,故决定改用文字新诠为书名。"或许原本应作《实庵字说》,主张者有意用了同音的"石庵"来取代,然因当时台湾尚未解严,党禁报禁均未开放,白色恐怖氛围仍笼罩。从书名的取舍,读者能体会到研究中心人员那动辄得咎、惶惶不安的矛盾心情。诚如第三点所言:"本会印行本书,即因作者对中国文字有独到研究,确具参考价值。但自身有一矛盾,一面希望其流传,一面又怕惹麻烦。惟严格说来,本书一经印行,无论采何种方式流传,或流传数量多少,都已有了道义的和法律的责任。"研究中心人员终究毅然决定印行此书,坦然面对不可知的法律责任与政治风险。

四、中国语文学会与中国语文研究中心

中国语文研究中心印行了《文字新诠》,但此机构缘何设置?其组织条例为何?研究

---

① 该书由自由中国出版社发行,列为丛书之二,作者署陈独秀。初、再版在 1949 年 6、10 月香港出版,1950 年 2 月在台湾是三版,售价新台币伍角。赵友培所指即是三版在台北出版的事。可见此书不仅没遭禁,且极畅销,不到十个月时间已三版。此书可见台湾华文电子书库,网址:https://taiwanebook.ncl.edu.tw/zh-tw/book/NCL-004758609/reader。检索日期:2023 年 9 月 8 日。

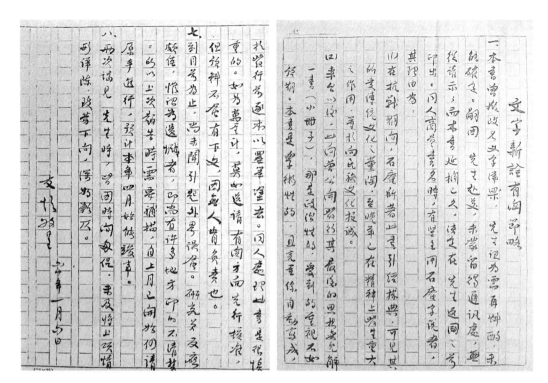

图一：赵友培"文字新诠有关节略"报告书(未刊稿)部分，中国语文学会档案

工作的重点为何？欲有所了解，需参中国语文学会编印的《为革新国语文教育而努力》一书。该书有若干页，叙述了中国语文研究中心成立的经过、内部的组织、约聘研究员办法及研究工作的重点。再者，《中国语文》月刊曾刊《中国语文研究中心组织简则》，二者合观，可知原来台湾教育事务主管部门打算设立一个对台湾语文教育统筹研究，及对海外侨胞和友邦人士提供服务的机关，唯因呈报台湾地区行政管理机构的项目未奉核准，以致搁置。中国语文学会为了适应当前的需要，于1967年6月呈奉教育事务主管部门核准设置中国语文研究中心，于第十三届第四次理监事联席会议通过，组织简则呈奉教育事务主管部门56.6.5 台56社字第9483号通知准予备查。简则十二条，可见创设目的在于推进中国语文研究及服务工作(参图二、图三)。

研究中心设研究委员会议，聘研究员十一至二十五人，主席一人，副主席一至三人。设八部，各部设研究员，特约研究员若干人，主任一人，副主任一至二人。八部各有所司，分教学研究部、海外服务部、儿童文学研究部、青年写作指导部、新闻文学研究部、电化教学研究部、语文资料研究部、语文丛书编印部。当时中心已聘定研究委员梁实秋、刘真、陈纪滢、何容、孙邦正、黄得时、吴鼎、张希文、虞君质、李辰冬、荆允敏、俞成椿、朱介凡、赵友培、刘中和，并推选梁实秋为主席。且聘定顾问如毛子水、齐铁恨、包明叔、王梦鸥、许世瑛、程发轫、王星舟、祁致贤、缪天华、谢冰莹、洪炎秋[①]。

[①] 《创设中国语文研究中心》，《为革新国语文教育而努力》，台北：中国语文学会，1969年3月，第42页。

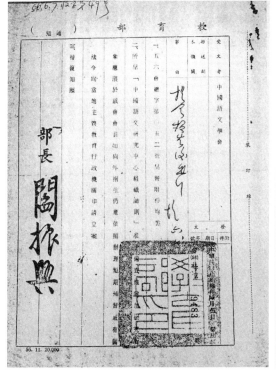 

图二：台湾地区教育事务主管部门　　图三：《中国语文研究中心组织简则》书影
台 56 社字第 9483 号公函

就《文字新诠》的编印来看，应是"语文丛书编印部"所推动，该部旨在主办国语文丛书的编辑出版事宜。因梁实秋为主席，编印过程及丛书序文便由梁实秋担任。《文字新诠》一书的"编辑例言"列有六点说明：

一、中国语文研究中心（以下简称本中心）系中国语文学会呈奉教育部核准设置之研究机构。兹为增进研究工作效能，特编印中国语文研究丛书。

二、本中心编印之丛书，以适应所聘研究员之需要为主。

三、此项丛书免费供应各研究员一册，作为研究参考资料。

四、如非本中心研究员而欲获得此项丛书之人士，当照印刷成本收费，以资推广。

五、本中心经费有限，需要印刷之数据很多，希能逐渐收回成本，再印其他数据。

六、欢迎各研究员提供研究心得，以便在中国语文月刊发表。

从以上例言，可见中国语文研究中心经费并不充裕，但在认识到此书对研究及推广之重要，仍在政治环境险恶情况下，全稿重描并加以校阅改正，照原稿十六开本再行影印发行。而从印刷成本费平装新台币 100 元、精装新台币 140 元出售来看，由于此书仅印五百册，册数少，前后页数达 411 页，十六开大，其印制费至少五万元，当时加工区女工月薪 750 元左右，公教人员依职等从 910 元至 2 626 元①。由此亦可见赵友培所言"同仁基于

---

① 台湾地区行政管理机构人事行政总处"历年军公教员工待遇支给要点（59 年～80 年）"，网址：https：//www.dgpa.gov.tw/information?uid=15&pid=7247。检索日期：2023 年 9 月 8 日。

399

财务观点，建议公开发售。惟因先生在序文中写明'对外概不发售'，故未同意"。其经费的现实困境促使《文字新诠》采取对外发售，而精装本的印制更说明同仁认为该书在图书馆、研究者可作为珍贵典藏之作。

五、《小学识字教本》的稿酬与印行

陈独秀在重庆这段时间的经济并不丰足，由于物价高涨，法币贬值①，以他的健康状况居夏暑冬寒的川蜀地区并不利其调养身体，但他无余款可迁往宜居之地②。论者也多认为他晚年贫病交迫，家徒四壁，身无长物，其妻潘兰珍还自辟菜圃，种喜爱的蔬菜。但近年研究又说，"一般认为，陈独秀晚年经济十分窘迫，但随着史料的发掘，发现陈独秀在重庆江津 3 年多时间里，应该是不差钱的"③。该文说明了陈独秀不缺钱但穷困潦倒，原因是潘兰珍爱打麻将，输多赢少，加上陈个性耿直，有为有守，尤其《小学识字教本》未出版，所预支的两万元需填补为主因④。填补预支的两万元成为陈独秀贫困之因，然此说颇有疑点。预支《小学识字教本》两万元稿酬，首出自妻子潘兰珍的回忆，"当时家中尚有陈立夫预付给陈独秀的稿费，足足两万元"。但潘兰珍卒于 1949 年，此段口述访谈未悉原出处，却一直被沿用。

（一）两万元稿酬的疑义

前云《小学识字教本自叙》发表时间是 1939 年 1 月 22 日，已完成四百多个字根，其后(1939 年)编译馆向陈独秀约撰有关中国文字说明的教师用书，预付稿费五千元。台静农在重庆纪念鲁迅二周年活动后与陈独秀首次见面，在《酒旗风暖少年狂——忆陈独秀先生》中写道："当他计划写此书时，在重庆的北大老学生劝他将稿子卖给编译馆，他们知道此老生活只靠一二老友接济，其他馈赠，皆一概拒绝。而仲老接受卖给编译馆者，则为我当时在编译馆有些方便，如交出的原稿要改正与借参考书及向馆方有事接洽等等。但我不是该馆正式人员，而是沦陷区的大学教授被安置那里，没有工作约束，可自由读书做自己的事。"⑤台静农受聘编译馆特约编译时间是 1939 年 9 月 15 日，1940 年 4 月 19 日聘为编译委员会委员。陈独秀同意《小学识字教本》卖给编译馆，正是此时期台静农在编译馆的缘故。由于抗战军兴，战区渐次扩大，专科以上学校不少教职员受战事影响，迁徙流离战火中，以致失业，生活无以为继。国民政府为安置战区教职员起见，举办登记，按

---

① 法币是 1935 年 11 月 4 日至 1948 年 8 月 19 日流通货币的名称。对日抗战期间，财政支出增加，法币大量发行。但 1941 年英美参战前，日本为破坏中国后方经济，在日占区强行以日本发行之货币收兑法币，再加上以走私物资套得法币，送往上海兑取国民政府的外汇，虽经种种努力，仍不足支持法币汇价。1940 年起，取消无限制外汇买卖，下半年起法币就开始贬值。陈独秀给台静农的信(6 月 15 日)就说："法币如此不值钱，即此不再写稿给编译馆。"1941 年起，法币贬值速度逐渐加快。公教人员的薪资虽逐渐增加，但始终赶不上物价上涨的速度，不得不改发实物(稻谷)补仙。当时要求调薪声音屡见，如《川小学教员 增加薪金 薪资最低者加三十元》，《神州日报》1940 年 10 月 21 日，第 1 版。《生活程度急遽高涨 一片要求加薪声》，《神州日报》1941 年 1 月 17 日，第 4 版。
② 不过他给杨朋升信件却说："前次移黔之计，主要是为川省地势海拔较高，干贱恙不宜，非为生活所迫。"(1942 年 4 月 5 日)
③ 钩沉：《陈独秀晚年的经济状况究竟如何》，《文史博览》2021 年 5 月。网址：https://new.qq.com/rain/a/20210517A0AE3Y00。检索日期：2023 年 9 月 12 日。
④ 上文认为："只有为退这两万元他早已花光的预付稿费，他才可能把杨鹏升等诸多朋友，以及北大同学会的赠金不断地往这无底洞里填……直至弄得他最终当掉皮袍，穷死石墙院。"
⑤ 《联合报·联合副刊》，1990 年 11 月 10、11 日。《国立编译馆工作概况》介绍其图书："本馆图书除一部分运出者外，并于二十七年秋接管安徽大学图书，现共有中文书籍四万五千余册，西文书籍(杂志除外)三千五百余册。"陈可忠：民国二十九年十一月序于白沙，出版时间 1940 年 11 月，第 2 页。

其专长及志愿,分派担任适当工作,给予相当生活费用。在登记的550名教职员中,担任临时编审及研究工作者,即有472人①。当时教育部也对各级学校师生展开教育救济,《小学识字教本》的预支费五千元即在1940年度高等教育救济费中动支。

1940年5月13日编译馆馆长陈可忠,请示教育部,就约陈独秀续编中国文字说明教学用书再预支给陈稿费五千元。次日,教育部部长陈立夫批示:"前稿已否交来?照发。"第一、二笔预支稿费都是五千元,第一笔是《小学识字教本》上篇,陈独秀在6月16日致台静农信云:"全稿五册送上,收到望即交馆中速钞速印。"在陈立夫尚未知悉前稿是否交来的情况下,他仍然批示:照发。(事实是当时尚未交稿。)可见陈立夫未曾刻意为难。陈独秀在4月给台静农信函提道:"编译馆编书(不任何名义)事或可行,惟馆中可以分月寄稿费,弟不能按月缴稿,馆中倘能信任,弟所受馆中之钱,必有与钱相当之稿与之,不至骗钱也。"他愿意以不任何名义编书,就开始了《小学识字教本》下篇的续写。但陈独秀1940年4月14日给台静农的信函云:"编译馆尚欠我稿费二百元,弟以尚未交稿,不便函索,幸兄向该馆一言之。"22日又云:"编译馆尚欠我稿费二百元,稿尚未寄去,不便催取,兄能为我婉转一言之乎?"29日信函复云:"馆中有款望直寄弟寓,或由农工银行转下,万万勿再寄第九中学邓季宣转。请即切告馆中出纳室办事者!"②由此可见陈独秀之清贫,以及编译馆经费亦短缺。这才有5月13日编译馆向教育部请示续编的预支款五千元之事。第二笔款宜在七月前已收到,在7月10日给台静农的信说:

> 编译馆书而归商务出版;其预算中想无印刷费,特别筹款刻书,弟恐怕是一句搪塞的话,倘陈馆长真拟刻书,弟(原稿写弟)而又筹款不得,不妨将续寄之稿费五千元全部分或一齐收回应用。最近寄来之三千元,弟尚未付收据,收回手续尤为简单也。可否以此意告之陈馆长,请兄酌之。

续寄之稿费五千元即《小学识字教本》下篇的预支款,陈独秀希望连同尚未签收的三千元退回,以之刻书应用,但到翌年九月并未有返还行动。1941年一直处于该书能否付印的挣扎努力,因《小学识字教本》上篇出版无望,直接影响到陈独秀写作下篇的积极性。1941年8月8日致台静农信:"弟处前日被窃,草稿失了,倘寻不回,下卷写时益觉困难,馆中若无心付印弟更无心续写了!"当油印也无法实现时,陈独秀很焦虑,他在1941年9月19日写给魏建功的信里:"此书迟迟不能付印,其癥结究何在耶?若教部有意不令吾书出版,只有设法退还稿费(请问问陈馆长,如有此事,嘱他直言勿隐,以便弟早日筹备退还稿费)。如何,希有以示知!"可见此时尚未退还稿费,筹备退还稿费的事也还没进行。到了10月11日,陈立夫致信陈独秀说此书"自宜付梓",说明了教部没有不让书出版的意思,那么,在这时间点陈独秀根本不需筹备退还稿费。11月13日陈独秀函覆陈立夫,原不同意改书名,但到了12月28日他给台静农信函说:"弟拟从众删去小学二字,即名《识字教本》可也,惟书题名上(教师参考用书)双行六字则必不可去也。"与此同时,他仍持续修改,为付印准备。11月1日《识字教本》增加二处:(一)象地类石字条,

---

① 《战时我国高等教育之设施:本刊教育类资料说明之一:四、员生之救济(附表)》,《统计月报》1940年第48期,第7—8页。
② "台静农教授手稿资料"误作"邓康宣(?)"。邓季宣时在九中。台大图书馆网址:https://dl.lib.ntu.edu.tw/s/mf0003/manuscript?q=&limit%5Bdcterms_creator_ss%5D%5B0%5D=%E9%99%B3%E7%8D%A8%E7%A7%80。检索日期:2023年9月16日。

(二)象宫室城郭类行字条。8日之函内有识字教本改稿二案。20日识字教本尚有应修改之处,即象器用类古字条。12月7日:"识字教本尚有二处修正……以上三条望加入识字教本。"28日:"望代为改三处:一、象数类七字条……二、象地类六字条……三、象器用类古字条。"1942年1月9日致台静农信函云:"渝商务印书馆闻已大为扩张,识字教本也可印,惟须陈馆长请教部陈部长力与王云五交涉,始可望提前付印。否则出版仍必无期。"1月25日信函云:"识字教本编译馆必不能印,转旧稿与商务事,兄可否实时代表弟托陈可忠向王云五一商之?"此时已确定《识字教本》可由重庆商务印书馆印制,但如陈立夫部长能与王云五交涉,其书方可提前付印。距离5月27日辞世的几个月中,陈独秀一边持续进行修改增删识字教本,一边关注出版的进度,最后抱持不再校稿,径可付印①。从生前续写下篇及关心付印之事观之,陈独秀并不需退回预支的稿费。

除了生前退回两万元稿酬之说,另一说为死后由家属退回。几乎谈到此书出版过程都说陈独秀坚持"不改书名,书就不出版,他也不动他们一分钱,直到他去世,那2万元都分文未动,如数退给了国民党政府教育部编译馆"②。现有资料,大约仅知售稿约一万三千元,两万元之说姑存之。但人死多有支助遗眷之举,编译馆也以油印方式印了50本,家属是否还需返还预支稿费?恐怕此说亦不通。如退还预支稿费,则书稿与编译馆再无瓜葛,陈独秀何需花近两年时间一再与编译馆周旋,而且陈独秀说如果不能出版就"筹备退还稿费",亦即要筹款,这与分文未动之说亦抵触,何况两万元在当时是一笔相当可观的款项,可见不论是生前或过世后退回预支款都是不存在的。

(二)编译馆经费与高等教育救济费

《小学识字教本》为陈独秀自行编译之专著,经费则由教育部高等教育救济经费动支。《小学识字教本》是以何种名义售予编译馆?编译馆除了出版、审查小初中教材,也成立大学用书编辑委员会,通过编辑体例及审查办法等案,并推定各科目撰稿人选与审稿人选。大学用书编辑方法有公开征稿、特约编著、采取甄选成书。但《小学识字教本》在1940年度列为编译馆编译之书,应该不是大中小各级学校的教科图书,而在学术文化书籍之列。根据"国立编译馆组织条例"第二条,编译馆编译各种图书如下:

    一 关于阐明文化及高深学术者
    二 关于世界专门学者所公认具有学术上之权威者
    三 关于内容渊博卷帙浩繁非私人短时间内所能完成者
    四 关于教育上必要之图书
    五 关于学术上之名辞

以及第十二条所述:

    凡国内学者自行编译之专著,合于第二条一、二、三、各款之规定,经国立编译馆

---

① 邓仲纯转达台静农的话:"仲兄嘱转达吾兄者,以后教本印稿不必寄来校对,径可付印,盖因此次一病,必须数月之休养,方能恢复健康,绝无精力校对,以免徒延日期也。"(5月20日),这是陈独秀对《小学识字教本》的最后交代,一星期后,5月27日晚就逝世了。《台静农先生珍藏书札(一)》,第279页。
② 李汉成《陈独秀在重庆最后的日子》,《人民政协报》2016年6月16日。网址:http://dangshi.people.com.cn/n1/2016/0616/c85037-28450941.html。检索日期:2023年9月8日。

审查合格者，由国立编译馆酌送酬金，其有重大之贡献者，得本人之同意，由国立编译馆付印，给予版税及奖金。前项版税奖金酬金规则，由教育部定之①。

以第一条及第十二条合并观察，第二条适合世界专门学者，第三者非私人短时间能完成者，《小学识字教本》所根据的条文应该就是第二条第一款。但在1941年6月13日又公布了组织条例修正条文，第二条增列七项图书，前增二条，第一条"关于各级学校教科及参考需用图书"，同样适宜1941年11月陈独秀定位该书是"教师参考用书"，与第十二条国内学者自行编译之专著的奖金酬金办法不冲突。前述其组织条例第十二条云"版税奖金酬金规则，由教育部定之"，亦即这三项奖励有一定的施行办法。战争时期编译馆经费有限，拟出版图书又多，其中1940年的编译馆工作概况记载，进行中之编译稿件56本，在印刷中之稿件47本，及待印稿件19本。《小学识字教本》列入进行中的56本编译书之一。虽说编译中之稿件，大部分系由部派临时编译担任，但由学者自行编译之专著仍不少，教部高等教育救济经费是否足够预付一本就要两万的稿费，不无疑问。1940年教育部有鉴于大学用书之编译，实已刻不容缓，特别指定编译馆主持大学用书编译事宜。其各类稿本，均须经该部学术审议委员会通过，方能出版。稿费标准，约为每千字十元②。其时付给专家学者稿费是每千字十元，以陈独秀身份地位，或许加倍，《小学识字教本》上篇内文含目录约400页，粗估每页600字，此书约二十万字，稿费约五千元亦合理，下篇之预支稿费五千元亦同此比照办理。

1940年后物价高涨，陈独秀月支六百，如以一年计，需款七千二百元，幸而有北大同学会每月三百元及友朋的帮助③，预支的五千元约一年即用罄，所谓预支款分文未动，是不太可能的。因此在1941年9月怀疑出版有阻扰时，才会说"筹备"退还稿费。两万元就当时物价来说是一笔不低的款项，看看编译馆每月经常费就可理解。

    本馆经费，战前每月经常费为一万一千元，军兴后曾减至三千九百六十元，二十八年七月改为五千五百元，并由教育部拨给临时编译及编审员等事业费二千余元。其他因赞助本馆而予以补助者，有洛氏基金董事会，管理中英庚款董事会，与教育部医学教育委员会等机关。其全部支配除编辑大学用书由教育部指定专款举办外，用于审查教科图书者十之四，用于编订名词者十之三，而以其余用于纂辑辞典，编译图书及整理文献等工作。

可见战事发生后，编译馆日常费用每月仅3960元，1939年增为5500元，此一经费调整不易，签函后经财政专门委员会审查，认为编译馆"经费竭蹶，尚属实情"，遂从七月

---

① 《法规：国立编译馆组织条例》，《青岛市政府市政公报》1934年第46期，第12—13页。《立法院公报》第四十八期载《立法院会议议事录》，虞和平主编：《中国抗日战争史料丛刊·241·政治司法》，郑州：大象出版社，2016年，第560页。1932年6月，国民政府设立国立编译馆，经立法院会议决议后，1933年4月，国民政府公布《国立编译馆组织条例》及《办事细则》，详细规定了工作内容和教科书审定程序，重申学校教科书编纂的国定制和审定制，明确了教科图书的初审、复审、终审的三审制，以及初审、复审发生争议时的特审制。

② 《教育部令国立编译馆编译大学教科用书》，《科学》1940年2月，第24卷第2期，第161页。编译馆有出版委员会，委员职权之一是依据标准决定稿费。

③ 从1939年5月至1942年4月5日，陈独秀致杨朋升信函达40件之多。杨曾3次接济陈，计2300元，转交他人赠款亦3次，计2200元，且赠信封及用纸等，使陈独秀维持生计之外，得以著书立说。中共江津市委党史研究室编：《陈独秀在江津》，北京：中国文联出版社，2002年，第101页。

起核定5 500元,年度追加9 240元①。而用于纂辑辞典,编译图书及整理文献等工作则占十之三,经费非常有限。其人员有多少呢? 1940年出版的《国立编译馆工作概况》云:

> 本馆人员,战前八十余人。军兴后,经费锐减,留管人员仅及四分之一。二十七年春,迁渝办公,工作人员,遂有增添,除教育部派馆服务之临时工作人员外,现有专任编译十二人,编译及部派编审员四十二人,事务及缮写人员二十六人。顾本馆工作多端,又多专门之业,其工作人员分配,犹未能与之相副;所幸国内专家声气互通,学术合作,举重若轻,时收其效,如各科名词之厘订,即其显例。

重庆时期的编译馆人员有八十人,而其经费大小加总,恐怕最多也就一个月一两万元,馆员平均月薪两百多元。再以所编译图书视之。

> 编译图书为本馆重要工作之一,第为经费所限,衹能就现有人力渐次进行。其历年已经出版及付印之图书,可分为名词、编著、译述、挂图诸类,凡一百三一十六种。至在编译中之稿件,大部份系由部派临时编译担任……②

以编译馆经费之拮据,欲筹印书之款,确实有其困难,陈独秀对此并不清楚,因此信中才会说:"编译馆书而归商务出版;其预算中想无印刷费,特别筹款刻书,弟恐怕是一句搪塞的话。"(1940年7月10日)

(三) 陈立夫阻碍了《小学识字教本》的出版吗?

至于书稿上篇交付出版过程中的波折,多归咎当时教育部长陈立夫之阻扰③,此说恐与5月5日致函台静农函云关于《小学识字教本》出版,"弟已不作此想,闻部中有阻力也,此稿已停止续写"有关,然此说恐需再作全面斟酌。1941年10月11日,陈立夫致信陈独秀:"大著《小学识字教本》斟酌古今诸家学说,煞费苦心,阁下己意,亦多精辟,自宜付梓,以期普及;惟书名称为《小学识字教本》,究属程度太高,似可改为《中国文字基本形义》,未审尊意如何?"④认为书名用"小学"二字不妥,"究属程度太高",要作者改为《中国文字基本形义》。11月13日陈独秀函复陈立夫以为《小学识字教本》意在便于训蒙,乃为教师参考而作,绝无高深之可言,不同意改书名。因此出版之事遂被搁置。二人之说,固有其理,很难说陈立夫故意找茬,不愿为其著作取得全国发行的合法地位,更名之建议,更是有意降为普通学术论著⑤。就陈立夫立场,编译馆直属教育部,其职责尤在大中

---

① 国民政府训令:渝字第四〇二号(二十八年七月十三日):令行政院、监察院、本府主计处:国防最高委员会函为核定国立编译馆二十八年度岁出经常预算令仰转饬遵照由,见林森、孔祥熙、于右任:《国民政府公报》,1939年渝字170,第14页。
② 以上三则引文见《国立编译馆工作概况》,1940年11月,第1、2、9页。另见《国立编译馆工作概况述要》,《教育通讯》1941年第4卷第6期,第12—13页。
③ 靳树鹏云:"原因固然多种,主要是因为教育部长陈立夫作梗",《陋室漫笔》,时代文艺出版社,2004年,第150页。
④ 台静农教授手稿资料。台大图书馆网址: https://dl.lib.ntu.edu.tw/s/mf0003/manuscript?q=&limit%5Bdcterms_creator_ss%5D%5B0%5D=%E9%99%B3%E7%8D%A8%E7%A7%80。检索日期:2023年9月16日。
⑤ 吴铭能《台静农先生珍藏陈独秀手札的文献价值》一文是较早从文献角度研究《小学识字教本》一书的重要研究成果,阐述详尽周全。他根据台静农先生珍藏的一百余封陈独秀手札,说明此书写作出版过程与出版波折,也对《实庵自传》写作时日有所校正。吴说刊《古今论衡》,第18—41页。此文复刊于沈寂主编,安徽省陈独秀研究会、安徽大学陈独秀研究中心编:《陈独秀研究 第2辑》,合肥:安徽大学出版社,2003年8月,第158—192页。但其推测陈立夫婉转推辞《小学识字教本》出版的原因,恐需再斟酌(第25页)。至少1932年就有《基本教科书 国文 (转下页)

小学教科书之编审。1940年时教育部已开始课程标准的修订,1942年初,公布了各科课程标准,并决定自1943年上学期开始实行新的课程标准。而其中小学国语常识课程标准的改动较大,后来"小学国语常识"也成为最先出版的部编(国定)教科书。1942年编译馆为了编写国定本教科书,成立了各科教科书编审委员会①。而《国立编译馆工作概况》陈述"撰述审查教科书及部编教科书概况"时,即罗列教育部编译馆所编诸书,其中如《短期小学课本》《小学初级国语读本》《小学初级算术课本》《小学高级算术教科书》《小学高级自然教科书》②,可见当时陈立夫是出于近现代"学校"的特定含义,以及新式"小学"教材的考虑。陈独秀以"小学"为名,既指学校,又是文字学学术用语③,书名"教本"也有取名小学教师所用之本的意思,是为小学教师编写的有助儿童识字的教材,非前述《小学初级国语读本》为学生"读本"之用,在这里也明显可见"小学"用法有两种分歧,一是指文字声韵训诂学,一是指新式教育中适龄孩子入学的"小学"(另有初级中学、高级中学,简称初中、高中),小学还依程度分初、中、高三级④。且《小学识字教本》在1940年列入编译馆进行中的编译书目时,特别括号是"中国文字考原"⑤,说明了是对中国文字考证溯源之书,以避免该书被误认是小学生学习认识文字之书,这与陈立夫疑虑原书名被误认是新式"小学"生初学习认字的书籍考虑相同。

陈立夫对该书的主观认知是阐释中国文字形义的基本教材,建议更名为《中国文字基本形义》的思维取向,后来见诸台湾地区1971年起实施的高中课程《中国文化基本教材》(选录《论语》《孟子》《大学》《中庸》四书),期以儒家义理中的文化精神培养学生人格、陶冶学生情操。陈独秀此书意在阐明文字的形义关系,使学者既知其然,且知其所以然,后来他也意识到"小学"之歧异,在1941年12月28日给台静农信说:"弟拟从众删去小学二字,即名《识字教本》可也,惟书题名上(教师参考用书)双行六字则必不可去也。""从众"之说应是除陈立夫外,尚有其他人也对他说过书名用"小学"可能引发的误解,因此在删去"小学"二字之后,他特别提到必不可去"教师参考用书",以免被误解是童蒙识字的教材(如早期书名用蒙学课本、蒙学读本)。其实,编译馆审查、印行的手续非常繁复,虽会督促加紧审查出版工作,但往返无误后才会发执照。根据《审查教科书一览》⑥所述:

(接上页)教本》的用法,商务印书馆也出版过陈田辑《国学基本丛书 明诗纪事》,而《说文解字》向来作为了解中国文字的基本用书,是文字学的基本书目,《中国文字基本形义》书名应无"象征为普通学术论著"的贬义。且陈独秀不少学术性著作在当时亦能公开出版,亚东图书馆在1938年出(再)版其著作《独秀文存》《实庵自传》《我的抗战意见》《从国际形势观察中国抗战前途》《民族奉心》《准备战败后的对日抗战》,3月时事研究社出版陈独秀与孙科合著的《为何而战》。1940年11月16日,《中国古史表》发表于《东方杂志》。单篇论著也有二十几篇刊于期刊,1939年《广韵东冬钟江中之古韵考》、1940年《中国古史表》、1941年《禹治九河考》皆发表于《东方杂志》。

① 石鸥:《弦诵之声》,长沙:湖南教育出版社,2019年,第209页。
② 《国立编译馆工作概况》,1940年,第29页。后来所谓的小学识字的意思,确实也用于小学生的识字,不是传统汉学意义上的小学,如黄文华《我对小学识字教学的认识》一文标题所指涉,刊《上海教育》1957年总8期,第18页。
③ 黄河:《陈独秀语言文字学著述简介》,见沈寂主编,安徽省陈独秀研究会、安徽大学陈独秀研究中心编:《陈独秀研究 第2辑》,第213页。
④ 陈独秀反复申明他撰述的宗旨和动机,1940年11月23日写给台静农的信中说:"弟写此书,用意本在于便利现代高初小教育,非以考古,人视为普通读物,那便最好。"另一封信中又说:"许慎重做说文,意在说经;章太炎造文,始意在寻求字原;拙著识字教本,意在便于训蒙。"(1940年11月23日)
⑤ 书名"考原",从清代以来累见,如《御定星历考原》《戏曲考原》《中国人种考原》《说文足部字考原》《历代服制考原》《韵学考原》《说文字原考略》《太极图说考原篇》等。
⑥ 《部编教科书继续印行》,《国立编译馆馆刊》,1937年第21期,第2—3页。由于未见1938年后的馆刊,仅以1937年度的审查为例。

1937年6月的教科书审查结果,分八种情形处理,1. 核发审定执照;2. 准予审定执照随发;3. 准予审定执照再发;4. 修正后准允作为初审核定本者;5. 修正后准允审定;6. 正后再送审核者;7. 修改后再送审查;8. 改编后再送审查。其审查用语,如"3. 准予审定执照再发",总评意见通常为:"准允审定,惟有某某错误处,仍应照签改正。执照俟刊行本送核无误后再发。"或:"准允审定,惟有某某错误处,排印时需妥为校改;并将印行本先送备案。执照俟全书审定后发给。"修正后准允作为初审核定本者的总评,通常是"先行发行,以资应用;一面即将发行本再送审核"。列第七八项者也不乏知名学者、书局,如叶绍钧《开明高小国语》、朱翊新《高小国语读本》(世界书局)、吕伯攸等《新编高小国语》(中华书局)都被提出欠妥处,需修正后再送审查①。从书稿完成送审到准允审定取得执照,其过程冗长,可能是修改后再送审,然后准予审定,即使随发执照,依旧提出"须照签注处修正。修正后再送核备案"。做为国定本的出版品,从邀稿、接受稿件到出版,其作业时间相当漫长。但从陈独秀在1940年6月提交书稿,便"望即交馆中速钞速印,希望能于秋季开课前出版"。要求两个多月时间完成钞印,赶在秋季开课前出版,足见陈独秀对于编译馆图书之出版过于乐观,对作业流程不甚清楚。不仅此也,他对战争时期印刷、纸张匮乏种种困境,似乎也无意识。而陈立夫信中既云此书"自宜付梓",书之出版除了书名变更外,宜尚有其他原因,不宜径归于受到陈立夫阻碍、王云五敷衍,才导致无法出版。

1937年时部编教科书须经一定程序,编译馆校阅完竣,再送部印行,但1940年编译馆出版委员会有启事云:"本馆编译各书,除化学命名原则及药学名词外,余均交由商务印书馆印行。如承采用,请径向该馆购备为荷!"可见编译馆的书在1940年校阅完竣,并不送教育部印行,而是交由商务印书馆印行,此即陈独秀信中所云"编译馆书而归商务出版;其预算中想无印刷费"。易言之,编译馆奖助《小学识字教本》稿费,书稿完成另由商务印书馆印行,日后读者如拟购买该书,是向商务印书馆购买。依组织办法第12条,作者另有版税。迁台后的编译馆也保留大同小异的运作模式,奖励人文社会出版学术专书,合计字数以支付书稿费用给作者,校阅完竣后,另行将主编图书委托印制及总经销,厂商(出版社)公开取得书面报价及企划书,编译馆择符合需要者办理比价、议价。厂商于契约期限内自行销售,其销售书款归厂商所有,编译馆不另支付(或收取)费用。有时厂商以低价竞得,但该书畅销且长销,则大有利润。

(四) 商务印书馆王云五个人因素致陈书未能出版一事

由于畏惧书稿毁于战火的心情,加上个人的主观认知,陈独秀不免在信札中多次表露过对商务印书馆总经理王云五的不信任,那些情绪性的批评语对王云五不甚公平。抗战时期,出版界损失最大的是商务印书馆。根据研究统计,其被日军轰炸、焚烧、查封的分支机构和工厂达33处。机器仅上海、香港两地就损失了365台。重庆分馆仅有13万元法币的现款,尚不足以应付重庆分馆1个月的开销,整个商务岌岌可危。重庆时期,图书市场萎缩,商务重新确定出版策略,主要集中于教科书和编印部分丛书、文库等②。王云五在1942年6月1日为中央图书杂志审查委员会演讲《战时出版界的环境适应》,一

---

① 《国立编译馆馆刊》,1937年第27期,第11页。
② 汪家熔:《民族魂 教科书百年变迁》,北京:商务印书馆,2007年,第223—224页。商务印书馆总厂被炸、东方图书馆被焚等情况,另参商务印书馆善后办事处编:《上海商务印书馆被毁记》,北京:商务印书馆,2016年。

开始就说:"适应环境需要相当的努力;战时适应环境尤需较大的努力。"特别提到纸张运输困难及纸张缺乏的特殊环境,适应调整过程非常不容易①。商务印书馆设法编印各种战时读物与教科书,在后方的业务方得以继续推展,显见王云五为商务印书馆的继续生存而努力。

据《商务印书馆历年大事记要 1897—1962》一文,重庆战时各家出版量都萎缩,商务在 1938 年出版《精撰英汉字典》《算学辞典》及第一种《工程手册》。1939 年出版《更新教科书》《辞源正续编合订本》。1940 年编印《时代知识小册》500 册,郭沫若著《石鼓文研究》。1941 年印行《孤本元明杂剧》,出版《中国工程人名录》等。从"历年出版物分类总计"观察,出版量最少的是语言学,占 4.3%,而社会科学最多,占 30%②。《小学识字教本》涉及文字学领域,在编辑、排印上的要求及人力、财力的支出远远超出许多,导致出版难度增加。与此同时,杨树达之作《积微居小学金石论丛续稿》,有陈寅恪写于壬午年(1942)12 月 25 日的序文,属于文字学著作,后来也没能出版,直到 1952 年分编为《积微居金文说》和《积微居小学述林》才出版③。

其实,从当时编译馆编译图书出版不多的现象亦可理解出版的困难。1940 年《国立编译馆工作概况》述编译中图书,(甲)在编译中之稿件,其中 56 本近在进行中之编译工作,至一年来编纂次第完成者,有下列三种:《苏联新文化》,由潘硌基、李稼年、沈汝直、张月超、曾绍濂、陈瘦竹、周骏章、孙培良合译;《各国战时艰苦生活史例》,由李稼年、隋树森、彭荣淦、董兆孚、包起权、祁致贤编译;《边疆小学国语教科书》,由彭荣淦、祁致贤、陈泰来、谢九如合编。可见完成者多是数人合译或合编之书,所列 56 本编译之书,由个人独力完成并且日后正式出版者有限④。陈独秀《小学识字教本》(中国文字考原)列第二册,后来油印五十册,未对外发行。首列编印计划的书,是孙道升《孔子哲学研究》,第四本是徐英妻子陈家庆的《曲史纲要》,皆未见出版,第三本是徐澄宇(徐英)《诗法通微》,1943 年 12 月出版。而从(乙)在印刷中之稿件 47 本及(丙)待印稿件 19 本,以及附录出版书目有 89 本(1932—1940)⑤观察,很多列入编译计划的书,都需数年后才出版,有的甚至终究没有出版,何况陈独秀也知道商务既"积压馆稿数十种未印,焉能提前印拙稿?"而且他自身与由商务印书馆出版的《东方杂志》关系良好,有多篇作品发表于《东方杂志》,并未被封杀或拒绝。抗战胜利不久,何之瑜为陈独秀遗著出版事宜再次找到王云五时,他说:"仲甫先生的遗著,商务一定出版,但必须还要等两三个月。"从种种文献推敲,陈独秀对王云五有其个人主观偏见。因此《小学识字教本》未能如时出版,实有多种原因。

---

① 高崧等编选:《商务印书馆九十五年——我和商务印书馆 1897—1992》,北京:商务印书馆,1992 年 1 月,第 348—353 页。

② "1902—1950(1—6)出版物的分类总计",高崧等编选:《商务印书馆九十五年——我和商务印书馆 1897—1992》,北京:商务印书馆,1992 年,第 774—775 页。

③ 吴铭能:《台静农先生珍藏陈独秀手札的文献价值》,《古今论衡》,第 26 页,注 20。蒋兵魁:《〈小学识字教本〉在陈独秀生前未能出版的原因》,《淮北师范大学学报(哲学社会科学版)》,2020 年第 4 期,第 20—23 页。

④ 除实际检视外,樊次长(仲云)云:"吾国兴学数十年,国家设立译学馆编译馆……所费不赀,而出书甚少,于学术上无甚贡献。"参见吴天真:《国立编译馆第一次谈话会记录(五月二十四日)》,《国民政府教育部教育公报》1940 年第 4 期,第 39 页。

⑤ 《国立编译馆工作概况》,1940 年 11 月,第 24—29 页。

六、结论

本文侧重于陈独秀《小学识字教本》一书在台的出版过程,并回溯此书出版周折,旁及陈独秀是否退回预支稿费两万元一事。《小学识字教本》正式出版的时空不在大陆,而是一海之隔的台湾。本文透过梁实秋两次《文字新诠》的序文及赵友培手稿"文字新诠有关节略"报告书,重新厘定其出版时间为 1970 年,非 1971 年。并对出版单位"中国语文研究中心"组织条例予以说明,由于梁实秋为该中心主席,故陈书之编印过程及丛书序文之撰述由梁实秋担纲。回想梁实秋当时在编译馆的职位即是出版委员会委员,因此馆方仅油印五十册,他得以分到一册,且随带来台湾,冥冥中图书也自有命定之数。该书虽无法署名作者陈独秀,且更换书名,但对于 1970 年代以降的台湾文字学却开启了学习、传授与研究道路,后来进而又回到大陆获得出版,回到它原来写作之地,陈独秀晚年想方设法要出版的强烈意愿,终于得以付诸实现,最后两岸都出版了此书,可谓结局圆满。

本文同时也对目前的一些成说给予重新审视。比如对陈独秀退回预支款两万元造成其晚年贫病主因之说,提出质疑。另提出数额两万是相当可观的款项,现有材料无法印证这数额,亦无法印证陈氏返还了稿费。再者,此书从交稿到催促出版,时间近两年,陈独秀一方面续写下篇,同时对上篇修改和订正。根据学者吴铭能的统计,从 1940 年 6 月 18 日到 1942 年 4 月 20 日近两年的时间内,陈独秀写给台静农的 49 封信中,对成稿增改计有两百多处,加上对油印本的校勘,可见其工作量之大之繁重,写作之艰辛[①]。当时教育部长陈立夫也以此书"斟酌古今诸家学说,煞费苦心,阁下己意,亦多精辟,自宜付梓,以期普及"肯定之,本文从书名的疑虑及编审作业之冗长,说明陈立夫并无成心阻碍《小学识字教本》的出版。本文复从抗战期间,时局纷乱不安,物质(纸张)供给匮乏原因,提出关于商务印书馆及王云五反对《小学识字教本》出版的说法也缺乏充分的理由。

本文应用了中国语文学会若干不为学界所知悉的罕见资料,及细读当时的公文档案、书信,试着从不同角度进行探析,有些观点尚缺更多确凿的证据,但尽力合理推敲,希冀补其生前未竟之功的遗憾,祈望世人能更加完整地了解陈独秀晚年的学术思想和成就。

[①] 参吴铭能《台静农先生珍藏陈独秀手札的文献价值》,《历史的另一角落——档案文献与历史研究》,北京:商务印书馆,2012 年。及颜坤琰《陈独秀与〈小学识字教本〉》。

附录：

一、梁实秋《文字新铨序》，《中国语文》27卷3期，1970年9月1日，第4页。

二、梁实秋《文字新诠序》，《中国语文》30卷3期，1972年3月1日，第12页。

秋　石

《八月的乡村》构建之探赜索隐

——兼对《东北抗日联军史》相关内容的解读与补正

有关早期东北抗联、北满地下党与萧军、萧红的关系及对他们的影响,特别是对《八月的乡村》《生死场》形成所起的作用,八十多年来学界众口一词:《八月的乡村》创作素材"系来自南满磐石游击队"。对于此说,笔者除依据萧军1979年在哈尔滨座谈会上所作的有关《八月的乡村》创作经过的说明和反复研读《八月的乡村》文本外,还相继获得了萧军当年在东北讲武堂的学长方未艾前辈留存的包括1933年中共满洲省委曾筹划哈尔滨"左联"分会在内的大量珍贵资料(由方未艾之子方朔提供。1988年6月23日至7月7日,在京西木樨地茂林居萧军灵堂,笔者同82岁的方未艾前辈有过近10次叙谈印证),和1927年3月入党的老共产党人、与方未艾、萧军等早期抗日活动有过交集,后担任汤原东北抗联第六军政治部主任、军部秘书长黄吟秋的《黄吟秋回忆录》(由黄吟秋之孙黄若平提供),以及在自1932年起就战斗在汤原地区的老共产党人、担任东北抗联第六军军长任期最长的戴鸿宾1962年访谈录基础上形成的《戴鸿宾传》(由戴鸿宾之子戴春江提供)等材料,进行了新一轮探索。本文结合2015年9月中共党史出版社出版的《东北抗日联军史》一书内容,作若干补正,兼论东北沦陷区反满抗日左翼文艺运动若干史实。

一、傅天飞、舒群、萧军与一份"腹稿":《八月的乡村》与南满磐石抗日游击队

2015年9月,在中国人民的伟大抗日战争胜利70周年之际,由中共中央党史研究室和辽宁、吉林、黑龙江三省省委党史研究室主导并参与编写的《东北抗日联军史》由中共党史出版社出版,上册第二编《东北抗日联军组成,抗日斗争的新形势》第五章《创建农村抗日游击根据地,各地人民反日斗争的开展》中,对萧军所著《八月的乡村》的形成及所产生的影响,是这样表述的。

转移至上海等地的罗烽、白朗、萧军、萧红、舒群等人,仍活跃在抗日的文坛上,写出大量反映东北抗日斗争的文学作品。萧军利用舒群向他转述的南满人民革命军的斗争事迹,写出了著名的反映人民革命军抗日斗争的《八月的乡村》一书。这部著作"使人们看到了在满洲的革命战争的真实画图,人民革命军是怎样组成,又是怎样活动的",展现了"为自由而战的战士们的英雄精神"。萧红写出了反映东北农民走上反日道路过程的小说《生死场》,书中揭露了日本侵略者在东北烧杀奸污的罪行,明确写出"人民革命军在磐石","要组织起来革命军"。《八月的乡村》和《生死场》两部著作都由鲁迅先生作序,作为"奴隶丛书"广泛发行,社会反响很大。《八月

的乡村》一书曾传到南满,东北抗联第一军的指战员读后受到很大鼓舞。①

笔者认为,上述内容是一个并不完整的表述。

为此,作为有着与萧军生命最后九年忘年交友谊,并在其临终半年前作过三次长谈的笔者,愿以手中掌握的萧军1979年重返《八月的乡村》素材集采地,在一次近百人出席的座谈会上向与会者主动讲述的相关资料,作一个符合当时历史的说明。在这之前,几乎所有的论述《八月的乡村》形成的文章,同这部《东北抗日联军史》一样,都是单纯地界定其来自"南满人民革命军的斗争事迹"。

在这里,先纠正一个错误的说法。也许是编写者没有掌握更多的相关资料,或者没有全面阅读舒群和萧军、萧红三位当事人回忆资料的缘故,所云萧军所获的"南满人民革命军的斗争事迹",实际上,并非是"萧军利用舒群向他转述"所致,而是作为倾听南满人民革命军英勇斗争事迹的第一人舒群,为了更好地保存这份口述珍贵资料,亲自引导亲历南满人民革命军英勇斗争事迹的共青团满洲省委巡视员傅天飞,前往萧军、萧红租住的哈尔滨道里商市街25号上门讲述。②

有关傅天飞向萧军萧红讲述磐石人民革命游击队抗御日寇进犯事迹的故事,舒群晚年在其撰写的《早年的影,忆天飞,念抗联烈士》一文中,有着极具历史现场形象感的交代。

> 一九三三年春夏之间的一天(秋石注,此处舒群晚年记忆有误,应为1934年2月,有下文傅天飞亲笔撰写的两份南满抗日游击区域巡视报告完成的时间为证。傅天飞是在向中共满洲省委扩大会议递交他的两份游击队巡视报告后,才去商报馆找老同学舒群讲述他的这份"腹稿"的。若没有这之前巡视游击区的第一手资料,自然也就产生不了这份珍贵的"腹稿"了),天飞忽然闯进我暂住的商报馆。……天飞这位不速之客的现身,真使我喜出望外。看的出,他刚洗过澡、剪过头、换过存放已久的长衣、褶褶棱棱那么显眼。他一见到我,就把我搂抱起来。
>
> "……哎呀……哎呀……老弟、老同学……咱们多久不见了,多久不见了……你可把我找坏了。多少次找你,一次又一次找你,都找不见,你呵…………"
>
> ……
>
> "听说你工作忙得很,紧张得很,是那样吗?"
>
> "忙也忙些,倒是紧张,老实说,紧张得很,紧张得很……"
>
> "你没有功夫弄文学了吧?"
>
> "没有了,有也不多了。你呢?你比我更糟了吧?"
>
> "咱们俩的处境,有所不同,又有所同,同是处在这个残酷的时代,这个严厉的环

---

① 《东北抗日联军史》上册,中共党史出版社,2015年,第487—488页。
② 《东北抗日联军史》第275—277页载:"1933年5月中旬,中共满洲省委在哈尔滨道里召开了省委扩大会议,参加会议的有在哈尔滨的中共满洲省委、共青团省委委员和各部门主要负责人,……会议经过认真讨论,于5月15日通过了《中共满洲省委关于执行反帝统一战线与争取无产阶级领导权的决议》。……共青团满洲省委在省委扩大会议前后举行了三次会议,……于5月28日作出了《团满洲省委关于接受中央一月二十六日来信的决议》,并立即派傅世昌去吉林、海伦、磐石等地图组织等进行传达。"
又见该书第277页下方注释:傅世昌(1909—1938),原名傅天飞,……1933年5月任共青团满洲省委巡视员去南满工作,历任中共磐石中心县委委员、东北人民革命军第一军第一师第四团政委、中共桓仁县委书记等职。1938年被捕后在狱中牺牲。

境,干革命就弄不了文学,弄文学就干不了革命,二者不可兼得,是这样吧?!"
……
"不过,这是暂时的,暂时的……咱们还是要想到将来,将来……所以我特意给你带来一份礼物———一份宝贵材料……"

我伸出手去,等着接他的"宝贵材料";而他以腼腆的笑脸,指了指自己的腹部。

"腹稿……"

"腹稿?"触动我的激情,加重我的压力。我原来就装着一肚子"腹稿"——口供,是准备随时随地被捕,对付敌伪法庭用的。这类东西,日积月累,早把我的脑筋搅烂糊了。而他的"腹稿",却是磐石游击队的史诗。我劝他保留着,以便将来他自己从事创作之用;因为他喜爱文学,他的文学修养比我好,还给我修改过诗文呢。可是,我看到他神色骤变,表示不以为然。

"我说错了吗?"

"错了、错了……你想想,咱们两个人,两份腹稿,要保险得多……注意,我说的是'保险'……万一……万一你我一个……将来总能剩下一个人,一份腹稿……"

"噢,我明白了……"

于是,他讲起他的"腹稿":磐石游击队从小到扩大到大发展的过程,生动地艺术地描摹了惊天动地的激烈战斗,可歌可泣的英雄人物和大无畏精神,凡此种种,他讲得淋漓尽致,讲了一天又一夜。

然而,我没有按他说的办,把他的"腹稿"转给了萧军,并邀他亲自前去重新讲了一遍。以后,萧军写了《八月的乡村》。萧红《生死场》所写的"革命军在磐石",亦是沾其余光的。①

请注意了!

在这里,舒群强调的一个事实是:"邀他(傅天飞)亲自前去重新讲了一遍。"

显然,在邀请傅天飞前往商市街25号向萧军萧红"前去重新"讲述之前,舒群只是简要地向二萧讲了个大概。他并非是当事人,是无法,也不可能像亲历游击队战地一线斗争实践的傅天飞那样,围绕"磐石游击队从小到扩大到大发展的过程",讲述时声情并茂,从而达到"生动地艺术地描摹了惊天动地的激烈战斗,可歌可泣的英雄人物和大无畏精神,……讲得淋漓尽致"的目的。

据舒群回忆,傅天飞在讲完这份极为珍贵的口述抗日资料前,还专门作了说明:他这样做的目的,是想留下两部"腹稿",万一将来他们当中的一个人牺牲了,剩下的那个就可以完成这部由我党领导和直接指挥的抗日游击队同日本侵略者殊死战斗的壮丽史诗。然而舒群听完后,考虑到当时环境的异常险恶,而舒群作为"第三国际"的情报人员,同眼前的傅飞天一样,随时都有被日伪满当局捕杀的危险。于是,便又作出决定,将这部"腹稿"转赠给当时在文坛上已崭露头角的萧军,并亲邀傅天飞去向萧军讲述。为此,傅天飞几次前往道里的商市街25号,向萧军详细地谈了游击队的种种情况,使得萧军进一步了解了中国共产党领导的人民革命武装力量与日寇和伪满卖国军队浴血奋战的事实,这给了萧军极大的鼓舞。为此,萧军决心以东北磐石一带抗日游击队(即杨靖宇领导的红三

---

① 舒群:《早年的影,忆天飞,念抗联烈士》,短篇回忆散文,载1980年9月24日《哈尔滨日报》副刊《太阳岛》,完整修改稿刊《东北现代文学史料》1981年第3辑。

十二军南满游击队),及"已经掌握的黑龙江汤原县抗日联军第六军"(即初始的中国工农红军三十三军汤原民众反日游击队)的英勇战斗事迹为主要题材,加上自己前几年的军旅生活经历和在原东北军中图谋发动抗日武装队伍的未遂事件,经过艺术加工,写出一部反映东北人民组成的"人民革命军",在中国共产党领导下英勇奋战的抗日小说。但无论是萧军,还是讲述故事的傅天飞,以及转赠"腹稿"的舒群,还有默默地在一旁尽些微末之劳和"旁听"的萧红,谁也不曾想到萧军将要创作的小说,会在四年后开始的全民族救亡运动中,被鲁迅和中国共产党人共同赞誉为"抵抗日本侵略的文学上的一面旗帜"。

1981年8月,萧军赴美国出席多所高校发起的为纪念鲁迅诞辰100周年而举行的"鲁迅遗产会议"期间,一位西方学者向中国作家发出了这样的质问:"鲁迅先生的晚年,为什么要写杂文呢?如果不写杂文,他会写出更伟大的文学作品,他应当是个文学家……"

对此,萧军等人给出的回答是:鲁迅先生首先是个战士,其次才是个文学家。因为当时阶级搏斗已经到了白热化,拼刺刀的阶段。坐在房子里写小说,已远远不能适合当时民众斗争的需要了。"杂文"这种形式,如同匕首和投枪,可以说是当时斗争很得力的文体。一切为了斗争的需要,政治宣传的需要。说到"政治宣传的需要",萧军当即以鲁迅先生作序的自己的作品《八月的乡村》加以说明。

> 拿我写的《八月的乡村》来说,当时,完全是把它当作一件政治宣传品来写的。这本书,我从来也没想过当作家,那是因为日本帝国主义压迫我们太深了,逼得我们不得不写,非写不可!所以才写的,只要有一个人能读到它,起到作用,我就满意了。至于"朽"还是"不朽",我根本没有考虑过。艺术脱离不开政治,写月亮,写咖啡馆,不同的阶级,写出来的东西,也绝不相同,这是鲁迅先生说的,我们当时写作没有别的目的,只有四大目标,那就是:一,求得祖国完全独立。二,民族的彻底的解放。三,人民的彻底翻身。四,建立一个没有人剥削人,人压迫人的美好社会。

阐述到这里,萧军结合提问者所处的社会环境,一连用了三个"没有",替对方对鲁迅、对中国作家的不解或困惑,作出了令人心服的诠释。

> 因为你们没有受过外国的侵略,你们没有当过亡国奴,你们没有遭受过中华民族所遭受过的那么多的痛苦!所以,你们不能理解我们中国作家:他首先是一个战士,其次才是一个作家。世界上没有什么绝对的艺术家,任何人都脱离不开社会,脱离不开政治,这就是我们中国作家的观点……①

从晚年萧军回答西方学者铿锵有力的回答,我们可以得出这么一个结论,那就是,他的这部日后被鲁迅先生和随后越来越多的人赞誉为"抵抗日本侵略的文学上的一面旗帜"的史诗作品,始终和英勇抗击着日本法西斯侵略者的东北抗联将士们同呼吸共命运。

有关傅天飞向萧军讲述这部壮丽史诗的当时情景,后来,萧红在《商市街·生人》一节中,这样入木三分地描绘道:

> 来了一个稀奇的客人,我照样在厨房里煎着饼,因为正是预备晚饭的时候。饼煎得糊烂了半块,有的竟烧着起来,冒着烟,一边煎着饼一边跑到屋里去听他们的谈

---

① 《萧军谈"左联"·萧军在海外》,新疆师范大学中文系1986年4月内刊本,第71页,根据萧军1984年9月26日在新疆师范大学座谈会上的谈话录音整理。

话,我忘记我是在预备饭,所以在晚饭桌上那些饼很不好吃,我去买面包来吃。

他们的谈话还没有谈完,于是碗筷我也不能去洗,就呆站在门边不动,

"……

……

……"

这全是很沉痛的谈话!有时也夹着笑声,那个人是从磐石人民革命军里来的……①

关于傅天飞,留在萧红头脑中的印象是:我只记住他是很红的脸。

萧红的印象同舒群晚年的记忆是一致的,在《早年的影,忆天飞,念抗联烈士》一文中,舒群写道:"他的面部白净,而双颊呈现两团天赋的红晕,像女性的美似。……从此,我记住他是傅天飞。后来,我又听到老同学们叫他'小苹果'。显然,这个漂亮的绰号,是起于他的别致红晕的形象素描。"

傅天飞在向萧军萧红他们讲述完这份由中国共产党领导的人民抗日武装英勇御侮的珍贵"腹稿"后,不久便返回了磐石游击队(1936年统一成立东北抗日联军后,傅天飞担任了抗联第一军的政治负责干部)。同这支人民革命军初期负责人之一的金伯阳一样,傅天飞后来也血洒白山黑水的抗日疆场,献出了自己年轻的生命:1938年3月5日,就在《八月的乡村》相继出版俄文版、日文版、德文版,蜚声海内外的时候,时任桓仁县委书记、为这部小说最早倾注了心血的优秀共产党人傅天飞,却因遭叛徒出卖被日寇关押在辽宁桓仁普乐堡囚禁室中,受尽折磨,直至壮烈牺牲,时年29岁。他在写给敌人的"自供书"中,气吞山河地写道:"日本人们!混蛋们!你们认为共产党员都怕死吗?你们认为中国的抗日战士都是可怜的人吗?你们的想法错了!你们在这次战争如革命大风暴中,将失掉你们的那一条狗命……人本来是不愿意死的,我被捕以后,曾想过再苟延残喘的活着,但事实证明了,革命与活着之间,没有其他的道路……我不能不死!留此而死别!老傅留字。"

傅天飞的壮烈牺牲,诚如在这七年前,鲁迅先生为纪念"左联"五烈士惨遭国民党杀害,义愤填膺,掷笔写下了被国际友人史沫特莱形容为"这是在中国历史上最黑暗的一个夜里用血泪写成的一篇豪情怒放的呐喊"②的《中国无产阶级革命文学和前驱的血》一文中,震撼无数人心灵的那一段话:"我们现在以十分的哀悼和铭记,纪念我们的战死者,也就是要牢记中国无产阶级革命文学的历史的第一页,是同志的鲜血所记录,永远在显示敌人的卑劣的凶暴和启示我们的不断的斗争。"③

笔者注意到,傅天飞作为共青团满洲省委派出的巡视员,通过持续数月的一线战地巡察,在头脑中形成的这份珍贵的"腹稿",是在一个特定的历史时期完成的。1933年初,根据共产国际的指示精神,处在蒋介石发动的又一轮数十万大军箍桶般层层围剿中的中国共产党,结合中国革命的具体情况,由正在莫斯科的中共驻共产国际代表团,向中

---

① 萧红:《商市街·生人》,上海文化生活出版社1936年8月第1版。又见《抗战时期黑土地作家丛书·萧红集》,黑龙江大学出版社,2011年,第270页。

② 艾格尼丝·史沫特莱:《忆鲁迅》,《海外回想——国际友人忆鲁迅》,河北教育出版社,2001年5月,第8页。

③ 鲁迅:《中国无产阶级革命文学和前驱的血》,《鲁迅全集》第四卷,人民文学出版社,2005年11月,第290页。

共东北党组织发出了《中共中央给满洲各级党部及全体党员信》(史称"一·二六指示信"),和这之前在南方红军苏区,以毛泽东、项英、张国焘、朱德四人名义,对外发布的《中华苏维埃共和国临时政府暨中国工农红军革命军事委员会为反对日本帝国主义侵入华北愿在停止进攻红军、给民众自由和武装民众三个条件下,与全国各军队共同抗日宣言》(史称"一·一七宣言",即历史上最早的,中国共产党呼吁建立抗日民族统一战线的宣言),明确提出了在东北建立反日统一战线的策略方针。1933年8月15日,中共满洲临时省委根据中共中央指示精神,为建立广泛的全民族抗日统一战线,决定正式将中国工农红军第三十二军南满游击队,改名为东北人民革命军第一独立师。正是在这个特定的历史时刻,与萧红同龄、年仅22岁的共产党员傅天飞,受中共满洲省委委派,从这一年的4月起,以共青团满洲省委巡视员的身份,在南满磐石、辉南一带我党领导的游击队作战区域,进行了长达数个月的战地巡察。期间,他经历了中国工农红军第三十二军南满游击队易名东北人民革命军第一军独立师的整个过程。同时,他还不止一次亲身参与了游击队一线的激烈战斗场面。同年10月,磐石中心县委改组,傅天飞被选为中共磐石中心县委常委,配合县委做了大量工作。随着工作的不断深入,傅天飞掌握了磐石地区大量充分反映抗日军民爱国热情和斗争历程的生动材料之后,依据巡察情况和自己亲历的几场战斗实践,在相隔12天的时间里,傅天飞先后向中共满洲省委写出了总字数为15 000字的两份报告:《老傅关于海伦、磐石等地党、团、军情形的报告》(形成时间为1934年1月18日),和《老傅关于磐石人民革命军、反日游击运动情况的报告》(形成时间为1934年1月30日)。①

此外,同早先商船学校的老同学舒群一样酷爱文学的傅天飞,曾一度运筹帷幄,准备以文学形式再现南满抗日军民的斗争事迹,以期得到长久的保存。他的这一想法得到了他的老师、中共满洲省委秘书长冯仲云和战友、中共满洲省委军委书记、磐石游击队主要负责人杨靖宇的支持。之后,他一直不忘酝酿构思,想用文学形式再现磐石一带的火热抗日情景,但终因当时的战争环境异常的艰苦,加上他还担负着十分繁重的党团工作,最终只是形成了一个"腹稿"。大约是在1934年旧历年过后不几天,深感有必要将自己现场巡察到并亲历战斗的一切保存下来,给党史,中国人民的伟大抗日斗争史,留下一份宝贵的用文字形式永久保存的民族财富。除自己本人掌握的外,为"留下另一部腹稿",傅天飞首先向隶属于第三国际系统的地下中共党员舒群,声情并茂地"讲了一天一夜"。随后,又根据舒群"再保存一份腹稿"的提议,前去道里商市街25号,向此时已积极投身于地下党组织的反满抗日宣传活动、并显露出文学创作天赋的萧军萧红夫妇俩,作了多次面对面的、为历史做一份真实、生动的证词的讲述。

应当说,傅天飞关于向舒群强调的"留下另一部腹稿"的想法,确实"要保险得多"。而且,舒群为之选择的转让腹稿的对象萧军,也是一个颇为理想的脚踏实地的人选:距傅天飞向他讲述完南满磐石抗日游击队的英勇事迹一年半后,萧军在鲁迅先生的亲手扶持下,向全民族,乃至向整个反法西斯战争文坛捧出了"抵抗日本侵略的文学上的一面旗帜"——《八月的乡村》。

傅天飞的想法,还印证了其之所以构建的"留下另一部腹稿"的必要性:当时斗争环

---

① 见中央档案馆、辽宁档案馆、吉林档案馆、黑龙江档案馆编:《东北地区革命历史文件汇集》甲种本17《老傅南满巡视报告》,1988年印。

境的异常残酷和险恶。还是在同一篇《早年的影——忆天飞,念抗联烈士》的回忆中,舒群用止不住热泪夺眶而出的语言,写下了上次"留下另一部腹稿"的痛快淋漓的谈话之后,两人哈尔滨街头生死诀别的一幕:两人告别时,傅天飞头也不回,和同行的战友一道,极其决绝地赶赴磐石抗击日寇第一线的悲壮激昂场景。

  我与他再一次见面,说不定就是最后的诀别。一切都像有雾罩着,有纱裹着。记不得是秋是冬还是春,是雨纷纷、是雪飘飘、还是雨雪交加的混淆不清;终归是个黄昏,眼前像似隔着层层的帘幕;而矫健的脚步,强有力的脚步、无所恐惧的脚步,不断地发出雪地的嘎吱吱或雨路的哗喇喇的强烈响音,有如哈市不愿做奴隶的人们以抗联为榜样,要把市区变为抗日的战场似的。我从外地回哈,在正阳街口北侧或别的一条胡同,有一溜小饭馆——狗不理、独一处、坛肉王的旁边,与天飞巧遇。最初是他先看见我的,把我喊住。开头我没看出他,以为是自己的错觉,或陌生人的误认。他,仿佛是个农民打扮。我印象的天飞,总是穿的军衣、毕叽服、西装、长衫……哪时看过他这一身穿戴,一见就懵住了。他把帽子往头顶一推,露出本来面目,这是天飞,但他的额头是有了皱纹,他的红晕被尘土和灰烟涂住;而他的笑脸依旧,依旧是他那闪着智慧光辉、机警神采的大眼睛盯着我,犹如带有芒刺似地刺着我。不过,他的动作沉着了,庄重了;由于他经历了艰苦的生活和纷飞的战火的锻炼,显出他更老练,更成熟,从前偶尔所见的轻浮之气不见了。我双手拉住他的手,紧紧地拉住。我们的谈话大致是这样开始的。

  我问:你从哪儿来?

  他答:山里……刚下火车……

  我说:走,跟我走……

  他说:不行,不行……他指着身前等他的同伴。(我机灵地闪过一个念头,疑惑等他的这个人是杨靖宇。)

  我说:不,我不放你走。

  他说:……

  没办法,他跟同伴嘀咕几句什么话之后,随我进了一家饭馆。屋里灯光明亮、高朋满座,酒味烟气熏人。我们挤到夸兀小几一边,找凳子坐下。他一坐便从怀里掏出来他的宝贝——小烟口袋,从兜里摸出一张破报纸,舒展舒展,折起一边,出个棱棱,经舌尖抿湿过,撕下那片皱巴的纸条,用从前白净的柔嫩的而今疤过皴过的红肿的粗劣的污秽的手,手掌遍是疙里疙瘩硬皮老茧的手,手背尽是风裂或冻开而布满血纹儿的手,卷成一支蹩脚的烟,再用右手食、中二指夹着吸起来,深呼吸似地一口口地吸到只剩个小烟屁股,又改为大、食二指捏着吸着;其实,这已经不是"吸"而是"燎"了;这样久而久之的连熏带燎,把大、食、中三个指头都弄的焦黄焦黄的,指头尖儿竟是漆黑的了。我隔着小几坐在他对面,几乎脸对脸,挨着他那股近乎灶口燎的、炕缝冒的炊烟一般的呛,呛得我喘不过气来;并且,我注意他的吸烟,勾起我无限的感慨:从"大白杆儿"吸到粉包、蓝刀、耕种、从烟卷吸到卷烟,从烟丝、黄烟吸到树叶、蒿草,从标准卷烟纸到这样破报纸……唉,天飞呵,可怜而又可敬的天飞呵……他自觉地情愿地视之敝屣地丢弃自己那二副的高薪金、那优裕的舒适的生活,而投身穷乡僻壤、刀山火海;他不贪生、不怕死,是生是死早已置之度外……唉,天飞呵,可怜而又可敬的天飞呵……

> 我悄悄出去用我外出工作节省下来的生活补助费,从街上烟棚子里给他买回来十盒"大白杆儿"。他一见到、禁不住一阵狂喜,连着吸了好几支,才算过了一场满足的惬意的瘾。然而,酒来了,他只喝了一盅酒,连猪蹄子都没来得及啃一口,便起身而辞。
>
> 辞,辞,表现绝决,不容丝毫和缓。这时,只有这时,我才破例第一次真正认识了天飞,领教了天飞那么一条血肉之躯装的是这么一副铁打的心肠。
>
> 相逢近乎萍水,而相别的确过于突兀——人世多舛,奈之何。

舒群晚年回忆中,与傅天飞这次"连猪蹄子都没来得及啃一口,便起身而辞"的生死诀别,应该是在傅天飞同他、同萧军萧红讲述完有关磐石游击队事迹"腹稿"的一个月后,也就是1934年的3月间。之后不多日,由于党组织遭受严重破坏,归属第三国际系统,本是单线联系的舒群,被迫南下去了哈尔滨商船学校同学聚集的青岛。刚一立足青岛,继半年前重金资助二萧出版反满抗日反封建主题的散文小说合集《跋涉》后,舒群再一次伸出援手,给已上了伪满日寇当局通缉名单中的萧军去信,让其迅速南下来青岛与他会合。与此同时,还为他们的到来提前安排好了住处和赖以生存的基本工作岗位。不仅如此,萧军萧红抵达青岛不多日,舒群又专门陪同萧军前往上海寻找鲁迅先生,从而为这对热血夫妻最终来到鲁迅身边,完成并出版《八月的乡村》和《生死场》铺平了道路。

二、关于北满汤原抗联基地帽儿山:《八月的乡村》另一不可或缺的构件

在这里,作为知情者的笔者,深感有必要补充一个历史事实,那就是,《八月的乡村》素材来源并非是《东北抗日联军史》书中那个来自"南满人民革命军的斗争事迹"的单一论断。对此,笔者拥有保存了43年之久,由《八月的乡村》的作者萧军在一次近百人出席的座谈会上亲口诠释的现场亲笔记录。笔者至今清晰地记得,当时,萧军座椅前的简陋白木图书阅览桌上,还置有一台小型录音设备。

1979年8月17日下午2时许,在哈尔滨南岗文昌街省图书馆三楼小会议室,黑龙江省暨哈尔滨市文艺界为欢迎离别卅一载后重返哈市的萧军举行了一次别开生面的座谈会。那时还是一名文学青年的笔者,得以有幸出席了这个近百人的座谈会。也正是在这次座谈会上,萧军较为详细地向近百位与会者,主动介绍了其成名作《八月的乡村》的构思、创作经过。萧军是这么说的(根据本人现场亲笔记录的这份实时笔记)。

> 这部书开始创作时,是在1933年的哈尔滨(秋石注:此处所指时间,萧军记忆同样有误),吉林磐石人民革命游击队的同志到哈尔滨,以我的住处作为联络点。我因曾在吉林舒兰县筹谋组织抗日义勇军,与他们认识。当时的著名共产党员、共青团北满省委巡视员傅天飞同志和我接触最多。傅天飞多次同我谈游击队开展抗日武装斗争的情况。我因是当兵的出身,对军事情况比较熟悉。于是,**我以已经掌握的黑龙江汤原县抗日联军第六军和吉林磐石的红三十二军的活动为主要线索**,加上一定的艺术构思,三结合形成了《八月的乡村》的整个内容。小说是歌颂东北人民抗日武装的。里面写的主角是萧明,写一个知识分子从戎,写了他的勇敢,也写了他的彷徨、苦闷与爱情。我写这部小说的目的是作为政治宣传品,鼓起人们民族解放的勇气。小说写完后,我并不满意。当时我和萧红不顾反动当局的禁令,自费出版了散文、小说合集《跋涉》。后来,由于受到迫害,逃亡到青岛,在青岛完成了《八月的乡

村》。1934年底,到达上海后,萧红向我提议,对《八月的乡村》原稿进行修改。改完后,由萧红整整齐齐地誊抄在美浓纸上。当时正是冬天,又是住在阴冷的亭子间里。小说抄完后,鲁迅先生亲自过目,并且写了《序》,支持了出版。后来,当化名狄克的张春桥向我们射出一支支毒箭时,鲁迅当即写了《三月的租界》一文,对"隐藏在革命阵营内部的蛀虫"张春桥之流,予以了迎头痛击。①

纵览《八月的乡村》一书内容,特别是在该书结尾部分,奉命殿后的游击小组临时召集人李三弟口中反复强调的善后事项,确实有萧军依据"已经掌握的黑龙江汤原县抗日联军第六军"的活动主要线索撰写的事实,包括"第六军"持续数年活动的后方基地——位于北满地区、当时伪三江省区域的汤原、依兰、伊春岔三县区交界处,一个名叫四块石帽儿山的地方。

在《八月的乡村》一书的结尾,题为"就是这样,——准备明天的罢!"的最后一章,当描写到游击队主体已经开向新的"要正式和日本军和日本的走狗军队们开战的"战斗地点,留在原地的小部分游击队战士,面对"官军(伪满洲国军)和日本兵已经开始向龙爪岗进发"的消息,是继续留守在这里迎头痛击日寇的进犯,还是带领伤病员撤退,前往新的游击队后勤补给集结点,便于伤病员尽快恢复健康?留守的游击队员们展开了一场热烈的鼓舞士气和斗志的大讨论,这场大讨论,是由一位在行军中走在队伍前列引领高唱《国际歌》,名叫李三弟的普通游击队员出面主持的。生死存亡危难时刻,共产党员挺身站了出来。

讨论的结果是,以郑七点为首占多数的游击队员,主张迎头痛击侵略者,然后迅速撤退。另一部分队员则提前一天,带着伤病员前往一个名叫帽儿山的后方基地休整疗伤。在这一节中,作者着重描写了李三弟两次作出了去后方基地帽儿山休整的安排。

在入夜通红的"篝火近边",李三弟传达了先期出发的游击队司令员陈柱交代的任务:

"等着受伤的同志们伤好了,再到东安去集合。到那里我们是要被编成正式革命军的啦!那里同志还有很多哪!要正式和日本军和日本的走狗军队们开战的啦!那里听说还有马队、有机关枪……今天早晨的消息,我们是知道的啦!另一股日本兵和走狗军队……今天晚间不到,明天一早准到……怎么办呢?还是先跑呢?还是留在这里和他们对抗一阵再走?主要大家伙来拿主意……"

听说要和来犯的小鬼子"对抗一阵",主张狠狠地打一仗的游击队员占了上风。而对于那些症状较轻的伤病员来说,一听说要和小鬼子开打,也就立马来上了精神:

他们已经能够用自己的脚步移动了去,有的已经试验着抛开拐杖,要强健起自己来的欲望,充沛着每人整个的心!

随后,临时指挥员李三弟作出了妥善的贴心安排:

……要打的同志们,就留在这里一天;要走的同志们应该多辛苦点,你们就同受伤的同志们先走。**你们到帽儿山等我们**,后天一早晨我们也能赶到那里——不过在道上你们得多辛苦点……换着班抬他们!

李三弟最后决定道:

---

① 贺金祥(秋石):《我所认识的萧军》,《新文学史料》1989年第2期。

"这样吧！萧明同志就同那几位同志，**到帽儿山等我们去吧！**"

那么，《八月的乡村》结尾所说的帽儿山，又指的是哪一座呢？

时隔43年后，在江南2022年持续极端高温的酷暑夏日，笔者重读这段由本人亲笔记录下来的座谈会现场笔记，及再次仔细研读萧军的这部《八月的乡村》，就像是在昨天刚刚发生的那样。萧军所说的"**我以已经掌握的黑龙江汤原县抗日联军第六军和吉林磐石的红三十二军的活动为主要线索**"，构思、创作《八月的乡村》的交代，比对小说结尾中两处提及的"帽儿山"，可以肯定的一点，那就是汤原县境内的帽儿山无疑了。至于说到当年汤原县境内的帽儿山（现已划归伊春市所辖），据历史文献记载和多位抗联负责人的回忆，确确实实是活跃在北满地区、下江一带的抗联第六军，还有第三军的后勤保障点，不仅有被服厂，而且还设有后方医院，自然也便于伤员疗伤，是经历了一场痛打小鬼子恶战后的游击队的最佳休整地点。更重要的是，汤原县境内的帽儿山较之位于邻近哈尔滨的尚志县一面坡附近的帽儿山而言，距离前往大部队集结的东安镇要近很多。而且，一面坡附近的帽儿山，虽有抗联密营，但从未建有被服厂和后方医院。其次，《八月的乡村》里李三弟一开始向游击队员的提及的"再到东安去集合"的地点，位于饶河县境内的完达山大顶子山下、张广才岭的极北边缘处、乌苏里江边，在那里，便于和一江之隔的苏联方面联络。从汤原县经桦南、勃利、宝清，至饶河县，都归属于小兴安岭的东向张广才岭的延缓山脉系。约半个世纪前，笔者在黑龙江担任新闻记者期间，曾去过上述地区采访和调研。此外，笔者也曾涉足过东北抗联第六军诞生、战斗过的汤原县太平川乡，包括位于饶河县境内，与少数民族赫哲族聚居地四排村毗邻的东安镇，故而比较熟悉。而且，我因工作需要，去过吉林磐石、辉南、梅河口一带调研，当年的红三十二军南满游击队，即后来的抗联第一军第一师英勇杀敌的游击区，以及杨靖宇将军英勇牺牲处——海拔近千米的靖宇县，还瞻仰了设在通化东山之顶，以杨靖宇烈士为核心的东北抗联烈士陵园。据了解，那一带并没有一处名叫帽儿山的地方。

在这里，有必要向读者们作一个有关抗联历史沿革知识的交代：1935年7月出版的《八月的乡村》所描写的主战场之一的汤原县人民抗日武装，当时还不叫东北抗联第六军。它先后经历了汤原民众联合反日义勇军、中国工农红军三十三军汤原民众反日游击队、东北人民革命军第六军等的沿革。直到1936年9月帽儿山被服厂会议宣告中共北满临时省委成立，东北人民革命军第六军才正式改名为东北抗日联军第六军。有关这一点，同萧军在《八月的乡村》中，一再浓墨重彩描绘其纪律严明的"中华革命军"，是同出一辙的。

从最早的汤原民众反日游击队——1932年10月10日正式成立的"中国工农红军三十三军汤原反日游击中队"任第一小队队长，到1934年5月改称的下江民众联合反日游击大队任大队长、总指挥，再到1936年11月首任军长夏云杰牺牲后，于次年2月由中共北满省委讨论决定，继任东北抗联第六军军长的戴鸿宾于1962年接受党史、抗联史研究者访谈时，多次谈到了四块石这个北满抗联的后方休整地。他回忆道："1933年3月以后游击队又到通海大古洞（通河区委所在地），紧接着又回到汤原四块石。"[①]

---

① 见中共黑龙江省委党史研究室编纂的内刊本《访问录汇编》（七）第423页：134，《戴鸿宾访问录——回忆汤原游击队、抗联六军》，哈尔滨市工大节能印刷厂承印，2008年8月第1版，印数100册，（黑）新图内字（2007）075号。戴鸿宾1962年接受访问时的这段证词，被林京生撰写、当代文艺出版社2019年9月出版的《东北抗日联军著名将领：戴鸿宾传（1911—1968）》一书收入，详见该书第39页。

从戴鸿宾军长回忆的"1933年3月"这个时间节点,到"紧接着又回到汤原四块石"的说辞,我们可以梳理出一个辨识度比较清晰的脉络,那就是,作为由中国共产党领导和直接指挥的汤原抗日游击队,早在1932年10月成立之初,就已经选择把四块石帽儿山作为自己的后方休整根据地。这同萧军在其《八月的乡村》结尾部分,游击小组负责人李三弟口中一再强调的到帽儿山集中的说法,是相吻合的,有着真实依据来源。同时也从源头上印证了萧军创作《八月的乡村》的时间,他是在听取傅天飞向他亲口讲述的南满磐石抗日游击队英勇战斗事迹的同时,或在这之前,就已经获得了北满抗日游击队在汤原四块石帽儿山一带活动的情况,而且还强调其功能特质,是作为游击队后方休整地。之后,他才展开这部经典作品创作的。笔者还认为,在1934年2月间,亲历和熟知南满磐石抗日游击队实践的傅天飞,在向萧军声情并茂讲述完"磐石游击队从小到扩大到大发展的过程,生动地艺术地描摹了惊天动地的激烈战斗,可歌可泣的英雄人物和大无畏精神"后,再也按捺不住将其"作为政治宣传品,鼓起人们民族解放的勇气"的满腔热情,投入了创作。

有关这一点,我们还可以从1954年人民文学出版社出版的《八月的乡村》中找到答案。在为新中国首个《八月的乡村》重排本所写的"后记"中,萧军为我们给出了创作这部作品贴近历史的相关时间链的诠释。萧军写道:

> 这本小说写于二十年前,即一九三四年的春季间,那时,我在伪满统治下的哈尔滨。当年六月间我和萧红到了青岛,一方面在一家报社里做编辑,一方面继续写它,到当年初冬——十月二十二日——初稿完成。

据查核萧军年谱和鲁迅日记表明:萧军于撰写完成《八月的乡村》初稿10天后,由于青岛地下党遭毁灭性破坏,半年前遭遇的伪满洲国险情再现,遂携萧红于1934年11月2日自青岛抵达上海。同年11月30日下午,在同鲁迅先生偕许广平、小海婴的初次会面中,萧军将由萧红为他誊抄好的《八月的乡村》交到了鲁迅先生的手上。

其实,在1954年《八月的乡村》"后记"中,标明的"这本小说写于二十年前,即一九三四年的春季间"的这个时间段半年前,萧军就根据自己手头已经掌握的南北满各路抗日武装的素材,开始了这部名叫《八月的乡村》的小说的写作。有关这一点,在《跋涉》一书中,可以得到确认。该书书前设置的"出版预告",明确标注了"八月的乡村(写作中)……约六万字。约1933年终"的说明文字。不久,由于傅天飞的到来和激情讲述,于是,思路进一步拓展的萧军,以更加饱满的政治热情投入了全面展示中国共产党领导和指挥的"中华革命军"崭新战斗风貌的写作。遂有了后来由鲁迅先生作序言推荐、我们今天见到的这部比初始酝酿时多一倍文字内容,故事情节与人物形象更为生动、丰满、贴近现实斗争生活实践的《八月的乡村》。

关于《八月的乡村》中一再提到的这个名叫帽儿山的游击队休整地,据笔者查阅多份抗联老战士留存的资料得知,历史上北满地区确有该地名存在。其准确的地点,是在松花江下游的原汤原县境内,汤旺河流域,与林区伊春市南岔区及依兰交界处,一个名叫四块石的地域。帽儿山海拔979.6米,这里林木茂密,岩峰高耸,[①]山势险峻,易守难攻,且有多条终年不枯的山泉——这对大部队驻营和建立比较巩固的后方基地,特别是医院,

---

① 林京生:《东北抗日联军著名将领:戴鸿宾传(1911—1968)》,第206页。

是一个不可或缺的前提。说起帽儿山所在的四块石地区,在东三省人民艰苦卓绝的十四年抗战史上有着辉煌的一页,这里曾经是东北抗日联军的秘密大本营。抗联三、四、五、六、八、九、十一军都在这里活动过。1936年,正是在这里,抗联三、六军在原有的基础上建立了较为全面、巩固的后方基地,同时也是中共北满临时省委和北满抗联总司令部的机关驻地。这里还建有专供抗联指战员的被服厂、后方医院、东北抗联军事政治学校、电信学校、军械修造所,和占地1 000多平方米的抗联三、六、九军的练兵场和军马场等。在这里还多次召开重要会议,其中最重要的有三次。第一次会议是在日寇发动"九一八"事变的五周年日子的1936年9月18日,根据前一年中共驻共产国际代表团发出的《八一宣言》精神,北满抗联第三军、第六军党委,珠河(即今尚志县)和汤原两中心县委的联席会议,在汤原县帽儿山召开,会议决定,在满洲省委遭到严重破坏已无法工作的情况下,成立中共北满临时省委;第二次是在1937年6月28日,也是在汤原帽儿山举行;第三次会议是在1938年5月。这几次会议均讨论了东北抗日游击战争的重大问题。其中1937年的那次会议,史称"帽儿山会议",是北满省委的扩大会议。参加这次会议的有:赵尚志(北满抗日联军总司令兼三军军长)、冯仲云(北满省委书记)、李兆麟(北满抗联总政治部主任)、张寿篯(六军政治部主任)、周保中(五军军长、吉东省委特派员)、戴鸿滨(六军军长)、冯志刚(六军参谋长)、黄诚植(共青团北满省委书记)、张兰生(北满省委组织部长)、魏长魁(下江特委书记)、黄吟秋(六军军部秘书长)等。李兆麟将军那首"火烤胸前暖,风吹背后寒"的《露营之歌》就诞生在这里。当然,萧军在1934年"春季间"动笔撰写《八月的乡村》的时候,作为抗联第六军的前身,汤原抗日游击队——东北民众联合反日义勇军——东北人民革命军第六军的根据地,尚处在初创阶段,其医院设施自然是十分简陋的,远不及后来形成的规模。

经考证,设有抗联被服厂的帽儿山,位于东经129度、北纬47度,现黑龙江省伊春市西林区18公里红星村东南山北坡。正如抗联老战士、原东北抗联电信学校校长于保合,晚年在其撰写的回忆录《风雪松山客》里描述的那样,被服厂设在帽儿山的山上,这所以叫帽儿山,是因为帽儿山远远望去真像扣在山上的一顶礼帽,被服厂就在帽檐较平坦的地方。

另一位抗联前辈、李兆麟将军的夫人、当年参与创建抗联被服厂的金伯文,晚年在回访抗联遗址时,也明确指认现伊春市西林区铅锌矿18公里处,就是帽儿山抗联三军被服厂。

曾经担任抗联第六军政治部主任兼秘书长、夏云杰军长牺牲之后的临时代理军长三个月的老共产党人黄吟秋(辽宁台安人,萧军东北讲武堂学长方未艾同乡暨同学,1927年3月入党、早年间在辽宁、黑龙江任基层特支书记时,曾先后向两任中共满洲省委书记刘少奇和罗登贤同志当面请示、汇报过工作。1932年10月,由中共满洲省委常委、哈尔滨市委书记杨靖宇亲自安排,与中共满洲省委委员金伯阳一起,作方未艾的入党介绍人),晚年在其亲笔撰写的回忆录中,提及1937年6月28日举行的事关整个东北抗日联军命运的会议时,对位于三县区接壤处的帽儿山,作了一个十分形象的描绘。他写道:

> 在抗联六军被服厂,召开了珠河、汤原中心县委和三军、六军联席会议。这次会议是在一个叫"四块石"的地方召开的,而这地方的山脉叫帽儿山,而四块石是这座山脉的主峰。它位于小兴安岭南麓在依兰、汤原、南岔的交界处。而帽儿山的山顶

主峰远看有四块巨石,当地人俗称"大砬子"。这座主峰拔地而起,直插云霄,巍峨壮观,气势磅礴。而山上树木葱郁,山间有清凉的泉水汩汩涌出,还有天然的溶洞,这里曾是义勇军、抗联三军、抗联六军的密营和根据地,这里上山的路是一夫当关、万夫莫开,易守难攻。

这次会议是北满临时省委和东北抗日联军史上的一次重要会议,是在中央局撤离、共产国际撤走,中共满洲省委被撤销,同时以三大游击区为基础,成立了北满、南满、吉东三个省委。东北的党组织与中央局失去联系的关键时刻,这是一次具有历史意义的会议,会上赵尚志做了政治报告,全面地分析了北满抗日斗争发展的大好形势,批判了《王康指示信》,选举了北满临时省委,冯仲云当选为北满临时省委书记。还有15人当选为执行委员,将东北人民革命军第六军改制为东北抗日联军第六军,夏云杰任军长。东北人民革命第三军改制为东北抗日联军三军,赵尚志任军长。按顺序谢文东的队伍改制为东北抗日联军第八军,谢文东任军长。中共汤原中心县委改为下江特委,书记白江绪,隶属北满临时省委领导。对抗日联军部队过界的需要进行了整合。抗日联军第一军、第二军组合为第一路军,由南满省委领导。抗联第四军、第五军、第七军、第八军、第十军组合为第二路军,由吉东省委领导。抗联第三军、第六军、第九军、第十一军组合为第三路军,由北满省委领导。东北的党组织与中央局失去联系,北满地区在党的领导下抗日斗争又有了新的局面,并决定抗日联军部队分批过界,为西征做物资准备。①

2015年9月由中共党史出版社出版的《东北抗日联军史》一书,亦有多处提及了位于汤原帽儿山东北抗联基地的存在与作用。

在当时,一个十分残酷而又现实的问题是,处在伪满洲国心脏腹地、日寇伪满军队重兵合围的夹缝中求生存求发展的南满磐石游击区,是无法也不可能建立巩固的根据地的。而山高林密、峰峦叠嶂的北满地区,却从一开始就建立起了相对稳固的抗日中心,而且是辐射整个北满地区直抵中苏边境黑龙江乌苏里江的各路抗日游击队的集结中心,那就是在汤原县境内建立的从太平川、格节河,直至不断完善、功能日趋健全的四块石帽儿山大本营。在帽儿山抗联六军、三军被服厂召开的三次北满党政军联席会议,充分说明了这一点。彰显这个抗日中心的重要作用及其影响力的是,距1935年中国共产党《八一宣言》制订仅仅过去两个月,令日寇闻风丧胆的北满抗日劲旅汤原游击队率先予以了积极的呼应。他们与党内外、南北满各路抗日武装领导人杨靖宇、王德泰、赵尚志、李延禄、周保中、谢文东、吴义成等人,共同发出了《东北抗日联军等呼吁一致抗日通电》,提议建立全中国统一的国防政府与全中国统一的抗日联军,要求马上停止内战,枪口一致对外,一致去武装抗日,一致去争取中华民族独立与统一,一致去保卫中华祖国领土完整。②

细察此前此后发布的一系列关于建立抗日统一战线的宣言、通电等,无不都是中国共产党站在全民族的立场上,举一党之力,向全国各阶层各政党各界民众发出疾呼。然

---

① 黄吟秋:《黄吟秋回忆录》,自费刊印,吉林白山书局,2019年12月,第62—63页。
② 林京生:《东北抗日联军著名将领:戴鸿宾传(1911—1968)》,第111页。据作者林京生2022年11月9日上午10时许电话答复(由戴鸿宾之子戴春江转达):"这个材料应该是在黑龙江省档案馆或者是黑龙江省党史研究室看到的。当时不允许拍照和复印,只允许手抄。这个(通电)是在(伪满洲国军政部编印的绝密档案)《满洲共产匪之研究》书中。由于时间较长,我记忆中应该是在250页。"

而,弥足珍贵的是,此次在北满汤原抗日游击区发布的这则"通电",却吸纳了党外抗日武装,包括过往以打家劫舍为生的胡子,而今加入全民族抗日行列的山林土匪武装的头领参与其中,使党倡导的抗日统一战线,从公布那一刻起,就做到了实至名归。再有,彰显其重要历史价值的是,距中共驻共产国际代表团在共产国际第七次代表大会期间拟定的《八一宣言》,相隔两个月后,才在10月1日法国巴黎出版的《救国时报》上正式公开发表,仅仅过去了10天,便为中国境内北满地区的党组织和各路抗日武装积极吸纳与呼应。这,不但证实了北满地区抗日中心的党组织,与苏联境内的中共代表组织始终保持着血脉畅通的渠道,而且,较之陕北党中央贯彻落实《八一宣言》的精神与要求,采取与之相呼应的切实行动与措施,还要早上一个半月之多。这是因为,此时的党中央和中央红军刚刚结束为时一年的二万五千里长征抵达陕北。直至在陕北安营扎寨一个月后的11月中旬,中共驻共产国际代表团派出的特使张浩,才历经艰难险阻抵达陕北瓦窑堡。在张浩向中共中央传达共产国际关于建立广泛的反法西斯统一战线的精神和《八一宣言》的内容后,中共中央经讨论决定,以中华苏维埃共和国政府主席毛泽东、中国工农红军革命军事委员会主席朱德的名义,于11月28日发表了与《八一宣言》内容基本相同的《中华苏维埃共和国中央政府、中国工农革命军事委员会抗日救国宣言》。[①]

有关萧军在写作《八月的乡村》前获得的素材,与北满地区汤原抗日游击队——后来的抗联第六军之间不可分的关系,我们还可以从下面小说中描写的场景,与初期汤原抗日游击武装经历的真实场景相呼应的文字中,得到进一步的印证。

在《八月的乡村》中,有这么一个鼓舞士气的故事情节:在经历了一次惨烈的血与火的战斗结束后,在为两位牺牲的同志举行祭悼时,游击队司令员陈柱向全体游击队员们庄严宣告道:

> 我们自从开始和日本帝国主义的军队斗争,一直到现在,同志们的死已经不在少数! 眼前这又是两位同志的尸首……不要忘记,先前死了的同志,是死在谁的手里? 是为了什么死的? ……我们的死,是光荣的死在我们敌人的手里了! 我们死是为自己底志愿,为了替人民作革命的先锋,为了自己底责任,为了将来的新世界,为了向压迫、杀戮我们的同志、姊妹、弟兄的敌人复仇……我们的牺牲是必不可免的啊! ……
>
> 同志们全知道,我们当前唯一非扑灭不可的敌人,就是日本帝国主义的军阀、政客、资本家。为日本帝国主义作走狗的满洲军阀、官吏、地主、土豪、劣绅……当过兵的弟兄们。你们现在是做了中国人民,为劳苦大众,为全世界弱小民族争自由、争平等的好汉了! ……

在其后发表的宿营前的简短讲话中,陈柱司令员按照惯例,不忘向队员们强调了"我们是中华人民革命军"这支无产阶级的人民武装,来自人民的这一特质,以及必须遵守的革命纪律。

> 同志们,走了一天的路,全是太累了! 这时候我不应该有什么可说的。我们全是革命军的队员……就是时时刻刻不要忘记了老百姓是我们底弟兄……我们不是日本兵……我们更不是官军和什么"绺子"……要大家伙努力,使此地父老兄弟们了

[①] 《中国共产党历史》第一卷(1921—1949)上册,中共党史出版社,2011年1月第2版,第412—413页。

解我们……我们是一家人……我们是替一家人来抵抗我们敌人的队伍——你们待他们亲切,他们一定待你们更亲切!在无论那一块宿营区里,总不要忘记了,我们是中华人民革命军!

在《戴鸿宾传》一书中,记录了这么一件对整个北满地区和松花江下游数县广大民众抗日斗争产生重大影响的事:1938年8月下旬的一个深夜,汤原义勇军等各路武装和千余名自发赶来,手持木棍、斧头的农民,从西北沟集结地出发,浩浩荡荡前去,参加攻打18里外的汤原县城的战斗。临出发前,身为共产党员的总指挥、后来的第二任东北抗联第六军军长戴鸿宾,向这支众志成城、同仇敌忾的千余人抗日队伍,作了人民至上、严明纪律的动员令。他大声说道:

> 全体参战的同志们,现在我们就要进攻了,进攻后要勇敢作战,不许伤害老百姓,徒手队的同志,你们这样勇敢,来支援我们,我内心有说不出来的感激,战斗到什么情况下,我也决不会将你们扔掉,现在听我的命令——出发。①

1933年11月24日,以代理中共满洲省委书记身份的名义上报的《满洲省委何成湘关于最近满洲工作报告》,在向中央汇报满洲反日游击运动的形势与党在反日游击队中的工作时,排在首位的是南满磐石中心县委,紧随其后的,就是北满汤原中心县委。而在1939年10月24日发出的中共北满临时省委书记《冯仲云给中央的报告》,对汤原县党的工作及组织工作给予了高度肯定。冯仲云报告指出:松花江下游,以汤原为中心的抗日斗争是很有名的,而且还普及到了通河、富锦、绥滨、萝北等地,组织了广大的中国民众之反日会,震惊了伪黑龙江省政府,为此还专门下发文件,惊呼:"省内以汤原县为中心,各县之宣传工作成为'表面化''有变成赤化之模样','因此命令各县参事官严密监视',并对已经'组织化'的汤原县'要着手扑灭该项匪贼'。"②

由此可见,萧军创作的基本素材,不仅着眼于杨靖宇将军指挥的南满磐石人民革命军,而且还来源于北满汤原东北民众联合反日义勇军,即后来的东北抗联第六军的游击区域发生的一些事情。

黄吟秋老人1989年去世前夕,在给哈尔滨地下工作时期老战友方未艾的一封没有写完的信中,于提及经中共中央组织部复查认定,恢复其1927年3月入党和参加革命的工作经历时,这样写道:

> 我这一生在大风大浪中度过,背了几十年的历史包袱,受了几十年的极左路线的干扰,在十一届三中全会的正确领导下,得到彻底平反,终于实现了我的信仰,为共产主义奋斗终生!③

这是一位大革命时期入党的革命前辈,临终前发出的顽强展现初心的肺腑之言。这同《八月的乡村》里描写的一路行军一路学唱《国际歌》,最后在悲壮激昂的《国际歌》声

---

① 林京生:《东北抗日联军著名将领:戴鸿宾传(1911—1968)》,第43页。引自汤原县档案馆保存,戴鸿宾抗联老部下、整个抗日战争时期一直坚持战斗在汤原西北沟地区的地下党员邢运昌同志1959年3月9日所写回忆文章《西北沟人民大暴动》及《第一次打县公署》。

② 林京生:《东北抗日联军著名将领:戴鸿宾传(1911—1968)》,第47页。

③ 黄吟秋致方未艾信,一封没有写完的信,无落款日期,收入辽宁省政协与本溪市政协专为方未艾合编的文集《历史珍忆》,辽宁人民出版社,2004年4月。

中血洒疆场的老年游击队员崔长胜,是从同一座炽热的熔炉里炼出来的钢铁汉。

一部《八月的乡村》,是一部用东北抗日联军战士的热血、青春和生命谱写的民族御侮史。

三、中共满洲省委筹划构建哈尔滨"左联"与沦陷区反满抗日左翼文艺运动

萧军在东北讲武堂的学长方未艾,1932年10月由金伯阳和黄吟秋两位老共产党人介绍,经时任中共满洲省委常委兼哈尔滨市委书记杨靖宇批准,加入了中国共产党。入党不久,上级便指定他担任了后来令日寇闻风丧胆的巾帼英雄赵一曼同志的联络员。

大约是在1933年的七八月间,赵一曼从外地——哈东抗日游击区巡视回到哈尔滨。刚一进入方未艾居住的《国际协报》的单人宿舍,她便兴奋地对方未艾滔滔不绝地说开了。她认为,这次游击区巡视工作顺利,也很成功。方未艾看她的身体很好,精神也旺盛得很,可能一直是在野外的缘故,脸色晒得黑了些,给凛冽的山风吹得起了皱纹。赵一曼还告诉他说:"很多同志把部队搞起来了,打了不少胜仗,游击队伍一天比一天壮大。我想留在那里长期工作,因为未经组织同意,我就回来了。向省委汇报完工作以后,我正式提出了请求:到部队去,拿起枪杆战斗。"说到这里,赵一曼因势利导地动员起了方未艾:"你学过军事,去了有用武之地,不然,岂不是白学了,我们一起到游击队去吧!"①这是继在这之前杨靖宇、赵尚志两位抗日人民革命军负责人,先后提议方未艾、萧军充分发挥早年间在张学良主政的东北讲武堂学习过军事的特长,加盟我党领导的抗日游击队之后,又一位地下党的领导人提出的建议。

有关杨靖宇将军向方未艾发问他和萧军在东北讲武堂学过军事的事,发生在他入党后的1932年10月初的一个上午。是金伯阳领着来到他就职的《东三省商报》社。那天刚一见面,杨靖宇就对方未艾问道:"听说你和三郎(即萧军)都是在讲武堂毕业,学过军事,前几年在东北军里也拿过枪杆子、抗过日,为什么现在都放下枪杆子,拿起了笔杆子?"

面对杨靖宇的这个突兀发问,方未艾回答道:"我们虽然学过几年军事,因为没有实力,也没有经验,组织队伍还没有与日本人交手就失败了,我和三郎只好跑到这城里,暂时靠写稿站住脚、立住身,日后再寻出路。"

杨靖宇听后,理性而又温和地分析道:"队伍未打就散了,这不是你们的问题。整个东北军对日本军不抵抗,这是主要的原因……"

听着党的领导人如此客观、诚恳的分析,方未艾内心十分感动。于是便向杨靖宇讲了他和萧军在东北陆军讲武堂的一些往事,同时,也讲了在"九一八"事变当天晚上,他在沈阳军营内亲身经历的一些事情和内心的痛苦感受。

接着,杨靖宇就向眼前的这位新党员讲起了"九一八"后,党中央发出的抗日号召和宣言的内容,以及所起的作用。杨靖宇还特别强调了中央号召要在东北组织开展广泛的游击战争,直接打击日本侵略者,每一个不甘心做亡国奴的中国人,都要参加到反抗日侵略者的武装斗争中来。紧接着,杨靖宇因势利导地向他作起了动员:"你和三郎在城里拿笔杆子文斗,还不如到农村去拿起枪杆子搞武装斗争好。"说到这里,杨靖宇不无遗憾

---

① 方未艾:《赵一曼在哈尔滨》(连载),发表在1982年10月24日、11月7日和14日《哈尔滨日报》上;后又以《在哈尔滨结识的赵一曼》为题,发表在2015年第10期《名人传记》上。

地说道:"我是在战场上学习打仗的,要是学过军事再去打仗,那就更好了。"随即他又关切地问道:"你和三郎学的是哪些军事科目?"方未艾回答道:"我学的是骑兵科,三郎学的是炮兵科。"杨靖宇听后,再次动员上了:"骑兵科、炮兵科打仗都是用得上的啊,我和伯阳要到吉海铁路沿线去打游击,你和三郎考虑考虑,是不是同我们一起去,或是以后再去?"①

无独有偶,不仅杨靖宇动员方未艾、萧军跟随他和伯阳一起去磐石游击队打鬼子。另一位著名抗联将领、将土匪军队拉出来成功改编成中国共产党领导和指挥的抗日游击队,后来在珠河成立抗联第三军并担任军长、最终壮烈牺牲的老共产党人赵尚志,几乎是在杨靖宇动员方未艾去磐石游击队不几天,同样是在金伯阳的陪同下,来到方未艾任职的《国际协报》副刊编辑室。甫一见面,率直性子的赵尚志便开门见山,连质问、批评,带邀请的火辣辣的方式,向方未艾说道:"有人说你和三郎都在东北讲武堂学过军事,怎么都拿笔杆,干起文字这行来?我不瞒你说,我在黄埔军校也学过军事,我总想拿起枪杆子干革命,同敌人斗争才痛快。我已经想好了,要到汤原、珠河一带……你们是不是愿意打游击去?我们可以一同去。"②

笔者认为,在杨靖宇、赵尚志、赵一曼等我党领导的南北满抗日游击队负责人,在邀请方未艾和萧军的同时,也向后者介绍了前线抗日将士们英勇战斗与日常生活的故事。当方未艾向萧军介绍从三位领导人那里获得的有关游击队的信息时,毋庸置疑,也给萧军后来酝酿创作《八月的乡村》增添了丰富多彩的素材。其笔下那些充满七情六欲但又有着浓烈家国情怀,无条件服从于抗日救国大业,奋不顾身英勇杀敌的"中华革命军"战士,无不都是杨靖宇、赵尚志、金伯阳、赵一曼、傅天飞这些民族英雄和他们的战友们的真实写照。反之,正是深受这些为着民族解放事业英勇杀敌的共产党人无私无畏献身精神的熏陶,萧军才义无反顾地、更进一步地投身到党领导的反满抗日活动中来,奠定了他毕生同中国共产党风雨同舟、肝胆相照的初心。

不仅萧军如此,萧红也对投身于地下党领导的反满抗日宣传工作充满着赴汤蹈火的献身精神。有必要指出的是,萧红之所以能够写出觉醒了的黑土地农民,揭竿而起,融入全民族抗击日本法西斯入侵的洪流中来的史诗作品《生死场》,这同她从一开始便自觉地,丝毫不顾自身安危,以笔作刀枪,积极参加地下党领导的反满抗日宣传工作,是分不开的。③

1933年10月,方未艾奉党组织之命,秘密远赴苏联远东太平洋滨海城市符拉迪沃斯托克(海参崴),有"中国的党校"之称的列宁学院培训之前,目睹了萧红全身心投入地下党的反满抗日宣传事业,庄重、严谨工作时的情景。尽管历史已经过去了整整半个世纪,当回忆到萧红蜷缩在商市街25号"西厢房又矮又小的耳房间",全神贯注刻写蜡纸那一幕场景时,方未艾依然是那样的记忆犹新

> 一次我去商市街二十五号看望萧军,他不在;萧红正在用铁笔在蜡纸上为党刊物《东北民众报》刻插图,是以金剑啸画的两幅漫画作为底稿:一幅画是几个日本兵

---

① 方未艾:《缅怀抗日英雄杨靖宇》,收入《历史珍忆》;又见《杨靖宇在东北的悲壮往事》,《文史精华》2022年第7期。
② 方未艾:《我所见到的赵尚志》,原载1982年6月22日《哈尔滨日报》;并以《再逢赵尚志》为题,收入《历史珍忆》。
③ 骆宾基:《萧红小传》,黑龙江人民出版社,1981年4月。

在农村举着火把,正在点燃农民的房子;一幅画的是一个日本兵扯着一位年老的农民向燃烧的火海里推,都是描写日寇在农村归屯并户的暴行。这时我才知道萧红不仅参加了党领导的画会、剧团、文艺刊物,还参加了党报工作。①

对于萧红为地下党庄严工作的事,方未艾在其晚年所著的多篇回忆追悼文章中,有着更为细腻、传神的描写:面对随时都有可能发生的突发性危险,萧红那种从容、沉着、胆大心细、机智应对周遭环境的神韵和状态,甚是可圈可点。方未艾老人这样追忆道:

> 我虽然和金剑啸都在党内搞地下工作,对他的具体任务并不清楚。党内有纪律,不准透露情况。他时常给我送来党内文件看,开始是《满洲红旗》,以后停印了,再送的就是(萧红参与刻印的)《东北民众报》。一天午后,我到商市街25号。……院内西厢房又矮又小的耳房间,萧红正坐在一只木凳上伏在床边精心刻画钢板。当时,印刷条件差,只能用铁笔在钢板上的蜡纸刻字或刻画,然后将刻好的蜡纸铺在印刷纸上,用油墨棍压滚,一张宣传单就印刷出来了。萧红见我进来,头也没抬,话也没说,只是全神贯注地刻画着。我走近她的身边,见蜡纸上已经刻了许多字,在一空白处,她照一张画稿在刻插图。……我看萧红在为党做秘密宣传工作,心里很激动。表面不动声色地说:"你还会画这些画呢?"她很平静地说:"学着做嘛。剑啸忙不过来,让我帮他做。"我小声说:"你知道刻画,被日本人发现要杀头的吗?""怎么不知道?你没有看到我在窗台上放一面镜子,正对着大门口,谁来了我一眼就能看到。刚才门一响,我就从镜子里看见你迈着八字步进来了。"……②

关于哈尔滨时期萧军、萧红与地下党的关系,1981年6月27日上午,萧军来到辽宁本溪南甸铁刹山矿工家属宿舍区老友居住处,两人之间进行了一番以萧红为主题的谈话。时年75岁的方未艾,以一个历史见证人的身份,道出了当时地下党对他和萧红工作的充分肯定。

> 在你们结合以后,由于你又接近了地下党的同志金伯阳、金剑啸、罗烽、舒群等,于是她也就成了同黑暗斗争中的一员。她公开同情在黑暗中的劳动人民的疾苦,歌颂同黑暗斗争的英勇战士的伟大,写成诗歌、散文和小说,还参加革命的剧团表演进步戏剧,秘密地为地下党写材料,刻蜡板,印刷刊物。你们那时住在商市街25号,党的地下省委委员金伯阳说过,你们那里可以说是党的地下机关、联络点、地下印刷所。③

有必要强调一个事实,那就是,当年在哈尔滨沦陷区,与萧军、萧红一同从事反满抗日宣传活动的伙伴们,无论是在共产党组织内的,还是那些同他们一样的不在组织内的文艺界人士,都没有一个叛变、自首及出卖同志或蜕变掉队的软骨头,全都是紧紧聚集在中国共产党旗下、铁骨铮铮的硬汉。自然,这也正是萧军、萧红能够用心,用同中国共产党肝胆相照的血肉情怀与满腔热忱,塑造出推动全民族抗日救亡运动这两部大时代作品的原动力所在。

---

① 方未艾(方朔整理):《我眼中的萧红与萧军》,刊《文史精华》2015年第10期。

② 方未艾:《诗人画家金剑啸》,收入《历史珍忆》;后以《金剑啸:献身抗战的文艺英才》为题,刊《文史精华》2021年第1期。

③ 方未艾:《萧军来访谈萧红》,收入《历史珍忆》。

而在 1933 年的七八月间,有关向方未艾提出"我们一起到游击队去吧!""拿起枪杆战斗"的建议,赵一曼说得相当的直接、恳切,方未艾听后,自然也是为之动心。相隔不几天,他就对自己的入党介绍人和直接领导,此时已经担任中共满洲省委常委的金伯阳,提出了到我党领导的一线抗日部队去参加战斗的申请。但金伯阳在听了他的请求之后,却是这样回答他的,说党组织搞宣传的同志们正在研究,想仿照北平那样,在哈尔滨建立一个左翼作家联盟分会。他让方未艾等一些时候,待组织确定后,再提上前线参战打小鬼子的请求。

其实,早在这之前,1933 年 1 月,在方未艾进入《国际协报》接手副刊编务工作三个月后,中共满州省委就通过省委委员、他的直接上级领导金伯阳指示他,尽最大可能地团结社会各界的进步人士和文学青年,充分利用报纸副刊所用稿件不用报送伪满当局审查的有利因素,多发表一些反映人民生活和现实状况的文章。同时,注意隐蔽自己的共产党员身份,积极准备建立"左联"文艺团体,在哈尔滨形成一股宣传反满抗日的文学中坚力量。方未艾晚年撰文回忆道:

> 一九三二年十月,在我正式主要负责《国际协报》副刊《国际公园》之际,以前常和我联系反满抗日工作的地下中共满洲省委委员金伯阳同志,和中共满洲省委宣传部部委委员黄吟秋同志,认为我比在《东三省商报》掌握了更重要的文艺阵地,他们请省委决定,介绍我正式加入了中国共产党,以便更好地发挥革命作用,并将党的《东三省商报》联系点,转移到《国际协报》。这时该报不只成为党的联系点,还成了党的掩护机关(构)。不只在城市的同志常到该报去联系,在各游击区的同志也常到该报去取联系。①

在相隔九十年后的 21 世纪的今天,我们回过头来,细细分析中共满洲省委初始"想仿照北平那样,在哈尔滨建立一个左翼作家联盟分会"的打算,可见当时的北满地下党,也已经深刻认识到"唤起民众千百万",抓文化抗敌,及枪杆子、笔杆子两条反日战线同时作战的必要性和重要性。倘若不是后来组织上对他另有更重要的安排,可以预见到的是,一旦哈尔滨"左联"成立,身为地下党员兼具文化人双重身份,又掌握着对整个东三省沦陷区影响力举足轻重的民营报纸副刊发稿权的方未艾,自然是由党领导的这个文艺团体领军人物的不二人选了。而自"九一八"以来,一直以笔作刀枪,活跃在反满抗日斗争第一线的萧军、萧红、舒群、罗烽、白朗、金剑啸、侯小古、杨朔、金人等一干党内外左翼文化人,也就顺理成章地成了哈尔滨"左联"的首批盟员和骨干。

倘若不是形势急剧变化,中共满洲省委要方未艾接受新的使命,前往苏联远东海参崴列宁学校受训(方未艾 17 岁时进入吉林公主岭日本人开设的南满铁道株式会社农业专科学校学习过日语,入党后担任赵一曼联络员,又向赵一曼学习了俄文,同时还向好友杨朔学习了英文。方未艾到苏联后,在列宁学校深造时加入了联共,学习结束后经组织分配到伯力苏联远东红军司令部担任我东三省地区侦察员。回国时恰逢满洲省委遭遇毁灭性破坏,失去了同组织的联系),也许到了 1933 年的年底,哈尔滨"左联"就应运而生了。笔者认为,有关成立哈尔滨"左联"的构想,是由中共驻共产国际代表团为应对日寇占领东三省后日趋严峻的形势,参照上海、北平,尤其是北平左翼文化人们的斗争策略、

---

① 方未艾:《萧军来访谈萧红》,收入《历史珍忆》。

发动大中学生开展方兴未艾的示威抗议活动及其所取得的成就,向中共满洲省委的建议而致。而且,满洲省委为落实此项构建的一个关键措施,即是选择共产党员方未艾来负责筹建哈尔滨"左联"分会。这是完全符合党领导文艺工作的根本要求的。方未艾学历较高,懂得文艺,且由于当初他和萧军在吉林舒兰举旗策反东北陆军66团2营抗日失败后,一进入哈尔滨就从事抗日宣传鼓动工作,不但立场坚定,身边也早已聚集起了一群志同道合从事抗日救亡的左翼文化骨干。

方未艾之子方朔就当年金伯阳向方未艾谈及的有关中共满洲省委成立哈尔滨"左联"的构想这个问题,曾于2022年10月13日自辽宁本溪致电笔者证实道,他的父亲晚年是这样同他分析的:中共满洲省委充分考虑到方未艾担任东三省地区最有影响的《国际协报》副刊主编这个公开的身份,及其围绕在《国际协报》旗下的一帮左翼作家,由此团结更多的沦陷区的文化人,投入到党所领导的抗击日本侵略者的伟大斗争中来。与此同时,金伯阳又亲自选定地下党战友罗烽的爱人白朗,通过方未艾的斡旋与努力,将其输送到《国际协报》来担任方未艾的助手与后援,其用意同样如此。也正是由于有了白朗的加盟,相隔六个月后,方未艾得以毫无后顾之忧地踏上去苏联学习深造的征途。而且,地下党并没有因为方未艾的突然"失踪"离去,就失去了《国际协报》这块极为宝贵而重要的反满抗日宣传阵地、得天独厚根基牢固的抗日统一战线。

对这个后来不及付诸实施的哈尔滨"左联"的构想,及其成立的必要性和存在环境,以及由此展开的积极引导、发展、壮大沦陷区左翼文学队伍的工作所取得的一系列成就,《东北抗日联军史》作了一个颇为全面的梳理和小结。

> 日本帝国主义侵占中国东北之后,在军事上、政治上进行残暴的殖民统治的同时,还加紧从思想上、精神上奴役东北人民,强行灌输"日满亲善""共存共荣""王道乐土"等奴化意识,欺骗东北人民,腐蚀中国人民的民族精神和民族文化,借以维护其反动的殖民统治。
>
> 中共满洲省委和哈尔滨市委等党组织为反对日伪这一思想统治的罪恶行径,动员一些共产党员文学艺术家运用多种文艺形式,积极开展抗日爱国宣传活动。在中共满洲省委的领导下,中共党员罗烽、金剑啸、舒群、姜椿芳等,联合团结一批爱国文学艺术家,如白朗、萧军、萧红、达秋、金人、阎述诗、田贲、王秋萤、李克异、牛平甫等,形成东北爱国作家群体,构筑起抗日反满文艺阵地。他们创办了许多文艺社团或报刊,同时利用日伪报刊的文艺副刊等专栏,用曲折隐晦的笔法,发表抗日反满的爱国诗歌、小说、散文、戏剧、音乐等作品。这些文艺作品对于振奋东北各阶层人民群众的抗日斗志,捍卫中华民族的尊严,发挥了重要作用。
>
> ……
>
> 1932年夏,共青团满洲省委宣传部部长姜椿芳创办团省委机关报《满洲青年》(后改为《东北青年》),宣传中国共产党的抗日方针和报道东北各地抗日义勇军和反日游击队武装抗日的消息。1933年后,姜椿芳又办了《东北人民报》(秋石注:即方未艾和萧军、萧红口中常说的《东北民众报》)。为了丰富该报的内容和提高宣传效果,他还请共产党员金剑啸任美术编辑,提供画稿。
>
> 1933年7月,中共满洲省委为扩大宣传阵地,决定由罗烽、金剑啸等创办"星星剧团"。这一公开的艺术表演团体,由罗烽负责组织领导,金剑啸任导演兼舞台美术设计,成员有萧红、萧军、白朗、舒群等人。剧团在极为艰难的条件下,编排了3部话

剧,但因日伪的恐怖统治,话剧无法上演,剧团被迫解散。

1933年8月初(几乎是在这同一时刻,中共满洲省委常委金伯阳,再次向方未艾传达了拟成立哈尔滨"左联"的构想),罗烽、金剑啸等受党的指派,与进步作家萧军、萧红等一起,通过日伪官办的长春《大同报》编辑陈华的关系,在该报创办了《夜哨》文艺副刊,意为在日伪黑暗统治下进行斗争的前哨阵地。主要撰稿人为金剑啸、罗烽、萧军、萧红、白朗等人。《夜哨》自1933年8月出刊至同年12月停刊,共出刊21期,发表了许多文学作品。他们用曲折、隐晦、影射的手法,揭露了在日伪统治下的社会黑暗现实,暗示人们只有进行抗日反满斗争才有出路。萧军的《下等人》《证据》,萧红的《夜风》,罗烽的《口供》《胜利》,白朗的《只有一条路》,金剑啸的《星期天》等小说和罗烽的《两个阵营的对峙》、金剑啸的《穷教员》等话剧作品,在读者中影响都很大。后来,该刊因连载李文光创作的以抗日斗争为主题的小说《路》,引起日伪当局的注意,被迫停刊。

1934年1月,哈尔滨的爱国作家群体,又通过白朗担任哈尔滨出版的《国际协报》副刊编辑的机会,在该报创办了《文艺》周刊,由罗烽、金剑啸、萧军、萧红、金人、达秋等一批文学艺术家为该报撰稿。1934年1月,白朗又主编《文艺周刊》,成为哈尔滨爱国作家群的新阵地,如白朗、金剑啸、萧红等人的作品《逃亡的日记》《云姑的母亲》《麦场》《一个雨天》《星散之群》等都在《文艺》周刊陆续发表,反映了在日伪黑暗统治下农民的苦难境遇和反抗斗争。该刊共出47期,至同年底被迫停刊。[①]

同《东北抗日联军史》上述描述相呼应的,是当事人方未艾生前撰写的《〈国际协报〉与东北作家群兴起》一文的相关内容。两段文字描写几近一致,大体上印证了当时中共满洲省委常委金伯阳向方未艾谈及的拟成立哈尔滨"左联"的构想。方未艾这样写道:

> 金伯阳指示我尽快筹建哈尔滨左联文艺团体,要更多团结社会各界进步人士和文学青年,在隐蔽自己政治身份情况下,利用报纸多发表反映人民生活和现实状况的文章,形成一股宣传反满抗日的文学力量。于是,我利用报纸副刊为我的朋友萧军、萧红、金人、杨朔、姜椿芳、骆宾基、塞克、罗荪、陈隄、山丁等陆续发表了许多文章,也常发表党内同志罗烽、舒群、金剑啸、李文光、陈凝秋的文章。对在机关、学校爱好文学写作的任白鸥、于浣非、白涛、王关石、冯咏秋、刘昕非、李仲子等写的新诗、散文、小说、随笔和翻译作品,也都尽可能地发表,深受读者喜欢。

> 当时,哈尔滨道里区水道街(今兆麟街)有一个大院叫牵牛坊,是画家冯咏秋的宅院,因院内种植牵牛花而得名。罗烽、舒群、金剑啸、白朗、萧军、萧红等经常来这里聚会,他们组织了演出团体"星星剧团"并担任演员,开展宣传带有反满抗日意识的文艺演出。中共地下党员金剑啸还在哈尔滨道里区西十五道街33号,创办了天马广告社作为地下党组织联络进步作家的地点,同时也是为党组织筹集活动经费。

> 为了加大反满抗日的宣传,白朗在编辑《国际协报》副刊的同时,还是长春《大同报》创办的文艺副刊"夜哨"主要撰稿人,发表作品13篇。"夜哨"每周日出刊一期,刊名是萧红起的,意思是黑夜中的岗哨,共产党员金剑啸画的刊头。"夜哨"1933年8月6日创刊,当年12月被当局勒令停刊。

[①] 《东北抗日联军史》上册,中共党史出版社,2015年9月,第484—485页。

中共地下党组织利用白朗在《国际协报》任副刊编辑的便利条件,于1934年1月18日在《国际协报》上,正式创刊"文艺"周刊,主要撰稿人罗烽、金剑啸、萧军、萧红、陈隄、梁山丁等几乎都是《夜哨》的原班人马。"文艺"周刊出刊47期,为左翼作家提供了发表作品的园地,为此《国际协报》被人誉为"东北作家群的摇篮"!

《国际协报》作为东北民办报纸的代表,……中共满洲省委大力积极支持《国际协报》发表左翼作家作品,为东北作家群兴起发挥了重要作用。[①]

遗憾的是,一个多月后,方未艾接受了党组织给予他的新使命,有关"金伯阳指示我尽快筹建哈尔滨左联文艺团体"的工作,不得不就此中断。

综上所述,金伯阳向方未艾传达的中共满洲省委"搞宣传的同志们正在研究,想仿照北平那样,在哈尔滨建立一个左翼作家联盟分会"的构想,最终虽然没有付之具体实施,但方未艾,以及由中共满洲省委常委金伯阳亲自选定的白朗,作为方未艾的助手和后任,在中共满洲省委的直接指导下,他们始终与中国共产党目标一致,风雨同舟肝胆相照的一系列作为,是起到了党领导的"左联"应尽所尽的作用的。从某种意义某种程度上来说,笔者认为,并不逊色于上海或北平的"左联"发挥的作用与所产生的影响。还应当指出的一点是,方未艾、白朗和他们的战友们所处的环境,远比上海、北平等地的"左联"盟员们,要更为凶险得多,而且遭遇的还是双重压迫——凶恶、残暴到极点的日寇关东军当局和伪满洲国。

有关当年中共满洲省委筹组哈尔滨"左联"分会的构想与人选及前期准备工作,除五年前由中共辽宁省委党史研究室主办主编的《党史纵横》杂志,刊载的方未艾遗稿(方朔整理)《〈国际协报〉与东北作家群兴起》一文有所涉及外,尚未有人论及这个问题。现在有当时受命筹措工作的方未艾留存的文字,又有《东北抗日联军史》中较长篇幅相关内容的文字表述作铺垫与呼应,笔者认为,可以视作为历史上我党(中共满洲省委)在1933年间准备付诸实施的一件重要事项和工作内容,尽管最终由于组织上赋予了方未艾新的使命,而不得不告中止。

四、《国际协报》在东三省抗战史上的重要地位

接下来,笔者要专门谈一谈为地下党和沦陷区广大左翼作家持续提供反满抗日宣传阵地的《国际协报》所发挥的重要作用,及其在东三省抗战史上应占的一席不可或缺的地位。

《国际协报》的掌门人是一批具有高昂民族气节的民族精英。

据方未艾晚年著文回忆,他于1932年9月来到《国际协报》做文艺副刊编辑。1933年起成为省委常委,同年10月,中共满洲省委委员金伯阳(杨靖宇战友,南满磐石抗日游击队负责人之一,同年11月在南满游击区掩护大部队撤退的断后战斗中英勇献身,1935年中国共产党发布的《八一宣言》中将他与方志敏、吉鸿昌、瞿秋白等11人并列表彰为抗日民族英雄),和时为中共满洲省委宣传部成员的黄吟秋都认为方未艾身居新闻舆论阵地,进步可靠,就秘密发展他加入了中国共产党。随之,中共满洲省委决定在《国际协报》建立党的地下联络点。报社是向社会各阶层人士开放的公众场合,既可以方便城里的地下组织同志经常到报社来接头联系工作,也可以让外乡各抗日游击区的同志来到报社取

[①] 方未艾(方朔整理):《〈国际协报〉与东北作家群兴起》,《党史纵横》2017年第5期。

得同上级党组织的联系。① 毋庸置疑，正是身为地下党员的文化人方未艾牢牢掌控了这个得天独厚的岗位，才使得已经置身于我党领导的地下反满抗日斗争洪流的萧军如鱼得水，得以源源不断地获得来自我党领导和指挥的各路抗日游击队英勇抗击日寇战斗业绩的素材，以及"中华革命军"在经受一次次战火的洗礼后，迅速成长、壮大的生动故事，从而为撰写完成一部大时代经典作品，奠定了坚实的基础。②

与此同时，金伯阳还代表省委指示方未艾，尽最大可能将其打造成为我党所用的反满抗日的文艺宣传桥头堡。然而，方未艾进入《国际协报》工作不多日便惊讶地发现，这里竟然是一个早已存在的有着牢固根基的抗日统一战线的坚强堡垒。可以这么说吧，《国际协报》是在"九一八"事变刚发生、中国共产党呼吁建立抗日民族统一战线的宣言发布后，最早、最具活力、魅力、战斗力的一个成功典范，是矗立在沦陷区中心的一块反满抗日前沿阵地，也是中国共产党领导下党内外紧密携手、配合十分默契、战斗力极强的统一战线阵地。

《国际协报》作为哈尔滨开埠以来影响力最大、辐射关内平（京）、津、沪等大城市的报纸，其文艺副刊的前后几任主编裴馨园、方未艾、白朗等，为东北作家群中的萧红、萧军、舒群、罗烽等左翼作家的崛起和成长，开辟了以笔作刀枪的文学园地，日后在国内外文坛上大放异彩的萧红的成名作《生死场》的前身《麦场》的前二章，也是直接发表在了《国际协报》上。

据新发现的《国际协报》创始人张复生（1887—1953）生前留存的亲笔自述简历、日记等珍贵资料表明，《国际协报》之所以能团结到一批左翼反满抗日的爱国作家，为其撰写沉沉暗夜中透射出来的光明文章，极为重要的原因是，作为该报掌门人的张复生本人就是一位杰出的、深怀民族大义的爱国志士，他还曾经得到过我党早期领导人和报业先驱的肯定。

1921年，《国际协报》积极支持我国收回中东铁路路权，并附发俄文版《俄中友谊报》。同年10月，瞿秋白赴莫斯科途经哈尔滨时曾专门访问张复生，并在发给北京《晨报》的报道及评论中，提到哈尔滨"中文报的内容都不大高明"，"只有《国际协报》好些"；报业闻人徐铸成，亦将其称为"东北最具活力的报纸"。

"九一八"事变刚一发生，日本侵略军尚未占领哈尔滨时，张复生怀着一颗沸腾着热血的爱国之心，愤然挥笔，以《日本军队能如此侵占东北？》为总题目，从事变第四天的9月22日起，逐日撰写社评，发文痛斥日寇占领东三省的大规模侵略行径；讴歌马占山将军率部抗敌，吁请国人破除对国际联盟的幻想，坚决反对国民党蒋介石政权奉行的丧权辱国的"不抵抗"政策，响亮地提出了"中华民族唯有从屈辱警觉中坚忍奋斗"的口号，呼吁三千万东北民众团结抗日。《日本军队能如此侵占东北？》总计发表50篇，约六七万字，不但在东三省的三千万人民中起到了鼓舞士气的作用，而且也在关内产生了不可估量的影响，让全国四万万五千万同胞见证了生活在水深火热中的东三省三千万人民，众志成城，同仇敌忾，不甘做奴隶的坚定决心。

张复生还派出记者赴事变现场沈阳采访，出专版揭露日军法西斯暴行。与此同时，他适时创办《国际画刊》，发布一系列揭露日军丑行、暴行相关内容的新闻照片，如"日军

---

① 方未艾：《我和萧军六十年》，《东北文学研究丛刊》1984年第1期。
② 侯唯动：《萧军，大写的人》，《萧军纪念集》，春风文艺出版社，1990年10月，第68页。

在沈阳街市令中国市民面墙而跪,然后用枪刺刺之""日军活埋看《不准逗留》布告之中国人民""日军在沈阳绑缚中国人街市示众"等。画刊初期销售3 000多份,很快就超过10 000份,随之《国际协报》水涨船高,每期发行也增至10 000多份。

在马占山将军"打响抗战第一枪"的江桥抗战期间,张复生在《国际协报》上发起捐款劳军的群众性活动,得到了社会各界的广泛响应。为此,他派出多名记者赴松花江上游的嫩江大铁桥前线采访报道,并把数万元捐款和劳军物品,及时送到马占山率领的抗日官兵和伤病员手中。

1932年,联合国派出以李顿为首的调查团到东北,随团的中国记者,是上海《申报》的戈公振和《新闻报》的顾执中两位闻名海内外的资深媒体人。调查团到达沈阳时,两名记者被日本当局强行阻止。于是,他们将报道任务委托给《国际协报》的编辑长王研石,他是东北沦陷后与关内各大报保持报道联系的唯一报人。无惧日本军方的淫威,王研石据实写出了调查报告,交给戈公振和顾执中两位南方报人,在关内的大小报纸上发表,全面揭露、声讨了日本关东军发动"九一八"的真相,和对手无寸铁的中国老百姓、放下武器不抵抗的东北军士兵进行血腥屠杀的一系列法西斯暴行。

次年二月哈尔滨沦陷前后,《国际协报》一度停刊。日本占领当局曾逼迫张复生出任日本人控制下的《滨江日报》董事会负责人,张复生坚辞不就,表现出了一位中华爱国志士无所畏惧的铮铮铁骨。1932年3月7日《国际协报》复刊,期间,该报仍然发表了不少隐喻的反日反满的文章。他们还把一些沦陷区报刊无法刊登的、声讨日寇暴行和东北各地抗日武装英勇打击侵略者的消息与报道,发往天津和上海等地影响较大的媒体,如《益世报》《大公报》《申报》等刊登,有力地声援了东三省人民反抗日本侵略的斗争。

1932年8月,哈尔滨松花江水暴涨,冲毁了道外的堤坝,形成了一片汪洋。房屋被淹,20多万灾民流离失所,惨不忍睹。水灾过后,被淹过的地方到处是残垣断壁,大街小巷,污泥积水,满目凄凉。《国际协报》副刊编辑裴馨园在报上发表了经实地观察后撰写的杂文《鲍鱼之市》,辛辣地讽刺了伪市长、汉奸鲍观澄。致使鲍观澄看了之后,大发雷霆,逼令《国际协报》开除裴馨园,否则就封闭报社。

1932年底,哈尔滨沦陷十个月后,中共满洲省委宣传部的姜椿芳,从俄文报纸上寻找日军侵略活动和义勇军抗日斗争等中文报纸上没法刊载的新闻,把这些译成中文投到《国际协报》发表。哈尔滨的日本领事馆及亲日的汉奸走狗,对《国际协报》这些举动恨之入骨。王研石最初是《国际协报》的记者,还兼任天津的《大公报》和《益世报》特邀记者,他冒着被抓捕关押的巨大风险,天天不间断地用密电向关内报纸发送东北抗日斗争的最新消息。日军通过邮电检查,发现了王研石的报道活动,立马查封了《国际协报》。王研石旋即被日本宪兵逮捕,罪名是"反满抗日",遭到刑讯折磨,监禁了4个月才被释放。张复生为了《国际协报》复刊,不惜使用种种手段贿赂日本领事馆和日本特务机关人员,经过很长时间报纸才得以复刊,同时也把王研石从日本宪兵队营救出来。《国际协报》复刊后,张复生丝毫不顾日本人的反对,毅然决然任用王研石为"编辑长",即总编辑。

1937年10月31日,因日伪满当局推行更为严厉的新闻整顿制度,《国际协报》被迫停刊。1942年,不甘与敌伪为伍的张复生,借口送女儿去上海完婚,携全家人离开哈尔滨,回到故乡山东,后到天津隐居。1949年东北、天津相继解放后,张复生重又回到哈尔滨,1953年病逝。附带说明一句,作为早年的曾在北京专攻新闻学并担任上海《申报》特约记者的资深传媒人、以书法见长的张复生,还是一名颇有造诣的文学史学研究者,生前著有

《历代文学之变迁》等。这也是《国际协报》的副刊办得有声有色,借古讽今,纵容各种形式的(或隐喻性、或改头换面)、三教九流各界人士的反满抗日文学作品刊登其中的缘故。

说完社长张复生,再来说一说为张复生所倚重的编辑长,即总编辑王研石。同社长张复生一样,王研石本质上是一个热血抗日救国知识分子,而且比张复生走得还要远!从一开始,王研石就坚定地站在了中国共产党主张的民族解放和抗日救国的立场上。他不仅旗帜鲜明地反对日本对中国东三省的侵略和奴役,还对蒋介石的"攘外须先安内"的不抵抗政策和围剿红军的暴行,予以了持续、公开的猛烈抨击。日寇占领哈尔滨后,担任着天津《益世报》《大公报》和上海《申报》特约记者的王研石,由于其鲜明的反满抗日立场,被日寇捕去刑讯折磨了四个月。两年后,又因他往内地大量输送、报道东北人民各路抗日武装反抗入侵者斗争的消息,在日寇欲图第二次抓捕加害之前逃离伪满洲国,前往天津,正式参与了《益世报》的编辑工作。后因在彼及时报道红军长征胜利到达陕北的消息,被国民党反动当局强行责令停止工作。全民抗战爆发后,在武汉、重庆等地,王研石又因其持续地采访、报道了有关八路军新四军英勇杀敌屡屡获胜的战地新闻,竟然在抗战胜利前夜,被"国民政府"卵翼下的法院判了5年有期徒刑,直至全国解放……①

有不屈服于日寇暴政的张复生和王研石这样的热血爱国者担纲《国际协报》的掌门人重任,自然而然地为方未艾等中共党员争取、团结更多的左翼文化人士和爱国抗日读者,投入到反满抗日斗争中去,营造了整个东三省沦陷区任何一家传媒都不具有的爱国抗日救国的宽松氛围,成为东三省沦陷区抗日统一战线的中流砥柱。在这里,笔者不得不说一说萧红《生死场》1935年12月在上海秘密出版前,其前两节以《麦场》为题,在沉沉暗夜的沦陷区拥有过的耀眼光芒:《生死场》第一节《麦场》和第二节《菜圃》,在她和萧军1934年6月12日逃离伪满洲国前,曾经发表在白朗主编的《国际协报》副刊《国际公园》上,时间是1934年4月20日至5月17日。② 这两节文字虽然没有出现明显的反满抗日内容,但毕竟这部作品的核心,反映的是昔日麻木不仁、浑浑噩噩,而今觉醒了的黑土地上的农民,在中国共产党和人民革命军的感召下,武装起来,打击日本侵略者和彻底推翻伪满洲国的黑暗奴役统治,这是一件多么了不起的事情啊!在《生死场》的序中,鲁迅先生作出了入木三分的引领全民族抗战的高度评价。

> 然而北方人民的对于生的坚强,对于死的挣扎,却往往已经力透纸背;女性作者的细致的观察和越轨的笔致,又增加了不少明丽和新鲜。精神是健全的,就是深恶文艺和功利有关的人,如果看起来,他不幸得很,他也难免不能毫无所得。……不如快看下面的《生死场》,她才会给你们以坚强和挣扎的力气。③

如果说,慧眼独具的鲁迅先生,是引导萧军、萧红投向更为广阔的中国新文学运动——以抗战文学为核心的左翼文学运动,使他们成为出类拔萃的时代文坛精英和民族先锋斗士的伯乐和导师,那么,自1932年10月至1934年5月这一年半左右的时间里,由地下党员方未艾及其继任者、同为左翼作家的白朗操刀作嫁衣裳的《国际协报》副刊《国际公园》,不啻是孕育这对两年后在鲁迅先生一手扶持下,成为中国20世纪文坛和世界反法西斯战争文坛耀眼双子星座的摇篮。

---

① 方未艾:《哈尔滨〈国际协报〉漫记》,收入《历史珍忆》。
② 详见《萧红年谱》,《萧红全集》第四卷,黑龙江大学出版社,2011年5月,第471页。
③ 鲁迅:《萧红作〈生死场〉序》,《鲁迅全集》第六卷,人民文学出版社,2005年11月,第422页。

王新房

胡道南"告密"案新探

——兼及蔡元培为胡辩诬原因

引言

1910年中秋节,时任绍兴清查公款公产事务所总理的山阴士绅胡道南于事务所忽遭刺客暗杀,连中两枪后伤重不治,不幸殒命。① 伤重之际,胡道南自忖平生与人并无私仇,是以遇刺之故极有可能是此前被牵扯到秋瑾被杀一案中。

作为地方上声誉卓著的士绅,胡道南之死在绍城引发纷纷议论。舆论认为胡道南向来秉持公心,办事公道,虽不无与人结怨的可能,但还不至于遭遇暗杀。而之所以遇刺并非出于私怨,多半是因为胡道南与秋案稍涉关联,刺杀者大概系竺绍康一派的革命党。② 所谓与秋案有涉,是指胡道南在当时被指为秋瑾一案的告密者,此种认识几乎成为当时同情秋瑾的革命派的定见。

对于这一定见表示异议的,则有胡道南生前的至交好友蔡元培。胡道南遇刺身故后两年,其生前好友陶吉生以胡道南所作诗文未定稿三册送交蔡元培,希望蔡元培择其佳者,由同人集资出版,时在1912年夏。由于遭逢印局倒闭,诗文集迟至1914年春才出版,这就是由上海人权印刷所代印出版的《愧庐诗文钞》。该诗文集由汤寿潜封面题签,蔡元培作序,同时收入蔡元培完成于1913年的《亡友胡钟生传》。③ 书中囊括了胡道南生前所作各种体裁的文章及诗作(包括联语),以及胡去世后,前往吊唁同人所作挽联、祭文。本文拟结合《愧庐诗文钞》以及其他相关资料,对身处秋案旋涡中的胡道南的不利处境进行具体辨析,特别是明确"告密说"作为一种定见如何得以产生,一步步深入人心,并且最终结晶为某种近乎固化的历史叙述。从实证的角度看,由于第一手资料相对匮乏,要为所谓"告密说"定谳,并非易事。不过当事人自己的声音总归不能置若罔闻。向来论及秋案,胡道南总会被同情秋瑾的论者扣上告密者的帽子,背上无耻的骂名。在巨大的舆论声讨面前,胡道南本人当日对此事的解释,乃至同侪为之申辩的声音很快被淹没在嚣嚣物议中。在此后的历史叙述中,这些表示异议的声音更是迅速沦为被压抑、被遗忘的存在。明乎此,当更能理解蔡元培替胡钟生辩诬的意义。

---

① 胡道南遇刺的详细情形,目前能读到的最早的纪录为《大事记:胡钟生被刺情形》,原载《绍兴白话报》宣统二年八月十五日(1910年9月18日)第20号第5页,全文收入《秋瑾年表》(细编),秋瑾研究会、王去病、陈德和主编,北京:华文出版社,1990年,第142页。该文系胡道南遇刺当天的报道,较之后来的各种演绎,可信度更高一些。
② 《绅士被害之疑团(绍兴)》,《申报》1910年9月22日。
③ 结合《愧庐诗文钞》中收入的《亡友胡钟生传》,可以对收入浙江教育出版社《蔡元培全集》第二卷的《亡友胡钟生传》(第284—286页)进行校勘。

一、胡道南其人

胡道南,原名绍臣,字钟生,号任夫,行二。① 同治元年(壬戌)三月初六(1862 年 4 月 4 日)吉时生于山阴县管墅沈夏溇对河花园田胡氏宅邸,世居山阴。曾祖、祖父,以及父亲"皆以文士试为吏",累世明经,"为越人望族"。② 出生于这样的书香门第,胡道南十岁即读群经,十二岁(1873 年)习制举,十六岁(1877 年)补博士弟子员,二十六岁(1887 年)为廪生,二十八岁(1889 年)中举。然而此后从 1890 年至 1904 年,胡道南先后七次参加会试,均不第。③

作为科场失意的举子,胡道南不得不为了谋生而奔波。1896 年(光绪二十二年丙申)冬,胡道南与新昌童学琦共同筹备创办《经世报》。1897 年(光绪二十三年丁酉)7 月 5 日,《经世报》创刊,聘宋恕、章太炎为撰述员。④ 12 月,《经世报》由同人勉力维持至刊出第十六期后停刊。1898 年胡道南正科会试不第,列为大挑二等,署湖州府长兴县教谕。1899 年 1 月,胡道南受邀任绍兴学堂监学,治事甚勤。此后又以拣选知县赴他省序补,从《愧庐诗文钞》中所收《福山设自信所禀文》《烟台商开埠续设当典禀(代)》两文来看,胡道南似是在山东登州府福山县任职。从《训子书》看,此段任职经历持续了三年,推测当在 1901—1903 年。1905 年(光绪三十一年乙巳)胡道南续修张川胡氏宗谱七修版告成,蔡元培应邀作序,徐维则题谱名。

此后胡道南陆续任明道女学校校长、绍兴中学堂监督、绍兴学务公所议员⑤、学务公所评议部副部长⑥、曾被举为绍兴劝学所总理,因中学堂监督事忙,由王子馀代理⑦。1906 年,胡道南与从弟胡缉庭,将原有胡氏义塾改为公立张溇曙光两等小学堂。1907 年秋案发生后,秋瑾罹难。胡道南被指为此案的告密者,谤议丛集,几成众矢之的。胡曾致信沪上报纸申辩,未获登载。此后曾赴汴,坚辞一切事务。返绍后董理禁烟事务,又经众议推举为绍兴清查公产公款事务所总理,上任旬日,即不幸遇刺,终年四十九岁。据家人说,胡道南临终前犹挂心绍城的张溇、曙光等几所小学,有遗著数种,均藏于其家,未刊。⑧ 有鉴于胡道南在绍城素日的声望,当地士绅为其举行了追悼会,"致生刍者千人,驰素车者百里",与会者们总结了胡道南的一生,盖棺论定。⑨

《愧庐诗文钞》中收录了胡道南作为师爷为主官,或受人之托撰写的一些事务性文

---

① 蔡元培《亡友胡钟生传》的说法为:"道南,字任臣,钟生其号",此处采用《张川胡氏宗谱》光绪三十一年七修版的记载修改,此总谱是胡道南亲自参与纂修,应该更准确。

② 《拣选知县长兴教谕山阴胡君家传》,《愧庐诗文钞》,蔡元培等编,上海人权印刷所,1914 年。

③ 《愧庐诗文钞》中收入《开封会试三场口占》一诗,作于 1903 年,作者自注云,"余自己卯至乙丑,乡试凡四次,庚寅至今,会试凡六次","先父望余科名甚殷。余每二三场第一日得暇,辄于号板作家禀,或录首艺稿,出关即发寄"。诗中写出了一位承担亡父殷切嘱望、屡次科场失意、忧愤交加的举子的心声。

④ 《宋恕集》中收入宋恕与童学琦、胡道南往来书信数封,主要讨论《经世报》相关事宜。可参看宋恕:《宋恕集》,北京:中华书局,1993 年,第 574—586 页。

⑤ 《公举学务议员绍兴》,《申报》1906 年 3 月 8 日。该报道载绍兴学务公所投票学务议员,"胡钟生得五十七票为最多数"。

⑥ 《学务公所又举部长(绍兴)》,《申报》1906 年 5 月 14 日。

⑦ 《投票公举劝学所经理(绍兴)》,《申报》1906 年 7 月 18 日。

⑧ 以上关于胡道南的生平,参照蔡元培《亡友胡钟生传》及《拣选知县长兴教谕山阴胡君传》(著者未署名,当为胡君家族中人)二文。

⑨ 胡念修:《诔文》,《愧庐诗文钞》,上海人权印刷所,1914 年。

章,多与当地的公益事业相关。① 书中所收《拣选知县长兴教谕山阴胡君家传》一文谓胡道南"淡于仕进,而于时事之艰迫,风俗之颓败,人材学术之消歇,则蒿目撄心,不能自已,思藉手以为万一之效。故自丁酉以至庚戌,中间凡十有四年,君无日不奔走焦劳于公益之所在"。如果此论不算夸张的话,那么这些事务性文章背后同时也透露出其人己饥己溺,积极服务于公益事业的现实关怀。② 从思想立场上看,胡道南不同于一般的迂儒,对于时势有清醒的认识,认为以效用而论,"算学有用,外国文次之,词章最无用"③,甚至敏锐地预料到科举制即将走到尽头。他主张革新,注重通过办报开启民智,但对于激进的政治革命不无保留。作为科场失意者,胡道南成为乡绅在地方治理中发挥作用的典范,因此为当政者倚重,历来地方选举中,也往往得众意推举。④

二、秋案旋涡中的胡道南

由蔡元培编选的《愧庐诗文钞》中收入胡道南与秋案相关的几篇文字,这些文字多为胡道南自己的辩白。在蔡元培看来,在秋案中的清白关乎友人一生大节,编选这些文字入诗文集就是试图还友人清白,因此不可等闲视之。那么,胡道南缘何被指认为秋案的告密者,在此案中置身于何种处境,作为当事人对时人的指责又有何反应?这些正是本文接下来要讨论的问题。

1907年2月中旬,秋瑾被公举主持大通学堂校务。有鉴于浙江革命力量薄弱,秋瑾前往义乌、金华等地秘密运动会党,培育革命力量,以备起事。原拟定先由金华发难,俟清军由杭往救之际,由绍兴武装截其后路,占领杭州,"皖、江同时响应,即可会师金陵"。不料消息泄露,金华义军遭遇突然袭击,不幸战败。金华府密禀浙抚,称金华、武义匪首系与大通学堂勾结。适逢5月26日(阳历7月6日)徐锡麟于安徽刺杀巡抚恩铭,不幸壮烈牺牲。而绍兴大通学堂本系徐锡麟所办,因此受到怀疑在所难免。⑤ 5月29日,浙抚张曾敭致电绍兴知府贵福,称"武义县获匪聂李唐等供出党羽赵洪富",赵系革命党人竺绍康之妻弟,时任大通学堂会计。⑥ 6月4日,秋瑾、程毅等被捕,6月6日(阳历7月15日)秋瑾就义。

秋瑾之死在晚清引发高度关注,上海各报密切关注秋案动态,对此展开持续报道、议论,最终形成了巨大的舆论风暴。⑦ 而胡道南就是被深深地卷进了这场风暴之中,并且最终因此殒命的个体。以下希望通过对相关资料的爬梳,展现胡道南告密说的起源、散布、确立,并且不断得到强化的过程。

---

① 可参看:《愧庐自论》《为王嫠妇宋氏请恤启(代)》《张川施材局募疏(代)》《柯桥施医局启》《容山养蒙义塾募捐启(代)》《放生会启(拟)》,均收入《愧庐诗文钞》乙编。
② 《愧庐诗文钞》后附胡道南遇刺后同仁撰写的挽联、祭文等都有提到其人热心公益的一面。
③ 《驳樊山廉访课吏私议》(癸卯十月),《愧庐诗文钞》甲编。
④ 《各省筹办咨议局初选举开票(浙江)》,《申报》1909年6月10日。山阴、会稽初选开票后,胡道南以七十九票当选,为最高。
⑤ 《大通学堂档案》,《秋瑾史料》,周芾棠、秋仲英、陈德和辑,长沙:湖南人民出版社,1981年,第96页。
⑥ 《浙江办理秋瑾档案》,《绍兴与辛亥革命》,绍兴市档案馆编,2011年,南京:凤凰出版社,第254、255页。
⑦ 对于秋瑾之死引发的舆论风暴,学者夏晓虹有精彩的研究,可参看《纷纭身后事——晚清人眼中的秋瑾之死》,收入夏晓虹:《晚清女性与近代中国》,北京:北京大学出版社,2004年,第286—325页。该文重点关注《申报》上对于秋案的报道、讨论,所论绵密,本文则将关注点放在《神州日报》。

当时沪上各报中,对秋案关注度最高的,当属有革命派背景的《神州日报》。① 秋瑾被杀后,《神州日报》"本馆专电"栏逐日登载秋案及其后续情形:不仅首先披露秋瑾被杀的消息,报道秋瑾就义的具体情况;同时也密切关注秋案发生之后受到冲击的秋瑾与徐锡麟家人,以及此时绍城如临大敌的紧张氛围。②

7月20日,即秋瑾遇难后的第五日,《神州日报》"本馆专电"栏发布电讯,明确宣称秋瑾死于告密。

> 秋女士之死系绍郡学界中人告密所致,其人一为府学堂监督袁迪庵,一为胡钟生,两人素负开通名目。自徐锡麟事发后,恐被株连,故亟亟出此策。(初十日酉刻杭州电)

在涉及大通学堂党案往来电文公布以前,此条电文首次将胡道南与告密相联系,将其推上了历史的被告席。此外,该日"论说"栏同时发表《卖友之将来》,对出卖秋瑾的袁迪庵、胡钟生大张挞伐。

> 秋瑾之死,不死于侦探,而死于告密(参观专电栏,按即上引电文)。不死于渺不相关系之人,而死于素号开通,昕夕相过从之人。彼其所以为此者,以畏株连之一念,故不惜牺牲一弱女子,以自丐其生。在彼固宜以为得计。虽然,彼其将来果能见赦于官吏与否,殆尚有所不可知。
>
> 今夫畏罪而告密者,平日必与闻其事可知。平日必与闻其事矣,其必为该党人之心腹可知。仓卒之间卖其徒以自脱,在官吏之视斯人也,岂遽以其脱党而以为无干系乎哉?苟有可以加之罪者,固将去之惟恐不速矣。是何也?彼既已自暴其情也……③

文章最后认定"卖友者亦将以自卖",不会有好下场。而袁、胡二人之所以出卖秋瑾,是因为害怕自身受到株连。在此基础上论定,既为告密者,必为党人心腹。然而实际上此点不仅在当时,在此后都无法得到有效论证。此后数日,《神州日报》仍然进一步关注大通学堂党案及其株连情形,并作评论。④ 7月28日,《神州日报》紧要新闻栏全文刊登浙抚张曾敭致军机处电,其中再次提及"告密"一事:

> 据绍兴府贵守禀称,大通学堂系逆匪徐锡麟所办,查阅江督皖府电钞、徐匪供词,情节略同……又据绍郡绅士密禀"大通体育会女教员匪党秋瑾、吕鸿梾、竺绍康等,谋于六月初十日左右起事。竺系党首,闻已纠约嵊县万余人来郡,乘机起事"等

---

① 《神州日报》创办于1907年4月2日,该报"经理为于右任,得孙中山支持,并要求办成革命的机关报,以联络东南八省,宣传革命。总主笔杨笃生、主笔王无生、汪允宗。纪年不用清帝年号,是革命党在沪的重要宣传阵地"。参照《陈去病年谱》,《陈去病全集》第六册,上海:上海古籍出版社,2009年,第80页。
② 可参看《本馆专电》,《神州日报》,1907年7月16日及17日、《搜捕大通学堂情形纪略》,《神州日报》,1907年7月18日、《绍兴府查抄徐锡麟家属,株连学界,捕戮党人详志》,《神州日报》,1907年7月19日。
③ 《卖友之将来》,《神州日报》,1907年7月20日。
④ 《绍兴徐案风潮续志》,《神州日报》,1907年7月21日,该文进一步报道了秋瑾被捕以及审讯,直至就义的情形,同时公布了绍守的安民告示;《论说秋瑾有死法乎》,《神州日报》,1907年7月22日。此文针对浙吏杀害秋瑾进行正面抗辩,认为没有坚实的口供与证据。《论绍兴徐案风潮之受过者》,《神州日报》,1907年7月23日,该文从动机的角度分析了大通学堂和同仁学堂受到巨大冲击的理由,将矛头指向了标统李益智和候补道陈翼栋;《紧要新闻·绍兴徐案余闻》,《神州日报》,1907年7月24日,该文进一步追踪受秋案株连的个人和学堂;7月25日《绍兴徐案余闻续志》,7月26日《绍兴徐案余闻再续》同样如此。

语。贵守当于初四日傍晚率领军队前往大通学堂及嵊县公局搜查……由该守电禀，当即复电，饬将秋瑾正法……①

联系此前已被《神州日报》指名道姓的告密者，此处"密禀"之绍绅，对于关注秋案动向的该报读者想必心知肚明吧。从以上材料中，可以看到所谓胡道南"告密"说的源头。作为一种认识，这一源头其实是不大经得起推敲的。然而尽管如此，比起基于理性的追问，大众舆论更容易接受经由报纸传播开来的"告密说"。在排满革命尚未形成燎原之势时，社会义愤也需要找到可以容受自身的所在。那么，身为当事人的胡道南眼见自己被扣上"告密者"的帽子，难道就无动于衷么？并非如此。

1907年7月30日，当《神州日报》正在批评浙绅面对官吏之横暴，军人之残酷"缄息无一言"时，②被该报指为"告密者"的胡道南致信报馆为自己辩诬。由于此信是当事人自己进行的正面陈述，且此前并未进入研究者的视野，故全文录之如下。

> 昨读贵馆致袁君书，知走等电请登明杭州发电人姓名、住址，格于报例，不获命，谨悉。查原电谓秋女士之死，由于走等之告密，且云恐徐锡麟事株连等语。走与女士相见者四次，听演说者二次。第一次前年在敝府中学堂，第二次本年在新年会场。在中学堂说雪国耻，在新年会场说改良风俗，说整顿女学。前年中学堂外课，走以读《秋女士诗书后》命题，考生以出题荒谬，控诉于熊前府。去年被人发传单污蔑，尚及此事。是走于女士初无纤芥嫌怨，可共鉴也。前月杪，贵府面询赵洪富为何许人，近在大通学堂否，并询大通学堂历史。走答以赵处州人，上年为大通学堂司账，与吕凤樵为同乡，吕与竺酌先(嵊人)皆在大通学堂发起人之列等语。至秋女士于吕竺有何关系，走无从得知，何有于告密？因赵洪富而搜查大通学堂，因搜查大通学堂而秋女士被执，而谓秋女士由走等而死，殆所谓欲加之罪，何患无词矣。徐伯荪事，走于初一日晚阅报始知(因是日在下方桥调查学务)。初一以前，其家中且绝无消息，安有逆知其将罹祸，而先告密者乎？走于徐伯荪服其刻苦耐劳，而惜其无知人之明。三年中，往来书札一二十通，不过通候寒暄语，彼决不引为同志，走何为惧于株累耶？电文曰，恐被株累，则将坐走以同谋，曰秋女士因走等而死，则将坐走等以谋杀。进退罪也，夫复奚言？当挺身引颈以俟缧绁枪剑之至。早死一日，使走等早明公理一日，皆贵报之赐也。至贵府问赵洪富时，袁君并不在座。袁君于徐伯荪交谊及与秋女士相见，视走为疏为少。与竺酌先虽同县，而并未见过吕凤樵，则并不知名。特袁君语言激烈，不肯指鹿为马，动遭时忌；又以主任府校，不能不与官场交涉，致不幸与走同罪。除由袁君自行复书声辨外，应请贵报亟予更正，以免冤累。此书请贵报列入来函，暴弟罪于天下，或重著一论，辨明秋女士因走而死，非因袁君而死。杭电之言未尽足据，而走死之日，家人不至以身死不明控官。倘贵馆曰，如汝顽劣，不屑污吾纸笔，则不敢强也。③

该信系直接针对上引《神州日报》7月20日、28日先后公布的两则电文及一则评论而作。从信中可知，胡道南与同被指为告密者的绍兴府中学堂监督袁翼曾去信神州报

---

① 《浙府致军机处电(论大通事)》，《神州日报》，1907年7月28日。同日的《申报》刊载《秋女士冤杀之历史》一文，同样指出，"此次秋瑾女士之被害，实由于胡、袁二人之诬指"。
② 《责难浙绅篇》，《神州日报》，1907年7月30日。
③ 胡道南：《致神州日报馆书》(丁未六月二十一日)，《愧庐诗文钞》。

馆,要求对质,可是报馆限于规则条例,并未答应。因此胡道南只能自行辩白,信中回顾了自己与秋瑾有限的交集:"相见者四次,听演说者二次",可见二人顶多是泛泛之交。此言直接否定了前引7月20日《神州日报》论说栏《卖友之将来》一文中"昕夕相过从"的说法。不仅如此,胡道南坦言自己曾因中学堂外课以秋瑾诗命作文题,受到学生举报,招致污蔑与攻击,因此与秋瑾之间断无私怨。至于被贵福问话一节,其来有自。1906年2月27日,胡道南与杜海生一道被公举为大通师范学堂纠察员,加上胡道南曾任职绍兴劝学所,以其作为士绅在地方教育界的影响力,被叫去问话也是理所当然。①

结合前引《浙江办理秋瑾档案》,徐锡麟就义后,金华武义县的起事计划很快暴露。1907年5月29日,浙抚张曾敭致绍兴知府贵福的电文中称武义县已经拿获的革命党人聂李唐等供出赵洪富,而赵系竺绍康之妻弟。结合这一情况来看,胡道南信中所谓"前月杪,贵府面询赵洪富为何许人,近在大通学堂否,并询大通学堂历史"的说法也完全顺理成章,并非向壁虚造。他认为自己被问话时,不过就所知据实以答,于党人关系实不明了,因此断然不存在告密的可能。强行将搜捕大通学堂,秋瑾被捕,继而就义的事情与自己所告内容建立起必然的因果联系,等于指控自己谋杀。

至于《神州日报》所指控的"徐锡麟事发后,恐被株连",因而亟亟告密的说法,胡道南也给出了反驳。胡道南在信中称自己直至六月初一才从报纸上得知徐锡麟事,初一之前,徐锡麟的家人甚至还未知晓此事,怎么可能自己在五月底被面询的时候,就已经预知徐锡麟将要罹难,然后急匆匆地告密,以撇清自己呢?且与徐锡麟虽然相识并有书信往来,但从未被对方视为革命同志,因而将自己指认为"恐被株累"的"同谋"更是无稽之谈。对于神州报馆"告密"的指控,胡道南气恼不已,至出愤言,愿以死明清白。末尾仗义执言,替同被指为告密者的同人袁涤庵辩诬,②不能不说是有勇气的行为。不独如此,胡道南还积极声援那些因徐案受牵连的无辜者。大通学堂党案中绍城受到株连者不在少数,这些人或被拘捕在案,或被通缉。其中有徐锡麟之父徐梅生、徐锡麟之妻王氏,以及徐锡麟之弟徐伟,徐锡麟的学生范爱农等,这些人当日都曾由胡道南领衔绍城乡绅呈文保举。③

当日被指为有告密嫌疑的绍兴府中学堂监督袁翼,同样有辩诬之举,先是与胡道南一道致信《神州日报》要求对质,遭报馆拒绝。复致浙江巡抚张曾敭电,希望对方指出密禀之绍绅究竟何人,以雪尘冤,结果对方置之不理。并不甘心的袁翼再度致信张曾敭,希望对方出面解释,仍未获允。④ 袁翼并未放弃努力,又发出传单布告学界,并邀绍郡士绅"集议联名,用正式公文禀请张筱帅明示告密之绅"⑤。但是任凭袁翼如何声嘶力竭地呼吁,张曾敭始终未发一言。

---

① 辛亥光复后的绍兴,杜海生与青年鲁迅共事于绍兴府中学堂。当时杜同样被认为有告密嫌疑,受到《越铎日报》的攻击,不得不为自己辩护。
② 袁涤庵(1881—1959),名翼,嵊县人。1902年留学日本,毕业于大阪高等工业学校化学系,1906年出任绍兴中学堂监督。具体可参看《浙江民国人物大辞典》,林吕建主编,杭州:浙江大学出版社,2013年,第487页。
③ 《愧庐诗文钞》中收入《保徐梅生丈禀》,《保陈公猛、许仲卿、曹荔泉、范爱农禀》。另外可参看:《补录越郡绅学界上绍兴府公禀》,《申报》,1907年8月2日;《贵守详请开释徐王氏杭州》,《申报》,1907年11月16日;《徐伟有开释消息(安庆)》,《申报》,1908年5月18日。
④ 《绍兴府中学堂监督袁君翼致浙府电》《上浙府书》,《越恨》,《辛亥革命史料新编》第四卷,章开沅、罗福惠、严昌洪主编,武汉:湖北人民出版社,2006年,第6、22页。
⑤ 《集议请示告密绅名》,《时报》,1907年8月17日。

胡道南当日所作辩白唯有绍兴白话报馆接受,并作登载,沪上各报皆置之不理。也就是说,在这场对于告密者的审判中,被告本人虽有权利发声,但其声音却始终难以进入公众视野。换言之,相较于强有力的质疑与批判的声音,申辩的声音从一开始就是弱势的。

密切关注"秋案"的《神州日报》对于胡道南的辩白当然置之不理。在案件已经过去一个多月后,仍然坚持不懈地披露该案相关材料。1907年8月28日,《神州日报》论说栏终于抛出了"告密"一说的"铁证"。

> 自秋瑾被杀以来,海内人士,凡稍有人心者,无不归罪于浙抚。昨本馆设法托人抄得贵守请杀秋瑾密电。吾然后知成浙抚之恶者,贵守;成贵守之罪者,则告密诸人。泰山可移,此案不可易。自得此电,而贵守浙绅之罪状乃大白于天下。虽明日黄花,是实绍兴黑案中之一揭晓单也。因不惮烦,特迻录该守原电,愿与我国民共谳定之。
>
> 原电云,抚、藩、臬宪均鉴:越密。前据胡道南等面称,大通体育会女教员,革命党秋瑾,及吕凤仙、竺绍康等,谋于六月十日起事。竺号酌仙,本嵊县人,平阳党首,领羽党近万人,近已往嵊县纠约来郡,请预防等语……惟起事尚无准期,若竺匪一到,恐有他变。应请将秋瑾先行正法……①

此电一出,胡道南"告密"说最终确立。从此胡道南的名字与"告密"一事紧紧地捆绑在一起,其人再也无法挣脱这一严厉的指控。这位署名"切"的记者即是《神州日报》的主笔,活跃在当时的上海报界的文人王钟麒。② 在公布托人抄录的电文时,王钟麒于电文前后各加一段按语。电文前的按语大有与天下人一道审判,给胡道南定罪的意味;电文后的按语义正词严地抨击胡道南,将其视为秋案的罪魁。一方面表示"吾不知胡某何仇于秋瑾,而必欲致之死",另一方面又推定"在胡道南诸人,因求免株连之故,乃不惮造谣生事,卖一弱女子之姓名,以求自解"。在将秋瑾等人欲起事一节视为诬告,将电文视为告密之"铁证"的同时,王钟麒对于自己的推定却未给出任何证据。

次日《神州日报》论说栏中,该记者紧扣贵福与张曾敫往来电文中自相矛盾的逻辑漏洞,进一步反驳秋瑾等革命党人预备起事的说法,坐实胡道南与贵福的罪行。③ 由《神州日报》披露的这则重要电文迅速引起其他报纸的关注,1907年8月30日的《时报》,1907年9月8日的《盛京日报》分别转载这则电文。④ 由此,胡道南"告密说"进一步扩散开来,并不断强化。

"告密说"在上海流传开以后,身在绍城的胡道南不断受到困扰,继前次致信神州日报馆辩诬后,又复致信绍兴白话报馆。

> 自上海各报登贵府尊请将秋女士正法电文后,走知友中及不识姓名者多寓书诘问,其爱走者谓府尊不应宣布,自失资格也。其恶走者谓走不应告,得罪于天下也,

---

① 切:《绍郡官绅告密诬杀之铁证》,《神州日报》,1907年8月28日。
② 可参看邓百意:《王钟麒与〈神州日报〉》,《中国文学研究》,2015年第2期,以及氏著《王钟麒年谱》,郑州:河南文艺出版社,2013年,第62页。王钟麒对于秋案高度关注,曾在《神州日报》连载讲述秋瑾复活的奇情小说《轩亭复活记》。因此,前引1907年7月20日《神州日报》论说栏登载的《卖友之将来》,有可能也出自王钟麒。
③ 切:《绍郡官绅告密诬杀之铁证(续)》,《神州日报》,1907年8月29日。
④ 《补录绍府贵守致省宪电》,《时报》,1907年8月30日;《绍绅告密之实据》,《盛京日报》,1907年9月8日。

皆不必辩。乃得童君亦韩书,谓上海寓公孙问清、蔼人两君,将因走事发传单,若欲置走于死地者然。哈哈,走若畏死,当府尊问赵洪富时,但云不知其人,或云其人现不在绍,可矣。何有因赵而及吕,因吕而及竺,自寻祸衅乎?唯电文所登大通体育会女教员,革命党秋瑾一语,若胸有点墨,而又稍明事理者,必不出此言。其余尚有二十一字,亦与走所告不符,故于致孙君兄弟书及之。死者当为讼冤,生者亦未便受污也。窃思今日欲博大名,最好作一篇哀世文,分寄各报馆,蹈海或自刃而死,否则以手枪或炸弹奉敬一二最有势力之人。否则运动政府,造成伟大事业,为同胞进幸福。孙君兄弟不此之务,而欲与山阴极僻陋村落中迂愚穷汉,自命顽固子,绰号鲁仲伸,被上海各报馆骂至体无完肤之胡钟生为敌。将以树名誉,媚报馆,亦可谓想入非非矣。自六月十一日神州日报馆登杭州专电后,走曾与袁君电请登明发电人姓名,又自与之书。前月各报登贵府电文后,去今将半月。走虽有不承认者数语,然不置辨者,一则恐人谓走畏死,一则恐一般老朽无意识之人将因走供状而生感情。得童君书,乃不得不一吐。特将神州日报馆及孙君兄弟两书原稿呈贵馆,登与不登,贵馆自有权,不敢侵也。①

从"前月各报登贵府电文后,去今将半月"一语不难推知此信当作于1907年9月中旬。从信中可知,前述贵福电文经沪上报纸登载后,胡道南面临更大的舆论压力。面对纷纷而来的指责和非议,胡道南从逻辑出发为自己辩诬,认为自己果真明哲保身,大可不必言及赵洪富、吕逢樵、竺绍康之间的关联,如此岂非惹祸上身?然而之所以说到这一层,不过据实以告,因此并不畏死。既非畏死,因惧怕株连而告密的说法自然站不住脚。何况电文内容,与自己当日所陈不符。信中胡道南对于孙问清、蔼人兄弟传播不实之辞,欲置自己于死地表示愤慨。②

绍兴白话报馆的主事者即为蔡元培与胡道南共同的好友王子馀,因此该报接受了胡道南为自己辩诬的信函。③ 然而,身在绍城的胡道南想要通过自己的申辩改变沪上报纸舆论的风向,注定是徒劳。沪上报纸对于胡道南的攻势很快进一步上升到了造谣的地步,1907年10月20日上海《中外日报》"民事"栏刊载绍兴消息,欲制造一种绍城绅商唾弃告密者胡道南的假象。

> 绍郡当倡办府学堂时,故绅徐仲帆君捐洋一千元外,并措垫洋二千余元,曾由熊前守议定筹还。兹因胡绅钟生将徐垫款侵蚀,经徐维则君查悉,以致大为反对。当于初八日邀集绅学商三界,特开议会,公逐胡君,不准干预学界及戒烟局等事务云。④

当日在沪的友人,眼见绍城的胡道南深陷舆论的旋涡,基于对朋友之人格、品性的信赖,出而声援。

> 吾绍胡钟生君道南近来在绍办理学务及本郡公事,系本郡官绅市民所推举。其谨慎廉洁,为吾辈所素信。大通学堂案内府电称由胡道南等面禀,电中所述面禀之辞,胡君多不承认,曾函至各报声明。除本郡白话报馆照函刊电外,他报皆不为登

---

① 胡道南:《致绍兴白话报馆书》,《愧庐诗文钞》。
② 《愧庐诗文钞》中收有《致孙问清、蔼人书》(丁未八月初二日),可参看。
③ 关于王子馀可参看《浙江民国人物大辞典》,林吕建主编,杭州:浙江大学出版社,2013年,第22页。
④ 《绍兴会议公逐劣绅》,《中外日报》,1907年10月20日。

载。盖府电所述,或系他人之言,而以等字括之。又以胡君为郡人所推许,故以其名为冠,胡君因此大受社会之唾骂,丧失名誉。实与当□之丧失生命者同一含冤。吾辈心殊悒悒。惟因面禀之言,无从证实声辩。乃九月十四日《中外日报》谓胡君侵蚀府学堂经费,被徐绅查出,邀集绅商学界,公逐胡君,不许干预公事云云。吾辈深为骇异,函之郡人及徐绅,查询此事,旋得复电及详函,均谓出于污蔑。惟胡君因事赴汴,辞去各项公事,郡绅坚留不得云云。吾辈以直道在人,不能缄默,特为辩正。旅沪绍兴府人杜亚泉、寿孝天、骆绍先、石承垣、孙伯圻、杜就田、谢斐麟①

从信中可知胡道南为自己辩诬的艰辛努力,辞去各项公事大概也是无奈之举。旅沪同仁们一致认定当时被询问的不止胡道南一人——《神州日报》披露的电文和胡道南的辩白可以证实这一点,所以府电所述有可能是他人之言,只因胡道南在地方上的影响力,所以仅冠以他的名字。这一推测应该说有其合理性。然而纵使几位旅沪同仁联名发布声明,也不过淹没在报纸的通告栏里,无人问津。无论是胡道南自己的辩白,还是朋友的声援,都免不了要被淹没在指责、讨伐的巨大声浪之中。

1907年12月,《神州女报》创刊于上海。该刊是为纪念秋瑾而创立,主要撰稿人吴芝瑛、徐寄尘都是秋瑾生前的至交好友。因此第1号即刊载秋瑾遗稿、秋瑾传记以及对于秋瑾之死的讨论,张曾敭、贵福、胡道南理所当然成为声讨对象。该期"特别纪事"栏刊有署名佛奴的文章《秋女士被害始末》,该文开篇按语自述撰文缘起:

> 第贵福、张曾敭及袁迪、胡道南等一班狐群狗党,或告密以肇其祸,或造词以实其罪,丧心病狂,草菅人命,自欺欺人,竟冒不韪,致此冤案沉沉,长埋海底,故不得不忍痛以记,俾我姊妹略得知其真相云尔。

文中作者自云其友人沈君托某刑名之弟调查内幕:

> 始悉女士之被害,系袁胡狗彘告密之所致。友人(袁等与徐素相交好)事发,恐为牵连,因出此至凶极险之手段,卖弱女子以求免,居心狠毒,莫此为甚。呜呼,学界有此败类,国事尚可为乎?②

此文对于告密动机的论说,与上引《神州日报》电文如出一辙,托人调查内幕,似乎佐证了"告密"说的权威性。尽管"告密说"从起源到散布,逐渐被强化,但足以证明胡道南告密的直接证据始终付诸阙如。1909年,由湘灵子所编,汇集众多秋案资料的《越恨》一书出版,此书旨在纪念秋瑾,为其鸣冤。其中收录的《要电汇志》《专件汇志》《函牍汇志》,都是关于秋案的一手资料。《要电汇志》中所引述的《绍府贵守致省宪电(为绍绅告密事)》即1907年8月28日由《神州日报》披露的告密之"铁证"。③

在对于秋瑾之死抱有巨大愤慨,欲报仇雪恨的党人来看,电文的确凿性不可怀疑。有此铁证,告密的动机也有了新说,此前因畏死出卖友人的说法渐渐被淡忘,取而代之的

---

① 《为胡钟生君辩诬》,《时报》,1907年11月8日。按杜亚泉、寿孝天都曾与胡道南有共事之谊(任职绍兴中西学堂),谢斐麟即谢飞麟。查谢飞麟年谱,可知谢飞麟此时确在沪,并且谢飞麟与寿孝天曾同在绍兴东湖通艺学堂共事。如果谢斐麟与谢飞麟确系同一人,那么以其与王金发的熟悉程度,尚且为胡道南辩诬,则可以见出告密一事不无可疑。

② 《秋女士被害始末》,《神州女报》第1号,1907年12月。

③ 《越恨》,《辛亥革命史料新编》第四卷,章开沅、罗福惠、严昌洪主编,武汉:湖北人民出版社,2006年,第8页。1909年《女报》第1卷第5期,同样转载上述《神州日报》之《绍郡官绅告密诬杀之铁证》一文。

是挟怨报复说。陈去病《鉴湖女侠秋瑾传》①、冯自由《鉴湖女侠秋瑾》②、王时泽《秋女烈士瑾略传》及《回忆秋瑾》③、秋宗章《大通学堂党案》④、绍兴逸翁《再续〈六六私乘〉》⑤都持类似看法。挟怨报复与畏死卖友之间的差异不容忽视,后者将胡道南指认为与秋瑾过从甚密的革命党人,前者则并无这一身份指认,只是认为二人素有嫌隙,故胡借机报复。实际上,挟怨报复本来也是作为动机来解释告密的,在传播的过程中,客观上却起到了再度强化"告密说"的效果。

蔡元培在《亡友胡钟生传》中谓辛亥鼎革后,"秋案之始末公布,而君之冤乃大白"。复仇者受到同志责备,不敢贸然行动,那些与胡道南同样有嫌疑者因此得到了保全。从这个意义上,蔡元培将胡道南之死视为"牺己为群"。⑥ 时移世易,从今天所能看到的第一手资料中,很难找到胡道南被冤枉的坚实证据,然而结合现有史料,重新检证几乎具有笼罩性影响的"告密说",探究这一叙事的形成过程,倾听深陷漩涡的当事人被压抑的声音,应是历史研究的题中应有之义。更何况往来电文也很难说是无懈可击的铁证,直接经办秋案的贵福、张曾敫为清议所谴责,未敢发一言。秋宗章所目睹的张曾敫致贵福原函中"一切仍与胡绅道南熟商妥办"被删去,究竟系何人所为,也颇耐人寻味。浙江巡抚张曾敫办理完秋案后,将此案相关文件抄录并送交保存,档案名为《浙江办理女匪秋瑾全案》。该档案中同样录入了贵福致张曾敫言及胡道南告密的那则电文,不过胡道南的名字已被隐去,写成"绅等",足见官方还是希望保护胡道南的。⑦ 至于贵福电文中所陈胡道南告以秋瑾等党人欲起事,"请预防"等语,与主张直接将秋瑾正法之间的差异,也不容忽视,更何况当事人自己否认电文所述内容。而此案实际上的刽子手,迅速将秋瑾正法的贵福,在致宝熙的信中提及此事时,非但不予否认,反而有几分引以为傲的意思:"前以大通学堂逆党秋瑾等勾通匪目,亟思蠢动,经弟未事之前请兵破获,得免地方蹂躏,大幸足称。"⑧此后贵福灰溜溜的状态诚然让人快意,然而比起胡道南的遭遇来说,不能不说他要幸运得多。因此蔡元培愤慨不已,为什么复仇者对于秋案之渠魁贵福、张曾敫、李益智辈不动毫发,而稍涉告密嫌疑的胡道南却被杀。

三、蔡元培为胡辩诬:私谊还是公心

以上论述重新审视了胡道南"告密"说。作为一种几乎具有笼罩性影响的历史叙述,

---

① 《秋瑾史料》,第17—19页。
② 《解读秋瑾》上册,郭延礼编著,济南:山东教育出版社,2013年,第52—56页。
③ 两文可看可参看《解读秋瑾》上册,第46—49、143—151页。王时泽曾与秋瑾有过交往,在其所著两篇关于秋瑾的文章中都曾言及胡道南与秋瑾的不合,谓二人留日期间就有隙,胡不满于秋瑾的男女平权、家庭革命之说,被秋瑾咒为死人,因怀恨在心而告密,欲置秋瑾于死地。不过目前并无资料证明胡道南曾有留学日本的经历,秋瑾留学日本期间,胡道南除任职外,仍在忙着参加会试。从年辈上来看,胡道南甚至年长章太炎七岁,更不用说当时一般的留日学生。当然也不能因此确定胡道南没有赴日经历。根据夏晓虹的研究,章太炎和王时泽所述秋瑾与胡道南的冲突,是当时留日学界中相当流行的说法。可参看夏晓虹:《晚清女性与近代中国》,北京:北京大学出版社,2004年,第376页。
④ 《秋瑾史料》,第94—110页。
⑤ 《解读秋瑾》上册,第109—112页。
⑥ 蔡元培:《亡友胡钟生传》,《愧庐诗文钞》。
⑦ 三十年代,此档案改名《浙江办理秋瑾革命全案》,刊于故宫博物院编《文献丛编》,1933年16期,可参看。重排本可参看《光绪三十三年浙江办理秋瑾案档案》,《历史档案》,2011年第4期。
⑧ 转引自刘家军:《秋瑾被杀案新证——贵福手札小考》,《史学月刊》,2007年第4期。

"告密"说并非密不透风。对于此说提出质疑的,其中就有中华民国第一任教育总长蔡元培。那么,蔡元培因何替胡道南辩诬、鸣不平呢?显而易见的原因是二人可谓至交好友。

二人同于1889年(光绪十五年 己丑)中举,① 是以蔡元培称胡道南钟生同年。二人订交则始于1890年(光绪十六年 庚寅),② 此后又一度共事于绍兴中西学堂及劝学所。胡道南任绍兴中西学堂监督,就是由蔡元培推荐的。自1899年3月初蔡元培移居中西学堂至次年2月末辞职,应为二人彼此往来最密切的时期。蔡元培对于胡道南的相知,建立在对其人格的推崇之上。

> 胡君道南,字钟生,会稽县人。与我同举于乡,始相识,对我非常恳挚,凡力所能及的,无不竭诚相助。我任绍兴中西学堂总理,君愿任监学,不支俸给,于大门之左辟一室,设高座,得于窗中监学生出入,诚笃如此。君善为文,豪于饮,私德粹美,负乡里重望。③

考察蔡元培早期人际交往的圈子,应该说在1907年赴德留学之前,胡道南是与之往来最多的一位。④ 除此之外,《愧庐诗文钞》中还留下了二人诗歌唱和、书信往来的具体的纪录。二人的相契相知,有了这部分内容,变得更加鲜活生动。⑤ 有关二人交游的考察,并非本文重点,故此处按下不表。

明确蔡元培与胡钟生的交往之后,更能明白蔡元培写作《〈愧庐诗文钞〉序》以及《亡友胡钟生传》两文的心境。二人的相知,源于对于彼此人格的推崇。对于胡道南被暗杀一事,蔡元培悲愤莫名,却又无可奈何。虽然秋案事发时蔡元培身在德国,但目睹上海报纸集矢攻击胡道南的消息,并不以为然。在并不知悉秋案具体情形的情况下,仍然坚定地相信朋友人格的清白并为之辩诬。

对于蔡元培而言,胡道南是早年往来最多的契友,是热心公益而被卷入秋案风波并最终因此殒命的士绅。那么,蔡元培在所作传记中为胡道南辩诬,是否仅仅基于二人的私谊呢?恐怕并非如此。尽管依从"革命者"这一身份划定的相应行为导向,但在蔡元培那里,种族革命并未被贯彻为独断的、彻底的逻辑。

1902年11月,蔡元培组织爱国学社,同任教员的吴稚晖、章太炎皆为倡言革命者,受同仁影响,蔡元培也由倡民权进而言革命。次年4月,蔡元培成为军国民教育会会员,后因参与"张园集议"被清政府下令密拿。1904年10月,蔡元培促成浙东两派革命党的合作,陶成章、龚宝铨与徐锡麟、王金发、竺绍康形成联动,光复会宣告成立。此后身为满清翰林的蔡元培甚至参与到研制炸弹的革命活动中,谓之激进的革命党人当无疑义。此间蔡元培的活动,由教育倾向革命的趋势也再明显不过。

---

① 可参看《己丑恩科浙江恩科乡试官板题名全录》,《申报》,1889年10月13日,胡道南与蔡元培均名列其中。
② 蔡元培《张川胡氏宗谱》序谓:"岁庚寅获交于先生之族曾孙钟生孝廉,尝相与公事于教育界,相知最深。"转引自《蔡元培年谱新编》,第139页。
③ 蔡元培:《自写年谱》,《蔡元培全集》第十七卷,中国蔡元培研究会编,杭州:浙江教育出版社,1998年,第440、441页。
④ 结合蔡元培日记以及《蔡元培年谱新编》,笔者爬梳了以下1907年以前有关胡道南的纪录,约略有四十条之多。
⑤ 可参看《愧庐诗文钞》中所收《复蔡鹤廎同年书 五月》《复蔡鹤廎书 十月》《同年蔡鹤廎太史元培以越俎国事,为当路者所嫉逮捕。同人劝之游学德国,先赴青岛习语言。书来,见贻照相片。鹤廎前已蓄须,以入学堂未便,去之,可笑亦可怜也。赠以长句,鹤廎更名觉师 癸卯七月十五》)。

然而,即便身为革命党人,在日趋激烈的排满革命中,蔡元培的思考也有其特殊性。1903年4月11日、12日的《苏报》分两期刊载了注明为"来稿"的论说文《释仇满》。① 该文发表时未有作者署名,据黄世晖记蔡元培口述《传略》,可知作者为蔡元培。② 这篇文章认为所谓"满洲人"仅仅是"政略上占有特权"的记号而已,作为种族的"满洲人"早经被汉人同化,与汉人区别不大。③ 借助于此种概念分梳,该文实际上将排满革命严格地限定在政治革命(反对压迫、奴役的革命)的框架内,旨在避免酿成激进的种族革命所主张的"杀尽胡人"(如邹容《革命军》)的人间惨剧。历史证明,蔡元培的忧虑不无道理,辛亥以后多地满人遭遇屠杀,都表明蔡元培此说并非无的放矢。④

事实上,尽管在成立主张暗杀、暴动的革命组织光复会中,蔡元培起到了关键作用,但时人很快发现了蔡元培与职业革命家之间的差异:"会长蔡元培闻望素隆,而短于策略,又好学,不耐人事烦扰,故经营数月,会务无大进展。"⑤因此光复会的活动中心,开始由上海转移到绍兴大通学堂,而蔡元培也很快于同盟会成立后不久赴德留学,与后期光复会关系不大。在陶成章这样的职业革命家看来,蔡元培身上书生气重,当初推其为首领,是因其翰林院编修的身份与声望便于号召。⑥ 由此可见,在革命团体中,蔡元培因其自身独特的个性、禀赋表现出了某种游离。

比如,同为革命者,参与革命,甚至研习制造炸弹技术的蔡元培,与主张进行激烈的种族革命,"莫使满胡留片甲"的秋瑾之间的差异,就不能不引起注意。身为革命元老的蔡元培,面对革命中可能会失去控制的暴力,表现了自己可贵的省思与拒绝,这体现了蔡元培作为一个深受传统儒家观念影响的"士",在面临某种彻底而激烈的种族革命的逻辑时,力求获得平衡的可贵努力。

如果说替胡道南辩诬,是基于私交对其人格的高度信赖,那么反对党人在证据不足,当事人稍涉嫌疑的情况下"肆其冒昧之毒手"的鲜明态度,不正是体现了其作为革命者对于丧失理性判断,不作区分地使用暴力,盲目行事之作风的拒绝吗?换言之,为朋友立传辩诬,并非仅仅基于个人情感,其中也渗透着理性的思量。

1912年1月3日,中华民国临时内阁组成,蔡元培出任教育总长,旋即投入到教育部的筹备工作中。4月22日,蔡元培电邀范源濂、钟观光、周树人、蒋维乔等共26人赴京到教育部任事,其中包括同乡胡孟乐。而胡孟乐正是蔡元培的故友胡道南之子。⑦ 如果说

---

① 此文收入《蔡元培全集》第一卷第415—418页。经笔者对校,发现全集版所收该文与原载于1903年4月11日、12日的《苏报》上的原文有所出入,有不少错讹,且此后转引此文之书,皆系照搬,因此错误一仍其旧。以原刊于《苏报》上的该文为底本校勘,可以纠正全集版此文的错误。

② 都昌、黄世晖:《蔡孑民传略》,收入《蔡孑民先生言行录》,蔡元培著,长沙:岳麓书社,2010年,第6页。

③ 尽管秉持基本的革命立场,但蔡元培警惕"纯乎种族之见"的看法反而有些接近章太炎所批驳的康有为,详见章太炎《驳康有为论革命书》。

④ 有关此的研究可参看沈洁:《1912年:颠沛的共和》第五章《杀戮:并不共和的"五族共和"》,2015年,上海:东方出版中心,第127—164页。

⑤ 陶冶公:《光复会的组织与发展》,《绍兴与辛亥革命》,绍兴市档案馆编,2011年,南京:凤凰出版社,第197页。

⑥ 沈瓞民:《记光复会二三事》,《绍兴与辛亥革命》,第203页。

⑦ 胡孟乐(1881—1963),名胡豫,孟乐为其字。1881年出生于绍兴管墅,1903年12月绍兴府学堂首届毕业生,后官费留学日本早稻田大学(1906—1909)。归国后任山会初级师范学堂教员,后在教育部普通教育司第一科任职,曾两度与周树人共事。另外,鲁迅《论"费厄泼赖"应该缓行》一文论及绍兴光复后,军政府都督王金发调集案卷,欲为秋瑾报仇,最后不了了之一事。该文注释称"秋瑾一案的告密者是绍兴劣绅胡道南,他在1908年被革命党人处死"(《鲁迅全集》,2005年,北京:人民文学出版社,第296页),实则胡道南遇刺时间为1910年中秋节,而非1908年。

刊行胡道南诗文是蔡元培纪念故友的一种方式,那么邀请故人之子任职教育部,也可以看作这份故人之情的延续吧。

结语

要而言之,关于秋瑾的言说在其身后已经形成了一个丰富的历史谱系。不用说其人英勇就义后,各家报纸竞相转载的电文、同情秋瑾的革命党人撰写的秋瑾传记与回忆文章,后世围绕着秋瑾也有各种各样的传记、纪录片、影视戏剧作品、戏曲等问世。这些相关言说诞生于不同的历史时代,但同样分享着对于胡道南"告密说"的确信。在其合力作用下,胡道南"告密说"就像一个雪球一样越滚越大,最终得以积淀为一种强大的历史叙述,它迅速压抑那些与之相悖的声音,使之边缘化。[①]

事实上,当日胡道南的几位旅沪友人在仗义执言,替朋友申辩的同时,不仅清楚地意识到胡道南在秋案中"其名为冠"的尴尬位置,同时也明确地认识到其"惟因面禀之言,无从证实声辩"的窘境。此种情形下的指控,无法从实证的角度提出有力反证,大有跳进黄河也洗不清的意味。胡道南的辩白,从逻辑上来看是完整而自洽的,理应受到重视。然而从传播学的角度来看,他的申辩一开始就遭到压制,难以进入公众视野。秋瑾被杀后,群情激愤,大吏被逐。当时的大众舆论很容易被此种激愤情绪所裹挟,根本无暇去理会并审视"嫌疑人"的自白,公众更容易接受,更习惯的是基于道德立场的指责与审判。此后的情形就更是如此。

因此,胡道南注定会被置身于历史的审判席上,成为众矢之的。其人当日的辩白,以及旅沪同人的声援,也早已湮没在历史中,彻底被人遗忘。而蔡元培表示异议的声音之所以能够遗留下来,与其作为民国元老、教育总长的显赫地位分不开。那么,今天我们站在新的起点上,复原这一复杂的历史过程,重新审视这一公案,检证"告密"的指控,倾听当事人自己的声音,应该不无意义吧。

[①] 王金发督绍之后,将秋案相关档案移送秋社。秋宗章曾于1936年翻阅一通,次年完成《大通学堂党案》。该文引张曾敭致贵福亲笔函,指出所见原函"一切仍与胡绅道南熟商妥办"被删去,大概是害怕招致怨恨,该文引述绍兴当地传闻:具函告密时,胡道南饮酒后正欲醉眠,在意识不清醒的情况下贸然钤印,因此最后被杀,实为代人受过。不过比起胡道南"告密说",此种传闻只在绍城当地,并且影响力小得多。

刘天艺

创造社与上海艺术大学考论

引言

关于创造社与上海艺术大学的关系,常见的说法来自郭沫若在《离沪之前》中的日记和郑伯奇在《创造社后期的革命文学活动》中的叙述。两人都偏重于表达创造社"接管"上海艺术大学的"成就感"以及对王独清的厌恶情绪,至于创造社成员何时参加上海艺术大学,两人都没有详细说明,只在回顾"革命文学论争"时一笔带过,创造社的相关资料对此也没有记载。在当时,以"创造社成员"身份任教于上海艺术大学的人不少,但"上海艺术大学教员"这一身份在创造社内部却存在时间先后和派别问题,过于宏观的群体描述掩盖了创造社不同时期的人员差别和政治、文学主张。创造社参加上海艺术大学的时间与"革命文学论争"重合,相关当事人在论争期间却都有意回避自己"在艺术大学里兼有一只饭碗"的事实,这里自然与鲁迅的指责有关,但也包含创造社在"革命文学论争"初期"占领一个机关"的现实策略。事实上,上海艺术大学时期是创造社在文学场与现实世界同时发生"转换"的阶段,他们在提倡"革命文学"的同时积极开展了相应的政治、文化实践。对创造社与上海艺术大学的考察,不仅有助于丰富创造社的相关史实,也有助于从更多维度了解"革命文学论争"初期相关人事的情况。

一、未有创造社以前——早期的上海艺术大学

上海艺术大学为人所知很大程度上得益于南国社和创造社的相关回忆文章,前者因田汉出走而成立了南国艺术学校;后者许多成员都曾在该校任教,师生们在1928—1929年的诸多活动为后来成立"左联"奠定了坚实基础。此外,"左联"成立大会召开地中华艺术大学也由上海艺大分裂而成。所以,无论从社团研究还是校史研究来看,上海艺术大学都是一个重要的地标。受回忆文章导向性的影响以及不同回忆者求学任教的时期不同,对上海艺术大学的描述多较为片面,形成一种刻板印象,即该校创校之初只是一所"野鸡大学",因南国社以及创造社诸人的轮番入驻才使其像几分样子。实际上,上海艺大早在创造社介入以前就是一所较为成熟的学校。

上海艺术大学创办于1925年7月1日,由上海艺术师范大学和东方艺术专门学校两校合组而成。① 合并期间校址分为三院,上海艺术师范大学旧舍为第一院(位于辣斐德路,今

---

① 详见吴梦非:《上海艺术师范大学与东方艺术专门学校合组的经过》,《民国日报·觉悟》1925年11月12日。本文对于学校"创办日期"的界定标准是相关材料(如广告、启事或当事人的回忆文章)中正式使用新校名,对于一所新创办的学校而言,"创办日期"有别于"开学时间"。

复兴中路)和第三院(位于茄勒路,今吉安路),东方艺专旧舍为第二院(位于蒲柏路,今太仓路西段),后集体搬迁至公园靶子场后体育会东路三层洋房(今东体育会路),1925年9月10日正式开学招生,聘吴稚晖为名誉校长。1925年10月,因周勤豪任意聘用许多来历不明的教员导致学生不满,七名学生代表出面交涉,被时任该校教务长的周氏开除;① 此后又因校内有浙江同学组织同乡会,原东方艺专旧生周继善张贴"乌龟同乡会"告示引起浙江同学不满,学生派出代表与周勤豪交涉未果,西画系教授王道源则以罢课为要挟将学生代表开除,② 由此引发了大规模的学生风潮。1925年12月下旬,以罗通化为首的80多名学生和数位教员离校另成立中华艺术大学,吴稚晖宣布辞职,上海艺大就此陷入停顿。

1926年3月5日,在与中华艺大正式"分割"完毕后,上海艺术大学再次开学。③ 根据同年4月的《寰球中国学生会特刊》中《上海著名大学调查录》对上海艺术大学的"编制"一栏记载:大学分绘画科、音乐科、图案科、文学科、雕刻科。师范部分图画音乐科、图画手工科,又分西洋画系、中国画系、西洋音乐系、工艺图案系、建筑图案系、中国文学系、木雕系、塑造系。大学部分四年级,专门师范部分三年级。对"主要教职员"的介绍是:周勤豪、洪野、朱斐然、朱湘雨、戴筱堂、王天白。"各科教授"是洪野、谭华牧、关良、华林、田汉、傅彦长、仲子通、张若谷、姥子正纯、卢宪犟、郭伯宽、朱天梵、朱湘雨、黎锦晖、夏伯民、迂元广、渡边素川、吴锡嘏、王由庚、裘梦痕。④

1926年9月27日,张溥泉出任上海艺术大学新校长,⑤ 当时主要的几位系主任分别为傅彦长(音乐系)、谭华牧(西画系)和朱天梵(图画系)。⑥ 1927年初,周勤豪因拖欠上海艺大房租摊上官司一度"逃遁",⑦ 上海艺大开始频繁地搬迁和更换教员。"四一二"事变前后,上海艺术大学临时迁至霞飞路(今淮海中路)避难,1927年4月13日迁往法租界善钟路87号(今常熟路)洋房。⑧

1927年6月,上海艺术大学宣布增设中国文学系、戏剧系和中国音乐系。⑨ 暑假过后,文学系添聘了方光焘、王命新、赵景深、山口慎一、张若谷、欧阳予倩;西画系添聘了夏伯铭;国画系添聘谢公展;音乐系添聘了黎明、王绥之、王盖臣等。⑩ 这一阶段主持上海艺大的是以田汉为首的南国社,著名的"鱼龙会"即始于此。田汉本人于1927年10月24日出任上海艺大校长,⑪ 同月,上海艺术大学开设戏剧科,设舞台剧系和电影剧系。⑫ 1928

---

① 详见《又一土匪奇谈》,《晶报》1925年10月24日。
② 详见吴梦非:《上海艺术师范大学与东方艺术专门学校合组的经过(续)》,《民国日报·觉悟》1925年11月16日。
③ 《上海艺术大学昨日开学》,《时事新报》1926年3月6日。
④ 《上海著名大学调查录》,《寰球中国学生会民国十五年特刊》1926年4月。
⑤ 详见《上海艺大昨日欢迎新校长》,《时事新报》1926年9月28日。
⑥ 详见《上海艺术大学开教职员会》,《申报》1926年9月5日。
⑦ 关于周勤豪1927年2月左右负债时的情况,郁达夫对此知情甚多。详见郁达夫:《新生日记》,《郁达夫全集》第5卷,浙江大学出版社,2007年,第107页。
⑧ "江湾路上海艺术大学,前因时局紧张,交通阻,对于教务方面,极感不便,乃将校舍临时迁至霞飞路,现自革命军取得上海后,各处交通,均次第恢复,该校学生陆续到校者,日益增加,致霞飞路房屋有不敷应用之势,昨又在法界善钟路87号租得西式洋房一大栋,草地花木,较前址尤为幽雅,业经本月十三日已正式迁入,即照常上课云。"《上海艺术大学近讯》,《民国日报》1927年4月16日。
⑨ 《上海艺大添设新系》,《时报》1927年6月24日。
⑩ 《上海艺大之新教授》,《申报》1927年9月11日。
⑪ 《艺大欢迎田汉校长志盛》,《时事新报》1927年10月27日。
⑫ 《上海艺大添设戏剧科》,《申报》1927年10月21日。

年1月,田汉宣布辞去上海艺大校长一职,另成立南国艺术学院。创造社与上海艺术大学发生联系即在南国社离开该校之后,在创造社时期,上海艺术大学曾特意开设"第二院"。1929年初,善钟路上海艺大被查封,一部分师生如冯乃超、李初梨等人在爱文义路105号(今北京西路)另组华南大学,周勤豪则又在巨泼来斯路(今安福路)开设新校舍。

二、创造社与周勤豪

谈及上海艺术大学,周勤豪是绕不过的人物。自上海艺术师范大学与东方艺术专门学校合并以后,周氏始终是上海艺大的实际掌控者。周勤豪是广东人,早年留学法国,后留学日本。据陈抱一回忆,周勤豪本就读于体育学校,"后因兴致又改习洋画",在日本国立东京美术学校与汪亚尘同期。① 周勤豪留学日本的时间(1917—1921)与创造社"三鼎足"留学日本的时间重合,我们虽然无法进一步确认周氏与"三鼎足"是否相识于日本,但从1923年5月郭沫若与成仿吾一起参观东方艺术研究会举办的春季习作展览会并为之写文章来看,②创造社与周勤豪早在东方艺术研究会时期就有往来。东方艺术研究会创办于1922年11月,③是周勤豪与陈晓江共同创办的同人组织,兼培养艺术人才,1923年底扩充为东方艺术专门学校。④ 这一时期的创造社与周勤豪往来颇多,在郭沫若和成仿吾给东方艺术研究会画展撰写评论文章的3个月后,以画家居多的"中华全国艺术协会"宣布成立,创造社是其中唯一的文学社团。

> 艺术运动,进来日有进步,南北艺术界诸君,感于无大规模之集合,不能有伟大之建设。现由北京国立美专教授陈晓江夏博鸣、上海大学绘画系主任洪野、东方艺术会主任周勤豪傅彦长、晨光美术会宋志钦王荣钧朱应鹏鲁少飞、艺术师范校长吴梦非。杭州工业学校教授周天初,南京美专教授许敦谷,创造社郭沫若成仿吾郁达夫,青年画会吴人文倪贻德,上海女子美术校长唐家伟等。共同集议,组织全国艺术协会,以联合全国艺术界及筹画艺术上各种重要建设为宗旨,现发表宣言,征集各方同志发起。筹备处于上海蒲柏路东方艺术会,陈晓江君已于前日北上接洽一切矣。⑤

附在这则新闻后面的宣言由郭沫若所撰写,称"我们要把艺术救回交还民众,我们的目的不是想把既成的艺术降低到民众的水平,我们的目的是想把民众抬高到艺术的境地"。⑥ 这则宣言后来以《中华全国艺术协会宣言》为题刊登在《艺术评论》(1923年9月24号第23期)和《创造周报》(1923年10月7日第22期)上,后者由郭沫若特别附注"这篇宣言是朋友们托我们做的"。可以看到,早期创造社在上海期间曾广泛地试图融入文艺界,虽然后来该协会并无创造社成员担任职务,但与创造社与沪上美术圈的交往却始于此。

在中华全国艺术协会成立稍早之前,东方艺术研究会还聘任了郁达夫为该校教员。

> 法租界蒲柏路东方艺术研究会主任周勤豪陈晓江二人氏鉴于会员发达,决意暑

---

① 陈抱一:《洋画运动过程略记(续)》,《上海艺术月刊》第7/8期,1942年6月。
② 详见成仿吾:《东方艺术研究会春季习作展览会印象记》,《创造周报》第8号,1923年6月。
③ 《东方艺术研究会之新组织》,《申报》1922年11月17日。
④ 详见《东方艺术专门学校学则》,《艺术评论》第35号,1923年12月17日。
⑤ 《南北艺术界将有协会之组织》,《申报》1923年9月11日。
⑥ 同上。

假后实行扩充绘画科,添聘日本东京国立美术学校毕业陈抱一,并请日本东京大学士郁达夫,教授美学美术史外,并添设音乐专科,聘请音乐名家傅彦长段刚仁仲子通诸君,担任教授,目下正在广招学员,不限程度年龄,男女兼收云。①

查《郁达夫年谱》,并无郁达夫在1923年8月受聘于东方艺术研究会的记载,郁达夫本人亦未提过此事。郁氏于年初辞掉了安庆政法学院的工作,这一时期的作品主题多以"失业""穷困"为主。这则广告是借用郁达夫"东京大学士"挂名还是确有其事不好确定(郁达夫在1923年10月赴北京大学任教)。然而,郁达夫与周勤豪私交甚笃,查郁达夫的日记可以发现,郁氏1927年初刚回上海的第二天就去周勤豪家打牌,第三天则住在上海艺术大学校舍。在与王映霞恋爱以及清理创造社出版部事务期间,周家是郁达夫诉苦和打发时间的主要去处。② 上海艺术大学在1927年的一些启事中称郁达夫是该校教员,这是很有可能的。从《日记九种》来看,郁达夫频繁出入于周勤豪家和上海艺大宿舍,上海艺大学生甚至希望郁达夫出任该校校长。③ 郁达夫具体任教的时间大约在1927年2月,何时去职不详,但基本可以确定1928年以后不再与该校有联系。④ 一些资料称郁达夫曾担任过上海艺术大学教务长,目前未见一手材料,郁达夫本人的日记中也没有相关记载。有据可查的是,上海艺术大学教务长最初由周勤豪担任,后由张竞生担任,⑤再由傅彦长担任,⑥最后由王独清担任。王独清早在1926年就与周勤豪有过接触,在同郭沫若、郁达夫南下广东前,周勤豪曾邀请其到上海艺术大学演讲,题目为《文艺之真实性》。⑦当时的新闻对王独清的报道是"曾留日留法多年,此次新由巴黎归国""创造社社员",这些名头对于王独清而言无疑非常"合适"。至于他与周勤豪到底是在留法圈子相识,还是经郭沫若等人介绍认识则有待考证。

值得注意的是,上海艺术大学的"中国文学系"正是由郁达夫、田汉等人参与筹划,田汉还列名"文科主任",此外还有蒋光慈。⑧ 如此看来,在1928年以前,创造社中就有成仿吾、郭沫若、郁达夫、王独清、蒋光慈5名成员不同程度上与周勤豪接触。由郁、蒋等人筹办的"中国文学系",某种意义上为后来的创造社成员开辟了便利。

三、创造社参加上海艺术大学的时间与过程

关于创造社参加上海艺术大学,郑伯奇在回忆文章中是这样说的:

> 上海艺术大学校长夫妇为了吸收青年学生,要求创造社合作。校长周劲(勤)豪曾留法学过美术。他又是广东资本家的后代,有钱财、有房产,就在自己一所大公馆

---

① 《东方艺术研究会扩充消息》,《新闻报》1923年8月11日。
② 详见郁达夫:《日记九种》,《郁达夫全集》第5卷。
③ 详见郁达夫:《新生日记》,《郁达夫全集》第5卷,第127页。
④ 1927年8月以后,郁达夫不再以"创造社成员"的身份示人,其脱社与同王独清、成仿吾、郭沫若等人的嫌隙有很大关系,大概率不会在同一所学校共事。
⑤ 详见《上海艺术大学教务长去职》,《申报》1926年12月9日。
⑥ 详见《上海艺大添文学系》,《时报》1927年2月11日。
⑦ 详见《艺术大学请王独清演讲》,《中国报》1926年3月20日。该文根据王独清的演讲成稿,对了解王独清早期的文艺主张有一定价值。
⑧ "上海艺术大学本学期又添设中国文学系,已聘请郁达夫蒋光赤田汉等从事计划组织。"《上海艺大添文学系》,《时报》1927年2月11日。蒋光慈任教的具体时间不详,不过从郁达夫的日记中可以发现,蒋光慈经常与他一起拜访周勤豪,因此,即便只是挂名,蒋光慈"任教"上海艺大一事应该也是经过了本人同意。

里办起了上海艺术大学,专教绘画,但是学生寥寥无几。他看到创造社在文艺青年中很有影响,便自己找上门来,要求合作,创造社本来也想从事教育工作,深入广大学生群众,扩大影响,觉得这是一个大好机会。在党的大力支持之下,我们就同意了,全力投身这一项新的工作。在上海艺术大学里面,我们开设文学、美术和社会科学3个系,课程全部由创造社同人分担。我和乃超、初梨、起予诸人负责文学课程,彭康、镜我和李铁声负责社会科学系,美术系则由叶沉和许幸之包干。①

这段文字值得推敲的地方颇多。首先,郑伯奇没有指明创造社何时"投身"于上海艺大。其次则称创造社加入上海艺大是"在党的大力支持下",缺乏旁证;最后,从字面上来看,好像郑伯奇、冯乃超、李初梨、沈起予、彭康、李铁声、许幸之一同来任教,实际并非如此。以许幸之为例,其从日本回国的时间是1927年2月左右,"四一二"事变期间被捕,由郁达夫托人释放后返回日本,②直到1929年9月夏衍担任中华艺术大学文学系主任后才应其电召回国。因此,对创造社参加上海艺大的种种细节进行考察仍十分必要,这不仅关系到一些史实性的论断,更有助于我们对创造社"转型"的把握。

郭沫若的日记显示,在1928年1至2月这段时间,周勤豪频频与创造社接触。③郭沫若于1927年10月下旬经香港返回上海,此时的他已处于被通缉状态,不方便公开活动,更不可能轻易有"外人"登访,对于外界的消息很大程度上都是通过登门拜访的熟人得知。在创造社参加上海艺术大学一事上,王独清和郑伯奇是主要的消息传递者:

王独昏来,甚慌张不定。谈及C某要找他去当艺术大学(?)的委员,他颇得意,不知C某滑头,乃利用创造社而已。独昏的虚荣心真比女人还要厉害。④(1928年1月26日)

独昏终竟上C某的当,这家伙的委员癖真是不可救药。⑤(1928年1月27日记)

伯奇亦来,言独昏终竟做了野鸡大学的野鸡委员。这是他个人的事,只要不用创造社名义,我并不反对。(1928年2月1日)⑥

……独昏未见,听说应了C某的邀约去开会去了。奇妙的是大家都赞成独昏就聘,以为可以利用这个机会来占领一个机关。⑦(1928年2月5日)

《郭沫若全集》中对"C某"的注释是"陈抱一",这是不对的,因为郭沫若日记别处提

---

① 郑伯奇:《创造社后期的革命文学活动》,王延晞、王利编:《郑伯奇研究资料》,知识产权出版社,2009年,第110—111页。
② 郁达夫在日记中特意记写写信一事:"给东路军总指挥处的军法科长,要求放免许等三人。"详见郁达夫:《新生日记》,《郁达夫全集》第5卷,第129、176页。
③ 郭沫若在《离沪之前》的日记中使用的日期看似是农历纪年(用"正月某日"记录),实际上是公元纪年的某月某日。这点只需根据其自述"从一月十五号便开始在同一钞本上记了起来,没间断地记到二月廿三号为止"就能证明,同1928年的日历与郭氏日记的日期"星期几"对照则更加明显,其第一篇日记的日期"正月十五 星期日"对应1928年1月15日,当天是星期日。
④ 郭沫若:《离沪之前》,《郭沫若全集·文学编》第13卷,人民文学出版社,1992年,第283页。
⑤ 同上书,第284页。
⑥ 同上书,第288页。
⑦ 同上书,第291页。

及此人时使用名字的就是"陈抱一"。① 陈氏是从上海艺大出走并成立中华艺大的教员之一（任中华艺大行政委员会主席），与创造社向无交集，邀请王独清"担任委员"至多是中华艺大委员，这在逻辑上不通，如何"滑头"更不得而知。"C 某"更可能是周勤豪，至少是周氏的亲信。从郭沫若对同人们都"赞成独昏就聘"而感到"奇妙"来看，周勤豪在与创造社接触时可能没有拜访过郭沫若。实际上，早在"大革命"之前，郭沫若就经洪为法的提示意识到文学社团进驻大学是"要在中国文化界树立一势力"。然而在广东大学，创造社某种意义上是"各搞各的"：郁达夫提出了"广州事情"，穆木天还在研究诗歌，成仿吾要"完成我们的文学革命"。"大革命"失败以后，郭沫若的想法发生很大变化。1927 年 10 月，成仿吾从上海启程赴日，临行前，郭沫若署名 R.L（革命和文学的缩写）从香港来信言想从革命回到文学时代，成仿吾认为郭沫若"对革命有些消极情绪"，回信称"R 失败了，让它再兴起，我们还是搞 R 吧"。② 从 1928 年初创造社创办《文化批判》、发起"革命文学论争"等来看，后期创造社的"掌舵者"已经从郭沫若变成了成仿吾。

笔者在《申报》上找到一则新闻，题名为《上海艺大澈底改组》，现将有关创造社的部分摘录如下：

> 善钟路上海艺术大学，创办伊始，已有十年，历届毕业学生，已达千人以上，成绩卓著，去年该校为适应时代潮流起见，改校长制为委员制，本期复商得沪上诸文艺家之赞助，决定从事澈底改组，闻前日该校特召集各重要教职员，并请文艺名家<u>成仿吾</u><u>王独清</u><u>郑伯奇</u>等参加讨论改组方法，结果先组织改组委员会，由改组委员会推举<u>成仿吾</u>、<u>王独清</u>、<u>周伯勤</u>、<u>关良</u>、<u>郭勤祁</u>、<u>戴筱堂</u>、<u>朱贤舆</u>等为基本委员，<u>周勤豪</u>为常务委员，分部负责任事。……③

这则新闻解释了郭沫若日记的疑点。首先，王独清所言的"委员"是上海艺大确定无疑；其次，郑伯奇在 2 月 1 日告诉郭沫若"独昏终竟做了野鸡大学的野鸡委员"是因为这一消息见报了——改组的新闻正是刊登于 1928 年 2 月 1 日。显然，上海艺大在 2 月前就已改组，这里不得不提及田汉与上海艺大的"纠葛"。据陈白尘回忆，自周勤豪"逃遁"以后，上海艺大名义上由一个"校务委员会"负责，即所谓的"改校长制为委员制"，然而"委员会是对外的幌子，学校经济大权则掌握在周勤豪的亲信'大个子'之手"。④ 后来，上海艺大学生在校务委员会之外公推田汉为校长，周勤豪的债务由此转嫁到田汉身上。因善钟路校区拖欠房租（据陈白尘回忆约 1 250 元），由陈白尘与陈明中在西爱咸斯路 371 号（今永嘉路）寻得便宜场地，田汉将上海艺大迁至于此，迁校时搬走了部分教具，这为之后周勤豪索要校产埋下了祸根。田汉在"背债"期间得到张本清夫妇的接济，⑤此事虽然缓解了田汉的燃眉之急，却导致周勤豪及其亲信"大个子"突然出现以索要上海艺大校产为

---

① 如 1928 年 2 月 27 日记"晚上陈抱一的日本夫人来，并无要事"。郭沫若：《离沪之前》，《郭沫若全集·文学编》第 13 卷，第 299 页。《郭沫若年谱长编(1892—1978 年)第一卷》（林甘泉、蔡震主编，中国社会科学出版社，2017 年，第 418 页）中对这条日记的注释亦是"接待来访的王独清。谈及陈抱一意欲王独清去做中华艺术大学的委员，以为陈抱一只是在利用创造社，感叹王独清的'虚荣心真比女人还要厉害'"。
② 《"成仿吾谈话记录"1981 年 7 月 11 日》，宋彬玉：《郭沫若和成仿吾》，《新文学史料》1985 年第 2 期。
③ 《上海艺大澈底改组》，《申报》1928 年 2 月 1 日。文中重号为笔者注。
④ 陈白尘：《上海艺术大学》，《陈白尘文集》第 6 卷，江苏文艺出版社，1997 年，第 259 页。
⑤ 关于南国社得张本清夫妇接济一事，详见田汉的自述文章《我们自己的批判》，《南国月刊》第 2 卷第 1 期，1930 年 3 月 20 日。另有陈白尘的回忆文章《上海艺术大学》谈及此事，详见《陈白尘文集》第 6 卷，第 279 页。

名逼走田汉。① 1928年1月18日,田汉宣布辞去上海艺大校长职务成立南国艺术学校,②上海艺大则又迁回善钟路87号。

可以看到,至1928年2月,上海艺术大学已经名存实亡,这也是周勤豪方面主动接近创造社的原因。值得注意的是,创造社成员以及成仿吾本人均未提及成氏担任上海艺大改组委员一事,成仿吾与周勤豪的交往较早,在创造社内的资历远比王独清要高,名字的排序显然是有讲究的,即便是挂名应该也是获得了本人的同意。至于王独清心心念念的"委员",很有可能是上海艺大的校务委员之类的职务,这种制度的学校没有校长,由委员会共同决定学校事务,由此才有创造社同人认为可以就此"占领一个机关",能对此事做主的创造社元老大概率只有成仿吾。1928年3月1日,创造社加盟的上海艺大正式开学,据报道"本届报名新生异常踊跃,其中尤以文学系西画系最多"。③ 在此之前,冯乃超和朱镜我于1927年10月下旬回国,李初梨、彭康、李铁声则于11月回国。从时间上推测,第三期创造社同人任教于上海艺大的时间就在此次改组后。

四、办讲座、开设"第二院"与发行刊物——创造社在上海艺术大学

创造社成员参加上海艺术大学后首先开展了"自由讲座",每两星期一次。第一次由王独清演讲《今后文学家应有之觉悟》,④第二次由张资平演讲《文艺之社会基础》,⑤第四次请潘梓年演讲《意识问题》。⑥ 1928年9月,随着学生的增加,上海艺术大学又开设了"第二院",仍以创造社成员授课为主,现将该招生广告全文录入如下。

> 善钟路上海艺术大学,创立已久成绩凤著,来学期更大加刷新,增开第二院校舍,添聘各系主任教授,王独清氏为教务长,潘梓年氏为训育主任,郑伯奇氏为文学系主任,周天初氏为西画系主任,孙殊丞氏为音乐系主任,高一涵沈起予王一榴赵伯颜为文学系教授等。本节招生新生骤增,远自滇蜀湘粤闽闻风而来报名应试者,已达二百余人,将于九月三日开学云。⑦

可以看到,沈起予和王一榴也参加了上海艺术大学,然而这个"第二院"校舍在何处?创造社成员后来都没有提及,笔者根据《时事新报》1928年10月的一则新闻判断,该校址在法租界"格罗希路第七十号"(今延庆路)。当时新闻报刊上对上海艺术大学的报道多为"法租界善钟路上海艺大",这则新闻却称"法捕房政治部,西探目侦得格罗希路第七十号门牌艺术大学校内有人印刷传单","校长周勤豪、教员沈起予郑君平及学生黄霞陈振东……"⑧这正是上海艺大"第二院"刚开学后不久。此外,这则广告中沈起予的信息值得注意,关于此人的生平信息较少,一般资料对其的记载是"1927年回国后,到上海参加

---

① 据陈白尘回忆,"大个子"是周勤豪的亲信,在上海艺大任绘画科教员,郭沫若日记中"C某"如不是周勤豪,很有可能就是此人。
② 陈白尘:《"无产青年"》,《陈白尘文集》第6卷,第281页。
③ 《上海艺术大学定期开课》,《申报》1928年2月23日。从文学系报名人数最多以及郭沫若的日记来看,基本可以判断创造社诸人正式在上海艺术大学任课的时间就在这附近。
④ 《上海艺大自由讲座定期开讲》,《中央日报》1928年3月2日。
⑤ 《上海艺大第二次自由讲座请张资平演讲》,《申报》1928年3月11日。第三次讲座演讲人和题目不详。
⑥ 《上海艺大第四次自由讲座》,《时事》1928年4月14日。
⑦ 《上海艺大添聘教授》,《中央日报》1928年8月22日。
⑧ 《艺术大学内抄出大宗传单》,《时事新报》1928年10月2日。

创造社,自此开始了文学创作生涯;翌年进上海艺术大学执教,其间曾发表中篇小说《飞雾》。1929年再度赴日……"①创造社成员的回忆文章很少提到沈起予的回国时间,如果他确为1927年回国,很难想象他没有与创造社成员一起在1928年3月参加上海艺术大学,而是到了9月开设"第二院"时才加入。

1929年初,上海艺术大学被查封,同年9月,周勤豪在巨泼来斯路又开办了"新"的上海艺术大学。此事在杨纤如的回忆中是这样的:"他(周勤豪)在巨泼莱斯路顶了一家歇业的私人医院旧址重打锣鼓另开张,照常用上海艺术大学照片登报招生,特地表明王独清为教务长,文学系的教授名字却不再登报了。"②其实巨泼来斯路上海艺大也曾公布过"文学系教授"的名字。

> 本埠法租界善钟路、巨泼来斯路上海艺术大学本届招生,报名者极形踊跃,闻已定八月二十起开始试验,教务方面除原有教授外,现已添聘新自外洋回国陶晶孙君担任音乐系主任王道源君担任西洋画教授郑空性君担任文学系教授,该校现因报名者众,原有校舍不敷应用,正在筹备扩充宿舍等云。③

在巨泼来斯路上海艺大任教的主要是王独清、陶晶孙、王学文、阳翰笙等人(据杨纤如回忆还有黄药眠)。王学文称:"教员有共产党员,也有托派分子、托派方面有刘仁静(或彭述之)、王独清等,共产党员有我、华汉(阳翰笙)等。还有个余慕陶,是王独清的弟子。"④王独清此时已经被贴上了"托派"标签,受到一些影响。其他创造社成员如冯乃超、李初梨、彭康等人则在善钟路校区刚被查封时就转入了由中共地下党组织的华南大学。至此,创造社与上海艺术大学的"蜜月期"基本告一段落。

创造社同人"利用这个机会来占领一个机关"显然是为了提倡"革命文学"。郑伯奇等人带领学生办了一份宣传"革命文学"的刊物——《澎湃》月刊,该刊由新宇宙书店于1928年8月5日出版(仅一期),版权页上"编辑者"一栏注明"上海艺术大学内澎湃社"。《发刊词》由郑伯奇撰写,称"上海艺术大学的几位同学,自动地发起这个月刊《澎湃》,在再生的文化运动的现阶段看来,这是非常有意义的一件事。"⑤除学生的创作外,《澎湃》上刊登了王独清宣传"革命文学"的文章《文艺上反对派的种种》(暨南大学演讲稿)、张资平翻译的山田清三郎小说《难堪的苦闷》、傅克兴翻译黑岛传治的小说《桥》和冯乃超的小说《故乡》。在《编后语》(原刊缺页)中,编者称:

> 本来彭康,李初梨,傅克兴三位教授都允许给我们以鸿篇巨著的,因为他们忙的忙,有事的有事,到付印的时候,还未得稿子,只得等待下棋了。不过有了诗人王独清教授这篇文稿,我们很可以满足。……张资平傅克兴两教授的翻译不期都而都是日本无产派文学家的作品,也是有趣的一个现象。……诸位同学的作品都有明确的革命意识,这是很可喜的。⑥

---

① 详见林煌天主编:《中国翻译家词典》,湖北教育出版社,1997年,第594页。
② 杨纤如:《左翼作家在上海艺大》,中国社会科学院文学研究所、《左联回忆录》编辑组编:《左联回忆录(上)》,中国社会科学出版社,1982年,第95页。
③ 《学校消息》,《民国日报》1929年8月6日。
④ 王学文:《三十年代上海文化战线的一些斗争情况》,中共上海市委党史研究室编:《上海党史资料汇编 第2编 土地革命战争时期(上)》,上海书店,2018年,第567页。
⑤ 郑伯奇:《发刊词》,《澎湃》月刊第1期,1928年8月5日。
⑥ 《编后》,《澎湃》月刊第1期,1928年8月5日。

编者称彭康、李初梨、傅克兴、王独清、张资平等人为"教授",很可能是因为傅克兴与张资平也在上海艺术大学授课。虽然《澎湃》只出版了一期,①但可以看到创造社对上海艺术大学的部分学生产生影响,"革命文学论争"中对"无产阶级文学"的提倡,已经开始从知识界往下渗透到学生界。这种影响,具体表现在上海艺大被"查封"的时间与创造社进驻时间的线性关系上。在1928年以前,上海艺大虽然有过数次停办、停学,但多是校内自身原因所致。1928年以后则多因与"共产党"有关而被搜查,从时间上来看,1928年10月那次查封正是发生在创造社成员聚集的上海艺术大学"第二院"。此后,上海艺大经常因被查出"共产书籍"而封校,这种情况一直持续到1930年3月国民党当局以上海艺大"编制不合"为由将其关闭。②

余论:创造社依托于学校的便利及其他

在创造社与上海艺术大学的关系上,还有一些以往不太被注意的地方,即现实空间对社团发展乃至整个"革命文学论争"的走向产生了哪些影响。首先是创造社成员参与实际政治活动这方面,1928年3月这个时间节点对创造社而言非常重要——这是文学社团内部同人陆续入党的阶段。阳翰笙曾提到,郭沫若返沪后经周恩来指示要"在创造社中加强党的力量",据他回忆:"在创造社里,潘汉年、李一氓和我,成立了一个党小组。"③自此,创造社内的党员成员开始增加,据张广海考证,冯乃超、李初梨、朱镜我、李铁声于1928年9月入党,彭康则于11月入党。④ 现在回看郑伯奇提到的创造社加入上海艺术大学是"在党的大力支持之下"一说,基本可以确定是误记导致时间顺序上的颠倒,其中缘由除"左联"成立外,更大程度上是因为上海艺术大学这一现实空间为创造社进行政党活动提供了相当的地利。

另一方面,1928年上半年实际上是创造社较为"亏空"的阶段。《洪水》终刊以后,原本预告出版的《创造周报》改出《文化批判》。李一氓与阳翰笙加入创造社后于1928年3月15日创办了《流沙》周刊,每月编辑费两人各30元。⑤ 同月,张资平刚回到上海就向出版部要钱,据称欠其版税3 000元,⑥后由成仿吾出面以出版部每月给张氏80元为约定平息。1928年5月30日,《畸形》半月刊创刊,8月15日,《思想》月刊创刊。1928年7月,成绍宗携款200多元从出版部"潜逃"。此外,第三期成员回国后的生活支出也由创造社负担,甚至引起了郭沫若妻子安娜的强烈不满。可以看到,创造社的经济情况很不乐观,一个证据是,在创造社自己发起的有奖征文活动中,编者坦言:

> ……本来定的是三月底截止的。四月底我们就应该发表录取的名额,不过近来因为添了许多出版物,事务非常浩繁,委员会虽然已经组织成功,但怕在我们浩繁的事务中间,要去细心展读青年同志们苦心创作出来的作品,在四月底决不能告竣,所

---

① 从出版时间来看,《澎湃》仅出版一期可能与上海艺大被查封有关。
② 详见《咨第二〇三号 十九年二月二十七日》,《教育部公报》第2卷第10期,1930年3月9日。
③ 详见阳翰笙:《风雨五十年》,人民文学出版社,1986年,第132页;《郑超麟回忆录(下)》,东方出版社,2005年,第132页。
④ 详见张广海:《创造社和太阳社的"革命文学"论争过程考述——兼论后期创造社五位助理新成员的入党问题》,《社会科学论坛》2010年第11期。
⑤ 详见李一氓:《上海地下工作》,《李一氓回忆录》,人民出版社,1993年,第101页。
⑥ 饶鸿兢编:《创造社资料(上)》,福建人民出版社,1985年,第695页。

以我们只有请大家予以谅解,我们要求把发表期间展限一月,我们预计五月底定可发表我们这次的成绩。①

所谓要"细心展读"的来稿实际上只有15万字,与其说没有时间,不如说是在奖金发放上遇到了难处。这期《创造月刊》没有注明出版日期,但从《启事》中不难判断出版于1928年5月1日(按月刊出版周期计算,不排除衍期出版)。这正是创造社刚参加上海艺术大学的两个月后,期间出版《流沙》以及张资平"要钱"估计使得社内支出变大了不少。在这样的背景下,上海艺术大学的薪资无疑是支撑创造社出版部运行的重要经济来源。虽然目前还未见到具体材料披露创造社同人在上海艺大的工资明细,我们依然可以从一些其他材料中来把握这只"饭碗"的分量。上海艺术大学创办之初的学费是80元一学期(学费32元,膳宿杂费45元,讲义书报费2元,校友会费1元)②。从后来历次开学的新闻中常称报名人数有上百人来看,上海艺大每学期的收入可能有上万元之多。③ 据郑伯奇回忆,1928年10月,在上海艺大"第二院"被查封后,周勤豪因"不甘心给捕房敲诈了几百元,便停发了我们的薪给"。④ 基本可以确定,创造社在上海艺大的这只"饭碗"均摊到每个成员身上大约有百八十元,虽不及正规大学教授的薪资,在当时却也不是一笔小数目。在"革命文学论争"期间,这笔经费的意义远不止"改善生活"这样简单,这或为创造社成员在面对鲁迅的指责时集体"沉默"的深层原因。

---

① 《文学奖金延期发表启事》,《创造月刊》第1卷第11期,出版日期不详。
② 详见《上海著名大学调查录》,《寰球中国学生会民国十五年特刊》,1926年4月。
③ 虽然上海艺大的学费可能在后来有变化,但杨纤如的回忆文章可以支撑上海艺大一学期"进账"过万的事实:"我记得一九二九年下学期,周勤豪收了两万多现洋的学杂费就心满意足了……"杨纤如:《左翼作家在上海艺大》,中国社会科学院文学研究所、《左联回忆录(上)》编辑组:《左联回忆录(上)》,中国社会科学出版社,1982年,第96页。
④ 郑伯奇:《创造社后期的革命文学活动》,王延晞、王利编:《郑伯奇研究资料》,知识产权出版社,2009年,第111页。

捐赠与特藏

谷兴云 辑　张宝元 整理注释

赵景深致谷兴云书简三十五通

编者按：

　　谷兴云先生生于1935年，安徽阜阳人，1957年毕业于北京师范大学中文系。1970年代中后期，在大学老师钟敬文教授，以及其他前辈学者、作家的指导、帮助下，先后编成《新发现的鲁迅作品及书简》(1976)、《鲁迅诗歌研究》(1977—1979)等图书资料。经钟敬文教授介绍，谷兴云将《新发现的鲁迅作品及书简》寄赠赵景深先生，同时为《鲁迅诗歌研究》征稿，两人由此开始通信。

　　本辑收谷兴云保存的赵景深信札共35通，内容涉及文稿写作与修订，资料介绍与借还，以及历史背景解释等。从信札中，我们不仅能够领略赵景深先生对后辈学人的热心帮助和真诚支持，也可以窥见鲁迅研究在当时的状貌之一斑。本辑信札由复旦大学中文系研究生张宝元整理注释，谷兴云先生作了情况说明，在此一并致谢。

一

1977.2.28

兴云同志：

　　你二月四日来信和寄赠的《新发现的鲁迅作品及书简》①一册都已经收到了。谢谢你。

　　我从1976年一月一日起，就已经不到复旦去，让中青年教师、研究生和工农兵学员以及工厂理论小组的工人到我家来看我，要提出问题，我作回答。因此，你来信寄到我家里较快。我家住在：上海、淮海中路、425弄6号，或者写上海、淮海中路、四明里六号，也可以收到。

　　我已经将钟敬文1976年春在北京写的《新发现的鲁迅佚文的一个问题》②和"增补页"二页(即四面)③都看过了。我获益不少。其他的文章，由于手头还有别的工作，还来不及看。恐你悬念，特地先复此信。

　　看来你们这书是搜集得相写完备的，好些文章集在一起，可免翻捡《革命文物》《中山

---

① 《新发现的鲁迅作品及书简》(资料选编)，1976年6月出版(内部印行)，署安徽师大阜阳分校图书馆。据此书编者谷兴云回忆，当时印这本书的目的是为了纪念鲁迅诞生九十五周年和逝世四十周年。

② 钟敬文(1903—2002)，原名钟谭宗，广东汕尾人，中国著名的民俗学家与民间文学研究者，解放后长期任教于北京师范大学。此处所提文章全名《新发现的鲁迅佚文的一个问题——它为什么被压了二十多天后才发表出来？》，收入王得后编《寻找鲁迅·鲁迅印象》，北京出版社，2002年。

③ "增补页"指《新发现的鲁迅作品及书简》一书编定后，据所收建议另编的附于书后的册页。

大学学报》《人民日报》《文汇报》《天津师院学报》《南京大学学报》《语文战线》《诗刊》《光明日报》《文教资料简报》《山东师院学报》,还有唐弢、牛维鼎①、王德厚②、吴世昌等人的特为你们这书写的文章。

去年北京师范大学《集外集》注释小组曾有人来看我,其中有鲁迅早年新诗数首的题解,我认为写得还不错。经他们一作"题解",便觉得容易懂得多了。我嘱我儿抄了两遍,自己留一份,一份寄湖州一位青年朋友徐重庆③,一份寄给你,供你参考。

倘若我有时间,我当写一点对于鲁迅某一首或几首的诗的看法寄给你。或者你出题目,指定我读鲁迅的哪一首诗也可以。

我还有一本读现代作家的集子名叫《文坛忆旧》④。

你去信给钟敬文老师时,定代我向他问候,从1963年见面后,已经有十四年不见面和通信了。祝好,

赵景深。

二

1977.3.15

兴云同志:

十日来信和《鲁迅诗歌的参考性问题》⑤都已收到。

我本来有两本鲁迅诗歌的注释本,一本是杭州大学的《鲁迅诗歌》⑥,是胡士莹送给我的;还有一本《鲁迅诗歌注释》⑦,是单演义⑧送给我的。现在前者已经遗失,只有后者。记得以前广东出过一本廿五开本,还有一处也先出过一本廿五开本的。《秋夜有感》我可以写,但找不到别的本子,别人的意见中究竟有什么分歧。倘若你能将别人的意见摘要告诉我,我就可以写。

你要看《文坛忆旧》,已被友人借去;一俟还来,就可以挂号寄借给你看。

或者这样吧,你排印诗稿时,有关《秋夜有感》的校样寄给我看也可以,时间迟些不妨。

倘若我能写有关鲁迅诗歌的其它题目,再当告诉你。现在翻你们师大的《集外集注释》油印本,也没有这一首诗的注释。对于西北大学的注释,现在我还提不出不同的意见。

---

① 牛维鼎(1923—1987),曾任阜阳师范学院首任中文系主任(1979—1984)。此书所收文章见《牛维鼎同志关于〈庆祝沪宁克复的那一边〉的复函》,唐弢亦有复函。

② 王德厚(1934—),即王得后,江西永新人,鲁迅研究专家,同谷兴云为大学同学。此书收其论文两篇,其一为《〈庆祝沪宁克复的那一边〉确系鲁迅佚文》,署名王汉元,其二为《读〈庆祝沪宁克复的那一边〉札记》,署名王德厚。

③ 徐重庆(1945—2017),浙江湖州人,现代文学文化史研究者。与茅盾、叶圣陶、俞平伯、赵景深、丁景唐、孙席珍、黄源、汪静之等作家学者均有通信。

④ 《文坛忆旧》,北新书局,1948年。

⑤ 此为谷兴云为编《鲁迅诗歌研究》而撰写的征稿信。

⑥ 《鲁迅诗歌》或指《鲁迅诗歌浅析》,因红色外塑封面有鲁迅手迹"鲁迅诗歌"四字,故赵景深先生可能以为此书本名为《鲁迅诗歌》,此书由杭州大学中文系《鲁迅诗歌浅析》编写组编写,1969年4月由杭州大学《东方红》杂志社出版。

⑦ 此处或为《鲁迅诗歌选注》,西北大学中文系鲁迅诗歌选注小组编,陕西人民出版社1977年2月出版。赵景深后为谷兴云写的稿子《谈鲁迅诗〈阻郁达夫移家杭州〉》也将《鲁迅诗歌选注》误为《鲁迅诗歌注释》。

⑧ 单演义(1909—1989),字慧轩,又名晏一,安徽萧县人,鲁迅研究专家,西北大学教授。

同济大学已故的教授是谁,我不知道

照查复旦、师大合选的《鲁迅诗歌散文选》①中也没有《秋夜有感》。

祝好

赵景深。

三

1977.4.3

兴云同志:

上月廿六日来信和校样两份均收到。

我久不写稿,写了一篇《谈鲁迅诗〈阻郁达夫移家杭州〉》,可能文风不大简明扼要,啰里啰嗦,需大加删削。倘版面只需要一面,拙稿第二页第十二行和第十五行下增补的十一个字可以合并为"第三、四、七、八句已经在前附带地解释过了。下面还要解释第三、四句。"甚至第八行到第十五行都可以大加删削。总之,由你全权作主,无须征求我的同意。其他各处可删的亦望删去。甚至从第一页第五行一直删到第二页第十八行也可以。也就是说,不作全篇的解释了。有的也可以将可保留的句子移到下面去。

拙稿连同校样两份和借给你的《杂格咙咚集》②一并挂号寄给你。

收到拙稿后望来信说明拙稿是否可删,告诉我大概你是怎样删改的也可以,并望告知《杂格咙咚集》何时寄还。

《文人剪影》和《文人印象》③你需要看多少天寄还,亦望告知,这两本书当分两次寄借给你,因为全国鲁迅著作注释工作者常来访问我,我须靠此二书勾起回忆。《文坛忆旧》尚未还来。

祝好

赵景深。

四

1977.4.14

兴云同志:

三日挂号寄奉拙作《谈鲁迅诗〈阻郁达夫移家杭州〉》、还给你交校样二篇、借给你《杂格咙咚集》不知都收到否?念念。望简复一信。前天又介绍湖州、人民公园内,吴兴县电影宣传处的青年作者徐重庆的读鲁迅新诗《人与时》的文章④,如已收到,亦望一并告知。

倘若你已看过拙稿,是否可用或付排,亦望告知。此文倘照原样付排,自然更好;但删改也无妨。

拙文拟删掉第三页倒数第五行"含垢忍辱地"这五个字,又拟删第四页第五行"这也

---

① 复旦大学中文系、上海师范大学中文系选编:《鲁迅诗歌散文选》,上海市中小学教材编写组,1972年。
② 倪海曙著:《杂格咙咚集》,上海北新书店,1950年。
③ 《文人剪影》,北新书局,1936年;《文人印象》,北新书局,1946年。两书均为赵景深关于文坛状况的随笔小集。
④ 此文全称为《抓紧"现在"战斗,创建光明"将来"——鲁迅新诗〈人与时〉试解》,后收入《鲁迅诗歌研究》(上)。

是要代为声明的"这九个字,请照删为感。否则校样排出后寄给我由我自己删去亦可。

倘不想用,请即寄还。

匆匆,祝好,

赵景深。

五

1977.4.17

兴云同志:

十三日来信和还来的《杂格咙咚集》都已收到。

拙稿能照原文付刊,只准备排版时省略一些,甚以为慰。承询各点,那三处小笔误,都照你说的办:第二页倒八行删去"中"字,倒三行改"事"为"是";第三页第三行加一"能"字。对于俞炎祖的意见①,在第三页第二行可以"只是心情上的"为"只是感情上的变化",下面加一段:在语法和修辞上有些古诗句可以倒装,但鲁迅此诗在这里不是倒装,而是普通的语法和修辞即:"平楚日和"与"小山香满"都是主语,"憎"与"蔽"都是动词,"健翮"与"高岑"都是宾语(受事)。如果翻译起来,大意是:你们俩在风和日暖的平坦的树林里住久了,是会要憎恨高飞的鹰隼的;你们俩在小山上散发香气太多了,是会要遮蔽较高的山的。

加上了上面这五行后,下面谈单演义文时,就可以删去第三页倒9—7行从"至于究竟"到"感情上的变化"。下面加上"其次,"二字。

这样删改以后,就将"憎"字和"蔽"字说得较实,倘有全文自相矛盾之处,仍望删改。

前次给你的信,想删去第三页倒五行的"含垢忍辱地"五字,并删去第四页第五行中"这也是要代为声明的。"

倪海曙原名倪伟良,是复旦大学中文系毕业的。他的地名我当于询问周有光或吴文祺后告诉你,大约在北京文字改革委员会。

《文人剪影》和《文人印象》既可在十天半月内还给我,我当即于日内挂号寄借给你。摘记一点是可以的。这两本书是解放前出版的,当时我对文学是主张包涵一切的糊涂办法,请勿见笑。

介绍给你的读鲁迅的《人与时》一文收到否?

祝好,

赵景深。

六

1977.4.20

兴云同志:

你是安徽人吗?前我五岁到十几岁时都住在安徽芜湖,进过美国教会(圣公会)办的圣雅各小学和中学②,认识谷必鑫和谷必森两弟兄(同学),不知你与他们俩是否有亲戚

---

① 指俞炎祖于1976年第6期的《语文战线》发表的《"憎健翮""蔽高岑"备解》一文。

② 1897年,圣公会传教士卢义德创办广益学堂,只设小学部。1902年,在当时的圣雅各教堂旁兴建新校舍,次年学堂迁入新址后更名为圣雅各中学,扩大为中小学两部。

关系。

十七日的来信收到,想来我后来给你的又一信和寄借给你的《文人剪影》和《文人印象》也已经收到了吧?我是亲自到邮局挂号寄出的。望复信。

倪海曙的地址,我已去信给周有光,因为他也在文字改革委员会工作。倪海曙专门搞新文字工作,出过《中国语文的新生》,但还出过两本《唐诗的翻译》和一本《苏州话诗选》。他以前在沪时(解放后)曾任过上海人民出版社的编辑。现已十多年没有与我联系了。

徐重庆新近还写了《鲁迅与史谱》,将刊单演义所编的《鲁迅研究年刊》,还有《文史哲》约他写一篇《鲁迅与电影》。他的通信处是:湖州、吴兴县电影宣传站。他今年三十二岁。我看他这篇不妨就以《鲁迅新诗〈人与时〉浅释》为题,或者你代拟一个亦可。

熊融也知道你,大约他也有稿子寄给你了吧?

《为建立共产主义社会的战斗心声》这题目取的很不好,正文也不过谈鲁迅五四前受过共产主义的影响,对共产主义有同情而已。倘正文有超越这观点之处,亦望加以斧削。

从语法上讲,似乎他那题目还是可以的,只须将为字重读一下并予停顿即可。题目可以是一个词。用旧法画起图来该是:

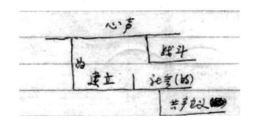

不过倘用"为了"就更妥当了。祝好,

赵景深。

七

1977.4.26

兴云同志:

我已得到了张允和的回信。张允和的爱人周有光同志与倪海曙同志都是文字改革委员会的成员,住在同一个地方。

十七日寄给你的《人文剪影》和《文人印象》(挂号)收到否?盼复,以释悬念。

徐重庆可用否?望一并告知为感。

祝好,

赵景深。

八

1977.4.28

兴云同志:

来信(廿五日)收到。

凑巧徐重庆也有信来,我就将你信上的话告诉了他,要他另换一个题目,不要让人误会为鲁迅早年已经是共产主义者了。他同情共产主义是可能的。

《剪影》《印象》二书你已收到,我便将挂号单撕去,放了心。希此二书在五月初还给我。收到后我当再将《鲁迅诗歌注释》(征求意见稿)寄借给你。这书谈到《教授杂咏》曾说我"不学无术",沿袭了杭州《鲁迅诗歌》。

刘大杰通信处是:上海、乌鲁木齐路八号。我已将你托寄的《鲁迅诗歌研究》计划油印稿一纸转给他,并谈起你征稿之意,新旧稿均所欢迎。不过刘大杰向来不大多为刊物写稿,是否他有兴趣执笔,很难说;让他寄旧稿,或许好办一点。

谢谢你对于拙作《剪影》和《印象》的评价,很高兴,我认为这看法是公平的,即:"书中涉及的人、事很多,社会发展了,人们的变化很大,无法用后来的情况要求于早年的著述。而且作为资料看,至今还有很大参考价值。"

倪海曙同志的地址是:北京景山东街45号,大约这就是文字改革委员会的会址和宿舍。前信已告诉你了。

西北大学这本书可能正式出版时会把"不学无术"这四个字去掉。

我最近已参加市政协上海分会的《毛选》第五卷学习,每星期五下午去一次。

我还写过一篇《鲁迅给我的指导、教育和支持》,也许会在徐州师范学院的内部刊物上发表。① 张梁答应送给我几份抽印本。② 等他们印出后,我当选一篇给你。

祝好,

赵景深。

九

1977.5.2

兴云同志:

上月廿九日来信收到。

谢谢你对于徐重庆的文章初步意见予以刊用"。你要求他"稍稍修改加工一下",他会照办的。

拙作《剪影》《印象》二册你准备摘录哪几篇,望来信时将各篇姓名告知,以便我了解今天还较有参考价值的是哪几篇。缓些天还给我不妨,望告知时日。我借给你看以前,也稍翻了一下,有些事情已经记不起来,重读以后,才引起一些回忆。

叶鼎洛③是在我鼓励之下试写小说的。他是学的郁达夫。他的作品当时没有轰动过社会。他本是我1924—5年在长沙第一师范学校的图画教师。抗战胜利后的《青年界》曾刊载他的《艺术十论》(分论国画、音乐、舞蹈等)。解放后就没有听到他的消息,大约已经去世。一般新文学史也没有提到过他的名字。他的短篇集是《脱离》等,长篇是《乌鸦》,《未亡人》等。约共五种。

你是阜阳人(皖北),而芜湖却是皖南,可见不是一家人。我在金寨安徽学院任中文系主任时(1944—1945),谷必鑫在金寨附近工作,曾来看过我,因此联想到,才写信问你。1945年我的老爱人经过阜阳时(她准备到金寨来看我),安徽学院的阜阳同学们请她吃

---

① 见1977年第3期《徐州师院学报》,第64页。
② 事见《赵景深日记》1977年四月十四日:"张梁寄打印的拙作《鲁迅给我的指导、教育和帮助》给我。"
③ 叶鼎洛(1897—1958),江苏江阴人,小说家,活跃于1920年代至1930年代。

饭,据说她酒量大,喝了百杯不醉。大约喝了不少,"百杯"是夸大的。

我和大杰同在上海市政协学习《毛选》五卷。在礼堂政协学习会休息时,我问起他写稿的事,他说他有病,没有功夫写,我要他寄旧稿给你也行。后来别人同他谈话,继续开会的铃响,我就走开了。

汤一介是谁?北京的梁效、周一良都曾听说过。上海复旦中文、历史两系,现在还没有听说过有谁是黑笔杆。杨宽也在我们第一组。听说冯友兰也没有问题。上海黑笔杆是朱永嘉。(前复旦历史系)即问近安,

赵景深。

十

1977.5.7

兴云同志:

你还我的《文人剪影》和《文人印象》已妥收,未误约期,是守信用的。附送给我的75年你和另一同志合编的批孔资料一册,亦已收到,谢谢。我以前也注意收集了报刊上这方面(古代小学教育书)的资料。这本书将各书原文全部印了上去是好的。坊间后来出的同类的书,我也买过几本。

西北大学的《鲁迅诗歌注释》①我用"平刷"寄给你。你如收到,望即来信告知。你只是介绍此书,大约无须仔细阅读吧?

黄源和杭大中文系的同志都将《鲁迅诗歌》借给你。这是一本小本,即64开本,塑料封面。其中插有不少鲁迅照片和鲁迅诗稿手迹,颇为精致可爱。倘若孙席珍未借给你,等你《鲁迅诗注释》还来后,我可以将《鲁迅诗歌》借给你。借书容易遗失,这可能是大家不肯借出的原因之一。

"徐州师院"的内部刊物还没有寄来,也许还没有出版吧?这刊物还收了陈望道编《太白》与鲁迅的关系的文章。

鲁迅研究室的《鲁迅研究资料》据说由文物出版社印行。② 第一册本已印好,由于其中有错误,经改正,所以还没有发出。

昨天同刘大杰在一起学习毛泽东选集第五卷(政治协商会议),他病还没有好,不能写作。

祝好,

赵景深。

十一

1977.5.14

兴云同志:

十日来信收到。

昨天到市政协学习,遇见大杰,我问起他,你要有信给他,向他要旧文,他说,已将出

---

① 即《鲁迅诗歌选注》。
② 此处"鲁迅研究室"指鲁迅博物馆鲁迅研究室。《鲁迅研究资料》为鲁迅研究室编辑部编辑的不定期出版物,第一期出版时间为1976年10月,前三期为文物出版社出版,内部交流,后改为天津人民出版社公开发行。

处告诉你了。大约是已将刊他文章的刊物名称和期数或者书名告诉你了。

《鲁迅研究资料》第一集早已听说,本来早已印好。据说为了一篇文章有不妥的话,就没有发出,等换好后再发出。又听说此书是文物出版社印行的。可能好几个人的文章先已在日文版的《人民中国》鲁迅专号刊登过了。那就是去年出版的一本。

辛亥革命时期,我知道国民党之外,有一个社会党。自由党是英国的政党,与保守党对立的。中国想来应有过自由党,鲁迅不是在《阿Q正传的成因》里谈过吗?但《呐喊》征求意见本,和唐弢谈《阿Q正传》本都没有评论自由党。桃形①可能是♡,像鸡心一样。银质可能是包金皮的。

我所谈的林林可能是对外友协副会长林林②。

徐重庆文,屡蒙指出缺点,让他改正,不怕麻烦,足见审稿认真,至为感谢。

《辛亥革命》和《辞海》分册第四本政治,我都查过,都找不到"自由党"一条。但我相信鲁迅既说绍兴乡民谈自由意为柿油意党,又说译柿油党的意思,不为译音,可见这不是小说编造的。

你已收到西北大学的《鲁迅诗歌注释》,至以为慰。

杭州版的《鲁迅诗歌》已经借到吗?

南京大学系注释鲁迅《集外集拾遗》,对鲁迅旧诗的注释,也感到困难不少。

祝好,

赵景深。

十二

1977.5.21

兴云同志:

十七日和挂号还来的《鲁迅诗歌注释》已经妥收,请释悬念。

我已当即将《鲁诗诗歌》用"平刷"寄给你,因为没有挂号,收到后请给我简单复信,以免忘记。

上次你来信说,拙文"惹事招非"应作"惹是招非"。我今天想想,我们俩都不对,应该是"招惹是非","是非"是偏义词,重在非。或改为"惹是非"亦可。"惹是"是不大对的,既然"是"了,怎么能说是"惹"呢?请将拙文第二页倒三行"怕惹是招非"再改为"怕惹是非"或"怕招惹是非"为感。

冯至和黄秋耘都将旧稿寄给你,冯至还加了剪裁,这都很好。刘大杰昨天没有来参加《毛泽东选集》第五卷的学习,可能病又重了。他这病是1952年思想改造时得的。是"肠阻塞",肠子剪去了三分之二,只剩下三分之一,不能用人肠和动物肠子接,必须自己撑大。本已逐渐好转,今年又发病了。

自由党可能是影射同盟会。好像中国历史学会出版的八卷本《辛亥革命》第一卷中就有好几篇冯自由的文章。

社会党是江亢虎主办的。中国科学院近代史研究所中华民国史组编有《中华民国史资料丛稿·专题资料选辑》第一辑的第一篇就是"中国社会党"。这书由中华书局内部发

---

① 指《阿Q正传》中提到的"银桃子"(桃形银制证章)。
② 林林(1910—2011),福建诏安人,曾任对外文化联络委员会司长,对外友协书记处书记、副会长。

行,是今年十一月出版的。

我已参加了政治协商会议的《毛泽东选集》第五卷的学习,每逢星期五下午去一次,前已函告。从后天起,我将参加"上海市纪念毛主席《在延安文艺座会上的讲话》发表三十五周年文艺座谈会"一星期,每天下午开会,晚间看戏。我年纪大了,晚间看戏我想全部放弃权利。

祝好,

赵景深。

十三

1977.6.1

兴云同志:

二十四日的来信早已收到。由于市委召开《延安文艺座谈》三十五周年纪念,开了一星期会,差不多等于第三次上海文化大会,以致迟复为歉。

蒙之将"惹是招非"改为"惹是非",删去"招"字,或者改为"招惹是非",甚感。

拙稿《谈鲁迅诗〈阻郁达夫移家杭州〉》不知付排没有,因为你们是随编随排的。倘已排好,请将最后校样寄一两份给我。

一般解释"行吟",用屈原"行吟泽畔"的典,我觉得不妥。这只能作普通的"一边行走,一边歌吟"解释,是雄壮的,而不是像屈原那样愁苦的。您以为如何?

《鲁迅诗歌》看完后,但望挂号寄回。

鲁迅诗歌研究特辑以新作为主,甚好。旧作特约的和有连系的仍以刊登为是,一方面可以严格地选择一下,决定用的再写信去连系。

祝好,

赵景深。

十四

1977.6.11

兴云同志:

三日来信收到。

我因手头要审阅《中国小说史略》注释的第十一篇文言部分,急于看后还给青年教师黄强,所以迟复,请原谅。

来信说起,拙稿排后,最后校样要寄给我看过,很好。

你说"行吟"二字的解释好,要我加进拙文中,可加在第二页第七行末尾,用括号括起来,或者作为注释亦可。加的话我写在下:

(有人把"行吟"解释为《渔父》里屈原"行吟泽畔,颜色惧悴,形容枯槁。"这是不合鲁迅写诗的思想,鲁迅是要郁达夫勇敢地前进,所以我只解释为"一边走着一边歌唱着前进"。)

倪海曙给你的复信使我感到温暖。他在系里读书时,是个比我还要胖的胖子,骑起自行车来,我担心他会把自行车压扁了。

杭州小本《鲁迅诗歌》,你在二十号前寄还给我,就这样办吧。

你搞"集注",要搜集备全过去出过的注释,恐怕不易办到。几乎全国各校都出过类似的小册子。

文艺座谈会主要只是两点:(一)深入揭批四人帮。(二)繁荣创作和文艺理论。今天《文汇报》发表的郭绍虞和巴金的文章,就是五月廿九日(星期日)大会的发言。印出的材料只是学习马列、毛、鲁文艺理论的一般资料。发言都没有印成活页。还发了《学习周总理的光辉榜样,沿着毛主席的革命路线奋勇前进》(文化部理论组)和《坚持毛主席革命文艺路线的光辉榜样》(记华主席在湖南领导文艺工作的革命实践)。上海不及北京,没有出什么新书,也不大敢出重版书。大约《铁道游击队》要重版。

电影故事片今后至少要每月出一部新片。

祝你早日将《鲁迅诗歌研究专辑》出版,

赵景深。

十五

1977.6.19

兴云同志:

十七日来信收到。

《鲁迅诗歌》在月底还我不妨,我现在不急用。

孙用和陶沛霖写信复你询的自由党,原来是当时地方的投机分子组织,难怪你和我都找不到出处了。但这也看出你对于注释工作的认真,遇有疑问,总要千方百计地把这问题搞清楚。

你们"日夜兼程"地搞"读点鲁迅"的一份(期)活页文选,倘有可能,印出后盼能赠我一份。

最近湖州徐重庆写好"鲁迅五四前的几篇白话诗"寄给单演义,请他审阅,他复徐重庆信,说已将此稿寄给你审阅了。昨天徐重庆来信说,他已有《人与时》浅释寄给你,新写的一篇有与前稿相同的地方,单演义不知其中情况,以致累你又要审阅这有些重复的稿子。希望你在这两篇稿子中审留一篇,将另一篇寄回,或者就径直将新写的寄回给他也行。(因为你现在比较忙)

我最近忙于审阅《中国小说史略》注释改稿,已看好前十一篇文言小说部分。后十七篇白话小说部分;据说有十篇已经改好,倘送来,还要赶着审阅。剩下七篇,据说月底可以改好。

祝好,

赵景深。

十六

1977.6.27

兴云同志:

廿二日来信收到。

原来自由党确有这个党,到底《中华民国史》组收集的资料多,能够知道这个党的情况。

刘大杰上星期五(廿四日)已来市政协参加学习,并且发了言,说他《中国文学发展史》有些原稿是朱永嘉改动的,现正修改中,第二册可能会早日出版。其实这改动是不难的,只要把法家字样去掉一些改为进步作家就可以了。当然有的地方也要多删去一些。

蒙允将"小红书"①及早完寄还，至为欣幸。我同类的书是较少的。毛主席的诗词倒比较多一些。《朱德诗集》我也有一本。最近想设法买一本陈毅诗词集，这书上海已经买不到了。

与敬文兄通信时，请代问好。

徐重庆也希望将他新写的那篇还他。他现在又想写一篇《鲁迅旧诗与屈原楚辞》。

祝好，

赵景深。

十七

1977.7.6

兴云同志：

一日来信和还来的《鲁迅诗歌浅析》(挂号)都已收到。

刘大杰上星期五未来市政协学习，大约身体还不怎么好。

阿英同志是我的同学，讣告递来后，我写一首歪诗打电报去吊唁：

> 鸠江共谈情深重，讣告递来心痛酸。
> 赖有晚清遗著在，精神不死永留传。②

与尊意正同。他的《晚清小说史》《晚清文学丛钞》《近代爱国文学选钞》(此书名我有误记)是不朽的大著作。他是我安徽芜湖的同学。芜湖可以说是我的第二故乡，约五岁到十六岁，这十一年我都在芜湖度过。当时我在他临江的小楼上，写了一篇历史小说《虞姬恨》，他在近三十岁时还保留着交给我，我却将它遗失了。我是根据《史记菁华录》写的。我今年也七十六岁了，比阿英小一岁，刘大杰钟敬文比我小一岁。

复旦出了张世禄的《古代汉语》。还有《现代汉语》，我没有收到。你可直接去信上海、邯郸路、复旦大学、中文系办公室询问，我猜想复旦是不大肯拿出来的，胆子小，怕不成熟，受批评，一向如此。

《陈毅诗词选》有小本、大本、精装本之分，价约六角余到一元二三角左右。我已设法购买，书尚未到。谢谢你的盛意。祝好，

（我定的是小本）

赵景深。

十八

1977.7.17

兴云同志：

蒙赠《不朽的丰碑》，辑编悼念毛主席和周总理的诗，的确是值得纪念的。

你有爱辉进修学校出版的《进修参考资料》1977年第十期吗？其中有鲁迅《三月的租界》薛绥之等文五篇，鲁迅《自题小像》讨论单演义等文及资料五篇。倘若你没有，我可以赠给你。

---

① 即前信提及的红塑皮本《鲁迅诗歌》。
② 该诗收《阿英纪念文集》，后修改为：鸠国共谈情深重，唁电递来心痛酸。赖有晚清遗著在，每逢怀念可常翻。又复见1977年7月9日赵景深致丁景唐信中：鸠江共谈情深重，讣告递来心痛酸。赖有晚清遗著在，精神不死永留传。(参见钱璎《艺文书简》，钱璎即阿英之女。)

安徽翻印的书都是很好的。如《三探红鱼洞》，我一直买不到，安徽一翻印，我就可以买到了。最近又翻印《陈毅诗词集》，蒙允送我一本，谢谢。我还没有此书，托朱建明同志代买，他还没有买到。

我所有的张世禄的《古代汉语》第一册是铅印的，第二、三册是油印的。倘若你要看，可以借给你看。书较厚，可分之三次借你。（邮筒口太小）

你说得对，复旦是名牌学校，怕出毛病，好听一点就是"老成持重"。张世禄与我同年。

敬文吊唁阿英之诗甚好。"时运方腾鹗，文坛怅落星"二语，感慨尤深。黄谷柳曾与我在1963年同学于北京文联读书会，听周总理等谈文艺。《虾球传》是用广东话写的一部长篇小说，黄与钟是广东同乡。

上海也很热，每天常高至34~36度，听说要达到40度。

单演义来信说，鲁迅诗歌纪念特辑已定稿，拙稿和徐重庆稿已编入否？盼示。此辑盼在十月十八日前出版。祝好，

赵景深。

十九

1977.7.29

兴云同志：

廿五日来信收到。知道你已有了爱辉参考资料（有关鲁迅诗的部分），我这本重复的书以后可以送给徐重庆了。

蒙允赠送《陈毅诗词选》，先此谢谢。

张世禄先生的《古代汉语》，你既不急用，那就以后再说吧。

复旦资料室是从来不出售任何资料的。交换资料却可以，但也限于学校与系，不同个人交换。我1973年第一次油印我个人注释的鲁迅《中国小说史略》注释，只送我两本。还是我自己出钱，添印了十册，又被扣去一册。发给学生和同事，都是一个萝卜一个坑。这情况我是知道的。我当写信去问问张世禄，他是否有多余的。我看他也不会有多余的。我从1976年一月一日起，已经不到复旦去了。

刘大杰的事，还是你直接写信去问他吧。他现在可能已进了医院，进行"肠阻塞"第二次开刀。第一次大约是1952年，离现在已二十五年了。当时肠子剪去三分之二，只剩三分之一，全靠自己撑长，人肠或动物肠都不能接。他愈后起初只吃流质或稍有一点米饭，逐渐将肠子扩大。你刊是否全部要得本人同意呢？这样吧，我写一信连你信一同寄去。好吗？

我不知曹竟君为何许人，他有别的名字吗？不知是否湖南人曹礼吾，但他是搞古典文学的。托你代购王汉元《鲁迅谈自己的创作》（书费和邮费当以邮票寄奉）。

附给大杰和夫人信。祝好，

赵景深。

二十

1977.8.7

兴云同志：

来信和赠书《鲁迅读自己的作品》收到，谢谢。

另封赠你拙著《谈曲随笔》①一册,这是我仅有的一本重复的书。

我间接得到张世禄的复信,他也没有多余的《古代汉语》,谨录他的来信奉告:

"赵老信上所说《古代汉语》讲义事,现中文系讲义,不论谁编,规定每人一册,编者和旁人,都是'人手一编',真是平等之至。与外单位交换都要通过'教育革命组''教研组'批准。赵老友人如果需要,请用工作单位名义去系中函商,较为有效。"

说到"交换",应该也是教研组或教育革命组交换,而不是个人交换。例如,安徽、阜阳,安徽师范学院图书馆拿《鲁迅诗歌研究》寄一本去,声明要交换"古代汉语"。最好还是语言学方面的书与"古代汉语"交换。

纸张困难,鲁迅诗歌研究特辑看来又要等待这个问题解决,才能付印了。

承告知鲁迅诗歌研究集稿内容,谢谢。

祝好,

赵景深。

二十一

1977.8.30

兴云同志:

廿六日来信收到。

从你多次来信,发现你喜欢纪念邮票,已经寄给我不少张。例如,这一次你寄给我的一张朱总司令办公的邮票就是我以前没有见过的。好多张我而已经剪下留起来了。

听朋友说,大杰不是"肠阻塞"复发,而是肠癌。听说已经出院,大约经过良好吧?你记得对,"那篇文章是公开发表的,循例转载,并无不可。出于礼貌,感到征求一下意见较好"。暑期太热,市政协已于本月份停止学习,大约九月二日又要开始学习了。他(大杰)恐怕要请假,我遇不到他。你就刊登上去算了,不用征求他的意见了。

《古代汉语》你已设法买到,至以为慰。

知道我和徐重庆的文章已编入"鲁迅诗歌研究"上册,听了很高兴,看来九月间就可以出版了。

拙作《鲁迅给我的指导、批评和支持》一文大约不久即可在《徐州师范》出版,出版后当寄赠给你一本。

《陈毅诗词选》出版后,请代买一册,邮票当于信中奉上。广州中山大学编的一本据说多一百首。

祝好,

赵景深。

二十二

1977.9.11

兴云同志:

七日来信收到。

谢谢你送给我的《陈毅诗词选》,我回赠你《敬爱的周总理永远活在我们心中》。

---

① 《谈曲随笔》,北新书局,1936年。

《鲁迅诗歌研究》，前次你来信说，放在上辑，现在却说放在下辑。按理是应该如此，理论性的、全面谈鲁迅诗的应放在上辑，谈鲁迅个别作品的应在下辑。

出版时限：上册争取在本年十月（似为九月）或十一月（似为十月）鲁迅逝世纪念时，已代改正。

这两辑内容很丰富。奇怪的是：以前你寄给我的铅印读鲁迅诗有两篇《阻郁达夫移家杭州》，大概因为稿挤删掉了吧？增加了吴奔星的一篇文章不知观点与我近似否？

朱老总的骑马邮票我已有一张，你不必寄了。

我也并不集邮，只是我的孙子焕文幼时喜欢集邮，因此也每每看见有罕见的纪念邮票就从信封上剪了下来。

刘大杰听说不是"肠阻塞"复发；而是肠癌，已经治好，原又复为肝癌，扩散。不知现在为何！

《鲁迅诗歌研究》倘若合出一本，廿万字恐怕太厚，看起来不方便。

祝好，

赵景深。

二十三

1977.10.3

兴云同志：

上月廿九日来书和赠我的两本《读点鲁迅》第一期已经收到。

这第一期似乎以《阿Q正传》为主，围绕着这个主题发表文章，可以说是《阿Q正传研究专号》。篇幅36面，似乎以32面为好，这样增订半张纸，多一点就48面。（或64面）这样对于出版比较好一些。我的看法太机械了。以后可能会不限面数，或多或少。是否月刊，大约也还不一定吧？

好像这种刊物只在阜阳市内发行，我希望至少能送给全国各大学中文系资料室做参考，并要求他们赠送刊物，以作交换。

刘大杰我没有听说他写过效忠信。他的《中国文学发展史》以儒法斗争为主来读，大约他病愈后是要修改的。希望他的病能够转危为安。《发展史》第二册搞出一个"武则天时代"也不妥当，因为武则天并没有什么好作品。这次《鲁迅诗歌研究专辑》我看可以不要收他的旧作了，因为所有的旧作都去掉。上册大约十九号以前可以出版了吧？

我的抄本论鲁迅旧诗《阻郁达夫移家杭州》可以寄给吴奔星同志看。祝好，

赵景深。

二十四

1977.11.4

兴云同志：

《鲁迅诗歌研究》想不到会出得这么慢，要到年底才能出版。书出版后，希望能送十册。

关于您所问的问题，我也不完全了解。谨将所问，回答如下

① 郑思肖是南宋末的爱国诗人。连江大约在福建。宋亡以后，隐居苏州。思肖就是思赵宋的意思。《铁函心史》主要是他自己所写的诗。他把这些诗都放在铁函里，丢在井

里面。因为这些诗都是怀念宋朝、骂元朝贵族的。

②《锦钱余笑》是他另外集子里面的一组长篇的白话诗。

③《今村铁研》和另外一个人大约是日本人。履历不知道。冯剑丞不知道是什么人。徐訏当然你和我都知道的,就不介绍了。伯訏想来就是徐訏。"李贺诗"大约是鲁迅的误记。

《锦钱余笑》是在商务印书馆的丛书集成内,编为 2263 号。共有四种小书。书名如下:《棠湖诗稿》《三山郑菊山先生清隽集》《所南翁一百二十图诗集》《蒻绡集》。《锦钱余笑》就在第三种郑思肖所著的《所南翁一百二十图诗集》第十七页。我想"刚道黑如炭,谁知白似雪",是说元朝贵族"黑白颠倒","若无八角眼,岂识四方月"是说他们"井底观天"。

我不知道茅盾是否写过纪念鲁迅的诗?

蒙允将单演义文后的附录一篇的样稿借给我看,先致谢意。

我在十月十二日又断骨盘上的髋骨,现不睡在床上。让我的儿子易林帮我查书写回信,很是不容易。

鲁迅误将"钱起诗"写作"李义山诗",大概也是记错的。

我的病,足要七十天方能下床。

祝

好!

赵景深,即日。

二十五

1977.12.31

兴云同志:

十二月九日来信已经收到。

你来信向我要以前给我过目的"另外一份样稿,请即掷还急待使用"。我不知道你所要的是什么样稿。但我想既然你评论我的对于秋夜有感写了作者吴奔星和另外两篇(篇名略),那末你的内容简介并没有批评到我,当然在内容简介就需要修改了。既然你要改正,所以你要还这一篇鲁迅诗歌研究上册内容简介。现在就把这一篇资料还给你,不知是否?

我因卧病在头,不能写字。仍托小儿易林将此稿寄还。不知是否?

祝好。

赵景深,即日。

二十六

兴云同志:来函已悉。

11 月 25 日寄来的清样 3 页,已被遗失。由于我卧病在床,不能亲自料理,加以人多事杂,以致造成这样的事故,非常抱歉!

多谢您寄赠许广平先生手书的照片一帧,颇为珍贵。我已妥藏。

《内容简介》已收到。

校样(金粟同志的《阻郁异文》)无其他错误,今遵嘱寄还,请收下。

给袁宝玉的信是我在1976年1月写于家中。那时我已年老多病,我是没有退休的。来信说"自通信以来就知退休了",不确。

我卧床已超过三个月了。至今未能自行坐起,更不能下床行走。但经人搀扶,可以坐在桌旁的椅子上,也可以很费力地走几步。目前可以坐着,自己吃饭,吃药。

承问:"上海文艺界可有新消息",因我一直卧病在床,所以新的情况不知道。

专此,祝

好!

赵景深,1978.1.23

又及:关于徐訏的情况,只是听说。不知是否可靠?他是黄色文人。

二十七

1978.3.4

兴云同志:

三月一日信和《鲁迅诗歌研究》上册样书已收到。这末多的分量实难尽读,时间来不及。

我只读了一篇的孙席珍的《鲁诗丛谈》,觉得校对精细,没有错字。

我偶然想到,有的刊物,英文会有错字,我就去找外文,

果然被我找到一个,在154面倒八行Ovidius被误为Ovldius。另外有一处C,P,也应该写成C.P.这是英文共产党的略写,我没有记节数,想来你可以查到。

祝好,

赵景深。

二十八

1978.3.27

兴云同志:

关于崔万秋,记得中央的材料讲得很多,也很清楚。好像是材料之二、图片很多,不知你见过否?

虽然《大晚报》是官方(国民党)办的刊物,由于它态度不太明显,所以左翼和进步人士肯为这种刊物写稿。

蒙赠《鲁迅诗歌研究》八册,至为感谢。连前样本,是九册了。

《文坛忆旧》尚未还来,一经还来,当即奉借。

崔万秋是捧江青的,幸亏我不认识江青,也没有捧过她;虽然间接受过提倡昆戏的罪名,究竟所受迫害不太大。

祝好,

赵景深。

二十九

1978.5.2

兴云同志:

前些天挂号寄借《文坛忆旧》给你,此是解放前旧作汇集在一起的,思想上错误处可

能很多。不知收到否？未蒙复示，至以为念。尚望复信为感，何时寄还，亦望告知。

  祝好，

赵景深。

三十

1978.5.10

兴云同志：

  七日来信收到。

  《文坛忆旧》你看一个月摘录好了。

  此书前半是《文人剪影》《文人印象》的续编。后半就不是讲个人的了。

  崔万秋的错误是捧江青，在《大晚报》上为江青宣传。当时我连江青这二三流角色都不知道。我的错误是不识人。反正崔万秋是个老坏蛋。崔万秋的一切，在第二次附图的文件上全都说了。是否变节文人我不记得了。

  我的照片手边没有单人，就送给一张我和希同合照的，你如只想留我的，就剪下来吧。否则就留着。拍这照片时我的房间还没有粉刷好。

  解放前，我几乎很少参加过论战。我是始终佩服共产党的。但我胆小怕死。觉得与其做一个投机的共产党员还不如不做好。因此，我对所谓"第三种人"，到现在还是佩服戴望舒，他参加了第一次文代大会，病死时手中还翻译《毛泽东全集》的法文本没有译完。他在1950年以前是葬在八宝山的。

  祝好，

赵景深。

三十一

1978.6.10

兴云同志：

  上月底来信收到了。

  《文坛忆旧》我暂时不用，你多看一些时，摘录下需要的东西吧。

  谢谢你送给我一张有意义的照片，不但有你，还有李何林同志和王汉元同志。我现在再送你一张去年拍摄的。上次送你的那一张是前年（1976年）我房间尚未粉刷油漆时拍的，是一位亲戚拍来送给我们的。现在这一张是我的孙子焕文初学拍照的成绩。

  关于安徽，你对于《山城文坛漫步》你很感兴趣，我在金寨大约住了两年多，在安徽学院当中文系主任。我认识"两间书屋"的三草①，一即你的老师吕耶草（霞仙），还有一草姓王，真名丹岑，著过一部《中国农民革命史话》，似笔名为番草，还有一草我记不清了。

  写《文学闲谈》的另有一位诗人朱湘，但朱性天我却不大记得了。

  耶草我是记得的。

  朱性天大约是替我拍电报到四川一种文坛消息刊物我写的《李昌仙将军会见记》吧。

  现在我想用《辞海》上的词语，想作为教研究生的参考，暂时不能借给你。我还没有一点准备呢。不久就要上课了。

---

① "三草"即王萍草、吕耶草、钟番草。参见赵景深《文坛忆旧》中《山城文坛漫步》一篇。

你赠给我的周扬的稿子的确是难得看到的。唐弢在《人民文学》第八期的文章,我当找来看。

《小说史略》的征求意见本当送你一本,望你经常同我提前①,因为我的朋友多,容易忘记。将来送我的书,恐怕最多也不过十本吧?

鲁迅诗歌研究下册出版否?

祝好,

赵景深。

三十二

1978.6.27

兴云同志:

二十日来信收到。

大著《鲁迅佚著新编》内容丰富。最近看到光明日报《文物与考古》含沙的《鲁迅印象记》②,似乎此书内容是反动的,但由于封面有鲁迅真迹信的影印,可以纠正几个重要的错字就成为一篇文章。这是否也可以算"佚著"呢?

《离骚与反离骚》原文记录刊在暨南大学校刊上,只有三面。但胡奇光的解释文章③却很好。我已去信请胡奇光允许将他的解释文章给你这《鲁迅佚著新编》引用。如得复信,当即寄给你。

我似乎记得你前次来信要借阅《辞海戏曲部分条目》征求意见稿,我因最近要教研究生戏曲,需要参考,所以我说暂时不能借给你。你既没有问我给,那就是我记错人了。也许是别人问我借的。这样很好。

倘若胡奇光的文章已交复旦大学学报社会科学版刊登,那就由我写一篇短跋连同原文一并寄给你。

不过暨南大学讲稿鲁迅看过,似乎只能算作"附录",不是鲁迅的原文,但大意是不错的。

我因衰老多病,就在家里教书了。这次招研究生,"元明清文学史"中诗词曲文都归章培恒教,我只教"戏曲",让研究生一名到我家里来。另外可能还有旁听的。

我从1976年一月一日起,就不到复旦大学去了,因为连公共汽车也没有办法挤。前些天坐汽车到复旦去看系总支,让汽车等在那里,就花了十二元。

恐你垂念,谨先奉闻。

我每天上午到附近复兴公园练习走路,并看四周绿树,对"血管硬化眼底症"有益。《离骚与反离骚》油印就是带到公园去看的。

祝好,

赵景深。

---

① 原文如此,或为"提示"。

② 含沙即王志之。王志之(1905—1990),笔名刺之、含沙等,四川眉山人,1931年参加北方左联。《鲁迅印象记》一书主要是记述他1932年在北平与鲁迅交往的情况,1936年11月在上海金汤书局出版后即遭查禁。(参见朱正《鲁迅回忆录正误》)

③ 此处应为王锡荣,而非胡奇光,参见《复旦学报:社会科学版》1978年第1期第94—99页。

三十三

1978.7.12

兴云同志：

十日来信收到。暨大校刊原文我校订了几个字。例如第一页原来只有一个"帝"字，我本写"献"帝，后来又怕是"桓、灵二帝"，代改为"末代皇帝"。你如能代查，就直接改正。或改"此处疑缺一字"亦可。还有一个地方，按文意加了一个字。标点改正尤多。你可以在我的文章里加一两句由我经过改正亦可。

复旦大学中文系被四人帮《学习与批判》占为己有，使我蒙受玷污。现在已出了自己的复旦大学社会科学学报，也许校庆报告特刊要在这上面刊载吧？我根据的是油印，非胡奇光所讲，而是王锡荣所讲。我摘录时有所移动"节引了胡奇光校庆时发表的文章"请改为"参考了复旦校庆时王锡荣同志的讲话"，比较好一些。胡奇光是《鲁迅日记》最后十年注释组的负责人。

祝好，

赵景深。

三十四

1978.9.30

兴云同志：

正想写信给你，你的信就来了。

前次蒙借《文坛忆旧》，请速在国庆期间看完，早日还给我。因为广州中山大学有一位鲁迅研究者问我："高尔基称赞茅盾的《动摇》，有什么根据？"我《文坛忆旧》不在手头，也不知上下文如何，当时就想当然地回答："我写《文坛忆旧》，说话都有根据的。鲁迅与高尔基同逝世于1936年。在这三十年代，上海是由国民党统治的，当时我只能在茂名路一家售俄国书的书店里，得到该店按期送英文本《国际文学》和VOKS，我大约是在这两个刊物上看到的。当时鲁迅、茅盾，都是《国际文学》的名誉编辑。可能茅盾三部曲只有《动摇》译成俄文，《幻灭》和《追求》还没有译出，所以高尔基只称赞《动摇》写得好。"不知我这样回答，闹笑话没有。类似的事，以前也有人问过我别的事，因此我这书不在手头，非常不便。

现在我又在写《文人剪影》一类的小文章了。我已为人民文学出版社的《新文学史料》写了《关于陈毅同志的点滴回忆》，为上海文艺出版社的同类刊物写《记熊佛西》，还为语言学校写我的小传。《记邵力子》已写好，或许投《新文学史料》第二期。

我主张你将《诗歌研究下》发排，以后有文章不妨再出，或于重版时增添进去。鲁迅佚文要你们想办法自己搞纸，最近又发现了鲁迅古籍佚文多篇，《杭州文艺》发现鲁迅早年给许寿裳的信，刊今年第九期。你这本佚文集倘弄到纸头，不如先出佚文第一集。

好像徐重庆托我询问你，他和熊融合写的一篇谈鲁迅诗的文章，似乎熊融已看到目录，鲁迅诗歌下册已收了进去，不知确否？来信时盼告知。

《儿童时代》的《儿童古诗选读》是我校订的，将续刊六期或八期，送我校订费拾五元，聊表微意，因此刊物每期只送两本，我给了外孙女顾迎明了。我的肺未全好，有进步。余言再谈，祝好，

赵景深。

三十五

1978.12.4

兴云同志：

真是对不起得很。今年我教研究生，是从上古一直讲到中古的，以前没有教过，边学边教，馒头现蒸现卖，因此信积了三十封。今天才忙里偷闲看信。

你还给我的《文坛忆旧》已经收到。

《小说史略注释》明年出版，一定奉赠一册。

鲁迅佚文，复旦学报第一期我还是讨来的，当时办公室将我忘了，所以无法奉赠，歉甚。

《鲁迅诗歌研究》下卷目录内容丰富。徐重庆文章承蒙刊登，尤为感谢。此目随信附还，以便您向他人征求意见。

祝好，

赵景深。

附文一：赵景深给谷兴云纪念册上的赠言

谷兴云同志研究鲁迅，出了很多书，很有成绩。最近又赠我《鲁迅诗歌研究》，1976年订交，今年已是1982年，他还远道来沪看我，我很高兴。我祝他今后对鲁迅研究，作出更大的贡献。

谨书数语，以志我的喜悦。

1982.5.27

赵景深。

陈丙杰

钱君匋的签赠本

——赵景深藏书考之一

《白屋说诗》是一部诗学论著,由新文化运动主将、新诗开拓者刘大白所著,1929年7月10日由大江书铺初版发行,1931年4月10日再版发行,1932年9月15日第3版发行。复旦大学图书馆保存的赵景深藏书中,有一册《白屋说诗》。此书既是初版本,更是签名本,前环衬题"景深兄存 君匋九月三十日"。

"君匋"指的是钱君匋,1907年生于浙江桐乡,1927年进入开明书店后正式从事封面设计工作,被时人誉为"钱封面",鲁迅、叶圣陶、郑振铎、胡愈之、茅盾等文化界名人都请钱君匋设计过封面。"景深兄"指的是赵景深,1902年生于浙江丽水,开明书店第一任总编辑,后长期担任北新书局总编辑,在文学创作、评论、翻译等领域具有多方面的贡献,更是中国古典小说戏曲研究专家。

通常来说,签赠本是由作者、译者、编者签赠给对方,或由藏书者转赠给第三方的签名本。照此来看,此书应该是钱君匋将刘大白的著作转赠给赵景深的。无独有偶,在赵景深藏书中,还有一册签名本,也是钱君匋将别人著作转赠给第三方的。这本书是象征主义诗人李金发编的民歌集《岭东恋歌》。此书前环衬题有"调孚兄 牧风"五个字。"牧风"是钱君匋的笔名,"调孚"则是钱君匋好友徐调孚。在赵景深藏书中,同时出现两册签名本,均系钱君匋以别人著作转赠给第三方,这就显得有些不同寻常了。

那么,这是一种巧合?还是钱君匋的赠书行为背后隐藏着鲜为人知的历史细节?为便于考察,本文将上述疑问分解成两个问题加以分析:第一,钱君匋为何将他人著作签赠给第三方?第二,钱君匋为何将刘大白著作签赠给赵景深?

一 钱君匋的封面设计与文化焦虑

钱君匋为何将他人著作签赠给第三方?

先以上面提到过的钱君匋赠徐调孚的《岭东恋歌》为例。此书封面正中间,是一束经过抽象变形的蓝色火焰。在封面图案正下方的角落里,钱君匋将自己在设计封面时常用的笔名"牧风"嵌入其中。另外,在此书前环衬的签名中,钱君匋用"牧风"而非"君匋"或"钱君匋"来落款,一方面说明钱君匋在有意突出"牧风"这个艺名,另一方面也说明徐调孚对"牧风"这个笔名应该是熟悉的。钱君匋在《我和装帧》一文中记录过自己和徐调孚交往中的一个细节。

> 记得一天下班以后,沈雁冰、徐调孚、顾均正、叶绍均、胡愈之几位作家散步到开明来看章锡琛,锡琛向雁冰推荐我为他的《雪人》装帧,雁冰一听,很是高兴,正要表

示他的意思时,调孚却抢在前头先说一句:"好极!请君匋装帧是最理想不过的了。"①

钱君匋在上述引文中提到的《雪人》是1928年5月由开明书店初版发行的。因此,钱君匋上述回忆之事,大致发生在1928年5月之前,距钱君匋来到开明书店从事书籍装帧工作还不到一年。从中可以看出,在钱君匋艺术生涯起步之初,徐调孚就对钱君匋的封面设计水平相当了解和推崇,对钱君匋所用的艺名"牧风"应该也比较熟悉。而钱君匋将1929年出版的《岭东恋歌》签名后转赠给徐调孚,也必然包含着年少成名的钱君匋在事业起步阶段渴望与知己分享创作成果的喜悦之情。关于这一点,从"调孚兄 牧风"这五个字展现出来的简洁明快的语调,以及钱君匋在书写时笔走龙蛇的酣畅之感,也不难感受到。

由此可推断,钱君匋将《岭东恋歌》签赠给徐调孚,与此书封面由钱君匋设计有重大关联。

与《岭东恋歌》一样,《白屋说诗》也是1929年出版的,不过,《白屋说诗》的封面上并未出现诸如"君匋""牧风"等钱君匋在封面设计时常用的艺名,更没有确切史料证实此书封面由钱君匋设计②。那么,《白屋说诗》由钱君匋转赠给第三方,是否也与该书封面系钱君匋设计有关呢?为解答这个问题,我们有必要从钱君匋的封面设计风格入手考查《白屋说诗》的封面设计。

"动物+植物"的构图方式是钱君匋在封面设计中探索出来的一种构图方式,也是他近70年封面设计生涯中一以贯之的设计风格之一。钱君匋最早采用这种构图方式的作品,是他为席涤尘的译著《鸽与轻梦》(1927年出版)设计的封面。它采用了一只白鸽和一棵树作为构图元素。到1928年,钱君匋对这种构图方式的运用已经得心应手,创作出了不少让作家、学者和他自己都很满意的作品。比如,钱君匋为赵景深的著作《天鹅歌剧》(1928年出版)设计的封面,采用两只天鹅和两棵树作为构图元素。这幅作品后来被钱君匋选入1963年出版的《君匋书籍装帧艺术选》,作为63幅作品中的一幅。1980年,钱君匋为唐弢的《晦庵书话》设计的"双鹅草叶"封面延续了"动物+植物"的构图方式,并荣获1980年全国书籍装帧优秀作品奖。不过,鲜为人知的是,《晦庵书话》的封面设计沿袭了他1933年为自己的《君匋诗集》设计的封面③。只可惜《君匋诗集》最终未能出版,封面设计草稿也一直被钱君匋封存着,直到27年后被钱君匋挑选出来作为《晦庵书话》的封面设计。从中可看出,钱君匋对这一构图风格青睐有加。

《白屋说诗》的封面也采取了"动物+植物"的构图方式。它的主体是一只狐狸和一

---

① 钱君匋著,晓云、司马飐夫编:《钱君匋艺术论》,北京:线装书局,1999年,第237页。
② 钱君匋生前出版过两本封面装帧选,一本是1963年由人民文学出版社出版的《君匋书籍装帧艺术选》,精选自己创作的63幅装帧作品,一本是1992年由商务印书馆(香港)有限公司出版的《钱君匋装帧艺术》,选入147种封面设计作品。两书均未收录《白屋说诗》。不过却收录了他为刘大白的遗著《中国文学史》设计的封面。另外,据钱君匋自己说,在装帧领域,他一生"大约设计了四千种上下",但"由于搜集的不勤,再加上战乱流徙和一段翻云覆雨的岁月,能够保到现在的连十分之一也不满"。而在另一篇文章中却说,"我还为其他作家制作了不少装帧,半个世纪以来,数量大约有一千数百种。其中能够保存下来的,不过三分之一,其余的都散失了"(见陈子善编《钱君匋艺术随笔》)。尽管在不同时间段的回忆中,装帧数量上相差较大,但可以确定,钱君匋设计的封面在千种以上,而留下来的是很少一部分,其余的需要后来的研究者去进一步钩沉、考证。
③ 参见人民美术出版社1963年出版的《君匋书籍装帧艺术选》第23页。

棵树。狐狸丰腴、圆润,头顶一轮弯弯的月亮。月下树旁,狐狸绕树而卧,酣然入睡,身体呈弯曲状。(见图1)

需要强调的是,《白屋说诗》不只在构图方式上与钱君匋有相似之处,更主要的是,《白屋说诗》的构图元素与钱君匋为《列那狐》(郑振铎译,1931年由开明书店再版,见图2)设计的封面有诸多相同点。在《列那狐》中,钱君匋同样画了一只丰腴、圆润、弧线优美的狐狸,狐狸也同样环绕一棵树。不同之处仅仅在于,《列那狐》中的狐狸不是在月亮下酣睡,而是在嗅地上盛开的鲜花。

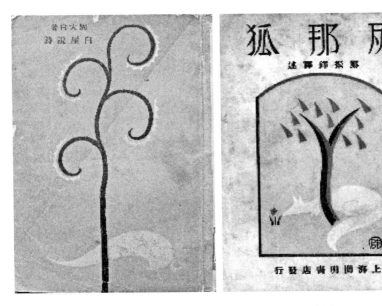

图1　　　　　　　　图2

钱君匋似乎很喜欢这种"狐狸绕树"的构图元素和构图方式,以至于他在1963年出版的《君匋书籍装帧艺术选》中,在"后记"正上方的装饰画中,同样采用了与《列那狐》《白屋说诗》相同的构图元素——一只肥胖可爱的狐狸,一颗经过变形的树(见图3);在1992年出版的《钱君匋装帧艺术》一书中,钱君匋在设计封面时再次采用了"狐狸绕树"的构图方式(见图4)。当然,单纯从狐狸绕树的构图元素和构图方式,并不能确证《白屋说诗》的封面就是由钱君匋设计,但这种构图元素和构图方式在钱君匋封面设计中一再出现,绝不是一种巧合。

《白屋说诗》的封面设计与钱君匋为《鸽与轻梦》《天鹅歌剧》《列那狐》《晦庵书话》设计的封面还有一个相似之处,即这些封面设计均采用了抽象变形的造型加工方式,从而使得构图中的树、草叶、鸽子、天鹅、狐狸皆具有童话色彩和几何之美。实际上,抽象变形的造型加工是钱君匋经常采用,甚至是他颇具特色的设计风格之一。在1991年总结自己的装帧经验时,钱君匋从理论上阐释了抽象变形的造型技法。他认为,常用的造型加工方式有"造型的简化和写意化、象征化",以及"把造型复杂化如重复、重叠等"等几种类型。① 在1930年代之前,钱君匋为《雪人》《三姊妹》《伟大的恋爱》《六个寻找作家的

---

① 陈子善编:《钱君匋艺术随笔》,上海:上海文艺出版社,2015年,第15页。

图 3

图 4

剧中人物》等著作设计的封面,均采用这种抽象变形的造型加工手法。

同时,将《白屋说诗》采用的"动物+植物"的构图方式和抽象变形手法放置在钱君匋的封面设计风格中来观察,可以清楚地看出这种构图风格在钱君匋封面设计生涯中的演变进程。从1927年出版的《鸽与轻梦》、1928年出版的《天鹅歌剧》、1929年出版的《白屋说诗》,到1931年再版的《列那狐》、1933年拟出版的《君匋的诗》,再到1980年出版的《晦庵书话》,这些著作的封面设计,在抽象变形和"动物+植物"的构图方式上是一脉相承的。再加上《白屋说诗》与《列那狐》《君匋书籍装帧艺术选》《钱君匋装帧艺术》在设计元素上的共同之处,可初步推测,《白屋说诗》的封面由钱君匋设计。

另外,从这一时期中国封面设计领域的名家风格来看,也能清楚地看到《白屋说诗》在封面设计风格上的谱系性。1920年代是中国封面设计的起步阶段,在鲁迅之后,出现了第一批封面设计家,比如陶元庆、钱君匋、司徒乔、陈之佛、孙伏熙、张光宇、张正宇、叶灵凤、丰子恺等名家。这些人各具特色,也都在文化界、出版界具有广泛的认可度。对于这些人的设计风格,钱君匋曾以同代人、同道人的身份作过总结。他认为,司徒乔的作品"是用钢笔画的技巧来制作的,比较写实,没有什么图案意味",陈之佛的作品"都用古图案为素材,古朴浑厚",张光宇和张正宇两兄弟的作品"有中国传统木刻的形式,对人物、事物的形象都加以变形"。[①] 除此之外,众所周知,丰子恺的作品擅长画孩童,有明显的漫画味道;叶灵凤的封面设计受比亚兹莱的影响,充满光怪陆离的色彩和线条;陶元庆则在色和线条上都充满后印象派的技法。将《白屋说诗》的设计风格放置在这些封面设计家的风格谱系中看的话,其区分度是非常明显的。

那么,是否存在这样一种情况,即这一阶段尚不太出名的封面设计者为刘大白设计封面?这种可能性比较小。在刘大白出版的著作中,大多数著作的封面,要么由名家题

---

① 钱君匋:《钱君匋论艺》,杭州:西泠印社,1990年,第16页。

签,比如《白屋文话》由蒋梦麟题签,要么由钱君匋这样的封面设计大家设计封面,比如1929年版的《再造》。刘大白1932年去世后的遗著《中国文学史》仍由钱君匋设计封面。从这个角度来说,1929年出版的《白屋说诗》由钱君匋设计封面,也在情理之中。

总之,不论从钱君匋封面设计风格进行内部考证,还是将《白屋说诗》的封面设计风格与当时封面设计名家的风格进行比较,抑或从钱君匋为刘大白设计封面的历史记录来考察,均可证明一点,《白屋说诗》的封面由钱君匋设计。由此也就不难发现,钱君匋将《岭东恋歌》《白屋说诗》等别人的著作签赠给第三方,与这些著作的封面凝结着钱君匋的心血有关。

当然,钱君匋这种赠书行为背后,应该还有更为隐秘的原因。1927年,刚满20岁的钱君匋在进入开明书店后,凭借他在封面设计上的才华,很快结识了众多文艺界名宿。对于这一点,钱君匋是颇为自豪的。在1996年自撰的《钱君匋年表》中,钱君匋在回顾1927年这个年份的大记事中,特意列出这一年进入开明书店后结识的众多朋友,比如郑振铎、徐调孚、陈望道、茅盾等共22位文化界名人,并专门介绍他和鲁迅、巴金在这一年认识的经过。① 可见这一年对于钱君匋的特殊意义。

但身处这些文化名人中间,钱君匋获得提升文化影响力的契机时,也面临不小的文化压力。此时,若能将自己的文艺成果作为"名片"赠送友人或前辈,无疑是缓解这种文化压力的重要方式。但钱君匋的尴尬之处在于,他此时在歌曲创作、文学创作、篆刻艺术、书法绘画上的成果,还不足以成为他最亮眼的文化名片。对此,钱君匋是有自知之明的。在此仅举一例。1929年3月,也就是《白屋说诗》出版的前4个月,钱君匋出版了自己的第一部诗集《水晶座》。在《水晶座》出版之前,钱君匋邀请赵景深、汪静之、叶绍钧、章克标、汪馥泉为诗集写序,又邀请姚方仁(即姚蓬子)为诗集写跋。由六位在当时文化界已有名声的文人为其写序跋,较为少见。加之钱君匋此时在封面设计上的声名日隆和他在文学上的刚刚起步,两者之间形成的强烈反差,不可避免会引起文化界的质疑。对此,钱君匋是有所预见的。在《水晶座》的题记中,钱君匋专门解释道:

> 现在,我且先向替我作序文的友人们赵景深,汪静之,叶绍钧,章克标,汪馥泉;替我作跋的友人姚方仁诸兄道谢,道一个至诚的谢。
>
> 往后再说几句我所要说的话:
>
> 这仿佛有点不大好意思,我请朋友们为这集子写了这么许多序文在有些人看来,总以为是借序文的光;卖序文的稿。不过在我,却不是这样解释,这不过是一时的高兴,想在集子的开端印入几篇序文,其实,我却毫无别的用意。不比有些著作人专靠名人的序文的牌子而骗钱的,这我自己明白。②

在此,钱君匋以"这不过是一时的高兴"来解释自己请"名人"写序的行为。这个解释显然难以让人信服。不过,这也恰恰表明钱君匋此时在文坛的尴尬处境和文化焦虑。要缓解这种焦虑,将已经得到文化界普遍认可的封面设计作品赠给文坛友人,无疑是他在文艺生涯初期提升文化影响力的权宜之计。但封面设计作品必须依附在别人的著作上,在这种情况下,签名就显得尤为必要。

---

① 见《钱君匋纪念集》第352页。
② 钱君匋:《水晶座》,上海:亚东图书馆,1929年,第XXXIV页。

二 知音相遇与赵景深的鼎力相助

在回答了钱君匋将别人著作签赠好友这个问题后,紧接着引出第二个问题:钱君匋为何将刘大白的著作签赠给赵景深?

《白屋说诗》是1929年7月10日出版的,钱君匋的签名是9月30日。按照签名习惯,出版当年所赠之书,一般可略去年份。那么,此书应该是1929年9月30日赠送赵景深的,此时距该书正式出版不到3个月,足见两人关系不一般。

赵景深和钱君匋何时订交尚待考证,但可以肯定,1927年到1930年这4年是两人同处开明书店,在事业上相互支持的美好时光。1923年,21岁的赵景深从天津棉业专门学校毕业后,奔波于湖南、上海、浙江、广州等地教书,直到1927年秋天来到开明书店任总编辑,才结束漂泊之旅,步入事业发展的快车道;1925年,18岁的钱君匋从上海私立艺术师范学校毕业后,在浙江省内多地辗转任教,直到1927年受老板章锡琛之邀进入开明书店,才找到施展才华的平台。就这样,两个同处事业起步期的青年,在草创期的开明书店相遇,携手前行,开启了新的征途。

在开明书店,赵景深任总编辑,钱君匋负责全店书籍装帧工作。作为总编辑的赵景深,对于钱君匋在封面设计上从起步探索到逐渐成熟的过程,应该是最为了解的。在这个过程中,钱君匋的诸多封面作品,赵景深应该都关注过,甚至可能给过真诚的建议和鼓励。当然,赵景深对于钱君匋的封面设计作品,更多的是真心赞许(正如他们共同的好友徐调孚[①]对钱君匋的赞许那样)。在1936年出版的散文集《文人印象》中,赵景深就对钱君匋的艺术天赋大加赞赏。

> 君匋是以艺术家而兼诗人的,我真羡慕他。他懂得音乐,编过歌曲集和歌剧,又是封面装帧的名家,又会雕刻石章;偶尔兴到,写信给你,会来一个满幅篆字。[②]

在这段话中,尽管赵景深本意是想突出钱君匋的多才多艺,但当赵景深称赞钱君匋在音乐、歌曲、雕刻、书法和文学上的才华时,仅用了"懂""编过""会"等词语,而对钱君匋的"封面装帧"却用了"名家"来强调。这一有意或无意的用词,也可见出赵景深对钱君匋封面装帧才华的认可。

赵景深不只是口头夸赞钱君匋的封面装帧水平,更是将他这一阶段出版的多种著作交由钱君匋设计封面。比如,1928年是赵景深文学事业发展中颇为关键的一年。这一年,赵景深出版了诗集《荷花》、小说集《栀子花球》、歌剧《天鹅歌剧》、译著《罗亭》等著作。这些著作的封面,均由钱君匋精心设计。其中,钱君匋为《荷花》设计的封面,底色是灰黑和浅蓝两种泾渭分明、互相对峙的颜色,两种颜色的边界处伸出一朵雪白的荷花,将对峙中造成的紧张气氛缓和下去,显出安详、静谧的艺术氛围。可以说,这样的构图,不只抓住了赵景深诗歌的灵魂——"作风的清淡"(《荷花》序言),也抓住了赵景深性格中温和恬淡的特质。同时,这朵身处时代遽变中的"荷花",也是钱君匋对赵景深艺术道路和个性人格的赞许。

对于钱君匋的热心帮助,赵景深铭记在心,投桃报李。在钱君匋的《水晶座》出版之

---

① 赵景深在《文人剪影》一书中,专门写过一文《徐调孚》,开篇就说:"徐调孚是我最要好的朋友当中的一个。"
② 赵景深:《文人剪影》,上海:北新书局,1936年,第73页。

前的八个月前,也就是 1928 年 7 月,赵景深就以诗意的笔触为这本诗集提前写好了序言。在序言开头,赵景深先以比喻的方式形象地勾勒出钱君匋诗歌的特征:

> 我该用什么来比拟君匋的诗呢？当你静夜在松柏林中散步的时候,一阵软软的风吹在你的脸上,这风,就是君匋的诗了；当你在床上假寐的时候,一阵淅沥而又哀怨的雨声将你滴醒,这雨,就是君匋的诗了！

接着,赵景深进一步阐释:"他没有喷溢的热情,他是把情感含蓄着,低回曲折着传达出来的。"①暂且不论赵景深对钱君匋诗歌的评论是否准确,单从"淡淡的影子""软软的风""没有喷溢的热情""情感含蓄"等评语,就容易让人联想到赵景深在 1927 年对自己诗歌风格的评价:"我的诗缺乏狂暴的热情,所以题名'荷花'以显出我作风的清淡。"②从这个角度看,赵景深对钱君匋的评语,是发自内心的赞许,是两颗诗歌之心散发出来的生命气息在作品中相遇时拨动了知音之弦。

不过,赵景深特意为《水晶座》写序,应该还有另一层含义。正如第一节结尾提到的那样,钱君匋从 1927 年出道以来,尽管在封面设计上名满文化界,但也给自己以不小的文化压力。倘若能够在文学上取得一些成绩,对钱君匋来说,是缓解文化焦虑的最好方式。在这种情况下,写序者如能把钱君匋诗歌的独特价值展现出来,无疑会缓解钱君匋在文坛的尴尬。从六篇序跋的落款时间来看,赵景深的序文是最早完成的,也是写得最长的一篇。而且,这篇序文不只从美学角度对钱君匋的诗歌做出高度评价,更是在深入剖析钱君匋诗歌的同时,发现了钱君匋和他自己在诗歌个性上的相似性。从这里不难看出,对于钱君匋此时的焦虑和尴尬,赵景深应该是很清楚的。赵景深帮钱君匋写序这一行为恰恰表明,作为文学评论家的赵景深,在尽己之力把钱君匋推向文坛。钱君匋把赵景深这篇序文放置在五篇序文之首,也可看出钱君匋对赵景深鼎力支持自己的心领神会。

由此来看,钱君匋将《白屋说诗》赠给赵景深,一方面固然与赵景深对钱君匋封面设计才华的由衷欣赏有关,另一方面也隐含着钱君匋对赵景深竭力帮助自己缓解文化焦虑的感激之情。

1930 年,赵景深辞去开明书店总编辑职务；1931 年,钱君匋也因"在学校兼课过多,对开明书店之编辑业务无法照顾,提出辞呈"③。从此,两人朝夕相处、共同奋斗的时光,也暂时告一段落,但两人的友谊仍在延续……

1930 年,钱君匋应邀为刚接任北新书局总编辑的赵景深主编的《现代文学》(第 4 期)设计封面,以提振此刊影响力。同年,赵景深翻译的八卷本《柴霍甫短篇杰作集》出版,这部皇皇巨著的每一卷,从封面、扉页的设计到整本书的装帧,都由钱君匋亲力亲为。1935 年,赵景深主编的《青年界》也辟出版面,定期发表钱君匋的歌词作品。至 1937 年抗战爆发为止,在不到三年的时间里,《青年界》发表钱君匋歌词作品达 25 期之多。

赵景深和钱君匋不只在事业上互相支援,在生活中也是好友。赵景深在散文《西溪》中,记录了自己与钱君匋在 1931 年秋"西溪之游"的情景。这一阶段的赵景深和钱君匋,都因学校兼课多,书店的出版编辑业务繁忙,还要进行文学创作或封面设计,忙得不可开

---

① 钱君匋:《水晶座》,上海:亚东图书馆,1929 年,第Ⅰ页。
② 赵景深:《荷花》,上海:开明书店,1928 年,第Ⅶ页。
③ 上海鲁迅纪念馆编:《钱君匋纪念集》,上海:中国福利会出版社,2007 年,第 355 页。

交。不过,正因为忙,这次西溪之游才显出"忙里偷闲的愉快"。

> 西溪之游不难得,所难得的是几个朋友会聚在一起去游西溪,尤其难得的是我们这几个忙于笔耕的人竟有这样的功夫会聚在一起去游西溪。①

另外值得提及的是,对于这次西溪之游,赵景深在1936年出版散文集《琐忆集》时,特意将《西溪》一文放入其中,并将两人西溪之游的合影置于卷首。一同放入卷首的,还有赵景深和新婚妻子的合影。

在赵景深同年出版的另一本散文集《文人剪影》中,也收录了一篇短文《钱君匋》。在文中,赵景深还善意地调侃钱君匋:

> 常在我记忆中的还有他婚前所写的《桃色的香粉》之类的小品四五章。作为主人公的是他的几个女朋友。不知他结婚后,他的夫人陈学鬓女士(以前与我的妻子希同在无锡"竞志女学"的同学)看到这些文章,作何感想,该是"不咎既往"吧?②

以调侃的笔调来写钱君匋的私人生活并公开发表,非亲密朋友所不能,也非亲密朋友所不敢。由此种种,足见赵景深和钱君匋在生活中的亲密关系。

1945年抗战胜利后,赵景深重新主持北新书局编辑工作,而钱君匋创办的万叶书店也进入辉煌期。在这期间,钱君匋再次为赵景深的《文学常识》等著作设计过封面。

新中国成立后,赵景深主持的北新书局和钱君匋创办的万叶书店,均在公私合营中进入新的轨道,两位友人也在出版行业里风风雨雨30年之后,开启了新的人生篇章。但两人的友谊并未结束。据赵景深儿子赵易林回忆,1962年赵景深60岁寿辰时,钱君匋"还画了6枚仙桃的一幅着色国画送给景深"③。

从1927年钱君匋为赵景深的诗集《荷花》画下一朵洁白的"荷花"开始,到35年后为赵景深献上"仙桃"一幅,其中的寓意和期待自不待言。

【该成果为复旦大学图书馆馆内课题资助课题】

---

① 赵景深:《琐忆集》,上海:北新书局,1936年,第11页。
② 赵景深:《文人剪影》,上海:北新书局,1936年,第74页。
③ 赵易林:《赵景深的学术道路》,太原:山西古籍出版社,2004年,第90页。

目录

《史料与阐释》第1—10辑总目

史料与阐释·贰零壹壹卷合刊本

【文献】
贾植芳专辑

贾植芳、任敏致胡风、梅志、路翎等信件选（1979—1981）	贾植芳 任敏
贾植芳致李辉信（1992—2008）	贾植芳
贾植芳致董大中信（1982—2005）	贾植芳
乡贤、前辈、师长——怀念贾植芳老前辈	董大中
贾植芳致钦鸿信（1982—2006）	贾植芳
贾植芳先生给我的十封信	钦鸿
贺贾先生九十大寿	王安忆
在庆祝贾植芳先生九十华诞学术讨论会上的发言	章培恒
敬重贾植芳——在庆祝贾植芳先生九十华诞学术讨论会上的发言	赵长天
贾植芳对鲁迅的承传	［美］舒允中
贾先生的教诲	［日］坂井洋史
怀念：在先生远行以后	何清

耿庸专辑

霜天集	耿庸
耿庸佚文选	路莘 辑校
我读耿庸	路莘

彭燕郊专辑

溆浦土改日记（1951.12—1952.1）	彭燕郊
"文革"日记选录（1967年5—6月）	彭燕郊
《诗歌与人》"诗人奖"获奖答谢词	彭燕郊
回忆严杰人	彭燕郊
"对诗的亵渎是不可原谅的！"——彭燕郊先生访谈录	吴投文 邹联安
我心目中的彭燕郊老师	汪华藻
整理说明	龚旭东
谁愿意向美告别？	李振声

谢韬专辑

方然给谢韬的信（1949—1955）	谢小玲 辑校注
谢韬日记摘录（1949—1955）	谢小玲 辑校

冯异专辑

他是大勇者——阿垅印象	冯　异
舒芜的"交代"	冯　异
《边城》断想	冯　异
《上海屋檐下》与《芳草天涯》	冯　异

【论述】

胡风左翼文学批评论	陈方竞
关于胡风译作《山灵——朝鲜台湾短篇集》的几个问题	许俊雅
胡风"找路"时期的一则珍贵史料——介绍钱彤的《胡风在南通》	钱文亮
以想象参与现代民族国家的建构——胡风《时间开始了》的一种解读方式	梁燕丽

【资料】

彭燕郊自撰年谱二种	彭燕郊
彭燕郊小传	彭燕郊
冀汸年谱	赵双花

史料与阐释·贰零壹贰卷合刊本

【文献】

辜鸿铭专辑

辜鸿铭致骆克哈特书札十通并二附录	刘小源 译　段怀清 校注
辜鸿铭致骆克哈特书札十通并二附录（英文原文）	辜鸿铭
英租时期威海卫档案中的辜鸿铭书信	刘小源
辜鸿铭与清末民初的公共言论空间 　　——以与骆克哈特及《字林西报》之关系为中心	段怀清

老舍专辑

老舍抗战期间及40年代后期佚文	老　舍 著　解志熙 辑校
"风雨八年晦，贞邪一念明" 　　——老舍抗战及40年代佚文校读札记	解志熙
文化保守主义者的最后回归 　　——《正红旗下》的写作意义	孙　洁

赵清阁专辑

赵清阁致韩秀信（十七通）	韩　秀 辑注
赵清阁致韩秀信（五通，外五通）	韩　秀 辑注
一信一世界 　　——赵清阁先生的晚景晚境	傅光明

徐志摩专辑

徐志摩致中华书局函	段怀清 辑校

【论述】

王韬文言小说在台湾的转载及改写	许俊雅
——以《台湾日日新报》为例	
林纾及其作品在台湾考辨	许俊雅
试论上海近代文学创作的繁荣与意义	袁 进
中国文化的现代性与优生学	[韩] 李宝暻
——以世纪末世纪初为中心	
再读中国现代性的一个命题"救救孩子"	[韩] 李宝暻
——以优生学的计划解读	
试论诬胡秋原为"托匪"的由来始末	秋 石
《资本论》在中国	王观泉
读《管锥编》《谈艺录》札记	高恒文
邓台梅与越南中国现代文学研究	[越南] 裴氏翠芳

【资料】

《试论诬胡秋原为"托匪"由来始末》参考资料	秋 石 辑注
越南的中国现当代文学译本目录	[越南] 裴氏翠芳
（作家作品单行本）	
越南的中国现当代文学研究和评论目录	[越南] 裴氏翠芳
《京报副刊》综述	陈 捷
《京报副刊》总目分类汇编	陈 捷

【回应】

张晓风致许俊雅信
许俊雅致本刊信

史料与阐释·总第三期

【特刊·韩南纪念专辑】

主持人按语	
韩南《初刻拍案惊奇》读书笔记及其他	段怀清
韩南纪念文集	李欧梵等
韩南先生关于《创造李渔》的通信	杨光辉
韩南著述目录简编	段怀清 编

【论述】

·在"《路翎全集》发布座谈会"上的发言·

面对《路翎全集》的杂感	邵燕祥
被《路翎全集》唤醒的沉重记忆	罗 飞

难得的纪念	杜 高
在阳台上	
——谈路翎晚年的创作	朱珩青
关于胡风问题研究近况的介绍	张晓风

·"《路翎全集》发布暨中国现代文学文献史料整理与研究座谈会"实录·

刘 杨 陈雪娜 整理 张业松 审定

《路翎全集》新书发布会

中国现代文学文献史料整理与研究座谈会

·《新青年》百年纪念·

光芒四射之余辉,也光芒四射	王观泉
试论《新青年》的青年形象塑造	左轶凡

【文献】

·关于《新青年》阵营"分化"的信件综合存档·

A 辑:《涉及〈新青年〉"分化"的几封信》(陈江辑注)

B 辑:选自《胡适来往书信(上)》等书刊中未曾收入 A 辑的信

C 辑:胡祖望收藏的有关《新青年》"分化"的信件

【辑佚与考释】

何其芳佚文三篇	解志熙 辑校
何其芳的变与不变	
——关于三篇佚文的辑校附记	解志熙
朱自清的两次讲演与一篇佚文	
——北平《世界日报》有关朱自清的几则史料	刘 涛
胡风的一篇佚文	刘 涛
"舟中人"是黎烈文的笔名吗？	许俊雅
时有恒与中国左翼文学运动小考	周 帅
手抚瞿圆初《山水入门秘诀问答》的遐想	王观泉
附录:山水入门秘诀问答	瞿圆初

【专题】

作为杂文家的陈子展	康 凌
《申报·自由谈》未结集杂文辑录	陈子展 著 康 凌 辑校
陈子展著作目录	康 凌 汇录
陈子展杂文目录(依照刊物排序)	康 凌 整理

【争鸣】

从"瞿秋白留下的旧拖鞋"之争论说到新世纪以来萧红研究的种种乱象	秋 石

【资料】

书橱里的父亲 彭小莲
中国现代小说研究（卡片）(1963.11.1) 彭柏山

【通信】

王观泉致陈思和（二则）
周履锵致陈思和
附录：隔海书简

史料与阐释·总第四期

【专辑·贾植芳先生百年诞辰纪念】

贾植芳、任敏致胡风、梅志、晓风、晓山信件选（1982—2005） 陈润华 金 理 校注
我的导师贾植芳先生
　　——陈思和教授在河西学院的演讲 陈思和
回忆贾植芳先生与韩国的缘分 ［韩］朴宰雨
怀念与祭奠
　　——写在贾植芳先生百年诞辰之际 宋炳辉
悼念深情如父的贾植芳先生 卞志刚
贾植芳先生的最后一天 陈国和
于受难中试炼与昭证
　　——贾植芳创作试析 孔育新
"贾植芳与中国现当代文学研究"的四个维度 权绘锦
激情涌动下的癫狂与沉郁
　　——论贾植芳小说的语言艺术 钱秀琴
贾植芳为什么翻译契诃夫？ 赵建国
艺术直面"人的问题"
　　——贾植芳小说简论 王 锐
精神寓典籍大爱传河西
　　——贾植芳先生藏书捐赠河西学院记 薛 栋

【资料】

我与八年抗日战争中的《扫荡报》 沈杰飞

【专辑·胡风研究新文献】

求真歌
　　——诗体家书，答谢母性和童心 胡 风
胡风致朱企霞书信选 晓 风 辑选注释
《胡风评论集后记》初稿与出版稿的对照 晓 风 编校

【论述】

日治台湾《小人国记》《大人国记》译本来源辨析
　　——兼论其文学史意义 　　　　　　　　　　　　　　　许俊雅
文艺之"经"与政治之"权"
　　——胡风与何其芳的论争探析 　　　　　　　　　　　魏邦良
沦陷上海的叙述与故事：陶晶孙的文学阵地 　　　　　[日] 中村翠
赵家璧主编"良友文学丛书"梳考 　　　　　　　　　　　彭林祥
看不清的中国新文学：从徐枕亚在越南的"新文学"意义说起 　[越南] 阮秋贤

【年谱】

陈梦家年谱（上） 　　　　　　　　　　　　　　　　　子　仪 编撰

【讯息】

河西学院举办"纪念贾植芳先生百年诞辰学术研讨会"
新文学传统与传承
　　——贾植芳国际学术研讨会综述 　　　　　　　　刘杨　相宜
对于贾植芳的研究，刚刚开始 　　　　　　　　　　　　　邵　岭

史料与阐释·总第五期

【特稿·哀悼王观泉先生特辑】

观泉自述 　　　　　　　　　　　　　　　　　　　　　　王观泉
我是一个兵来自老百姓 　　　　　　　　　　　　　　　　王观泉
王观泉先生著述简目 　　　　　　王观泉手订　张安庆、祝星纯修订增补

【专辑·《九级浪》】

主持人的按语 　　　　　　　　　　　　　　　　　　　　陈　昶
九级浪 　　　　　　　　　　　　　　　　　　　　　　　毕汝谐
毕汝谐的自白 　　　　　　　　　　　　　　　　　　　　毕汝谐
关于《九级浪》的一段回忆 　　　　　　　　　　　　　　毕汝谐
毕汝谐《九级浪》与赵一凡的"诺亚方舟" 　　　　　　　　鄂复明
教我如何来想他！
　　——毕汝谐和他的《九级浪》 　　　　　　　　　　　刘自立
覆舟之后的"玩主" 　　　　　　　　　　　　　　　　　　王　尧

【文献·李涵秋】

李涵秋《我之小说观》汇录 　　　　　　　　　　　　黄　诚 辑校
李涵秋时评杂感辑录 　　　　　　　　　　　　　　　黄　诚 辑校
李涵秋的文学杂感简评 　　　　　　　　　　　　　　　　黄　诚

李涵秋的时事杂感简述 　　　　　　　　　　　　　　黄　诚

【论述】

北大国文讲坛上的周作人（1917—1925） 　　　　　　　胡　楠
诗不可以史为：周作人的缘情论 　　　　　　　　　　　刘智毅
希腊余光下的暮年
　　——周作人与《路吉阿诺斯对话集》 　　　　　　　黄筱菡
无法嘹亮的箫声
　　——冯至与"时代的声音" 　　　　　　　　　　　　夏小雨
《十四行集》：谁之"存在主义"？ 　　　　　　　　　　高恒文
细读《雷雨》——几条路线 　　　　　　　　　　　　　孔依雪

【资料】

王实味佚剧《要落的太阳》 　　　　　　　　　金传胜　金周详
夏衍论报告文学的一篇佚文 　　　　　　　　　　　　　金传胜
微星耿耿不暗不灭
　　——纪念父亲蹇先艾诞辰110周年 　　　　　　　　蹇人毅

【年谱】

李涵秋著述系年初稿 　　　　　　　　　　　　　　　　黄　诚
陈梦家年谱（下） 　　　　　　　　　　　　　　　子　仪 编撰

史料与阐释・总第六期

【特辑・纪念贾植芳先生】

贾植芳先生逝世十周年纪念
贾植芳佚文小辑 　　　　　　　　　　　　　　金传胜　金周详
贾植芳书信小辑 　　　　　　　　　　　　　　张业松 辑校
我读《贾植芳致胡风书札》的一些想法 　　　　　　　　许俊雅
不想写的回忆 　　　　　　　　　　　　　　　　　　　孙宜学
追忆复旦第九宿舍里贾先生家的"小客厅" 　　　　　［韩］鲁贞银
贾植芳先生入选首批"上海社科大师" 　　　　　廖伟杰　张业松

【论述】

复旦中文学科百年讲坛专题
政治国家与文化民族
　　——周作人的思想抉择 　　　　　　　　　　　　　赵京华
学术共建与政治歧途
　　——鲁迅与盐谷温关系考 　　　　　　　　　　　　赵京华

茶道与日本美意识	
——在复旦大学的演讲	李长声
日本华文文学小辑	
李长声的随笔及其日本文学观初探	[日] 王海蓝
研究川端学的一条新路——读张石《川端康成与中国易学》	姜建强
指向一个与我们观念有异的日本——读姜建强《岛国日本》	万景路
短评三篇	张 石
遗落在"东洋"的文学陕军——亦夫论	陈庆妃
日本当代移民文学初探	[日] 王海蓝

【文献】

《胡风日记》编辑说明	晓 风
胡风日记（1938.9.29—1941.4.27）	晓 风 辑校
悼念江流先生	鄂复明

【访谈】

"文学翻译需要靠兴趣才能继续坚持下去"	
——荷兰青年汉学家郭玫媞女士访谈	易 彬

【年谱】

李景慈年谱	陈 言

【目录】

关于《说说唱唱》的介绍	罗兴萍
《说说唱唱》总目录	罗兴萍 辑
日本当代华人作家著作一览	[日] 王海蓝 林 祁

史料与阐释总第七期

【特辑·纪念罗飞先生】

怀念我的老师罗飞叔叔	晓 风
历经磨难依旧诚	
——悼罗飞叔叔	刘若琴
罗飞先生与《粤海风》	徐南铁

【论述·金传胜考据文录】

瞿景白与瞿坚白史料钩沉	金传胜
梁漱溟1929年山西讲学活动考	金传胜
萧珊佚文考述	金传胜

女性主义视角下苏青的母性书写
　　——以两篇佚作为中心　　　　　　　　　　　　　　　　金传胜
苏青集外文述略
　　——兼谈"后沦陷"时期苏青的散文创作　　　　　　　　　　金传胜

【论述】
外来思想与本土资源是如何转化为中国现代语境的？
　　——以刘师培所撰《中国民约精义》为例　　　　　　　　　　李振声
天下秋肃，笔端春温：试论民初五四小说的潜在抒情
　　——兼及对清末民初短篇小说的一点探讨　　　　　　　　　　刘智毅

【文献】
傅斯年手札八通　　　　　　　　　　　　　　　　　　　　　　　雷　强

【史料·苏雪林专辑】
译者前言：《中国现代小说和戏剧》的意义　　　　　　　　　　　宋尚诗
中国现代小说和戏剧　　　　　　　　　　　　　　苏雪林著　宋尚诗译
附录：《中国现代小说戏剧一千五百种》前言　　　　善秉仁著　宋尚诗译

【海外汉学专辑】
主持人按语　　　　　　　　　　　　　　　　　　　　　　　　　杨　振
翻译与死亡　　　　　　　　　　　　　　苏源熙（Haun Saussy）著　张　梦译
王家卫的《欲望三部曲》
　　——机器人、眼泪和情动氛围（affective aura）　　彭小妍著　王一丹译
华人法语写作探源
　　——以陈季同为例　　　　　　　　　　　　　　张寅德著　齐　悦译
从梁宗岱的文学译介活动看其与左翼作家的关系
　　——从《文学》中的蒙田谈起　　　　　　　　　　　　　　　杨　振

【年谱】
邹弢著述编年初稿　　　　　　　　　　　　　　　　　　　　　　段怀清
罗暟岚年谱　　　　　　　　　　　　　　　　　　　　　　　　　叶雪芬

【回应】
鼎谈"日本的华文文学"　　　　　　　　　　　　李长声　姜建强　张业松

史料与阐释：邵洵美·黄逸梵·郁达夫

【专辑·邵洵美英文佚文】
编辑说明　　　　　　　　　　　　　　　　　　　　　　　　　　康　凌

Preface of Green Jade and Green Jade	E. H.
关于"Preface of Green Jade and Green Jade"作者的说明	邵绡红
Poetry Chronicle	Zau Sinmay（邵洵美） 邵绡红 注释
Poetry Chroncle	Zau Sinmay（邵洵美）
Confucius on Poetry — Some Notes	Zau Sinmay（邵洵美） 王京芳 注释
The Guerrilla's Part in the War	Big Brother（邵洵美）
游击队的成功	邵洵美
A Song of the Chinese Guerrilla Unit	邵洵美
游击歌	邵洵美
邵洵美的新诗理论述评	邵绡红

【专辑·张爱玲母亲黄逸梵晚年生活钩沉】

写在前面	余　云
黄逸梵书信五封	黄逸梵
于千万人中相遇	林方伟
张爱玲母亲黄逸梵晚年在伦敦	石曙萍

【专辑·郁达夫研究】

编者按	李杭春
在"青春的骚动——郁达夫与名古屋"学术讲座上的发言	郁峻峰
郁达夫的北大岁月	李杭春
郁达夫安徽省立大学任教时间索隐	李杭春
郁达夫佚诗《游桐君山口占》考释	李杭春　郁峻峰
关于郁达夫1936年在福州青年会的演讲报道	宋新亚
戎马间关为国谋，南登太姥北徐州 　　——郁达夫三大战区劳军事略	李杭春

【专辑·文化生活出版社】

文化生活出版社《现代日本文学丛刊》 　　——细读1936年10月4日《申报》广告	吴念圣
文化生活出版社解放初期出版的五本日本文学译著 　　——兼谈与周作人的关系、民主新闻社	吴念圣

【文献】

胡风日记（1937.8.13—1937.9.30）	晓　风 辑校
《胡风日记》（1937.8.13—1937.9.30）阅读札记 　　——若干史实的补充与订正	许俊雅
胡风日记（1941.4.30—1948.11.29）	晓　风 辑校

【年谱】

许地山编年事辑(北京时期)	夏　寅
刘延陵作品年表(1913—1938)	金传胜
《苏雪林年谱长编》补正	金传胜

【捐赠与特藏】

编者按	陈思和
1977级、1978级大学生文学创作编年表(1978—1982)	姜红伟
"林海孤岛上的精神王国"	
——姜红伟先生所藏诗歌资料访查介绍	曹　珊
在这里"看见"整个中国新诗史	
——复旦大学诗歌资料收藏中心的缘起、现状与愿景	肖　水

【悼念】

罗飞先生的佚作《关键词："自信力"》	徐南铁
因为有你在	
——小莲清明祭	陈　沛

史料与阐释·第九辑·王鲁彦

【专辑·王鲁彦研究资料】

专辑导言	张　朕
王鲁彦年谱(1902—1944)	张　朕撰
新见王鲁彦研究资料汇编	张　朕辑录
王鲁彦书信辑录	张　朕辑录
王鲁彦研究资料目录初编	张　朕编

【文献】

胡风日记(1976.12—1985.6.8)	晓　风辑校
《胡风日记》(1937.10.1—1938.9.28)阅读札记	许俊雅
《舒新城日记》载徐悲鸿史事选汇简注	徐　强整理编注
新发现茅盾在抗战时期的三封佚信辑注及释读	田　丰
叶君健佚文《中国新文学二十年》译文、英文原文及译者附识	叶君健著　李兰译

【年谱】

石民年谱简编(1903—1941)	戚　慧
穆儒丐著述年表	李　丽

【论述】

"左派"青年的"摸索"：新发现的阿垅早期长篇小说《摸索》	朱文久

无名氏早期作品的世界主义精神 　　　　　　　　　　　　　　　唐　睿
韩中文学翻译史上的一个独特现象：无名氏早期作品韩译本初探　　[韩] 金宰旭

【目录】
重庆《正气日报·新地》总目录（1945年7月—1945年11月）　　　励依妍 辑

史料与阐释·第十辑·周氏兄弟

【专辑·周氏兄弟与中国现代作家年谱编纂】
编者说明　　　　　　　　　　　　　　　　　　　　　　　　朱晓江　康凌
周氏兄弟年谱长编
引言　　　　　　　　　　　　　　　　　　　　　　　　　　黄乔生　朱晓江
鲁迅年谱长编（1921年）　　　　　　　　　　　　　　　　　　　　　黄乔生
周作人年谱长编（1921年）　　　　　　　　　　　　　　　　　　　　朱晓江
主题回应
　　年谱编撰中的取舍问题　　　　　　　　　　　　　　　　　　　　孙　郁
　　编纂作家年谱长编之我见　　　　　　　　　　　　　　　　　　　陈子善
　　丁酉年的周樟寿　　　　　　　　　　　　　　　　　　　　　　　董炳月
圆桌讨论　　　　　　　　　　　　　　　　　　　　　　　　　　　与会学者
现代作家文献的编纂和使用
文献史料工作中的学徒意识与工匠精神　　　　　　　　　　　　　　　段怀清
传记写作中的几个问题　　　　　　　　　　　　　　　　　　　　　　周立民
乡曲之见和丧乱之痛：从《知堂古籍藏书题记》谈起　　　　　　　　　袁一丹
编《郁达夫年谱》的经验与感想　　　　　　　　　　　　　　　　　　李杭春
史料工作的经验　　　　　　　　　　　　　　　　　　　　　　　　　子　仪
科幻作家的年谱问题　　　　　　　　　　　　　　　　　　　　　　　詹　玲
总结与评议　　　　　　　　　　　　　　　　　　　　　　　　　　　赵京华

【文献】
周作人事伪档案　　　　　　　　　　　　　　　　　　　　　　　　　沈卫威
"周沈交恶"补遗　　　　　　　　　　　　　　　　　　　　　　　　　郭　刚
《罗家伦先生文存》未刊诗文辑录　　　　　　　　　　　　　　　钱益民 辑校
傅斯年、陈受颐往来书信辑佚汇注　　　　　　　　　　　　　　　　　赵靖怡
汪静之四通书信略考　　　　　　　　　　　　　　　　　　　　　　　金传胜
新发现的穆时英三篇集外文　　　　　　　　　　　　　　　　　　李　兰 辑校
关于《新发现的穆时英三篇集外文》　　　　　　　　　　　　　　　　李　兰

【年谱】
张若谷著述年表　　　　　　　　　　　　　　　　　　　　　　冯仰操　谢维依

【论述】

如何"赎前愆"?
　　——重写版《大波》的内在理路与外缘影响　　　　　　　　吴天舟
陈独秀《小学识字教本》油印稿在台的出版经过及相关问题　　许俊雅
《八月的乡村》构建之探赜索隐
　　——兼对《东北抗日联军史》相关内容的解读与补正　　　　秋　石
胡道南"告密"案新探
　　——兼及蔡元培为胡辩诬原因　　　　　　　　　　　　　王新房
创造社与上海艺术大学考论　　　　　　　　　　　　　　　　刘天艺

【捐赠与特藏】

赵景深致谷兴云书简三十五通　　　　　谷兴云 辑　张宝元 整理注释
钱君匋的签赠本
　　——赵景深藏书考之一　　　　　　　　　　　　　　　　陈丙杰

【目录】

《史料与阐释》第1—10辑总目

图书在版编目(CIP)数据

史料与阐释. 第十辑,周氏兄弟/陈思和,王德威主编. -- 上海：复旦大学出版社,2024.9. -- ISBN 978-7-309-17561-5

Ⅰ.I209

中国国家版本馆 CIP 数据核字第 2024TY1618 号

史料与阐释・第十辑・周氏兄弟
陈思和　王德威　主编
责任编辑/郑越文

复旦大学出版社有限公司出版发行
上海市国权路 579 号　邮编：200433
网址：fupnet@ fudanpress.com　http://www.fudanpress.com
门市零售：86-21-65102580　团体订购：86-21-65104505
出版部电话：86-21-65642845
常熟市华顺印刷有限公司

开本 787 毫米×1092 毫米　1/16　印张 32　字数 758 千字
2024 年 9 月第 1 版
2024 年 9 月第 1 版第 1 次印刷

ISBN 978-7-309-17561-5/I・1410
定价：108.00 元

如有印装质量问题,请向复旦大学出版社有限公司出版部调换。
版权所有　　侵权必究